MW00990256

COLLECTION
FOLIO CLASSIQUE

Marcel Proust

À LA RECHERCHE DU TEMPS PERDU
III

Le Côté
de Guermantes

Préface de Thierry Laget

*Édition établie et annotée par Thierry Laget
et Brian G. Rogers*

Gallimard

Les esquisses des p. 804 à 909 sont reproduites
avec l'autorisation de la Bibliothèque nationale de France.

PRÉFACE

Sur la route qui mène de l'enfance à la vieillesse, des fantasmagories de la lanterne magique de Combray au « bal de têtes » du Temps retrouvé, Le Côté de Guermantes *est la dernière étape en terre d'adolescence. « C'est encore un livre "convenable", écrit Proust en octobre 1920. Après celui-là, cela va se gâter[1]. » « Convenable », il l'est à bien des égards. Les révélations scandaleuses auront lieu dans le volume suivant,* Sodome et Gomorrhe, *la jalousie du narrateur ne s'est guère manifestée, les milieux qu'il fréquente sont cette aristocratie dont* Le Figaro *ne parle pas encore dans sa page des faits divers, mais à la rubrique mondaine – « Réceptions et villégiatures ». Pourtant, ce que Proust, en prenant soin d'utiliser les guillemets, considère comme « convenable » l'est sans doute moins pour le critique entiché de morale sociale : l'oisiveté, on le répète, est la mère de tous les vices. Et si « cela se gâte » dans la* Recherche du temps perdu, *c'est en vérité dès* Le Côté de Guermantes, *avec la mort de l'art et celle de l'enfance, auxquelles le héros assiste, indifférent, entre une matinée au théâtre et un dîner en ville. Ses chagrins seront désormais des tourments adultes.*

1. *Correspondance*, t. XIX, p. 514.

Dans Le Côté de Guermantes, *un certain équilibre semble atteint. Mais il n'est pas le résultat d'une opposition de forces qui s'annulent, et il ne s'apparente en rien à un* statu quo. *Un violent combat se livre au contraire dans ces pages, une lutte entre les temps de l'existence – le passé, le présent, le futur –, qui évoque cette mue de la voix survenant au moment de la puberté : la légèreté de l'aigu se brise ; la gravité, encore hésitante, s'affirmera bientôt. Déjà, tout vacille. Déjà, la mort étend son ombre. Seul ce souci de la composition, qui ne devait jamais abandonner Proust, qui allait même se transformer en obsession pendant la rédaction du livre et en cri de guerre lors de sa publication, qui représenterait la meilleure garantie que les années consacrées à un travail si considérable n'avaient pas été vaines, seul ce souci pouvait réaliser l'équilibre souhaité, harmoniser et guider le récit, comme les tuyaux de l'orgue dans lesquels le vent se déchaîne.*

Des déclarations d'intention aux premiers tâtonnements des esquisses, du grand développement de l'œuvre à sa publication, la Recherche *s'est construite par étapes. Nous voyons aujourd'hui le roman se profiler dans une perspective où tout le commente et où tout l'éclaire : brouillons, manuscrits, paperoles, dactylographies, placards d'imprimerie, éditions sur chiffon de Bruges, correspondance, coupures de presse, thèses, actes de colloques, préfaces, notices, postfaces, variantes, pastiches, scénarios de film en technicolor, dépliants touristiques de la Normandie et dictionnaire des fournisseurs de Proust. Mais pour tenter de retrouver, au-delà de la science qui examine le papier, l'écriture qui s'y est fixée, il faut refuser l'explication strictement chronologique, considérer simultanément, comme s'ils étaient contemporains, le début et la fin de l'œuvre – car c'est ainsi que Proust les conçut, en dehors du temps –, et n'étudier sa genèse que comme on observe une anamorphose, laquelle ne trouve son sens que quand le regard la déforme.*

Proust considérait que Le Côté de Guermantes *était « composé d'une façon [...] plus Dostoïevski » et contenait « moins de "morceaux" que les deux volumes précédents[1] ». Par « morceaux », il désignait ces fragments que l'on peut isoler de l'ensemble, en vue d'une publication en revue, à la fois « morceaux de bravoure », typiques d'une certaine manière « proustienne » (le narrateur décèle ainsi chez Bergotte un « morceau idéal », « commun à tous ses livres et auquel tous les passages analogues qui venaient se confondre avec lui, auraient donné une sorte d'épaisseur, de volume[2] »), et « morceaux choisis ». Dans une lettre à Gaston Gallimard, en décembre 1921, Proust en dressait lui-même une liste, où figurent quelques-uns des textes les plus souvent cités depuis par les critiques et les manuels scolaires :*

La petite madeleine trempée dans du tilleul, ou le moment où Swann comprend que sur tout Odette lui a menti (*Du côté de chez Swann*) ou bien les Demoiselles du Téléphone (*Guermantes I*) ou bien l'agonie de la grand-mère (*Guermantes II*) ou bien les aubépines (*Du côté de chez Swann, Les blanches et les roses*) ou bien tout à fait à la fin de *Swann* (finissant sur : les avenues... sont fugitives comme les années) me paraissent de très bons morceaux (je veux dire bien choisis[3]).

Il est toutefois difficile d'extraire de Guermantes *un épisode qui puisse être compris indépendamment de l'ensemble auquel il appartient. En 1914, quand*

1. *Corr.*, t. XIX, p. 561.
2. *Du côté de chez Swann*, « Folio classique », p. 162.
3. *Corr.*, t. XX, p. 561-562.

Proust dut donner à la NRF les « bonnes feuilles » de
son œuvre encore inédite, il refusa d'isoler tel ou tel
passage et choisit de publier un montage de textes,
quitte à rédiger de nouvelles transitions. C'était la meilleure façon de rendre compte de l'aspect discursif du
roman. Les « bonnes feuilles » devenaient un condensé
de l'œuvre, une création originale à partir de matériaux déjà exploités, non un échantillon.

Cette solidarité de toutes les parties de Guermantes
est liée aux spécificités de sa rédaction : il semble que
la genèse du roman renonce aux épisodes développés
séparément puis agencés dans quelque manuscrit au
net, pour se concentrer sur l'amplification d'une seule
intrigue, dans un unique mouvement de création. Le
principal, ici, est présent dès le début. Le travail de
Proust est de donner sa meilleure expression possible à
une trame narrative, à un projet romanesque dont l'esprit changera peu entre le moment où il est conçu en
1908 et 1909 et celui où il est réalisé et publié, en 1920.

À cet égard, il est remarquable que les deux extraits
du Côté de Guermantes cités par Proust aient été des
morceaux rapportés. Le premier, « les Demoiselles du
Téléphone », est la reprise d'un texte qui, en 1907, s'in-
sérait dans un article sur les Mémoires de la comtesse
de Boigne ; le second, la maladie et la mort de la grand-
mère, fut rédigé à part, la place qui devait lui revenir
dans la chronologie du livre ayant été indéterminée
et changeante pendant plusieurs années. Certes, dans
sa lettre à Gaston Gallimard, Proust ne parle que du
passage qui concerne l'agonie de la grand-mère, et qui
sera publié dans la NRF du 1er janvier 1921. Mais déjà,
dans la même revue, en juillet 1914, avaient paru,
sous le titre « À la recherche du temps perdu », des
fragments du Côté de Guermantes, dont la majeure
partie de l'épisode « Maladie » et « Mort de ma grand-
mère ». Pour éviter les redites, les pages sur l'agonie ont

*été partagées entre les deux livraisons de la revue. Ces
deux « morceaux » existaient donc avant* Guermantes,
*ils n'ont pas été englobés dans le processus de sa créa-
tion et n'ont été intégrés à l'œuvre qu'après coup. Leur
indépendance primitive les destinait à redevenir des
morceaux détachables, alors même qu'ils participaient
à une nouvelle unité homogène. Enfin, ces morceaux
sont sans doute ce qui, dans l'œuvre de Proust, a été
le plus directement inspiré par sa propre vie, même si
l'expérience réelle a été remodelée par l'écriture.*

*Pour beaucoup de lecteurs – ceux qui ne lisent que
les « morceaux choisis » ou les biographies –, Proust
fut longtemps un écrivain snob, mondain, le jeune
dilettante raffiné, portant une orchidée à la boutonnière, qu'a peint Jacques-Émile Blanche en 1892.
André Gide, après avoir feuilleté le manuscrit que
Proust soumettait au jugement des hommes de la
NRF et avoir rassemblé quelques souvenirs sur son
auteur, avait refusé de publier le livre, anticipant ce
que serait trop souvent le jugement de la postérité.
« Je m'étais fait de vous une image d'après quelques
rencontres dans "le monde" qui remontent à près de
vingt ans », écrivait-il à Proust en 1914. « Pour moi,
vous étiez resté celui qui fréquente chez Mme X ou Y,
et celui qui écrit dans* Le Figaro. *Je vous croyais, vous
l'avouerai-je, du côté de chez Verdurin ! un snob, un
mondain amateur, – quelque chose d'on ne peut plus
fâcheux pour notre revue*[1]. »
*Proust n'est pas un romancier mondain, il est le
romancier d'un monde. On ne peut toutefois négliger
un aspect important de son œuvre, et plus important
encore dans* Guermantes *que dans les autres volumes :
la peinture des salons, du faubourg Saint-Germain,*

1. *Corr.*, t. XIII, p. 53.

*des « snobs », des « mondains amateurs ». Proust
fut-il snob ? La question est sans grand intérêt et la
réponse variera selon les témoins que l'on consultera.
Il est plus instructif d'étudier la place et le rôle que
tient le snobisme dans son œuvre.*

Avec Les Plaisirs et les Jours, *en 1896, Proust est
fort occupé de mondanité, et les titres de certaines
pièces du recueil témoignent même d'une véritable
obsession : « Violante ou la mondanité », « Snobs »,
« Personnages de la comédie mondaine », « Mondanité
et mélomanie de Bouvard et Pécuchet », « Un dîner en
ville ». La méthode employée est ici la condamnation
sans appel : les personnes du monde sont médiocres,
le snobisme est une « malédiction ». Toutefois, au-
delà du désenchantement des personnages, l'auteur
découvre une authentique poésie : le snob n'a-t-il pas
ses « chimères qui ont la forme et la couleur de celles
qu'on voit peintes sur les blasons » ? En fréquentant
des aristocrates, il fait revivre l'histoire qui est concen-
trée dans leurs noms évoquant des batailles, des aïeux
prestigieux. Son « rêve solidarise le présent au passé[1] ».
Ce thème, esquissé sur un mode légèrement ironique,
sera repris avec plus de conviction au début du* Côté
de Guermantes, *quand le narrateur verra se dessiner,
dans le nom de Guermantes, des châteaux, des forêts,
des fêtes, des personnages historiques. Et si cette tentative de retrouver le temps perdu à travers des chimères
n'aboutit pas dans* Les Plaisirs et les Jours, *on sait
la valeur qu'elle prendra dans le dernier volume de la*
Recherche.

*Les scènes mondaines sont également nombreuses
dans* Jean Santeuil, *où Proust, en 1895-1899, semble
abandonner la poésie du snobisme pour privilégier*

---

1. *Les Plaisirs et les Jours*, « À une snob », « Folio classique », p. 89.

l'étude des mécanismes de la société. Les noms de l'aristocratie n'ont qu'un faible pouvoir d'attraction aux yeux du héros, qui apparaît davantage comme un ambitieux, soucieux de fréquenter les meilleurs salons, inquiet de sa situation sociale, des égards que lui témoigne telle ou telle duchesse. Certes, la réflexion sur les fondements du snobisme accompagne ces fragments de vanité mondaine, mais Proust se situe dans une perspective balzacienne. Est-ce le « il » qui dissimule mal l'aspect autobiographique du roman, alors que le « je » de la Recherche, *dont la valeur est plus universelle, a induit en erreur bien des lecteurs qui ont cru lire des confessions ? Proust décrit le snobisme « de l'extérieur », avec un désabusement, une lucidité de commande, dictés par le désir de ne pas passer, soi-même, pour snob. Il reconnaît d'ailleurs que le chapitre qu'il consacre à la définition du snobisme et dans lequel il peint les Rastignac et Rubempré modernes « ne serait peut-être pas moins à sa place dans une étude psychologique sur les différentes variétés de l'ambitieux, dans une étude historique sur la société à la fin du XIX*ᵉ *siècle que dans l'histoire plus modeste de Jean Santeuil*[1] *». Toutefois, il formule cette vérité qui lui permettra, quelques années plus tard, de transformer la description objective du snobisme en ressort romanesque : « Le désir [est] dans le snobisme comme dans l'amour le principe et non l'effet de l'admiration*[2]. »

Avec Jean Santeuil, *Proust s'est fait chroniqueur mondain. Il l'est encore en 1903 et 1904, alors qu'il publie une série de « Salons parisiens » dans* Le Figaro : *des textes de circonstance, que Gide avait dû lire avec irritation, et qui fourmillent d'anecdotes, dont*

1. *Jean Santeuil*, « Bibliothèque de la Pléiade », p. 426.
2. *Ibid.*, p. 428.

certaines reparaîtront dans la Recherche. *Proust y joue le jeu du snobisme, feint d'être ébloui par chaque personnage qu'il approche, renonce à tout jugement. Sans doute est-ce la loi du genre, un genre qu'il pratique avec virtuosité, mais qui l'éloigne de la création romanesque. Il n'écrit pas encore, il décrit. Bientôt, il traduira, puis pastichera. Et ce n'est qu'au sortir de la période ruskinienne qu'il abordera de nouveau le thème du snobisme, avec un texte « capitalissime ».*

« Journées de lecture » paraît le 20 mars 1907 dans Le Figaro. *Proust s'était proposé de rendre compte des Mémoires de la comtesse de Boigne, née d'Osmond (1781-1866), qui venaient d'être publiés. L'article comprenait deux parties qui n'abordaient qu'incidemment le sujet dont elles promettaient de traiter ; la première, réflexion sur la magie du téléphone, sera utilisée pour la scène de « téléphonage » de Doncières, dans* Guermantes I ; *la seconde, plus longue, était une étude que Proust songeait à intituler « Le snobisme et la postérité » et qui tentait de répondre à la question suivante : « Mais que furent de leur vivant celles qui dans leurs Mémoires font ainsi figure de "reines" de l'élégance*[1] *? » Seule fut publiée la première partie, et Proust s'en plaignit à Reynaldo Hahn : « On a coupé tout le long passage pour lequel l'article était fait, la seule chose qui me plût*[2]. *» C'est ce texte, écarté par la rédaction du* Figaro, *que Proust reprendra et développera quand il voudra donner un salon à Mme de Villeparisis : Mme de Boigne prêtera ainsi à la vieille marquise certains traits de son caractère.*

Le rapport de filiation entre les deux textes est frappant : Proust devait avoir le premier sous les yeux lorsqu'il rédigea le second. Ainsi, dans le passage supprimé

1. *Guermantes I*, « Bibliothèque de la Pléiade », t. II, p. 1611.
2. *Corr.*, t. VII, p. 110.

de « *Journées de lecture* », Proust écrit : « *La pure fri-*
volité est impuissante à éveiller aucune impression,
même celle de la frivolité. Un ouvrage frivole est encore
un ouvrage et c'est tout de même un auteur qui l'écrit.
Il est possible que Mme de Boigne ait été de son vivant
une femme extrêmement recherchée, et j'admets que
l'impression d'élégance qu'elle nous donne d'elle dans
ses Mémoires n'a rien d'un bluff posthume et litté-
raire. Toujours est-il que pour écrire ces charmants
Mémoires frivoles il lui fallut faire d'abord de mauvais
livres sérieux qu'on ne lit plus guère aujourd'hui, et
tout cela n'alla pas sans dégager un parfum de gravité,
de "livresque", de libéralisme, de chimère et d'acrimo-
nie qui, même au travers de ces Mémoires, ne paraît
pas avoir été toujours entièrement goûté de certaines
coteries élégantes de son temps[1]. »
Et, dans Le Côté de Guermantes *:*

> Pourtant dans sa conversation, et il en est de même des
> Mémoires d'elle qu'on a publiés depuis, Mme de Villepari-
> sis ne montrait qu'une sorte de grâce tout à fait mondaine.
> Ayant passé à côté de grandes choses sans les approfondir,
> quelquefois sans les distinguer, elle n'avait guère retenu des
> années où elle avait vécu, et qu'elle dépeignait d'ailleurs
> avec beaucoup de justesse et de charme, que ce qu'elles
> avaient offert de plus frivole. Mais un ouvrage, même s'il
> s'applique seulement à des sujets qui ne sont pas intellec-
> tuels, est encore une œuvre de l'intelligence, et pour donner
> dans un livre, ou dans une causerie qui en diffère peu, l'im-
> pression achevée de la frivolité, il faut une dose de sérieux
> dont une personne purement frivole serait incapable[2].

Ainsi, pour décrire les salons, Proust s'est davan-
tage inspiré de ses lectures que de son expérience :

1. *Le Côté de Guermantes I*, « Bibliothèque de la Pléiade »,
t. II, p. 1611.
2. P. 274.

*l'argument risque de contrarier ceux qui persistent à
voir dans l'auteur de la* Recherche *un viveur qui, sur
le tard, achète un porte-plume, une bouteille d'encre,
une centaine de cahiers, et s'enferme dans sa chambre
pour raconter tout ce qui lui vient à l'esprit et narrer
ses plus brillants souvenirs. Cet écrivain Jekyll et Hyde,
preneur de notes, régleur de comptes, existe pourtant
dans le roman de Proust. Son portrait figure dans*
Swann, *tracé par quelques allitérations :*

> M. de Bréauté demandait : « Comment, vous, mon
> cher, qu'est-ce que vous pouvez bien faire ici ? » à un
> romancier mondain qui venait d'installer au coin de son
> œil un monocle, son seul organe d'investigation psycho-
> logique et d'impitoyable analyse, et répondit d'un air
> important et mystérieux, en roulant l'*r* :
> « J'observe[1]. »

*Proust, lui, aurait répondu qu'il est « inutile d'ob-
server les mœurs, puisqu'on peut les déduire des lois
psychologiques*[2] ».
*À l'inverse de Mme de Boigne et de Mme de Villepari-
sis, Proust n'a pas cherché à donner, dans son roman,
l'impression de la seule frivolité. C'est qu'il ne travaille
pas à ces Mémoires. Quels que soient les salons qu'il
décrit, celui d'un bas-bleu ou celui d'une « reine de
l'élégance », une certaine exigence intellectuelle préside à la conversation. Au nombre des sujets abordés
par les habitués dans le salon de Mme de Villeparisis,
l'affaire Dreyfus ou le théâtre de Maeterlinck ne laissaient pas indifférents, à l'époque, ceux qui devaient
se faire par la suite les plus intransigeants censeurs du*

---

1. *Du côté de chez Swann*, « Folio classique », p. 450.
2. *À l'ombre des jeunes filles en fleurs*, « Folio classique »,
p. 149.

*snobisme de Proust... Sans doute s'agit-il souvent d'un
simulacre de discussion intellectuelle, car la culture est
aussi un signe d'élégance, et, dans ce domaine comme
dans beaucoup d'autres, l'ostentation est de très mauvais goût. Mais, tout au long de la* Recherche, *les plus
belles émotions, les plus importantes révélations artistiques ont lieu à l'orée des grandes scènes mondaines,
dans des endroits où ne règnent ni l'intelligence ni la
vérité, mais la bêtise et le mensonge des apparences.
Citons deux exemples, parmi tant d'autres la galerie des
Elstir que visite le narrateur avant le dîner chez Mme
de Guermantes, dans* Guermantes II ; *la réflexion sur*
François le Champi *dans la bibliothèque du prince
de Guermantes, avant le « bal de têtes » du* Temps
retrouvé. *Sans doute Proust a-t-il placé ces signaux
aux portes du temps perdu pour montrer au lecteur
que son roman ne raconte pas seulement la vie des
snobs et des aristocrates, qu'il est – l'indication figure
dans* Guermantes – *l'histoire d'une « vocation invisible[1] ». Mais peut-être y a-t-il aussi, dans ce procédé,
une volonté d'affirmer que tous les êtres, même ceux
qui semblent les plus incultes, les moins sensibles,
tendent vers cette réalisation de l'individuel dans
l'absolu que sont l'art et la littérature. Ainsi Charlus,
apprenant que le narrateur a accompagné Saint-Loup
et sa maîtresse au restaurant, se scandalise à la pensée
de ce « déjeuner d'orgie ». Or, « au déjeuner avilissant
on n'avait parlé que d'Emerson, d'Ibsen, de Tolstoï[2] ».*

*De telles situations paradoxales sont fréquentes dans
la* Recherche, *et elles expliquent que l'itinéraire du
héros dans* Guermantes *ne soit pas entièrement stérile.
Proust aurait pu se contenter de peindre une noblesse
toujours stupide, toujours frivole. On rencontre certes*

1. P. 547.
2. P. 393.

de nombreux aristocrates tarés dans son roman, mais ce ne sont pas ceux qui attirent le narrateur, et les Guermantes, malgré leurs préjugés et leur incapacité à comprendre l'art de leur temps, ne sont pas le meilleur modèle de bêtise dont eût pu rêver un romancier uniquement satirique. Dans Guermantes II, *Proust fait leur portrait en les opposant aux Courvoisier. À ces derniers, il manque l'esprit – cet esprit des Guermantes que Proust voulut créer et illustrer pour rivaliser avec Saint-Simon qui, dans ses* Mémoires, *parle de « l'esprit des Mortemart » sans jamais en citer aucun exemple. Esprit frivole, sans doute, mais qui dissimule une certaine gravité : Mme de Guermantes n'a-t-elle pas été élevée par sa tante Villeparisis ?*

Oriane de Guermantes a pour habitude de prendre le contre-pied des usages, des goûts et des jugements de son époque et de son milieu. Son snobisme s'exprime par le paradoxe. Tout le monde se précipite au bal donné par le nouveau ministre de Grèce ? La duchesse préfère « rester au coin de son feu ». Il est de bon ton de ne pas aimer Wagner ? Mme de Guermantes lui trouve du génie. Et c'est en cela que Proust innove, rompant avec tous les romanciers mondains : « Un milieu élégant est celui où l'opinion de chacun est faite de l'opinion des autres. Est-elle faite du contre-pied de l'opinion des autres ? c'est un milieu littéraire », écrivait-il dans Les Plaisirs et les Jours[1]. *Le milieu Courvoisier n'eût été qu'élégant. Celui des Guermantes, ne dédaignant pas un certain raffinement artistique, semble avoir été créé pour qu'un romancier l'étudie, mais c'est un romancier qui le créa. Et Proust n'a pas écrit* Le Côté de Courvoisier.

1908 est l'année des premières esquisses, de l'hésitation sur la forme à donner à l'œuvre – roman, essai,

---

1. *Les Plaisirs et les Jours*, « Folio classique », p. 92.

*dialogue, etc. En mai, Proust dresse, pour Louis d'Al-
bufera, une liste de ce qu'il a « en train » : plusieurs
essais (sur Sainte-Beuve et Flaubert, sur les femmes,
sur la pédérastie), des études (sur les vitraux, sur les
pierres tombales, sur le roman), un roman parisien et,
enfin, une étude sur la noblesse[1]. Ces projets ne seront
pas développés de manière autonome, mais, d'abord
repris et fondus dans l'essai sur Sainte-Beuve, ils enri-
chiront tel ou tel épisode de la* Recherche.

*Toutefois, en juillet 1908, Proust a déjà rédigé
quelques pages qui, toutes, sont l'illustration de la
« philosophie » esquissée dans* Les Plaisirs et les
jours *: un rêve « solidarise le présent au passé » ; « les
nobles ont un nom qui nous fait rêver[2] ». Sur l'arbre
généalogique d'anciennes familles, Proust greffe des
impressions fleuries, recherche, comme Baudelaire,
des correspondances, colore, comme Rimbaud, des
sonorités. C'est la pure poésie de l'onomastique : « Son
père avait épousé une Montmorency, rose France, la
mère de son père était une Montmorency-Luxembourg,
œillet panaché, rose double, dont le père avait épousé
une Choiseul, nigelle bleue, puis une Charost, œillet
rose[3]. » Ce jeu n'a pas encore reçu de fonction bien
précise ; le texte hésite entre le poème en prose et l'élégante causerie : Mme de Guermantes n'est pas entrée
en scène. Appliquées à un personnage de roman, ces
analogies colorées vont prendre une force exceptionnelle, celle de l'imagination qui leur a donné naissance. La « lumière orangée de la dernière syllabe de
Guermantes », dont il est si souvent question dans
la* Recherche, *est inspirée de ces expériences verbales
qui ont composé la palette idéale de l'écrivain, et ce
motif sera, pour le narrateur, à l'origine d'un amour*

1. *Corr.*, t. VIII, p. 112-113.
2. *Contre Sainte-Beuve*, éd. Fallois, chap. XIV.
3. *Ibid.*

irraisonné, né de l'imaginaire, tué par la réalité, ressuscité par l'écriture.

   Cette époque de la rêverie sur les noms est celle de
l'enfance, liée à Combray par la présence de Mme de
Guermantes à la messe de mariage de la fille du docteur Percepied. C'est là que le nom s'est coloré, qu'il
a absorbé la lumière des vitraux. Et c'est donc dans
l'enfance qu'il convient de rechercher la naissance,
non seulement de l'amour du héros pour Mme de
Guermantes, mais de tout le côté de Guermantes. Car
l'amour, s'il est incapable d'introduire le héros dans
les salons du faubourg Saint-Germain où il pourra
rencontrer la duchesse, s'il est même un obstacle à
cette ambition, lui donne le désir de pénétrer dans
ce monde où les êtres ont des noms si merveilleux.
Voilà de quoi se nourrit le snobisme de Proust. De
poésie. De rêve. De souvenir. Non d'ambition ou de
vanité sociales. Il est, lui aussi, mais d'une façon
plus subtile, plus inconsciente encore que la petite
madeleine ou les pavés de la cour de l'hôtel du prince
de Guermantes – et le héros l'ignore encore dans Le
Côté de Guermantes –, un phénomène de mémoire
affective.

   Partant, Proust se distingue une fois de plus de
tous les romanciers mondains en cela qu'il ne se préoccupe ni de faire la morale ni d'épater la galerie,
qu'il ne juge pas les actes du héros perdant son temps
dans les salons, mais, au contraire, tente de retirer
de cet épisode des enseignements d'ordre esthétique
– l'esthétique étant la véritable et sans doute la seule
morale de l'auteur de la Recherche du temps perdu.
Proust, cependant, devait tenir compte des critiques
sociales que les lecteurs ne manqueraient pas de lui
adresser, et, de Gide à Pierre Abraham (qui, dans
un article de la revue Europe, en 1970, s'est plaint
du « parfum de clan mondain » qui s'échappait de

cette œuvre, de la « futilité des occupations – disons des oisivetés – auxquelles s'adonn[ent] les person-nages, [de] l'absence de toute activité laborieuse ou simplement professionnelle dans les milieux qu'elle [met] en scène », et a adressé ce reproche corollaire à la critique proustienne : « Étouffée sous les cous-sins armoriés des nobles amies de l'auteur, estoquée par le prix Goncourt […], assourdie par les glapisse-ments cosmopolites de la gent pédéraste, elle n'a pas toujours su maintenir ses droits à une impartiale austérité[1] ») ; certains ne se sont guère fait prier pour remplir ce rôle de censeur. Proust, qui avait prévu la plupart des critiques que susciterait son livre, a d'avance répondu à celles-ci, aussi bien dans sa cor-respondance que dans son roman. C'est la défense et l'illustration du snobisme dans À la recherche du temps perdu.

Ainsi, il prend soin de catéchiser ses amis, ceux qui ont publié des articles sur ses précédents romans et qui sont les intermédiaires entre Proust et le public auquel ils communiquent l'interprétation autorisée de l'œuvre. Autant de justifications qui sont des para-tonnerres critiques : « J'ai toujours eu soin, écrit-il à Lucien Daudet, quand je parlais des Guermantes, de ne pas les considérer en homme du monde, ou du moins qui va ou a été dans le monde, mais avec ce qu'il peut y avoir de poésie dans le snobisme. Je n'en ai pas parlé avec le ton dégagé de l'homme du monde, mais avec le ton émerveillé de quelqu'un pour qui ce serait très loin[2]. » C'est l'esthétique du télescope oppo-sée à la technique du microscope : on sait que Proust s'est toujours réclamé de la première. Le narrateur ne

---

1. *Europe*, août-septembre 1970, p. 3 et 7.
2. Lucien Daudet, *Autour de soixante lettres de Marcel Proust*, Gallimard, 1929, p. 157.

sera pas blasé, car lorsque son initiation sera achevée,
lorsqu'il ne s'émerveillera plus de ce qu'il découvre,
il continuera d'aller dans les salons, mais Proust
négligera de rapporter ce temps perdu pour se tourner
vers d'autres sujets plus neufs : Sodome, Albertine, la
guerre, etc.

Autre argument avancé pour justifier la peinture
des aristocrates : il s'agit d'une peinture psycholo-
gique ; elle n'est pas, comme chez Balzac, prise dans
une démonstration des mécanismes de la société,
mais indissociable de l'étude de la conscience entre-
prise dès la première page de Swann. *Le 4 novembre*
1920, dans Le Temps, *Paul Souday note :*

> Un trait par lequel M. Marcel Proust ressemble à
> Saint-Simon ou renchérit même sur lui, c'est la préoc-
> cupation absorbante et l'idée fixe des généalogies, des
> rangs et des préséances. Il en est littéralement obsédé.
> Bien avant d'avoir aperçu la duchesse de Guermantes,
> son héros – qui lui ressemble comme un frère, mal-
> gré l'arrangement des personnages et des événements
> romancés – cristallise furieusement sur ce nom et sur
> ce titre […]. Aucun ambitieux de Balzac n'a plus ardem-
> ment rêvé de cette mystérieuse contrée et de cette terre
> de Chanaan [le salon de Mme de Guermantes]. Y péné-
> trer est l'unique objet des vœux de ce novice qui se figure
> un instant qu'il est amoureux de Mme de Guermantes
> elle-même, mais ne l'est en réalité que de cet Olympe où
> planent les grands dieux de la suprême mondanité et de
> l'inimitable élégance.

Proust répond aussitôt, par lettre :

> Comment, sachant probablement que j'ai toute ma
> vie connu des duchesses de Guermantes, n'avez-vous
> pas compris l'effort qu'il m'avait fallu faire pour me
> mettre à la place de quelqu'un qui n'en connaîtrait

pas et souhaiterait d'en connaître ? Là comme pour le rêve, etc., etc., j'ai tâché de voir les choses par le dedans, d'étudier l'imagination. Les romanciers snobs, ce sont ceux qui, du dehors, peignent ironiquement le snobisme qu'ils pratiquent[1].

Pour conjurer la mauvaise impression produite par le feuilleton de Souday, Proust songe à faire publier, par un de ses amis, un article donnant son propre point de vue. En décembre 1920, il s'adresse à Louis Martin-Chauffier, lui suggère qu'il serait fort avisé d'être ce porte-parole et précise ses intentions :

Je crois que vous mettriez très bien en lumière que c'est le contraire d'un livre snob que *Guermantes*, car quand un snob écrit un roman il se représente comme un homme chic et prend un air moqueur à l'endroit des gens chic. La vérité c'est que par la logique naturelle après avoir confronté à la poésie du nom de lieu Balbec la trivialité du pays Balbec, il me fallait procéder de même pour le nom de personne Guermantes. C'est ce qu'on nomme des livres peu composés ou pas composés du tout. [...] D'autre part on a, depuis Hervieu, Hermant, etc., tellement peint le snobisme par le dehors que j'ai voulu essayer de le montrer à l'intérieur de l'être, comme une belle imagination[2].

Martin-Chauffier s'exécutera dans la NRF du 1er février 1921, avec un texte fort bien « inspiré » :

Un grand nombre reprochent à M. Proust que son ouvrage ne soit pas composé, dont le dessein leur échappe. Qu'on se rappelle son livre précédent. Il y opposait, à la poésie du nom de lieu Balbec, la banalité du

1. *Corr.*, t. XIX, p. 574.
2. *Corr.*, t. XIX, p. 646-647.

pays de Balbec [...]. De même le nom de Guermantes, source et prétexte d'abord de fantaisies agréables et belles, quand, au lieu d'emprunter son charme en quelque sorte à la phonétique, à la légende, et au château qu'il désigne, c'est-à-dire à tout ce qu'il permet d'évoquer, il s'applique à une personne [...] change de sens en se fixant[1].

Mais Proust ne devait pas seulement compter sur ses amis pour propager la bonne parole. Dès le début de 1910, dans le Cahier 30, il avait pensé à placer une défense de la mondanité au seuil de ce qui ne s'intitulait pas encore Le Côté de Guermantes. *Quelque peu remanié, ce texte capital servira d'introduction à cette partie du roman jusqu'en 1920 :*

Les peintures de débuts dans la vie mondaine sont sans intérêt parce que les romanciers y négligent la seule chose qui y soit intéressante, la sensation éprouvée par le débutant. Mais à l'âge où le monde apparaît rempli d'êtres inconnus et merveilleux cachés sous chaque nom de ville, de rivière et de pays, les noms de personnes ne cachent pas des génies et des fées moins séduisants, assimilés au pouvoir et à la particularité de leur nom, et il faut des années avant que nous ayons renoncé à voir dans telle femme dont le nom brillait pour nous comme une tranche de grenade autre chose qu'une combinaison quelconque de lignes du nez et de morceaux de peau comme du taffetas où le pouvoir de son nom n'habitait pas. Tant que l'identification existe la vie mondaine, ce qu'on appelle le snobisme n'est pas indigne d'entrer dans la littérature (Cahier 30, f° 4 r°).

Le Côté de Guermantes, *né de l'enfance, se devait de commencer par une évocation de cette époque. Car cet*

---

1. Voir dans le Dossier le document IV, p. 913.

« *âge où le monde apparaît rempli d'êtres inconnus* »,
c'est bien l'enfance, celle qui regarde, émerveillée, la
lanterne magique de Combray. « *L'Âge des noms* »,
tel est en effet le titre que Proust, en 1913, pensera
donner au premier volume de son roman, le deuxième
s'intitulant « *L'Âge des mots* », *et le troisième* « *L'Âge*
des choses[1]. » *En 1920, sur les placards d'imprimerie*
composés pour le compte des Éditions de la Nouvelle
Revue française, Proust ajoutera avant ce texte l'ou-
verture actuelle du Côté de Guermantes, *plus anec-*
dotique. Mais, s'il passe au second plan, le thème n'en
reste pas moins l'une des lignes directrices du volume.

   La genèse du Côté de Guermantes *est bien entendu*
liée à celle de l'ensemble de la Recherche, *mais elle*
comporte des traits singuliers qui proviennent de l'im-
portance du sujet principal de cette section de l'œuvre
aux yeux de Proust. Si, depuis Les Plaisirs et les jours,
il n'a guère varié dans sa vision de la mondanité – le
système poétique, nous l'avons vu, est décrit dans son
premier livre ; seule manque l'importante référence à
l'enfance comme moment où se forme le « *snobisme* » –,
il a eu le loisir de concevoir un récit mettant en scène
le débutant. À l'intérieur de la Recherche, *l'épisode*
Guermantes *est donc un cycle à part, qui comporte*
sa propre unité, son introduction, son intrigue et son
dénouement, lequel n'est à son tour qu'un nouveau
point de départ vers d'autres découvertes. Ainsi Proust
n'eut-il aucune difficulté – apparente – à transformer
son « *étude sur la noblesse* », *projetée en 1908, en un*
roman se déroulant chez les nobles, et dont les princi-
paux protagonistes sont des aristocrates.
   L'un des premiers jalons de cette évolution est
posé dès 1908. Le Cahier 4 fait en effet le récit fort

---

1. Lettre à Louis de Robert, juillet 1913, *Corr.*, t. XII, p. 232.

*sommaire d'un amour inspiré au narrateur par une
« comtesse » habitant l'hôtel voisin de l'appartement
de ses parents. En quelques pages, Proust conte la
naissance, le développement, la mort de cette passion,
et, adoptant le point de vue rétrospectif qui sera celui
du* Temps retrouvé, *tire les enseignements de cette
période de sa vie :*

> Quand je pense aujourd'hui à la comtesse, je me rends
> compte qu'elle contenait une espèce de charme, mais
> qu'il suffisait de causer avec elle pour qu'il se dissipât,
> et qu'elle n'en avait aucunement conscience.

*Comme dans le Cahier 30, l'évocation de cet « heu-
reux temps où on ne connaît pas la vie, où les êtres
et les choses ne sont pas rangés pour nous dans des
catégories communes, mais où les noms les différen-
cient, leur imposent quelque chose de leur particularité », s'accompagne d'une réflexion sur le snobisme
et l'imagination :*

> Cette vérité des impressions de l'imagination si
> précieuse, l'art qui prétend ressembler à la vie, en la
> supprimant, supprime la seule chose précieuse. Et en
> revanche s'il la peint, il donne du prix aux choses les
> plus vulgaires ; il pourrait en donner au snobisme, si
> au lieu de peindre ce qu'il est dans la société, c'est-à-
> dire rien, comme l'amour, le voyage, la douleur réali-
> sés, il cherchait à le retrouver dans la couleur irréelle
> – seule réelle – que le désir des jeunes snobs met sur la
> comtesse aux yeux violets qui part dans sa victoria les
> dimanches d'été.

*Proust semble se mettre en train, cherche à se
convaincre qu'il est sur la bonne voie, qu'il n'a pas
tort de vouloir consacrer tant de pages à un sujet
aussi futile. Lorsqu'il en aura acquis la certitude, le
couplet sur le snobisme disparaîtra – du moins de cette*

manière théorique – pour être mis en scène et illustré dans le salon de Mme de Villeparisis.

Entre-temps, une étape décisive est franchie avec le Cahier 66, *datant de 1909 ou de 1910. La comtesse du* Cahier 4 *se nomme désormais Mme de Guermantes, et elle est duchesse. Proust reprend, ordonne, développe les pages déjà consacrées à la poésie des noms. Mais, cette fois, les réflexions naguère inspirées par divers noms de nobles se concentrent autour du seul Guermantes et de ses métamorphoses successives, détruites par la réalité. Les deux thèmes sont entrelacés, l'un procédant de l'autre : la poésie du nom suscite l'amour du narrateur pour la duchesse. Ce texte est la première version suivie du* Côté de Guermantes ; *il commence par les mots : « À l'âge où les Noms... »*

Dès lors, Proust a indiqué la voie qu'il allait explorer et il ne sortira guère des limites qu'il a fixées. Son travail sera désormais de « nourrir » l'intrigue, de transformer le scénario en roman. Il s'y emploie avec un groupe de cinq cahiers (39 à 43) rédigés d'avril 1910 à septembre de la même année, qu'il numérote de 1 à 5 et désigne comme la « IVe partie ». Cette dernière indication permet de reconstituer l'état du roman en 1910. La première partie est « Combray ». Elle traite de l'enfance. La deuxième correspond à « Un amour de Swann » et la troisième à « Noms de pays : le nom ». Une cinquième partie est prévue : « Autour de Mme Swann ». Elle sera finalement déplacée et figurera avant la quatrième pour former le début des Jeunes filles en fleurs. *Quant à la mention « IVe partie », elle prouve que ces cinq cahiers forment, dans l'esprit de leur auteur, une entité, un récit sans solution de continuité, qu'ils constituent un ensemble homogène. Et, de fait, ils offrent un récit fort suivi, comprenant des enchaînements, des transitions, une*

trame chronologique sûre, selon un plan assez proche
de l'organisation du texte définitif :

Installation dans un nouvel appartement ; rêveries
    autour du nom de Guermantes.
Matinée chez Mme de Villeparisis.
Démarches du héros pour être présenté à Mme de Guer-
    mantes.
Au théâtre avec Montargis (le futur Saint-Loup) et sa
    maîtresse.
Soirée d'abonnement au théâtre.
Séjour dans la ville de garnison.
Soirée chez Mme de Villeparisis.
Dîner chez la duchesse de Guermantes.
Le salon Guermantes.
Soirée chez la princesse de Guermantes.

C'est bien le côté de Guermantes que Proust entend
décrire dans cette quatrième partie de son roman, le
côté de Guermantes, et lui seul. En effet, Swann ou les
jeunes filles sont presque absents de ces cinq cahiers.
L'épisode de la maladie et de la mort de la grand-mère
n'y figure pas non plus. C'est donc une partie qui se
déroule exclusivement dans les milieux aristocratiques,
l'histoire d'une ascension mondaine. L'intrigue est la
suivante : le héros, qui rêve au nom de Guermantes
depuis Combray, aimerait être présenté à Mme de Guer-
mantes, devenir un intime de cette famille prestigieuse.
À l'occasion de différentes réceptions, dîners, fêtes, il est
introduit dans cet univers qui lui semblait inaccessible,
passant du médiocre salon de Mme de Villeparisis aux
dîners raffinés de la duchesse de Guermantes et aux
réceptions éblouissantes de la princesse. La progression
linéaire, et quelque peu monotone, de cette « irrésis-
tible ascension » dans la tradition balzacienne (mais
elle n'est pas suivie de chute !) est rompue par divers
épisodes – portraits de Françoise, visite dans la ville de

*garnison, scènes entre Montargis et sa maîtresse, etc.
L'unité de cette « IVe partie » ne pourra toutefois être
remise en question que pour des raisons éditoriales. Ce
qui devait ne constituer qu'une seule partie essaimera
dans trois volumes :* Guermantes I *et* II, *et* Sodome
et Gomorrhe *pour la soirée chez la princesse de Guermantes, qui est la conclusion, l'apothéose, le couronnement de l'entreprise mondaine du héros.*

*Après 1910, Proust ne va guère revenir sur ce plan.
Certaines scènes seront déplacées, développées, enri-
chies. Mais l'essentiel est déjà rédigé. Cette mise en
ordre est accomplie en 1912-1913, dans quatre cahiers
qui constituent le manuscrit au net (Cahiers 34, 35,
44 et 43). Proust n'invente plus mais corrige et, surtout, amplifie les scènes mondaines. La même pratique est en œuvre dans la dactylographie qui recopie
le manuscrit, puis dans les jeux d'épreuves successifs.
Interrompu par la mort d'Agostinelli – l'ami, le « secrétaire » –, puis par la guerre, ce travail reprendra après
l'armistice. Entre-temps, Proust aura quitté Grasset,
et c'est son nouvel éditeur, Gaston Gallimard, qui le
convaincra de scinder* Guermantes *en deux parties.
La « IVe partie » a pris tellement d'ampleur qu'il n'est
plus possible de la publier en un seul volume.* Le Côté
de Guermantes I *est achevé d'imprimer le 17 août
1920, douze ans après les premières esquisses sur les
noms de personnes.* Le Côté de Guermantes II *paraît
près d'un an plus tard, le 30 avril 1921, sous la même
couverture que* Sodome et Gomorrhe I.

Le Côté de Guermantes *s'oppose au* Côté de chez
Swann *comme deux mondes distincts, parallèles.
Pourtant, le processus va au-delà de l'antithèse. Si les
univers décrits semblent inconciliables, certains per-
sonnages leur permettent de communiquer : Charles
Swann, Mme de Villeparisis, le narrateur lui-même.*

Swann *évoquait le monde bourgeois de la province ;*
Guermantes *observe l'aristocratie parisienne à travers
le regard d'un jeune bourgeois. Pourtant, l'aristocratie
est liée à la terre et a gardé dans son parler, dans ses
manières, certains tours de l'ancien temps. Et c'est
bien là un des motifs principaux de cette persistance
de l'illusion dont est victime le narrateur qui, voyant
détruite l'image qu'il se faisait, dans son enfance, de la
duchesse de Guermantes, n'a de cesse qu'il l'ait recons-
truite, un peu moins fidèle à son rêve, mais toujours
attirante, jusqu'à ce que le temps ait fait son œuvre.*

    *Ces variations autour d'un thème central, cette
perpétuelle remise en question des situations, c'est
le mouvement même de la vie. Mais son évocation,
si elle avait été uniquement poétique, eût paru bien
lassante : un tourbillon d'impressions insaisissables,
proche du symbolisme auquel il fallait renoncer. Or,
Proust ne se contente pas d'énoncer une loi, il la met
en application. Pour cela, il recourt à l'observation de
la réalité qui, en apportant son cachet d'authenticité,
valide la rigueur de la démonstration. C'est à ce souci
du réel que nous devons quelques-unes des pages les
plus comiques de la* Recherche.

    Car Le Côté de Guermantes *est d'abord un livre gai.
Le monde de l'aristocratie fournit bien sûr à Proust
les meilleures occasions d'exercer sa verve : humour
parfois méchant, souvent ironique, quelquefois attendri, qui connaît et utilise toutes les recettes du rire
telles qu'elles furent enseignées par Molière. Tout, dans
les salons, peut conduire à la dérision : le langage,
avec l'emphase creuse de Norpois dont les discours
sont truffés de ce que Proust appelait des « louchon-
neries » (expressions qui font loucher), avec le jargon
parnassien de Bloch, avec l'accent de « concierge alsacien » du prince de Faffenheim, avec le lyrisme prétentieux de Legrandin, avec les calembours (« Taquin*

le Superbe », *« Quand on parle du Saint-Loup »*),
*avec les mots d'esprit, dont la spécialiste est Oriane
de Guermantes, et la véritable inspiratrice Geneviève
Straus, amie de Proust (« C'est le seul* arrondissement
*où le pauvre général n'a jamais échoué[1] ». « Sept
petites bouchées [...]. Alors c'est que nous serons au
moins huit[2] ! »), la médisance (« Et n'est-il pas un peu
gâteux ? Il me semble que c'est lui que j'ai vu viser son
siège, avant d'aller s'y asseoir, en glissant comme sur
des roulettes[3] »), la contemplation de la bêtise d'autrui
(« Il ne peut plus neiger, on a fait le nécessaire pour
cela : on a jeté du sel[4] ») ou les gaffes (le narrateur,
ignorant que M. de Guermantes est le frère de Charles,
parle devant celui-ci de « cet idiot de duc de Guermantes[5] »). Mais c'est aussi le comique de la répétition
(« Allons, monsieur Vallenères, faites la jeune fille, dit
Mme de Villeparisis à l'archiviste, selon une plaisanterie consacrée. [...] — Monsieur remplit à merveille son
rôle de jeune fille, dit M. d'Argencourt qui, par esprit
d'imitation, reprit la plaisanterie de Mme de Villeparisis. [...] — Vous vous acquittez à merveille de vos
fonctions, dit [l'historien de la Fronde] par timidité
et pour tâcher de conquérir la sympathie générale[6] »),
du quiproquo, avec la dame d'honneur de la princesse
de Parme qui veut à tout prix que le narrateur soit
parent de l'amiral Jurien de La Gravière (« Monsieur
doit avoir le pied marin. Bon sang ne peut mentir[7] »),
et jusqu'au comique gaulois de la scatologie, aussi
bien chez Mme de Guermantes (Zola « a le fumier*

1. P. 691.
2. P. 660.
3. P. 318.
4. P. 735.
5. P. 393.
6. P. 333.
7. P. 735.

*épique ! C'est l'Homère de la vidange ! Il n'a pas assez
de majuscules pour écrire le mot de Cambronne[1] »)
que chez Charlus (« Vous ne savez même pas sur quoi
vous vous asseyez, vous offrez à votre derrière une
chauffeuse Directoire pour une bergère Louis XIV. Un
de ces jours vous prendrez les genoux de Mme de Villeparisis pour le lavabo, et on ne sait pas ce que vous
y ferez[2] »). Proust, écrivain raffiné....*

*Mais l'humour n'est pas seulement dans telle for-
mule, dans telle caricature, dans tel ridicule dénoncé.
Considérer le monde avec trop de sérieux, c'eût été lui
accorder une importance qu'il n'a pas, c'eût été* snob.
*Le désenchantement entraîne le détachement qui, à
son tour, donne naissance à l'ironie. Comment ne pas
la voir à l'œuvre lorsque Proust évoque les rêveries du
narrateur, pour qui le domaine féerique de la duchesse
de Guermantes est symbolisé par... un paillasson ?
Lucien Daudet raconte que, plusieurs fois, Proust faillit être mis à la porte d'un salon parce qu'il y avait été
pris de fou rire. La même mésaventure risque d'arriver
au lecteur du* Côté de Guermantes.

*L'émerveillement poétique qui préside à l'exploration
du faubourg Saint-Germain et l'humour qui l'accompagne ne doivent cependant pas dissimuler le pessimisme d'une œuvre qui annonce et amorce les plus
grands bouleversements de la* Recherche du temps
perdu. *Il existe en effet deux courants antagonistes
dans* Guermantes. *Le premier est celui qui traverse
les salons et découvre une société. Le second est développé dans des scènes intercalées, qui ponctuent les
épisodes mondains. Ces deux courants se rejoignent
dans la scène finale, où le duc de Guermantes, devant*

1. P. 674.
2. P. 745.

*se rendre à un bal masqué avec son épouse, refuse
de croire au décès de son cousin Amanien d'Osmond
pour ne pas avoir à renoncer à sa soirée, et, pressé de
partir, se montre incapable de témoigner la moindre
compassion à Swann qui lui annonce que les médecins l'ont condamné. Un bal masqué : la comédie du
monde est toute dans ces mots ; elle s'achèvera d'ailleurs lors d'un « bal de têtes », pour laisser place à
l'écriture. Livre de la perte,* Le Côté de Guermantes
*est le roman où s'affrontent l'ambition et le devoir,
l'illusion et la réalité, la critique et la création. C'est
une symphonie où le destin frappe plusieurs coups,
sans éveiller encore aucun écho.*

Deux grandes scènes mondaines structurent Le Côté
de Guermantes : *la matinée chez Mme de Villeparisis, dans la première partie ; le dîner chez Mme de
Guermantes dans la seconde. Les autres épisodes gra-
vitent autour de ces longs textes, remplissant diverses
fonctions qui, toutes, doivent ramener le lecteur vers
l'idée de la mort. La soirée d'abonnement à l'Opéra,
qui ouvre* Guermantes I, *présente l'univers dans lequel
souhaite pénétrer le narrateur et, en même temps,
révèle la vanité et l'impossibilité de cette ambition :
les aristocrates, dans l'ombre de leurs loges, sont des
« Immortels », alors que le héros, « dépourvu d'existence individuelle[1] », est confondu avec le public de
l'orchestre. La distance entre les deux mondes semble
infranchissable ; il suffit d'un sourire de la duchesse
pour que le narrateur s'imagine qu'elle est abolie. Sans
ce sourire, il n'y a ni enchantement, ni ensorcellement,
ni récit ; il n'y a pas de* Côté de Guermantes.

*Dans l'épisode situé à Doncières, la ville de pro-
vince où Saint-Loup est en garnison, Proust prépare*
Le Temps retrouvé. *Les conversations stratégiques du*

1. P. 110.

narrateur et des officiers font pendant à celles qui auront
lieu à Tansonville, et annoncent la guerre de 1914, où
mourra Saint-Loup. Elles furent d'ailleurs rédigées à
partir de 1917. Proust reprenant parfois textuellement
les articles d'Henry Bidou, le critique militaire du Journal des Débats. Il n'y a là rien de mondain, et l'on peut
s'étonner que Proust ait placé dans un roman consacré
aux nobles un chapitre où paraissent tant d'hommes
du peuple – les serviteurs du restaurant, les simples
soldats, certains sous-officiers roturiers même, amis
de Saint-Loup. Mais le « jeune bachelier », qui s'éver-
tue à adopter le langage de ses pairs, fait preuve d'un
snobisme identique, dans son essence, à celui des personnages rencontrés dans le faubourg Saint-Germain,
et le narrateur exprime cette idée, bientôt reprise par
Saint-Loup : « L'influence qu'on prête au milieu est
surtout vraie du milieu intellectuel. On est l'homme de
son idée : il y a beaucoup moins d'idées que d'hommes,
ainsi tous les hommes d'une même idée sont pareils[1]. »
    Mais le séjour du narrateur à Doncières est bien une
« curiosité » dans la Recherche, en cela que le héros
y est heureux, de même que Proust fut heureux lors
de son service militaire en 1889-1890, au point qu'il
rechigna à quitter Orléans à la fin de son volontariat[2].
Ses souvenirs de régiment, déjà évoqués dans Les Plaisirs et les Jours[3], sont pleins d'une poésie nostalgique.
Dans Guermantes, toutefois, Proust a transposé les
événements, puisque le service militaire du narrateur
est à peine évoqué[4]. Ainsi, Doncières peut être considéré comme une villégiature, et figurer, sur la carte des

    1. P. 172 et 189.
    2. Voir la lettre de mai 1922 à Binet-Valmer, *Corr.*, t. XXI,
p. 160.
    3. « Tableaux de genre du souvenir », *Les Plaisirs et les Jours*,
« Folio classique », p. 194. Voir ci-dessous le document 1, p. 803.
    4. Voir p. 457.

villes désirées, auprès de Venise ou de Florence. Cette modification est importante : au plaisir d'une compagnie exclusivement masculine s'ajoute la liberté d'aller et de venir, de prendre du repos comme une drogue, de n'être jamais seul, et donc jamais triste.

Cette période de bien-être est rompue par une conversation téléphonique entre le héros et sa grand-mère : pour la première fois, le jeune homme remarque, dans la voix de la vieille dame, « les chagrins qui l'avaient fêlée au cours de la vie[1] ».

Lorsque le narrateur retrouve Saint-Loup et sa maîtresse à Paris, le théâtre est encore le lieu d'une révélation sur la fragilité de la vie humaine : en voyant les acteurs sur scène, « ces individualités éphémères et vivaces que sont les personnages d'une pièce », le héros songe que leur dissolution, « consommée sitôt après la fin du spectacle », « fait, comme celle d'un être aimé, douter de la réalité du moi et méditer sur le mystère de la mort[2] ». Le narrateur connaîtra le même doute dans Le Temps retrouvé, *alors qu'il croira voir déguisés, comme sur une scène de théâtre, des personnages dont la métamorphose n'est due qu'au passage du temps.*

Saint-Loup est, avec le narrateur, le personnage masculin le plus important du Côté de Guermantes, *qui aurait pu être un roman de l'amitié, si Proust avait cru en ce sentiment. Or, dit-il, c'est « peu de chose[3] ». Certes, l'entente entre les deux jeunes gens est présentée comme idéale, nimbée de poésie – celle du brouillard qui semble toujours régner sur leurs rencontres. À plusieurs reprises, Saint-Loup a même des gestes d'un dévouement touchant : ne va-t-il pas jusqu'à s'élancer sur les banquettes d'un restaurant pour apporter un*

1. P. 209.
2. P. 258
3. P. 543.

manteau au narrateur ? ne gifle-t-il pas le journaliste
qui refuse d'éteindre le cigare dont la fumée indispose
son ami ? Leurs discussions de Doncières, le vin qu'ils
partagent, comme naguère à Rivebelle, leurs promenades en banlieue, le long des jardins fleuris, auraient
dû favoriser une complicité durable. Il n'en est rien,
et les deux personnages sont également responsables
de cet échec.

  Saint-Loup est épris de Rachel, et Rachel le fait
souffrir. Sa bonté, son intelligence, sa délicatesse
semblent capituler devant la passion que lui inspire
l'actrice. Il révèle une partie sombre de son caractère,
faite d'aveuglement, de jalousie, d'égoïsme, s'exprimant
par la menace ou le chantage. Cruel avec Rachel (qui
l'est avec lui), cruel avec sa mère, Mme de Marsantes,
il est injuste envers le narrateur. Celui-ci, au début
de la maladie de sa grand-mère, reçoit une lettre de
Saint-Loup qui lui reproche sa « perfidie » et déclare
qu'il ne lui pardonnera jamais sa « fourberie » et sa
« trahison[1] ». L'explication de cette étrange missive
est donnée, comme en passant, dans Guermantes II :
Saint-Loup avait imaginé que son ami avait eu des
relations avec Rachel. « Il est probable qu'il continuait
à croire que c'était vrai mais il avait cessé d'être épris
d'elle, de sorte que, vrai ou non, cela lui était devenu
parfaitement égal et que notre amitié seule subsistait.
Quand, une fois que je l'eus revu, je voulus essayer
de lui parler de ses reproches, il eut seulement un bon
et tendre sourire par lequel il avait l'air de s'excuser,
puis il changea la conversation[2]. » « On n'aime plus
personne dès qu'on aime. » Saint-Loup aurait pu
devenir un modèle positif pour le narrateur. Par sa
générosité, par sa simplicité, par sa vitalité, il aurait

1. P. 431.
2. P. 484.

pu le mener vers d'autres dénouements. Mais le héros ne saura que reproduire, avec Albertine, les erreurs qu'il avait d'abord condamnées, tout en prenant ses distances avec son ami. Ou en changeant à son tour la conversation.

Aux yeux du narrateur, Saint-Loup est d'abord un Guermantes, susceptible de le présenter à la duchesse et de l'introduire dans le monde. Mais il est aussi un aristocrate, dans lequel le héros retrouve la beauté française de Saint-André-des-Champs, et qui lui procure « un plaisir qui n'est pas du tout [...] un plaisir d'amitié, mais un plaisir intellectuel et désintéressé, une sorte de plaisir d'art[1] ». Les instants passés au restaurant, comme isolés dans la nuit et dans le brouillard, sont l'occasion d'un tête-à-tête que le narrateur n'oubliera jamais. « Ce fut le soir de l'amitié[2]. » Mais après l'apogée, le déclin. « Le soir de l'amitié » ? Non pas, peut-être, une soirée entièrement consacrée à l'amitié, mais plutôt le soir d'une amitié.

La mort triomphe dans l'épisode qui unit les deux parties du Côté de Guermantes *et qui raconte la maladie de la grand-mère du narrateur. Ces pages sont inspirées par la mort de Mme Proust, le 26 septembre 1905. Proust avait noté le récit des dernières heures de sa mère dans une lettre, aujourd'hui perdue, à la comtesse de Noailles, qui en résume ainsi la teneur : c'était « une description, exacte et détaillée dans l'affliction [...] de l'agonie de sa mère », une « confidence, hâtivement écrite, où tout était dévoilé », qui entendait « ne rien sacrifier aux timides ou habituelles convenances ». « Cette mort maternelle, ajoute-t-elle, je l'ai retrouvée dans celui de ses volumes où il nous montre – tableau incomparable – l'agonie de sa grand-mère,*

---

1. P. 568.
2. P. 566.

*décrite dans les termes mêmes dont il s'était servi pour
me faire assister avec lui au combat contre les ténèbres
de l'être qui lui fut le plus cher[1]. » La grand-mère,
associée au souvenir de Combray et au « côté de chez
Swann », disparaît au moment où le narrateur vient
de commencer son exploration du côté de Guermantes.
Sa mort est celle de l'enfance.*

    Dans Guermantes II, *la note de gravité est appor-
tée, moins par le narrateur et sa famille, que par des
personnages extérieurs. C'est d'abord le retour d'Albertine. Il n'était pas prévu dans les premières esquisses
du roman ; il est lié, bien entendu, à l'introduction,
dans la structure de la* Recherche, *d'un nouvel épisode inspiré par les relations de Proust et d'Agostinelli
et qui deviendra* La Prisonnière *et* Albertine disparue.
*Ainsi, cette première réapparition de la jeune fille, qui
donne lieu à une scène sensuelle et mélancolique, est
le prélude aux pages les plus cruelles, les plus douloureuses du roman de Proust : l'amour du narrateur pour Albertine, sa jalousie, sa folle enquête, son
désespoir après la mort de la jeune fille, et l'oubli qui
s'installe.*

    *Mais une autre disparition est annoncée, et cette
fois de façon directe : Swann, très malade, affirme
qu'il n'a plus que quelques mois à vivre. Comme pour
la grand-mère du narrateur, c'est un personnage de
Combray, de l'enfance, le plus emblématique de tous,
qui sort du roman.*

    *Au chapitre des annonces, citons enfin les scènes
jumelles où paraît Charlus, seul avec le héros, la
première dans* Guermantes I, *la seconde dans* Guermantes II. *Elles sont de ces épisodes énigmatiques
qui ne reçoivent leur éclairage qu'après la lecture
des volumes suivants. Charlus, tant par son langage*

---

1. Marcel Proust, *Correspondance générale*, t. II, p. 26-27.

que par son comportement, intrigue. Proust prépare
Sodome et Gomorrhe.

    Que reste-t-il de Combray à la fin du Côté de Guer-
mantes *? La grand-mère est morte, la mère s'efface,*
Swann *est malade. La poésie de l'instant et de la*
nature cède la place à celle de la ville et du temps
passé. Le faubourg Saint-Germain n'est pas ce monde
enchanté où évoluent des personnages de légende, mais
une scène de théâtre où des hommes et des femmes,
semblables à tous les autres, viennent, masqués, faire
leur numéro.
    Tout est-il donc factice ? Non, car subsiste une
valeur fondamentale, découverte à Combray, grâce à
Swann *: l'art. Certes, dans* Guermantes, *l'art occupe*
une place réduite, et l'on peut même considérer que
sa mort, provisoire, a été consommée au théâtre, où
le héros a revu la Berma. Dans les salons, la litté-
rature n'a plus qu'une fonction sociale : elle permet
de parader, de situer son interlocuteur, de faire des
mots, d'énoncer des paradoxes, de briller, d'éblouir.
Les fausses valeurs – Borrelli, Dagnan-Bouveret,
Hébert – supplantent les chefs-d'œuvre. Le narrateur
n'apprécie plus Bergotte et lui préfère un « nouvel
écrivain » (créé sur le modèle de Giraudoux), dont il
ne comprend pas la prose et qui a pour seul mérite
d'être obscur, la « limpidité » étant désormais « de l'in-
suffisance ». Swann lui-même, après s'être passionné
pour les peintres italiens et avoir écrit une étude sur
Vermeer, s'intéresse aux monnaies de l'Ordre de Saint-
Jean-de-Jérusalem, vaine érudition où l'émotion et la
beauté n'ont plus leur place. Mais le héros, devant les
Elstir du duc de Guermantes, perçoit plusieurs vérités,
dont la plus importante est qu'il faut ajouter à la vie,
comme à l'œuvre d'Elstir, la « perspective du temps ».
Le narrateur ne saura pas mettre à profit les leçons
qu'il reçoit dans Le Côté de Guermantes *avant* Le

Temps retrouvé. « *On ne profite d'aucune leçon parce qu'on ne sait pas descendre jusqu'au général et qu'on se figure toujours se trouver en présence d'une expérience qui n'a pas de précédents dans le passé[1]* », dit-il *dans la galerie des Elstir. Mais c'est Proust, l'auteur du* Temps retrouvé, *qui lui a soufflé la réplique.*

L'opéra romantique, avec ses numéros et ses arias, se prête à la composition de récitals. À la recherche du temps perdu *est au roman ce que la* « *mélodie continue* » *wagnérienne est à l'art lyrique, et son* « *acte III* » *innove plus encore que les deux premiers.* « *Si le* Côté de Guermantes *était meilleur et digne d'une telle épigraphe* », *écrit Proust avec son habituelle (et feinte) humilité,* « *je lui appliquerais le vers de Baudelaire : "Mais où la vie afflue et s'agite sans cesse[2]".* »

Si cette vie n'est plus seulement éclairée par l'imagination, elle n'est pas encore recréée par la pensée intérieure. Et Proust la décrit comme Elstir a peint la réalité, par un « *retour sincère à la racine même de l'impression* », *en s'efforçant de* « *dissoudre cet agrégat de raisonnements que nous appelons vision[3]* ».

Comme Elstir, mais aussi comme Dostoïevski – et c'est sans doute ce que Proust entendait établir en affirmant que son roman était « *composé d'une façon plus Dostoïevski* ». *L'écrivain russe,* « *au lieu de présenter les choses dans l'ordre logique, c'est-à-dire en commençant par la cause, nous montre d'abord l'effet, l'illusion qui nous frappe[4]* ». *Tel est l'enseignement du* Côté de Guermantes, *et tel est le principe qui organise l'œuvre de Proust.*

À la recherche du temps perdu, *roman d'apprentissage ? Non, car l'apprentissage doit s'achever avec*

1. P. 575.
2. *Corr.*, t. XIX, p. 432.
3. P. 575.
4. *La Prisonnière*, « Folio classique », p. 364.

l'adolescence. Or, à la fin du Côté de Guermantes, *le narrateur n'a guère progressé sur la voie de sa « vocation invisible » ; il s'en est même écarté, et Proust constate que ce « détour », que ces années furent « inutiles » – non parce que ce fut du temps gâché, mais parce que la révélation du* Temps retrouvé, *à laquelle l'expérience acquise avec l'âge contribuera peu, aurait pu se produire dès* Le Côté de Guermantes. *Et peut-être les pages les plus importantes de la* Recherche *sont-elles celles, nombreuses, qui évoquent le sommeil, ce simulacre de la mort, où le temps est entièrement disponible, fécond, mis en perspective. « On ne peut bien décrire la vie des hommes, si on ne la fait baigner dans le sommeil où elle plonge et qui, nuit après nuit, la contourne comme une presqu'île est cernée par la mer*[1] *», écrit Proust dans* Guermantes I. *C'est dans le sommeil que se dissipent les dernières illusions de la réalité et que se modifie la conscience. Dans le sommeil, la « mémoire coutumière » n'occulte plus cette autre mémoire, plus difficile à conquérir, qui est à l'origine de la création littéraire. Et c'est dans le sommeil que se régénère le roman. Mais c'est au réveil que surgissent « le souvenir des songes » et celui des chagrins amoureux. « La résurrection au réveil – après ce bienfaisant accès d'aliénation mentale qu'est le sommeil – doit ressembler au fond à ce qui se passe quand on retrouve un nom, un vers, un refrain oubliés*[2]. *» Ainsi,* À la recherche du temps perdu, *fruit de tant de veilles, ne serait pas le roman de la mémoire, mais celui d'une résurrection, le livre d'un impossible oubli.*

THIERRY LAGET

1. P. 145.
2. P. 149.

NOTE SUR LE TEXTE

Nous reprenons le texte établi pour l'édition de la « Bibliothèque de la Pléiade » sous la direction de Jean-Yves Tadié. Ce texte est conforme à l'édition originale parue aux éditions de la Nouvelle Revue française en 1920 et 1921. Nous avons introduit certaines modifications en suivant, pour *Le Côté de Guermantes I*, l'errata dressé par Proust et les corrections qu'il porta sur un exemplaire de la troisième édition (dont le texte imprimé est identique à celui de l'originale), et, pour *Le Côté de Guermantes II*, les corrections qu'il inscrivit sur un exemplaire de la deuxième édition. Nous avons également corrigé les erreurs typographiques et, dans la mesure où nous disposions d'états antérieurs dignes de foi, les incohérences dues à une relecture hâtive des placards d'imprimerie.

Le Côté
de Guermantes

À Léon Daudet

À l'auteur

du *Voyage de Shakespeare*,
du *Partage de l'enfant*,
de *L'Astre noir*,
de *Fantômes et vivants*,
du *Monde des images*
de tant de chefs-d'œuvre.

À l'incomparable ami,

en témoignage
de reconnaissance et d'admiration[1]

M. P.

I

Le pépiement matinal des oiseaux semblait insipide à Françoise. Chaque parole des « bonnes » la faisait sursauter ; incommodée par tous leurs pas, elle s'interrogeait sur eux ; c'est que nous avions déménagé. Certes les domestiques ne remuaient pas moins dans le « sixième » de notre ancienne demeure ; mais elle les connaissait ; elle avait fait de leurs allées et venues des choses amicales. Maintenant elle portait au silence même une attention douloureuse. Et comme notre nouveau quartier paraissait aussi calme que le boulevard sur lequel nous avions donné jusque-là était bruyant, la chanson (distincte même de loin, quand elle est faible comme un motif d'orchestre) d'un homme qui passait, faisait venir des larmes aux yeux de Françoise en exil. Aussi, si je m'étais moqué d'elle qui, navrée d'avoir eu à quitter un immeuble où l'on était « si bien estimé de partout », avait fait ses malles en pleurant, selon les rites de Combray, et en déclarant supérieure à toutes les maisons possibles celle qui avait été la nôtre, en revanche, moi qui assimilais aussi difficilement les nouvelles choses que j'abandonnais aisément les anciennes, je me rapprochai de notre vieille servante quand je vis que l'installation dans

une maison où elle n'avait pas reçu du concierge qui
ne nous connaissait pas encore les marques de considération nécessaires à sa bonne nutrition morale,
l'avait plongée dans un état voisin du dépérissement.
Elle seule pouvait me comprendre ; ce n'était certes
pas son jeune valet de pied qui l'eût fait ; pour lui qui
était aussi peu de Combray que possible, emména-
ger, habiter un autre quartier, c'était comme prendre
des vacances où la nouveauté des choses donnait le
même repos que si l'on eût voyagé ; il se croyait à
la campagne ; et un rhume de cerveau lui apporta,
comme un « coup d'air » pris dans un wagon où la
glace ferme mal, l'impression délicieuse qu'il avait
vu du pays ; à chaque éternuement, il se réjouissait
d'avoir trouvé une si chic place, ayant toujours désiré
des maîtres qui voyageraient beaucoup. Aussi, sans
songer à lui, j'allai droit à Françoise ; comme j'avais
ri de ses larmes à un départ qui m'avait laissé indifférent elle se montra glaciale à l'égard de ma tristesse,
parce qu'elle la partageait. Avec la « sensibilité »
prétendue des nerveux grandit leur égoïsme ; ils ne
peuvent supporter de la part des autres l'exhibition
des malaises auxquels ils prêtent chez eux-mêmes
de plus en plus d'attention. Françoise, qui ne laissait
pas passer le plus léger de ceux qu'elle éprouvait, si
je souffrais détournait la tête pour que je n'eusse pas
le plaisir de voir ma souffrance plainte, même remarquée. Elle fit de même dès que je voulus lui parler de
notre nouvelle maison. Du reste, ayant dû au bout de
deux jours aller chercher des vêtements oubliés dans
celle que nous venions de quitter, tandis que j'avais
encore, à la suite de l'emménagement, de la « température » et que, pareil à un boa qui vient d'avaler un
bœuf, je me sentais péniblement bossué par un long
bahut que ma vue avait à « digérer », Françoise, avec
l'infidélité des femmes, revint en disant qu'elle avait

cru étouffer sur notre ancien boulevard, que pour s'y rendre elle s'était trouvée toute « déroutée », que jamais elle n'avait vu des escaliers si mal commodes, qu'elle ne retournerait pas habiter là-bas « pour un empire » et lui donnât-on des millions – hypothèses gratuites – et que tout (c'est-à-dire ce qui concernait la cuisine et les couloirs) était beaucoup mieux « agencé » dans notre nouvelle maison. Or, il est temps de dire que celle-ci – et nous étions venus y habiter parce que ma grand-mère ne se portant pas très bien, raison que nous nous étions gardés de lui donner, avait besoin d'un air plus pur – était un appartement qui dépendait de l'hôtel de Guermantes.

À l'âge où les Noms, nous offrant l'image de l'inconnaissable que nous avons versé en eux, dans le même moment où ils désignent aussi pour nous un lieu réel, nous forcent par là à identifier l'un à l'autre au point que nous partons chercher dans une cité une âme qu'elle ne peut contenir mais que nous n'avons plus le pouvoir d'expulser de son nom, ce n'est pas seulement aux villes et aux fleuves qu'ils donnent une individualité, comme le font les peintures allégoriques, ce n'est pas seulement l'univers physique qu'ils diaprent de différences, qu'ils peuplent de merveilleux, c'est aussi l'univers social : alors chaque château, chaque hôtel ou palais fameux a sa dame ou sa fée comme les forêts leurs génies et leurs divinités les eaux. Parfois, cachée au fond de son nom, la fée se transforme au gré de la vie de notre imagination qui la nourrit ; c'est ainsi que l'atmosphère où Mme de Guermantes existait en moi, après n'avoir été pendant des années que le reflet d'un verre de lanterne magique et d'un vitrail d'église, commençait à éteindre ses couleurs, quand des rêves tout autres l'imprégnèrent de l'écumeuse humidité des torrents.

Cependant, la fée dépérit si nous nous approchons de la personne réelle à laquelle correspond son nom, car, cette personne, le nom alors commence à la refléter et elle ne contient rien de la fée ; la fée peut renaître si nous nous éloignons de la personne ; mais si nous restons auprès d'elle, la fée meurt définitivement et avec elle le nom, comme cette famille de Lusignan qui devait s'éteindre le jour où disparaîtrait la fée Mélusine[1]. Alors le Nom, sous les repeints successifs duquel nous pourrions finir par retrouver à l'origine le beau portrait d'une étrangère que nous n'aurons jamais connue, n'est plus que la simple carte photographique d'identité à laquelle nous nous reportons pour savoir si nous connaissons, si nous devons ou non saluer une personne qui passe. Mais qu'une sensation d'une année d'autrefois – comme ces instruments de musique enregistreurs qui gardent le son et le style des différents artistes qui en jouèrent – permette à notre mémoire de nous faire entendre ce nom avec le timbre particulier qu'il avait alors pour notre oreille, et ce nom en apparence non changé, nous sentons la distance qui sépare l'un de l'autre les rêves que signifièrent successivement pour nous ses syllabes identiques. Pour un instant, du ramage réentendu qu'il avait en tel printemps ancien, nous pouvons tirer, comme des petits tubes dont on se sert pour peindre, la nuance juste, oubliée, mystérieuse et fraîche des jours que nous avions cru nous rappeler, quand, comme les mauvais peintres, nous donnions à tout notre passé étendu sur une même toile les tons conventionnels et tous pareils de la mémoire volontaire. Or, au contraire, chacun des moments qui le composèrent employait, pour une création originale, dans une harmonie unique, les couleurs d'alors que nous ne connaissons plus et qui, par exemple, me ravissent

encore tout à coup si, grâce à quelque hasard, le
nom de Guermantes ayant repris pour un instant
après tant d'années le son, si différent de celui d'aujourd'hui, qu'il avait pour moi le jour du mariage de
Mlle Percepied, il me rend ce mauve si doux, trop
brillant, trop neuf, dont se veloutait la cravate gon-
flée de la jeune duchesse, et, comme une pervenche
incueillissable et refleurie, ses yeux ensoleillés d'un
sourire bleu. Et le nom de Guermantes d'alors est
aussi comme un de ces petits ballons dans lesquels
on a enfermé de l'oxygène ou un autre gaz : quand
j'arrive à le crever, à en faire sortir ce qu'il contient,
je respire l'air de Combray de cette année-là, de ce
jour-là, mêlé d'une odeur d'aubépines agitée par
le vent du coin de la place, précurseur de la pluie,
qui tour à tour faisait envoler le soleil, le laissait
s'étendre sur le tapis de laine rouge de la sacristie
et le revêtir d'une carnation brillante, presque rose,
de géranium, et de cette douceur, pour ainsi dire
wagnérienne, dans l'allégresse, qui conserve tant de
noblesse à la festivité[1]. Mais même en dehors des
rares minutes comme celles-là, où brusquement
nous sentons l'entité originale tressaillir et reprendre
sa forme et sa ciselure au sein des syllabes mortes
aujourd'hui, si dans le tourbillon vertigineux de la vie
courante, où ils n'ont plus qu'un usage entièrement
pratique, les noms ont perdu toute couleur comme
une toupie prismatique qui tourne trop vite et qui
semble grise, en revanche quand, dans la rêverie,
nous réfléchissons, nous cherchons, pour revenir sur
le passé, à ralentir, à suspendre le mouvement perpétuel où nous sommes entraînés, peu à peu nous
revoyons apparaître, juxtaposées, mais entièrement
distinctes les unes des autres, les teintes qu'au cours
de notre existence nous présenta successivement un
même nom.

Sans doute, quelle forme se découpait à mes
yeux en ce nom de Guermantes, quand ma nour-
rice – qui sans doute ignorait, autant que moi-même
aujourd'hui, en l'honneur de qui elle avait été composée – me berçait de cette vieille chanson : *Gloire à la
marquise de Guermantes* ou quand, quelques années
plus tard, le vieux maréchal de Guermantes remplissant ma bonne d'orgueil, s'arrêtait aux Champs-
Élysées en disant : « Le bel enfant ! » et sortait d'une
bonbonnière de poche une pastille de chocolat, cela
je ne le sais pas. Ces années de ma première enfance
ne sont plus en moi, elles me sont extérieures, je
n'en peux rien apprendre que, comme pour ce qui
a eu lieu avant notre naissance, par les récits des
autres. Mais plus tard je trouve successivement dans
la durée en moi de ce même nom sept ou huit figures
différentes ; les premières étaient les plus belles : peu
à peu mon rêve, forcé par la réalité d'abandonner
une position intenable, se retranchait à nouveau un
peu en deçà jusqu'à ce qu'il fût obligé de reculer
encore. Et, en même temps que Mme de Guermantes,
changeait sa demeure, issue elle aussi de ce nom
que fécondait d'année en année telle ou telle parole
entendue qui modifiait mes rêveries ; cette demeure
les reflétait dans ses pierres mêmes devenues réflé-
chissantes comme la surface d'un nuage ou d'un lac.
Un donjon sans épaisseur qui n'était qu'une bande
de lumière orangée et du haut duquel le seigneur et
sa dame décidaient de la vie et de la mort de leurs
vassaux avait fait place – tout au bout de ce « côté
de Guermantes » où, par tant de beaux après-midi, je
suivais avec mes parents le cours de la Vivonne – à
cette terre torrentueuse où la duchesse m'apprenait
à pêcher la truite et à connaître le nom des fleurs
aux grappes violettes et rougeâtres qui décoraient
les murs bas des enclos environnants ; puis ç'avait

été la terre héréditaire, le poétique domaine, où cette race altière de Guermantes, comme une tour jaunissante et fleuronnée qui traverse les âges, s'élevait déjà sur la France, alors que le ciel était encore vide là où devaient plus tard surgir Notre-Dame de Paris et Notre-Dame de Chartres ; alors qu'au sommet de la colline de Laon la nef de la cathédrale ne s'était pas posée comme l'Arche du Déluge au sommet du mont Ararat, emplie de Patriarches et de Justes anxieusement penchés aux fenêtres pour voir si la colère de Dieu s'est apaisée, emportant avec elle les types des végétaux qui multiplieront sur la terre, débordante d'animaux qui s'échappent jusque par les tours où des bœufs, se promenant paisiblement sur la toiture, regardent de haut les plaines de Champagne[1] ; alors que le voyageur qui quittait Beauvais à la fin du jour ne voyait pas encore le suivre en tournoyant, dépliées sur l'écran d'or du couchant, les ailes noires et ramifiées de la cathédrale. C'était, ce Guermantes, comme le cadre d'un roman, un paysage imaginaire que j'avais peine à me représenter et d'autant plus le désir de découvrir, enclavé au milieu de terres et de routes réelles qui tout à coup s'imprégneraient de particularités héraldiques, à deux lieues d'une gare ; je me rappelais les noms des localités voisines comme si elles avaient été situées au pied du Parnasse ou de l'Hélicon, et elles me semblaient précieuses comme les conditions matérielles – en science topographique – de la production d'un phénomène mystérieux. Je revoyais les armoiries qui sont peintes aux soubassements des vitraux de Combray, et dont les quartiers s'étaient remplis, siècle par siècle, de toutes les seigneuries que, par mariages ou acquisitions, cette illustre maison avait fait voler à elle de tous les coins de l'Allemagne, de l'Italie et de la France : terres immenses du Nord, cités puissantes du Midi, venues se rejoindre et se composer en Guermantes et, perdant leur matérialité, inscrire allégoriquement leur donjon de sinople ou leur château d'argent dans son champ d'azur. J'avais entendu parler des célèbres tapisseries de Guermantes et je les voyais, médiévales et bleues, un peu grosses, se détacher comme un nuage sur le nom amarante et légendaire, au pied de l'antique forêt où chassa si souvent Childebert[1], et ce fin fond mystérieux des terres, ce lointain des siècles, il me semblait qu'aussi bien que par un voyage je pénétrerais dans leurs secrets, rien qu'en approchant un instant à Paris Mme de Guermantes, suzeraine du lieu et dame du lac[2], comme si son visage et ses paroles eussent dû posséder le charme local des futaies et des rives, et les mêmes particularités séculaires que le vieux coutumier de ses archives. Mais alors j'avais connu Saint-Loup ; il m'avait appris que le château ne s'appelait Guermantes que depuis le XVIIᵉ siècle où sa famille l'avait acquis. Elle avait résidé jusque-là dans le voisinage, et son titre ne venait pas de cette région. Le village de Guermantes avait reçu son nom du château après lequel il avait été construit, et pour qu'il n'en détruisît pas les perspectives, une servitude restée en vigueur réglait le tracé des rues et limitait la hauteur des maisons. Quant aux tapisseries, elles étaient de Boucher, achetées au XIXᵉ siècle par un Guermantes amateur, et étaient placées, à côté de tableaux de chasse médiocres qu'il avait peints lui-même, dans un fort vilain salon drapé d'andrinople et de peluche[3]. Par ces révélations, Saint-Loup avait introduit dans le château des éléments étrangers au nom de Guermantes qui ne me permirent plus de continuer à extraire uniquement de la sonorité des syllabes la maçonnerie des constructions. Alors, au fond de ce nom s'était effacé le château reflété dans

son lac, et ce qui m'était apparu autour de Mme de
Guermantes comme sa demeure, ç'avait été son hôtel
de Paris, l'hôtel de Guermantes, limpide comme
son nom, car aucun élément matériel et opaque
n'en venait interrompre et aveugler la transparence.
Comme l'église ne signifie pas seulement le temple,
mais aussi l'assemblée des fidèles, cet hôtel de Guermantes comprenait tous ceux qui partageaient la vie
de la duchesse, mais ces intimes que je n'avais jamais
vus n'étaient pour moi que des noms célèbres et poétiques, et, connaissant uniquement des personnes
qui n'étaient elles aussi que des noms, ne faisaient
qu'agrandir et protéger le mystère de la duchesse en
étendant autour d'elle un vaste halo qui allait tout
au plus en se dégradant.

Dans les fêtes qu'elle donnait, comme je n'imaginais pour les invités aucun corps, aucune moustache, aucune bottine, aucune phrase prononcée
qui fût banale, ou même originale d'une manière
humaine et rationnelle, ce tourbillon de noms introduisant moins de matière que n'eût fait un repas de
fantômes ou un bal de spectres, autour de cette sta-
tuette en porcelaine de Saxe qu'était Mme de Guermantes, gardait une transparence de vitrine à son
hôtel de verre. Puis quand Saint-Loup m'eut raconté
des anecdotes relatives au chapelain, aux jardiniers
de sa cousine, l'hôtel de Guermantes était devenu
– comme avait pu être autrefois quelque Louvre –
une sorte de château entouré, au milieu de Paris
même, de ses terres possédées héréditairement, en
vertu d'un droit antique bizarrement survivant, et sur
lesquelles elle exerçait encore des privilèges féodaux.
Mais cette dernière demeure s'était elle-même évanouie quand nous étions venus habiter tout près de
Mme de Villeparisis un des appartements voisins de
celui de Mme de Guermantes dans une aile de son

hôtel. C'était une de ces vieilles demeures comme
il en existe peut-être encore et dans lesquelles la
cour d'honneur – soit alluvions apportées par le flot
montant de la démocratie, soit legs de temps plus
anciens où les divers métiers étaient groupés autour
du seigneur – avait souvent sur ses côtés des arrière-
boutiques, des ateliers, voire quelque échoppe de
cordonnier ou de tailleur, comme celles qu'on voit
accotées aux flancs des cathédrales que l'esthétique
des ingénieurs n'a pas dégagées, un concierge save-
tier, qui élevait des poules et cultivait des fleurs – et
au fond, dans le logis « faisant hôtel », une « comtesse » qui, quand elle sortait dans sa vieille calèche
à deux chevaux, montrant sur son chapeau quelques
capucines semblant échappées du jardinet de la loge
(ayant à côté du cocher un valet de pied qui descendait corner des cartes à chaque hôtel aristocratique
du quartier), envoyait indistinctement des sourires
et des petits bonjours de la main aux enfants du
portier et aux locataires bourgeois de l'immeuble qui
passaient à ce moment-là et qu'elle confondait dans
sa dédaigneuse affabilité et sa morgue égalitaire.

Dans la maison que nous étions venus habiter, la
grande dame du fond de la cour était une duchesse,
élégante et encore jeune. C'était Mme de Guermantes, et grâce à Françoise, je possédai assez vite
des renseignements sur l'hôtel. Car les Guermantes
(que Françoise désignait souvent par les mots de « en
dessous », « en bas ») étaient sa constante préoccupation depuis le matin où, jetant, pendant qu'elle
coiffait Maman, un coup d'œil défendu, irrésistible et
furtif dans la cour, elle disait : « Tiens, deux bonnes
sœurs ; cela va sûrement en dessous » ou : « Oh !
les beaux faisans à la fenêtre de la cuisine, il n'y a
pas besoin de demander d'où qu'ils deviennent, le
duc aura-t-été à la chasse », jusqu'au soir où, si elle

entendait, pendant qu'elle me donnait mes affaires de nuit, un bruit de piano, un écho de chansonnette, elle induisait : « Ils ont du monde en bas, c'est à la gaieté » ; dans son visage régulier, sous ses cheveux blancs maintenant, un sourire de sa jeunesse animé et décent mettait alors pour un instant chacun de ses traits à sa place, les accordait dans un ordre apprêté et fin, comme avant une contredanse.

Mais le moment de la vie des Guermantes qui excitait le plus vivement l'intérêt de Françoise, lui donnait le plus de satisfaction et lui faisait aussi le plus de mal, c'était précisément celui où, la porte cochère s'ouvrant à deux battants, la duchesse montait dans sa calèche. C'était habituellement peu de temps après que nos domestiques avaient fini de célébrer cette sorte de pâque solennelle que nul ne doit interrompre, appelée leur déjeuner, et pendant laquelle ils étaient tellement « tabous » que mon père lui-même ne se fût pas permis de les sonner, sachant d'ailleurs qu'aucun ne se fût pas plus dérangé au cinquième coup qu'au premier, et qu'il eût ainsi commis cette inconvenance en pure perte, mais non pas sans dommage pour lui. Car Françoise (qui, depuis qu'elle était une vieille femme, se faisait à tout propos ce qu'on appelle une tête de circonstance) n'eût pas manqué de lui présenter toute la journée une figure couverte de petites marques cunéiformes et rouges qui déployaient au-dehors, mais d'une façon peu déchiffrable, le long mémoire de ses doléances, et les raisons profondes de son mécontentement. Elle les développait d'ailleurs, à la cantonade, mais sans que nous puissions bien distinguer les mots. Elle appelait cela – qu'elle croyait désespérant pour nous, « mortifiant », « vexant », – dire toute la sainte journée des « messes basses ».

Les derniers rites achevés, Françoise, qui était à

la fois, comme dans l'église primitive, le célébrant
et l'un des fidèles, se servait un dernier verre de
vin, détachait de son cou sa serviette, la pliait en
essuyant à ses lèvres un reste d'eau rougie et de café,
la passait dans un rond, remerciait d'un œil dolent
« son » jeune valet de pied qui pour faire du zèle lui
disait : « Voyons, Madame, encore un peu de raisin ; il est esquis », et allait aussitôt ouvrir la fenêtre
sous le prétexte qu'il faisait trop chaud « dans cette
misérable cuisine ». En jetant avec dextérité, dans le
même temps qu'elle tournait la poignée de la croisée
et prenait l'air, un coup d'œil désintéressé sur le fond
de la cour, elle y dérobait furtivement la certitude
que la duchesse n'était pas encore prête, couvait un
instant de ses regards dédaigneux et passionnés la
voiture attelée, et, cet instant d'attention une fois
donné par ses yeux aux choses de la terre, les levait
au ciel dont elle avait d'avance deviné la pureté en
sentant la douceur de l'air et la chaleur du soleil ; et
elle regardait à l'angle du toit la place où, chaque
printemps, venaient faire leur nid, juste au-dessus
de la cheminée de ma chambre, des pigeons pareils
à ceux qui roucoulaient dans sa cuisine, à Combray.

  « Ah ! Combray, Combray », s'écriait-elle. (Et le ton
presque chanté sur lequel elle déclamait cette invoca-
tion eût pu, chez Françoise, autant que l'arlésienne
pureté de son visage, faire soupçonner une origine
méridionale et que la patrie perdue qu'elle pleurait
n'était qu'une patrie d'adoption. Mais peut-être se
fût-on trompé, car il semble qu'il n'y ait pas de province qui n'ait son « Midi », et combien ne rencontre-
t-on pas de Savoyards et de Bretons chez qui l'on
trouve toutes les douces transpositions de longues
et de brèves qui caractérisent le méridional !) « Ah !
Combray, quand est-ce que je te reverrai, pauvre
terre ! Quand est-ce que je pourrai passer toute la

sainte journée sous tes aubépines et nos pauvres lilas
en écoutant les pinsons et la Vivonne qui fait comme
le murmure de quelqu'un qui chuchoterait, au lieu
d'entendre cette misérable sonnette de notre jeune
maître qui ne reste jamais une demi-heure sans me
faire courir le long de ce satané couloir. Et encore il
ne trouve pas que je vas assez vite, il faudrait qu'on
ait entendu avant qu'il ait sonné, et si vous êtes d'une
minute en retard, il "rentre" dans des colères épou-
vantables. Hélas ! pauvre Combray ! peut-être que
je ne te reverrai que morte, quand on me jettera
comme une pierre dans le trou de la tombe. Alors,
je ne les sentirai plus, tes belles aubépines toutes
blanches. Mais dans le sommeil de la mort, je crois
que j'entendrai encore ces trois coups de la sonnette
qui m'auront déjà damnée dans ma vie. »

Mais elle était interrompue par les appels du giletier
de la cour, celui qui avait tant plu autrefois à ma grand-
mère le jour où elle était allée voir Mme de Villeparisis et n'occupait pas un rang moins élevé dans
la sympathie de Françoise. Ayant levé la tête en
entendant ouvrir notre fenêtre, il cherchait déjà
depuis un moment à attirer l'attention de sa voisine
pour lui dire bonjour. La coquetterie de la jeune fille
qu'avait été Françoise affinait alors pour M. Jupien le
visage ronchonneur de notre vieille cuisinière alourdie par l'âge, la mauvaise humeur et par la chaleur
du fourneau, et c'est avec un mélange charmant de
réserve, de familiarité et de pudeur qu'elle adressait
au giletier un gracieux salut mais sans lui répondre
de la voix, car si elle enfreignait les recommandations de maman en regardant dans la cour, elle n'eût
pas osé les braver jusqu'à causer par la fenêtre, ce
qui avait le don, selon Françoise, de lui valoir, de la
part de Madame, « tout un chapitre ». Elle lui montrait la calèche attelée en ayant l'air de dire : « Des

beaux chevaux, hein ! » mais tout en murmurant :
« Quelle vieille sabraque[1] ! » et surtout parce qu'elle
savait qu'il allait lui répondre, en mettant la main
devant la bouche pour être entendu tout en parlant
à mi-voix : « *Vous* aussi vous pourriez en avoir si
vous vouliez, et même peut-être plus qu'eux, mais
vous n'aimez pas tout cela. »

Et Françoise, après un signe modeste, évasif et
ravi dont la signification était à peu près : « Chacun son genre ; ici c'est à la simplicité », refermait
la fenêtre de peur que maman n'arrivât. Ces « vous »
qui eussent pu avoir plus de chevaux que les Guermantes, c'était nous, mais Jupien avait raison de dire
« vous », car, sauf pour certains plaisirs d'amour-
propre purement personnels (comme celui, quand
elle toussait sans arrêter et que toute la maison avait
peur de prendre son rhume, de prétendre avec un
ricanement irritant qu'elle n'était pas enrhumée),
pareille à ces plantes qu'un animal auquel elles sont
entièrement unies nourrit d'aliments qu'il attrape,
mange, digère pour elles et qu'il leur offre dans
son dernier et tout assimilable résidu, Françoise
vivait avec nous en symbiose ; c'est nous qui, avec
nos vertus, notre fortune, notre train de vie, notre
situation, devions nous charger d'élaborer les petites
satisfactions d'amour-propre dont était formée – en
y ajoutant le droit reconnu d'exercer librement le
culte du déjeuner suivant la coutume ancienne com-
portant la petite gorgée d'air à la fenêtre quand il
était fini, quelque flânerie dans la rue en allant faire
ses emplettes et une sortie le dimanche pour aller
voir sa nièce – la part de contentement indispensable à sa vie. Aussi comprend-on que Françoise
avait pu dépérir, les premiers jours, en proie – dans
une maison où tous les titres honorifiques de mon
père n'étaient pas encore connus – à un mal qu'elle

appelait elle-même l'ennui, l'ennui dans ce sens énergique qu'il a chez Corneille[1] ou sous la plume des soldats qui finissent par se suicider parce qu'ils s'« ennuient » trop après leur fiancée, leur village. L'ennui de Françoise avait été vite guéri par Jupien précisément, car il lui procura tout de suite un plaisir aussi vif et plus raffiné que celui qu'elle aurait eu si nous nous étions décidés à avoir une voiture. « Du bien bon monde, ces Julien (Françoise assimilant volontiers les mots nouveaux à ceux qu'elle connaissait déjà), de bien braves gens, et ils le portent sur la figure. » Jupien sut en effet comprendre et enseigner à tous que si nous n'avions pas d'équipage, c'est que nous ne voulions pas. Cet ami de Françoise vivait peu chez lui, ayant obtenu une place d'employé dans un ministère. Giletier d'abord avec la « gamine » que ma grand-mère avait prise pour sa fille, il avait perdu tout avantage à en exercer le métier quand la petite qui presque encore enfant savait déjà très bien recoudre une jupe, quand ma grand-mère était allée autrefois faire une visite à Mme de Villeparisis, s'était tournée vers la couture pour dames et était devenue jupière. D'abord « petite main » chez une couturière, employée à faire un point, à recoudre un volant, à attacher un bouton ou une « pression », à ajuster un tour de taille avec des agrafes, elle avait vite passé deuxième puis première, et s'étant fait une clientèle de dames du meilleur monde, elle travaillait chez elle, c'est-à-dire dans notre cour, le plus souvent avec une ou deux de ses petites camarades de l'atelier qu'elle employait comme apprenties. Dès lors la présence de Jupien avait été moins utile. Sans doute la petite, devenue grande, avait encore souvent à faire des gilets. Mais aidée de ses amies elle n'avait besoin de personne. Aussi Jupien, son oncle, avait-il sollicité un emploi. Il fut libre d'abord de rentrer à

midi, puis, ayant remplacé définitivement celui qu'il
secondait seulement, pas avant l'heure du dîner. Sa
« titularisation » ne se produisit heureusement que
quelques semaines après notre emménagement, de
sorte que la gentillesse de Jupien put s'exercer assez
longtemps pour aider Françoise à franchir sans trop
de souffrances les premiers temps si difficiles. D'ailleurs, sans méconnaître l'utilité qu'il eut ainsi pour
Françoise à titre de « médicament de transition »,
je dois reconnaître que Jupien ne m'avait pas plu
beaucoup au premier abord. À quelques pas de distance, détruisant entièrement l'effet qu'eussent produit sans cela ses grosses joues et son teint fleuri, ses
yeux débordés par un regard compatissant, désolé
et rêveur, faisaient penser qu'il était très malade ou
venait d'être frappé d'un grand deuil. Non seulement
il n'en était rien, mais dès qu'il parlait, parfaitement
bien d'ailleurs, il était plutôt froid et railleur. Il résultait de ce désaccord entre son regard et sa parole
quelque chose de faux qui n'était pas sympathique
et par quoi il avait l'air lui-même de se sentir aussi
gêné qu'un invité en veston dans une soirée où tout
le monde est en habit, ou que quelqu'un qui ayant à
répondre à une Altesse ne sait pas au juste comment
il faut lui parler et tourne la difficulté en réduisant
ses phrases à presque rien. Celles de Jupien – car
c'est pure comparaison – étaient au contraire charmantes. Correspondant peut-être à cette inondation
du visage par les yeux (à laquelle on ne faisait plus
attention quand on le connaissait), je discernai vite,
en effet, chez lui une intelligence rare et l'une des
plus naturellement littéraires qu'il m'ait été donné
de connaître, en ce sens que, sans culture probablement, il possédait ou s'était assimilé, rien qu'à l'aide
de quelques livres hâtivement parcourus, les tours
les plus ingénieux de la langue. Les gens les plus

doués que j'avais connus étaient morts très jeunes. Aussi étais-je persuadé que la vie de Jupien finirait vite. Il avait de la bonté, de la pitié, les sentiments les plus délicats, les plus généreux. Son rôle dans la vie de Françoise avait vite cessé d'être indispensable. Elle avait appris à le doubler.

Même quand un fournisseur ou un domestique venait nous apporter quelque paquet, tout en ayant l'air de ne pas s'occuper de lui, et en lui désignant seulement d'un air détaché une chaise, pendant qu'elle continuait son ouvrage, Françoise mettait si habilement à profit les quelques instants qu'il passait dans la cuisine en attendant la réponse de Maman, qu'il était bien rare qu'il repartît sans avoir indestructiblement gravée en lui la certitude que « si nous n'en avions pas, c'est que nous ne voulions pas ». Si elle tenait tant d'ailleurs à ce que l'on sût que nous avions « d'argent » (car elle ignorait l'usage de ce que Saint-Loup appelait les articles partitifs et disait : « avoir d'argent », « apporter d'eau »), à ce qu'on nous sût riches, ce n'est pas que la richesse sans plus, la richesse sans la vertu, fût aux yeux de Françoise le bien suprême, mais la vertu sans la richesse n'était pas non plus son idéal. La richesse était pour elle comme une condition nécessaire de la vertu, à défaut de laquelle la vertu serait sans mérite et sans charme. Elle les séparait si peu qu'elle avait fini par prêter à chacune les qualités de l'autre, à exiger quelque confortable dans la vertu, à reconnaître quelque chose d'édifiant dans la richesse.

Une fois la fenêtre refermée, assez rapidement (sans cela, Maman lui eût, paraît-il, « raconté toutes les injures imaginables »), Françoise commençait en soupirant à ranger la table de la cuisine.

« Il y a des Guermantes qui restent rue de la Chaise, disait le valet de chambre, j'avais un ami qui y avait travaillé ; il était second cocher chez eux. Et je connais quelqu'un, pas mon copain alors, mais son beau-frère, qui avait fait son temps au régiment avec un piqueur du baron de Guermantes. "Et après tout allez-y donc, c'est pas mon père !" » ajoutait le valet de chambre qui avait l'habitude, comme il fredonnait les refrains de l'année[1], de parsemer ses discours des plaisanteries nouvelles.

Françoise, avec la fatigue de ses yeux de femme déjà âgée et qui d'ailleurs voyaient tout de Combray, dans un vague lointain, distingua non la plaisanterie qui était dans ces mots, mais qu'il devait y en avoir une, car ils n'étaient pas en rapport avec la suite du propos, et avaient été lancés avec force par quelqu'un qu'elle savait farceur. Aussi sourit-elle d'un air bien-veillant et ébloui et comme si elle disait : « Toujours le même, ce Victor ! » Elle était du reste heureuse, car elle savait qu'entendre des traits de ce genre se rattache de loin à ces plaisirs honnêtes de la société pour lesquels dans tous les mondes on se dépêche de faire toilette, on risque de prendre froid. Enfin elle croyait que le valet de chambre était un ami pour elle car il ne cessait de lui dénoncer avec indignation les mesures terribles que la République allait prendre contre le clergé. Françoise n'avait pas encore compris que les plus cruels de nos adversaires ne sont pas ceux qui nous contredisent et essayent de nous persuader, mais ceux qui grossissent ou inventent les nouvelles qui peuvent nous désoler, en se gardant bien de leur donner une apparence de justification qui diminuerait notre peine et nous donnerait peut-être une légère estime pour un parti qu'ils tiennent à nous montrer, pour notre complet supplice, à la fois atroce et triomphant.

« La duchesse doit être alliancée avec tout ça », dit Françoise en reprenant la conversation aux

Guermantes de la rue de la Chaise, comme on recommence un morceau à l'andante. « Je ne sais plus qui qui m'a dit qu'un de ceux-là avait marié une cousine au duc. En tout cas c'est de la même "parenthèse". C'est une grande famille que les Guermantes ! » ajoutait-elle avec respect, fondant la grandeur de cette famille à la fois sur le nombre de ses membres et l'éclat de son illustration, comme Pascal, la vérité de la religion sur la raison et l'autorité des Écritures[1]. Car n'ayant que ce seul mot de « grand » pour les deux choses, il lui semblait qu'elles n'en formaient qu'une seule, son vocabulaire, comme certaines pierres, présentant ainsi par endroits un défaut qui projetait de l'obscurité jusque dans la pensée de Françoise.

« Je me demande si ce serait pas "eusse" qui ont leur château à Guermantes, à dix lieues de Combray, alors ça doit être parent aussi à leur cousine d'Alger. » Nous nous demandâmes longtemps ma mère et moi qui pouvait être cette cousine d'Alger, mais nous comprîmes enfin que Françoise entendait par le nom d'Alger la ville d'Angers. Ce qui est lointain peut nous être plus connu que ce qui est proche. Françoise, qui savait le nom d'Alger à cause d'affreuses dattes que nous recevions au jour de l'An, ignorait celui d'Angers. Son langage, comme la langue française elle-même, et surtout sa toponymie, était parsemé d'erreurs. « Je voulais en causer à leur maître d'hôtel. – Comment donc qu'on lui dit ? » s'interrompit-elle, comme se posant une question de protocole ; elle se répondit à elle-même : « Ah oui ! c'est Antoine qu'on lui dit », comme si Antoine avait été un titre. « C'est lui qu'aurait pu m'en dire, mais c'est un vrai seigneur, un grand pédant, on dirait qu'on lui a coupé la langue ou qu'il a oublié d'apprendre à parler. Il ne vous fait même pas réponse

quand on lui cause », ajoutait Françoise qui disait
« faire réponse », comme Mme de Sévigné[1]. « Mais,
ajouta-t-elle sans sincérité, du moment que je sais
ce qui cuit dans ma marmite, je ne m'occupe pas
de celle des autres. En tout cas, tout ça n'est pas
catholique. Et puis c'est pas un homme courageux
(cette appréciation aurait pu faire croire que Françoise avait changé d'avis sur la bravoure qui, selon
elle, à Combray, ravalait les hommes aux animaux
féroces, mais il n'en était rien. Courageux signifiait
seulement travailleur). On dit aussi qu'il est voleur
comme une pie, mais il ne faut pas toujours croire
les cancans. Ici tous les employés partent, rapport à
la loge, les concierges sont jaloux et ils montent la
tête à la duchesse. Mais on peut bien dire que c'est
un vrai feignant que cet Antoine, et son "Antoinesse"
ne vaut pas mieux que lui », ajoutait Françoise qui,
pour trouver au nom d'Antoine un féminin qui dési-
gnât la femme du maître d'hôtel, avait sans doute
dans sa création grammaticale un inconscient res-
souvenir de chanoine et chanoinesse. Elle ne parlait
pas mal en cela. Il existe encore près de Notre-Dame
une rue appelée rue Chanoinesse, nom qui lui avait
été donné (parce qu'elle n'était habitée que par des
chanoines) par ces Français de jadis, dont Françoise
était, en réalité, la contemporaine. On avait d'ailleurs, immédiatement après, un nouvel exemple de
cette manière de former les féminins, car Françoise
ajoutait : « Mais sûr et certain que c'est à la duchesse
qu'est le château de Guermantes. Et c'est elle dans le
pays qu'est madame la mairesse. C'est quelque chose.

— Je comprends que c'est quelque chose », disait
avec conviction le valet de pied, n'ayant pas démêlé
l'ironie.

« Penses-tu, mon garçon, que c'est quelque chose ?
mais pour des gens comme "eusse", être maire et

mairesse c'est trois fois rien. Ah ! si c'était à moi le
château de Guermantes, on ne me verrait pas souvent à Paris. Faut-il tout de même que des maîtres,
des personnes qui ont de quoi comme Monsieur et
Madame, en aient des idées pour rester dans cette
misérable ville plutôt que non pas aller à Combray
dès l'instant qu'ils sont libres de faire et que personne les retient. Qu'est-ce qu'ils attendent pour
prendre leur retraite puisqu'ils ne manquent de rien ;
d'être morts ? Ah ! si j'avais seulement du pain sec
à manger et du bois pour me chauffer l'hiver, il y a
beau temps que je serais chez moi dans la pauvre
maison de mon frère à Combray. Là-bas on se sent
vivre au moins, on n'a pas toutes ces maisons devant
soi, il y a si peu de bruit que la nuit on entend les
grenouilles chanter à plus de deux lieues.

— Ça doit être vraiment beau, madame », s'écriait
le jeune valet de pied avec enthousiasme, comme si
ce dernier trait avait été aussi particulier à Combray
que la vie en gondole à Venise.

D'ailleurs, plus récent dans la maison que le valet
de chambre, il parlait à Françoise des sujets qui pouvaient intéresser non lui-même, mais elle. Et Françoise, qui faisait la grimace quand on la traitait de
cuisinière, avait pour le valet de pied, qui disait en
parlant d'elle « la gouvernante », la bienveillance spéciale qu'éprouvent certains princes de second ordre
envers les jeunes gens bien intentionnés qui leur
donnent de l'Altesse.

« Au moins on sait ce qu'on fait et dans quelle saison qu'on vit. Ce n'est pas comme ici qu'il n'y aura
pas plus un méchant bouton d'or à la sainte Pâques
qu'à la Noël, et que je ne distingue pas seulement
un petit angélus quand je lève ma vieille carcasse.
Là-bas, on entend chaque heure, ce n'est qu'une
pauvre cloche, mais tu te dis : "Voilà mon frère qui

rentre des champs", tu vois le jour qui baisse, on sonne pour les biens de la terre[1], tu as le temps de te retourner avant d'allumer ta lampe. Ici il fait jour, il fait nuit, on va se coucher qu'on ne pourrait seulement pas plus dire que les bêtes ce qu'on a fait.

— Il paraît que Méséglise aussi c'est bien joli, madame », interrompait le jeune valet de pied au gré de qui la conversation prenait un tour un peu abstrait et qui se souvenait par hasard de nous avoir entendus parler à table de Méséglise.

« Oh ! Méséglise », disait Françoise avec le large sourire qu'on amenait toujours sur ses lèvres quand on prononçait ces noms de Méséglise, de Combray, de Tansonville. Ils faisaient tellement partie de sa propre existence qu'elle éprouvait à les rencontrer au-dehors, à les entendre dans une conversation, une gaieté assez voisine de celle qu'un professeur excite dans sa classe en faisant allusion à tel personnage contemporain dont ses élèves n'auraient pas cru que le nom pût jamais tomber du haut de la chaire. Son plaisir venait aussi de sentir que ces pays-là étaient pour elle quelque chose qu'ils n'étaient pas pour les autres, de vieux camarades avec qui on a fait bien des parties ; et elle leur souriait comme si elle leur trouvait de l'esprit, parce qu'elle retrouvait en eux beaucoup d'elle-même.

« Oui, tu peux le dire, mon fils, c'est assez joli Méséglise, reprenait-elle en riant finement ; mais comment que tu en as eu entendu causer, toi, de Méséglise ?

— Comment que j'ai entendu causer de Méséglise ? mais c'est bien connu ; on m'en a causé et même souventes fois causé », répondait-il avec cette criminelle inexactitude des informateurs qui, chaque fois que nous cherchons à nous rendre compte objectivement de l'importance que peut avoir pour les autres une chose qui nous concerne, nous mettent dans l'impossibilité d'y réussir.

« Ah ! je vous réponds qu'il fait meilleur là sous les cerisiers que près du fourneau. »

Elle leur parlait même d'Eulalie comme d'une bonne personne. Car depuis qu'Eulalie était morte, Françoise avait complètement oublié qu'elle l'avait peu aimée durant sa vie, comme elle aimait peu toute personne qui n'avait rien à manger chez soi, qui « crevait la faim » et venait ensuite, comme une propre à rien, grâce à la bonté des riches, « faire des manières ». Elle ne souffrait plus de ce qu'Eulalie eût si bien su se faire chaque semaine « donner la pièce » par ma tante. Quant à celle-ci, Françoise ne cessait de chanter ses louanges.

« Mais c'est à Combray même, chez une cousine de Madame, que vous étiez, alors ? demandait le jeune valet de pied.

— Oui, chez Mme Octave, ah ! une bien sainte femme, mes pauvres enfants, et où il y avait toujours de quoi, et du beau et du bon, une bonne femme, vous pouvez dire, qui ne plaignait pas les perdreaux, ni les faisans, ni rien, que vous pouviez arriver dîner à cinq, à six, ce n'était pas la viande qui manquait, et de première qualité encore, et vin blanc, et vin rouge, tout ce qu'il fallait. » (Françoise employait le verbe « plaindre » dans le même sens que fait La Bruyère[1].) « Tout était toujours à ses dépens, même si la famille, elle restait des mois et *an*-nées. » (Cette réflexion n'avait rien de désobligeant pour nous, car Françoise était d'un temps où « dépens » n'était pas réservé au style judiciaire et signifiait seulement dépense.) « Ah ! je vous réponds qu'on ne partait pas de là avec la faim. Comme M. le curé nous l'a eu fait ressortir bien des fois, s'il y a une femme qui peut compter d'aller près du bon Dieu, sûr et certain que c'est elle. Pauvre Madame, je l'entends encore qui me disait de sa petite voix : "Françoise, vous savez, moi je ne mange pas, mais je veux que ce soit aussi bon pour tout le monde que si je mangeais." Bien sûr que c'était pas pour elle. Vous l'auriez vue, elle ne pesait pas plus qu'un paquet de cerises ; il n'y en avait pas. Elle ne voulait pas me croire, elle ne voulait jamais aller au médecin. Ah ! ce n'est pas là-bas qu'on aurait rien mangé à la va-vite. Elle voulait que ses domestiques soient bien nourris. Ici, encore ce matin, nous n'avons pas seulement eu le temps de casser la croûte. Tout se fait à la sauvette. »

Elle était surtout exaspérée par les biscottes de pain grillé que mangeait mon père. Elle était persuadée qu'il en usait pour faire des manières et la faire « valser ». « Je peux dire, approuvait le jeune valet de pied, que j'ai jamais vu ça ! » Il le disait comme s'il avait tout vu et si en lui les enseignements d'une expérience millénaire s'étendaient à tous les pays et à leurs usages parmi lesquels ne figurait nulle part celui du pain grillé. « Oui, oui, grommelait le maître d'hôtel, mais tout cela pourrait bien changer, les ouvriers doivent faire une grève au Canada et le ministre a dit l'autre soir à Monsieur qu'il a touché pour ça deux cent mille francs. » Le maître d'hôtel était loin de l'en blâmer, non qu'il ne fût lui-même parfaitement honnête, mais croyant tous les hommes politiques véreux, le crime de concussion lui paraissait moins grave que le plus léger délit de vol. Il ne se demandait même pas s'il avait bien entendu cette parole historique et il n'était pas frappé de l'invraisemblance qu'elle eût été dite par le coupable lui-même à mon père, sans que celui-ci l'eût mis dehors. Mais la philosophie de Combray empêchait que Françoise pût espérer que les grèves du Canada eussent une répercussion sur l'usage des biscottes :

« Tant que le monde sera monde, voyez-vous, disait-elle, il y aura des maîtres pour nous faire trotter et des domestiques pour faire leurs caprices. » En dépit de la théorie de cette trotte perpétuelle, déjà depuis un quart d'heure ma mère, qui n'usait probablement pas des mêmes mesures que Françoise pour apprécier la longueur du déjeuner de celle-ci, disait : « Mais qu'est-ce qu'ils peuvent bien faire, voilà plus de deux heures qu'ils sont à table. » Et elle sonnait timidement trois ou quatre fois. Françoise, son valet de pied, le maître d'hôtel entendaient les coups de sonnette non comme un appel et sans songer à venir, mais pourtant comme les premiers sons des instruments qui s'accordent quand un concert va bientôt recommencer et qu'on sent qu'il n'y aura plus que quelques minutes d'entracte. Aussi quand les coups commençaient à se répéter et à devenir plus insistants, nos domestiques se mettaient à y prendre garde et, estimant qu'ils n'avaient plus beaucoup de temps devant eux et que la reprise du travail était proche, à un tintement de la sonnette un peu plus sonore que les autres, ils poussaient un soupir et, prenant leur parti, le valet de pied descendait fumer une cigarette devant la porte, Françoise, après quelques réflexions sur nous, telles que « ils ont sûrement la bougeotte », montait ranger ses affaires dans son sixième, et le maître d'hôtel ayant été chercher du papier à lettres dans ma chambre, expédiait rapidement sa correspondance privée.

Malgré l'air de morgue de leur maître d'hôtel, Françoise avait pu, dès les premiers jours, m'apprendre que les Guermantes n'habitaient pas leur hôtel en vertu d'un droit immémorial mais d'une location assez récente, et que le jardin sur lequel il donnait du côté que je ne connaissais pas était assez petit et semblable à tous les jardins contigus ;

et je sus enfin qu'on n'y voyait ni gibet seigneurial, ni moulin fortifié, ni sauvoir[1], ni colombier à piliers, ni four banal, ni grange à nef, ni châtelet, ni ponts fixes ou levis, voire volants non plus que péagers, ni aiguilles, chartes murales ou montjoies. Mais comme Elstir, quand la baie de Balbec, ayant perdu son mystère, était devenue pour moi une partie quelconque, interchangeable avec toute autre, des quantités d'eau salée qu'il y a sur le globe, lui avait tout d'un coup rendu une individualité en me disant que c'était le golfe d'opale de Whistler dans ses harmonies bleu argent[2], ainsi le nom de Guermantes avait vu mourir sous les coups de Françoise la dernière demeure issue de lui, quand un vieil ami de mon père nous dit un jour en parlant de la duchesse : « Elle a la plus grande situation dans le faubourg Saint-Germain, elle a la première maison du faubourg Saint-Germain. » Sans doute le premier salon, la première maison du faubourg Saint-Germain, c'était bien peu de chose auprès des autres demeures que j'avais successivement rêvées. Mais enfin celle-ci encore, et ce devait être la dernière, avait quelque chose, si humble ce fût-il, qui était, au-delà de sa propre matière, une différenciation secrète.

Et cela m'était d'autant plus nécessaire de pouvoir chercher dans le « salon » de Mme de Guermantes, dans ses amis, le mystère de son nom, que je ne le trouvais pas dans sa personne quand je la voyais sortir le matin à pied ou l'après-midi en voiture. Certes déjà dans l'église de Combray, elle m'était apparue dans l'éclair d'une métamorphose avec des joues irréductibles, impénétrables à la couleur du nom de Guermantes et des après-midi au bord de la Vivonne, à la place de mon rêve foudroyé, comme un cygne ou un saule en lequel a été changé un dieu ou une nymphe et qui désormais soumis aux

lois de la nature glissera dans l'eau ou sera agité
par le vent. Pourtant ces reflets évanouis, à peine
l'avais-je eu quittée qu'ils s'étaient reformés comme
les reflets roses et verts du soleil couché, derrière la
rame qui les a brisés, et dans la solitude de ma pensée le nom avait eu vite fait de s'approprier le souvenir du visage. Mais maintenant souvent je la voyais
à sa fenêtre, dans la cour, dans la rue ; et moi du
moins si je ne parvenais pas à intégrer en elle le nom
de Guermantes, à penser qu'elle était Mme de Guermantes, j'en accusais l'impuissance de mon esprit à
aller jusqu'au bout de l'acte que je lui demandais ;
mais elle, notre voisine, elle semblait commettre la
même erreur ; bien plus, la commettre sans trouble,
sans aucun de mes scrupules, sans même le soupçon
que ce fût une erreur. Ainsi Mme de Guermantes
montrait dans ses robes le même souci de suivre la
mode que si, se croyant devenue une femme comme
les autres, elle avait aspiré à cette élégance de la
toilette dans laquelle des femmes quelconques pouvaient l'égaler, la surpasser peut-être ; je l'avais vue
dans la rue regarder avec admiration une actrice
bien habillée ; et le matin, au moment où elle allait
sortir à pied, comme si l'opinion des passants dont
elle faisait ressortir la vulgarité en promenant
familièrement au milieu d'eux sa vie inaccessible,
pouvait être un tribunal pour elle, je pouvais l'apercevoir devant sa glace, jouant, avec une conviction
exempte de dédoublement et d'ironie, avec passion,
avec mauvaise humeur, avec amour-propre, comme
une reine qui a accepté de représenter une soubrette
dans une comédie de cour, ce rôle, si inférieur à elle,
de femme élégante ; et dans l'oubli mythologique de
sa grandeur native, elle regardait si sa voilette était
bien tirée, aplatissait ses manches, ajustait son manteau, comme le cygne divin fait tous les mouvements

de son espèce animale, garde ses yeux peints des
deux côtés de son bec sans y mettre de regards et se
jette tout d'un coup sur un bouton ou un parapluie,
en cygne, sans se souvenir qu'il est un dieu. Mais
comme le voyageur, déçu par le premier aspect d'une
ville, se dit qu'il en pénétrera peut-être le charme en
en visitant les musées, en liant connaissance avec
le peuple, en travaillant dans les bibliothèques, je
me disais que si j'avais été reçu chez Mme de Guermantes, si j'étais de ses amis, si je pénétrais dans son
existence, je connaîtrais ce que sous son enveloppe
orangée et brillante son nom enfermait réellement,
objectivement, pour les autres, puisque enfin l'ami
de mon père avait dit que le milieu des Guermantes
était quelque chose d'à part dans le faubourg Saint-
Germain.

La vie que je supposais y être menée dérivait d'une
source si différente de l'expérience et me semblait
devoir être si particulière, que je n'aurais pu imaginer aux soirées de la duchesse la présence de
personnes que j'eusse autrefois fréquentées, de personnes réelles. Car ne pouvant changer subitement de
nature, elles auraient tenu là des propos analogues à
ceux que je connaissais ; leurs partenaires se seraient
peut-être abaissés à leur répondre dans le même langage humain ; et pendant une soirée dans le premier
salon du faubourg Saint-Germain, il y aurait eu des
instants identiques à des instants que j'avais déjà
vécus : ce qui était impossible. Il est vrai que mon
esprit était embarrassé par certaines difficultés, et la
présence du corps de Jésus-Christ dans l'hostie ne me
semblait pas un mystère plus obscur que ce premier
salon du Faubourg situé sur la rive droite et dont je
pouvais de ma chambre entendre battre les meubles
le matin. Mais la ligne de démarcation qui me séparait du faubourg Saint-Germain, pour être seulement

idéale, ne m'en semblait que plus réelle ; je sentais
bien que c'était déjà le Faubourg, le paillasson des
Guermantes étendu de l'autre côté de cet Équateur et
dont ma mère avait osé dire, l'ayant aperçu comme
moi, un jour que leur porte était ouverte, qu'il était
en bien mauvais état. Au reste, comment leur salle
à manger, leur galerie obscure, aux meubles de
peluche rouge, que je pouvais apercevoir quelquefois par la fenêtre de notre cuisine, ne m'auraient-ils
pas semblé posséder le charme mystérieux du faubourg Saint-Germain, en faire partie d'une façon
essentielle, y être géographiquement situés, puisque
avoir été reçu dans cette salle à manger, c'était être
allé dans le faubourg Saint-Germain, en avoir res-
piré l'atmosphère, puisque ceux qui, avant d'aller
à table, s'asseyaient à côté de Mme de Guermantes
sur le canapé de cuir de la galerie, étaient tous du
faubourg Saint-Germain ? Sans doute, ailleurs que
dans le faubourg, dans certaines soirées, on pouvait
voir parfois, trônant majestueusement au milieu du
peuple vulgaire des élégants, l'un de ces hommes
qui ne sont que des noms et qui prennent tour à
tour quand on cherche à se les représenter l'aspect
d'un tournoi et d'une forêt domaniale. Mais ici, dans
le premier salon du faubourg Saint-Germain, dans
la galerie obscure, il n'y avait qu'eux. Ils étaient,
en une matière précieuse, les colonnes qui soutenaient le temple. Même pour les réunions familières,
ce n'était que parmi eux que Mme de Guermantes
pouvait choisir ses convives, et dans les dîners de
douze personnes, assemblés autour de la nappe servie, ils étaient comme les statues d'or des apôtres de
la Sainte-Chapelle, piliers symboliques et consécra-
teurs, devant la Sainte Table[1]. Quant au petit bout
de jardin qui s'étendait entre de hautes murailles,
derrière l'hôtel et où l'été Mme de Guermantes

faisait après dîner servir des liqueurs et l'orangeade, comment n'aurais-je pas pensé que s'asseoir, entre neuf et onze heures du soir, sur ses chaises de fer – douées d'un aussi grand pouvoir que le canapé de cuir – sans respirer les brises particulières au faubourg Saint-Germain, était aussi impossible que de faire la sieste dans l'oasis de Figuig, sans être par cela même en Afrique ? Il n'y a que l'imagination et la croyance qui peuvent différencier des autres certains objets, certains êtres, et créer une atmosphère. Hélas ! ces sites pittoresques, ces accidents naturels, ces curiosités locales, ces ouvrages d'art du faubourg Saint-Germain, il ne me serait sans doute jamais donné de poser mes pas parmi eux. Et je me contentais de tressaillir en apercevant de la haute mer (et sans espoir d'y jamais aborder), comme un minaret avancé, comme un premier palmier, comme le commencement de l'industrie ou de la végétation exotiques, le paillasson usé du rivage.

Mais si l'hôtel de Guermantes commençait pour moi à la porte de son vestibule, ses dépendances devaient s'étendre beaucoup plus loin au jugement du duc qui, tenant tous les locataires pour fermiers, manants, acquéreurs de biens nationaux, dont l'opinion ne compte pas, se faisait la barbe le matin en chemise de nuit à sa fenêtre, descendait dans la cour, selon qu'il avait plus ou moins chaud, en bras de chemise, en pyjama, en veston écossais de couleur rare, à longs poils, en petits paletots clairs plus courts que son veston, et faisait trotter en main devant lui par un de ses piqueurs quelque nouveau cheval qu'il avait acheté. Plus d'une fois même le cheval abîma la devanture de Jupien, lequel indigna le duc en demandant une indemnité. « Quand ce ne serait qu'en considération de tout le bien que Madame la Duchesse fait dans la maison et dans la

paroisse, disait M. de Guermantes, c'est une infamie
de la part de ce quidam de nous réclamer quelque
chose. » Mais Jupien avait tenu bon, paraissant ne
pas du tout savoir quel « bien » avait jamais fait
la duchesse. Pourtant elle en faisait, mais, comme
on ne peut l'étendre sur tout le monde, le souvenir d'avoir comblé l'un est une raison pour s'abstenir à l'égard d'un autre chez qui on excite d'autant
plus de mécontentement. À d'autres points de vue
d'ailleurs que celui de la bienfaisance, le quartier
ne paraissait au duc – et cela jusqu'à de grandes
distances – qu'un prolongement de sa cour, une
piste plus étendue pour ses chevaux. Après avoir
vu comment un nouveau cheval trottait seul, il le
faisait atteler, traverser toutes les rues avoisinantes,
le piqueur courant le long de la voiture en tenant les
guides, le faisant passer et repasser devant le duc
arrêté sur le trottoir, debout, géant, énorme, habillé
de clair, le cigare à la bouche, la tête en l'air, le
monocle curieux, jusqu'au moment où il sautait sur
le siège, menait le cheval lui-même pour l'essayer,
et partait avec le nouvel attelage retrouver sa maîtresse aux Champs-Élysées. M. de Guermantes disait
bonjour dans la cour à deux couples qui tenaient
plus ou moins à son monde : un ménage de cousins à lui, qui, comme les ménages d'ouvriers, n'était
jamais à la maison pour soigner les enfants, car dès
le matin la femme partait à la « Schola[1] » apprendre
le contrepoint et la fugue, et le mari à son atelier
faire de la sculpture sur bois et des cuirs repoussés ;
puis le baron et la baronne de Norpois, habillés toujours en noir, la femme en loueuse de chaises et le
mari en croque-mort, qui sortaient plusieurs fois par
jour pour aller à l'église. Ils étaient les neveux de
l'ancien ambassadeur que nous connaissions et que
justement mon père avait rencontré sous la voûte de

l'escalier mais sans comprendre d'où il venait ; car mon père pensait qu'un personnage aussi considérable, qui s'était trouvé en relation avec les hommes les plus éminents de l'Europe et était probablement fort indifférent à de vaines distinctions aristocratiques, ne devait guère fréquenter ces nobles obscurs, cléricaux et bornés. Ils habitaient depuis peu dans la maison ; Jupien étant venu dire un mot dans la cour au mari qui était en train de saluer M. de Guermantes, l'appela « M. Norpois », ne sachant pas exactement son nom.

« Ah ! monsieur Norpois, ah ! c'est vraiment trouvé ! Patience ! bientôt ce particulier vous appellera citoyen Norpois ! » s'écria, en se tournant vers le baron, M. de Guermantes. Il pouvait enfin exhaler sa mauvaise humeur contre Jupien qui lui disait « monsieur » et non « monsieur le duc ».

Un jour que M. de Guermantes avait besoin d'un renseignement qui se rattachait à la profession de mon père, il s'était présenté lui-même avec beaucoup de grâce. Depuis il avait souvent quelque service de voisin à lui demander, et dès qu'il l'apercevait en train de descendre l'escalier tout en songeant à quelque travail et désireux d'éviter toute rencontre, le duc quittait ses hommes d'écuries, venait à mon père dans la cour, lui arrangeait le col de son pardessus, avec la serviabilité héritée des anciens valets de chambre du Roi, lui prenait la main et la retenant dans la sienne, la lui caressant même pour lui prouver, avec une impudeur de courtisane, qu'il ne lui marchandait pas le contact de sa chair précieuse, il le menait en laisse, fort ennuyé et ne pensant qu'à s'échapper, jusqu'au-delà de la porte cochère. Il nous avait fait de grands saluts un jour qu'il nous avait croisés au moment où il sortait en voiture avec sa femme, il avait dû lui dire mon nom, mais quelle chance y avait-il pour qu'elle se le fût rappelé, ni mon visage ? Et puis quelle piètre recommandation que d'être désigné seulement comme étant un de ses locataires ! Une plus importante eût été de rencontrer la duchesse chez Mme de Villeparisis qui justement m'avait fait demander par ma grand-mère d'aller la voir, et, sachant que j'avais eu l'intention de faire de la littérature, avait ajouté que je rencontrerais chez elle des écrivains. Mais mon père trouvait que j'étais encore bien jeune pour aller dans le monde et, comme l'état de ma santé ne laissait pas de l'inquiéter, il ne tenait pas à me fournir des occasions inutiles de sorties nouvelles.

Comme un des valets de pied de Mme de Guermantes causait beaucoup avec Françoise, j'entendis nommer quelques-uns des salons où elle allait, mais je ne me les représentais pas : du moment qu'ils étaient une partie de sa vie, de sa vie que je ne voyais qu'à travers son nom, n'étaient-ils pas inconcevables ?

« Il y a ce soir grande soirée d'ombres chinoises chez la princesse de Parme, disait le valet de pied, mais nous n'irons pas, parce que, à cinq heures, Madame prend le train de Chantilly pour aller passer deux jours chez le duc d'Aumale[1], mais c'est la femme de chambre et le valet de chambre qui y vont. Moi je reste ici. Elle ne sera pas contente, la princesse de Parme, elle a écrit plus de quatre fois à Madame la Duchesse.

— Alors vous n'êtes plus pour aller au château de Guermantes cette année ?

— C'est la première fois que nous n'y serons pas : à cause des rhumatismes à Monsieur le Duc, le docteur a défendu qu'on y retourne avant qu'il y ait un calorifère, mais avant ça tous les ans on y était pour jusqu'en janvier. Si le calorifère n'est pas prêt,

peut-être Madame ira quelques jours à Cannes chez
la duchesse de Guise, mais ce n'est pas encore sûr.

— Et au théâtre est-ce que vous y allez ?

— Nous allons quelquefois à l'Opéra, quelquefois
aux soirées d'abonnement de la princesse de Parme,
c'est tous les huit jours ; il paraît que c'est très chic
ce qu'on voit : il y a pièces, opéra, tout. Madame la
Duchesse n'a pas voulu prendre d'abonnements mais
nous y allons tout de même une fois dans une loge
d'une amie à Madame, une autre fois dans une autre,
souvent dans la baignoire de la princesse de Guermantes, la femme du cousin à Monsieur le Duc. C'est
la sœur au duc de Bavière. – Et alors vous remontez comme ça chez vous, disait le valet de pied qui,
bien qu'identifié aux Guermantes, avait cependant
des *maîtres* en général une notion politique qui lui
permettait de traiter Françoise avec autant de respect que si elle avait été placée chez une duchesse.
Vous êtes d'une bonne santé, madame.

— Ah ! sans ces maudites jambes ! En plaine
encore ça va bien » (en plaine voulait dire dans la
cour, dans les rues où Françoise ne détestait pas de
se promener, en un mot en terrain plat), « mais ce
sont ces satanés escaliers. Au revoir, monsieur, on
vous verra peut-être encore ce soir. »

Elle désirait d'autant plus causer encore avec le
valet de pied qu'il lui avait appris que les fils des
ducs portent souvent un titre de prince qu'ils gardent
jusqu'à la mort de leur père. Sans doute le culte de la
noblesse, mêlé et s'accommodant d'un certain esprit
de révolte contre elle, doit, héréditairement puisé sur
les glèbes de France, être bien fort en son peuple.
Car Françoise, à qui on pouvait parler du génie de
Napoléon ou de la télégraphie sans fil sans réussir à
attirer son attention et sans qu'elle ralentît un instant
les mouvements par lesquels elle retirait les cendres

de la cheminée ou mettait le couvert, si seulement elle apprenait ces particularités et que le fils cadet du duc de Guermantes s'appelait généralement le prince d'Oléron, s'écriait : « C'est beau ça ! » et restait éblouie comme devant un vitrail.

Françoise apprit aussi par le valet de chambre du prince d'Agrigente, qui s'était lié avec elle en venant souvent porter des lettres chez la duchesse, qu'il avait, en effet, fort entendu parler dans le monde du mariage du marquis de Saint-Loup avec Mlle d'Ambresac et que c'était presque décidé.

Cette villa, cette baignoire, où Mme de Guermantes transvasait sa vie, ne me semblaient pas des lieux moins féeriques que ses appartements. Les noms de Guise, de Parme, de Guermantes-Bavière, différenciaient de toutes les autres les villégiatures où se rendait la duchesse, les fêtes quotidiennes que le sillage de sa voiture reliait à son hôtel. S'ils me disaient qu'en ces villégiatures, en ces fêtes consistait successivement la vie de Mme de Guermantes, ils ne m'apportaient sur elle aucun éclaircissement. Elles donnaient chacune à la vie de la duchesse une détermination différente, mais ne faisaient que la changer de mystère sans qu'elle laissât rien évaporer du sien, qui se déplaçait seulement, protégé par une cloison, enfermé dans un vase, au milieu des flots de la vie de tous. La duchesse pouvait déjeuner devant la Méditerranée à l'époque de Carnaval, mais dans la villa de Mme de Guise, où la reine de la société parisienne n'était plus, dans sa robe de piqué blanc, au milieu de nombreuses princesses, qu'une invitée pareille aux autres, et par là plus émouvante encore pour moi, plus elle-même d'être renouvelée comme une étoile de la danse qui, dans la fantaisie d'un pas, vient prendre successivement la place de chacune des ballerines ses sœurs ; elle pouvait regarder des

ombres chinoises, mais à une soirée de la princesse
de Parme ; écouter la tragédie ou l'opéra, mais dans
la baignoire de la princesse de Guermantes.

Comme nous localisons dans le corps d'une personne toutes les possibilités de sa vie, le souvenir des
êtres qu'elle connaît et qu'elle vient de quitter, ou
s'en va rejoindre, si, ayant appris par Françoise que
Mme de Guermantes irait à pied déjeuner chez la
princesse de Parme, je la voyais vers midi descendre
de chez elle en sa robe de satin chair, au-dessus de
laquelle son visage était de la même nuance, comme
un nuage au soleil couché, c'était tous les plaisirs du
faubourg Saint-Germain que je voyais tenir devant
moi, sous ce petit volume, comme dans une coquille,
entre ces valves glacées de nacre rose.

Mon père avait au ministère un ami, un certain
A.J. Moreau, lequel, pour se distinguer des autres
Moreau, avait soin de toujours faire précéder son
nom de ces deux initiales, de sorte qu'on l'appelait
pour abréger, A.J. Or, je ne sais comment cet A.J.
se trouva possesseur d'un fauteuil pour une soirée
de gala à l'Opéra ; il l'envoya à mon père et, comme
la Berma que je n'avais plus vue jouer depuis ma
première déception devait jouer un acte de *Phèdre*,
ma grand-mère obtint que mon père me donnât cette
place.

À vrai dire je n'attachais aucun prix à cette possibilité d'entendre la Berma qui, quelques années
auparavant, m'avait causé tant d'agitation. Et ce ne
fut pas sans mélancolie que je constatai mon indifférence à ce que jadis j'avais préféré à la santé, au
repos. Ce n'est pas que fût moins passionné qu'alors
mon désir de pouvoir contempler de près les parcelles précieuses de réalité qu'entrevoyait mon imagination. Mais celle-ci ne les situait plus maintenant
dans la diction d'une grande actrice ; depuis mes

visites chez Elstir, c'est sur certaines tapisseries,
sur certains tableaux modernes, que j'avais reporté
la foi intérieure que j'avais eue jadis en ce jeu, en
cet art tragique de la Berma ; ma foi, mon désir ne
venant plus rendre à la diction et aux attitudes de
la Berma un culte incessant, le « double » que je
possédais d'eux, dans mon cœur, avait dépéri peu à
peu comme ces autres « doubles » des trépassés de
l'ancienne Égypte qu'il fallait constamment nourrir
pour entretenir leur vie[1]. Cet art était devenu mince
et minable. Aucune âme profonde ne l'habitait plus.

Au moment où, profitant du billet reçu par mon
père, je montais le grand escalier de l'Opéra, j'aperçus devant moi un homme que je pris d'abord pour
M. de Charlus duquel il avait le maintien ; quand
il tourna la tête pour demander un renseignement
à un employé, je vis que je m'étais trompé, mais je
n'hésitai pas cependant à situer l'inconnu dans la
même classe sociale d'après la manière non seulement dont il était habillé, mais encore dont il parlait au contrôleur et aux ouvreuses qui le faisaient
attendre. Car, malgré les particularités individuelles,
il y avait encore à cette époque, entre tout homme
gommeux et riche de cette partie de l'aristocratie
et tout homme gommeux et riche du monde de la
finance ou de la haute industrie, une différence très
marquée. Là où l'un de ces derniers eût cru affirmer
son chic par un ton tranchant, hautain à l'égard d'un
inférieur, le grand seigneur, doux, souriant, avait
l'air de considérer, d'exercer l'affectation de l'humilité et de la patience, la feinte d'être l'un quelconque
des spectateurs, comme un privilège de sa bonne
éducation. Il est probable qu'à le voir ainsi dissimulant sous un sourire plein de bonhomie le seuil
infranchissable du petit univers spécial qu'il portait
en lui, plus d'un fils de riche banquier, entrant à

ce moment au théâtre, eût pris ce grand seigneur
pour un homme de peu, s'il ne lui avait trouvé une
étonnante ressemblance avec le portrait, reproduit
récemment par les journaux illustrés, d'un neveu de
l'empereur d'Autriche, le prince de Saxe qui se trouvait justement à Paris en ce moment. Je le savais
grand ami des Guermantes. En arrivant moi-même
près du contrôleur, j'entendis le prince de Saxe, ou
supposé tel, dire en souriant : « Je ne sais pas le
numéro de la loge, c'est sa cousine qui m'a dit que
je n'avais qu'à demander sa loge. »

Il était peut-être le prince de Saxe ; c'était peut-être
la duchesse de Guermantes (que dans ce cas je pourrais apercevoir en train de vivre un des moments de
sa vie inimaginable, dans la baignoire de sa cousine)
que ses yeux voyaient en pensée quand il disait : « sa
cousine qui m'a dit que je n'avais qu'à demander sa
loge », si bien que ce regard souriant et particulier,
et ces mots si simples, me caressaient le cœur (bien
plus que n'eût fait une rêverie abstraite), avec les
antennes alternatives d'un bonheur possible et d'un
prestige incertain. Du moins en disant cette phrase
au contrôleur il embranchait sur une vulgaire soirée
de ma vie quotidienne un passage éventuel vers un
monde nouveau ; le couloir qu'on lui désigna après
avoir prononcé le mot de baignoire et dans lequel
il s'engagea, était humide et lézardé et semblait
conduire à des grottes marines, au royaume mythologique des nymphes des eaux. Je n'avais devant moi
qu'un monsieur en habit qui s'éloignait ; mais je faisais jouer auprès de lui, comme avec un réflecteur
maladroit, et sans réussir à l'appliquer exactement
sur lui, l'idée qu'il était le prince de Saxe et allait
voir la duchesse de Guermantes. Et, bien qu'il fût
seul, cette idée extérieure à lui, impalpable, immense
et saccadée comme une projection, semblait le

précéder et le conduire comme cette Divinité, invisible pour le reste des hommes, qui se tient auprès du guerrier grec[1].

Je gagnai ma place, tout en cherchant à retrouver un vers de *Phèdre* dont je ne me souvenais pas exactement. Tel que je me le récitais, il n'avait pas le nombre de pieds voulu, mais comme je n'essayai pas de les compter, entre son déséquilibre et un vers classique il me semblait qu'il n'existait aucune commune mesure. Je n'aurais pas été étonné qu'il eût fallu ôter plus de six syllabes à cette phrase monstrueuse pour en faire un vers de douze pieds. Mais tout à coup je me le rappelai, les irréductibles aspérités d'un monde inhumain s'anéantirent magiquement ; les syllabes du vers remplirent aussitôt la mesure d'un alexandrin, ce qu'il avait de trop se dégagea avec autant d'aisance et de souplesse qu'une bulle d'air qui vient crever à la surface de l'eau. Et en effet cette énormité avec laquelle j'avais lutté n'était qu'un seul pied.

Un certain nombre de fauteuils d'orchestre avaient été mis en vente au bureau et achetés par des snobs ou des curieux qui voulaient contempler des gens qu'ils n'auraient pas d'autre occasion de voir de près. Et c'était bien, en effet, un peu de leur vraie vie mondaine habituellement cachée qu'on pourrait considérer publiquement, car la princesse de Parme ayant placé elle-même parmi ses amis les loges, les balcons et les baignoires, la salle était comme un salon où chacun changeait de place, allait s'asseoir ici ou là, près d'une amie.

À côté de moi étaient des gens vulgaires qui, ne connaissant pas les abonnés, voulaient montrer qu'ils étaient capables de les reconnaître et les nommaient tout haut. Ils ajoutaient que ces abonnés venaient ici comme dans leur salon, voulant dire par là qu'ils ne faisaient pas attention aux pièces représentées. Mais

c'est le contraire qui avait lieu. Un étudiant génial
qui a pris un fauteuil pour entendre la Berma, ne
pense qu'à ne pas salir ses gants, à ne pas gêner, à se
concilier le voisin que le hasard lui a donné, à poursuivre d'un sourire intermittent le regard fugace, à
fuir d'un air impoli le regard rencontré d'une personne de connaissance qu'il a découverte dans la
salle et qu'après mille perplexités il se décide à aller
saluer au moment où les trois coups, en retentissant
avant qu'il soit arrivé jusqu'à elle, le forcent à s'enfuir
comme les Hébreux dans la mer Rouge[1] entre les
flots houleux des spectateurs et des spectatrices qu'il
a fait lever et dont il déchire les robes ou écrase les
bottines. Au contraire, c'était parce que les gens du
monde étaient dans leurs loges (derrière le balcon
en terrasse) comme dans des petits salons suspendus
dont une cloison eût été enlevée, ou dans de petits
cafés, où l'on va prendre une bavaroise, sans être
intimidé par les glaces encadrées d'or et les sièges
rouges de l'établissement du genre napolitain ; c'est
parce qu'ils posaient une main indifférente sur les
fûts dorés des colonnes qui soutenaient ce temple
de l'art lyrique, c'est parce qu'ils n'étaient pas émus
des honneurs excessifs que semblaient leur rendre
deux figures sculptées qui tendaient vers les loges
des palmes et des lauriers, que seuls ils auraient eu
l'esprit libre pour écouter la pièce si seulement ils
avaient eu de l'esprit.

D'abord il n'y eut que de vagues ténèbres où on
rencontrait tout d'un coup, comme le rayon d'une
pierre précieuse qu'on ne voit pas, la phosphores-
cence de deux yeux célèbres, ou, comme un médaillon d'Henri IV détaché sur un fond noir, le profil
incliné du duc d'Aumale, à qui une dame invisible
criait : « Que Monseigneur me permette de lui ôter
son pardessus », cependant que le prince répondait :

« Mais voyons, comment donc, madame d'Ambresac. » Elle le faisait malgré cette vague défense et
était enviée par tous à cause d'un pareil honneur.

Mais, dans les autres baignoires, presque partout, les blanches déités qui habitaient ces sombres
séjours s'étaient réfugiées contre les parois obscures et restaient invisibles. Cependant, au fur et
à mesure que le spectacle s'avançait, leurs formes
vaguement humaines se détachaient mollement l'une
après l'autre des profondeurs de la nuit qu'elles tapis-
saient et, s'élevant vers le jour, laissaient émerger
leurs corps demi-nus et venaient s'arrêter à la limite
verticale et à la surface clair-obscur où leurs brillants
visages apparaissaient derrière le déferlement rieur,
écumeux et léger de leurs éventails de plumes, sous
leurs chevelures de pourpre emmêlées de perles que
semblait avoir courbées l'ondulation du flux ; après
commençaient les fauteuils d'orchestre, le séjour des
mortels à jamais séparé du sombre et transparent
royaume auquel çà et là servaient de frontière, dans
leur surface liquide et plane, les yeux limpides et
réfléchissants des déesses des eaux. Car les strapon-
tins du rivage, les formes des monstres de l'orchestre
se peignaient dans ces yeux suivant les seules lois de
l'optique et selon leur angle d'incidence comme il
arrive pour ces deux parties de la réalité extérieure
auxquelles, sachant qu'elles ne possèdent pas, si rudimentaire soit-elle, d'âme analogue à la nôtre, nous
nous jugerions insensés d'adresser un sourire ou un
regard : les minéraux et les personnes avec qui nous
ne sommes pas en relations. En deçà, au contraire,
de la limite de leur domaine, les radieuses filles de
la mer se retournaient à tout moment en souriant
vers des tritons barbus pendus aux anfractuosités
de l'abîme, ou vers quelque demi-dieu aquatique
ayant pour crâne un galet poli sur lequel le flot avait

ramené une algue lisse et pour regard un disque en
cristal de roche. Elles se penchaient vers eux, elles
leur offraient des bonbons ; parfois le flot s'entrouvrait devant une nouvelle néréide qui, tardive, souriante et confuse, venait de s'épanouir du fond de
l'ombre ; puis, l'acte fini, n'espérant plus entendre
les rumeurs mélodieuses de la terre qui les avaient
attirées à la surface, plongeant toutes à la fois, les
divines sœurs disparaissaient dans la nuit. Mais de
toutes ces retraites au seuil desquelles le souci léger
d'apercevoir les œuvres des hommes amenait les
déesses curieuses, qui ne se laissent pas approcher,
la plus célèbre était le bloc de demi-obscurité connu
sous le nom de baignoire de la princesse de Guermantes.

Comme une grande déesse qui préside de loin aux
jeux des divinités inférieures, la princesse était restée
volontairement un peu au fond sur un canapé latéral,
rouge comme un rocher de corail, à côté d'une large
réverbération vitreuse qui était probablement une
glace et faisait penser à quelque section qu'un rayon
aurait pratiquée, perpendiculaire, obscure et liquide,
dans le cristal ébloui des eaux. À la fois plume et
corolle, ainsi que certaines floraisons marines, une
grande fleur blanche, duvetée comme une aile, descendait du front de la princesse le long d'une de ses
joues dont elle suivait l'inflexion avec une souplesse
coquette, amoureuse et vivante, et semblait l'enfermer à demi comme un œuf rose dans la douceur
d'un nid d'alcyon. Sur la chevelure de la princesse,
et s'abaissant jusqu'à ses sourcils, puis reprise plus
bas à la hauteur de sa gorge, s'étendait une résille
faite de ces coquillages blancs qu'on pêche dans
certaines mers australes et qui étaient mêlés à des
perles, mosaïque marine à peine sortie des vagues
qui par moments se trouvait plongée dans l'ombre au

fond de laquelle, même alors, une présence humaine était révélée par la motilité éclatante des yeux de la princesse. La beauté qui mettait celle-ci bien au-dessus des autres filles fabuleuses de la pénombre n'était pas tout entière matériellement et inclusivement inscrite dans sa nuque, dans ses épaules, dans ses bras, dans sa taille. Mais la ligne délicieuse et inachevée de celle-ci était l'exact point de départ, l'amorce inévitable de lignes invisibles en lesquelles l'œil ne pouvait s'empêcher de les prolonger, merveilleuses, engendrées autour de la femme comme le spectre d'une figure idéale projetée sur les ténèbres.

« C'est la princesse de Guermantes », dit ma voisine au monsieur qui était avec elle, en ayant soin de mettre devant le mot princesse plusieurs *p* indiquant que cette appellation était risible. « Elle n'a pas économisé ses perles. Il me semble que si j'en avais autant, je n'en ferais pas un pareil étalage ; je ne trouve pas que cela ait l'air comme il faut. »

Et cependant, en reconnaissant la princesse, tous ceux qui cherchaient à savoir qui était dans la salle sentaient se relever dans leur cœur le trône légitime de la beauté. En effet pour la duchesse de Luxembourg, pour Mme de Morienval, pour Mme de Saint-Euverte, pour tant d'autres, ce qui permettait d'identifier leur visage, c'était la connexité d'un gros nez rouge avec un bec-de-lièvre, ou de deux joues ridées avec une fine moustache. Ces traits étaient d'ailleurs suffisants pour charmer, puisque, n'ayant que la valeur conventionnelle d'une écriture, ils donnaient à lire un nom célèbre et qui imposait ; mais aussi, ils finissaient par donner l'idée que la laideur a quelque chose d'aristocratique, et qu'il est indifférent que le visage d'une grande dame, s'il est distingué, soit beau. Mais comme certains artistes qui, au lieu des lettres de leur nom, mettent au bas de

leur toile une forme belle par elle-même, un papillon, un lézard, une fleur[1], de même c'était la forme
d'un corps et d'un visage délicieux que la princesse
apposait à l'angle de sa loge, montrant par là que la
beauté peut être la plus noble des signatures ; car
la présence de Mme de Guermantes, qui n'amenait
au théâtre que des personnes qui le reste du temps
faisaient partie de son intimité, était, aux yeux des
amateurs d'aristocratie, le meilleur certificat d'authenticité du tableau que présentait sa baignoire,
sorte d'évocation d'une scène de la vie familière et
spéciale de la princesse dans ses palais de Munich
et de Paris.

Notre imagination étant comme un orgue de Bar-
barie détraqué qui joue toujours autre chose que
l'air indiqué, chaque fois que j'avais entendu parler
de la princesse de Guermantes-Bavière, le souvenir
de certaines œuvres du XVIe siècle avait commencé
à chanter en moi. Il me fallait l'en dépouiller maintenant que je la voyais en train d'offrir des bonbons
glacés à un gros monsieur en frac. Certes j'étais bien
loin d'en conclure qu'elle et ses invités fussent des
êtres pareils aux autres. Je comprenais bien que ce
qu'ils faisaient là n'était qu'un jeu, et que pour pré-
luder aux actes de leur vie véritable (dont sans doute
ce n'est pas ici qu'ils vivaient la partie importante)
il convenait en vertu de rites ignorés de moi qu'ils
feignissent d'offrir et de refuser des bonbons, geste
dépouillé de sa signification et réglé d'avance comme
le pas d'une danseuse qui tour à tour s'élève sur sa
pointe et tourne autour d'une écharpe. Qui sait ?
peut-être au moment où elle offrait ses bonbons, la
Déesse disait-elle sur ce ton d'ironie (car je la voyais
sourire) : « Voulez-vous des bonbons[2] ? » Que m'importait ? J'aurais trouvé d'un délicieux raffinement la
sécheresse voulue, à la Mérimée ou à la Meilhac, de

ces mots adressés par une déesse à un demi-dieu qui,
lui, savait quelles étaient les pensées sublimes que
tous deux résumaient, sans doute pour le moment
où ils se remettraient à vivre leur vraie vie, et qui,
se prêtant à ce jeu, répondait avec la même mystérieuse malice : « Oui, je veux bien une cerise. » Et
j'aurais écouté ce dialogue avec la même avidité que
telle scène du *Mari de la débutante*[1], où l'absence de
poésie, de grandes pensées, choses si familières pour
moi et que je suppose que Meilhac eût été mille fois
capable d'y mettre, me semblait à elle seule une élégance, une élégance conventionnelle, et par là d'autant plus mystérieuse et plus instructive.

   « Ce gros-là, c'est le marquis de Gançançay », dit
d'un air renseigné mon voisin qui avait mal entendu
le nom chuchoté derrière lui.

   Le marquis de Palancy, le cou tendu, la figure
oblique, son gros œil rond collé contre le verre du
monocle, se déplaçait lentement dans l'ombre transparente et paraissait ne pas plus voir le public de
l'orchestre qu'un poisson qui passe, ignorant de la
foule des visiteurs curieux, derrière la cloison vitrée
d'un aquarium. Par moments il s'arrêtait, vénérable,
soufflant et moussu, et les spectateurs n'auraient pu
dire s'il souffrait, dormait, nageait, était en train de
pondre ou respirait seulement. Personne n'excitait
en moi autant d'envie que lui, à cause de l'habitude
qu'il avait l'air d'avoir de cette baignoire et de l'indifférence avec laquelle il laissait la princesse lui tendre
des bonbons ; elle jetait alors sur lui un regard de ses
beaux yeux taillés dans un diamant que semblaient
bien fluidifier, à ces moments-là, l'intelligence et
l'amitié, mais qui, quand ils étaient au repos, réduits
à leur pure beauté matérielle, à leur seul éclat miné-
ralogique, si le moindre réflexe les déplaçait légèrement, incendiaient la profondeur du parterre de

leurs feux inhumains, horizontaux et splendides.
Cependant, parce que l'acte de *Phèdre* que jouait
la Berma allait commencer, la princesse vint sur le
devant de la baignoire ; alors comme si elle-même
était une apparition de théâtre, dans la zone différente de lumière qu'elle traversa, je vis changer non
seulement la couleur mais la matière de ses parures.
Et dans la baignoire asséchée, émergée, qui n'appartenait plus au monde des eaux, la princesse cessant
d'être une néréide apparut enturbannée de blanc et
de bleu comme quelque merveilleuse tragédienne
costumée en Zaïre ou peut-être en Orosmane[1] ; puis
quand elle se fut assise au premier rang, je vis que le
doux nid d'alcyon qui protégeait tendrement la nacre
rose de ses joues était douillet, éclatant et velouté,
un immense oiseau de paradis.

Cependant mes regards furent détournés de la
baignoire de la princesse de Guermantes par une
petite femme mal vêtue, laide, les yeux en feu, qui
vint, suivie de deux jeunes gens, s'asseoir à quelques
places de moi. Puis le rideau se leva. Je ne pus
constater sans mélancolie qu'il ne me restait rien
de mes dispositions d'autrefois quand, pour ne rien
perdre du phénomène extraordinaire que j'aurais été
contempler au bout du monde, je tenais mon esprit
préparé comme ces plaques sensibles que les astro-
nomes vont installer en Afrique, aux Antilles, en vue
de l'observation scrupuleuse d'une comète ou d'une
éclipse ; quand je tremblais que quelque nuage (mauvaise disposition de l'artiste, incident dans le public)
empêchât le spectacle de se produire dans son maximum d'intensité ; quand j'aurais cru ne pas y assister
dans les meilleures conditions si je ne m'étais pas
rendu dans le théâtre même qui lui était consacré
comme un autel, où me semblaient alors faire encore
partie, quoique partie accessoire, de son apparition

sous le petit rideau rouge, les contrôleurs à œillet
blanc nommés par elle, le soubassement de la nef
au-dessus d'un parterre plein de gens mal habillés,
les ouvreuses vendant un programme avec sa photographie, les marronniers du square, tous ces compagnons, ces confidents de mes impressions d'alors et
qui m'en semblaient inséparables. *Phèdre*, la « scène
de la déclaration[1] », la Berma avaient alors pour moi
une sorte d'existence absolue. Situées en retrait du
monde de l'expérience courante, elles existaient par
elles-mêmes, il me fallait aller vers elles, je pénétrerais d'elles ce que je pourrais, et en ouvrant mes
yeux et mon âme tout grands j'en absorberais encore
bien peu. Mais comme la vie me paraissait agréable :
l'insignifiance de celle que je menais n'avait aucune
importance, pas plus que les moments où on s'habille, où on se prépare pour sortir, puisque au-delà
existaient, d'une façon absolue, bonnes et difficiles
à approcher, impossibles à posséder tout entières,
ces réalités plus solides, *Phèdre*, la « manière dont
disait la Berma ». Saturé par ces rêveries sur la perfection dans l'art dramatique desquelles on eût pu
alors extraire une dose importante, si l'on avait dans
ces temps-là analysé mon esprit à quelque minute
du jour, et peut-être de la nuit, que ce fût, j'étais
comme une pile qui développe son électricité. Et il
était arrivé un moment où, malade, même si j'avais
cru en mourir, il aurait fallu que j'allasse entendre
la Berma. Mais maintenant, comme une colline qui
au loin semble faite d'azur et qui de près rentre
dans notre vision vulgaire des choses, tout cela avait
quitté le monde de l'absolu et n'était plus qu'une
chose pareille aux autres, dont je prenais connaissance parce que j'étais là, les artistes étaient des
gens de même essence que ceux que je connaissais,
tâchant de dire le mieux possible ces vers de *Phèdre*

qui eux ne formaient plus une essence sublime et individuelle, séparée de tout, mais des vers plus ou moins réussis, prêts à rentrer dans l'immense matière des vers français où ils étaient mêlés. J'en éprouvais un découragement d'autant plus profond que si l'objet de mon désir têtu et agissant n'existait plus, en revanche les mêmes dispositions à une rêverie fixe, qui changeait d'année en année, mais me conduisait à une impulsion brusque, insoucieuse du danger, persistaient. Tel jour où, malade, je partais pour aller voir dans un château un tableau d'Elstir, une tapisserie gothique, ressemblait tellement au jour où j'avais dû partir pour Venise, à celui où j'étais allé entendre la Berma, ou parti pour Balbec, que d'avance je sentais que l'objet présent de mon sacrifice me laisserait indifférent au bout de peu de temps, que je pourrais alors passer très près de lui sans aller regarder ce tableau, ces tapisseries pour lesquelles j'eusse en ce moment affronté tant de nuits sans sommeil, tant de crises douloureuses. Je sentais par l'instabilité de son objet la vanité de mon effort, et en même temps son énormité à laquelle je n'avais pas cru, comme ces neurasthéniques dont on double la fatigue en leur faisant remarquer qu'ils sont fatigués. En attendant, ma songerie donnait du prestige à tout ce qui pouvait se rattacher à elle. Et même dans mes désirs les plus charnels toujours orientés d'un certain côté, concentrés autour d'un même rêve, j'aurais pu reconnaître comme premier moteur une idée, une idée à laquelle j'aurais sacrifié ma vie, et au point le plus central de laquelle, comme dans mes rêveries pendant les après-midi de lecture au jardin à Combray, était l'idée de perfection.

Je n'eus plus la même indulgence qu'autrefois pour les justes intentions de tendresse ou de colère que j'avais remarquées alors dans le débit et le jeu d'Aricie, d'Ismène et d'Hippolyte. Ce n'est pas que ces artistes – c'étaient les mêmes – ne cherchassent toujours avec la même intelligence à donner ici à leur voix une inflexion caressante ou une ambiguïté calculée, là à leurs gestes une ampleur tragique ou une douceur suppliante. Leurs intonations commandaient à cette voix : « Sois douce, chante comme un rossignol, caresse », ou au contraire : « Fais-toi furieuse », et alors se précipitaient sur elle pour tâcher de l'emporter dans leur frénésie. Mais elle, rebelle, extérieure à leur diction, restait irréductiblement leur voix naturelle, avec ses défauts ou ses charmes matériels, sa vulgarité ou son affectation quotidienne, et étalait ainsi un ensemble de phénomènes acoustiques ou sociaux que n'avait pas altéré le sentiment des vers récités.

De même le geste de ces artistes disait à leurs bras, à leur péplum : « Soyez majestueux ». Mais les membres insoumis laissaient se pavaner entre l'épaule et le coude un biceps qui ne savait rien du rôle ; ils continuaient à exprimer l'insignifiance de la vie de tous les jours et à mettre en lumière, au lieu des nuances raciniennes, des connexités musculaires ; et la draperie qu'ils soulevaient retombait selon une verticale où ne le disputait aux lois de la chute des corps qu'une souplesse insipide et textile. À ce moment la petite dame qui était près de moi s'écria : « Pas un applaudissement ! Et comme elle est ficelée ! Mais elle est trop vieille, elle ne peut plus, on renonce dans ces cas-là. »

Devant les « chut » des voisins, les deux jeunes gens qui étaient avec elle tâchèrent de la faire tenir tranquille, et sa fureur ne se déchaînait plus que dans ses yeux. Cette fureur ne pouvait d'ailleurs s'adresser qu'au succès, à la gloire, car la Berma qui avait gagné tant d'argent n'avait que des dettes.

Prenant toujours des rendez-vous d'affaires ou d'amitié auxquels elle ne pouvait pas se rendre, elle avait
dans toutes les rues des chasseurs qui couraient la
décommander, dans les hôtels des appartements
retenus à l'avance et qu'elle ne venait jamais occuper, des océans de parfums pour laver ses chiennes,
des dédits à payer à tous les directeurs. À défaut de
frais plus considérables, et moins voluptueuse que
Cléopâtre, elle aurait trouvé le moyen de manger en
pneumatiques et en voitures de l'Urbaine[1] des provinces et des royaumes. Mais la petite dame était une
actrice qui n'avait pas eu de chance et avait voué une
haine mortelle à la Berma. Celle-ci venait d'entrer
en scène. Et alors, ô miracle, comme ces leçons que
nous nous sommes vainement épuisés à apprendre
le soir et que nous retrouvons en nous, sues par
cœur, après que nous avons dormi, comme aussi
ces visages des morts que les efforts passionnés de
notre mémoire poursuivent sans les retrouver et qui,
quand nous ne pensons plus à eux, sont là devant
nos yeux, avec la ressemblance de la vie, le talent
de la Berma qui m'avait fui quand je cherchais si
avidement à en saisir l'essence, maintenant, après
ces années d'oubli, dans cette heure d'indifférence,
s'imposait avec la force de l'évidence à mon admiration. Autrefois, pour tâcher d'isoler ce talent, je
défalquais en quelque sorte de ce que j'entendais
le rôle lui-même, le rôle, partie commune à toutes
les actrices qui jouaient Phèdre et que j'avais étudié d'avance pour que je fusse capable de le sous-
traire, de ne recueillir comme résidu que le talent
de Mme Berma. Mais ce talent que je cherchais à
apercevoir en dehors du rôle, il ne faisait qu'un avec
lui. Tel pour un grand musicien (il paraît que c'était
le cas pour Vinteuil quand il jouait du piano) son
jeu est d'un si grand pianiste qu'on ne sait même

plus du tout si cet artiste est pianiste, parce que
(n'interposant pas tout cet appareil d'efforts musculaires, çà et là couronnés de brillants effets, toute
cette éclaboussure de notes où du moins l'auditeur
qui ne sait où se prendre croit trouver le talent dans
sa réalité matérielle, tangible) ce jeu est devenu si
transparent, si rempli de ce qu'il interprète que lui-
même on ne le voit plus, et qu'il n'est plus qu'une
fenêtre qui donne sur un chef-d'œuvre. Les intentions entourant comme une bordure majestueuse
ou délicate la voix et la mimique d'Aricie, d'Ismène,
d'Hippolyte, j'avais pu les distinguer ; mais Phèdre se
les était intériorisées, et mon esprit n'avait pas réussi
à arracher à la diction et aux attitudes, à appréhender dans l'avare simplicité de leurs surfaces unies,
ces trouvailles, ces effets qui n'en dépassaient pas
tant ils s'y étaient profondément résorbés. La voix
de la Berma, en laquelle ne subsistait plus un seul
déchet de matière inerte et réfractaire à l'esprit, ne
laissait pas discerner autour d'elle cet excédent de
larmes qu'on voyait couler, parce qu'elles n'avaient
pu s'y imbiber, sur la voix de marbre d'Aricie ou
d'Ismène, mais avait été délicatement assouplie en
ses moindres cellules comme l'instrument d'un grand
violoniste chez qui on veut, quand on dit qu'il a un
beau son, louer non pas une particularité physique
mais une supériorité d'âme ; et comme dans le paysage antique où à la place d'une nymphe disparue il
y a une source inanimée, une intention discernable
et consciente s'y était changée en quelque qualité
du timbre, d'une limpidité étrange, appropriée et
froide. Les bras de la Berma que les vers eux-mêmes,
de la même émission par laquelle ils faisaient sortir sa voix de ses lèvres, semblaient soulever sur sa
poitrine, comme ces feuillages que l'eau déplace
en s'échappant ; son attitude en scène qu'elle avait

lentement constituée, qu'elle modifierait encore, et qui était faite de raisonnements d'une autre profondeur que ceux dont on apercevait la trace dans les gestes de ses camarades, mais de raisonnements ayant perdu leur origine volontaire, fondus dans une sorte de rayonnement où ils faisaient palpiter, autour du personnage de Phèdre, des éléments riches et complexes, mais que le spectateur fasciné prenait, non pour une réussite de l'artiste, mais pour une donnée de la vie ; ces blancs voiles eux-mêmes, qui, exténués et fidèles, semblaient de la matière vivante et avoir été filés par la souffrance mi-païenne, mi-janséniste, autour de laquelle ils se contractaient comme un cocon fragile et frileux ; tout cela, voix, attitudes, gestes, voiles, n'était, autour de ce corps d'une idée qu'est un vers (corps qui au contraire des corps humains n'est pas devant l'âme comme un obstacle opaque qui empêche de l'apercevoir mais comme un vêtement purifié, vivifié, où elle se diffuse et où on la retrouve), que des enveloppes supplémentaires qui au lieu de la cacher ne rendaient que plus splendidement l'âme qui se les était assimilées et s'y était répandue, comme des coulées de substances diverses, devenues translucides, dont la superposition ne fait que réfracter plus richement le rayon central et prisonnier qui les traverse et rendre plus étendue, plus précieuse et plus belle la matière imbibée de flamme où il est engainé. Telle l'interprétation de la Berma était autour de l'œuvre, une seconde œuvre, vivifiée aussi par le génie.

Mon impression, à vrai dire, plus agréable que celle d'autrefois, n'était pas différente. Seulement je ne la confrontais plus à une idée préalable, abstraite et fausse, du génie dramatique, et je comprenais que le génie dramatique c'était justement cela. Je pensais tout à l'heure que, si je n'avais pas eu de plaisir la première fois que j'avais entendu la Berma, c'est que, comme jadis quand je retrouvais Gilberte aux Champs-Élysées, je venais à elle avec un trop grand désir. Entre les deux déceptions il n'y avait peut-être pas seulement cette ressemblance, une autre aussi, plus profonde. L'impression que nous cause une personne, une œuvre (ou une interprétation) fortement caractérisées, est particulière. Nous avons apporté avec nous les idées de « beauté », « largeur de style », « pathétique », que nous pourrions à la rigueur avoir l'illusion de reconnaître dans la banalité d'un talent, d'un visage corrects, mais notre esprit attentif a devant lui l'insistance d'une forme dont il ne possède pas d'équivalent intellectuel, dont il lui faut dégager l'inconnu. Il entend un son aigu, une intonation bizarrement interrogative. Il se demande : « Est-ce beau ? Ce que j'éprouve, est-ce de l'admiration ? Est-ce cela, la richesse de coloris, la noblesse, la puissance ? » Et ce qui lui répond de nouveau, c'est une voix aiguë, c'est un ton curieusement questionneur, c'est l'impression despotique causée par un être qu'on ne connaît pas, toute matérielle, et dans laquelle aucun espace vide n'est laissé pour la « largeur de l'interprétation ». Et à cause de cela ce sont les œuvres vraiment belles, si elles sont sincèrement écoutées, qui doivent le plus nous décevoir, parce que, dans la collection de nos idées, il n'y en a aucune qui réponde à une impression individuelle.

C'était précisément ce que me montrait le jeu de la Berma. C'était bien cela, la noblesse, l'intelligence de la diction. Maintenant je me rendais compte des mérites d'une interprétation large, poétique, puissante ; ou plutôt, c'était cela à quoi on a convenu de décerner ces titres, mais comme on donne le nom de Mars, de Vénus, de Saturne à des étoiles qui n'ont rien de mythologique. Nous sentons dans un monde, nous pensons, nous nommons dans un autre, nous pouvons entre les deux établir une concordance mais non combler l'intervalle. C'est bien un peu cet intervalle, cette faille, que j'avais eu à franchir quand, le premier jour où j'étais allé voir jouer la Berma, l'ayant écoutée de toutes mes oreilles, j'avais eu quelque peine à rejoindre mes idées de « noblesse d'interprétation », d'« originalité » et n'avais éclaté en applaudissements qu'après un moment de vide et comme s'ils naissaient non pas de mon impression même, mais comme si je les rattachais à mes idées préalables, au plaisir que j'avais à me dire : « J'entends enfin la Berma. » Et la différence qu'il y a entre une personne, une œuvre fortement individuelle et l'idée de beauté, existe aussi grande entre ce qu'elles nous font ressentir et les idées d'amour, d'admiration. Aussi ne les reconnaît-on pas. Je n'avais pas eu de plaisir à entendre la Berma (pas plus que je n'en avais à voir Gilberte). Je m'étais dit : « Je ne l'admire donc pas. » Mais cependant je ne songeais alors qu'à approfondir le jeu de la Berma, je n'étais préoccupé que de cela, je tâchais d'ouvrir ma pensée le plus largement possible pour recevoir tout ce qu'il contenait : je comprenais maintenant que c'était justement cela, admirer.

Ce génie dont l'interprétation de la Berma n'était seulement que la révélation, était-ce bien seulement le génie de Racine ?

Je le crus d'abord. Je devais être détrompé, une fois l'acte de *Phèdre* fini, après les rappels du public, pendant lesquels ma vieille voisine rageuse, redressant sa taille minuscule, posant son corps de biais, immobilisa les muscles de son visage et plaça ses bras en croix sur sa poitrine pour montrer qu'elle ne se mêlait pas aux applaudissements des autres et rendre plus évidente une protestation qu'elle

jugeait sensationnelle, mais qui passa inaperçue. La
pièce suivante était une des nouveautés qui jadis me
semblaient, à cause du défaut de célébrité, devoir
paraître minces, particulières, dépourvues qu'elles
étaient d'existence en dehors de la représentation
qu'on en donnait. Mais je n'avais pas comme pour
une pièce classique cette déception de voir l'éter-
nité d'un chef-d'œuvre ne tenir que la longueur de
la rampe et la durée d'une représentation qui l'accomplissait aussi bien qu'une pièce de circonstance.
Puis à chaque tirade que je sentais que le public
aimait et qui serait un jour fameuse, à défaut de la
célébrité qu'elle n'avait pu avoir dans le passé, j'ajoutais celle qu'elle aurait dans l'avenir, par un effort
d'esprit inverse de celui qui consiste à se représenter
des chefs-d'œuvre au temps de leur grêle apparition,
quand leur titre qu'on n'avait encore jamais entendu
ne semblait pas devoir être mis un jour, confondu
dans une même lumière, à côté de ceux des autres
œuvres de l'auteur. Et ce rôle serait mis un jour dans
la liste de ses plus beaux, auprès de celui de Phèdre.
Non qu'en lui-même il ne fût dénué de toute valeur
littéraire ; mais la Berma y était aussi sublime que
dans *Phèdre*. Je compris alors que l'œuvre de l'écrivain n'était pour la tragédienne qu'une matière, à
peu près indifférente en soi-même, pour la création de son chef-d'œuvre d'interprétation, comme
le grand peintre que j'avais connu à Balbec, Elstir,
avait trouvé le motif de deux tableaux qui se valent,
dans un bâtiment scolaire sans caractère et dans une
cathédrale qui est, par elle-même, un chef-d'œuvre.
Et comme le peintre dissout maison, charrette,
personnages, dans quelque grand effet de lumière
qui les fait homogènes, la Berma étendait de vastes
nappes de terreur, de tendresse, sur les mots fondus
également, tous aplanis ou relevés, et qu'une artiste

médiocre eût détachés l'un après l'autre. Sans doute chacun avait une inflexion propre, et la diction de la Berma n'empêchait pas qu'on perçût le vers. N'est-ce pas déjà un premier élément de complexité ordonnée, de beauté, quand en entendant une rime, c'est-à-dire quelque chose qui est à la fois pareil et autre que la rime précédente, qui est motivé par elle, mais y introduit la variation d'une idée nouvelle, on sent deux systèmes qui se superposent, l'un de pensée, l'autre de métrique ? Mais la Berma faisait pourtant entrer les mots, même les vers, même les « tirades », dans des ensembles plus vastes qu'eux-mêmes, à la frontière desquels c'était un charme de les voir obligés de s'arrêter, s'interrompre ; ainsi un poète prend plaisir à faire hésiter un instant, à la rime, le mot qui va s'élancer et un musicien à confondre les mots divers du livret dans un même rythme qui les contrarie et les entraîne. Ainsi dans les phrases du dramaturge moderne comme dans les vers de Racine, la Berma savait introduire ces vastes images de douleur, de noblesse, de passion, qui étaient ses chefs-d'œuvre à elle, et où on la reconnaissait comme, dans des portraits qu'il a peints d'après des modèles différents, on reconnaît un peintre.

Je n'aurais plus souhaité comme autrefois de pouvoir immobiliser les attitudes de la Berma, le bel effet de couleur qu'elle donnait un instant seulement dans un éclairage aussitôt évanoui et qui ne se reproduisait pas, ni lui faire redire cent fois un vers. Je comprenais que mon désir d'autrefois était plus exigeant que la volonté du poète, de la tragédienne, du grand artiste décorateur qu'était son metteur en scène, et que ce charme répandu au vol sur un vers, ces gestes instables perpétuellement transformés, ces tableaux successifs, c'était le résultat fugitif, le but momentané, le mobile chef-d'œuvre que l'art théâtral se proposait et que détruirait en voulant le fixer l'attention d'un auditeur trop épris. Même je ne tenais pas à venir un autre jour réentendre la Berma ; j'étais satisfait d'elle ; c'est quand j'admirais trop pour ne pas être déçu par l'objet de mon admiration, que cet objet fût Gilberte ou la Berma, que je demandais d'avance à l'impression du lendemain le plaisir que m'avait refusé l'impression de la veille. Sans chercher à approfondir la joie que je venais d'éprouver et dont j'aurais peut-être pu faire un plus fécond usage, je me disais comme autrefois certain de mes camarades de collège : « C'est vraiment la Berma que je mets en premier », tout en sentant confusément que le génie de la Berma n'était peut-être pas traduit très exactement par cette affirmation de ma préférence et de cette place de « première » décernée, quelque calme d'ailleurs qu'elles m'apportassent.

Au moment où cette seconde pièce commença, je regardai du côté de la baignoire de Mme de Guermantes. Cette princesse venait, par un mouvement générateur d'une ligne délicieuse que mon esprit poursuivait dans le vide, de tourner la tête vers le fond de la baignoire ; les invités étaient debout, tournés aussi vers le fond, et entre la double haie qu'ils faisaient, dans son assurance et sa grandeur de déesse, mais avec une douceur inconnue due à la feinte et souriante confusion d'arriver si tard et de faire lever tout le monde au milieu de la représentation, entra, tout enveloppée de blanches mousselines, la Duchesse de Guermantes. Elle alla droit vers sa cousine, fit une profonde révérence à un jeune homme blond qui était assis au premier rang et, se retournant vers les monstres marins et sacrés flottant au fond de l'antre, fit à ces demi-dieux du Jockey-Club – qui à ce moment-là, et particulièrement M. de Palancy, furent les hommes que j'aurais le plus aimé

être – un bonjour familier de vieille amie, allusion
à l'au-jour-le-jour de ses relations avec eux depuis
quinze ans. Je ressentais le mystère mais ne pouvais déchiffrer l'énigme de ce regard souriant qu'elle
adressait à ses amis, dans l'éclat bleuté dont il brillait
tandis qu'elle abandonnait sa main aux uns et aux
autres, et qui, si j'eusse pu en décomposer le prisme,
en analyser les cristallisations, m'eût peut-être révélé
l'essence de la vie inconnue qui y apparaissait à ce
moment-là. Le duc de Guermantes suivait sa femme,
les reflets de son monocle, le rire de sa dentition, la
blancheur de son œillet ou de son plastron plissé,
écartant pour faire place à leur lumière ses sourcils,
ses lèvres, son frac ; d'un geste de sa main étendue
qu'il abaissa sur leurs épaules, tout droit, sans bouger la tête, il commanda de se rasseoir aux monstres
inférieurs qui lui faisaient place, et s'inclina profondément devant le jeune homme blond. On eût dit que
la duchesse avait deviné que sa cousine, dont elle
raillait, disait-on, ce qu'elle appelait les exagérations
(nom que de son point de vue spirituellement français et tout modéré prenaient vite la poésie et l'enthousiasme germaniques), aurait ce soir une de ces
toilettes où la duchesse la trouvait « costumée », et
qu'elle avait voulu lui donner une leçon de goût. Au
lieu des merveilleux et doux plumages qui de la tête
de la princesse descendaient jusqu'à son cou, au lieu
de sa résille de coquillages et de perles, la duchesse
n'avait dans les cheveux qu'une simple aigrette qui,
dominant son nez busqué et ses yeux à fleur de tête,
avait l'air de l'aigrette d'un oiseau. Son cou et ses
épaules sortaient d'un flot neigeux de mousseline sur
lequel venait battre un éventail en plumes de cygne,
mais ensuite la robe, dont le corsage avait pour seul
ornement d'innombrables paillettes soit de métal,
en baguettes et en grains, soit de brillants, moulait

son corps avec une précision toute britannique. Mais si différentes que les deux toilettes fussent l'une de l'autre, après que la princesse eut donné à sa cousine la chaise qu'elle occupait jusque-là, on les vit, se retournant l'une vers l'autre, s'admirer réciproquement.

Peut-être Mme de Guermantes aurait-elle le lendemain un sourire quand elle parlerait de la coiffure un peu trop compliquée de la princesse, mais certainement elle déclarerait que celle-ci n'en était pas moins ravissante et merveilleusement arrangée ; et la princesse, qui, par goût, trouvait quelque chose d'un peu froid, d'un peu sec, d'un peu couturier, dans la façon dont s'habillait sa cousine, découvrirait dans cette stricte sobriété un raffinement exquis. D'ailleurs entre elles l'harmonie, l'universelle gravitation préétablie de leur éducation, neutralisaient les contrastes non seulement d'ajustement mais d'attitude. À ces lignes invisibles et aimantées que l'élégance des manières tendait entre elles, le naturel expansif de la princesse venait expirer, tandis que vers elles, la rectitude de la duchesse se laissait attirer, infléchir, se faisait douceur et charme. Comme dans la pièce que l'on était en train de représenter, pour comprendre ce que la Berma dégageait de poésie personnelle, on n'avait qu'à confier le rôle qu'elle jouait, et qu'elle seule pouvait jouer, à n'importe quelle autre actrice, le spectateur qui eût levé les yeux vers le balcon eût vu, dans deux loges, un « arrangement » qu'elle croyait rappeler ceux de la princesse de Guermantes, donner simplement à la baronne de Morienval l'air excentrique, prétentieux et mal élevé, et un effort à la fois patient et coûteux pour imiter les toilettes et le chic de la duchesse de Guermantes, faire seulement ressembler Mme de Cambremer à quelque pensionnaire provinciale, montée sur fil de fer, droite, sèche et pointue, un plumet de corbillard verticalement dressé dans les cheveux. Peut-être la place de cette dernière n'était-elle pas dans une salle où c'était seulement avec les femmes les plus brillantes de l'année que les loges (et même celles des plus hauts étages qui d'en bas semblaient de grosses bourriches piquées de fleurs humaines et attachées au cintre de la salle par les brides rouges de leurs séparations de velours) composaient un panorama éphémère que les morts, les scandales, les maladies, les brouilles modifieraient bientôt, mais qui en ce moment était immobilisé par l'attention, la chaleur, le vertige, la poussière, l'élégance et l'ennui, dans cette espèce d'instant éternel et tragique d'inconsciente attente et de calme engourdissement qui, rétrospectivement, semble avoir précédé l'explosion d'une bombe ou la première flamme d'un incendie.

La raison pour quoi Mme de Cambremer se trouvait là était que la princesse de Parme, dénuée de snobisme comme la plupart des véritables altesses et, en revanche, dévorée par l'orgueil, le désir de la charité qui égalait chez elle le goût de ce qu'elle croyait les Arts, avait cédé çà et là quelques loges à des femmes comme Mme de Cambremer qui ne faisaient pas partie de la haute société aristocratique, mais avec lesquelles elle était en relation pour ses œuvres de bienfaisance. Mme de Cambremer ne quittait pas des yeux la duchesse et la princesse de Guermantes, ce qui lui était d'autant plus aisé que, n'étant pas en relations véritables avec elles, elle ne pouvait avoir l'air de quêter un salut. Être reçue chez ces deux grandes dames était pourtant le but qu'elle poursuivait depuis dix ans avec une inlassable patience. Elle avait calculé qu'elle y serait sans doute parvenue dans cinq ans. Mais atteinte d'une maladie qui ne pardonne pas et dont, se piquant de connaissances médicales, elle croyait connaître le caractère inexorable, elle craignait de ne pouvoir vivre jusque-là. Elle était du moins heureuse ce soir-là de penser que toutes ces femmes qu'elle ne connaissait guère verraient auprès d'elle un homme de leurs amis, le jeune marquis de Beausergent, frère de Mme d'Argencourt, lequel fréquentait également les deux sociétés, et de la présence de qui les femmes de la seconde aimaient beaucoup à se parer sous les yeux de celles de la première. Il s'était assis derrière Mme de Cambremer sur une chaise placée en travers pour pouvoir lorgner dans les autres loges. Il y connaissait tout le monde et, pour saluer, avec la ravissante élégance de sa jolie tournure cambrée, de sa fine tête aux cheveux blonds, il soulevait à demi son corps redressé, un sourire à ses yeux bleus, avec un mélange de respect et de désinvolture, gravant ainsi avec précision dans le rectangle du plan oblique où il était placé comme une de ces vieilles estampes qui figurent un grand seigneur hautain et courtisan. Il acceptait souvent de la sorte d'aller au théâtre avec Mme de Cambremer ; dans la salle et à la sortie, dans le vestibule, il restait bravement auprès d'elle au milieu de la foule des amies plus brillantes qu'il avait là et à qui il évitait de parler, ne voulant pas les gêner, et comme s'il avait été en mauvaise compagnie. Si alors passait la princesse de Guermantes, belle et légère comme Diane, laissant traîner derrière elle un manteau incomparable, faisant se détourner toutes les têtes et suivie par tous les yeux (par ceux de Mme de Cambremer plus que par tous les autres), M. de Beausergent s'absorbait dans une conversation avec sa voisine, ne répondait au sourire amical et éblouissant de la princesse que contraint et forcé et avec la réserve bien élevée et la charitable froideur de quelqu'un dont l'amabilité peut être devenue momentanément gênante.

Mme de Cambremer n'eût-elle pas su que la baignoire appartenait à la princesse qu'elle eût cependant reconnu que Mme de Guermantes était l'invitée, à l'air d'intérêt plus grand qu'elle portait au spectacle de la scène et de la salle afin d'être aimable envers son hôtesse. Mais en même temps que cette force centrifuge, une force inverse développée par le même désir d'amabilité ramenait l'attention de la duchesse vers sa propre toilette, sur son aigrette, son collier, son corsage et aussi vers celle de la princesse elle-même, dont la cousine semblait se proclamer la sujette, l'esclave, venue ici seulement pour la voir, prête à la suivre ailleurs s'il avait pris fantaisie à la titulaire de la loge de s'en aller, et ne regardant que comme composée d'étrangers curieux à considérer le reste de la salle où elle comptait pourtant nombre d'amis dans la loge desquels elle se trouvait d'autres semaines et à l'égard de qui elle ne manquait pas de faire preuve alors du même loyalisme exclusif, relativiste et hebdomadaire. Mme de Cambremer était étonnée de voir la duchesse ce soir. Elle savait que celle-ci restait très tard à Guermantes et supposait qu'elle y était encore. Mais on lui avait raconté que parfois, quand il y avait à Paris un spectacle qu'elle jugeait intéressant, Mme de Guermantes faisait atteler une de ses voitures aussitôt qu'elle avait pris le thé avec les chasseurs et, au soleil couchant, partait au grand trot, à travers la forêt crépusculaire, puis par la route, prendre le train à Combray pour être à Paris le soir. « Peut-être vient-elle de Guermantes exprès pour entendre la Berma », pensait avec admiration Mme de Cambremer. Et elle se rappelait avoir entendu dire à Swann, dans ce jargon ambigu qu'il avait en commun avec M. de Charlus : « La duchesse

est un des êtres les plus nobles de Paris, de l'élite la
plus raffinée, la plus choisie. » Pour moi qui faisais
dériver du nom de Guermantes, du nom de Bavière
et du nom de Condé la vie, la pensée des deux cousines (je ne le pouvais plus pour leurs visages puisque
je les avais vus), j'aurais mieux aimé connaître leur
jugement sur *Phèdre* que celui du plus grand critique du monde. Car dans le sien je n'aurais trouvé
que de l'intelligence, de l'intelligence supérieure à
la mienne, mais de même nature. Mais ce que pensaient la duchesse et la princesse de Guermantes, et
qui m'eût fourni sur la nature de ces deux poétiques
créatures un document inestimable, je l'imaginais à
l'aide de leurs noms, j'y supposais un charme irra-
tionnel et, avec la soif et la nostalgie d'un fiévreux,
ce que je demandais à leur opinion sur *Phèdre* de me
rendre, c'était le charme des après-midi d'été où je
m'étais promené du côté de Guermantes.

Mme de Cambremer essayait de distinguer quelle
sorte de toilette portaient les deux cousines. Pour
moi, je ne doutais pas que ces toilettes ne leur
fussent particulières, non pas seulement dans le sens
où la livrée à col rouge ou à revers bleu appartenait
jadis exclusivement aux Guermantes et aux Condé,
mais plutôt comme pour un oiseau le plumage qui
n'est pas seulement un ornement de sa beauté, mais
une extension de son corps. La toilette de ces deux
femmes me semblait comme une matérialisation
neigeuse ou diaprée de leur activité intérieure, et,
comme les gestes que j'avais vu faire à la princesse de
Guermantes et que je n'avais pas douté correspondre
à une idée cachée, les plumes qui descendaient du
front de la princesse et le corsage éblouissant et pailleté de sa cousine semblaient avoir une signification,
être pour chacune des deux femmes un attribut qui
n'était qu'à elle et dont j'aurais voulu connaître la

signification : l'oiseau de paradis me semblait inséparable de l'une, comme le paon de Junon ; je ne
pensais pas qu'aucune femme pût usurper le corsage pailleté de l'autre plus que l'égide étincelante
et frangée de Minerve. Et quand je portais mes
yeux sur cette baignoire, bien plus qu'au plafond du
théâtre où étaient peintes de froides allégories, c'était
comme si j'avais aperçu, grâce au déchirement mira-
culeux des nuées coutumières, l'assemblée des Dieux
en train de contempler le spectacle des hommes,
sous un velum rouge, dans une éclaircie lumineuse,
entre deux piliers du Ciel. Je contemplais cette apothéose momentanée avec un trouble que mélangeait
de paix le sentiment d'être ignoré des Immortels ;
la duchesse m'avait bien vu une fois avec son mari,
mais ne devait certainement pas s'en souvenir, et je
ne souffrais pas qu'elle se trouvât, par la place qu'elle
occupait dans la baignoire, regarder les madrépores
anonymes et collectifs du public de l'orchestre, car
je sentais heureusement mon être dissous au milieu
d'eux, quand, au moment où en vertu des lois de la
réfraction vint sans doute se peindre dans le courant
impassible des deux yeux bleus la forme confuse du
protozoaire dépourvu d'existence individuelle que
j'étais, je vis une clarté les illuminer : la duchesse,
de déesse devenue femme et me semblant tout d'un
coup mille fois plus belle, leva vers moi la main gan-
tée de blanc qu'elle tenait appuyée sur le rebord de
la loge, l'agita en signe d'amitié, mes regards se sen-
tirent croisés par l'incandescence involontaire et les
feux des yeux de la princesse, laquelle les avait fait
entrer à son insu en conflagration rien qu'en les bougeant pour chercher à voir à qui sa cousine venait
de dire bonjour, et celle-ci, qui m'avait reconnu, fit
pleuvoir sur moi l'averse étincelante et céleste de
son sourire.

Maintenant tous les matins, bien avant l'heure où elle sortait, j'allais par un long détour me poster à l'angle de la rue qu'elle descendait d'habitude, et, quand le moment de son passage me semblait proche, je remontais d'un air distrait, regardant dans une direction opposée et levant les yeux vers elle dès que j'arrivais à sa hauteur mais comme si je ne m'étais nullement attendu à la voir[1]. Même les premiers jours, pour être plus sûr de ne pas la manquer, j'attendais devant la maison. Et chaque fois que la porte cochère s'ouvrait (laissant passer successivement tant de personnes qui n'étaient pas celle que j'attendais), son ébranlement se prolongeait ensuite dans mon cœur en oscillations qui mettaient longtemps à se calmer. Car jamais fanatique d'une grande comédienne qu'il ne connaît pas, allant faire « le pied de grue » devant la sortie des artistes, jamais foule exaspérée ou idolâtre réunie pour insulter ou porter en triomphe le condamné ou le grand homme qu'on croit être sur le point de passer chaque fois qu'on entend du bruit venu de l'intérieur de la prison ou du palais, ne furent aussi émus que je l'étais, attendant le départ de cette grande dame qui, dans sa toilette simple, savait, par la grâce de sa marche (toute différente de l'allure qu'elle avait quand elle entrait dans un salon ou dans une loge), faire de sa promenade matinale – il n'y avait pour moi qu'elle au monde qui se promenât – tout un poème d'élégance et la plus fine parure, la plus curieuse fleur du beau temps. Mais après trois jours, pour que le concierge ne pût se rendre compte de mon manège, je m'en allai beaucoup plus loin, jusqu'à un point quelconque du parcours habituel de la duchesse. Souvent avant cette soirée au théâtre, je faisais ainsi de petites sorties avant le déjeuner, quand le temps était beau ; s'il

avait plu, à la première éclaircie je descendais faire
quelques pas, et tout d'un coup, venant sur le trottoir encore mouillé, changé par la lumière en laque
d'or, dans l'apothéose d'un carrefour poudroyant
d'un brouillard que tanne et blondit le soleil, j'apercevais une pensionnaire suivie de son institutrice
ou une laitière avec ses manches blanches, je restais
sans mouvement, une main contre mon cœur qui
s'élançait déjà vers une vie étrangère ; je tâchais de
me rappeler la rue, l'heure, la porte sous laquelle la
fillette (que quelquefois je suivais) avait disparu sans
ressortir. Heureusement la fugacité de ces images
caressées et que je me promettais de chercher à
revoir, les empêchait de se fixer fortement dans
mon souvenir. N'importe, j'étais moins triste d'être
malade, de n'avoir jamais eu encore le courage de me
mettre à travailler, à commencer un livre, la terre me
paraissait plus agréable à habiter, la vie plus intéressante à parcourir depuis que je voyais que les rues de
Paris comme les routes de Balbec étaient fleuries de
ces beautés inconnues que j'avais si souvent cherché
à faire surgir des bois de Méséglise, et dont chacune
excitait un désir voluptueux qu'elle seule semblait
capable d'assouvir.

En rentrant de l'Opéra, j'avais ajouté pour le lendemain à celles que depuis quelques jours je souhaitais de retrouver, l'image de Mme de Guermantes,
grande, avec sa coiffure haute de cheveux blonds
et légers, avec la tendresse promise dans le sourire
qu'elle m'avait adressé de la baignoire de sa cousine.
Je suivrais le chemin que Françoise m'avait dit que
prenait la duchesse et je tâcherais pourtant, pour
retrouver deux jeunes filles que j'avais vues l'avant-
veille, de ne pas manquer la sortie d'un cours et
d'un catéchisme. Mais, en attendant, de temps à
autre, le scintillant sourire de Mme de Guermantes,

la sensation de douceur qu'il m'avait donnée, me revenaient. Et sans trop savoir ce que je faisais, je m'essayais à les placer (comme une femme regarde l'effet que ferait sur une robe une certaine sorte de boutons de pierreries qu'on vient de lui donner) à côté des idées romanesques que je possédais depuis longtemps et que la froideur d'Albertine, le départ prématuré de Gisèle et, avant cela, la séparation voulue et trop prolongée d'avec Gilberte avaient libérées (l'idée par exemple d'être aimé d'une femme, d'avoir une vie en commun avec elle) ; puis c'était l'image de l'une ou l'autre des deux jeunes filles que j'approchais de ces idées auxquelles, aussitôt après, je tâchais d'adapter le souvenir de la duchesse. Auprès de ces idées, le souvenir de Mme de Guermantes à l'Opéra était bien peu de chose, une petite étoile à côté de la longue queue de sa comète flamboyante ; de plus je connaissais très bien ces idées longtemps avant de connaître Mme de Guermantes ; le souvenir, lui, au contraire, je le possédais imparfaitement ; il m'échappait par moments ; ce fut pendant les heures où, de flottant en moi au même titre que les images d'autres femmes jolies, il passa peu à peu à une association unique et définitive – exclusive de toute autre image féminine – avec mes idées romanesques si antérieures à lui, ce fut pendant ces quelques heures où je me le rappelais le mieux que j'aurais dû m'aviser de savoir exactement quel il était ; mais, je ne savais pas alors l'importance qu'il allait prendre pour moi ; il était doux seulement comme un premier rendez-vous de Mme de Guermantes en moi-même, il était la première esquisse, la seule vraie, la seule faite d'après la vie, la seule qui fût réellement Mme de Guermantes ; durant les quelques heures où j'eus le bonheur de le détenir sans savoir faire attention à lui, il devait être bien

charmant pourtant, ce souvenir, puisque c'est toujours à lui, librement encore, à ce moment-là, sans
hâte sans fatigue, sans rien de nécessaire ni d'anxieux, que mes idées d'amour revenaient ; ensuite, au
fur et à mesure que ces idées le fixèrent plus définitivement, il acquit d'elles une plus grande force, mais
devint lui-même plus vague ; bientôt je ne sus plus
le retrouver ; et dans mes rêveries, je le déformais
sans doute complètement, car, chaque fois que je
voyais Mme de Guermantes, je constatais un écart,
d'ailleurs toujours différent, entre ce que j'avais imaginé et ce que je voyais. Chaque jour maintenant,
certes, au moment que Mme de Guermantes débouchait au haut de la rue, j'apercevais encore sa taille
haute, ce visage au regard clair sous une chevelure
légère, toutes choses pour lesquelles j'étais là ; mais
en revanche, quelques secondes plus tard, quand,
ayant détourné les yeux dans une autre direction
pour avoir l'air de ne pas m'attendre à cette rencontre que j'étais venu chercher, je les levais sur la
duchesse au moment où j'arrivais au même niveau
de la rue qu'elle, ce que je voyais alors, c'étaient des
marques rouges, dont je ne savais si elles étaient
dues au grand air ou à la couperose, sur un visage
maussade qui, par un signe fort sec et bien éloigné de
l'amabilité du soir de *Phèdre*, répondait à ce salut que
je lui adressais quotidiennement avec un air de surprise et qui ne semblait pas lui plaire. Pourtant, au
bout de quelques jours pendant lesquels le souvenir
des deux jeunes filles lutta avec des chances inégales
pour la domination de mes idées amoureuses avec
celui de Mme de Guermantes, ce fut celui-ci, comme
de lui-même, qui finit par renaître le plus souvent
pendant que ses concurrents s'éliminaient ; ce fut
sur lui que je finis par avoir, en somme volontairement encore et comme par choix et plaisir, transféré

toutes mes pensées d'amour. Je ne songeai plus aux
fillettes du catéchisme, ni à une certaine laitière ; et
pourtant je n'espérais plus de retrouver dans la rue
ce que j'étais venu y chercher, ni la tendresse promise au théâtre dans un sourire, ni la silhouette et
le visage clair sous la chevelure blonde qui n'étaient
tels que de loin. Maintenant je n'aurais même pu
dire comment était Mme de Guermantes, à quoi je
la reconnaissais, car chaque jour, dans l'ensemble
de sa personne, la figure était autre comme la robe
et le chapeau.

Pourquoi tel jour, voyant s'avancer de face sous
une capote mauve une douce et lisse figure aux
charmes distribués avec symétrie autour de deux
yeux bleus et dans laquelle la ligne du nez semblait
résorbée, apprenais-je d'une commotion joyeuse que
je ne rentrerais pas sans avoir aperçu Mme de Guermantes ? Pourquoi ressentais-je le même trouble,
affectais-je la même indifférence, détournais-je les
yeux de la même façon distraite que la veille à l'apparition de profil, dans une rue de traverse et sous un
toquet bleu marine, d'un nez en bec d'oiseau, le long
d'une joue rouge, barrée d'un œil perçant, comme
quelque divinité égyptienne ? Une fois ce ne fut pas
seulement une femme à bec d'oiseau que je vis, mais
comme un oiseau même : la robe et jusqu'au toquet
de Mme de Guermantes étaient en fourrures et, ne
laissant ainsi voir aucune étoffe, elle semblait naturellement fourrée, comme certains vautours dont le
plumage épais, uni, fauve et doux, a l'air d'une sorte
de pelage. Au milieu de ce plumage naturel, la petite
tête recourbait son bec d'oiseau et les yeux à fleur de
tête étaient perçants et bleus.

Tel jour, je venais de me promener de long en
large dans la rue pendant des heures sans apercevoir Mme de Guermantes, quand tout d'un coup, au

fond d'une boutique de crémier cachée entre deux
hôtels dans ce quartier aristocratique et populaire, se
détachait le visage confus et nouveau d'une femme
élégante qui était en train de se faire montrer des
« petits suisses » et, avant que j'eusse eu le temps de
la distinguer, venait me frapper, comme un éclair
qui aurait mis moins de temps à arriver à moi que le
reste de l'image, le regard de la duchesse ; une autre
fois, ne l'ayant pas rencontrée et entendant sonner
midi, je comprenais que ce n'était plus la peine de
rester à attendre, je reprenais tristement le chemin
de la maison ; et, absorbé dans ma déception, regardant sans la voir une voiture qui s'éloignait, je comprenais tout d'un coup que le mouvement de tête
qu'une dame avait fait de la portière était pour moi,
et que cette dame, dont les traits dénoués et pâles
ou au contraire tendus et vifs, composaient, sous un
chapeau rond au bas d'une haute aigrette, le visage
d'une étrangère que j'avais cru ne pas reconnaître,
était Mme de Guermantes par qui je m'étais laissé
saluer sans même lui répondre. Et quelquefois je
la trouvais en rentrant, au coin de la loge, où le
détestable concierge dont je haïssais les coups d'œil
investigateurs était en train de lui faire de grands
saluts et sans doute aussi des « rapports ». Car tout
le personnel des Guermantes, dissimulé derrière les
rideaux des fenêtres, épiait en tremblant le dialogue
qu'il n'entendait pas et à la suite duquel la duchesse
ne manquait pas de priver de ses sorties tel ou tel
domestique que le « pipelet » avait vendu. À cause
de toutes les apparitions successives de visages différents qu'offrait Mme de Guermantes, visages occupant une étendue relative et variée, tantôt étroite,
tantôt vaste, dans l'ensemble de sa toilette, mon
amour n'était pas attaché à telle ou telle de ces parties changeantes de chair et d'étoffe qui prenaient,

selon les jours, la place des autres et qu'elle pouvait modifier et renouveler presque entièrement sans altérer mon trouble parce qu'à travers elles, à travers le nouveau collet et la joue inconnue, je sentais que c'était toujours Mme de Guermantes. Ce que j'aimais, c'était la personne invisible qui mettait en mouvement tout cela, c'était elle, dont l'hostilité me chagrinait, dont l'approche me bouleversait, dont j'eusse voulu capter la vie et chasser les amis. Elle pouvait arborer une plume bleue ou montrer un teint de feu, sans que ses actions perdissent pour moi de leur importance.

Je n'aurais pas senti moi-même que Mme de Guermantes était excédée de me rencontrer tous les jours que je l'aurais indirectement appris du visage plein de froideur, de réprobation et de pitié qui était celui de Françoise quand elle m'aidait à m'apprêter pour ces sorties matinales. Dès que je lui demandais mes affaires, je sentais s'élever un vent contraire dans les traits rétractés et battus de sa figure. Je n'essayais même pas de gagner la confiance de Françoise, je sentais que je n'y arriverais pas. Elle avait, pour savoir immédiatement tout ce qui pouvait nous arriver, à mes parents et à moi, de désagréable, un pouvoir dont la nature m'est toujours restée obscure. Peut-être n'était-il pas surnaturel et aurait-il pu s'expliquer par des moyens d'information qui lui étaient spéciaux ; c'est ainsi que des peuplades sauvages apprennent certaines nouvelles plusieurs jours avant que la poste les ait apportées à la colonie européenne, et qui leur ont été en réalité transmises, non par télépathie, mais de colline en colline à l'aide de feux allumés. Ainsi dans le cas particulier de mes promenades, peut-être les domestiques de Mme de Guermantes avaient-ils entendu leur maîtresse exprimer sa lassitude de me trouver inévitablement sur

son chemin et avaient-ils répété ces propos à Françoise. Mes parents, il est vrai, auraient pu affecter à
mon service quelqu'un d'autre que Françoise, je n'y
aurais pas gagné. Françoise en un sens était moins
domestique que les autres. Dans sa manière de sentir, d'être bonne et pitoyable, d'être dure et hautaine,
d'être fine et bornée, d'avoir la peau blanche et les
mains rouges, elle était la demoiselle de village dont
les parents « étaient bien de chez eux », mais, ruinés,
avaient été obligés de la mettre en condition. Sa présence dans notre maison, c'était l'air de la campagne
et la vie sociale dans une ferme, il y a cinquante ans,
transportés chez nous, grâce à une sorte de voyage
inverse où c'est la villégiature qui vient vers le voyageur. Comme la vitrine d'un musée régional l'est par
ces curieux ouvrages que les paysannes exécutent et
passementent encore dans certaines provinces, notre
appartement parisien était décoré par les paroles de
Françoise inspirées d'un sentiment traditionnel et
local et qui obéissaient à des règles très anciennes.
Et elle savait y retracer, comme avec des fils de couleur, les cerisiers et les oiseaux de son enfance, le
lit où était morte sa mère, et qu'elle voyait encore.
Mais malgré tout cela, dès qu'elle était entrée à Paris
à notre service, elle avait partagé – et à plus forte
raison toute autre l'eût fait à sa place – les idées, les
jurisprudences d'interprétation des domestiques des
autres étages, se rattrapant du respect qu'elle était
obligée de nous témoigner, en nous répétant ce que
la cuisinière du quatrième disait de grossier à sa maîtresse, et avec une telle satisfaction de domestique
que, pour la première fois de notre vie, nous sentant
une sorte de solidarité avec la détestable locataire du
quatrième, nous nous disions que peut-être, en effet,
nous étions des maîtres. Cette altération du caractère de Françoise était peut-être inévitable. Certaines

existences sont si anormales qu'elles doivent engen-
drer fatalement certaines tares, telle celle que le
Roi menait à Versailles entre ses courtisans, aussi
étrange que celle d'un pharaon ou d'un doge, et, bien
plus que celle du Roi, la vie des courtisans. Celle
des domestiques est sans doute d'une étrangeté plus
monstrueuse encore et que seule l'habitude nous
voile. Mais c'est jusque dans des détails encore plus
particuliers que j'aurais été condamné, même si
j'avais renvoyé Françoise, à garder le même domestique. Car divers autres purent entrer plus tard à
mon service ; déjà pourvus des défauts généraux des
domestiques, ils n'en subissaient pas moins chez moi
une rapide transformation. Comme les lois de l'attaque commandent celles de la riposte, pour ne pas
être entamés par les aspérités de mon caractère, tous
pratiquaient dans le leur un rentrant identique et au
même endroit ; et, en revanche, ils profitaient de mes
lacunes pour y installer des avancées. Ces lacunes, je
ne les connaissais pas, non plus que les saillants auxquels leur entre-deux donnait lieu, précisément parce
qu'elles étaient des lacunes. Mais mes domestiques,
en se gâtant peu à peu, me les apprirent. Ce fut par
leurs défauts invariablement acquis que j'appris mes
défauts naturels et invariables, leur caractère me présenta une sorte d'épreuve négative du mien. Nous
nous étions beaucoup moqués autrefois, ma mère
et moi, de Mme Sazerat qui disait en parlant des
domestiques : « Cette race, cette espèce. » Mais je
dois dire que la raison pourquoi je n'avais pas lieu de
souhaiter de remplacer Françoise par quelque autre
est que cette autre aurait appartenu tout autant et
inévitablement à la race générale des domestiques et
à l'espèce particulière des miens.

Pour en revenir à Françoise, je n'ai jamais dans
ma vie éprouvé une humiliation sans avoir trouvé

d'avance sur le visage de Françoise des condoléances
toutes prêtes ; et lorsque dans ma colère d'être plaint
par elle, je tentais de prétendre avoir au contraire
remporté un succès, mes mensonges venaient inutilement se briser à son incrédulité respectueuse mais
visible et à la conscience qu'elle avait de son infailli-
bilité. Car elle savait la vérité ; elle la taisait et faisait
seulement un petit mouvement des lèvres comme si
elle avait encore la bouche pleine et finissait un bon
morceau. Elle la taisait, du moins je l'ai cru longtemps, car à cette époque-là je me figurais encore
que c'était au moyen de paroles qu'on apprend aux
autres la vérité. Même les paroles qu'on me disait
déposaient si bien leur signification inaltérable dans
mon esprit sensible, que je ne croyais pas plus possible que quelqu'un qui m'avait dit m'aimer ne m'aimât pas, que Françoise elle-même n'aurait pu douter,
quand elle l'avait lu dans un journal, qu'un prêtre
ou un monsieur quelconque fût capable, contre une
demande adressée par la poste, de nous envoyer
gratuitement un remède infaillible contre toutes les
maladies ou un moyen de centupler nos revenus.
(En revanche, si notre médecin lui donnait la pom-
made la plus simple contre le rhume de cerveau,
elle, si dure aux plus rudes souffrances, gémissait
de ce qu'elle avait dû renifler, assurant que cela lui
« plumait le nez », et qu'on ne savait plus où vivre.)
Mais la première, Françoise me donna l'exemple
(que je ne devais comprendre que plus tard quand
il me fut donné de nouveau et plus douloureuse-
ment, comme on le verra dans les derniers volumes
de cet ouvrage, par une personne qui m'était plus
chère) que la vérité n'a pas besoin d'être dite pour
être manifestée, et qu'on peut peut-être la recueillir plus sûrement, sans attendre les paroles et sans
tenir même aucun compte d'elles, dans mille signes

extérieurs, même dans certains phénomènes invisibles, analogues dans le monde des caractères à ce
que sont, dans la nature physique, les changements
atmosphériques. J'aurais peut-être pu m'en douter,
puisque à moi-même, alors, il m'arrivait souvent de
dire des choses où il n'y avait nulle vérité, tandis
que je la manifestais par tant de confidences involontaires de mon corps et de mes actes (lesquelles
étaient fort bien interprétées par Françoise) ; j'aurais
peut-être pu m'en douter, mais pour cela il aurait
fallu que j'eusse su que j'étais alors quelquefois menteur et fourbe. Or le mensonge et la fourberie étaient
chez moi, comme chez tout le monde, commandés
d'une façon si immédiate et contingente, et pour sa
défensive, par un intérêt particulier, que mon esprit,
fixé sur un bel idéal, laissait mon caractère accomplir dans l'ombre ces besognes urgentes et chétives
et ne se détournait pas pour les apercevoir. Quand
Françoise, le soir, était gentille avec moi, me demandait la permission de s'asseoir dans ma chambre, il
me semblait que son visage devenait transparent et
que j'apercevais en elle la bonté et la franchise. Mais
Jupien, lequel avait des parties d'indiscrétion que je
ne connus que plus tard, révéla depuis qu'elle disait
que je ne valais pas la corde pour me pendre et que
j'avais cherché à lui faire tout le mal possible. Ces
paroles de Jupien tirèrent aussitôt devant moi, dans
une teinte inconnue, une épreuve de mes rapports
avec Françoise si différente de celle sur laquelle je
me complaisais souvent à reposer mes regards et où,
sans la plus légère indécision, Françoise m'adorait et
ne perdait pas une occasion de me célébrer, que je
compris que ce n'est pas le monde physique seul qui
diffère de l'aspect sous lequel nous le voyons ; que
toute réalité est peut-être aussi dissemblable de celle
que nous croyons percevoir directement et que nous

composons à l'aide d'idées qui ne se montrent pas
mais sont agissantes, de même que les arbres, le soleil
et le ciel ne seraient pas tels que nous les voyons, s'ils
étaient connus par des êtres ayant des yeux autrement constitués que les nôtres, ou bien possédant
pour cette besogne des organes autres que des yeux
et qui donneraient des arbres, du ciel et du soleil des
équivalents mais non visuels. Telle qu'elle fut, cette
brusque échappée que m'ouvrit une fois Jupien sur
le monde réel m'épouvanta. Encore ne s'agissait-il
que de Françoise dont je ne me souciais guère. En
était-il ainsi dans tous les rapports sociaux ? Et
jusqu'à quel désespoir cela pourrait-il me mener un
jour, s'il en était de même dans l'amour ? C'était le
secret de l'avenir. Alors, il ne s'agissait encore que de
Françoise. Pensait-elle sincèrement ce qu'elle avait
dit à Jupien ? L'avait-elle dit seulement pour brouil-
ler Jupien avec moi, peut-être pour qu'on ne prît
pas la nièce de Jupien pour la remplacer ? Toujours
est-il que je compris l'impossibilité de savoir d'une
manière directe et certaine si Françoise m'aimait
ou me détestait. Et ainsi ce fut elle qui la première
me donna l'idée qu'une personne n'est pas, comme
j'avais cru, claire et immobile devant nous avec ses
qualités, ses défauts, ses projets, ses intentions à
notre égard (comme un jardin qu'on regarde, avec
toutes ses plates-bandes, à travers une grille), mais
est une ombre où nous ne pouvons jamais pénétrer,
pour laquelle il n'existe pas de connaissance directe,
au sujet de quoi nous nous faisons des croyances
nombreuses à l'aide de paroles et même d'actions,
lesquelles les unes et les autres ne nous donnent que
des renseignements insuffisants et d'ailleurs contradictoires, une ombre où nous pouvons tour à tour
imaginer avec autant de vraisemblance que brillent
la haine et l'amour.

J'aimais vraiment Mme de Guermantes. Le plus grand bonheur que j'eusse pu demander à Dieu eût été de faire fondre sur elle toutes les calamités, et que ruinée, déconsidérée, dépouillée de tous les privilèges qui me séparaient d'elle, n'ayant plus de maison où habiter ni gens qui consentissent à la saluer, elle vînt me demander asile. Je l'imaginais le faisant. Et même les soirs où quelque changement dans l'atmosphère ou dans ma propre santé amenait dans ma conscience quelque rouleau oublié sur lequel étaient inscrites des impressions d'autrefois, au lieu de profiter des forces de renouvellement qui venaient de naître en moi, au lieu de les employer à déchiffrer en moi-même des pensées qui d'habitude m'échappaient, au lieu de me mettre enfin au travail, je préférais parler tout haut, penser d'une manière mouvementée, extérieure, qui n'était qu'un discours et une gesticulation inutiles, tout un roman purement d'aventures, stérile et sans vérité, où la duchesse, tombée dans la misère, venait m'implorer, moi qui étais devenu par suite de circonstances inverses riche et puissant. Et quand j'avais passé des heures ainsi à imaginer des circonstances, à prononcer les phrases que je dirais à la duchesse en l'accueillant sous mon toit, la situation restait la même ; j'avais, hélas dans la réalité, choisi précisément pour l'aimer la femme qui réunissait peut-être le plus d'avantages différents ; et aux yeux de qui, à cause de cela, je ne pouvais espérer avoir aucun prestige ; car elle était aussi riche que le plus riche qui n'eût pas été noble ; sans compter ce charme personnel qui la mettait à la mode, en faisant entre toutes une sorte de reine.

Je sentais que je lui déplaisais en allant chaque matin au-devant d'elle ; mais si même j'avais eu le courage de rester deux ou trois jours sans le faire,

peut-être cette abstention qui eût représenté pour
moi un tel sacrifice, Mme de Guermantes ne l'eût
pas remarquée, ou l'aurait attribuée à quelque empêchement indépendant de ma volonté. Et en effet je
n'aurais pu réussir à cesser d'aller sur sa route qu'en
m'arrangeant à être dans l'impossibilité de le faire,
car le besoin sans cesse renaissant de la rencontrer,
d'être pendant un instant l'objet de son attention,
la personne à qui s'adressait son salut, ce besoin-là
était plus fort que l'ennui de lui déplaire. Il aurait
fallu m'éloigner pour quelque temps ; je n'en avais
pas le courage. J'y songeais quelquefois. Je disais
alors à Françoise de faire mes malles, puis aussitôt
après de les défaire. Et comme le démon du pastiche, et de ne pas paraître vieux jeu, altère la forme
la plus naturelle et la plus sûre de soi, Françoise,
empruntant cette expression au vocabulaire de sa
fille, disait que j'étais dingo. Elle n'aimait pas cela,
elle disait que je « balançais » toujours, car elle usait,
quand elle ne voulait pas rivaliser avec les modernes,
du langage de Saint-Simon. Il est vrai qu'elle aimait
encore moins quand je parlais en maître. Elle savait
que cela ne m'était pas naturel et ne me seyait pas,
ce qu'elle traduisait en disant que « le voulu ne m'allait pas ». Je n'aurais eu le courage de partir que
dans une direction qui me rapprochât de Mme de
Guermantes. Ce n'était pas une chose impossible. Ne
serait-ce pas en effet me trouver plus près d'elle que
je ne l'étais le matin dans la rue, solitaire, humilié,
sentant que pas une seule des pensées que j'aurais
voulu lui adresser n'arrivait jamais jusqu'à elle, dans
ce piétinement sur place de mes promenades, qui
pourraient durer indéfiniment sans m'avancer en
rien, – si j'allais à beaucoup de lieues de Mme de
Guermantes, mais chez quelqu'un qu'elle connût,
qu'elle sût difficile dans le choix de ses relations et

qui m'appréciât, qui pourrait lui parler de moi, et sinon obtenir d'elle ce que je voulais, au moins le lui faire savoir, quelqu'un grâce à qui, en tout cas, rien que parce que j'envisagerais avec lui s'il pourrait se charger ou non de tel ou tel message auprès d'elle, je donnerais à mes songeries solitaires et muettes une forme nouvelle, parlée, active, qui me semblerait un progrès, presque une réalisation ? Ce qu'elle faisait durant la vie mystérieuse de la « Guermantes » qu'elle était, cela, qui était l'objet de ma rêverie constante, y intervenir, même de façon indirecte, comme avec un levier, en mettant en œuvre quelqu'un à qui ne fussent pas interdits l'hôtel de la duchesse, ses soi-rées, la conversation prolongée avec elle, ne serait-ce pas un contact plus distant mais plus effectif que ma contemplation dans la rue tous les matins ?

L'amitié, l'admiration que Saint-Loup avait pour moi, me semblaient immméritées et m'étaient restées indifférentes. Tout d'un coup j'y attachai du prix, j'aurais voulu qu'il les révélât à Mme de Guermantes, j'aurais été capable de lui demander de le faire. Car dès qu'on est amoureux, tous les petits privilèges inconnus qu'on possède, on voudrait pouvoir les divulguer à la femme qu'on aime, comme font dans la vie les déshérités et les fâcheux. On souffre qu'elle les ignore, on cherche à se consoler en se disant que justement parce qu'ils ne sont jamais visibles, peut-être ajoute-t-elle à l'idée qu'elle a de vous cette pos-sibilité d'avantages qu'on ne sait pas.

Saint-Loup ne pouvait pas depuis longtemps venir à Paris, soit comme il le disait à cause des exigences de son métier, soit plutôt à cause de chagrins que lui causait sa maîtresse avec laquelle il avait déjà été deux fois sur le point de rompre. Il m'avait souvent dit le bien que je lui ferais en allant le voir dans cette garnison dont, le surlendemain du jour où il

avait quitté Balbec, le nom m'avait causé tant de
joie quand je l'avais lu sur l'enveloppe de la première
lettre que j'eusse reçue de mon ami. C'était, moins
loin de Balbec que le paysage tout terrien ne l'aurait
fait croire, une de ces petites cités aristocratiques et
militaires, entourées d'une campagne étendue où,
par les beaux jours, flotte si souvent dans le lointain
une sorte de buée sonore intermittente qui – comme
un rideau de peupliers par ses sinuosités dessine le
cours d'une rivière qu'on ne voit pas – révèle les
changements de place d'un régiment à la manœuvre,
que l'atmosphère même des rues, des avenues et des
places a fini par contracter une sorte de perpétuelle
vibratilité musicale et guerrière, et que le bruit le
plus grossier de chariot ou de tramway s'y prolonge
en vagues appels de clairon ressassés indéfiniment,
aux oreilles hallucinées, par le silence. Elle n'était
pas située tellement loin de Paris que je ne pusse,
en descendant du rapide, rentrer, retrouver ma mère
et ma grand-mère et coucher dans mon lit. Aussitôt
que je l'eus compris, troublé d'un douloureux désir,
j'eus trop peu de volonté pour décider de ne pas
revenir à Paris et de rester dans la ville ; mais trop
peu aussi pour empêcher un employé de porter ma
valise jusqu'à un fiacre et pour ne pas prendre, en
marchant derrière lui, l'âme dépourvue d'un voyageur qui surveille ses affaires et qu'aucune grand-
mère n'attend, pour ne pas monter dans la voiture
avec la désinvolture de quelqu'un qui, ayant cessé
de penser à ce qu'il veut, a l'air de savoir ce qu'il
veut, et ne pas donner au cocher l'adresse du quartier de cavalerie. Je pensais que Saint-Loup viendrait
coucher cette nuit-là à l'hôtel où je descendrais afin
de me rendre moins angoissant le premier contact
avec cette ville inconnue. Un homme de garde alla
le chercher, et je l'attendis à la porte du quartier,

devant ce grand vaisseau tout retentissant du vent de novembre et d'où, à chaque instant, car c'était six heures du soir, des hommes sortaient deux par deux dans la rue, titubant comme s'ils descendaient à terre dans quelque port exotique où ils eussent momentanément stationné.

Saint-Loup arriva, remuant dans tous les sens, laissant voler son monocle devant lui : je n'avais pas fait dire mon nom, j'étais impatient de jouir de sa surprise et de sa joie.

« Ah ! quel ennui », s'écria-t-il en m'apercevant tout à coup et en devenant rouge jusqu'aux oreilles, « je viens de prendre la semaine et je ne pourrai pas sortir avant huit jours ! »

Et préoccupé par l'idée de me voir passer seul cette première nuit, car il connaissait mieux que personne mes angoisses du soir qu'il avait souvent remarquées et adoucies à Balbec, il interrompait ses plaintes pour se retourner vers moi, m'adresser de petits sourires, de tendres regards inégaux, les uns venant directement de son œil, les autres à travers son monocle, et qui tous étaient une allusion à l'émotion qu'il avait de me revoir, une allusion aussi à cette chose importante que je ne comprenais toujours pas mais qui m'importait maintenant, notre amitié.

« Mon Dieu ! et où allez-vous coucher ? Vraiment, je ne vous conseille pas l'hôtel où nous prenons pension, c'est à côté de l'Exposition où des fêtes vont commencer, vous auriez un monde fou. Non, il vaudrait mieux l'hôtel de Flandre, c'est un ancien petit palais du XVIIIᵉ siècle avec de vieilles tapisseries. Ça "fait" assez "vieille demeure historique". »

Saint-Loup employait à tout propos ce mot de « faire » pour « avoir l'air », parce que la langue parlée, comme la langue écrite, éprouve de temps en temps le besoin de ces altérations du sens des mots, de ces raffinements d'expression. Et de même que souvent les journalistes ignorent de quelle école littéraire proviennent les « élégances » dont ils usent, de même le vocabulaire, la diction même de Saint-Loup étaient faits de l'imitation de trois esthètes différents dont il ne connaissait aucun, mais dont ces modes de langage lui avaient été indirectement inculqués. « D'ailleurs, conclut-il, cet hôtel est assez adapté à votre hyperesthésie auditive. Vous n'aurez pas de voisins. Je reconnais que c'est un piètre avantage, et comme en somme un autre voyageur peut y arriver demain, cela ne vaudrait pas la peine de choisir cet hôtel-là pour des résultats de précarité. Non, c'est à cause de l'aspect que je vous le recommande. Les chambres sont assez sympathiques, tous les meubles anciens et confortables, ça a quelque chose de rassurant. » Mais pour moi, moins artiste que Saint-Loup, le plaisir que peut donner une jolie maison était superficiel, presque nul, et ne pouvait pas calmer mon angoisse commençante, aussi pénible que celle que j'avais jadis à Combray quand ma mère ne venait pas me dire bonsoir ou celle que j'avais ressentie le jour de mon arrivée à Balbec dans la chambre trop haute qui sentait le vétiver. Saint-Loup le comprit à mon regard fixe.

« Mais vous vous en fichez bien, mon pauvre petit, de ce joli palais, vous êtes tout pâle ; moi, comme une grande brute, je vous parle de tapisseries que vous n'aurez pas même le cœur de regarder. Je connais la chambre où on vous mettrait, personnellement je la trouve très gaie, mais je me rends bien compte que pour vous avec votre sensibilité ce n'est pas pareil. Ne croyez pas que je ne vous comprenne pas, moi je ne ressens pas la même chose, mais je me mets bien à votre place. »

Un sous-officier qui essayait un cheval dans la cour, très occupé à le faire sauter, ne répondant pas aux saluts des soldats, mais envoyant des bordées d'injures à ceux qui se mettaient sur son chemin, adressa à ce moment un sourire à Saint-Loup et, s'apercevant alors que celui-ci avait un ami avec lui, salua. Mais son cheval se dressa de toute sa hauteur, écumant. Saint-Loup se jeta à sa tête, le prit par la bride, réussit à le calmer et revint à moi.

« Oui, me dit-il, je vous assure que je me rends compte, que je souffre de ce que vous éprouvez ; je suis malheureux », ajouta-t-il, en posant affectueusement sa main sur mon épaule, « de penser que si j'avais pu rester près de vous, peut-être j'aurais pu, en causant avec vous jusqu'au matin, vous ôter un peu de votre tristesse. Je vous prêterais bien des livres, mais vous ne pourrez pas lire si vous êtes comme cela. Et jamais je n'obtiendrai de me faire remplacer ici ; voilà deux fois de suite que je l'ai fait parce que ma gosse était venue. »

Et il fronçait le sourcil à cause de son ennui et aussi de sa contention à chercher, comme un médecin, quel remède il pourrait appliquer à mon mal.

« Cours donc faire du feu dans ma chambre, dit-il à un soldat qui passait. Allons, plus vite que ça, grouille-toi. »

Puis de nouveau, il se détournait vers moi et le monocle et le regard myope faisaient allusion à notre grande amitié :

« Non ! vous ici, dans ce quartier où j'ai tant pensé à vous, je ne peux pas en croire mes yeux, je crois que je rêve. En somme, la santé, cela va-t-il plutôt mieux ? Vous allez me raconter tout cela tout à l'heure. Nous allons monter chez moi, ne restons pas trop dans la cour, il fait un bon dieu de vent, moi je ne le sens même plus, mais pour vous qui

n'êtes pas habitué, j'ai peur que vous n'ayez froid.
Et le travail, vous y êtes-vous mis ? Non ? que vous
êtes drôle ! Si j'avais vos dispositions, je crois que
j'écrirais du matin au soir. Cela vous amuse davantage de ne rien faire. Quel malheur que ce soient
les médiocres comme moi qui soient toujours prêts
à travailler et que ceux qui pourraient ne veuillent
pas ! Et je ne vous ai pas seulement demandé des
nouvelles de madame votre grand-mère. Son Proudhon
ne me quitte pas. »

Un officier, grand, beau, majestueux, déboucha
à pas lents et solennels d'un escalier. Saint-Loup
le salua et immobilisa la perpétuelle instabilité de
son corps le temps de tenir la main à la hauteur du
képi. Mais il l'y avait précipitée avec tant de force, se
redressant d'un mouvement si sec, et aussitôt le salut
fini la fit retomber par un déclenchement si brusque en changeant toutes les positions de l'épaule, de
la jambe et du monocle, que ce moment fut moins
d'immobilité que d'une vibrante tension où se neutralisaient les mouvements excessifs qui venaient de
se produire et ceux qui allaient commencer. Cependant l'officier, sans se rapprocher, calme, bienveillant, digne, impérial, représentant en somme tout
l'opposé de Saint-Loup, leva, lui aussi, mais sans se
hâter, la main vers son képi.

« Il faut que je dise un mot au capitaine, me chuchota Saint-Loup, soyez assez gentil pour aller m'attendre dans ma chambre, c'est la seconde à droite, au
troisième étage, je vous rejoins dans un moment. »

Et, partant au pas de charge, précédé de son
monocle qui volait en tous sens, il marcha droit
vers le digne et lent capitaine dont on amenait à ce
moment le cheval et qui, avant de se préparer à y
monter, donnait quelques ordres avec une noblesse
de gestes étudiée comme dans quelque tableau

historique et s'il allait partir pour une bataille du
premier Empire, alors qu'il rentrait simplement chez
lui, dans la demeure qu'il avait louée pour le temps
qu'il resterait à Doncières[1] et qui était sise sur une
place, nommée, comme par une ironie anticipée à
l'égard de ce napoléonide, place de la République ! Je
m'engageai dans l'escalier, manquant à chaque pas
de glisser sur ces marches cloutées, apercevant des
chambrées aux murs nus, avec le double alignement
des lits et des paquetages. On m'indiqua la chambre
de Saint-Loup. Je restai un instant devant sa porte
fermée, car j'entendais remuer ; on bougeait une
chose, on en laissait tomber une autre ; je sentais que
la chambre n'était pas vide et qu'il y avait quelqu'un.
Mais ce n'était que le feu allumé qui brûlait. Il ne
pouvait pas se tenir tranquille, il déplaçait les bûches
et fort maladroitement. J'entrai ; il en laissa rouler
une, en fit fumer une autre. Et même quand il ne
bougeait pas, comme les gens vulgaires il faisait
tout le temps entendre des bruits qui, du moment
que je voyais monter la flamme, se montraient à
moi des bruits de feu, mais que, si j'eusse été de
l'autre côté du mur, j'aurais cru venir de quelqu'un
qui se mouchait et marchait. Enfin, je m'assis dans
la chambre. Des tentures de liberty et de vieilles
étoffes allemandes du XVIIIᵉ siècle la préservaient de
l'odeur qu'exhalait le reste du bâtiment, grossière,
fade et corruptible comme celle du pain bis. C'est
là, dans cette chambre charmante, que j'eusse dîné
et dormi avec bonheur et avec calme. Saint-Loup
y semblait presque présent grâce aux livres de travail qui étaient sur sa table à côté des photographies
parmi lesquelles je reconnus la mienne et celle de
Mme de Guermantes, grâce au feu qui avait fini par
s'habituer à la cheminée et, comme une bête couchée
en une attente ardente, silencieuse et fidèle, laissait

seulement de temps à autre tomber une braise qui
s'émiettait, ou léchait d'une flamme la paroi de la
cheminée. J'entendais le tic-tac de la montre de
Saint-Loup, laquelle ne devait pas être bien loin de
moi. Ce tic-tac changeait de place à tout moment,
car je ne voyais pas la montre ; il me semblait venir
de derrière moi, de devant, d'à droite, d'à gauche,
parfois s'éteindre comme s'il était très loin. Tout
d'un coup je découvris la montre sur la table. Alors
j'entendis le tic-tac en un lieu fixe d'où il ne bougea
plus. Je croyais l'entendre à cet endroit-là ; je ne l'y
entendais pas, je l'y voyais, les sons n'ont pas de lieu.
Du moins les rattachons-nous à des mouvements et
par là ont-ils l'utilité de nous prévenir de ceux-ci, de
paraître les rendre nécessaires et naturels. Certes il
arrive quelquefois qu'un malade auquel on a hermétiquement bouché les oreilles n'entende plus le bruit
d'un feu pareil à celui qui rabâchait en ce moment
dans la cheminée de Saint-Loup, tout en travaillant
à faire des tisons et des cendres qu'il laissait ensuite
tomber dans sa corbeille ; n'entende pas non plus
le passage des tramways dont la musique prenait
son vol, à intervalles réguliers, sur la grand-place de
Doncières. Alors, que le malade lise, et les pages se
tourneront silencieusement comme si elles étaient
feuilletées par un dieu. La lourde rumeur d'un bain
qu'on prépare s'atténue, s'allège et s'éloigne comme
un gazouillement céleste. Le recul du bruit, son
amincissement, lui ôtent toute puissance agressive
à notre égard ; affolés tout à l'heure par des coups de
marteau qui semblaient ébranler le plafond sur notre
tête, nous nous plaisons maintenant à les recueillir,
légers, caressants, lointains comme un murmure de
feuillages jouant sur la route avec le zéphir. On fait
des réussites avec des cartes qu'on n'entend pas, si
bien qu'on croit ne pas les avoir remuées, qu'elles

bougent d'elles-mêmes et, allant au-devant de notre désir de jouer avec elles, se sont mises à jouer avec nous. Et à ce propos on peut se demander si pour l'Amour (ajoutons même à l'Amour l'amour de la vie, l'amour de la gloire, puisqu'il y a, paraît-il, des gens qui connaissent ces deux derniers sentiments) on ne devrait pas agir comme ceux qui, contre le bruit, au lieu d'implorer qu'il cesse, se bouchent les oreilles ; et, à leur imitation, reporter notre attention, notre défensive, en nous-même, leur donner comme objet à réduire, non pas l'être extérieur que nous aimons, mais notre capacité de souffrir par lui.

Pour revenir au son, qu'on épaississe encore les boules qui ferment le conduit auditif, elles obligent au pianissimo la jeune fille qui jouait au-dessus de notre tête un air turbulent ; qu'on enduise une de ces boules d'une matière grasse, aussitôt son despotisme est obéi par toute la maison, ses lois mêmes s'étendent au-dehors. Le pianissimo ne suffit plus, la boule fait instantanément fermer le clavier et la leçon de musique est brusquement finie ; le monsieur qui marchait sur notre tête cesse d'un seul coup sa ronde ; la circulation des voitures et des tramways est interrompue comme si on attendait un chef d'État. Et cette atténuation des sons trouble même quelquefois le sommeil au lieu de le protéger. Hier encore les bruits incessants, en nous décrivant d'une façon continue les mouvements dans la rue et dans la maison, finissaient par nous endormir comme un livre ennuyeux ; aujourd'hui, à la surface de silence étendue sur notre sommeil, un heurt plus fort que les autres arrive à se faire entendre, léger comme un soupir, sans lien avec aucun autre son, mystérieux ; et la demande d'explication qu'il exhale suffit à nous éveiller. Qu'on retire, au contraire, pour un instant au malade les cotons superposés à son tympan, et

soudain la lumière, le plein soleil du son se montre
de nouveau, aveuglant, renaît dans l'univers ; à toute
vitesse rentre le peuple des bruits exilés ; on assiste,
comme si elles étaient psalmodiées par des anges
musiciens, à la résurrection des voix. Les rues vides
sont remplies pour un instant par les ailes rapides
et successives des tramways chanteurs. Dans la
chambre elle-même, le malade vient de créer, non
pas, comme Prométhée, le feu, mais le bruit du feu.
Et en augmentant, en relâchant les tampons d'ouate,
c'est comme si on faisait jouer alternativement l'une
et l'autre des deux pédales qu'on a ajoutées à la sonorité du monde extérieur.

Seulement il y a aussi des suppressions du bruit
qui ne sont pas momentanées. Celui qui est devenu
entièrement sourd ne peut même pas faire chauffer
auprès de lui une bouillotte de lait sans devoir guet-
ter des yeux, sur le couvercle ouvert, le reflet blanc,
hyperboréen, pareil à celui d'une tempête de neige
et qui est le signe prémonitoire auquel il est sage
d'obéir en retirant, comme le Seigneur arrêtant les
flots, les prises électriques ; car déjà l'œuf ascendant
et spasmodique du lait qui bout accomplit sa crue
en quelques soulèvements obliques, enfle, arrondit
quelques voiles à demi chavirées qu'avait plissées
la crème, en lance dans la tempête une en nacre et
que l'interruption des courants, si l'orage électrique
est conjuré à temps, fera toutes tournoyer sur elles-
mêmes et jettera à la dérive, changées en pétales de
magnolia. Si le malade n'avait pas pris assez vite
les précautions nécessaires bientôt ses livres et sa
montre engloutis émergeraient à peine d'une mer
blanche après ce mascaret lacté, il serait obligé d'appeler au secours sa vieille bonne qui, fût-il lui-même
un homme politique illustre ou un grand écrivain,
lui dirait qu'il n'a pas plus de raison qu'un enfant

de cinq ans. À d'autres moments dans la chambre magique, devant la porte fermée, une personne qui n'était pas là tout à l'heure a fait son apparition, c'est un visiteur qu'on n'a pas entendu entrer et qui fait seulement des gestes comme dans un de ces petits théâtres de marionnettes, si reposants pour ceux qui ont pris en dégoût le langage parlé. Et pour ce sourd total, comme la perte d'un sens ajoute autant de beauté au monde que ne fait son acquisition, c'est avec délices qu'il se promène maintenant sur une Terre presque édénique où le son n'a pas encore été créé. Les plus hautes cascades déroulent pour ses yeux seuls leur nappe de cristal, plus calmes que la mer immobile, pures comme des cataractes du Paradis. Comme le bruit était pour lui, avant sa surdité, la forme perceptible que revêtait la cause d'un mouvement, les objets remués sans bruit semblent l'être sans cause ; dépouillés de toute qualité sonore, ils montrent une activité spontanée, ils semblent vivre ; ils remuent, s'immobilisent, prennent feu d'eux-mêmes. D'eux-mêmes ils s'envolent comme les monstres ailés de la préhistoire. Dans la maison solitaire et sans voisins du sourd, le service qui, avant que l'infirmité fût complète, montrait déjà plus de réserve, se faisait silencieusement, est assuré maintenant, avec quelque chose de subreptice, par des muets, ainsi qu'il arrive pour un roi de féerie. Comme sur la scène encore, le monument que le sourd voit de sa fenêtre – caserne, église, mairie – n'est qu'un décor. Si un jour il vient à s'écrouler, il pourra émettre un nuage de poussière et des décombres visibles ; mais, moins matériel même qu'un palais de théâtre dont il n'a pourtant pas la minceur, il tombera dans l'univers magique sans que la chute de ses lourdes pierres de taille ternisse de la vulgarité d'aucun bruit la chasteté du silence.

Celui, bien plus relatif, qui régnait dans la petite chambre militaire où je me trouvais depuis un moment, fut rompu. La porte s'ouvrit, et Saint-Loup, laissant tomber son monocle, entra vivement.

« Ah ! Robert, qu'on est bien chez vous, lui dis-je ; comme il serait bon qu'il fût permis d'y dîner et d'y coucher. »

Et en effet, si cela n'avait pas été défendu, quel repos sans tristesse j'aurais goûté là, protégé par cette atmosphère de tranquillité, de vigilance et de gaieté qu'entretenaient mille volontés réglées et sans inquiétude, mille esprits insouciants, dans cette grande communauté qu'est une caserne où, le temps ayant pris la forme de l'action, la triste cloche des heures était remplacée par la même joyeuse fanfare de ces appels dont était perpétuellement tenu en suspens sur les pavés de la ville, émietté et pulvérulent, le souvenir sonore, – voix sûre d'être écoutée, et musicale, parce qu'elle n'était pas seulement le commandement de l'autorité à l'obéissance mais aussi de la sagesse au bonheur.

« Ah ! vous aimeriez mieux coucher ici près de moi que de partir seul à l'hôtel, me dit Saint-Loup en riant.

— Oh ! Robert, vous êtes cruel de prendre cela avec ironie, lui dis-je, puisque vous savez que c'est impossible et que je vais tant souffrir là-bas.

— Hé bien ! vous me flattez, me dit-il, car j'ai justement eu, de moi-même, cette idée que vous aimeriez mieux rester ici ce soir. Et c'est précisément cela que j'étais allé demander au capitaine.

— Et il a permis ? m'écriai-je.

— Sans aucune difficulté.

— Oh ! je l'adore !

— Non, c'est trop. Maintenant laissez-moi appeler mon ordonnance pour qu'il s'occupe de notre dîner », ajouta-t-il, pendant que je me détournais pour cacher mes larmes.

Plusieurs fois entrèrent l'un ou l'autre des camarades de Saint-Loup. Il les jetait à la porte.

« Allons, fous le camp. »

Je lui demandais de les laisser rester.

« Mais non, ils vous assommeraient : ce sont des êtres tout à fait incultes, qui ne peuvent parler que courses, si ce n'est pansage. Et puis, même pour moi, ils me gâteraient ces instants si précieux que j'ai tant désirés. Remarquez que si je parle de la médiocrité de mes camarades, ce n'est pas que tout ce qui est militaire manque d'intellectualité. Bien loin de là. Nous avons un commandant qui est un homme admirable. Il a fait un cours où l'histoire militaire est traitée comme une démonstration, comme une espèce d'algèbre. Même esthétiquement c'est d'une beauté tour à tour inductive et déductive à laquelle vous ne seriez pas insensible.

— Ce n'est pas le capitaine qui m'a permis de rester ici ?

— Non, Dieu merci, car l'homme que vous "adorez" pour peu de chose est le plus grand imbécile que la terre ait jamais porté. Il est parfait pour s'occuper de l'ordinaire et de la tenue de ses hommes ; il passe des heures avec le maréchal des logis chef et le maître tailleur. Voilà sa mentalité. Il méprise d'ailleurs beaucoup, comme tout le monde, l'admirable commandant dont je vous parle. Personne ne fréquente celui-là, parce qu'il est franc-maçon et ne va pas à confesse. Jamais le prince de Borodino ne recevrait chez lui ce petit-bourgeois. Et c'est tout de même un fameux culot de la part d'un homme dont l'arrière-grand-père était un petit fermier et qui, sans les guerres de Napoléon, serait probablement fermier aussi. Du reste il se rend bien un peu

compte de la situation ni chair ni poisson qu'il a
dans la société. Il va à peine au Jockey, tant il y est
gêné, ce prétendu prince », ajouta Robert, qui, ayant
été amené par un même esprit d'imitation à adopter
les théories sociales de ses maîtres et les préjugés
mondains de ses parents, unissait, sans s'en rendre
compte, à l'amour de la démocratie le dédain de la
noblesse d'Empire.

Je regardais la photographie de sa tante et la pensée que, Saint-Loup possédant cette photographie,
il pourrait peut-être me la donner, me fit le chérir
davantage et souhaiter de lui rendre mille services
qui me semblaient peu de choses en échange d'elle.
Car cette photographie c'était comme une rencontre
de plus ajoutée à celles que j'avais déjà faites de
Mme de Guermantes ; bien mieux, une rencontre
prolongée, comme si, par un brusque progrès dans
nos relations, elle s'était arrêtée auprès de moi, en
chapeau de jardin, et m'avait laissé pour la première
fois regarder à loisir ce gras de joue, ce tournant
de nuque, ce coin de sourcils (jusqu'ici voilés pour
moi par la rapidité de son passage, l'étourdissement de mes impressions, l'inconsistance du souvenir) ; et leur contemplation, autant que celle de
la gorge et des bras d'une femme que je n'aurais
jamais vue qu'en robe montante, m'était une voluptueuse découverte, une faveur. Ces lignes qu'il me
semblait presque défendu de regarder, je pourrais
les étudier là comme dans un traité de la seule géométrie qui eût de la valeur pour moi. Plus tard, en
regardant Robert, je m'aperçus que lui aussi était un
peu comme une photographie de sa tante, et par un
mystère presque aussi émouvant pour moi puisque,
si sa figure à lui n'avait pas été directement produite
par sa figure à elle, toutes deux avaient cependant
une origine commune. Les traits de la duchesse de

Guermantes qui étaient épinglés dans ma vision de Combray, le nez en bec de faucon, les yeux perçants, semblaient avoir servi aussi à découper – dans un autre exemplaire analogue et mince d'une peau trop fine – la figure de Robert presque superposable à celle de sa tante. Je regardais sur lui avec envie ces traits caractéristiques des Guermantes, de cette race restée si particulière au milieu du monde, où elle ne se perd pas et où elle reste isolée dans sa gloire divinement ornithologique, car elle semble issue, aux âges de la mythologie, de l'union d'une déesse et d'un oiseau.

Robert, sans en connaître les causes, était touché de mon attendrissement. Celui-ci d'ailleurs s'augmentait du bien-être causé par la chaleur du feu et par le vin de Champagne qui faisait perler en même temps des gouttes de sueur à mon front et des larmes à mes yeux ; il arrosait des perdreaux ; je les mangeais avec l'émerveillement d'un profane, de quelque sorte qu'il soit, quand il trouve dans une certaine vie qu'il ne connaissait pas ce qu'il avait cru qu'elle excluait (par exemple d'un libre penseur faisant un dîner exquis dans un presbytère). Et le lendemain matin en m'éveillant, j'allai jeter par la fenêtre de Saint-Loup qui, située fort haut, donnait sur tout le pays, un regard de curiosité pour faire la connaissance de ma voisine, la campagne, que je n'avais pas pu apercevoir la veille, parce que j'étais arrivé trop tard, à l'heure où elle dormait déjà dans la nuit. Mais de si bonne heure qu'elle fût éveillée, je ne la vis pourtant en ouvrant la croisée, comme on la voit d'une fenêtre de château, du côté de l'étang, qu'emmitouflée encore dans sa douce et blanche robe matinale de brouillard qui ne me laissait presque rien distinguer. Mais je savais qu'avant que les soldats qui s'occupaient des chevaux dans la cour eussent fini

leur pansage, elle l'aurait dévêtue. En attendant je
ne pouvais voir qu'une maigre colline, dressant tout
contre le quartier son dos déjà dépouillé d'ombre,
grêle et rugueux. À travers les rideaux ajourés de
givre, je ne quittais pas des yeux cette étrangère qui
me regardait pour la première fois. Mais quand j'eus
pris l'habitude de venir au quartier, la conscience que
la colline était là, plus réelle par conséquent, même
quand je ne la voyais pas, que l'hôtel de Balbec, que
notre maison de Paris auxquels je pensais comme
à des absents, comme à des morts, c'est-à-dire sans
plus guère croire à leur existence, fit que, même sans
que je m'en rendisse compte, sa forme réverbérée
se profila toujours sur les moindres impressions
que j'eus à Doncières et, pour commencer par ce
matin-là, sur la bonne impression de chaleur que me
donna le chocolat préparé par l'ordonnance de Saint-
Loup dans cette chambre confortable qui avait l'air
d'un centre optique pour regarder la colline (l'idée de
faire autre chose que la regarder et de s'y promener
étant rendue impossible par ce même brouillard qu'il
y avait). Imbibant la forme de la colline, associé au
goût du chocolat et à toute la trame de mes pensées
d'alors, ce brouillard, sans que je pensasse le moins
du monde à lui, vint mouiller toutes mes pensées de
ce temps-là, comme tel or inaltérable et massif était
resté allié à mes impressions de Balbec, ou comme
la présence voisine des escaliers extérieurs de grès
noirâtre donnait quelque grisaille à mes impressions
de Combray. Il ne persista d'ailleurs pas tard dans
la matinée, le soleil commença par user inutilement
contre lui quelques flèches qui le passementèrent
de brillants puis en eurent raison. La colline put
offrir sa croupe grise aux rayons qui, une heure
plus tard, quand je descendis dans la ville, donnaient
aux rouges des feuilles d'arbres, aux rouges et aux

bleus des affiches électorales posées sur les murs une exaltation qui me soulevait moi-même et me faisait battre, en chantant, les pavés sur lesquels je me retenais pour ne pas bondir de joie.

Mais, dès le second jour, il me fallut aller coucher à l'hôtel. Et je savais d'avance que fatalement j'allais y trouver la tristesse. Elle était comme un arôme irrespirable que depuis ma naissance exhalait pour moi toute chambre nouvelle, c'est-à-dire toute chambre : dans celle que j'habitais d'ordinaire, je n'étais pas présent, ma pensée restait ailleurs et à sa place envoyait seulement l'Habitude. Mais je ne pouvais charger cette servante moins sensible de s'occuper de mes affaires dans un pays nouveau, où je la précédais, où j'arrivais seul, où il me fallait faire entrer en contact avec les choses ce « moi » que je ne retrouvais qu'à des années d'intervalles, mais toujours le même, n'ayant pas grandi depuis Combray, depuis ma première arrivée à Balbec, pleurant, sans pouvoir être consolé, sur le coin d'une malle défaite.

Or, je m'étais trompé. Je n'eus pas le temps d'être triste, car je ne fus pas un instant seul. C'est qu'il restait du palais ancien un excédent de luxe, inutilisable dans un hôtel moderne, et qui, détaché de toute affectation pratique, avait pris dans son désœuvrement une sorte de vie : couloirs revenant sur leurs pas, dont on croisait à tous moments les allées et venues sans but, vestibules longs comme des corridors et ornés comme des salons, qui avaient plutôt l'air d'habiter là que de faire partie de l'habitation, qu'on n'avait pu faire entrer dans aucun appartement, mais qui rôdaient autour du mien et vinrent tout de suite m'offrir leur compagnie – sorte de voisins oisifs mais non bruyants, de fantômes subalternes du passé à qui on avait concédé de demeurer sans bruit à la porte des chambres qu'on louait, et qui chaque fois que je les trouvais sur mon chemin se montraient pour moi d'une prévenance silencieuse. En somme, l'idée d'un logis, simple contenant de notre existence actuelle et nous préservant seulement du froid, de la vue des autres, était absolument inapplicable à cette demeure, ensemble de pièces, aussi réelles qu'une colonie de personnes, d'une vie il est vrai silencieuse, mais qu'on était obligé de rencontrer, d'éviter, d'accueillir, quand on rentrait. On tâchait de ne pas déranger et on ne pouvait regarder sans respect le grand salon qui avait pris, depuis le XVIIIᵉ siècle, l'habitude de s'étendre entre ses appuis de vieil or, sous les nuages de son plafond peint. Et on était pris d'une curiosité plus familière pour les petites pièces qui, sans aucun souci de la symétrie, couraient autour de lui, innombrables, étonnées, fuyant en désordre jusqu'au jardin où elles descendaient si facilement par trois marches ébréchées.

Si je voulais sortir ou rentrer sans prendre l'ascenseur ni être vu dans le grand escalier, un plus petit, privé, qui ne servait plus, me tendait ses marches si adroitement posées, l'une tout près de l'autre, qu'il semblait exister dans leur gradation une proportion parfaite du genre de celles qui dans les couleurs, dans les parfums, dans les saveurs, viennent souvent émouvoir en nous une sensualité particulière. Mais celle qu'il y a à monter et à descendre, il m'avait fallu venir ici pour la connaître, comme jadis dans une station alpestre pour savoir que l'acte, habituellement non perçu, de respirer, peut être une constante volupté. Je reçus cette dispense d'effort que nous accordent seules les choses dont nous avons un long usage, quand je posai mes pieds pour la première fois sur ces marches, familières avant d'être connues, comme si elles possédaient, peut-être déposée, incorporée en elles par les maîtres d'autrefois

qu'elles accueillaient chaque jour, la douceur anticipée d'habitudes que je n'avais pas contractées encore
et qui même ne pourraient que s'affaiblir quand elles
seraient devenues miennes. J'ouvris une chambre, la
double porte se referma derrière moi, la draperie fit
entrer un silence sur lequel je me sentis comme une
sorte d'enivrante royauté ; une cheminée de marbre
ornée de cuivres ciselés dont on aurait eu tort de
croire qu'elle ne savait que représenter l'art du Directoire me faisait du feu, et un petit fauteuil bas sur
pieds m'aida à me chauffer aussi confortablement
que si j'eusse été assis sur le tapis. Les murs étrei-
gnaient la chambre, la séparant du reste du monde
et, pour y laisser entrer, y enfermer ce qui la faisait
complète, s'écartaient devant la bibliothèque, réser-
vaient l'enfoncement du lit des deux côtés duquel des
colonnes soutenaient légèrement le plafond surélevé
de l'alcôve. Et la chambre était prolongée dans le
sens de la profondeur par deux cabinets aussi larges
qu'elle, dont le dernier suspendait à son mur, pour
parfumer le recueillement qu'on y vient chercher,
un voluptueux rosaire de grains d'iris ; les portes,
si je les laissais ouvertes pendant que je me retirais
dans ce dernier retrait, ne se contentaient pas de
le tripler, sans qu'il cessât d'être harmonieux, et
ne faisaient pas seulement goûter à mon regard le
plaisir de l'étendue après celui de la concentration,
mais encore ajoutaient au plaisir de ma solitude, qui
restait inviolable et cessait d'être enclose, le sentiment de la liberté. Ce réduit donnait sur une cour,
belle solitaire que je fus heureux d'avoir pour voisine
quand, le lendemain matin, je la découvris, captive
entre ses hauts murs où ne prenait jour aucune
fenêtre, et n'ayant que deux arbres jaunis qui suffisaient à donner une douceur mauve au ciel pur.

Avant de me coucher je voulus sortir de ma

chambre pour explorer tout mon féerique domaine. Je marchai en suivant une longue galerie qui me fit successivement hommage de tout ce qu'elle avait à m'offrir si je n'avais pas sommeil, un fauteuil placé dans un coin, une épinette, sur une console un pot de faïence bleu rempli de cinéraires, et dans un cadre ancien le fantôme d'une dame d'autrefois aux cheveux poudrés mêlés de fleurs bleues et tenant à la main un bouquet d'œillets. Arrivé au bout, son mur plein où ne s'ouvrait aucune porte me dit naïvement : « Maintenant il faut revenir, mais tu vois, tu es chez toi », tandis que le tapis moelleux ajoutait pour ne pas demeurer en reste que si je ne dormais pas cette nuit je pourrais très bien venir nu-pieds, et que les fenêtres sans volets qui regardaient la campagne m'assuraient qu'elles passeraient une nuit blanche et qu'en venant à l'heure que je voudrais je n'avais à craindre de réveiller personne. Et derrière une tenture je surpris seulement un petit cabinet qui, arrêté par la muraille et ne pouvant se sauver, s'était caché là, tout penaud, et me regardait avec effroi de son œil-de-bœuf rendu bleu par le clair de lune. Je me couchai, mais la présence de l'édredon, des colonnettes, de la petite cheminée, en mettant mon attention à un cran où elle n'était pas à Paris, m'empêcha de me livrer au train-train habituel de mes rêvasseries. Et comme c'est cet état particulier de l'attention qui enveloppe le sommeil et agit sur lui, le modifie, le met de plain-pied avec telle ou telle série de nos souvenirs, les images qui remplirent mes rêves, cette première nuit, furent empruntées à une mémoire entièrement distincte de celle que mettait d'habitude à contribution mon sommeil. Si j'avais été tenté en dormant de me laisser réentraîner vers ma mémoire coutumière, le lit auquel je n'étais pas habitué, la douce attention que j'étais obligé de prêter à mes positions quand je me retournais, suffisaient à rectifier ou à maintenir le fil nouveau de mes rêves. Il en est du sommeil comme de la perception du monde extérieur. Il suffit d'une modification dans nos habitudes pour le rendre poétique, il suffit qu'en nous déshabillant nous nous soyons endormi sans le vouloir sur notre lit, pour que les dimensions du sommeil soient changées et sa beauté sentie. On s'éveille, on voit quatre heures à sa montre, ce n'est que quatre heures du matin, mais nous croyons que toute la journée s'est écoulée, tant ce sommeil de quelques minutes et que nous n'avions pas cherché nous a paru descendu du ciel, en vertu de quelque droit divin, énorme et plein comme le globe d'or d'un empereur. Le matin, ennuyé de penser que mon grand-père était prêt et qu'on m'attendait pour partir du côté de Méséglise, je fus éveillé par la fanfare d'un régiment qui tous les jours passa sous mes fenêtres. Mais deux ou trois fois – et je le dis, car on ne peut bien décrire la vie des hommes, si on ne la fait baigner dans le sommeil où elle plonge et qui, nuit après nuit, la contourne comme une presqu'île est cernée par la mer – le sommeil interposé fut en moi assez résistant pour soutenir le choc de la musique et je n'entendis rien. Les autres jours il céda un instant ; mais encore veloutée d'avoir dormi, ma conscience, comme ces organes préalablement anesthésiés, par qui une cautérisation, restée d'abord insensible, n'est perçue que tout à fait à sa fin et comme une légère brûlure, n'était touchée qu'avec douceur par les pointes aiguës des fifres qui la caressaient d'un vague et frais gazouillis matinal ; et après cette étroite interruption où le silence s'était fait musique, il reprenait avec mon sommeil avant même que les dragons eussent fini

de passer, me dérobant les dernières gerbes épa-
nouies du bouquet jaillissant et sonore. Et la zone
de ma conscience que ses tiges jaillissantes avaient
effleurée était si étroite, si circonvenue de sommeil,
que plus tard, quand Saint-Loup me demandait si
j'avais entendu la musique, je n'étais pas certain que
le son de la fanfare n'eût pas été aussi imaginaire
que celui que j'entendais dans le jour s'élever après
le moindre bruit au-dessus des pavés de la ville.
Peut-être ne l'avais-je entendu qu'en un rêve par
la crainte d'être réveillé, ou au contraire de ne pas
l'être et de ne pas voir le défilé. Car souvent quand
je restais endormi au moment où j'avais pensé au
contraire que le bruit m'aurait réveillé, pendant une
heure encore je croyais l'être, tout en sommeillant,
et je me jouais à moi-même en minces ombres sur
l'écran de mon sommeil les divers spectacles auxquels il m'empêchait mais auxquels j'avais l'illusion
d'assister.

Ce qu'on aurait fait le jour, il arrive en effet, le
sommeil venant, qu'on ne l'accomplisse qu'en rêve,
c'est-à-dire après l'inflexion de l'ensommeillement,
en suivant une autre voie qu'on n'eût fait éveillé. La
même histoire tourne et a une autre fin. Malgré tout,
le monde dans lequel on vit pendant le sommeil est
tellement différent que ceux qui ont de la peine à
s'endormir cherchent avant tout à sortir du nôtre.
Après avoir désespérément, pendant des heures, les
yeux clos, roulé des pensées pareilles à celles qu'ils
auraient eues les yeux ouverts, ils reprennent courage s'ils s'aperçoivent que la minute précédente a
été tout alourdie d'un raisonnement en contradiction formelle avec les lois de la logique et l'évidence
du présent, cette courte « absence » signifiant que la
porte est ouverte par laquelle ils pourront peut-être
s'échapper tout à l'heure de la perception du réel,

aller faire une halte plus ou moins loin de lui, ce
qui leur donnera un plus ou moins « bon » sommeil.
Mais un grand pas est déjà fait quand on tourne le
dos au réel, quand on atteint les premiers antres
où les « autosuggestions » préparent comme des
sorcières l'infernal fricot des maladies imaginaires
ou de la recrudescence des maladies nerveuses, et
guettent l'heure où les crises remontées pendant le
sommeil inconscient se déclencheront assez fortes
pour le faire cesser.

Non loin de là est le jardin réservé où croissent
comme des fleurs inconnues les sommeils si différents les uns des autres, sommeil du datura, du
chanvre indien, des multiples extraits de l'éther,
sommeil de la belladone, de l'opium, de la valériane,
fleurs qui restent closes jusqu'au jour où l'inconnu
prédestiné viendra les toucher, les épanouir, et pour
de longues heures dégager l'arôme de leurs rêves
particuliers en un être émerveillé et surpris[1]. Au
fond du jardin est le couvent aux fenêtres ouvertes
où l'on entend répéter les leçons apprises avant de
s'endormir et qu'on ne saura qu'au réveil ; tandis
que, présage de celui-ci, fait résonner son tic-tac ce
réveille-matin intérieur que notre préoccupation a
réglé si bien que, quand notre ménagère viendra nous
dire : il est sept heures, elle nous trouvera déjà prêt.
Aux parois obscures de cette chambre qui s'ouvre
sur les rêves, et où travaille sans cesse cet oubli des
chagrins amoureux duquel est parfois interrompue
et défaite par un cauchemar plein de réminiscences
la tâche vite recommencée, pendent même après
qu'on est réveillé, les souvenirs des songes[2], mais
si enténébrés que souvent nous ne les apercevons
pour la première fois qu'en pleine après-midi quand
le rayon d'une idée similaire vient fortuitement les
frapper ; quelques-uns déjà, harmonieusement clairs

pendant qu'on dormait, mais devenus si méconnais-
sables que, ne les ayant pas reconnus, nous ne pouvons que nous hâter de les rendre à la terre, ainsi que
des morts trop vite décomposés ou que des objets
si gravement atteints et près de la poussière que le
restaurateur le plus habile ne pourrait leur rendre
une forme, et rien en tirer.

Près de la grille est la carrière où les sommeils
profonds viennent chercher des substances qui
imprègnent la tête d'enduits si durs que pour éveiller
le dormeur sa propre volonté est obligée, même dans
un matin d'or, de frapper à grands coups de hache,
comme un jeune Siegfried[1]. Au-delà encore sont les
cauchemars dont les médecins prétendent stupidement qu'ils fatiguent plus que l'insomnie, alors qu'ils
permettent au contraire au penseur de s'évader de
l'attention ; les cauchemars avec leurs albums fan-
taisistes, où nos parents qui sont morts viennent de
subir un grave accident qui n'exclut pas une guérison
prochaine. En attendant nous les tenons dans une
petite cage à rats, où ils sont plus petits que des
souris blanches et, couverts de gros boutons rouges,
plantés chacun d'une plume, nous tiennent des discours cicéroniens. À côté de cet album est le disque
tournant du réveil grâce auquel nous subissons un
instant l'ennui d'avoir à rentrer tout à l'heure dans
une maison qui est détruite depuis cinquante ans,
et dont l'image est effacée, au fur et à mesure que
le sommeil s'éloigne, par plusieurs autres, avant que
nous arrivions à celle qui ne se présente qu'une fois
le disque arrêté et qui coïncide avec celle que nous
verrons avec nos yeux ouverts.

Quelquefois je n'avais rien entendu, étant dans
un de ces sommeils où l'on tombe comme dans un
trou duquel on est tout heureux d'être tiré un peu
plus tard, lourd, surnourri, digérant tout ce que nous

ont apporté, pareilles aux nymphes qui nourrissaient Hercule[1], ces agiles puissances végétatives, à l'activité redoublée pendant que nous dormons.

On appelle cela un sommeil de plomb, il semble qu'on soit devenu, soi-même, pendant quelques instants après qu'un tel sommeil a cessé, un simple bonhomme de plomb. On n'est plus personne. Comment, alors, cherchant sa pensée, sa personnalité comme on cherche un objet perdu, finit-on par retrouver son propre moi plutôt que tout autre ? Pourquoi, quand on se remet à penser, n'est-ce pas alors une autre personnalité que l'antérieure qui s'incarne en nous ? On ne voit pas ce qui dicte le choix et pourquoi, entre les millions d'êtres humains qu'on pourrait être, c'est sur celui qu'on était la veille qu'on met juste la main. Qu'est-ce qui nous guide, quand il y a eu vraiment interruption (soit que le sommeil ait été complet, ou les rêves entièrement différents de nous) ? Il y a eu vraiment mort, comme quand le cœur a cessé de battre et que des tractions rythmées de la langue nous raniment. Sans doute la chambre, ne l'eussions-nous vue qu'une fois, éveille-t-elle des souvenirs auxquels de plus anciens sont suspendus ; ou quelques-uns dormaient-ils en nous-mêmes, dont nous prenons conscience. La résurrection au réveil – après ce bienfaisant accès d'aliénation mentale qu'est le sommeil – doit ressembler au fond à ce qui se passe quand on retrouve un nom, un vers, un refrain oubliés. Et peut-être la résurrection de l'âme après la mort est-elle concevable comme un phénomène de mémoire.

Quand j'avais fini de dormir, attiré par le ciel ensoleillé, mais retenu par la fraîcheur de ces derniers matins si lumineux et si froids où commence l'hiver, pour regarder les arbres où les feuilles n'étaient plus indiquées que par une ou deux touches d'or

ou de rose qui semblaient être restées en l'air, dans
une trame invisible, je levais la tête et tendais le cou
tout en gardant le corps à demi caché dans mes couvertures ; comme une chrysalide en voie de métamorphose, j'étais une créature double aux diverses
parties de laquelle ne convenait pas le même milieu ;
à mon regard suffisait de la couleur, sans chaleur ;
ma poitrine par contre se souciait de chaleur et non
de couleur. Je ne me levais que quand mon feu était
allumé et je regardais le tableau si transparent et
si doux de la matinée mauve et dorée à laquelle je
venais d'ajouter artificiellement les parties de chaleur
qui lui manquaient, tisonnant mon feu qui brûlait et
fumait comme une bonne pipe et qui me donnait,
comme elle eût fait, un plaisir à la fois grossier parce
qu'il reposait sur un bien-être matériel et délicat
parce que derrière lui s'estompait une pure vision.
Mon cabinet de toilette était tendu d'un papier d'un
rouge violent que parsemaient des fleurs noires et
blanches, auxquelles il semble que j'aurais dû avoir
quelque peine à m'habituer. Mais elles ne firent que
me paraître nouvelles, que me forcer à entrer non
en conflit mais en contact avec elles, que modifier la
gaieté et les chants de mon lever, elles ne firent que
me mettre de force au cœur d'une sorte de coquelicot
pour regarder le monde, que je voyais tout autre qu'à
Paris, de ce gai paravent qu'était cette maison nouvelle, autrement orientée que celle de mes parents
et où affluait un air pur. Certains jours, j'étais agité
par l'envie de revoir ma grand-mère ou par la peur
qu'elle ne fût souffrante ; ou bien c'était le souvenir
de quelque affaire laissée en train à Paris, et qui ne
marchait pas : parfois aussi quelque difficulté dans
laquelle, même ici, j'avais trouvé le moyen de me
jeter. L'un ou l'autre de ces soucis m'avait empêché
de dormir, et j'étais sans force contre ma tristesse,

qui en un instant remplissait pour moi toute l'existence. Alors, de l'hôtel, j'envoyais quelqu'un au quartier, avec un mot pour Saint-Loup : je lui disais que si cela lui était matériellement possible – je savais que c'était très difficile – il fût assez bon pour passer un instant. Au bout d'une heure il arrivait ; et en entendant son coup de sonnette je me sentais délivré de mes préoccupations. Je savais que si elles étaient plus fortes que moi, il était plus fort qu'elles et mon attention se détachait d'elles et se tournait vers lui qui avait à décider. Il venait d'entrer et déjà il avait mis autour de moi le plein air où il déployait tant d'activité depuis le matin, milieu vital fort différent de ma chambre et auquel je m'adaptais immédiatement par des réactions appropriées.

« J'espère que vous ne m'en voulez pas de vous avoir dérangé ; j'ai quelque chose qui me tourmente, vous avez dû le deviner.

— Mais non, j'ai pensé simplement que vous aviez envie de me voir et j'ai trouvé ça très gentil. J'étais enchanté que vous m'ayez fait demander. Mais quoi ? ça ne va pas, alors ? Qu'est-ce qu'il y a pour votre service ? »

Il écoutait mes explications, me répondait avec précision ; mais avant même qu'il eût parlé, il m'avait fait semblable à lui ; à côté des occupations importantes qui le faisaient si pressé, si alerte, si content, les ennuis qui m'empêchaient tout à l'heure de rester un instant sans souffrir me semblaient, comme à lui, négligeables ; j'étais comme un homme qui, ne pouvant ouvrir les yeux depuis plusieurs jours, fait appeler un médecin lequel avec adresse et douceur lui écarte la paupière, lui enlève et lui montre un grain de sable ; le malade est guéri et rassuré. Tous mes tracas se résolvaient en un télégramme que Saint-Loup se chargeait de faire partir. La vie me semblait si différente, si belle, j'étais inondé d'un tel trop-plein de force que je voulais agir.

« Que faites-vous maintenant ? disais-je à Saint-Loup.

— Je vais vous quitter, car on part en marche dans trois quarts d'heure et on a besoin de moi.

— Alors ça vous a beaucoup gêné de venir ?

— Non, ça ne m'a pas gêné, le capitaine a été très gentil, il a dit que du moment que c'était pour vous il fallait que je vienne, mais enfin je ne veux pas avoir l'air d'abuser.

— Mais si je me levais vite et si j'allais de mon côté à l'endroit où vous allez manœuvrer, cela m'intéresserait beaucoup, et je pourrais peut-être causer avec vous dans les pauses.

— Je ne vous le conseille pas ; vous êtes resté éveillé, vous vous êtes mis martel en tête pour une chose qui, je vous assure, est sans aucune conséquence, mais maintenant qu'elle ne vous agite plus, retournez-vous sur votre oreiller et dormez, ce qui sera excellent contre la déminéralisation de vos cellules nerveuses ; ne vous endormez pas trop vite parce que notre garce de musique va passer sous vos fenêtres ; mais aussitôt après, je pense que vous aurez la paix, et nous nous reverrons ce soir à dîner. »

Mais un peu plus tard j'allai souvent voir le régiment faire du service en campagne, quand je commençai à m'intéresser aux théories militaires que développaient à dîner les amis de Saint-Loup et que cela devint le désir de mes journées de voir de plus près leurs différents chefs, comme quelqu'un qui fait de la musique sa principale étude et vit dans les concerts a du plaisir à fréquenter les cafés où l'on est mêlé à la vie des musiciens de l'orchestre. Pour arriver au terrain de manœuvres il me fallait faire de grandes marches. Le soir, après le dîner, l'envie de dormir faisait par moments tomber ma tête comme un vertige. Le lendemain, je m'apercevais que je n'avais pas plus entendu la fanfare qu'à Balbec, le lendemain des soirs où Saint-Loup m'avait emmené dîner à Rivebelle, je n'avais entendu le concert de la plage. Et au moment où je voulais me lever, j'en éprouvais délicieusement l'incapacité ; je me sentais attaché à un sol invisible et profond par les articulations, que la fatigue me rendait sensibles, de radicelles musculeuses et nourricières. Je me sentais plein de force, la vie s'étendait plus longue devant moi ; c'est que j'avais reculé jusqu'aux bonnes fatigues de mon enfance à Combray, le lendemain des jours où nous nous étions promenés du côté de Guermantes. Les poètes prétendent que nous retrouvons un moment ce que nous avons jadis été en rentrant dans telle maison, dans tel jardin où nous avons vécu jeunes. Ce sont là pèlerinages fort hasardeux et à la suite desquels on compte autant de déceptions que de succès. Les lieux fixes, contemporains d'années différentes, c'est en nous-même qu'il vaut mieux les trouver. C'est à quoi peuvent, dans une certaine mesure, nous servir une grande fatigue que suit une bonne nuit. Celles-là, pour nous faire descendre dans les galeries les plus souterraines du sommeil, où aucun reflet de la veille, aucune lueur de mémoire n'éclairent plus le monologue intérieur, si tant est que lui-même n'y cesse pas, retournent si bien le sol et le tuf de notre corps qu'elles nous font retrouver, là où nos muscles plongent et tordent leurs ramifications et aspirent la vie nouvelle, le jardin où nous avons été enfant. Il n'y a pas besoin de voyager pour le revoir, il faut descendre pour le retrouver. Ce qui a couvert la terre n'est plus sur elle, mais dessous,

l'excursion ne suffit pas pour visiter la ville morte,
les fouilles sont nécessaires. Mais on verra combien
certaines impressions fugitives et fortuites ramènent
bien mieux encore vers le passé, avec une précision
plus fine, d'un vol plus léger, plus immatériel, plus
vertigineux, plus infaillible, plus immortel, que ces
dislocations organiques.

Quelquefois ma fatigue était plus grande encore :
j'avais, sans pouvoir me coucher, suivi les manœuvres
pendant plusieurs jours. Que le retour à l'hôtel était
alors béni ! En entrant dans mon lit, il me semblait
avoir enfin échappé à des enchanteurs, à des sorciers,
tels que ceux qui peuplent les « romans » aimés de
notre XVIIe siècle[1]. Mon sommeil et ma grasse matinée du lendemain n'étaient plus qu'un charmant
conte de fées. Charmant ; bienfaisant peut-être aussi.
Je me disais que les pires souffrances ont leur lieu
d'asile, qu'on peut toujours, à défaut de mieux, trouver le repos. Ces pensées me menaient fort loin.

Les jours où il y avait repos et où Saint-Loup ne
pouvait cependant pas sortir, j'allais souvent le voir
au quartier. C'était loin ; il fallait sortir de la ville,
franchir le viaduc, des deux côtés duquel j'avais une
immense vue. Une forte brise soufflait presque toujours sur ces hauts lieux et emplissait les bâtiments
construits sur trois côtés de la cour, qui grondaient
sans cesse comme un antre des vents. Tandis que,
pendant qu'il était occupé à quelque service, j'attendais Robert, devant la porte de sa chambre ou au
réfectoire, en causant avec tels de ses amis auxquels
il m'avait présenté (et que je vins ensuite voir quelquefois, même quand il ne devait pas être là), voyant
par la fenêtre, à cent mètres au-dessous de moi, la
campagne dépouillée mais où çà et là des semis nouveaux, souvent encore mouillés de pluie et éclairés
par le soleil, mettaient quelques bandes vertes d'un

brillant et d'une limpidité translucide d'émail, il
m'arrivait d'entendre parler de lui ; et je pus bien
vite me rendre compte combien il était aimé et populaire. Chez plusieurs engagés, appartenant à d'autres
escadrons, jeunes bourgeois riches qui ne voyaient
la haute société aristocratique que du dehors et sans
y pénétrer, la sympathie qu'excitait en eux ce qu'ils
savaient du caractère de Saint-Loup se doublait du
prestige qu'avait à leurs yeux le jeune homme que
souvent, le samedi soir, quand ils venaient en permission à Paris, ils avaient vu souper au Café de la
Paix[1] avec le duc d'Uzès[2] et le prince d'Orléans[3]. Et
à cause de cela, dans sa jolie figure, dans sa façon
dégingandée de marcher, de saluer, dans le perpétuel
lancé de son monocle, dans « la fantaisie » de ses
képis trop hauts, de ses pantalons d'un drap trop fin
et trop rose, ils avaient introduit l'idée d'un « chic »
dont ils assuraient qu'étaient dépourvus les officiers
les plus élégants du régiment, même le majestueux
capitaine à qui j'avais dû de coucher au quartier,
lequel semblait, par comparaison, trop solennel et
presque commun.

L'un disait que le capitaine avait acheté un nouveau cheval. « Il peut acheter tous les chevaux qu'il
veut. J'ai rencontré Saint-Loup dimanche matin allée
des Acacias, il monte avec un autre chic ! » répondait l'autre ; et en connaissance de cause ; car ces
jeunes gens appartenaient à une classe qui, si elle
ne fréquente pas le même personnel mondain, pourtant, grâce à l'argent et au loisir, ne diffère pas de
l'aristocratie dans l'expérience de toutes celles des
élégances qui peuvent s'acheter. Tout au plus la
leur avait-elle, par exemple en ce qui concernait les
vêtements, quelque chose de plus appliqué, de plus
impeccable, que cette libre et négligente élégance
de Saint-Loup qui plaisait tant à ma grand-mère.

C'était une petite émotion pour ces fils de grands
banquiers ou d'agents de change, en train de manger des huîtres après le théâtre, de voir à une table
voisine de la leur le sous-officier Saint-Loup. Et que
de récits faits au quartier le lundi, en rentrant de
permission, par l'un d'eux qui était de l'escadron de
Robert et à qui il avait dit bonjour « très gentiment »,
par un autre qui n'était pas du même escadron mais
qui croyait bien que malgré cela Saint-Loup l'avait
reconnu, car deux ou trois fois il avait braqué son
monocle dans sa direction.

« Oui, mon frère l'a aperçu à "la Paix", disait un
autre qui avait passé la journée chez sa maîtresse, il
paraît même qu'il avait un habit trop large et qui ne
tombait pas bien.

— Comment était son gilet ?

— Il n'avait pas de gilet blanc, mais mauve avec
des espèces de palmes, époilant[1] ! »

Pour les anciens (hommes du peuple ignorant le
Jockey et qui mettaient seulement Saint-Loup dans
la catégorie des sous-officiers très riches, où ils faisaient entrer tous ceux qui, ruinés ou non, menaient
un certain train, avaient un chiffre assez élevé de
revenus ou de dettes et étaient généreux avec les
soldats), la démarche, le monocle, les pantalons, les
képis de Saint-Loup, s'ils n'y voyaient rien d'aristocratique, n'offraient pas cependant moins d'intérêt et de signification. Ils reconnaissaient dans ces
particularités le caractère, le genre qu'ils avaient
assignés une fois pour toutes à ce plus populaire
des gradés du régiment, manières pareilles à celles
de personne, dédain de ce que pourraient penser
les chefs, et qui leur semblait la conséquence naturelle de sa bonté pour le soldat. Le café du matin
dans la chambrée, ou le repos sur les lits pendant
l'après-midi, paraissaient meilleurs, quand quelque

ancien servait à l'escouade gourmande et paresseuse
quelque savoureux détail sur un képi qu'avait Saint-
Loup.

« Aussi haut comme mon paquetage.

— Voyons, vieux, tu veux nous la faire à l'oseille,
il ne pouvait pas être aussi haut que ton paquetage »,
interrompait un jeune licencié ès lettres qui cherchait en usant de ce dialecte à ne pas avoir l'air d'un
bleu et en osant cette contradiction à se faire confir-
mer un fait qui l'enchantait.

« Ah ! il n'est pas aussi haut que mon paquetage ?
Tu l'as mesuré peut-être. Je te dis que le lieutenant-
colon le fixait comme s'il voulait le mettre au bloc. Et
faut pas croire que mon fameux Saint-Loup s'épatait,
il allait, il venait, il baissait la tête, il la relevait, et
toujours ce coup du monocle. Faudra voir ce que
va dire le capiston. Ah ! il se peut qu'il ne dise rien,
mais pour sûr que cela ne lui fera pas plaisir. Mais
ce képi-là, il n'a encore rien d'épatant. Il paraît que
chez lui, en ville, il en a plus de trente.

— Comment que tu le sais, vieux ? Par notre sacré
cabot ? » demandait le jeune licencié avec pédantisme, étalant les nouvelles formes grammaticales
qu'il n'avait apprises que de fraîche date et dont il
était fier de parer sa conversation.

« Comment que je le sais ? Par son ordonnance,
pardi !

— Tu parles qu'en voilà un qui ne doit pas être
malheureux !

— Je comprends ! Il a plus de braise que moi,
pour sûr ! Et encore il lui donne tous ses effets, et
tout et tout. Il n'avait pas à sa suffisance à la can-
tine. Voilà mon de Saint-Loup qui s'est amené et le
cuistot en a entendu : "Je veux qu'il soit bien nourri,
ça coûtera ce que ça coûtera." »

Et l'ancien rachetait l'insignifiance des paroles par

l'énergie de l'accent, en une imitation médiocre qui
avait le plus grand succès.

Au sortir du quartier je faisais un tour, puis, en
attendant le moment où j'allais quotidiennement
dîner avec Saint-Loup, à l'hôtel où lui et ses amis
avaient pris pension, je me dirigeais vers le mien,
sitôt le soleil couché, afin d'avoir deux heures pour
me reposer et lire. Sur la place, le soir posait aux
toits en poivrière du château de petits nuages roses
assortis à la couleur des briques et achevait le rac-
cord en adoucissant celles-ci d'un reflet. Un tel courant de vie affluait à mes nerfs qu'aucun de mes
mouvements ne pouvait l'épuiser ; chacun de mes
pas, après avoir touché un pavé de la place, rebon-
dissait, il me semblait avoir aux talons les ailes de
Mercure. L'une des fontaines était pleine d'une lueur
rouge, et dans l'autre déjà le clair de lune rendait
l'eau de la couleur d'une opale. Entre elles des mar-
mots jouaient, poussaient des cris, décrivaient des
cercles, obéissant à quelque nécessité de l'heure, à la
façon des martinets ou des chauves-souris. À côté de
l'hôtel, les anciens palais nationaux et l'orangerie de
Louis XVI dans lesquels se trouvaient maintenant la
Caisse d'épargne et le corps d'armée étaient éclairés
du dedans par les ampoules pâles et dorées du gaz
déjà allumé qui, dans le jour encore clair, seyait à ces
hautes et vastes fenêtres du XVIIIᵉ siècle où n'était pas
encore effacé le dernier reflet du couchant, comme
eût fait à une tête avivée de rouge une parure d'écaille
blonde, et me persuadait d'aller retrouver mon feu
et ma lampe qui, seule dans la façade de l'hôtel que
j'habitais, luttait contre le crépuscule et pour laquelle
je rentrais, avant qu'il fût tout à fait nuit, par plaisir,
comme on fait pour le goûter. Je gardais, dans mon
logis, la même plénitude de sensation que j'avais
eue dehors. Elle bombait de telle façon l'apparence

de surfaces qui nous semblent si souvent plates et vides, la flamme jaune du feu, le papier gros bleu du ciel sur lequel le soir avait brouillonné, comme un collégien, les tire-bouchons d'un crayonnage rose, le tapis à dessin singulier de la table ronde sur laquelle une rame de papier écolier et un encrier m'attendaient avec un roman de Bergotte, que, depuis, ces choses ont continué à me sembler riches de toute une sorte particulière d'existence qu'il me semble que je saurais extraire d'elles s'il m'était donné de les retrouver. Je pensais avec joie à ce quartier que je venais de quitter et duquel la girouette tournait à tous les vents. Comme un plongeur respirant dans un tube qui monte jusqu'au-dessus de la surface de l'eau, c'était pour moi comme être relié à la vie salubre, à l'air libre, que de me sentir pour point d'attache ce quartier, ce haut observatoire dominant la campagne sillonnée de canaux d'émail vert, et sous les hangars et dans les bâtiments duquel je comptais pour un précieux privilège, que je souhaitais durable, de pouvoir me rendre quand je voulais, toujours sûr d'être bien reçu.

À sept heures je m'habillais et je ressortais pour aller dîner avec Saint-Loup à l'hôtel où il avait pris pension. J'aimais m'y rendre à pied. L'obscurité était profonde, et dès le troisième jour commença à souffler, aussitôt la nuit venue, un vent glacial qui semblait annoncer la neige. Tandis que je marchais, il semble que j'aurais dû ne pas cesser un instant de penser à Mme de Guermantes ; ce n'était que pour tâcher d'être rapproché d'elle que j'étais venu dans la garnison de Robert. Mais un souvenir, un chagrin, sont mobiles. Il y a des jours où ils s'en vont si loin que nous les apercevons à peine, nous les croyons partis. Alors nous faisons attention à d'autres choses. Et les rues de cette ville n'étaient pas encore pour moi, comme là où nous avons l'habitude de vivre, de simples moyens d'aller d'un endroit à un autre. La vie que menaient les habitants de ce monde inconnu me semblait devoir être merveilleuse, et souvent les vitres éclairées de quelque demeure me retenaient longtemps immobile dans la nuit en mettant sous mes yeux les scènes véridiques et mystérieuses d'existences où je ne pénétrais pas. Ici le génie du feu me montrait en un tableau empourpré la taverne d'un marchand de marrons où deux sous-officiers, leurs ceinturons posés sur des chaises, jouaient aux cartes sans se douter qu'un magicien les faisait surgir de la nuit, comme dans une apparition de théâtre, et les évoquait tels qu'ils étaient effectivement à cette minute même, aux yeux d'un passant arrêté qu'ils ne pouvaient voir. Dans un petit magasin de bric-à-brac, une bougie à demi consumée, en projetant sa lueur rouge sur une gravure, la transformait en sanguine, pendant que, luttant contre l'ombre, la clarté de la grosse lampe basanait un morceau de cuir, niellait un poignard de paillettes étincelantes, sur des tableaux qui n'étaient que de mauvaises copies déposait une dorure précieuse comme la patine du passé ou le vernis d'un maître, et faisait enfin de ce taudis où il n'y avait que du toc et des croûtes, un inestimable Rembrandt. Parfois je levais les yeux jusqu'à quelque vaste appartement ancien dont les volets n'étaient pas fermés et où des hommes et des femmes amphibies, se réadaptant chaque soir à vivre dans un autre élément que le jour, nageaient lentement dans la grasse liqueur qui, à la tombée de la nuit, sourd incessamment du réservoir des lampes pour remplir les chambres jusqu'au bord de leurs parois de pierre et de verre, et au sein de laquelle ils propageaient, en déplaçant leurs corps, des remous onctueux et dorés. Je reprenais mon

chemin, et souvent dans la ruelle noire qui passe
devant la cathédrale, comme jadis dans le chemin
de Méséglise, la force de mon désir m'arrêtait ; il me
semblait qu'une femme allait surgir pour le satisfaire ; si dans l'obscurité je sentais tout d'un coup
passer une robe, la violence même du plaisir que
j'éprouvais m'empêchait de croire que ce frôlement
fût fortuit et j'essayais d'enfermer dans mes bras une
passante effrayée. Cette ruelle gothique avait pour
moi quelque chose de si réel, que si j'avais pu y lever
et y posséder une femme, il m'eût été impossible de
ne pas croire que c'était l'antique volupté qui allait
nous unir, cette femme eût-elle été une simple rac-
crocheuse postée là tous les soirs, mais à laquelle
aurait prêté leur mystère l'hiver, le dépaysement,
l'obscurité et le Moyen Âge. Je songeais à l'avenir :
essayer d'oublier Mme de Guermantes me semblait
affreux, mais raisonnable et, pour la première fois,
possible, facile peut-être. Dans le calme absolu de
ce quartier, j'entendais devant moi des paroles et
des rires qui devaient venir de promeneurs à demi
avinés qui rentraient. Je m'arrêtais pour les voir, je
regardais du côté où j'avais entendu le bruit. Mais
j'étais obligé d'attendre longtemps, car le silence
environnant était si profond qu'il avait laissé passer
avec une netteté et une force extrêmes des bruits
encore lointains. Enfin, les promeneurs arrivaient
non pas devant moi comme j'avais cru, mais fort
loin derrière. Soit que le croisement des rues, l'interposition des maisons eût causé par réfraction cette
erreur d'acoustique, soit qu'il soit très difficile de
situer un son dont la place ne nous est pas connue,
je m'étais trompé, tout autant que sur la distance,
sur la direction.

Le vent grandissait. Il était tout hérissé et grenu
d'une approche de neige ; je regagnais la grand-rue

et sautais dans le petit tramway où de la plate-forme
un officier qui semblait ne pas les voir répondait
aux saluts des soldats balourds qui passaient sur le
trottoir, la face peinturlurée par le froid ; et elle faisait penser, dans cette cité que le brusque saut de
l'automne dans ce commencement d'hiver semblait
avoir entraînée plus avant dans le nord, à la face
rubiconde que Breughel donne à ses paysans joyeux,
ripailleurs et gelés.

Et précisément à l'hôtel où j'avais rendez-vous
avec Saint-Loup et ses amis et où les fêtes qui commençaient attiraient beaucoup de gens du voisinage
et d'étrangers, c'était, pendant que je traversais directement la cour qui s'ouvrait sur de rougeoyantes
cuisines où tournaient des poulets embrochés, où
grillaient des porcs, où des homards encore vivants
étaient jetés dans ce que l'hôtelier appelait le « feu
éternel[1] », une affluence (digne de quelque « Dénombrement devant Bethléem[2] » comme en peignaient
les vieux maîtres flamands) d'arrivants qui s'assem-
blaient par groupes dans la cour, demandant au
patron ou à l'un de ses aides (qui leur indiquaient de
préférence un logement dans la ville quand ils ne les
trouvaient pas d'assez bonne mine) s'ils pourraient
être servis et logés, tandis qu'un garçon passait en
tenant par le cou une volaille qui se débattait. Et dans
la grande salle à manger que je traversai le premier
jour, avant d'atteindre la petite pièce où m'attendait
mon ami, c'était aussi à un repas de l'Évangile figuré
avec la naïveté du vieux temps et l'exagération des
Flandres que faisait penser le nombre des poissons,
des poulardes, des coqs de bruyère, des bécasses, des
pigeons, apportés tout décorés et fumants par des
garçons hors d'haleine qui glissaient sur le parquet
pour aller plus vite et les déposaient sur l'immense
console où ils étaient découpés aussitôt, mais où

– beaucoup de repas touchant à leur fin, quand j'arrivais – ils s'entassaient inutilisés ; comme si leur profusion et la précipitation de ceux qui les apportaient
répondaient, beaucoup plutôt qu'aux demandes des
dîneurs, au respect du texte sacré scrupuleusement
suivi dans sa lettre, mais naïvement illustré par des
détails réels empruntés à la vie locale, et au souci
esthétique et religieux de montrer aux yeux l'éclat
de la fête par la profusion des victuailles et l'empressement des serviteurs. Un d'entre eux au bout
de la salle songeait, immobile près d'un dressoir ; et
pour demander à celui-là, qui seul paraissait assez
calme pour me répondre, dans quelle pièce on avait
préparé notre table, m'avançant entre les réchauds
allumés çà et là afin d'empêcher que se refroidissent
les plats des retardataires (ce qui n'empêchait pas
qu'au centre de la salle les desserts étaient tenus par
les mains d'un énorme bonhomme quelquefois sup-
porté sur les ailes d'un canard en cristal, semblait-il,
en réalité en glace, ciselée chaque jour au fer rouge,
par un cuisinier sculpteur, dans un goût bien fla-
mand), j'allai droit, au risque d'être renversé par les
autres, vers ce serviteur dans lequel je crus reconnaître un personnage qui est de tradition dans ces
sujets sacrés et dont il reproduisait scrupuleusement
la figure camuse, naïve et mal dessinée, l'expression
rêveuse, déjà à demi presciente du miracle d'une présence divine que les autres n'ont pas encore soupçonnée. Ajoutons qu'en raison sans doute des fêtes
prochaines, à cette figuration fut ajouté un supplément céleste recruté tout entier dans un personnel
de chérubins et de séraphins. Un jeune ange musicien, aux cheveux blonds encadrant une figure de
quatorze ans, ne jouait à vrai dire d'aucun instrument, mais rêvassait devant un gong ou une pile
d'assiettes, cependant que des anges moins enfantins

s'empressaient à travers les espaces démesurés de
la salle, en y agitant l'air du frémissement incessant
des serviettes qui descendaient le long de leur corps
en formes d'ailes de primitifs, aux pointes aiguës.
Fuyant ces régions mal définies, voilées d'un rideau
de palmes, d'où les célestes serviteurs avaient l'air, de
loin, de venir de l'empyrée, je me frayai un chemin
jusqu'à la petite salle où était la table de Saint-Loup.
J'y trouvai quelques-uns de ses amis qui dînaient
toujours avec lui, nobles, sauf un ou deux roturiers,
mais en qui les nobles avaient dès le collège flairé
des amis et avec qui ils s'étaient liés volontiers, prou-
vant ainsi qu'ils n'étaient pas, en principe, hostiles
aux bourgeois, fussent-ils républicains, pourvu qu'ils
eussent les mains propres et allassent à la messe. Dès
la première fois, avant qu'on se mît à table, j'entraî-
nai Saint-Loup dans un coin de la salle à manger, et
devant tous les autres, mais qui ne nous entendaient
pas, je lui dis :

« Robert, le moment et l'endroit sont mal choisis pour vous dire cela, mais cela ne durera qu'une
seconde. Toujours j'oublie de vous le demander au
quartier ; est-ce que ce n'est pas Mme de Guermantes
dont vous avez la photographie sur la table ?

— Mais si, c'est ma bonne tante.

— Tiens, mais c'est vrai, je suis fou, je l'avais su
autrefois, je n'y avais jamais songé ; mon Dieu, vos
amis doivent s'impatienter, parlons vite, ils nous
regardent, ou bien une autre fois, cela n'a aucune
importance.

— Mais si, marchez toujours, ils sont là pour
attendre.

— Pas du tout, je tiens à être poli ; ils sont si gentils ; vous savez, du reste, je n'y tiens pas autrement.

— Vous la connaissez, cette brave Oriane ? »

Cette « brave Oriane », comme il eût dit cette

« bonne Oriane », ne signifiait pas que Saint-Loup considérât Mme de Guermantes comme particulièrement bonne. Dans ce cas, bonne, excellente, brave, sont de simples renforcements de « cette », désignant une personne qu'on connaît tous deux et dont on ne sait trop que dire avec quelqu'un qui n'est pas de votre intimité. « Bonne » sert de hors-d'œuvre et permet d'attendre un instant qu'on ait trouvé : « Est-ce que vous là voyez souvent ? » ou « Il y a des mois que je ne l'ai vue », ou « Je la vois mardi » ou « Elle ne doit plus être de la première jeunesse. »

« Je ne peux pas vous dire comme cela m'amuse que ce soit sa photographie, parce que nous habitons maintenant dans sa maison et j'ai appris sur elle des choses inouïes (j'aurais été bien embarrassé de dire lesquelles) qui font qu'elle m'intéresse beaucoup, à un point de vue littéraire, vous comprenez, comment dirai-je, à un point de vue balzacien, vous qui êtes tellement intelligent, vous comprenez cela à demi-mot, mais finissons vite, qu'est-ce que vos amis doivent penser de mon éducation !

— Mais ils ne pensent rien du tout ; je leur ai dit que vous êtes sublime et ils sont beaucoup plus intimidés que vous.

— Vous êtes trop gentil. Mais justement, voilà : Mme de Guermantes ne se doute pas que je vous connais, n'est-ce pas ?

— Je n'en sais rien ; je ne l'ai pas vue depuis l'été dernier puisque je ne suis pas venu en permission depuis qu'elle est rentrée.

— C'est que je vais vous dire, on m'a assuré qu'elle me croit tout à fait idiot.

— Cela, je ne le crois pas : Oriane n'est pas un aigle, mais elle n'est tout de même pas stupide.

— Vous savez que je ne tiens pas du tout en général à ce que vous publiiez les bons sentiments que vous avez pour moi, car je n'ai pas d'amour-propre. Aussi je regrette que vous ayez dit des choses aimables sur mon compte à vos amis (que nous allons rejoindre dans deux secondes). Mais pour Mme de Guermantes, si vous pouviez lui faire savoir, même avec un peu d'exagération, ce que vous pensez de moi, vous me feriez un grand plaisir.

— Mais très volontiers, si vous n'avez que cela à me demander, ce n'est pas trop difficile, mais quelle importance cela peut-il avoir, ce qu'elle peut penser de vous ? Je suppose que vous vous en moquez bien ; en tout cas si ce n'est que cela, nous pourrons en parler devant tout le monde ou quand nous serons seuls, car j'ai peur que vous vous fatiguiez à parler debout et d'une façon si incommode, quand nous avons tant d'occasions d'être en tête à tête. »

C'était bien justement cette incommodité qui m'avait donné le courage de parler à Robert ; la présence des autres était pour moi un prétexte m'autorisant à donner à mes propos un tour bref et décousu, à la faveur duquel je pouvais plus aisément dissimuler le mensonge que je faisais en disant à mon ami que j'avais oublié sa parenté avec la duchesse et pour ne pas lui laisser le temps de me poser sur mes motifs de désirer que Mme de Guermantes me sût lié avec lui, intelligent, etc., des questions qui m'eussent d'autant plus troublé que je n'aurais pas pu y répondre.

« Robert, pour vous si intelligent, cela m'étonne que vous ne compreniez pas qu'il ne faut pas discuter ce qui fait plaisir à ses amis, mais le faire. Moi, si vous me demandiez n'importe quoi, et même je tiendrais beaucoup à ce que vous me demandiez quelque chose, je vous assure que je ne vous demanderais pas d'explications. Je vais plus loin que ce que je désire ; je ne tiens pas à connaître Mme de Guermantes ;

mais j'aurais dû, pour vous éprouver, vous dire que je désirerais dîner avec Mme de Guermantes et je sais que vous ne l'auriez pas fait.

— Non seulement je l'aurais fait, mais je le ferai.

— Quand cela ?

— Dès que je viendrai à Paris, dans trois semaines, sans doute.

— Nous verrons, d'ailleurs elle ne voudra pas Je ne peux pas vous dire comme je vous remercie.

— Mais non, ce n'est rien.

— Ne me dites pas cela, c'est énorme, parce que maintenant je vois l'ami que vous êtes ; que la chose que je vous demande soit importante ou non, désagréable ou non, que j'y tienne en réalité ou seulement pour vous éprouver, peu importe, vous dites que vous le ferez, et vous montrez par là la finesse de votre intelligence et de votre cœur. Un ami bête eût discuté. »

C'était justement ce qu'il venait de faire ; mais peut-être je voulais le prendre par l'amour-propre ; peut-être aussi j'étais sincère, la seule pierre de touche du mérite me semblant être l'utilité dont on pouvait être pour moi à l'égard de l'unique chose qui me semblât importante, mon amour. Puis j'ajoutai, soit par duplicité, soit par un surcroît véritable de tendresse produit par la reconnaissance, par l'intérêt et par tout ce que la nature avait mis des traits mêmes de Mme de Guermantes en son neveu Robert :

« Mais voilà qu'il faut rejoindre les autres et je ne vous ai demandé que l'une des deux choses, la moins importante, l'autre l'est plus pour moi, mais je crains que vous ne me la refusiez ; cela vous ennuierait-il que nous nous tutoyions ?

— Comment m'ennuyer, mais voyons ! *joie ! pleurs de joie ! félicité inconnue*[1] !

— Comme je vous remercie… te remercie. Quand

vous aurez commencé ! Cela me fait un tel plaisir
que vous pouvez ne rien faire pour Mme de Guermantes si vous voulez, le tutoiement me suffit.

— On fera les deux.

— Oh ! Robert ! Écoutez, dis-je encore à Saint-
Loup pendant le dîner – oh ! c'est d'un comique cette
conversation à propos interrompus et du reste je ne
sais pas pourquoi –, vous savez la dame dont je viens
de vous parler ?

— Oui.

— Vous savez bien qui je veux dire ?

— Mais voyons, vous me prenez pour un crétin
du Valais, pour un *demeuré*.

— Vous ne voudriez pas me donner sa photographie ? »

Je comptais lui demander seulement de me la
prêter. Mais au moment de parler, j'éprouvai de la
timidité, je trouvai ma demande indiscrète, et, pour
ne pas le laisser voir, je la formulai plus brutalement
et la grossis encore, comme si elle avait été toute
naturelle.

« Non, il faudrait que je lui demande la permission
d'abord », me répondit-il.

Aussitôt il rougit. Je compris qu'il avait une arrière-
pensée, qu'il m'en prêtait une, qu'il ne servirait mon
amour qu'à moitié, sous la réserve de certains principes de moralité, et je le détestai.

Et pourtant j'étais touché de voir combien Saint-
Loup se montrait autre à mon égard depuis que je
n'étais plus seul avec lui et que ses amis étaient en
tiers. Son amabilité plus grande m'eût laissé indifférent si j'avais cru qu'elle était voulue ; mais je la
sentais involontaire et faite seulement de tout ce
qu'il devait dire à mon sujet quand j'étais absent
et qu'il taisait quand j'étais seul avec lui. Dans nos
tête-à-tête, certes, je soupçonnais le plaisir qu'il avait

à causer avec moi, mais ce plaisir restait presque toujours inexprimé. Maintenant les mêmes propos de moi, qu'il goûtait d'habitude sans le marquer, il surveillait du coin de l'œil s'ils produisaient chez ses amis l'effet sur lequel il avait compté et qui devait répondre à ce qu'il leur avait annoncé. La mère d'une débutante ne suspend pas davantage son attention aux répliques de sa fille et à l'attitude du public. Si j'avais dit un mot dont, devant moi seul, il n'eût que souri, il craignait qu'on ne l'eût pas bien compris, il me disait : « Comment, comment ? » pour me faire répéter, pour faire faire attention, et aussitôt se tournant vers les autres et se faisant, sans le vouloir, en les regardant avec un bon rire, l'entraîneur de leur rire, il me présentait pour la première fois l'idée qu'il avait de moi et qu'il avait dû souvent leur exprimer. De sorte que je m'apercevais tout d'un coup moi-même du dehors, comme quelqu'un qui lit son nom dans le journal ou qui se voit dans une glace.

Il m'arriva un de ces soirs-là de vouloir raconter une histoire assez comique sur Mme Blandais[1] mais je m'arrêtai immédiatement car je me rappelai que Saint-Loup la connaissait déjà et qu'ayant voulu la lui dire le lendemain de mon arrivée, il m'avait interrompu en me disant : « Vous me l'avez déjà racontée à Balbec. » Je fus donc surpris de le voir m'exhorter à continuer, en m'assurant qu'il ne connaissait pas cette histoire et qu'elle l'amuserait beaucoup. Je lui dis : « Vous avez un moment d'oubli, mais vous allez bientôt la reconnaître. — Mais non, je te jure que tu confonds. Jamais tu ne me l'as dite. Va. » Et pendant toute l'histoire il attachait fiévreusement ses regards ravis tantôt sur moi, tantôt sur ses camarades. Je compris seulement quand j'eus fini au milieu des rires de tous qu'il avait songé qu'elle donnerait une haute idée de mon esprit à ses camarades et

que c'était pour cela qu'il avait feint de ne pas la
connaître. Telle est l'amitié.

Le troisième soir, un de ses amis auquel je n'avais
pas eu l'occasion de parler les deux premières fois,
causa très longuement avec moi ; et je l'entendais
qui disait à mi-voix à Saint-Loup le plaisir qu'il y
trouvait. Et de fait nous causâmes presque toute la
soirée ensemble devant nos verres de sauternes que
nous ne vidions pas, séparés, protégés des autres
par les voiles magnifiques d'une de ces sympathies
entre hommes qui, lorsqu'elles n'ont pas d'attrait
physique à leur base, sont les seules qui soient tout à
fait mystérieuses. Tel, de nature énigmatique, m'était
apparu à Balbec ce sentiment que Saint-Loup ressentait pour moi, qui ne se confondait pas avec l'intérêt
de nos conversations, détaché de tout lien matériel,
invisible, intangible et dont pourtant il éprouvait la
présence en lui-même comme une sorte de phlogistique[1], de gaz, assez pour en parler en souriant. Et
peut-être y avait-il quelque chose de plus surprenant
encore dans cette sympathie née ici en une seule
soirée, comme une fleur qui se serait ouverte en
quelques minutes dans la chaleur de cette petite
pièce. Je ne pus me tenir de demander à Robert,
comme il me parlait de Balbec, s'il était vraiment
décidé qu'il épousât Mlle d'Ambresac. Il me déclara
que non seulement ce n'était pas décidé, mais qu'il
n'en avait jamais été question, qu'il ne l'avait jamais
vue, qu'il ne savait pas qui c'était. Si j'avais vu à ce
moment-là quelques-unes des personnes du monde
qui avaient annoncé ce mariage, elles m'eussent fait
part de celui de Mlle d'Ambresac avec quelqu'un
qui n'était pas Saint-Loup et de celui de Saint-Loup
avec quelqu'un qui n'était pas Mlle d'Ambresac. Je
les eusse beaucoup étonnées en leur rappelant leurs
prédictions contraires et encore si récentes. Pour que

ce petit jeu puisse continuer et multiplier les fausses nouvelles en en accumulant successivement sur chaque nom le plus grand nombre possible, la nature a donné à ce genre de joueurs une mémoire d'autant plus courte que leur crédulité est plus grande.

Saint-Loup m'avait parlé d'un autre de ses camarades qui était là aussi, avec qui il s'entendait particulièrement bien, car ils étaient dans ce milieu les deux seuls partisans de la révision du procès Dreyfus[1].

« Oh ! lui ce n'est pas comme Saint-Loup, c'est un énergumène, me dit mon nouvel ami ; il n'est même pas de bonne foi. Au début, il disait : "Il n'y a qu'à attendre, il y a là un homme que je connais bien, plein de finesse, de bonté, le général de Boisdeffre ; on pourra, sans hésiter, accepter son avis." Mais quand il a su que Boisdeffre proclamait la culpabilité de Dreyfus, Boisdeffre ne valait plus rien[2] ; le cléricalisme, les préjugés de l'état-major l'empêchaient de juger sincèrement, quoique personne ne soit, ou du moins ne fût aussi clérical, avant son Dreyfus, que notre ami. Alors il nous a dit qu'en tout cas on saurait la vérité, car l'affaire allait être entre les mains de Saussier, et que celui-là, soldat républicain (notre ami est d'une famille ultra-monarchiste), était un homme de bronze, une conscience inflexible[3]. Mais quand Saussier a proclamé l'innocence d'Esterhazy[4], il a trouvé à ce verdict des explications nouvelles, défavorables non à Dreyfus, mais au général Saussier. C'était l'esprit militariste qui aveuglait Saussier (et remarquez que lui est aussi militariste que clérical, ou du moins qu'il l'était, car je ne sais plus que penser de lui). Sa famille est désolée de le voir dans ces idées-là.

— Voyez-vous », dis-je et en me tournant à demi vers Saint-Loup, pour ne pas avoir l'air de m'isoler,

ainsi que vers son camarade, et pour le faire participer à la conversation, « c'est que l'influence qu'on
prête au milieu est surtout vraie du milieu intellectuel. On est l'homme de son idée ; il y a beaucoup
moins d'idées que d'hommes, ainsi tous les hommes
d'une même idée sont pareils. Comme une idée n'a
rien de matériel, les hommes qui ne sont que matériellement autour de l'homme d'une idée ne la modi-
fient en rien. »

À ce moment je fus interrompu par Saint-Loup
parce qu'un des jeunes militaires venait en souriant de me désigner à lui en disant : « Duroc, tout
à fait Duroc. » Je ne savais pas ce que ça voulait
dire, mais je sentais que l'expression du visage intimidé était plus que bienveillante. Saint-Loup ne se
contenta pas de ce rapprochement. Dans un délire
de joie que redoublait sans doute celle qu'il avait
à me faire briller devant ses amis, avec une volu-
bilité extrême il me répétait en me bouchonnant
comme un cheval arrivé le premier au poteau : « Tu
es l'homme le plus intelligent que je connaisse, tu
sais. » Il se reprit et ajouta : « Avec Elstir. Cela ne
te fâche pas, n'est-ce pas ? Tu comprends, scrupule.
Comparaison : je te le dis comme on aurait dit à
Balzac, vous êtes le plus grand romancier du siècle,
avec Stendhal. Excès de scrupule, tu comprends, au
fond immense admiration. Non ? Tu ne marches pas
pour Stendhal ? » ajoutait-il avec une confiance naïve
dans mon jugement, qui se traduisait par une charmante interrogation souriante, presque enfantine, de
ses yeux verts. « Ah ! bien, je vois que tu es de mon
avis, Bloch déteste Stendhal, je trouve cela idiot de
sa part. *La Chartreuse*, c'est tout de même quelque
chose d'énorme ? Je suis content que tu sois de mon
avis. Qu'est-ce que tu aimes le mieux dans *La Chartreuse* ? réponds », me disait-il avec une impétuosité

juvénile. Et sa force physique, menaçante, donnait presque quelque chose d'effrayant à sa question. « Mosca ? Fabrice ? » Je répondais timidement que Mosca avait quelque chose de M. de Norpois. Sur quoi, tempête de rire du jeune Siegfried-Saint-Loup. Je n'avais pas fini d'ajouter : « Mais Mosca est bien plus intelligent, moins pédantesque » que j'entendais Robert crier bravo en battant effectivement des mains, en riant à s'étouffer, et en criant : « D'une justesse ! Excellent ! Tu es inouï. » Quand je parlais, l'approbation des autres semblait encore de trop à Saint-Loup, il exigeait le silence. Et comme un chef d'orchestre interrompt ses musiciens en frappant avec son archet parce que quelqu'un a fait du bruit, il réprimanda le perturbateur : « Gibergue, dit-il, il faut vous taire quand on parle. Vous direz ça après. Allez, continuez », me dit-il.

Je respirai, car j'avais craint qu'il ne me fît tout recommencer.

« Et comme une idée, continuai-je, est quelque chose qui ne peut participer aux intérêts humains et ne pourrait jouir de leurs avantages, les hommes d'une idée ne sont pas influencés par l'intérêt.

— Dites donc, ça vous en bouche un coin, mes enfants, s'exclama après que j'eus fini de parler Saint-Loup, qui m'avait suivi des yeux avec la même sollicitude anxieuse que si j'avais marché sur la corde raide. Qu'est-ce que vous vouliez dire, Gibergue ?

— Je disais que Monsieur me rappelait beaucoup le commandant Duroc. Je croyais l'entendre.

— Mais j'y ai pensé bien souvent, répondit Saint-Loup, il y a bien des rapports, mais vous verrez que celui-ci a mille choses que n'a pas Duroc. »

De même qu'un frère de cet ami de Saint-Loup, élève à la Schola cantorum, pensait sur toute nouvelle œuvre musicale, nullement comme son père, sa mère, ses cousins, ses camarades de club, mais exactement comme tous les autres élèves de la Schola, de même ce sous-officier noble (dont Bloch se fit une idée extraordinaire quand je lui en parlai, parce que, touché d'apprendre qu'il était du même parti que lui, il l'imaginait cependant, à cause de ses origines aristocratiques et de son éducation religieuse et militaire, on ne peut plus différent, paré du même charme qu'un natif d'une contrée lointaine) avait une « mentalité », comme on commençait à dire, analogue à celle de tous les dreyfusards en général et de Bloch en particulier, et sur laquelle ne pouvaient avoir aucune espèce de prise les traditions de sa famille et les intérêts de sa carrière. C'est ainsi qu'un cousin de Saint-Loup avait épousé une jeune princesse d'Orient qui, disait-on, faisait des vers aussi beaux que ceux de Victor Hugo ou d'Alfred de Vigny et à qui, malgré cela, on supposait un esprit autre que ce qu'on pouvait concevoir, un esprit de princesse d'Orient recluse dans un palais des *Mille et Une Nuits*. Aux écrivains qui eurent le privilège de l'approcher fut réservée la déception, ou plutôt la joie, d'entendre une conversation qui donnait l'idée non de Schéhérazade, mais d'un être de génie du genre d'Alfred de Vigny ou de Victor Hugo[1].

Je me plaisais surtout à causer avec ce jeune homme, comme avec les autres amis de Robert du reste, et avec Robert lui-même, du quartier, des officiers de la garnison, de l'armée en général. Grâce à cette échelle immensément agrandie à laquelle nous voyons les choses, si petites qu'elles soient, au milieu desquelles nous mangeons, nous causons, nous menons notre vie réelle, grâce à cette formidable majoration qu'elles subissent et qui fait que le reste, absent du monde, ne peut lutter avec elles et prend, à côté, l'inconsistance d'un songe, j'avais commencé à m'intéresser aux diverses personnalités du quartier, aux officiers que j'apercevais dans la cour quand j'allais voir Saint-Loup ou, si j'étais réveillé, quand le régiment passait sous mes fenêtres. J'aurais voulu avoir des détails sur le commandant qu'admirait tant Saint-Loup et sur le cours d'histoire militaire qui m'aurait ravi « même esthétiquement ». Je savais que chez Robert un certain verbalisme était trop souvent un peu creux, mais d'autres fois signifiait l'assimilation d'idées profondes qu'il était fort capable de comprendre. Malheureusement, au point de vue armée, Robert était surtout préoccupé en ce moment de l'affaire Dreyfus. Il en parlait peu parce que seul de sa table il était dreyfusard ; les autres étaient violemment hostiles à la révision, excepté mon voisin de table, mon nouvel ami dont les opinions paraissaient assez flottantes. Admirateur convaincu du colonel, qui passait pour un officier remarquable et qui avait flétri l'agitation contre l'armée en divers ordres du jour qui le faisaient passer pour antidreyfusard, mon voisin avait appris que son chef avait laissé échapper quelques assertions qui avaient donné à croire qu'il avait des doutes sur la culpabilité de Dreyfus et gardait son estime à Picquart[1]. Sur ce dernier point, en tout cas, le bruit de dreyfusisme relatif du colonel était mal fondé comme tous les bruits venus on ne sait d'où qui se produisent autour de toute grande affaire. Car, peu après, ce colonel, ayant été chargé d'interroger l'ancien chef du Bureau des renseignements, le traita avec une brutalité et un mépris, qui n'avaient encore jamais été égalés. Quoi qu'il en fût et bien qu'il ne se fût pas permis de se renseigner directement auprès du colonel, mon voisin avait fait à Saint-Loup la politesse de lui dire – du ton dont une dame catholique annonce à une dame juive que son curé blâme les massacres de Juifs en Russie et

admire la générosité de certains israélites – que le
colonel n'était pas pour le dreyfusisme – pour un certain dreyfusisme au moins – l'adversaire fanatique,
étroit, qu'on avait représenté.

« Cela ne m'étonne pas, dit Saint-Loup, car c'est un
homme intelligent. Mais, malgré tout, les préjugés
de naissance et surtout le cléricalisme l'aveuglent.
Ah ! me dit-il, le commandant Duroc, le professeur
d'histoire militaire dont je t'ai parlé, en voilà un qui,
paraît-il, marche à fond dans nos idées. Du reste,
le contraire m'eût étonné, parce qu'il est non seulement sublime d'intelligence, mais radical-socialiste
et franc-maçon. »

Autant par politesse pour ses amis à qui les professions de foi dreyfusardes de Saint-Loup étaient
pénibles que parce que le reste m'intéressait davantage, je demandai à mon voisin si c'était exact que ce
commandant fît, de l'histoire militaire, une démonstration d'une véritable beauté esthétique.

« C'est absolument vrai.

— Mais qu'entendez-vous par là ?

— Hé bien ! par exemple, tout ce que vous lisez,
je suppose, dans le récit d'un narrateur militaire,
les plus petits faits, les plus petits événements, ne
sont que les signes d'une idée qu'il faut dégager et
qui souvent en recouvre d'autres, comme dans un
palimpseste. De sorte que vous avez un ensemble
aussi intellectuel que n'importe quelle science ou
n'importe quel art et qui est satisfaisant pour l'esprit[1].

— Exemples, si je n'abuse pas.

— C'est difficile à te dire comme cela, interrompit
Saint-Loup. Tu lis par exemple que tel corps a tenté...
Avant même d'aller plus loin, le nom du corps, sa
composition, ne sont pas sans signification. Si ce n'est
pas la première fois que l'opération est essayée, et si

pour la même opération nous voyons apparaître un autre corps, ce peut être le signe que les précédents ont été anéantis ou fort endommagés par ladite opération, qu'ils ne sont plus en état de la mener à bien. Or, il faut s'enquérir quel était ce corps aujourd'hui anéanti ; si c'étaient des troupes de choc, mises en réserve pour de puissants assauts, un nouveau corps de moindre qualité a peu de chance de réussir là où elles ont échoué. De plus, si ce n'est pas au début d'une campagne, ce nouveau corps lui-même peut être composé de bric et de broc, ce qui, sur les forces dont dispose encore le belligérant, sur la proximité du moment où elles seront inférieures à celles de l'adversaire, peut fournir des indications qui donneront à l'opération elle-même que ce corps va tenter une signification différente, parce que, s'il n'est plus en état de réparer ses pertes, ses succès eux-mêmes ne feront que l'acheminer, arithmétiquement, vers l'anéantissement final. D'ailleurs le numéro désignatif du corps qui lui est opposé n'a pas moins de signification. Si, par exemple, c'est une unité beaucoup plus faible et qui a déjà consommé plusieurs unités importantes de l'adversaire, l'opération elle-même change de caractère car, dût-elle se terminer par la perte de la position que tenait le défenseur, l'avoir tenue quelque temps peut être un grand succès, si avec de très petites forces cela a suffi à en détruire de très importantes chez l'adversaire. Tu peux comprendre que si, dans l'analyse des corps engagés, on trouve ainsi des choses importantes, l'étude de la position elle-même, des routes, des voies ferrées qu'elle commande, des ravitaillements qu'elle protège est de plus grande conséquence. Il faut étudier ce que j'appellerai tout le contexte géographique, ajouta-t-il en riant. (Et en effet, il fut si content de cette expression, que, dans la suite, chaque fois qu'il l'employa, même des

mois après, il eut toujours le même rire.) Pendant
que l'opération est préparée par l'un des belligérants,
si tu lis qu'une de ses patrouilles est anéantie dans
les environs de la position par l'autre belligérant, une
des conclusions que tu peux tirer est que le premier
cherchait à se rendre compte des travaux défensifs
par lesquels le deuxième a l'intention de faire échec à
son attaque. Une action particulièrement violente sur
un point peut signifier le désir de le conquérir, mais
aussi le désir de retenir là l'adversaire, de ne pas lui
répondre là où il a attaqué, ou même n'être qu'une
feinte et cacher, par ce redoublement de violence,
des prélèvements de troupes à cet endroit[1]. (C'est
une feinte classique dans les guerres de Napoléon.)
D'autre part, pour comprendre la signification d'une
manœuvre, son but probable et, par conséquent, de
quelles autres elle sera accompagnée ou suivie, il
n'est pas indifférent de consulter beaucoup moins
ce qu'en annonce le commandement et qui peut être
destiné à tromper l'adversaire, à masquer un échec
possible, que les règlements militaires du pays. Il est
toujours à supposer que la manœuvre qu'a voulu tenter une armée est celle que prescrivait le règlement
en vigueur dans les circonstances analogues. Si, par
exemple, le règlement prescrit d'accompagner une
attaque de front par une attaque de flanc, si, cette
seconde attaque ayant échoué, le commandement
prétend qu'elle était sans lien avec la première et
n'était qu'une diversion, il y a chance pour que la
vérité doive être cherchée dans le règlement et non
dans les dires du commandement. Et il n'y a pas
que les règlements de chaque armée, mais leurs traditions, leurs habitudes, leurs doctrines. L'étude de
l'action diplomatique, toujours en perpétuel état d'action ou de réaction sur l'action militaire, ne doit pas
être négligée non plus. Des incidents en apparence

insignifiants, mal compris à l'époque, t'explique-
ront que l'ennemi, comptant sur une aide dont ces
incidents trahissent qu'il a été privé, n'a exécuté en
réalité qu'une partie de son action stratégique. De
sorte que, si tu sais lire l'histoire militaire, ce qui est
récit confus pour le commun des lecteurs est pour
toi un enchaînement aussi rationnel qu'un tableau
pour l'amateur qui sait regarder ce que le personnage
porte sur lui, tient dans les mains, tandis que le visiteur ahuri des musées se laisse étourdir et migrainer
par de vagues couleurs. Mais, comme pour certains
tableaux où il ne suffit pas de remarquer que le personnage tient un calice, mais où il faut savoir pourquoi le peintre lui a mis dans les mains un calice, ce
qu'il symbolise par là, ces opérations militaires, en
dehors même de leur but immédiat, sont habituellement, dans l'esprit du général qui dirige la campagne,
calquées sur des batailles plus anciennes qui sont,
si tu veux, comme le passé, comme la bibliothèque,
comme l'érudition, comme l'étymologie, comme
l'aristocratie des batailles nouvelles. Remarque que
je ne parle pas en ce moment de l'identité locale,
comment dirais-je, spatiale des batailles. Elle existe
aussi. Un champ de bataille n'a pas été ou ne sera pas
à travers les siècles que le champ d'une seule bataille.
S'il a été champ de bataille, c'est qu'il réunissait
certaines conditions de situation géographique, de
nature géologique, de défauts même propres à gêner
l'adversaire (un fleuve, par exemple, le coupant en
deux) qui en ont fait un bon champ de bataille. Donc
il l'a été, il le sera. On ne fait pas un atelier de peinture avec n'importe quelle chambre, on ne fait pas un
champ de bataille avec n'importe quel endroit. Il y a
des lieux prédestinés. Mais encore une fois, ce n'est
pas de cela que je parlais, mais du type de bataille
qu'on imite, d'une espèce de décalque stratégique,

de pastiche tactique, si tu veux : la bataille d'Ulm, de
Lodi, de Leipzig[1], de Cannes[2]. Je ne sais s'il y aura
encore des guerres ni entre quels peuples ; mais s'il
y en a, sois sûr qu'il y aura (et sciemment de la part
du chef) un Cannes, un Austerlitz, un Rossbach[3], un
Waterloo, sans parler des autres. Quelques-uns ne se
gênent pas pour le dire. Le maréchal von Schlieffen[4]
et le général de Falkenhausen[5] ont d'avance préparé
contre la France une bataille de Cannes, genre Hannibal avec fixation de l'adversaire sur tout le front et
avance par les deux ailes, surtout par la droite en Belgique, tandis que Bernhardi[6] préfère l'ordre oblique[7]
de Frédéric le Grand, Leuthen[8] plutôt que Cannes[9].
D'autres exposent moins crûment leurs vues, mais
je te garantis bien, mon vieux, que Beauconseil, ce
chef d'escadrons à qui je t'ai présenté l'autre jour et
qui est un officier du plus grand avenir, a potassé sa
petite attaque du Pratzen[10], la connaît dans les coins,
la tient en réserve et que si jamais il a l'occasion de
l'exécuter, il ne ratera pas le coup et nous la servira
dans les grandes largeurs. L'enfoncement du centre à
Rivoli[11], va, ça se refera s'il y a encore des guerres. Ce
n'est pas plus périmé que l'*Iliade*. J'ajoute qu'on est
presque condamné aux attaques frontales parce qu'on
ne veut pas retomber dans l'erreur de 70, mais faire
de l'offensive, rien que de l'offensive. La seule chose
qui me trouble est que, si je ne vois que des esprits
retardataires s'opposer à cette magnifique doctrine,
pourtant un de mes plus jeunes maîtres qui est un
homme de génie, Mangin[12], voudrait qu'on laisse sa
place, place provisoire, naturellement, à la défensive.
On est bien embarrassé de lui répondre quand il cite
comme exemple Austerlitz où la défensive n'est que
le prélude de l'attaque et de la victoire[13]. »

Ces théories de Saint-Loup me rendaient heureux.
Elles me faisaient espérer que peut-être je n'étais

pas dupe dans ma vie de Doncières, à l'égard de ces officiers dont j'entendais parler en buvant du sauternes qui projetait sur eux son reflet charmant, de ce même grossissement qui m'avait fait paraître énormes, tant que j'étais à Balbec, le roi et la reine d'Océanie, la petite société des quatre gourmets, le jeune homme joueur, le beau-frère de Legrandin, maintenant diminués à mes yeux jusqu'à me paraître inexistants. Ce qui me plaisait aujourd'hui ne me deviendrait peut-être pas indifférent demain, comme cela m'était toujours arrivé jusqu'ici, l'être que j'étais encore en ce moment n'était peut-être pas voué à une destruction prochaine, puisque, à la passion ardente et fugitive que je portais, ces quelques soirs, à tout ce qui concernait la vie militaire, Saint-Loup, par ce qu'il venait de me dire touchant l'art de la guerre, ajoutait un fondement intellectuel, d'une nature permanente, capable de m'attacher assez fortement pour que je pusse croire, sans essayer de me tromper moi-même, qu'une fois parti, je continuerais à m'intéresser aux travaux de mes amis de Doncières et ne tarderais pas à revenir parmi eux. Afin d'être plus assuré pourtant que cet art de la guerre fût bien un art au sens spirituel du mot :

« Vous m'intéressez, pardon, tu m'intéresses beaucoup, dis-je à Saint-Loup, mais dis-moi, il y a un point qui m'inquiète. Je sens que je pourrais me passionner pour l'art militaire, mais pour cela il faudrait que je ne le crusse pas différent à tel point des autres arts, que la règle apprise n'y fût pas tout. Tu me dis qu'on calque des batailles. Je trouve cela en effet esthétique, comme tu disais, de voir sous une bataille moderne une plus ancienne, je ne peux te dire comme cette idée me plaît. Mais alors, est-ce que le génie du chef n'est rien ? Ne fait-il vraiment qu'appliquer des règles ? Ou bien, à science égale, y a-t-il des grands généraux comme il y a de grands chirurgiens qui, les éléments fournis par deux états maladifs étant les mêmes au point de vue matériel, sentent pourtant à un rien, peut-être fait de leur expérience, mais interprété, que dans tel cas ils ont plutôt à faire ceci, dans tel cas plutôt à faire cela, que dans tel cas il convient plutôt d'opérer, dans tel cas de s'abstenir ?

— Mais je crois bien ! Tu verras Napoléon ne pas attaquer quand toutes les règles voulaient qu'il attaquât, mais une obscure divination le lui déconseillait. Par exemple, vois à Austerlitz ou bien, en 1806, ses instructions à Lannes[1]. Mais tu verras des généraux imiter scolastiquement telle manœuvre de Napoléon et arriver au résultat diamétralement opposé. Dix exemples de cela en 1870[2]. Mais même pour l'interprétation de ce que *peut* faire l'adversaire, ce qu'il fait n'est qu'un symptôme qui peut signifier beaucoup de choses différentes. Chacune de ces choses a autant de chance d'être la vraie, si on s'en tient au raisonnement et à la science, de même que, dans certains cas complexes, toute la science médicale du monde ne suffira pas à décider si la tumeur invisible est fibreuse ou non, si l'opération doit être faite ou pas. C'est le flair, la divination genre Mme de Thèbes[3] (tu me comprends) qui décide chez le grand général comme chez le grand médecin. Ainsi je t'ai dit, pour te prendre un exemple, ce que pouvait signifier une reconnaissance au début d'une bataille. Mais elle peut signifier dix autres choses, par exemple faire croire à l'ennemi qu'on va attaquer sur un point pendant qu'on veut attaquer sur un autre, tendre un rideau qui l'empêchera de voir les préparatifs de l'opération réelle, le forcer à amener des troupes, à les fixer, à les immobiliser dans un autre endroit que celui où elles sont nécessaires, se rendre compte des forces dont il dispose, le tâter, le forcer à découvrir son jeu. Même quelquefois, le fait qu'on engage dans une opération des troupes énormes n'est pas la preuve que cette opération soit la vraie ; car on peut l'exécuter pour de bon, bien qu'elle ne soit qu'une feinte, pour que cette feinte ait plus de chances de tromper. Si j'avais le temps de te raconter à ce point de vue les guerres de Napoléon, je t'assure que ces simples mouvements classiques que nous étudions, et que tu nous verras faire en service en campagne, par simple plaisir de promenade, jeune cochon ; non, je sais que tu es malade, pardon ! eh bien, dans une guerre, quand on sent derrière eux la vigilance, le raisonnement et les profondes recherches du haut commandement, on est ému devant eux comme devant les simples feux d'un phare, lumière matérielle, mais émanation de l'esprit et qui fouille l'espace pour signaler le péril aux vaisseaux. J'ai même peut-être tort de te parler seulement littérature de guerre. En réalité, comme la constitution du sol, la direction du vent et de la lumière indiquent de quel côté un arbre poussera, les conditions dans lesquelles se fait une campagne, les caractéristiques du pays où on manœuvre, commandent en quelque sorte et limitent les plans entre lesquels le général peut choisir. De sorte que le long des montagnes, dans un système de vallées, sur telles plaines, c'est presque avec le caractère de nécessité et de beauté grandiose des avalanches que tu peux prédire la marche des armées.

— Tu me refuses maintenant la liberté chez le chef, la divination chez l'adversaire qui veut lire dans ses plans, que tu m'octroyais tout à l'heure.

— Mais pas du tout ! Tu te rappelles ce livre de philosophie que nous lisions ensemble à Balbec, la richesse du monde des possibles par rapport au monde réel[1]. Eh bien ! c'est encore ainsi en art

militaire. Dans une situation donnée il y aura quatre
plans qui s'imposent et entre lesquels le général a
pu choisir, comme une maladie peut suivre diverses
évolutions auxquelles le médecin doit s'attendre. Et
là encore la faiblesse et la grandeur humaines sont
des causes nouvelles d'incertitude. Car entre ces
quatre plans, mettons que des raisons contingentes
(comme des buts accessoires à atteindre, ou le temps
qui presse, ou le petit nombre et le mauvais ravitail-
lement de ses effectifs) fassent préférer au général
le premier plan qui est moins parfait, mais d'une
exécution moins coûteuse, plus rapide, et ayant
pour terrain un pays plus riche pour nourrir son
armée. Il peut, ayant commencé par ce premier plan
dans lequel l'ennemi, d'abord incertain, lira bientôt,
ne pas pouvoir y réussir, à cause d'obstacles trop
grands – c'est ce que j'appelle l'aléa né de la faiblesse
humaine –, l'abandonner et essayer du deuxième ou
du troisième ou du quatrième plan[1]. Mais il se peut
aussi qu'il n'ait essayé du premier – et c'est ici ce que
j'appelle la grandeur humaine – que par feinte pour
fixer l'adversaire de façon à le surprendre là où il ne
croyait pas être attaqué. C'est ainsi qu'à Ulm, Mack,
qui attendait l'ennemi à l'ouest, fut enveloppé par le
nord où il se croyait bien tranquille. Mon exemple
n'est du reste pas très bon. Et Ulm est un meilleur
type de bataille d'enveloppement que l'avenir verra se
reproduire parce qu'il n'est pas seulement un exemple
classique dont les généraux s'inspireront mais une
forme en quelque sorte nécessaire (nécessaire entre
d'autres, ce qui laisse le choix, la variété), comme
un type de cristallisation[2]. Mais tout cela ne fait rien
parce que ces cadres sont malgré tout factices. J'en
reviens à notre livre de philosophie, c'est comme les
principes rationnels, ou les lois scientifiques, la réalité se conforme à cela, à peu près, mais rappelle-toi

le grand mathématicien Poincaré, il n'est pas sûr que les mathématiques soient rigoureusement exactes[1]. Quant aux règlements eux-mêmes, dont je t'ai parlé, ils sont en somme d'une importance secondaire et d'ailleurs on les change de temps en temps. Ainsi pour nous autres cavaliers, nous vivons sur le *Service en campagne* de 1895 dont on peut dire qu'il est périmé, puisqu'il repose sur la vieille et désuète doctrine qui considère que le combat de cavalerie n'a guère qu'un effet moral par l'effroi que la charge produit sur l'adversaire[2]. Or, les plus intelligents de nos maîtres, tout ce qu'il y a de meilleur dans la cavalerie, et notamment le commandant dont je te parlais, envisagent au contraire que la décision sera obtenue par une véritable mêlée où on s'escrimera du sabre et de la lance et où le plus tenace sera vainqueur non pas simplement moralement et par impression de terreur, mais matériellement.

— Saint-Loup a raison et il est probable que le prochain *Service en campagne* portera la trace de cette évolution, dit mon voisin.

— Je ne suis pas fâché de ton approbation, car tes avis semblent faire plus impression que les miens sur mon ami », dit en riant Saint-Loup, soit que cette sympathie naissante entre son camarade et moi l'agaçât un peu, soit qu'il trouvât gentil de la consacrer en la constatant aussi officiellement. « Et puis j'ai peut-être diminué l'importance des règlements. On les change, c'est certain. Mais en attendant ils commandent la situation militaire, les plans de campagne et de concentration. S'ils reflètent une fausse conception stratégique, ils peuvent être le principe initial de la défaite. Tout cela, c'est un peu technique pour toi, me dit-il. Au fond, dis-toi bien que ce qui précipite le plus l'évolution de l'art de la guerre, ce sont les guerres elles-mêmes. Au cours d'une campagne, si elle est un peu longue, on voit l'un des belligérants profiter des leçons que lui donnent les succès et les fautes de l'adversaire, perfectionner les méthodes de celui-ci qui, à son tour, enchérit. Mais cela c'est du passé. Avec les terribles progrès de l'artillerie, les guerres futures, s'il y a encore des guerres, seront si courtes qu'avant qu'on ait pu songer à tirer parti de l'enseignement, la paix sera faite.

— Ne sois pas si susceptible », dis-je à Saint-Loup, répondant à ce qu'il avait dit avant ces dernières paroles. « Je t'ai écouté avec assez d'avidité !

— Si tu veux bien ne plus prendre la mouche et le permettre, reprit l'ami de Saint-Loup, j'ajouterai à ce que tu viens de dire que, si les batailles s'imitent et se superposent, ce n'est pas seulement à cause de l'esprit du chef. Il peut arriver qu'une erreur du chef (par exemple son appréciation insuffisante de la valeur de l'adversaire) l'amène à demander à ses troupes des sacrifices exagérés, sacrifices que certaines unités accompliront avec une abnégation si sublime que leur rôle sera par là analogue à celui de telle autre unité dans telle autre bataille, et seront cités dans l'histoire comme des exemples interchangeables : pour nous en tenir à 1870, la garde prussienne à Saint-Privat[1], les turcos à Frœschwiller et à Wissembourg[2].

— Ah ! interchangeables, très exact ! excellent ! tu es intelligent », dit Saint-Loup.

Je n'étais pas indifférent à ces derniers exemples, comme chaque fois que sous le particulier on me montrait le général. Mais pourtant le génie du chef, voilà ce qui m'intéressait, j'aurais voulu me rendre compte en quoi il consistait, comment, dans une circonstance donnée, où le chef sans génie ne pourrait résister à l'adversaire, s'y prendrait le chef génial pour rétablir la bataille compromise, ce qui, au dire de Saint-Loup, était très possible et avait été réalisé par Napoléon plusieurs fois. Et pour comprendre ce que c'était que la valeur militaire, je demandais des comparaisons entre les généraux dont je savais les noms, lequel avait le plus une nature de chef, des dons de tacticien, quitte à ennuyer mes nouveaux amis, qui du moins ne le laissaient pas voir et me répondaient avec une infatigable bonté.

Je me sentais séparé (non seulement de la grande nuit glacée qui s'étendait au loin et dans laquelle nous entendions de temps en temps le sifflet d'un train qui ne faisait que rendre plus vif le plaisir d'être là, ou les tintements d'une heure qui heureusement était encore éloignée de celle où ces jeunes gens devraient reprendre leurs sabres et rentrer) mais aussi de toutes les préoccupations extérieures, presque du souvenir de Mme de Guermantes, par la bonté de Saint-Loup à laquelle celle de ses amis qui s'y ajoutait donnait comme plus d'épaisseur, par la chaleur aussi de cette petite salle à manger, par la saveur des plats raffinés qu'on nous servait. Ils donnaient autant de plaisir à mon imagination qu'à ma gourmandise ; parfois le petit morceau de nature d'où ils avaient été extraits, bénitier rugueux de l'huître dans lequel restent quelques gouttes d'eau salée, ou sarment noueux, pampres jaunis d'une grappe de raisin, les entouraient encore, incomestible, poétique et lointain comme un paysage, et faisant se succéder au cours du dîner les évocations d'une sieste sous une vigne et d'une promenade en mer ; d'autres soirs c'est par le cuisinier seulement qu'était mise en relief cette particularité originale des mets, qu'il présentait dans son cadre naturel comme une œuvre d'art ; et un poisson cuit au court-bouillon était apporté dans un long plat en terre, où, comme il se détachait en relief sur des jonchées d'herbes

bleuâtres, infrangible mais contourné encore d'avoir
été jeté vivant dans l'eau bouillante, entouré d'un
cercle de coquillages, d'animalcules satellites, crabes,
crevettes et moules, il avait l'air d'apparaître dans
une céramique de Bernard Palissy.

« Je suis jaloux, je suis furieux », me dit Saint-
Loup, moitié en riant, moitié sérieusement, faisant
allusion aux interminables conversations à part que
j'avais avec son ami. « Est-ce que vous le trouvez plus
intelligent que moi ? Est-ce que vous l'aimez mieux
que moi ? Alors, comme ça, il n'y en a plus que pour
lui ? » (Les hommes qui aiment énormément une
femme, qui vivent dans une société d'hommes à
femmes se permettent des plaisanteries que d'autres
qui y verraient moins d'innocence n'oseraient pas.)

Dès que la conversation devenait générale, on évitait de parler de Dreyfus de peur de froisser Saint-
Loup. Pourtant, une semaine plus tard, deux de ses
camarades firent remarquer combien il était curieux
que, vivant dans un milieu si militaire, il fût tellement dreyfusard, presque antimilitariste : « C'est,
dis-je, ne voulant pas entrer dans des détails, que
l'influence du milieu n'a pas l'importance qu'on
croit... » Certes, je comptais m'en tenir là et ne
pas reprendre les réflexions que j'avais présentées
à Saint-Loup quelques jours plus tôt. Malgré cela,
comme ces mots-là, du moins, je les lui avais dits
presque textuellement, j'allais m'en excuser en ajoutant : « C'est justement ce que l'autre jour... » Mais
j'avais compté sans le revers qu'avait la gentille admiration de Robert pour moi et pour quelques autres
personnes. Cette admiration se complétait d'une si
entière assimilation de leurs idées qu'au bout de
quarante-huit heures il avait oublié que ces idées
n'étaient pas de lui. Aussi en ce qui concernait ma
modeste thèse, Saint-Loup, absolument comme si

elle eût toujours habité son cerveau et si je ne faisais que chasser sur ses terres, crut devoir me souhaiter la bienvenue avec chaleur et m'approuver.

« Mais oui ! le milieu n'a pas d'importance. »

Et avec la même force que s'il avait eu peur que je l'interrompisse ou ne le comprisse pas :

« La vraie influence, c'est celle du milieu intellectuel ! On est l'homme de son idée ! »

Il s'arrêta un instant, avec le sourire de quelqu'un qui a bien digéré, laissa tomber son monocle, et posant son regard comme une vrille sur moi :

« Tous les hommes d'une même idée sont pareils », me dit-il, d'un air de défi. Il n'avait sans doute aucun souvenir que je lui avais dit peu de jours auparavant ce qu'il s'était en revanche si bien rappelé.

Je n'arrivais pas tous les soirs au restaurant de Saint-Loup dans les mêmes dispositions. Si un souvenir, un chagrin qu'on a, sont capables de nous laisser, au point que nous ne les apercevions plus, ils reviennent aussi et parfois de longtemps ne nous quittent. Il y avait des soirs où, en traversant la ville pour aller vers le restaurant, je regrettais tellement Mme de Guermantes, que j'avais peine à respirer : on aurait dit qu'une partie de ma poitrine avait été sectionnée par un anatomiste habile, enlevée, et remplacée par une partie égale de souffrance immatérielle, par un équivalent de nostalgie et d'amour. Et les points de suture ont beau avoir été bien faits, on vit assez malaisément quand le regret d'un être est substitué aux viscères, il a l'air de tenir plus de place qu'eux, on le sent perpétuellement, et puis, quelle ambiguïté d'être obligé de *penser* une partie de son corps ! Seulement il semble qu'on vaille davantage. À la moindre brise on soupire d'oppression, mais aussi de langueur. Je regardais le ciel. S'il était clair, je me disais : « Peut-être elle est à la campagne, elle

regarde les mêmes étoiles, et qui sait si, en arrivant
au restaurant, Robert ne va pas me dire : "Une bonne
nouvelle, ma tante vient de m'écrire, elle voudrait
te voir, elle va venir ici." ». Ce n'est pas dans le firmament seul que je mettais la pensée de Mme de
Guermantes. Un souffle d'air un peu doux qui passait
semblait m'apporter un message d'elle, comme jadis
de Gilberte, dans les blés de Méséglise : on ne change
pas, on fait entrer dans le sentiment qu'on rapporte
à un être bien des éléments assoupis qu'il réveille
mais qui lui sont étrangers. Et puis ces sentiments
particuliers, toujours quelque chose en nous s'efforce
de les amener à plus de vérité, c'est-à-dire de les faire
se rejoindre à un sentiment plus général, commun
à toute l'humanité, avec lequel les individus et les
peines qu'ils nous causent nous sont seulement une
occasion de communier : ce qui mêlait quelque plaisir à ma peine, c'est que je la savais une petite partie
de l'universel amour. Sans doute, de ce que je croyais
reconnaître des tristesses que j'avais éprouvées à propos de Gilberte, ou bien quand le soir, à Combray,
maman ne restait pas dans ma chambre, et aussi
le souvenir de certaines pages de Bergotte, dans
la souffrance que j'éprouvais et à laquelle Mme de
Guermantes, sa froideur, son absence, n'étaient pas
liées clairement comme la cause l'est à l'effet dans
l'esprit d'un savant, je ne concluais pas que Mme de
Guermantes ne fût pas cette cause. N'y a-t-il pas telle
douleur physique diffuse, s'étendant par irradiation
dans des régions extérieures à la partie malade, mais
qu'elle abandonne pour se dissiper entièrement si
un praticien touche le point précis d'où elle vient ?
Et pourtant, avant cela, son extension lui donnait
pour nous un tel caractère de vague et de fatalité
qu'impuissants à l'expliquer, à la localiser même,
nous croyions impossible de la guérir. Tout en

m'acheminant vers le restaurant je me disais : « Il y a déjà quatorze jours que je n'ai vu Mme de Guermantes. » Quatorze jours, ce qui ne paraissait une chose énorme qu'à moi qui, quand il s'agissait de Mme de Guermantes, comptais par minutes. Pour moi ce n'était plus seulement les étoiles et la brise, mais jusqu'aux divisions arithmétiques du temps qui prenaient quelque chose de douloureux et de poétique. Chaque jour était maintenant comme la crête mobile d'une colline incertaine : d'un côté, je sentais que je pouvais descendre vers l'oubli ; de l'autre, j'étais emporté par le besoin de revoir la duchesse. Et j'étais tantôt plus près de l'un ou de l'autre, n'ayant pas d'équilibre stable. Un jour je me dis : « Il y aura peut-être une lettre ce soir » et en arrivant dîner j'eus le courage de demander à Saint-Loup :

« Tu n'as pas par hasard des nouvelles de Paris ?

— Si, me répondit-il d'un air sombre, elles sont mauvaises. »

Je respirai en comprenant que ce n'était que lui qui avait du chagrin et que les nouvelles étaient celles de sa maîtresse. Mais je vis bientôt qu'une de leurs conséquences serait d'empêcher Robert de me mener, de longtemps, chez sa tante.

J'appris qu'une querelle avait éclaté entre lui et sa maîtresse, soit par correspondance, soit qu'elle fût venue un matin le voir entre deux trains. Et les querelles, même moins graves, qu'ils avaient eues jusqu'ici, semblaient toujours devoir être insolubles. Car elle était de mauvaise humeur, trépignait, pleurait, pour des raisons aussi incompréhensibles que les enfants qui s'enferment dans un cabinet noir, ne viennent pas dîner, refusant toute explication, et ne font que redoubler de sanglots quand, à bout de raisons, on leur donne des claques. Saint-Loup souffrit horriblement de cette brouille, mais c'est une

manière de dire qui est trop simple et fausse par là
l'idée qu'on doit se faire de cette douleur. Quand il se
retrouva seul, n'ayant plus qu'à songer à sa maîtresse
partie avec le respect pour lui qu'elle avait éprouvé
en le voyant si énergique, les anxiétés qu'il avait eues
les premières heures prirent fin devant l'irréparable,
et la cessation d'une anxiété est une chose si douce
que la brouille, une fois certaine, prit pour lui un peu
du même genre de charme qu'aurait eu une réconciliation. Ce dont il commença à souffrir un peu plus
tard, ce furent une douleur, un accident secondaires,
dont les flux venaient incessamment de lui-même,
à l'idée que peut-être elle aurait bien voulu se rapprocher, qu'il n'était pas impossible qu'elle attendît
un mot de lui, qu'en attendant, pour se venger, elle
ferait peut-être, tel soir, à tel endroit, telle chose, et
qu'il n'y aurait qu'à lui télégraphier qu'il arrivait pour
qu'elle n'eût pas lieu, que d'autres peut-être profitaient du temps qu'il laissait perdre, et qu'il serait
trop tard dans quelques jours pour la retrouver, car
elle serait prise. De toutes ces possibilités il ne savait
rien, sa maîtresse gardait un silence qui finit par
affoler sa douleur jusqu'à lui faire se demander si
elle n'était pas cachée à Doncières ou partie pour
les Indes.

On a dit que le silence était une force ; dans un
tout autre sens il en est une terrible à la disposition
de ceux qui sont aimés. Elle accroît l'anxiété de qui
attend. Rien n'invite tant à s'approcher d'un être que
ce qui en sépare et quelle plus infranchissable barrière que le silence ? On a dit aussi que le silence
était un supplice, et capable de rendre fou celui qui
y était astreint dans les prisons. Mais quel supplice
– plus grand que de garder le silence – de l'endurer
de ce qu'on aime ! Robert se disait : « Que fait-elle
donc pour qu'elle se taise ainsi ? Sans doute, elle me

trompe avec d'autres ? » Il se disait encore : « Qu'ai-je
donc fait pour qu'elle se taise ainsi ? Elle me hait
peut-être, et pour toujours. » Et il s'accusait. Ainsi le
silence le rendait fou, en effet, par la jalousie et par
le remords. D'ailleurs, plus cruel que celui des prisons, ce silence-là est prison lui-même. Une clôture
immatérielle, sans doute, mais impénétrable, cette
tranche interposée d'atmosphère vide, mais que les
rayons visuels de l'abandonné ne peuvent traverser.
Est-il un plus terrible éclairage que le silence qui ne
nous montre pas une absente, mais mille, et chacune
se livrant à quelque autre trahison ? Parfois, dans
une brusque détente, ce silence, Robert croyait qu'il
allait cesser à l'instant, que la lettre attendue allait
venir. Il la voyait, elle arrivait, il épiait chaque bruit,
il était déjà désaltéré, il murmurait : « La lettre ! La
lettre ! » Après avoir entrevu ainsi une oasis imaginaire de tendresse, il se retrouvait piétinant dans le
désert réel du silence sans fin.

Il souffrait d'avance, sans en oublier une, toutes
les douleurs d'une rupture qu'à d'autres moments il
croyait pouvoir éviter, comme les gens qui règlent
toutes leurs affaires en vue d'une expatriation qui ne
s'effectuera pas, et dont la pensée, qui ne sait plus
où elle devra se situer le lendemain, s'agite momentanément, détachée d'eux, pareille à ce cœur qu'on
arrache à un malade et qui continue à battre, séparé
du reste du corps. En tout cas, cette espérance que
sa maîtresse reviendrait lui donnait le courage de
persévérer dans la rupture, comme la croyance qu'on
pourra revenir vivant du combat aide à affronter la
mort. Et comme l'habitude est, de toutes les plantes
humaines, celle qui a le moins besoin de sol nourricier pour vivre et qui apparaît la première sur le
roc en apparence le plus désolé, peut-être en pratiquant d'abord la rupture par feinte, aurait-il fini

par s'y accoutumer sincèrement. Mais l'incertitude entretenait chez lui un état qui, lié au souvenir de cette femme, ressemblait à l'amour. Il se forçait cependant à ne pas lui écrire, pensant peut-être que le tourment était moins cruel de vivre sans sa maîtresse qu'avec elle dans certaines conditions, ou qu'après la façon dont ils s'étaient quittés, attendre ses excuses était nécessaire pour qu'elle conservât ce qu'il croyait qu'elle avait pour lui sinon d'amour, du moins d'estime et de respect. Il se contentait d'aller au téléphone qu'on venait d'installer à Doncières, et de demander des nouvelles, ou de donner des instructions à une femme de chambre qu'il avait placée auprès de son amie. Ces communications étaient du reste compliquées et lui prenaient plus de temps parce que suivant les opinions de ses amis littéraires relativement à la laideur de la capitale mais surtout en considération de ses bêtes, de ses chiens, de son singe, de ses serins et de son perroquet, dont son propriétaire de Paris avait cessé de tolérer les cris incessants, la maîtresse de Robert venait de louer une petite propriété aux environs de Versailles. Cependant lui, à Doncières, ne dormait plus un instant la nuit. Une fois, chez moi, vaincu par la fatigue, il s'assoupit un peu. Mais tout d'un coup, il commença à parler, il voulait courir, empêcher quelque chose, il disait : « Je l'entends, vous ne… vous ne… » Il s'éveilla. Il me dit qu'il venait de rêver qu'il était à la campagne chez le maréchal des logis chef. Celui-ci avait tâché de l'écarter d'une certaine partie de la maison. Saint-Loup avait deviné que le maréchal des logis avait chez lui un lieutenant très riche et très vicieux qu'il savait désirer beaucoup son amie. Et tout à coup dans son rêve il avait distinctement entendu les cris intermittents et réguliers qu'avait l'habitude de pousser sa maîtresse aux instants de

volupté. Il avait voulu forcer le maréchal des logis
de le mener à la chambre. Et celui-ci le maintenait
pour l'empêcher d'y aller, tout en ayant un certain
air froissé de tant d'indiscrétion, que Robert disait
qu'il ne pourrait jamais oublier.

« Mon rêve est idiot », ajouta-t-il encore tout
essoufflé.

Mais je vis bien que, pendant l'heure qui suivit,
il fut plusieurs fois sur le point de téléphoner à sa
maîtresse pour lui demander de se réconcilier. Mon
père avait le téléphone depuis peu mais je ne sais si
cela eût beaucoup servi à Saint-Loup. D'ailleurs il ne
me semblait pas très convenable de donner à mes
parents, même seulement à un appareil posé chez
eux, ce rôle d'intermédiaire entre Saint-Loup et sa
maîtresse, si distinguée et noble de sentiments que
pût être celle-ci. Le cauchemar qu'avait eu Saint-
Loup s'effaça un peu de son esprit. Le regard distrait
et fixe, il vint me voir durant tous ces jours atroces
qui dessinèrent pour moi, en se suivant l'un l'autre,
comme la courbe magnifique de quelque rampe
durement forgée d'où Robert restait à se demander
quelle résolution son amie allait prendre.

Enfin, elle lui demanda s'il consentirait à pardonner. Aussitôt qu'il eut compris que la rupture
était évitée, il vit tous les inconvénients d'un rapprochement. D'ailleurs il souffrait déjà moins et
avait presque accepté une douleur dont il faudrait,
dans quelques mois peut-être, retrouver à nouveau
la morsure si sa liaison recommençait. Il n'hésita pas
longtemps. Et peut-être n'hésita-t-il que parce qu'il
était enfin certain de pouvoir reprendre sa maîtresse,
de le pouvoir, donc de le faire. Seulement elle lui
demandait, pour qu'elle retrouvât son calme, de ne
pas revenir à Paris au 1er janvier. Or, il n'avait pas
le courage d'aller à Paris sans la voir. D'autre part

elle avait consenti à voyager avec lui, mais pour cela il lui fallait un véritable congé que le capitaine de Borodino ne voulait pas lui accorder.

« Cela m'ennuie à cause de notre visite chez ma tante qui se trouve ajournée. Je retournerai sans doute à Paris à Pâques.

— Nous ne pourrons pas aller chez Mme de Guermantes à ce moment-là, car je serai déjà à Balbec. Mais ça ne fait absolument rien.

— À Balbec ? Mais vous n'y étiez allé qu'au mois d'août.

— Oui, mais cette année, à cause de ma santé, on doit m'y envoyer plus tôt. »

Toute sa crainte était que je ne jugeasse mal sa maîtresse, après ce qu'il m'avait raconté. « Elle est violente seulement parce qu'elle est trop franche, trop entière dans ses sentiments. Mais c'est un être sublime. Tu ne peux pas t'imaginer les délicatesses de poésie qu'il y a chez elle. Elle va passer tous les ans le jour des morts à Bruges[1]. C'est "bien", n'est-ce pas ? Si jamais tu la connais, tu verras, elle a une grandeur… » Et comme il était imbu d'un certain langage qu'on parlait autour de cette femme dans des milieux littéraires : « Elle a quelque chose de sidéral et même de vatique[2], tu comprends ce que je veux dire, le poète qui était presque un prêtre. »

Je cherchai pendant tout le dîner un prétexte qui permît à Saint-Loup de demander à sa tante de me recevoir sans attendre qu'il vînt à Paris. Or, ce prétexte me fut fourni par le désir que j'avais de revoir des tableaux d'Elstir, le grand peintre que Saint-Loup et moi nous avions connu à Balbec. Prétexte où il y avait d'ailleurs quelque vérité car si, dans mes visites à Elstir, j'avais demandé à sa peinture de me conduire à la compréhension et à l'amour de choses meilleures qu'elle-même, un dégel véritable, une authentique place de province, de vivantes femmes sur la plage (tout au plus lui eussé-je commandé le portrait des réalités que je n'avais pas su approfondir, comme un chemin d'aubépine, non pour qu'il me conservât leur beauté mais me la découvrît), maintenant au contraire, c'était l'originalité, la séduction de ces peintures qui excitaient mon désir, et ce que je voulais surtout voir, c'était d'autres tableaux d'Elstir.

Il me semblait d'ailleurs que ses moindres tableaux, à lui, étaient quelque chose d'autre que les chefs-d'œuvre de peintres même plus grands. Son œuvre était comme un royaume clos, aux frontières infranchissables, à la matière sans seconde. Collectionnant avidement les rares revues où on avait publié des études sur lui, j'y avais appris que ce n'était que récemment qu'il avait commencé à peindre des paysages et des natures mortes, mais qu'il avait commencé par des tableaux mythologiques (j'avais vu les photographies de deux d'entre eux dans son atelier), puis avait été longtemps impressionné par l'art japonais.

Certaines des œuvres les plus caractéristiques de ses diverses manières se trouvaient en province. Telle maison des Andelys où était un de ses plus beaux paysages m'apparaissait aussi précieuse, me donnait un aussi vif désir du voyage, qu'un village chartrain dans la pierre meulière duquel est enchâssé un glorieux vitrail ; et vers le possesseur de ce chef-d'œuvre, vers cet homme qui au fond de sa maison grossière, sur la grand-rue, enfermé comme un astrologue, interrogeait un de ces miroirs du monde qu'est un tableau d'Elstir et qu'il avait peut-être acheté plusieurs milliers de francs, je me sentais porté par cette sympathie qui unit jusqu'aux cœurs, jusqu'aux caractères de ceux qui pensent de la même façon que nous sur un sujet capital. Or, trois œuvres importantes de mon peintre préféré étaient désignées dans l'une de ces revues comme appartenant à Mme de Guermantes. Ce fut donc en somme sincèrement que le soir où Saint-Loup m'avait annoncé le voyage de son amie à Bruges je pus, pendant le dîner, devant ses amis, lui jeter comme à l'improviste :

« Écoute, tu permets ? Dernière conversation au sujet de la dame dont nous avons parlé. Tu te rappelles Elstir, le peintre que j'ai connu à Balbec ?

— Mais, voyons, naturellement.

— Tu te rappelles mon admiration pour lui ?

— Très bien, et la lettre que nous lui avions fait remettre.

— Eh bien, une des raisons, pas des plus importantes, une raison accessoire pour laquelle je désirerais connaître ladite dame, tu sais toujours bien laquelle ?

— Mais oui ! que de parenthèses !

— C'est qu'elle a chez elle au moins un très beau tableau d'Elstir.

— Tiens, je ne savais pas.

— Elstir sera sans doute à Balbec à Pâques, vous savez qu'il passe maintenant presque toute l'année sur cette côte. J'aurais beaucoup aimé avoir vu ce tableau avant mon départ. Je ne sais si vous êtes en termes assez intimes avec votre tante : ne pourriez-vous, en me faisant assez habilement valoir à ses yeux pour qu'elle ne refuse pas, lui demander de me laisser aller voir le tableau sans vous, puisque vous ne serez pas là ?

— C'est entendu, je réponds pour elle, j'en fais mon affaire.

— Robert, comme je vous aime.

— Vous êtes gentil de m'aimer, mais vous le seriez aussi de me tutoyer comme vous l'aviez promis et comme tu avais commencé de le faire.

« — J'espère que ce n'est pas votre départ que vous complotez, me dit un des amis de Robert. Vous savez, si Saint-Loup part en permission, cela ne doit rien changer, nous sommes là. Ce sera peut-être moins amusant pour vous, mais on se donnera tant de peine pour tâcher de vous faire oublier son absence ! »

En effet, au moment où on croyait que l'amie de Robert irait seule à Bruges, on venait d'apprendre que le capitaine de Borodino, jusque-là d'un avis contraire, venait de faire accorder au sous-officier Saint-Loup une longue permission pour Bruges. Voici ce qui s'était passé. Le prince, très fier de son opulente chevelure, était un client assidu du plus grand coiffeur de la ville, autrefois garçon de l'ancien coiffeur de Napoléon III. Le capitaine de Borodino était au mieux avec le coiffeur car il était, malgré ses façons majestueuses, simple avec les petites gens. Mais le coiffeur, chez qui le prince avait une note arriérée d'au moins cinq ans et que les flacons de « Portugal », d'« Eau des Souverains[1] », les fers, les rasoirs, les cuirs enflaient non moins que les shampoings, les coupes de cheveux, etc., plaçait plus haut Saint-Loup qui payait rubis sur l'ongle, avait plusieurs voitures et des chevaux de selle. Mis au courant de l'ennui de Saint-Loup de ne pouvoir partir avec sa maîtresse, il en parla chaudement au prince ligoté d'un surplis blanc dans le moment que le barbier lui tenait la tête renversée et menaçait sa gorge. Le récit de ces aventures galantes d'un jeune homme arracha au capitaine-prince un sourire d'indulgence bonapartiste. Il est peu probable qu'il pensa à sa note impayée, mais la recommandation du coiffeur l'inclinait autant à la bonne humeur qu'à la mauvaise celle d'un duc. Il avait encore du savon plein le menton que la permission était promise et elle fut signée le soir même. Quant au coiffeur qui avait l'habitude de se vanter sans cesse et, afin de le pouvoir, s'attribuait, avec une faculté de mensonge extraordinaire, des prestiges entièrement inventés, pour une fois qu'il rendit un service signalé à Saint-Loup, non seulement il n'en fit pas sonner le mérite, mais, comme si la vanité avait besoin de mentir, et, quand il n'y a pas lieu de le faire, cède la place à la modestie, n'en reparla jamais à Robert.

Tous les amis de Robert me dirent qu'aussi long-temps que je resterais à Doncières, ou à quelque époque que j'y revinsse, s'il n'était pas là, leurs voi-tures, leurs chevaux, leurs maisons, leurs heures de liberté seraient à moi et je sentais que c'était de grand cœur que ces jeunes gens mettaient leur luxe, leur jeunesse, leur vigueur au service de ma faiblesse.

« Pourquoi du reste », reprirent les amis de Saint-Loup après avoir insisté pour que je restasse, « ne reviendriez-vous pas tous les ans ? Vous voyez bien que cette petite vie vous plaît ! Et, même, vous vous intéressez à tout ce qui se passe au régiment comme un ancien. »

Car je continuais à leur demander avidement de classer les différents officiers dont je savais les noms, selon l'admiration plus ou moins grande qu'ils leur semblaient mériter, comme jadis, au collège, je faisais faire à mes camarades pour les acteurs du Théâtre-Français. Si à la place d'un des généraux que j'entendais toujours citer en tête de tous les autres, un Galliffet[1] ou un Négrier[2], quelque ami de Saint-Loup disait : « Mais Négrier est un officier général des plus médiocres » et jetait le nom nouveau, intact et savoureux de Pau[3] ou de Geslin de Bourgogne[4], j'éprouvais la même surprise heureuse que jadis quand les noms épuisés de Thiron[5] ou de Febvre[6] se trouvaient refoulés par l'épanouissement soudain du nom inusité d'Amaury[1]. « Même supérieur à Négrier ? Mais en quoi ? Donnez-moi un exemple. » Je voulais qu'il existât des différences profondes jusqu'entre les officiers subalternes du régiment, et j'espérais, dans la raison de ces différences, saisir l'essence de ce qu'était la supériorité militaire. L'un de ceux dont cela m'eût le plus intéressé d'entendre parler, parce que c'est lui que j'avais aperçu le plus souvent, était le prince de Borodino[2]. Mais ni Saint-Loup, ni ses amis, s'ils rendaient en lui justice au bel officier qui assurait à son escadron une tenue incomparable, n'aimaient l'homme. Sans parler de lui évidemment sur le même ton que de certains officiers sortis du rang et francs-maçons, qui ne fréquentaient pas les autres et gardaient à côté d'eux un aspect farouche d'adjudants, ils ne semblaient pas situer M. de Borodino au nombre des autres officiers nobles, desquels à vrai dire, même à l'égard de Saint-Loup, il différait beaucoup par l'attitude. Eux, profitant de ce que Robert n'était que sous-officier et qu'ainsi sa puissante famille pouvait être heureuse qu'il fût invité chez des chefs qu'elle eût dédaignés sans cela, ne perdaient pas une occasion de le recevoir à leur table quand s'y trouvait quelque gros bonnet capable d'être utile à un jeune maréchal des logis. Seul, le capitaine de Borodino n'avait que des rapports de service, d'ailleurs excellents, avec Robert. C'est que le prince, dont le grand-père avait été fait maréchal et prince-duc par l'Empereur, à la famille de qui il s'était ensuite allié par son mariage, puis dont le père avait épousé une cousine de Napoléon III et avait été deux fois ministre après le coup d'État sentait que malgré cela il n'était pas grand-chose pour Saint-Loup et la société des Guermantes, lesquels à leur tour, comme il ne se plaçait pas au même point de vue qu'eux, ne comptaient guère pour lui. Il se doutait que, pour Saint-Loup, il était – lui apparenté aux Hohenzollern – non pas un vrai noble mais le petit-fils d'un fermier, mais, en revanche, considérait Saint-Loup comme le fils d'un homme dont le comté avait été confirmé par l'Empereur – on appelait cela dans le faubourg Saint-Germain, les comtes refaits – et avait sollicité de lui une préfecture, puis tel autre poste placé bien bas sous les ordres de S.A. le prince de Borodino, ministre d'État à qui l'on écrivait « Monseigneur » et qui était neveu du souverain.

Plus que neveu peut-être. La première princesse de Borodino passait pour avoir eu des bontés pour Napoléon Ier qu'elle suivit à l'île d'Elbe et la seconde pour Napoléon III. Et si, dans la face placide du capitaine, on retrouvait de Napoléon Ier, sinon les traits naturels du visage, du moins la majesté étudiée du masque, l'officier avait, surtout dans le regard mélancolique et bon, dans la moustache tombante, quelque chose qui faisait penser à Napoléon III ; et cela d'une façon si frappante qu'ayant demandé après Sedan à pouvoir rejoindre l'Empereur[1], et ayant été éconduit par Bismarck auprès de qui on l'avait mené, ce dernier levant par hasard les yeux sur le jeune homme qui se disposait à s'éloigner, fut saisi soudain par cette ressemblance et, se ravisant, le rappela et lui accorda l'autorisation que comme à tout le monde il venait de lui refuser.

Si le prince de Borodino ne voulait pas faire d'avances à Saint-Loup ni aux autres membres de la société du faubourg Saint-Germain qu'il y avait dans le régiment (alors qu'il invitait beaucoup deux lieutenants roturiers qui étaient des hommes agréables), c'est que, les considérant tous du haut de sa grandeur impériale, il faisait, entre ces inférieurs, cette différence que les uns étaient des inférieurs qui se savaient l'être et avec qui il était charmé de frayer, étant, sous ses apparences de majesté, d'une humeur simple et joviale, et les autres des inférieurs qui se croyaient supérieurs, ce qu'il n'admettait pas. Aussi, alors que tous les officiers du régiment faisaient fête à Saint-Loup, le prince de Borodino à qui il avait été recommandé par le maréchal de X se borna à être obligeant pour lui dans le service, où Saint-Loup était d'ailleurs exemplaire, mais il ne le reçut jamais chez lui, sauf en une circonstance particulière où il fut en quelque sorte forcé de l'inviter, et, comme elle se présentait pendant mon séjour, lui demanda de m'amener. Je pus facilement, ce soir-là, en voyant Saint-Loup à la table de son capitaine, discerner jusque dans les manières et l'élégance de chacun d'eux la différence qu'il y avait entre les deux aristocraties : l'ancienne noblesse et celle de l'Empire. Issu d'une caste dont les défauts, même s'il les répudiait de toute son intelligence, avaient passé dans son sang, et qui, ayant cessé d'exercer une autorité réelle depuis au moins un siècle, ne voit plus dans l'amabilité protectrice qui fait partie de l'éducation qu'elle reçoit, qu'un exercice comme l'équitation ou l'escrime, cultivé sans but sérieux, par divertissement, à l'encontre des bourgeois que cette noblesse méprise assez pour croire que sa familiarité les flatte et que son sans-gêne les honorerait, Saint-Loup prenait amicalement la main de n'importe quel bourgeois qu'on lui présentait et dont il n'avait peut-être pas entendu le nom, et en causant avec lui (sans cesser de croiser et de décroiser les jambes, se renversant en arrière, dans une attitude débraillée, le pied dans la main) l'appelait « mon cher ». Mais au contraire, d'une noblesse dont les titres gardaient encore leur signification, tout pourvus qu'ils restaient de riches majorats récompensant de

glorieux services et rappelant le souvenir de hautes
fonctions dans lesquelles on commande à beaucoup
d'hommes et où l'on doit connaître les hommes, le
prince de Borodino – sinon distinctement et dans
sa conscience personnelle et claire, du moins en
son corps qui le révélait par ses attitudes et ses
façons – considérait son rang comme une prérogative effective ; à ces mêmes roturiers que Saint-Loup
eût touchés à l'épaule et pris par le bras, il s'adressait avec une affabilité majestueuse, où une réserve
pleine de grandeur tempérait la bonhomie souriante
qui lui était naturelle, sur un ton empreint à la fois
d'une bienveillance sincère et d'une hauteur voulue.
Cela tenait sans doute à ce qu'il était moins éloigné
des grandes ambassades et de la cour, où son père
avait eu les plus hautes charges et où les manières
de Saint-Loup, le coude sur la table et le pied dans
la main, eussent été mal reçues, mais surtout cela
tenait à ce que cette bourgeoisie, il la méprisait
moins, qu'elle était le grand réservoir où le premier
empereur avait pris ses maréchaux, ses nobles, où le
second avait trouvé un Fould[1], un Rouher[2].

Sans doute, fils ou petit-fils d'empereur, et qui
n'avait plus qu'à commander un escadron, les préoccupations de son père et de son grand-père ne
pouvaient, faute d'objets à quoi s'appliquer, sur-
vivre réellement dans la pensée de M. de Borodino.
Mais comme l'esprit d'un artiste continue à modeler
bien des années après qu'il est éteint la statue qu'il
sculpta, elles avaient pris corps en lui, s'y étaient
matérialisées, incarnées, c'était elles que reflétait son
visage. C'est avec, dans la voix, la vivacité du premier
empereur qu'il adressait un reproche à un brigadier,
avec la mélancolie songeuse du second qu'il exhalait
la bouffée d'une cigarette. Quand il passait en civil
dans les rues de Doncières, un certain éclat dans

ses yeux, s'échappant de sous le chapeau melon, faisait reluire autour du capitaine un incognito souverain ; on tremblait quand il entrait dans le bureau
du maréchal des logis chef, suivi de l'adjudant et du
fourrier, comme de Berthier et de Masséna. Quand il
choisissait l'étoffe d'un pantalon pour son escadron,
il fixait sur le brigadier tailleur un regard capable de
déjouer Talleyrand et tromper Alexandre ; et parfois,
en train de passer une revue d'installage, il s'arrêtait, laissant rêver ses admirables yeux bleus, tor-
tillait sa moustache, avait l'air d'édifier une Prusse
et une Italie nouvelles[1]. Mais aussitôt, redevenant
de Napoléon III Napoléon Ier, il faisait remarquer
que le paquetage n'était pas astiqué et voulait goûter
à l'ordinaire des hommes. Et chez lui, dans sa vie
privée, c'était pour les femmes d'officiers bourgeois
(à la condition qu'ils ne fussent pas francs-maçons)
qu'il faisait servir non seulement une vaisselle de
sèvres bleu de roi, digne d'un ambassadeur (donnée à son père par Napoléon et qui paraissait plus
précieuse encore dans la maison provinciale qu'il
habitait sur le Mail, comme ces porcelaines rares
que les touristes admirent avec plus de plaisir dans
l'armoire rustique d'un vieux manoir aménagé en
ferme achalandée et prospère), mais encore d'autres
présents de l'empereur : ces nobles et charmantes
manières qui elles aussi eussent fait merveille dans
quelque poste de représentation, si pour certains ce
n'était pas être voué pour toute sa vie au plus injuste
des ostracismes que d'être « né », des gestes familiers, la bonté, la grâce et, enfermant sous un émail
bleu de roi aussi, des images glorieuses, la relique
mystérieuse, éclairée et survivante du regard. Et à
propos des relations bourgeoises que le prince avait
à Doncières, il convient de dire ceci. Le lieutenant-
colonel jouait admirablement du piano, la femme

du médecin-chef chantait comme si elle avait eu un
premier prix au Conservatoire. Ce dernier couple,
de même que le lieutenant-colonel et sa femme,
dînaient chaque semaine chez M. de Borodino. Ils
étaient certes flattés, sachant que, quand le prince
allait à Paris en permission, il dînait chez Mme de
Pourtalès[1], chez les Murat[2], etc. Mais ils se disaient :
« C'est un simple capitaine, il est trop heureux que
nous venions chez lui. C'est du reste un vrai ami
pour nous. » Mais quand M. de Borodino, qui faisait
depuis longtemps des démarches pour se rapprocher
de Paris, fut nommé à Beauvais, il fit son déménage-
ment, oublia aussi complètement les deux couples
musiciens que le théâtre de Doncières et le petit restaurant d'où il faisait souvent venir son déjeuner, et
à leur grande indignation ni le lieutenant-colonel, ni
le médecin-chef, qui avaient si souvent dîné chez lui,
ne reçurent plus, de toute leur vie, de ses nouvelles.

Un matin, Saint-Loup m'avoua qu'il avait écrit à
ma grand-mère pour lui donner de mes nouvelles et
lui suggérer l'idée, puisqu'un service téléphonique
fonctionnait entre Doncières et Paris, de causer avec
moi. Bref, le même jour, elle devait me faire appeler à l'appareil et il me conseilla d'être vers quatre
heures moins un quart à la poste. Le téléphone n'était
pas encore à cette époque d'un usage aussi courant
qu'aujourd'hui. Et pourtant l'habitude met si peu de
temps à dépouiller de leur mystère les forces sacrées
avec lesquelles nous sommes en contact que, n'ayant
pas eu ma communication immédiatement, la seule
pensée que j'eus, ce fut que c'était bien long, bien
incommode, et presque l'intention d'adresser une
plainte : comme nous tous maintenant, je ne trouvais pas assez rapide à mon gré, dans ses brusques
changements, l'admirable féerie à laquelle quelques
instants suffisent pour qu'apparaisse près de nous,

invisible mais présent, l'être à qui nous voulions parler et qui, restant à sa table, dans la ville qu'il habite (pour ma grand-mère c'était Paris), sous un ciel différent du nôtre, par un temps qui n'est pas forcément le même, au milieu de circonstances et de préoccupations que nous ignorons et que cet être va nous dire, se trouve tout à coup transporté à des centaines de lieues (lui et toute l'ambiance où il reste plongé) près de notre oreille, au moment où notre caprice l'a ordonné. Et nous sommes comme le personnage du conte à qui une magicienne sur le souhait qu'il en exprime, fait apparaître, dans une clarté surnaturelle, sa grand-mère ou sa fiancée en train de feuilleter un livre, de verser des larmes, de cueillir des fleurs, tout près du spectateur et pourtant très loin, à l'endroit même où elle se trouve réellement. Nous n'avons, pour que ce miracle s'accomplisse, qu'à approcher nos lèvres de la planchette magique et à appeler – quelquefois un peu trop longtemps, je le veux bien – les Vierges Vigilantes dont nous entendons chaque jour la voix sans jamais connaître le visage, et qui sont nos Anges gardiens dans les ténèbres vertigineuses dont elles surveillent jalousement les portes ; les Toutes-Puissantes par qui les absents surgissent à notre côté, sans qu'il soit permis de les apercevoir ; les Danaïdes de l'invisible qui sans cesse vident, remplissent, se transmettent les urnes des sons ; les ironiques Furies qui, au moment que nous murmurions une confidence à une amie, avec l'espoir que personne ne nous entendait, nous crient cruellement : « J'écoute » ; les servantes toujours irritées du Mystère, les ombrageuses prêtresses de l'Invisible, les Demoiselles du téléphone !

Et aussitôt que notre appel a retenti, dans la nuit pleine d'apparitions sur laquelle nos oreilles s'ouvrent seules, un bruit léger – un bruit abstrait – celui de

la distance supprimée – et la voix de l'être cher
s'adresse à nous.

C'est lui, c'est sa voix qui nous parle, qui est
là. Mais comme elle est loin ! Que de fois je n'ai
pu l'écouter sans angoisse, comme si devant cette
impossibilité de voir, avant de longues heures de
voyage, celle dont la voix était si près de mon oreille,
je sentais mieux ce qu'il y a de décevant dans l'apparence du rapprochement le plus doux, et à quelle
distance nous pouvons être des personnes aimées
au moment où il semble que nous n'aurions qu'à
étendre la main pour les retenir. Présence réelle que
cette voix si proche – dans la séparation effective !
Mais anticipation aussi d'une séparation éternelle !
Bien souvent, écoutant de la sorte, sans voir celle qui
me parlait de si loin, il m'a semblé que cette voix cla-
mait des profondeurs d'où l'on ne remonte pas, et j'ai
connu l'anxiété qui allait m'étreindre un jour, quand
une voix reviendrait ainsi (seule, et ne tenant plus à
un corps que je ne devais jamais revoir) murmurer à
mon oreille des paroles que j'aurais voulu embrasser
au passage sur des lèvres à jamais en poussière[1].

Ce jour-là, hélas, à Doncières, le miracle n'eut pas
lieu. Quand j'arrivai au bureau de poste, ma grand-
mère m'avait déjà demandé ; j'entrai dans la cabine,
la ligne était prise, quelqu'un causait qui ne savait
pas sans doute qu'il n'y avait personne pour lui
répondre car, quand j'amenai à moi le récepteur, ce
morceau de bois se mit à parler comme Polichinelle ;
je le fis taire, ainsi qu'au guignol, en le remettant à
sa place, mais, comme Polichinelle, dès que je le
ramenais près de moi, il recommençait son bavardage. Je finis en désespoir de cause, en raccrochant
définitivement le récepteur, par étouffer les convulsions de ce tronçon sonore qui jacassa jusqu'à la
dernière seconde et j'allai chercher l'employé qui

me dit d'attendre un instant ; puis je parlai et après quelques instants de silence, tout d'un coup j'entendis cette voix que je croyais à tort connaître si bien, car jusque-là, chaque fois que ma grand-mère avait causé avec moi, ce qu'elle me disait, je l'avais toujours suivi sur la partition ouverte de son visage où les yeux tenaient beaucoup de place, mais sa voix elle-même, je l'écoutais aujourd'hui pour la première fois. Et parce que cette voix m'apparaissait changée dans ses proportions dès l'instant qu'elle était un tout, et m'arrivait ainsi seule et sans l'accompagnement des traits de la figure, je découvris combien cette voix était douce ; peut-être d'ailleurs ne l'avait-elle jamais été à ce point, car ma grand-mère, me sentant loin et malheureux, croyait pouvoir s'abandonner à l'effusion d'une tendresse que, par « principes » d'éducatrice, elle contenait et cachait d'habitude. Elle était douce, mais aussi comme elle était triste, d'abord à cause de sa douceur même, presque décantée, plus que peu de voix humaines ont jamais dû l'être, de toute dureté, de tout élément de résistance aux autres, de tout égoïsme ; fragile à force de délicatesse, elle semblait à tout moment prête à se briser, à expirer en un pur flot de larmes, puis l'ayant seule près de moi, vue sans le masque du visage, j'y remarquais, pour la première fois, les chagrins qui l'avaient fêlée au cours de la vie.

Était-ce d'ailleurs uniquement la voix qui, parce qu'elle était seule, me donnait cette impression nouvelle qui me déchirait ? Non pas ; mais plutôt que cet isolement de la voix était comme un symbole, une évocation, un effet direct d'un autre isolement, celui de ma grand-mère, pour la première fois séparée de moi. Les commandements ou défenses qu'elle m'adressait à tout moment dans l'ordinaire de la vie, l'ennui de l'obéissance ou la fièvre de la rébellion

qui neutralisaient la tendresse que j'avais pour elle,
étaient supprimés en ce moment et même pouvaient
l'être pour l'avenir (puisque ma grand-mère n'exigeait plus de m'avoir près d'elle sous sa loi, était en
train de me dire son espoir que je resterais tout à
fait à Doncières, ou en tout cas que j'y prolongerais
mon séjour le plus longtemps possible, ma santé et
mon travail pouvant s'en bien trouver) ; aussi, ce que
j'avais sous cette petite cloche approchée de mon
oreille, c'était, débarrassée des pressions opposées
qui chaque jour lui avaient fait contrepoids, et dès
lors irrésistible, me soulevant tout entier, notre
mutuelle tendresse. Ma grand-mère, en me disant
de rester, me donna un besoin anxieux et fou de
revenir. Cette liberté qu'elle me laissait désormais,
et à laquelle je n'avais jamais entrevu qu'elle pût
consentir, me parut tout d'un coup aussi triste que
pourrait être ma liberté après sa mort (quand je
l'aimerais encore et qu'elle aurait à jamais renoncé
à moi). Je criais : « Grand-mère, grand-mère », et
j'aurais voulu l'embrasser ; mais je n'avais près de
moi que cette voix, fantôme aussi impalpable que
celui qui reviendrait peut-être me visiter quand ma
grand-mère serait morte. « Parle-moi » ; mais alors
il arriva que, me laissant plus seul encore, je cessai
tout d'un coup de percevoir cette voix. Ma grand-
mère ne m'entendait plus, elle n'était plus en communication avec moi, nous avions cessé d'être en
face l'un de l'autre, d'être l'un pour l'autre audibles,
je continuais à l'interpeller en tâtonnant dans la
nuit, sentant que des appels d'elle aussi devaient
s'égarer. Je palpitais de la même angoisse que,
bien loin dans le passé, j'avais éprouvée autrefois,
un jour que petit enfant, dans une foule, je l'avais
perdue, angoisse moins de ne pas la retrouver que
de sentir qu'elle me cherchait, de sentir qu'elle se

disait que je la cherchais ; angoisse assez semblable à celle que j'éprouverais le jour où on parle à ceux qui ne peuvent plus répondre et de qui on voudrait au moins tant faire entendre tout ce qu'on ne leur a pas dit, et l'assurance qu'on ne souffre pas. Il me semblait que c'était déjà une ombre chérie que je venais de laisser se perdre parmi les ombres, et seul devant l'appareil, je continuais à répéter en vain : « Grand-mère, grand-mère », comme Orphée, resté seul, répète le nom de la morte[1]. Je me décidai à quitter la poste, à aller retrouver Robert à son restaurant pour lui dire que, allant peut-être recevoir une dépêche qui m'obligerait à revenir, je voudrais savoir à tout hasard l'horaire des trains. Et pourtant, avant de prendre cette résolution, j'aurais voulu une dernière fois invoquer les Filles de la Nuit, les Messagères de la parole, les divinités sans visage ; mais les capricieuses Gardiennes n'avaient plus voulu ouvrir les Portes merveilleuses, ou sans doute elles ne le purent pas ; elles eurent beau invoquer inlassablement, selon leur coutume, le vénérable inventeur de l'imprimerie et le jeune prince amateur de peinture impressionniste et chauffeur (lequel était neveu du capitaine de Borodino), Gutenberg et Wagram[2] laissèrent leurs supplications sans réponse et je partis, sentant que l'Invisible sollicité resterait sourd.

En arrivant auprès de Robert et de ses amis, je ne leur avouai pas que mon cœur n'était plus avec eux, que mon départ était déjà irrévocablement décidé. Saint-Loup parut me croire, mais j'ai su depuis qu'il avait, dès la première minute, compris que mon incertitude était simulée, et que le lendemain il ne me retrouverait pas. Tandis que, laissant les plats refroidir auprès d'eux, ses amis cherchaient avec lui dans l'indicateur le train que je pourrais prendre pour rentrer à Paris, et qu'on entendait dans la nuit étoilée et froide les sifflements des locomotives, je n'éprouvais certes plus la même paix que m'avaient donnée ici tant de soirs l'amitié des uns, le passage lointain des autres. Ils ne manquaient pas pourtant, ce soir, sous une autre forme à ce même office. Mon départ m'accabla moins quand je ne fus plus obligé d'y penser seul, quand je sentis employer à ce qui s'effectuait l'activité plus normale et plus saine de mes énergiques amis, les camarades de Robert, et de ces autres êtres forts, les trains, dont l'allée et venue, matin et soir, de Doncières à Paris, émiettait rétrospectivement ce qu'avait de trop compact et insoutenable mon long isolement d'avec ma grand-mère, en des possibilités quotidiennes de retour.

« Je ne doute pas de la vérité de tes paroles et que tu ne comptes pas partir encore, me dit en riant Saint-Loup, mais fais comme si tu partais et viens me dire adieu demain matin de bonne heure, sans cela je cours le risque de ne pas te revoir ; je déjeune justement en ville, le capitaine m'a donné l'autorisation ; il faut que je sois rentré à deux heures au quartier car on va en marche toute la journée. Sans doute, le seigneur chez qui je déjeune à trois kilomètres d'ici me ramènera à temps pour être au quartier à deux heures. »

À peine disait-il ces mots qu'on vint me chercher de mon hôtel, on m'avait demandé de la poste au téléphone. J'y courus car elle allait fermer. Le mot « interurbain » revenait sans cesse dans les réponses que me donnaient les employés. J'étais au comble de l'anxiété, car c'était ma grand-mère qui me demandait. Le bureau allait fermer. Enfin j'eus la communication. « C'est toi, grand-mère ? » Une voix de femme avec un fort accent anglais me répondit : « Oui, mais je ne reconnais pas votre voix. » Je ne reconnaissais pas davantage la voix qui me parlait, puis ma

grand-mère ne me disait pas « vous ». Enfin, tout
s'expliqua. Le jeune homme que sa grand-mère avait
fait demander au téléphone portait un nom presque
identique au mien et habitait une annexe de l'hôtel.
M'interpellant le jour même où j'avais voulu téléphoner à ma grand-mère, je n'avais pas douté un seul
instant que ce fût elle qui me demandât. Or c'était
par une simple coïncidence que la poste et l'hôtel
venaient de faire une double erreur.

Le lendemain matin, je me mis en retard, je ne
trouvai pas Saint-Loup déjà parti pour déjeuner dans
ce château voisin. Vers une heure et demie, je me
préparais à aller à tout hasard au quartier pour y être
dès son arrivée, quand, en traversant une des avenues qui y conduisait, je vis, dans la direction même
où j'allais, un tilbury qui, en passant près de moi,
m'obligea à me garer ; un sous-officier le conduisait,
le monocle à l'œil, c'était Saint-Loup. À côté de lui
était l'ami chez qui il avait déjeuné et que j'avais
déjà rencontré une fois à l'hôtel où Robert dînait.
Je n'osai pas appeler Robert comme il n'était pas
seul, mais voulant qu'il s'arrêtât pour me prendre
avec lui, j'attirai son attention par un grand salut
qui était censé motivé par la présence d'un inconnu.
Je savais Robert myope, j'aurais pourtant cru que,
si seulement il me voyait, il ne manquerait pas de
me reconnaître ; or, il vit bien le salut et le rendit,
mais sans s'arrêter ; et, s'éloignant à toute vitesse,
sans un sourire, sans qu'un muscle de sa physionomie bougeât, il se contenta de tenir pendant deux
minutes sa main levée au bord de son képi, comme
il eût répondu à un soldat qu'il n'eût pas connu. Je
courus jusqu'au quartier, mais c'était encore loin ;
quand j'arrivai, le régiment se formait dans la cour
où on ne me laissa pas rester, et j'étais désolé de
n'avoir pu dire adieu à Saint-Loup ; je montai à sa

chambre, il n'y était plus ; je pus m'informer de lui
à un groupe de soldats malades, des recrues dispen-
sées de marche, le jeune bachelier, un ancien, qui
regardaient le régiment se former.

« Vous n'avez pas vu le maréchal des logis Saint-
Loup ? demandai-je.

— Monsieur, il est déjà descendu, dit l'ancien.

— Je ne l'ai pas vu, dit le bachelier.

— Tu ne l'as pas vu, dit l'ancien, sans plus s'occuper de moi, tu n'as pas vu notre fameux Saint-Loup,
ce qu'il dégotte avec son nouveau falzar ! Quand le
capiston va voir ça, du drap d'officier.

— Ah ! tu en as des bonnes, du drap d'officier »,
dit le jeune bachelier qui, malade à la chambre, n'allait pas en marche et s'essayait non sans une certaine
inquiétude à être hardi avec les anciens. « Ce drap
d'officier, c'est du drap comme ça.

— Monsieur ? » demanda avec colère l'« ancien »
qui avait parlé du falzar.

Il était indigné que le jeune bachelier mît en doute
que ce falzar fût en drap d'officier, mais, breton, né
dans un village qui s'appelle Penguern-Stereden,
ayant appris le français aussi difficilement que s'il
eût été anglais ou allemand, quand il se sentait possédé par une émotion, il disait deux ou trois fois
« Monsieur » pour se donner le temps de trouver ses
paroles, puis après cette préparation il se livrait à
son éloquence, se contentant de répéter quelques
mots qu'il connaissait mieux que les autres, mais
sans hâte, en prenant ses précautions contre son
manque d'habitude de la prononciation.

« Ah ! c'est du drap comme ça ? » reprit-il, avec
une colère dont s'accroissaient progressivement l'intensité et la lenteur de son débit. « Ah ! c'est du drap
comme ça ! quand je te dis que c'est du drap d'officier, quand-je-te-le-dis, puisque-je-te-le-dis, c'est que

je le sais, je pense. C'est pas à nous qu'il faut faire des boniments à la noix de coco.

— Ah ! alors, dit le jeune bachelier vaincu par cette argumentation.

— Tiens, v'là justement le capiston qui passe. Non, mais regarde un peu Saint-Loup ; c'est ce coup de lancer la jambe ; et puis sa tête. Dirait-on un sous-off ? Et le monocle ; ah ! il va un peu partout. »

Je demandai à ces soldats que ma présence ne troublait pas à regarder aussi par la fenêtre. Ils ne m'en empêchèrent pas, ni ne se dérangèrent. Je vis le capitaine de Borodino passer majestueusement en faisant trotter son cheval, et semblant avoir l'illusion qu'il se trouvait à la bataille d'Austerlitz. Quelques passants étaient assemblés devant la grille du quartier pour voir le régiment sortir. Droit sur son cheval, le visage un peu gras, les joues d'une plénitude impériale, l'œil lucide, le prince devait être le jouet de quelque hallucination, comme je l'étais moi-même chaque fois qu'après le passage du tramway le silence qui suivait son roulement me semblait parcouru et strié par une vague palpitation musicale. J'étais désolé de ne pas avoir dit adieu à Saint-Loup, mais je partis tout de même, car mon seul souci était de retourner auprès de ma grand-mère : jusqu'à ce jour, dans cette petite ville, quand je pensais à ce que ma grand-mère faisait seule, je me la représentais telle qu'elle était avec moi, mais en me supprimant, sans tenir compte des effets sur elle de cette suppression ; maintenant, j'avais à me délivrer au plus vite, dans ses bras, du fantôme, insoupçonné jusqu'alors et soudain évoqué par sa voix, d'une grand-mère réellement séparée de moi, résignée, ayant, ce que je ne lui avais encore jamais connu, un âge, et qui venait de recevoir une lettre de moi dans l'appartement vide où j'avais déjà imaginé Maman quand j'étais parti pour Balbec.

Hélas, ce fantôme-là, ce fut lui que j'aperçus quand, entré au salon sans que ma grand-mère fût avertie de mon retour, je la trouvai en train de lire. J'étais là, ou plutôt je n'étais pas encore là puisqu'elle ne le savait pas, et, comme une femme qu'on surprend en train de faire un ouvrage qu'elle cachera si on entre, elle était livrée à des pensées qu'elle n'avait jamais montrées devant moi. De moi – par ce privilège qui ne dure pas et où nous avons, pendant le court instant du retour, la faculté d'assister brusquement à notre propre absence – il n'y avait là que le témoin, l'observateur, en chapeau et manteau de voyage, l'étranger qui n'est pas de la maison, le photographe qui vient prendre un cliché des lieux qu'on ne reverra plus. Ce qui, mécaniquement, se fit à ce moment dans mes yeux quand j'aperçus ma grand-mère, ce fut bien une photographie. Nous ne voyons jamais les êtres chéris que dans le système animé, le mouvement perpétuel de notre incessante tendresse, laquelle, avant de laisser les images que nous présente leur visage arriver jusqu'à nous, les prend dans son tourbillon, les rejette sur l'idée que nous nous faisons d'eux depuis toujours, les fait adhérer à elle, coïncider avec elle. Comment, puisque le front, les joues de ma grand-mère, je leur faisais signifier ce qu'il y avait de plus délicat et de plus permanent dans son esprit, comment, puisque tout regard habituel est une nécromancie et chaque visage qu'on aime, le miroir du passé, comment n'en eussé-je pas omis ce qui en elle avait pu s'alourdir et changer, alors que, même dans les spectacles les plus indifférents de la vie, notre œil, chargé de pensée, néglige, comme ferait une tragédie classique, toutes les images qui ne concourent pas à l'action et ne retient que celles qui peuvent en rendre intelligible le but ? Mais qu'au lieu de notre œil, ce soit un objectif purement matériel, une plaque photographique, qui ait regardé, alors ce que nous verrons, par exemple dans la cour de l'Institut, au lieu de la sortie d'un académicien qui veut appeler un fiacre, ce sera sa titubation, ses précautions pour ne pas tomber en arrière, la parabole de sa chute, comme s'il était ivre ou que le sol fût couvert de verglas. Il en est de même quand quelque cruelle ruse du hasard empêche notre intelligente et pieuse tendresse d'accourir à temps pour cacher à nos regards ce qu'ils ne doivent jamais contempler, quand elle est devancée par eux qui, arrivés les premiers sur place et laissés à eux-mêmes fonctionnent mécaniquement à la façon de pellicules, et nous montrent, au lieu de l'être aimé qui n'existe plus depuis longtemps mais dont elle n'avait jamais voulu que la mort nous fût révélée, l'être nouveau que cent fois par jour elle revêtait d'une chère et menteuse ressemblance. Et, comme un malade qui, ne s'étant pas regardé depuis longtemps et composant à tout moment le visage qu'il ne voit pas d'après l'image idéale qu'il porte de soi-même dans sa pensée, recule en apercevant dans une glace, au milieu d'une figure aride et déserte, l'exhaussement oblique et rose d'un nez gigantesque comme une pyramide d'Égypte, moi pour qui ma grand-mère c'était encore moi-même, moi qui ne l'avais jamais vue que dans mon âme, toujours à la même place du passé, à travers la transparence des souvenirs contigus et superposés, tout d'un coup, dans notre salon qui faisait partie d'un monde nouveau, celui du Temps, celui où vivent les étrangers dont on dit « il vieillit bien », pour la première fois et seulement pour un instant car elle disparut bien vite, j'aperçus sur le canapé, sous la lampe, rouge, lourde et vulgaire, malade, rêvassant, promenant au-dessus d'un livre des yeux un peu fous, une vieille femme accablée que je ne connaissais pas.

À ma demande d'aller voir les Elstir de Mme de Guermantes, Saint-Loup m'avait dit : « Je réponds pour elle. » Et malheureusement, en effet, pour elle ce n'était que lui qui avait répondu. Nous répondons aisément des autres quand, disposant dans notre pensée les petites images qui les figurent, nous faisons manœuvrer celles-ci à notre guise. Sans doute même à ce moment-là nous tenons compte des difficultés provenant de la nature de chacun, différente de la nôtre, et nous ne manquons pas d'avoir recours à tel ou tel moyen d'action puissant sur elle, intérêt, persuasion, émoi, qui neutralisera des penchants contraires. Mais ces différences d'avec notre nature, c'est encore notre nature qui les imagine ; ces difficultés, c'est nous qui les levons ; ces mobiles efficaces, c'est nous qui les dosons. Et quand les mouvements que dans notre esprit nous avons fait répéter à l'autre personne, et qui la font agir à notre gré, nous voulons les lui faire exécuter dans la vie, tout change, nous nous heurtons à des résistances imprévues qui peuvent être invincibles. L'une des plus fortes est sans doute celle que peut développer en une femme qui n'aime pas, le dégoût que lui inspire, insurmontable et fétide, l'homme qui l'aime : pendant les longues semaines que Saint-Loup resta encore sans venir à Paris, sa tante, à qui je ne doutai pas qu'il eût écrit pour la supplier de le faire, ne me demanda pas une fois de venir chez elle voir les tableaux d'Elstir.

Je reçus des marques de froideur de la part d'une autre personne de la maison. Ce fut de Jupien. Trouvait-il que j'aurais dû entrer lui dire bonjour, à mon retour de Doncières, avant même de monter chez moi ? Ma mère me dit que non, qu'il ne fallait pas s'étonner. Françoise lui avait dit qu'il était ainsi, sujet à de brusques mauvaises humeurs, sans raison. Cela se dissipait toujours au bout de peu de temps.

Cependant l'hiver finissait. Un matin, après quelques semaines de giboulées et de tempêtes, j'entendis dans ma cheminée – au lieu du vent informe, élastique et sombre qui me secouait de l'envie d'aller au bord de la mer – le roucoulement des pigeons qui nichaient dans la muraille : irisé, imprévu comme une première jacinthe déchirant doucement son cœur nourricier pour qu'en jaillît, mauve et satinée, sa fleur sonore, faisant entrer, comme une fenêtre ouverte, dans ma chambre encore fermée et noire, la tiédeur, l'éblouissement, la fatigue d'un premier beau jour. Ce matin-là, je me surpris à fredonner un air de café-concert que j'avais oublié depuis l'année où j'avais dû aller à Florence et à Venise. Tant l'atmosphère, selon le hasard des jours, agit profondément sur notre organisme et tire des réserves obscures où nous les avions oubliées les mélodies inscrites que n'a pas déchiffrées notre mémoire. Un rêveur plus conscient accompagna bientôt ce musicien que j'écoutais en moi, sans même avoir reconnu tout de suite ce qu'il jouait.

Je sentais bien que les raisons n'étaient pas particulières à Balbec pour lesquelles, quand j'y étais arrivé, je n'avais plus trouvé à son église le charme qu'elle avait pour moi avant que je la connusse ; qu'à Florence, à Parme ou à Venise, mon imagination ne pourrait pas davantage se substituer à mes yeux pour regarder. Je le sentais. De même, un soir du 1ᵉʳ janvier, à la tombée de la nuit, devant une colonne d'affiches, j'avais découvert l'illusion qu'il y a à croire que certains jours de fête diffèrent essentiellement des autres. Et pourtant je ne pouvais pas empêcher que le souvenir du temps pendant lequel j'avais cru

passer à Florence la Semaine sainte ne continuât à
faire d'elle comme l'atmosphère de la cité des Fleurs,
à donner à la fois au jour de Pâques quelque chose
de florentin, et à Florence quelque chose de pascal.
La semaine de Pâques était encore loin ; mais dans la
rangée des jours qui s'étendait devant moi, les jours
saints se détachaient plus clairs au bout des jours
mitoyens. Touchés d'un rayon comme certaines maisons d'un village qu'on aperçoit au loin dans un effet
d'ombre et de lumière, ils retenaient sur eux tout le
soleil[1].

Le temps était devenu plus doux. Et mes parents
eux-mêmes, en me conseillant de me promener, me
fournissaient un prétexte à continuer mes sorties du
matin. J'avais voulu les cesser parce que j'y rencontrais Mme de Guermantes. Mais c'est à cause de cela
même que je pensais tout le temps à ces sorties, ce
qui me faisait trouver à chaque instant une raison
nouvelle de les faire, laquelle n'avait aucun rapport
avec Mme de Guermantes et me persuadait aisément
que, n'eût-elle pas existé, je ne m'en fusse pas moins
promené à cette même heure.

Hélas ! si pour moi rencontrer toute autre personne qu'elle eût été indifférent, je sentais que, pour
elle, rencontrer n'importe qui excepté moi eût été
supportable. Il lui arrivait, dans ses promenades
matinales, de recevoir le salut de bien des sots et
qu'elle jugeait tels. Mais elle tenait leur apparition
sinon pour une promesse de plaisir, du moins pour
un effet du hasard. Et elle les arrêtait quelquefois car
il y a des moments où on a besoin de sortir de soi,
d'accepter l'hospitalité de l'âme des autres, à condition que cette âme, si modeste et laide soit-elle, soit
une âme étrangère, tandis que dans mon cœur elle
sentait avec exaspération que ce qu'elle eût retrouvé,
c'était elle. Aussi, même quand j'avais pour prendre

le même chemin une autre raison que de la voir, je tremblais comme un coupable au moment où elle passait ; et quelquefois, pour neutraliser ce que mes avances pouvaient avoir d'excessif, je répondais à peine à son salut, ou je la fixais du regard sans la saluer, ni réussir qu'à l'irriter davantage et à faire qu'elle commençât en plus à me trouver insolent et mal élevé.

Elle avait maintenant des robes plus légères, ou du moins plus claires, et descendait la rue où déjà, comme si c'était le printemps, devant les étroites boutiques intercalées entre les vastes façades des vieux hôtels aristocratiques, à l'auvent de la marchande de beurre, de fruits, de légumes, des stores étaient tendus contre le soleil. Je me disais que la femme que je voyais de loin marcher, ouvrir son ombrelle, traverser la rue, était, de l'avis des connaisseurs, la plus grande artiste actuelle dans l'art d'accomplir ces mouvements et d'en faire quelque chose de délicieux. Cependant elle s'avançait : ignorant de cette réputation éparse, son corps étroit, réfractaire et qui n'en avait rien absorbé était obliquement cambré sous une écharpe de surah violet ; ses yeux maussades et clairs regardaient distraitement devant elle et m'avaient peut-être aperçu ; elle mordait le coin de sa lèvre ; je la voyais redresser son manchon, faire l'aumône à un pauvre, acheter un bouquet de violettes à une marchande, avec la même curiosité que j'aurais eue à regarder un grand peintre donner des coups de pinceau. Et quand, arrivée à ma hauteur, elle me faisait un salut auquel s'ajoutait parfois un mince sourire, c'était comme si elle eût exécuté pour moi, en y ajoutant une dédicace, un lavis qui était un chef-d'œuvre. Chacune de ses robes m'apparaissait comme une ambiance naturelle, nécessaire, comme la projection d'un aspect particulier de son âme. Un de ces matins de carême où elle allait déjeuner en ville, je la rencontrai dans une robe d'un velours rouge clair, laquelle était légèrement échancrée au cou. Le visage de Mme de Guermantes paraissait rêveur sous ses cheveux blonds. J'étais moins triste que d'habitude parce que la mélancolie de son expression, l'espèce de claustration que la violence de la couleur mettait entre elle et le reste du monde, lui donnaient quelque chose de malheureux et de solitaire qui me rassurait. Cette robe me semblait la matérialisation autour d'elle des rayons écarlates d'un cœur que je ne lui connaissais pas et que j'aurais peut-être pu consoler ; réfugiée dans la lumière mystique de l'étoffe aux flots adoucis elle me faisait penser à quelque sainte des premiers âges chrétiens. Alors j'avais honte d'affliger par ma vue cette martyre. « Mais après tout, la rue est à tout le monde. »

« La rue est à tout le monde », reprenais-je en donnant à ces mots un sens différent et en admirant qu'en effet dans la rue populeuse souvent mouillée de pluie, et qui devenait précieuse comme est parfois la rue dans les vieilles cités de l'Italie, la duchesse de Guermantes mêlât à la vie publique des moments de sa vie secrète, se montrant ainsi à chacun, mystérieuse, coudoyée de tous, avec la splendide gratuité des grands chefs-d'œuvre. Comme je sortais le matin après être resté éveillé toute la nuit, l'après-midi mes parents me disaient de me coucher un peu et de chercher le sommeil. Il n'y a pas besoin pour savoir le trouver de beaucoup de réflexion, mais l'habitude y est très utile et même l'absence de la réflexion. Or, à ces heures-là, les deux me faisaient défaut. Avant de m'endormir je pensais si longtemps que je ne le pourrais, que, même endormi, il me restait un peu de pensée. Ce n'était qu'une lueur dans la presque obscurité, mais elle suffisait pour faire se refléter dans mon sommeil, d'abord l'idée que je ne pourrais dormir, puis, reflet de ce reflet, que c'était en dormant que j'avais eu l'idée que je ne dormais pas, puis, par une réfraction nouvelle, mon éveil… à un nouveau somme où je voulais raconter à des amis qui étaient entrés dans ma chambre que, tout à l'heure en dormant, j'avais cru que je ne dormais pas. Ces ombres étaient à peine distinctes : il eût fallu une grande et bien vaine délicatesse de perception pour les saisir. Ainsi plus tard, à Venise, bien après le coucher du soleil, quand il semble qu'il fasse tout à fait nuit, j'ai vu, grâce à l'écho invisible pourtant d'une dernière note de lumière indéfiniment tenue sur les canaux comme par l'effet de quelque pédale optique, les reflets des palais déroulés comme à tout jamais en velours plus noir sur le gris crépusculaire des eaux. Un de mes rêves était la synthèse de ce que mon imagination avait souvent cherché à se représenter, pendant la veille, d'un certain paysage marin et de son passé médiéval. Dans mon sommeil je voyais une cité gothique au milieu d'une mer aux flots immobilisés comme sur un vitrail. Un bras de mer divisait en deux la ville ; l'eau verte s'étendait à mes pieds ; elle baignait sur la rive opposée une église orientale, puis des maisons qui existaient encore dans le XIVe siècle, si bien qu'aller vers elles, c'eût été remonter le cours des âges. Ce rêve où la nature avait appris l'art, où la mer était devenue gothique, ce rêve où je désirais, où je croyais aborder à l'impossible, il me semblait l'avoir déjà fait souvent. Mais comme c'est le propre de ce qu'on imagine en dormant de se multiplier dans le passé, et de paraître, bien qu'étant nouveau, familier, je crus m'être trompé. Je m'aperçus au contraire que je faisais en effet souvent ce rêve.

Les amoindrissements mêmes qui caractérisent le sommeil se reflétaient dans le mien, mais d'une façon symbolique : je ne pouvais pas dans l'obscurité distinguer le visage des amis qui étaient là, car on dort les yeux fermés ; moi qui me tenais sans fin des raisonnements verbaux en rêvant, dès que je voulais parler à ces amis je sentais le son s'arrêter dans ma gorge, car on ne parle pas distinctement dans le sommeil ; je voulais aller à eux et je ne pouvais pas déplacer mes jambes, car on n'y marche pas non plus ; et tout à coup, j'avais honte de paraître devant eux, car on dort déshabillé. Telle, les yeux aveugles, les lèvres scellées, les jambes liées, le corps nu, la figure du sommeil que projetait mon sommeil lui-même avait l'air de ces grandes figures allégoriques où Giotto a représenté l'Envie avec un serpent dans la bouche, et que Swann m'avait données.

Saint-Loup vint à Paris pour quelques heures seulement. Tout en m'assurant qu'il n'avait pas eu l'occasion de parler de moi à sa cousine : « Elle n'est pas gentille du tout, Oriane, me dit-il, en se trahissant naïvement, ce n'est plus mon Oriane d'autrefois, on me l'a changée. Je t'assure qu'elle ne vaut pas la peine que tu t'occupes d'elle. Tu lui fais beaucoup trop d'honneur. Tu ne veux pas que je te présente à ma cousine Poictiers ? » ajouta-t-il sans se rendre compte que cela ne pourrait me faire aucun plaisir. « Voilà une jeune femme intelligente et qui te plairait. Elle a épousé mon cousin, le duc de Poictiers, qui est un bon garçon, mais un peu simple pour elle. Je lui ai parlé de toi. Elle m'a demandé de t'amener. Elle est autrement jolie qu'Oriane et plus jeune. C'est quelqu'un de gentil, tu sais, c'est quelqu'un de bien. » C'étaient des expressions nouvellement – d'autant plus ardemment – adoptées par Robert et qui signifiaient qu'on avait une nature délicate : « Je ne te dis pas qu'elle soit dreyfusarde, il faut aussi tenir compte de son milieu, mais enfin elle dit : "S'il était innocent,

quelle horreur ce serait qu'il fût à l'île du Diable[1] !"
Tu comprends, n'est-ce pas ? Et puis enfin c'est une
personne qui fait beaucoup pour ses anciennes ins-
titutrices, elle a défendu qu'on les fasse monter par
l'escalier de service. Je t'assure, c'est quelqu'un de
très bien. Dans le fond Oriane ne l'aime pas parce
qu'elle la sent plus intelligente. »

Quoique absorbée par la pitié que lui inspirait un
valet de pied des Guermantes – lequel ne pouvait
aller voir sa fiancée même quand la duchesse était
sortie car cela eût été immédiatement rapporté par
la loge – Françoise fut navrée de ne s'être pas trouvée
là au moment de la visite de Saint-Loup, mais c'est
qu'elle maintenant en faisait aussi. Elle sortait infailliblement les jours où j'avais besoin d'elle. C'était
toujours pour aller voir son frère, sa nièce, et surtout
sa propre fille arrivée depuis peu à Paris. Déjà la
nature familiale de ces visites que faisait Françoise
ajoutait à mon agacement d'être privé de ses services, car je prévoyais qu'elle parlerait de chacune
comme d'une de ces choses dont on ne peut se dis-
penser, selon les lois enseignées à Saint-André-des-
Champs. Aussi je n'écoutais jamais ses excuses sans
une mauvaise humeur fort injuste et à laquelle venait
mettre le comble la manière dont Françoise disait
non pas : « J'ai été voir mon frère, j'ai été voir ma
nièce », mais : « J'ai été voir le frère, je suis entrée
"en courant" donner le bonjour à la nièce (ou à ma
nièce la bouchère) ». Quant à sa fille, Françoise eût
voulu la voir retourner à Combray. Mais la nouvelle
Parisienne, usant, comme une élégante, d'abréviatifs,
mais vulgaires, disait que la semaine qu'elle devrait
aller passer à Combray lui semblerait bien longue
sans avoir seulement *L'Intran*[2]. Elle voulait encore
moins aller chez la sœur de Françoise dont la province était montagneuse, car « les montagnes, disait

la fille de Françoise en donnant à *intéressant* un sens
affreux et nouveau, ce n'est guère intéressant ». Elle
ne pouvait se décider à retourner à Méséglise où « le
monde est si bête », où, au marché, les commères,
les « pétrousses » se découvriraient un cousinage
avec elle et diraient : « Tiens, mais c'est-il pas la fille
au défunt Bazireau ? » Elle aimerait mieux mourir
que de retourner se fixer là-bas, « maintenant qu'elle
avait goûté à la vie de Paris », et Françoise, traditio-
naliste, souriait pourtant avec complaisance à l'esprit
d'innovation qu'incarnait la nouvelle « parisienne »
quand elle disait : « Eh bien, mère, si tu n'as pas
ton jour de sortie, tu n'as qu'à m'envoyer un pneu. »
    Le temps était redevenu froid. « Sortir ? Pour-
quoi ? Pour prendre la crève », disait Françoise qui
aimait mieux rester à la maison pendant la semaine
que sa fille, le frère et la bouchère étaient allés passer à Combray. D'ailleurs, dernière sectatrice en qui
survécût obscurément la doctrine de ma tante Léonie
touchant la physique, Françoise ajoutait en parlant
de ce temps hors de saison : « C'est le restant de la
colère de Dieu ! » Mais je ne répondais à ses plaintes
que par un sourire plein de langueur, d'autant plus
indifférent à ces prédictions que, de toutes manières,
il ferait beau pour moi ; déjà je voyais briller le soleil
du matin sur la colline de Fiesole, je me chauffais
à ses rayons ; leur force m'obligeait à ouvrir et à
fermer à demi les paupières en souriant, et, comme
des veilleuses d'albâtre, elles se remplissaient d'une
lueur rose. Ce n'était pas seulement les cloches qui
revenaient d'Italie, l'Italie était venue avec elles. Mes
mains fidèles ne manqueraient pas de fleurs pour
honorer l'anniversaire du voyage que j'avais dû faire
jadis, car depuis qu'à Paris le temps était redevenu
froid, comme une autre année au moment de nos
préparatifs de départ à la fin du carême, dans l'air

liquide et glacial qui baignait les marronniers, les platanes des boulevards, l'arbre de la cour de notre maison, entrouvraient déjà leurs feuilles, comme dans une coupe d'eau pure, les narcisses, les jonquilles, les anémones du Ponte Vecchio[1].

Mon père nous avait raconté qu'il savait maintenant par A.J. où allait M. de Norpois quand il le rencontrait dans la maison.

« C'est chez Mme de Villeparisis, il la connaît beaucoup, je n'en savais rien. Il paraît que c'est une personne délicieuse, une femme supérieure. Tu devrais aller la voir, me dit-il. Du reste, j'ai été très étonné. Il m'a parlé de M. de Guermantes comme d'un homme tout à fait distingué ; je l'avais toujours pris pour une brute. Il paraît qu'il sait infiniment de choses, qu'il a un goût parfait, il est seulement très fier de son nom et de ses alliances. Mais du reste, au dire de Norpois, sa situation est énorme, non seulement ici, mais partout en Europe. Il paraît que l'empereur d'Autriche, l'empereur de Russie le traitent tout à fait en ami. Le père Norpois m'a dit que Mme de Villeparisis t'aimait beaucoup et que tu ferais dans son salon la connaissance de gens intéressants. Il m'a fait un grand éloge de toi, tu le retrouveras chez elle et il pourrait être pour toi d'un bon conseil même si tu dois écrire. Car je vois que tu ne feras pas autre chose. On peut trouver cela une belle carrière, moi ce n'est pas ce que j'aurais préféré pour toi, mais tu seras bientôt un homme, nous ne serons pas toujours auprès de toi, et il ne faut pas que nous t'empêchions de suivre ta vocation. »

Si, au moins, j'avais pu commencer à écrire ! Mais, quelles que fussent les conditions dans lesquelles j'abordasse ce projet (de même, hélas ! que celui de ne plus prendre d'alcool, de me coucher de bonne heure, de dormir, de me bien porter), que ce fût avec

emportement, avec méthode, avec plaisir, en me pri-
vant d'une promenade, en l'ajournant et en la réser-
vant comme récompense, en profitant d'une heure
de bonne santé, en utilisant l'inaction forcée d'un
jour de maladie, ce qui finissait toujours par sortir
de mes efforts, c'était une page blanche, vierge de
toute écriture, inéluctable comme cette carte forcée
que dans certains tours on finit fatalement par tirer,
de quelque façon qu'on eût préalablement brouillé
le jeu. Je n'étais que l'instrument d'habitudes de ne
pas travailler, de ne pas me coucher, de ne pas dormir, qui devaient se réaliser coûte que coûte ; si je
ne leur résistais pas, si je me contentais du prétexte
qu'elles tiraient de la première circonstance venue
que leur offrait ce jour-là pour les laisser agir à leur
guise, je m'en tirais sans trop de dommage, je repo-
sais quelques heures tout de même à la fin de la nuit,
je lisais un peu, je ne faisais pas trop d'excès, mais
si je voulais les contrarier, si je prétendais entrer tôt
dans mon lit, ne boire que de l'eau, travailler, elles
s'irritaient, elles avaient recours aux grands moyens,
elles me rendaient tout à fait malade, j'étais obligé
de doubler la dose d'alcool, je ne me mettais pas au
lit de deux jours, je ne pouvais même plus lire, et je
me promettais une autre fois d'être plus raisonnable,
c'est-à-dire moins sage, comme une victime qui se
laisse voler de peur, si elle résiste, d'être assassinée.

Mon père dans l'intervalle avait rencontré une fois
ou deux M. de Guermantes, et maintenant que M. de
Norpois lui avait dit que le duc était un homme
remarquable, il faisait plus attention à ses paroles.
Justement ils parlèrent, dans la cour, de Mme de Villeparisis. « Il m'a dit que c'était sa tante ; il prononce
Viparisi. Il m'a dit qu'elle était extraordinairement
intelligente. Il a même ajouté qu'elle tenait un *bureau
d'esprit* », ajouta mon père impressionné par le vague

de cette expression qu'il avait bien lue une ou deux fois dans des Mémoires, mais à laquelle il n'attachait pas un sens précis. Ma mère avait tant de respect pour lui que, le voyant ne pas trouver indifférent que Mme de Villeparisis tînt bureau d'esprit, elle jugea que ce fait était de quelque conséquence. Bien que par ma grand-mère elle sût de tout temps ce que valait exactement la marquise, elle s'en fit immédiatement une idée plus avantageuse. Ma grand-mère, qui était un peu souffrante, ne fut pas d'abord favorable à la visite, puis s'en désintéressa. Depuis que nous habitions notre nouvel appartement, Mme de Villeparisis lui avait demandé plusieurs fois d'aller la voir. Et toujours ma grand-mère avait répondu qu'elle ne sortait pas en ce moment, dans une de ces lettres que, par une habitude nouvelle et que nous ne comprenions pas, elle ne cachetait plus jamais elle-même et laissait à Françoise le soin de fermer. Quant à moi, sans bien me représenter ce « bureau d'esprit », je n'aurais pas été très étonné de trouver la vieille dame de Balbec installée devant un « bureau », ce qui, du reste, arriva.

Mon père aurait bien voulu par surcroît savoir si l'appui de l'ambassadeur lui vaudrait beaucoup de voix à l'Institut où il comptait se présenter comme membre libre[1]. À vrai dire, tout en n'osant pas douter de l'appui de M. de Norpois, il n'avait pourtant pas de certitude. Il avait cru avoir affaire à de mauvaises langues quand on lui avait dit au ministère que M. de Norpois, désirant être seul à y représenter l'Institut, ferait tous les obstacles possibles à une candidature qui d'ailleurs le gênerait particulièrement en ce moment où il en soutenait une autre. Pourtant, quand M. Leroy-Beaulieu[2] lui avait conseillé de se présenter et avait supputé ses chances, il avait été impressionné de voir que,

parmi les collègues sur qui il pouvait compter en
cette circonstance, l'éminent économiste n'avait pas
cité M. de Norpois. Mon père n'osait poser directement la question à l'ancien ambassadeur mais espérait que je reviendrais de chez Mme de Villeparisis
avec son élection faite. Cette visite était imminente.
La propagande de M. de Norpois, capable en effet
d'assurer à mon père les deux tiers de l'Académie,
lui paraissait d'ailleurs d'autant plus probable que
l'obligeance de l'ambassadeur était proverbiale, les
gens qui l'aimaient le moins reconnaissant que personne n'aimait autant que lui à rendre service. Et
d'autre part, au ministère sa protection s'étendait sur
mon père d'une façon beaucoup plus marquée que
sur tout autre fonctionnaire.

Mon père fit une autre rencontre mais qui, celle-là,
lui causa un étonnement, puis une indignation
extrêmes. Il passa dans la rue près de Mme Sazerat dont la pauvreté relative réduisait la vie à Paris
à de rares séjours chez une amie. Personne autant
que Mme Sazerat n'ennuyait mon père, au point
que maman était obligée une fois par an de lui dire
d'une voix douce et suppliante : « Mon ami, il faudrait bien que j'invite une fois Mme Sazerat, elle ne
restera pas tard » et même : « Écoute, mon ami, je
vais te demander un grand sacrifice, va faire une
petite visite à Mme Sazerat. Tu sais que je n'aime
pas t'ennuyer, mais ce serait si gentil de ta part. »
Il riait, se fâchait un peu, et allait faire cette visite.
Malgré donc que Mme Sazerat ne le divertît pas, la
rencontrant, il alla vers elle en se découvrant, mais à
sa profonde surprise, Mme Sazerat se contenta d'un
salut glacé, forcé par la politesse envers quelqu'un
qui est coupable d'une mauvaise action ou est
condamné à vivre désormais dans un hémisphère
différent. Mon père était rentré fâché, stupéfait. Le

lendemain ma mère rencontra Mme Sazerat dans un salon. Celle-ci ne lui tendit pas la main, et lui sourit d'un air vague et triste comme à une personne avec qui on a joué dans son enfance, mais avec qui on a cessé depuis lors toutes relations parce qu'elle a mené une vie de débauches, épousé un forçat ou, qui pis est, un homme divorcé. Or de tous temps mes parents accordaient et inspiraient à Mme Sazerat l'estime la plus profonde. Mais (ce que ma mère ignorait) Mme Sazerat, seule de son espèce à Combray, était dreyfusarde. Mon père, ami de M. Méline[1] était convaincu de la culpabilité de Dreyfus. Il avait envoyé promener avec mauvaise humeur des collègues qui lui avaient demandé de signer une liste révisionniste. Il ne me reparla pas de huit jours quand il apprit que j'avais suivi une ligne de conduite différente[2]. Ses opinions étaient connues. On n'était pas loin de le traiter de nationaliste. Quant à ma grand-mère que, seule de la famille, paraissait devoir enflammer un doute généreux, chaque fois qu'on lui parlait de l'innocence possible de Dreyfus, elle avait un hochement de tête dont nous ne comprenions pas alors le sens, et qui était semblable à celui d'une personne qu'on vient déranger dans des pensées plus sérieuses. Ma mère, partagée entre son amour pour mon père et l'espoir que je fusse intelligent, gardait une indécision qu'elle traduisait par le silence. Enfin mon grand-père, adorant l'armée (bien que ses obligations de garde national eussent été le cauchemar de son âge mûr), ne voyait jamais à Combray un régiment défiler devant la grille sans se découvrir quand passaient le colonel et le drapeau. Tout cela était assez pour que Mme Sazerat, qui connaissait à fond la vie de désintéressement et d'honneur de mon père et de mon grand-père, les considérât comme des suppôts de l'Injustice. On pardonne les crimes individuels, mais non la participation à un crime collectif. Dès qu'elle le sut antidreyfusard, elle mit entre elle et lui des continents et des siècles. Ce qui explique qu'à une pareille distance dans le temps et dans l'espace, son salut ait paru imperceptible à mon père et qu'elle n'eût pas songé à une poignée de main et à des paroles, lesquelles n'eussent pu franchir les mondes qui les séparaient.

Saint-Loup, devant venir à Paris, m'avait promis de me mener chez Mme de Villeparisis où j'espérais, sans le lui avoir dit, que nous rencontrerions Mme de Guermantes. Il me demanda de déjeuner au restaurant avec sa maîtresse que nous conduirions ensuite à une répétition. Nous devions aller la chercher le matin, aux environs de Paris où elle habitait.

J'avais demandé à Saint-Loup que le restaurant où nous déjeunerions (dans la vie des jeunes nobles qui dépensent de l'argent le restaurant joue un rôle aussi important que les caisses d'étoffes dans les contes arabes) fût de préférence celui où Aimé m'avait annoncé qu'il devait entrer comme maître d'hôtel en attendant la saison de Balbec. C'était un grand charme pour moi qui rêvais à tant de voyages et en faisais si peu, de revoir quelqu'un qui faisait partie plus que de mes souvenirs de Balbec, mais de Balbec même, qui y allait tous les ans, qui, quand la fatigue ou mes cours me forçaient à rester à Paris, n'en regardait pas moins, pendant les longues fins d'après-midi de juillet, en attendant que les clients vinssent dîner, le soleil descendre et se coucher dans la mer, à travers les panneaux de verre de la grande salle à manger derrière lesquels, à l'heure où il s'éteignait, les ailes immobiles des vaisseaux lointains et bleuâtres avaient l'air de papillons exotiques et nocturnes dans une vitrine. Magnétisé lui-même par son contact avec le puissant aimant de Balbec, ce maître d'hôtel devenait à son tour aimant pour moi. J'espérais en causant avec lui être déjà en communication avec Balbec, avoir réalisé sur place un peu du charme du voyage.

Je quittai dès le matin la maison, où je laissai Françoise gémissante parce que le valet de pied fiancé n'avait pu encore une fois, la veille au soir, aller voir sa promise. Françoise l'avait trouvé en pleurs, il avait failli aller gifler le concierge mais s'était contenu car il tenait à sa place.

Avant d'arriver chez Saint-Loup qui devait m'attendre devant sa porte, je rencontrai Legrandin, que nous avions perdu de vue depuis Combray et qui, tout grisonnant maintenant, avait gardé son air jeune et candide. Il s'arrêta.

« Ah ! vous voilà, me dit-il, homme chic, et en redingote encore ! Voilà une livrée dont mon indépendance ne s'accommoderait pas. Il est vrai que vous devez être un mondain, faire des visites ! Pour aller rêver comme je le fais devant quelque tombe à demi détruite, ma lavallière et mon veston ne sont pas déplacés. Vous savez que j'estime la jolie qualité de votre âme ; c'est vous dire combien je regrette que vous alliez la renier parmi les Gentils. En étant capable de rester un instant dans l'atmosphère nauséabonde, irrespirable pour moi, des salons, vous rendez contre votre avenir la condamnation, la damnation du Prophète. Je vois cela d'ici, vous fréquentez les "cœurs légers", la société des châteaux ; tel est le vice de la bourgeoisie contemporaine. Ah ! les aristocrates, la Terreur a été bien coupable de ne pas leur couper le cou à tous[1]. Ce sont tous de sinistres crapules quand ce ne sont pas tout simplement de sombres idiots. Enfin, mon pauvre enfant, si cela vous amuse ! Pendant que vous irez à quelque *five o'clock*, votre vieil ami sera plus heureux que vous, car seul dans un faubourg, il regardera monter dans le ciel violet la lune rose. La vérité est que je n'appartiens guère à cette terre où je me sens si exilé ; il faut toute la force de la loi de gravitation pour m'y maintenir et que je ne m'évade pas dans une autre sphère. Je suis d'une autre planète. Adieu, ne prenez pas en mauvaise part la vieille franchise du paysan de la Vivonne qui est aussi resté le paysan du Danube. Pour vous prouver que je fais cas de vous, je vais vous envoyer mon dernier roman. Mais vous n'aimerez pas cela ; ce n'est pas assez déliquescent, assez fin de siècle pour vous, c'est trop franc, trop honnête ; vous, il vous faut du Bergotte, vous l'avez avoué, du faisandé pour les palais blasés de jouisseurs raffinés. On doit me considérer dans votre groupe comme un vieux pompier ; j'ai le tort de mettre du cœur dans ce que j'écris, cela ne se porte plus ; et puis la vie du peuple, ce n'est pas assez distingué pour intéresser vos snobinettes. Allons, tâchez de vous rappeler quelquefois la parole du Christ : "Faites cela et vous vivrez[1]". Adieu, ami. »

Ce n'est pas de trop mauvaise humeur contre Legrandin que je le quittai. Certains souvenirs sont comme des amis communs, ils savent faire des réconciliations ; jeté au milieu des champs semés de boutons d'or où s'entassaient des ruines féodales, le petit pont de bois nous unissait, Legrandin et moi, comme les deux bords de la Vivonne.

Ayant quitté Paris où, malgré le printemps commençant, les arbres des boulevards étaient à peine pourvus de leurs premières feuilles, quand le train de ceinture nous arrêta, Saint-Loup et moi, dans le village de banlieue où habitait sa maîtresse, ce fut un émerveillement de voir chaque jardinet pavoisé par les immenses reposoirs blancs des arbres fruitiers en fleurs. C'était comme une des fêtes singulières,

poétiques, éphémères et locales qu'on vient de très
loin contempler à époques fixes, mais celle-là donnée
par la nature. Les fleurs des cerisiers sont si étroitement collées aux branches, comme un blanc fourreau,
que de loin, parmi les arbres qui n'étaient presque ni
fleuris, ni feuillus, on aurait pu croire, par ce jour de
soleil encore si froid, que c'était de la neige, fondue
ailleurs, qui était encore restée après les arbustes.
Mais les grands poiriers enveloppaient chaque maison, chaque modeste cour d'une blancheur plus vaste,
plus unie, plus éclatante, comme si tous les logis,
tous les enclos du village fussent en train de faire, à
la même date, leur première communion.

Ces villages des environs de Paris gardent encore
à leurs portes des parcs du XVIIe et du XVIIIe siècle,
qui furent les « folies » des intendants et des favorites. Un horticulteur avait utilisé l'un d'eux situé
en contrebas de la route pour la culture des arbres
fruitiers (ou peut-être conservé simplement le dessin
d'un immense verger de ce temps-là). Cultivés en
quinconces, ces poiriers, plus espacés, moins avancés que ceux que j'avais vus, formaient de grands
quadrilatères – séparés par des murs bas – de fleurs
blanches, sur chaque côté desquels la lumière
venait se peindre différemment, si bien que toutes
ces chambres sans toit et en plein air avaient l'air
d'être celles du Palais du Soleil, tel qu'on aurait pu
le retrouver dans quelque Crète[1] ; et elles faisaient
penser aussi aux chambres d'un réservoir ou de telles
parties de la mer que l'homme pour quelque pêche
ou ostréiculture subdivise, quand on voyait, selon
l'exposition, la lumière venir se jouer sur les espaliers
comme sur les eaux printanières et faire déferler çà
et là, étincelant parmi le treillage à claire-voie et
rempli d'azur des branches, l'écume blanchissante
d'une fleur ensoleillée et mousseuse.

C'était un village ancien, avec sa vieille mairie cuite et dorée devant laquelle, en guise de mâts de cocagne et d'oriflammes, trois grands poiriers étaient, comme pour une fête civique et locale, galamment pavoisés de satin blanc.

Jamais Robert ne me parla plus tendrement de son amie que pendant ce trajet. Seule elle avait des racines dans son cœur ; l'avenir qu'il avait dans l'armée, sa situation mondaine, sa famille, tout cela ne lui était pas indifférent certes, mais ne comptait en rien auprès des moindres choses qui concernaient sa maîtresse. Cela seul avait pour lui du prestige, infiniment plus de prestige que les Guermantes et tous les rois de la terre. Je ne sais pas s'il se formulait à lui-même qu'elle était d'une essence supérieure à tout, mais je sais qu'il n'avait de considération, de souci, que pour ce qui la touchait. Par elle, il était capable de souffrir, d'être heureux, peut-être de tuer. Il n'y avait vraiment d'intéressant, de passionnant pour lui, que ce que voulait, ce que ferait sa maîtresse, que ce qui se passait, discernable tout au plus par des expressions fugitives, dans l'espace étroit de son visage et sous son front privilégié. Si délicat pour tout le reste, il envisageait la perspective d'un brillant mariage, seulement pour pouvoir continuer à l'entretenir, à la garder. Si on s'était demandé à quel prix il l'estimait, je crois qu'on n'eût jamais pu imaginer un prix assez élevé. S'il ne l'épousait pas, c'est parce qu'un instinct pratique lui faisait sentir que, dès qu'elle n'aurait plus rien à attendre de lui, elle le quitterait ou du moins vivrait à sa guise, et qu'il fallait la tenir par l'attente du lendemain. Car il supposait que peut-être elle ne l'aimait pas. Sans doute, l'affection générale appelée amour devait le forcer – comme elle fait pour tous les hommes – à croire par moments qu'elle l'aimait. Mais pratiquement il

sentait que cet amour qu'elle avait pour lui n'empêchait pas qu'elle ne restât avec lui qu'à cause de
son argent, et que le jour où elle n'aurait plus rien à
attendre de lui elle s'empresserait (victime des théories de ses amis de la littérature et tout en l'aimant,
pensait-il) de le quitter.

« Je lui ferai aujourd'hui, si elle est gentille, me
dit-il, un cadeau qui lui fera plaisir. C'est un collier qu'elle a vu chez Boucheron[1]. C'est un peu cher
pour moi en ce moment, trente mille francs. Mais
ce pauvre loup, elle n'a pas tant de plaisir dans la
vie. Elle va être joliment contente. Elle m'en avait
parlé et elle m'avait dit qu'elle connaissait quelqu'un
qui le lui donnerait peut-être. Je ne crois pas que
ce soit vrai, mais je me suis à tout hasard entendu
avec Boucheron qui est le fournisseur de ma famille,
pour qu'il me le réserve. Je suis heureux de penser que tu vas la voir ; elle n'est pas extraordinaire
comme figure, tu sais » (je vis bien qu'il pensait tout
le contraire et ne disait cela que pour que mon admiration fût plus grande), « elle a surtout un jugement
merveilleux ; devant toi elle n'osera peut-être pas
beaucoup parler, mais je me réjouis d'avance de ce
qu'elle me dira ensuite de toi ; tu sais, elle dit des
choses qu'on peut approfondir indéfiniment, elle a
vraiment quelque chose de pythique ! »

Pour arriver à la maison qu'elle habitait, nous longions de petits jardins, et je ne pouvais m'empêcher
de m'arrêter, car ils avaient toute une floraison de
cerisiers et de poiriers ; sans doute vides et inhabités hier encore comme une propriété qu'on n'a pas
louée, ils étaient subitement peuplés et embellis par
ces nouvelles venues arrivées de la veille et dont à
travers les grillages on apercevait les belles robes
blanches au coin des allées.

« Écoute, puisque je vois que tu veux regarder tout

cela, être poétique, me dit Robert, attends-moi là,
mon amie habite tout près, je vais aller la chercher. »

En l'attendant je fis quelques pas, je passais
devant de modestes jardins. Si je levais la tête, je
voyais quelquefois des jeunes filles aux fenêtres,
mais même en plein air et à la hauteur d'un petit
étage, çà et là, souples et légères, dans leur fraîche
toilette mauve, suspendues dans les feuillages, de
jeunes touffes de lilas se laissaient balancer par la
brise sans s'occuper du passant qui levait les yeux
jusqu'à leur entresol de verdure. Je reconnaissais
en elles les pelotons violets disposés à l'entrée du
parc de M. Swann, passé la petite barrière blanche,
dans les chauds après-midi du printemps, pour une
ravissante tapisserie provinciale. Je pris un sentier
qui aboutissait à une prairie. Un air froid y soufflait, vif comme à Combray ; mais, au milieu de la
terre grasse, humide et campagnarde qui eût pu être
au bord de la Vivonne, n'en avait pas moins surgi,
exact au rendez-vous comme toute la bande de ses
compagnons, un grand poirier blanc qui agitait en
souriant et opposait au soleil, comme un rideau de
lumière matérialisée et palpable, ses fleurs convulsées par la brise, mais lissées et glacées d'argent
par les rayons.

Tout à coup, Saint-Loup apparut, accompagné de
sa maîtresse, et alors, dans cette femme qui était
pour lui tout l'amour, toutes les douceurs possibles
de la vie, dont la personnalité, mystérieusement
enfermée dans un corps comme dans un Taber-
nacle, était l'objet encore sur lequel travaillait sans
cesse l'imagination de mon ami, qu'il sentait qu'il ne
connaîtrait jamais, dont il se demandait perpétuellement ce qu'elle était en elle-même, derrière le voile
des regards et de la chair, dans cette femme je reconnus à l'instant « Rachel quand du Seigneur[1] », celle

qui, il y a quelques années – les femmes changent si
vite de situation dans ce monde-là, quand elles en
changent – disait à la maquerelle : « Alors, demain
soir, si vous avez besoin de moi pour quelqu'un, vous
me ferez chercher. »

Et quand on était « venu la chercher » en effet et
qu'elle se trouvait seule dans la chambre avec ce
quelqu'un, elle savait si bien ce qu'on voulait d'elle
qu'après avoir fermé à clef, par précaution de femme
prudente, ou par geste rituel, elle commençait à ôter
toutes ses affaires, comme on fait devant le docteur
qui va vous ausculter, et ne s'arrêtait en route que
si le « quelqu'un », n'aimant pas la nudité, lui disait
qu'elle pouvait garder sa chemise, comme certains
praticiens qui, ayant l'oreille très fine et la crainte de
faire se refroidir leur malade, se contentent d'écouter
la respiration et le battement du cœur à travers un
linge. À cette femme dont toute la vie, toutes les pensées, tout le passé, tous les hommes par qui elle avait
pu être possédée, m'étaient chose si indifférente que,
si elle me l'eût conté, je ne l'eusse écoutée que par
politesse et à peine entendue, je sentis que l'inquiétude, le tourment, l'amour de Saint-Loup s'étaient
appliqués jusqu'à faire – de ce qui était pour moi un
jouet mécanique – un objet de souffrances infinies,
ayant le prix même de l'existence. Voyant ces deux
éléments dissociés (parce que j'avais connu « Rachel
quand du Seigneur » dans une maison de passe), je
comprenais que bien des femmes pour lesquelles des
hommes vivent, souffrent, se tuent, peuvent être en
elles-mêmes ou pour d'autres ce que Rachel était
pour moi. L'idée qu'on pût avoir une curiosité douloureuse à l'égard de sa vie me stupéfiait. J'aurais
pu apprendre bien des coucheries d'elle à Robert,
lesquelles me semblaient la chose la plus indifférente du monde. Et combien elles l'eussent peiné.

Et que n'avait-il pas donné pour les connaître, sans y réussir.

Je me rendais compte de tout ce qu'une imagination humaine peut mettre derrière un petit morceau de visage comme était celui de cette femme, si c'est l'imagination qui l'a connue d'abord ; et, inversement, en quels misérables éléments matériels et dénués de toute valeur pouvait se décomposer ce qui était le but de tant de rêveries, si, au contraire, cela avait été perçu d'une manière opposée, par la connaissance la plus triviale. Je comprenais que ce qui m'avait paru ne pas valoir vingt francs quand cela m'avait été offert pour vingt francs dans la maison de passe où c'était seulement pour moi une femme désireuse de gagner vingt francs, peut valoir plus qu'un million, que la famille, que toutes les situations enviées, si on a commencé par imaginer en elle un être inconnu, curieux à connaître, difficile à saisir, à garder. Sans doute c'était le même mince et étroit visage que nous voyions Robert et moi. Mais nous étions arrivés à lui par les deux routes opposées qui ne communique-raient jamais, et nous n'en verrions jamais la même face. Ce visage, avec ses regards, ses sourires, les mouvements de sa bouche, moi je l'avais connu du dehors comme étant celui d'une femme quelconque qui pour vingt francs ferait tout ce que je voudrais. Aussi les regards, les sourires, les mouvements de bouche m'avaient paru seulement significatifs d'actes généraux, sans rien d'individuel, et sous eux je n'au-rais pas eu la curiosité de chercher une personne. Mais ce qui m'avait en quelque sorte été offert au départ, ce visage consentant, ç'avait été pour Robert un point d'arrivée vers lequel il s'était dirigé à tra-vers combien d'espoirs, de doutes, de soupçons, de rêves. Il donnait plus d'un million pour avoir, pour que ne fût pas offert à d'autres ce qui m'avait été offert comme à chacun pour vingt francs. Pour quel motif il ne l'avait pas eue à ce prix, cela peut tenir au hasard d'un instant, d'un instant pendant lequel celle qui semblait prête à se donner se dérobe, ayant peut-être un rendez-vous, quelque raison qui la rende plus difficile ce jour-là. Si elle a affaire à un sentimental, même si elle ne s'en aperçoit pas, et surtout si elle s'en aperçoit, un jeu terrible commence. Incapable de surmonter sa déception, de se passer de cette femme, il la relance, elle le fuit, si bien qu'un sourire qu'il n'osait plus espérer est payé mille fois ce qu'eussent dû l'être les dernières faveurs. Il arrive même parfois dans ce cas, quand on a eu, par un mélange de naïveté dans le jugement et de lâcheté devant la souffrance, la folie de faire d'une fille une inaccessible idole, que ces dernières faveurs, ou même le premier baiser, on ne l'obtiendra jamais, on n'ose même plus le demander pour ne pas démentir des assurances de platonique amour. Et c'est une grande souffrance alors de quitter la vie sans avoir jamais su ce que pouvait être le baiser de la femme qu'on a le plus aimée. Les faveurs de Rachel, Saint-Loup pourtant avait réussi par chance à les avoir toutes. Certes, s'il avait su maintenant qu'elles avaient été offertes à tout le monde pour un louis, il eût sans doute terriblement souffert, mais n'eût pas moins donné un million pour les conserver, car tout ce qu'il eût appris n'eût pas pu le faire sortir – car ce qui est au-dessus des forces de l'homme ne peut arriver que malgré lui, par l'action de quelque grande loi naturelle – de la route dans laquelle il était et d'où ce visage ne pouvait lui apparaître qu'à travers les rêves qu'il avait formés. L'immobilité de ce mince visage, comme celle d'une feuille de papier soumise aux colossales pressions de deux atmosphères, me semblait équilibrée par deux infinis qui venaient aboutir à elle sans se rencontrer, car elle les séparait. Et en effet, la regardant tous les deux, Robert et moi, nous ne la voyions pas du même côté du mystère.

Ce n'était pas « Rachel quand du Seigneur » qui me semblait peu de chose, c'était la puissance de l'imagination humaine, l'illusion sur laquelle reposaient les douleurs de l'amour que je trouvais grandes. Robert vit que j'avais l'air ému. Je détournai les yeux vers les poiriers et les cerisiers du jardin d'en face pour qu'il crût que c'était leur beauté qui me touchait. Et elle me touchait un peu de la même façon, elle mettait aussi près de moi de ces choses qu'on ne voit pas qu'avec ses yeux, mais qu'on sent dans son cœur. Ces arbustes que j'avais vus dans le jardin, en les prenant pour des dieux étrangers, ne m'étais-je pas trompé comme Madeleine quand, dans un autre jardin, un jour dont l'anniversaire allait bientôt venir, elle vit une forme humaine et « crut que c'était le jardinier[1] » ? Gardiens des souvenirs de l'âge d'or, garants de la promesse que la réalité n'est pas ce qu'on croit, que la splendeur de la poésie, que l'éclat merveilleux de l'innocence peuvent y resplendir et pourront être la récompense que nous nous efforcerons de mériter, les grandes créatures blanches merveilleusement penchées au-dessus de l'ombre propice à la sieste, à la pêche, à la lecture, n'était-ce pas plutôt des anges ? J'échangeais quelques mots avec la maîtresse de Saint-Loup. Nous coupâmes par le village. Les maisons en étaient sordides. Mais à côté des plus misérables, de celles qui avaient l'air d'avoir été brûlées par une pluie de salpêtre, un mystérieux voyageur, arrêté pour un jour dans la cité maudite, un ange resplendissant se tenait debout étendant largement sur elle l'éblouissante protection de ses ailes d'innocence en fleurs : c'était un poirier. Saint-Loup fit quelques pas en avant avec moi :

« J'aurais aimé que nous puissions, toi et moi, attendre ensemble, j'aurais même été plus content de déjeuner seul avec toi, et que nous restions seuls jusqu'au moment d'aller chez ma tante. Mais ma pauvre gosse, ça lui fait tant de plaisir, et elle est si gentille pour moi, tu sais, je n'ai pu lui refuser. Du reste elle te plaira, c'est une littéraire, une vibrante, et puis c'est une chose si gentille de déjeuner avec elle au restaurant, elle est si agréable, si simple, toujours contente de tout. »

Je crois pourtant que, précisément ce matin-là, et probablement pour la seule fois, Robert s'évada un instant hors de la femme que, tendresse après tendresse, il avait lentement composée, et aperçut tout d'un coup à quelque distance de lui une autre Rachel, un double d'elle, mais absolument différent et qui figurait une simple petite grue. Quittant le beau verger, nous allions prendre le train pour rentrer à Paris quand, à la gare, Rachel marchant à quelques pas de nous, fut reconnue et interpellée par de vulgaires « poules » comme elle était, et qui d'abord, la croyant seule, lui crièrent : « Tiens, Rachel, tu montes avec nous, Lucienne et Germaine sont dans le wagon et il y a justement encore de la place, viens, on ira ensemble au skating[1] ». Elles s'apprêtaient à lui présenter deux « calicots[2] », leurs amants, qui les accompagnaient, quand, devant l'air légèrement gêné de Rachel, elles levèrent curieusement les yeux un peu plus loin, nous aperçurent et s'excusant lui dirent adieu en recevant d'elle un adieu aussi, un peu embarrassé mais amical. C'étaient deux pauvres petites poules, avec des collets en fausse loutre, ayant à peu près l'aspect qu'avait Rachel quand Saint-Loup l'avait rencontrée la première fois. Il ne les connaissait pas, ni leur nom, et voyant qu'elles avaient l'air très liées avec son amie, eut l'idée que celle-ci avait

peut-être eu sa place, l'avait peut-être encore, dans
une vie insoupçonnée de lui, fort différente de celle
qu'il menait avec elle, une vie où on avait les femmes
pour un louis tandis qu'il donnait plus de cent mille
francs par an à Rachel. Il ne fit pas qu'entrevoir cette
vie, mais aussi au milieu une Rachel tout autre que
celle qu'il connaissait, une Rachel pareille à ces deux
petites poules, une Rachel à vingt francs. En somme
Rachel s'était un instant dédoublée pour lui, il avait
aperçu à quelque distance de sa Rachel la Rachel
petite poule, la Rachel réelle, à supposer que la
Rachel poule fût plus réelle que l'autre. Robert eut
peut-être l'idée alors que cet enfer où il vivait, avec la
perspective et la nécessité d'un mariage riche, d'une
vente de son nom, pour pouvoir continuer à donner
cent mille francs par an à Rachel, il aurait peut-être
pu s'en arracher aisément et avoir les faveurs de sa
maîtresse, comme ces calicots celles de leurs grues,
pour peu de chose. Mais comment faire ? Elle n'avait
démérité en rien. Moins comblée, elle serait moins
gentille, ne lui dirait plus, ne lui écrirait plus de ces
choses qui le touchaient tant et qu'il citait avec un
peu d'ostentation à ses camarades, en prenant soin
de faire remarquer combien c'était gentil d'elle, mais
en omettant qu'il l'entretenait fastueusement, même
qu'il lui donnât quoi que ce fût, que ces dédicaces
sur une photographie ou cette formule pour terminer
une dépêche, c'était la transmutation sous sa forme la
plus réduite et la plus précieuse de cent mille francs.
S'il se gardait de dire que ces rares gentillesses de
Rachel étaient payées par lui, il serait faux – et pourtant ce raisonnement simpliste, on en use absurde-
ment pour tous les amants qui casquent, pour tant
de maris – de dire que c'était par amour-propre,
par vanité. Saint-Loup était assez intelligent pour
se rendre compte que tous les plaisirs de la vanité,

il les aurait trouvés aisément et gratuitement dans
le monde, grâce à son grand nom, à son joli visage,
et que sa liaison avec Rachel, au contraire, était ce
qui l'avait mis un peu hors du monde, faisait qu'il
y était moins coté. Non, cet amour-propre à vouloir
paraître avoir gratuitement les marques apparentes
de prédilection de celle qu'on aime, c'est simplement
un dérivé de l'amour, le besoin de se représenter à
soi-même et aux autres comme aimé par ce qu'on
aime tant. Rachel se rapprocha de nous, laissant
les deux poules monter dans leur compartiment ;
mais, non moins que la fausse loutre de celles-ci et
l'air guindé des calicots, les noms de Lucienne et de
Germaine maintinrent un instant devant Robert la
Rachel nouvelle. Un instant il imagina une vie de la
place Pigalle, avec des amis inconnus, des bonnes
fortunes sordides, des après-midi de plaisirs naïfs,
promenade ou partie de plaisir, dans ce Paris où l'en-
soleillement des rues depuis le boulevard de Clichy
ne lui sembla pas le même que la clarté solaire où
il se promenait avec sa maîtresse, mais devoir être
autre, car l'amour, et la souffrance qui fait un avec
lui, ont comme l'ivresse le pouvoir de différencier
pour nous les choses. Ce fut presque comme un Paris
inconnu au milieu de Paris même, qu'il soupçonna ;
sa liaison lui apparut comme l'exploration d'une
vie étrange, car si avec lui Rachel était un peu semblable à lui-même, pourtant c'était bien une partie
de sa vie réelle que Rachel vivait avec lui, même la
partie la plus précieuse à cause des sommes folles
qu'il lui donnait, la partie qui la faisait tellement
envier des amies et lui permettrait un jour de se retirer à la campagne ou de se lancer dans les grands
théâtres, après avoir fait sa pelote. Robert aurait
voulu demander à son amie qui étaient Lucienne et
Germaine, les choses qu'elles lui eussent dites si elle

était montée dans leur compartiment, à quoi elles
eussent ensemble, elle et ses camarades, passé une
journée qui eût peut-être fini comme divertissement
suprême, après les plaisirs du skating, à la taverne
de l'Olympia[1], si lui, Robert, et moi n'avions pas été
présents. Un instant les abords de l'Olympia, qui
jusque-là lui avaient paru assommants, excitèrent sa
curiosité, sa souffrance, et le soleil de ce jour printa-
nier donnant dans la rue Caumartin où, peut-être, si
elle n'avait pas connu Robert, Rachel fût allée tantôt
et eût gagné un louis, lui donna une vague nostalgie.
Mais à quoi bon poser à Rachel des questions, quand
il savait d'avance que la réponse serait ou un simple
silence ou un mensonge ou quelque chose de très
pénible pour lui sans pourtant lui décrire rien ? Les
employés fermaient les portières, nous montâmes
vite dans une voiture de première, les perles admirables de Rachel rapprirent à Robert qu'elle était une
femme d'un grand prix, il la caressa, la fit rentrer
dans son propre cœur où il la contempla, intério-
risée, comme il avait toujours fait jusqu'ici – sauf
pendant ce bref instant où il l'avait vue sur une place
Pigalle de peintre impressionniste[2] – et le train partit.

C'était du reste vrai qu'elle était une « littéraire ».
Elle ne s'interrompit de me parler livres, art nou-
veau, tolstoïsme, que pour faire des reproches à
Saint-Loup qu'il bût trop de vin.

« Ah ! si tu pouvais vivre un an avec moi on verrait,
je te ferais boire de l'eau et tu en serais bien mieux.

— C'est entendu, partons.

— Mais tu sais bien que j'ai beaucoup à travailler
(car elle prenait au sérieux l'art dramatique). D'ailleurs que dirait ta famille ? »

Et elle se mit à me faire sur la famille de Robert
des reproches qui me semblèrent du reste fort
justes et auxquels Saint-Loup tout en désobéissant

à Rachel sur l'article du champagne adhéra entièrement. Moi qui craignais tant le vin pour Saint-
Loup et sentais la bonne influence de sa maîtresse,
j'étais tout prêt à lui conseiller d'envoyer promener
sa famille. Les larmes montèrent aux yeux de la
jeune femme parce que j'eus l'imprudence de parler
de Dreyfus.

« Le pauvre martyr, dit-elle en retenant un sanglot,
ils le feront mourir là-bas.

— Tranquillise-toi, Zézette, il reviendra, il sera
acquitté, l'erreur sera reconnue.

— Mais avant cela, il sera mort ! Enfin au moins
ses enfants porteront un nom sans tache. Mais penser
à ce qu'il doit souffrir, c'est ce qui me tue ! Et croyez-
vous que la mère de Robert, une femme pieuse, dit
qu'il faut qu'il reste à l'île du Diable, même s'il est
innocent, n'est-ce pas une horreur ?

— Oui, c'est absolument vrai, elle le dit, affirma
Robert. C'est ma mère, je n'ai rien à objecter, mais
il est bien certain qu'elle n'a pas la sensibilité de
Zézette. »

En réalité, ces déjeuners, « choses si gentilles », se
passaient toujours fort mal. Car dès que Saint-Loup
se trouvait avec sa maîtresse dans un endroit public,
il s'imaginait qu'elle regardait tous les hommes
présents, il devenait sombre, elle s'apercevait de sa
mauvaise humeur qu'elle s'amusait peut-être à atti-
ser, mais que, plus probablement, par amour-propre
bête, elle ne voulait pas, blessée par son ton, avoir
l'air de chercher à désarmer ; elle faisait semblant
de ne pas détacher ses yeux de tel ou tel homme,
et d'ailleurs ce n'était pas toujours par pur jeu. En
effet, que le monsieur qui au théâtre ou au café se
trouvait leur voisin, que tout simplement le cocher
du fiacre qu'ils avaient pris, eût quelque chose
d'agréable, Robert, aussitôt averti par sa jalousie,

l'avait remarqué avant sa maîtresse ; il voyait immédiatement en lui un de ces êtres immondes dont
il m'avait parlé à Balbec, qui pervertissent et dés-
honorent les femmes pour s'amuser, il suppliait sa
maîtresse de détourner de lui ses regards et par là
même le lui désignait. Or, quelquefois elle trouvait
que Robert avait eu si bon goût dans ses soupçons
qu'elle finissait même par cesser de le taquiner pour
qu'il se tranquillisât et consentît à aller faire une
course pour lui laisser le temps d'entrer en conversation avec l'inconnu, souvent de prendre rendez-vous,
quelquefois même d'expédier une passade. Je vis
bien dès notre entrée au restaurant que Robert avait
l'air soucieux. C'est que Robert avait immédiatement
remarqué, ce qui nous avait échappé à Balbec, que,
au milieu de ses camarades vulgaires, Aimé, avec un
éclat modeste, dégageait, bien involontairement, le
romanesque qui émane pendant un certain nombre
d'années de cheveux légers et d'un nez grec, grâce
à quoi il se distinguait au milieu de la foule des
autres serviteurs. Ceux-ci, presque tous assez âgés,
offraient des types extraordinairement laids et accusés de curés hypocrites, de confesseurs papelards,
plus souvent d'anciens acteurs comiques dont on
ne retrouve plus guère le front en pain de sucre que
dans les collections de portraits exposés dans le foyer
humblement historique de petits théâtres désuets
où ils sont représentés jouant des rôles de valets de
chambre ou de grands pontifes, et dont ce restaurant semblait, grâce à un recrutement sélectionné
et peut-être à un mode de nomination héréditaire,
conserver le type solennel en une sorte de collège
augural. Malheureusement, Aimé nous ayant reconnus, ce fut lui qui vint prendre notre commande,
tandis que s'écoulait vers d'autres tables le cortège
des grands prêtres d'opérette. Aimé s'informa de la

santé de ma grand-mère, je lui demandai des nouvelles de sa femme et de ses enfants. Il me les donna
avec émotion car il était homme de famille. Il avait
un air intelligent, énergique, mais respectueux. La
maîtresse de Robert se mit à le regarder avec une
étrange attention. Mais les yeux enfoncés d'Aimé,
auxquels une légère myopie donnait une sorte de
profondeur dissimulée, ne trahirent aucune impression au milieu de sa figure immobile. Dans l'hôtel de
province où il avait servi bien des années avant de
venir à Balbec, le joli dessin, un peu jauni et fatigué
maintenant, qu'était sa figure, et que pendant tant
d'années, comme telle gravure représentant le prince
Eugène[1], on avait vu toujours à la même place, au
fond de la salle à manger presque toujours vide,
n'avait pas dû attirer bien des regards curieux. Il
était donc resté longtemps, sans doute faute de
connaisseurs, ignorant de la valeur artistique de son
visage, et d'ailleurs peu disposé à la faire remarquer, car il était d'un tempérament froid. Tout au
plus quelque Parisienne de passage, s'étant arrêtée
une fois dans la ville, avait-elle levé les yeux sur
lui, lui avait-elle demandé de venir la servir dans sa
chambre avant de reprendre le train, et dans le vide
translucide, monotone et profond de cette existence
de bon mari et de domestique de province, avait
enfoui le secret d'un caprice sans lendemain que
personne n'y viendrait jamais découvrir. Pourtant
Aimé dut s'apercevoir de l'insistance avec laquelle
les yeux de la jeune artiste restaient attachés sur
lui. En tout cas elle n'échappa pas à Robert sous le
visage duquel je voyais s'amasser une rougeur non
pas vive comme celle qui l'empourprait s'il avait une
brusque émotion, mais faible, émiettée.

« Ce maître d'hôtel est très intéressant, Zézette ? »
demanda-t-il à sa maîtresse après avoir renvoyé

Aimé assez brusquement. « On dirait que tu veux faire une étude d'après lui.

— Voilà que ça commence, j'en étais sûre !

— Mais qu'est-ce qui commence, mon petit ? Si j'ai eu tort, je n'ai rien dit, je veux bien. Mais j'ai tout de même le droit de te mettre en garde contre ce larbin que je connais de Balbec (sans cela je m'en ficherais pas mal), et qui est une des plus grandes fripouilles que la terre ait jamais portées. »

Elle parut vouloir obéir à Robert et engagea avec moi une conversation littéraire à laquelle il se mêla. Je ne m'ennuyais pas en causant avec elle car elle connaissait très bien les œuvres que j'admirais et était à peu près d'accord avec moi dans ses jugements ; mais comme j'avais entendu dire par Mme de Villeparisis qu'elle n'avait pas de talent, je n'attachais pas grande importance à cette culture. Elle plaisantait finement de mille choses, et eût été vraiment agréable si elle n'eût pas affecté d'une façon agaçante le jargon des cénacles et des ateliers. Elle l'étendait d'ailleurs à tout, et, par exemple, ayant pris l'habitude de dire d'un tableau s'il était impressionniste ou d'un opéra, s'il était wagnérien : « Ah ! c'est *bien* », un jour qu'un jeune homme l'avait embrassée sur l'oreille et que, touché qu'elle simulât un frisson, il faisait le modeste, elle dit : « Si, comme sensation, je trouve que c'est *bien*. » Mais surtout ce qui m'étonnait, c'est que les expressions propres à Robert (et qui d'ailleurs étaient peut-être venues à celui-ci de littérateurs connus par elle), elle les employait devant lui, lui devant elle, comme si c'eût été un langage nécessaire et sans se rendre compte du néant d'une originalité qui est à tous.

Elle était, en mangeant, maladroite de ses mains à un degré qui laissait supposer qu'en jouant la comédie sur la scène, elle devait se montrer bien

gauche. Elle ne retrouvait de la dextérité que dans
l'amour par cette touchante prescience des femmes
qui aiment tant le corps de l'homme qu'elles devinent
du premier coup ce qui fera le plus de plaisir à ce
corps pourtant si différent du leur.

   Je cessai de prendre part à la conversation quand
on parla théâtre car sur ce chapitre Rachel était
trop malveillante. Elle prit, il est vrai, sur un ton de
commisération – contre Saint-Loup, ce qui prouvait
qu'elle l'attaquait souvent devant lui – la défense de
la Berma, en disant : « Oh ! non, c'est une femme
remarquable. Évidemment ce qu'elle fait ne nous
touche plus, cela ne correspond plus tout à fait à ce
que nous cherchons, mais il faut la placer au moment
où elle est venue, on lui doit beaucoup. Elle a fait des
choses bien, tu sais. Et puis c'est une si brave femme,
elle a un si grand cœur, elle n'aime pas naturellement
les choses qui nous intéressent, mais elle a eu, avec
un visage assez émouvant, une jolie qualité d'intelligence. » (Les doigts n'accompagnent pas de même
tous les jugements esthétiques. S'il s'agit de peinture,
pour montrer que c'est un beau morceau, en pleine
pâte, on se contente de faire saillir le pouce. Mais
la « jolie qualité d'esprit » est plus exigeante. Il lui
faut deux doigts, ou plutôt deux ongles, comme s'il
s'agissait de faire sauter une poussière.) Mais – cette
exception faite – la maîtresse de Saint-Loup parlait
des artistes les plus connus sur un ton d'ironie et de
supériorité qui m'irritait, parce que je croyais – faisant erreur en cela – que c'était elle qui leur était
inférieure. Elle s'aperçut très bien que je devais la
tenir pour une artiste médiocre et avoir au contraire
beaucoup de considération pour ceux qu'elle méprisait. Mais elle ne s'en froissa pas, parce qu'il y a
dans le grand talent non reconnu encore, comme
était le sien, si sûr qu'il puisse être de lui-même,

une certaine humilité, et que nous proportionnons les égards que nous exigeons non à nos dons cachés mais à notre situation acquise. (Je devais, une heure plus tard, voir au théâtre la maîtresse de Saint-Loup montrer beaucoup de déférence envers les mêmes artistes sur lesquels elle portait un jugement si sévère.) Aussi, si peu de doute qu'eût dû lui laisser mon silence, n'en insista-t-elle pas moins pour que nous dînions le soir ensemble, assurant que jamais la conversation de personne ne lui avait autant plu que la mienne. Si nous n'étions pas encore au théâtre, où nous devions aller après le déjeuner, nous avions l'air de nous trouver dans un « foyer » qu'illustraient des portraits anciens de la troupe, tant les maîtres d'hôtel avaient de ces figures qui semblent perdues avec toute une génération d'artistes hors ligne, du Palais-Royal ; ils avaient l'air d'académiciens aussi : arrêté devant un buffet, l'un examinait des poires avec la figure et la curiosité désintéressée qu'eût pu avoir M. de Jussieu. D'autres, à côté de lui, jetaient sur la salle les regards empreints de curiosité et de froideur que des membres de l'Institut déjà arrivés jettent sur le public tout en échangeant quelques mots qu'on n'entend pas. C'étaient des figures célèbres parmi les habitués. Cependant on s'en montrait un nouveau, au nez raviné, à la lèvre papelarde, qui avait l'air d'église et entrait en fonctions pour la première fois, et chacun regardait avec intérêt le nouvel élu. Mais bientôt, peut-être pour faire partir Robert afin de se trouver seule avec Aimé, Rachel se mit à faire de l'œil à un jeune boursier qui déjeunait à une table voisine avec un ami.

« Zézette, je te prierai de ne pas regarder ce jeune homme comme cela », dit Saint-Loup sur le visage de qui les hésitantes rougeurs de tout à l'heure s'étaient concentrées en une nuée sanglante qui dilatait et fonçait les traits distendus de mon ami, « si tu dois nous donner en spectacle, j'aime mieux déjeuner de mon côté et aller t'attendre au théâtre. »

À ce moment on vint dire à Aimé qu'un monsieur le priait de venir lui parler à la portière de sa voiture. Saint-Loup, toujours inquiet et craignant qu'il ne s'agît d'une commission amoureuse à transmettre à sa maîtresse regarda par la vitre et aperçut au fond de son coupé, les mains serrées dans des gants blancs rayés de noir, une fleur à la boutonnière, M. de Charlus.

« Tu vois, me dit-il à voix basse, ma famille me fait traquer jusqu'ici. Je t'en prie, moi je ne peux pas, mais puisque tu connais bien le maître d'hôtel, qui va sûrement nous vendre, demande-lui de ne pas aller à la voiture. Au moins que ce soit un garçon qui ne me connaisse pas. Si on dit à mon oncle qu'on ne me connaît pas, je sais comment il est, il ne viendra pas voir dans le café, il déteste ces endroits-là. N'est-ce pas tout de même dégoûtant qu'un vieux coureur de femmes comme lui, qui n'a pas dételé, me donne perpétuellement des leçons et vienne m'espionner ! »

Aimé, ayant reçu mes instructions, envoya un de ses commis qui devait dire qu'il ne pouvait pas se déranger et, si on demandait le marquis de Saint-Loup, qu'on ne le connaissait pas. La voiture repartit bientôt. Mais la maîtresse de Saint-Loup, qui n'avait pas entendu nos propos chuchotés à voix basse et avait cru qu'il s'agissait du jeune homme à qui Robert lui reprochait de faire de l'œil, éclata en injures.

« Allons bon ! c'est ce jeune homme maintenant ? tu fais bien de me prévenir ; oh ! c'est délicieux de déjeuner dans ces conditions ! Ne vous occupez pas de ce qu'il dit, il est un peu piqué et surtout, ajouta-t-elle en se tournant vers moi, il dit cela parce qu'il croit que ça fait élégant, que ça fait grand seigneur d'avoir l'air jaloux. »

Et elle se mit à donner avec ses pieds et avec ses mains des signes d'énervement.

« Mais, Zézette, c'est pour moi que c'est désagréable. Tu nous rends ridicules aux yeux de ce monsieur qui va être persuadé que tu lui fais des avances et qui m'a l'air tout ce qu'il y a de pis.

— Moi, au contraire, il me plaît beaucoup ; d'abord il a des yeux ravissants, et qui ont une manière de regarder les femmes, on sent qu'il doit les aimer.

— Tais-toi au moins jusqu'à ce que je sois parti, si tu es folle, s'écria Robert. Garçon, mes affaires. »

Je ne savais si je devais le suivre.

« Non, j'ai besoin d'être seul », me dit-il sur le même ton dont il venait de parler à sa maîtresse et comme s'il était tout aussi fâché contre moi. Sa colère était comme une même phrase musicale sur laquelle dans un opéra se chantent plusieurs répliques, entièrement différentes entre elles, dans le livret, de sens et de caractère, mais qu'elle réunit par un même sentiment. Quand Robert fut parti, sa maîtresse appela Aimé et lui demanda différents renseignements. Elle voulait ensuite savoir comment je le trouvais.

« Il a un regard amusant, n'est-ce pas ? Vous comprenez, ce qui m'amuserait ce serait de savoir ce qu'il peut penser, d'être souvent servie par lui, de l'emmener en voyage. Mais pas plus que ça. Si on était obligé d'aimer tous les gens qui vous plaisent, ce serait au fond *assez terrible*. Robert a tort de se faire des idées. Tout ça, ça se forme dans ma tête, Robert devrait être bien tranquille. » Elle regardait toujours Aimé. « Tenez, regardez les yeux noirs qu'il a, je voudrais savoir ce qu'il y a dessous. »

Bientôt on vint lui dire que Robert la faisait demander dans un cabinet particulier où, en passant par une autre entrée, il était allé finir de déjeuner sans retraverser le restaurant. Je restai ainsi seul, puis à mon tour Robert me fit appeler. Je trouvai sa maîtresse étendue sur un sofa, riant sous les baisers, les caresses qu'il lui prodiguait. Ils buvaient du champagne. « Bonjour, vous ! » lui dit-elle, car elle avait appris récemment cette formule qui lui paraissait le dernier mot de la tendresse et de l'esprit. J'avais mal déjeuné, j'étais mal à l'aise, et sans que les paroles de Legrandin y fussent pour quelque chose, je regrettais de penser que je commençais dans un cabinet de restaurant et finirais dans des coulisses de théâtre cette première après-midi de printemps. Après avoir regardé l'heure pour voir si elle ne se mettrait pas en retard, elle m'offrit du champagne, me tendit une de ses cigarettes d'Orient et détacha pour moi une rose de son corsage. Je me dis alors : « Je n'ai pas trop à regretter ma journée ; ces heures passées auprès de cette jeune femme ne sont pas perdues pour moi puisque par elle j'ai, chose gracieuse et qu'on ne peut payer trop cher, une rose, une cigarette parfumée, une coupe de champagne. » Je me le disais parce qu'il me semblait que c'était douer d'un caractère esthétique, et par là justifier, sauver ces heures d'ennui. Peut-être aurais-je dû penser que le besoin même que j'éprouvais d'une raison qui me consolât de mon ennui, suffisait à prouver que je ne ressentais rien d'esthétique. Quant à Robert et à sa maîtresse, ils avaient l'air de ne garder aucun souvenir de la querelle qu'ils avaient eue quelques instants auparavant, ni que j'y eusse assisté. Ils n'y firent aucune allusion, ils ne lui cherchèrent aucune excuse, pas plus qu'au contraste que faisaient avec elle leurs façons de maintenant. À force de boire du

champagne avec eux, je commençai à éprouver un
peu de l'ivresse que je ressentais à Rivebelle, probablement pas tout à fait la même. Non seulement
chaque genre d'ivresse, de celle que donne le soleil
ou le voyage à celle que donne la fatigue ou le vin,
mais chaque degré d'ivresse, et qui devrait porter une
« cote » différente comme les fonds dans la mer, met
à nu en nous exactement à la profondeur où il se
trouve un homme spécial. Le cabinet où se trouvait
Saint-Loup était petit, mais la glace unique qui le
décorait était de telle sorte qu'elle semblait en réfléchir une trentaine d'autres, le long d'une perspective
infinie ; et l'ampoule électrique placée au sommet du
cadre devait le soir, quand elle était allumée, suivie
de la procession d'une trentaine de reflets pareils à
elle-même, donner au buveur, même solitaire, l'idée
que l'espace autour de lui se multipliait en même
temps que ses sensations exaltées par l'ivresse et
qu'enfermé seul dans ce petit réduit, il régnait pourtant sur quelque chose de bien plus étendu en sa
courbe indéfinie et lumineuse, qu'une allée du « Jardin de Paris[1] ». Or, étant alors à ce moment-là ce
buveur, tout d'un coup, le cherchant dans la glace,
je l'aperçus, hideux, inconnu, qui me regardait. La
joie de l'ivresse était plus forte que le dégoût ; par
gaieté ou bravade, je lui souris et en même temps il
me souriait. Et je me sentais tellement sous l'empire
éphémère et puissant de la minute où les sensations
sont si fortes que je ne sais si ma seule tristesse ne
fut pas de penser que le moi affreux que je venais
d'apercevoir était peut-être à son dernier jour et que
je ne rencontrerais plus jamais cet étranger dans le
cours de ma vie.

Robert était seulement fâché que je ne voulusse
pas briller davantage aux yeux de sa maîtresse.

« Voyons, ce monsieur que tu as rencontré ce

matin et qui mêle le snobisme et l'astronomie, raconte-le-lui, je ne me rappelle pas bien – et il la regardait du coin de l'œil.

— Mais, mon petit, il n'y a rien à dire d'autre que ce que tu viens de dire.

— Tu es assommant. Alors raconte les choses de Françoise aux Champs-Élysées, cela lui plaira tant.

— Oh oui ! Bobbey m'a tant parlé de Françoise. » Et en prenant Saint-Loup par le menton, elle redit, par manque d'invention, en attirant ce menton vers la lumière : « Bonjour, vous ! »

Depuis que les acteurs n'étaient plus exclusivement pour moi les dépositaires, en leur diction et leur jeu, d'une vérité artistique, ils m'intéressaient en eux-mêmes ; je m'amusais, croyant avoir devant moi les personnages d'un vieux roman comique, de voir, au visage nouveau d'un jeune seigneur qui venait d'entrer dans la salle, l'ingénue écouter distraitement la déclaration que lui faisait le jeune premier dans la pièce, tandis que celui-ci, dans le feu roulant de sa tirade amoureuse, n'en dirigeait pas moins une œillade enflammée vers une vieille dame assise dans une loge voisine, et dont les magnifiques perles l'avaient frappé ; et ainsi, surtout grâce aux renseignements que Saint-Loup me donnait sur la vie privée des artistes, je voyais une autre pièce, muette et expressive, se jouer sous la pièce parlée, laquelle d'ailleurs, quoique médiocre, m'intéressait ; car j'y sentais germer et s'épanouir pour une heure à la lumière de la rampe – faites de l'agglutinement sur le visage d'un acteur d'un autre visage de fard et de carton, sur son âme personnelle des paroles d'un rôle – ces individualités éphémères et vivaces que sont les personnages d'une pièce, séduisantes aussi, qu'on aime, qu'on admire, qu'on plaint, qu'on voudrait retrouver encore, une fois qu'on a quitté le théâtre, mais qui

déjà se sont désagrégées en un comédien qui n'a plus
la condition qu'il avait dans la pièce, en un texte qui
ne montre plus le visage du comédien, en une poudre
colorée qu'efface le mouchoir, qui sont retournées en
un mot à des éléments qui n'ont plus rien d'elles, à
cause de leur dissolution, consommée sitôt après la
fin du spectacle, et qui fait, comme celle d'un être
aimé, douter de la réalité du moi et méditer sur le
mystère de la mort.

Un numéro du programme me fut extrêmement
pénible. Une jeune femme que détestaient Rachel
et plusieurs de ses amies devait y faire dans des
chansons anciennes un début sur lequel elle avait
fondé toutes ses espérances d'avenir et celles des
siens. Cette jeune femme avait une croupe trop
proéminente, presque ridicule, et une voix jolie
mais trop menue, encore affaiblie par l'émotion et
qui contrastait avec cette puissante musculature.
Rachel avait aposté dans la salle un certain nombre
d'amis et d'amies dont le rôle était de décontenan-
cer par leurs sarcasmes la débutante, qu'on savait
timide, de lui faire perdre la tête de façon qu'elle
fît un fiasco complet après lequel le directeur ne
conclurait pas d'engagement. Dès les premières notes
de la malheureuse, quelques spectateurs, recrutés
pour cela, se mirent à se montrer son dos en riant,
quelques femmes qui étaient du complot rirent tout
haut, chaque note flûtée augmentait l'hilarité voulue qui tournait au scandale. La malheureuse, qui
suait de douleur sous son fard, essaya un instant
de lutter, puis jeta autour d'elle sur l'assistance des
regards désolés, indignés, qui ne firent que redoubler les huées. L'instinct d'imitation, le désir de se
montrer spirituelles et braves, mirent de la partie de
jolies actrices qui n'avaient pas été prévenues, mais
qui lançaient aux autres des œillades de complicité

méchante, se tordaient de rire, avec de violents éclats, si bien qu'à la fin de la seconde chanson et bien que le programme en comportât encore cinq, le régisseur fit baisser le rideau. Je m'efforçai de ne pas plus penser à cet incident qu'à la souffrance de ma grand-mère quand mon grand-oncle, pour la taquiner, faisait prendre du cognac à mon grand-père, l'idée de la méchanceté ayant pour moi quelque chose de trop douloureux. Et pourtant, de même que la pitié pour le malheur n'est peut-être pas très exacte, car par l'imagination nous recréons toute une douleur sur laquelle le malheureux, obligé de lutter contre elle, ne songe pas à s'attendrir, de même la méchanceté n'a probablement pas dans l'âme du méchant cette pure et voluptueuse cruauté qui nous fait si mal à imaginer. La haine l'inspire, la colère lui donne une ardeur, une activité qui n'ont rien de très joyeux ; il faudrait le sadisme pour en extraire du plaisir, le méchant croit que c'est un méchant qu'il fait souffrir. Rachel s'imaginait certainement que l'actrice qu'elle faisait souffrir était loin d'être intéressante, en tout cas qu'en la faisant huer, elle-même vengeait le bon goût et donnait une leçon à une mauvaise camarade. Néanmoins, je préférai ne pas parler de cet incident puisque je n'avais eu ni le courage ni la puissance de l'empêcher ; il m'eût été trop pénible, en disant du bien de la victime, de faire ressembler aux satisfactions de la cruauté les sentiments qui animaient les bourreaux de cette débutante.

Mais le commencement de cette représentation m'intéressa d'une autre manière. Il me fit comprendre en partie la nature de l'illusion dont Saint-Loup était victime à l'égard de Rachel et qui avait mis un abîme entre les images que nous avions de sa maîtresse, Robert et moi, quand nous la voyions ce matin même sous les poiriers en fleurs. Rachel

jouait un rôle presque de simple figurante, dans la
petite pièce. Mais vue ainsi, c'était une autre femme.
Rachel avait un de ces visages que l'éloignement – et
pas nécessairement celui de la salle à la scène, le
monde n'étant pour cela qu'un plus grand théâtre –
dessine et qui, vus de près, retombent en poussière.
Placé à côté d'elle, on ne voyait qu'une nébuleuse,
une voie lactée de taches de rousseur, de tout petits
boutons, rien d'autre. À une distance convenable,
tout cela cessait d'être visible et, des joues effacées,
résorbées, se levait, comme un croissant de lune, un
nez si fin, si pur, qu'on aurait souhaité être l'objet de
l'attention de Rachel, la revoir autant qu'on aurait
voulu, la posséder auprès de soi, si jamais on ne
l'avait vue autrement et de près ! Ce n'était pas mon
cas, mais c'était celui de Saint-Loup quand il l'avait
vue jouer la première fois. Alors, il s'était demandé
comment l'approcher, comment la connaître, en lui
s'était ouvert tout un domaine merveilleux – celui
où elle vivait – d'où émanaient des radiations délicieuses mais où il ne pourrait pénétrer. Il partit du
théâtre se disant qu'il serait fou de lui écrire, qu'elle
ne lui répondrait pas, tout prêt à donner sa fortune
et son nom pour la créature qui vivait en lui dans
un monde tellement supérieur à ces réalités trop
connues, un monde embelli par le désir et le rêve,
quand du théâtre, vieille petite construction qui
avait elle-même l'air d'un décor, il vit à la sortie des
artistes, par une porte, déboucher la troupe gaie et
gentiment chapeautée des artistes qui avaient joué.
Des jeunes gens qui les connaissaient étaient là à
les attendre. Le nombre des pions humains étant
moins nombreux que celui des combinaisons qu'ils
peuvent former, dans une salle où font défaut toutes
les personnes qu'on pouvait connaître, il s'en trouve
une qu'on ne croyait jamais avoir l'occasion de revoir

et qui vient si à point que le hasard semble providentiel, auquel pourtant quelque autre hasard se fût sans doute substitué si nous avions été non dans ce lieu mais dans un différent où seraient nés d'autres désirs et où se serait rencontrée quelque autre vieille connaissance pour les seconder. Les portes d'or du monde des rêves s'étaient refermées sur Rachel avant que Saint-Loup l'eût vue sortir du théâtre, de sorte que les taches de rousseur et les boutons eurent peu d'importance. Ils lui déplurent cependant, d'autant que, n'étant plus seul, il n'avait plus le même pouvoir de rêver qu'au théâtre. Mais elle, bien qu'il ne pût plus l'apercevoir, continuait à régir ses actes comme ces astres qui nous gouvernent par leur attraction, même pendant les heures où ils ne sont pas visibles à nos yeux. Aussi, le désir de la comédienne aux fins traits qui n'étaient même pas présents au souvenir de Robert, fit que, sautant sur l'ancien camarade qui était là par hasard, il se fit présenter à la personne sans traits et aux taches de rousseur, puisque c'était la même, et en se disant que plus tard on aviserait de savoir laquelle des deux cette même personne était en réalité. Elle était pressée, elle n'adressa même pas, cette fois-là, la parole à Saint-Loup, et ce ne fut qu'après plusieurs jours qu'il put enfin, obtenant qu'elle quittât ses camarades, revenir avec elle. Il l'aimait déjà. Le besoin de rêve, le désir d'être heureux par celle à qui on a rêvé, font que beaucoup de temps n'est pas nécessaire pour qu'on confie toutes ses chances de bonheur à celle qui quelques jours auparavant n'était qu'une apparition fortuite, inconnue, indifférente, sur les planches de la scène.

Quand, le rideau tombé, nous passâmes sur le plateau, intimidé de m'y promener, je voulus parler avec vivacité à Saint-Loup ; de cette façon mon attitude, comme je ne savais pas laquelle on devait prendre dans ces lieux nouveaux pour moi, serait entièrement accaparée par notre conversation et on penserait que j'y étais si absorbé, si distrait, qu'on trouverait naturel que je n'eusse pas les expressions de physionomie que j'aurais dû avoir dans un endroit où, tout à ce que je disais, je savais à peine que je me trouvais ; et saisissant, pour aller plus vite, le premier sujet de conversation :

« Tu sais, dis-je à Robert, que j'ai été pour te dire adieu le jour de mon départ, nous n'avons jamais eu l'occasion d'en causer. Je t'ai salué dans la rue.

— Ne m'en parle pas, me répondit-il, j'en ai été désolé ; nous nous sommes rencontrés tout près du quartier, mais je n'ai pas pu m'arrêter parce que j'étais déjà très en retard. Je t'assure que j'étais navré. »

Ainsi il m'avait reconnu ! Je revoyais encore le salut entièrement impersonnel qu'il m'avait adressé en levant la main à son képi, sans un regard dénonçant qu'il me connût, sans un geste qui manifestât qu'il regrettait de ne pouvoir s'arrêter. Évidemment cette fiction qu'il avait adoptée à ce moment-là, de ne pas me reconnaître, avait dû lui simplifier beaucoup les choses. Mais j'étais stupéfait qu'il eût su s'y arrêter si rapidement et avant qu'un réflexe eût décelé sa première impression. J'avais déjà remarqué à Balbec que, à côté de cette sincérité naïve de son visage dont la peau laissait voir par transparence le brusque afflux de certaines émotions, son corps avait été admirablement dressé par l'éducation à un certain nombre de dissimulations de bienséance et que, comme un parfait comédien, il pouvait dans sa vie de régiment, dans sa vie mondaine, jouer l'un après l'autre des rôles différents. Dans l'un de ses rôles il m'aimait profondément, il agissait à mon égard presque comme s'il était mon frère ; mon frère, il l'avait été, il l'était redevenu, mais pendant un instant il avait été un autre personnage qui ne me connaissait pas et qui, tenant les rênes, le monocle à l'œil, sans un regard ni un sourire, avait levé la main à la visière de son képi pour me rendre correctement le salut militaire !

Les décors encore plantés entre lesquels je passais, vus ainsi de près, et dépouillés de tout ce que leur ajoutent l'éloignement et l'éclairage que le grand peintre qui les avait brossés avait calculés, étaient misérables, et Rachel, quand je m'approchai d'elle, ne subit pas un moindre pouvoir de destruction. Les ailes de son nez charmant étaient restées dans la perspective, entre la salle et la scène, tout comme le relief des décors. Ce n'était plus elle, je ne la reconnaissais que grâce à ses yeux où son identité s'était réfugiée. La forme, l'éclat de ce jeune astre si brillant tout à l'heure avaient disparu. En revanche, comme si nous nous approchions de la lune et qu'elle cessât de nous paraître de rose et d'or, sur ce visage si uni tout à l'heure je ne distinguais plus que des protubérances, des taches, des fondrières. Malgré l'incohérence où se résolvaient de près, non seulement le visage féminin mais les toiles peintes, j'étais heureux d'être là, de cheminer parmi les décors, tout ce cadre qu'autrefois mon amour de la nature m'eût fait trouver ennuyeux et factice, mais auquel sa peinture par Goethe dans *Wilhelm Meister*[1] avait donné pour moi une certaine beauté ; et j'étais déjà charmé d'apercevoir, au milieu de journalistes ou de gens du monde amis des actrices, qui saluaient, causaient, fumaient comme à la ville, un jeune homme en toque de velours noir, en jupe hortensia, les joues crayonnées de rouge comme une page d'album de Watteau, lequel, la bouche souriante, les yeux au ciel, esquissant de gracieux signes avec les paumes de ses

mains, bondissant légèrement, semblait tellement
d'une autre espèce que les gens raisonnables en veston et en redingote au milieu desquels il poursuivait
comme un fou son rêve extasié, si étranger aux préoccupations de leur vie, si antérieur aux habitudes
de leur civilisation, si affranchi des lois de la nature,
que c'était quelque chose d'aussi reposant et d'aussi
frais que de voir un papillon égaré dans une foule,
de suivre des yeux, entre les frises, les arabesques
naturelles qu'y traçaient ses ébats ailés, capricieux
et fardés. Mais au même instant Saint-Loup s'imagina que sa maîtresse faisait attention à ce danseur[1]
en train de repasser une dernière fois une figure du
divertissement dans lequel il allait paraître, et sa
figure se rembrunit.

« Tu pourrais regarder d'un autre côté, lui dit-il
d'un air sombre. Tu sais que ces danseurs ne valent
pas la corde sur laquelle ils feraient bien de monter
pour se casser les reins, et ce sont des gens à aller
après se vanter que tu as fait attention à eux. Du
reste tu entends bien qu'on te dit d'aller dans ta loge
t'habiller. Tu vas encore être en retard. »

Trois messieurs – trois journalistes – voyant l'air
furieux de Saint-Loup, se rapprochèrent, amusés,
pour entendre ce qu'on disait. Et comme on plan-
tait un décor de l'autre côté nous fûmes resserrés
contre eux.

« Oh ! mais je le reconnais, c'est mon ami, s'écria
la maîtresse de Saint-Loup en regardant le danseur.
Voilà qui est bien fait, regardez-moi ces petites mains
qui dansent comme tout le reste de sa personne ! »

Le danseur tourna la tête vers elle, et sa personne
humaine apparaissait sous le sylphe qu'il s'exerçait
à être, la gelée droite et grise de ses yeux trembla
et brilla entre ses cils raidis et peints, et un sourire
prolongea des deux côtés sa bouche dans sa face

pastellisée de rouge ; puis, pour amuser la jeune femme, comme une chanteuse qui nous fredonne par complaisance l'air où nous lui avons dit que nous l'admirions, il se mit à refaire le mouvement de ses paumes, en se contrefaisant lui-même avec une finesse de pasticheur et une bonne humeur d'enfant.

« Oh ! c'est trop gentil, ce coup de s'imiter soi-même, s'écria-t-elle en battant des mains.

— Je t'en supplie, mon petit, lui dit Saint-Loup d'une voix désolée, ne te donne pas en spectacle comme cela, tu me tues, je te jure que si tu dis un mot de plus, je ne t'accompagne pas à ta loge, et je m'en vais ; voyons, ne fais pas la méchante. Ne reste pas comme cela dans la fumée du cigare, cela va te faire mal », ajouta-t-il en se tournant vers moi avec cette sollicitude qu'il me témoignait depuis Balbec.

« Oh ! quel bonheur si tu t'en vas !

— Je te préviens que je ne reviendrai plus.

— Je n'ose pas l'espérer.

— Écoute, tu sais, je t'ai promis le collier si tu étais gentille, mais du moment que tu me traites comme cela...

— Ah ! voilà une chose qui ne m'étonne pas de toi. Tu m'avais fait une promesse, j'aurais bien dû penser que tu ne la tiendrais pas. Tu veux faire sonner que tu as de l'argent, mais je ne suis pas intéressée comme toi. Je m'en fous de ton collier. J'ai quelqu'un qui me le donnera.

— Personne d'autre ne pourra te le donner, car je l'ai retenu chez Boucheron et j'ai sa parole qu'il ne le vendra qu'à moi.

— C'est bien cela, tu as voulu me faire chanter, tu as pris toutes tes précautions d'avance. C'est bien ce qu'on dit : Marsantes, *Mater Semita*, ça sent la race », répondit Rachel répétant une étymologie qui reposait sur un grossier contresens car *semita* signifie

« sente » et non « sémite[1] », mais que les nationalistes appliquaient à Saint-Loup à cause des opinions
dreyfusardes qu'il devait pourtant à l'actrice. (Elle
était moins bien venue que personne à traiter de
Juive Mme de Marsantes à qui les ethnographes de
la société ne pouvaient arriver à trouver de juif que
sa parenté avec les Lévy-Mirepoix[2].) « Mais tout n'est
pas fini, sois-en sûr. Une parole donnée dans ces
conditions n'a aucune valeur. Tu as agi par traîtrise
avec moi. Boucheron le saura et on lui en donnera
le double, de son collier. Tu auras bientôt de mes
nouvelles, sois tranquille. »

Robert avait cent fois raison. Mais les circonstances sont toujours si embrouillées que celui qui a
cent fois raison peut avoir eu une fois tort. Et je ne
pus m'empêcher de me rappeler ce mot désagréable
et pourtant bien innocent qu'il avait eu à Balbec :
« De cette façon, j'ai barre sur elle. »

« Tu as mal compris ce que je t'ai dit pour le collier. Je ne te l'avais pas promis d'une façon formelle.
Du moment que tu fais tout ce qu'il faut pour que
je te quitte, il est bien naturel, voyons, que je ne te
le donne pas ; je ne comprends pas où tu vois de la
traîtrise là-dedans, ni que je suis intéressé. On ne
peut pas dire que je fais sonner mon argent, je te dis
toujours que je suis un pauvre bougre qui n'a pas le
sou. Tu as tort de le prendre comme ça, mon petit.
En quoi suis-je intéressé ? Tu sais bien que mon seul
intérêt, c'est toi.

— Oui, oui, tu peux continuer », lui dit-elle ironiquement, en esquissant le geste de quelqu'un qui
vous fait la barbe. Et se tournant vers le danseur :

« Ah ! vraiment il est épatant avec ses mains. Moi
qui suis une femme, je ne pourrais pas faire ce qu'il
fait là. » Et se tournant vers lui en lui montrant les
traits convulsés de Robert : « Regarde, il souffre »,

lui dit-elle tout bas, dans l'élan momentané d'une cruauté sadique qui n'était d'ailleurs nullement en rapport avec ses vrais sentiments d'affection pour Saint-Loup.

« Écoute, pour la dernière fois, je te jure que tu auras beau faire, tu pourras avoir dans huit jours tous les regrets du monde, je ne reviendrai pas, la coupe est pleine, fais attention, c'est irrévocable, tu le regretteras un jour, il sera trop tard. »

Peut-être était-il sincère et le tourment de quitter sa maîtresse lui semblait-il moins cruel que celui de rester près d'elle dans certaines conditions.

« Mais, mon petit, ajouta-t-il en s'adressant à moi, ne reste pas là, je te dis, tu vas te mettre à tousser. »

Je lui montrai le décor qui m'empêchait de me déplacer. Il toucha légèrement son chapeau et dit au journaliste :

« Monsieur, est-ce que vous voudriez bien jeter votre cigare, la fumée fait mal à mon ami. »

Sa maîtresse, ne l'attendant pas, s'en allait vers sa loge, et se retournant :

« Est-ce qu'elles font aussi comme ça avec les femmes, ces petites mains-là ? » jeta-t-elle au danseur du fond du théâtre, avec une voix facticement mélodieuse et innocente d'ingénue. « Tu as l'air d'une femme toi-même, je crois qu'on pourrait très bien s'entendre avec toi et une de mes amies.

— Il n'est pas défendu de fumer, que je sache ; quand on est malade, on n'a qu'à rester chez soi », dit le journaliste.

Le danseur sourit mystérieusement à l'artiste.

« Oh ! tais-toi, tu me rends folle, lui cria-t-elle, on en fera des parties !

— En tout cas, Monsieur, vous n'êtes pas très aimable », dit Saint-Loup au journaliste, toujours sur un ton poli et doux, avec l'air de constatation de quelqu'un qui vient de juger rétrospectivement un incident terminé.

À ce moment, je vis Saint-Loup lever son bras verticalement au-dessus de sa tête comme s'il avait fait signe à quelqu'un que je ne voyais pas, ou comme un chef d'orchestre, et en effet – sans plus de transition que, sur un simple geste d'archet, dans une symphonie ou un ballet, des rythmes violents succèdent à un gracieux andante – après les paroles courtoises qu'il venait de dire, il abattit sa main, en une gifle retentissante, sur la joue du journaliste.

Maintenant qu'aux conversations cadencées des diplomates, aux arts riants de la paix, avait succédé l'élan furieux de la guerre, les coups appelant les coups, je n'eusse pas été trop étonné de voir les adversaires baignant dans leur sang. Mais ce que je ne pouvais pas comprendre (comme les personnes qui trouvent que ce n'est pas de jeu que survienne une guerre entre deux pays quand il n'a encore été question que d'une rectification de frontière, ou la mort d'un malade alors qu'il n'était question que d'une grosseur du foie), c'était comment Saint-Loup avait pu faire suivre ces paroles qui appréciaient une nuance d'amabilité, d'un geste qui ne sortait nullement d'elles, qu'elles n'annonçaient pas, le geste de ce bras levé non seulement au mépris du droit des gens, mais du principe de causalité, en une génération spontanée de colère, ce geste créé *ex nihilo*. Heureusement le journaliste qui, trébuchant sous la violence du coup, avait pâli et hésité un instant, ne riposta pas. Quant à ses amis, l'un avait aussitôt détourné la tête en regardant avec attention du côté des coulisses quelqu'un qui évidemment ne s'y trouvait pas ; le second fit semblant qu'un grain de poussière lui était entré dans l'œil et se mit à pincer sa paupière en faisant des grimaces

de souffrance ; pour le troisième, il s'était élancé
en s'écriant :

« Mon Dieu, je crois qu'on va lever le rideau, nous
n'aurons pas nos places. »

J'aurais voulu parler à Saint-Loup, mais il était
tellement rempli par son indignation contre le danseur, qu'elle venait adhérer exactement à la surface
de ses prunelles ; comme une armature intérieure,
elle tendait ses joues, de sorte que son agitation
intérieure se traduisant par une entière inamovibi-
lité extérieure, il n'avait même pas le relâchement,
le « jeu » nécessaire pour accueillir un mot de moi
et y répondre. Les amis du journaliste, voyant que
tout était terminé, revinrent auprès de lui, encore
tremblants. Mais honteux de l'avoir abandonné, ils
tenaient absolument à ce qu'il crût qu'ils ne s'étaient
rendu compte de rien. Aussi s'étendaient-ils l'un sur
sa poussière dans l'œil, l'autre sur la fausse alerte
qu'il avait eue en se figurant qu'on levait le rideau,
le troisième sur l'extraordinaire ressemblance d'une
personne qui avait passé, avec son frère. Et même ils
lui témoignèrent une certaine mauvaise humeur de
ce qu'il n'avait pas partagé leurs émotions.

« Comment, cela ne t'a pas frappé ? Tu ne vois
donc pas clair ?

— C'est-à-dire que vous êtes tous des capons »,
grommela le journaliste giflé.

Inconséquents avec la fiction qu'ils avaient adoptée
et en vertu de laquelle ils auraient dû – mais ils n'y
songèrent pas – avoir l'air de ne pas comprendre ce
qu'il voulait dire, ils préférèrent une phrase qui est
de tradition en ces circonstances : « Voilà que tu
t'emballes, ne prends pas la mouche, on dirait que
tu as le mors aux dents ! »

J'avais compris le matin, devant les poiriers en
fleurs, l'illusion sur laquelle reposait l'amour de

Robert pour « Rachel quand du Seigneur ». Je ne
me rendais pas moins compte de ce qu'avaient au
contraire de réel les souffrances qui naissaient de
cet amour. Peu à peu celle qu'il ressentait depuis une
heure, sans cesser, se rétracta, rentra en lui, une zone
disponible et souple parut dans ses yeux. Nous quit-
tâmes le théâtre, Saint-Loup et moi, et marchâmes
d'abord un peu. Je m'étais attardé un instant à un
angle de l'avenue Gabriel d'où je voyais souvent jadis
arriver Gilberte. J'essayai pendant quelques secondes
de me rappeler ces impressions lointaines, et j'allais
rattraper Saint-Loup au pas « gymnastique », quand
je vis qu'un monsieur assez mal habillé avait l'air de
lui parler d'assez près. J'en conclus que c'était un
ami personnel de Robert ; cependant ils semblaient
se rapprocher encore l'un de l'autre ; tout à coup,
comme apparaît au ciel un phénomène astral, je vis
des corps ovoïdes prendre avec une rapidité vertigi-
neuse toutes les positions qui leur permettaient de
composer, devant Saint-Loup, une instable constel-
lation. Lancés comme par une fronde ils me semblèrent être au moins au nombre de sept. Ce n'étaient
pourtant que les deux poings de Saint-Loup, mul-
tipliés par leur vitesse à changer de place dans cet
ensemble en apparence idéal et décoratif. Mais cette
pièce d'artifice n'était qu'une roulée qu'administrait
Saint-Loup et dont le caractère agressif au lieu d'esthétique me fut d'abord révélé par l'aspect du monsieur médiocrement habillé, lequel parut perdre à la
fois toute contenance, une mâchoire, et beaucoup
de sang. Il donna des explications mensongères
aux personnes qui s'approchaient pour l'interroger,
tourna la tête et voyant que Saint-Loup s'éloignait
définitivement pour me rejoindre, resta à le regarder
d'un air de rancune et d'accablement, mais nullement furieux. Saint-Loup au contraire l'était, bien

qu'il n'eût rien reçu, et ses yeux étincelaient encore de colère quand il me rejoignit. L'incident ne se rapportait en rien, comme je l'avais cru, aux gifles du théâtre. C'était un promeneur passionné qui, voyant le beau militaire qu'était Saint-Loup, lui avait fait des propositions. Mon ami n'en revenait pas de l'audace de cette « clique » qui n'attendait même plus les ombres nocturnes pour se hasarder, et il parlait des propositions qu'on lui avait faites avec la même indignation que les journaux, d'un vol à main armée, osé en plein jour, dans un quartier central de Paris. Pourtant le monsieur battu était excusable en ceci qu'un plan incliné rapproche assez vite le désir de la jouissance pour que la seule beauté apparaisse déjà comme un consentement. Or, que Saint-Loup fût beau n'était pas discutable. Des coups de poing comme ceux qu'il venait de donner ont cette utilité, pour des hommes du genre de celui qui l'avait accosté tout à l'heure, de leur donner sérieusement à réfléchir, mais toutefois pendant trop peu de temps pour qu'ils puissent se corriger et échapper ainsi à des châtiments judiciaires. Aussi, bien que Saint-Loup eût donné sa raclée sans beaucoup réfléchir, toutes celles de ce genre, même si elles viennent en aide aux lois, n'arrivent pas à homogénéiser les mœurs.

Ces incidents, et sans doute celui auquel il pensait le plus, donnèrent sans doute à Robert le désir d'être un peu seul. Au bout d'un moment il me demanda de nous séparer et que j'allasse de mon côté chez Mme de Villeparisis ; il m'y retrouverait, mais aimait mieux que nous n'entrions pas ensemble pour qu'il eût l'air d'arriver seulement à Paris plutôt que de donner à imaginer que nous avions déjà passé l'un avec l'autre une partie de l'après-midi.

Comme je l'avais supposé avant de faire la connaissance de Mme de Villeparisis à Balbec, il y avait une grande différence entre le milieu où elle vivait et celui de Mme de Guermantes[1]. Mme de Villeparisis était une de ces femmes qui, nées dans une maison glorieuse, entrées par leur mariage dans une autre qui ne l'était pas moins, ne jouissent pas cependant d'une grande situation mondaine, et, en dehors de quelques duchesses qui sont leurs nièces ou leurs belles-sœurs, et même d'une ou deux têtes couronnées, vieilles relations de famille, n'ont dans leur salon qu'un public de troisième ordre, bourgeoisie, noblesse de province ou tarée, dont la présence a depuis longtemps éloigné les gens élégants et snobs qui ne sont pas obligés d'y venir par devoirs de parenté ou d'intimité trop ancienne. Certes je n'eus au bout de quelques instants aucune peine à comprendre pourquoi Mme de Villeparisis s'était trouvée, à Balbec, si bien informée, et mieux que nous-mêmes, des moindres détails du voyage que mon père faisait alors en Espagne avec M. de Norpois. Mais il n'était pas possible malgré cela de s'arrêter à l'idée que la liaison, depuis plus de vingt ans, de Mme de Villeparisis avec l'ambassadeur pût être la cause du déclassement de la marquise dans un monde où les femmes les plus brillantes affichaient des amants moins respectables que celui-ci, lequel d'ailleurs n'était probablement plus depuis longtemps pour la marquise autre chose qu'un vieil ami. Mme de Villeparisis avait-elle eu jadis d'autres aventures ? Étant alors d'un caractère plus passionné que maintenant, dans une vieillesse apaisée et pieuse qui devait peut-être pourtant un peu de sa couleur à ces années ardentes et consumées, n'avait-elle pas su, en province où elle avait vécu longtemps, éviter certains scandales, inconnus des nouvelles générations, lesquelles en constataient seulement l'effet dans la composition mêlée et défectueuse d'un salon fait, sans cela, pour être un des plus purs de tout médiocre alliage ? Cette « mauvaise langue » que son neveu lui attribuait lui avait-elle, dans ces temps-là, fait des ennemis ? l'avait-elle poussée à profiter de certains succès auprès des hommes pour exercer des vengeances contre des femmes ? Tout cela était possible ; et ce n'est pas la façon exquise, sensible – nuançant si délicatement non seulement les expressions mais les intonations – avec laquelle Mme de Villeparisis parlait de la pudeur, de la bonté, qui pouvait infirmer cette supposition ; car ceux qui non seulement parlent bien de certaines vertus, mais même en ressentent le charme et les comprennent à merveille (qui sauront en peindre dans leurs Mémoires une digne image), sont souvent issus, mais ne font pas eux-mêmes partie, de la génération muette, fruste et sans art, qui les pratiqua. Celle-ci se reflète en eux, mais ne s'y continue pas. À la place du caractère qu'elle avait, on trouve une sensibilité, une intelligence, qui ne servent pas à l'action. Et qu'il y eût ou non dans la vie de Mme de Villeparisis de ces scandales qu'eût effacés l'éclat de son nom, c'est cette intelligence, une intelligence presque d'écrivain de second ordre bien plus que de femme du monde, qui était certainement la cause de sa déchéance mondaine.

Sans doute c'étaient des qualités assez peu exaltantes, comme la pondération et la mesure, que prônait surtout Mme de Villeparisis ; mais pour parler de la mesure d'une façon entièrement adéquate, la mesure ne suffit pas et il faut certains mérites d'écrivain qui supposent une exaltation peu mesurée ; j'avais remarqué à Balbec que le génie de certains grands artistes restait incompris de Mme de Villeparisis, et qu'elle ne savait que les railler finement, et donner à son incompréhension une forme spirituelle et gracieuse. Mais cet esprit et cette grâce, au degré où ils étaient poussés chez elle, devenaient eux-mêmes – dans un autre plan, et fussent-ils déployés pour méconnaître les plus hautes œuvres – de véritables qualités artistiques. Or, de telles qualités exercent sur toute situation mondaine une action morbide élective, comme disent les médecins, et si désagrégeante que les plus solidement assises ont peine à y résister quelques années. Ce que les artistes appellent intelligence semble prétention pure à la société élégante qui, incapable de se placer au seul point de vue d'où ils jugent tout, ne comprenant jamais l'attrait particulier auquel ils cèdent en choisissant une expression ou en faisant un rapprochement, éprouve auprès d'eux une fatigue, une irritation d'où naît très vite l'antipathie. Pourtant dans sa conversation, et il en est de même des Mémoires d'elle qu'on a publiés depuis, Mme de Villeparisis ne montrait qu'une sorte de grâce tout à fait mondaine. Ayant passé à côté de grandes choses sans les approfondir, quelquefois sans les distinguer, elle n'avait guère retenu des années où elle avait vécu, et qu'elle dépeignait d'ailleurs avec beaucoup de justesse et de charme, que ce qu'elles avaient offert de plus frivole. Mais un ouvrage, même s'il s'applique seulement à des sujets qui ne sont pas intellectuels, est encore une œuvre de l'intelligence, et pour donner dans un livre, ou dans une causerie qui en diffère peu, l'impression achevée de la frivolité, il faut une dose de sérieux dont une personne purement frivole serait incapable. Dans certains Mémoires écrits par une femme et considérés comme un chef-d'œuvre, telle phrase qu'on cite comme un modèle de grâce légère m'a toujours fait supposer que pour arriver à une telle légèreté l'auteur avait dû posséder autrefois une science un peu lourde, une culture rébarbative, et que, jeune fille, elle semblait probablement à ses amies un insupportable bas-bleu. Et entre certaines qualités littéraires et l'insuccès mondain, la connexité est si nécessaire, qu'en lisant aujourd'hui les Mémoires de Mme de Villeparisis, telle épithète juste, telles métaphores qui se suivent, suffiront au lecteur pour qu'à leur aide il reconstitue le salut profond, mais glacial, que devait adresser à la vieille marquise, dans l'escalier d'une ambassade, telle snob comme Mme Leroi, qui lui cornait peut-être un carton en allant chez les Guermantes, mais ne mettait jamais les pieds dans son salon de peur de s'y déclasser parmi toutes ces femmes de médecins ou de notaires. Un bas-bleu, Mme de Villeparisis en avait peut-être été un dans sa prime jeunesse, et ivre alors de son savoir n'avait peut-être pas su retenir contre des gens du monde moins intelligents et moins instruits qu'elle, des traits acérés que le blessé n'oublie pas.

Puis le talent n'est pas un appendice postiche qu'on ajoute artificiellement à ces qualités différentes qui font réussir dans la société, afin de faire, avec le tout, ce que les gens du monde appellent une « femme complète ». Il est le produit vivant d'une certaine complexion morale où généralement beaucoup de qualités font défaut et où prédomine une sensibilité dont d'autres manifestations que nous ne percevons pas dans un livre peuvent se faire sentir assez vivement au cours de l'existence, par exemple telles curiosités, telles fantaisies, le désir d'aller ici ou là pour son propre plaisir, et non en vue de l'accroissement, du maintien, ou pour le simple fonctionnement des relations mondaines. J'avais vu à Balbec Mme de Villeparisis enfermée entre ses gens et ne jetant pas un coup d'œil sur les personnes assises dans le hall de l'hôtel. Mais j'avais eu le pressentiment que cette abstention n'était pas de l'indifférence, et il paraît qu'elle ne s'y était pas toujours cantonnée. Elle se toquait de connaître tel ou tel individu qui n'avait aucun titre à être reçu chez elle, parfois parce qu'elle l'avait trouvé beau, ou seulement parce qu'on lui avait dit qu'il était amusant, ou qu'il lui avait semblé différent des gens qu'elle connaissait, lesquels, à cette époque où elle ne les appréciait pas encore parce qu'elle croyait qu'ils ne la lâcheraient jamais, appartenaient tous au plus pur faubourg Saint-Germain. Ce bohème, ce petit bourgeois qu'elle avait distingué, elle était obligée de lui adresser ses invitations, dont il ne pouvait pas apprécier la valeur, avec une insistance qui la dépréciait peu à peu aux yeux des snobs habitués à coter un salon d'après les gens que la maîtresse de maison exclut plutôt que d'après ceux qu'elle reçoit. Certes, si à un moment donné de sa jeunesse, Mme de Villeparisis, blasée sur la satisfaction d'appartenir à la fine fleur de l'aristocratie, s'était en quelque sorte amusée à scandaliser les gens parmi lesquels elle vivait, à défaire délibérément sa situation, elle s'était mise à attacher de l'importance à cette situation après qu'elle l'eut perdue. Elle avait voulu montrer aux duchesses qu'elle était plus qu'elles, en disant, en faisant tout ce que celles-ci n'osaient pas dire, n'osaient pas faire. Mais maintenant que celles-ci, sauf celles de sa proche parenté, ne venaient plus chez elle, elle se sentait amoindrie et souhaitait encore de régner, mais d'une autre manière que par l'esprit. Elle eût voulu attirer toutes celles qu'elle avait pris tant de soin d'écarter. Combien de vies de femmes, vies peu connues d'ailleurs (car chacun, selon son âge, en a connu un moment différent, et la discrétion des vieillards empêche les jeunes gens de se faire une idée du passé et d'embrasser tout le cycle), ont été divisées ainsi en périodes contrastées, la dernière tout employée à reconquérir ce qui dans la deuxième avait été si gaiement jeté au vent ! Jeté au vent de quelle manière ? Les jeunes gens se le figurent d'autant moins qu'ils ont sous les yeux une vieille et respectable marquise de Villeparisis et n'ont pas l'idée que la grave mémorialiste d'aujourd'hui, si digne sous sa perruque blanche, ait pu être jadis une gaie soupeuse qui fit peut-être alors les délices, mangea peut-être la fortune, d'hommes couchés depuis dans la tombe. Qu'elle se fût employée aussi à défaire, avec une industrie persévérante et naturelle, la situation qu'elle tenait de sa grande naissance, ne signifie d'ailleurs nullement que, même à cette époque reculée, Mme de Villeparisis n'attachât pas un grand prix à sa situation. De même l'isolement, l'inaction où vit un neurasthénique peuvent être ourdis par lui du matin au soir sans lui paraître pour cela supportables, et tandis qu'il se dépêche d'ajouter une nouvelle maille au filet qui le retient prisonnier, il est possible qu'il ne rêve que bals, chasses et voyages. Nous travaillons à tout moment à donner sa forme à notre vie, mais en copiant malgré nous comme un dessin les traits de la personne que nous sommes et non de celle qu'il nous serait agréable d'être. Les saluts dédaigneux de Mme Leroi pouvaient exprimer en quelque manière la nature véritable de Mme de Villeparisis, ils ne répondaient aucunement à son désir.

Sans doute, au même moment où Mme Leroi, selon une expression chère à Mme Swann, « coupait » la marquise, celle-ci pouvait chercher à se consoler en se rappelant qu'un jour la reine Marie-Amélie[1] lui avait dit : « Je vous aime comme une fille. » Mais de telles amabilités royales, secrètes et ignorées, n'existaient que pour la marquise, poudreuses comme le diplôme d'un ancien premier prix du Conservatoire. Les seuls vrais avantages mondains sont ceux qui

créent de la vie, ceux qui peuvent disparaître sans
que celui qui en a bénéficié ait à chercher à les retenir ou à les divulguer, parce que dans la même journée cent autres leur succèdent. Se rappelant de telles
paroles de la reine, Mme de Villeparisis les eût pourtant volontiers troquées contre le pouvoir permanent d'être invitée que possédait Mme Leroi, comme,
dans un restaurant, un grand artiste inconnu, et
de qui le génie n'est écrit ni dans les traits de son
visage timide, ni dans la coupe désuète de son veston râpé, voudrait bien être même le jeune coulis-
sier du dernier rang de la société mais qui déjeune
à une table voisine avec deux actrices, et vers qui,
dans une course obséquieuse et incessante, s'empressent patron, maître d'hôtel, garçons, chasseurs
et jusqu'aux marmitons qui sortent de la cuisine en
défilés pour le saluer comme dans les féeries, tandis
que s'avance le sommelier, aussi poussiéreux que
ses bouteilles, bancroche et ébloui comme si, venant
de la cave, il s'était tordu le pied avant de remonter
au jour.

Il faut dire pourtant que, dans le salon de Mme de
Villeparisis, l'absence de Mme Leroi, si elle déso-
lait la maîtresse de maison, passait inaperçue aux
yeux d'un grand nombre de ses invités. Ils ignoraient
totalement la situation particulière de Mme Leroi,
connue seulement du monde élégant, et ne doutaient
pas que les réceptions de Mme de Villeparisis ne
fussent, comme en sont persuadés aujourd'hui les
lecteurs de ses Mémoires, les plus brillantes de Paris.

À cette première visite qu'en quittant Saint-Loup
j'allai faire à Mme de Villeparisis, suivant le conseil
que M. de Norpois avait donné à mon père, je la
trouvai dans son salon tendu de soie jaune sur
laquelle les canapés et les admirables fauteuils en
tapisserie de Beauvais se détachaient en une couleur

rose, presque violette, de framboises mûres. À côté
des portraits des Guermantes, des Villeparisis, on
en voyait – offerts par le modèle lui-même – de la
reine Marie-Amélie, de la reine des Belges, du prince
de Joinville[1], de l'impératrice d'Autriche[2]. Mme de
Villeparisis, coiffée d'un bonnet de dentelles noires
de l'ancien temps (qu'elle conservait avec le même
instinct avisé de la couleur locale ou historique qu'un
hôtelier breton qui, si parisienne que soit devenue sa
clientèle, croit plus habile de faire garder à ses servantes la coiffe et les grandes manches), était assise à
un petit bureau, où devant elle, à côté de ses pinceaux,
de sa palette et d'une aquarelle de fleurs commencée, il y avait dans des verres, dans des soucoupes,
dans des tasses, des roses mousseuses, des zinnias,
des cheveux de Vénus, qu'à cause de l'affluence à ce
moment-là des visites elle s'était arrêtée de peindre
et qui avaient l'air d'achalander le comptoir d'une
fleuriste dans quelque estampe du XVIIIᵉ siècle. Dans
ce salon légèrement chauffé à dessein, parce que la
marquise s'était enrhumée en revenant de son château, il y avait, parmi les personnes présentes quand
j'arrivai, un archiviste avec qui Mme de Villeparisis
avait classé le matin les lettres autographes de personnages historiques à elle adressées et qui étaient
destinées à figurer en *fac-similés* comme pièces jus-
tificatives dans les Mémoires qu'elle était en train
de rédiger, et un historien solennel et intimidé qui,
ayant appris qu'elle possédait par héritage un portrait de la duchesse de Montmorency[3], était venu lui
demander la permission de reproduire ce portrait
dans une planche de son ouvrage sur la Fronde, visiteurs auxquels vint se joindre mon ancien camarade
Bloch, maintenant jeune auteur dramatique, sur qui
elle comptait pour lui procurer à l'œil des artistes
qui joueraient à ses prochaines matinées. Il est vrai

que le kaléidoscope social était en train de tourner
et que l'affaire Dreyfus allait précipiter les Juifs au
dernier rang de l'échelle sociale. Mais d'une part le
cyclone dreyfusiste avait beau faire rage, ce n'est pas
au début d'une tempête que les vagues atteignent
leur plus grand courroux. Puis Mme de Villeparisis,
laissant toute une partie de sa famille tonner contre
les Juifs, était jusqu'ici restée entièrement étrangère
à l'Affaire et ne s'en souciait pas. Enfin un jeune
homme comme Bloch que personne ne connaissait
pouvait passer inaperçu, alors que de grands Juifs
représentatifs de leur parti étaient déjà menacés. Il
avait maintenant le menton ponctué d'un « bouc »,
il portait un binocle, une longue redingote, un gant,
comme un rouleau de papyrus à la main. Les Roumains, les Égyptiens et les Turcs peuvent détester
les Juifs. Mais dans un salon français les différences
entre ces peuples ne sont pas si perceptibles et un
Israélite faisant son entrée comme s'il sortait du
fond du désert, le corps penché comme une hyène,
la nuque obliquement inclinée et se répandant en
grands « salams[1] », contente parfaitement un goût
d'orientalisme. Seulement il faut pour cela que le
Juif n'appartienne pas au « monde », sans quoi il
prend facilement l'aspect d'un lord, et ses façons
sont tellement francisées que chez lui un nez rebelle,
poussant, comme les capucines, dans des directions
imprévues, fait penser au nez de Mascarille plutôt
qu'à celui de Salomon. Mais Bloch n'ayant pas été
assoupli par la gymnastique du « Faubourg », ni
ennobli par un croisement avec l'Angleterre ou l'Espagne, restait, pour un amateur d'exotisme, aussi
étrange et savoureux à regarder, malgré son costume
européen, qu'un Juif de Decamps[2]. Admirable puissance de la race qui du fond des siècles pousse en
avant jusque dans le Paris moderne, dans les couloirs

de nos théâtres, derrière les guichets de nos bureaux, à un enterrement, dans la rue, une phalange intacte, stylisant la coiffure moderne, absorbant, faisant oublier, disciplinant la redingote, demeurée en somme toute pareille à celle des scribes assyriens peints en costume de cérémonie qui à la frise d'un monument de Suse défend les portes du palais de Darius[1]. (Une heure plus tard, Bloch allait se figurer que c'était par malveillance antisémitique que M. de Charlus s'informait s'il portait un prénom juif, alors que c'était simplement par curiosité esthétique et amour de la couleur locale.) Mais, au reste, parler de permanence de races rend inexactement l'impression que nous recevons des Juifs, des Grecs, des Persans, de tous ces peuples auxquels il vaut mieux laisser leur variété. Nous connaissons, par les peintures antiques, le visage des anciens Grecs, nous avons vu des Assyriens au fronton d'un palais de Suse. Or il nous semble, quand nous rencontrons dans le monde des Orientaux appartenant à tel ou tel groupe, être en présence de créatures que la puissance du spiritisme aurait fait apparaître. Nous ne connaissions qu'une image superficielle ; voici qu'elle a pris de la profondeur, qu'elle s'étend dans les trois dimensions, qu'elle bouge. La jeune dame grecque, fille d'un riche banquier, et à la mode en ce moment, a l'air d'une de ces figurantes qui, dans un ballet historique et esthétique à la fois, symbolisent, en chair et en os, l'art hellénique[2] ; encore, au théâtre, la mise en scène banalise-t-elle ces images ; au contraire, le spectacle auquel l'entrée dans un salon d'une Turque, d'un Juif, nous fait assister, en animant les figures, les rend plus étranges, comme s'il s'agissait en effet d'êtres évoqués par un effort médiumnimique. C'est l'âme (ou plutôt le peu de chose auquel se réduit, jusqu'ici du moins, l'âme, dans ces sortes de matérialisations), c'est l'âme, entrevue auparavant par nous dans les seuls musées, l'âme des Grecs anciens, des anciens Juifs, arrachée à une vie tout à la fois insignifiante et transcendantale, qui semble exécuter devant nous cette mimique déconcertante. Dans la jeune dame grecque qui se dérobe, ce que nous voudrions vainement étreindre, c'est une figure jadis admirée aux flancs d'un vase. Il me semblait que si j'avais dans la lumière du salon de Mme de Villeparisis pris des clichés d'après Bloch, ils eussent donné d'Israël cette même image, si troublante parce qu'elle ne paraît pas émaner de l'humanité, si décevante parce que tout de même elle ressemble trop à l'humanité, que nous montrent les photographies spirites. Il n'est pas, d'une façon plus générale, jusqu'à la nullité des propos tenus par les personnes au milieu desquelles nous vivons qui ne nous donne l'impression du surnaturel, dans notre pauvre monde de tous les jours où même un homme de génie de qui nous attendons, rassemblés comme autour d'une table tournante, le secret de l'infini, prononce seulement ces paroles – les mêmes qui venaient de sortir des lèvres de Bloch : « Qu'on fasse attention à mon chapeau haute forme. »

« Mon Dieu, les ministres, mon cher Monsieur » était en train de dire Mme de Villeparisis s'adressant plus particulièrement à mon ancien camarade et renouant le fil d'une conversation que mon entrée avait interrompue, « personne ne voulait les voir. Si petite que je fusse, je me rappelle encore le roi priant mon grand-père d'inviter M. Decazes à une redoute où mon père devait danser avec la duchesse de Berry[1]. "Vous me ferez plaisir, Florimond", disait le roi. Mon grand-père, qui était un peu sourd, ayant entendu M. de Castries[2], trouvait la demande toute naturelle. Quand il comprit qu'il s'agissait de M. Decazes, il eut un moment de révolte, mais s'inclina et écrivit le soir même à M. Decazes en le suppliant de lui faire la grâce et l'honneur d'assister à son bal qui avait lieu la semaine suivante. Car on était poli, monsieur, dans ce temps-là, et une maîtresse de maison n'aurait pas su se contenter d'envoyer sa carte en ajoutant à la main : "une tasse de thé", ou "thé dansant", ou "thé musical". Mais si on savait la politesse, on n'ignorait pas non plus l'impertinence. M. Decazes accepta, mais la veille du bal on apprenait que mon grand-père se sentant souffrant avait décommandé la redoute. Il avait obéi au roi, mais il n'avait pas eu M. Decazes à son bal... Oui, monsieur, je me souviens très bien de M. Molé, c'était un homme d'esprit, il l'a prouvé quand il a reçu M. de Vigny à l'Académie[1], mais il était très solennel et je le vois encore descendant dîner chez lui son chapeau haute forme à la main.

— Ah ! c'est bien évocateur d'un temps assez pernicieusement philistin, car c'était sans doute une habitude universelle d'avoir son chapeau à la main chez soi », dit Bloch, désireux de profiter de cette occasion si rare de s'instruire, auprès d'un témoin oculaire, des particularités de la vie aristocratique d'autrefois, tandis que l'archiviste, sorte de secrétaire intermittent de la marquise, jetait sur elle des regards attendris et semblait nous dire : « Voilà comme elle est, elle sait tout, elle a connu tout le monde, vous pouvez l'interroger sur ce que vous voudrez, elle est extraordinaire. »

« Mais non », répondit Mme de Villeparisis tout en disposant plus près d'elle le verre où trempaient les cheveux de Vénus que tout à l'heure elle recommencerait à peindre, « c'était une habitude à M. Molé, tout simplement. Je n'ai jamais vu mon père avoir son chapeau chez lui, excepté, bien entendu, quand

le roi venait, puisque le roi étant partout chez lui,
le maître de la maison n'est plus qu'un visiteur dans
son propre salon.

— Aristote nous a dit dans le chapitre II... »,
hasarda M. Pierre, l'historien de la Fronde, mais si
timidement que personne n'y fit attention. Atteint
depuis quelques semaines d'insomnies nerveuses qui
résistaient à tous les traitements, il ne se couchait
plus et, brisé de fatigue, ne sortait que quand ses travaux rendaient nécessaire qu'il se déplaçât. Incapable
de recommencer souvent ces expéditions si simples
pour d'autres mais qui lui coûtaient autant que si
pour les faire il descendait de la lune, il était surpris
de trouver souvent que la vie de chacun n'était pas
organisée d'une façon permanente pour donner leur
maximum d'utilité aux brusques élans de la sienne. Il
trouvait parfois fermée une bibliothèque qu'il n'était
allé voir qu'en se campant artificiellement debout et
dans une redingote comme un homme de Wells[1]. Par
bonheur il avait rencontré Mme de Villeparisis chez
elle et allait voir le portrait.

Bloch lui coupa la parole.

« Vraiment », dit-il en répondant à ce que venait de
dire Mme de Villeparisis au sujet du protocole réglant
les visites royales, « je ne savais absolument pas cela »
(comme s'il était étrange qu'il ne le sût pas).

« À propos de ce genre de visites, vous savez la
plaisanterie stupide que m'a faite hier matin mon
neveu Basin ? demanda Mme de Villeparisis à l'archiviste. Il m'a fait dire, au lieu de s'annoncer, que
c'était la reine de Suède[2] qui demandait à me voir.

— Ah ! il vous a fait dire cela froidement comme
cela ! Il en a de bonnes ! » s'écria Bloch en s'esclaf-
fant, tandis que l'historien souriait avec une timidité
majestueuse.

« J'étais assez étonnée parce que je n'étais revenue

de la campagne que depuis quelques jours ; j'avais demandé pour être un peu tranquille qu'on ne dise à personne que j'étais à Paris, et je me demandais comment la reine de Suède le savait déjà », reprit Mme de Villeparisis laissant ses visiteurs étonnés qu'une visite de la reine de Suède ne fût en elle-même rien d'anormal pour leur hôtesse.

Certes si le matin Mme de Villeparisis avait compulsé avec l'archiviste la documentation de ses Mémoires, en ce moment elle en essayait à son insu le mécanisme et le sortilège sur un public moyen, représentatif de celui où se recruteraient un jour ses lecteurs. Le salon de Mme de Villeparisis pouvait se différencier d'un salon véritablement élégant d'où auraient été absentes beaucoup de bourgeoises qu'elle recevait et où on aurait vu en revanche telles des dames brillantes que Mme Leroi avait fini par attirer, mais cette nuance n'est pas perceptible dans ses Mémoires, où certaines relations médiocres qu'avait l'auteur disparaissent, parce qu'elles n'ont pas l'occasion d'y être citées ; et des visiteuses qu'il n'avait pas n'y font pas faute, parce que dans l'espace forcément restreint qu'offrent ces Mémoires, peu de personnes peuvent figurer et que, si ces personnes sont des personnages princiers, des personnalités historiques, l'impression maximum d'élégance que des Mémoires puissent donner au public se trouve atteinte. Au jugement de Mme Leroi, le salon de Mme de Villeparisis était un salon de troisième ordre ; et Mme de Villeparisis souffrait du jugement de Mme Leroi. Mais personne ne sait plus guère aujourd'hui qui était Mme Leroi, son jugement s'est évanoui, et c'est le salon de Mme de Villeparisis, où fréquentait la reine de Suède, où avaient fréquenté le duc d'Aumale, le duc de Broglie, Thiers, Montalembert, Mgr Dupanloup[1], qui sera considéré comme

un des plus brillants du XIXe siècle par cette postérité
qui n'a pas changé depuis les temps d'Homère et de
Pindare, et pour qui le rang enviable c'est la haute
naissance, royale ou quasi royale, l'amitié des rois,
des chefs du peuple, des hommes illustres[1].

Or, de tout cela Mme de Villeparisis avait un peu
dans son salon actuel et dans les souvenirs, quelquefois retouchés légèrement, à l'aide desquels elle
le prolongeait dans le passé. Puis M. de Norpois,
qui n'était pas capable de refaire une vraie situation
à son amie, lui amenait en revanche les hommes
d'État étrangers ou français qui avaient besoin de
lui et savaient que la seule manière efficace de lui
faire leur cour était de fréquenter chez Mme de Villeparisis. Peut-être Mme Leroi connaissait-elle aussi
ces éminentes personnalités européennes. Mais en
femme agréable et qui fuit le ton des bas-bleus,
elle se gardait de parler de la question d'Orient[2]
aux premiers ministres aussi bien que de l'essence
de l'amour aux romanciers et aux philosophes.
« L'amour ? avait-elle répondu une fois à une dame
prétentieuse qui lui avait demandé : "Que pensez-
vous de l'amour ?" L'amour ? je le fais souvent mais
je n'en parle jamais[3]. » Quand elle avait chez elle de
ces célébrités de la littérature et de la politique, elle
se contentait, comme la duchesse de Guermantes, de
les faire jouer au poker. Ils aimaient souvent mieux
cela que les grandes conversations à idées générales
où les contraignait Mme de Villeparisis. Mais ces
conversations, peut-être ridicules dans le monde, ont
fourni aux « Souvenirs » de Mme de Villeparisis de
ces morceaux excellents, de ces dissertations politiques qui font bien dans des Mémoires comme dans
les tragédies à la Corneille. D'ailleurs les salons des
Mme de Villeparisis peuvent seuls passer à la postérité parce que les Mme Leroi ne savent pas écrire

et, le sauraient-elles, n'en auraient pas le temps. Et
si les dispositions littéraires des Mme de Villeparisis
sont la cause du dédain des Mme Leroi, à son tour le
dédain des Mme Leroi sert singulièrement les dispositions littéraires des Mme de Villeparisis en faisant
aux dames bas-bleus le loisir que réclame la carrière
des lettres. Dieu qui veut qu'il y ait quelques livres
bien écrits souffle pour cela ces dédains dans le cœur
des Mme Leroi, car il sait que si elles invitaient à
dîner les Mme de Villeparisis, celles-ci laisseraient
immédiatement leur écritoire et feraient atteler pour
huit heures.

Au bout d'un instant entra d'un pas lent et solennel
une vieille dame d'une haute taille et qui, sous son
chapeau de paille relevé, laissait voir une monumentale coiffure blanche à la Marie-Antoinette. Je ne
savais pas alors qu'elle était une des trois femmes
qu'on pouvait observer encore dans la société parisienne et qui, comme Mme de Villeparisis, tout en
étant d'une grande naissance, avaient été réduites
pour des raisons qui se perdaient dans la nuit des
temps et qu'aurait pu nous dire seul quelque vieux
beau de cette époque à ne recevoir qu'une lie de
gens dont on ne voulait pas ailleurs[1]. Chacune de ces
dames avait sa « duchesse de Guermantes », sa nièce
brillante qui venait lui rendre des devoirs, mais ne
serait pas parvenue à attirer chez elle la « duchesse
de Guermantes » d'une des deux autres. Mme de Villeparisis était fort liée avec ces trois dames, mais
elle ne les aimait pas. Peut-être leur situation assez
analogue à la sienne lui en présentait-elle une image
qui ne lui était pas agréable. Puis, aigries, bas-bleus,
cherchant, par le nombre des saynètes qu'elles faisaient jouer, à se donner l'illusion d'un salon, elles
avaient entre elles des rivalités qu'une fortune assez
délabrée au cours d'une existence peu tranquille,

les forçant à compter, à profiter du concours gracieux d'un artiste, transformait en une sorte de lutte
pour la vie. De plus la dame à la coiffure de Marie-
Antoinette, chaque fois qu'elle voyait Mme de Villeparisis, ne pouvait s'empêcher de penser que la
duchesse de Guermantes n'allait pas à ses vendredis. Sa consolation était qu'à ces mêmes vendredis
ne manquait jamais, en bonne parente, la princesse
de Poix, laquelle était sa Guermantes à elle et qui
n'allait jamais chez Mme de Villeparisis quoique
Mme de Poix fût amie intime de la duchesse.

Néanmoins de l'hôtel du quai Malaquais aux
salons de la rue de Tournon, de la rue de la Chaise
et du faubourg Saint-Honoré, un lien aussi fort que
détesté unissait les trois divinités déchues desquelles
j'aurais bien voulu apprendre, en feuilletant quelque
dictionnaire mythologique de la société, quelle aventure galante, quelle outrecuidance sacrilège, avaient
amené la punition. La même origine brillante, la
même déchéance actuelle entraient peut-être pour
beaucoup dans telle nécessité qui les poussait, en
même temps qu'à se haïr, à se fréquenter. Puis
chacune d'elles trouvait dans les autres un moyen
commode de faire des politesses à ses visiteurs. Comment ceux-ci n'eussent-ils pas cru pénétrer dans le
faubourg le plus fermé, quand on les présentait à
une dame fort titrée dont la sœur avait épousé un
duc de Sagan ou un prince de Ligne ? D'autant plus
qu'on parlait infiniment plus dans les journaux de
ces prétendus salons que des vrais. Même les neveux
« gratin » à qui un camarade demandait de les
mener dans le monde (Saint-Loup tout le premier)
disaient : « Je vous conduirai chez ma tante Villeparisis, ou chez ma tante X, c'est un salon intéressant. »
Ils savaient surtout que cela leur donnerait moins
de peine que de faire pénétrer lesdits amis chez les

nièces ou belles-sœurs élégantes de ces dames. Les hommes très âgés, les jeunes femmes qui l'avaient appris d'eux, me dirent que si ces vieilles dames n'étaient pas reçues, c'était à cause du dérèglement extraordinaire de leur conduite, lequel, quand j'objectai que ce n'est pas un empêchement à l'élégance, me fut représenté comme ayant dépassé toutes les proportions aujourd'hui connues. L'inconduite de ces dames solennelles qui se tenaient assises toutes droites prenait, dans la bouche de ceux qui en parlaient, quelque chose que je ne pouvais imaginer, proportionné à la grandeur des époques anté-historiques, à l'âge du Mammouth. Bref ces trois Parques à cheveux blancs, bleus ou roses avaient filé le mauvais coton d'un nombre incalculable de messieurs. Je pensais que les hommes d'aujourd'hui exagéraient les vices de ces temps fabuleux, comme les Grecs qui composèrent Icare, Thésée, Hercule avec des hommes qui avaient été peu différents de ceux qui longtemps après les divinisaient. Mais on ne fait la somme des vices d'un être que quand il n'est plus guère en état de les exercer, et qu'à la grandeur du châtiment social, qui commence à s'accomplir et qu'on constate seul, on mesure, on imagine, on exagère celle du crime qui a été commis. Dans cette galerie de figures symboliques qu'est le « monde », les femmes véritablement légères, les Messalines complètes, présentent toujours l'aspect solennel d'une dame d'au moins soixante-dix ans, hautaine, qui reçoit tant qu'elle peut, mais non qui elle veut, chez qui ne consentent pas à aller les femmes dont la conduite prête un peu à redire, à laquelle le pape donne toujours sa « rose d'or[1] », et qui quelquefois a écrit sur la jeunesse de Lamartine un ouvrage couronné par l'Académie française. « Bonjour Alix », dit Mme de Villeparisis à la dame à coiffure blanche

de Marie-Antoinette, laquelle dame jetait un regard
perçant sur l'assemblée afin de dénicher s'il n'y avait
pas dans ce salon quelque morceau qui pût être utile
pour le sien et que, dans ce cas, elle devrait découvrir
elle-même, car Mme de Villeparisis, elle n'en doutait pas, serait assez maligne pour essayer de le lui
cacher. C'est ainsi que Mme de Villeparisis eut grand
soin de ne pas présenter Bloch à la vieille dame de
peur qu'il ne fît jouer la même saynète que chez elle
dans l'hôtel du quai Malaquais. Ce n'était d'ailleurs
qu'un rendu. Car la vieille dame avait eu la veille
Mme Ristori[1] qui avait dit des vers, et avait eu soin
que Mme de Villeparisis à qui elle avait chipé l'artiste
italienne ignorât l'événement avant qu'il fût accompli. Pour que celle-ci ne l'apprît pas par les journaux
et ne s'en trouvât pas froissée, elle venait le lui raconter, comme ne se sentant pas coupable. Mme de Villeparisis, jugeant que ma présentation n'avait pas les
mêmes inconvénients que celle de Bloch, me nomma
à la Marie-Antoinette du quai. Celle-ci cherchant, en
faisant le moins de mouvements possible, à garder
dans sa vieillesse cette ligne de déesse de Coysevox[2]
qui avait, il y a bien des années, charmé la jeunesse
élégante et que de faux hommes de lettres célébraient maintenant dans des bouts rimés – ayant pris
d'ailleurs l'habitude de la raideur hautaine et compensatrice, commune à toutes les personnes qu'une
disgrâce particulière oblige à faire perpétuellement
des avances – abaissa légèrement la tête avec une
majesté glaciale et la tournant d'un autre côté ne
s'occupa pas plus de moi que si je n'eusse pas existé.
Son attitude à double fin semblait dire à Mme de
Villeparisis : « Vous voyez que je n'en suis pas à une
relation près et que les petits jeunes – à aucun point
de vue, mauvaise langue – ne m'intéressent pas. »
Mais quand, un quart d'heure après, elle se retira,

profitant du tohu-bohu elle me glissa à l'oreille de
venir le vendredi suivant dans sa loge, avec une des
trois dont le nom éclatant – elle était d'ailleurs née
Choiseul[1] – me fit un prodigieux effet.

« Monsieur, j'crrois que vous voulez écrire quelque
chose sû Mme la duchesse de Montmorency », dit
Mme de Villeparisis à l'historien de la Fronde, avec
cet air bougon dont, à son insu, sa grande amabilité
était froncée par le recroquevillement boudeur, le
dépit physiologique de la vieillesse, ainsi que par
l'affectation d'imiter le ton presque paysan de l'ancienne aristocratie. « J'vais vous montrer son portrait,
l'original de la copie qui est au Louvre. »

Elle se leva en posant ses pinceaux près de ses
fleurs, et le petit tablier qui apparut alors à sa taille et
qu'elle portait pour ne pas se salir avec ses couleurs,
ajoutait encore à l'impression presque d'une campagnarde que donnaient son bonnet et ses grosses
lunettes et contrastait avec le luxe de sa domesticité, du maître d'hôtel qui avait apporté le thé et
les gâteaux, du valet de pied en livrée qu'elle sonna
pour éclairer le portrait de la duchesse de Montmorency, abbesse dans un des plus célèbres chapitres
de l'Est. Tout le monde s'était levé. « Ce qui est assez
amusant, dit-elle, c'est que dans ces chapitres où nos
grand-tantes étaient souvent abbesses, les filles du
roi de France n'eussent pas été admises. C'étaient des
chapitres très fermés. — Pas admises, les filles du Roi,
pourquoi cela ? demanda Bloch stupéfait. — Mais
parce que la Maison de France n'avait plus assez de
quartiers depuis qu'elle s'était mésalliée. » L'étonnement de Bloch allait grandissant. « Mésalliée, la Maison de France ? Comment ça ? — Mais en s'alliant
aux Médicis[2], répondit Mme de Villeparisis du ton
le plus naturel. Le portrait est beau, n'est-ce pas ? et
dans un état de conservation parfaite », ajouta-t-elle.

« Ma chère amie, dit la dame coiffée à la Marie-Antoinette, vous vous rappelez que quand je vous ai amené Liszt, il vous a dit que c'était celui-là qui était la copie.

— Je m'inclinerai devant une opinion de Liszt en musique, mais pas en peinture ! D'ailleurs, il était déjà gâteux et je ne me rappelle pas qu'il ait jamais dit cela. Mais ce n'est pas vous qui me l'avez amené. J'avais dîné vingt fois avec lui, chez la princesse de Sayn-Wittgenstein[1]. »

Le coup d'Alix avait raté, elle se tut, resta debout et immobile. Des couches de poudre plâtrant son visage, celui-ci avait l'air d'un visage de pierre. Et comme le profil était noble, elle semblait, sur un socle triangulaire et moussu caché par le mantelet, la déesse effritée d'un parc.

« Ah ! voilà encore un autre beau portrait », dit l'historien.

La porte s'ouvrit et la duchesse de Guermantes entra.

« Tiens, bonjour », lui dit sans un signe de tête Mme de Villeparisis en tirant d'une poche de son tablier une main qu'elle tendit à la nouvelle arrivante ; et cessant aussitôt de s'occuper d'elle pour se retourner vers l'historien. « C'est le portrait de la duchesse de La Rochefoucauld... »

Un jeune domestique, à l'air hardi et à la figure charmante (mais rognée si juste pour rester parfaite que le nez était un peu rouge et la peau légèrement enflammée, comme s'ils gardaient quelque trace de la récente et sculpturale incision) entra portant une carte sur un plateau.

« C'est ce monsieur qui est déjà venu plusieurs fois pour voir Madame la marquise.

— Est-ce que vous lui avez dit que je recevais ?

— Il a entendu causer.

— Hé bien ! soit, faites-le entrer. C'est un monsieur qu'on m'a présenté, dit Mme de Villeparisis. Il m'a dit qu'il désirait beaucoup être reçu ici. Jamais je ne l'ai autorisé à venir. Mais enfin voilà cinq fois qu'il se dérange, il ne faut pas froisser les gens. Monsieur, me dit-elle, et vous, Monsieur, ajouta-t-elle en désignant l'historien de la Fronde, je vous présente ma nièce, la duchesse de Guermantes. »

L'historien s'inclina profondément ainsi que moi et, semblant supposer que quelque réflexion cordiale devait suivre ce salut, ses yeux s'animèrent et il s'apprêtait à ouvrir la bouche quand il fut refroidi par l'aspect de Mme de Guermantes qui avait profité de l'indépendance de son torse pour le jeter en avant avec une politesse exagérée et le ramener avec justesse sans que son visage et son regard eussent paru avoir remarqué qu'il y avait quelqu'un devant eux ; après avoir poussé un léger soupir, elle se contenta de manifester la nullité de l'impression que lui produisaient la vue de l'historien et la mienne en exécutant certains mouvements des ailes du nez avec une précision qui attestait l'inertie absolue de son attention désœuvrée.

Le visiteur importun entra, marchant droit vers Mme de Villeparisis d'un air ingénu et fervent, c'était Legrandin.

« Je vous remercie beaucoup de me recevoir, Madame, dit-il en insistant sur le mot "beaucoup" : c'est un plaisir d'une qualité tout à fait rare et subtile que vous faites à un vieux solitaire, je vous assure que sa répercussion… »

Il s'arrêta net en m'apercevant.

« Je montrais à monsieur le beau portrait de la duchesse de La Rochefoucauld, femme de l'auteur des *Maximes*, il me vient de famille. »

Mme de Guermantes, elle, salua Alix, en s'excusant

de n'avoir pu, cette année comme les autres, aller la voir. « J'ai eu de vos nouvelles par Madeleine[1] », ajouta-t-elle.

« Elle a déjeuné chez moi ce matin » dit la marquise du quai Malaquais avec la satisfaction de penser que Mme de Villeparisis n'en pourrait jamais dire autant.

Cependant je causais avec Bloch et craignant, d'après ce qu'on m'avait dit du changement à son égard de son père, qu'il n'enviât ma vie, je lui dis que la sienne devait être plus heureuse. Ces paroles étaient de ma part un simple effet de l'amabilité. Mais elle persuade aisément de leur bonne chance ceux qui ont beaucoup d'amour-propre, ou leur donne le désir d'en persuader les autres. « Oui, j'ai en effet une vie délicieuse, me dit Bloch d'un air de béatitude. J'ai trois grands amis, je n'en voudrais pas un de plus, une maîtresse adorable, je suis infiniment heureux. Rare est le mortel à qui le père Zeus accorde tant de félicités. » Je crois qu'il cherchait surtout à se louer et à me faire envie. Peut-être aussi y avait-il quelque désir d'originalité dans son optimisme. Il fut visible qu'il ne voulait pas répondre les mêmes banalités que tout le monde : « Oh ! ce n'était rien, etc. » quand, à ma question : « Était-ce joli ? » posée à propos d'une matinée dansante donnée chez lui et à laquelle je n'avais pu aller, il me répondit d'un air uni, indifférent comme s'il s'était agi d'un autre : « Mais oui, c'était très joli, on ne peut plus réussi. C'était vraiment ravissant. »

« Ce que vous nous apprenez là m'intéresse infiniment, dit Legrandin à Mme de Villeparisis, car je me disais justement l'autre jour que vous teniez beaucoup de lui par la netteté alerte du tour, par quelque chose que j'appellerai de deux termes contradictoires, la rapidité lapidaire et l'instantané immortel.

J'aurais voulu ce soir prendre en note toutes les choses que vous dites ; mais je les retiendrai. Elles sont, d'un mot qui est je crois de Joubert, amies de la mémoire[1]. Vous n'avez jamais lu Joubert ? Oh ! vous lui auriez tellement plu ! Je me permettrai dès ce soir de vous envoyer ses œuvres, très fier de vous présenter son esprit. Il n'avait pas votre force. Mais il avait aussi bien de la grâce. »

J'avais voulu tout de suite aller dire bonjour à Legrandin, mais il se tenait constamment le plus éloigné de moi qu'il pouvait, sans doute dans l'espoir que je n'entendisse pas les flatteries qu'avec un grand raffinement d'expression, il ne cessait à tout propos de prodiguer à Mme de Villeparisis.

Elle haussa les épaules en souriant comme s'il avait voulu se moquer et se tourna vers l'historien.

« Et celle-ci, c'est la fameuse Marie de Rohan, duchesse de Chevreuse, qui avait épousé en premières noces M. de Luynes[2].

— Ma chère, Mme de Luynes me fait penser à Yolande[3], elle est venue hier chez moi, si j'avais su que vous n'aviez votre soirée prise par personne, je vous aurais envoyé chercher ; Mme Ristori, qui est venue à l'improviste, a dit devant l'auteur des vers de la reine Carmen Sylva[4], c'était d'une beauté ! »

« Quelle perfidie ! pensa Mme de Villeparisis. C'est sûrement de cela qu'elle parlait tout bas, l'autre jour, à Mme de Beaulaincourt et à Mme de Chaponay[5]. »
« J'étais libre, mais je ne serais pas venue, répondit-elle. J'ai entendu Mme Ristori dans son beau temps, ce n'est plus qu'une ruine. Et puis je déteste les vers de Carmen Sylva. La Ristori est venue ici une fois, amenée par la duchesse d'Aoste[6], dire un chant de *L'Enfer*, de Dante. Voilà où elle est incomparable. »

Alix supporta le coup sans faiblir. Elle restait de marbre. Son regard était perçant et vide, son nez

noblement arqué. Mais une joue s'écaillait. Des
végétations légères, étranges, vertes et roses, enva-
hissaient le menton. Peut-être un hiver de plus la
jetterait bas.

« Tenez, Monsieur, si vous aimez la peinture,
regardez le portrait de Mme de Montmorency », dit
Mme de Villeparisis à Legrandin pour interrompre
les compliments qui recommençaient.

Profitant de ce qu'il s'était éloigné, Mme de Guermantes le désigna à sa tante d'un regard ironique et
interrogateur.

« C'est M. Legrandin, dit à mi-voix Mme de Villeparisis, il a une sœur qui s'appelle Mme de Cambremer, ce qui ne doit pas du reste te dire plus qu'à moi.

— Comment, mais je la connais parfaitement,
s'écria en mettant sa main devant sa bouche Mme de
Guermantes. Ou plutôt je ne la connais pas, mais
je ne sais pas ce qui a pris à Basin, qui rencontre
Dieu sait où le mari, de dire à cette grosse femme
de venir me voir. Je ne peux pas vous dire ce que ç'a
été que sa visite. Elle m'a raconté qu'elle était allée
à Londres, elle m'a énuméré tous les tableaux du
British. Telle que vous me voyez, en sortant de chez
vous je vais fourrer un carton chez ce monstre. Et ne
croyez pas que ce soit des plus faciles, car sous prétexte qu'elle est mourante elle est toujours chez elle
et, qu'on y aille à sept heures du soir ou à neuf heures
du matin, elle est prête à vous offrir des tartes aux
fraises. Mais bien entendu, voyons, c'est un monstre,
dit Mme de Guermantes à un regard interrogatif de
sa tante. C'est une personne impossible : elle dit "plumitif", enfin des choses comme ça. — Qu'est-ce que
ça veut dire "plumitif" ? demanda Mme de Villeparisis à sa nièce. — Mais je n'en sais rien ! s'écria la
duchesse avec une indignation feinte. Je ne veux pas
le savoir. Je ne parle pas ce français-là. » Et voyant

que sa tante ne savait vraiment pas ce que voulait dire plumitif, pour avoir la satisfaction de montrer qu'elle était savante autant que puriste et pour se moquer de sa tante après s'être moquée de Mme de Cambremer : « Mais si », dit-elle avec un demi-rire que les restes de la mauvaise humeur jouée réprimaient, « tout le monde sait ça, un plumitif c'est un écrivain, c'est quelqu'un qui tient une plume. Mais c'est une horreur de mot. C'est à vous faire tomber vos dents de sagesse. Jamais on ne me ferait dire ça. Comment, c'est le frère ! je n'ai pas encore réalisé. Mais au fond ce n'est pas incompréhensible. Elle a la même humilité de descente de lit et les mêmes ressources de bibliothèque tournante. Elle est aussi flagorneuse que lui et aussi embêtante. Je commence à me faire assez bien à l'idée de cette parenté.

— Assieds-toi, on va prendre un peu de thé, dit Mme de Villeparisis à Mme de Guermantes, sers-toi toi-même, toi tu n'as pas besoin de voir les portraits de tes arrière-grand-mères, tu les connais aussi bien que moi. »

Mme de Villeparisis revint bientôt s'asseoir et se mit à peindre. Tout le monde se rapprocha, j'en profitai pour aller vers Legrandin et, ne trouvant rien de coupable à sa présence chez Mme de Villeparisis, je lui dis sans songer combien j'allais à la fois le blesser et lui faire croire à l'intention de le blesser : « Eh bien, Monsieur, je suis presque excusé d'être dans un salon puisque je vous y trouve. » M. Legrandin conclut de ces paroles (ce fut du moins le jugement qu'il porta sur moi quelques jours plus tard) que j'étais un petit être foncièrement méchant qui ne se plaisait qu'au mal.

« Vous pourriez avoir la politesse de commencer par me dire bonjour », me répondit-il sans me donner la main et d'une voix rageuse et vulgaire que je ne lui

soupçonnais pas et qui, nullement en rapport rationnel avec ce qu'il disait d'habitude, en avait un autre
plus immédiat et plus saisissant avec quelque chose
qu'il éprouvait. C'est que, ce que nous éprouvons,
comme nous sommes décidés à toujours le cacher,
nous n'avons jamais pensé à la façon dont nous l'ex-
primerions. Et tout d'un coup, c'est en nous une bête
immonde et inconnue qui se fait entendre et dont
l'accent parfois peut aller jusqu'à faire aussi peur à
qui reçoit cette confidence involontaire, elliptique et
presque irrésistible de votre défaut ou de votre vice,
que ferait l'aveu soudain indirectement et bizarrement proféré par un criminel ne pouvant s'empêcher
de confesser un meurtre dont vous ne le saviez pas
coupable. Certes je savais bien que l'idéalisme, même
subjectif, n'empêche pas de grands philosophes de
rester gourmands ou de se présenter avec ténacité
à l'Académie. Mais vraiment Legrandin n'avait pas
besoin de rappeler si souvent qu'il appartenait à une
autre planète quand tous ses mouvements convul-
sifs de colère ou d'amabilité étaient gouvernés par le
désir d'avoir une bonne position dans celle-ci.

« Naturellement, quand on me persécute vingt fois
de suite pour me faire venir quelque part, continua-
t-il à voix basse, quoique j'aie bien droit à ma liberté,
je ne peux pourtant pas agir comme un rustre. »

Mme de Guermantes s'était assise. Son nom,
comme il était accompagné de son titre, ajoutait à sa
personne physique son duché qui se projetait autour
d'elle et faisait régner la fraîcheur ombreuse et dorée
des bois de Guermantes au milieu du salon, à l'en-
tour du pouf où elle était. Je me sentais seulement
étonné que leur ressemblance ne fût pas plus lisible
sur le visage de la duchesse, lequel n'avait rien de
végétal et où tout au plus le couperosé des joues – qui
auraient dû, semblait-il, être blasonnées par le nom

de Guermantes – était l'effet, mais non l'image, de longues chevauchées au grand air. Plus tard, quand elle me fut devenue indifférente, je connus bien des particularités de la duchesse, et notamment (afin de m'en tenir pour le moment à ce dont je subissais déjà le charme alors sans savoir le distinguer) ses yeux, où était captif comme dans un tableau le ciel bleu d'une après-midi de France, largement découvert, baigné de lumière même quand elle ne brillait pas ; et une voix qu'on eût crue, aux premiers sons enroués, presque canaille, où traînait, comme sur les marches de l'église de Combray ou la pâtisserie de la place, l'or paresseux et gras d'un soleil de province. Mais ce premier jour je ne discernais rien, mon ardente attention volatilisait immédiatement le peu que j'eusse pu recueillir et où j'aurais pu retrouver quelque chose du nom de Guermantes. En tout cas je me disais que c'était bien elle que désignait pour tout le monde le nom de duchesse de Guermantes : la vie inconcevable que ce nom signifiait, ce corps la contenait bien ; il venait de l'introduire au milieu d'êtres différents, dans ce salon qui la circonvenait de toutes parts et sur lequel elle exerçait une réaction si vive que je croyais voir, là où cette vie cessait de s'étendre, une frange d'effervescence en délimiter les frontières ; dans la circonférence que découpait sur le tapis le ballon de la jupe de pékin bleu, et dans les prunelles claires de la duchesse, à l'intersection des préoccupations, des souvenirs, de la pensée incompréhensible, méprisante, amusée et curieuse qui les remplissaient, et des images étrangères qui s'y reflétaient. Peut-être eussé-je été un peu moins ému si je l'eusse rencontrée chez Mme de Villeparisis à une soirée, au lieu de la voir ainsi à un des « jours » de la marquise, à un de ces thés qui ne sont pour les femmes qu'une courte halte au milieu de leur sortie

et où gardant le chapeau avec lequel elles viennent
de faire leurs courses elles apportent dans l'enfilade
des salons la qualité de l'air du dehors et donnent
plus jour sur Paris à la fin de l'après-midi que ne
font les hautes fenêtres ouvertes dans lesquelles on
entend les roulements des victorias : Mme de Guermantes était coiffée d'un canotier fleuri de bleuets ;
et ce qu'ils m'évoquaient, ce n'était pas, sur les sil-
lons de Combray où si souvent j'en avais cueilli, sur
le talus contigu à la haie de Tansonville, les soleils
des lointaines années, c'était l'odeur et la poussière
du crépuscule, telles qu'elles étaient tout à l'heure,
au moment où Mme de Guermantes venait de les
traverser, rue de la Paix. D'un air souriant, dédaigneux et vague, tout en faisant la moue avec ses
lèvres serrées, de la pointe de son ombrelle comme
de l'extrême antenne de sa vie mystérieuse, elle dessinait des ronds sur le tapis, puis, avec cette attention indifférente qui commence par ôter tout point
de contact entre ce que l'on considère et soi-même,
son regard fixait tour à tour chacun de nous, puis
inspectait les canapés et les fauteuils mais en s'adoucissant alors de cette sympathie humaine qu'éveille
la présence même insignifiante d'une chose que l'on
connaît, d'une chose qui est presque une personne ;
ces meubles n'étaient pas comme nous, ils étaient
vaguement de son monde, ils étaient liés à la vie de
sa tante ; puis du meuble de Beauvais ce regard était
ramené à la personne qui y était assise et reprenait
alors le même air de perspicacité et d'une désapprobation que le respect de Mme de Guermantes pour
sa tante l'eût empêchée d'exprimer, mais enfin qu'elle
eût éprouvée si elle eût constaté sur les fauteuils au
lieu de notre présence celle d'une tache de graisse
ou d'une couche de poussière.

L'excellent écrivain G*** entra ; il venait faire

à Mme de Villeparisis une visite qu'il considérait
comme une corvée. La duchesse, qui fut enchantée
de le retrouver, ne lui fit pourtant pas signe, mais
tout naturellement il vint près d'elle, le charme
qu'elle avait, son tact, sa simplicité la lui faisant
considérer comme une femme d'esprit. D'ailleurs la
politesse lui faisait un devoir d'aller auprès d'elle,
car, comme il était agréable et célèbre, Mme de Guermantes l'invitait souvent à déjeuner, même en tête
à tête avec elle et son mari, ou, l'automne, à Guermantes, profitait de cette intimité pour le convier
certains soirs à dîner avec des altesses curieuses de
le rencontrer. Car la duchesse aimait à recevoir certains hommes d'élite, à la condition toutefois qu'ils
fussent garçons, condition que, même mariés, ils
remplissaient toujours pour elle, car comme leurs
femmes, toujours plus ou moins vulgaires, eussent
fait tache dans un salon où il n'y avait que les plus
élégantes beautés de Paris, c'est toujours sans elles
qu'ils étaient invités ; et le duc, pour prévenir toute
susceptibilité, expliquait à ces veufs malgré eux que
la duchesse ne recevait pas de femmes, ne supportait pas la société des femmes, presque comme si
c'était par ordonnance du médecin et comme il eût
dit qu'elle ne pouvait rester dans une chambre où
il y avait des odeurs, manger trop salé, voyager en
arrière ou porter un corset. Il est vrai que ces grands
hommes voyaient chez les Guermantes la princesse
de Parme, la princesse de Sagan[1] (que Françoise,
entendant toujours parler d'elle, finit par appeler, croyant ce féminin exigé par la grammaire, la
Sagante), et bien d'autres, mais on justifiait leur présence en disant que c'était la famille, ou des amies
d'enfance qu'on ne pouvait éliminer. Persuadés ou
non par les explications que le duc de Guermantes
leur avait données sur la singulière maladie de la

duchesse de ne pouvoir fréquenter des femmes, les grands hommes les transmettaient à leurs épouses. Quelques-unes pensaient que la maladie n'était qu'un prétexte pour cacher sa jalousie, parce que la duchesse voulait être seule à régner sur une cour d'adorateurs. De plus naïves encore pensaient que peut-être la duchesse avait un genre singulier, voire un passé scandaleux, que les femmes ne voulaient pas aller chez elle, et qu'elle donnait le nom de sa fantaisie à la nécessité. Les meilleures, entendant leur mari dire monts et merveilles de l'esprit de la duchesse, estimaient que celle-ci était si supérieure au reste des femmes qu'elle s'ennuyait dans leur société car elles ne savent parler de rien. Et il est vrai que la duchesse s'ennuyait auprès des femmes, si leur qualité princière ne leur donnait pas un intérêt particulier. Mais les épouses éliminées se trompaient quand elles s'imaginaient qu'elle ne voulait recevoir que des hommes pour pouvoir parler littérature, science et philosophie. Car elle n'en parlait jamais, du moins avec les grands intellectuels. Si, en vertu de la même tradition de famille qui fait que les filles de grands militaires gardent au milieu de leurs préoccupations les plus vaniteuses le respect des choses de l'armée, petite-fille de femmes qui avaient été liées avec Thiers, Mérimée et Augier, elle pensait qu'avant tout il faut garder dans son salon une place aux gens d'esprit, mais avait d'autre part retenu de la façon à la fois condescendante et intime dont ces hommes célèbres étaient reçus à Guermantes le pli de considérer les gens de talent comme des relations familières dont le talent ne vous éblouit pas, à qui on ne parle pas de leurs œuvres, ce qui ne les intéresserait d'ailleurs pas. Puis le genre d'esprit Mérimée et Meilhac et Halévy, qui était le sien, la portait, par contraste avec le sentimentalisme verbal d'une

époque antérieure, à un genre de conversation qui
rejette tout ce qui est grandes phrases et expression
de sentiments élevés, et faisait qu'elle mettait une
sorte d'élégance quand elle était avec un poète ou un
musicien à ne parler que des plats qu'on mangeait
ou de la partie de cartes qu'on allait faire. Cette abstention avait, pour un tiers peu au courant, quelque
chose de troublant qui allait jusqu'au mystère. Si
Mme de Guermantes lui demandait s'il lui ferait
plaisir d'être invité avec tel poète célèbre, dévoré
de curiosité il arrivait à l'heure dite. La duchesse
parlait au poète du temps qu'il faisait. On passait à
table. « Aimez-vous cette façon de faire les œufs ? »
demandait-elle au poète. Devant son assentiment,
qu'elle partageait, car tout ce qui était chez elle lui
paraissait exquis, jusqu'à un cidre affreux qu'elle
faisait venir de Guermantes : « Redonnez des œufs
à Monsieur », ordonnait-elle au maître d'hôtel,
cependant que le tiers, anxieux, attendait toujours
ce qu'avaient sûrement eu l'intention de se dire,
puisqu'ils avaient arrangé de se voir malgré mille
difficultés avant le départ du poète, celui-ci et la
duchesse. Mais le repas continuait, les plats étaient
enlevés les uns après les autres, non sans fournir à
Mme de Guermantes l'occasion de spirituelles plaisanteries ou de fines historiettes. Cependant le poète
mangeait toujours sans que duc ou duchesse eussent
eu l'air de se rappeler qu'il était poète. Et bientôt le
déjeuner était fini et on se disait adieu, sans avoir
dit un mot de la poésie que tout le monde pourtant
aimait, mais dont, par une réserve analogue à celle
dont Swann m'avait donné l'avant-goût, personne ne
parlait. Cette réserve était simplement de bon ton.
Mais pour le tiers, s'il y réfléchissait un peu, elle
avait quelque chose de fort mélancolique et les repas
du milieu Guermantes faisaient alors penser à ces

heures que des amoureux timides passent souvent
ensemble à parler de banalités jusqu'au moment
de se quitter, et sans que, soit timidité, pudeur, ou
maladresse, le grand secret qu'ils seraient plus heureux d'avouer ait pu jamais passer de leur cœur à
leurs lèvres. D'ailleurs il faut ajouter que ce silence
gardé sur les choses profondes qu'on attendait toujours en vain le moment de voir aborder, s'il pouvait
passer pour caractéristique de la duchesse, n'était
pas chez elle absolu. Mme de Guermantes avait
passé sa jeunesse dans un milieu un peu différent,
aussi aristocratique, mais moins brillant et surtout
moins futile que celui où elle vivait aujourd'hui, et
de grande culture. Il avait laissé à sa frivolité actuelle
une sorte de tuf plus solide, invisiblement nourricier
et où même la duchesse allait chercher (fort rarement car elle détestait le pédantisme) quelque citation de Victor Hugo ou de Lamartine qui, fort bien
appropriée, dite avec un regard senti de ses beaux
yeux, ne manquait pas de surprendre et de charmer.
Parfois même, sans prétentions, avec pertinence et
simplicité, elle donnait à un auteur dramatique académicien quelque conseil sagace, lui faisait atténuer
une situation ou changer un dénouement.

Si, dans le salon de Mme de Villeparisis, tout
autant que dans l'église de Combray, au mariage
de Mlle Percepied, j'avais peine à retrouver dans le
beau visage, trop humain, de Mme de Guermantes,
l'inconnu de son nom, je pensais du moins que,
quand elle parlerait, sa causerie, profonde, mystérieuse, aurait une étrangeté de tapisserie médiévale,
de vitrail gothique. Mais pour que je n'eusse pas été
déçu par les paroles que j'entendrais prononcer à
une personne qui s'appelait Mme de Guermantes,
même si je ne l'eusse pas aimée, il n'eût pas suffi que
les paroles fussent fines, belles et profondes, il eût

fallu qu'elles reflétassent cette couleur amarante de
la dernière syllabe de son nom, cette couleur que je
m'étais dès le premier jour étonné de ne pas trouver
dans sa personne et que j'avais fait se réfugier dans
sa pensée. Sans doute j'avais déjà entendu Mme de
Villeparisis, Saint-Loup, des gens dont l'intelligence
n'avait rien d'extraordinaire, prononcer sans précaution ce nom de Guermantes, simplement comme
étant celui d'une personne qui allait venir en visite ou
avec qui on devait dîner, en n'ayant pas l'air de sentir
dans ce nom des arpents de bois jaunissants et tout
un mystérieux coin de province. Mais ce devait être
une affectation de leur part comme quand les poètes
classiques ne nous avertissent pas des intentions profondes qu'ils ont cependant eues, affectation que moi
aussi je m'efforçais d'imiter en disant sur le ton le
plus naturel : la duchesse de Guermantes, comme
un nom qui eût ressemblé à d'autres. Du reste tout
le monde assurait que c'était une femme très intelligente, d'une conversation spirituelle, vivant dans
une petite coterie des plus intéressantes : paroles
qui se faisaient complices de mon rêve. Car quand
ils disaient coterie intelligente, conversation spirituelle, ce n'est nullement l'intelligence telle que je
la connaissais que j'imaginais, fût-ce celle des plus
grands esprits, ce n'était nullement de gens comme
Bergotte que je composais cette coterie. Non, par
intelligence, j'entendais une faculté ineffable, dorée,
imprégnée d'une fraîcheur sylvestre. Même en tenant
les propos les plus intelligents (dans le sens où je
prenais le mot « intelligent » quand il s'agissait d'un
philosophe ou d'un critique), Mme de Guermantes
aurait peut-être déçu plus encore mon attente d'une
faculté si particulière, que si, dans une conversation insignifiante, elle s'était contentée de parler de
recettes de cuisine ou de mobilier de château, de

citer des noms de voisines ou de parents à elle, qui m'eussent évoqué sa vie.

« Je croyais trouver Basin ici, il comptait venir vous voir, dit Mme de Guermantes à sa tante.

— Je ne l'ai pas vu, ton mari, depuis plusieurs jours, répondit d'un ton susceptible et fâché Mme de Villeparisis. Je ne l'ai pas vu, ou enfin peut-être une fois, depuis cette charmante plaisanterie de se faire annoncer comme la reine de Suède. »

Pour sourire Mme de Guermantes pinça le coin de ses lèvres comme si elle avait mordu sa voilette.

« Nous avons dîné avec elle hier chez Blanche Leroi, vous ne la reconnaîtriez pas, elle est devenue énorme, je suis sûre qu'elle est malade.

— Je disais justement à ces messieurs que tu lui trouvais l'air d'une grenouille. »

Mme de Guermantes fit entendre une espèce de bruit rauque qui signifiait qu'elle ricanait par acquit de conscience.

« Je ne savais pas que j'avais fait cette jolie comparaison, mais, dans ce cas, maintenant c'est la grenouille qui a réussi à devenir aussi grosse que le bœuf. Ou plutôt ce n'est pas tout à fait cela, parce que toute sa grosseur s'est amoncelée sur le ventre, c'est plutôt une grenouille dans une position intéressante.

— Ah ! je trouve ton image drôle », dit Mme de Villeparisis qui était au fond assez fière pour ses visiteurs de l'esprit de sa nièce.

« Elle est surtout *arbitraire* », répondit Mme de Guermantes en détachant ironiquement cette épithète choisie, comme eût fait Swann, « car j'avoue n'avoir jamais vu de grenouille en couches. En tout cas cette grenouille, qui d'ailleurs ne demande pas de roi, car je ne l'ai jamais vue plus folâtre que depuis la mort de son époux, doit venir dîner à la maison un jour de la semaine prochaine. J'ai dit que je vous préviendrais à tout hasard. »

Mme de Villeparisis fit entendre une sorte de grommellement indistinct.

« Je sais qu'elle a dîné avant-hier chez Mme de Mecklembourg, ajouta-t-elle. Il y avait Hannibal de Bréauté. Il est venu me le raconter, assez drôlement je dois dire.

— Il y avait à ce dîner quelqu'un de bien plus spirituel encore que Babal », dit Mme de Guermantes qui, si intime qu'elle fût avec M. de Bréauté-Consalvi, tenait à le montrer en l'appelant par ce diminutif. « C'est M. Bergotte. »

Je n'avais pas songé que Bergotte pût être considéré comme spirituel ; de plus il m'apparaissait comme mêlé à l'humanité intelligente, c'est-à-dire infiniment distant de ce royaume mystérieux que j'avais aperçu sous les voiles de pourpre d'une baignoire et où M. de Bréauté, faisant rire la duchesse, tenait avec elle, dans la langue des Dieux, cette chose inimaginable : une conversation entre gens du faubourg Saint-Germain. Je fus navré de voir l'équilibre se rompre et Bergotte passer par-dessus M. de Bréauté. Mais, surtout, je fus désespéré d'avoir évité Bergotte le soir de *Phèdre*, de ne pas être allé à lui, en entendant Mme de Guermantes dire à Mme de Villeparisis :

« C'est la seule personne que j'aie envie de connaître », ajouta la duchesse en qui on pouvait toujours, comme au moment d'une marée spirituelle, voir le flux d'une curiosité à l'égard des intellectuels célèbres croiser en route le reflux du snobisme aristocratique. « Cela me ferait un plaisir ! »

La présence de Bergotte à côté de moi, présence qu'il m'eût été si facile d'obtenir, mais que j'aurais crue capable de donner une mauvaise idée de moi à

Mme de Guermantes, eût sans doute eu au contraire
pour résultat qu'elle m'eût fait signe de venir dans sa
baignoire et m'eût demandé d'amener un jour déjeuner le grand écrivain.

  « Il paraît qu'il n'a pas été très aimable, on l'a présenté à M. de Cobourg et il ne lui a pas dit un mot »,
ajouta Mme de Guermantes, en signalant ce trait
curieux comme elle aurait raconté qu'un Chinois se
serait mouché avec du papier. « Il ne lui a pas dit une
fois "Monseigneur" », ajouta-t-elle, d'un air amusé
par ce détail aussi important pour elle que le refus
par un protestant, au cours d'une audience du pape,
de se mettre à genoux devant Sa Sainteté.

  Intéressée par ces particularités de Bergotte, elle
n'avait d'ailleurs pas l'air de les trouver blâmables,
et paraissait plutôt lui en faire un mérite sans qu'elle
sût elle-même exactement de quel genre. Malgré
cette façon étrange de comprendre l'originalité de
Bergotte, il m'arriva plus tard de ne pas trouver tout
à fait négligeable que Mme de Guermantes, au grand
étonnement de beaucoup, trouvât Bergotte plus spirituel que M. de Bréauté. Ces jugements subversifs,
isolés et malgré tout justes, sont ainsi portés dans
le monde par de rares personnes supérieures aux
autres. Et ils y dessinent les premiers linéaments de
la hiérarchie des valeurs telle que l'établira la génération suivante au lieu de s'en tenir éternellement à
l'ancienne.

  Le comte d'Argencourt, chargé d'affaires de Belgique et petit-cousin par alliance de Mme de Villeparisis, entra en boitant, suivi bientôt de deux
jeunes gens, le baron de Guermantes et S. A. le duc
de Châtellerault, à qui Mme de Guermantes dit :
« Bonjour, mon petit Châtellerault », d'un air distrait et sans bouger de son pouf, car elle était une
grande amie de la mère du jeune duc, lequel avait,

à cause de cela et depuis son enfance, un extrême respect pour elle. Grands, minces, la peau et les cheveux dorés, tout à fait dans le type Guermantes, ces deux jeunes gens avaient l'air d'une condensation de la lumière printanière et vespérale qui inondait le grand salon. Suivant une habitude qui était à la mode à ce moment-là, ils posèrent leurs hauts de forme par terre, près d'eux. L'historien de la Fronde pensa qu'ils étaient gênés comme un paysan entrant à la mairie et ne sachant que faire de son chapeau. Croyant devoir venir charitablement en aide à la gaucherie et à la timidité qu'il leur supposait : « Non, non, leur dit-il, ne les posez pas par terre, vous allez les abîmer. »

Un regard du baron de Guermantes, en rendant oblique le plan de ses prunelles, y roula tout à coup une couleur d'un bleu cru et tranchant qui glaça le bienveillant historien.

« Comment s'appelle ce monsieur ? » me demanda le baron, qui venait de m'être présenté par Mme de Villeparisis.

« M. Pierre, répondis-je à mi-voix.

— Pierre de quoi ?

— Pierre, c'est son nom, c'est un historien de grande valeur.

— Ah !... vous m'en direz tant.

— Non, c'est une nouvelle habitude qu'ont ces messieurs de poser leurs chapeaux à terre, expliqua Mme de Villeparisis, je suis comme vous, je ne m'y habitue pas. Mais j'aime mieux cela que mon neveu Robert qui laisse toujours le sien dans l'antichambre[1]. Je lui dis, quand je le vois entrer ainsi, qu'il a l'air de l'horloger et je lui demande s'il vient remonter les pendules.

— Vous parliez tout à l'heure, madame la marquise, du chapeau de M. Molé, nous allons bientôt

arriver à faire, comme Aristote, un chapitre des chapeaux[1] », dit l'historien de la Fronde, un peu rassuré par l'intervention de Mme de Villeparisis, mais
pourtant d'une voix encore si faible que, sauf moi,
personne ne l'entendit.

« Elle est vraiment étonnante, la petite duchesse »,
dit M. d'Argencourt en montrant Mme de Guermantes qui causait avec G. « Dès qu'il y a un homme
en vue dans un salon, il est toujours à côté d'elle.
Évidemment cela ne peut être que le grand pontife qui se trouve là. Cela ne peut pas être tous les
jours M. de Borrelli[2], Schlumberger[3] ou d'Avenel[4].
Mais alors ce sera M. Pierre Loti ou M. Edmond
Rostand[5]. Hier soir, chez les Doudeauville[6], où, entre
parenthèses, elle était splendide sous son diadème
d'émeraudes, dans une grande robe rose à queue,
elle avait d'un côté d'elle M. Deschanel[7], de l'autre
l'ambassadeur d'Allemagne : elle leur tenait tête sur
la Chine ; le gros public, à distance respectueuse, et
qui n'entendait pas ce qu'ils disaient, se demandait
s'il n'allait pas y avoir la guerre. Vraiment on aurait
dit une reine qui tenait le cercle. »

Chacun s'était rapproché de Mme de Villeparisis
pour la voir peindre.

« Ces fleurs sont d'un rose vraiment céleste, dit
Legrandin, je veux dire couleur de ciel rose. Car il
y a un rose ciel comme il y a un bleu ciel. Mais,
murmura-t-il pour tâcher de n'être entendu que de
la marquise, je crois que je penche encore pour le
soyeux, pour l'incarnat vivant de la copie que vous
en faites. Ah ! vous laissez bien loin derrière vous
Pisanello[8] et Van Huysum[9], leur herbier minutieux
et mort. »

Un artiste, si modeste qu'il soit, accepte toujours
d'être préféré à ses rivaux et tâche seulement de leur
rendre justice.

« Ce qui vous fait cet effet-là, c'est qu'ils peignaient des fleurs de ce temps-là que nous ne connaissons plus, mais ils avaient une bien grande science.

— Ah ! des fleurs de ce temps-là, comme c'est ingénieux, s'écria Legrandin.

— Vous peignez en effet de belles fleurs de cerisier... ou des roses de mai », dit l'historien de la Fronde non sans hésitation quant à la fleur, mais avec de l'assurance dans la voix, car il commençait à oublier l'incident des chapeaux.

« Non, ce sont des fleurs de pommier, dit la duchesse de Guermantes en s'adressant à sa tante.

— Ah ! je vois que tu es une bonne campagnarde ; comme moi, tu sais distinguer les fleurs.

— Ah ! oui, c'est vrai ! mais je croyais que la saison des pommiers était déjà passée, dit au hasard l'historien de la Fronde pour s'excuser.

— Mais non, au contraire, ils ne sont pas en fleurs, ils ne le seront pas avant une quinzaine, peut-être trois semaines », dit l'archiviste qui, gérant un peu les propriétés de Mme de Villeparisis, était plus au courant des choses de la campagne.

« Oui, et encore dans les environs de Paris où ils sont très en avance. En Normandie, par exemple, chez son père, dit-elle en désignant le duc de Châtellerault, qui a de magnifiques pommiers au bord de la mer, comme sur un paravent japonais, ils ne sont vraiment roses qu'après le 20 mai.

— Je ne les vois jamais, dit le jeune duc, parce que ça me donne la fièvre des foins, c'est épatant.

— La fièvre des foins, je n'ai jamais entendu parler de cela, dit l'historien.

— C'est la maladie à la mode, dit l'archiviste.

— Ça dépend, cela ne vous donnerait peut-être rien si c'est une année où il y a des pommes. Vous savez le mot du Normand. Pour une année où il y a des pommes[1] », dit M. d'Argencourt, qui n'étant pas tout à fait français, cherchait à se donner l'air parisien.

« Tu as raison, répondit à sa nièce Mme de Villeparisis, ce sont des pommiers du Midi. C'est une fleuriste qui m'a envoyé ces branches-là en me demandant de les accepter. Cela vous étonne, monsieur Vallenères, dit-elle en se tournant vers l'archiviste, qu'une fleuriste m'envoie des branches de pommier. Mais j'ai beau être une vieille dame, je connais du monde, j'ai quelques amis », ajouta-t-elle en souriant, par simplicité, crut-on généralement, plutôt, me sembla-t-il, parce qu'elle trouvait du piquant à tirer vanité de l'amitié d'une fleuriste quand on avait d'aussi grandes relations.

Bloch se leva pour venir à son tour admirer les fleurs que peignait Mme de Villeparisis.

« N'importe, marquise, dit l'historien regagnant sa chaise, quand même reviendrait une de ces révolutions qui ont si souvent ensanglanté l'histoire de France – et, mon Dieu, par les temps où nous vivons on ne peut savoir », ajouta-t-il en jetant un regard circulaire et circonspect comme pour voir s'il ne se trouvait aucun « mal pensant » dans le salon, encore qu'il n'en doutât pas, – « avec un talent pareil et vos cinq langues, vous seriez toujours sûre de vous tirer d'affaire. » L'historien de la Fronde goûtait quelque repos, car il avait oublié ses insomnies. Mais il se rappela soudain qu'il n'avait pas dormi depuis six jours ; alors une dure fatigue, née de son esprit, s'empara des jambes, lui fit courber les épaules, et son visage désolé pendait, pareil à celui d'un vieillard.

Bloch voulut faire un geste pour exprimer son admiration mais d'un coup de coude il renversa le vase où était la branche et toute l'eau se répandit sur le tapis.

« Vous avez vraiment des doigts de fée », dit à la marquise l'historien qui, tournant le dos à ce moment-là, ne s'était pas aperçu de la maladresse de Bloch.

Mais celui-ci crut que ces mots s'appliquaient à lui, et pour cacher sous une insolence la honte de sa gaucherie :

« Cela ne présente aucune importance, dit-il, car je ne suis pas mouillé. »

Mme de Villeparisis sonna et un valet de pied vint essuyer le tapis et ramasser les morceaux de verre. Elle invita les deux jeunes gens à sa matinée ainsi que la duchesse de Guermantes à qui elle recommanda :

« Pense à dire à Gisèle et à Berthe » (les duchesses d'Auberjon et de Portefin) « d'être là un peu avant deux heures pour m'aider », comme elle aurait dit à des maîtres d'hôtel extras d'arriver d'avance pour faire les compotiers.

Elle n'avait avec ses parents princiers, pas plus qu'avec M. de Norpois, aucune de ces amabilités qu'elle avait avec l'historien, avec Cottard, avec Bloch, avec moi, et ils semblaient n'avoir pour elle d'autre intérêt que de les offrir en pâture à notre curiosité. C'est qu'elle savait qu'elle n'avait pas à se gêner avec des gens pour qui elle n'était pas une femme plus ou moins brillante, mais la sœur susceptible, et ménagée, de leur père ou de leur oncle. Il ne lui eût servi à rien de chercher à briller vis-à-vis d'eux, à qui cela ne pouvait donner le change sur le fort ou le faible de sa situation, et qui mieux que personne connaissaient son histoire et respectaient la race illustre dont elle était issue. Mais surtout ils n'étaient plus pour elle qu'un résidu mort qui ne fructifierait plus, ils ne lui feraient pas connaître leurs nouveaux amis, partager leurs plaisirs. Elle

ne pouvait obtenir que leur présence ou la possibilité de parler d'eux à sa réception de cinq heures,
comme plus tard dans ses Mémoires dont celle-ci
n'était qu'une sorte de répétition, de première lecture
à haute voix devant un petit cercle. Et la compagnie
que tous ces nobles parents lui servaient à intéresser,
à éblouir, à enchaîner, la compagnie des Cottard, des
Bloch, des auteurs dramatiques notoires, historiens
de la Fronde de tout genre, c'était dans celle-là que
pour Mme de Villeparisis – à défaut de la partie du
monde élégant qui n'allait pas chez elle – étaient
le mouvement, la nouveauté, les divertissements et
la vie ; c'étaient ces gens-là dont elle pouvait tirer
des avantages sociaux (qui valaient bien qu'elle leur
fît rencontrer quelquefois, sans qu'ils la connussent
jamais, la duchesse de Guermantes) : des dîners avec
des hommes remarquables dont les travaux l'avaient
intéressée, un opéra-comique ou une pantomime
toute montée que l'auteur faisait représenter chez
elle, des loges pour des spectacles curieux. Bloch se
leva pour partir. Il avait dit tout haut que l'incident
du vase de fleurs renversé n'avait aucune importance, mais ce qu'il disait tout bas était différent,
plus différent encore ce qu'il pensait : « Quand on
n'a pas des domestiques assez bien stylés pour savoir
placer un vase sans risquer de tremper et même de
blesser les visiteurs, on ne se mêle pas d'avoir de
ces luxes-là », grommelait-il tout bas. Il était de
ces gens susceptibles et « nerveux » qui ne peuvent
supporter d'avoir commis une maladresse qu'ils
ne s'avouent pourtant pas, pour qui elle gâte toute
la journée. Furieux, il se sentait des idées noires,
ne voulait plus retourner dans le monde. C'était le
moment où un peu de distraction est nécessaire.
Heureusement, dans une seconde, Mme de Villeparisis allait le retenir. Soit parce qu'elle connaissait

les opinions de ses amis et le flot d'antisémitisme qui commençait à monter, soit par distraction, elle ne l'avait pas présenté aux personnes qui se trouvaient là. Lui, cependant, qui avait peu l'usage du monde, crut qu'en s'en allant il devait les saluer, par savoir-vivre, mais sans amabilité ; il inclina plusieurs fois le front, enfonça son menton barbu dans son faux col, regardant successivement chacun à travers son lorgnon, d'un air froid et mécontent. Mais Mme de Villeparisis l'arrêta ; elle avait encore à lui parler du petit acte qui devait être donné chez elle et d'autre part elle n'aurait pas voulu qu'il partît sans avoir eu la satisfaction de connaître M. de Norpois (qu'elle s'étonnait de ne pas voir entrer), et bien que cette présentation fût superflue, car Bloch était déjà résolu à persuader aux deux artistes dont il avait parlé de venir chanter à l'œil chez la marquise dans l'intérêt de leur gloire, à une de ces réceptions où fréquentait l'élite de l'Europe. Il avait même proposé en plus une tragédienne « aux yeux pers, belle comme Héra », qui dirait des proses lyriques avec le sens de « la beauté plastique ». Mais à son nom Mme de Villeparisis avait refusé, car c'était l'amie de Saint-Loup.

« J'ai de meilleures nouvelles, me dit-elle à l'oreille, je crois que cela ne bat plus que d'une aile et qu'ils ne tarderont pas à être séparés. Malgré un officier qui a joué un rôle abominable dans tout cela », ajouta-t-elle. (Car la famille de Robert commençait à en vouloir à mort à M. de Borodino qui avait donné la permission pour Bruges, sur les instances du coiffeur, et l'accusait de favoriser une liaison infâme.) « C'est quelqu'un de très mal », me dit Mme de Villeparisis avec l'accent vertueux des Guermantes même les plus dépravés. « De très, très mal », reprit-elle en mettant trois *t* à très. On sentait qu'elle ne doutait pas qu'il ne fût en tiers dans toutes les orgies. Mais comme l'amabilité était chez la marquise l'habitude dominante, son expression de sévérité froncée envers l'horrible capitaine dont elle dit avec une emphase ironique le nom : le prince de Borodino, en femme pour qui l'Empire ne compte pas, s'acheva en un tendre sourire à mon adresse avec un clignement d'œil mécanique de connivence vague avec moi.

« J'aimais beaucoup de Saint-Loup-en-Bray, dit Bloch, quoiqu'il soit un mauvais chien, parce qu'il est extrêmement bien élevé. J'aime beaucoup, pas lui, mais les personnes extrêmement bien élevées, c'est si rare », continua-t-il sans se rendre compte, parce qu'il était lui-même très mal élevé, combien ses paroles déplaisaient. « Je vais vous citer une preuve que je trouve très frappante de sa parfaite éducation. Je l'ai rencontré une fois avec un jeune homme, comme il allait monter sur son char aux belles jantes, après avoir passé lui-même les courroies splendides à deux chevaux nourris d'avoine et d'orge et qu'il n'est pas besoin d'exciter avec le fouet étincelant. Il nous présenta, mais je n'entendis pas le nom du jeune homme, car on n'entend jamais le nom des personnes à qui on vous présente, ajouta-t-il en riant parce que c'était une plaisanterie de son père. De Saint-Loup-en-Bray resta simple, ne fit pas de frais exagérés pour le jeune homme, ne parut gêné en aucune façon. Or, par hasard, j'ai appris quelques jours après que le jeune homme était le fils de sir Rufus Israëls ! »

La fin de cette histoire parut moins choquante que son début, car elle resta incompréhensible pour les personnes présentes. En effet, sir Rufus Israëls, qui semblait à Bloch et à son père un personnage presque royal devant lequel Saint-Loup devait trembler, était au contraire aux yeux du milieu Guermantes un étranger parvenu, toléré par le monde,

et de l'amitié de qui on n'eût pas eu l'idée de s'enor-
gueillir, bien au contraire !

« Je l'ai appris, dit Bloch, par le fondé de pouvoir de sir Rufus Israëls, lequel est un ami de mon
père et un homme tout à fait extraordinaire. Ah !
un individu absolument curieux », ajouta-t-il, avec
cette énergie affirmative, cet accent d'enthousiasme
qu'on n'apporte qu'aux convictions qu'on ne s'est pas
formées soi-même. « Mais dis-moi, reprit Bloch en
me parlant tout bas, quelle fortune peut avoir Saint-
Loup ? Tu comprends bien que, si je te demande
cela, je m'en moque comme de l'an quarante, mais
c'est au point de vue balzacien, tu comprends. Et
tu ne sais même pas en quoi c'est placé, s'il a des
valeurs françaises, étrangères, des terres ? »

Je ne pus le renseigner en rien. Cessant de parler
à mi-voix, Bloch demanda très haut la permission
d'ouvrir les fenêtres et, sans attendre la réponse, se
dirigea vers celles-ci. Mme de Villeparisis dit qu'il
était impossible d'ouvrir, qu'elle était enrhumée.
« Ah ! si ça doit vous faire du mal ! répondit Bloch,
déçu. Mais on peut dire qu'il fait chaud ! » Et se mettant à rire, il fit faire à ses regards qui tournèrent
autour de l'assistance une quête qui réclamait un
appui contre Mme de Villeparisis. Il ne le rencontra
pas, parmi ces gens bien élevés. Ses yeux allumés,
qui n'avaient pu débaucher personne, reprirent avec
résignation leur sérieux ; il déclara en matière de
défaite : « Il fait au moins vingt-deux degrés. Vingt-
cinq ? Cela ne m'étonne pas. Je suis presque en nage.
Et je n'ai pas, comme le sage Anténor, fils du fleuve
Alpheios, la faculté de me tremper dans l'onde paternelle, pour étancher ma sueur, avant de me mettre
dans une baignoire polie et de m'oindre d'une huile
parfumée[1]. » Et avec ce besoin qu'on a d'esquisser
à l'usage des autres des théories médicales dont

l'application serait favorable à notre propre bien-être : « Puisque vous croyez que c'est bon pour vous ! Moi je crois tout le contraire. C'est justement ce qui vous enrhume. »

Bloch s'était montré enchanté de l'idée de connaître M. de Norpois. Il eût aimé, disait-il, le faire parler sur l'affaire Dreyfus.

« Il y a là une mentalité que je connais mal et ce serait assez piquant de prendre une interview à ce diplomate considérable », dit-il d'un ton sarcastique pour ne pas avoir l'air de se juger inférieur à l'ambassadeur.

Mme de Villeparisis regretta qu'il eût dit cela aussi tout haut mais n'y attacha pas grande importance quand elle vit que l'archiviste, dont les opinions nationalistes la tenaient pour ainsi dire à la chaîne, se trouvait placé trop loin pour avoir pu entendre. Elle fut plus choquée d'entendre que Bloch, entraîné par le démon de sa mauvaise éducation qui l'avait préalablement rendu aveugle, lui demandait, en riant à la plaisanterie paternelle :

« N'ai-je pas lu de lui une savante étude où il démontrait pour quelles raisons irréfutables la guerre russo-japonaise devait se terminer par la victoire des Russes et la défaite des Japonais[1] ? Et n'est-il pas un peu gâteux ? Il me semble que c'est lui que j'ai vu viser son siège, avant d'aller s'y asseoir, en glissant comme sur des roulettes.

— Jamais de la vie ! Attendez un instant, ajouta la marquise, je ne sais pas ce qu'il peut faire. »

Elle sonna et quand le domestique fut entré, comme elle ne dissimulait nullement et même aimait à montrer que son vieil ami passait la plus grande partie de son temps chez elle :

« Allez donc dire à M. de Norpois de venir, il est en train de classer des papiers dans mon bureau, il a dit qu'il viendrait dans vingt minutes et voilà une heure trois quarts que je l'attends. Il vous parlera de l'affaire Dreyfus, de tout ce que vous voudrez, dit-elle d'un ton boudeur à Bloch, il n'approuve pas beaucoup ce qui se passe. »

Car M. de Norpois était mal avec le ministère actuel, et Mme de Villeparisis, bien qu'il ne se fût pas permis de lui amener des personnes du gouvernement (elle gardait tout de même sa hauteur de dame de la grande aristocratie et restait en dehors et au-dessus des relations qu'il était obligé de cultiver), était par lui au courant de ce qui se passait. Pareillement, ces hommes politiques du régime n'auraient pas osé demander à M. de Norpois de les présenter à Mme de Villeparisis. Mais plusieurs étaient allés le chercher chez elle à la campagne, quand ils avaient eu besoin de son concours dans des circonstances graves. On savait l'adresse. On allait au château. On ne voyait pas la châtelaine. Mais au dîner elle disait : « Monsieur, je sais qu'on est venu vous déranger. Les affaires vont-elles mieux ? »

« Vous n'êtes pas trop pressé ? demanda Mme de Villeparisis à Bloch.

— Non, non, je voulais partir parce que je ne suis pas très bien, il est même question que je fasse une cure à Vichy pour ma vésicule biliaire, dit-il en articulant ces mots avec une ironie satanique.

— Tiens, mais justement mon petit-neveu Châtellerault doit y aller, vous devriez arranger cela ensemble. Est-ce qu'il est encore là ? Il est gentil, vous savez », dit Mme de Villeparisis de bonne foi peut-être, et pensant que des gens qu'elle connaissait tous deux n'avaient aucune raison de ne pas se lier.

« Oh ! je ne sais si ça lui plairait, je ne le connais... qu'à peine, il est là-bas plus loin », dit Bloch confus et ravi.

Le maître d'hôtel n'avait pas dû exécuter d'une façon complète la commission dont il venait d'être chargé pour M. de Norpois. Car celui-ci, pour faire croire qu'il arrivait du dehors et n'avait pas encore vu la maîtresse de la maison, prit au hasard un chapeau dans l'antichambre et vint baiser cérémonieusement la main de Mme de Villeparisis, en lui demandant de ses nouvelles avec le même intérêt qu'on manifeste après une longue absence[1]. Il ignorait que la marquise avait préalablement ôté toute vraisemblance à cette comédie, à laquelle elle coupa court d'ailleurs en emmenant M. de Norpois et Bloch dans un salon voisin. Bloch qui avait vu toutes les amabilités qu'on faisait à celui qu'il ne savait pas encore être M. de Norpois, et les saluts compassés, gracieux et profonds par lesquels l'ambassadeur y répondait, Bloch se sentant inférieur à tout ce cérémonial et vexé de penser qu'il ne s'adresserait jamais à lui, m'avait dit pour avoir l'air à l'aise : « Qu'est-ce que cette espèce d'imbécile ? » Peut-être du reste toutes les salutations de M. de Norpois choquant ce qu'il y avait de meilleur en Bloch, la franchise plus directe d'un milieu moderne, est-ce en partie sincèrement qu'il les trouvait ridicules. En tout cas elles cessèrent de le lui paraître et même l'enchantèrent dès la seconde où ce fut lui, Bloch, qui se trouva en être l'objet.

« Monsieur l'ambassadeur, dit Mme de Villeparisis, je voudrais vous faire connaître monsieur. Monsieur Bloch, monsieur le marquis de Norpois. » Elle tenait malgré la façon dont elle rudoyait M. de Norpois, à lui dire : « Monsieur l'ambassadeur » par savoir-vivre, par considération exagérée du rang d'ambassadeur, considération que le marquis lui avait inculquée, et enfin pour appliquer ces manières moins familières, plus cérémonieuses à l'égard d'un certain homme, lesquelles dans le salon d'une femme distinguée, tranchant avec la liberté dont elle use avec ses autres habitués, désignent aussitôt son amant.

M. de Norpois noya son regard bleu dans sa barbe blanche, abaissa profondément sa haute taille comme s'il l'inclinait devant tout ce que lui représentait de notoire et d'imposant le nom de Bloch, murmura : « Je suis enchanté », tandis que son jeune interlocuteur, ému mais trouvant que le célèbre diplomate allait trop loin, rectifia avec empressement et dit : « Mais pas du tout, au contraire, c'est moi qui suis enchanté ! » Mais cette cérémonie, que M. de Norpois par amitié pour Mme de Villeparisis renouvelait avec chaque inconnu que sa vieille amie lui présentait, ne parut pas à celle-ci une politesse suffisante pour Bloch à qui elle dit :

« Mais demandez-lui tout ce que vous voulez savoir, emmenez-le à côté si cela est plus commode ; il sera enchanté de causer avec vous. Je crois que vous vouliez lui parler de l'affaire Dreyfus », ajouta-t-elle sans plus se préoccuper si cela faisait plaisir à M. de Norpois qu'elle n'eût pensé à demander leur agrément au portrait de la duchesse de Montmorency avant de le faire éclairer pour l'historien, ou au thé avant d'en offrir une tasse.

« Parlez-lui fort, dit-elle à Bloch, il est un peu sourd, mais il vous dira tout ce que vous voudrez, il a très bien connu Bismarck, Cavour. N'est-ce pas, Monsieur, dit-elle avec force, vous avez bien connu Bismarck ?

— Avez-vous quelque chose sur le chantier ? » me demanda M. de Norpois avec un signe d'intelligence en me serrant la main cordialement. J'en profitai pour le débarrasser obligeamment du chapeau qu'il avait cru devoir apporter en signe de cérémonie, car je venais de m'apercevoir que c'était le mien qu'il avait pris au hasard. « Vous m'aviez montré une œuvrette un peu tarabiscotée où vous coupiez les cheveux en quatre. Je vous ai donné franchement mon avis ; ce que vous aviez fait ne valait pas la peine que vous le couchiez sur le papier. Nous préparez-vous quelque chose ? Vous êtes très féru de Bergotte, si je me souviens bien. — Ah ! ne dites pas de mal de Bergotte, s'écria la duchesse. — Je ne conteste pas son talent de peintre, nul ne s'en aviserait, duchesse. Il sait graver au burin ou à l'eau-forte, sinon brosser, comme M. Cherbuliez[1], une grande composition. Mais il me semble que notre temps fait une confusion de genres et que le propre du romancier est plutôt de nouer une intrigue et d'élever les cœurs que de fignoler à la pointe sèche un frontispice ou un cul-de-lampe. Je verrai votre père dimanche chez ce brave A. J. » ajouta-t-il en se tournant vers moi.

J'espérai un instant, en le voyant parler à Mme de Guermantes, qu'il me prêterait peut-être pour aller chez elle l'aide qu'il m'avait refusée pour aller chez Mme Swann. « Une autre de mes grandes admirations, lui dis-je, c'est Elstir. Il paraît que la duchesse de Guermantes en a de merveilleux, notamment cette admirable botte de radis, que j'ai aperçue à l'Exposition et que j'aimerais tant revoir ; quel chef-d'œuvre que ce tableau ! » Et en effet, si j'avais été un homme en vue, et qu'on m'eût demandé le morceau de peinture que je préférais, j'aurais cité cette botte de radis.

« Un chef-d'œuvre ? s'écria M. de Norpois avec un air d'étonnement et de blâme. Ce n'a même pas la prétention d'être un tableau, mais une simple esquisse » (il avait raison). « Si vous appelez chef-d'œuvre cette vive pochade, que direz-vous de la *Vierge* d'Hébert ou de Dagnan-Bouveret[2] ?

— J'ai entendu que vous refusiez l'amie de Robert », dit Mme de Guermantes à sa tante après que Bloch eut pris à part l'ambassadeur, « je crois

que vous n'avez rien à regretter, vous savez que c'est
une horreur, elle n'a pas l'ombre de talent, et en plus
elle est grotesque.

— Mais comment la connaissez-vous, duchesse ?
dit M. d'Argencourt.

— Comment, vous ne savez pas qu'elle a joué chez
moi avant tout le monde, je n'en suis pas plus fière
pour cela », dit en riant Mme de Guermantes, heureuse pourtant, puisqu'on parlait de cette actrice, de
faire savoir qu'elle avait eu la primeur de ses ridicules. « Allons, je n'ai plus qu'à partir », ajouta-t-elle
sans bouger.

Elle venait de voir entrer son mari, et par les
mots qu'elle prononçait, faisait allusion au comique
d'avoir l'air de faire ensemble une visite de noces,
nullement aux rapports souvent difficiles qui existaient entre elle et cet énorme gaillard vieillissant,
mais qui menait toujours une vie de jeune homme.
Promenant sur le grand nombre de personnes qui
entouraient la table à thé les regards affables, malicieux et un peu éblouis par les rayons du soleil couchant, de ses petites prunelles rondes et exactement
logées dans l'œil comme les « mouches » que savait
viser et atteindre si parfaitement l'excellent tireur
qu'il était, le duc s'avançait avec une lenteur émerveillée et prudente comme si, intimidé par une si
brillante assemblée, il eût craint de marcher sur les
robes et de déranger les conversations. Un sourire
permanent de bon roi d'Yvetot légèrement pompette[1],
une main à demi dépliée flottant, comme l'aileron
d'un requin, à côté de sa poitrine, et qu'il laissait
presser indistinctement par ses vieux amis et par
les inconnus qu'on lui présentait, lui permettaient,
sans avoir à faire un seul geste ni à interrompre sa
tournée débonnaire, fainéante et royale, de satisfaire
à l'empressement de tous, en murmurant seulement :

« Bonsoir, mon bon, bonsoir, mon cher ami, charmé, monsieur Bloch, bonsoir, Argencourt », et près de moi, qui fus le plus favorisé, quand il eut entendu mon nom : « Bonsoir, mon petit voisin, comment va votre père ? Quel brave homme ! » Il ne fit de grandes démonstrations que pour Mme de Villeparisis qui lui dit bonjour d'un signe de tête en sortant une main de son petit tablier.

Formidablement riche dans un monde où on l'est de moins en moins, ayant assimilé à sa personne d'une façon permanente la notion de cette énorme fortune, en lui la vanité du grand seigneur était doublée de celle de l'homme d'argent, l'éducation raffinée du premier arrivant tout juste à contenir la suffisance du second. On comprenait d'ailleurs que ses succès de femmes qui faisaient le malheur de la sienne ne fussent pas dus qu'à son nom et à sa fortune, car il était encore d'une grande beauté, avec, dans le profil, la pureté, la décision de contour de quelque dieu grec.

« Vraiment, elle a joué chez vous ? demanda M. d'Argencourt à la duchesse.

— Mais voyons, elle est venue réciter, avec un bouquet de lis dans la main et d'autres lis "su" sa robe. » (Mme de Guermantes mettait, comme Mme de Villeparisis, de l'affectation à prononcer certains mots d'une façon très paysanne, quoiqu'elle ne roulât nullement les *r* comme faisait sa tante.)

Avant que M. de Norpois, contraint et forcé, n'emmenât Bloch dans la petite baie où ils pourraient causer ensemble, je revins un instant vers le vieux diplomate et lui glissai un mot d'un fauteuil académique pour mon père. Il voulut d'abord remettre la conversation à plus tard. Mais j'objectai que j'allais partir pour Balbec. « Comment ! vous allez de nouveau à Balbec. Mais vous êtes un véritable globe-trotteur ! » Puis il m'écouta. Au nom de Leroy-Beaulieu, M. de Norpois me regarda d'un air soupçonneux. Je me figurai qu'il avait peut-être tenu à M. Leroy-Beaulieu des propos désobligeants pour mon père, et qu'il craignait que l'économiste ne les lui eût répétés. Aussitôt, il parut animé d'une véritable affection pour mon père. Et après un de ces ralentissements du débit où tout d'un coup une parole éclate, comme malgré celui qui parle et chez qui l'irrésistible conviction emporte les efforts bégayants qu'il faisait pour se taire : « Non, non, me dit-il avec émotion, il ne *faut pas* que votre père se présente. Il ne le faut pas dans son intérêt, pour lui-même, par respect pour sa valeur qui est grande et qu'il compromettrait dans une pareille aventure. Il vaut mieux que cela. Fût-il nommé, il aurait tout à perdre et rien à gagner. Dieu merci, il n'est pas orateur. Et c'est la seule chose qui compte auprès de mes chers collègues quand même ce qu'on dit ne serait que turlutaines. Votre père a un but important dans la vie ; il doit y marcher droit, sans se laisser détourner à battre les buissons, fût-ce les buissons, d'ailleurs plus épineux que fleuris, du jardin d'Academus[1]. Du reste, il ne réunirait que quelques voix. L'Académie aime à faire faire un stage au postulant avant de l'admettre dans son giron. Actuellement, il n'y a rien à faire. Plus tard je ne dis pas. Mais il faut que ce soit la Compagnie elle-même qui vienne le chercher. Elle pratique avec plus de fétichisme que de bonheur le *Farà da sé*[2] de nos voisins d'au-delà des Alpes. Leroy-Beaulieu m'a parlé de tout cela d'une manière qui ne m'a pas plu. Il m'a du reste semblé à vue de nez avoir partie liée avec votre père ? Je lui ai peut-être fait sentir un peu vivement qu'habitué à s'occuper de cotons et de métaux[3], il méconnaissait le rôle des impondérables, comme disait Bismarck[4].

Ce qu'il faut éviter avant tout, c'est que votre père se présente : *Principiis obsta*[1]. Ses amis se trouveraient dans une position délicate s'il les mettait en présence du fait accompli. Tenez, dit-il brusquement d'un air de franchise, en fixant ses yeux bleus sur moi, je vais vous dire une chose qui va vous étonner de ma part à moi qui aime tant votre père. Eh bien, justement parce que je l'aime (nous sommes les deux inséparables, *Arcades ambo*[2]), justement parce que je sais les services qu'il peut rendre à son pays, les écueils qu'il peut lui éviter s'il reste à la barre, par affection, par haute estime, par patriotisme, je ne voterais pas pour lui. Du reste, je crois l'avoir laissé entendre. » (Et je crus apercevoir dans ses yeux le profil assyrien et sévère de Leroy-Beaulieu.) « Donc lui donner ma voix serait de ma part une sorte de palinodie. » À plusieurs reprises, M. de Norpois traita ses collègues de fossiles. En dehors des autres raisons, tout membre d'un club ou d'une Académie aime à investir ses collègues du genre de caractère le plus contraire au sien, moins pour l'utilité de pouvoir dire : « Ah ! si cela ne dépendait que de moi ! » que pour la satisfaction de présenter le titre qu'il a obtenu comme plus difficile et plus flatteur. « Je vous dirai, conclut-il, que, dans votre intérêt à tous, j'aime mieux pour votre père une élection triomphale dans dix ou quinze ans. » Paroles qui furent jugées par moi comme dictées, sinon par la jalousie, au moins par un manque absolu de serviabilité et qui se trouvèrent recevoir plus tard, de l'événement même, un sens différent.

« Vous n'avez pas l'intention d'entretenir l'Institut du prix du pain pendant la Fronde ? demanda timidement l'historien de la Fronde à M. de Norpois. Vous pourriez trouver là un succès considérable (ce qui voulait dire me faire une réclame monstre) »,

ajouta-t-il en souriant à l'ambassadeur avec une pusil-
lanimité mais aussi une tendresse qui lui fit lever les
paupières et découvrir ses yeux, grands comme un
ciel. Il me semblait avoir vu ce regard, pourtant je ne
connaissais que d'aujourd'hui l'historien. Tout d'un
coup je me rappelai : ce même regard, je l'avais vu
dans les yeux d'un médecin brésilien qui prétendait
guérir les étouffements du genre de ceux que j'avais
par d'absurdes inhalations d'essences de plantes.
Comme, pour qu'il prît plus soin de moi, je lui avais
dit que je connaissais le professeur Cottard, il m'avait
répondu, comme dans l'intérêt de Cottard : « Voilà
un traitement, si vous lui en parliez, qui lui fournirait la matière d'une retentissante communication
à l'Académie de médecine ! » Il n'avait osé insister
mais m'avait regardé de ce même air d'interrogation timide, intéressée et suppliante que je venais
d'admirer chez l'historien de la Fronde. Certes ces
deux hommes ne se connaissaient pas et ne se ressemblaient guère, mais les lois psychologiques ont
comme les lois physiques une certaine généralité.
Et, si les conditions nécessaires sont les mêmes, un
même regard éclaire des animaux humains différents,
comme un même ciel matinal des lieux de la terre
situés bien loin l'un de l'autre et qui ne se sont jamais
vus. Je n'entendis pas la réponse de l'ambassadeur,
car tout le monde, avec un peu de brouhaha, s'était
approché de Mme de Villeparisis pour la voir peindre.

« Vous savez de qui nous parlons, Basin ? dit la
duchesse à son mari.

— Naturellement, je devine, dit le duc. Ah ! ce
n'est pas ce que nous appelons une comédienne de
la grande lignée.

— Jamais, reprit Mme de Guermantes s'adressant à M. d'Argencourt, vous n'avez imaginé quelque
chose de plus risible.

— C'était même drolatique », interrompit M. de Guermantes dont le bizarre vocabulaire permettait à la fois aux gens du monde de dire qu'il n'était pas un sot et aux gens de lettres de le trouver le pire des imbéciles.

« Je ne peux pas comprendre, reprit la duchesse, comment Robert a jamais pu l'aimer. Oh ! je sais bien qu'il ne faut jamais discuter ces choses-là », ajouta-t-elle avec une jolie moue de philosophe et de sentimentale désenchantée. « Je sais que n'importe qui peut aimer n'importe quoi. Et, ajouta-t-elle – car si elle se moquait encore de la littérature nouvelle, celle-ci, peut-être par la vulgarisation des journaux ou à travers certaines conversations, s'était un peu infiltrée en elle – c'est même ce qu'il y a de beau dans l'amour, parce que c'est justement ce qui le rend "mystérieux".

— Mystérieux ! Ah ! j'avoue que c'est un peu fort pour moi, ma cousine, dit le comte d'Argencourt.

— Mais si, c'est très mystérieux, l'amour », reprit la duchesse avec un doux sourire de femme du monde aimable, mais aussi avec l'intransigeante conviction d'une wagnérienne qui affirme à un homme de cercle qu'il n'y a pas que du bruit dans *La Walkyrie*. « Du reste, au fond, on ne sait pas pourquoi une personne en aime une autre ; ce n'est peut-être pas du tout pour ce que nous croyons », ajouta-t-elle en souriant, repoussant ainsi tout d'un coup par son interprétation l'idée qu'elle venait d'émettre. « Et puis, au fond on ne sait jamais rien, conclut-elle d'un air sceptique et fatigué. Aussi, voyez-vous, c'est plus "intelligent" : il ne faut jamais discuter le choix des amants. »

Mais après avoir posé ce principe, elle y manqua immédiatement en critiquant le choix de Saint-Loup.

« Voyez-vous, tout de même, je trouve étonnant

qu'on puisse trouver de la séduction à une personne ridicule. »

Bloch entendant que nous parlions de Saint-Loup, et comprenant qu'il était à Paris, se mit à en dire un mal si épouvantable que tout le monde en fut révolté. Il commençait à avoir des haines, et on sentait que pour les assouvir il ne reculerait devant rien. Ayant posé en principe qu'il avait une haute valeur morale, et que l'espèce de gens qui fréquentait la Boulie[1] (cercle sportif qu'il croyait élégant) méritait le bagne, tous les coups qu'il pouvait leur porter lui semblaient méritoires. Il alla une fois jusqu'à parler d'un procès qu'il voulait intenter à un de ses amis de la Boulie. Au cours de ce procès il comptait déposer d'une façon mensongère et dont l'inculpé ne pourrait pas cependant prouver la fausseté. De cette façon, Bloch, qui ne mit du reste pas à exécution son projet, pensait le désespérer et l'affoler davantage. Quel mal y avait-il à cela, puisque celui qu'il voulait frapper ainsi était un homme qui ne pensait qu'au chic, un homme de la Boulie, et que contre de telles gens toutes les armes sont permises, surtout à un saint, comme lui, Bloch ?

« Pourtant, voyez Swann », objecta M. d'Argencourt qui, venant enfin de comprendre le sens des paroles qu'avait prononcées sa cousine, était frappé de leur justesse et cherchait dans sa mémoire l'exemple de gens ayant aimé des personnes qui à lui ne lui eussent pas plu.

« Ah ! Swann ce n'est pas du tout le même cas, protesta la duchesse. C'était très étonnant tout de même parce que c'était une brave idiote, mais elle n'était pas ridicule et elle a été jolie.

— Hou, hou, grommela Mme de Villeparisis.

— Ah ! vous ne la trouviez pas jolie ? si, elle avait des choses "ch"armantes, de bien jolis yeux, de jolis

cheveux, elle s'habillait et elle s'habille encore merveilleusement. Maintenant, je reconnais qu'elle est
immonde, mais elle a été une ravissante personne.
Ça ne m'a fait pas moins de chagrin que Charles
l'ait épousée, parce que c'était tellement inutile. »
La duchesse ne croyait pas dire quelque chose de
remarquable mais, comme M. d'Argencourt se mit à
rire, elle répéta la phrase, soit qu'elle la trouvât drôle,
ou seulement qu'elle trouvât gentil le rieur qu'elle se
mit à regarder d'un air câlin, pour ajouter l'enchantement de la douceur à celui de l'esprit. Elle continua : « Oui, n'est-ce pas, ce n'était pas la peine, mais
enfin elle n'était pas sans charme et je comprends
parfaitement qu'on l'aimât, tandis que la demoiselle
de Robert, je vous assure qu'elle est à mourir de
rire. Je sais bien qu'on m'objectera cette vieille ren-
gaine d'Augier : "Qu'importe le flacon pourvu qu'on
ait l'ivresse[1] !" Hé bien, Robert a peut-être l'ivresse,
mais il n'a vraiment pas fait preuve de goût dans le
choix du flacon ! D'abord, imaginez-vous qu'elle avait
eu la prétention que je fisse dresser un escalier au
beau milieu de mon salon. C'est un rien, n'est-ce pas,
et elle m'avait annoncé qu'elle resterait couchée à
plat ventre sur les marches. D'ailleurs, si vous aviez
entendu ce qu'elle disait, je ne connais qu'une scène,
mais je ne crois pas qu'on puisse imaginer quelque
chose de pareil : cela s'appelle *Les Sept Princesses*[2].

— *Les Sept Princesses*, oh ! oïl, oïl, quel snobisme ! s'écria M. d'Argencourt. Ah ! mais attendez,
je connais toute la pièce. L'auteur l'a envoyée au Roi
qui n'y a rien compris et m'a demandé de lui expliquer.

— Ce n'est pas par hasard du Sâr Peladan[3] ? »
demanda l'historien de la Fronde avec une intention
de finesse et d'actualité, mais si bas que sa question
passa inaperçue.

« Ah ! vous connaissez *Les Sept Princesses* ? répondit la duchesse à M. d'Argencourt. Tous mes compliments ! Moi je n'en connais qu'une, mais cela m'a ôté la curiosité de faire la connaissance de six autres. Si elles sont toutes pareilles à celle que j'ai vue ! »

« Quelle buse ! » pensais-je, irrité de l'accueil glacial qu'elle m'avait fait. Je trouvais une sorte d'âpre satisfaction à constater sa complète incompréhension de Maeterlinck. « C'est pour une pareille femme que tous les matins je fais tant de kilomètres, vraiment j'ai de la bonté ! Maintenant c'est moi qui ne voudrais pas d'elle. » Tels étaient les mots que je me disais ; ils étaient le contraire de ma pensée ; c'étaient de purs mots de conversation, comme nous nous en disons dans ces moments où trop agités pour rester seuls avec nous-mêmes nous éprouvons le besoin, à défaut d'autre interlocuteur, de causer avec nous, sans sincérité, comme avec un étranger.

« Je ne peux pas vous donner une idée, continua la duchesse, c'était à se tordre de rire. On ne s'en est pas fait faute, trop même, car la petite personne n'a pas aimé cela, et dans le fond Robert m'en a toujours voulu. Ce que je ne regrette pas du reste, car si cela avait bien tourné, la demoiselle serait peut-être revenue et je me demande jusqu'à quel point cela aurait charmé Marie-Aynard. »

On appelait ainsi dans la famille la mère de Robert, Mme de Marsantes, veuve d'Aynard de Saint-Loup, pour la distinguer de sa cousine la princesse de Guermantes-Bavière, autre Marie, au prénom de qui ses neveux, cousins et beaux-frères ajoutaient, pour éviter la confusion, soit le prénom de son mari, soit un autre de ses prénoms à elle, ce qui donnait soit Marie-Gilbert, soit Marie-Hedwige.

« D'abord la veille il y eut une espèce de répétition qui était une bien belle chose ! poursuivit ironiquement Mme de Guermantes. Imaginez qu'elle disait une phrase, pas même, un quart de phrase, et puis elle s'arrêtait ; elle ne disait plus rien, mais je n'exagère pas, pendant cinq minutes.

— Oïl, oïl, oïl ! s'écria M. d'Argencourt.

— Avec toute la politesse du monde je me suis permis d'insinuer que cela étonnerait peut-être un peu. Et elle m'a répondu textuellement : "Il faut toujours dire une chose comme si on était en train de la composer soi-même." Si vous y réfléchissez, c'est monumental, cette réponse.

— Mais je croyais qu'elle ne disait pas mal les vers, dit un des deux jeunes gens.

— Elle ne se doute pas de ce que c'est, répondit Mme de Guermantes. Du reste je n'ai pas eu besoin de l'entendre. Il m'a suffi de la voir arriver avec des lis ! J'ai tout de suite compris qu'elle n'avait pas de talent quand j'ai vu les lis ! »

Tout le monde rit.

« Ma tante, vous ne m'en avez pas voulu de ma plaisanterie de l'autre jour au sujet de la reine de Suède ? je viens vous demander l'aman.

— Non, je ne t'en veux pas ; je te donne même le droit de goûter si tu as faim.

— Allons, monsieur Vallenères, faites la jeune fille », dit Mme de Villeparisis à l'archiviste, selon une plaisanterie consacrée.

M. de Guermantes se redressa dans le fauteuil où il s'était affalé, son chapeau à côté de lui sur le tapis, examina d'un air de satisfaction les assiettes de petits fours qui lui étaient présentées.

« Mais volontiers, maintenant que je commence à être familiarisé avec cette noble assistance, j'accepterai un baba, ils semblent excellents.

— Monsieur remplit à merveille son rôle de jeune fille », dit M. d'Argencourt qui, par esprit d'imitation, reprit la plaisanterie de Mme de Villeparisis.

L'archiviste présenta l'assiette de petits fours à l'historien de la Fronde.

« Vous vous acquittez à merveille de vos fonctions », dit celui-ci par timidité et pour tâcher de conquérir la sympathie générale.

Aussi jeta-t-il à la dérobée un regard de connivence sur ceux qui avaient déjà fait comme lui.

« Dites-moi, ma bonne tante, demanda M. de Guermantes à Mme de Villeparisis, qu'est-ce que ce monsieur assez bien de sa personne qui sortait comme j'entrais ? Je dois le connaître parce qu'il m'a fait un grand salut, mais je ne l'ai pas remis, vous savez, je suis brouillé avec les noms, ce qui est bien désagréable, dit-il d'un air de satisfaction.

— M. Legrandin.

— Ah ! mais Oriane a une cousine dont la mère, sauf erreur, est née Grandin. Je sais très bien, ce sont des Grandin de l'Éprevier.

— Non, répondit Mme de Villeparisis, cela n'a aucun rapport. Ceux-ci sont Grandin tout simplement, Grandin de rien du tout. Mais ils ne demandent qu'à l'être de tout ce que tu voudras. La sœur de celui-ci s'appelle Mme de Cambremer.

— Mais voyons, Basin, vous savez bien de qui ma tante veut parler, s'écria la duchesse avec indignation, c'est le frère de cette énorme herbivore que vous avez eu l'étrange idée d'envoyer venir me voir l'autre jour. Elle est restée une heure, j'ai pensé que je deviendrais folle. Mais j'ai commencé par croire que c'était elle qui l'était en voyant entrer chez moi une personne que je ne connaissais pas et qui avait l'air d'une vache.

— Écoutez, Oriane, elle m'avait demandé votre

jour ; je ne pouvais pourtant pas lui faire une grossièreté, et puis, voyons, vous exagérez, elle n'a pas
l'air d'une vache », ajouta-t-il d'un air plaintif, mais
non sans jeter à la dérobée un regard souriant sur
l'assistance.

Il savait que la verve de sa femme avait besoin
d'être stimulée par la contradiction, la contradiction
du bon sens qui proteste que, par exemple, on ne
peut pas prendre une femme pour une vache (c'est
ainsi que Mme de Guermantes enchérissant sur une
première image était souvent arrivée à produire ses
plus jolis mots). Et le duc se présentait naïvement
pour l'aider, sans en avoir l'air, à réussir son tour,
comme, dans un wagon, le compère inavoué d'un
joueur de bonneteau.

« Je reconnais qu'elle n'a pas l'air d'une vache, car
elle a l'air de plusieurs, s'écria Mme de Guermantes.
Je vous jure que j'étais bien embarrassée voyant ce
troupeau de vaches qui entrait en chapeau dans mon
salon et qui me demandait comment j'allais. D'un
côté j'avais envie de lui répondre : "Mais, troupeau de
vaches, tu confonds, tu ne peux pas être en relations
avec moi, puisque tu es un troupeau de vaches", et
d'autre part ayant cherché dans ma mémoire j'ai fini
par croire que votre Cambremer était l'infante Dorothée qui avait dit qu'elle viendrait une fois et qui est
assez *bovine* aussi, de sorte que j'ai failli dire Votre
Altesse royale et parler à la troisième personne à un
troupeau de vaches. Elle a aussi le genre de gésier de
la reine de Suède. Du reste cette attaque de vive force
avait été préparée par un tir à distance, selon toutes
les règles de l'art. Depuis je ne sais combien de temps
j'étais bombardée de ses cartes, j'en trouvais partout, sur tous les meubles, comme des prospectus.
J'ignorais le but de cette réclame. On ne voyait chez
moi que "Marquis et Marquise de Cambremer" avec

une adresse que je ne me rappelle pas et dont je suis d'ailleurs résolue à ne jamais me servir.

— Mais c'est très flatteur de ressembler à une reine, dit l'historien de la Fronde.

— Oh ! mon Dieu, Monsieur, les rois et les reines, à notre époque ce n'est pas grand-chose ! » dit M. de Guermantes parce qu'il avait la prétention d'être un esprit libre et moderne, et aussi pour n'avoir pas l'air de faire cas des relations royales auxquelles il tenait beaucoup.

Bloch et M. de Norpois qui s'étaient levés se trouvèrent plus près de nous.

« Monsieur, dit Mme de Villeparisis, lui avez-vous parlé de l'affaire Dreyfus ? »

M. de Norpois leva les yeux au ciel, mais en souriant, comme pour attester l'énormité des caprices auxquels sa Dulcinée lui imposait le devoir d'obéir. Néanmoins il parla à Bloch, avec beaucoup d'affabilité, des années affreuses, peut-être mortelles, que traversait la France. Comme cela signifiait probablement que M. de Norpois (à qui Bloch cependant avait dit croire à l'innocence de Dreyfus) était ardemment antidreyfusard, l'amabilité de l'ambassadeur, l'air qu'il avait de donner raison à son interlocuteur, de ne pas douter qu'ils fussent du même avis, de se liguer en complicité avec lui pour accabler le gouvernement, flattaient la vanité de Bloch et excitaient sa curiosité. Quels étaient les points importants que M. de Norpois ne spécifiait point mais sur lesquels il semblait implicitement admettre que Bloch et lui étaient d'accord, quelle opinion avait-il donc de l'affaire, qui pût les réunir ? Bloch était d'autant plus étonné de l'accord mystérieux qui semblait exister entre lui et M. de Norpois que cet accord ne portait pas que sur la politique, Mme de Villeparisis ayant assez longuement parlé à M. de Norpois des travaux littéraires de Bloch.

« Vous n'êtes pas de votre temps, dit à celui-ci l'ancien ambassadeur, et je vous en félicite, vous n'êtes pas de ce temps où les études désintéressées n'existent plus, où on ne vend plus au public que des obscénités ou des inepties. Des efforts tels que les vôtres devraient être encouragés si nous avions un gouvernement. »

Bloch était flatté de surnager seul dans le naufrage universel. Mais là encore il aurait voulu des précisions, savoir de quelles inepties voulait parler M. de Norpois. Bloch avait le sentiment de travailler dans la même voie que beaucoup, il ne s'était pas cru si exceptionnel. Il revint à l'affaire Dreyfus, mais ne put arriver à démêler l'opinion de M. de Norpois. Il tâcha de le faire parler des officiers dont le nom revenait souvent dans les journaux à ce moment-là ; ils excitaient plus la curiosité que les hommes politiques mêlés à la même affaire, parce qu'ils n'étaient pas déjà connus comme ceux-ci et, dans un costume spécial, du fond d'une vie différente et d'un silence religieusement gardé, venaient seulement de surgir et de parler, comme Lohengrin descendant d'une nacelle conduite par un cygne[1]. Bloch avait pu, grâce à un avocat nationaliste qu'il connaissait, entrer à plusieurs audiences du procès Zola[2]. Il arrivait là le matin, pour n'en sortir que le soir, avec une provision de sandwiches et une bouteille de café, comme au concours général ou aux compositions de baccalauréat, et ce changement d'habitudes réveillant l'éréthisme nerveux que le café et les émotions du procès portaient à son comble, il sortait de là tellement amoureux de tout ce qui s'y était passé que, le soir, rentré chez lui, il voulait se replonger dans le beau songe et courait retrouver dans un restaurant fréquenté par les deux partis des camarades avec qui il reparlait sans fin de ce qui s'était passé dans la

journée et réparait par un souper commandé sur un
ton impérieux qui lui donnait l'illusion du pouvoir,
le jeûne et les fatigues d'une journée commencée si
tôt et où on n'avait pas déjeuné[1]. L'homme jouant
perpétuellement entre les deux plans de l'expérience
et de l'imagination voudrait approfondir la vie idéale
des gens qu'il connaît et connaître les êtres dont il a
eu à imaginer la vie. Aux questions de Bloch, M. de
Norpois répondit :

« Il y a deux officiers mêlés à l'affaire en cours
et dont j'ai entendu parler autrefois par un homme
dont le jugement m'inspirait grande confiance et qui
faisait d'eux le plus grand cas (M. de Miribel[2]), c'est
le lieutenant-colonel Henry[3] et le lieutenant-colonel
Picquart.

— Mais, s'écria Bloch, la divine Athénè, fille de
Zeus, a mis dans l'esprit de chacun le contraire de
ce qui est dans l'esprit de l'autre. Et ils luttent l'un
contre l'autre, tels deux lions. Le colonel Picquart
avait une grande situation dans l'armée, mais sa
Moire[4] l'a conduit du côté qui n'était pas le sien.
L'épée des nationalistes tranchera son corps délicat
et il servira de pâture aux animaux carnassiers et aux
oiseaux qui se nourrissent de la graisse des morts. »

M. de Norpois ne répondit pas.

« De quoi palabrent-ils là-bas dans un coin ? »
demanda M. de Guermantes à Mme de Villeparisis
en montrant M. de Norpois et Bloch.

« De l'affaire Dreyfus.

— Ah ! Diable ! À propos, saviez-vous qui est partisan enragé de Dreyfus ? Je vous le donne en mille.
Mon neveu Robert ! Je vous dirai même qu'au Jockey, quand on a appris ces prouesses, cela a été une
levée de boucliers, un véritable tollé. Comme on le
présente dans huit jours…

— Évidemment, interrompit la duchesse, s'ils sont

tous comme Gilbert qui a toujours soutenu qu'il fallait renvoyer tous les juifs à Jérusalem…

— Ah ! alors, le prince de Guermantes est tout à fait dans mes idées », interrompit M. d'Argencourt.

Le duc se parait de sa femme mais ne l'aimait pas. Très « suffisant », il détestait d'être interrompu, puis il avait dans son ménage l'habitude d'être brutal avec elle. Frémissant d'une double colère de mauvais mari à qui on parle et de beau parleur qu'on n'écoute pas, il s'arrêta net et lança sur la duchesse un regard qui embarrassa tout le monde.

« Qu'est-ce qu'il vous prend de nous parler de Gilbert et de Jérusalem ? dit-il enfin. Il ne s'agit pas de cela. Mais, ajouta-t-il d'un ton radouci, vous m'avouerez que si un des nôtres était refusé au Jockey et surtout Robert dont le père y a été pendant dix ans président, ce serait un comble. Que voulez-vous, ma chère, ça les a fait tiquer, ces gens, ils ont ouvert de gros yeux. Je ne peux pas leur donner tort ; personnellement vous savez que je n'ai aucun préjugé de races, je trouve que ce n'est pas de notre époque et j'ai la prétention de marcher avec mon temps, mais enfin que diable ! quand on s'appelle le marquis de Saint-Loup, on n'est pas dreyfusard, que voulez-vous que je vous dise ! »

M. de Guermantes prononça ces mots : « quand on s'appelle le marquis de Saint-Loup » avec emphase. Il savait pourtant bien que c'était une plus grande chose encore de s'appeler « le duc de Guermantes ». Mais si son amour-propre avait des tendances à s'exagérer plutôt la supériorité du titre de duc de Guermantes, ce n'était peut-être pas tant les règles du bon goût que les lois de l'imagination qui le poussaient à le diminuer. Chacun voit en plus beau ce qu'il voit à distance, ce qu'il voit chez les autres. Car les lois générales qui règlent la perspective dans l'imagination s'appliquent aussi bien aux ducs qu'aux autres hommes. Non seulement les lois de l'imagination, mais celles du langage. Or, l'une ou l'autre de deux lois du langage pouvaient s'appliquer ici. L'une veut qu'on s'exprime comme les gens de sa classe mentale et non de sa caste d'origine. Par là M. de Guermantes pouvait être dans ses expressions, même quand il voulait parler de la noblesse, tributaire de très petits bourgeois qui auraient dit : « quand on s'appelle le duc de Guermantes », tandis qu'un homme lettré, un Swann, un Legrandin ne l'eussent pas dit. Un duc peut écrire des romans d'épicier, même sur les mœurs du grand monde, les parchemins n'étant là de nul secours, et l'épithète d'aristocratique être méritée par les écrits d'un plébéien. Quel était dans ce cas le bourgeois à qui M. de Guermantes, avait entendu dire : « quand on s'appelle », il n'en savait sans doute rien. Mais une autre loi du langage est que de temps en temps, comme font leur apparition et s'éloignent certaines maladies dont on n'entend plus parler ensuite, il naît on ne sait trop comment, soit spontanément, soit par un hasard comparable à celui qui fit germer en France une mauvaise herbe d'Amérique dont la graine prise après la peluche d'une couverture de voyage était tombée sur un talus de chemin de fer, des modes d'expressions qu'on entend dans la même décade dites par des gens qui ne se sont pas concertés pour cela. Or, de même qu'une certaine année j'entendis Bloch dire en parlant de lui-même : « Comme les gens les plus charmants, les plus brillants, les mieux posés, les plus difficiles, se sont aperçus qu'il n'y avait qu'un seul être qu'ils trouvaient intelligent, agréable, dont ils ne pouvaient se passer, c'était Bloch », et la même phrase dans la bouche de bien d'autres jeunes gens qui ne le connaissaient pas et qui remplaçaient seulement Bloch par leur propre nom, de même je devais entendre souvent le « quand on s'appelle ».

« Que voulez-vous, continua le duc, avec l'esprit qui règne là, c'est assez compréhensible.

— C'est surtout comique, répondit la duchesse, étant donné les idées de sa mère qui nous rase avec la Patrie française[1] du matin au soir.

— Oui, mais il n'y a pas que sa mère, il ne faut pas nous raconter de craques. Il y a une donzelle, une cascadeuse de la pire espèce, qui a plus d'influence sur lui et qui est précisément compatriote du sieur Dreyfus. Elle a passé à Robert son état d'esprit.

— Vous ne saviez peut-être pas, monsieur le duc, qu'il y a un mot nouveau pour exprimer un tel genre d'esprit, dit l'archiviste qui était secrétaire des comités antirévisionnistes. On dit "mentalité". Cela signifie exactement la même chose, mais au moins personne ne sait ce qu'on veut dire. C'est le fin du fin et, comme on dit, le "dernier cri". »

Cependant, ayant entendu le nom de Bloch, il le voyait poser des questions à M. de Norpois avec une inquiétude qui en éveilla une différente mais aussi forte chez la marquise. Tremblant devant l'archiviste en faisant l'antidreyfusarde avec lui, elle craignait ses reproches s'il se rendait compte qu'elle avait reçu un juif plus ou moins affilié au « Syndicat[2] ».

« Ah ! mentalité, j'en prends note, je le resservirai, dit le duc. » (Ce n'était pas une figure, le duc avait un petit carnet rempli de « citations » et qu'il relisait avant les grands dîners.) « Mentalité me plaît. Il y a comme cela des mots nouveaux qu'on lance, mais ils ne durent pas. Dernièrement, j'ai lu comme cela qu'un écrivain était "talentueux". Comprenne qui pourra. Puis je ne l'ai plus jamais revu.

— Mais mentalité est plus employé que talentueux, dit l'historien de la Fronde pour se mêler à la conversation. Je suis membre d'une Commission au ministère de l'Instruction publique où je l'ai entendu employer plusieurs fois, et aussi à mon cercle, le cercle Volney[1], et même à dîner chez M. Émile Ollivier[2].

— Moi qui n'ai pas l'honneur de faire partie du ministère de l'Instruction publique », répondit le duc avec une feinte humilité mais avec une vanité si profonde que sa bouche ne pouvait s'empêcher de sourire et ses yeux de jeter à l'assistance des regards pétillants de joie sous l'ironie desquels rougit le pauvre historien, « moi qui n'ai pas l'honneur de faire partie du ministère de l'Instruction publique, reprit-il s'écoutant parler, ni du cercle Volney (je ne suis que de l'Union[3] et du Jockey), vous n'êtes pas du Jockey, monsieur ? » demanda-t-il à l'historien qui, rougissant encore davantage, flairant une insolence et ne la comprenant pas, se mit à trembler de tous ses membres, « moi qui ne dîne même pas chez M. Émile Ollivier, j'avoue que je ne connaissais pas mentalité. Je suis sûr que vous êtes dans mon cas, Argencourt. Vous savez pourquoi on ne peut pas montrer les preuves de la trahison de Dreyfus. Il paraît que c'est parce qu'il est l'amant de la femme du ministre de la Guerre, cela se dit sous le manteau.

— Ah ! je croyais de la femme du président du Conseil, dit M. d'Argencourt.

— Je vous trouve tous aussi assommants les uns que les autres avec cette affaire », dit la duchesse de Guermantes qui, au point de vue mondain, tenait toujours à montrer qu'elle ne se laissait mener par personne. « Elle ne peut pas avoir de conséquence pour moi au point de vue des Juifs pour la bonne raison que je n'en ai pas dans mes relations et compte toujours rester dans cette bienheureuse ignorance. Mais, d'autre part, je trouve insupportable que,

sous prétexte qu'elles sont bien pensantes, qu'elles
n'achètent rien aux marchands juifs ou qu'elles ont
"Mort aux Juifs" écrit sur leur ombrelle, une quantité
de dames Durand ou Dubois, que nous n'aurions
jamais connues, nous soient imposées par Marie-
Aynard ou par Victurnienne[1]. Je suis allée chez
Marie-Aynard avant-hier. C'était charmant autrefois.
Maintenant on y trouve toutes les personnes qu'on
a passé sa vie à éviter, sous prétexte qu'elles sont
contre Dreyfus, et d'autres dont on n'a pas idée qui
c'est.

— Non, c'est la femme du ministre de la Guerre.
C'est du moins un bruit qui court les ruelles », reprit
le duc qui employait ainsi dans la conversation
certaines expressions qu'il croyait Ancien Régime.
« Enfin en tout cas, personnellement, on sait que
je pense tout le contraire de mon cousin Gilbert. Je
ne suis pas un féodal comme lui, je me promène-
rais avec un nègre s'il était de mes amis, et je me
soucierais de l'opinion du tiers et du quart comme
de l'an quarante, mais enfin tout de même vous
m'avouerez que, quand on s'appelle Saint-Loup, on
ne s'amuse pas à prendre le contrepied des idées
de tout le monde qui a plus d'esprit que Voltaire[2]
et même que mon neveu. Et surtout on ne se livre
pas à ce que j'appellerai ces acrobaties de sensibilité huit jours avant de se présenter au Cercle ! Elle
est un peu roide ! Non, c'est probablement sa petite
grue qui lui aura monté le bourrichon. Elle lui aura
persuadé qu'il se classerait parmi les "intellectuels".
Les intellectuels, c'est le "tarte à la crème" de ces
messieurs. Du reste cela a fait faire un assez joli jeu
de mots, mais très méchant. »

Et le duc cita tout bas pour la duchesse et M. d'Argencourt : *Mater Semita* qui en effet se disait déjà au
Jockey, car de toutes les graines voyageuses, celle à

qui sont attachées les ailes les plus solides qui lui permettent d'être disséminée à une plus grande distance de son lieu d'éclosion, c'est encore une plaisanterie.

« Nous pourrions demander des explications à monsieur, qui a l'air d'*une* érudit, dit-il en montrant l'historien. Mais il est préférable de n'en pas parler, d'autant plus que le fait est parfaitement faux. Je ne suis pas si ambitieux que ma cousine Mirepoix qui prétend qu'elle peut suivre la filiation de sa maison avant Jésus-Christ jusqu'à la tribu de Lévi[1], et je me fais fort de démontrer qu'il n'y a jamais eu une goutte de sang juif dans notre famille. Mais enfin il ne faut tout de même pas nous la faire à l'oseille, il est bien certain que les charmantes opinions de monsieur mon neveu peuvent faire assez de bruit dans Landerneau[2]. D'autant plus que Fezensac est malade, ce sera Duras qui mènera tout, et vous savez s'il aime à faire des embarras », dit le duc qui n'était jamais arrivé à connaître le sens précis de certains mots et qui croyait que faire des embarras voulait dire faire non pas de l'esbroufe, mais des complications.

« En tout cas, si ce Dreyfus est innocent, interrompit la duchesse, il ne le prouve guère. Quelles lettres idiotes, emphatiques, il écrit de son île ! Je ne sais pas si M. Esterhazy vaut mieux que lui, mais il a un autre chic dans la façon de tourner les phrases, une autre couleur[3]. Cela ne doit pas faire plaisir aux partisans de M. Dreyfus. Quel malheur pour eux qu'ils ne puissent pas changer d'innocent[4]. » Tout le monde éclata de rire. « Vous avez entendu le mot d'Oriane ? demanda avidement le duc de Guermantes à Mme de Villeparisis. — Oui, je le trouve très drôle. » Cela ne suffisait pas au duc : « Eh bien, moi, je ne le trouve pas drôle ; ou plutôt cela m'est tout à fait égal qu'il

soit drôle ou non. Je ne fais aucun cas de l'esprit. »
M. d'Argencourt protestait. « Il ne pense pas un mot
de ce qu'il dit », murmura la duchesse. « C'est sans
doute parce que j'ai fait partie des Chambres où j'ai
entendu des discours brillants qui ne signifiaient
rien. J'ai appris à y apprécier surtout la logique.
C'est sans doute à cela que je dois de n'avoir pas
été réélu. Les choses drôles me sont indifférentes.
— Basin, ne faites pas le Joseph Prudhomme[1], mon
petit, vous savez bien que personne n'aime plus l'esprit que vous. — Laissez-moi finir. C'est justement
parce que je suis insensible à un certain genre de
facéties, que je prise souvent l'esprit de ma femme.
Car il part généralement d'une observation juste. Elle
raisonne comme un homme, elle formule comme un
écrivain. »

Bloch cherchait à pousser M. de Norpois sur le
colonel Picquart.

« Il est hors de conteste, répondit M. de Norpois,
que sa déposition était nécessaire. Je sais qu'en sou-
tenant cette opinion j'ai fait pousser à plus d'un de
mes collègues des cris d'orfraie, mais, à mon sens, le
gouvernement avait le devoir de laisser parler le colonel. On ne sort pas d'une pareille impasse par une
simple pirouette, ou alors on risque de tomber dans
un bourbier. Pour l'officier lui-même, cette déposition produisit à la première audience une impression des plus favorables. Quand on l'a vu, bien pris
dans le joli uniforme des chasseurs, venir sur un ton
parfaitement simple et franc raconter ce qu'il avait
vu, ce qu'il avait cru, dire : "Sur mon honneur de
soldat" » (et ici la voix de M. de Norpois vibra d'un
léger trémolo patriotique) « "telle est ma conviction",
il n'y a pas à nier que l'impression a été profonde. »

« Voilà, il est dreyfusard, il n'y a plus l'ombre d'un
doute », pensa Bloch.

« Mais ce qui lui a aliéné entièrement les sympathies qu'il avait pu rallier d'abord, cela a été sa confrontation avec l'archiviste Gribelin[1], quand on entendit ce vieux serviteur, cet homme qui n'a qu'une parole » (et M. de Norpois accentua avec l'énergie des convictions sincères les mots qui suivirent), « quand on le vit regarder dans les yeux son supérieur, ne pas craindre de lui tenir la dragée haute et de lui dire d'un ton qui n'admettait pas de réplique : "Voyons, mon colonel, vous savez bien que je n'ai jamais menti, vous savez bien qu'en ce moment, comme toujours, je dis la vérité." Le vent tourna, M. Picquart eut beau remuer ciel et terre dans les audiences suivantes, il fit bel et bien fiasco. »

« Non, décidément il est antidreyfusard, c'est couru, se dit Bloch. Mais s'il croit Picquart un traître qui ment, comment peut-il tenir compte de ses révélations et les évoquer comme s'il y trouvait du charme et les croyait sincères ? Et si au contraire il voit en lui un juste qui délivre sa conscience, comment peut-il le supposer mentant dans sa confrontation avec Gribelin ? »

Peut-être la raison pour laquelle M. de Norpois parlait ainsi à Bloch comme s'ils eussent été d'accord venait-elle de ce qu'il était tellement antidreyfusard que, trouvant que le gouvernement ne l'était pas assez, il en était l'ennemi tout autant qu'étaient les dreyfusards. Peut-être parce que l'objet auquel il s'attachait en politique était quelque chose de plus profond, situé dans un autre plan, et d'où le dreyfusisme apparaissait comme une modalité sans importance et qui ne mérite pas de retenir un patriote soucieux des grandes questions extérieures. Peut-être, plutôt, parce que les maximes de sa sagesse politique ne s'appliquant qu'à des questions de forme, de procédé, d'opportunité, elles étaient aussi impuissantes à résoudre les questions de fond qu'en philosophie la pure logique l'est à trancher les questions d'existence, ou que cette sagesse même lui fît trouver dangereux de traiter de ces sujets et que, par prudence, il ne voulût parler que de circonstances secondaires. Mais où Bloch se trompait, c'est quand il croyait que M. de Norpois, même moins prudent de caractère et d'esprit moins exclusivement formel, eût pu, s'il l'avait voulu, lui dire la vérité sur le rôle d'Henry, de Picquart, de du Paty de Clam[1], sur tous les points de l'affaire. La vérité, en effet, sur toutes ces choses, Bloch ne pouvait douter que M. de Norpois la connût. Comment l'aurait-il ignorée puisqu'il connaissait les ministres ? Certes, Bloch pensait que la vérité politique peut être approximativement reconstituée par les cerveaux les plus lucides, mais il s'imaginait, tout comme le gros du public, qu'elle habite toujours, indiscutable et matérielle, le dossier secret du président de la République et du président du Conseil, lesquels en donnent connaissance aux ministres. Or, même quand la vérité politique comporte des documents, il est rare que ceux-ci aient plus que la valeur d'un cliché radioscopique où le vulgaire croit que la maladie du patient s'inscrit en toutes lettres, tandis qu'en fait, ce cliché fournit un simple élément d'appréciation qui se joindra à beaucoup d'autres sur lesquels s'appliquera le raisonnement du médecin et d'où il tirera son diagnostic. Aussi la vérité politique, quand on se rapproche des hommes renseignés et qu'on croit l'atteindre, se dérobe. Même plus tard, et pour en rester à l'affaire Dreyfus, quand se produisit un fait aussi éclatant que l'aveu d'Henry, suivi de son suicide[2], ce fait fut aussitôt interprété de façon opposée par des ministres dreyfusards, et par Cavaignac et Cuignet qui avaient eux-mêmes fait la découverte du faux et conduit l'interrogatoire[3] ; bien plus, parmi les ministres dreyfusards eux-mêmes, et de même nuance, jugeant non seulement sur les mêmes pièces, mais dans le même esprit, le rôle d'Henry fut expliqué de façon entièrement opposée, les uns voyant en lui un complice d'Esterhazy, les autres assignant au contraire ce rôle à du Paty de Clam, se ralliant ainsi à une thèse de leur adversaire Cuignet et étant en complète opposition avec leur partisan Reinach[1]. Tout ce que Bloch put tirer de M. de Norpois c'est que, s'il était vrai que le chef d'état-major, M. de Boisdeffre, eût fait faire une communication secrète à M. Rochefort, il y avait évidemment là quelque chose de singulièrement regrettable[2].

« Tenez pour assuré que le ministre de la Guerre a dû, *in petto* du moins, vouer son chef d'état-major aux dieux infernaux. Un désaveu officiel n'eût pas été à mon sens une superfétation. Mais le ministre de la Guerre s'exprime fort crûment là-dessus *inter pocula*[3]. Il y a du reste certains sujets sur lesquels il est fort imprudent de créer une agitation dont on ne peut ensuite rester maître.

— Mais ces pièces sont manifestement fausses », dit Bloch.

M. de Norpois ne répondit pas, mais déclara qu'il n'approuvait pas les manifestations du prince Henri d'Orléans[4] :

« D'ailleurs elles ne peuvent que troubler la sérénité du prétoire et encourager des agitations qui dans un sens comme dans l'autre seraient à déplorer. Certes il faut mettre le holà aux menées antimilitaristes mais nous n'avons non plus que faire d'un grabuge encouragé par ceux des éléments de droite qui, au lieu de servir l'idée patriotique, songent à s'en servir. La France, Dieu merci, n'est pas une république sud-américaine et le besoin ne se fait pas sentir d'un général de pronunciamiento. »

Bloch ne put arriver à le faire parler de la question de la culpabilité de Dreyfus ni donner un pronostic sur le jugement qui interviendrait dans l'affaire civile actuellement en cours. En revanche M. de Norpois parut prendre plaisir à donner des détails sur les suites de ce jugement.

« Si c'est une condamnation, dit-il, elle sera probablement cassée, car il est rare que, dans un procès où les dépositions de témoins sont aussi nombreuses, il n'y ait pas de vices de forme que les avocats puissent invoquer[1]. Pour en finir sur l'algarade du prince Henri d'Orléans, je doute fort qu'elle ait été du goût de son père.

— Vous croyez que Chartres est pour Dreyfus ? demanda la duchesse en souriant, les yeux ronds, les joues roses, le nez dans son assiette de petits fours, l'air scandalisé.

— Nullement, je voulais seulement dire qu'il y a dans toute la famille, de ce côté-là, un sens politique dont on a pu voir, chez l'admirable princesse Clémentine[2], le *nec plus ultra*, et que son fils le prince Ferdinand[3] a gardé comme un précieux héritage. Ce n'est pas le prince de Bulgarie qui eût serré le commandant Esterhazy dans ses bras.

— Il aurait préféré un simple soldat », murmura Mme de Guermantes qui dînait souvent avec le Bulgare chez le prince de Joinville et qui lui avait répondu une fois, comme il lui demandait si elle n'était pas jalouse : « Si, monseigneur, de vos bracelets ».

« Vous n'allez pas ce soir au bal de Mme de Sagan[4] ? » dit M. de Norpois à Mme de Villeparisis pour couper court à l'entretien avec Bloch. Celui-ci ne déplaisait pas à l'ambassadeur qui nous dit plus tard non sans naïveté, et sans doute à cause des quelques traces qui subsistaient dans le langage de

Bloch de la mode néo-homérique qu'il avait pourtant abandonnée : « Il est assez amusant, avec sa manière de parler un peu vieux jeu, un peu solennelle. Pour un peu il dirait : "les Doctes Sœurs" comme Lamartine ou Jean-Baptiste Rousseau[1]. C'est devenu assez rare dans la jeunesse actuelle et cela l'était même dans celle qui l'avait précédée. Nous-mêmes nous étions un peu romantiques. » Mais si singulier que lui parût l'interlocuteur, M. de Norpois trouvait que l'entretien n'avait que trop duré.

« Non, Monsieur, je ne vais plus au bal, répondit-elle avec un joli sourire de vieille femme. Vous y allez, vous autres ? C'est de votre âge », ajouta-t-elle en englobant dans un même regard M. de Châtellerault, son ami, et Bloch. « Moi aussi j'ai été invitée », dit-elle en affectant par plaisanterie d'en tirer vanité. « On est même venu m'inviter. » (On : c'était la princesse de Sagan.)

« Je n'ai pas de carte d'invitation », dit Bloch, pensant que Mme de Villeparisis allait lui en offrir une, et que Mme de Sagan serait heureuse de recevoir l'ami d'une femme qu'elle était venue inviter en personne.

La marquise ne répondit rien, et Bloch n'insista pas, car il avait une affaire plus sérieuse à traiter avec elle et pour laquelle il venait de lui demander un rendez-vous pour le surlendemain. Ayant entendu les deux jeunes gens dire qu'ils avaient donné leur démission du cercle de la rue Royale où on entrait comme dans un moulin, il voulait demander à Mme de Villeparisis de l'y faire recevoir.

« Est-ce que ce n'est pas assez faux chic, assez snob à côté, ces Sagan ? dit-il d'un air sarcastique.

— Mais pas du tout, c'est ce que nous faisons de mieux dans le genre, répondit M. d'Argencourt qui avait adopté toutes les plaisanteries parisiennes.

— Alors, dit Bloch à demi ironiquement, c'est ce qu'on appelle une des *solennités*, des grandes *assises mondaines* de la saison ! »

Mme de Villeparisis dit gaiement à Mme de Guermantes :

« Voyons, est-ce une grande solennité mondaine, le bal de Mme de Sagan ?

— Ce n'est pas à moi qu'il faut demander cela, lui répondit ironiquement la duchesse, je ne suis pas encore arrivée à savoir ce que c'était qu'une solennité mondaine. Du reste, les choses mondaines ne sont pas mon fort.

— Ah ! je croyais le contraire », dit Bloch qui se figurait que Mme de Guermantes avait parlé sincèrement.

Il continua, au grand désespoir de M. de Norpois, à lui poser nombre de questions sur l'affaire Dreyfus ; celui-ci déclara qu'à « vue de nez » le colonel du Paty de Clam lui faisait l'effet d'un cerveau un peu fumeux et qui n'avait peut-être pas été très heureusement choisi pour conduire cette chose délicate, qui exige tant de sang-froid et de discernement, une instruction.

« Je sais que le parti socialiste réclame sa tête à cor et à cri, ainsi que l'élargissement immédiat du prisonnier de l'île du Diable. Mais je pense que nous n'en sommes pas encore réduits à passer ainsi sous les fourches caudines de MM. Gérault-Richard et consorts[1]. Cette affaire-là, jusqu'ici, c'est la bouteille à l'encre. Je ne dis pas que d'un côté comme de l'autre il n'y ait à cacher d'assez vilaines turpitudes. Que même certains protecteurs plus ou moins désintéressés de votre client puissent avoir de bonnes intentions, je ne prétends pas le contraire mais vous savez que l'enfer en est pavé, ajouta-t-il avec un regard fin. Il est essentiel que le gouvernement donne l'impression qu'il n'est pas plus aux mains des factions de gauche qu'il n'a à se rendre pieds et poings liés aux sommations de je ne sais quelle armée prétorienne qui, croyez-moi, n'est pas l'Armée. Il va de soi que si un fait nouveau se produisait, une procédure de révision serait entamée. La conséquence saute aux yeux. Réclamer cela, c'est enfoncer une porte ouverte. Ce jour-là le gouvernement saura parler haut et clair ou il laisserait tomber en quenouille ce qui est sa prérogative essentielle. Les coq-à-l'âne ne suffiront plus. Il faudra donner des juges à Dreyfus. Et ce sera chose facile car, quoique l'on ait pris l'habitude dans notre douce France où l'on aime à se calomnier soi-même, de croire ou de laisser croire que pour faire entendre les mots de vérité et de justice il est indispensable de traverser la Manche, ce qui n'est bien souvent qu'un moyen détourné de rejoindre la Sprée[1], il n'y a pas de juges qu'à Berlin[2]. Mais une fois l'action gouvernementale mise en mouvement, le gouvernement saurez-vous l'écouter ? Quand il vous conviera à remplir votre devoir civique, saurez-vous l'écouter, vous rangerez-vous autour de lui ? À son patriotique appel saurez-vous ne pas rester sourds et répondre : "Présent !" ? »

M. de Norpois posait ces questions à Bloch avec une véhémence qui tout en intimidant mon camarade le flattait aussi ; car l'ambassadeur avait l'air de s'adresser en lui à tout un parti, d'interroger Bloch comme s'il avait reçu les confidences de ce parti et pouvait assumer la responsabilité des décisions qui seraient prises. « Si vous ne désarmiez pas », continua M. de Norpois sans attendre la réponse collective de Bloch, « si, avant même que fût séchée l'encre du décret qui instituerait la procédure de révision, obéissant à je ne sais quel insidieux mot d'ordre vous ne désarmiez pas, mais vous confiniez dans une opposition stérile qui semble pour certains l'*ultima ratio*[1] de la politique, si vous vous retiriez sous votre tente et brûliez vos vaisseaux, ce serait à votre grand dam. Êtes-vous prisonnier des fauteurs de désordre ? Leur avez-vous donné des gages ? » Bloch était embarrassé pour répondre. M. de Norpois ne lui en laissa pas le temps. « Si la négative est vraie, comme je veux le croire, et si vous avez un peu de ce qui me semble malheureusement manquer à certains de vos chefs et de vos amis, quelque esprit politique, le jour même où la Chambre criminelle sera saisie, si vous ne vous laissez pas embrigader par les pêcheurs en eau trouble, vous aurez ville gagnée. Je ne réponds pas que tout l'état-major puisse tirer son épingle du jeu, mais c'est déjà bien beau si une partie tout au moins peut sauver la face sans mettre le feu aux poudres. Il va de soi d'ailleurs que c'est au gouvernement qu'il appartient de dire le droit et de clore la liste trop longue des crimes impunis, non, certes, en obéissant aux excitations socialistes ni de je ne sais quelle soldatesque, ajouta-t-il, en regardant Bloch dans les yeux et peut-être avec l'instinct qu'ont tous les conservateurs de se ménager des appuis dans le camp adverse. L'action gouvernementale doit s'exercer sans souci des surenchères, d'où qu'elles viennent. Le gouvernement n'est, Dieu merci, aux ordres ni du colonel Driant[2], ni, à l'autre pôle, de M. Clemenceau[3]. Il faut mater les agitateurs de profession et les empêcher de relever la tête. La France dans son immense majorité désire le travail dans l'Ordre ! Là-dessus ma religion est faite. Mais il ne faut pas craindre d'éclairer l'opinion ; et si quelques moutons, de ceux qu'a si bien connus notre Rabelais, se jetaient à l'eau tête baissée, il conviendrait de leur montrer que cette eau est trouble, qu'elle a été troublée à dessein par une engeance qui n'est pas de chez nous, pour en dissimuler les dessous dangereux. Et il ne doit pas se donner l'air de sortir de sa passivité à son corps défendant quand il exercera le droit qui est essentiellement le sien, j'entends de mettre en mouvement Dame Justice. Le gouvernement acceptera toutes vos suggestions. S'il est avéré qu'il y ait eu erreur judiciaire, il sera assuré d'une majorité écrasante qui lui permettrait de se donner du champ.

— Vous, monsieur », dit Bloch, en se tournant vers M. d'Argencourt à qui on l'avait nommé en même temps que les autres personnes, « vous êtes certainement dreyfusard : à l'étranger tout le monde l'est.

— C'est une affaire qui ne regarde que les Français entre eux, n'est-ce pas ? » répondit M. d'Argencourt avec cette insolence particulière qui consiste à prêter à l'interlocuteur une opinion qu'on sait manifestement qu'il ne partage pas, puisqu'il vient d'en émettre une opposée.

Bloch rougit ; M. d'Argencourt sourit, en regardant autour de lui, et si ce sourire, pendant qu'il l'adressa aux autres visiteurs, fut malveillant pour Bloch, il le tempéra de cordialité en l'arrêtant finalement sur mon ami afin d'ôter à celui-ci le prétexte de se fâcher des mots qu'il venait d'entendre et qui n'en restaient pas moins cruels. Mme de Guermantes dit à l'oreille de M. d'Argencourt quelque chose que je n'entendis pas mais qui devait avoir trait à la religion de Bloch, car il passa à ce moment dans la figure de la duchesse cette expression à laquelle la peur qu'on a d'être remarqué par la personne dont on parle donne quelque chose d'hésitant et de faux et où se mêle la gaieté curieuse et malveillante qu'inspire un groupement humain auquel nous nous sentons radicalement étrangers. Pour se rattraper Bloch se tourna vers le duc de Châtellerault : « Vous,

Monsieur, qui êtes français, vous savez certainement qu'on est dreyfusard à l'étranger, quoiqu'on prétende qu'en France on ne sait jamais ce qui se passe à l'étranger. Du reste je sais qu'on peut causer avec vous, Saint-Loup me l'a dit. » Mais le jeune duc, qui sentait que tout le monde se mettait contre Bloch et qui était lâche comme on l'est souvent dans le monde, usant d'ailleurs d'un esprit précieux et mordant que, par atavisme, il semblait tenir de M. de Charlus : « Excusez-moi, monsieur, de ne pas discuter de Dreyfus avec vous, mais c'est une affaire dont j'ai pour principe de ne parler qu'entre Japhétiques[1]. » Tout le monde sourit, excepté Bloch, non qu'il n'eût l'habitude de prononcer des phrases ironiques sur ses origines juives, sur son côté qui tenait un peu au Sinaï. Mais au lieu d'une de ces phrases, lesquelles sans doute n'étaient pas prêtes, le déclic de la machine intérieure en fit monter une autre à la bouche de Bloch. Et on ne put recueillir que ceci : « Mais comment avez-vous pu savoir ? Qui vous a dit ? » comme s'il avait été le fils d'un forçat. D'autre part, étant donné son nom, qui ne passe pas précisément pour chrétien, et son visage, son étonnement montrait quelque naïveté.

Ce que lui avait dit M. de Norpois ne l'ayant pas complètement satisfait, il s'approcha de l'archiviste et lui demanda si on ne voyait pas quelquefois chez Mme de Villeparisis M. du Paty de Clam ou M. Joseph Reinach. L'archiviste ne répondit rien ; il était nationaliste et ne cessait de prêcher à la marquise qu'il y aurait bientôt une guerre sociale et qu'elle devrait être plus prudente dans le choix de ses relations. Il se demanda si Bloch n'était pas un émissaire secret du Syndicat venu pour le renseigner et alla immédiatement répéter à Mme de Villeparisis ces questions que Bloch venait de lui poser. Elle jugea qu'il était au moins mal élevé, peut-être dangereux pour la situation de M. de Norpois. Enfin elle voulait donner satisfaction à l'archiviste, la seule personne qui lui inspirât quelque crainte, et par lequel elle était endoctrinée, sans grand succès (chaque matin il lui lisait l'article de M. Judet dans *Le Petit Journal*[1]). Elle voulut donc signaler à Bloch qu'il eût à ne pas revenir et elle trouva tout naturellement dans son répertoire mondain la scène par laquelle une grande dame met quelqu'un à la porte de chez elle, scène qui ne comporte nullement le doigt levé et les yeux flambants que l'on se figure. Comme Bloch s'approchait d'elle pour lui dire au revoir, enfoncée dans son grand fauteuil, elle parut à demi tirée d'une vague somnolence. Ses regards noyés n'eurent que la lueur faible et charmante d'une perle. Les adieux de Bloch, déplissant à peine dans la figure de la marquise un languissant sourire, ne lui arrachèrent pas une parole, et elle ne lui tendit pas la main. Cette scène mit Bloch au comble de l'étonnement, mais comme un cercle de personnes en était témoin alentour, il ne pensa pas qu'elle pût se prolonger sans inconvénient pour lui et, pour forcer la marquise, la main qu'on ne venait pas lui prendre, de lui-même il la tendit. Mme de Villeparisis fut choquée. Mais sans doute, tout en tenant à donner une satisfaction immédiate à l'archiviste et au clan antidreyfusard, voulait-elle pourtant ménager l'avenir, elle se contenta d'abaisser les paupières et de fermer à demi les yeux.

« Je crois qu'elle dort », dit Bloch à l'archiviste qui, se sentant soutenu par la marquise, prit un air indigné. « Adieu, madame » cria-t-il.

La marquise fit le léger mouvement de lèvres d'une mourante qui voudrait ouvrir la bouche, mais dont le regard ne reconnaît plus. Puis elle se tourna, débordante d'une vie retrouvée, vers le marquis d'Argencourt tandis que Bloch s'éloignait, persuadé qu'elle était « ramollie ». Plein de curiosité et du dessein d'éclairer un incident si étrange, il revint la voir quelques jours après. Elle le reçut très bien parce qu'elle était bonne femme, que l'archiviste n'était pas là, qu'elle tenait à la saynète que Bloch devait faire jouer chez elle, et qu'enfin elle avait fait le jeu de grande dame qu'elle désirait, lequel fut universellement admiré et commenté le soir même dans divers salons, mais d'après une version qui n'avait déjà plus aucun rapport avec la vérité.

« Vous parliez des *Sept Princesses*, duchesse, vous savez (je n'en suis pas plus fier pour ça) que l'auteur de ce... comment dirai-je, de ce factum, est un de mes compatriotes », dit M. d'Argencourt avec une ironie mêlée de la satisfaction de connaître mieux que les autres l'auteur d'une œuvre dont on venait de parler. « Oui, il est belge, de son état, ajouta-t-il.

— Vraiment ? Non, nous ne vous accusons pas d'être pour quoi que ce soit dans *Les Sept Princesses*. Heureusement pour vous et pour vos compatriotes, vous ne ressemblez pas à l'auteur de cette ineptie. Je connais des Belges très aimables, vous, votre roi qui est un peu timide mais plein d'esprit, mes cousins Ligne et bien d'autres, mais heureusement vous ne parlez pas le même langage que l'auteur des *Sept Princesses*. Du reste, si vous voulez que je vous dise, c'est trop d'en parler parce que surtout ce n'est rien. Ce sont des gens qui cherchent à avoir l'air obscur et au besoin qui s'arrangent d'être ridicules pour cacher qu'ils n'ont pas d'idées. S'il y avait quelque chose dessous, je vous dirais que je ne crains pas certaines audaces, ajouta-t-elle d'un ton sérieux, du moment qu'il y a de la pensée. Je ne sais pas si vous avez vu la pièce de Borrelli. Il y a des gens que cela

a choqués ; moi, quand je devrais me faire lapider »,
ajouta-t-elle sans se rendre compte qu'elle ne courait
pas de grands risques, « j'avoue que j'ai trouvé cela
infiniment curieux[1]. Mais *Les Sept Princesses* ! L'une
d'elles a beau avoir des bontés pour mon neveu, je
ne peux pas pousser les sentiments de famille... »

La duchesse s'arrêta net, car une dame entrait
qui était la vicomtesse de Marsantes, la mère de
Robert. Mme de Marsantes était considérée dans le
faubourg Saint-Germain comme un être supérieur,
d'une bonté, d'une résignation angéliques. On me
l'avait dit et je n'avais pas de raison particulière
pour en être surpris, ne sachant pas à ce moment-là
qu'elle était la propre sœur du duc de Guermantes.
Plus tard j'ai toujours été étonné chaque fois que
j'appris, dans cette société, que des femmes mélancoliques, pures, sacrifiées, vénérées comme d'idéales
saintes de vitrail, avaient fleuri sur la même souche
généalogique que des frères brutaux, débauchés et
vils. Des frères et sœurs, quand ils sont tout à fait
pareils de visage comme étaient le duc de Guermantes et Mme de Marsantes, me semblaient devoir
avoir en commun une seule intelligence, un même
cœur, comme aurait une personne qui peut avoir
de bons ou de mauvais moments mais dont on ne
peut attendre tout de même de vastes vues si elle est
d'esprit borné, et une abnégation sublime si elle est
de cœur dur.

Mme de Marsantes suivait les cours de Brunetière[2].
Elle enthousiasmait le faubourg Saint-Germain et,
par sa vie de sainte, l'édifiait aussi. Mais la connexité
morphologique du joli nez et du regard pénétrant
m'incitait pourtant à classer Mme de Marsantes dans
la même famille intellectuelle et morale que son frère
le duc. Je ne pouvais croire que le seul fait d'être
une femme et peut-être d'avoir été malheureuse

et d'avoir l'opinion de tous pour soi, pouvait faire qu'on fût aussi différent des siens, comme dans les chansons de geste où toutes les vertus et les grâces sont réunies en la sœur de frères farouches. Il me semblait que la nature, moins libre que les vieux poètes, devait se servir à peu près exclusivement des éléments communs à la famille et je ne pouvais lui attribuer tel pouvoir d'innovation qu'elle fît, avec les matériaux analogues à ceux qui composaient un sot et un rustre, un grand esprit sans aucune tare de sottise, une sainte sans aucune souillure de brutalité. Mme de Marsantes avait une robe de surah blanc à grandes palmes, sur lesquelles se détachaient des fleurs en étoffe, lesquelles étaient noires. C'est qu'elle avait perdu, il y a trois semaines, son cousin M. de Montmorency, ce qui ne l'empêchait pas de faire des visites, d'aller à de petits dîners, mais en deuil. C'était une grande dame. Par atavisme son âme était remplie par la frivolité des existences de cour, avec tout ce qu'elles ont de superficiel et de rigoureux. Mme de Marsantes n'avait pas eu la force de regretter longtemps son père et sa mère, mais pour rien au monde elle n'eût porté de couleurs dans le mois qui suivit la mort d'un cousin. Elle fut plus qu'aimable avec moi parce que j'étais l'ami de Robert et parce que je n'étais pas du même monde que Robert. Cette bonté s'accompagnait d'une feinte timidité, de l'espèce de mouvement de retrait intermittent de la voix, du regard, de la pensée qu'on ramène à soi comme une jupe indiscrète, pour ne pas prendre trop de place, pour rester bien droite, même dans la souplesse, comme le veut la bonne éducation. Bonne éducation qu'il ne faut pas prendre trop au pied de la lettre d'ailleurs, plusieurs de ces dames versant très vite dans le dévergondage des mœurs sans perdre jamais la correction presque enfantine des manières. Mme de Marsantes agaçait un peu dans la conversation parce que, chaque fois qu'il s'agissait d'un roturier, par exemple de Bergotte, d'Elstir, elle disait en détachant le mot, en le faisant valoir, et en le psalmodiant sur deux tons différents en une modulation qui était particulière aux Guermantes : « J'ai eu l'*honneur*, le grand *honneur* de rencontrer Monsieur Bergotte, de faire la connaissance de Monsieur Elstir », soit pour faire admirer son humilité, soit par le même goût qu'avait M. de Guermantes de revenir aux formes désuètes, pour protester contre les usages de mauvaise éducation actuelle où on ne se dit pas assez « honoré ». Quelle que fût celle de ces deux raisons qui fût la vraie, de toute façon on sentait que, quand Mme de Marsantes disait : « J'ai eu l'*honneur*, le grand *honneur* », elle croyait remplir un grand rôle, et montrer qu'elle savait accueillir les noms des hommes de valeur comme elle les eût reçus eux-mêmes dans son château, s'ils s'étaient trouvés dans le voisinage. D'autre part, comme sa famille était nombreuse, qu'elle l'aimait beaucoup, que, lente de débit et amie des explications, elle voulait faire comprendre les parentés, elle se trouvait (sans aucun désir d'étonner et tout en n'aimant sincèrement parler que de paysans touchants et de gardes-chasse sublimes) citer à tout instant toutes les familles médiatisées[1] d'Europe, ce que les personnes moins brillantes ne lui pardonnaient pas et, si elles étaient un peu intellectuelles, raillaient comme de la stupidité.

À la campagne, Mme de Marsantes était adorée pour le bien qu'elle faisait, mais surtout parce que la pureté d'un sang où depuis plusieurs générations on ne rencontrait que ce qu'il y a de plus grand dans l'histoire de France, avait ôté à sa manière d'être tout ce que les gens du peuple appellent « des manières »

et lui avait donné la parfaite simplicité. Elle ne craignait pas d'embrasser une pauvre femme qui était
malheureuse et lui disait d'aller chercher un char de
bois au château C'était, disait-on, la parfaite chrétienne. Elle tenait à faire faire un mariage colossalement riche à Robert. Être grande dame, c'est jouer à
la grande dame, c'est-à-dire, pour une part, jouer la
simplicité. C'est un jeu qui coûte extrêmement cher,
d'autant plus que la simplicité ne ravit qu'à la condition que les autres sachent que vous pourriez ne pas
être simples, c'est-à-dire que vous êtes très riches.
On me dit plus tard, quand je racontai que je l'avais
vue : « Vous avez dû vous rendre compte qu'elle a été
ravissante. » Mais la vraie beauté est si particulière, si
nouvelle, qu'on ne la reconnaît pas pour la beauté. Je
me dis seulement ce jour-là qu'elle avait un nez tout
petit, des yeux très bleus, le cou long et l'air triste.

« Écoute, dit Mme de Villeparisis à la duchesse
de Guermantes, je crois que j'aurai tout à l'heure
la visite d'une femme que tu ne veux pas connaître,
j'aime mieux te prévenir pour que cela ne t'ennuie
pas. D'ailleurs, tu peux être tranquille, je ne l'aurai jamais chez moi plus tard, mais elle doit venir
pour une seule fois aujourd'hui. C'est la femme de
Swann. »

Mme Swann, voyant les proportions que prenait
l'affaire Dreyfus, et craignant que les origines de son
mari ne se tournassent contre elle, l'avait supplié de
ne plus jamais parler de l'innocence du condamné.
Quand il n'était pas là, elle allait plus loin et faisait
profession du nationalisme le plus ardent ; elle ne
faisait que suivre en cela d'ailleurs Mme Verdurin
chez qui un antisémitisme bourgeois et latent s'était
réveillé et avait atteint une véritable exaspération.
Mme Swann avait gagné à cette attitude d'entrer
dans quelques-unes des ligues de femmes du monde

antisémites qui commençaient à se former et avait noué des relations avec plusieurs personnes de l'aristocratie. Il peut paraître étrange que, loin de les imiter, la duchesse de Guermantes, si amie de Swann, eût, au contraire, toujours résisté au désir qu'il ne lui avait pas caché de lui présenter sa femme. Mais on verra plus tard que c'était un effet du caractère particulier de la duchesse qui jugeait qu'elle « n'avait pas » à faire telle ou telle chose, et imposait avec despotisme ce qu'avait décidé son « libre arbitre » mondain, fort arbitraire.

« Je vous remercie de me prévenir, répondit la duchesse. Cela me serait en effet très désagréable. Mais comme je la connais de vue, je me lèverai à temps.

— Je t'assure, Oriane, elle est très agréable, c'est une excellente femme, dit Mme de Marsantes.

— Je n'en doute pas, mais je n'éprouve aucun besoin de m'en assurer par moi-même.

— Est-ce que tu es invitée chez Lady Israëls ? » demanda Mme de Villeparisis à la duchesse, pour changer la conversation.

« Mais, Dieu merci, je ne la connais pas, répondit Mme de Guermantes. C'est à Marie-Aynard qu'il faut demander cela. Elle la connaît et je me suis toujours demandé pourquoi.

— Je l'ai en effet connue, répondit Mme de Marsantes, je confesse mes erreurs. Mais je suis décidée à ne plus la connaître. Il paraît que c'est une des pires et qu'elle ne s'en cache pas. Du reste, nous avons tous été trop confiants, trop hospitaliers. Je ne fréquenterai plus personne de cette nation. Pendant qu'on avait de vieux cousins de province du même sang, à qui on fermait sa porte, on l'ouvrait aux Juifs. Nous voyons maintenant leur remerciement. Hélas ! je n'ai rien à dire, j'ai un fils adorable et qui débite,

en jeune fou qu'il est, toutes les insanités possibles »,
ajouta-t-elle en entendant que M. d'Argencourt avait
fait allusion à Robert. « Mais, à propos de Robert,
est-ce que vous ne l'avez pas vu ? demanda-t-elle à
Mme de Villeparisis ; comme c'est samedi, je pensais
qu'il aurait pu passer vingt-quatre heures à Paris et
dans ce cas il serait sûrement venu vous voir. »

En réalité Mme de Marsantes pensait que son fils
n'aurait pas de permission ; mais comme, en tout
cas, elle savait que s'il en avait eu une il ne serait
pas venu chez Mme de Villeparisis, elle espérait, en
ayant l'air de croire qu'elle l'eût trouvé ici, lui faire
pardonner par sa tante susceptible, toutes les visites
qu'il ne lui avait pas faites.

« Robert ici ! Mais je n'ai pas même eu un mot
de lui ; je crois que je ne l'ai pas vu depuis Balbec.

— Il est si occupé, il a tant à faire », dit Mme de
Marsantes.

Un imperceptible sourire fit onduler les cils de
Mme de Guermantes qui regarda le cercle qu'avec
la pointe de son ombrelle elle traçait sur le tapis.
Chaque fois que le duc avait délaissé trop ouvertement sa femme, Mme de Marsantes avait pris avec
éclat contre son propre frère le parti de sa belle-
sœur. Celle-ci gardait de cette protection un souvenir
reconnaissant et rancunier, et elle n'était qu'à demi
fâchée des fredaines de Robert. À ce moment la porte
s'étant ouverte de nouveau, celui-ci entra.

« Tiens, quand on parle du Saint-Loup », dit
Mme de Guermantes.

Mme de Marsantes, qui tournait le dos à la porte,
n'avait pas vu entrer son fils. Quand elle l'aperçut,
en cette mère la joie battit véritablement comme un
coup d'aile, le corps de Mme de Marsantes se souleva
à demi, son visage palpita et elle attachait sur Robert
des yeux émerveillés :

« Comment, tu es venu ! Quel bonheur ! Quelle surprise !

— Ah ! *quand on parle du Saint-Loup*, je comprends, dit le diplomate belge en riant aux éclats.

— C'est délicieux », répliqua sèchement Mme de Guermantes qui détestait les calembours et n'avait hasardé celui-là qu'en ayant l'air de se moquer d'elle-même. « Bonjour, Robert, dit-elle ; eh bien ! voilà comme on oublie sa tante. »

Ils causèrent un instant ensemble et sans doute de moi, car tandis que Saint-Loup se rapprochait de sa mère, Mme de Guermantes se tourna vers moi.

« Bonjour, comment allez-vous ? » me dit-elle.

Elle laissa pleuvoir sur moi la lumière de son regard bleu, hésita un instant, déplia et tendit la tige de son bras, pencha en avant son corps qui se redressa rapidement en arrière comme un arbuste qu'on a couché et qui, laissé libre, revient à sa position naturelle. Ainsi agissait-elle sous le feu des regards de Saint-Loup qui l'observait et faisait à distance des efforts désespérés pour obtenir un peu plus encore de sa tante. Craignant que la conversation ne tombât, il vint l'alimenter et répondit pour moi :

« Il ne va pas très bien, il est un peu fatigué ; du reste, il irait peut-être mieux s'il te voyait plus souvent, car je ne te cache pas qu'il aime beaucoup te voir.

— Ah ! mais, c'est très aimable », dit Mme de Guermantes d'un ton volontairement banal, comme si je lui eusse apporté son manteau. « Je suis très flattée.

— Tiens, je vais un peu près de ma mère, je te donne ma chaise », me dit Saint-Loup en me forçant ainsi à m'asseoir à côté de sa tante.

Nous nous tûmes tous deux.

« Je vous aperçois quelquefois le matin », me

dit-elle comme si ce fût une nouvelle qu'elle m'eût apprise et comme si moi je ne la voyais pas. « Ça fait beaucoup de bien à la santé.

— Oriane, dit à mi-voix Mme de Marsantes, vous disiez que vous alliez voir Mme de Saint-Ferréol, est-ce que vous auriez été assez gentille pour lui dire qu'elle ne m'attende pas à dîner ? Je resterai chez moi puisque j'ai Robert. Si même j'avais osé vous demander de dire en passant qu'on achète tout de suite de ces cigares que Robert aime, ça s'appelle des "Corona", il n'y en a plus. »

Robert se rapprocha ; il avait seulement entendu le nom de Mme de Saint-Ferréol.

« Qu'est-ce que c'est encore que ça, Mme de Saint-Ferréol ? » demanda-t-il sur un ton d'étonnement et de décision, car il affectait d'ignorer tout ce qui concernait le monde.

« Mais voyons, mon chéri, tu sais bien, dit sa mère, c'est la sœur de Vermandois ; c'est elle qui t'avait donné ce beau jeu de billard que tu aimais tant.

— Comment, c'est la sœur de Vermandois, je n'en avais pas la moindre idée. Ah ! ma famille est épatante », dit-il en se tournant à demi vers moi et en prenant sans s'en rendre compte les intonations de Bloch comme il empruntait ses idées, « elle connaît des gens inouïs, des gens qui s'appellent plus ou moins Saint-Ferréol (et détachant la dernière consonne de chaque mot), elle va au bal, elle se promène en victoria, elle mène une existence fabuleuse. C'est prodigieux. »

Mme de Guermantes fit avec la gorge ce bruit léger, bref et fort comme d'un sourire forcé qu'on ravale et qui était destiné à montrer qu'elle prenait part, dans la mesure où la parenté l'y obligeait, à l'esprit de son neveu. On vint annoncer que le prince de Faffenheim-Munsterburg-Weinigen faisait dire à M. de Norpois qu'il était là.

« Allez le chercher, monsieur » dit Mme de Villeparisis à l'ancien ambassadeur qui se porta au-devant du premier ministre allemand.

Mais la marquise le rappela :

« Attendez, monsieur ; faudra-t-il que je lui montre la miniature de l'impératrice Charlotte[1] ?

— Ah ! je crois qu'il sera ravi, dit l'ambassadeur d'un ton pénétré et comme s'il enviait ce fortuné ministre de la faveur qui l'attendait.

— Ah ! je sais qu'il est très *bien pensant*, dit Mme de Marsantes, et c'est si rare parmi les étrangers. Mais je suis renseignée. C'est l'antisémitisme en personne. »

Le nom du prince gardait, dans la franchise avec laquelle ses premières syllabes étaient – comme on dit en musique – attaquées, et dans la bégayante répétition qui les scandait, l'élan, la naïveté maniérée, les lourdes « délicatesses » germaniques projetées comme des branchages verdâtres sur le « Heim[2] » d'émail bleu sombre qui déployait la mysticité d'un vitrail rhénan derrière les dorures pâles et finement ciselées du XVIIIe siècle allemand. Ce nom contenait parmi les noms divers dont il était formé, celui d'une petite ville d'eaux allemande où tout enfant j'avais été avec ma grand-mère[3], au pied d'une montagne[4] honorée par les promenades de Goethe, et des vignobles de laquelle nous buvions au Kurhof les crus illustres à l'appellation composée et retentissante comme les épithètes qu'Homère donne à ses héros. Aussi à peine eus-je entendu prononcer le nom du prince qu'avant de m'être rappelé la station thermale il me parut diminuer, s'imprégner d'humanité, trouver assez grande pour lui une petite place dans ma mémoire à laquelle il adhéra, familier, terre à terre, pittoresque, savoureux, léger, avec quelque chose d'autorisé, de prescrit. Bien plus,

M. de Guermantes, en expliquant qui était le prince,
cita plusieurs de ses titres, et je reconnus le nom
d'un village traversé par la rivière où chaque soir,
la cure finie, j'allais en barque, à travers les mous-
tiques ; et celui d'une forêt assez éloignée pour que le
médecin ne m'eût pas permis d'y aller en promenade.
Et en effet il était compréhensible que la suzeraineté du seigneur s'étendît aux lieux circonvoisins
et associât à nouveau dans l'énumération de ses
titres les noms qu'on pouvait lire à côté les uns des
autres sur une carte. Ainsi sous la visière du prince
du Saint-Empire et de l'écuyer de Franconie[1], ce fut
le visage d'une terre aimée où s'étaient souvent arrêtés pour moi les rayons du soleil de six heures que
je vis, du moins avant que le prince, rhingrave et
électeur palatin, fût entré. Car j'appris en quelques
instants que les revenus qu'il tirait de la forêt et de la
rivière peuplées de gnomes et d'ondines, de la montagne enchantée où s'élève le vieux Burg qui garde
le souvenir de Luther et de Louis le Germanique[2], il
en usait pour avoir cinq automobiles Charron[3], un
hôtel à Paris et un à Londres, une loge le lundi à
l'Opéra et une aux « mardis » des « Français ». Il ne
me semblait pas, et il ne semblait pas lui-même le
croire, qu'il différât des hommes de même fortune
et de même âge qui avaient une moins poétique origine. Il avait leur culture, leur idéal, se réjouissait
de son rang mais seulement à cause des avantages
qu'il lui conférait, et n'avait plus qu'une ambition
dans la vie, celle d'être élu membre correspondant de
l'Académie des sciences morales et politiques, raison
pour laquelle il était venu chez Mme de Villeparisis.
Si lui, dont la femme était à la tête de la coterie la
plus fermée de Berlin, avait sollicité d'être présenté
chez la marquise, ce n'était pas qu'il en eût éprouvé
d'abord le désir. Rongé depuis des années par cette

ambition d'entrer à l'Institut, il n'avait malheureusement jamais pu voir monter au-dessus de cinq le nombre des Académiciens qui semblaient prêts à voter pour lui. Il savait que M. de Norpois disposait à lui seul d'au moins une dizaine de voix auxquelles il était capable, grâce à d'habiles tractations, d'en ajouter d'autres. Aussi le prince qui l'avait connu en Russie quand ils y étaient tous deux ambassadeurs, était-il allé le voir et avait-il fait tout ce qu'il avait pu pour se le concilier. Mais il avait eu beau multiplier les amabilités, faire avoir au marquis des décorations russes, le citer dans des articles de politique étrangère, il avait eu devant lui un ingrat, un homme pour qui toutes ces prévenances avaient l'air de ne pas compter, qui n'avait pas fait avancer sa candidature d'un pas, ne lui avait même pas promis sa voix ! Sans doute M. de Norpois le recevait avec une extrême politesse, même ne voulait pas qu'il se dérangeât et « prît la peine de venir jusqu'à sa porte », se rendait lui-même à l'hôtel du prince et, quand le chevalier teutonique avait lancé : « Je voudrais bien être votre collègue », répondait d'un ton pénétré : « Ah ! je serais très heureux ! » Et sans doute un naïf, un docteur Cottard, se fût dit : « Voyons, il est là chez moi, c'est lui qui a tenu à venir parce qu'il me considère comme un personnage plus important que lui, il me dit qu'il serait heureux que je sois de l'Académie, les mots ont tout de même un sens, que diable ! sans doute s'il ne me propose pas de voter pour moi, c'est qu'il n'y pense pas. Il parle trop de mon grand pouvoir, il doit croire que les alouettes me tombent toutes rôties, que j'ai autant de voix que j'en veux, et c'est pour cela qu'il ne m'offre pas la sienne, mais je n'ai qu'à le mettre au pied du mur, là, entre nous deux, et à lui dire : Hé bien ! votez pour moi, et il sera obligé de le faire. »

Mais le prince de Faffenheim n'était pas un naïf ;
il était ce que le docteur Cottard eût appelé « un
fin diplomate » et il savait que M. de Norpois n'en
était pas un moins fin, ni un homme qui ne se fût
pas avisé de lui-même qu'il pourrait être agréable à
un candidat en votant pour lui. Le prince, dans ses
ambassades et comme ministre des Affaires étrangères, avait tenu, pour son pays au lieu que ce fût
comme maintenant pour lui-même, de ces conversations où on sait d'avance jusqu'où on veut aller
et ce qu'on ne vous fera pas dire. Il n'ignorait pas
que dans le langage diplomatique causer signifie
offrir. Et c'est pour cela qu'il avait fait avoir à M. de
Norpois le cordon de Saint-André[1]. Mais s'il eût dû
rendre compte à son gouvernement de l'entretien
qu'il avait eu après cela avec M. de Norpois, il eût pu
énoncer dans sa dépêche : « J'ai compris que j'avais
fait fausse route. » Car dès qu'il avait recommencé à
parler Institut, M. de Norpois lui avait redit :

« J'aimerais cela beaucoup, beaucoup pour mes
collègues. Ils doivent, je pense, se sentir vraiment
honorés que vous ayez pensé à eux. C'est une candidature tout à fait intéressante, un peu en dehors
de nos habitudes. Vous savez, l'Académie est très
routinière, elle s'effraye de tout ce qui rend un son
un peu nouveau. Personnellement je l'en blâme. Que
de fois il m'est arrivé de le laisser entendre à mes
collègues. Je ne sais même pas, Dieu me pardonne,
si le mot d'encroûtés n'est pas sorti une fois de mes
lèvres », avait-il ajouté avec un sourire scandalisé,
à mi-voix, presque *a parte*, comme dans un effet de
théâtre et en jetant sur le prince un coup d'œil rapide
et oblique de son œil bleu, comme un vieil acteur qui
veut juger de son effet. « Vous comprenez, prince,
que je ne voudrais pas laisser une personnalité aussi
éminente que la vôtre s'embarquer dans une partie

perdue d'avance. Tant que les idées de mes collègues resteront aussi arriérées, j'estime que la sagesse est de s'abstenir. Croyez bien d'ailleurs que si je voyais jamais un esprit un peu plus nouveau, un peu plus vivant, se dessiner dans ce collège qui tend à devenir une nécropole, si j'escomptais une chance possible pour vous, je serais le premier à vous en avertir. »

« Le cordon de Saint-André est une erreur, pensa le prince ; les négociations n'ont pas fait un pas ; ce n'est pas cela qu'il voulait. Je n'ai pas mis la main sur la bonne clef. »

C'était un genre de raisonnement dont M. de Norpois, formé à la même école que le prince, eût été capable. On peut railler la pédantesque niaiserie avec laquelle les diplomates à la Norpois s'extasient devant une parole officielle à peu près insignifiante. Mais leur enfantillage a sa contrepartie : les diplomates savent que, dans la balance qui assure cet équilibre, européen ou autre, qu'on appelle la paix, les bons sentiments, les beaux discours, les supplications pèsent fort peu ; et que le poids lourd, le vrai, le déterminant, consiste en autre chose, en la possibilité que l'adversaire a, s'il est assez fort, ou n'a pas, de contenter, par moyen d'échange, un désir. Cet ordre de vérités, qu'une personne entièrement désintéressée comme ma grand-mère, par exemple, n'eût pas compris, M. de Norpois, le prince von *** avaient souvent été aux prises avec lui. Chargé d'affaires dans des pays avec lesquels nous avions été à deux doigts d'avoir la guerre, M. de Norpois, anxieux de la tournure que les événements allaient prendre, savait très bien que ce n'était pas par le mot « Paix », ou par le mot « Guerre », qu'ils lui seraient signifiés, mais par un autre, banal en apparence, terrible ou béni, que le diplomate, à l'aide de son chiffre, saurait immédiatement lire, et

auquel, pour sauvegarder la dignité de la France, il
répondrait par un autre mot tout aussi banal mais
sous lequel le ministre de la nation ennemie verrait aussitôt : Guerre. Et même, selon une coutume
ancienne, analogue à celle qui donnait au premier
rapprochement de deux êtres promis l'un à l'autre
la forme d'une entrevue fortuite à une représentation du théâtre du Gymnase, le dialogue où le destin dictait le mot « Guerre » ou le mot « Paix »
n'avait généralement pas eu lieu dans le cabinet du
ministre, mais sur le banc d'un « Kurgarten[1] » où le
ministre et M. de Norpois allaient l'un et l'autre à
des fontaines thermales boire à la source de petits
verres d'une eau curative. Par une sorte de conven-
tion tacite, ils se rencontraient à l'heure de la cure,
faisaient d'abord ensemble quelques pas d'une promenade que, sous son apparence bénigne, les deux
interlocuteurs savaient aussi tragique qu'un ordre
de mobilisation. Or, dans une affaire privée comme
cette présentation à l'Institut, le prince avait usé du
même système d'inductions qu'il avait fait dans la
Carrière, de la même méthode de lecture à travers
des symboles superposés.

Et certes on ne peut prétendre que ma grand-mère
et ses rares pareils eussent été seuls à ignorer ce
genre de calculs. En partie, la moyenne de l'humanité, exerçant des professions tracées d'avance,
rejoint par son manque d'intuition l'ignorance que
ma grand-mère devait à son haut désintéressement.
Il faut souvent descendre jusqu'aux êtres entretenus,
hommes ou femmes, pour avoir à chercher le mobile
de l'action ou des paroles en apparence les plus inno-
centes, dans l'intérêt, dans la nécessité de vivre. Quel
homme ne sait que, quand une femme qu'il va payer
lui dit : « Ne parlons pas d'argent », cette parole doit
être comptée, ainsi qu'on dit en musique, comme

« une mesure pour rien », et que si plus tard elle lui
déclare : « Tu m'as fait trop de peine, tu m'as souvent
caché la vérité, je suis à bout », il doit interpréter :
« Un autre protecteur lui offre davantage » ? Encore
n'est-ce là que le langage d'une cocotte assez rapprochée des femmes du monde. Les apaches fournissent
des exemples plus frappants. Mais M. de Norpois
et le prince allemand, si les apaches leur étaient
inconnus, avaient accoutumé de vivre sur le même
plan que les nations, lesquelles sont aussi, malgré
leur grandeur, des êtres, d'égoïsme et de ruse, qu'on
ne dompte que par la force, par la considération de
leur intérêt, qui peut les pousser jusqu'au meurtre,
un meurtre symbolique souvent lui aussi, la simple
hésitation à se battre ou le refus de se battre pouvant
signifier pour une nation : « périr ». Mais comme
tout cela n'est pas dit dans les divers Livres jaunes[1]
et autres, le peuple est volontiers pacifiste ; s'il est
guerrier, c'est instinctivement, par haine, par rancune, non par les raisons qui ont décidé les chefs
d'État avertis par les Norpois.

L'hiver suivant, le prince fut très malade, il guérit
mais son cœur resta irrémédiablement atteint.

« Diable ! se dit-il, il ne faudrait pas perdre de
temps pour l'Institut ; car, si je suis trop long, je
risque de mourir avant d'être nommé. Ce serait vraiment désagréable. »

Il fit sur la politique de ces vingt dernières années
une étude pour la *Revue des Deux Mondes* et s'y
exprima à plusieurs reprises dans les termes les plus
flatteurs sur M. de Norpois. Celui-ci alla le voir et le
remercia. Il ajouta qu'il ne savait comment exprimer
sa gratitude. Le prince se dit, comme quelqu'un qui
vient d'essayer d'une autre clef pour une serrure :
« Ce n'est pas encore celle-ci », et se sentant un peu
essoufflé en reconduisant M. de Norpois, pensa :

« Sapristi, ces gaillards-là me laisseront crever avant de me faire entrer. Dépêchons. »

Le même soir, il rencontra M. de Norpois à l'Opéra :

« Mon cher ambassadeur, lui dit-il, vous me disiez ce matin que vous ne saviez pas comment me prouver votre reconnaissance ; c'est fort exagéré, car vous ne m'en devez aucune, mais je vais avoir l'indélicatesse de vous prendre au mot. »

M. de Norpois n'estimait pas moins le tact du prince que le prince le sien. Il comprit immédiatement que ce n'était pas une demande qu'allait lui faire le prince de Faffenheim, mais une offre, et avec une affabilité souriante il se mit en devoir de l'écouter.

« Voilà, vous allez me trouver très indiscret. Il y a deux personnes auxquelles je suis très attaché et tout à fait diversement comme vous allez le comprendre, et qui se sont fixées depuis peu à Paris où elles comptent vivre désormais : ma femme et la grande-duchesse Jean. Elles vont donner quelques dîners, notamment en l'honneur du roi et de la reine d'Angleterre[1], et leur rêve aurait été de pouvoir offrir à leurs convives une personne pour laquelle sans la connaître elles éprouvent toutes deux une grande admiration. J'avoue que je ne savais comment faire pour contenter leur désir quand j'ai appris tout à l'heure, par le plus grand des hasards, que vous connaissiez cette personne ; je sais qu'elle vit très retirée, ne veut voir que peu de monde, *happy few* ; mais si vous me donniez votre appui, avec la bienveillance que vous me témoignez, je suis sûr qu'elle permettrait que vous me présentiez chez elle et que je lui transmette le désir de la grande-duchesse et de la princesse. Peut-être consentirait-elle à venir dîner avec la reine d'Angleterre et, qui sait, si nous ne l'ennuyons pas trop, passer les vacances de Pâques avec nous à Beaulieu chez la grande-duchesse Jean.

Cette personne s'appelle la marquise de Villeparisis. J'avoue que l'espoir de devenir l'un des habitués d'un pareil bureau d'esprit me consolerait, me ferait envisager sans ennui de renoncer à me présenter à l'Institut. Chez elle aussi on tient commerce d'intelligence et de fines causeries. »

Avec un sentiment de plaisir inexprimable le prince sentit que la serrure ne résistait pas et qu'enfin cette clef-là y entrait.

« Une telle option est bien inutile, mon cher prince, répondit M. de Norpois ; rien ne s'accorde mieux avec l'Institut que le salon dont vous parlez et qui est une véritable pépinière d'académiciens. Je transmettrai votre requête à Mme la marquise de Villeparisis : elle en sera certainement flattée. Quant à aller dîner chez vous, elle sort très peu et ce sera peut-être plus difficile. Mais je vous présenterai et vous plaiderez vous-même votre cause. Il ne faut surtout pas renoncer à l'Académie ; je déjeune précisément, de demain en quinze, pour aller ensuite avec lui à une séance importante, chez Leroy-Beaulieu sans lequel on ne peut faire une élection ; j'avais déjà laissé tomber devant lui votre nom qu'il connaît naturellement à merveille. Il avait émis certaines objections. Mais il se trouve qu'il a besoin de l'appui de mon groupe pour l'élection prochaine, et j'ai l'intention de revenir à la charge ; je lui dirai très franchement les liens tout à fait cordiaux qui nous unissent, je ne lui cacherai pas que, si vous vous présentiez, je demanderais à tous mes amis de voter pour vous (le prince eut un profond soupir de soulagement) et il sait que j'ai des amis. J'estime que si je parvenais à m'assurer son concours, vos chances deviendraient fort sérieuses. Venez ce soir-là à six heures chez Mme de Villeparisis, je vous introduirai et je pourrai vous rendre compte de mon entretien du matin. »

C'est ainsi que le prince de Faffenheim avait été amené à venir voir Mme de Villeparisis. Ma profonde désillusion eut lieu quand il parla. Je n'avais pas songé que, si une époque a des traits particuliers et généraux plus forts qu'une nationalité, de sorte que, dans un dictionnaire illustré où l'on donne jusqu'au portrait authentique de Minerve, Leibniz avec sa perruque et sa fraise diffère peu de Marivaux ou de Samuel Bernard[1], une nationalité a des traits particuliers plus forts qu'une cage. Or ils se traduisirent devant moi, non par un discours où je croyais d'avance que j'entendrais le frôlement des Elfes et la danse des Kobolds, mais par une transposition qui ne certifiait pas moins cette poétique origine : le fait qu'en s'inclinant, petit, rouge et ventru, devant Mme de Villeparisis, le Rhingrave lui dit : « Ponchour, matame la marquise » avec le même accent qu'un concierge alsacien.

« Vous ne voulez pas que je vous donne une tasse de thé ou un peu de tarte, elle est très bonne », me dit Mme de Guermantes, désireuse d'avoir été aussi aimable que possible. « Je fais les honneurs de cette maison comme si c'était la mienne », ajouta-t-elle sur un ton ironique qui donnait quelque chose d'un peu guttural à sa voix, comme si elle avait étouffé un rire rauque.

« Monsieur, dit Mme de Villeparisis à M. de Norpois, vous penserez tout à l'heure que vous avez quelque chose à dire au prince au sujet de l'Académie ? »

Mme de Guermantes baissa les yeux, fit faire un quart de cercle à son poignet pour regarder l'heure.

« Oh ! mon Dieu ; il est temps que je dise au revoir à ma tante, si je dois encore passer chez Mme de Saint-Ferréol, et je dîne chez Mme Leroi. »

Et elle se leva sans me dire adieu. Elle venait

d'apercevoir Mme Swann qui parut assez gênée de
me rencontrer. Elle se rappelait sans doute qu'avant
personne elle m'avait dit être convaincue de l'innocence de Dreyfus.

« Je ne veux pas que ma mère me présente à
Mme Swann, me dit Saint-Loup. C'est une ancienne
grue. Son mari est juif et elle nous le fait au nationalisme. Tiens, voici mon oncle Palamède. »

La présence de Mme Swann avait pour moi un
intérêt particulier dû à un fait qui s'était produit
quelques jours auparavant, et qu'il est nécessaire de
relater à cause des conséquences qu'il devait avoir
beaucoup plus tard, et qu'on suivra, dans leur détail,
quand le moment sera venu. Donc, quelques jours
avant cette visite, j'en avais reçu une à laquelle je
ne m'attendais guère, celle de Charles Morel, le fils,
inconnu de moi, de l'ancien valet de chambre de
mon grand-oncle. Ce grand-oncle (celui chez lequel
j'avais vu la dame en rose) était mort, l'année précédente. Son valet de chambre avait manifesté à
plusieurs reprises l'intention de venir me voir ; je
ne savais pas le but de sa visite, mais je l'aurais vu
volontiers car j'avais appris par Françoise qu'il avait
gardé un vrai culte pour la mémoire de mon oncle
et faisait, à chaque occasion, le pèlerinage du cimetière. Mais obligé d'aller se soigner dans son pays,
et comptant y rester longtemps, il me déléguait son
fils. Je fus surpris de voir entrer un beau garçon de
dix-huit ans, habillé plutôt richement qu'avec goût,
mais qui pourtant avait l'air de tout, excepté d'un
valet de chambre. Il tint du reste, dès l'abord, à
couper le câble avec la domesticité d'où il sortait,
en m'apprenant avec un sourire satisfait qu'il était
premier prix du Conservatoire. Le but de sa visite
était celui-ci : son père avait, parmi les souvenirs de
mon oncle Adolphe, mis de côté certains qu'il avait

jugé inconvenant d'envoyer à mes parents mais qui,
pensait-il, étaient de nature à intéresser un jeune
homme de mon âge. C'étaient les photographies des
actrices célèbres, des grandes cocottes que mon oncle
avait connues, les dernières images de cette vie de
vieux viveur qu'il séparait, par une cloison étanche,
de sa vie de famille. Tandis que le jeune Morel me
les montrait, je me rendis compte qu'il affectait de
me parler comme à un égal. Il avait à dire « vous »,
et le moins souvent possible « monsieur », le plaisir
de quelqu'un dont le père n'avait jamais employé,
en s'adressant à mes parents, que la « troisième personne ». Presque toutes les photographies portaient
une dédicace telle que : « À mon meilleur ami ». Une
actrice plus ingrate et plus avisée avait écrit : « Au
meilleur des amis », ce qui lui permettait, m'a-t-on
assuré, de dire que mon oncle n'était nullement et à
beaucoup près son meilleur ami, mais l'ami qui lui
avait rendu le plus de petits services, l'ami dont elle
se servait, un excellent homme, presque une vieille
bête. Le jeune Morel avait beau chercher à s'évader
de ses origines, on sentait que l'ombre de mon oncle
Adolphe, vénérable et démesurée aux yeux du vieux
valet de chambre, n'avait cessé de planer, presque
sacrée, sur l'enfance et la jeunesse du fils. Pendant
que je regardais les photographies, Charles Morel
examinait ma chambre. Et comme je cherchais où
je pourrais les serrer : « Mais comment se fait-il,
me dit-il (d'un ton où le reproche n'avait pas besoin
de s'exprimer tant il était dans les paroles mêmes),
que je n'en voie pas une seule de votre oncle dans
votre chambre ? » Je sentis le rouge me monter au
visage, et balbutiai : « Mais je crois que je n'en ai pas.
— Comment, vous n'avez pas une seule photographie
de votre oncle Adolphe qui vous aimait tant ! Je vous
en enverrai une que je prendrai dans les quantités

qu'a mon paternel et j'espère que vous l'installerez
à la place d'honneur au-dessus de cette commode
qui vous vient justement de votre oncle. » Il est vrai
que, comme je n'avais même pas une photographie
de mon père ou de ma mère dans ma chambre, il n'y
avait rien de si choquant à ce qu'il ne s'en trouvât
pas de mon oncle Adolphe. Mais il n'était pas difficile de deviner que pour Morel, lequel avait enseigné cette manière de voir à son fils, mon oncle était
le personnage important de la famille, duquel mes
parents tiraient seulement un éclat amoindri. J'étais
plus en faveur parce que mon oncle disait tous les
jours que je serais une espèce de Racine, de Vaulabelle[1], et Morel me considérait à peu près comme
un fils adoptif, comme un enfant d'élection de mon
oncle. Je me rendis vite compte que le fils de Morel
était très « arriviste ». Ainsi ce jour-là il me demanda,
étant un peu compositeur aussi, et capable de mettre
quelques vers en musique, si je ne connaissais pas de
poète ayant une situation importante dans le monde
« aristo ». Je lui en citai un. Il ne connaissait pas les
œuvres de ce poète et n'avait jamais entendu son
nom, qu'il prit en note. Or je sus que peu après il
avait écrit à ce poète pour lui dire qu'admirateur
fanatique de ses œuvres, il avait fait de la musique
sur un sonnet de lui et serait heureux que le libret-
tiste en fît donner une audition chez la comtesse ***.
C'était aller un peu vite et démasquer son plan. Le
poète, blessé, ne répondit pas.

Au reste Charles Morel semblait avoir, à côté de
l'ambition, un vif penchant vers des réalités plus
concrètes. Il avait remarqué dans la cour la nièce
de Jupien en train de faire un gilet et, bien qu'il me
dît seulement avoir justement besoin d'un gilet « de
fantaisie », je sentis que la jeune fille avait produit
une grande impression sur lui. Il n'hésita pas à me

de'mander de descendre et de le présenter, « mais pas par rapport à votre famille, vous m'entendez, je compte sur votre discrétion quant à mon père, dites seulement un grand artiste de vos amis, vous comprenez, il faut faire bonne impression aux commerçants ». Bien qu'il m'eût insinué que, ne le connaissant pas assez pour l'appeler, il le comprenait, « cher ami », je pourrais lui dire devant la jeune fille quelque chose comme « pas cher Maître évidemment... quoique, mais si cela vous plaît : cher grand artiste », j'évitai dans la boutique de le « qualifier », comme eût dit Saint-Simon, et me contentai de répondre à ses « vous » par des « vous ». Il avisa, parmi quelques pièces de velours, une du rouge le plus vif et si criard que, malgré le mauvais goût qu'il avait, il ne put jamais, par la suite, porter ce gilet. La jeune fille se remit à travailler avec ses deux « apprenties » mais il me sembla que l'impression avait été réciproque et que Charles Morel, qu'elle crut « de mon monde » (plus élégant seulement et plus riche), lui avait plu singulièrement. Comme j'avais été très étonné de trouver parmi les photographies que m'envoyait son père une du portrait de Miss Sacripant (c'est-à-dire Odette) par Elstir, je dis à Charles Morel, en l'accompagnant jusqu'à la porte cochère : « Je crains que vous ne puissiez me renseigner. Est-ce que mon oncle connaissait beaucoup cette dame ? Je ne vois pas à quelle époque de la vie de mon oncle je puis la situer ; et cela m'intéresse à cause de M. Swann... — Justement j'oubliais de vous dire que mon père m'avait recommandé d'attirer votre attention sur cette dame. En effet, cette demi-mondaine déjeunait chez votre oncle le dernier jour que vous l'avez vu. Mon père ne savait pas trop s'il pouvait vous faire entrer. Il paraît que vous aviez plu beaucoup à cette femme légère, et elle espérait vous

revoir. Mais justement à ce moment-là il y a eu de
la fâche dans la famille, à ce que m'a dit mon père,
et vous n'avez jamais revu votre oncle. » Il sourit à
ce moment, pour lui dire adieu de loin, à la nièce
de Jupien. Elle le regardait et admirait sans doute
son visage maigre, d'un dessin régulier, ses cheveux
légers, ses yeux gais. Moi, en lui serrant la main, je
pensais à Mme Swann, et je me disais avec étonnement, tant elles étaient séparées et différentes dans
mon souvenir, que j'aurais désormais à l'identifier
avec la « dame en rose ».

M. de Charlus fut bientôt assis à côté de
Mme Swann. Dans toutes les réunions où il se trouvait, et dédaigneux à l'égard des hommes, courtisé
par les femmes, il avait vite fait d'aller faire corps
avec la plus élégante, de la toilette de laquelle il se
sentait empanaché. La redingote ou le frac du baron
le faisait ressembler à ces portraits par un grand
coloriste, d'un homme en noir, mais qui a près de
lui, sur une chaise, un manteau éclatant qu'il va revêtir pour quelque bal costumé. Ce tête-à-tête, généralement avec quelque Altesse, procurait à M. de
Charlus de ces distinctions qu'il aimait. Il avait, par
exemple, pour conséquence que les maîtresses de
maison laissaient, dans une fête, le baron avoir seul
une chaise sur le devant dans un rang de dames, tandis que les autres hommes se bousculaient dans le
fond. De plus, fort absorbé, semblait-il, à raconter, et
très haut, d'amusantes histoires à la dame charmée,
M. de Charlus était dispensé d'aller dire bonjour
aux autres, donc d'avoir des devoirs à rendre. Derrière la barrière parfumée que lui faisait la beauté
choisie, il était isolé au milieu d'un salon comme
au milieu d'une salle de spectacle dans une loge et,
quand on venait le saluer, au travers pour ainsi dire
de la beauté de sa compagne, il était excusable de

répondre fort brièvement et sans s'interrompre de
parler à une femme. Certes Mme Swann n'était guère
du rang des personnes avec qui il aimait ainsi à s'af-
ficher. Mais il faisait profession d'admiration pour
elle, d'amitié pour Swann, savait qu'elle serait flattée
de son empressement, et était flatté lui-même d'être
compromis par la plus jolie personne qu'il y eût là.

Mme de Villeparisis n'était d'ailleurs qu'à demi
contente d'avoir la visite de M. de Charlus. Celui-ci,
tout en trouvant de grands défauts à sa tante, l'aimait beaucoup. Mais, par moments, sous le coup
de la colère, de griefs imaginaires, il lui adressait,
sans résister à ses impulsions, des lettres de la dernière violence dans lesquelles il faisait état de petites
choses qu'il semblait jusque-là n'avoir pas remarquées. Entre autres exemples je peux citer ce fait,
parce que mon séjour à Balbec me mit au courant de
lui : Mme de Villeparisis, craignant de ne pas avoir
emporté assez d'argent pour prolonger sa villégiature
à Balbec, et n'aimant pas, comme elle était avare et
craignait les frais superflus, faire venir de l'argent de
Paris, s'était fait prêter trois mille francs par M. de
Charlus. Celui-ci, un mois plus tard, mécontent de
sa tante pour une raison insignifiante, les lui réclama
par mandat télégraphique. Il reçut deux mille neuf
cent quatre-vingt-dix et quelques francs. Voyant sa
tante quelques jours après à Paris et causant amicalement avec elle, il lui fit avec beaucoup de douceur
remarquer l'erreur commise par la banque chargée de l'envoi. « Mais il n'y a pas erreur, répondit
Mme de Villeparisis, le mandat télégraphique coûte
six francs soixante-quinze. — Ah ! du moment que
c'est intentionnel, c'est parfait, répliqua M. de Charlus. Je vous l'avais dit seulement pour le cas où vous
l'auriez ignoré, parce que dans ce cas-là, si la banque
avait agi de même avec des personnes moins liées

avec vous que moi, cela aurait pu vous contrarier.
— Non, non, il n'y a pas d'erreur. — Au fond vous avez
eu parfaitement raison », conclut gaiement M. de
Charlus en baisant tendrement la main de sa tante.
En effet, il ne lui en voulait nullement et souriait
seulement de cette petite mesquinerie. Mais quelque
temps après, ayant cru que dans une chose de famille
sa tante avait voulu le jouer et « monter contre lui
tout un complot », comme celle-ci se retranchait
assez bêtement derrière des hommes d'affaires avec
qui il l'avait précisément soupçonnée d'être alliée
contre lui, il lui avait écrit une lettre qui débordait
de fureur et d'insolence. « Je ne me contenterai pas
de me venger, ajoutait-il en post-scriptum, je vous
rendrai ridicule. Je vais dès demain aller raconter à
tout le monde l'histoire du mandat télégraphique et
des six francs soixante-quinze que vous m'avez retenus sur les trois mille francs que je vous avais prêtés,
je vous déshonorerai. » Au lieu de cela il était allé le
lendemain demander pardon à sa tante Villeparisis,
ayant regret d'une lettre où il y avait des phrases vraiment affreuses. D'ailleurs à qui eût-il pu apprendre
l'histoire du mandat télégraphique ? Ne voulant pas
de vengeance mais une sincère réconciliation, cette
histoire du mandat, c'est maintenant qu'il l'aurait
tue. Mais auparavant il l'avait racontée partout, tout
en étant très bien avec sa tante, il l'avait racontée
sans méchanceté, pour faire rire, et parce qu'il était
l'indiscrétion même. Il l'avait racontée, mais sans
que Mme de Villeparisis le sût. De sorte qu'ayant
appris par sa lettre qu'il comptait la déshonorer en
divulguant une circonstance où il lui avait déclaré
à elle-même qu'elle avait bien agi, elle avait pensé
qu'il l'avait trompée alors et mentait en feignant
de l'aimer. Tout cela s'était apaisé mais chacun des
deux ne savait pas exactement l'opinion que l'autre

avait de lui. Certes il s'agit là d'un cas de brouilles intermittentes un peu particulier. D'ordre différent étaient celles de Bloch et de ses amis. D'un autre encore celles de M. de Charlus, comme on le verra, avec des personnes tout autres que Mme de Villeparisis. Malgré cela il faut se rappeler que l'opinion que nous avons les uns des autres, les rapports d'amitié, de famille, n'ont rien de fixe qu'en apparence, mais sont aussi éternellement mobiles que la mer. De là tant de bruits de divorce entre des époux qui semblaient si parfaitement unis et qui, bientôt après, parlent tendrement l'un de l'autre ; tant d'infamies dites par un ami sur un ami dont nous le croyions inséparable et avec qui nous le trouverons réconcilié avant que nous ayons eu le temps de revenir de notre surprise ; tant de renversements d'alliances en si peu de temps, entre les peuples.

« Mon Dieu, ça chauffe entre mon oncle et Mme Swann, me dit Saint-Loup. Et Maman qui, dans son innocence, vient les déranger. Aux pures tout est pur[1] ! »

Je regardais M. de Charlus. La houppette de ses cheveux gris, son œil dont le sourcil était relevé par le monocle et qui souriait, sa boutonnière en fleurs rouges, formaient comme les trois sommets mobiles d'un triangle convulsif et frappant. Je n'avais pas osé le saluer, car il ne m'avait fait aucun signe. Or, bien qu'il ne fût pas tourné de mon côté, j'étais persuadé qu'il m'avait vu ; tandis qu'il débitait quelque histoire à Mme Swann dont flottait jusque sur un genou du baron le magnifique manteau couleur pensée, les yeux errants de M. de Charlus, pareils à ceux d'un marchand en plein vent qui craint l'arrivée de la *Rousse*, avaient certainement exploré chaque partie du salon et découvert toutes les personnes qui s'y trouvaient. M. de Châtellerault vint lui dire bonjour sans que rien décelât dans le visage de M. de Charlus qu'il eût aperçu le jeune duc avant le moment où celui-ci se trouva devant lui. C'est ainsi que, dans les réunions un peu nombreuses comme était celle-ci, M. de Charlus gardait d'une façon presque constante un sourire sans direction déterminée ni destination particulière, et qui, préexistant de la sorte aux saluts des arrivants, se trouvait, quand ceux-ci entraient dans sa zone, dépouillé de toute signification d'amabilité pour eux. Néanmoins il fallait bien que j'allasse dire bonjour à Mme Swann. Mais, comme elle ne savait pas si je connaissais Mme de Marsantes et M. de Charlus, elle fut assez froide, craignant sans doute que je lui demandasse de me présenter. Je m'avançai alors vers M. de Charlus et aussitôt le regrettai car, devant très bien me voir, il ne le marquait en rien. Au moment où je m'inclinai devant lui, je trouvai, distant de son corps dont il m'empêchait d'approcher de toute la longueur de son bras tendu, un doigt veuf, eût-on dit, d'un anneau épiscopal dont il avait l'air d'offrir, pour qu'on la baisât, la place consacrée, et dus paraître avoir pénétré, à l'insu du baron et par une effraction dont il me laissait la responsabilité, dans la permanence, la dispersion anonyme et vacante de son sourire. Cette froideur ne fut pas pour encourager beaucoup Mme Swann à se départir de la sienne.

« Comme tu as l'air fatigué et agité », dit Mme de Marsantes à son fils qui était venu dire bonjour à M. de Charlus.

Et en effet les regards de Robert semblaient par moments atteindre à une profondeur qu'ils quittaient aussitôt comme un plongeur qui a touché le fond. Ce fond, qui faisait si mal à Robert quand il le touchait qu'il le quittait aussitôt pour y revenir un instant après, c'était l'idée qu'il avait rompu avec sa maîtresse.

« Ça ne fait rien, ajouta sa mère, en lui caressant la joue, ça ne fait rien, c'est bon de voir son petit garçon. »

Mais cette tendresse paraissant agacer Robert, Mme de Marsantes entraîna son fils dans le fond du salon, là où, dans une baie tendue de soie jaune, quelques fauteuils de Beauvais massaient leurs tapisseries violacées comme des iris empourprés dans un champ de boutons d'or. Mme Swann se trouvant seule et ayant compris que j'étais lié avec Saint-Loup, me fit signe de venir auprès d'elle. Ne l'ayant pas vue depuis si longtemps je ne savais de quoi lui parler. Je ne perdais pas de vue mon chapeau parmi tous ceux qui se trouvaient sur le tapis, mais, me demandais curieusement à qui pouvait en appartenir un qui n'était pas celui du duc de Guermantes et dans la coiffe duquel un G était surmonté de la couronne ducale. Je savais qui étaient tous les visiteurs et n'en trouvais pas un seul dont ce pût être le chapeau.

« Comme M. de Norpois est sympathique, dis-je à Mme Swann en le lui montrant. Il est vrai que Robert de Saint-Loup me dit que c'est une peste, mais…

— Il a raison », répondit-elle.

Et voyant que son regard se reportait à quelque chose qu'elle me cachait, je la pressai de questions. Peut-être contente d'avoir l'air d'être très occupée par quelqu'un dans ce salon où elle ne connaissait presque personne, elle m'emmena dans un coin.

« Voilà sûrement ce que M. de Saint-Loup a voulu vous dire, me répondit-elle, mais ne le lui répétez pas, car il me trouverait indiscrète et je tiens beaucoup à son estime, je suis très "honnête homme", vous savez. Dernièrement Charlus a dîné chez la princesse de Guermantes ; je ne sais pas comment on a parlé de vous. M. de Norpois leur aurait dit

– c'est inepte, n'allez pas vous mettre martel en tête pour cela, personne n'y a attaché d'importance, on savait trop de quelle bouche cela tombait – que vous étiez un flatteur à moitié hystérique. »

J'ai raconté bien auparavant ma stupéfaction qu'un ami de mon père comme était M. de Norpois eût pu s'exprimer ainsi en parlant de moi. J'en éprouvai une plus grande encore à savoir que mon émoi de ce jour ancien où j'avais parlé de Mme Swann et de Gilberte était connu par la princesse de Guermantes de qui je me croyais ignoré. Chacune de nos actions, de nos paroles, de nos attitudes est séparée du « monde », des gens qui ne l'ont pas directement perçue, par un milieu dont la perméabilité varie à l'infini et nous reste inconnue ; ayant appris par l'expérience que tel propos important que nous avions souhaité vivement être propagé (tels ceux si enthousiastes que je tenais autrefois à tout le monde et en toute occasion sur Mme Swann, pensant que parmi tant de bonnes graines répandues il s'en trouverait bien une qui lèverait) s'est trouvé, souvent à cause de notre désir même, immédiatement mis sous le boisseau, combien à plus forte raison étions-nous éloignés de croire que telle parole minuscule, oubliée de nous-mêmes, voire jamais prononcée par nous et formée en route par l'imparfaite réfraction d'une parole différente, serait transportée, sans que jamais sa marche s'arrêtât, à des distances infinies – en l'espèce jusque chez la princesse de Guermantes – et allât divertir à nos dépens le festin des dieux. Ce que nous nous rappelons de notre conduite reste ignoré de notre plus proche voisin ; ce que nous avons oublié avoir dit, ou même ce que nous n'avons jamais dit, va provoquer l'hilarité jusque dans une autre planète, et l'image que les autres se font de nos faits et gestes ne ressemble pas plus à celle que nous

nous en faisons nous-même qu'à un dessin quelque décalque raté où tantôt au trait noir correspondrait un espace vide, et à un blanc un contour inexplicable. Il peut du reste arriver que ce qui n'a pas été transcrit soit quelque trait irréel que nous ne voyons que par complaisance, et que ce qui nous semble ajouté nous appartienne au contraire, mais si essentiellement que cela nous échappe. De sorte que cette étrange épreuve qui nous semble si peu ressemblante a quelquefois le genre de vérité, peu flatteur certes mais profond et utile, d'une photographie par les rayons X. Ce n'est pas une raison pour que nous nous y reconnaissions. Quelqu'un qui a l'habitude de sourire dans la glace à sa belle figure et à son beau torse, si on lui montre leur radiographie, aura devant ce chapelet osseux, indiqué comme étant une image de lui-même, le même soupçon d'une erreur que le visiteur d'une exposition qui devant un portrait de jeune femme lit dans le catalogue : Dromadaire couché. Plus tard cet écart entre notre image selon qu'elle est dessinée par nous-même, ou par autrui, je devais m'en rendre compte pour d'autres que moi, vivant béatement au milieu d'une collection de photographies qu'ils avaient tirées d'eux-mêmes tandis qu'alentour grimaçaient d'effroyables images, habituellement invisibles pour eux-mêmes, mais qui les plongeaient dans la stupeur si un hasard les leur montrait en leur disant : « C'est vous. »

Il y a quelques années j'aurais été bien heureux de dire à Mme Swann « à quel sujet » j'avais été si tendre pour M. de Norpois, puisque ce « sujet » était le désir de la connaître. Mais je ne le ressentais plus, je n'aimais plus Gilberte. D'autre part, je ne parvenais pas à identifier Mme Swann à la dame en rose de mon enfance. Aussi je parlai de la femme qui me préoccupait en ce moment.

« Avez-vous vu tout à l'heure la duchesse de Guermantes ? » demandai-je à Mme Swann.

Mais comme la duchesse ne saluait pas Mme Swann, celle-ci voulait avoir l'air de la considérer comme une personne sans intérêt et de la présence de laquelle on ne s'aperçoit même pas.

« Je ne sais pas, je n'ai pas *réalisé* », me répondit-elle d'un air désagréable, en employant un terme traduit de l'anglais.

J'aurais pourtant voulu avoir des renseignements non seulement sur Mme de Guermantes mais sur tous les êtres qui l'approchaient, et, tout comme Bloch, avec le manque de tact des gens qui cherchent dans leur conversation non à plaire aux autres mais à élucider, en égoïstes, des points qui les intéressent, pour tâcher de me représenter exactement la vie de Mme de Guermantes, j'interrogeai Mme de Villeparisis sur Mme Leroi.

« Oui, je sais, répondit-elle avec un dédain affecté, la fille de ces gros marchands de bois. Je sais qu'elle voit du monde maintenant, mais je vous dirai que je suis bien vieille pour faire de nouvelles connaissances. J'ai connu des gens si intéressants, si aimables, que vraiment je crois que Mme Leroi n'ajouterait rien à ce que j'ai. »

Mme de Marsantes qui faisait la dame d'honneur de la marquise me présenta au prince et elle n'avait pas fini que M. de Norpois me présentait aussi, dans les termes les plus chaleureux. Peut-être trouvait-il commode de me faire une politesse qui n'entamait en rien son crédit puisque je venais justement d'être présenté, peut-être parce qu'il pensait qu'un étranger, même illustre, était moins au courant des salons français et pouvait croire qu'on lui présentait un jeune homme du grand monde, peut-être pour exercer une de ses prérogatives, celle d'ajouter le poids de sa propre recommandation d'ambassadeur, ou par le goût d'archaïsme de faire revivre en l'honneur du prince l'usage flatteur pour cette Altesse que deux parrains étaient nécessaires si on voulait lui être présenté.

Mme de Villeparisis interpella M. de Norpois, éprouvant le besoin de me faire dire par lui qu'elle n'avait pas à regretter de ne pas connaître Mme Leroi.

« N'est-ce pas, monsieur l'ambassadeur, que Mme Leroi est une personne sans intérêt, très inférieure à toutes celles qui fréquentent ici et que j'ai eu raison de ne pas l'attirer ? »

Soit indépendance, soit fatigue, M. de Norpois se contenta de répondre par un salut plein de respect mais vide de signification.

« Monsieur, lui dit Mme de Villeparisis en riant, il y a des gens bien ridicules. Croyez-vous que j'ai eu aujourd'hui la visite d'un monsieur qui a voulu me faire croire qu'il avait plus de plaisir à embrasser ma main que celle d'une jeune femme. »

Je compris tout de suite que c'était Legrandin. M. de Norpois sourit avec un léger clignement d'œil, comme s'il s'agissait d'une concupiscence si naturelle qu'on ne pouvait en vouloir à celui qui l'éprouvait, presque d'un commencement de roman qu'il était prêt à absoudre, voire à encourager, avec une indulgence perverse à la Voisenon[1] ou à la Crébillon fils[2].

« Bien des mains de jeunes femmes seraient incapables de faire ce que j'ai vu là », dit le prince en montrant les aquarelles commencées de Mme de Villeparisis.

Et il lui demanda si elle avait vu les fleurs de Fantin-Latour qui venaient d'être exposées[3].

« Elles sont de premier ordre et, comme on dit aujourd'hui, d'un beau peintre, d'un des maîtres de la palette, déclara M. de Norpois ; je trouve cependant qu'elles ne peuvent pas soutenir la comparaison avec celles de Mme de Villeparisis où je reconnais mieux le coloris de la fleur. »

Même en supposant que la partialité de vieil amant, l'habitude de flatter, les opinions admises dans une coterie, dictassent ces paroles à l'ancien ambassadeur, celles-ci prouvaient pourtant sur quel néant de goût véritable repose le jugement artistique des gens du monde, si arbitraire qu'un rien peut le faire aller aux pires absurdités, sur le chemin desquelles il ne rencontre pour l'arrêter aucune impression vraiment sentie.

« Je n'ai aucun mérite à connaître les fleurs, j'ai toujours vécu aux champs, répondit modestement Mme de Villeparisis. Mais, ajouta-t-elle gracieusement en s'adressant au prince, si j'en ai eu toute jeune des notions un peu plus sérieuses que les autres enfants de la campagne, je le dois à un homme bien distingué de votre nation, M. de Schlegel[1]. Je l'ai rencontré à Broglie[2] où ma tante Cordelia (la maréchale de Castellane[3]) m'avait amenée. Je me rappelle très bien que M. Lebrun, M. de Salvandy[4], M. Doudan[5] le faisaient parler sur les fleurs. J'étais une toute petite fille, je ne pouvais pas bien comprendre ce qu'il disait. Mais il s'amusait à me faire jouer et, revenu dans votre pays, il m'envoya un bel herbier en souvenir d'une promenade que nous avions été faire en phaéton au Val Richer[6] et où je m'étais endormie sur ses genoux. J'ai toujours conservé cet herbier et il m'a appris à remarquer bien des particularités des fleurs qui ne m'auraient pas frappée sans cela. Quand Mme de Barante a publié quelques lettres de Mme de Broglie[7], belles et affectées comme elle était elle-même, j'avais espéré y trouver quelques-unes de ces conversations de M. de Schlegel. Mais c'était une

femme qui ne cherchait dans la nature que des arguments pour la religion. »

Robert m'appela dans le fond du salon où il était
avec sa mère.

« Que tu as été gentil, lui dis-je, comment te remercier ? Pouvons-nous dîner demain ensemble ?

— Demain, si tu veux, mais alors avec Bloch ; je
l'ai rencontré devant la porte ; après un instant de
froideur, parce que j'avais, malgré moi, laissé sans
réponse deux lettres de lui (il ne m'a pas dit que
c'était cela qui l'avait froissé mais je l'ai compris), il a
été d'une tendresse telle que je ne peux pas me montrer ingrat envers un tel ami. Entre nous, de sa part
au moins, je sens bien que c'est à la vie, à la mort. »

Je ne crois pas que Robert se trompât absolument.
Le dénigrement furieux était souvent chez Bloch l'effet d'une vive sympathie qu'il avait cru qu'on ne lui
rendait pas. Et comme il imaginait peu la vie des
autres, ne songeait pas qu'on peut avoir été malade
ou en voyage, etc., un silence de huit jours lui paraissait vite provenir d'une froideur voulue. Aussi je n'ai
jamais cru que ses pires violences d'ami, et plus tard
d'écrivain, fussent bien profondes. Elles s'exaspé-
raient si l'on y répondait par une dignité glacée, ou
par une platitude qui l'encourageait à redoubler ses
coups, mais cédaient souvent à une chaude sympathie. « Quant à gentil, continua Saint-Loup, tu prétends que je l'ai été pour toi, mais je n'ai pas été
gentil du tout, ma tante dit que c'est toi qui la fuis,
que tu ne lui dis pas un mot. Elle se demande si tu
n'as pas quelque chose contre elle. »

Heureusement pour moi, si j'avais été dupe de ces
paroles, notre départ, que je croyais imminent, pour
Balbec m'eût empêché d'essayer de revoir Mme de
Guermantes, de lui assurer que je n'avais rien contre
elle et de la mettre ainsi dans la nécessité de me

prouver que c'était elle qui avait quelque chose contre moi. Mais je n'eus qu'à me rappeler qu'elle ne m'avait pas même offert d'aller voir les Elstir. D'ailleurs ce n'était pas une déception ; je ne m'étais nullement attendu à ce qu'elle m'en parlât ; je savais que je ne lui plaisais pas, que je n'avais pas à espérer me faire aimer d'elle ; le plus que j'avais pu souhaiter, c'est que, grâce à sa bonté, j'eusse d'elle, puisque je ne devais pas la revoir avant de quitter Paris, une impression entièrement douce, que j'emporterais à Balbec indéfiniment prolongée, intacte, au lieu d'un souvenir mêlé d'anxiété et de tristesse.

À tous moments Mme de Marsantes s'interrompait de causer avec Robert pour me dire combien il lui avait souvent parlé de moi, combien il m'aimait ; elle était avec moi d'un empressement qui me faisait presque de la peine parce que je le sentais dicté par la crainte qu'elle avait d'être fâchée par moi avec ce fils qu'elle n'avait pas encore vu aujourd'hui, avec qui elle était impatiente de se trouver seule, et sur lequel elle croyait donc que l'empire qu'elle exer-çait n'égalait pas et devait ménager le mien. M'ayant entendu auparavant demander à Bloch des nouvelles de M. Nissim Bernard, son oncle, Mme de Marsantes s'informa si c'était celui qui avait habité Nice.

« Dans ce cas, il y a connu M. de Marsantes avant qu'il m'épousât, avait répondu Mme de Marsantes. Mon mari m'en a souvent parlé comme d'un homme excellent, d'un cœur délicat et généreux. »

« Dire que pour une fois il n'avait pas menti, c'est incroyable », eût pensé Bloch.

Tout le temps j'aurais voulu dire à Mme de Mar-santes que Robert avait pour elle infiniment plus d'affection que pour moi, et que, m'eût-elle témoigné de l'hostilité, je n'étais pas d'une nature à chercher à le prévenir contre elle, à le détacher d'elle. Mais depuis que Mme de Guermantes était partie, j'étais plus libre d'observer Robert, et je m'aperçus seulement alors que de nouveau une sorte de colère semblait s'être élevée en lui, affleurant à son visage durci et sombre. Je craignais qu'au souvenir de la scène de l'après-midi il ne fût humilié vis-à-vis de moi de s'être laissé traiter si durement par sa maîtresse, sans riposter.

Brusquement il s'arracha d'auprès de sa mère qui lui avait passé un bras autour du cou et venant à moi il m'entraîna derrière le petit comptoir fleuri de Mme de Villeparisis où celle-ci s'était rassise, et il me fit signe de le suivre dans le petit salon. Je m'y dirigeais assez vivement quand M. de Charlus, qui avait pu croire que j'allais vers la sortie, quitta brusquement M. de Faffenheim avec qui il causait, fit un tour rapide qui l'amena en face de moi. Je vis avec inquiétude qu'il avait pris le chapeau au fond duquel il y avait un G et une couronne ducale. Dans l'embrasure de la porte du petit salon il me dit sans me regarder :

« Puisque je vois que vous allez dans le monde maintenant, faites-moi donc le plaisir de venir me voir. Mais c'est assez compliqué », ajouta-t-il d'un air d'inattention et de calcul et comme s'il s'était agi d'un plaisir qu'il avait peur de ne plus retrouver une fois qu'il aurait laissé échapper l'occasion de combiner avec moi les moyens de le réaliser. « Je suis peu chez moi, il faudrait que vous m'écriviez. Mais j'aimerais mieux vous expliquer cela plus tranquillement. Je vais partir dans un moment. Voulez-vous faire deux pas avec moi ? Je ne vous retiendrai qu'un instant.

— Vous ferez bien de faire attention, monsieur, lui dis-je. Vous avez pris par erreur le chapeau d'un des visiteurs.

« — Vous voulez m'empêcher de prendre mon chapeau ? »

Je supposai, l'aventure m'étant arrivée à moi-même peu auparavant, que, quelqu'un lui ayant enlevé son chapeau, il en avait avisé un au hasard pour ne pas rentrer nu-tête et que je le mettais dans l'embarras en dévoilant sa ruse. Aussi je n'insistai pas. Je lui dis qu'il fallait d'abord que je dise quelques mots à Saint-Loup. « Il est en train de parler avec cet idiot de duc de Guermantes, ajoutai-je. — C'est charmant ce que vous dites là, je le dirai à mon frère. — Ah ! vous croyez que cela peut intéresser M. de Charlus ? » (Je me figurais que, s'il avait un frère, ce frère devait s'appeler Charlus aussi. Saint-Loup m'avait bien donné quelques explications là-dessus à Balbec, mais je les avais oubliées.) « Qui est-ce qui vous parle de M. de Charlus ? me dit le baron d'un air insolent[1]. Allez auprès de Robert. Je sais que vous avez participé ce matin à un de ces déjeuners d'orgie qu'il a avec une femme qui le déshonore. Vous devriez bien user de votre influence sur lui pour lui faire comprendre le chagrin qu'il cause à sa pauvre mère, et à nous tous en traînant notre nom dans la boue. »

J'aurais voulu répondre qu'au déjeuner avilissant on n'avait parlé que d'Emerson[2], d'Ibsen, de Tolstoï[3], et que la jeune femme avait prêché Robert pour qu'il ne bût que de l'eau. Afin de tâcher d'apporter quelque baume à Robert de qui je croyais la fierté blessée, je cherchai à excuser sa maîtresse. Je ne savais pas qu'en ce moment, malgré sa colère contre elle, c'était à lui-même qu'il adressait des reproches. Même dans les querelles entre un bon et une méchante et quand le droit est tout entier d'un côté, il arrive toujours qu'il y a une vétille qui peut donner à la méchante l'apparence de n'avoir pas tort sur un point. Et comme tous les autres points, elle les néglige, pour peu que le bon ait besoin d'elle, soit démoralisé par la séparation, son affaiblissement le rendra scrupuleux, il se rappellera les reproches absurdes qui lui ont été faits et se demandera s'ils n'ont pas quelque fondement.

« Je crois que j'ai eu tort dans cette affaire du collier, me dit Robert. Bien sûr je ne l'avais pas fait dans une mauvaise intention, mais je sais bien que les autres ne se mettent pas au même point de vue que nous-mêmes. Elle a eu une enfance très dure. Pour elle je suis tout de même le riche qui croit qu'on arrive à tout par son argent, et contre lequel le pauvre ne peut pas lutter, qu'il s'agisse d'influencer Boucheron ou de gagner un procès devant un tribunal. Sans doute elle a été bien cruelle, moi qui n'ai jamais cherché que son bien. Mais je me rends bien compte, elle croit que j'ai voulu lui faire sentir qu'on pouvait la tenir par l'argent, et ce n'est pas vrai. Elle qui m'aime tant, que doit-elle se dire ! Pauvre chérie, si tu savais, elle a de telles délicatesses, je ne peux pas te dire, elle a souvent fait pour moi des choses adorables. Ce qu'elle doit être malheureuse en ce moment ! En tout cas, quoi qu'il arrive je ne veux pas qu'elle me prenne pour un mufle, je cours chez Boucheron chercher le collier. Qui sait, peut-être en voyant que j'agis ainsi reconnaîtra-t-elle ses torts. Vois-tu, c'est l'idée qu'elle souffre en ce moment que je ne peux pas supporter ! Ce qu'on souffre, soi, on le sait, ce n'est rien. Mais elle, se dire qu'elle souffre et ne pas pouvoir se le représenter, je crois que je deviendrais fou, j'aimerais mieux ne la revoir jamais que de la laisser souffrir. Qu'elle soit heureuse sans moi s'il le faut, c'est tout ce que je demande. Écoute, tu sais, pour moi, tout ce qui la touche c'est immense, cela prend quelque chose de cosmique, je cours chez le bijoutier et après cela lui demander pardon. Jusqu'à ce que je sois là-bas, qu'est-ce qu'elle va pouvoir penser de moi ? Si elle savait seulement que je vais venir ! À tout hasard tu pourras venir chez elle ; qui sait, tout s'arrangera peut-être. Peut-être », dit-il avec un sourire, comme n'osant pas croire à un tel rêve, « nous irons dîner tous les trois à la campagne. Mais on ne peut pas savoir encore, je sais si mal la prendre ; pauvre petite, je vais peut-être encore la blesser. Et puis sa décision est peut-être irrévocable. »

Robert m'entraîna brusquement vers sa mère.

« Adieu, lui dit-il ; je suis forcé de partir. Je ne sais quand je reviendrai en permission, sans doute pas avant un mois. Je vous l'écrirai dès que je le saurai. »

Certes Robert n'était nullement de ces fils qui, quand ils sont dans le monde avec leur mère, croient qu'une attitude exaspérée à son égard doit faire contrepoids aux sourires et aux saluts qu'ils adressent aux étrangers. Rien n'est plus répandu que cette odieuse vengeance de ceux qui semblent croire que la grossièreté envers les siens complète tout naturellement la tenue de cérémonie. Quoi que la pauvre mère dise, son fils, comme s'il avait été emmené malgré lui et voulait faire payer cher sa présence, contrebat immédiatement d'une contradiction ironique, précise, cruelle, l'assertion timidement risquée ; la mère se range aussitôt, sans le désarmer pour cela, à l'opinion de cet être supérieur qu'elle continuera à vanter à chacun en son absence, comme une nature délicieuse, et qui ne lui épargne pourtant aucun de ses traits les plus acérés. Saint-Loup était tout autre, mais l'angoisse que provoquait l'absence de Rachel faisait que, pour des raisons différentes, il n'était pas moins dur avec sa mère que ne le sont ces fils-là avec la leur. Et aux paroles qu'il prononça je

vis le même battement, pareil à celui d'une aile, que
Mme de Marsantes n'avait pu réprimer à l'arrivée de
son fils, la dresser encore tout entière ; mais maintenant c'était un visage anxieux, des yeux désolés
qu'elle attachait sur lui.

« Comment, Robert, tu t'en vas ? C'est sérieux ?
Mon petit enfant ! Le seul jour où je pouvais t'avoir ! »

Et presque bas, sur le ton le plus naturel, d'une
voix d'où elle s'efforçait de bannir toute tristesse
pour ne pas inspirer à son fils une pitié qui eût peut-
être été cruelle pour lui, ou inutile et bonne seulement à l'irriter, comme un argument de simple bon
sens elle ajouta :

« Tu sais que ce n'est pas gentil ce que tu fais là. »

Mais à cette simplicité elle ajoutait tant de timidité pour lui montrer qu'elle n'entreprenait pas sur
sa liberté, tant de tendresse pour qu'il ne lui repro-
chât pas d'entraver ses plaisirs, que Saint-Loup ne
put pas ne pas apercevoir en lui-même comme la
possibilité d'un attendrissement, c'est-à-dire un obstacle à passer la soirée avec son amie. Aussi se mit-il
en colère :

« C'est regrettable, mais gentil ou non, c'est ainsi. »

Et il fit à sa mère les reproches que sans doute il se
sentait peut-être mériter ; c'est ainsi que les égoïstes
ont toujours le dernier mot ; ayant posé d'abord que
leur résolution est inébranlable, plus le sentiment
auquel on fait appel en eux pour qu'ils y renoncent
est touchant, plus ils trouvent condamnables, non
pas eux qui y résistent, mais ceux qui les mettent
dans la nécessité d'y résister, de sorte que leur propre
dureté peut aller jusqu'à la plus extrême cruauté sans
que cela fasse à leurs yeux qu'aggraver d'autant la
culpabilité de l'être assez indélicat pour souffrir,
pour avoir raison, et leur causer ainsi lâchement la
douleur d'agir contre leur propre pitié. D'ailleurs,

d'elle-même Mme de Marsantes cessa d'insister, car elle sentait qu'elle ne le retiendrait plus.

« Je te laisse, me dit-il, mais, Maman, ne le gardez pas longtemps parce qu'il faut qu'il aille faire une visite tout à l'heure. »

Je sentais bien que ma présence ne pouvait faire aucun plaisir à Mme de Marsantes, mais j'aimais mieux en ne partant pas avec Robert qu'elle ne crût pas que j'étais mêlé à ces plaisirs qui la privaient de lui. J'aurais voulu trouver quelque excuse à la conduite de son fils, moins par affection pour lui que par pitié pour elle. Mais ce fut elle qui parla la première :

« Pauvre petit, me dit-elle, je suis sûre que je lui ai fait de la peine. Voyez-vous, monsieur, les mères sont très égoïstes, il n'a pourtant pas tant de plaisirs lui qui vient si peu à Paris. Mon Dieu, s'il n'était pas encore parti, j'aurais voulu le rattraper, non pas pour le retenir certes, mais pour lui dire que je ne lui en veux pas, que je trouve qu'il a eu raison. Cela ne vous ennuie pas que je regarde sur l'escalier ? »

Et nous allâmes jusque-là :

« Robert ! Robert ! cria-t-elle. Non, il est parti, il est trop tard. »

Maintenant je me serais aussi volontiers chargé d'une mission pour faire rompre Robert et sa maîtresse qu'il y a quelques heures pour qu'il partît vivre tout à fait avec elle. Dans un cas Saint-Loup m'eût jugé un ami traître, dans l'autre cas sa famille m'eût appelé son mauvais génie. J'étais pourtant le même homme à quelques heures de distance.

Nous rentrâmes dans le salon. En ne voyant pas rentrer Saint-Loup, Mme de Villeparisis échangea avec M. de Norpois ce regard dubitatif, moqueur et sans grande pitié qu'on a en montrant une épouse trop jalouse ou une mère trop tendre (lesquelles

donnent aux autres la comédie) et qui signifie :
« Tiens, il a dû y avoir de l'orage. »

Robert alla chez sa maîtresse en lui apportant le
splendide bijou que, d'après leurs conventions, il
n'aurait pas dû lui donner. Mais d'ailleurs cela revint
au même car elle n'en voulut pas, et même dans la
suite il ne réussit jamais à le lui faire accepter. Certains amis de Robert pensaient que ces preuves de
désintéressement qu'elle donnait étaient un calcul
pour se l'attacher. Pourtant elle ne tenait pas à
l'argent, sauf peut-être pour pouvoir le dépenser sans
compter. Je lui ai vu faire à tort et à travers, à des
gens qu'elle croyait pauvres, des charités insensées.
« En ce moment », disaient à Robert ses amis pour
faire contrepoids par leurs mauvaises paroles à un
acte de désintéressement de Rachel, « en ce moment
elle doit être au promenoir des Folies-Bergère. Cette
Rachel, c'est une énigme, un véritable sphinx. » Au
reste combien de femmes intéressées, puisqu'elles
sont entretenues, ne voit-on pas, par une délicatesse
qui fleurit au milieu de cette existence, poser elles-
mêmes mille petites bornes à la générosité de leur
amant !

Robert ignorait presque toutes les infidélités de sa
maîtresse et faisait travailler son esprit sur ce qui
n'était que des riens insignifiants auprès de la vraie
vie de Rachel, vie qui ne commençait chaque jour
que lorsqu'il venait de la quitter. Il ignorait presque
toutes ces infidélités. On aurait pu les lui apprendre
sans ébranler sa confiance en Rachel ; car c'est une
charmante loi de nature qui se manifeste au sein des
sociétés les plus complexes, qu'on vive dans l'ignorance parfaite de ce qu'on aime. D'un côté du miroir,
l'amoureux se dit : « C'est un ange, jamais elle ne se
donnera à moi, je n'ai plus qu'à mourir, et pourtant
elle m'aime ; elle m'aime tant que peut-être... mais

non ce ne sera pas possible ! » Et dans l'exaltation
de son désir, dans l'angoisse de son attente, que de
bijoux il met aux pieds de cette femme, comme il
court emprunter de l'argent pour lui éviter un souci !
Cependant, de l'autre côté de la cloison à travers
laquelle ces conversations ne passeront pas plus
que celles qu'échangent les promeneurs devant un
aquarium, le public dit : « Vous ne la connaissez
pas ? Je vous en félicite, elle a volé, ruiné je ne sais
pas combien de gens, il n'y a pas pis que ça comme
fille. C'est une pure escroqueuse. Et roublarde ! » Et
peut-être le public n'a-t-il pas absolument tort en
ce qui concerne cette dernière épithète, car même
l'homme sceptique qui n'est pas vraiment amoureux
de cette femme et à qui elle plaît seulement dit à ses
amis : « Mais non, mon cher, ce n'est pas du tout
une cocotte ; je ne dis pas que dans sa vie elle n'ait
pas eu deux ou trois caprices, mais ce n'est pas une
femme qu'on paye, ou alors ce serait trop cher. Avec
elle c'est cinquante mille francs ou rien du tout. »
Or lui a dépensé cinquante mille francs pour elle, il
l'a eue une fois, mais elle, trouvant d'ailleurs pour
cela un complice chez lui-même, dans la personne
de son amour-propre, elle a su lui persuader qu'il
était de ceux qui l'avaient eue pour rien. Telle est
la société, où chaque être est double, et où le plus
percé à jour, le plus mal famé, ne sera jamais connu
par un certain autre qu'au fond et sous la protection d'une coquille, d'un doux cocon, d'une délicieuse
curiosité naturelle. Il y avait à Paris deux honnêtes
gens que Saint-Loup ne saluait plus, et dont il ne
parlait jamais sans que sa voix tremblât, les appelant
exploiteurs de femmes : c'est qu'ils avaient été ruinés
par Rachel.

« Je ne me reproche qu'une chose, me dit tout bas
Mme de Marsantes, c'est de lui avoir dit qu'il n'était

pas gentil. Lui, ce fils adorable, unique, comme il n'y en a pas d'autres, pour la seule fois où je le vois, lui avoir dit qu'il n'était pas gentil, j'aimerais mieux avoir reçu un coup de bâton, parce que je suis certaine que, quelque plaisir qu'il ait ce soir, lui qui n'en a pas tant, il lui sera gâté par cette parole injuste. Mais, monsieur, je ne vous retiens pas, puisque vous êtes pressé. »

Mme de Marsantes me dit au revoir avec anxiété. Ces sentiments se rapportaient à Robert, elle était sincère. Mais elle cessa de l'être pour redevenir grande dame :

« J'ai été *intéressée, si heureuse, flattée*, de causer un peu avec vous. Merci ! Merci ! »

Et d'un air humble elle attachait sur moi des regards reconnaissants, enivrés, comme si ma conversation était un des plus grands plaisirs qu'elle eût connus dans la vie. Ces regards charmants allaient fort bien avec les fleurs noires sur la robe blanche à ramages ; ils étaient d'une grande dame qui sait son métier.

« Mais je ne suis pas pressé, Madame, répondis-je ; d'ailleurs j'attends M. de Charlus avec qui je dois m'en aller. »

Mme de Villeparisis entendit ces derniers mots. Elle en parut contrariée. S'il ne s'était agi d'une chose qui ne pouvait intéresser un sentiment de cette nature, il m'eût paru que ce qui semblait en alarme à ce moment-là chez Mme de Villeparisis, c'était la pudeur. Mais cette hypothèse ne se présenta même pas à mon esprit. J'étais content de Mme de Guermantes, de Saint-Loup, de Mme de Marsantes, de M. de Charlus, de Mme de Villeparisis, je ne réfléchissais pas, et je parlais gaiement, à tort et à travers.

« Vous devez partir avec mon neveu Palamède ? » me dit-elle.

Pensant que cela pouvait produire une impression très favorable sur Mme de Villeparisis que je fusse lié avec un neveu qu'elle prisait si fort : « Il m'a demandé de revenir avec lui, répondis-je avec joie. J'en suis enchanté. Du reste nous sommes plus amis que vous ne croyez, madame, et je suis décidé à tout pour que nous le soyons davantage. »

De contrariée, Mme de Villeparisis sembla devenue soucieuse : « Ne l'attendez pas, me dit-elle d'un air préoccupé, il cause avec M. de Faffenheim. Il ne pense déjà plus à ce qu'il vous a dit. Tenez, partez, profitez vite pendant qu'il a le dos tourné. »

Ce premier émoi de Mme de Villeparisis eût ressemblé, n'eussent été les circonstances, à celui de la pudeur. Son insistance, son opposition auraient pu, si l'on n'avait consulté que son visage, paraître dictées par la vertu. Je n'étais, pour ma part, guère pressé d'aller retrouver Robert et sa maîtresse. Mais Mme de Villeparisis semblait tenir tant à ce que je partisse que, pensant peut-être qu'elle avait à causer d'affaires importantes avec son neveu, je lui dis au revoir. À côté d'elle M. de Guermantes, superbe et olympien, était lourdement assis. On aurait dit que la notion omniprésente en tous ses membres de ses grandes richesses lui donnait une densité particulièrement élevée, comme si elles avaient été fondues au creuset en un seul lingot humain, pour faire cet homme qui valait si cher. Au moment où je lui dis au revoir, il se leva poliment de son siège et je sentis la masse inerte de trente millions que la vieille éducation française faisait mouvoir, soulevait, et qui se tenait debout devant moi. Il me semblait voir cette statue de Jupiter Olympien que Phidias, dit-on, avait fondue tout en or[1]. Telle était la puissance que l'éducation des jésuites avait sur M. de Guermantes, sur le corps de M. de Guermantes du moins, car elle ne régnait pas aussi en maîtresse sur l'esprit du duc. M. de Guermantes riait de ses bons mots, mais ne se déridait pas à ceux des autres.

Dans l'escalier, j'entendis derrière moi une voix qui m'interpellait :

« Voilà comme vous m'attendez, monsieur. »

C'était M. de Charlus.

« Cela vous est égal de faire quelques pas à pied ? me dit-il sèchement, quand nous fûmes dans la cour. Nous marcherons jusqu'à ce que j'aie trouvé un fiacre qui me convienne.

— Vous vouliez parler de quelque chose, monsieur ?

— Ah ! voilà, en effet, j'avais certaines choses à vous dire, mais je ne sais trop si je vous les dirai. Certes je crois qu'elles pourraient être pour vous le point de départ d'avantages inappréciables. Mais j'entrevois aussi qu'elles amèneraient dans mon existence, à mon âge où on commence à tenir à la tranquillité, bien des pertes de temps, bien des dérangements de tout ordre ; or, je me demande si vous valez la peine que je me donne pour vous tout ce tracas, et je n'ai pas le plaisir de vous connaître assez pour en décider. Peut-être d'ailleurs n'avez-vous pas de ce que je pourrais faire pour vous un assez grand désir pour que je me donne tant d'ennuis, car je vous le répète très franchement, monsieur, pour moi ce ne peut être que de l'ennui. »

Je protestai qu'alors il n'y fallait pas songer. Cette rupture des pourparlers ne parut pas être de son goût.

« Cette politesse ne signifie rien, me dit-il d'un ton dur. Il n'y a rien de plus agréable que de se donner de l'ennui pour une personne qui en vaille la peine. Pour les meilleurs d'entre nous, l'étude des arts, le goût de la brocante, les collections, les jardins, ne

sont que des ersatz, des succédanés, des alibis. Dans
le fond de notre tonneau, comme Diogène, nous
demandons un homme[1]. Nous cultivons les bégonias,
nous taillons les ifs, par pis-aller, parce que les ifs et
les bégonias se laissent faire. Mais nous aimerions
mieux donner notre temps à un arbuste humain,
si nous étions sûrs qu'il en valût la peine. Toute la
question est là ; vous devez vous connaître un peu.
En valez-vous la peine ou non ?

— Je ne voudrais, monsieur, pour rien au monde,
être pour vous une cause de soucis, lui dis-je, mais
quant à mon plaisir, croyez bien que tout ce qui me
viendra de vous m'en causera un très grand. Je suis
profondément touché que vous veuillez bien faire
ainsi attention à moi et chercher à m'être utile. »

À mon grand étonnement ce fut presque avec effusion qu'il me remercia de ces paroles. Passant son
bras sous le mien avec cette familiarité intermittente
qui m'avait déjà frappé à Balbec et qui contrastait
avec la dureté de son accent :

« Avec l'inconsidération de votre âge, me dit-il,
vous pourriez parfois avoir des paroles capables de
creuser un abîme infranchissable entre nous. Celles
que vous venez de prononcer au contraire sont du
genre qui est justement capable de me toucher et de
me faire faire beaucoup pour vous. »

Tout en marchant bras dessus bras dessous avec
moi et en me disant ces paroles qui, bien que mêlées
de dédain, étaient si affectueuses, M. de Charlus tantôt fixait ses regards sur moi avec cette fixité intense,
cette dureté perçante qui m'avaient frappé le premier
matin où je l'avais aperçu devant le casino à Balbec, et même bien des années avant, près de l'épi-
nier rose, à côté de Mme Swann que je croyais alors
sa maîtresse, dans le parc de Tansonville, tantôt les
faisait errer autour de lui et examiner les fiacres qui

passaient assez nombreux à cette heure de relais, avec tant d'insistance que plusieurs s'arrêtèrent, le cocher ayant cru qu'on voulait le prendre. Mais M. de Charlus les congédiait aussitôt.

« Aucun ne fait mon affaire, me dit-il, tout cela est une question de lanternes, du quartier où ils rentrent. Je voudrais, monsieur, me dit-il, que vous ne puissiez pas vous méprendre sur le caractère purement désintéressé et charitable de la proposition que je vais vous adresser. »

J'étais frappé combien sa diction ressemblait à celle de Swann encore plus qu'à Balbec.

« Vous êtes assez intelligent, je suppose, pour ne pas croire qu'elle est inspirée par "manque de relations", par crainte de la solitude et de l'ennui. De ma famille je n'ai pas à vous parler, car je pense qu'un garçon de votre âge appartenant à la petite bourgeoisie » (il accentua ce mot avec satisfaction) « doit savoir l'histoire de France. Ce sont les gens de mon monde qui ne lisent rien et ont une ignorance de laquais. Jadis les valets de chambre du Roi étaient recrutés parmi les grands seigneurs, maintenant les grands seigneurs ne sont guère plus que des valets de chambre. Mais les jeunes bourgeois comme vous lisent, vous connaissez certainement sur les miens la belle page de Michelet : "Je les vois bien grands, ces puissants Guermantes. Et qu'est auprès d'eux le pauvre petit roi de France enfermé dans son palais de Paris[1] ?" Quant à ce que je suis personnellement, c'est un sujet, monsieur, dont je n'aime pas beaucoup à parler, mais enfin, vous l'avez peut-être appris, un article assez retentissant du *Times* y a fait allusion, l'empereur d'Autriche, qui m'a toujours honoré de sa bienveillance et veut bien entretenir avec moi des relations de cousinage, a déclaré naguère dans un entretien rendu public que si M. le comte de

Chambord avait eu auprès de lui un homme possédant aussi à fond que moi les dessous de la politique
européenne, il serait aujourd'hui roi de France[1]. J'ai
souvent pensé, monsieur, qu'il y avait en moi, du fait
non de mes faibles dons, mais de circonstances que
vous apprendrez peut-être un jour, un trésor d'expérience, une sorte de dossier secret et inestimable,
que je n'ai pas cru devoir utiliser personnellement,
mais qui serait sans prix pour un jeune homme à
qui je livrerais en quelques mois ce que j'ai mis plus
de trente ans à acquérir et que je suis peut-être seul
à posséder. Je ne parle pas des jouissances intellectuelles que vous auriez à apprendre certains secrets
qu'un Michelet de nos jours donnerait des années
de sa vie pour connaître et grâce auxquels certains
événements prendraient à ses yeux un aspect entièrement différent. Et je ne parle pas seulement des
événements accomplis, mais de l'enchaînement de
circonstances » (c'était une des expressions favorites
de M. de Charlus et souvent quand il la prononçait
il conjoignait ses deux mains comme quand on veut
prier, mais les doigts raides, et comme pour faire
comprendre par ce complexus ces circonstances qu'il
ne spécifiait pas et leur enchaînement). « Je vous
donnerais une explication inconnue non seulement
du passé, mais de l'avenir. »

M. de Charlus s'interrompit pour me poser des
questions sur Bloch dont on avait parlé sans qu'il
eût l'air d'entendre, chez Mme de Villeparisis. Et de
cet accent qu'il savait si bien détacher de ce qu'il
disait qu'il avait l'air de penser à tout autre chose
et de parler machinalement par simple politesse,
il me demanda si mon camarade était jeune, était
beau, etc. Bloch, s'il l'eût entendu, eût été plus en
peine encore que pour M. de Norpois, mais à cause
de raisons bien différentes, de savoir si M. de Charlus

était pour ou contre Dreyfus. « Vous n'avez pas tort,
si vous voulez vous instruire, me dit M. de Charlus
après m'avoir posé ces questions sur Bloch, d'avoir
parmi vos amis quelques étrangers. » Je répondis
que Bloch était français. « Ah ! dit M. de Charlus,
j'avais cru qu'il était juif. » La déclaration de cette
incompatibilité me fit croire que M. de Charlus était
plus antidreyfusard qu'aucune des personnes que
j'avais rencontrées. Il protesta au contraire contre
l'accusation de trahison portée contre Dreyfus. Mais
ce fut sous cette forme : « Je crois que les journaux
disent que Dreyfus a commis un crime contre sa
patrie, je crois qu'on le dit, je ne fais pas attention
aux journaux ; je les lis comme je me lave les mains,
sans trouver que cela vaille la peine de m'intéresser.
En tout cas le crime est inexistant, le compatriote de
votre ami aurait commis un crime contre sa patrie
s'il avait trahi la Judée, mais qu'est-ce qu'il a à voir
avec la France ? » J'objectai que, s'il y avait jamais
une guerre, les Juifs seraient aussi bien mobilisés
que les autres. « Peut-être, et il n'est pas certain que
ce ne soit pas une imprudence. Mais si on fait venir
des Sénégalais et des Malgaches, je ne pense pas
qu'ils mettront grand cœur à défendre la France et
c'est bien naturel. Votre Dreyfus pourrait plutôt être
condamné pour infraction aux règles de l'hospitalité.
Mais laissons cela. Peut-être pourriez-vous demander
à votre ami de me faire assister à quelque belle fête
au Temple, à une circoncision, à des chants juifs.
Il pourrait peut-être louer une salle et me donner
quelque divertissement biblique, comme les filles de
Saint-Cyr jouèrent des scènes tirées des _Psaumes_ par
Racine pour distraire Louis XIV. Vous pourriez peut-
être arranger même des parties pour faire rire. Par
exemple, une lutte entre votre ami et son père où il
le blesserait comme David Goliath. Cela composerait

une farce assez plaisante. Il pourrait même, pendant
qu'il y est, frapper à coups redoublés sur sa charogne,
ou, comme dirait ma vieille bonne, sur sa carogne[1]
de mère. Voilà qui serait fort bien fait et ne serait
pas pour nous déplaire, hein ! petit ami, puisque
nous aimons les spectacles exotiques et que frapper
cette créature extra-européenne, ce serait donner une
correction méritée à un vieux chameau. » En disant
ces mots affreux et presque fous, M. de Charlus me
serrait le bras à me faire mal. Je me souvenais de
la famille de M. de Charlus citant tant de traits de
bonté admirables, de la part du baron, à l'égard de
cette vieille bonne dont il venait de rappeler le patois
moliéresque et je me disais que les rapports, peu
étudiés jusqu'ici, me semblait-il, entre la bonté et la
méchanceté dans un même cœur, pour divers qu'ils
puissent être, seraient intéressants à établir.

Je l'avertis qu'en tout cas Mme Bloch n'existait
plus, et que quant à M. Bloch je me demandais
jusqu'à quel point il se plairait à un jeu qui pourrait
parfaitement lui crever les yeux. M. de Charlus sembla fâché. « Voilà, dit-il, une femme qui a eu grand
tort de mourir. Quant aux yeux crevés, justement la
Synagogue est aveugle, elle ne voit pas les vérités de
l'Évangile[2]. En tout cas, pensez, en ce moment où
tous ces malheureux Juifs tremblent devant la fureur
stupide des chrétiens, quel honneur pour eux de voir
un homme comme moi condescendre à s'amuser de
leurs jeux ! » À ce moment j'aperçus M. Bloch père
qui passait, allant sans doute au-devant de son fils.
Il ne nous voyait pas, mais j'offris à M. de Charlus
de le lui présenter. Je ne me doutais pas de la colère
que j'allais déchaîner chez mon compagnon : « Me
le présenter ! Mais il faut que vous ayez bien peu
le sentiment des valeurs ! On ne me connaît pas si
facilement que ça. Dans le cas actuel l'inconvenance

serait double à cause de la juvénilité du présentateur
et de l'indignité du présenté. Tout au plus, si on me
donne un jour le spectacle asiatique que j'esquissais,
pourrai-je adresser à cet affreux bonhomme quelques
paroles empreintes de bonhomie. Mais à condition
qu'il se soit laissé copieusement rosser par son fils.
Je pourrais aller jusqu'à exprimer ma satisfaction. »
D'ailleurs M. Bloch ne faisait nulle attention à nous.
Il était en train d'adresser à Mme Sazerat de grands
saluts fort bien accueillis d'elle. J'en étais surpris car
jadis, à Combray, elle avait été indignée que mes
parents eussent reçu le jeune Bloch, tant elle était
antisémite. Mais le dreyfusisme, comme une chasse
d'air, avait fait il y a quelques jours voler jusqu'à
elle M. Bloch. Le père de mon ami avait trouvé
Mme Sazerat charmante et était particulièrement
flatté de l'antisémitisme de cette dame qu'il trouvait
une preuve de la sincérité de sa foi et de la vérité
de ses opinions dreyfusardes, et qui donnait aussi
du prix à la visite qu'elle l'avait autorisé à lui faire.
Il n'avait même pas été blessé qu'elle eût dit étourdiment devant lui : « M. Drumont[1] a la prétention
de mettre les révisionnistes dans le même sac que
les protestants et les Juifs. C'est charmant cette pro-
miscuité ! » « Bernard, avait-il dit avec orgueil, en
rentrant, à M. Nissim Bernard, tu sais, elle a le préjugé ! » Mais M. Nissim Bernard n'avait rien répondu
et avait levé au ciel un regard d'ange. S'attristant
du malheur des Juifs, se souvenant de ses amitiés
chrétiennes, devenant maniéré et précieux au fur et
à mesure que les années venaient, pour des raisons
que l'on verra plus tard[2], il avait maintenant l'air
d'une larve préraphaélite où des poils se seraient
malproprement implantés, comme des cheveux
noyés dans une opale.

   « Toute cette affaire Dreyfus, reprit le baron qui

tenait toujours mon bras, n'a qu'un inconvénient :
c'est qu'elle détruit la société (je ne dis pas la bonne
société, il y a longtemps que la société ne mérite plus
cette épithète louangeuse) par l'afflux de messieurs
et de dames du Chameau, de la Chamellerie, de la
Chamellière, enfin des gens inconnus que je trouve
même chez mes cousines parce qu'ils font partie de
la Ligue de la Patrie française, antijuive, je ne sais
quoi, comme si une opinion politique donnait droit
à une qualification sociale. »

Cette frivolité de M. de Charlus l'apparentait davantage à la duchesse de Guermantes. Je lui soulignai
le rapprochement. Comme il semblait croire que
je ne la connaissais pas, je lui rappelai la soirée de
l'Opéra où il avait semblé vouloir se cacher de moi.
Il me dit avec tant de force ne m'avoir nullement
vu que j'aurais fini par le croire si bientôt un petit
incident ne m'avait donné à penser que M. de Charlus, trop orgueilleux peut-être, n'aimait pas à être
vu avec moi.

« Revenons à vous, me dit-il, et à mes projets sur
vous. Il existe entre certains hommes, monsieur, une
franc-maçonnerie dont je ne puis vous parler, mais
qui compte dans ses rangs en ce moment quatre
souverains de l'Europe. Or l'entourage de l'un d'eux,
qui est l'empereur d'Allemagne, veut le guérir de sa
chimère[1]. Cela est une chose très grave et peut nous
amener la guerre. Oui, monsieur, parfaitement. Vous
connaissez l'histoire de cet homme qui croyait tenir
dans une bouteille la princesse de la Chine. C'était
une folie. On l'en guérit. Mais dès qu'il ne fut plus
fou, il devint bête[2]. Il y a des maux dont il ne faut pas
chercher à guérir parce qu'ils nous protègent seuls
contre de plus graves. Un de mes cousins avait une
maladie de l'estomac, il ne pouvait rien digérer. Les
plus savants spécialistes de l'estomac le soignèrent

sans résultat. Je l'amenai à un certain médecin (encore un être bien curieux, entre parenthèses, et sur lequel il y aurait beaucoup à dire). Celui-ci devina aussitôt que la maladie était nerveuse, il persuada son malade, lui ordonna de manger sans crainte ce qu'il voudrait et qui serait toujours bien toléré. Mais mon cousin avait aussi de la néphrite. Ce que l'estomac digère parfaitement, le rein finit par ne plus pouvoir l'éliminer, et mon cousin, au lieu de vivre vieux avec une maladie d'estomac imaginaire qui le forçait à suivre un régime, mourut à quarante ans, l'estomac guéri mais le rein perdu. Ayant une formidable avance sur votre propre vie, qui sait, vous serez peut-être ce qu'eût pu être un homme éminent du passé si un génie bienfaisant lui avait dévoilé, au milieu d'une humanité qui les ignorait, les lois de la vapeur et de l'électricité. Ne soyez pas bête, ne refusez pas par discrétion. Comprenez que si je vous rends un grand service, je n'estime pas que vous m'en rendiez un moins grand. Il y a longtemps que les gens du monde ont cessé de m'intéresser, je n'ai plus qu'une passion, chercher à racheter les fautes de ma vie en faisant profiter de ce que je sais une âme encore vierge et capable d'être enflammée par la vertu. J'ai eu de grands chagrins, monsieur, et que je vous dirai peut-être un jour, j'ai perdu ma femme qui était l'être le plus beau, le plus noble, le plus parfait qu'on pût rêver. J'ai de jeunes parents qui ne sont pas, je ne dirai pas dignes, mais capables de recevoir l'héritage moral dont je vous parle. Qui sait si vous n'êtes pas celui entre les mains de qui il peut aller, celui dont je pourrai diriger et élever si haut la vie ? La mienne y gagnerait par surcroît. Peut-être en vous apprenant les grandes affaires diplomatiques y reprendrais-je goût de moi-même et me mettrais-je enfin à faire des choses intéressantes où vous seriez de moitié. Mais avant de le savoir, il faudrait que je vous visse souvent, très souvent, chaque jour. »

Je voulais profiter de ces bonnes dispositions inespérées de M. de Charlus pour lui demander s'il ne pourrait pas me faire rencontrer sa belle-sœur, mais, à ce moment, j'eus le bras vivement déplacé par une secousse comme électrique. C'était M. de Charlus qui venait de retirer précipitamment son bras de dessous le mien. Bien que tout en parlant il promenât ses regards dans toutes les directions, il venait seulement d'apercevoir M. d'Argencourt qui débouchait d'une rue transversale. En nous voyant M. d'Argencourt parut contrarié, jeta sur moi un regard de méfiance, presque ce regard destiné à un être d'une autre race que Mme de Guermantes avait eu pour Bloch, et tâcha de nous éviter. Mais on eût dit que M. de Charlus tenait à lui montrer qu'il ne cherchait nullement à ne pas être vu de lui, car il l'appela et pour lui dire une chose fort insignifiante. Et craignant peut-être que M. d'Argencourt ne me reconnût pas, M. de Charlus lui dit que j'étais un grand ami de Mme de Villeparisis, de la duchesse de Guermantes, de Robert de Saint-Loup, que lui-même, Charlus, était un vieil ami de ma grand-mère, heureux de reporter sur le petit-fils un peu de la sympathie qu'il avait pour elle. Néanmoins je remarquai que M. d'Argencourt à qui pourtant j'avais été à peine nommé chez Mme de Villeparisis et à qui M. de Charlus venait de parler longuement de ma famille fut plus froid avec moi qu'il n'avait été il y a une heure, et dès lors, pendant très longtemps il en fut ainsi chaque fois qu'il me rencontrait. Il m'observa ce soir-là avec une curiosité qui n'avait rien de sympathique et sembla même avoir à vaincre une résistance quand, en nous quittant, après une hésitation, il me tendit une main qu'il retira aussitôt.

« Je regrette cette rencontre, me dit M. de Charlus. Cet Argencourt, bien né mais mal élevé, diplomate plus que médiocre, mari détestable et coureur,
fourbe comme dans les pièces, est un de ces hommes
incapables de comprendre, mais très capables de
détruire les choses vraiment grandes. J'espère que
notre amitié le sera, si elle doit se fonder un jour,
et j'espère que vous me ferez l'honneur de la tenir
autant que moi à l'abri des coups de pied d'un de
ces ânes qui, par désœuvrement, par maladresse, par
méchanceté, écrasent ce qui semblait fait pour durer.
C'est malheureusement sur ce moule que sont faits
la plupart des gens du monde.

— La duchesse de Guermantes semble très intelligente. Nous parlions tout à l'heure d'une guerre
possible. Il paraît qu'elle a là-dessus des lumières
spéciales.

— Elle n'en a aucune, me répondit sèchement
M. de Charlus. Les femmes, et beaucoup d'hommes
d'ailleurs, n'entendent rien aux choses dont je voulais parler. Ma belle-sœur est une femme charmante
qui s'imagine être encore au temps des romans de
Balzac où les femmes influaient sur la politique. Sa
fréquentation ne pourrait actuellement exercer sur
vous qu'une action fâcheuse, comme d'ailleurs toute
fréquentation mondaine. Et c'est justement une des
premières choses que j'allais vous dire quand ce sot
m'a interrompu. Le premier sacrifice qu'il faut me
faire – j'en exigerai autant que je vous ferai de dons –
c'est de ne pas aller dans le monde. J'ai souffert tantôt de vous voir à cette réunion ridicule. Vous me
direz que j'y étais bien, mais pour moi ce n'est pas
une réunion mondaine, c'est une visite de famille.
Plus tard, quand vous serez un homme arrivé, si cela
vous amuse de descendre un moment dans le monde,
ce sera peut-être sans inconvénients. Alors je n'ai pas

besoin de vous dire de quelle utilité je pourrai vous être. Le "Sésame" de l'hôtel Guermantes et de tous ceux qui valent la peine que la porte s'ouvre grande devant vous, c'est moi qui le détiens. Je serai juge et entends rester maître de l'heure. Actuellement vous êtes un catéchumène. Votre présence là-haut avait quelque chose de scandaleux. Il faut avant tout éviter l'indécence. »

Comme M. de Charlus parlait de cette visite chez Mme de Villeparisis, je voulus lui demander sa parenté exacte avec la marquise, la naissance de celle-ci, mais la question se posa sur mes lèvres autrement que je n'aurais voulu et je demandai ce que c'était que la famille Villeparisis.

« Mon Dieu, la réponse n'est pas très facile », me répondit d'une voix qui semblait patiner sur les mots, M. de Charlus. « C'est comme si vous me demandiez de vous dire ce que c'est que rien. Ma tante qui peut tout se permettre a eu la fantaisie, en se remariant avec un certain petit M. Thirion[1], de plonger dans le néant le plus grand nom de France. Ce Thirion a pensé qu'il pourrait sans inconvénient, comme on fait dans les romans, prendre un nom aristocratique et éteint. L'histoire ne dit pas s'il fut tenté par La Tour d'Auvergne, s'il hésita entre Toulouse et Montmorency. En tout cas il fit un choix autre et devint M. de Villeparisis. Comme il n'y en a plus depuis 1702, j'ai pensé qu'il voulait modestement signifier par là qu'il était un monsieur de Villeparisis, petite localité près de Paris, qu'il avait une étude d'avoué ou une boutique de coiffeur à Villeparisis. Mais ma tante n'entendait pas de cette oreille-là – elle arrive d'ailleurs à l'âge où l'on n'entend plus d'aucune. Elle prétendit que ce marquisat était dans la famille, elle nous a écrit à tous, elle a voulu faire les choses régulièrement, je ne sais pas pourquoi. Du moment qu'on prend un nom auquel on n'a pas droit, le mieux est de ne pas faire tant d'histoires, comme notre excellente amie, la prétendue comtesse de M*** qui malgré les conseils de Mme Alphonse Rothschild refusa de grossir les deniers de Saint-Pierre pour un titre qui n'en serait pas rendu plus vrai[1]. Le comique est que, depuis ce moment-là, ma tante a fait le trust de toutes les peintures se rapportant aux Villeparisis véritables, avec lesquels feu Thirion n'avait aucune parenté. Le château de ma tante est devenu une sorte de lieu d'accaparement de leurs portraits, authentiques ou non, sous le flot grandissant desquels certains Guermantes et certains Condé qui ne sont pourtant pas de la petite bière, ont dû disparaître. Les marchands de tableaux lui en fabriquent tous les ans. Et elle a même dans sa salle à manger à la campagne un portrait de Saint-Simon à cause du premier mariage de sa nièce avec M. de Villeparisis et bien que l'auteur des *Mémoires* ait peut-être d'autres titres à l'intérêt des visiteurs que n'avoir pas été le bisaïeul de M. Thirion. »

Mme de Villeparisis n'étant que Mme Thirion acheva la chute qu'elle avait commencée dans mon esprit quand j'avais vu la composition mêlée de son salon. Je trouvais injuste qu'une femme dont même le titre et le nom étaient presque tout récents, pût faire illusion aux contemporains et dût faire illusion à la postérité grâce à des amitiés royales. Redevenant ce qu'elle m'avait paru être dans mon enfance, une personne qui n'avait rien d'aristocratique, ces grandes parentés qui l'entouraient me semblèrent lui rester étrangères. Elle ne cessa dans la suite d'être charmante pour nous. J'allais quelquefois la voir et elle m'envoyait de temps en temps un souvenir. Mais je n'avais nullement l'impression qu'elle fût du

faubourg Saint-Germain, et si j'avais eu quelque renseignement à demander sur lui, elle eût été une des
dernières personnes à qui je me fusse adressé.

« Actuellement, continua M. de Charlus, en allant
dans le monde, vous ne feriez que nuire à votre situation, déformer votre intelligence et votre caractère.
Du reste il faudrait surveiller même et surtout vos
camaraderies. Ayez des maîtresses si votre famille
n'y voit pas d'inconvénient, cela ne me regarde pas et
même je ne peux que vous y encourager, jeune polisson, jeune polisson qui allez avoir bientôt besoin de
vous faire raser, me dit-il en me touchant le menton.
Mais le choix des amis hommes a une autre importance. Sur dix jeunes gens, huit sont de petites fripouilles, de petits misérables capables de vous faire
un tort que vous ne réparerez jamais. Tenez, mon
neveu Saint-Loup est à la rigueur un bon camarade
pour vous. Au point de vue de votre avenir, il ne
pourra vous être utile en rien ; mais pour cela, moi
je suffis. Et, somme toute, pour sortir avec vous, aux
moments où vous aurez assez de moi, il me semble
ne pas présenter d'inconvénient sérieux, à ce que je
crois. Du moins, lui c'est un homme, ce n'est pas
un de ces efféminés comme on en rencontre tant
aujourd'hui, qui ont l'air de petits truqueurs et qui
mèneront peut-être demain à l'échafaud leurs inno-
centes victimes. » (Je ne savais pas le sens de cette
expression d'argot : « truqueur[1] ». Quiconque l'eût
connue eût été aussi surpris que moi. Les gens du
monde aiment volontiers à parler argot, et les gens
à qui on peut reprocher certaines choses, à montrer
qu'ils ne craignent pas de parler d'elles. Preuve d'innocence à leurs yeux. Mais ils ont perdu l'échelle, ne
se rendent plus compte du degré à partir duquel une
certaine plaisanterie deviendra trop spéciale, trop
choquante, sera plutôt une preuve de corruption que

de naïveté.) « Il n'est pas comme les autres, il est très gentil, très sérieux. »

Je ne pus m'empêcher de sourire de cette épithète de « sérieux » à laquelle l'intonation que lui prêta M. de Charlus semblait donner le sens de « vertueux », de « rangé », comme on dit d'une petite ouvrière qu'elle est sérieuse. À ce moment un fiacre passa qui allait tout de travers ; un jeune cocher, ayant déserté son siège, le conduisait du fond de la voiture où il était assis sur les coussins, l'air à moitié gris. M. de Charlus l'arrêta vivement. Le cocher parlementa un moment.

« De quel côté allez-vous ?

— Du vôtre » (cela m'étonnait, car M. de Charlus avait déjà refusé plusieurs fiacres ayant des lanternes de la même couleur).

« Mais je ne veux pas remonter sur le siège. Ça vous est égal que je reste dans la voiture ?

— Oui, seulement, baissez la capote. Enfin pensez à ma proposition, me dit M. de Charlus avant de me quitter, je vous donne quelques jours pour y réfléchir, écrivez-moi. Je vous le répète, il faudra que je vous voie chaque jour et que je reçoive de vous des garanties de loyauté, de discrétion que d'ailleurs, je dois le dire, vous semblez offrir. Mais, au cours de ma vie, j'ai été si souvent trompé par les apparences que je ne veux plus m'y fier. Sapristi ! c'est bien le moins qu'avant d'abandonner un trésor je sache en quelles mains je le remets. Enfin, rappelez-vous bien ce que je vous offre, vous êtes comme Hercule dont, malheureusement pour vous, vous ne me semblez pas avoir la forte musculature, au carrefour de deux routes[1]. Tâchez de ne pas avoir à regretter toute votre vie de n'avoir pas choisi celle qui conduisait à la vertu. Comment, dit-il au cocher, vous n'avez pas encore baissé la capote ? je vais plier les ressorts moi-même. Je crois du reste qu'il faudra aussi que je conduise, étant donné l'état où vous semblez être. »

Et il sauta à côté du cocher, au fond du fiacre qui partit au grand trot.

Pour ma part, à peine rentré à la maison, j'y retrouvai le pendant de la conversation qu'avaient échangée un peu auparavant Bloch et M. de Norpois, mais sous une forme brève, invertie et cruelle : c'était une dispute entre notre maître d'hôtel qui était dreyfusard et celui des Guermantes qui était antidreyfusard. Les vérités et contre-vérités qui s'opposaient en haut chez les intellectuels de la Ligue de la Patrie française et celle des Droits de l'homme[1] se propageaient en effet jusque dans les profondeurs du peuple. M. Reinach manœuvrait par le sentiment des gens qui ne l'avaient jamais vu, alors que pour lui l'affaire Dreyfus se posait seulement devant sa raison comme un théorème irréfutable et qu'il « démontra en effet », par la plus étonnante réussite de politique rationnelle (réussite contre la France, dirent certains) qu'on ait jamais vue. En deux ans il remplaça un ministère Billot[2] par un ministère Clemenceau[3], changea de fond en comble l'opinion publique, tira de sa prison Picquart pour le mettre, ingrat, au Ministère de la Guerre[4]. Peut-être ce rationaliste manœuvreur de foules était-il lui-même manœuvré par son ascendance. Quand les systèmes philosophiques qui contiennent le plus de vérité sont dictés à leurs auteurs, en dernière analyse, par une raison de sentiment, comment supposer que, dans une simple affaire politique comme l'affaire Dreyfus, des raisons de ce genre ne puissent, à l'insu du raisonneur, gouverner sa raison ? Bloch croyait avoir logiquement choisi son dreyfusisme, et savait pourtant que son nez, sa peau et ses cheveux lui avaient été imposés par sa race. Sans doute la raison est plus libre ; elle obéit pourtant à certaines lois qu'elle ne s'est pas données. Le cas du maître d'hôtel des Guermantes et du nôtre était particulier. Les vagues des deux courants de dreyfusisme et d'antidreyfusisme qui de haut en bas divisaient la France, étaient assez silencieuses, mais les rares échos qu'elles émettaient étaient sincères. En entendant quelqu'un, au milieu d'une causerie qui s'écartait volontairement de l'Affaire, annoncer furtivement une nouvelle politique, généralement fausse mais toujours souhaitée, on pouvait induire de l'objet de ses prédictions l'orientation de ses désirs. Ainsi s'affrontaient sur quelques points, d'un côté un timide apostolat, de l'autre une sainte indignation. Les deux maîtres d'hôtel que j'entendis en rentrant faisaient exception à la règle. Le nôtre laissa entendre que Dreyfus était coupable, celui des Guermantes qu'il était innocent. Ce n'était pas pour dissimuler leurs convictions, mais par méchanceté et âpreté au jeu. Notre maître d'hôtel, incertain si la révision se ferait, voulait d'avance, pour le cas d'un échec, ôter au maître d'hôtel des Guermantes la joie de croire une juste cause battue. Le maître d'hôtel des Guermantes pensait qu'en cas de refus de révision, le nôtre serait plus ennuyé de voir maintenir à l'île du Diable un innocent. Le concierge les regardait. J'eus l'impression que ce n'était pas lui qui mettait la division dans la domesticité des Guermantes.

Je remontai et trouvai ma grand-mère plus souffrante. Depuis quelque temps, sans trop savoir ce qu'elle avait, elle se plaignait de sa santé. C'est dans la maladie que nous nous rendons compte que nous ne vivons pas seuls mais enchaînés à un être d'un règne différent, dont des abîmes nous séparent, qui ne nous connaît pas et duquel il est impossible de nous faire comprendre : notre corps. Quelque brigand que nous rencontrions sur une route, peut-être pourrons-nous arriver à le rendre sensible à son inté-rêt personnel sinon à notre malheur. Mais demander pitié à notre corps, c'est discourir devant une pieuvre, pour qui nos paroles ne peuvent pas avoir plus de sens que le bruit de l'eau, et avec laquelle nous serions épouvantés d'être condamnés à vivre. Les malaises de ma grand-mère passaient souvent ina-perçus à son attention, toujours détournée vers nous. Quand elle en souffrait trop, pour arriver à les gué-rir, elle s'efforçait en vain de les comprendre. Si les phénomènes morbides dont son corps était le théâtre restaient obscurs et insaisissables à sa pensée, ils étaient clairs et intelligibles pour des êtres apparte-nant au même règne physique qu'eux, de ceux à qui l'esprit humain a fini par s'adresser pour comprendre ce que lui dit son corps, comme devant les réponses d'un étranger on va chercher quelqu'un du même pays qui servira d'interprète. Eux peuvent causer avec notre corps, nous dire si sa colère est grave ou s'apaisera bientôt. Cottard, qu'on avait appelé auprès de ma grand-mère et qui nous avait agacés en nous demandant avec un sourire fin, dès la première minute où nous lui avions dit qu'elle était malade : « Malade ? Ce n'est pas au moins une maladie diplo-matique ? », Cottard essaya, pour calmer l'agitation de sa malade, le régime lacté. Mais les perpétuelles soupes au lait ne firent pas d'effet parce que ma grand-mère y mettait beaucoup de sel, dont on igno-rait l'inconvénient en ce temps-là (Widal n'ayant pas encore fait ses découvertes[1]). Car la médecine étant un compendium des erreurs successives et contra-dictoires des médecins, en appelant à soi les meil-leurs d'entre eux on a grande chance d'implorer une vérité qui sera reconnue fausse quelques années plus tard. De sorte que croire à la médecine serait la

suprême folie, si n'y pas croire n'en était pas une
plus grande car de cet amoncellement d'erreurs se
sont dégagées à la longue quelques vérités. Cottard
avait recommandé qu'on prît sa température. On alla
chercher un thermomètre. Dans presque toute sa
hauteur le tube était vide de mercure. À peine si l'on
distinguait, tapie au fond de sa petite cuve, la sala-
mandre d'argent. Elle semblait morte. On plaça le
chalumeau de verre dans la bouche de ma grand-
mère. Nous n'eûmes pas besoin de l'y laisser longtemps ; la petite sorcière n'avait pas été longue à tirer
son horoscope. Nous la trouvâmes immobile, per-
chée à mi-hauteur de sa tour et n'en bougeant plus,
nous montrant avec exactitude le chiffre que nous
lui avions demandé et que toutes les réflexions qu'eût
pu faire sur soi-même l'âme de ma grand-mère
eussent été bien incapables de lui fournir : 38° 3.
Pour la première fois nous ressentîmes quelque
inquiétude. Nous secouâmes bien fort le thermomètre pour effacer le signe fatidique, comme si nous
avions pu par là abaisser la fièvre en même temps
que la température marquée. Hélas ! il fut bien clair
que la petite sibylle dépourvue de raison n'avait pas
donné arbitrairement cette réponse, car le lendemain, à peine le thermomètre fut-il replacé entre les
lèvres de ma grand-mère que presque aussitôt,
comme d'un seul bond, belle de certitude et de l'intuition d'un fait pour nous invisible, la petite pro-
phétesse était venue s'arrêter au même point, en une
immobilité implacable, et nous montrait encore ce
chiffre 38° 3, de sa verge étincelante. Elle ne disait
rien d'autre, mais nous avions eu beau désirer, vouloir, prier, sourde, il semblait que ce fût son dernier
mot avertisseur et menaçant. Alors, pour tâcher de
la contraindre à modifier sa réponse, nous nous
adressâmes à une autre créature du même règne,

mais plus puissante, qui ne se contente pas d'interroger le corps mais peut lui commander, un fébrifuge du même ordre que l'aspirine, non encore
employée alors. Nous n'avions pas fait baisser le
thermomètre au-delà de 37° 1/2 dans l'espoir qu'il
n'aurait pas ainsi à remonter. Nous fîmes prendre ce
fébrifuge à ma grand-mère et remîmes alors le thermomètre. Comme un gardien implacable à qui on
montre l'ordre d'une autorité supérieure auprès de
laquelle on a fait jouer une protection, et qui le trouvant en règle répond : « C'est bien, je n'ai rien à dire,
du moment que c'est comme ça, passez », la vigilante
tourière ne bougea pas cette fois. Mais, morose, elle
semblait dire : « À quoi cela vous servira-t-il ?
Puisque vous connaissez la quinine, elle me donnera
l'ordre de ne pas bouger, une fois, dix fois, vingt fois.
Et puis elle se lassera, je la connais, allez. Cela ne
durera pas toujours. Alors vous serez bien avancés. »
Alors ma grand-mère éprouva la présence, en elle,
d'une créature qui connaissait mieux le corps humain
que ma grand-mère, la présence d'une contemporaine des races disparues, la présence du premier
occupant – bien antérieur à la création de l'homme
qui pense ; elle sentit cet allié millénaire qui la tâtait,
un peu durement même, à la tête, au cœur, au coude,
il reconnaissait les lieux, organisait tout pour le combat préhistorique qui eut lieu aussitôt après. En un
moment, Python écrasé[1], la fièvre fut vaincue par le
puissant élément chimique, que ma grand-mère, à
travers les règnes, passant par-dessus tous les animaux et les végétaux, aurait voulu pouvoir remercier. Et elle restait émue de cette entrevue qu'elle
venait d'avoir à travers tant de siècles, avec un élément antérieur à la création même des plantes. De
son côté le thermomètre, comme une Parque
momentanément vaincue par un dieu plus ancien,

tenait immobile son fuseau d'argent. Hélas ! d'autres
créatures inférieures, que l'homme a dressées à la
chasse de ces gibiers mystérieux qu'il ne peut pas
poursuivre au fond de lui-même, nous apportaient
cruellement tous les jours un chiffre d'albumine
faible, mais assez fixe pour que lui aussi parût en
rapport avec quelque état persistant que nous n'apercevions pas. Bergotte avait choqué en moi l'instinct
scrupuleux qui me faisait subordonner mon intelligence, quand il m'avait parlé du docteur du Boulbon
comme d'un médecin qui ne m'ennuierait pas, qui
trouverait des traitements, fussent-ils en apparence
bizarres, mais qui s'adapteraient à la singularité de
mon intelligence. Mais les idées se transforment en
nous, elles triomphent des résistances que nous leur
opposions d'abord et se nourrissent de riches
réserves intellectuelles toutes prêtes, que nous ne
savions pas faites pour elles. Maintenant, comme il
arrive chaque fois que les propos entendus, au sujet
de quelqu'un que nous ne connaissons pas, ont eu la
vertu d'éveiller en nous l'idée d'un grand talent, d'une
sorte de génie, au fond de mon esprit je faisais béné-
ficier le docteur du Boulbon de cette confiance sans
limites que nous inspire celui qui d'un œil plus profond qu'un autre perçoit la vérité. Je savais certes
qu'il était plutôt un spécialiste des maladies nerveuses, celui à qui Charcot avant de mourir avait
prédit qu'il régnerait sur la neurologie et la psychia-
trie[1]. « Ah ! je ne sais pas, c'est très possible », dit
Françoise qui était là et qui entendait pour la première fois le nom de Charcot comme celui de du
Boulbon. Mais cela ne l'empêchait nullement de
dire : « C'est possible. » Ses « c'est possible », ses
« peut-être », ses « je ne sais pas » étaient exaspérants
en pareil cas. On avait envie de lui répondre : « Bien
entendu que vous ne le saviez pas puisque vous ne

connaissez rien à la chose dont il s'agit ; comment pouvez-vous même dire que c'est possible ou pas, vous n'en savez rien ? En tout cas, maintenant vous ne pouvez pas dire que vous ne savez pas ce que Charcot a dit à du Boulbon, etc., vous le savez puisque nous vous l'avons dit, et vos "peut-être", vos "c'est possible" ne sont pas de mise puisque c'est certain. »

Malgré cette compétence plus particulière en matière cérébrale et nerveuse, comme je savais que du Boulbon était un grand médecin, un homme supérieur, d'une intelligence inventive et profonde, je suppliai ma mère de le faire venir, et l'espoir que, par une vue juste du mal, il le guérirait peut-être, finit par l'emporter sur la crainte que nous avions, si nous appelions un consultant, d'effrayer ma grand-mère. Ce qui décida ma mère fut que, inconsciemment encouragée par Cottard, ma grand-mère ne sortait plus, ne se levait guère. Elle avait beau nous répondre par la lettre de Mme de Sévigné sur Mme de La Fayette : « On disait qu'elle était folle de ne vouloir point sortir. Je disais à ces personnes si précipitées dans leur jugement : "Mme de La Fayette n'est pas folle" et je m'en tenais là. Il a fallu qu'elle soit morte pour faire voir qu'elle avait raison de ne pas sortir[1]. » Du Boulbon appelé donna tort, sinon à Mme de Sévigné qu'on ne lui cita pas, du moins à ma grand-mère. Au lieu de l'ausculter, tout en posant sur elle ses admirables regards où il y avait peut-être l'illusion de scruter profondément la malade, ou le désir de lui donner cette illusion, qui semblait spontanée mais devait être devenue machinale, ou de ne pas lui laisser voir qu'il pensait à tout autre chose, ou de prendre de l'empire sur elle, – il commença à parler de Bergotte.

« Ah ! je crois bien, Madame, c'est admirable ;

comme vous avez raison de l'aimer ! Mais lequel de ses livres préférez-vous ? Ah ! vraiment ! Mon Dieu, c'est peut-être en effet le meilleur. C'est en tout cas son roman le mieux composé : Claire y est bien charmante ; comme personnage d'homme lequel vous y est le plus sympathique ? »

Je crus d'abord qu'il la faisait ainsi parler littérature parce que, lui, la médecine l'ennuyait, peut-être aussi pour faire montre de sa largeur d'esprit, et même, dans un but plus thérapeutique, pour rendre confiance à la malade, lui montrer qu'il n'était pas inquiet, la distraire de son état. Mais, depuis, j'ai compris que, surtout particulièrement remarquable comme aliéniste et pour ses études sur le cerveau, il avait voulu se rendre compte par ses questions si la mémoire de ma grand-mère était bien intacte. Comme à contrecœur il l'interrogea un peu sur sa vie, l'œil sombre et fixe. Puis tout à coup, comme apercevant la vérité et décidé à l'atteindre coûte que coûte, avec un geste préalable qui semblait avoir peine à s'ébrouer, en les écartant du flot des dernières hésitations qu'il pouvait avoir et de toutes les objections que nous aurions pu faire, regardant ma grand-mère d'un œil lucide, librement et comme enfin sur la terre ferme, ponctuant les mots sur un ton doux et prenant, dont l'intelligence nuançait toutes les inflexions (sa voix du reste, pendant toute la visite, resta, ce qu'elle était naturellement, caressante, et sous ses sourcils embroussaillés, ses yeux ironiques étaient remplis de bonté) :

« Vous irez bien, madame, le jour lointain ou proche, et il dépend de vous que ce soit aujourd'hui même, où vous comprendrez que vous n'avez rien et où vous aurez repris la vie commune. Vous m'avez dit que vous ne mangiez pas, que vous ne sortiez pas ?

— Mais, monsieur, j'ai un peu de fièvre. »

Il toucha sa main.

« Pas en ce moment en tout cas. Et puis la belle excuse ! Ne savez-vous pas que nous laissons au grand air, que nous suralimentons, des tuberculeux qui ont jusqu'à 39° ?

— Mais j'ai aussi un peu d'albumine.

— Vous ne devriez pas le savoir. Vous avez ce que j'ai décrit sous le nom d'albumine mentale. Nous avons tous eu, au cours d'une indisposition, notre petite crise d'albumine que notre médecin s'est empressé de rendre durable en nous la signalant. Pour une affection que les médecins guérissent avec des médicaments (on assure, du moins, que cela est arrivé quelquefois), ils en produisent dix chez des sujets bien portants, en leur inoculant cet agent pathogène, plus virulent mille fois que tous les microbes, l'idée qu'on est malade. Une telle croyance, puissante sur le tempérament de tous, agit avec une efficacité particulière chez les nerveux. Dites-leur qu'une fenêtre fermée est ouverte dans leur dos, ils commencent à éternuer ; faites-leur croire que vous avez mis de la magnésie dans leur potage, ils seront pris de coliques ; que leur café était plus fort que d'habitude, ils ne fermeront pas l'œil de la nuit. Croyez-vous, madame, qu'il ne m'a pas suffi de voir vos yeux, d'entendre seulement la façon dont vous vous exprimez, que dis-je ? de voir madame votre fille et votre petit-fils qui vous ressemble tant, pour connaître à qui j'avais affaire ?

— Ta grand-mère pourrait peut-être aller s'asseoir, si le docteur le lui permet, dans une allée calme des Champs-Élysées, près de ce massif de lauriers devant lequel tu jouais autrefois », me dit ma mère consultant ainsi indirectement du Boulbon et de laquelle la voix prenait à cause de cela quelque chose de timide et de déférent qu'elle n'aurait pas eu si elle s'était adressée à moi seul. Le docteur se tourna vers ma grand-mère et, comme il n'était pas moins lettré que savant :

« Allez aux Champs-Élysées, madame, près du massif de lauriers qu'aime votre petit-fils. Le laurier vous sera salutaire. Il purifie. Après avoir exterminé le serpent Python, c'est une branche de laurier à la main qu'Apollon fit son entrée dans Delphes. Il voulait ainsi se préserver des germes mortels de la bête venimeuse. Vous voyez que le laurier est le plus ancien, le plus vénérable et j'ajouterai – ce qui a sa valeur en thérapeutique, comme en prophylaxie – le plus beau des antiseptiques. »

Comme une grande partie de ce que savent les médecins leur est enseignée par les malades, ils sont facilement portés à croire que ce savoir des « patients » est le même chez tous, et ils se flattent d'étonner celui auprès de qui ils se trouvent avec quelque remarque apprise de ceux qu'ils ont aupa-ravant soignés. Aussi fut-ce avec le fin sourire d'un Parisien qui, causant avec un paysan, espérerait l'étonner en se servant d'un mot de patois, que le docteur du Boulbon dit à ma grand-mère : « Proba-blement les temps de vent réussissent à vous faire dormir là où échoueraient les plus puissants hypno-tiques. — Au contraire, monsieur, le vent m'empêche absolument de dormir. » Mais les médecins sont sus-ceptibles. « Ach ! » murmura du Boulbon en fronçant les sourcils, comme si on lui avait marché sur le pied et si les insomnies de ma grand-mère par les nuits de tempête étaient pour lui une injure personnelle. Il n'avait pas tout de même trop d'amour-propre, et comme, en tant qu'« esprit supérieur », il croyait de son devoir de ne pas ajouter foi à la médecine, il reprit vite sa sérénité philosophique.

Ma mère, par désir passionné d'être rassurée par

l'ami de Bergotte, ajouta à l'appui de son dire qu'une cousine germaine de ma grand-mère, en proie à une affection nerveuse, était restée sept ans cloîtrée dans sa chambre à coucher de Combray, sans se lever qu'une fois ou deux par semaine.

« Vous voyez, madame, je ne le savais pas, et j'aurais pu vous le dire.

— Mais, Monsieur, je ne suis nullement comme elle, au contraire, mon médecin ne peut pas me faire rester couchée », dit ma grand-mère, soit qu'elle fût un peu agacée par les théories du docteur ou désireuse de lui soumettre les objections qu'on y pouvait faire, dans l'espoir qu'il les réfuterait, et que, une fois qu'il serait parti, elle n'aurait plus en elle-même aucun doute à élever sur son heureux diagnostic.

« Mais naturellement, madame, on ne peut pas avoir, pardonnez-moi le mot, toutes les vésanies[1], vous en avez d'autres, vous n'avez pas celle-là. Hier, j'ai visité une maison de santé pour neurasthéniques. Dans le jardin, un homme était debout sur un banc, immobile comme un fakir, le cou incliné dans une position qui devait être fort pénible. Comme je lui demandais ce qu'il faisait là, il me répondit sans faire un mouvement ni tourner la tête : "Docteur, je suis extrêmement rhumatisant et enrhumable, je viens de prendre trop d'exercice, et pendant que je me donnais bêtement chaud ainsi, mon cou était appuyé contre mes flanelles. Si maintenant je l'éloignais de ces flanelles avant d'avoir laissé tomber ma chaleur, je suis sûr de prendre un torticolis et peut-être une bronchite." Et il l'aurait pris, en effet. "Vous êtes un joli neurasthénique, voilà ce que vous êtes", lui dis-je. Savez-vous la raison qu'il me donna pour me prouver que non ? C'est que, tandis que tous les malades de l'établissement avaient la manie de prendre leur poids, au point qu'on avait dû mettre un cadenas

à la balance pour qu'ils ne passassent pas toute la
journée à se peser, lui on était obligé de le forcer à
monter sur la bascule, tant il en avait peu envie. Il
triomphait de n'avoir pas la manie des autres, sans
penser qu'il avait aussi la sienne et que c'était elle
qui le préservait d'une autre. Ne soyez pas blessée de
la comparaison, madame, car cet homme qui n'osait
pas tourner le cou de peur de s'enrhumer est le plus
grand poète de notre temps. Ce pauvre maniaque
est la plus haute intelligence que je connaisse. Sup-
portez d'être appelée une nerveuse. Vous apparte-
nez à cette famille magnifique et lamentable qui est
le sel de la terre. Tout ce que nous connaissons de
grand nous vient des nerveux. Ce sont eux et non
pas d'autres qui ont fondé les religions et composé
les chefs-d'œuvre. Jamais le monde ne saura tout
ce qu'il leur doit et surtout ce qu'eux ont souffert
pour le lui donner. Nous goûtons les fines musiques,
les beaux tableaux, mille délicatesses, mais nous
ne savons pas ce qu'elles ont coûté à ceux qui les
inventèrent, d'insomnies, de pleurs, de rires spas-
modiques, d'urticaires, d'asthmes, d'épilepsies, d'une
angoisse de mourir qui est pire que tout cela, et que
vous connaissez peut-être, madame, ajouta-t-il en
souriant à ma grand-mère, car, avouez-le, quand je
suis venu, vous n'étiez pas très rassurée. Vous vous
croyiez malade, dangereusement malade peut-être.
Dieu sait de quelle affection vous croyiez découvrir
en vous les symptômes. Et vous ne vous trompiez
pas, vous les aviez. Le nervosisme est un pasticheur
de génie. Il n'y a pas de maladie qu'il ne contrefasse
à merveille. Il imite à s'y méprendre la dilatation des
dyspeptiques, les nausées de la grossesse, l'arythmie
du cardiaque, la fébricité du tuberculeux. Capable
de tromper le médecin, comment ne tromperait-il
pas le malade ? Ah ! ne croyez pas que je raille vos

maux, je n'entreprendrais pas de les soigner si je ne savais pas les comprendre. Et, tenez, il n'y a de bonne confession que réciproque. Je vous ai dit que sans maladie nerveuse il n'est pas de grand artiste, qui plus est, ajouta-t-il en élevant gravement l'index, il n'y a pas de grand savant. J'ajouterai que, sans qu'il soit atteint lui-même de maladie nerveuse, il n'est pas, ne me faites pas dire de bon médecin, mais seulement de médecin correct des maladies nerveuses. Dans la pathologie nerveuse, un médecin qui ne dit pas trop de bêtises, c'est un malade à demi guéri, comme un critique est un poète qui ne fait plus de vers, un policier un voleur qui n'exerce plus. Moi, madame, je ne me crois pas comme vous albuminurique, je n'ai pas la peur nerveuse de la nourriture, du grand air, mais je ne peux pas m'endormir sans m'être relevé plus de vingt fois pour voir si ma porte est fermée. Et cette maison de santé où j'ai trouvé hier un poète qui ne tournait pas le cou, j'y allais retenir une chambre, car, ceci entre nous, j'y passe mes vacances à me soigner quand j'ai augmenté mes maux en me fatiguant trop à guérir ceux des autres.

— Mais, monsieur, devrais-je faire une cure semblable ? dit avec effroi ma grand-mère.

— C'est inutile, madame. Les manifestations que vous accusez céderont devant ma parole. Et puis vous avez près de vous quelqu'un de très puissant que je constitue désormais votre médecin. C'est votre mal, votre suractivité nerveuse. Je saurais la manière de vous en guérir, je me garderais bien de le faire. Il me suffit de lui commander. Je vois sur votre table un ouvrage de Bergotte. Guérie de votre nervosisme, vous ne l'aimeriez plus. Or, me sentirais-je le droit d'échanger les joies qu'il procure contre une intégrité nerveuse qui serait bien incapable de vous les donner ? Mais ces joies mêmes, c'est un puissant remède, le plus puissant de tous peut-être. Non, je n'en veux pas à votre énergie nerveuse. Je lui demande seulement de m'écouter ; je vous confie à elle. Qu'elle fasse machine en arrière. La force qu'elle mettait pour vous empêcher de vous promener, de prendre assez de nourriture, qu'elle l'emploie à vous faire manger, à vous faire lire, à vous faire sortir, à vous distraire de toutes façons. Ne me dites pas que vous êtes fatiguée. La fatigue est la réalisation organique d'une idée préconçue. Commencez par ne pas la penser. Et si jamais vous avez une petite indisposition, ce qui peut arriver à tout le monde, ce sera comme si vous ne l'aviez pas, car elle aura fait de vous, selon un mot profond de M. de Talleyrand, un bien-portant imaginaire[1]. Tenez, elle a commencé à vous guérir, vous m'écoutez toute droite sans vous être appuyée une fois, l'œil vif, la mine bonne, et il y a de cela une demi-heure d'horloge et vous ne vous en êtes pas aperçue. Madame, j'ai bien l'honneur de vous saluer. »

Quand, après avoir reconduit le docteur du Boulbon, je rentrai dans la chambre où ma mère était seule, le chagrin qui m'oppressait depuis plusieurs semaines s'envola, je sentis que ma mère allait laisser éclater sa joie et qu'elle allait voir la mienne, j'éprouvai cette impossibilité de supporter l'attente de l'instant prochain où près de nous une personne va être émue qui, dans un autre ordre, est un peu comme la peur qu'on éprouve quand on sait que quelqu'un va entrer pour vous effrayer par une porte qui est encore fermée, je voulus dire un mot à Maman, mais ma voix se brisa, et fondant en larmes, je restai longtemps, la tête sur son épaule, à pleurer, à goûter, à accepter, à chérir la douleur, maintenant que je savais qu'elle était sortie de ma vie, comme nous aimons à nous exalter de vertueux projets que les circonstances ne nous permettent pas de mettre à exécution. Françoise m'exaspéra en ne prenant pas part à notre joie. Elle était tout émue parce qu'une scène terrible avait éclaté entre le valet de pied et le concierge rapporteur. Il avait fallu que la duchesse, dans sa bonté, intervînt, rétablît un semblant de paix et pardonnât au valet de pied. Car elle était bonne, et ç'aurait été la place idéale si elle n'avait pas écouté les « racontages ».

On commençait déjà depuis plusieurs jours à savoir ma grand-mère souffrante et à prendre de ses nouvelles. Saint-Loup m'avait écrit : « Je ne veux pas profiter de ces heures où ta chère grand-mère n'est pas bien pour te faire ce qui est beaucoup plus que des reproches et où elle n'est pour rien. Mais je mentirais en te disant, fût-ce par prétérition, que j'oublierai jamais la perfidie de ta conduite et qu'il y aura jamais un pardon pour ta fourberie et ta trahison. » Mais des amis, jugeant ma grand-mère peu souffrante ou ignorant même qu'elle le fût du tout, m'avaient demandé de les prendre le lendemain aux Champs-Élysées pour aller de là faire une visite et assister, à la campagne, à un dîner qui m'amusait. Je n'avais plus aucune raison de renoncer à ces deux plaisirs. Quand on avait dit à ma grand-mère qu'il faudrait maintenant, pour obéir au docteur du Boulbon, qu'elle se promenât beaucoup, on a vu qu'elle avait tout de suite parlé des Champs-Élysées. Il me serait aisé de l'y conduire ; pendant qu'elle serait assise à lire, de m'entendre avec mes amis sur le lieu où nous retrouver, et j'aurais encore le temps, en me dépêchant, de prendre avec eux le train pour Ville-d'Avray. Au moment convenu, ma grand-mère ne voulut pas sortir, se trouvant fatiguée. Mais ma mère, instruite par du Boulbon, eut l'énergie de se fâcher et de se faire obéir. Elle pleurait presque à la

pensée que ma grand-mère allait retomber dans sa
faiblesse nerveuse, et ne s'en relèverait plus. Jamais
un temps aussi beau et chaud ne se prêterait si bien
à sa sortie. Le soleil changeant de place intercalait çà
et là dans la solidité rompue du balcon ses inconsis-
tantes mousselines et donnait à la pierre de taille un
tiède épiderme, un halo d'or imprécis. Comme Françoise n'avait pas eu le temps d'envoyer un « tube »
à sa fille, elle nous quitta dès après le déjeuner. Ce
fut déjà bien beau qu'avant, elle entrât chez Jupien
pour faire faire un point au mantelet que ma grand-
mère mettrait pour sortir. Rentrant moi-même à ce
moment-là de ma promenade matinale, j'allai avec
elle chez le giletier. « Est-ce votre jeune maître qui
vous amène ici, dit Jupien à Françoise, est-ce vous
qui me l'amenez, ou bien est-ce quelque bon vent
et la Fortune qui vous amènent tous les deux ? »
Bien qu'il n'eût pas fait ses classes, Jupien respec-
tait aussi naturellement la syntaxe que M. de Guermantes, malgré bien des efforts, la violait. Une fois
Françoise partie et le mantelet réparé, il fallut que
ma grand-mère s'habillât. Ayant refusé obstinément
que Maman restât avec elle, elle mit, toute seule, un
temps infini à sa toilette, et maintenant que je savais
qu'elle était bien portante, avec cette étrange indifférence que nous avons pour nos parents tant qu'ils
vivent, qui fait que nous les faisons passer après tout
le monde, je la trouvais bien égoïste d'être si longue,
de risquer de me mettre en retard quand elle savait
que j'avais rendez-vous avec des amis et devais dîner
à Ville-d'Avray. D'impatience, je finis par descendre
d'avance, après qu'on m'eut dit deux fois qu'elle allait
être prête. Enfin elle me rejoignit (sans me demander pardon de son retard comme elle faisait d'habitude dans ces cas-là, rouge et distraite ainsi qu'une
personne qui est pressée et qui a oublié la moitié

de ses affaires), au moment où j'arrivais près de la porte vitrée entrouverte qui, sans les en réchauffer le moins du monde, laissait entrer l'air liquide, gazouillant et tiède du dehors, comme si on avait ouvert un réservoir entre les glaciales parois de l'hôtel.

« Mon Dieu, puisque tu vas voir des amis, j'aurais pu mettre un autre mantelet. J'ai l'air un peu malheureux avec cela. »

Je fus frappé de la trouver très congestionnée et compris que s'étant mise en retard elle avait dû beaucoup se dépêcher. Comme nous venions de quitter le fiacre à l'entrée de l'avenue Gabriel, dans les Champs-Élysées, je vis ma grand-mère qui sans me parler s'était détournée et se dirigeait vers le petit pavillon ancien, grillagé de vert, où un jour j'avais attendu Françoise. Le même garde forestier qui s'y trouvait alors y était encore auprès de la « marquise », quand, suivant ma grand-mère qui, parce qu'elle avait sans doute une nausée, tenait sa main devant sa bouche, je montai les degrés du petit théâtre rustique édifié au milieu des jardins. Au contrôle, comme dans ces cirques forains où le clown, prêt à entrer en scène et tout enfariné, reçoit lui-même à la porte le prix des places, la « marquise », percevant les entrées, était toujours là avec son museau énorme et irrégulier enduit de plâtre grossier, et son petit bonnet de fleurs rouges et de dentelle noire surmontant sa perruque rousse. Mais je ne crois pas qu'elle me reconnut[1]. Le garde, délaissant la surveillance des verdures, à la couleur desquelles était assorti son uniforme, causait, assis à côté d'elle.

« Alors, disait-il, vous êtes toujours là. Vous ne pensez pas à vous retirer.

— Et pourquoi que je me retirerais, monsieur ? Voulez-vous me dire où je serais mieux qu'ici, où j'aurais plus mes aises et tout le confortable ? Et puis toujours du va-et-vient, de la distraction ; c'est ce que j'appelle mon petit Paris : mes clients me tiennent au courant de ce qui se passe. Tenez, monsieur, il y en a un qui est sorti il n'y a pas plus de cinq minutes, c'est un magistrat tout ce qu'il y a de plus haut placé. Eh bien ! monsieur », s'écria-t-elle avec ardeur, comme prête à soutenir cette assertion par la violence si l'agent de l'autorité avait fait mine d'en contester l'exactitude, « depuis huit ans, vous m'entendez bien, tous les jours que Dieu a faits, sur le coup de 3 heures, il est ici, toujours poli, jamais un mot plus haut que l'autre, ne salissant jamais rien, il reste plus d'une demi-heure pour lire ses journaux en faisant ses petits besoins. Un seul jour il n'est pas venu. Sur le moment je ne m'en suis pas aperçue, mais le soir tout d'un coup je me suis dit : "Tiens, mais ce monsieur n'est pas venu, il est peut-être mort." Ça m'a fait quelque chose parce que je m'attache quand le monde est bien. Aussi j'ai été bien contente quand je l'ai revu le lendemain, je lui ai dit : "Monsieur, il ne vous était rien arrivé hier ?" Alors il m'a dit comme ça qu'il ne lui était rien arrivé à lui, que c'était sa femme qui était morte, et qu'il avait été si retourné qu'il n'avait pas pu venir. Il avait l'air triste assurément, vous comprenez, des gens qui étaient mariés depuis vingt-cinq ans, mais il avait l'air content tout de même de revenir. On sentait qu'il avait été tout dérangé dans ses petites habitudes. J'ai tâché de le remonter, je lui ai dit : "Il ne faut pas se laisser aller. Venez comme avant, dans votre chagrin ça vous fera une petite distraction." »

La « marquise » reprit un ton plus doux, car elle avait constaté que le protecteur des massifs et des pelouses l'écoutait avec bonhomie sans songer à la contredire, gardant inoffensive au fourreau une épée qui avait plutôt l'air de quelque instrument de jardinage ou de quelque attribut horticole.

« Et puis, dit-elle, je choisis mes clients, je ne reçois pas tout le monde dans ce que j'appelle mes salons. Est-ce que ça n'a pas l'air d'un salon, avec mes fleurs ? Comme j'ai des clients très aimables, toujours l'un ou l'autre veut m'apporter une petite branche de beau lilas, de jasmin, ou des roses, ma fleur préférée. »

L'idée que nous étions peut-être mal jugés par cette dame en ne lui apportant jamais ni lilas, ni belles roses, me fit rougir, et pour tâcher d'échapper physiquement – ou de n'être jugé par elle que par contumace – à un mauvais jugement, je m'avançai vers la porte de sortie. Mais ce ne sont pas toujours dans la vie les personnes qui apportent les belles roses pour qui on est le plus aimable, car la « marquise », croyant que je m'ennuyais, s'adressa à moi :

« Vous ne voulez pas que je vous ouvre une petite cabine ? »

Et comme je refusais :

« Non, vous ne voulez pas ? ajouta-t-elle avec un sourire ; c'était de bon cœur, mais je sais bien que ce sont des besoins qu'il ne suffit pas de ne pas payer pour les avoir. »

À ce moment une femme mal vêtue entra précipitamment qui semblait précisément les éprouver. Mais elle ne faisait pas partie du monde de la « marquise », car celle-ci, avec une férocité de snob, lui dit sèchement :

« Il n'y a rien de libre, madame.

— Est-ce que ce sera long ? demanda la pauvre dame, rouge sous ses fleurs jaunes.

— Ah ! madame, je vous conseille d'aller ailleurs, car, vous voyez, il y a encore ces deux messieurs qui attendent, dit-elle en nous montrant moi et le garde, et je n'ai qu'un cabinet, les autres sont en réparation… Ça a une tête de mauvais payeur », dit la « marquise ». « Ce n'est pas le genre d'ici, ça n'a pas de propreté, pas de respect, il aurait fallu que ce soit moi qui passe une heure à nettoyer pour madame. Je ne regrette pas ses deux sous. »

Enfin ma grand-mère sortit, et songeant qu'elle ne chercherait pas à effacer par un pourboire l'indiscrétion qu'elle avait montrée en restant un temps pareil, je battis en retraite pour ne pas avoir une part du dédain que lui témoignerait sans doute la « marquise », et je m'engageai dans une allée, mais lentement, pour que ma grand-mère pût facilement me rejoindre et continuer avec moi. C'est ce qui arriva bientôt. Je pensais que ma grand-mère allait me dire : « Je t'ai fait bien attendre, j'espère que tu ne manqueras tout de même pas tes amis », mais elle ne prononça pas une seule parole, si bien qu'un peu déçu, je ne voulus pas lui parler le premier ; enfin levant les yeux vers elle, je vis que, tout en marchant auprès de moi, elle tenait la tête tournée de l'autre côté. Je craignis qu'elle n'eût encore mal au cœur. Je la regardai mieux et fus frappé de sa démarche saccadée. Son chapeau était de travers, son manteau sale, elle avait l'aspect désordonné et mécontent, la figure rouge et préoccupée d'une personne qui vient d'être bousculée par une voiture ou qu'on a retirée d'un fossé.

« J'ai eu peur que tu n'aies eu une nausée, grand-mère ; te sens-tu mieux ? » lui dis-je.

Sans doute pensa-t-elle qu'il lui était impossible, sans m'inquiéter, de ne pas me répondre.

« J'ai entendu toute la conversation entre la "marquise" et le garde, me dit-elle. C'était on ne peut plus Guermantes et petit noyau Verdurin. Dieu ! qu'en termes galants ces choses-là étaient mises[1]. » Et elle ajouta encore, avec application, ceci de sa marquise à elle, Mme de Sévigné : « En les écoutant je pensais qu'ils me préparaient les délices d'un adieu[2]. »

Voilà le propos qu'elle me tint et où elle avait mis toute sa finesse, son goût des citations, sa mémoire des classiques, un peu plus même qu'elle n'eût fait d'habitude et comme pour montrer qu'elle gardait bien tout cela en sa possession. Mais ces phrases, je les devinai plutôt que je ne les entendis, tant elle les prononça d'une voix ronchonnante et en serrant les dents plus que ne pouvait l'expliquer la peur de vomir.

« Allons, lui dis-je assez légèrement pour n'avoir pas l'air de prendre trop au sérieux son malaise, puisque tu as un peu mal au cœur, si tu veux bien nous allons rentrer, je ne veux pas promener aux Champs-Élysées une grand-mère qui a une indigestion.

— Je n'osais pas te le proposer à cause de tes amis, me répondit-elle. Pauvre petit ! Mais puisque tu le veux bien, c'est plus sage. »

J'eus peur qu'elle ne remarquât la façon dont elle prononçait ces mots.

« Voyons, lui dis-je brusquement, ne te fatigue donc pas à parler, puisque tu as mal au cœur, c'est absurde, attends au moins que nous soyons rentrés. »

Elle me sourit tristement et me serra la main. Elle avait compris qu'il n'y avait pas à me cacher ce que j'avais deviné tout de suite : qu'elle venait d'avoir une petite attaque.

II[1]

CHAPITRE PREMIER

Maladie de ma grand-mère. – Maladie de Bergotte. – Le duc et le médecin. – Déclin de ma grand-mère. – Sa mort.

Nous retraversâmes l'avenue Gabriel, au milieu de la foule des promeneurs. Je fis asseoir ma grand-mère sur un banc et j'allai chercher un fiacre. Elle, au cœur de qui je me plaçais toujours pour juger la personne la plus insignifiante, elle m'était maintenant fermée, elle était devenue une partie du monde extérieur, et plus qu'à de simples passants, j'étais forcé de lui taire ce que je pensais de son état, de lui taire mon inquiétude. Je n'aurais pu lui en parler avec plus de confiance qu'à une étrangère. Elle venait de me restituer les pensées, les chagrins, que depuis mon enfance je lui avais confiés pour toujours. Elle n'était pas morte encore. J'étais déjà seul. Et même ces allusions qu'elle avait faites aux Guermantes, à Molière, à nos conversations sur le petit noyau, prenaient un air sans appui, sans cause, fantastique, parce qu'elles sortaient du néant de ce même être qui, demain peut-être, n'existerait plus, pour lequel

elles n'auraient plus aucun sens, de ce néant – incapable de les concevoir – que ma grand-mère serait
bientôt.

« Monsieur, je ne dis pas, mais vous n'avez pas pris
de rendez-vous avec moi, vous n'avez pas de numéro.
D'ailleurs, ce n'est pas mon jour de consultation.
Vous devez avoir votre médecin. Je ne peux pas
me substituer, à moins qu'il ne me fasse appeler en
consultation. C'est une question de déontologie... »

Au moment où je faisais signe à un fiacre, j'avais
rencontré le fameux professeur E***, presque ami
de mon père et de mon grand-père, en tout cas en
relations avec eux, lequel demeurait avenue Gabriel
et, pris d'une inspiration subite, je l'avais arrêté au
moment où il rentrait, pensant qu'il serait peut-
être d'un excellent conseil pour ma grand-mère.
Mais, pressé, après avoir pris ses lettres, il voulait
m'éconduire, et je ne pus lui parler qu'en montant
avec lui dans l'ascenseur, dont il me pria de le laisser
manœuvrer les boutons, c'était chez lui une manie.

« Mais, Monsieur, je ne demande pas que vous
receviez ma grand-mère, vous comprendrez après
ce que je veux vous dire, elle est peu en état, je vous
demande au contraire de passer d'ici une demi-heure
chez nous, où elle sera rentrée.

— Passer chez vous ? Mais, Monsieur, vous n'y
pensez pas. Je dîne chez le ministre du Commerce,
il faut que je fasse une visite avant, je vais m'habiller
tout de suite, pour comble de malheur un de mes
deux habits noirs a été déchiré et l'autre n'a pas de
boutonnière pour passer les décorations. Je vous en
prie, faites-moi le plaisir de ne pas toucher les boutons de l'ascenseur, vous ne savez pas le manœuvrer,
il faut être prudent en tout. Cette boutonnière va me
retarder encore. Enfin, par amitié pour les vôtres, si
votre grand-mère vient tout de suite, je la recevrai.

Mais je vous préviens que je n'aurai qu'un quart d'heure bien juste à lui donner. »

J'étais reparti aussitôt, n'étant même pas sorti de l'ascenseur que le professeur E*** avait mis lui-même en marche pour me faire descendre, non sans me regarder avec méfiance.

Nous disons bien que l'heure de la mort est incertaine, mais quand nous disons cela, nous nous représentons cette heure comme située dans un espace vague et lointain, nous ne pensons pas qu'elle ait un rapport quelconque avec la journée déjà commencée et puisse signifier que la mort – ou sa première prise de possession partielle de nous, après laquelle elle ne nous lâchera plus – pourra se produire dans cet après-midi même, si peu incertain, cet après-midi où l'emploi de toutes les heures est réglé d'avance. On tient à sa promenade pour avoir dans un mois le total de bon air nécessaire, on a hésité sur le choix d'un manteau à emporter, du cocher à appeler, on est en fiacre, la journée est tout entière devant vous, courte, parce qu'on veut être rentré à temps pour recevoir une amie ; on voudrait qu'il fît aussi beau le lendemain ; et on ne se doute pas que la mort qui cheminait en vous dans un autre plan, a choisi précisément ce jour-là pour entrer en scène, dans quelques minutes, à peu près à l'instant où la voiture atteindra les Champs-Élysées. Peut-être ceux que hante d'habitude l'effroi de la singularité particulière à la mort, trouveront-ils quelque chose de rassurant à ce genre de mort-là – à ce genre de premier contact avec la mort – parce qu'elle y revêt une apparence connue, familière, quotidienne. Un bon déjeuner l'a précédée et la même sortie que font des gens bien portants. Un retour en voiture découverte se superpose à sa première atteinte ; si malade que fût ma grand-mère, en somme plusieurs

personnes auraient pu dire, qu'à six heures, quand
nous revînmes des Champs-Élysées, elles l'avaient
saluée, passant en voiture découverte, par un temps
superbe. Legrandin, qui se dirigeait vers la place de
la Concorde, nous donna un coup de chapeau, en
s'arrêtant, l'air étonné. Moi qui n'étais pas encore
détaché de la vie, je demandai à ma grand-mère si
elle lui avait répondu, lui rappelant qu'il était susceptible. Ma grand-mère, me trouvant sans doute bien
léger, leva sa main comme pour dire : « Qu'est-ce que
cela fait ? cela n'a aucune importance. »

Oui, on aurait pu dire tout à l'heure pendant que je
cherchais un fiacre, que ma grand-mère était assise
sur un banc, avenue Gabriel, qu'un peu après elle
avait passé en voiture découverte. Mais eût-ce été
bien vrai ? Le banc, lui, pour qu'il se tienne dans
une avenue – bien qu'il soit soumis aussi à certaines
conditions d'équilibre – n'a pas besoin d'énergie. Mais
pour qu'un être vivant soit stable, même appuyé sur
un banc ou dans une voiture, il faut une tension de
forces que nous ne percevons pas, d'habitude, plus
que nous ne percevons (parce qu'elle s'exerce dans
tous les sens) la pression atmosphérique. Peut-être
si on faisait le vide en nous et qu'on nous laissât
supporter la pression de l'air, sentirions-nous pendant l'instant qui précéderait notre destruction, le
poids terrible que rien ne neutraliserait plus. De
même, quand les abîmes de la maladie et de la mort
s'ouvrent en nous et que nous n'avons plus rien à
opposer au tumulte avec lequel le monde et notre
propre corps se ruent sur nous, alors soutenir même
la pesée de nos muscles, même le frisson qui dévaste
nos moelles, alors, même nous tenir immobile dans
ce que nous croyons d'habitude n'être rien que la
simple position négative d'une chose, exige, si l'on
veut que la tête reste droite et le regard calme, de

l'énergie vitale, et devient l'objet d'une lutte épuisante.

Et si Legrandin nous avait regardés de cet air étonné, c'est qu'à lui comme à ceux qui passaient alors, dans le fiacre où ma grand-mère semblait assise sur la banquette, elle était apparue sombrant, glissant à l'abîme, se retenant désespérément aux coussins qui pouvaient à peine retenir son corps précipité, les cheveux en désordre, l'œil égaré, incapable de plus faire face à l'assaut des images que ne réussissait plus à porter sa prunelle. Elle était apparue, bien qu'à côté de moi, plongée dans ce monde inconnu au sein duquel elle avait déjà reçu les coups dont elle portait les traces quand je l'avais vue tout à l'heure aux Champs-Élysées, son chapeau, son visage, son manteau dérangés par la main de l'ange invisible avec lequel elle avait lutté.

J'ai pensé, depuis, que ce moment de son attaque n'avait pas dû surprendre entièrement ma grand-mère, que peut-être même elle l'avait prévu longtemps d'avance, avait vécu dans son attente. Sans doute, elle n'avait pas su quand ce moment fatal viendrait, incertaine, pareille aux amants qu'un doute du même genre porte tour à tour à fonder des espoirs déraisonnables et des soupçons injustifiés sur la fidélité de leur maîtresse. Mais il est rare que ces grandes maladies, telles que celle qui venait enfin de la frapper en plein visage, n'élisent pas pendant longtemps domicile chez le malade avant de le tuer, et durant cette période ne se fassent pas assez vite, comme un voisin ou un locataire « liant », connaître de lui. C'est une terrible connaissance, moins par les souffrances qu'elle cause que par l'étrange nouveauté des restrictions définitives qu'elle impose à la vie. On se voit mourir, dans ce cas, non pas à l'instant même de la mort, mais des mois, quelquefois des années auparavant, depuis qu'elle est hideusement venue habiter chez nous. La malade fait la connaissance de l'étranger qu'elle entend aller et venir dans son cerveau. Certes elle ne le connaît pas de vue, mais des bruits qu'elle l'entend régulièrement faire elle déduit ses habitudes[1]. Est-ce un malfaiteur ? Un matin, elle ne l'entend plus. Il est parti. Ah ! si c'était pour toujours ! Le soir, il est revenu. Quels sont ses desseins ? Le médecin consultant, soumis à la question, comme une maîtresse adorée, répond par des serments tel jour crus, tel jour mis en doute. Au reste, plutôt que celui de la maîtresse, le médecin joue le rôle des serviteurs interrogés. Ils ne sont que des tiers. Celle que nous pressons, dont nous soupçonnons qu'elle est sur le point de nous trahir, c'est la vie elle-même, et malgré que nous ne la sentions plus la même, nous croyons encore en elle, nous demeurons en tout cas dans le doute jusqu'au jour qu'elle nous a enfin abandonnés.

Je mis ma grand-mère dans l'ascenseur du professeur E*** et au bout d'un instant il vint à nous et nous fit passer dans son cabinet. Mais là, si pressé qu'il fût, son air rogue changea, tant les habitudes sont fortes, et il avait celle d'être aimable, voire enjoué, avec ses malades. Comme il savait ma grand-mère très lettrée et qu'il l'était aussi, il se mit à lui citer pendant deux ou trois minutes et par allusion au temps radieux qu'il faisait, de beaux vers sur l'été. Il l'avait assise dans un fauteuil, lui à contre-jour, de manière à bien la voir. Son examen fut minutieux, nécessita même que je sortisse un instant. Il le continua encore, puis ayant fini, se mit, bien que le quart d'heure touchât à sa fin, à refaire des citations à ma grand-mère. Il lui adressa même quelques plaisanteries assez fines, que j'eusse préféré entendre un autre jour, mais qui me rassurèrent complètement par le ton amusé du docteur. Je me rappelai alors que M. Fallières, président du Sénat, avait eu, il y avait nombre d'années, une fausse attaque, et qu'au désespoir de ses concurrents il s'était mis trois jours après à reprendre ses fonctions, préparant même, disait-on, une candidature plus ou moins lointaine à la présidence de la République[1]. Ma confiance en un prompt rétablissement de ma grand-mère fut d'autant plus complète que, au moment où je me rappelais l'exemple de M. Fallières, je fus tiré de la pensée de ce rapprochement par un franc éclat de rire qui termina une plaisanterie du professeur E***. Sur quoi il tira sa montre, fronça fiévreusement le sourcil en voyant qu'il était en retard de cinq minutes, et tout en nous disant adieu sonna pour qu'on apportât immédiatement son habit. Je laissai ma grand-mère passer devant, refermai la porte et demandai la vérité au savant.

« Votre grand-mère est perdue, me dit-il. C'est une attaque provoquée par l'urémie[2]. En soi, l'urémie n'est pas fatalement un mal mortel, mais le cas me paraît désespéré. Je n'ai pas besoin de vous dire que j'espère me tromper. Du reste, avec Cottard, vous êtes en excellentes mains. Excusez-moi », me dit-il en voyant entrer une femme de chambre qui portait sur le bras l'habit noir du professeur. « Vous savez que je dîne chez le ministre du Commerce, j'ai une visite à faire avant. Ah ! la vie n'est pas que roses, comme on le croit à votre âge. »

Et il me tendit gracieusement la main. J'avais refermé la porte et un valet nous guidait dans l'antichambre, ma grand-mère et moi, quand nous entendîmes de grands cris de colère. La femme de chambre avait oublié de percer la boutonnière pour les décorations. Cela allait demander encore dix minutes. Le professeur tempêtait toujours pendant

que je regardais sur le palier ma grand-mère qui était
perdue. Chaque personne est bien seule. Nous repar-
tîmes vers la maison.

Le soleil déclinait ; il enflammait un interminable
mur que notre fiacre avait à longer avant d'arriver à
la rue que nous habitions, mur sur lequel l'ombre,
projetée par le couchant, du cheval et de la voiture,
se détachait en noir du fond rougeâtre, comme un
char funèbre dans une terre cuite de Pompéi[1]. Enfin
nous arrivâmes. Je fis asseoir la malade en bas de
l'escalier dans le vestibule, et je montai prévenir ma
mère. Je lui dis que ma grand-mère rentrait un peu
souffrante, ayant eu un étourdissement. Dès mes
premiers mots, le visage de ma mère atteignit au
paroxysme d'un désespoir pourtant déjà si résigné,
que je compris que depuis bien des années elle le
tenait tout prêt en elle pour un jour incertain et final.
Elle ne me demanda rien ; il semblait, de même que
la méchanceté aime à exagérer les souffrances des
autres, que par tendresse elle ne voulût pas admettre
que sa mère fût très atteinte, surtout d'une maladie qui peut toucher l'intelligence. Maman frisson-
nait, son visage pleurait sans larmes, elle courut
dire qu'on allât chercher le médecin, mais comme
Françoise demandait qui était malade, elle ne put
répondre, sa voix s'arrêta dans sa gorge. Elle des-
cendit en courant avec moi, effaçant de sa figure le
sanglot qui la plissait. Ma grand-mère attendait en
bas sur le canapé du vestibule, mais dès qu'elle nous
entendit, se redressa, se tint debout, fit à Maman
des signes gais de la main. Je lui avais enveloppé à
demi la tête avec une mantille en dentelle blanche,
lui disant que c'était pour qu'elle n'eût pas froid dans
l'escalier. Je ne voulais pas que ma mère remarquât
trop l'altération du visage, la déviation de la bouche ;
ma précaution était inutile : ma mère s'approcha de

grand-mère, embrassa sa main comme celle de son Dieu, la soutint, la souleva jusqu'à l'ascenseur, avec des précautions infinies où il y avait, avec la peur de n'être pas adroite et de lui faire mal, l'humilité de qui se sent indigne de toucher ce qu'il connaît de plus précieux ; mais pas une fois elle ne leva les yeux et ne regarda le visage de la malade. Peut-être fut-ce pour que celle-ci ne s'attristât pas en pensant que sa vue avait pu inquiéter sa fille. Peut-être par crainte d'une douleur trop forte qu'elle n'osa pas affronter. Peut-être par respect, parce qu'elle ne croyait pas qu'il lui fût permis sans impiété de constater la trace de quelque affaiblissement intellectuel dans le visage vénéré. Peut-être pour mieux garder plus tard intacte l'image du vrai visage de sa mère, rayonnant d'esprit et de bonté. Ainsi montèrent-elles l'une à côté de l'autre, ma grand-mère à demi cachée dans sa mantille, ma mère détournant les yeux.

Pendant ce temps il y avait une personne qui ne quittait pas des siens ce qui pouvait se deviner des traits modifiés de ma grand-mère que sa fille n'osait pas voir, une personne qui attachait sur eux un regard ébahi, indiscret et de mauvais augure : c'était Françoise. Non qu'elle n'aimât sincèrement ma grand-mère (même elle avait été déçue et presque scandalisée par la froideur de maman qu'elle aurait voulu voir se jeter en pleurant dans les bras de sa mère), mais elle avait un certain penchant à envisager toujours le pire, elle avait gardé de son enfance deux particularités qui sembleraient devoir s'exclure, mais qui, quand elles sont assemblées, se fortifient : le manque d'éducation des gens du peuple qui ne cherchent pas à dissimuler l'impression, voire l'effroi douloureux causé en eux par la vue d'un changement physique qu'il serait plus délicat de ne pas paraître remarquer, et la rudesse insensible de la paysanne qui arrache les ailes des libellules avant qu'elle ait l'occasion de tordre le cou aux poulets et manque de la pudeur qui lui ferait cacher l'intérêt qu'elle éprouve à voir la chair qui souffre.

Quand, grâce aux soins parfaits de Françoise, ma grand-mère fut couchée, elle se rendit compte qu'elle parlait plus facilement, le petit déchirement ou encombrement d'un vaisseau qu'avait produit l'urémie avait sans doute été très léger. Alors elle voulut ne pas faire faute à Maman, l'assister dans les instants les plus cruels que celle-ci eût encore traversés.

« Hé bien ! ma fille », lui dit-elle, en lui prenant la main, et en gardant l'autre devant sa bouche pour donner cette cause apparente à la légère difficulté qu'elle avait encore à prononcer certains mots, « voilà comme tu plains ta mère ! tu as l'air de croire que ce n'est pas désagréable, une indigestion ! »

Alors pour la première fois les yeux de ma mère se posèrent passionnément sur ceux de ma grand-mère, ne voulant pas voir le reste de son visage, et elle dit, commençant la liste de ces faux serments que nous ne pouvons pas tenir :

« Maman, tu seras bientôt guérie, c'est ta fille qui s'y engage. »

Et enfermant son amour le plus fort, toute sa volonté que sa mère guérît, dans un baiser à qui elle les confia et qu'elle accompagna de sa pensée, de tout son être jusqu'au bord de ses lèvres, elle alla le déposer humblement, pieusement sur le front adoré.

Ma grand-mère se plaignait d'une espèce d'alluvion de couvertures qui se faisait tout le temps du même côté sur sa jambe gauche et qu'elle ne pouvait pas arriver à soulever. Mais elle ne se rendait pas compte qu'elle en était elle-même la cause (de sorte que chaque jour elle accusa injustement Françoise de mal « retaper » son lit). Par un mouvement convulsif, elle rejetait de ce côté tout le flot de ces écumantes couvertures de fine laine qui s'y amoncelaient comme les sables dans une baie bien vite transformée en grève (si on n'y construit une digue) par les apports successifs du flux.

Ma mère et moi (de qui le mensonge était d'avance percé à jour par Françoise, perspicace et offensante), nous ne voulions même pas dire que ma grand-mère fût très malade, comme si cela eût pu faire plaisir aux ennemis que d'ailleurs elle n'avait pas, et eût été plus affectueux de trouver qu'elle n'allait pas si mal que ça, en somme par le même sentiment instinctif qui m'avait fait supposer qu'Andrée plaignait trop Albertine pour l'aimer beaucoup. Les mêmes phénomènes se reproduisent des particuliers à la masse, dans les grandes crises. Dans une guerre celui qui n'aime pas son pays n'en dit pas de mal, mais le croit perdu, le plaint, voit les choses en noir.

Françoise nous rendait un service infini par sa faculté de se passer de sommeil, de faire les besognes les plus dures. Et si, étant allée se coucher après plusieurs nuits passées debout, on était obligé de l'appeler un quart d'heure après qu'elle s'était endormie, elle était si heureuse de pouvoir faire des choses pénibles comme si elles eussent été les plus simples du monde que, loin de rechigner, elle montrait sur son visage de la satisfaction et de la modestie. Seulement quand arrivait l'heure de la messe, et l'heure du premier déjeuner, ma grand-mère eût-elle été agonisante, Françoise se fût éclipsée à temps pour ne pas être en retard. Elle ne pouvait ni ne voulait être suppléée par son jeune valet de pied. Certes elle avait apporté de Combray une idée très haute des devoirs de chacun envers nous ; elle n'eût pas toléré qu'un de nos gens nous « manquât ». Cela avait fait

d'elle une si noble, si impérieuse, si efficace éducatrice, qu'il n'y avait jamais eu chez nous de domestiques si corrompus qui n'eussent vite modifié, épuré
leur conception de la vie jusqu'à ne plus toucher le
« sou du franc[1] » et à se précipiter – si peu serviables
qu'ils eussent été jusqu'alors – pour me prendre des
mains et ne pas me laisser me fatiguer à porter le
moindre paquet. Mais, à Combray aussi, Françoise
avait contracté – et importé à Paris – l'habitude de
ne pouvoir supporter une aide quelconque dans son
travail. Se voir prêter un concours lui semblait recevoir une avanie, et des domestiques sont restés des
semaines sans obtenir d'elle une réponse à leur salut
matinal, sont même partis en vacances sans qu'elle
leur dît adieu et qu'ils devinassent pourquoi, en réalité pour la seule raison qu'ils avaient voulu faire un
peu de sa besogne, un jour qu'elle était souffrante.
Et en ce moment où ma grand-mère était si mal, la
besogne de Françoise lui semblait particulièrement
sienne. Elle ne voulait pas, elle la titulaire, se laisser
chiper son rôle dans ces jours de gala. Aussi son
jeune valet de pied, écarté par elle, ne savait que
faire, et non content d'avoir, à l'exemple de Victor,
pris mon papier dans mon bureau, il s'était mis, de
plus, à emporter des volumes de vers de ma bibliothèque. Il les lisait, une bonne moitié de la journée,
par admiration pour les poètes qui les avaient composés, mais aussi afin, pendant l'autre partie de son
temps, d'émailler de citations les lettres qu'il écrivait à ses amis de village. Certes, il pensait ainsi les
éblouir. Mais, comme il avait peu de suite dans les
idées, il s'était formé celle-ci que ces poèmes, trouvés
dans ma bibliothèque, étaient chose connue de tout
le monde et à quoi il est courant de se reporter. Si
bien qu'écrivant à ces paysans dont il escomptait la
stupéfaction, il entremêlait ses propres réflexions de

vers de Lamartine, comme il eût dit : qui vivra verra,
ou même : bonjour.

À cause des souffrances de ma grand-mère on lui
permit la morphine. Malheureusement si celle-ci les
calmait, elle augmentait aussi la dose d'albumine.
Les coups que nous destinions au mal qui s'était installé en ma grand-mère portaient toujours à faux ;
c'était elle, c'était son pauvre corps interposé qui les
recevait, sans qu'elle se plaignît qu'avec un faible
gémissement. Et les douleurs que nous lui causions
n'étaient pas compensées par un bien que nous ne
pouvions lui faire. Le mal féroce que nous aurions
voulu exterminer, c'est à peine si nous l'avions frôlé,
nous ne faisions que l'exaspérer davantage hâtant
peut-être l'heure où la captive serait dévorée. Les
jours où la dose d'albumine avait été trop forte, Cottard après une hésitation refusait la morphine. Chez
cet homme si insignifiant, si commun, il y avait, dans
ces courts moments où il délibérait, où les dangers
d'un traitement et d'un autre se disputaient en lui
jusqu'à ce qu'il s'arrêtât à l'un, la sorte de grandeur
d'un général qui, vulgaire dans le reste de la vie, est
un grand stratège, et dans un moment périlleux,
après avoir réfléchi un instant, conclut pour ce qui
militairement est le plus sage et dit : « Faites face à
l'Est. » Médicalement, si peu d'espoir qu'il y eût de
mettre un terme à cette crise d'urémie, il ne fallait
pas fatiguer le rein. Mais, d'autre part, quand ma
grand-mère n'avait pas de morphine, ses douleurs
devenaient intolérables ; elle recommençait perpétuellement un certain mouvement qui lui était difficile à accomplir sans gémir : pour une grande part,
la souffrance est une sorte de besoin de l'organisme
de prendre conscience d'un état nouveau qui l'inquiète, de rendre la sensibilité adéquate à cet état.
On peut discerner cette origine de la douleur dans

le cas d'incommodités qui n'en sont pas pour tout le monde. Dans une chambre remplie d'une fumée à l'odeur pénétrante, deux hommes grossiers entreront et vaqueront à leurs affaires ; un troisième, d'organisation plus fine, trahira un trouble incessant. Ses narines ne cesseront de renifler anxieusement l'odeur qu'il devrait, semble-t-il, essayer de ne pas sentir et qu'il cherchera chaque fois à faire adhérer, par une connaissance plus exacte, à son odorat incommodé. De là vient sans doute qu'une vive préoccupation empêche de se plaindre d'une rage de dents. Quand ma grand-mère souffrait ainsi, la sueur coulait sur son grand front mauve, y collant les mèches blanches, et si elle croyait que nous n'étions pas dans la chambre, elle poussait des cris : « Ah ! c'est affreux ! » mais si elle apercevait ma mère, aussitôt elle employait toute son énergie à effacer de son visage les traces de douleur, ou, au contraire, répétait les mêmes plaintes en les accompagnant d'explications qui donnaient rétrospectivement un autre sens à celles que ma mère avait pu entendre :

« Ah ! ma fille, c'est affreux, rester couchée par ce beau soleil quand on voudrait aller se promener, je pleure de rage contre vos prescriptions. »

Mais elle ne pouvait empêcher le gémissement de ses regards, la sueur de son front, le sursaut convulsif, aussitôt réprimé, de ses membres.

« Je n'ai pas mal, je me plains parce que je suis mal couchée, je me sens les cheveux en désordre, j'ai mal au cœur, je me suis cognée contre le mur. »

Et ma mère, au pied du lit, rivée à cette souffrance comme si, à force de percer de son regard ce front douloureux, ce corps qui recelait le mal, elle eût dû finir par l'atteindre et l'emporter, ma mère disait :

« Non, ma petite Maman, nous ne te laisserons pas souffrir comme ça, on va trouver quelque chose, prends patience une seconde, me permets-tu de t'embrasser sans que tu aies à bouger ? »

Et penchée sur le lit, les jambes fléchissantes, à demi agenouillée, comme si, à force d'humilité, elle avait plus de chance de faire exaucer le don passionné d'elle-même, elle inclinait vers ma grand-mère toute sa vie dans son visage comme dans un ciboire qu'elle lui tendait, décoré en reliefs de fossettes et de plissements si passionnés, si désolés et si doux qu'on ne savait pas s'ils y étaient creusés par le ciseau d'un baiser, d'un sanglot ou d'un sourire. Ma grand-mère essayait, elle aussi, de tendre vers Maman son visage. Il avait tellement changé que sans doute, si elle eût eu la force de sortir, on ne l'eût reconnue qu'à la plume de son chapeau. Ses traits, comme dans des séances de modelage, semblaient s'appliquer, dans un effort qui la détournait de tout le reste, à se conformer à certain modèle que nous ne connaissions pas. Ce travail du statuaire touchait à sa fin et, si la figure de ma grand-mère avait diminué, elle avait également durci. Les veines qui la traversaient semblaient celles, non pas d'un marbre, mais d'une pierre plus rugueuse. Toujours penchée en avant par la difficulté de respirer en même temps que repliée sur elle-même par la fatigue, sa figure fruste, réduite, atrocement expressive, semblait, dans une sculpture primitive, presque préhistorique, la figure rude, violâtre, rousse, désespérée de quelque sauvage gardienne de tombeau. Mais toute l'œuvre n'était pas accomplie. Ensuite, il faudrait la briser, et puis, dans ce tombeau – qu'on avait si péniblement gardé, avec cette dure contraction – descendre.

Dans un de ces moments où, selon l'expression populaire, on ne sait plus à quel saint se vouer, comme ma grand-mère toussait et éternuait beaucoup, on suivit le conseil d'un parent qui affirmait qu'avec le spécialiste X on était hors d'affaire en trois jours. Les gens du monde disent cela de leur médecin, et on les croit comme Françoise croyait les réclames des journaux. Le spécialiste vint avec sa trousse chargée de tous les rhumes de ses clients, comme l'outre d'Éole. Ma grand-mère refusa net de se laisser examiner. Et nous, gênés pour le praticien qui s'était dérangé inutilement, nous déférâmes au désir qu'il exprima de visiter nos nez respectifs, lesquels pourtant n'avaient rien. Il prétendait que si, et que migraine ou colique, maladie de cœur ou diabète, c'est une maladie du nez mal comprise. À chacun de nous il dit : « Voilà une petite cornée que je serais bien aise de revoir. N'attendez pas trop. Avec quelques pointes de feu je vous débarrasserai. » Certes nous pensions à tout autre chose. Pourtant nous nous demandâmes : « Mais débarrasser de quoi ? » Bref tous nos nez étaient malades ; il ne se trompa qu'en mettant la chose au présent. Car dès le lendemain son examen et son pansement provisoire avaient accompli leur effet. Chacun de nous eut son catarrhe. Et comme il rencontrait dans la rue mon père secoué par des quintes, il sourit à l'idée qu'un ignorant pût croire le mal dû à son intervention. Il nous avait examinés au moment où nous étions déjà malades.

La maladie de ma grand-mère donna lieu à diverses personnes de manifester un excès ou une insuffisance de sympathie qui nous surprirent tout autant que le genre de hasard par lequel les unes ou les autres nous découvraient des chaînons de circonstances, ou même d'amitiés, que nous n'eussions pas soupçonnées. Et les marques d'intérêt, données par les personnes qui venaient sans cesse prendre des nouvelles, nous révélaient la gravité d'un mal que jusque-là nous n'avions pas assez isolé, séparé des

mille impressions douloureuses ressenties auprès de
ma grand-mère. Prévenues par dépêche, ses sœurs
ne quittèrent pas Combray. Elles avaient découvert
un artiste qui leur donnait des séances d'excellente
musique de chambre, dans l'audition de laquelle elles
pensaient trouver, mieux qu'au chevet de la malade,
un recueillement, une élévation douloureuse, desquels la forme ne laissa pas de paraître insolite.
Mme Sazerat écrivit à Maman, mais comme une
personne dont les fiançailles brusquement rompues
(la rupture était le dreyfusisme) nous ont à jamais
séparés. En revanche Bergotte vint passer tous les
jours plusieurs heures avec moi.

Il avait toujours aimé à venir se fixer pendant
quelque temps dans une même maison où il n'eût
pas de frais à faire. Mais autrefois c'était pour y parler sans être interrompu, maintenant pour garder
longuement le silence, sans qu'on lui demandât de
parler. Car il était très malade les uns disaient d'al-
buminurie, comme ma grand-mère. Selon d'autres
il avait une tumeur. Il allait en s'affaiblissant ; c'est
avec difficulté qu'il montait notre escalier, avec une
plus grande encore qu'il le descendait. Bien qu'appuyé à la rampe il trébuchait souvent, et je crois qu'il
serait resté chez lui s'il n'avait pas craint de perdre
entièrement l'habitude, la possibilité de sortir, lui
l'« homme à barbiche » que j'avais connu alerte, il
n'y avait pas si longtemps. Il n'y voyait plus goutte,
et sa parole même s'embarrassait souvent.

Mais en même temps, tout au contraire, ses
œuvres, connues seulement des lettrés à l'époque
où Mme Swann patronnait leurs timides efforts de
dissémination, maintenant grandies et fortes aux
yeux de tous, avaient pris dans le grand public une
extraordinaire puissance d'expansion. Sans doute
il arrive que c'est après sa mort seulement qu'un

écrivain devient célèbre. Mais c'était en vie encore
et durant son lent acheminement vers la mort non
encore atteinte, qu'il assistait à celui de ses œuvres
vers la Renommée. Un auteur mort est du moins
illustre sans fatigue. Le rayonnement de son nom
s'arrête à la pierre de sa tombe. Dans la surdité du
sommeil éternel, il n'est pas importuné par la Gloire.
Mais pour Bergotte l'antithèse n'était pas entièrement achevée. Il existait encore assez pour souffrir
du tumulte. Il remuait encore, bien que péniblement,
tandis que ses œuvres, bondissantes comme des filles
qu'on aime mais dont l'impétueuse jeunesse et les
bruyants plaisirs vous fatiguent, entraînaient chaque
jour jusqu'au pied de son lit des admirateurs nouveaux.

Les visites qu'il nous faisait maintenant venaient
pour moi quelques années trop tard, car je ne l'admirais plus autant. Ce qui n'est pas en contradiction
avec ce grandissement de sa renommée. Une œuvre
est rarement tout à fait comprise et victorieuse, sans
que celle d'un autre écrivain, obscure encore, n'ait
commencé, auprès de quelques esprits plus difficiles,
de substituer un nouveau culte à celui qui a presque
fini de s'imposer. Dans les livres de Bergotte que
je relisais souvent, ses phrases étaient aussi claires
devant mes yeux que mes propres idées, les meubles
dans ma chambre et les voitures dans la rue. Toutes
choses s'y voyaient aisément, sinon telles qu'on les
avait toujours vues, du moins telles qu'on avait l'habitude de les voir maintenant. Or un nouvel écrivain
avait commencé à publier des œuvres où les rapports entre les choses étaient si différents de ceux qui
les liaient pour moi que je ne comprenais presque
rien de ce qu'il écrivait. Il disait par exemple : « Les
tuyaux d'arrosage admiraient le bel entretien des
routes » (et cela c'était facile, je glissais le long de

ces routes) « qui partaient toutes les cinq minutes
de Briand et de Claudel[1] ». Alors je ne comprenais
plus parce que j'avais attendu un nom de ville et qu'il
m'était donné un nom de personne. Seulement je
sentais que ce n'était pas la phrase qui était mal faite,
mais moi pas assez fort et agile pour aller jusqu'au
bout. Je reprenais mon élan, m'aidais des pieds et
des mains pour arriver à l'endroit d'où je verrais les
rapports nouveaux entre les choses. Chaque fois, parvenu à peu près à la moitié de la phrase, je retom-
bais, comme plus tard au régiment dans l'exercice
appelé portique. Je n'en avais pas moins pour le nouvel écrivain l'admiration d'un enfant gauche et à qui
on donne zéro pour la gymnastique, devant un autre
enfant plus adroit. Dès lors j'admirai moins Bergotte
dont la limpidité me parut de l'insuffisance. Il y eut
un temps où on reconnaissait bien les choses quand
c'était Fromentin[2] qui les peignait et où on ne les
reconnaissait plus quand c'était Renoir.

Les gens de goût nous disent aujourd'hui que
Renoir est un grand peintre du XVIIIe siècle. Mais
en disant cela ils oublient le Temps et qu'il en a
fallu beaucoup, même en plein XIXe, pour que
Renoir fût salué grand artiste. Pour réussir à être
ainsi reconnus, le peintre original, l'artiste original
procèdent à la façon des oculistes. Le traitement
par leur peinture, par leur prose, n'est pas toujours
agréable. Quand il est terminé, le praticien nous dit :
« Maintenant regardez. » Et voici que le monde (qui
n'a pas été créé une fois, mais aussi souvent qu'un
artiste original est survenu) nous apparaît entièrement différent de l'ancien, mais parfaitement clair.
Des femmes passent dans la rue, différentes de celles
d'autrefois, puisque ce sont des Renoir, ces Renoir
où nous nous refusions jadis à voir des femmes. Les
voitures aussi sont des Renoir, et l'eau, et le ciel :

nous avons envie de nous promener dans la forêt
pareille à celle qui le premier jour nous semblait
tout excepté une forêt, et par exemple une tapisserie
aux nuances nombreuses mais où manquaient justement les nuances propres aux forêts. Tel est l'univers nouveau et périssable qui vient d'être créé. Il
durera jusqu'à la prochaine catastrophe géologique
que déchaîneront un nouveau peintre ou un nouvel
écrivain originaux.

Celui qui avait remplacé pour moi Bergotte me
lassait non par l'incohérence mais par la nouveauté,
parfaitement cohérente, de rapports que je n'avais
pas l'habitude de suivre. Le point toujours le même
où je me sentais retomber indiquait l'identité de
chaque tour de force à faire. Du reste, quand une
fois sur mille je pouvais suivre l'écrivain jusqu'au
bout de sa phrase, ce que je voyais était toujours
d'une drôlerie, d'une vérité, d'un charme, pareils
à ceux que j'avais trouvés jadis dans la lecture de
Bergotte, mais plus délicieux. Je songeais qu'il n'y
avait pas tant d'années qu'un même renouvellement
du monde, pareil à celui que j'attendais de son successeur, c'était Bergotte qui me l'avait apporté. Et
j'arrivais à me demander s'il y avait quelque vérité
en cette distinction que nous faisons toujours entre
l'art, qui n'est pas plus avancé qu'au temps d'Homère, et la science aux progrès continus. Peut-être
l'art ressemblait-il au contraire en cela à la science ;
chaque nouvel écrivain original me semblait en progrès sur celui qui l'avait précédé ; et qui me disait
que dans vingt ans, quand je saurais accompagner
sans fatigue le nouveau d'aujourd'hui, un autre ne
surviendrait pas, devant qui l'actuel filerait rejoindre
Bergotte ? Je parlai à ce dernier du nouvel écrivain.
Il me dégoûta de lui moins en m'assurant que son
art était rugueux, facile et vide, qu'en me racontant

l'avoir vu, ressemblant, au point de s'y méprendre, à Bloch. Cette image se profila désormais sur les pages écrites et je ne me crus plus astreint à la peine de comprendre. Si Bergotte m'avait mal parlé de lui, c'était moins, je crois, par jalousie de son succès que par ignorance de son œuvre. Il ne lisait presque rien. Déjà la plus grande partie de sa pensée avait passé de son cerveau dans ses livres. Il était amaigri comme s'il avait été opéré d'eux. Son instinct reproducteur ne l'induisait plus à l'activité, maintenant qu'il avait produit au-dehors presque tout ce qu'il pensait. Il menait la vie végétative d'un convalescent, d'une accouchée ; ses beaux yeux restaient immobiles, vaguement éblouis, comme les yeux d'un homme étendu au bord de la mer qui dans une vague rêverie regarde seulement chaque petit flot. D'ailleurs si j'avais moins d'intérêt à causer avec lui que je n'aurais eu jadis, de cela je n'éprouvais pas de remords. Il était tellement homme d'habitude que les plus simples comme les plus luxueuses, une fois qu'il les avait prises, lui devenaient indispensables pendant un certain temps. Je ne sais ce qui le fit venir une première fois, mais ensuite chaque jour ce fut pour la raison qu'il était venu la veille. Il arrivait à la maison comme il fût allé au café, pour qu'on ne lui parlât pas, pour qu'il pût – bien rarement – parler, de sorte qu'on n'aurait pu en somme trouver un signe qu'il fût ému de notre chagrin ou prît plaisir à se trouver avec moi, si l'on avait voulu induire quelque chose d'une telle assiduité. Elle n'était pas indifférente à ma mère, sensible à tout ce qui pouvait être considéré comme un hommage à sa malade. Et tous les jours elle me disait : « Surtout n'oublie pas de bien le remercier. »

Nous eûmes – discrète attention de femme, comme le goûter que nous sert entre deux séances de pose la compagne d'un peintre – supplément à titre gracieux de celles que nous faisait son mari, la visite de Mme Cottard. Elle venait nous offrir sa « caมériste[1] », si nous aimions mieux le service d'un homme, allait se « mettre en campagne » ; et, devant nos refus, nous dit qu'elle espérait du moins que ce n'était pas là de notre part une « défaite », mot qui dans son monde signifie un faux prétexte pour ne pas accepter une invitation. Elle nous assura que le professeur, qui ne parlait jamais chez lui de ses malades, était aussi triste que s'il s'était agi d'elle-même. On verra plus tard[2] que même si cela eût été vrai, cela eût été à la fois bien peu et beaucoup, de la part du plus infidèle et plus reconnaissant des maris.

Des offres aussi utiles, et infiniment plus touchantes par la manière (qui était un mélange de la plus haute intelligence, du plus grand cœur, et d'un rare bonheur d'expression), me furent adressées par le grand-duc héritier de Luxembourg. Je l'avais connu à Balbec où il était venu voir une de ses tantes, la princesse de Luxembourg, alors qu'il n'était encore que comte de Nassau. Il avait épousé quelques mois après la ravissante fille d'une autre princesse de Luxembourg, excessivement riche parce qu'elle était la fille unique d'un prince à qui appartenait une immense affaire de farines[3]. Sur quoi le grand-duc de Luxembourg, qui n'avait pas d'enfants et qui adorait son neveu Nassau, avait fait approuver par la Chambre qu'il fût déclaré grand-duc héritier. Comme dans tous les mariages de ce genre, l'origine de la fortune est l'obstacle, comme elle est aussi la cause efficiente. Je me rappelais ce comte de Nassau comme un des plus remarquables jeunes gens que j'aie rencontrés, déjà dévoré alors d'un sombre et éclatant amour pour sa fiancée. Je fus très touché des lettres qu'il ne cessa de m'écrire pendant la

maladie de ma grand-mère, et Maman elle-même
émue, reprenait tristement un mot de sa mère : Sévigné n'aurait pas mieux dit[1].

Le sixième jour, Maman, pour obéir aux prières
de grand-mère, dut la quitter un moment et faire
semblant d'aller se reposer. J'aurais voulu, pour que
ma grand-mère s'endormît, que Françoise restât sans
bouger. Malgré mes supplications, elle sortit de la
chambre ; elle aimait ma grand-mère ; avec sa clair-
voyance et son pessimisme elle la jugeait perdue.
Elle aurait donc voulu lui donner tous les soins possibles. Mais on venait de dire qu'il y avait un ouvrier
électricien, très ancien dans sa maison, beau-frère
de son patron, estimé dans notre immeuble où il
venait travailler depuis de longues années, et surtout de Jupien. On avait commandé cet ouvrier avant
que ma grand-mère tombât malade. Il me semblait
qu'on eût pu le faire repartir ou le laisser attendre.
Mais le protocole de Françoise ne le permettait pas,
elle aurait manqué de délicatesse envers ce brave
homme, l'état de ma grand-mère ne comptait plus.
Quand au bout d'un quart d'heure, exaspéré, j'allai
la chercher à la cuisine, je la trouvai causant avec
lui sur le « carré » de l'escalier de service, dont la
porte était ouverte, procédé qui avait l'avantage de
permettre, si l'un de nous arrivait, de faire semblant
qu'on allait se quitter, mais l'inconvénient d'envoyer
d'affreux courants d'air. Françoise quitta donc l'ouvrier, non sans lui avoir encore crié quelques compliments, qu'elle avait oubliés, pour sa femme et son
beau-frère. Souci caractéristique de Combray, de ne
pas manquer à la délicatesse que Françoise portait
jusque dans la politique extérieure. Les niais s'imaginent que les grosses dimensions des phénomènes
sociaux sont une excellente occasion de pénétrer
plus avant dans l'âme humaine ; ils devraient au

contraire comprendre que c'est en descendant en
profondeur dans une individualité qu'ils auraient
chance de comprendre ces phénomènes. Françoise
avait mille fois répété au jardinier de Combray que
la guerre est le plus insensé des crimes et que rien ne
vaut, sinon vivre. Or, quand éclata la guerre russo-
japonaise, elle était gênée, vis-à-vis du czar, que nous
ne nous fussions pas mis en guerre pour aider « les
pauvres Russes », « puisqu'on est alliancé », disait-
elle[1]. Elle ne trouvait pas cela délicat envers Nicolas II qui avait toujours eu « de si bonnes paroles
pour nous » ; c'était un effet du même code qui l'eût
empêchée de refuser de Jupien un petit verre dont
elle savait qu'il allait « contrarier sa digestion », et
qui faisait que, si près de la mort de ma grand-mère,
la même malhonnêteté dont elle jugeait coupable
la France restée neutre à l'égard du Japon, elle eût
cru la commettre en n'allant pas s'excuser elle-même
auprès de ce bon ouvrier électricien qui avait pris
tant de dérangement.

Nous fûmes heureusement très vite débarrassés
de la fille de Françoise qui eut à s'absenter plusieurs semaines. Aux conseils habituels qu'on donnait à Combray à la famille d'un malade : « Vous
n'avez pas essayé d'un petit voyage, le changement
d'air, retrouver l'appétit, etc. » elle avait ajouté l'idée
presque unique qu'elle s'était spécialement forgée et
qu'aussi elle répétait chaque fois qu'on la voyait, sans
se lasser, et comme pour l'enfoncer dans la tête des
autres : « Elle aurait dû se soigner *radicalement* dès
le début. » Elle ne préconisait pas un genre de cure
plutôt qu'un autre, pourvu que cette cure fût *radicale*.
Quant à Françoise, elle voyait qu'on donnait peu de
médicaments à ma grand-mère. Comme, selon elle,
ils ne servent qu'à vous abîmer l'estomac, elle en
était heureuse, mais plus encore humiliée. Elle avait

dans le Midi des cousins – riches relativement – dont
la fille, tombée malade en pleine adolescence, était
morte à vingt-trois ans ; pendant quelques années le
père et la mère s'étaient ruinés en remèdes, en docteurs différents, en pérégrinations d'une « station »
thermale à une autre, jusqu'au décès. Or cela paraissait à Françoise, pour ces parents-là, une espèce de
luxe, comme s'ils avaient eu des chevaux de courses,
un château. Eux-mêmes, si affligés qu'ils fussent,
tiraient une certaine vanité de tant de dépenses. Ils
n'avaient plus rien, ni surtout le bien le plus précieux,
leur enfant, mais ils aimaient à répéter qu'ils avaient
fait pour elle autant et plus que les gens les plus
riches. Les rayons ultra-violets, à l'action desquels
on avait, plusieurs fois par jour, pendant des mois,
soumis la malheureuse, les flattaient particulièrement. Le père, enorgueilli dans sa douleur par une
espèce de gloire, en arrivait quelquefois à parler de
sa fille comme d'une étoile de l'Opéra pour laquelle
il se fût ruiné. Françoise n'était pas insensible à tant
de mise en scène ; celle qui entourait la maladie de
ma grand-mère lui semblait un peu pauvre, bonne
pour une maladie sur un petit théâtre de province.

   Il y eut un moment où les troubles de l'urémie se
portèrent sur les yeux de ma grand-mère. Pendant
quelques jours, elle ne vit plus du tout. Ses yeux
n'étaient nullement ceux d'une aveugle et restaient
les mêmes. Et je compris seulement qu'elle ne voyait
pas, à l'étrangeté d'un certain sourire d'accueil qu'elle
avait dès qu'on ouvrait la porte, jusqu'à ce qu'on lui
eût pris la main pour lui dire bonjour, sourire qui
commençait trop tôt, et restait stéréotypé sur ses
lèvres, fixe, mais toujours de face et tâchant à être vu
de partout, parce qu'il n'y avait plus l'aide du regard
pour le régler, lui indiquer le moment, la direction,
le mettre au point, le faire varier au fur et à mesure

du changement de place ou d'expression de la personne qui venait d'entrer ; parce qu'il restait seul,
sans un sourire des yeux qui eût détourné un peu de
lui l'attention du visiteur, et prenait par là, dans sa
gaucherie, une importance excessive, donnant l'impression d'une amabilité exagérée. Puis la vue revint
complètement, des yeux le mal nomade passa aux
oreilles. Pendant quelques jours, ma grand-mère fut
sourde. Et comme elle avait peur d'être surprise par
l'entrée soudaine de quelqu'un qu'elle n'aurait pas
entendu venir, à tout moment (bien que couchée
du côté du mur) elle détournait brusquement la tête
vers la porte. Mais le mouvement de son cou était
maladroit, car on ne se fait pas en quelques jours à
cette transposition, sinon de regarder les bruits, du
moins d'écouter avec les yeux. Enfin les douleurs
diminuèrent, mais l'embarras de la parole augmenta.
On était obligé de faire répéter à ma grand-mère à
peu près tout ce qu'elle disait.

Maintenant ma grand-mère, sentant qu'on ne la
comprenait plus, renonçait à prononcer un seul mot
et restait immobile. Quand elle m'apercevait, elle
avait une sorte de sursaut comme ceux qui tout d'un
coup manquent d'air, elle voulait me parler, mais
n'articulait que des sons inintelligibles. Alors, domp-
tée par son impuissance même, elle laissait retomber
sa tête, s'allongeait à plat sur le lit, le visage grave,
de marbre, les mains immobiles sur le drap, ou s'occupant d'une action toute matérielle comme de s'essuyer les doigts avec son mouchoir. Elle ne voulait
pas penser. Puis elle commença à avoir une agitation
constante. Elle désirait sans cesse se lever. Mais on
l'empêchait, autant qu'on pouvait, de le faire, de peur
qu'elle ne se rendît compte de sa paralysie. Un jour
qu'on l'avait laissée un instant seule, je la trouvai,
debout, en chemise de nuit, qui essayait d'ouvrir la

fenêtre. À Balbec, un jour où on avait sauvé, malgré elle, une veuve qui s'était jetée à l'eau, elle m'avait dit (mue peut-être par un de ces pressentiments que nous lisons parfois dans le mystère si obscur pourtant de notre vie organique, mais où il semble que se reflète l'avenir) qu'elle ne connaissait pas cruauté pareille à celle d'arracher une désespérée à la mort qu'elle a voulue et de la rendre à son martyre.

Nous n'eûmes que le temps de saisir ma grand-mère, elle soutint contre ma mère une lutte presque brutale, puis vaincue, rassise de force dans un fauteuil, elle cessa de vouloir, de regretter, son visage redevint impassible et elle se mit à enlever soigneusement les poils de fourrure qu'avait laissés sur sa chemise de nuit un manteau qu'on avait jeté sur elle.

Son regard changea tout à fait, souvent inquiet, plaintif, hagard, ce n'était plus son regard d'autrefois, c'était le regard maussade d'une vieille femme qui radote.

À force de lui demander si elle ne désirait pas être coiffée, Françoise finit par se persuader que la demande venait de ma grand-mère. Elle apporta des brosses, des peignes, de l'eau de Cologne, un peignoir. Elle disait : « Cela ne peut pas fatiguer madame Amédée, que je la peigne ; si faible qu'on soit on peut toujours être peignée. » C'est-à-dire, on n'est jamais trop faible pour qu'une autre personne ne puisse, en ce qui la concerne, vous peigner. Mais quand j'entrai dans la chambre, je vis entre les mains cruelles de Françoise, ravie comme si elle était en train de rendre la santé à ma grand-mère, sous l'éplorement d'une vieille chevelure qui n'avait pas la force de supporter le contact du peigne, une tête qui, incapable de garder la pose qu'on lui donnait, s'écroulait dans un tourbillon incessant où l'épuisement des forces alternait avec la douleur.

Je sentis que le moment où Françoise allait avoir terminé s'approchait et je n'osai pas le hâter en lui disant : « C'est assez », de peur qu'elle ne me désobéît. Mais en revanche je me précipitai quand, pour que ma grand-mère vît si elle se trouvait bien coiffée, Françoise, innocemment féroce, approcha une glace. Je fus d'abord heureux d'avoir pu l'arracher à temps de ses mains, avant que ma grand-mère, de qui on avait soigneusement éloigné tout miroir, eût aperçu par mégarde une image d'elle-même qu'elle ne pouvait se figurer. Mais, hélas ! quand, un instant après, je me penchai vers elle pour baiser ce beau front qu'on avait tant fatigué, elle me regarda d'un air étonné, méfiant, scandalisé : elle ne m'avait pas reconnu.

Selon notre médecin c'était un symptôme que la congestion du cerveau augmentait. Il fallait le dégager. Cottard hésitait. Françoise espéra un instant qu'on mettrait des ventouses « clarifiées ». Elle en chercha les effets dans mon dictionnaire mais ne put les trouver. Eût-elle bien dit « scarifiées » au lieu de « clarifiées » qu'elle n'eût pas trouvé davantage cet adjectif, car elle ne le cherchait pas plus à la lettre *c* qu'à la lettre *s* ; elle disait en effet « clarifiées » mais écrivait (et par conséquent croyait que c'était écrit) « esclarifié ». Cottard, ce qui la déçut, donna, sans beaucoup d'espoir, la préférence aux sangsues. Quand, quelques heures après, j'entrai chez ma grand-mère, attachés à sa nuque, à ses tempes, à ses oreilles, les petits serpents noirs se tordaient dans sa chevelure ensanglantée, comme dans celle de Méduse. Mais dans son visage pâle et pacifié, entièrement immobile, je vis grands ouverts, lumineux et calmes, ses beaux yeux d'autrefois (peut-être encore plus surchargés d'intelligence qu'ils n'étaient avant sa maladie, parce que, comme elle ne pouvait pas parler, ne devait pas bouger, c'est à ses yeux seuls qu'elle confiait sa pensée, la pensée qui tantôt tient en nous une place immense, nous offrant des trésors insoupçonnés, tantôt semble réduite à rien, puis peut renaître comme par génération spontanée grâce à quelques gouttes de sang qu'on tire), ses yeux, doux et liquides comme de l'huile, sur lesquels le feu rallumé qui brûlait éclairait devant la malade l'univers reconquis. Son calme n'était plus la sagesse du désespoir mais de l'espérance. Elle comprenait qu'elle allait mieux, voulait être prudente, ne pas remuer, et me fit seulement le don d'un beau sourire pour que je susse qu'elle se sentait mieux et me pressa légèrement la main.

Je savais quel dégoût ma grand-mère avait de voir certaines bêtes, à plus forte raison d'être touchée par elles. Je savais que c'était en considération d'une utilité supérieure qu'elle supportait les sangsues. Aussi Françoise m'exaspérait-elle en lui répétant avec ces petits rires qu'on a avec un enfant qu'on veut faire jouer : « Oh ! les petites bébêtes qui courent sur Madame. » C'était, de plus, traiter notre malade sans respect, comme si elle était tombée en enfance. Mais ma grand-mère, dont la figure avait pris la calme bravoure d'un stoïcien, n'avait même pas l'air d'entendre.

Hélas ! aussitôt les sangsues retirées, la congestion reprit de plus en plus grave. Je fus surpris qu'à ce moment où ma grand-mère était si mal, Françoise disparût à tout moment. C'est qu'elle s'était commandé une toilette de deuil et ne voulait pas faire attendre la couturière. Dans la vie de la plupart des femmes, tout, même le plus grand chagrin, aboutit à une question d'essayage.

Quelques jours plus tard, comme je dormais, ma mère vint m'appeler au milieu de la nuit. Avec les

douces attentions que, dans les grandes circonstances, les gens qu'une profonde douleur accable
témoignent fût-ce aux petits ennuis des autres :

« Pardonne-moi de venir troubler ton sommeil, me
dit-elle.

— Je ne dormais pas », répondis-je en m'éveillant.

Je le disais de bonne foi. La grande modification qu'amène en nous le réveil est moins de nous
introduire dans la vie claire de la conscience que de
nous faire perdre le souvenir de la lumière un peu
plus tamisée où reposait notre intelligence, comme
au fond opalin des eaux. Les pensées à demi voilées sur lesquelles nous voguions il y a un instant
encore, entraînaient en nous un mouvement parfaitement suffisant pour que nous ayons pu les désigner sous le nom de veille. Mais les réveils trouvent
alors une interférence de mémoire. Peu après, nous
les qualifions sommeil parce que nous ne nous les
rappelons plus. Et quand luit cette brillante étoile
qui, à l'instant du réveil, éclaire derrière le dormeur
son sommeil tout entier, elle lui fait croire pendant
quelques secondes que c'était non du sommeil, mais
de la veille ; étoile filante à vrai dire qui emporte
avec sa lumière l'existence mensongère, mais les
aspects aussi du songe, et permet seulement à celui
qui s'éveille de se dire : « J'ai dormi. ».

D'une voix si douce qu'elle semblait craindre de
me faire mal, ma mère me demanda si cela ne me
fatiguerait pas trop de me lever, et me caressant les
mains :

« Mon pauvre petit, ce n'est plus maintenant que sur
ton papa et sur ta maman que tu pourras compter. »

Nous entrâmes dans la chambre. Courbée en
demi-cercle sur le lit, un autre être que ma grand-
mère, une espèce de bête qui se serait affublée de ses
cheveux et couchée dans ses draps, haletait, geignait,

de ses convulsions secouait les couvertures. Les paupières étaient closes et c'est parce qu'elles fermaient mal plutôt que parce qu'elles s'ouvraient qu'elles laissaient voir un coin de prunelle, voilé, chassieux, reflétant l'obscurité d'une vision organique et d'une souffrance interne. Toute cette agitation ne s'adressait pas à nous qu'elle ne voyait pas, ni ne connaissait. Mais si ce n'était plus qu'une bête qui remuait là, ma grand-mère où était-elle ? On reconnaissait pourtant la forme de son nez, sans proportion maintenant avec le reste de la figure, mais au coin duquel un grain de beauté restait attaché, sa main qui écartait les couvertures d'un geste qui eût autrefois signifié que ces couvertures la gênaient et qui maintenant ne signifiait rien.

Maman me demanda d'aller chercher un peu d'eau et de vinaigre pour imbiber le front de grand-mère. C'était la seule chose qui la rafraîchissait, croyait Maman qui la voyait essayer d'écarter ses cheveux. Mais on me fit signe par la porte de venir. La nouvelle que ma grand-mère était à toute extrémité s'était immédiatement répandue dans la maison. Un de ces « extras » qu'on fait venir dans les périodes exceptionnelles pour soulager la fatigue des domestiques, ce qui fait que les agonies ont quelque chose des fêtes, venait d'ouvrir au duc de Guermantes, lequel, resté dans l'antichambre, me demandait ; je ne pus lui échapper.

« Je viens, mon cher monsieur, d'apprendre ces nouvelles macabres. Je voudrais en signe de sympathie serrer la main à monsieur votre père. »

Je m'excusai sur la difficulté de le déranger en ce moment. M. de Guermantes tombait comme au moment où on part en voyage. Mais il sentait tellement l'importance de la politesse qu'il nous faisait, que cela lui cachait le reste et qu'il voulait

absolument entrer au salon. En général, il avait
l'habitude de tenir à l'accomplissement entier des
formalités dont il avait décidé d'honorer quelqu'un
et il s'occupait peu que les malles fussent faites ou
le cercueil prêt.

« Avez-vous fait venir Dieulafoy[1] ? Ah ! c'est une
grave erreur. Et si vous me l'aviez demandé, il serait
venu pour moi, il ne me refuse rien, bien qu'il ait
refusé à la duchesse de Chartres. Vous voyez, je
me mets carrément au-dessus d'une princesse du
sang. D'ailleurs devant la mort nous sommes tous
égaux », ajouta-t-il, non pour me persuader que ma
grand-mère devenait son égale, mais ayant peut-être
senti qu'une conversation prolongée relativement à
son pouvoir sur Dieulafoy et à sa prééminence sur
la duchesse de Chartres ne serait pas de très bon
goût. Son conseil du reste ne m'étonnait pas. Je
savais que chez les Guermantes on citait toujours
le nom de Dieulafoy (avec un peu plus de respect
seulement) comme celui d'un « fournisseur » sans
rival. Et la vieille duchesse de Mortemart, née Guermantes[2] (il est impossible de comprendre pourquoi
dès qu'il s'agit d'une duchesse on dit presque toujours : « la vieille duchesse de » ou tout au contraire,
d'un air fin et Watteau, si elle est jeune, la « petite
duchesse de ») préconisait presque mécaniquement
en clignant de l'œil dans les cas graves « Dieulafoy,
Dieulafoy » comme si on avait besoin d'un glacier
« Poiré Blanche » ou pour des petits fours « Rebattet, Rebattet[3] ». Mais j'ignorais que mon père venait
précisément de faire demander Dieulafoy.

À ce moment ma mère, qui attendait avec impatience des ballons d'oxygène qui devaient rendre
plus aisée la respiration de ma grand-mère, entra
elle-même dans l'antichambre où elle ne savait guère
trouver M. de Guermantes. J'aurais voulu le cacher

n'importe où. Mais persuadé que rien n'était plus
essentiel, ne pouvait d'ailleurs la flatter davantage et
n'était plus indispensable à maintenir sa réputation
de parfait gentilhomme, il me prit violemment par le
bras et malgré que je me défendisse comme contre
un viol par des : « Monsieur, Monsieur, Monsieur »
répétés, il m'entraîna vers Maman en me disant :
« Voulez-vous me faire le grand honneur de me présenter à madame votre *mère* ? » en déraillant un peu
sur le mot mère. Et il trouvait tellement que l'honneur était pour elle qu'il ne pouvait s'empêcher de
sourire tout en faisant une figure de circonstance.
Je ne pus faire autrement que de le nommer, ce qui
déclencha aussitôt de sa part des courbettes, des
entrechats, et il allait commencer toute la cérémonie complète du salut. Il pensait même entrer en
conversation, mais ma mère, noyée dans sa douleur, me dit de venir vite, et ne répondit même pas
aux phrases de M. de Guermantes qui, s'attendant
à être reçu en visite et se trouvant au contraire
laissé seul dans l'antichambre, eût fini par sortir,
si au même moment il n'avait vu entrer Saint-Loup
arrivé le matin même à Paris et accouru aux nouvelles. « Ah ! elle est bien bonne ! » s'écria joyeusement le duc en attrapant son neveu par sa manche
qu'il faillit arracher, sans se soucier de la présence
de ma mère qui retraversait l'antichambre. Saint-
Loup n'était pas fâché, je crois, malgré son sincère
chagrin, d'éviter de me voir, étant donné ses dispositions pour moi. Il partit entraîné par son oncle
qui, ayant quelque chose de très important à lui
dire, et ayant failli pour cela partir à Doncières, ne
pouvait pas en croire sa joie d'avoir pu économiser
un tel dérangement. « Ah ! si on m'avait dit que je
n'avais qu'à traverser la cour et que je te trouverais
ici, j'aurais cru à une vaste blague. Comme dirait

ton camarade M. Bloch, c'est assez farce. » Et tout
en s'éloignant avec Robert qu'il tenait par l'épaule :
« C'est égal, répétait-il, on voit bien que je viens
de toucher de la corde de pendu ou tout comme ;
j'ai une sacrée veine. » Ce n'est pas que le duc de
Guermantes fût mal élevé, au contraire. Mais il était
de ces hommes incapables de se mettre à la place
des autres, de ces hommes ressemblant en cela à la
plupart des médecins et aux croque-morts, et qui,
après avoir pris une figure de circonstance et dit :
« Ce sont des instants très pénibles », vous avoir au
besoin embrassé et conseillé le repos, ne considèrent
plus une agonie ou un enterrement que comme une
réunion mondaine plus ou moins restreinte où, avec
une jovialité comprimée un moment ils cherchent
des yeux la personne à qui ils peuvent parler de leurs
petites affaires, demander de les présenter à une
autre ou « offrir une place » dans leur voiture pour
les « ramener ». Le duc de Guermantes, tout en se
félicitant du « bon vent » qui l'avait poussé vers son
neveu, resta si étonné de l'accueil pourtant si naturel
de ma mère, qu'il déclara plus tard qu'elle était aussi
désagréable que mon père était poli, qu'elle avait des
« absences » pendant lesquelles elle semblait même
ne pas entendre les choses qu'on lui disait et qu'à
son avis elle n'était pas dans son assiette et peut-être
même n'avait pas toute sa tête à elle. Il voulut bien
cependant, à ce qu'on me dit, mettre cela en partie
sur le compte des « circonstances » et déclarer que
ma mère lui avait paru très « affectée » par cet événement. Mais il avait encore dans les jambes tout le
reste des saluts et révérences à reculons qu'on l'avait
empêché de mener à leur fin et se rendait d'ailleurs
si peu compte de ce que c'était que le chagrin de
maman, qu'il demanda, la veille de l'enterrement,
si je n'essayais pas de la distraire.

Un beau-frère de ma grand-mère qui était religieux, et que je ne connaissais pas, télégraphia en Autriche où était le chef de son ordre, et ayant par faveur exceptionnelle obtenu l'autorisation, vint ce jour-là. Accablé de tristesse, il lisait à côté du lit des textes de prières et de méditations sans cependant détacher ses yeux en vrille de la malade. À un moment où ma grand-mère était sans connaissance, la vue de la tristesse de ce prêtre me fit mal, et je le regardai. Il parut surpris de ma pitié et il se produisit alors quelque chose de singulier. Il joignit ses mains sur sa figure comme un homme absorbé dans une méditation douloureuse, mais, comprenant que j'allais détourner de lui les yeux, je vis qu'il avait laissé un petit écart entre les doigts. Et, au moment où mes regards le quittaient, j'aperçus son œil aigu qui avait profité de cet abri de ses mains pour observer si ma douleur était sincère. Il était embusqué là comme dans l'ombre d'un confessionnal. Il s'aperçut que je le voyais et aussitôt clôtura hermétiquement le grillage qu'il avait laissé entrouvert. Je l'ai revu plus tard, et jamais entre nous il ne fut question de cette minute. Il fut tacitement convenu que je n'avais pas remarqué qu'il m'épiait. Chez le prêtre comme chez l'aliéniste, il y a toujours quelque chose du juge d'instruction. D'ailleurs quel est l'ami, si cher soit-il, dans le passé, commun avec le nôtre, de qui il n'y ait pas de ces minutes dont nous ne trouvions plus commode de nous persuader qu'il a dû les oublier ?

Le médecin fit une piqûre de morphine et pour rendre la respiration moins pénible demanda des ballons d'oxygène. Ma mère, le docteur, la sœur les tenaient dans leurs mains ; dès que l'un était fini, on leur en passait un autre. J'étais sorti un moment de la chambre. Quand je rentrai je me trouvai

comme devant un miracle. Accompagnée en sour-
dine par un murmure incessant, ma grand-mère
semblait nous adresser un long chant heureux qui
remplissait la chambre, rapide et musical. Je compris bientôt qu'il n'était guère moins inconscient,
qu'il était aussi purement mécanique, que le râle de
tout à l'heure. Peut-être reflétait-il dans une faible
mesure quelque bien-être apporté par la morphine.
Il résultait surtout, l'air ne passant plus tout à fait
de la même façon dans les bronches, d'un changement de registre de la respiration. Dégagé par la
double action de l'oxygène et de la morphine, le
souffle de ma grand-mère ne peinait plus, ne geignait plus, mais vif, léger, glissait, patineur, vers
le fluide délicieux. Peut-être à l'haleine, insensible
comme celle du vent dans la flûte d'un roseau, se
mêlait-il dans ce chant quelques-uns de ces sou-
pirs plus humains qui, libérés à l'approche de la
mort, font croire à des impressions de souffrance
ou de bonheur chez ceux qui déjà ne sentent plus,
et venaient ajouter un accent plus mélodieux, mais
sans changer son rythme, à cette longue phrase
qui s'élevait, montait encore, puis retombait, pour
s'élancer de nouveau, de la poitrine allégée, à la
poursuite de l'oxygène. Puis parvenu si haut, prolongé avec tant de force le chant, mêlé d'un murmure de supplication dans la volupté, semblait à
certains moments s'arrêter tout à fait comme une
source s'épuise.

Françoise, quand elle avait un grand chagrin,
éprouvait le besoin si inutile, mais ne possédait pas
l'art si simple, de l'exprimer. Jugeant ma grand-mère
tout à fait perdue, c'était ses impressions à elle, Françoise, qu'elle tenait à nous faire connaître. Et elle ne
savait que répéter : « Cela me fait quelque chose »,
du même ton dont elle disait, quand elle avait pris

trop de soupe aux choux : « J'ai comme un poids sur l'estomac », ce qui dans les deux cas était plus naturel qu'elle ne semblait le croire. Si faiblement traduit, son chagrin n'en était pas moins très grand, aggravé d'ailleurs par l'ennui que sa fille, retenue à Combray (que la jeune Parisienne appelait maintenant la « cambrousse » et où elle se sentait devenir « pétrousse[1] »), ne pût vraisemblablement revenir pour la cérémonie mortuaire que Françoise sentait devoir être quelque chose de superbe. Sachant que nous nous épanchions peu, elle avait à tout hasard convoqué d'avance Jupien pour tous les soirs de la semaine. Elle savait qu'il ne serait pas libre à l'heure de l'enterrement. Elle voulait du moins, au retour, le lui « raconter ».

Depuis plusieurs nuits mon père, mon grand-père, un de nos cousins veillaient et ne sortaient plus de la maison. Leur dévouement continu finissait par prendre un masque d'indifférence et l'interminable oisiveté autour de cette agonie leur faisait tenir ces mêmes propos qui sont inséparables d'un séjour prolongé dans un wagon de chemin de fer. D'ailleurs ce cousin (le neveu de ma grand-tante) excitait chez moi autant d'antipathie qu'il méritait et obtenait généralement d'estime.

On le « trouvait » toujours dans les circonstances graves, et il était si assidu auprès des mourants que les familles, prétendant qu'il était délicat de santé, malgré son apparence robuste, sa voix de basse-taille et sa barbe de sapeur, le conjuraient toujours avec les périphrases d'usage de ne pas venir à l'enterrement. Je savais d'avance que maman, qui pensait aux autres au milieu de la plus immense douleur, lui dirait sous une tout autre forme ce qu'il avait l'habitude de s'entendre toujours dire :

« Promettez-moi que vous ne viendrez pas "demain".

Faites-le pour "elle". Au moins n'allez pas "là-bas".
Elle vous aurait demandé de ne pas venir. »

Rien n'y faisait ; il était toujours le premier à la
« maison », à cause de quoi on lui avait donné, dans
un autre milieu, le surnom que nous ignorions de
« ni fleurs ni couronnes ». Et avant d'aller à « tout »,
il avait toujours « pensé à tout », ce qui lui valait ces
mots : « Vous, on ne vous dit pas merci. »

« Quoi ? » demanda d'une voix forte mon grand-
père qui était devenu un peu sourd et qui n'avait
pas entendu quelque chose que mon cousin venait
de dire à mon père.

« Rien, répondit le cousin. Je disais seulement que
j'avais reçu ce matin une lettre de Combray où il fait
un temps épouvantable et ici un soleil trop chaud.

— Et pourtant le baromètre est très bas, dit mon
père.

— Où ça dites-vous qu'il fait mauvais temps ?
demanda mon grand-père.

— À Combray.

— Ah ! cela ne m'étonne pas, chaque fois qu'il fait
mauvais ici, il fait beau à Combray et vice versa.
Mon Dieu ! vous parlez de Combray : a-t-on pensé à
prévenir Legrandin ?

— Oui, ne vous tourmentez pas, c'est fait », dit
mon cousin dont les joues bronzées par une barbe
trop forte sourirent imperceptiblement de la satisfaction d'y avoir pensé.

À ce moment, mon père se précipita, je crus qu'il
y avait du mieux ou du pire. C'était seulement le
docteur Dieulafoy qui venait d'arriver. Mon père
alla le recevoir dans le salon voisin, comme l'acteur qui doit venir jouer. On l'avait fait demander
non pour soigner mais pour constater, en espèce de
notaire. Le docteur Dieulafoy a pu en effet être un
grand médecin, un professeur merveilleux ; à ces

rôles divers où il excella, il joignait un autre dans
lequel il fut pendant quarante ans sans rival, un rôle
aussi original que le raisonneur, le scaramouche ou
le père noble, et qui était de venir constater l'agonie ou la mort. Son nom déjà présageait la dignité
avec laquelle il tiendrait l'emploi et quand la servante disait : « M. Dieulafoy », on se croyait chez
Molière[1]. À la dignité de l'attitude concourait sans
se laisser voir la souplesse d'une taille charmante.
Un visage en soi-même trop beau était amorti par la
convenance à des circonstances douloureuses. Dans
sa noble redingote noire, le professeur entrait, triste
sans affectation, ne donnait pas une seule condoléance qu'on eût pu croire feinte et ne commettait
pas non plus la plus légère infraction au tact. Aux
pieds d'un lit de mort, c'était lui et non le duc de
Guermantes qui était le grand seigneur. Après avoir
regardé ma grand-mère sans la fatiguer, et avec un
excès de réserve qui était une politesse au médecin
traitant, il dit à voix basse quelques mots à mon
père, s'inclina respectueusement devant ma mère, à
qui je sentis que mon père se retenait pour ne pas
dire : « Le professeur Dieulafoy ». Mais déjà celui-ci
avait détourné la tête, ne voulant pas importuner,
et sortit de la plus belle façon du monde, en prenant simplement le cachet qu'on lui remit. Il n'avait
pas eu l'air de le voir, et nous-mêmes nous demandâmes un moment si nous le lui avions remis tant
il avait mis de la souplesse d'un prestidigitateur à
le faire disparaître, sans pour cela perdre rien de
sa gravité plutôt accrue de grand consultant à la
longue redingote à revers de soie, à la belle tête
pleine d'une noble commisération. Sa lenteur et sa
vivacité montraient que, si cent visites l'attendaient
encore, il ne voulait pas avoir l'air pressé. Car il était
le tact, l'intelligence et la bonté mêmes. Cet homme

éminent n'est plus. D'autres médecins, d'autres professeurs ont pu l'égaler, le dépasser peut-être. Mais
l'« emploi » où son savoir, ses dons physiques, sa
haute éducation le faisaient triompher, n'existe plus,
faute de successeurs qui aient su le tenir. Maman
n'avait même pas aperçu M. Dieulafoy, tout ce qui
n'était pas ma grand-mère n'existant pas. Je me
souviens (et j'anticipe ici) qu'au cimetière, où on la
vit, comme une apparition surnaturelle, s'approcher
timidement de la tombe et semblant regarder un
être envolé qui était déjà loin d'elle, mon père lui
ayant dit : « Le père Norpois est venu à la maison,
à l'église, au cimetière, il a manqué une commission
très importante pour lui, tu devrais lui dire un mot,
cela le toucherait beaucoup », ma mère, quand l'ambassadeur s'inclina vers elle, ne put que pencher avec
douceur son visage qui n'avait pas pleuré. Deux jours
plus tôt – et pour anticiper encore avant de revenir
à l'instant même auprès du lit où la malade agoni-
sait – pendant qu'on veillait ma grand-mère morte,
Françoise, qui, ne niant pas absolument les reve-
nants, s'effrayait au moindre bruit, disait : « Il me
semble que c'est elle. » Mais au lieu d'effroi, c'était
une douceur infinie que ces mots éveillèrent chez ma
mère qui aurait tant voulu que les morts revinssent,
pour avoir quelquefois sa mère auprès d'elle.

Pour revenir maintenant à ces heures de l'agonie :

« Vous savez ce que ses sœurs nous ont télégra-
phié ? demanda mon grand-père à mon cousin.

— Oui, Beethoven[1], on m'a dit, c'est à encadrer,
cela ne m'étonne pas.

— Ma pauvre femme qui les aimait tant, dit mon
grand-père en essuyant une larme. Il ne faut pas leur
en vouloir. Elles sont folles à lier, je l'ai toujours dit.
Qu'est-ce qu'il y a, on ne donne plus d'oxygène ? »

Ma mère dit :

« Mais, alors, maman va recommencer à mal respirer. »

Le médecin répondit :

« Oh ! non, l'effet de l'oxygène durera encore un bon moment, nous recommencerons tout à l'heure. »

Il me semblait qu'on n'aurait pas dit cela pour une mourante, que, si ce bon effet devait durer, c'est qu'on pouvait quelque chose sur sa vie. Le sifflement de l'oxygène cessa pendant quelques instants. Mais la plainte heureuse de la respiration jaillissait toujours, légère, tourmentée, inachevée, sans cesse recommençante. Par moments, il semblait que tout fût fini, le souffle s'arrêtait, soit par ces mêmes changements d'octaves qu'il y a dans la respiration d'un dormeur, soit par une intermittence naturelle, un effet de l'anesthésie, le progrès de l'asphyxie, quelque défaillance du cœur. Le médecin reprit le pouls de ma grand-mère, mais déjà, comme si un affluent venait apporter son tribut au courant asséché, un nouveau chant s'embranchait à la phrase interrompue. Et celle-ci reprenait à un autre diapason, avec le même élan inépuisable. Qui sait si, sans même que ma grand-mère en eût conscience, tant d'états heureux et tendres comprimés par la souffrance ne s'échappaient pas d'elle maintenant comme ces gaz plus légers qu'on refoula longtemps ? On aurait dit que tout ce qu'elle avait à nous dire s'épanchait, que c'était à nous qu'elle s'adressait avec cette prolixité, cet empressement, cette effusion. Au pied du lit, convulsée par tous les souffles de cette agonie, ne pleurant pas mais par moments trempée de larmes, ma mère avait la désolation sans pensée d'un feuillage que cingle la pluie et retourne le vent. On me fit m'essuyer les yeux avant que j'allasse embrasser ma grand-mère.

« Mais je croyais qu'elle ne voyait plus, dit mon père.

— On ne peut jamais savoir », répondit le docteur.

Quand mes lèvres la touchèrent, les mains de ma grand-mère s'agitèrent, elle fut parcourue tout entière d'un long frisson, soit réflexe, soit que certaines tendresses aient leur hyperesthésie qui reconnaît à travers le voile de l'inconscience ce qu'elles n'ont presque pas besoin des sens pour chérir. Tout d'un coup ma grand-mère se dressa à demi, fit un effort violent, comme quelqu'un qui défend sa vie. Françoise ne put résister à cette vue et éclata en sanglots. Me rappelant ce que le médecin avait dit, je voulus la faire sortir de la chambre. À ce moment, ma grand-mère ouvrit les yeux. Je me précipitai sur Françoise pour cacher ses pleurs, pendant que mes parents parleraient à la malade. Le bruit de l'oxygène s'était tu, le médecin s'éloigna du lit. Ma grand-mère était morte.

Quelques heures plus tard, Françoise put une dernière fois et sans les faire souffrir peigner ces beaux cheveux qui grisonnaient seulement et jusqu'ici avaient semblé être moins âgés qu'elle. Mais maintenant, au contraire, ils étaient seuls à imposer la couronne de la vieillesse sur le visage redevenu jeune d'où avaient disparu les rides, les contractions, les empâtements, les tensions, les fléchissements que, depuis tant d'années, lui avait ajoutés la souffrance. Comme au temps lointain où ses parents lui avaient choisi un époux, elle avait les traits délicatement tracés par la pureté et la soumission, les joues brillantes d'une chaste espérance, d'un rêve de bonheur, même d'une innocente gaieté, que les années avaient peu à peu détruits. La vie en se retirant venait d'emporter les désillusions de la vie. Un sourire semblait posé sur les lèvres de ma grand-mère. Sur ce lit funèbre, la mort, comme le sculpteur du Moyen Âge, l'avait couchée sous l'apparence d'une jeune fille.

CHAPITRE DEUXIÈME

Visite d'Albertine. – Perspective d'un riche mariage pour quelques amis de Saint-Loup. – L'esprit des Guermantes devant la princesse de Parme. – Étrange visite à M. de Charlus. – Je comprends de moins en moins son caractère. – Les souliers rouges de la duchesse.

Bien que ce fût simplement un dimanche d'automne, je venais de renaître, l'existence était intacte devant moi, car dans la matinée, après une série de jours doux, il avait fait un brouillard froid qui ne s'était levé que vers midi. Or, un changement de temps suffit à recréer le monde et nous-mêmes. Jadis, quand le vent soufflait dans ma cheminée, j'écoutais les coups qu'il frappait contre la trappe avec autant d'émotion que si, pareils aux fameux coups d'archet par lesquels débute la *Symphonie en ut mineur*[1], ils avaient été les appels irrésistibles d'un mystérieux destin. Tout changement à vue de la nature nous offre une transformation semblable, en adaptant au mode nouveau des choses nos désirs harmonisés. La brume, dès le réveil, avait fait de moi, au lieu de l'être centrifuge qu'on est par les beaux jours, un homme replié, désireux du coin du feu et du lit partagé, Adam frileux en quête d'une Ève sédentaire, dans ce monde différent.

Entre la couleur grise et douce d'une campagne matinale et le goût d'une tasse de chocolat, je faisais tenir toute l'originalité de la vie physique, intellectuelle et morale que j'avais apportée environ une

année auparavant à Doncières, et qui, blasonnée
de la forme oblongue d'une colline pelée – toujours
présente même quand elle était invisible – formait
en moi une série de plaisirs entièrement distincte
de tous autres, indicibles à des amis en ce sens que
les impressions richement tissées les unes dans les
autres qui les orchestraient, les caractérisaient bien
plus pour moi et à mon insu que les faits que j'aurais pu raconter. À ce point de vue le monde nouveau dans lequel le brouillard de ce matin m'avait
plongé était un monde déjà connu de moi (ce qui
ne lui donnait que plus de vérité), et oublié depuis
quelque temps (ce qui lui rendait toute sa fraîcheur).
Et je pus regarder quelques-uns des tableaux de
brume que ma mémoire avait acquis, notamment
des « Matin à Doncières », soit le premier jour au
quartier, soit une autre fois, dans un château voisin
où Saint-Loup m'avait emmené passer vingt-quatre
heures : de la fenêtre dont j'avais soulevé les rideaux
à l'aube, avant de me recoucher, dans le premier un
cavalier, dans le second (à la mince lisière d'un étang
et d'un bois dont tout le reste était englouti dans la
douceur uniforme et liquide de la brume) un cocher
en train d'astiquer une courroie, m'étaient apparus
comme ces rares personnages, à peine distincts pour
l'œil obligé de s'adapter au vague mystérieux des
pénombres, qui émergent d'une fresque effacée.

C'est de mon lit que je regardais aujourd'hui ces
souvenirs, car je m'étais recouché pour attendre le
moment où, profitant de l'absence de mes parents,
partis pour quelques jours à Combray, je comptais
ce soir même aller entendre une petite pièce qu'on
jouait chez Mme de Villeparisis. Eux revenus, je
n'aurais peut-être pas osé le faire ; ma mère, dans
les scrupules de son respect pour le souvenir de ma
grand-mère, voulait que les marques de regret qui lui

étaient données le fussent librement, sincèrement ;
elle ne m'aurait pas défendu cette sortie, elle l'eût
désapprouvée. De Combray au contraire, consultée,
elle ne m'eût pas répondu par un triste : « Fais ce
que tu veux, tu es assez grand pour savoir ce que tu
dois faire », mais se reprochant de m'avoir laissé seul
à Paris, et jugeant mon chagrin d'après le sien, elle
eût souhaité pour lui des distractions qu'elle se fût
refusées à elle-même et qu'elle se persuadait que ma
grand-mère, soucieuse avant tout de ma santé et de
mon équilibre nerveux, m'eût conseillées.

Depuis le matin on avait allumé le nouveau calorifère à eau. Son bruit désagréable qui poussait de
temps à autre une sorte de hoquet n'avait aucun
rapport avec mes souvenirs de Doncières. Mais sa
rencontre prolongée avec eux en moi, cet après-midi,
allait lui faire contracter avec eux une affinité telle
que, chaque fois que (un peu) déshabitué de lui, j'entendrais de nouveau le chauffage central, il me les
rappellerait.

Il n'y avait à la maison que Françoise. Le jour gris,
tombant comme une pluie fine, tissait sans arrêt de
transparents filets dans lesquels les promeneurs
dominicaux semblaient s'argenter. J'avais rejeté à
mes pieds *Le Figaro* que tous les jours je faisais acheter consciencieusement depuis que j'y avais envoyé
un article qui n'y avait pas paru ; malgré l'absence
de soleil, l'intensité du jour m'indiquait que nous
n'étions encore qu'au milieu de l'après-midi. Les
rideaux de tulle de la fenêtre, vaporeux et friables,
comme ils n'auraient pas été par un beau temps,
avaient ce même mélange de douceur et de cassant
qu'ont les ailes de libellules et les verres de Venise.
Il me pesait d'autant plus d'être seul ce dimanche-là
que j'avais fait porter le matin une lettre à Mlle de
Stermaria. Robert de Saint-Loup, que sa mère avait

réussi à faire rompre, après de douloureuses tentatives avortées, avec sa maîtresse, et qui depuis ce moment avait été envoyé au Maroc pour oublier celle qu'il n'aimait déjà plus depuis quelque temps, m'avait écrit un mot, reçu la veille, où il m'annonçait sa prochaine arrivée en France pour un congé très court. Comme il ne ferait que toucher barre à Paris (où sa famille craignait sans doute de le voir renouer avec Rachel), il m'avertissait, pour me montrer qu'il avait pensé à moi, qu'il avait rencontré à Tanger Mlle ou plutôt Mme de Stermaria, car elle avait divorcé après trois mois de mariage. Et Robert se souvenant de ce que je lui avais dit à Balbec avait demandé de ma part un rendez-vous à la jeune femme. Elle dînerait très volontiers avec moi, lui avait-elle répondu, l'un des jours que, avant de regagner la Bretagne, elle passerait à Paris. Il me disait de me hâter d'écrire à Mme de Stermaria, car elle était certainement arrivée. La lettre de Saint-Loup ne m'avait pas étonné, bien que je n'eusse pas reçu de nouvelles de lui depuis qu'au moment de la maladie de ma grand-mère il m'eut accusé de perfidie et de trahison. J'avais très bien compris alors ce qui s'était passé. Rachel, qui aimait à exciter sa jalousie – elle avait des raisons accessoires aussi de m'en vouloir – avait persuadé à son amant que j'avais fait de sournoises tentatives pour avoir, pendant l'absence de Robert, des relations avec elle. Il est probable qu'il continuait à croire que c'était vrai, mais il avait cessé d'être épris d'elle, de sorte que, vrai ou non, cela lui était devenu parfaitement égal et que notre amitié seule subsistait. Quand, une fois que je l'eus revu, je voulus essayer de lui parler de ses reproches, il eut seulement un bon et tendre sourire par lequel il avait l'air de s'excuser, puis il changea la conversation. Ce n'est pas qu'il ne dût un peu plus tard, à

Paris, revoir quelquefois Rachel. Les créatures qui ont joué un grand rôle dans notre vie, il est rare qu'elles en sortent tout d'un coup d'une façon définitive. Elles reviennent s'y poser par moments (au point que certains croient à un recommencement d'amour) avant de la quitter à jamais. La rupture de Saint-Loup avec Rachel lui était très vite devenue moins douloureuse, grâce au plaisir apaisant que lui apportaient les incessantes demandes d'argent de son amie. La jalousie, qui prolonge l'amour, ne peut pas contenir beaucoup plus de choses que les autres formes de l'imagination. Si l'on emporte, quand on part en voyage, trois ou quatre images qui du reste se perdront en route (les lys et les anémones du Ponte Vecchio, l'église persane dans les brumes, etc.), la malle est déjà bien pleine[1]. Quand on quitte une maîtresse, on voudrait bien, jusqu'à ce qu'on l'ait un peu oubliée, qu'elle ne devînt pas la possession de trois ou quatre entreteneurs possibles et qu'on se figure, c'est-à-dire dont on est jaloux : tous ceux qu'on ne se figure pas ne sont rien. Or, les demandes d'argent fréquentes d'une maîtresse quittée ne vous donnent pas plus une idée complète de sa vie que des feuilles de température élevée ne donneraient de sa maladie. Mais les secondes seraient tout de même un signe qu'elle est malade, et les premières fournissent une présomption, assez vague il est vrai, que la délaissée ou délaisseuse n'a pas dû trouver grand-chose comme riche protecteur. Aussi chaque demande est-elle accueillie avec la joie que produit une accalmie dans la souffrance du jaloux, et suivie immédiatement d'envois d'argent, car on veut qu'elle ne manque de rien, sauf d'amants (d'un des trois amants qu'on se figure), le temps de se rétablir un peu soi-même et de pouvoir apprendre sans faiblesse le nom du successeur. Quelquefois Rachel revint assez tard dans la soirée pour demander à son ancien amant la permission de dormir à côté de lui jusqu'au matin. C'était une grande douceur pour Robert, car il se rendait compte combien ils avaient tout de même vécu intimement ensemble, rien qu'à voir que, même s'il prenait à lui seul une grande moitié du lit, il ne la dérangeait en rien pour dormir. Il comprenait qu'elle était, près de son corps, plus commodément qu'elle n'eût été ailleurs, qu'elle se retrouvait à son côté – fût-ce à l'hôtel – comme dans une chambre anciennement connue où l'on a ses habitudes, où on dort mieux. Il sentait que ses épaules, ses jambes, tout lui, étaient pour elle, même quand il remuait trop par insomnie ou travail à faire, de ces choses si parfaitement usuelles qu'elles ne peuvent gêner et que leur perception ajoute encore à la sensation du repos.

Pour revenir en arrière, j'avais été d'autant plus troublé par la lettre que Saint-Loup m'avait écrite du Maroc que je lisais entre les lignes ce qu'il n'avait pas osé écrire plus explicitement. « Tu peux très bien l'inviter en cabinet particulier, me disait-il. C'est une jeune personne charmante, d'un délicieux caractère, vous vous entendrez parfaitement et je suis certain d'avance que tu passeras une très bonne soirée. » Comme mes parents rentraient à la fin de la semaine, samedi ou dimanche, et qu'après je serais forcé de dîner tous les soirs à la maison, j'avais aussitôt écrit à Mme de Stermaria pour lui proposer le jour qu'elle voudrait, jusqu'à vendredi. On avait répondu que j'aurais une lettre, vers huit heures ce soir même. Je l'aurais atteint assez vite si j'avais eu pendant l'après-midi qui me séparait de lui le secours d'une visite. Quand les heures s'enveloppent de causeries, on ne peut plus les mesurer, même les voir, elles s'évanouissent, et tout d'un coup c'est bien loin du point où il vous avait échappé que reparaît devant votre attention le temps agile et escamoté. Mais si nous sommes seuls, la préoccupation, en ramenant devant nous le moment encore éloigné et sans cesse attendu, avec la fréquence et l'uniformité d'un tic-tac, divise ou plutôt multiplie les heures par toutes les minutes qu'entre amis nous n'aurions pas comptées. Et confrontée, par le retour incessant de mon désir, à l'ardent plaisir que je goûterais dans quelques jours seulement, hélas ! avec Mme de Stermaria, cette après-midi, que j'allais achever seul, me paraissait bien vide et bien mélancolique.

Par moments, j'entendais le bruit de l'ascenseur qui montait, mais il était suivi d'un second bruit, non celui que j'espérais, l'arrêt à mon étage, mais d'un autre fort différent que l'ascenseur faisait pour continuer sa route élancée vers les étages supérieurs et qui, parce qu'il signifia si souvent la désertion du mien quand j'attendais une visite, est resté pour moi plus tard, même quand je n'en désirais plus aucune, un bruit par lui-même douloureux, où résonnait comme une sentence d'abandon. Lasse, résignée, occupée pour plusieurs heures encore à sa tâche immémoriale, la grise journée filait sa passementerie de nacre et je m'attristais de penser que j'allais rester seul en tête à tête avec elle qui ne me connaissait pas plus qu'une ouvrière qui, installée près de la fenêtre pour voir plus clair en faisant sa besogne, ne s'occupe nullement de la personne présente dans la chambre. Tout d'un coup, sans que j'eusse entendu sonner, Françoise vint ouvrir la porte, introduisant Albertine qui entra souriante, silencieuse, replète, contenant dans la plénitude de son corps, préparés pour que je continuasse à les vivre, venus vers moi, les jours passés dans ce Balbec où je n'étais jamais retourné. Sans doute, chaque fois que nous revoyons une personne avec qui nos rapports – si insignifiants soient-ils – se trouvent changés, c'est comme une confrontation de deux époques. Il n'y a pas besoin pour cela qu'une ancienne maîtresse vienne nous voir en amie, il suffit de la visite à Paris de quelqu'un que nous avons connu dans l'au-jour-le-jour d'un certain genre de vie, et que cette vie ait cessé, fût-ce depuis une semaine seulement. Sur chaque trait rieur, interrogatif et gêné du visage d'Albertine, je pouvais épeler ces questions : « Et Mme de Villeparisis ? Et le maître de danse ? Et le pâtissier ? » Quand elle s'assit, son dos eut l'air de dire : « Dame, il n'y a pas de falaise ici, vous permettez que je m'asseye tout de même près de vous, comme j'aurais fait à Balbec ? » Elle semblait une magicienne me présentant un miroir du temps. En cela elle était pareille à tous ceux que nous revoyons rarement, mais qui jadis vécurent plus intimement avec nous. Mais avec Albertine il y avait plus que cela. Certes, même à Balbec, dans nos rencontres quotidiennes, j'étais toujours surpris en l'apercevant, tant elle était journalière. Mais maintenant on avait peine à la reconnaître. Dégagés de la vapeur rose qui les baignait, ses traits avaient sailli comme une statue. Elle avait un autre visage, ou plutôt elle avait enfin un visage ; son corps avait grandi. Il ne restait presque plus rien de la gaine où elle avait été enveloppée et sur la surface de laquelle, à Balbec, sa forme future se dessinait à peine.

Albertine, cette fois, rentrait à Paris plus tôt que de coutume. D'ordinaire elle n'y arrivait qu'au printemps, de sorte que, déjà troublé depuis quelques semaines par les orages sur les premières fleurs, je ne séparais pas, dans le plaisir que j'avais, le retour d'Albertine et celui de la belle saison. Il suffisait qu'on me dise qu'elle était à Paris et qu'elle était

passée chez moi pour que je la revisse comme une
rose au bord de la mer. Je ne sais trop si c'était le
désir de Balbec ou d'elle qui s'emparait de moi alors,
peut-être le désir d'elle étant lui-même une forme
paresseuse, lâche et incomplète de posséder Balbec,
comme si posséder matériellement une chose, faire
sa résidence d'une ville, équivalait à la posséder spirituellement. Et d'ailleurs, même matériellement
quand elle était non plus balancée par mon imagination devant l'horizon marin, mais immobile auprès
de moi, elle me semblait souvent une bien pauvre
rose devant laquelle j'aurais bien voulu fermer les
yeux pour ne pas voir tel défaut des pétales et pour
croire que je respirais sur la plage.

Je peux le dire ici, bien que je ne susse pas alors
ce qui ne devait arriver que dans la suite. Certes, il
est plus raisonnable de sacrifier sa vie aux femmes
qu'aux timbres-poste, aux vieilles tabatières, même
aux tableaux et aux statues. Seulement, l'exemple des
autres collections devrait nous avertir de changer, de
n'avoir pas une seule femme, mais beaucoup. Ces
mélanges charmants qu'une jeune fille fait avec une
plage, avec la chevelure tressée d'une statue d'église,
avec une estampe, avec tout ce à cause de quoi on
aime en l'une d'elles, chaque fois qu'elle entre, un
tableau charmant, ces mélanges ne sont pas très
stables. Vivez tout à fait avec la femme, et vous ne
verrez plus rien de ce qui vous l'a fait aimer ; certes
les deux éléments désunis, la jalousie peut à nouveau
les rejoindre. Si après un long temps de vie commune je devais finir par ne plus voir en Albertine
qu'une femme ordinaire, quelque intrigue d'elle avec
un être qu'elle eût aimé à Balbec eût peut-être suffi
pour réincorporer en elle et amalgamer la plage et le
déferlement du flot. Seulement ces mélanges secondaires ne ravissant plus nos yeux, c'est à notre cœur

qu'ils sont sensibles et funestes. On ne peut, sous une forme si dangereuse, trouver souhaitable le renouvellement du miracle. Mais j'anticipe les années. Et je dois seulement ici regretter de n'être pas resté assez sage pour avoir eu simplement ma collection de femmes comme on en a de lorgnettes anciennes, jamais assez nombreuses derrière la vitrine où toujours une place vide attend une lorgnette nouvelle et plus rare.

Contrairement à l'ordre habituel de ses villégiatures, cette année elle venait directement de Balbec et encore y était-elle restée bien moins tard que d'habitude. Il y avait longtemps que je ne l'avais vue. Et comme je ne connaissais pas, même de nom, les personnes qu'elle fréquentait à Paris, je ne savais rien d'elle pendant les périodes où elle restait sans venir me voir. Celles-ci étaient souvent assez longues. Puis, un beau jour, surgissait brusquement Albertine dont les roses apparitions et les silencieuses visites me renseignaient assez peu sur ce qu'elle avait pu faire dans leur intervalle, qui restait plongé dans cette obscurité de sa vie que mes yeux ne se souciaient guère de percer.

Cette fois-ci pourtant, certains signes semblaient indiquer que des choses nouvelles avaient dû se passer dans cette vie. Mais il fallait peut-être tout simplement induire d'eux qu'on change très vite à l'âge qu'avait Albertine. Par exemple, son intelligence se montrait mieux, et quand je lui reparlai du jour où elle avait mis tant d'ardeur à imposer son idée de faire écrire par Sophocle : « Mon cher Racine », elle fut la première à rire de bon cœur[1]. « C'est Andrée qui avait raison, j'étais stupide, dit-elle, il fallait que Sophocle écrive : "Monsieur". » Je lui répondis que le « monsieur » et le « cher monsieur » d'Andrée n'étaient pas moins comiques que son « mon cher

Racine » à elle et le « mon cher ami » de Gisèle, mais qu'il n'y avait, au fond, de stupides que des professeurs faisant adresser par Sophocle une lettre à Racine. Là, Albertine ne me suivit plus. Elle ne voyait pas ce que cela avait de bête ; son intelligence s'entrouvrait, mais n'était pas développée. Il y avait des nouveautés plus attirantes en elle ; je sentais, dans la même jolie fille qui venait de s'asseoir près de mon lit, quelque chose de différent et, dans ces lignes qui dans le regard et les traits du visage expriment la volonté habituelle, un changement de front, une demi-conversion comme si avaient été détruites ces résistances contre lesquelles je m'étais brisé à Balbec, un soir déjà lointain où nous formions un couple symétrique mais inverse de celui de l'après-midi actuelle, puisque alors c'était elle qui était couchée et moi, à côté de son lit. Voulant et n'osant m'assurer si maintenant elle se laisserait embrasser, chaque fois qu'elle se levait pour partir, je lui demandais de rester encore. Ce n'était pas très facile à obtenir, car bien qu'elle n'eût rien à faire (sans cela, elle eût bondi au-dehors), c'était une personne exacte et d'ailleurs peu aimable avec moi, ne semblant plus guère se plaire dans ma compagnie. Pourtant chaque fois, après avoir regardé sa montre, elle se rasseyait à ma prière, de sorte qu'elle avait passé plusieurs heures avec moi et sans que je lui eusse rien demandé ; les phrases que je lui disais se rattachaient à celles que je lui avais dites pendant les heures précédentes, et ne rejoignaient en rien ce à quoi je pensais, ce que je désirais, lui restaient indéfiniment parallèles. Il n'y a rien comme le désir pour empêcher les choses qu'on dit d'avoir aucune ressemblance avec ce qu'on a dans la pensée. Le temps presse et pourtant il semble qu'on veuille gagner du temps en parlant de sujets absolument étrangers à celui qui nous préoccupe.

On cause, alors que la phrase qu'on voudrait prononcer serait déjà accompagnée d'un geste, à supposer même que – pour se donner le plaisir de l'immédiat et assouvir la curiosité qu'on éprouve à l'égard des réactions qu'il amènera –, sans mot dire, sans demander aucune permission, on n'ait pas fait ce geste. Certes je n'aimais nullement Albertine : fille de la brume du dehors, elle pouvait seulement contenter le désir imaginatif que le temps nouveau avait éveillé en moi et qui était intermédiaire entre les désirs que peuvent satisfaire d'une part les arts de la cuisine et ceux de la sculpture monumentale, car il me faisait rêver à la fois de mêler à ma chair une matière différente et chaude, et d'attacher par quelque point à mon corps étendu un corps divergent, comme le corps d'Ève tenait à peine par les pieds à la hanche d'Adam, au corps duquel elle est presque perpendiculaire dans ces bas-reliefs romans de la cathédrale de Balbec qui figurent d'une façon si noble et paisible, presque encore comme une frise antique, la création de la femme[1] ; Dieu y est partout suivi, comme par deux ministres, de deux petits anges dans lesquels on reconnaît – telles ces créatures ailées et tourbillonnantes de l'été que l'hiver a surprises et épargnées – des Amours d'Herculanum encore en vie en plein XIIIᵉ siècle, et traînant leur dernier vol, las mais ne manquant pas à la grâce qu'on peut attendre d'eux, sur toute la façade du porche.

Or, ce plaisir qui en accomplissant mon désir m'eût délivré de cette rêverie, et que j'eusse tout aussi volontiers cherché en n'importe quelle autre jolie femme, si l'on m'avait demandé sur quoi – au cours de ce bavardage interminable où je taisais à Albertine la seule chose à laquelle je pensasse – se basait mon hypothèse optimiste au sujet des complaisances possibles, j'aurais peut-être répondu que cette hypothèse était due (tandis que les traits oubliés de la voix d'Albertine redessinaient pour moi le contour de sa personnalité) à l'apparition de certains mots qui ne faisaient pas partie de son vocabulaire, au moins dans l'acception qu'elle leur donnait maintenant. Comme elle me disait qu'Elstir était bête et que je me récriais :

« Vous ne me comprenez pas, répliqua-t-elle en souriant, je veux dire qu'il a été bête en cette circonstance, mais je sais parfaitement que c'est quelqu'un de tout à fait distingué. »

De même, pour dire du golf de Fontainebleau qu'il était élégant, elle déclara :

« C'est tout à fait une sélection. »

À propos d'un duel que j'avais eu, elle me dit de mes témoins : « Ce sont des témoins de choix[1] », et regardant ma figure avoua qu'elle aimerait me voir « porter la moustache ». Elle alla même, et mes chances me parurent alors très grandes, jusqu'à prononcer, terme que, je l'eusse juré, elle ignorait l'année précédente, que depuis qu'elle avait vu Gisèle il s'était passé un certain « laps de temps ». Ce n'est pas qu'Albertine ne possédât déjà quand j'étais à Balbec un lot très sortable de ces expressions qui décèlent immédiatement qu'on est issu d'une famille aisée, et que d'année en année une mère abandonne à sa fille comme elle lui donne, au fur et à mesure qu'elle grandit, dans les circonstances importantes, ses propres bijoux. On avait senti qu'Albertine avait cessé d'être une petite enfant quand un jour, pour remercier d'un cadeau qu'une étrangère lui avait fait, elle avait répondu : « Je suis confuse. » Mme Bontemps n'avait pu s'empêcher de regarder son mari, qui avait répondu :

« Dame, elle va sur ses quatorze ans. »

La nubilité plus accentuée s'était marquée quand

Albertine, parlant d'une jeune fille qui avait mauvaise
façon, avait dit : « On ne peut même pas distinguer
si elle est jolie, elle a un *pied de rouge* sur la figure. »
Enfin, quoique jeune fille encore, elle prenait déjà
des façons de femme de son milieu et de son rang
en disant, si quelqu'un faisait des grimaces : « Je ne
peux pas le voir parce que j'ai envie d'en faire aussi »,
ou si on s'amusait à des imitations : « Le plus drôle,
quand vous la contrefaites, c'est que vous lui ressemblez[1]. » Tout cela est tiré du trésor social. Mais
justement le milieu d'Albertine ne me paraissait pas
pouvoir lui fournir « distingué » dans le sens où mon
père disait de tel de ses collègues qu'il ne connaissait
pas encore et dont on lui vantait la grande intelligence : « Il paraît que c'est quelqu'un de tout à fait
distingué. » « Sélection », même pour le golf, me
parut aussi incompatible avec la famille Simonet
qu'il le serait, accompagné de l'adjectif « naturelle »,
avec un texte antérieur de plusieurs siècles aux travaux de Darwin. « Laps de temps » me sembla de
meilleur augure encore. Enfin m'apparut l'évidence
de bouleversements que je ne connaissais pas, mais
propres à autoriser pour moi toutes les espérances,
quand Albertine me dit, avec la satisfaction d'une
personne dont l'opinion n'est pas indifférente :

« C'est, *à mon sens*, ce qui pouvait arriver de
mieux... J'estime que c'est la meilleure solution, la
solution élégante. »

C'était si nouveau, si visiblement une alluvion laissant soupçonner de si capricieux détours à travers
des terrains jadis inconnus d'elle que, dès les mots
« à mon sens », j'attirai Albertine, et à « j'estime » je
l'assis sur mon lit.

Sans doute il arrive que des femmes peu culti-
vées, épousant un homme fort lettré, reçoivent
dans leur apport dotal de telles expressions. Et peu

après la métamorphose qui suit la nuit de noces, quand elles font leurs visites et sont réservées avec leurs anciennes amies, on remarque avec étonnement qu'elles sont devenues femmes si, en décrétant qu'une personne est intelligente, elles mettent deux *l* au mot intelligente ; mais cela est justement le signe d'un changement, et il me semblait[1] qu'entre le vocabulaire de l'Albertine que j'avais connue – celui où les plus grandes hardiesses étaient de dire d'une personne bizarre : « C'est un type », ou, si on proposait à Albertine de jouer : « Je n'ai pas d'argent à perdre », ou encore, si telle de ses amies lui faisait un reproche qu'elle ne trouvait pas justifié : « Ah ! vraiment, je te trouve magnifique ! », phrases dictées dans ces cas-là par une sorte de tradition bourgeoise presque aussi ancienne que le *Magnificat* lui-même et qu'une jeune fille un peu en colère et sûre de son droit emploie ce qu'on appelle « tout naturellement », c'est-à-dire parce qu'elle les a apprises de sa mère comme à faire sa prière ou à saluer. Toutes celles-là, Mme Bontemps les lui avait apprises en même temps que la haine des Juifs et que l'estime pour le noir où on est toujours convenable et comme il faut, même sans que Mme Bontemps le lui eût formellement enseigné, mais comme se modèle au gazouillement des parents chardonnerets celui des chardonnerets récemment nés, de sorte qu'ils deviennent de vrais chardonnerets eux-mêmes. Malgré tout, « sélection » me parut allogène et « j'estime » encourageant. Albertine n'était plus la même, donc elle n'agirait peut-être pas, ne réagirait pas de même.

Non seulement je n'avais plus d'amour pour elle, mais je n'avais même plus à craindre, comme j'aurais pu à Balbec, de briser en elle une amitié pour moi qui n'existait plus. Il n'y avait aucun doute que je lui fusse depuis longtemps devenu fort indifférent. Je

me rendais compte que pour elle je ne faisais plus
du tout partie de la « petite bande » à laquelle j'avais
autrefois tant cherché, et j'avais ensuite été si heureux de réussir à être agrégé. Puis comme elle n'avait
même plus, comme à Balbec, un air de franchise et
de bonté, je n'éprouvais pas de grands scrupules ;
pourtant je crois que ce qui me décida fut une dernière découverte philologique. Comme, continuant à
ajouter un nouvel anneau à la chaîne extérieure de
propos sous laquelle je cachais mon désir intime, je
parlais, tout en ayant maintenant Albertine au coin
de mon lit, d'une des filles de la petite bande, plus
menue que les autres, mais que je trouvais tout de
même assez jolie : « Oui, me répondit Albertine, elle
a l'air d'une petite mousmé. » De toute évidence,
quand j'avais connu Albertine, le mot de « mousmé »
lui était inconnu[1]. Il est vraisemblable que, si les
choses eussent suivi leur cours normal, elle ne
l'eût jamais appris et je n'y aurais vu pour ma part
aucun inconvénient, car nul n'est plus horripilant.
À l'entendre on se sent le même mal de dents que
si on a mis un trop gros morceau de glace dans sa
bouche. Mais chez Albertine, jolie comme elle était,
même « mousmé » ne pouvait m'être déplaisant. En
revanche, il me parut révélateur sinon d'une initiation extérieure, au moins d'une évolution interne.
Malheureusement, il était l'heure où il eût fallu que
je lui dise au revoir si je voulais qu'elle rentrât à
temps pour son dîner et aussi que je me levasse assez
tôt pour le mien. C'était Françoise qui le préparait,
elle n'aimait pas qu'il attendît et devait déjà trouver
contraire à un des articles de son code qu'Albertine,
en l'absence de mes parents, m'eût fait une visite
aussi prolongée et qui allait tout mettre en retard.
Mais devant « mousmé » ces raisons tombèrent, et
je me hâtai de dire :

« Imaginez-vous que je ne suis pas chatouilleux du tout, vous pourriez me chatouiller pendant une heure que je ne le sentirais même pas.

— Vraiment !

— Je vous assure. »

Elle comprit sans doute que c'était l'expression maladroite d'un désir, car comme quelqu'un qui vous offre une recommandation que vous n'osiez pas solliciter, mais dont vos paroles lui ont prouvé qu'elle pouvait vous être utile :

« Voulez-vous que j'essaye ? dit-elle avec l'humilité de la femme.

— Si vous voulez, mais alors ce serait plus commode que vous vous étendiez tout à fait sur mon lit.

— Comme cela ?

— Non, enfoncez-vous.

— Mais je ne suis pas trop lourde ? »

Comme elle finissait cette phrase la porte s'ouvrit, et Françoise portant une lampe entra. Albertine n'eut que le temps de se rasseoir sur la chaise. Peut-être Françoise avait-elle choisi cet instant pour nous confondre, étant à écouter à la porte ou même à regarder par le trou de la serrure. Mais je n'avais pas besoin de faire une telle supposition, elle avait pu dédaigner de s'assurer par les yeux de ce que son instinct avait dû suffisamment flairer, car à force de vivre avec moi et mes parents, la crainte, la prudence, l'attention et la ruse avaient fini par lui donner de nous cette sorte de connaissance instinctive et presque divinatoire qu'a de la mer le matelot, du chasseur le gibier, et de la maladie, sinon le médecin, du moins souvent le malade. Tout ce qu'elle arrivait à savoir aurait pu stupéfier à aussi bon droit que l'état avancé de certaines connaissances chez les anciens, vu les moyens presque nuls d'information qu'ils possédaient (les siens n'étaient pas plus

nombreux ; c'était quelques propos, formant à peine
le vingtième de notre conversation à dîner, recueillis à la volée par le maître d'hôtel et inexactement
transmis à l'office). Encore ses erreurs tenaient-elles
plutôt, comme les leurs, comme les fables auxquelles
Platon croyait[1], à une fausse conception du monde
et à des idées préconçues qu'à l'insuffisance des
ressources matérielles. C'est ainsi que de nos jours
encore les plus grandes découvertes dans les mœurs
des insectes ont pu être faites par un savant qui
ne disposait d'aucun laboratoire, de nul appareil[2].
Mais si les gênes qui résultaient de sa position de
domestique ne l'avaient pas empêchée d'acquérir une
science indispensable à l'art qui en était le terme – et
qui consistait à nous confondre en nous en commu-
niquant les résultats – la contrainte avait fait plus ; là
l'entrave ne s'était pas contentée de ne pas paralyser
l'essor, elle y avait puissamment aidé. Sans doute
Françoise ne négligeait aucun adjuvant, celui de la
diction et de l'attitude par exemple. Comme (si elle
ne croyait jamais ce que nous lui disions et que nous
souhaitions qu'elle crût) elle admettait sans l'ombre
d'un doute ce que toute personne de sa condition
lui racontait de plus absurde et qui pouvait en
même temps choquer nos idées, autant sa manière
d'écouter nos assertions témoignait de son incrédulité, autant l'accent avec lequel elle rapportait (car
le discours indirect lui permettait de nous adresser
les pires injures avec impunité) le récit d'une cuisinière qui lui avait raconté qu'elle avait menacé ses
maîtres et, en les traitant devant tout le monde de
« fumier », en avait obtenu mille faveurs, montrait
que c'était pour elle parole d'Évangile. Françoise
ajoutait même : « Moi, si j'avais été patronne, je me
serais trouvée vexée. » Nous avions beau, malgré
notre peu de sympathie originelle pour la dame du

quatrième, hausser les épaules, comme à une fable invraisemblable, à ce récit d'un si mauvais exemple, en le faisant, le ton de la narratrice savait prendre le cassant, le tranchant de la plus indiscutable et plus exaspérante affirmation.

Mais surtout, comme les écrivains arrivent souvent à une puissance de concentration dont les eût dispensés le régime de la liberté politique ou de l'anarchie littéraire, quand ils sont ligotés par la tyrannie d'un monarque ou d'une poétique, par les sévérités des règles prosodiques ou d'une religion d'État, ainsi Françoise, ne pouvant nous répondre d'une façon explicite, parlait comme Tirésias et eût écrit comme Tacite. Elle savait faire tenir tout ce qu'elle ne pouvait exprimer directement, dans une phrase que nous ne pouvions incriminer sans nous accuser, dans moins qu'une phrase même, dans un silence, dans la manière dont elle plaçait un objet.

Ainsi, quand il m'arrivait de laisser, par mégarde, sur ma table, au milieu d'autres lettres, une certaine qu'il n'eût pas fallu qu'elle vît, par exemple parce qu'il y était parlé d'elle avec une malveillance qui en supposait une aussi grande à son égard chez le destinataire que chez l'expéditeur, le soir, si je rentrais inquiet et allais droit à ma chambre, sur mes lettres rangées bien en ordre en une pile parfaite, le document compromettant frappait tout d'abord mes yeux comme il n'avait pas pu ne pas frapper ceux de Françoise, placé par elle tout en dessus, presque à part, en une évidence qui était un langage, avait son éloquence, et dès la porte me faisait tressaillir comme un cri. Elle excellait à régler ces mises en scène destinées à instruire si bien le spectateur, Françoise, absente, qu'il savait déjà qu'elle savait tout quand ensuite elle faisait son entrée. Elle avait, pour faire parler ainsi un objet inanimé, l'art à la fois génial et patient d'Irving[1] et de Frédérick Lemaître[2]. En ce moment, tenant au-dessus d'Albertine et de moi la lampe allumée qui ne laissait dans l'ombre aucune des dépressions encore visibles que le corps de la jeune fille avait creusées dans le couvre-pieds, Françoise avait l'air de *La Justice éclairant le Crime*[3]. La figure d'Albertine ne perdait pas à cet éclairage. Il découvrait sur les joues le même vernis ensoleillé qui m'avait charmé à Balbec. Ce visage d'Albertine, dont l'ensemble avait quelquefois, dehors, une espèce de pâleur blême, montrait, au contraire, au fur et à mesure que la lampe les éclairait, des surfaces si brillamment, si uniformément colorées, si résistantes et si lisses qu'on aurait pu les comparer aux carnations soutenues de certaines fleurs. Surpris pourtant par l'entrée inattendue de Françoise, je m'écriai :

« Comment, déjà la lampe ? Mon Dieu que cette lumière est vive ! »

Mon but était sans doute par la seconde de ces phrases de dissimuler mon trouble, par la première d'excuser mon retard. Françoise répondit avec une ambiguïté cruelle :

« Faut-il que j'éteigne ?

— Teigne ? » glissa à mon oreille Albertine, me laissant charmé par la vivacité familière avec laquelle, me prenant à la fois pour maître et pour complice, elle insinua cette affirmation psychologique dans le ton interrogatif d'une question grammaticale.

Quand Françoise fut sortie de la chambre et Albertine rassise sur mon lit :

« Savez-vous ce dont j'ai peur, lui dis-je, c'est que si nous continuons comme cela, je ne puisse pas m'empêcher de vous embrasser.

— Ce serait un beau malheur. »

Je n'obéis pas tout de suite à cette invitation. Un

autre l'eût même pu trouver superflue, car Albertine avait une prononciation si charnelle et si douce que, rien qu'en vous parlant, elle semblait vous embrasser. Une parole d'elle était une faveur, et sa conversation vous couvrait de baisers. Et pourtant elle m'était bien agréable, cette invitation. Elle me l'eût été même d'une autre jolie fille du même âge ; mais qu'Albertine me fût maintenant si facile, cela me causait plus que du plaisir, une confrontation d'images empreintes de beauté. Je me rappelais Albertine d'abord devant la plage, presque peinte sur le fond de la mer, n'ayant pas pour moi une existence plus réelle que ces visions de théâtre où on ne sait pas si on a affaire à l'actrice qui est censée apparaître, à une figurante qui la double à ce moment-là, ou à une simple projection. Puis la femme vraie s'était détachée du faisceau lumineux, elle était venue à moi, mais simplement pour que je pusse m'apercevoir qu'elle n'avait nullement, dans le monde réel, cette facilité amoureuse qu'on lui supposait dans le tableau magique. J'avais appris qu'il n'était pas possible de la toucher, de l'embrasser, qu'on pouvait seulement causer avec elle, que pour moi elle n'était pas une femme plus que des raisins de jade, décoration incomestible des tables d'autrefois, ne sont des raisins. Et voici que dans un troisième plan elle m'apparaissait réelle, comme dans la seconde connaissance que j'avais eue d'elle, mais facile comme dans la première ; facile, et d'autant plus délicieusement que j'avais cru si longtemps qu'elle ne l'était pas. Mon surplus de science sur la vie (sur la vie moins unie, moins simple que je ne l'avais cru d'abord) aboutissait provisoirement à l'agnosticisme. Que peut-on affirmer, puisque ce qu'on avait cru probable d'abord s'est montré faux ensuite, et se trouve en troisième lieu être vrai ?

(Et hélas, je n'étais pas au bout de mes découvertes avec Albertine.) En tout cas, même s'il n'y avait pas eu l'attrait romanesque de cet enseignement d'une plus grande richesse de plans découverts l'un après l'autre par la vie (cet attrait inverse de celui que Saint-Loup goûtait, pendant les dîners de Rivebelle, à retrouver, parmi les masques que l'existence avait superposés dans une calme figure, des traits qu'il avait jadis tenus sous ses lèvres), savoir qu'embrasser les joues d'Albertine était une chose possible, c'était pour moi un plaisir peut-être plus grand encore que celui de les embrasser. Quelle différence entre posséder une femme sur laquelle notre corps seul s'applique parce qu'elle n'est qu'un morceau de chair, et posséder la jeune fille qu'on apercevait sur la plage avec ses amies, certains jours, sans même savoir pourquoi ces jours-là plutôt que tels autres, ce qui faisait qu'on tremblait de ne pas la revoir. La vie vous avait complaisamment révélé tout au long le roman de cette petite fille, vous avait prêté pour la voir un instrument d'optique, puis un autre, et ajouté au désir charnel l'accompagnement, qui le centuple et le diversifie, de ces désirs plus spirituels et moins assouvissables qui ne sortent pas de leur torpeur et le laissent aller seul quand il ne prétend qu'à la saisie d'un morceau de chair, mais qui, pour la possession de toute une région de souvenirs d'où ils se sentaient nostalgiquement exilés, s'élèvent en tempête à côté de lui, le grossissent, ne peuvent le suivre jusqu'à l'accomplissement, jusqu'à l'assimilation, impossible sous la forme où elle est souhaitée, d'une réalité immatérielle, mais attendent ce désir à mi-chemin, et au moment du souvenir, du retour, lui font à nouveau escorte ; baiser, au lieu des joues de la première venue, si fraîches soient-elles, mais anonymes, sans secret, sans prestige, celles auxquelles j'avais si longtemps rêvé, serait connaître le goût, la saveur, d'une couleur bien souvent regardée. On a vu une femme, simple image dans le décor de la vie, comme Albertine profilée sur la mer, et puis cette image, on peut la détacher, la mettre près de soi, et voir peu à peu son volume, ses couleurs, comme si on l'avait fait passer derrière les verres d'un stéréoscope. C'est pour cela que les femmes un peu difficiles, qu'on ne possède pas tout de suite, dont on ne sait même pas tout de suite qu'on pourra jamais les posséder, sont les seules intéressantes. Car les connaître, les approcher, les conquérir, c'est faire varier de forme, de grandeur, de relief l'image humaine, c'est une leçon de relativisme dans l'appréciation d'un corps, d'une femme, belle à réapercevoir quand elle a repris sa minceur de silhouette dans le décor de la vie. Les femmes qu'on connaît d'abord chez l'entremetteuse n'intéressent pas, parce qu'elles restent invariables.

D'autre part Albertine tenait, liées autour d'elle, toutes les impressions d'une série maritime qui m'était particulièrement chère. Il me semblait que j'aurais pu, sur les deux joues de la jeune fille, embrasser toute la plage de Balbec.

« Si vraiment vous permettez que je vous embrasse, j'aimerais mieux remettre cela à plus tard et bien choisir mon moment. Seulement il ne faudrait pas que vous oubliiez alors que vous m'avez permis. Il me faut un "bon pour un baiser".

— Faut-il que je le signe ?

— Mais si je le prenais tout de suite, en aurais-je un tout de même plus tard ?

— Vous m'amusez avec vos bons, je vous en referai de temps en temps.

— Dites-moi encore un mot, vous savez, à Balbec, quand je ne vous connaissais pas encore, vous aviez souvent un regard dur, rusé, vous ne pouvez pas me dire à quoi vous pensiez à ces moments-là ?

— Ah ! je n'ai aucun souvenir.

— Tenez, pour vous aider, un jour votre amie Gisèle a sauté à pieds joints par-dessus la chaise où était assis un vieux monsieur. Tâchez de vous rappeler ce que vous avez pensé à ce moment-là.

— Gisèle était celle que nous fréquentions le moins, elle était de la bande si vous voulez, mais pas tout à fait. J'ai dû penser qu'elle était bien mal élevée et commune.

— Ah ! c'est tout ? »

J'aurais bien voulu, avant de l'embrasser, pouvoir la remplir à nouveau du mystère qu'elle avait pour moi sur la plage avant que je la connusse, retrouver en elle le pays où elle avait vécu auparavant ; à sa place du moins, si je ne le connaissais pas, je pouvais insinuer tous les souvenirs de notre vie à Balbec, le bruit du flot déferlant sous ma fenêtre, les cris des enfants. Mais en laissant mon regard glisser sur le beau globe rose de ses joues, dont les surfaces doucement incurvées venaient mourir aux pieds des premiers plissements de ses beaux cheveux noirs qui couraient en chaînes mouvementées, soulevaient leurs contreforts escarpés et modelaient les ondulations de leurs vallées, je dus me dire : « Enfin, n'y ayant pas réussi à Balbec, je vais savoir le goût de la rose inconnue que sont les joues d'Albertine. Et puisque les cercles que nous pouvons faire traverser aux choses et aux êtres, pendant le cours de notre existence, ne sont pas bien nombreux, peut-être pourrai-je considérer la mienne comme en quelque manière accomplie quand, ayant fait sortir de son cadre lointain le visage fleuri que j'avais choisi entre tous, je l'aurai amené dans ce plan nouveau, où j'aurai enfin de lui la connaissance par les lèvres. »

Je me disais cela parce que je croyais qu'il est une connaissance par les lèvres ; je me disais que j'allais connaître le goût de cette rose charnelle, parce que je n'avais pas songé que l'homme, créature évidemment moins rudimentaire que l'oursin ou même la baleine, manque cependant, encore d'un certain nombre d'organes essentiels, et notamment n'en possède aucun qui serve au baiser. À cet organe absent il supplée par les lèvres, et par là arrive-t-il peut-être à un résultat un peu plus satisfaisant que s'il était réduit à caresser la bien-aimée avec une défense de corne. Mais les lèvres, faites pour amener au palais la saveur de ce qui les tente, doivent se contenter, sans comprendre leur erreur et sans avouer leur déception, de vaguer à la surface et de se heurter à la clôture de la joue impénétrable et désirée. D'ailleurs à ce moment-là, au contact même de la chair, les lèvres, même dans l'hypothèse où elles deviendraient plus expertes et mieux douées, ne pourraient sans doute pas goûter davantage la saveur que la nature les empêche actuellement de saisir, car dans cette zone désolée où elles ne peuvent trouver leur nourriture, elles sont seules, le regard, puis l'odorat les ont abandonnées depuis longtemps. D'abord au fur et à mesure que ma bouche commença à s'approcher des joues que mes regards lui avaient proposé d'embrasser, ceux-ci se déplaçant virent des joues nouvelles ; le cou, aperçu de plus près et comme à la loupe, montra, dans ses gros grains, une robustesse qui modifia le caractère de la figure.

Les dernières applications de la photographie – qui couchent aux pieds d'une cathédrale toutes les maisons qui nous parurent si souvent, de près, presque aussi hautes que les tours, font successivement manœuvrer comme un régiment, par files, en ordre

dispersé, en masses serrées, les mêmes monuments,
rapprochent l'une contre l'autre les deux colonnes
de la Piazzetta tout à l'heure si distantes, éloignent
la proche Salute et dans un fond pâle et dégradé
réussissent à faire tenir un horizon immense sous
l'arche d'un pont, dans l'embrasure d'une fenêtre,
entre les feuilles d'un arbre situé au premier plan
et d'un ton plus vigoureux, donnent successivement
pour cadre à une même église les arcades de toutes
les autres[1] – je ne vois que cela qui puisse, autant
que le baiser, faire surgir de ce que nous croyions
une chose à aspect défini, les cent autres choses
qu'elle est tout aussi bien, puisque chacune est relative à une perspective non moins légitime. Bref, de
même qu'à Balbec, Albertine m'avait souvent paru
différente, maintenant, comme si, en accélérant pro-
digieusement la rapidité des changements de perspective et des changements de coloration que nous
offre une personne dans nos diverses rencontres avec
elle, j'avais voulu les faire tenir toutes en quelques
secondes pour recréer expérimentalement le phénomène qui diversifie l'individualité d'un être et tirer les
unes des autres, comme d'un étui, toutes les possibilités qu'il enferme, dans ce court trajet de mes lèvres
vers sa joue, c'est dix Albertines que je vis ; cette
seule jeune fille étant comme une déesse à plusieurs
têtes, celle que j'avais vue en dernier, si je tentais
de m'approcher d'elle, faisait place à une autre. Du
moins tant que je ne l'avais pas touchée, cette tête,
je la voyais, un léger parfum venait d'elle jusqu'à
moi. Mais hélas ! – car pour le baiser, nos narines
et nos yeux sont aussi mal placés que nos lèvres,
mal faites – tout d'un coup, mes yeux cessèrent de
voir, à son tour mon nez, s'écrasant, ne perçut plus
aucune odeur, et sans connaître pour cela davantage le goût du rose désiré, j'appris, à ces détestables

signes, qu'enfin j'étais en train d'embrasser la joue d'Albertine.

Était-ce parce que nous jouions (figurée par la révolution d'un solide) la scène inverse de celle de Balbec, que j'étais, moi, couché, et elle levée, capable d'esquiver une attaque brutale et de diriger le plaisir à sa guise, qu'elle me laissa prendre avec tant de facilité maintenant ce qu'elle avait refusé jadis avec une mine si sévère ? (Sans doute, de cette mine d'autrefois, l'expression voluptueuse que prenait aujourd'hui son visage à l'approche de mes lèvres ne différait que par une déviation de lignes infinitésimale, mais dans laquelle peut tenir toute la distance qu'il y a entre le geste d'un homme qui achève un blessé et d'un qui le secourt, entre un portrait sublime ou affreux.) Sans savoir si j'avais à faire honneur et savoir gré de son changement d'attitude à quelque bienfaiteur involontaire qui, un de ces mois derniers, à Paris ou à Balbec, avait travaillé pour moi, je pensai que la façon dont nous étions placés était la principale cause de ce changement. C'en fut pourtant une autre que me fournit Albertine ; exactement celle-ci : « Ah ! c'est qu'à ce moment-là, à Balbec, je ne vous connaissais pas, je pouvais croire que vous aviez de mauvaises intentions. » Cette raison me laissa perplexe. Albertine me la donna sans doute sincèrement. Une femme a tant de peine à reconnaître dans les mouvements de ses membres, dans les sensations éprouvées par son corps, au cours d'un tête-à-tête avec un camarade, la faute inconnue où elle tremblait qu'un étranger préméditât de la faire tomber !

En tout cas, quelles que fussent les modifications survenues depuis quelque temps dans sa vie (et qui eussent peut-être expliqué qu'elle eût accordé si aisément à mon désir momentané et purement physique ce qu'à Balbec elle avait avec horreur refusé

à mon amour) une bien plus étonnante se produisit en Albertine, ce soir-là même, aussitôt que ses
caresses eurent amené chez moi la satisfaction dont
elle dut bien s'apercevoir et dont j'avais même craint
qu'elle ne lui causât le petit mouvement de répulsion
et de pudeur offensée que Gilberte avait eu à un
moment semblable, derrière le massif de lauriers,
aux Champs-Élysées.

Ce fut tout le contraire. Déjà, au moment où je
l'avais couchée sur mon lit et où j'avais commencé
à la caresser, Albertine avait pris un air que je ne lui
connaissais pas, de bonne volonté docile, de simplicité presque puérile. Effaçant d'elle toutes préoccupations, toutes prétentions habituelles, le moment
qui précède le plaisir, pareil en cela à celui qui suit la
mort, avait rendu à ses traits rajeunis comme l'innocence du premier âge. Et sans doute tout être dont le
talent est soudain mis en jeu, devient modeste, appliqué et charmant ; surtout si, par ce talent, il sait nous
donner un grand plaisir, il en est lui-même heureux,
veut nous le donner bien complet. Mais dans cette
expression nouvelle du visage d'Albertine il y avait
plus que du désintéressement et de la conscience, de
la générosité professionnelles, une sorte de dévouement conventionnel et subit ; et c'est plus loin qu'à sa
propre enfance, mais à la jeunesse de sa race qu'elle
était revenue. Bien différente de moi qui n'avais rien
souhaité de plus qu'un apaisement physique, enfin
obtenu, Albertine semblait trouver qu'il y eût eu de
sa part quelque grossièreté à croire que ce plaisir
matériel allât sans un sentiment moral et terminât
quelque chose. Elle, si pressée tout à l'heure, maintenant, et parce qu'elle trouvait sans doute que les
baisers impliquent l'amour et que l'amour l'emporte
sur tout autre devoir, disait, quand je lui rappelais
son dîner :

« Mais ça ne fait rien du tout, voyons, j'ai tout mon temps. »

Elle semblait gênée de se lever tout de suite après ce qu'elle venait de faire, gênée par bienséance, comme Françoise, quand elle avait cru, sans avoir soif, devoir accepter avec une gaieté décente le verre de vin que Jupien lui offrait, n'aurait pas osé partir aussitôt la dernière gorgée bue, quelque devoir impérieux qui l'eût rappelée. Albertine – et c'était peut-être, avec une autre que l'on verra plus tard, une des raisons qui m'avaient à mon insu fait la désirer – était une des incarnations de la petite paysanne française dont le modèle est en pierre à Saint-André-des-Champs. De Françoise, qui devait pourtant bientôt devenir sa mortelle ennemie, je reconnus en elle la courtoisie envers l'hôte et l'étranger, la décence, le respect de la couche.

Françoise, qui, après la mort de ma tante, ne croyait pouvoir parler que sur un ton apitoyé, dans les mois qui précédèrent le mariage de sa fille, eût trouvé choquant, quand celle-ci se promenait avec son fiancé, qu'elle ne le tînt pas par le bras. Albertine, immobilisée auprès de moi, me disait :

« Vous avez de jolis cheveux, vous avez de beaux yeux, vous êtes gentil. »

Comme, lui ayant fait remarquer qu'il était tard, j'ajoutais : « Vous ne me croyez pas ? », elle me répondit, ce qui était peut-être vrai mais seulement depuis deux minutes et pour quelques heures :

« Je vous crois toujours. »

Elle me parla de moi, de ma famille, de mon milieu social. Elle me dit : « Oh ! je sais que vos parents connaissent des gens très bien. Vous êtes ami de Robert Forestier et de Suzanne Delage. » À la première minute, ces noms ne me dirent absolument rien. Mais tout d'un coup, je me rappelai

que j'avais en effet joué aux Champs-Élysées avec
Robert Forestier que je n'avais jamais revu. Quant à
Suzanne Delage, c'était la petite-nièce de Mme Blandais, et j'avais dû une fois aller à une leçon de danse,
et même tenir un petit rôle dans une comédie de
salon, chez ses parents. Mais la peur d'avoir le fou
rire, et des saignements de nez m'avaient empêché,
de sorte que je ne l'avais jamais vue. J'avais tout
au plus cru comprendre autrefois que l'institutrice
à plumet des Swann avait été chez ses parents,
mais peut-être n'était-ce qu'une sœur de cette institutrice ou une amie. Je protestai à Albertine que
Robert Forestier et Suzanne Delage tenaient peu de
place dans ma vie. « C'est possible, vos mères sont
liées, cela permet de vous situer. Je croise souvent
Suzanne Delage avenue de Messine, elle a du chic. »
Nos mères ne se connaissaient que dans l'imagination de Mme Bontemps qui, ayant su que j'avais joué
jadis avec Robert Forestier auquel, paraît-il, je récitais des vers, en avait conclu que nous étions liés par
des relations de famille. Elle ne laissait jamais, m'a-
t-on dit, passer le nom de maman sans dire : « Ah !
oui, c'est le milieu des Delage, des Forestier, etc. »,
donnant à mes parents un bon point qu'ils ne méri-
taient pas.

Du reste, les notions sociales d'Albertine étaient
d'une sottise extrême. Elle croyait les Simonnet avec
deux *n* inférieurs non seulement aux Simonet avec
un seul *n*, mais à toutes les autres personnes possibles. Que quelqu'un ait le même nom que vous,
sans être de votre famille, est une grande raison de
le dédaigner. Certes il y a des exceptions. Il peut
arriver que deux Simonnet (présentés l'un à l'autre
dans une de ces réunions où l'on éprouve le besoin
de parler de n'importe quoi et où on se sent d'ailleurs
plein de dispositions optimistes, par exemple dans le

cortège d'un enterrement qui se rend au cimetière),
voyant qu'ils s'appellent de même, cherchent avec
une bienveillance réciproque, et sans résultat, s'ils
n'ont aucun lien de parenté. Mais ce n'est qu'une
exception. Beaucoup d'hommes sont peu honorables,
mais nous l'ignorons ou n'en avons cure. Mais si
l'homonymie fait qu'on nous remet des lettres à eux
destinées, ou vice versa, nous commençons par une
méfiance, souvent justifiée, quant à ce qu'ils valent.
Nous craignons des confusions, nous les prévenons
par une moue de dégoût si l'on nous parle d'eux.
En lisant notre nom porté par eux, dans le journal,
ils nous semblent l'avoir usurpé. Les péchés des
autres membres du corps social nous sont indifférents. Nous en chargeons plus lourdement nos
homonymes. La haine que nous portons aux autres
Simonnet est d'autant plus forte qu'elle n'est pas
individuelle, mais se transmet héréditairement. Au
bout de deux générations on se souvient seulement
de la moue insultante que les grands-parents avaient
à l'égard des autres Simonnet ; on ignore la cause ;
on ne serait pas étonné d'apprendre que cela a commencé par un assassinat. Jusqu'au jour fréquent où,
entre une Simonnet et un Simonnet qui ne sont pas
parents du tout, cela finit par un mariage.

Non seulement Albertine me parla de Robert Forestier et de Suzanne Delage, mais spontanément, par
un devoir de confidence, que le rapprochement des
corps crée, au début du moins, durant une première
phase et avant qu'il ait engendré une duplicité spéciale et le secret envers le même être, Albertine me
raconta sur sa famille et un oncle d'Andrée une histoire dont elle avait, à Balbec, refusé de me dire un
seul mot, mais elle ne pensait pas qu'elle dût paraître
avoir encore des secrets à mon égard. Maintenant sa
meilleure amie lui eût raconté quelque chose contre

moi qu'elle se fût fait un devoir de me le rapporter. J'insistai pour qu'elle rentrât, elle finit par partir, mais si confuse pour moi de ma grossièreté qu'elle riait presque pour m'excuser, comme une maîtresse de maison chez qui on va en veston, qui vous accepte ainsi mais à qui cela n'est pas indifférent.

« Vous riez ? lui dis-je.

— Je ne ris pas, je vous souris, me répondit-elle tendrement. Quand est-ce que je vous revois ? » ajouta-t-elle comme n'admettant pas que ce que nous venions de faire, puisque c'en est d'habitude le couronnement, ne fût pas au moins le prélude d'une amitié grande, d'une amitié préexistante et que nous nous devions de découvrir, de confesser, et qui seule pouvait expliquer ce à quoi nous nous étions livrés.

« Puisque vous m'y autorisez, quand je pourrai je vous ferai chercher. »

Je n'osai lui dire que je voulais tout subordonner à la possibilité de voir Mme de Stermaria.

« Hélas ! ce sera à l'improviste, je ne sais jamais d'avance, lui dis-je. Serait-ce possible que je vous fisse chercher le soir quand je serai libre ?

— Ce sera très possible bientôt car j'aurai une entrée indépendante de celle de ma tante. Mais en ce moment c'est impraticable. En tout cas je viendrai à tout hasard demain ou après-demain dans l'après-midi. Vous ne me recevrez que si vous le pouvez. »

Arrivée à la porte, étonnée que je ne l'eusse pas devancée, elle me tendit sa joue, trouvant qu'il n'y avait nul besoin d'un grossier désir physique pour que maintenant nous nous embrassions. Comme les courtes relations que nous avions eues tout à l'heure ensemble étaient de celles auxquelles conduisent parfois une intimité absolue et un choix du cœur, Albertine avait cru devoir improviser et ajouter momentanément aux baisers que nous avions échangés sur mon lit, le sentiment dont ils eussent été le signe pour un chevalier et sa dame tels que pouvait les concevoir un jongleur gothique.

Quand m'eut quitté la jeune Picarde, qu'aurait pu sculpter à son porche l'imagier de Saint-André-des-Champs, Françoise m'apporta une lettre qui me remplit de joie, car elle était de Mme de Stermaria, laquelle acceptait à dîner pour mercredi. De Mme de Stermaria, c'est-à-dire, pour moi, plus que de la Mme de Stermaria réelle, de celle à qui j'avais pensé toute la journée avant l'arrivée d'Albertine. C'est la terrible tromperie de l'amour qu'il commence par nous faire jouer avec une femme non du monde extérieur, mais avec une poupée intérieure à notre cerveau, la seule d'ailleurs que nous ayons toujours à notre disposition, la seule que nous posséderons, que l'arbitraire du souvenir, presque aussi absolu que celui de l'imagination, peut avoir faite aussi différente de la femme réelle que du Balbec réel avait été pour moi le Balbec rêvé ; création factice à laquelle peu à peu, pour notre souffrance, nous forcerons la femme réelle à ressembler.

Albertine m'avait tant retardé que la comédie venait de finir quand j'arrivai chez Mme de Ville-parisis ; et peu désireux de prendre à revers le flot des invités qui s'écoulait en commentant la grande nouvelle, la séparation qu'on disait déjà accomplie entre le duc et la duchesse de Guermantes, je m'étais, en attendant de pouvoir saluer la maîtresse de maison, assis sur une bergère vide dans le deuxième salon, quand du premier, où sans doute elle avait été assise tout à fait au premier rang des chaises, je vis déboucher, majestueuse, ample et haute dans une longue robe de satin jaune à laquelle étaient attachés en relief d'énormes pavots noirs, la duchesse. Sa vue ne me causait plus aucun trouble. Un certain jour,

m'imposant les mains sur le front (comme c'était
son habitude quand elle avait peur de me faire de
la peine), en me disant : « Ne continue pas tes sorties pour rencontrer Mme de Guermantes, tu es la
fable de la maison. D'ailleurs, vois comme ta grand-
mère est souffrante, tu as vraiment des choses plus
sérieuses[1] que de te poster sur le chemin d'une
femme qui se moque de toi », d'un seul coup, comme
un hypnotiseur qui vous fait revenir du lointain pays
où vous vous imaginiez être, et vous rouvre les yeux,
ou comme le médecin qui, vous rappelant au sentiment du devoir et de la réalité, vous guérit d'un
mal imaginaire dans lequel vous vous complaisiez,
ma mère m'avait réveillé d'un trop long songe. La
journée qui avait suivi avait été consacrée à dire un
dernier adieu à ce mal auquel je renonçais ; j'avais
chanté des heures de suite en pleurant l'*Adieu* de
Schubert :

> ... *Adieu, des voix étranges*
> *T'appellent loin de moi, céleste sœur des Anges*[2].

Et puis ç'avait été fini. J'avais cessé mes sorties
du matin, et si facilement que je tirai alors le pronostic, qu'on verra se trouver faux plus tard, que je
m'habituerais aisément, dans le cours de ma vie, à
ne plus voir une femme. Et quand ensuite Françoise
m'eut raconté que Jupien, désireux de s'agrandir,
cherchait une boutique dans le quartier, désireux
de lui en trouver une (tout heureux aussi, en flânant dans la rue que déjà de mon lit j'entendais
crier lumineusement comme une plage, de voir,
sous le rideau de fer levé des crémeries, les petites
laitières à manches blanches), j'avais pu recommencer ces sorties. Fort librement du reste ; car j'avais
conscience de ne plus les faire dans le but de voir

Mme de Guermantes : telle une femme qui prend des précautions infinies tant qu'elle a un amant, du jour qu'elle a rompu avec lui laisse traîner ses lettres, au risque de découvrir à son mari le secret d'une faute dont elle a fini de s'effrayer en même temps que de la commettre.

Ce qui me faisait de la peine, c'était d'apprendre que presque toutes les maisons étaient habitées par des gens malheureux. Ici la femme pleurait sans cesse parce que son mari la trompait. Là c'était l'inverse. Ailleurs une mère travailleuse, rouée de coups par un fils ivrogne, tâchait de cacher sa souffrance aux yeux des voisins. Toute une moitié de l'humanité pleurait. Et quand je la connus, je vis qu'elle était si exaspérante que je me demandai si ce n'était pas le mari ou la femme adultères, qui l'étaient seulement parce que le bonheur légitime leur avait été refusé et se montraient charmants et loyaux envers tout autre que leur femme ou leur mari, qui avaient raison. Bientôt je n'avais même plus eu la raison d'être utile à Jupien pour continuer mes pérégrinations matinales. Car on apprit que l'ébéniste de notre cour, dont les ateliers n'étaient séparés de la boutique de Jupien que par une cloison fort mince, allait recevoir congé du gérant parce qu'il frappait des coups trop bruyants. Jupien ne pouvait espérer mieux, les ateliers avaient un sous-sol où mettre les boiseries, et qui communiquait avec nos caves. Jupien y mettrait son charbon, ferait abattre la cloison et aurait une seule et vaste boutique. Même, comme Jupien, trouvant le prix que M. de Guermantes faisait très élevé, laissait visiter pour que, découragé de ne pas trouver de locataire, le duc se résignât à lui faire une diminution, Françoise, ayant remarqué que, même après l'heure où on ne visitait pas, le concierge laissait « contre » la porte de la boutique à louer, flaira un piège dressé par le concierge pour attirer la fiancée du valet de pied des Guermantes (ils y trouveraient une retraite d'amour) et ensuite les surprendre.

Quoi qu'il en fût, bien que n'ayant plus à chercher une boutique pour Jupien, je continuai à sortir avant le déjeuner. Souvent, dans ces sorties, je rencontrais M. de Norpois. Il arrivait que, causant avec un collègue, il jetait sur moi des regards qui, après m'avoir entièrement examiné, se détournaient vers son interlocuteur sans m'avoir plus souri ni salué que s'il ne m'avait pas connu du tout. Car chez ces importants diplomates, regarder d'une certaine manière n'a pas pour but de vous faire savoir qu'ils vous ont vu, mais qu'ils ne vous ont pas vu et qu'ils ont à parler avec leur collègue de quelque question sérieuse. Une grande femme que je croisais souvent près de la maison était moins discrète avec moi[1]. Car bien que je ne la connusse pas, elle se retournait vers moi, m'attendait – inutilement – devant les vitrines des marchands, me souriait, comme si elle allait m'embrasser, faisait le geste de s'abandonner. Elle reprenait un air glacial à mon égard si elle rencontrait quelqu'un qu'elle connût. Depuis longtemps déjà dans ces courses du matin, selon ce que j'avais à faire, fût-ce à acheter le plus insignifiant journal, je choisissais le chemin le plus direct, sans regret s'il était en dehors du parcours habituel que suivaient les promenades de la duchesse et, s'il en faisait au contraire partie, sans scrupules et sans dissimulation parce qu'il ne me paraissait plus le chemin défendu où j'arrachais à une ingrate la faveur de la voir malgré elle. Mais je n'avais pas songé que ma guérison, en me donnant à l'égard de Mme de Guermantes une attitude normale, accomplirait parallèlement la même œuvre en ce qui la concernait et rendrait

possible une amabilité, une amitié qui ne m'impor-
taient plus. Jusque-là les efforts du monde entier
ligués pour me rapprocher d'elle eussent expiré
devant le mauvais sort que jette un amour malheureux. Des fées plus puissantes que les hommes ont
décrété que, dans ces cas-là, rien ne pourra servir
jusqu'au jour où nous aurons dit sincèrement dans
notre cœur la parole : « Je n'aime plus. » J'en avais
voulu à Saint-Loup de ne m'avoir pas mené chez
sa tante. Mais pas plus que n'importe qui, il n'était
capable de briser un enchantement. Tant que j'aimais Mme de Guermantes, les marques de gentillesse
que je recevais des autres, les compliments, me faisaient de la peine, non seulement parce que cela ne
venait pas d'elle, mais parce qu'elle ne les apprenait
pas. Or, les eût-elle sus que cela n'eût été d'aucune
utilité. Même dans les détails d'une affection, une
absence, le refus d'un dîner, une rigueur involontaire,
inconsciente, servent plus que tous les cosmétiques
et les plus beaux habits. Il y aurait des parvenus, si
on enseignait dans ce sens l'art de parvenir.

Au moment où elle traversait le salon où j'étais
assis, la pensée pleine du souvenir des amis que je
ne connaissais pas et qu'elle allait peut-être retrouver
tout à l'heure dans une autre soirée, Mme de Guermantes m'aperçut sur ma bergère, véritable indifférent qui ne cherchais qu'à être aimable, alors que,
tandis que j'aimais, j'avais tant essayé de prendre,
sans y réussir, l'air d'indifférence ; elle obliqua, vint
à moi et retrouvant le sourire du soir de l'Opéra et
que le sentiment pénible d'être aimée par quelqu'un
qu'elle n'aimait pas, n'effaçait plus :

« Non, ne vous dérangez pas, vous permettez que
je m'asseye un instant à côté de vous ? » me dit-elle
en relevant gracieusement son immense jupe qui
sans cela eût occupé la bergère dans son entier.

Plus grande que moi et accrue encore de tout le volume de sa robe, j'étais presque effleuré par son admirable bras nu autour duquel un duvet imperceptible et innombrable faisait fumer perpétuellement comme une vapeur dorée, et par la torsade blonde de ses cheveux qui m'envoyaient leur odeur. N'ayant guère de place, elle ne pouvait se tourner facilement vers moi et, obligée de regarder plutôt devant elle que de mon côté, prenait une expression rêveuse et douce, comme dans un portrait.

« Avez-vous des nouvelles de Robert ? » me dit-elle. Mme de Villeparisis passa à ce moment-là.

« Hé bien ! vous arrivez à une jolie heure, Monsieur, pour une fois qu'on vous voit. »

Et remarquant que je parlais avec sa nièce, supposant peut-être que nous étions plus liés qu'elle ne savait :

« Mais je ne veux pas déranger votre conversation avec Oriane, ajouta-t-elle (car les bons offices de l'entremetteuse font partie des devoirs d'une maîtresse de maison). Vous ne voulez pas venir dîner mercredi avec elle ? »

C'était le jour où je devais dîner avec Mme de Stermaria, je refusai.

« Et samedi ? »

Ma mère revenant le samedi ou le dimanche, c'eût été peu gentil de ne pas rester tous les soirs à dîner avec elle ; je refusai donc encore.

« Ah ! vous n'êtes pas un homme facile à avoir chez soi. »

« Pourquoi ne venez-vous jamais me voir ? » me dit Mme de Guermantes quand Mme de Villeparisis se fut éloignée pour féliciter les artistes et remettre à la diva un bouquet de roses dont la main qui l'offrait faisait seule tout le prix, car il n'avait coûté que vingt francs. (C'était du reste son prix maximum quand on n'avait chanté qu'une fois. Celles qui prêtaient leur concours à toutes les matinées et soirées recevaient des roses peintes par la marquise.) « C'est ennuyeux de ne jamais se voir que chez les autres. Puisque vous ne voulez pas dîner avec moi chez ma tante, pourquoi ne viendrez-vous pas dîner chez moi ? »

Certaines personnes, étant restées le plus long-temps possible, sous des prétextes quelconques, mais qui sortaient enfin, voyant la duchesse assise pour causer avec un jeune homme, sur un meuble si étroit qu'on n'y pouvait tenir que deux, pensèrent qu'on les avait mal renseignées, que c'était non la duchesse, mais le duc, qui demandait la séparation, à cause de moi, puis elles se hâtèrent de répandre cette nouvelle. J'étais plus à même que personne d'en connaître la fausseté. Mais j'étais surpris que, dans ces périodes difficiles où s'effectue une séparation non encore consommée, la duchesse, au lieu de s'iso-ler, invitât justement quelqu'un qu'elle connaissait aussi peu. J'eus le soupçon que le duc avait été seul à ne pas vouloir qu'elle me reçût et que, maintenant qu'il la quittait, elle ne voyait plus d'obstacle à s'en-tourer des gens qui lui plaisaient.

Deux minutes auparavant j'eusse été stupéfait si on m'avait dit que Mme de Guermantes allait me deman-der d'aller la voir, encore plus de venir dîner. J'avais beau savoir que le salon Guermantes ne pouvait pas présenter les particularités que j'avais extraites de ce nom, le fait qu'il m'avait été interdit d'y pénétrer, en m'obligeant à lui donner le même genre d'existence qu'aux salons dont nous avons lu la description dans un roman ou vu l'image dans un rêve, me le faisait, même quand j'étais certain qu'il était pareil à tous les autres, imaginer tout différent ; entre moi et lui il y avait la barrière où finit le réel. Dîner chez les Guermantes, c'était comme entreprendre un voyage

longtemps désiré, faire passer un désir de ma tête
devant mes yeux et lier connaissance avec un songe.
Du moins eussé-je pu croire qu'il s'agissait d'un de
ces dîners auxquels les maîtres de maison invitent
quelqu'un en lui disant : « Venez, il n'y aura *absolument* que nous », feignant d'attribuer au paria la
crainte qu'ils éprouvent de le voir mêlé à leurs amis,
et cherchant même à transformer en un enviable
privilège réservé aux seuls intimes la quarantaine
de l'exclu, malgré lui sauvage et favorisé. Je sentis,
au contraire, que Mme de Guermantes avait le désir
de me faire goûter à ce qu'elle avait de plus agréable
quand elle me dit, mettant d'ailleurs devant mes yeux
comme la beauté violâtre d'une arrivée chez la tante
de Fabrice et le miracle d'une présentation au comte
Mosca :

« Vendredi vous ne seriez pas libre, en petit
comité ? Ce serait gentil. Il y aura la princesse de
Parme qui est charmante ; d'abord je ne vous invi-
terais pas si ce n'était pas pour rencontrer des gens
agréables. »

Désertée dans les milieux mondains intermédiaires
qui sont livrés à un mouvement perpétuel d'ascension, la famille joue, au contraire, un rôle important
dans les milieux immobiles comme la petite bourgeoisie et comme l'aristocratie princière, qui ne peut
chercher à s'élever puisque, au-dessus d'elle, à son
point de vue spécial, il n'y a rien. L'amitié que me
témoignaient « la tante Villeparisis » et Robert avait
peut-être fait de moi pour Mme de Guermantes et
ses amis, vivant toujours sur eux-mêmes et dans une
même coterie, l'objet d'une attention curieuse que je
ne soupçonnais pas.

Elle avait de ces parents-là une connaissance familiale, quotidienne, vulgaire, fort différente de ce que
nous imaginons, et dans laquelle, si nous nous y

trouvons compris, loin que nos actions en soient expulsées comme le grain de poussière de l'œil ou la goutte d'eau de la trachée-artère, elles peuvent rester gravées, être commentées, racontées encore des années après que nous les avons oubliées nous-mêmes, dans le palais où nous sommes étonnés de les retrouver comme une lettre de nous dans une précieuse collection d'autographes.

De simples gens élégants peuvent défendre leur porte trop envahie. Mais celle des Guermantes ne l'était pas. Un étranger n'avait presque jamais l'occasion de passer devant elle. Pour une fois que la duchesse s'en voyait désigner un, elle ne songeait pas à se préoccuper de la valeur mondaine qu'il apporterait, puisque c'était chose qu'elle conférait et ne pouvait recevoir. Elle ne pensait qu'à ses qualités réelles, Mme de Villeparisis et Saint-Loup lui avaient dit que j'en possédais. Et sans doute ne les eût-elle pas crus, si elle n'avait remarqué qu'ils ne pouvaient jamais arriver à me faire venir quand ils le voulaient, donc que je ne tenais pas au monde, ce qui semblait à la duchesse le signe qu'un étranger faisait partie des « gens agréables ».

Il fallait voir, parlant de femmes qu'elle n'aimait guère, comme elle changeait de visage aussitôt, si on nommait, à propos de l'une, par exemple sa belle-sœur. « Oh ! elle est charmante », disait-elle d'un air de finesse et de certitude. La seule raison qu'elle en donnât était que cette dame avait refusé d'être présentée à la marquise de Chaussegros et à la princesse de Silistrie. Elle n'ajoutait pas que cette dame avait refusé de lui être présentée à elle-même, duchesse de Guermantes. Cela avait eu lieu pourtant, et depuis ce jour l'esprit de la duchesse travaillait sur ce qui pouvait bien se passer chez la dame difficile à connaître. Elle mourait d'envie d'être reçue chez elle.

Les gens du monde ont tellement l'habitude qu'on les recherche que qui les fuit leur semble un phénix et accapare leur attention.

Le motif véritable de m'inviter était-il, dans l'esprit de Mme de Guermantes (depuis que je ne l'aimais plus), que je ne recherchais pas ses parents quoique étant recherché d'eux ? Je ne sais. En tout cas, s'étant décidée à m'inviter elle voulait me faire les honneurs de ce qu'elle avait de meilleur chez elle, et éloigner ceux de ses amis qui auraient pu m'empêcher de revenir, ceux qu'elle savait ennuyeux. Je n'avais pas su à quoi attribuer le changement de route de la duchesse quand je l'avais vue dévier de sa marche stellaire, venir s'asseoir à côté de moi et m'inviter à dîner, effet de causes ignorées. Faute de sens spécial qui nous renseigne à cet égard, nous nous figurons les gens que nous connaissons à peine – comme moi la duchesse – comme ne pensant à nous que dans les rares moments où ils nous voient. Or, cet oubli idéal où nous nous figurons qu'ils nous tiennent est absolument arbitraire. De sorte que, pendant que dans le silence de la solitude, pareil à celui d'une belle nuit, nous nous imaginons les différentes reines de la société poursuivant leur route dans le ciel à une distance infinie, nous ne pouvons nous défendre d'un sursaut de malaise ou de plaisir s'il nous tombe de là-haut, comme un aérolithe portant gravé notre nom que nous croyions inconnu dans Vénus ou Cassiopée, une invitation à dîner ou un méchant potin.

Peut-être parfois, quand, à l'imitation des princes persans qui, au dire du livre d'Esther, se faisaient lire les registres où étaient inscrits les noms de ceux de leurs sujets qui leur avaient témoigné du zèle[1], Mme de Guermantes consultait la liste des gens bien intentionnés, elle s'était dit de moi : « Un à qui nous

demanderons de venir dîner. » Mais d'autres pensées
l'avaient distraite

*(De soins tumultueux un prince environné
Vers de nouveaux objets est sans cesse entraîné[1].)*

jusqu'au moment où elle m'avait aperçu seul comme
Mardochée à la porte du palais[2] ; et ma vue ayant
rafraîchi sa mémoire, elle voulait, tel Assuérus, me
combler de ses dons.

Cependant je dois dire qu'une surprise d'un genre
opposé allait suivre celle que j'avais eue au moment
où Mme de Guermantes m'avait invité. Cette première surprise, comme j'avais trouvé plus modeste
de ma part et plus reconnaissant de ne pas la dissimuler et d'exprimer au contraire avec exagération
ce qu'elle avait de joyeux, Mme de Guermantes,
qui se disposait à partir pour une dernière soirée,
venait de me dire, presque comme une justification, et par peur que je ne susse pas bien qui elle
était, pour avoir l'air si étonné d'être invité chez
elle : « Vous savez que je suis la tante de Robert
de Saint-Loup qui vous aime beaucoup, et du reste
nous nous sommes déjà vus ici. » En répondant que
je le savais, j'ajoutai que je connaissais aussi M. de
Charlus, lequel « avait été très bon pour moi à Balbec et à Paris ». Mme de Guermantes parut étonnée
et ses regards semblèrent se reporter, comme pour
une vérification, à une page déjà plus ancienne du
livre intérieur. « Comment ! vous connaissez Palamède ? » Ce prénom prenait dans la bouche de
Mme de Guermantes une grande douceur à cause
de la simplicité involontaire avec laquelle elle parlait d'un homme si brillant, mais qui n'était pour
elle que son beau-frère et le cousin avec lequel elle
avait été élevée. Et dans le gris confus qu'était pour

moi la vie de la duchesse de Guermantes, ce nom
de Palamède mettait comme la clarté des longues
journées d'été où elle avait joué avec lui, jeune fille,
à Guermantes, au jardin. De plus, dans cette partie depuis longtemps écoulée de leur vie, Oriane
de Guermantes et son cousin Palamède avaient été
fort différents de ce qu'ils étaient devenus depuis ;
M. de Charlus notamment, tout entier livré à des
goûts d'art qu'il avait si bien refrénés par la suite
que je fus stupéfait d'apprendre que c'était par lui
qu'avait été peint l'immense éventail d'iris jaunes
et noirs que déployait en ce moment la duchesse.
Elle eût pu aussi me montrer une petite sonatine
qu'il avait autrefois composée pour elle. J'ignorais
absolument que le baron eût tous ces talents dont
il ne parlait jamais. Disons en passant que M. de
Charlus n'était pas enchanté que dans sa famille
on l'appelât Palamède. Pour Mémé, on eût pu comprendre encore que cela ne lui plût pas. Ces stupides
abréviations sont un signe de l'incompréhension que
l'aristocratie a de sa propre poésie (le judaïsme a
d'ailleurs la même, puisqu'un neveu de Lady Rufus
Israëls, qui s'appelait Moïse, était couramment
appelé dans le monde : « Momo ») en même temps
que de sa préoccupation de ne pas avoir l'air d'attacher d'importance à ce qui est aristocratique. Or,
M. de Charlus avait sur ce point plus d'imagination
poétique et plus d'orgueil exhibé. Mais la raison
qui lui faisait peu goûter Mémé n'était pas celle-là
puisqu'elle s'étendait aussi au beau prénom de Palamède. La vérité est que, se jugeant, se sachant d'une
famille princière, il aurait voulu que son frère et sa
belle-sœur disent de lui : « Charlus », comme la reine
Marie-Amélie ou le duc d'Orléans pouvaient dire de
leurs fils, petits-fils, neveux et frères : « Joinville,
Nemours, Chartres, Paris ».

« Quel cachottier que ce Mémé, s'écria-t-elle. Nous lui avons parlé longtemps de vous, il nous a dit qu'il serait très heureux de faire votre connaissance, absolument comme s'il ne vous avait jamais vu. Avouez qu'il est drôle ! et, ce qui n'est pas très gentil de ma part à dire d'un beau-frère que j'adore et dont j'admire la rare valeur, par moments un peu fou ? »

Je fus très frappé de ce mot appliqué à M. de Charlus et je me dis que cette demi-folie expliquait peut-être certaines choses, par exemple qu'il eût paru si enchanté du projet de demander à Bloch de battre sa propre mère. Je m'avisai que non seulement par les choses qu'il disait, mais par la manière dont il les disait, M. de Charlus était un peu fou. La première fois qu'on entend un avocat ou un acteur, on est surpris de leur ton tellement différent de la conversation. Mais comme on se rend compte que tout le monde trouve cela tout naturel, on ne dit rien aux autres, on ne se dit rien à soi-même, on se contente d'apprécier le degré de talent. Tout au plus pense-t-on d'un acteur du Théâtre-Français : « Pourquoi au lieu de laisser retomber son bras levé l'a-t-il fait descendre par petites saccades coupées de repos, pendant au moins dix minutes ? » ou d'un Labori[1] : « Pourquoi, dès qu'il a ouvert la bouche, a-t-il émis ces sons tragiques, inattendus, pour dire la chose la plus simple ? » Mais comme tout le monde admet cela a priori, on n'est pas choqué. De même, en y réfléchissant, on se disait que M. de Charlus parlait de soi avec emphase, sur un ton qui n'était nullement celui du débit ordinaire. Il semblait qu'on eût dû à toute minute lui dire : « Mais pourquoi criez-vous si fort ? pourquoi êtes-vous si insolent ? » Seulement tout le monde semblait avoir admis tacitement que c'était bien ainsi. Et on entrait dans la ronde qui lui faisait fête pendant qu'il pérorait. Mais certainement

à de certains moments un étranger eût cru entendre
crier un dément.

« Mais », reprit la duchesse avec la légère impertinence qui se greffait chez elle sur la simplicité,
« êtes-vous bien sûr que vous ne confondez pas,
que vous parlez bien de mon beau-frère Palamède ?
Il a beau aimer les mystères, ceci me paraît d'un
fort !... »

Je répondis que j'étais absolument sûr et qu'il fallait que M. de Charlus eût mal entendu mon nom.

« Hé bien ! je vous quitte, me dit comme à regret
Mme de Guermantes. Il faut que j'aille une seconde
chez la princesse de Ligne. Vous n'y allez pas ? Non,
vous n'aimez pas le monde ? Vous avez bien raison,
c'est assommant. Si je n'étais pas obligée ! Mais
c'est ma cousine, ce ne serait pas gentil. Je regrette
égoïstement, pour moi, parce que j'aurais pu vous
conduire, même vous ramener. Alors je vous dis au
revoir et je me réjouis pour vendredi. »

Que M. de Charlus eût rougi de moi devant
M. d'Argencourt, passe encore. Mais qu'à sa propre
belle-sœur, et qui avait une si haute idée de lui, il
niât me connaître, fait si naturel puisque je connaissais à la fois sa tante et son neveu, c'est ce que je ne
pouvais comprendre.

Je terminerai ceci en disant qu'à un certain point
de vue il y avait chez Mme de Guermantes une véritable grandeur qui consistait à effacer entièrement
tout ce que d'autres n'eussent qu'incomplètement
oublié. Elle ne m'eût jamais rencontré la harcelant,
la suivant, la pistant, dans ses promenades matinales,
elle n'eût jamais répondu à mon salut quotidien avec
une impatience excédée, elle n'eût jamais envoyé
promener Saint-Loup quand il l'avait suppliée de
m'inviter, qu'elle n'aurait pas pu avoir avec moi des
façons plus noblement et naturellement aimables.

Non seulement elle ne s'attardait pas à des explications rétrospectives, à des demi-mots, à des sourires ambigus, à des sous-entendus, non seulement elle avait dans son affabilité actuelle, sans retours en arrière, sans réticences, quelque chose d'aussi fièrement rectiligne que sa majestueuse stature, mais les griefs qu'elle avait pu ressentir contre quelqu'un dans le passé étaient si entièrement réduits en cendres, ces cendres étaient elles-mêmes rejetées si loin de sa mémoire ou tout au moins de sa manière d'être, qu'à regarder son visage chaque fois qu'elle avait à traiter par la plus belle des simplifications ce qui chez tant d'autres eût été prétexte à des restes de froideur, à des récriminations, on avait l'impression d'une sorte de purification.

Mais si j'étais surpris de la modification qui s'était opérée en elle à mon égard, combien je l'étais plus d'en trouver en moi une tellement plus grande au sien ! N'y avait-il pas eu un moment où je ne reprenais vie et force que si j'avais, échafaudant toujours de nouveaux projets, cherché quelqu'un qui me ferait recevoir par elle et, après ce premier bonheur, en procurerait bien d'autres à mon cœur de plus en plus exigeant ? C'était l'impossibilité de rien trouver qui m'avait fait partir à Doncières voir Robert de Saint-Loup. Et maintenant, c'était bien par les conséquences dérivant d'une lettre de lui que j'étais agité, mais à cause de Mme de Stermaria et non de Mme de Guermantes.

Ajoutons, pour en finir avec cette soirée, qu'il s'y passa un fait, démenti quelques jours après, qui ne laissa pas de m'étonner, me brouilla pour quelque temps avec Bloch, et qui constitue en soi une de ces curieuses contradictions dont on va trouver l'explication à la fin de ce volume (*Sodome I*[1]). Donc, chez Mme de Villeparisis, Bloch ne cessa de me vanter l'air d'amabilité de M. de Charlus, lequel Charlus, quand il le rencontrait dans la rue, le regardait dans les yeux comme s'il le connaissait, avait envie de le connaître, savait très bien qui il était. J'en souris d'abord, Bloch s'étant exprimé avec tant de violence à Balbec sur le compte du même M. de Charlus. Et je pensai simplement que Bloch, à l'instar de son père pour Bergotte, connaissait le baron « sans le connaître ». Et que ce qu'il prenait pour un regard aimable était un regard distrait. Mais enfin Bloch vint à tant de précisions, et sembla si certain qu'à deux ou trois reprises M. de Charlus avait voulu l'aborder, que, me rappelant que j'avais parlé de mon camarade au baron, lequel m'avait justement, en revenant d'une visite chez Mme de Villeparisis, posé sur lui diverses questions, je fis la supposition que Bloch ne mentait pas, que M. de Charlus avait appris son nom, qu'il était mon ami, etc. Aussi quelque temps après, au théâtre, je demandai à M. de Charlus de lui présenter Bloch, et sur son acquiescement allai le chercher. Mais dès que M. de Charlus l'aperçut, un étonnement aussitôt réprimé se peignit sur sa figure où il fut remplacé par une étincelante fureur. Non seulement il ne tendit pas la main à Bloch, mais chaque fois que celui-ci lui adressa la parole il lui répondit de l'air le plus insolent, d'une voix irritée et blessante. De sorte que Bloch, qui, à ce qu'il disait, n'avait eu jusque-là du baron que des sourires, crut que je l'avais non pas recommandé mais desservi, pendant le court entretien où, sachant le goût de M. de Charlus pour les protocoles, je lui avais parlé de mon camarade avant de l'amener à lui. Bloch nous quitta, éreinté comme qui a voulu monter un cheval tout le temps prêt à prendre le mors aux dents, ou nager contre des vagues qui vous rejettent sans cesse sur le galet, et ne me reparla pas de six mois.

Les jours qui précédèrent mon dîner avec Mme de Stermaria me furent, non pas délicieux, mais insupportables. C'est qu'en général, plus le temps qui nous sépare de ce que nous nous proposons est court, plus il nous semble long, parce que nous lui appliquons des mesures plus brèves ou simplement parce que nous songeons à le mesurer. La papauté, dit-on, compte par siècles, et peut-être même ne songe pas à compter, parce que son but est à l'infini. Le mien étant seulement à la distance de trois jours, je comptais par secondes, je me livrais à ces imaginations qui sont des commencements de caresses, de caresses qu'on enrage de ne pouvoir faire achever par la femme elle-même (ces caresses-là précisément, à l'exclusion de toutes autres). Et en somme, s'il est vrai qu'en général la difficulté d'atteindre l'objet d'un désir l'accroît (la difficulté, non l'impossibilité, car cette dernière le supprime), pourtant pour un désir tout physique, la certitude qu'il sera réalisé à un moment prochain et déterminé n'est guère moins exaltante que l'incertitude ; presque autant que le doute anxieux, l'absence de doute rend intolérable l'attente du plaisir infaillible parce qu'elle fait de cette attente un accomplissement innombrable et, par la fréquence des représentations anticipées, divise le temps en tranches aussi menues que ferait l'angoisse.

Ce qu'il me fallait, c'était posséder Mme de Stermaria : depuis plusieurs jours, avec une activité incessante, mes désirs avaient préparé ce plaisir-là dans mon imagination, et ce plaisir seul ; un autre (le plaisir avec une autre) n'eût pas, lui, été prêt, le plaisir n'étant que la réalisation d'une envie préalable et qui n'est pas toujours la même, qui change selon les mille combinaisons de la rêverie, les hasards du souvenir, l'état du tempérament, l'ordre de disponibilité

des désirs dont les derniers exaucés se reposent
jusqu'à ce qu'ait été un peu oubliée la déception de
l'accomplissement ; j'avais déjà quitté la grande route
des désirs généraux et m'étais engagé dans le sentier
d'un plus particulier ; il aurait fallu, pour souhaiter un autre rendez-vous, revenir de trop loin pour
rejoindre la grande route et prendre un autre sentier. Posséder Mme de Stermaria dans l'île du bois
de Boulogne où je l'avais invitée à dîner, tel était le
plaisir que j'imaginais à toute minute. Il eût été naturellement détruit, si j'avais dîné dans cette île sans
Mme de Stermaria ; mais peut-être aussi fort diminué, en dînant, même avec elle, ailleurs. Du reste,
les attitudes selon lesquelles on se figure un plaisir,
sont préalables à la femme, au genre de femmes qui
convient pour cela. Elles le commandent, et aussi le
lieu ; et à cause de cela font revenir alternativement,
dans notre capricieuse pensée, telle femme, tel site,
telle chambre qu'en d'autres semaines nous eussions
dédaignés. Filles de l'attitude, telles femmes ne vont
pas sans le grand lit où on trouve la paix à leur côté,
et d'autres, pour être caressées avec une intention
plus secrète, veulent les feuilles au vent, les eaux
dans la nuit, sont légères et fuyantes autant qu'elles.

Sans doute déjà bien avant d'avoir reçu la lettre
de Saint-Loup, et quand il ne s'agissait pas encore
de Mme de Stermaria, l'île du Bois m'avait semblé
faite pour le plaisir parce que je m'étais trouvé aller
y goûter la tristesse de n'en avoir aucun à y abriter.
C'est aux bords du lac qui conduisent à cette île et le
long desquels, dans les dernières semaines de l'été,
vont se promener les Parisiennes qui ne sont pas
encore parties, que, ne sachant plus où la retrouver,
et si même elle n'a pas déjà quitté Paris, on erre avec
l'espoir de voir passer la jeune fille dont on est tombé
amoureux dans le dernier bal de l'année, qu'on ne

pourra plus retrouver dans aucune soirée avant le printemps suivant. Se sentant à la veille, peut-être au lendemain du départ de l'être aimé, on suit au bord de l'eau frémissante ces belles allées où déjà une première feuille rouge fleurit comme une dernière rose, on scrute cet horizon où, par un artifice inverse à celui de ces panoramas sous la rotonde desquels les personnages en cire du premier plan donnent à la toile peinte du fond l'apparence illusoire de la profondeur et du volume, nos yeux passant sans transition du parc cultivé aux hauteurs naturelles de Meudon et du mont Valérien ne savent pas où mettre une frontière, et font entrer la vraie campagne dans l'œuvre du jardinage dont ils projettent bien au-delà d'elle-même l'agrément artificiel ; ainsi ces oiseaux rares élevés en liberté dans un jardin botanique et qui chaque jour, au gré de leurs promenades ailées, vont poser jusque dans les bois limitrophes une note exotique. Entre la dernière fête de l'été et l'exil de l'hiver, on parcourt anxieusement ce royaume romanesque des rencontres incertaines et des mélancolies amoureuses, et on ne serait pas plus surpris qu'il fût situé hors de l'univers géographique que si à Versailles, au haut de la terrasse, observatoire autour duquel les nuages s'accumulent contre le ciel bleu dans le style de Van der Meulen, après s'être ainsi élevé en dehors de la nature, on apprenait que, là où elle recommence, au bout du grand canal, les villages qu'on ne peut distinguer, à l'horizon éblouissant comme la mer, s'appellent Fleurus ou Nimègue[1].

Et le dernier équipage passé, quand on sent avec douleur qu'elle ne viendra plus, on va dîner dans l'île ; au-dessus des peupliers tremblants qui rappellent sans fin les mystères du soir plus qu'ils n'y répondent, un nuage rose met une dernière couleur de vie dans le ciel apaisé. Quelques gouttes de pluie tombent sans bruit sur l'eau antique, mais, dans sa divine enfance, restée toujours couleur du temps et qui oublie à tout moment les images des nuages et des fleurs. Et après que les géraniums ont inutilement, en intensifiant l'éclairage de leurs couleurs, lutté contre le crépuscule assombri, une brume vient envelopper l'île qui s'endort ; on se promène dans l'humide obscurité le long de l'eau où tout au plus le passage silencieux d'un cygne vous étonne comme dans un lit nocturne les yeux un instant grands ouverts et le sourire d'un enfant qu'on ne croyait pas réveillé. Alors on voudrait d'autant plus avoir avec soi une amoureuse qu'on se sent seul et qu'on peut se croire loin.

. Mais dans cette île, où même l'été il y avait souvent du brouillard, combien je serais plus heureux d'emmener Mme de Stermaria maintenant que la mauvaise saison, que la fin de l'automne était venue ! Si le temps qu'il faisait depuis dimanche n'avait à lui seul rendu grisâtres et maritimes les pays dans lesquels mon imagination vivait – comme d'autres saisons les faisaient embaumés, lumineux, italiens –, l'espoir de posséder dans quelques jours Mme de Stermaria eût suffi pour faire se lever vingt fois par heure un rideau de brume dans mon imagination monotonement nostalgique. En tout cas, le brouillard qui depuis la veille s'était élevé même à Paris, non seulement me faisait songer sans cesse au pays natal de la jeune femme que je venais d'inviter, mais comme il était probable que, bien plus épais encore que dans la ville, il devait le soir envahir le Bois, surtout au bord du lac, je pensais qu'il ferait pour moi de l'île des Cygnes un peu l'île de Bretagne dont l'atmosphère maritime et brumeuse avait toujours entouré pour moi comme un vêtement la pâle silhouette de Mme de Stermaria. Certes quand on est jeune, à l'âge que j'avais dans mes promenades du côté de Méséglise, notre désir, notre croyance confèrent au vêtement d'une femme une particularité individuelle, une irréductible essence. On poursuit la réalité. Mais à force de la laisser échapper, on finit par remarquer qu'à travers toutes ces vaines tentatives où on a trouvé le néant, quelque chose de solide subsiste, c'est ce qu'on cherchait. On commence à dégager, à connaître ce qu'on aime, on tâche à se le procurer, fût-ce au prix d'un artifice. Alors, à défaut de la croyance disparue, le costume signifie la suppléance à celle-ci par le moyen d'une illusion volontaire. Je savais bien qu'à une demi-heure de la maison je ne trouverais pas la Bretagne. Mais en me promenant enlacé à Mme de Stermaria dans les ténèbres de l'île, au bord de l'eau, je ferais comme d'autres qui, ne pouvant pénétrer dans un couvent, du moins, avant de posséder une femme, l'habillent en religieuse.

Je pouvais même espérer d'écouter avec la jeune femme quelque clapotis de vagues, car, la veille du dîner, une tempête se déchaîna. Je commençais à me raser pour aller dans l'île retenir le cabinet (bien qu'à cette époque de l'année l'île fût vide et le restaurant désert) et arrêter le menu pour le dîner du lendemain, quand Françoise m'annonça Albertine. Je fis entrer aussitôt, indifférent à ce qu'elle me vît enlaidi d'un menton noir, celle pour qui à Balbec je ne me trouvais jamais assez beau, et qui m'avait coûté alors autant d'agitation et de peine que maintenant Mme de Stermaria. Je tenais à ce que celle-ci reçût la meilleure impression possible de la soirée du lendemain. Aussi je demandai à Albertine de m'accompagner tout de suite jusqu'à l'île pour m'aider à faire le menu. Celle à qui on donne tout est si vite remplacée par une autre, qu'on est étonné soi-même de donner ce qu'on a de nouveau, à chaque heure, sans espoir d'avenir. À ma proposition, le visage souriant et rose d'Albertine, sous un toquet plat qui descendait très bas, jusqu'aux yeux, sembla hésiter. Elle devait avoir d'autres projets ; en tout cas elle me les sacrifia aisément, à ma grande satisfaction, car j'attachais beaucoup d'importance à avoir avec moi une jeune ménagère qui saurait bien mieux commander le dîner que moi.

Il est certain qu'elle avait représenté tout autre chose pour moi, à Balbec. Mais notre intimité, même quand nous ne la jugeons pas alors assez étroite, avec une femme dont nous sommes épris, crée entre elle et nous, malgré les insuffisances qui nous font souffrir alors, des liens sociaux qui survivent à notre amour et même au souvenir de notre amour. Alors, dans celle qui n'est plus pour nous qu'un moyen, et un chemin vers d'autres, nous sommes tout aussi étonnés et amusés d'apprendre de notre mémoire ce que son nom signifia d'original pour l'autre être que nous avons été autrefois, que si, après avoir jeté à un cocher une adresse, boulevard des Capucines ou rue du Bac, en pensant seulement à la personne que nous allons y voir, nous nous avisons que ces noms furent jadis celui des religieuses capucines dont le couvent se trouvait là et celui du bac qui traversait la Seine[1].

Certes, mes désirs de Balbec avaient si bien mûri le corps d'Albertine, y avaient accumulé des saveurs si fraîches et si douces que, pendant notre course au Bois, tandis que le vent, comme un jardinier soigneux, secouait les arbres, faisait tomber les fruits, balayait les feuilles mortes, je me disais que, s'il y avait eu un risque pour que Saint-Loup se fût trompé, ou que j'eusse mal compris sa lettre et que mon dîner avec Mme de Stermaria ne me conduisît

à rien, j'eusse donné rendez-vous pour le même soir
très tard à Albertine, afin d'oublier pendant une
heure purement voluptueuse, en tenant dans mes
bras le corps dont ma curiosité avait jadis supputé,
soupesé tous les charmes dont il surabondait maintenant, les émotions et peut-être les tristesses de ce
commencement d'amour pour Mme de Stermaria. Et
certes, si j'avais pu supposer que Mme de Stermaria
ne m'accorderait aucune faveur ce premier soir, je
me serais représenté ma soirée avec elle d'une façon
assez décevante. Je savais trop bien par expérience
comment les deux stades qui se succèdent en nous,
dans ces commencements d'amour pour une femme
que nous avons désirée sans la connaître, aimant
plutôt en elle la vie particulière où elle baigne qu'elle-
même presque inconnue encore –, comment ces deux
stades se reflètent bizarrement dans le domaine des
faits, c'est-à-dire non plus en nous-même, mais dans
nos rendez-vous avec elle. Nous avons, sans avoir
jamais causé avec elle, hésité, tentés que nous étions
par la poésie qu'elle représente pour nous. Sera-ce
elle ou telle autre ? Et voici que les rêves se fixent
autour d'elle, ne font plus qu'un avec elle. Le premier
rendez-vous avec elle, qui suivra bientôt, devrait
refléter cet amour naissant. Il n'en est rien. Comme
s'il était nécessaire que la vie matérielle eût aussi son
premier stade, l'aimant déjà, nous lui parlons de la
façon la plus insignifiante : « Je vous ai demandé de
venir dîner dans cette île parce que j'ai pensé que le
cadre vous plairait. Je n'ai du reste rien de spécial à
vous dire. Mais j'ai peur qu'il ne fasse bien humide
et que vous n'ayez froid. — Mais non. — Vous le
dites par amabilité. Je vous permets, madame, de
lutter encore un quart d'heure contre le froid, pour
ne pas vous tourmenter, mais dans un quart d'heure,
je vous ramènerai de force. Je ne veux pas vous faire

prendre un rhume. » Et sans lui avoir rien dit, nous la ramenons, ne nous rappelant rien d'elle, tout au plus une certaine façon de regarder, mais ne pensant qu'à la revoir. Or, la seconde fois (ne retrouvant même plus le regard, seul souvenir, mais ne pensant plus malgré cela qu'à la revoir) le premier stade est dépassé. Rien n'a eu lieu dans l'intervalle. Et pourtant, au lieu de parler du confort du restaurant, nous disons, sans que cela étonne la personne nouvelle, que nous trouvons laide, mais à qui nous voudrions qu'on parle de nous à toutes les minutes de sa vie : « Nous allons avoir fort à faire pour vaincre tous les obstacles accumulés entre nos cœurs. Pensez-vous que nous y arriverons ? Vous figurez-vous que nous puissions avoir raison de nos ennemis, espérer un heureux avenir ? » Mais ces conversations contrastées, d'abord insignifiantes, puis faisant allusion à l'amour, n'auraient pas lieu, j'en pouvais croire la lettre de Saint-Loup. Mme de Stermaria se donnerait dès le premier soir, je n'aurais donc pas besoin de convoquer Albertine chez moi, comme pis-aller, pour la fin de la soirée. C'était inutile, Robert n'exagérait jamais et sa lettre était claire !

Albertine me parlait peu, car elle sentait que j'étais préoccupé. Nous fîmes quelques pas à pied, sous la grotte verdâtre, quasi sous-marine, d'une épaisse futaie sur le dôme de laquelle nous entendions déferler le vent et éclabousser la pluie. J'écrasais par terre des feuilles mortes qui s'enfonçaient dans le sol comme des coquillages et je poussais de ma canne des châtaignes, piquantes comme des oursins.

Aux branches les dernières feuilles convulsées ne suivaient le vent que durant la longueur de leur attache, mais quelquefois, celle-ci se rompant, elles tombaient à terre et le rattrapaient en courant. Je pensais avec joie combien, si ce temps durait, l'île

serait demain plus lointaine encore et en tout cas
entièrement déserte. Nous remontâmes en voiture,
et comme la bourrasque s'était calmée, Albertine me
demanda de poursuivre jusqu'à Saint-Cloud. Ainsi
qu'en bas les feuilles mortes, en haut les nuages suivaient le vent. Et des soirs migrateurs, dont une sorte
de section conique pratiquée dans le ciel laissait voir
la superposition rose, bleue et verte, étaient tout
préparés à destination de climats plus beaux. Pour
voir de plus près une déesse de marbre qui s'élançait
de son socle, et, toute seule dans un grand bois qui
semblait lui être consacré, l'emplissait de la terreur
mythologique, moitié animale, moitié sacrée, de ses
bonds furieux, Albertine monta sur un tertre, tandis
que je l'attendais sur le chemin. Elle-même, vue ainsi
d'en bas, non plus grosse et rebondie comme l'autre
jour sur mon lit où les grains de son cou apparaissaient à la loupe de mes yeux approchés, mais ciselée et fine, semblait une petite statue sur laquelle
les minutes heureuses de Balbec avaient passé leur
patine. Quand je me retrouvai seul chez moi, me
rappelant que j'avais été faire une course l'après-midi
avec Albertine, que je dînais le surlendemain chez
Mme de Guermantes, et que j'avais à répondre à une
lettre de Gilberte, trois femmes que j'avais aimées,
je me dis que notre vie sociale est, comme un atelier
d'artiste, remplie des ébauches délaissées où nous
avions cru un moment pouvoir fixer notre besoin
d'un grand amour, mais je ne songeai pas que quelquefois, si l'ébauche n'est pas trop ancienne, il peut
arriver que nous la reprenions et que nous en fas-
sions une œuvre toute différente, et peut-être même
plus importante que celle que nous avions projetée
d'abord.

   Le lendemain, il fit froid et beau : on sentait l'hiver (et, de fait, la saison était si avancée que c'était

miracle si nous avions pu trouver dans le Bois déjà
saccagé quelques dômes d'or vert). En m'éveillant je
vis, comme de la fenêtre de la caserne de Doncières,
la brume mate, unie et blanche qui pendait gaiement au soleil, consistante et douce comme du sucre
filé. Puis le soleil se cacha et elle s'épaissit encore
dans l'après-midi. Le jour tomba de bonne heure,
je fis ma toilette, mais il était encore trop tôt pour
partir ; je décidai d'envoyer une voiture à Mme de
Stermaria. Je n'osai pas y monter pour ne pas la
forcer à faire la route avec moi, mais je remis au
cocher un mot pour elle où je lui demandais si elle
permettait que je vinsse la prendre. En attendant, je
m'étendis sur mon lit, je fermai les yeux un instant,
puis les rouvris. Au-dessus des rideaux il n'y avait
plus qu'un mince liséré de jour qui allait s'obscur-
cissant. Je reconnaissais cette heure inutile, vestibule
profond du plaisir, et dont j'avais appris à Balbec à
connaître le vide sombre et délicieux, quand seul
dans ma chambre comme maintenant, pendant que
tous les autres étaient à dîner, je voyais sans tristesse
le jour mourir au-dessus des rideaux, sachant que,
bientôt, après une nuit aussi courte que les nuits du
pôle, il allait ressusciter plus éclatant dans le flam-
boiement de Rivebelle. Je sautai à bas de mon lit,
je passai ma cravate noire, je donnai un coup de
brosse à mes cheveux, gestes derniers d'une mise
en ordre tardive, exécutés à Balbec en pensant non
à moi mais aux femmes que je verrais à Rivebelle,
tandis que je leur souriais d'avance dans la glace
oblique de ma chambre, et restés à cause de cela les
signes avant-coureurs d'un divertissement mêlé de
lumières et de musique. Comme des signes magiques
ils l'évoquaient, bien plus le réalisaient déjà, grâce à
eux j'avais de sa vérité une notion aussi certaine, de
son charme enivrant et frivole une jouissance aussi

complète que celles que j'avais à Combray, au mois de juillet, quand j'entendais les coups de marteau de l'emballeur et que je jouissais, dans la fraîcheur de ma chambre noire, de la chaleur et du soleil.

Aussi n'était-ce plus tout à fait Mme de Stermaria que j'aurais désiré voir. Forcé maintenant de passer avec elle ma soirée, j'aurais préféré, comme celle-ci était ma dernière avant le retour de mes parents, qu'elle restât libre et que je pusse chercher à revoir des femmes de Rivebelle. Je me relavai une dernière fois les mains, et dans la promenade que le plaisir me faisait faire à travers l'appartement, je me les essuyai dans la salle à manger obscure. Elle me parut ouverte sur l'antichambre éclairée, mais ce que j'avais pris pour la fente illuminée de la porte, qui au contraire était fermée, n'était que le reflet blanc de ma serviette dans une glace posée le long du mur en attendant qu'on la plaçât pour le retour de maman. Je repensai à tous les mirages que j'avais ainsi découverts dans notre appartement et qui n'étaient pas qu'optiques, car les premiers jours j'avais cru que la voisine avait un chien, à cause du jappement prolongé, presque humain, qu'avait pris un certain tuyau de cuisine chaque fois qu'on ouvrait le robinet. Et la porte du palier ne se refermait d'elle-même très lentement, sur les courants d'air de l'escalier, qu'en exécutant les hachures de phrases voluptueuses et gémissantes qui se superposent au chœur des Pèlerins, vers la fin de l'ouverture de *Tannhäuser*. J'eus du reste, comme je venais de remettre ma serviette en place, l'occasion d'avoir une nouvelle audition de cet éblouissant morceau symphonique, car un coup de sonnette ayant retenti, je courus ouvrir la porte de l'antichambre au cocher qui me rapportait la réponse. Je pensais que ce serait : « Cette dame est en bas », ou « Cette dame vous attend ». Mais il tenait à la main une lettre. J'hésitai un instant à prendre connaissance de ce que Mme de Stermaria avait écrit, qui tant qu'elle avait la plume en main aurait pu être autre, mais qui maintenant était, détaché d'elle, un destin qui poursuivait seul sa route et auquel elle ne pouvait plus rien changer. Je demandai au cocher de redescendre et d'attendre un instant, quoiqu'il maugréât contre la brume. Dès qu'il fut parti, j'ouvris l'enveloppe. Sur la carte : Vicomtesse Alix de Stermaria. Mon invitée avait écrit : « Je suis désolée, un contretemps m'empêche de dîner ce soir avec vous à l'île du Bois. Je m'en faisais une fête. Je vous écrirai plus longuement de Stermaria. Regrets. Amitiés. » Je restai immobile, étourdi par le choc que j'avais reçu. À mes pieds étaient tombées la carte et l'enveloppe, comme la bourre d'une arme à feu quand le coup est parti. Je les ramassai, j'analysai cette phrase. « Elle me dit qu'elle ne peut dîner avec moi à l'île du Bois. On pourrait en conclure qu'elle pourrait dîner avec moi ailleurs. Je n'aurai pas l'indiscrétion d'aller la chercher, mais enfin cela pourrait se comprendre ainsi. » Et cette île du Bois, comme depuis quatre jours ma pensée y était installée d'avance avec Mme de Stermaria, je ne pouvais arriver à l'en faire revenir. Mon désir reprenait involontairement la pente qu'il suivait déjà depuis tant d'heures, et malgré cette dépêche, trop récente pour prévaloir contre lui, je me préparais instinctivement encore à partir, comme un élève refusé à un examen voudrait répondre à une question de plus. Je finis par me décider à aller dire à Françoise de descendre payer le cocher. Je traversai le couloir, ne la trouvant pas, je passai par la salle à manger ; tout d'un coup mes pas cessèrent de retentir sur le parquet comme ils avaient fait jusque-là et s'assourdirent en un silence qui, même avant que j'en reconnusse la

cause, me donna une sensation d'étouffement et de
claustration. C'étaient les tapis que, pour le retour de
mes parents, on avait commencé de clouer, ces tapis
qui sont si beaux par les heureuses matinées, quand
parmi leur désordre le soleil vous attend comme un
ami venu pour vous emmener déjeuner à la campagne, et pose sur eux le regard de la forêt, mais qui
maintenant, au contraire, étaient le premier aména-
gement de la prison hivernale d'où, obligé que j'allais
être de vivre, de prendre mes repas en famille, je ne
pourrais plus librement sortir.

« Que Monsieur prenne garde de tomber, ils ne
sont pas encore cloués, me cria Françoise. J'aurais
dû allumer. On est déjà à la fin de *sectembre*, les
beaux jours sont finis. »

Bientôt l'hiver ; au coin de la fenêtre, comme sur
un verre de Gallé, une veine de neige durcie ; et,
même aux Champs-Élysées, au lieu des jeunes filles
qu'on attend, rien que les moineaux tout seuls.

Ce qui ajoutait à mon désespoir de ne pas voir
Mme de Stermaria, c'était que sa réponse me faisait
supposer que pendant qu'heure par heure, depuis
dimanche, je ne vivais que pour ce dîner, elle n'y
avait sans doute pas pensé une fois. Plus tard, j'appris un absurde mariage d'amour qu'elle fit avec un
jeune homme qu'elle devait déjà voir à ce moment-là
et qui lui avait fait sans doute oublier mon invitation. Car si elle se l'était rappelée, elle n'eût pas sans
doute attendu la voiture que je ne devais du reste
pas, d'après ce qui était convenu, lui envoyer, pour
m'avertir qu'elle n'était pas libre. Mes rêves de jeune
vierge féodale dans une île brumeuse avaient frayé
le chemin à un amour encore inexistant. Maintenant
ma déception, ma colère, mon désir désespéré de
ressaisir celle qui venait de se refuser, pouvaient,
en mettant ma sensibilité de la partie, fixer l'amour

possible que jusque-là mon imagination seule
m'avait, mais plus mollement, offert.

Combien y en a-t-il dans nos souvenirs, combien
plus dans notre oubli, de ces visages de jeunes filles et
de jeunes femmes, tous différents, et auxquels nous
n'avons ajouté du charme et un furieux désir de les
revoir que parce qu'ils s'étaient au dernier moment
dérobés ! À l'égard de Mme de Stermaria, c'était bien
plus et il me suffisait maintenant, pour l'aimer, de la
revoir afin que fussent renouvelées ces impressions
si vives mais trop brèves et que la mémoire n'aurait
pas sans cela la force de maintenir dans l'absence.
Les circonstances en décidèrent autrement, je ne la
revis pas. Ce ne fut pas elle que j'aimai, mais ç'aurait
pu être elle. Et une des choses qui me rendirent peut-
être le plus cruel le grand amour que j'allais bientôt
avoir, ce fut, en me rappelant cette soirée, de me
dire qu'il aurait pu, si de très simples circonstances
avaient été modifiées, se porter ailleurs, sur Mme de
Stermaria ; appliqué à celle qui me l'inspira si peu
après, il n'était donc pas – comme j'aurais pourtant
eu si envie, si besoin de le croire – absolument nécessaire et prédestiné.

Françoise m'avait laissé seul dans la salle à manger, en me disant que j'avais tort d'y rester avant
qu'elle eût allumé le feu. Elle allait faire à dîner, car
avant même l'arrivée de mes parents et dès ce soir,
ma réclusion commençait. J'avisai un énorme paquet
de tapis encore tout enroulés, lequel avait été posé
au coin du buffet, et m'y cachant la tête, avalant
leur poussière et mes larmes, pareil aux Juifs qui se
couvraient la tête de cendres dans le deuil, je me mis
à sangloter[1]. Je frissonnais, non pas seulement parce
que la pièce était froide, mais parce qu'un notable
abaissement thermique (contre le danger et, faut-il
le dire, le léger agrément duquel on ne cherche pas

à réagir) est causé par certaines larmes qui pleurent
de nos yeux, goutte à goutte, comme une pluie fine,
pénétrante, glaciale, semblant ne devoir jamais finir.
Tout d'un coup j'entendis une voix.

« Peut-on entrer ? Françoise m'a dit que tu devais
être dans la salle à manger. Je venais voir si tu ne
voulais pas que nous allions dîner quelque part
ensemble, si cela ne te fait pas mal, car il fait un
brouillard à couper au couteau. »

C'était, arrivé du matin, quand je le croyais encore
au Maroc ou en mer, Robert de Saint-Loup.

J'ai dit (et précisément c'était, à Balbec, Robert
de Saint-Loup qui m'avait, bien malgré lui, aidé à
en prendre conscience) ce que je pense de l'amitié[1] :
à savoir qu'elle est si peu de chose que j'ai peine
à comprendre que des hommes de quelque génie,
et par exemple un Nietzsche, aient eu la naïveté de
lui attribuer une certaine valeur intellectuelle et en
conséquence de se refuser à des amitiés auxquelles
l'estime intellectuelle n'eût pas été liée. Oui, cela m'a
toujours été un étonnement de voir qu'un homme
qui poussait la sincérité avec lui-même jusqu'à se
détacher, par scrupule de conscience, de la musique
de Wagner, se soit imaginé que la vérité peut se réaliser dans ce mode d'expression par nature confus
et inadéquat que sont, en général, des actions et,
en particulier, des amitiés, et qu'il puisse y avoir
une signification quelconque dans le fait de quitter
son travail pour aller voir un ami et pleurer avec
lui en apprenant la fausse nouvelle de l'incendie du
Louvre[2]. J'en étais arrivé, à Balbec, à trouver le plaisir de jouer avec des jeunes filles moins funeste à la
vie spirituelle, à laquelle du moins il reste étranger,
que l'amitié dont tout l'effort est de nous faire sacrifier la partie seule réelle et incommunicable (autrement que par le moyen de l'art) de nous-même, à un

moi superficiel, qui ne trouve pas comme l'autre de joie en lui-même, mais trouve un attendrissement confus à se sentir soutenu sur des étais extérieurs, hospitalisé dans une individualité étrangère, où, heureux de la protection qu'on lui donne, il fait rayonner son bien-être en approbation et s'émerveille de qualités qu'il appellerait défauts et chercherait à corriger chez soi-même. D'ailleurs les contempteurs de l'amitié peuvent, sans illusions et non sans remords, être les meilleurs amis du monde, de même qu'un artiste portant en lui un chef-d'œuvre et qui sent que son devoir serait de vivre pour travailler, malgré cela, pour ne pas paraître ou risquer d'être égoïste, donne sa vie pour une cause inutile, et la donne d'autant plus bravement que les raisons pour lesquelles il eût préféré ne pas la donner étaient des raisons désintéressées. Mais quelle que fût mon opinion sur l'amitié, même pour ne parler que du plaisir qu'elle me procurait, d'une qualité si médiocre qu'elle ressemblait à quelque chose d'intermédiaire entre la fatigue et l'ennui, il n'est breuvage si funeste qui ne puisse à certaines heures devenir précieux et réconfortant en nous apportant le coup de fouet qui nous était nécessaire, la chaleur que nous ne pouvons pas trouver en nous-même.

J'étais bien éloigné certes de vouloir demander à Saint-Loup, comme je le désirais il y a une heure, de me faire revoir des femmes de Rivebelle ; le sillage que laissait en moi le regret de Mme de Stermaria ne voulait pas être effacé si vite, mais au moment où je ne sentais plus dans mon cœur aucune raison de bonheur, Saint-Loup entrant, ce fut comme une arrivée de bonté, de gaieté, de vie, qui étaient en dehors de moi sans doute, mais s'offraient à moi, ne demandaient qu'à être à moi. Il ne comprit pas lui-même mon cri de reconnaissance et mes larmes d'attendrissement. Qu'y a-t-il de plus paradoxalement affectueux d'ailleurs qu'un de ces amis, diplomate, explorateur, aviateur, ou militaire comme l'était Saint-Loup, et qui, repartant le lendemain pour la campagne et de là pour Dieu sait où, semblent faire tenir pour eux-mêmes, dans la soirée qu'ils nous consacrent, une impression qu'on s'étonne de pouvoir, tant elle est rare et brève, leur être si douce, et, du moment qu'elle leur plaît tant, de ne pas les voir prolonger davantage ou renouveler plus souvent ? Un repas avec nous, chose si naturelle, donne à ces voyageurs le même plaisir étrange et délicieux que nos boulevards à un Asiatique. Nous partîmes ensemble pour aller dîner et tout en descendant l'escalier je me rappelai Doncières, où chaque soir j'allais retrouver Robert au restaurant, et les petites salles à manger oubliées. Je me souvins d'une à laquelle je n'avais jamais repensé et qui n'était pas à l'hôtel où Saint-Loup dînait, mais dans un bien plus modeste, intermédiaire entre l'hôtellerie et la pension de famille, et où on était servi par la patronne et une de ses domestiques. La neige m'avait arrêté là. D'ailleurs Robert ne devait pas ce soir-là dîner à l'hôtel et je n'avais pas voulu aller plus loin. On m'apporta les plats, en haut, dans une petite pièce tout en bois. La lampe s'éteignit pendant le dîner, la servante m'alluma deux bougies. Moi, feignant de ne pas voir très clair en lui tendant mon assiette, pendant qu'elle y mettait des pommes de terre, je pris dans ma main son avant-bras nu, comme pour la guider. Voyant qu'elle ne le retirait pas, je le caressai, puis, sans prononcer un mot, l'attirai tout entière, à moi, soufflai la bougie et alors lui dis de me fouiller, pour qu'elle eût un peu d'argent. Pendant les jours qui suivirent, le plaisir physique me parut exiger, pour être goûté, non seulement cette servante mais la salle à manger de bois, si

isolée. Ce fut pourtant vers celle où dînaient Robert
et ses amis que je retournai tous les soirs, par habitude, par amitié, jusqu'à mon départ de Doncières.
Et pourtant, même cet hôtel où il prenait pension
avec ses amis, je n'y songeais plus depuis longtemps.
Nous ne profitons guère de notre vie, nous laissons
inachevées dans les crépuscules d'été ou les nuits
précoces d'hiver les heures où il nous avait semblé
qu'eût pu pourtant être enfermé un peu de paix ou
de plaisir. Mais ces heures ne sont pas absolument
perdues. Quand chantent à leur tour de nouveaux
moments de plaisir qui passeraient de même, aussi
grêles et linéaires, elles viennent leur apporter le soubassement, la consistance d'une riche orchestration.
Elles s'étendent ainsi jusqu'à un de ces bonheurs
types qu'on ne retrouve que de temps à autre mais
qui continuent d'être ; dans l'exemple présent, c'était
l'abandon de tout le reste pour dîner dans un cadre
confortable qui par la vertu des souvenirs enferme
dans un tableau de nature des promesses de voyage,
avec un ami qui va remuer notre vie dormante de
toute son énergie, de toute son affection, nous communiquer un plaisir ému, bien différent de celui que
nous pourrions devoir à notre propre effort ou à des
distractions mondaines ; nous allons être rien qu'à
lui, lui faire des serments d'amitié qui, nés dans les
cloisons de cette heure, restant enfermés en elle, ne
seraient peut-être pas tenus le lendemain, mais que
je pouvais faire sans scrupule à Saint-Loup, puisque,
avec un courage où il entrait beaucoup de sagesse et
le pressentiment que l'amitié ne se peut approfondir,
le lendemain il serait reparti.

Si en descendant l'escalier je revivais les soirs
de Doncières, quand nous fûmes arrivés dans la
rue, brusquement, la nuit presque complète où le
brouillard semblait avoir éteint les réverbères, qu'on

ne distinguait, bien faibles, que de tout près, me
ramena à je ne sais quelle arrivée, le soir, à Combray, quand la ville n'était encore éclairée que de
loin en loin, et qu'on y tâtonnait dans une obscurité humide, tiède et sainte de crèche, à peine étoilée çà et là d'un lumignon qui ne brillait pas plus
qu'un cierge. Entre cette année, d'ailleurs incertaine,
de Combray, et les soirs à Rivebelle revus tout à
l'heure au-dessus des rideaux, quelles différences !
J'éprouvais à les percevoir un enthousiasme qui
aurait pu être fécond si j'étais resté seul, et m'aurait
évité ainsi le détour de bien des années inutiles par
lesquelles j'allais encore passer avant que se décla-
rât la vocation invisible dont cet ouvrage est l'histoire. Si cela fût advenu ce soir-là, cette voiture eût
mérité de demeurer plus mémorable pour moi que
celle du docteur Percepied sur le siège de laquelle
j'avais composé cette petite description – précisément retrouvée il y avait peu de temps, arrangée,
et vainement envoyée au *Figaro* – des clochers de
Martinville. Est-ce parce que nous ne revivons pas
nos années dans leur suite continue, jour par jour,
mais dans le souvenir figé dans la fraîcheur ou l'in-
solation d'une matinée ou d'un soir, recevant l'ombre
de tel site isolé, enclos, immobile, arrêté et perdu,
loin de tout le reste, et qu'ainsi les changements
gradués, non seulement au-dehors, mais dans nos
rêves et notre caractère évoluant, lesquels nous ont
insensiblement conduit dans la vie d'un temps à tel
autre très différent, se trouvant supprimés, si nous
revivons un autre souvenir prélevé sur une année
différente, nous trouvons entre eux, grâce à des
lacunes, à d'immenses pans d'oubli, comme l'abîme
d'une différence d'altitude, comme l'incompatibilité
de deux qualités incomparables d'atmosphère res-
pirée et de colorations ambiantes ? Mais entre les

souvenirs que je venais d'avoir successivement, de Combray, de Doncières et de Rivebelle, je sentais en ce moment bien plus qu'une distance de temps, la distance qu'il y aurait entre des univers différents où la matière ne serait pas la même. Si j'avais voulu dans un ouvrage imiter celle dans laquelle m'apparaissaient ciselés mes plus insignifiants souvenirs de Rivebelle, il m'eût fallu veiner de rose, rendre tout d'un coup translucide, compacte, fraîchissante et sonore, la substance jusque-là analogue au grès sombre et rude de Combray. Mais Robert, ayant fini de donner ses explications au cocher, me rejoignit dans la voiture. Les idées qui m'étaient apparues s'enfuirent. Ce sont des déesses qui daignent quelquefois se rendre visibles à un mortel solitaire, au détour d'un chemin, même dans sa chambre pendant qu'il dort, alors que debout dans le cadre de la porte elles lui apportent leur annonciation. Mais dès qu'on est deux, elles disparaissent, les hommes en société ne les aperçoivent jamais. Et je me trouvai rejeté dans l'amitié.

Robert en arrivant m'avait bien averti qu'il faisait beaucoup de brouillard, mais tandis que nous causions il n'avait cessé d'épaissir. Ce n'était plus seulement la brume légère que j'avais souhaité voir s'élever de l'île et nous envelopper, Mme de Stermaria et moi. À deux pas les réverbères s'éteignaient, et alors c'était la nuit, aussi profonde qu'en pleins champs, dans une forêt, ou plutôt dans une molle île de Bretagne vers laquelle j'eusse voulu aller ; je me sentis perdu comme sur la côte de quelque mer septentrionale où on risque vingt fois la mort avant d'arriver à l'auberge solitaire ; cessant d'être un mirage qu'on recherche, le brouillard devenait un de ces dangers contre lesquels on lutte, de sorte que nous eûmes, à trouver notre chemin et à arriver à bon port, les difficultés, l'inquiétude et enfin la joie que donne la sécurité – si insensible à celui qui n'est pas menacé de la perdre – au voyageur perplexe et dépaysé. Une seule chose faillit compromettre mon plaisir pendant notre aventureuse randonnée, à cause de l'étonnement irrité où elle me jeta un instant. « Tu sais, j'ai raconté à Bloch, me dit Saint-Loup, que tu ne l'aimais pas du tout tant que ça, que tu lui trouvais des vulgarités. Voilà comme je suis, j'aime les situations tranchées », conclut-il d'un air satisfait et sur un ton qui n'admettait pas de réplique. J'étais stupéfait. Non seulement j'avais la confiance la plus absolue en Saint-Loup, en la loyauté de son amitié, et il l'avait trahie par ce qu'il avait dit à Bloch, mais il me semblait que, de plus, il eût dû être empêché de le faire par ses défauts autant que par ses qualités, par cet extraordinaire acquis d'éducation qui pouvait pousser la politesse jusqu'à un certain manque de franchise. Son air triomphant était-il celui que nous prenons pour dissimuler quelque embarras en avouant une chose que nous savons que nous n'aurions pas dû faire ? Traduisait-il de l'inconscience ? De la bêtise érigeant en vertu un défaut que je ne lui connaissais pas ? Un accès de mauvaise humeur passagère contre moi le poussant à me quitter, ou l'enregistrement d'un accès de mauvaise humeur passagère vis-à-vis de Bloch à qui il avait voulu dire quelque chose de désagréable même en me compromettant ? Du reste sa figure était stigmatisée, pendant qu'il me disait ces paroles vulgaires, par une affreuse sinuosité que je ne lui ai vue qu'une fois ou deux dans la vie, et qui, suivant d'abord à peu près le milieu de la figure, une fois arrivée aux lèvres les tordait, leur donnait une expression hideuse de bassesse, presque de bestialité toute passagère et sans doute

ancestrale. Il devait y avoir dans ces moments-là, qui
sans doute ne revenaient qu'une fois tous les deux
ans, éclipse partielle de son propre moi, par le passage sur lui de la personnalité d'un aïeul qui s'y reflétait. Tout autant que l'air de satisfaction de Robert,
ses paroles « J'aime les situations tranchées » prêtaient au même doute, et auraient dû encourir le
même blâme. Je voulais lui dire que si l'on aime les
situations tranchées, il faut avoir de ces accès de
franchise en ce qui vous concerne et ne point faire
de trop facile vertu aux dépens des autres. Mais déjà
la voiture s'était arrêtée devant le restaurant dont
la vaste façade vitrée et flamboyante arrivait seule
à percer l'obscurité. Le brouillard lui-même, par les
clartés confortables de l'intérieur, semblait jusque
sur le trottoir vous indiquer l'entrée avec la joie de
ces valets qui reflètent les dispositions du maître ;
il s'irisait des nuances les plus délicates et montrait
l'entrée comme la colonne lumineuse qui guida les
Hébreux[1]. Il y en avait d'ailleurs beaucoup dans la
clientèle. Car c'était dans ce restaurant que Bloch et
ses amis étaient venus longtemps, ivres d'un jeûne
aussi affamant que le jeûne rituel, lequel du moins
n'a lieu qu'une fois par an, de café et de curiosité
politique, se retrouver le soir. Toute excitation mentale donnant une valeur qui prime, une qualité supérieure aux habitudes qui s'y rattachent, il n'y a pas
de goût un peu vif qui ne compose ainsi autour de
lui une société qu'il unit, et où la considération des
autres membres est celle que chacun recherche principalement dans la vie. Ici, fût-ce dans une petite
ville de province, vous trouverez des passionnés de
musique ; le meilleur de leur temps, le plus clair
de leur argent se passe aux séances de musique de
chambre, aux réunions où on cause musique, au
café où l'on se retrouve entre amateurs et où on

coudoie les musiciens. D'autres, épris d'aviation, tiennent à être bien vus du vieux garçon du bar vitré perché au haut de l'aérodrome ; à l'abri du vent, comme dans la cage en verre d'un phare, il pourra suivre, en compagnie d'un aviateur qui ne vole pas en ce moment, les évolutions d'un pilote exécutant des loopings, tandis qu'un autre, invisible l'instant d'avant, vient atterrir brusquement, s'abattre avec le grand bruit d'ailes de l'oiseau Rock[1]. La petite coterie qui se retrouvait pour tâcher de perpétuer, d'approfondir, les émotions fugitives du procès Zola, attachait de même une grande importance à ce café. Mais elle y était mal vue des jeunes nobles qui formaient l'autre partie de la clientèle et avaient adopté une seconde salle du café, séparée seulement de l'autre par un léger parapet décoré de verdure. Ils considéraient Dreyfus et ses partisans comme des traîtres, bien que, vingt-cinq ans plus tard, les idées ayant eu le temps de se classer et le dreyfusisme de prendre dans l'histoire une certaine élégance, les fils, bolchevisants et valseurs, de ces mêmes jeunes nobles dussent déclarer aux « intellectuels » qui les interrogeaient, que sûrement, s'ils avaient vécu en ce temps-là, ils eussent été pour Dreyfus, sans trop savoir beaucoup plus ce qu'avait été l'Affaire que la comtesse Edmond de Pourtalès ou la marquise de Galliffet, autres splendeurs déjà éteintes au jour de leur naissance[2]. Car, le soir du brouillard, les nobles du café qui devaient être plus tard les pères de ces jeunes intellectuels rétrospectivement dreyfusards étaient encore garçons. Certes, un riche mariage était envisagé par les familles de tous, mais n'était encore réalisé pour aucun. Encore virtuel, il se contentait, ce riche mariage désiré à la fois par plusieurs (il y avait bien plusieurs « riches partis » en vue, mais enfin le nombre des fortes dots était

beaucoup moindre que le nombre des aspirants), de
mettre entre ces jeunes gens quelque rivalité.

Le malheur pour moi voulut que, Saint-Loup étant
resté quelques minutes à s'adresser au cocher afin
qu'il revînt nous prendre après avoir dîné, il me fallut entrer seul. Or, pour commencer, une fois engagé
dans la porte tournante dont je n'avais pas l'habitude,
je crus que je ne pourrais pas arriver à en sortir.
(Disons en passant, pour les amateurs d'un vocabulaire plus précis, que cette porte tambour, malgré ses
apparences pacifiques, s'appelle porte revolver, de
l'anglais *revolving door*.) Ce soir-là le patron, n'osant
pas se mouiller en allant dehors ni quitter ses clients,
restait cependant près de l'entrée pour avoir le plaisir
d'entendre les joyeuses doléances des arrivants tout
illuminés par la satisfaction de gens qui avaient eu
du mal à arriver et la crainte de se perdre. Pourtant
la rieuse cordialité de son accueil fut dissipée par la
vue d'un inconnu qui ne savait pas se dégager des
volants de verre. Cette marque flagrante d'ignorance
lui fit froncer le sourcil comme à un examinateur
qui a bonne envie de ne pas prononcer le *dignus
est intrare*[1]. Pour comble de malchance j'allai m'asseoir dans la salle réservée à l'aristocratie d'où il vint
rudement me tirer en m'indiquant, avec une grossièreté à laquelle se conformèrent immédiatement
tous les garçons, une place dans l'autre salle. Elle
me plut d'autant moins que la banquette où elle se
trouvait était déjà pleine de monde et que j'avais
en face de moi la porte réservée aux Hébreux qui,
non tournante celle-là, s'ouvrant et se fermant à
chaque instant, m'envoyait un froid horrible. Mais
le patron m'en refusa une autre en me disant : « Non,
Monsieur, je ne peux pas gêner tout le monde pour
vous. » Il oublia d'ailleurs bientôt le dîneur tardif et
gênant que j'étais, captivé qu'il était par l'arrivée de

chaque nouveau venu, qui, avant de demander son bock, son aile de poulet froid ou son grog (l'heure du dîner était depuis longtemps passée), devait, comme dans les vieux romans, payer son écot en disant son aventure au moment où il pénétrait dans cet asile de chaleur et de sécurité où le contraste avec ce à quoi on avait échappé faisait régner la gaieté et la camaraderie qui plaisantent de concert devant le feu d'un bivouac.

L'un racontait que sa voiture, se croyant arrivée au pont de la Concorde, avait fait trois fois le tour des Invalides ; un autre que la sienne, essayant de descendre l'avenue des Champs-Élysées, était entrée dans un massif du Rond-Point, d'où elle avait mis trois quarts d'heure à sortir. Puis suivaient des lamentations sur le brouillard, sur le froid, sur le silence de mort des rues, qui étaient dites et écoutées de l'air exceptionnellement joyeux qu'expliquaient la douce atmosphère de la salle où excepté à ma place il faisait chaud, la vive lumière qui faisait cligner les yeux déjà habitués à ne pas voir et le bruit des causeries qui rendaient aux oreilles leur activité.

Les arrivants avaient peine à garder le silence. La singularité des péripéties, qu'ils croyaient unique, leur brûlait la langue, et ils cherchaient des yeux quelqu'un avec qui engager la conversation. Le patron lui-même perdait le sentiment des distances : « M. le prince de Foix s'est perdu trois fois en venant de la porte Saint-Martin », ne craignit-il pas de dire en riant, non sans désigner, comme dans une présentation, le célèbre aristocrate à un avocat israélite qui, tout autre jour, eût été séparé de lui par une barrière bien plus difficile à franchir que la baie ornée de verdures. « Trois fois ! Voyez-vous ça », dit l'avocat en touchant son chapeau. Le prince ne goûta pas la phrase de rapprochement. Il faisait partie d'un

groupe aristocratique pour qui l'exercice de l'impertinence, même à l'égard de la noblesse quand elle
n'était pas de tout premier rang, semblait être la
seule occupation. Ne pas répondre à un salut ; si
l'homme poli récidivait, ricaner d'un air narquois
ou rejeter la tête en arrière d'un air furieux ; faire
semblant de ne pas reconnaître un homme âgé qui
leur avait rendu service ; réserver leur poignée de
main et leur salut aux ducs et aux amis tout à fait
intimes des ducs que ceux-ci leur présentaient : telle
était l'attitude de ces jeunes gens et en particulier du
prince de Foix. Une telle attitude était favorisée par
le désordre de la prime jeunesse (où, même dans la
bourgeoisie, on paraît ingrat et on se montre mufle
parce qu'ayant oublié pendant des mois d'écrire à un
bienfaiteur qui vient de perdre sa femme, ensuite on
ne le salue plus pour simplifier), mais elle était surtout inspirée par un snobisme de caste suraigu. Il est
vrai que, à l'instar de certaines affections nerveuses
dont les manifestations s'atténuent dans l'âge mûr,
ce snobisme devait généralement cesser de se traduire d'une façon aussi hostile chez ceux qui avaient
été de si insupportables jeunes gens. La jeunesse
une fois passée, il est rare qu'on reste confiné dans
l'insolence. On avait cru qu'elle seule existait, on
découvre tout d'un coup, si prince qu'on soit, qu'il y
a aussi la musique, la littérature, voire la députation.
L'ordre des valeurs humaines s'en trouve modifié,
et on entre en conversation avec les gens qu'on fou-
droyait du regard autrefois. Bonne chance à ceux de
ces gens-là qui ont eu la patience d'attendre et de
qui le caractère est assez bien fait – si l'on doit ainsi
dire – pour qu'ils éprouvent du plaisir à recevoir vers
la quarantaine la bonne grâce et l'accueil qu'on leur
avait sèchement refusés à vingt ans !

    À propos du prince de Foix il convient de dire,

puisque l'occasion s'en présente, qu'il appartenait à une coterie de douze à quinze jeunes gens et à un groupe plus restreint de quatre. La coterie de douze à quinze avait cette caractéristique, à laquelle échappait, je crois, le prince, que ces jeunes gens présentaient chacun un double aspect. Pourris de dettes, ils semblaient des rien-du-tout aux yeux de leurs fournisseurs, malgré tout le plaisir que ceux-ci avaient à leur dire : « Monsieur le comte, Monsieur le marquis, Monsieur le duc… » Ils espéraient se tirer d'affaire au moyen du fameux « riche mariage », dit encore « gros sac », et comme les grosses dots qu'ils convoitaient n'étaient qu'au nombre de quatre ou cinq, plusieurs dressaient sourdement leurs batteries pour la même fiancée. Le secret était si bien gardé que, quand l'un d'eux venant au café disait : « Mes excellents bons, je vous aime trop pour ne pas vous annoncer mes fiançailles avec Mlle d'Ambresac[1] », plusieurs exclamations retentissaient, nombre d'entre eux, croyant déjà la chose faite pour eux-mêmes avec elle, n'ayant pas le sang-froid nécessaire pour étouffer au premier moment le cri de leur rage et de leur stupéfaction : « Alors ça te fait plaisir de te marier, Bibi ? » ne pouvait s'empêcher de s'exclamer le prince de Châtellerault, qui laissait tomber sa fourchette d'étonnement et de désespoir, car il avait cru que les mêmes fiançailles de Mlle d'Ambresac allaient bientôt être rendues publiques, mais avec lui, Châtellerault. Et pourtant Dieu sait tout ce que son père avait adroitement conté aux Ambresac contre la mère de Bibi. « Alors ça t'amuse de te marier ? » ne pouvait-il s'empêcher de demander une seconde fois à Bibi, lequel mieux préparé puisqu'il avait eu tout le temps de choisir son attitude depuis que c'était « presque officiel », répondait en souriant : « Je suis content non pas de me marier, ce dont je n'avais

guère envie, mais d'épouser Daisy d'Ambresac que
je trouve délicieuse. » Le temps qu'avait duré cette
réponse, M. de Châtellerault s'était ressaisi, mais il
songeait qu'il fallait au plus vite faire volte-face en
direction de Mlle de la Canourgue ou de Miss Foster,
les grands partis n° 2 et n° 3, demander patience
aux créanciers qui attendaient le mariage Ambresac, et enfin expliquer aux gens auxquels il avait dit
aussi que Mlle d'Ambresac était charmante, que ce
mariage était bon pour Bibi, mais que lui se serait
brouillé avec toute sa famille s'il l'avait épousée.
Mme de Soléon avait été, allait-il prétendre, jusqu'à
dire qu'elle ne les recevrait pas.

Mais si, aux yeux des fournisseurs, patrons de
restaurants, etc., ils semblaient des gens de peu, en
revanche, êtres doubles, dès qu'ils se trouvaient dans
le monde, ils n'étaient plus jugés d'après le délabre-
ment de leur fortune et les tristes métiers auxquels
ils se livraient pour essayer de le réparer. Ils rede-
venaient M. le prince, M. le duc un tel, et n'étaient
comptés que d'après leurs quartiers. Un duc presque
milliardaire et qui semblait tout réunir en soi, passait après eux parce que, chefs de famille, ils étaient
anciennement princes souverains d'un petit pays où
ils avaient le droit de battre monnaie, etc. Souvent,
dans ce café, l'un baissait les yeux quand un autre
entrait, de façon à ne pas forcer l'arrivant à le saluer.
C'est qu'il avait, dans sa poursuite imaginative de
la richesse, invité à dîner un banquier. Chaque fois
qu'un homme du monde entre, dans ces conditions,
en rapport avec un banquier, celui-ci lui fait perdre
une centaine de mille francs, ce qui n'empêche pas
l'homme du monde de recommencer avec un autre.
On continue de brûler des cierges et de consulter
des médecins.

Mais le prince de Foix, riche lui-même, appartenait

non seulement à cette coterie élégante d'une quinzaine de jeunes gens, mais à un groupe, plus fermé
et inséparable, de quatre, dont faisait partie Saint-
Loup. On ne les invitait jamais l'un sans l'autre, on
les appelait les quatre gigolos, on les voyait toujours
ensemble à la promenade, dans les châteaux on leur
donnait des chambres communicantes, de sorte que,
d'autant plus qu'ils étaient tous très beaux, des bruits
couraient sur leur intimité. Je pus les démentir de
la façon la plus formelle en ce qui concernait Saint-
Loup[1]. Mais ce qui est curieux, c'est que plus tard, si
l'on apprit que ces bruits étaient vrais pour tous les
quatre, en revanche chacun d'eux l'avait entièrement
ignoré des trois autres. Et pourtant chacun d'eux
avait bien cherché à s'instruire sur les autres, soit
pour assouvir un désir, ou plutôt une rancune, empêcher un mariage, avoir barre sur l'ami découvert.
Un cinquième (car dans les groupes de quatre on
est toujours plus de quatre) s'était joint aux quatre
platoniciens, qui l'était plus que tous les autres. Mais
des scrupules religieux le retinrent jusque bien après
que le groupe des quatre fut désuni et lui-même
marié, père de famille, implorant à Lourdes que le
prochain enfant fût un garçon ou une fille, et dans
l'intervalle se jetant sur les militaires.

Malgré la manière d'être du prince, le fait que le
propos était tenu devant lui sans lui être directement
adressé, rendit sa colère moins forte qu'elle n'eût été
sans cela. De plus, cette soirée avait quelque chose
d'exceptionnel. Enfin l'avocat n'avait pas plus de
chance d'entrer en relations avec le prince de Foix
que le cocher qui avait conduit ce noble seigneur.
Aussi ce dernier crut-il pouvoir répondre, d'un air
rogue toutefois et à la cantonade, à cet interlocuteur qui, à la faveur du brouillard, était comme un
compagnon de voyage rencontré dans quelque plage

située aux confins du monde, battue des vents ou ensevelie dans les brumes : « Ce n'est pas tout de se perdre, mais c'est qu'on ne se retrouve pas. » La justesse de cette pensée frappa le patron parce qu'il l'avait déjà entendu exprimer plusieurs fois ce soir.

En effet, il avait l'habitude de comparer toujours ce qu'il entendait ou lisait à un certain texte déjà connu et sentait s'éveiller son admiration s'il ne voyait pas de différences. Cet état d'esprit n'est pas négligeable car, appliqué aux conversations politiques, à la lecture des journaux, il forme l'opinion publique, et par là rend possibles les plus grands événements. Beaucoup de patrons de cafés allemands admirant seulement leur consommateur ou leur journal, quand ils disaient que la France, l'Angleterre et la Russie « cherchaient » l'Allemagne, ont rendu possible, au moment d'Agadir, une guerre qui d'ailleurs n'a pas éclaté[1]. Les historiens, s'ils n'ont pas eu tort de renoncer à expliquer les actes des peuples par la volonté des rois, doivent la remplacer par la psychologie de l'individu, de l'individu médiocre.

En politique, le patron du café où je venais d'arriver n'appliquait depuis quelque temps sa mentalité de professeur de récitation qu'à un certain nombre de morceaux sur l'affaire Dreyfus. S'il ne retrouvait pas les termes connus dans les propos d'un client ou les colonnes d'un journal, il déclarait l'article assommant, ou le client pas franc. Le prince de Foix l'émerveilla au contraire au point qu'il laissa à peine à son interlocuteur le temps de finir sa phrase. « Bien dit, mon prince, bien dit (ce qui voulait dire, en somme, récité sans faute), c'est ça, c'est ça », s'écria-t-il, « dilaté », comme s'expriment *Les Mille et Une Nuits*, « à la limite de la satisfaction[2] ». Mais le prince avait déjà disparu dans la petite salle. Puis, comme la vie reprend même après les événements

les plus singuliers, ceux qui sortaient de la mer de
brouillard commandaient les uns leur consomma-
tion, les autres leur souper ; et parmi ceux-ci, des
jeunes gens du Jockey qui, à cause du caractère
anormal du jour, n'hésitèrent pas à s'installer à deux
tables dans la grande salle, et se trouvèrent ainsi fort
près de moi. Tel le cataclysme avait établi, même de
la petite salle à la grande, entre tous ces gens stimu-
lés par le confort du restaurant, après leurs longues
erreurs dans l'océan de brume, une familiarité dont
j'étais seul exclu, et à laquelle devait ressembler celle
qui régnait dans l'arche de Noé. Tout à coup, je vis
le patron s'infléchir en courbettes, les maîtres d'hôtel
accourir au grand complet, ce qui fit tourner les yeux
à tous les clients. « Vite, appelez-moi Cyprien, une
table pour M. le marquis de Saint-Loup », s'écriait
le patron, pour qui Robert n'était pas seulement
un grand seigneur jouissant d'un véritable prestige,
même aux yeux du prince de Foix, mais un client
qui menait la vie à grandes guides et dépensait dans
ce restaurant beaucoup d'argent. Les soupeurs de
la grande salle regardaient avec curiosité, ceux de
la petite hélaient à qui mieux mieux leur ami qui
finissait de s'essuyer les pieds. Mais au moment où il
allait pénétrer dans la petite salle, il m'aperçut dans
la grande. « Bon Dieu, cria-t-il, qu'est-ce que tu fais
là, et avec la porte ouverte devant toi », dit-il, non
sans jeter un regard furieux au patron qui courut la
fermer en s'excusant sur les garçons : « Je leur dis
toujours de la tenir fermée. »

J'avais été obligé de déranger ma table et d'autres
qui étaient devant la mienne, pour aller à lui. « Pourquoi as-tu bougé ? Tu aimes mieux dîner là que dans
la petite salle ? Mais, mon pauvre petit, tu vas geler.
Vous allez me faire le plaisir de condamner cette
porte, dit-il au patron. — À l'instant même, monsieur

le marquis, les clients qui viendront à partir de maintenant passeront par la petite salle, voilà tout. » Et
pour mieux montrer son zèle, il commanda pour
cette opération un maître d'hôtel et plusieurs garçons, tout en faisant sonner très haut de terribles
menaces si elle n'était pas menée à bien. Il me donnait des marques de respect excessives pour que
j'oubliasse qu'elles n'avaient pas commencé dès mon
arrivée, mais seulement après celle de Saint-Loup, et,
pour que je ne crusse pas cependant qu'elles étaient
dues à l'amitié que me montrait son riche et aristocratique client, il m'adressait à la dérobée de petits
sourires où semblait se déclarer une sympathie toute
personnelle.

Derrière moi le propos d'un consommateur me
fit tourner une seconde la tête. J'avais entendu au
lieu des mots : « Aile de poulet, très bien, un peu de
champagne, mais pas trop sec », ceux-ci : « J'aimerais mieux de la glycérine. Oui, chaude, très bien. »
J'avais voulu voir quel était l'ascète qui s'infligeait un
tel menu. Je retournai vivement la tête vers Saint-
Loup pour ne pas être reconnu de l'étrange gourmet.
C'était tout simplement un docteur, que je connaissais, à qui un client, profitant du brouillard pour le
chambrer dans ce café, demandait une consultation.
Les médecins comme les boursiers disent « je ».

Cependant je regardais Robert et je songeais à
ceci. Il y avait dans ce café, j'avais connu dans la
vie, bien des étrangers, intellectuels, rapins de toute
sorte, résignés au rire qu'excitaient leur cape prétentieuse, leurs cravates 1830[1] et bien plus encore leurs
mouvements maladroits, allant jusqu'à le provoquer
pour montrer qu'ils ne s'en souciaient pas, et qui
étaient des gens d'une réelle valeur intellectuelle et
morale, d'une profonde sensibilité. Ils déplaisaient
– les Juifs principalement, les Juifs non assimilés

bien entendu, il ne saurait être question des autres –
aux personnes qui ne peuvent souffrir un aspect
étrange, loufoque (comme Bloch à Albertine). Généralement on reconnaissait ensuite que, s'ils avaient
contre eux d'avoir les cheveux trop longs, le nez et
les yeux trop grands, des gestes théâtraux et sac-
cadés, il était puéril de les juger là-dessus, qu'ils
avaient beaucoup d'esprit, de cœur et étaient, à
l'user, des gens qu'on pouvait profondément aimer.
Pour les Juifs en particulier, il en était peu dont les
parents n'eussent une générosité de cœur, une largeur d'esprit, une sincérité, à côté desquelles la mère
de Saint-Loup et le duc de Guermantes ne fissent
piètre figure morale par leur sécheresse, leur religio-
sité superficielle qui ne flétrissait que les scandales,
et leur apologie familiale d'un christianisme aboutissant infailliblement (par les voies imprévues de l'intelligence uniquement prisée) à un colossal mariage
d'argent. Mais enfin chez Saint-Loup, de quelque
façon que les défauts des parents se fussent com-
binés en une création nouvelle de qualités, régnait
la plus charmante ouverture d'esprit et de cœur. Et
alors, il faut bien le dire à la gloire immortelle de
la France, quand ces qualités-là se trouvent chez un
pur Français, qu'il soit de l'aristocratie ou du peuple,
elles fleurissent – s'épanouissent serait trop dire, car
la mesure y persiste et la restriction – avec une grâce
que l'étranger, si estimable soit-il, ne nous offre
pas. Les qualités intellectuelles et morales, certes
les autres les possèdent aussi, et s'il faut d'abord
traverser ce qui déplaît et ce qui choque et ce qui
fait sourire, elles ne sont pas moins précieuses. Mais
c'est tout de même une jolie chose et qui est peut-
être exclusivement française, que ce qui est beau
au jugement de l'équité, ce qui vaut selon l'esprit
et le cœur, soit d'abord charmant aux yeux, coloré

avec grâce, ciselé avec justesse, réalise aussi dans sa matière et dans sa forme la perfection intérieure. Je regardais Saint-Loup, et je me disais que c'est une jolie chose quand il n'y a pas de disgrâce physique pour servir de vestibule aux grâces intérieures, et que les ailes du nez sont délicates et d'un dessin parfait comme celles des petits papillons qui se posent sur les fleurs des prairies, autour de Combray ; et que le véritable *opus francigenum*[1], dont le secret n'a pas été perdu depuis le XIIIe siècle, et qui ne périrait pas avec nos églises, ce ne sont pas tant les anges de pierre de Saint-André-des-Champs que les petits Français, nobles, bourgeois ou paysans, au visage sculpté avec cette délicatesse et cette franchise restées aussi traditionnelles qu'au porche fameux, mais encore créatrices.

Après être parti un instant pour veiller lui-même à la fermeture de la porte et à la commande du dîner (il insista beaucoup pour que nous prissions de la « viande de boucherie », les volailles n'étant sans doute pas fameuses), le patron revint nous dire que M. le prince de Foix aurait bien voulu que M. le marquis lui permît de venir dîner à une table près de lui. « Mais elles sont toutes prises, répondit Robert en voyant les tables qui bloquaient la mienne. — Pour cela, riposta le patron, cela ne fait rien : si ça pouvait être agréable à M. le marquis, il me serait bien facile de prier ces personnes de changer de place. Ce sont des choses qu'on peut faire pour M. le marquis ! — Mais c'est à toi de décider, me dit Saint-Loup, Foix est un bon garçon, je ne sais pas s'il t'ennuiera, il est moins bête que beaucoup. » Je répondis à Robert qu'il me plairait certainement, mais que pour une fois où je dînais avec lui et où je m'en sentais si heureux, j'aurais autant aimé que nous fussions seuls. « Ah ! il a un manteau bien joli, M. le prince », dit le patron pendant notre délibération. « Oui, je le connais », répondit Saint-Loup. Je voulais raconter à Robert que M. de Charlus avait dissimulé à sa belle-sœur qu'il me connût et lui demander quelle pouvait en être la raison, mais j'en fus empêché par l'arrivée de M. de Foix. Venant pour voir si sa requête était accueillie, nous l'aperçûmes qui se tenait à deux pas. Robert nous présenta, mais ne cacha pas à son ami qu'ayant à causer avec moi, il préférait qu'on nous laissât tranquilles. Le prince s'éloigna en ajoutant au salut d'adieu qu'il me fit, un sourire qui montrait Saint-Loup et semblait s'excuser sur la volonté de celui-ci de la brièveté d'une présentation qu'il eût souhaitée plus longue. Mais à ce moment Robert, semblant frappé d'une idée subite, s'éloigna avec son camarade, après m'avoir dit : « Assieds-toi toujours et commence à dîner, j'arrive », et il disparut dans la petite salle. Je fus peiné d'entendre les jeunes gens chic que je ne connaissais pas, raconter les histoires les plus ridicules et les plus malveillantes sur le jeune grand-duc héritier de Luxembourg[1] (ex-comte de Nassau) que j'avais connu à Balbec et qui m'avait donné des preuves si délicates de sympathie pendant la maladie de ma grand-mère. L'un prétendait qu'il avait dit à la duchesse de Guermantes : « J'exige que tout le monde se lève quand ma femme passe » et que la duchesse avait répondu (ce qui eût été non seulement dénué d'esprit mais d'exactitude, la grand-mère de la jeune princesse ayant toujours été la plus honnête femme du monde) : « Il faut qu'on se lève quand passe ta femme, cela changera de sa grand-mère car pour elle les hommes se couchaient. » Puis on raconta qu'étant allé voir cette année sa tante la princesse de Luxembourg, à Balbec, et étant descendu au Grand Hôtel, il s'était plaint au directeur (mon ami) qu'il n'eût pas hissé le fanion de

Luxembourg au-dessus de la digue. Or, ce fanion
étant moins connu et de moins d'usage que les dra-
peaux d'Angleterre ou d'Italie, il avait fallu plusieurs
jours pour se le procurer, au vif mécontentement
du jeune grand-duc. Je ne crus pas un mot de cette
histoire, mais me promis, dès que j'irais à Balbec,
d'interroger le directeur de l'hôtel de façon à m'assurer qu'elle était une invention pure.

En attendant Saint-Loup, je demandai au patron
du restaurant de me faire donner du pain. « Tout de
suite, monsieur le baron, dit-il avec empressement.
— Je ne suis pas baron, lui répondis-je avec un air
de tristesse pour rire. — Oh ! pardon, monsieur le
comte ! » Je n'eus pas le temps de faire entendre une
seconde protestation, après laquelle je fusse sûrement devenu « monsieur le marquis » ; aussi vite
qu'il l'avait annoncé, Saint-Loup réapparut dans l'entrée tenant à la main le grand manteau de vigogne
du prince à qui je compris qu'il l'avait demandé pour
me tenir chaud. Il me fit signe de loin de ne pas
me déranger, il avança, il aurait fallu qu'on bougeât
encore ma table ou que je changeasse de place pour
qu'il pût s'asseoir. Dès qu'il entra dans la grande
salle, il monta légèrement sur les banquettes de
velours rouge qui en faisaient le tour en longeant le
mur et où en dehors de moi n'étaient assis que trois
ou quatre jeunes gens du Jockey, connaissances à lui
qui n'avaient pu trouver place dans la petite salle.
Entre les tables, des fils électriques étaient tendus
à une certaine hauteur ; sans s'y embarrasser Saint-
Loup les sauta adroitement comme un cheval de
course un obstacle ; confus qu'elle s'exerçât uniquement pour moi et dans le but de m'éviter un mouvement bien simple, j'étais en même temps émerveillé
de cette sûreté avec laquelle mon ami accomplissait
cet exercice de voltige ; et je n'étais pas le seul ; car

encore qu'ils l'eussent sans doute médiocrement
goûté de la part d'un moins aristocratique et moins
généreux client, le patron et les garçons restaient
fascinés, comme des connaisseurs au pesage ; un
commis, comme paralysé, restait immobile avec un
plat que des dîneurs attendaient à côté ; et quand
Saint-Loup, ayant à passer derrière ses amis, grimpa
sur le rebord du dossier et s'y avança en équilibre,
des applaudissements discrets éclatèrent dans le
fond de la salle. Enfin arrivé à ma hauteur, il arrêta
net son élan avec la précision d'un chef devant la
tribune d'un souverain, et s'inclinant, me tendit avec
un air de courtoisie et de soumission le manteau
de vigogne, qu'aussitôt après, s'étant assis à côté de
moi, sans que j'eusse eu un mouvement à faire, il
arrangea, en châle léger et chaud, sur mes épaules[1].

« Dis-moi pendant que j'y pense, me dit Robert,
mon oncle Charlus a quelque chose à te dire. Je lui
ai promis que je t'enverrais chez lui demain soir.

— Justement j'allais te parler de lui. Mais demain
soir je dîne chez ta tante Guermantes.

— Oui, il y a un gueuleton à tout casser, demain,
chez Oriane. Je ne suis pas convié. Mais mon oncle
Palamède voudrait que tu n'y ailles pas. Tu ne peux
pas te décommander ? En tout cas, va chez mon
oncle Palamède après. Je crois qu'il tient à te voir.
Voyons, tu peux bien y être vers onze heures. Onze
heures, n'oublie pas, je me charge de le prévenir. Il
est très susceptible. Si tu n'y vas pas, il t'en voudra.
Et cela finit toujours de bonne heure chez Oriane.
Du reste, moi, il aurait fallu que je visse Oriane, pour
mon poste au Maroc que je voudrais changer. Elle
est si gentille pour ces choses-là et elle peut tout sur
le général de Saint-Joseph de qui ça dépend. Mais
ne lui en parle pas. J'ai dit un mot à la princesse de
Parme, ça marchera tout seul. Ah ! le Maroc, très

intéressant. Il y aurait beaucoup à te parler. Hommes très fins là-bas. On sent la parité d'intelligence.

— Tu ne crois pas que les Allemands puissent aller jusqu'à la guerre à propos de cela ?

— Non, cela les ennuie, et au fond c'est très juste. Mais l'empereur est pacifique. Ils nous font toujours croire qu'ils veulent la guerre pour nous forcer à céder. Cf. Poker. Le prince de Monaco, agent de Guillaume II, vient nous dire en confidence que l'Allemagne se jette sur nous si nous ne cédons pas[1]. Alors nous cédons. Mais si nous ne cédions pas, il n'y aurait aucune espèce de guerre. Tu n'as qu'à penser à quelle chose cosmique serait une guerre aujourd'hui. Ce serait plus catastrophique que le *Déluge*[2] et le *Götterdämmerung*[3] Seulement cela durerait moins longtemps. »

Il me parla d'amitié, de prédilection, de regret (bien que, comme tous les voyageurs de sa sorte, il allât repartir le lendemain pour quelques mois qu'il devait passer à la campagne et dût revenir seulement quarante-huit heures à Paris avant de retourner au Maroc ou ailleurs) ; mais les mots qu'il jeta ainsi dans la chaleur de cœur que j'avais ce soir-là y allumaient une douce rêverie. Nos rares tête-à-tête, et celui-là surtout, ont fait depuis épisode dans ma mémoire. Pour lui, comme pour moi, ce fut le soir de l'amitié. Pourtant celle que je ressentais en ce moment (et à cause de cela non sans quelque remords) n'était guère, je le craignais, celle qu'il lui eût plu d'inspirer. Tout rempli encore du plaisir que j'avais eu à le voir s'avancer au petit galop et toucher gracieusement au but, je sentais que ce plaisir tenait à ce que chacun des mouvements développés le long du mur, sur la banquette, avait sa signification, sa cause, dans la nature individuelle de Saint-Loup peut-être, mais plus encore dans celle que, par la naissance et par l'éducation, il avait héritée de sa race.

Une certitude du goût dans l'ordre non du beau mais des manières, et qui en présence d'une circonstance nouvelle faisait saisir tout de suite à l'homme élégant – comme à un musicien à qui on demande de jouer un morceau inconnu – le sentiment, le mouvement qu'elle réclame et y adapter le mécanisme, la technique qui conviennent le mieux, puis permettait à ce goût de s'exercer sans la contrainte d'aucune autre considération dont tant de jeunes bourgeois eussent été paralysés, aussi bien par peur d'être ridicules aux yeux des autres en manquant aux convenances que de paraître trop empressés à ceux de leur ami, et que remplaçait chez Robert un dédain que certes il n'avait jamais éprouvé dans son cœur, mais qu'il avait reçu par héritage en son corps, et qui avait plié les façons de ses ancêtres à une familiarité qu'ils croyaient ne pouvoir que flatter et ravir celui à qui elle s'adressait ; enfin une noble libéralité qui, ne tenant aucun compte de tant d'avantages matériels (des dépenses à profusion dans ce restaurant avaient achevé de faire de lui, ici comme ailleurs, le client le plus à la mode et le grand favori, situation que soulignait l'empressement envers lui non pas seulement de la domesticité mais de toute la jeunesse la plus brillante), les lui faisait fouler aux pieds, comme ces banquettes de pourpre effectivement et symboliquement trépignées, pareilles à un chemin somptueux qui ne plaisait à mon ami qu'en lui permettant de venir vers moi avec plus de grâce et de rapidité ; telles étaient les qualités, toutes essentielles à l'aristocratie, qui, derrière ce corps, non pas opaque et obscur comme eût été le mien, mais significatif et limpide, transparaissaient comme à travers une œuvre d'art la puissance industrieuse, efficiente qui l'a créée, et rendaient les mouvements de cette course légère que Robert avait déroulée le

long du mur, aussi intelligibles et charmants que
ceux de cavaliers sculptés sur une frise[1]. « Hélas, eût
pensé Robert, est-ce la peine que j'aie passé ma jeunesse à mépriser la naissance, à honorer seulement
la justice et l'esprit, à choisir, en dehors des amis qui
m'étaient imposés, des compagnons gauches et mal
vêtus s'ils avaient de l'éloquence, pour que le seul
être qui apparaisse en moi, dont on garde un précieux souvenir, soit non celui que ma volonté, en s'efforçant et en méritant, a modelé à ma ressemblance,
mais un être qui n'est pas mon œuvre, qui n'est
même pas moi, que j'ai toujours méprisé et cherché
à vaincre ? Est-ce la peine que j'aie aimé mon ami
préféré comme je l'ai fait, pour que le plus grand
plaisir qu'il trouve en moi soit celui d'y découvrir
quelque chose de bien plus général que moi-même,
un plaisir qui n'est pas du tout, comme il le dit et
comme il ne peut sincèrement le croire, un plaisir
d'amitié, mais un plaisir intellectuel et désintéressé,
une sorte de plaisir d'art ? » Voilà ce que je crains
aujourd'hui que Saint-Loup ait quelquefois pensé.
Il s'est trompé, dans ce cas. S'il n'avait pas, comme
il avait fait, aimé quelque chose de plus élevé que
la souplesse innée de son corps, s'il n'avait pas été
si longtemps détaché de l'orgueil nobiliaire, il y eût
eu plus d'application et de lourdeur dans son agilité
même, une vulgarité importante dans ses manières.
Comme à Mme de Villeparisis il avait fallu beaucoup
de sérieux pour qu'elle donnât dans sa conversation
et dans ses Mémoires le sentiment de la frivolité,
lequel est intellectuel, de même, pour que le corps de
Saint-Loup fût habité par tant d'aristocratie, il fallait
que celle-ci eût déserté sa pensée, tendue vers de
plus hauts objets, et, résorbée dans son corps, s'y fût
fixée en lignes inconscientes et nobles. Par là sa distinction d'esprit n'était pas absente d'une distinction

physique qui, la première faisant défaut, n'eût pas
été complète. Un artiste n'a pas besoin d'exprimer
directement sa pensée dans son ouvrage pour que
celui-ci en reflète la qualité ; on a même pu dire que
la louange la plus haute de Dieu est dans la négation
de l'athée qui trouve la Création assez parfaite pour
se passer d'un créateur. Et je savais bien aussi que
ce n'était pas qu'une œuvre d'art que j'admirais en
ce jeune cavalier déroulant le long du mur la frise de
sa course ; le jeune prince (descendant de Catherine
de Foix, reine de Navarre et petite-fille de Charles VII)
qu'il venait de quitter à mon profit, la situation de
naissance et de fortune qu'il inclinait devant moi, les
ancêtres dédaigneux et souples qui survivaient dans
l'assurance, l'agilité et la courtoisie avec lesquelles
il venait de disposer autour de mon corps frileux le
manteau de vigogne, tout cela n'était-ce pas comme
des amis plus anciens que moi dans sa vie, par lesquels j'eusse cru que nous dussions toujours être
séparés, et qu'il me sacrifiait au contraire par un
choix que l'on ne peut faire que dans les hauteurs
de l'intelligence, avec cette liberté souveraine dont
les mouvements de Robert étaient l'image et dans
laquelle se réalise la parfaite amitié ?

Ce que la familiarité d'un Guermantes – au lieu de
la distinction qu'elle avait chez Robert, parce que le
dédain héréditaire n'y était que le vêtement, devenu
grâce inconsciente, d'une réelle humilité morale –
eût décelé de morgue vulgaire, j'avais pu en prendre
conscience, non en M. de Charlus chez lequel des
défauts de caractère que jusqu'ici je comprenais mal
s'étaient superposés aux habitudes aristocratiques,
mais chez le duc de Guermantes. Lui aussi pourtant, dans l'ensemble commun qui avait tant déplu
à ma grand-mère quand autrefois elle l'avait rencontré chez Mme de Villeparisis, offrait des parties de

grandeur ancienne, et qui me furent sensibles quand j'allai dîner chez lui, le lendemain de la soirée que j'avais passée avec Saint-Loup.

Elles ne m'étaient apparues ni chez lui ni chez la duchesse, quand je les avais vus d'abord chez leur tante, pas plus que je n'avais vu le premier jour les différences qui séparaient la Berma de ses cama-rades, encore que chez celle-ci les particularités fussent infiniment plus saisissantes que chez des gens du monde puisqu'elles deviennent plus mar-quées au fur et à mesure que les objets sont plus réels, plus concevables à l'intelligence. Mais enfin, si légères que soient les nuances sociales (et au point que lorsqu'un peintre véridique comme Sainte-Beuve veut marquer successivement les nuances qu'il y eut entre le salon de Mme Geoffrin, de Mme Récamier et de Mme de Boigne, ils apparaissent tous si sem-blables que la principale vérité qui, à l'insu de l'au-teur, ressort de ses études, c'est le néant de la vie de salon[1]), pourtant, en vertu de la même raison que pour la Berma, quand les Guermantes me furent devenus indifférents et que la gouttelette de leur ori-ginalité ne fut plus vaporisée par mon imagination, je pus la recueillir, tout impondérable qu'elle fût.

La duchesse ne m'ayant pas parlé de son mari, à la soirée de sa tante, je me demandais si, avec les bruits de divorce qui couraient, il assisterait au dîner. Mais je fus bien vite fixé, car parmi les valets de pied qui se tenaient debout dans l'antichambre et qui (puisqu'ils avaient dû jusqu'ici me considérer à peu près comme les enfants de l'ébéniste, c'est-à-dire peut-être avec plus de sympathie que leur maître, mais comme incapable d'être reçu chez lui) devaient chercher la cause de cette révolution, je vis se glisser M. de Guer-mantes qui guettait mon arrivée pour me recevoir sur le seuil et m'ôter lui-même mon pardessus.

« Mme de Guermantes va être tout ce qu'il y a de plus heureuse, me dit-il d'un ton habilement persuasif. Permettez-moi de vous débarrasser de vos frusques (il trouvait à la fois bon enfant et comique de parler le langage du peuple). Ma femme craignait un peu une défection de votre part, bien que vous eussiez donné votre jour. Depuis ce matin nous nous disions l'un à l'autre : "Vous verrez qu'il ne viendra pas." Je dois dire que Mme de Guermantes a vu plus juste que moi. Vous n'êtes pas un homme commode à avoir et j'étais persuadé que vous nous feriez faux bond. »

Et le duc était si mauvais mari, si brutal même, disait-on, qu'on lui savait gré, comme on sait gré de leur douceur aux méchants, de ces mots « Mme de Guermantes » avec lesquels il avait l'air d'étendre sur la duchesse une aile protectrice pour qu'elle ne fasse qu'un avec lui. Cependant, me saisissant familièrement par la main, il se mit en devoir de me guider et de m'introduire dans les salons. Telle expression courante peut plaire dans la bouche d'un paysan si elle montre la survivance d'une tradition locale, la trace d'un événement historique, peut-être ignorés de celui qui y fait allusion ; de même, cette politesse de M. de Guermantes, et qu'il allait me témoigner pendant toute la soirée, me charma comme un reste d'habitudes plusieurs fois séculaires, d'habitudes en particulier du XVIIᵉ siècle. Les gens des temps passés nous semblent infiniment loin de nous. Nous n'osons pas leur supposer d'intentions profondes au-delà de ce qu'ils expriment formellement ; nous sommes étonnés quand nous rencontrons un sentiment à peu près pareil à ceux que nous éprouvons chez un héros d'Homère ou une habile feinte tactique chez Hannibal pendant la bataille de Cannes où il laissa enfoncer son flanc pour envelopper son adversaire par surprise[1] ; on dirait que nous nous imaginions ce poète épique et ce général aussi éloignés de nous qu'un animal vu dans un jardin zoologique. Même chez tels personnages de la cour de Louis XIV, quand nous trouvons des marques de courtoisie dans des lettres écrites par eux à quelque homme de rang inférieur et qui ne peut leur être utile à rien, elles nous laissent surpris parce qu'elles nous révèlent tout à coup chez ces grands seigneurs tout un monde de croyances qu'ils n'expriment jamais directement mais qui les gouvernent, et en particulier la croyance qu'il faut par politesse feindre certains sentiments et exercer avec le plus grand scrupule certaines fonctions d'amabilité.

Cet éloignement imaginaire du passé est peut-être une des raisons qui permettent de comprendre que même de grands écrivains aient trouvé une beauté géniale aux œuvres de médiocres mystificateurs comme Ossian. Nous sommes si étonnés que des bardes lointains puissent avoir des idées modernes, que nous nous émerveillons si, dans ce que nous croyons un vieux chant gaélique, nous en rencontrons une que nous n'eussions trouvée qu'ingénieuse chez un contemporain. Un traducteur de talent n'a qu'à ajouter à un ancien qu'il restitue plus ou moins fidèlement, des morceaux qui, signés d'un nom contemporain et publiés à part, paraîtraient seulement agréables : aussitôt il donne une émouvante grandeur à son poète, lequel joue ainsi sur le clavier de plusieurs siècles. Ce traducteur n'était capable que d'un livre médiocre, si ce livre eût été publié comme un original de lui. Donné pour une traduction, il semble celle d'un chef-d'œuvre. Le passé non seulement n'est pas si fugace, il reste sur place. Ce n'est pas seulement des mois après le commencement d'une guerre que des lois votées sans hâte peuvent agir efficacement sur elle, ce n'est pas seulement quinze ans après un crime resté obscur qu'un magistrat peut encore trouver les éléments qui serviront à l'éclaircir ; après des siècles et des siècles, le savant qui étudie dans une région lointaine la toponymie, les coutumes des habitants, pourra saisir encore en elles telle légende bien antérieure au christianisme, déjà incomprise, sinon même oubliée, au temps d'Hérodote et qui, dans l'appellation donnée à une roche, dans un rite religieux, demeure au milieu du présent comme une émanation plus dense, immémoriale et stable. Il y en avait une aussi, bien moins antique, émanation de la vie de cour, sinon dans les manières souvent vulgaires de M. de Guermantes, du moins dans l'esprit qui les dirigeait. Je devais la goûter encore, comme une odeur ancienne, quand je le retrouvai un peu plus tard au salon. Car je n'y étais pas allé tout de suite.

En quittant le vestibule, j'avais dit à M. de Guermantes que j'avais un grand désir de voir ses Elstir. « Je suis à vos ordres, M. Elstir est-il donc de vos amis ? Je suis fort marri car je le connais un peu, c'est un homme aimable, ce que nos pères appelaient l'honnête homme, j'aurais pu lui demander de me faire la grâce de venir, et le prier à dîner. Il aurait certainement été très flatté de passer la soirée en votre compagnie. » Fort peu Ancien Régime quand il s'efforçait ainsi de l'être, le duc le redevenait ensuite sans le vouloir. M'ayant demandé si je désirais qu'il me montrât ces tableaux, il me conduisit, s'effaçant gracieusement devant chaque porte, s'excusant quand, pour me montrer le chemin, il était obligé de passer devant, petite scène qui (depuis le temps où Saint-Simon raconte qu'un ancêtre des Guermantes lui fit les honneurs de son hôtel avec les mêmes scrupules dans l'accomplissement des devoirs frivoles du gentilhomme) avait dû, avant de glisser jusqu'à nous, être jouée par bien d'autres Guermantes pour bien d'autres visiteurs. Et comme j'avais dit au duc que je serais bien aise d'être seul un moment devant les tableaux, il s'était retiré discrètement en me disant que je n'aurais qu'à venir le retrouver au salon.

Seulement une fois en tête à tête avec les Elstir, j'oubliai tout à fait l'heure du dîner ; de nouveau comme à Balbec j'avais devant moi les fragments de ce monde aux couleurs inconnues qui n'était que la projection de la manière de voir particulière à ce grand peintre et que ne traduisaient nullement ses paroles. Les parties du mur couvertes de peintures de lui, toutes homogènes les unes aux autres, étaient comme les images lumineuses d'une lanterne magique laquelle eût été, dans le cas présent, la tête de l'artiste et dont on n'eût pu soupçonner l'étrangeté tant qu'on n'aurait fait que connaître l'homme, c'est-à-dire tant qu'on n'eût fait que voir la lanterne coiffant la lampe, avant qu'aucun verre coloré eût encore été placé. Parmi ces tableaux, quelques-uns de ceux qui semblaient le plus ridicules aux gens du monde m'intéressaient plus que les autres en ce qu'ils recréaient ces illusions d'optique qui nous prouvent que nous n'identifierions pas les objets si nous ne faisions pas intervenir le raisonnement. Que de fois en voiture ne découvrons-nous pas une longue rue claire qui commence à quelques mètres de nous, alors que seul devant nous un pan de mur violemment éclairé nous a donné le mirage de la profondeur ! Dès lors n'est-il pas logique, non par artifice de symbolisme mais par retour sincère à la racine même de l'impression, de représenter une chose par cette autre que dans l'éclair d'une illusion première nous avons prise pour elle ? Les surfaces et les volumes sont en réalité indépendants des noms d'objets que notre mémoire leur impose quand nous les avons reconnus. Elstir tâchait d'arracher à ce qu'il venait de sentir ce qu'il savait ; son effort avait souvent été de dissoudre cet agrégat de raisonnements que nous appelons vision.

Les gens qui détestaient ces « horreurs » s'étonnaient qu'Elstir admirât Chardin, Perronneau, tant de peintres qu'eux, les gens du monde, aimaient[1]. Ils ne se rendaient pas compte qu'Elstir avait pour son compte refait devant le réel (avec l'indice particulier de son goût pour certaines recherches) le même effort qu'un Chardin ou un Perronneau, et qu'en conséquence, quand il cessait de travailler pour lui-même, il admirait en eux des tentatives du même genre, des sortes de fragments anticipés d'œuvres de lui. Mais les gens du monde n'ajoutaient pas par la pensée à l'œuvre d'Elstir cette perspective du Temps qui leur permettait d'aimer ou tout au moins de regarder sans gêne la peinture de Chardin. Pourtant les plus vieux auraient pu se dire qu'au cours de leur vie ils avaient vu, au fur et à mesure que les années les en éloignaient, la distance infranchissable entre ce qu'ils jugeaient un chef-d'œuvre d'Ingres et ce qu'ils croyaient devoir rester à jamais une horreur (par exemple l'*Olympia* de Manet) diminuer jusqu'à ce que les deux toiles eussent l'air jumelles[2]. Mais on ne profite d'aucune leçon parce qu'on ne sait pas descendre jusqu'au général et qu'on se figure toujours se trouver en présence d'une expérience qui n'a pas de précédents dans le passé.

Je fus ému de retrouver dans deux tableaux (plus réalistes, ceux-là, et d'une manière antérieure) un même monsieur, une fois en frac dans son salon, une autre fois en veston et en chapeau haut de forme dans une fête populaire au bord de l'eau où il n'avait évidemment que faire, et qui prouvait que pour Elstir il n'était pas seulement un modèle habituel, mais un ami, peut-être un protecteur[1], qu'il aimait, comme autrefois Carpaccio tels seigneurs notoires – et parfaitement ressemblants – de Venise[2], à faire figurer dans ses peintures, de même encore que Beethoven trouvait du plaisir à inscrire en tête d'une œuvre préférée le nom chéri de l'archiduc Rodolphe[3]. Cette fête au bord de l'eau avait quelque chose d'enchanteur. La rivière, les robes des femmes, les voiles des barques, les reflets innombrables des unes et des autres voisinaient parmi ce carré de peinture qu'Elstir avait découpé dans une merveil-leuse après-midi. Ce qui ravissait dans la robe d'une femme cessant un moment de danser à cause de la chaleur et de l'essoufflement, était chatoyant aussi, et de la même manière, dans la toile d'une voile arrêtée, dans l'eau du petit port, dans le ponton de bois, dans les feuillages et dans le ciel. Comme, dans un des tableaux que j'avais vus à Balbec, l'hôpital, aussi beau sous son ciel de lapis que la cathédrale elle-même, semblait, plus hardi qu'Elstir théoricien, qu'Elstir homme de goût et amoureux du Moyen Âge, chanter : « Il n'y a pas de gothique, il n'y a pas de chef-d'œuvre, l'hôpital sans style vaut le glorieux portail », de même j'entendais : « La dame un peu vulgaire qu'un dilettante en promenade éviterait de regarder, excepterait du tableau poétique que la nature compose devant lui, cette femme est belle aussi, sa robe reçoit la même lumière que la voile du bateau, et il n'y a pas de choses plus ou moins précieuses, la robe commune et la voile en elle-même jolie sont deux miroirs du même reflet. Tout le prix est dans les regards du peintre. » Or celui-ci avait su immortellement arrêter le mouvement des heures à cet instant lumineux où la dame avait eu chaud et avait cessé de danser, où l'arbre était cerné d'un pourtour d'ombre, où les voiles semblaient glisser sur un vernis d'or. Mais justement parce que l'instant pesait sur nous avec tant de force, cette toile si fixée donnait l'impression la plus fugitive, on sentait que la dame allait bientôt s'en retourner, les bateaux disparaître, l'ombre changer de place, la nuit venir, que le plaisir finit, que la vie passe et que les instants, montrés à la fois par tant de lumières qui y voisinent ensemble, ne se retrouvent pas. Je reconnaissais encore un aspect, tout autre il est vrai, de ce qu'est l'Instant, dans quelques aquarelles à sujets mythologiques, datant des débuts d'Elstir et dont était aussi orné ce salon. Les gens du monde « avancés » allaient « jusqu'à » cette manière-là, mais pas plus loin. Ce n'était certes pas ce qu'Elstir avait fait de mieux, mais déjà la sincérité avec laquelle le sujet avait été pensé lui ôtait sa froideur. C'est ainsi que, par exemple, les Muses étaient représentées comme le seraient des êtres appartenant à une espèce fossile mais qu'il n'eût pas été rare, aux temps mythologiques, de voir passer le soir, par deux ou par trois, le long de quelque sentier montagneux[1]. Quelquefois un poète, d'une race ayant aussi une individualité particulière pour un zoologiste (caractérisée par une certaine insexualité), se promenait avec une Muse, comme, dans la nature, des créatures d'espèces différentes mais amies et qui vont de compagnie. Dans une de ces aquarelles, on voyait un poète épuisé d'une longue course en montagne, qu'un Centaure, qu'il a rencontré, touché de sa fatigue, prend sur son dos et ramène[2]. Dans plus d'une autre, l'immense paysage (où la scène mythique, les héros fabuleux tiennent une place minuscule et sont comme perdus) est rendu, des sommets à la mer, avec une exactitude qui donne plus que l'heure, jusqu'à la minute qu'il est, grâce au degré précis du déclin du soleil, à la fidélité fugitive des ombres. Par là l'artiste donne, en l'instantanéisant, une sorte de réalité historique vécue au symbole de la fable, le peint et le relate au passé défini.

Pendant que je regardais les peintures d'Elstir, les coups de sonnette des invités qui arrivaient avaient tinté, ininterrompus, et m'avaient bercé doucement. Mais le silence qui leur succéda et qui durait déjà depuis très longtemps finit – moins rapidement il est vrai – par m'éveiller de ma rêverie, comme celui qui succède à la musique de Lindor tire Bartholo de son sommeil[1]. J'eus peur qu'on m'eût oublié, qu'on fût à table et j'allai rapidement vers le salon. À la porte du cabinet des Elstir je trouvai un domestique qui attendait, vieux ou poudré, je ne sais, l'air d'un ministre espagnol, mais me témoignant du même respect qu'il eût mis aux pieds d'un roi. Je sentis à son air qu'il m'eût attendu une heure encore, et je pensai avec effroi au retard que j'avais apporté au dîner, alors surtout que j'avais promis d'être à onze heures chez M. de Charlus.

Le ministre espagnol (non sans que je rencontrasse, en route, le valet de pied persécuté par le concierge, et qui, rayonnant de bonheur quand je lui demandai des nouvelles de sa fiancée, me dit que justement demain était le jour de sortie d'elle et de lui, qu'il pourrait passer toute la journée avec elle, et célébra la bonté de Madame la duchesse) me conduisit au salon où je craignais de trouver M. de Guermantes de mauvaise humeur. Il m'accueillit, au contraire, avec une joie évidemment en partie factice et dictée par la politesse, mais par ailleurs sincère, inspirée et par son estomac qu'un tel retard avait affamé, et par la conscience d'une impatience pareille chez tous ses invités lesquels remplissaient complètement le salon. Je sus, en effet, plus tard, qu'on m'avait attendu près de trois quarts d'heure. Le

duc de Guermantes pensa sans doute que prolonger
le supplice général de deux minutes ne l'aggraverait
pas, et que la politesse l'ayant poussé à reculer si
longtemps le moment de se mettre à table, cette politesse serait plus complète si, en ne faisant pas servir
immédiatement, il réussissait à me persuader que
je n'étais pas en retard et qu'on n'avait pas attendu
pour moi. Aussi me demanda-t-il, comme si nous
avions une heure avant le dîner et si certains invités n'étaient pas encore là, comment je trouvais les
Elstir. Mais en même temps et sans laisser apercevoir ses tiraillements d'estomac, pour ne pas perdre
une seconde de plus, de concert avec la duchesse
il procédait aux présentations. Alors seulement je
m'aperçus que venait de se produire autour de moi,
de moi qui jusqu'à ce jour – sauf le stage dans le
salon de Mme Swann – avais été habitué chez ma
mère, à Combray et à Paris, aux façons ou protec-
trices ou sur la défensive de bourgeoises rechignées
qui me traitaient en enfant, un changement de décor
comparable à celui qui introduit tout à coup Parsifal
au milieu des filles-fleurs[1]. Celles qui m'entouraient,
entièrement décolletées (leur chair apparaissait des
deux côtés d'une sinueuse branche de mimosa ou
sous les larges pétales d'une rose), ne me dirent bonjour qu'en coulant vers moi de longs regards caressants comme si la timidité seule les eût empêchées
de m'embrasser. Beaucoup n'en étaient pas moins
fort honnêtes au point de vue des mœurs ; beaucoup,
non toutes, car les plus vertueuses n'avaient pas
pour celles qui étaient légères cette répulsion qu'eût
éprouvée ma mère. Les caprices de la conduite, niés
par de saintes amies, malgré l'évidence, semblaient,
dans le monde des Guermantes, importer beaucoup
moins que les relations qu'on avait su conserver. On
feignait d'ignorer que le corps d'une maîtresse de

maison était manié par qui voulait, pourvu que son
« salon » fût demeuré intact. Comme le duc se gênait
fort peu avec ses invités (de qui et à qui il n'avait
plus dès longtemps rien à apprendre), mais beaucoup avec moi dont le genre de supériorité, lui étant
inconnu, lui causait un peu le même genre de respect qu'aux grands seigneurs de la cour de Louis XIV
les ministres bourgeois[1], il considérait évidemment
que le fait de ne pas connaître ses convives n'avait
aucune importance, sinon pour eux, du moins pour
moi, et, tandis que je me préoccupais, à cause de
lui, de l'effet que je ferais sur eux, il se souciait seulement de celui qu'ils feraient sur moi.

Tout d'abord, d'ailleurs, se produisit un double
petit imbroglio. Au moment même, en effet, où j'étais
entré dans le salon, M. de Guermantes, sans même
me laisser le temps de dire bonjour à la duchesse,
m'avait mené, comme pour faire une bonne surprise
à cette personne à laquelle il semblait dire : « Voici
votre ami : vous voyez, je vous l'amène par la peau
du cou », vers une dame assez petite. Or, bien avant
que, poussé par le duc, je fusse arrivé devant elle,
cette dame n'avait cessé de m'adresser avec ses larges
et doux yeux noirs les mille sourires entendus que
nous adressons à une vieille connaissance qui peut-
être ne nous reconnaît pas. Comme c'était justement
mon cas et que je ne parvenais pas à me rappeler qui
elle était, je détournais la tête tout en m'avançant
de façon à ne pas avoir à répondre jusqu'à ce que
la présentation m'eût tiré d'embarras. Pendant ce
temps, la dame continuait à tenir en équilibre instable son sourire destiné à moi. Elle avait l'air d'être
pressée de s'en débarrasser et que je dise enfin : « Ah !
Madame, je crois bien ! Comme maman sera heureuse que nous nous soyons retrouvés ! » J'étais aussi
impatient de savoir son nom qu'elle d'avoir vu que je

la saluais enfin en pleine connaissance de cause et
que son sourire indéfiniment prolongé comme un *sol*
dièse pouvait enfin cesser. Mais M. de Guermantes
s'y prit si mal, au moins à mon avis, qu'il me sembla
qu'il n'avait nommé que moi et que j'ignorais toujours qui était la pseudo-inconnue, laquelle n'eut pas
le bon esprit de se nommer, tant les raisons de notre
intimité, obscures pour moi, lui paraissaient claires.
En effet, dès que je fus auprès d'elle, elle ne me tendit pas sa main, mais prit familièrement la mienne
et me parla sur le même ton que si j'eusse été aussi
au courant qu'elle des bons souvenirs à quoi elle se
reportait mentalement. Elle me dit combien Albert,
que je compris être son fils, allait regretter de n'avoir
pu venir. Je cherchai parmi mes anciens camarades
lequel s'appelait Albert, je ne trouvai que Bloch, mais
ce ne pouvait être Mme Bloch mère que j'avais devant
moi, puisque celle-ci était morte depuis de longues
années. Je m'efforçais vainement à deviner ce passé
commun à elle et à moi auquel elle se reportait en
pensée. Mais je ne l'apercevais pas mieux à travers le
jais translucide des larges et douces prunelles qui ne
laissaient passer que le sourire, qu'on ne distingue un
paysage situé derrière une vitre noire même enflammée de soleil. Elle me demanda si mon père ne se
fatiguait pas trop, si je ne voudrais pas un jour aller
au théâtre avec Albert, si j'étais moins souffrant,
et comme mes réponses, titubant dans l'obscurité
mentale où je me trouvais, ne devinrent distinctes
que pour dire que je n'étais pas bien ce soir, elle
avança elle-même une chaise pour moi en faisant
mille frais auxquels ne m'avaient jamais habitué les
autres amis de mes parents. Enfin le mot de l'énigme
me fut donné par le duc : « Elle vous trouve charmant », murmura-t-il à mon oreille, laquelle fut frappée comme si ces mots ne lui étaient pas inconnus.

C'étaient ceux que Mme de Villeparisis nous avait
dits, à ma grand-mère et à moi, quand nous avions
fait la connaissance de la princesse de Luxembourg[1].
Alors je compris tout, la dame présente n'avait rien
de commun avec Mme de Luxembourg, mais au langage de celui qui me la servait, je discernai l'espèce
de la bête. C'était une Altesse. Elle ne connaissait
nullement ma famille ni moi-même, mais issue de
la race la plus noble et possédant la plus grande
fortune du monde (car, fille du prince de Parme,
elle avait épousé un cousin également princier), elle
désirait, dans sa gratitude au Créateur, témoigner
au prochain, de si pauvre ou de si humble extrac-
tion fût-il, qu'elle ne le méprisait pas. À vrai dire, les
sourires auraient pu me le faire deviner, j'avais vu la
princesse de Luxembourg acheter des petits pains de
seigle sur la plage pour en donner à ma grand-mère,
comme à une biche du Jardin d'Acclimatation. Mais
ce n'était encore que la seconde princesse du sang
à qui j'étais présenté, et j'étais excusable de ne pas
avoir dégagé les traits généraux de l'amabilité des
grands. D'ailleurs eux-mêmes n'avaient-ils pas pris la
peine de m'avertir de ne pas trop compter sur cette
amabilité, puisque la duchesse de Guermantes, qui
m'avait fait tant de bonjours avec la main à l'Opéra,
avait eu l'air furieux que je la saluasse dans la rue,
comme les gens qui, ayant une fois donné un louis à
quelqu'un, pensent qu'avec celui-là ils sont en règle
pour toujours. Quant à M. de Charlus, ses hauts
et ses bas étaient encore plus contrastés. Enfin j'ai
connu, on le verra, des altesses et des majestés d'une
autre sorte, reines qui jouent à la reine, et parlent
non selon les habitudes de leurs congénères, mais
comme les reines dans Sardou[2].

Si M. de Guermantes avait mis tant de hâte à
me présenter, c'est que le fait qu'il y ait dans une

réunion quelqu'un d'inconnu à une Altesse royale, est intolérable et ne peut se prolonger une seconde. C'était cette même hâte que Saint-Loup avait mise à se faire présenter à ma grand-mère. D'ailleurs, par un reste hérité de la vie des cours qui s'appelle la politesse mondaine et qui n'est pas superficiel, mais où, par un retournement du dehors au dedans, c'est la superficie qui devient essentielle et profonde, le duc et la duchesse de Guermantes considéraient comme un devoir plus essentiel que ceux, assez souvent négligés au moins par l'un d'eux, de la charité, de la chasteté, de la pitié et de la justice, celui, plus inflexible, de ne guère parler à la princesse de Parme qu'à la troisième personne.

À défaut d'être encore jamais de ma vie allé à Parme (ce que je désirais depuis de lointaines vacances de Pâques), en connaître la princesse, qui, je le savais, possédait le plus beau palais de cette cité unique où tout d'ailleurs devait être homogène, isolée qu'elle était du reste du monde, entre les parois polies, dans l'atmosphère, étouffante comme un soir d'été sans air sur une place de petite ville italienne, de son nom compact et trop doux, cela aurait dû substituer tout d'un coup à ce que je tâchais de me figurer, ce qui existait réellement à Parme, en une sorte d'arrivée fragmentaire et sans avoir bougé ; c'était, dans l'algèbre du voyage à la ville de Giorgione[1], comme une première équation à cette inconnue. Mais si j'avais depuis des années – comme un parfumeur à un bloc uni de matière grasse – fait absorber à ce nom de princesse de Parme le parfum de milliers de violettes, en revanche, dès que je vis la princesse, que j'aurais été jusque-là convaincu être au moins la Sanseverina, une seconde opération commença, laquelle ne fut, à vrai dire, parachevée que quelques mois plus tard, et qui consista, à l'aide de nouvelles

malaxations chimiques, à expulser toute huile essentielle de violettes et tout parfum stendhalien du nom
de la princesse et à y incorporer à la place l'image
d'une petite femme noire, occupée d'œuvres, d'une
amabilité tellement humble qu'on comprenait tout
de suite dans quel orgueil altier cette amabilité prenait son origine. Du reste, pareille, à quelques différences près, aux autres grandes dames, elle était
aussi peu stendhalienne que, par exemple, à Paris,
dans le quartier de l'Europe, la rue de Parme, qui
ressemble beaucoup moins au nom de Parme qu'à
toutes les rues avoisinantes, et fait moins penser à
la Chartreuse où meurt Fabrice qu'à la salle des pas
perdus de la gare Saint-Lazare.

Son amabilité tenait à deux causes. L'une, générale,
était l'éducation que cette fille de souverains avait
reçue. Sa mère (non seulement alliée à toutes les
familles royales de l'Europe, mais encore – contraste
avec la maison ducale de Parme – plus riche qu'aucune princesse régnante) lui avait, dès son âge le
plus tendre, inculqué les préceptes orgueilleusement
humbles d'un snobisme évangélique ; et maintenant
chaque trait du visage de la fille, la courbe de ses
épaules, les mouvements de ses bras semblaient répéter : « Rappelle-toi que si Dieu t'a fait naître sur les
marches d'un trône, tu ne dois pas en profiter pour
mépriser ceux à qui la divine Providence a voulu
(qu'elle en soit louée !) que tu fusses supérieure par
la naissance et par les richesses. Au contraire, sois
bonne pour les petits. Tes aïeux étaient princes de
Clèves et de Juliers dès 647 ; Dieu a voulu dans sa
bonté que tu possédasses presque toutes les actions
du canal de Suez et trois fois autant de Royal Dutch
qu'Edmond de Rothschild ; ta filiation en ligne
directe est établie par les généalogistes depuis l'an 63
de l'ère chrétienne ; tu as pour belles-sœurs deux

impératrices. Aussi n'aie jamais l'air en parlant de te rappeler de si grands privilèges, non qu'ils soient précaires (car on ne peut rien changer à l'ancienneté de la race et on aura toujours besoin de pétrole), mais il est inutile d'enseigner que tu es mieux née que quiconque et que tes placements sont de premier ordre, puisque tout le monde le sait. Sois secourable aux malheureux. Fournis à tous ceux que la bonté céleste t'a fait la grâce de placer au-dessous de toi ce que tu peux leur donner sans déchoir de ton rang, c'est-à-dire des secours en argent, même des soins d'infirmière, mais bien entendu jamais d'invitations à tes soirées, ce qui ne leur ferait aucun bien, mais, en diminuant ton prestige, ôterait de son efficacité à ton action bienfaisante. »

Aussi, même dans les moments où elle ne pouvait pas faire de bien, la princesse cherchait à montrer, ou plutôt à faire croire par tous les signes exté-rieurs du langage muet, qu'elle ne se croyait pas supérieure aux personnes au milieu de qui elle se trouvait. Elle avait avec chacun cette charmante poli-tesse qu'ont avec les inférieurs les gens bien élevés et à tout moment, pour se rendre utile, poussait sa chaise dans le but de laisser plus de place, tenait mes gants, m'offrait tous ces services, indignes des fières bourgeoises, et que rendent bien volontiers les sou-veraines ou, instinctivement et par pli professionnel, les anciens domestiques.

L'autre raison de l'amabilité que me montra la princesse de Parme était plus particulière, mais nul-lement dictée par une mystérieuse sympathie pour moi. Mais cette seconde raison, je n'eus pas le loisir de l'approfondir à ce moment-là. Déjà, en effet, le duc, qui semblait pressé d'achever les présentations, m'avait entraîné vers une autre des filles-fleurs. En entendant son nom je lui dis que j'avais passé devant

son château, non loin de Balbec. « Oh ! comme
j'aurais été heureuse de vous le montrer », dit-elle
presque à voix basse comme pour se montrer plus
modeste, mais d'un ton senti, tout pénétré du regret
de l'occasion manquée d'un plaisir tout spécial, et
elle ajouta avec un regard insinuant : « J'espère que
tout n'est pas perdu. Et je dois dire que ce qui vous
aurait intéressé davantage c'eût été le château de ma
tante Brancas ; il a été construit par Mansard ; c'est
la perle de la province. » Ce n'était pas seulement elle
qui eût été contente de montrer son château, mais
sa tante Brancas qui n'eût pas été moins ravie de me
faire les honneurs du sien, à ce que m'assura cette
dame qui pensait évidemment que, surtout dans
un temps où la terre tend à passer aux mains de
financiers qui ne savent pas vivre, il importe que les
grands maintiennent les hautes traditions de l'hospitalité seigneuriale, par des paroles qui n'engagent
à rien. C'était aussi parce qu'elle cherchait, comme
toutes les personnes de son milieu, à dire les choses
qui pouvaient faire le plus de plaisir à l'interlocuteur,
à lui donner la plus haute idée de lui-même, à ce qu'il
crût qu'il flattait ceux à qui il écrivait, qu'il hono-
rait ses hôtes, qu'on brûlait de le connaître. Vouloir
donner aux autres cette idée agréable d'eux-mêmes
existe à vrai dire quelquefois même dans la bourgeoisie. On y rencontre cette disposition bienveillante, à titre de qualité individuelle compensatrice
d'un défaut, non pas, hélas, chez les amis les plus
sûrs, mais du moins chez les plus agréables compagnes. Elle fleurit en tout cas tout isolément. Dans
une partie importante de l'aristocratie, au contraire,
ce trait de caractère a cessé d'être individuel ; cultivé
par l'éducation, entretenu par l'idée d'une grandeur
propre qui ne peut craindre de s'humilier, qui ne
connaît pas de rivales, sait que par l'aménité elle

peut faire des heureux et se complaît à en faire, il est devenu le caractère générique d'une classe. Et même ceux que des défauts personnels trop opposés empêchent de le garder dans leur cœur, en portent la trace inconsciente dans leur vocabulaire ou leur gesticulation.

« C'est une très bonne femme », me dit M. de Guermantes de la princesse de Parme, « et qui sait être "grande dame" comme personne. »

Pendant que j'étais présenté aux femmes, il y avait un monsieur qui donnait de nombreux signes d'agitation : c'était le comte Hannibal de Bréauté-Consalvi. Arrivé tard, il n'avait pas eu le temps de s'informer des convives et quand j'étais entré au salon, voyant en moi un invité qui ne faisait pas partie de la société de la duchesse et devait par conséquent avoir des titres tout à fait extraordinaires pour y pénétrer, il installa son monocle sous l'arcade cintrée de ses sourcils, pensant que celui-ci l'aiderait beaucoup à discerner quelle espèce d'homme j'étais. Il savait que Mme de Guermantes avait, apanage précieux des femmes vraiment supérieures, ce qu'on appelle un « salon », c'est-à-dire ajoutait parfois aux gens de son monde quelque notabilité que venait de mettre en vue la découverte d'un remède ou la production d'un chef-d'œuvre. Le faubourg Saint-Germain restait encore sous l'impression d'avoir appris qu'à la réception pour le roi et la reine d'Angleterre, la duchesse n'avait pas craint de convier M. Detaille. Les femmes d'esprit du Faubourg se consolaient malaisément de n'avoir pas été invitées tant elles eussent été délicieusement intéressées d'approcher ce génie étrange[1]. Mme de Courvoisier prétendait qu'il y avait aussi M. Ribot[2], mais c'était une invention, destinée à faire croire qu'Oriane cherchait à faire nommer son mari ambassadeur. Enfin, pour comble de scandale, M. de Guermantes, avec une galanterie digne du maréchal de Saxe, s'était présenté au foyer de la Comédie-Française et avait prié Mlle Reichenberg[1] de venir réciter des vers devant le roi, ce qui avait eu lieu et constituait un fait sans précédent dans les annales des raouts. Au souvenir de tant d'imprévu (qu'il approuvait d'ailleurs pleinement, étant lui-même autant qu'un ornement et, de la même façon que la duchesse de Guermantes, mais dans le sexe masculin, une consécration pour un salon), M. de Bréauté, se demandant qui je pouvais bien être, sentait un champ très vaste ouvert à ses investigations. Un instant le nom de M. Widor[2] passa devant son esprit ; mais il jugea que j'étais bien jeune pour être organiste, et M. Widor, trop peu marquant pour être « reçu ». Il lui parut plus vraisemblable de voir tout simplement en moi le nouvel attaché de la légation de Suède duquel on lui avait parlé ; et il se préparait à me demander des nouvelles du roi Oscar par qui il avait été à plusieurs reprises fort bien accueilli ; mais quand le duc, pour me présenter, eut dit mon nom à M. de Bréauté, celui-ci, voyant que ce nom lui était absolument inconnu, ne douta plus dès lors que, me trouvant là, je ne fusse quelque célébrité. Oriane décidément n'en faisait pas d'autres, et savait l'art d'attirer les hommes en vue dans son salon, au pourcentage de un pour cent bien entendu, sans quoi elle l'eût déclassé. M. de Bréauté commença donc à se pourlécher les babines et à renifler de ses narines friandes, mis en appétit non seulement par le bon dîner qu'il était sûr de faire, mais par le caractère de la réunion que ma présence ne pouvait manquer de rendre intéressante et qui lui fournirait un sujet de conversation piquant le lendemain au déjeuner du duc de Chartres. Il n'était pas encore fixé sur le point de savoir si c'était moi dont on venait d'expérimenter le sérum contre le cancer ou de mettre en répétition le prochain lever de rideau au Théâtre-Français, mais, grand intellectuel, grand amateur de « récits de voyages », il ne cessait pas de multiplier devant moi les révérences, les signes d'intelligence, les sourires filtrés par son monocle ; soit dans l'idée fausse qu'un homme de valeur l'estimerait davantage s'il parvenait à lui inculquer l'illusion que pour lui, comte de Bréauté-Consalvi, les privilèges de la pensée n'étaient pas moins dignes de respect que ceux de la naissance ; soit tout simplement par besoin et difficulté d'exprimer sa satisfaction, dans l'ignorance de la langue qu'il devait me parler, en somme comme s'il se fût trouvé en présence de quelqu'un des « naturels » d'une terre inconnue où aurait atterri son radeau et avec lesquels, par espoir du profit, il tâcherait, tout en observant curieusement leurs coutumes et sans interrompre les démonstrations d'amitié ni de pousser comme eux de grands cris de bienveillance, de troquer des œufs d'autruche et des épices contre des verroteries. Après avoir répondu de mon mieux à sa joie, je serrai la main du duc de Châtellerault que j'avais déjà rencontré chez Mme de Villeparisis, de laquelle il me dit que c'était une fine mouche. Il était extrêmement Guermantes par la blondeur des cheveux, le profil busqué, les points où la peau de la joue s'altère, tout ce qui se voit déjà dans les portraits de cette famille que nous ont laissés le XVIe et le XVIIe siècle. Mais comme je n'aimais plus la duchesse, sa réincarnation en un jeune homme était sans attrait pour moi. Je lisais le crochet que faisait le nez du duc de Châtellerault comme la signature d'un peintre que j'aurais longtemps étudié, mais qui ne m'intéressait plus du tout. Puis je dis aussi bonjour au prince de Foix, et, pour le malheur de mes phalanges qui n'en

sortirent que meurtries, je les laissai s'engager dans
l'étau qu'était une poignée de main à l'allemande,
accompagnée d'un sourire ironique ou bonhomme,
du prince de Faffenheim, l'ami de M. de Norpois, et
que, par la manie de surnoms propre à ce milieu,
on appelait si universellement le prince Von, que
lui-même signait « prince Von », ou, quand il écrivait
à des intimes, « Von ». Encore cette abréviation-là se
comprenait-elle à la rigueur, à cause de la longueur
d'un nom composé. On se rendait moins compte
des raisons qui faisaient remplacer Élisabeth tantôt
par Lili, tantôt par Bebeth, comme dans un autre
monde pullulaient les Kikim. On s'explique que des
hommes, cependant assez oisifs et frivoles en général, eussent adopté « Quiou » pour ne pas perdre,
en disant « Montesquiou », leur temps. Mais on voit
moins ce qu'ils en gagnaient à prénommer un de
leurs cousins Dinand au lieu de Ferdinand. Il ne faudrait pas croire du reste que pour donner des prénoms les Guermantes procédassent invariablement
par la répétition d'une syllabe. Ainsi deux sœurs,
la comtesse de Montpeyroux et la vicomtesse de
Vélude, lesquelles étaient toutes deux d'une énorme
grosseur, ne s'entendaient jamais appeler, sans s'en
fâcher le moins du monde et sans que personne son-
geât à en sourire, tant l'habitude était ancienne, que
« Petite[1] » et « Mignonne ». Mme de Guermantes,
qui adorait Mme de Montpeyroux, eût, si celle-ci
eût été gravement atteinte, demandé avec des larmes
à sa sœur : « On me dit que "Petite" est très mal. »
Mme de l'Éclin portant les cheveux en bandeaux qui
lui cachaient entièrement les oreilles, on ne l'appelait jamais que « ventre affamé ». Quelquefois on
se contentait d'ajouter un *a* au nom ou au prénom
du mari pour désigner la femme. L'homme le plus
avare, le plus sordide, le plus inhumain du Faubourg

ayant pour prénom Raphaël, sa charmante, sa fleur
sortant aussi du rocher signait toujours Raphaëla ;
mais ce sont là seulement simples échantillons de
règles innombrables dont nous pourrons toujours,
si l'occasion s'en présente, expliquer quelques-unes.

Ensuite je demandai au duc de me présenter au
prince d'Agrigente. « Comment, vous ne connaissez
pas cet excellent Gri-gri », s'écria M. de Guermantes,
et il dit mon nom à M. d'Agrigente. Celui de ce dernier, si souvent cité par Françoise, m'était toujours
apparu comme une transparente verrerie, sous
laquelle je voyais, frappés au bord de la mer violette
par les rayons obliques d'un soleil d'or, les cubes
roses d'une cité antique dont je ne doutais pas que le
prince – de passage à Paris par un bref miracle – ne
fût lui-même, aussi lumineusement sicilien et glorieu-
sement patiné, le souverain effectif. Hélas, le vulgaire
hanneton auquel on me présenta, et qui pirouetta
pour me dire bonjour avec une lourde désinvolture
qu'il croyait élégante, était aussi indépendant de
son nom que d'une œuvre d'art qu'il eût possédée,
sans porter sur soi aucun reflet d'elle, sans peut-être
l'avoir jamais regardée. Le prince d'Agrigente était si
entièrement dépourvu de quoi que ce fût de princier
et qui pût faire penser à Agrigente, que c'en était
à supposer que son nom, entièrement distinct de
lui, relié par rien à sa personne, avait eu le pouvoir
d'attirer à soi tout ce qu'il aurait pu y avoir de vague
poésie en cet homme, comme chez tout autre, et
de l'enfermer après cette opération dans les syllabes
enchantées. Si l'opération avait eu lieu, elle avait été
en tout cas bien faite, car il ne restait plus un atome
de charme à retirer de ce parent des Guermantes.
De sorte qu'il se trouvait à la fois le seul homme
au monde qui fût prince d'Agrigente et peut-être
l'homme au monde qui l'était le moins. D'ailleurs

fort heureux de l'être, mais comme un banquier est heureux d'avoir de nombreuses actions d'une mine, sans se soucier si cette mine répond aux jolis noms de mine Ivanhoé et de mine Primerose, ou si elle s'appelle seulement la mine Premier[1]. Cependant, tandis que s'achevaient les présentations si longues à raconter mais qui, commencées dès mon entrée au salon, n'avaient duré que quelques instants, et que Mme de Guermantes, d'un ton presque suppliant, me disait : « Je suis sûre que Basin vous fatigue à vous mener ainsi de l'une à l'autre, nous voulons que vous connaissiez nos amis, mais nous voulons surtout ne pas vous fatiguer pour que vous reveniez souvent », le duc, d'un mouvement assez gauche et timoré, donna (ce qu'il aurait bien voulu faire depuis une heure remplie pour moi par la contemplation des Elstir) le signe qu'on pouvait servir.

Il faut ajouter qu'un des invités manquait, M. de Grouchy, dont la femme, née Guermantes, était venue seule de son côté, le mari devant arriver directement de la chasse où il avait passé la journée. Ce M. de Grouchy, descendant de celui du premier Empire duquel on a dit faussement que son absence au début de Waterloo avait été la cause principale de la défaite de Napoléon, était d'une excellente famille, insuffisante pourtant aux yeux de certains entichés de noblesse. Ainsi le prince de Guermantes, qui devait être bien des années plus tard moins difficile pour lui-même, avait-il coutume de dire à ses nièces : « Quel malheur pour cette pauvre Mme de Guermantes (la vicomtesse de Guermantes, mère de Mme de Grouchy) qu'elle n'ait jamais pu marier ses enfants ! — Mais, mon oncle, l'aînée a épousé M. de Grouchy. — Je n'appelle pas cela un mari ! Enfin, on prétend que l'oncle François a demandé la cadette, cela fera qu'elles ne seront pas toutes restées filles. »

Aussitôt l'ordre de servir donné, dans un vaste déclic giratoire, multiple et simultané, les portes de la salle à manger s'ouvrirent à deux battants ; un maître d'hôtel qui avait l'air d'un maître des cérémonies s'inclina devant la princesse de Parme et annonça la nouvelle : « Madame est servie », d'un ton pareil à celui dont il aurait dit : « Madame se meurt[1] », mais qui ne jeta aucune tristesse dans l'assemblée, car ce fut d'un air folâtre, et comme l'été à Robinson, que les couples s'avancèrent l'un derrière l'autre vers la salle à manger, se séparant quand ils avaient gagné leur place où des valets de pied poussaient derrière eux leur chaise ; la dernière, Mme de Guermantes s'avança vers moi, pour que je la conduisisse à table et sans que j'éprouvasse l'ombre de la timidité que j'aurais pu craindre car, en chasseresse à qui une grande adresse musculaire a rendu la grâce facile, voyant sans doute que je m'étais mis du côté qu'il ne fallait pas, elle pivota avec tant de justesse autour de moi que je trouvai son bras sur le mien et fus naturellement encadré dans un rythme de mouvements précis et nobles. Je leur obéis avec d'autant plus d'aisance que les Guermantes n'y attachaient pas plus d'importance qu'au savoir un vrai savant, chez qui on est moins intimidé que chez un ignorant ; d'autres portes s'ouvrirent par où entra la soupe fumante, comme si le dîner avait lieu dans un théâtre de *pupazzi*[2] habilement machiné et où l'arrivée tardive du jeune invité mettait, sur un signe du maître, tous les rouages en action.

C'est timide et non majestueusement souverain qu'avait été ce signe du duc, auquel avait répondu le déclenchement de cette vaste, ingénieuse, obéissante et fastueuse horlogerie mécanique et humaine[3]. L'indécision du geste ne nuisit pas pour moi à l'effet du spectacle qui lui était subordonné. Car je sentais que

ce qui l'avait rendu hésitant et embarrassé était la
crainte de me laisser voir qu'on n'attendait que moi
pour dîner et qu'on m'avait attendu longtemps, de
même que Mme de Guermantes avait peur qu'ayant
regardé tant de tableaux, on ne me fatiguât et ne
m'empêchât de prendre mes aises en me présentant à jet continu. De sorte que c'était le manque de
grandeur dans le geste, qui dégageait la grandeur
véritable, de même que cette indifférence du duc
à son propre luxe, ses égards au contraire pour un
hôte, insignifiant en lui-même mais qu'il voulait
honorer. Ce n'est pas que M. de Guermantes ne fût
par certains côtés fort ordinaire et n'eût même des
ridicules d'homme trop riche, l'orgueil d'un parvenu
qu'il n'était pas. Mais de même qu'un fonctionnaire
ou qu'un prêtre voient leur médiocre talent multi-
plié à l'infini (comme une vague par toute la mer
qui se presse derrière elle) par ces forces auxquelles
ils s'appuient, l'Administration française et l'Église
catholique, de même M. de Guermantes était porté
par cette autre force, la politesse aristocratique
la plus vraie. Cette politesse exclut bien des gens.
Mme de Guermantes n'eût pas reçu Mme de Cambremer ou M. de Forcheville. Mais du moment que
quelqu'un, comme c'était mon cas, paraissait susceptible d'être agrégé au milieu Guermantes, cette
politesse découvrait des trésors de simplicité hospitalière plus magnifiques encore s'il est possible que
ces vieux salons, ces merveilleux meubles restés là.

Quand il voulait faire plaisir à quelqu'un, M. de
Guermantes avait ainsi pour faire de lui, ce jour-là,
le personnage principal, un art qui savait mettre à
profit la circonstance et le lieu. Sans doute à Guermantes ses « distinctions » et ses « grâces » eussent
pris une autre forme. Il eût fait atteler pour m'emmener faire seul avec lui une promenade avant dîner.

Telles qu'elles étaient, on se sentait touché par ses façons, comme on l'est, en lisant des Mémoires du temps, par celles de Louis XIV quand il répond avec bonté, d'un air riant et avec une demi-révérence, à quelqu'un qui vient le solliciter. Encore faut-il, dans les deux cas, comprendre que cette politesse ne va pas au-delà de ce que ce mot signifie[1].

Louis XIV (auquel les entichés de noblesse de son temps reprochent pourtant son peu de souci de l'étiquette, si bien, dit Saint-Simon, qu'il n'a été qu'un fort petit roi pour le rang en comparaison de Philippe de Valois, Charles V, etc.[2]) fait rédiger les instructions les plus minutieuses pour que les princes du sang et les ambassadeurs sachent à quels souverains ils doivent laisser la main[3]. Dans certains cas, devant l'impossibilité d'arriver à une entente, on préfère convenir que le fils de Louis XIV, Monseigneur, ne recevra chez lui tel souverain étranger que dehors, en plein air, pour qu'il ne soit pas dit qu'en entrant dans le château l'un a précédé l'autre[4] ; et l'Électeur palatin, ayant le duc de Chevreuse à dîner, feint, pour ne pas lui laisser la main, d'être malade et dîne avec lui mais couché, ce qui tranche la difficulté[5]. Monsieur le Duc évitant les occasions de rendre le service[6] à Monsieur, celui-ci, sur le conseil du roi son frère dont il est du reste tendrement aimé, prend un prétexte pour faire monter son cousin à son lever et le forcer à lui passer sa chemise[7]. Mais dès qu'il s'agit d'un sentiment profond, des choses du cœur, le devoir, si inflexible tant qu'il s'agit de politesse, change entièrement. Quelques heures après la mort de ce frère, une des personnes qui lui furent le plus chères, quand Monsieur, selon l'expression du duc de Montfort, est « encore tout chaud », Louis XIV chante des airs d'opéras, s'étonne que la duchesse de Bourgogne, laquelle a peine à dissimuler sa douleur, ait l'air si mélancolique, et voulant que la gaieté recommence aussitôt, pour que les courtisans se décident à se remettre au jeu ordonne au duc de Bourgogne de commencer une partie de brelan[1]. Or, non seulement dans les actions mondaines et concertées, mais dans le langage le plus involontaire, dans les préoccupations, dans l'emploi du temps de M. de Guermantes, on retrouvait le même contraste : les Guermantes n'éprouvaient pas plus de chagrins que les autres mortels, on peut même dire que leur sensibilité véritable était moindre ; en revanche, on voyait tous les jours leur nom dans les mondanités du *Gaulois* à cause du nombre prodigieux d'enterrements où ils eussent trouvé coupable de ne pas se faire inscrire. Comme le voyageur retrouve, presque semblables, les maisons couvertes de terre, les terrasses que purent connaître Xénophon ou saint Paul, de même dans les manières de M. de Guermantes, homme attendrissant de gentillesse et révoltant de dureté, esclave des plus petites obligations et délié des pactes les plus sacrés, je retrouvais encore intacte après plus de deux siècles écoulés cette déviation particulière à la vie de cour sous Louis XIV et qui transporte les scrupules de conscience du domaine des affections et de la moralité aux questions de pure forme.

L'autre raison de l'amabilité que me montra la princesse de Parme était plus particulière. C'est qu'elle était persuadée d'avance que tout ce qu'elle voyait chez la duchesse de Guermantes, choses et gens, était d'une qualité supérieure à tout ce qu'elle avait chez elle. Chez toutes les autres personnes, elle agissait, il est vrai, comme s'il en avait été ainsi ; pour le plat le plus simple, pour les fleurs les plus ordinaires, elle ne se contentait pas de s'extasier, elle demandait la permission d'envoyer dès le lendemain chercher la recette ou regarder l'espèce par son cuisinier ou son jardinier en chef, personnages à gros appointements, ayant leur voiture à eux et surtout leurs prétentions professionnelles, et qui se trouvaient fort humiliés de venir s'informer d'un plat dédaigné ou prendre modèle sur une variété d'œillets laquelle n'était pas moitié aussi belle, aussi « panachée » de « chinages », aussi grande quant aux dimensions des fleurs que celles qu'ils avaient obtenues depuis longtemps chez la princesse. Mais si de la part de celle-ci, chez tout le monde, cet étonnement devant les moindres choses était factice et destiné à montrer qu'elle ne tirait pas de la supériorité de son rang et de ses richesses un orgueil défendu par ses anciens précepteurs, dissimulé par sa mère et insupportable à Dieu, en revanche, c'est en toute sincérité qu'elle regardait le salon de la duchesse de Guermantes comme un lieu privilégié où elle ne pouvait marcher que de surprises en délices. D'une façon générale d'ailleurs, mais qui serait bien insuffisante à expliquer cet état d'esprit, les Guermantes étaient assez différents du reste de la société aristocratique ; ils étaient plus précieux et plus rares. Ils m'avaient donné au premier aspect l'impression contraire, je les avais trouvés vulgaires, pareils à tous les hommes et à toutes les femmes, mais parce que préalablement j'avais vu en eux, comme en Balbec, en Florence, en Parme, des noms. Évidemment, dans ce salon, toutes les femmes que j'avais imaginées comme des statuettes de Saxe ressemblaient tout de même davantage à la grande majorité des femmes. Mais de même que Balbec ou Florence, les Guermantes, après avoir déçu l'imagination parce qu'ils ressemblaient plus à leurs pareils qu'à leur nom, pouvaient ensuite, quoique à un moindre degré, offrir à l'intelligence certaines particularités qui les distinguaient. Leur physique même, la couleur d'un rose spécial

allant quelquefois jusqu'au violet, de leur chair,
une certaine blondeur quasi éclairante des cheveux
délicats, même chez les hommes, massés en touffes
dorées et douces, moitié de lichens pariétaires et de
pelage félin (éclat lumineux à quoi correspondait un
certain brillant de l'intelligence, car, si l'on disait le
teint et les cheveux des Guermantes, on disait aussi
l'esprit des Guermantes comme l'esprit des Mortemart[1] – une certaine qualité sociale plus fine dès
avant Louis XIV – et d'autant plus reconnue de tous
qu'ils la promulguaient eux-mêmes), tout cela faisait
que, dans la matière même, si précieuse fût-elle, de
la société aristocratique où on les trouvait engainés
çà et là, les Guermantes restaient reconnaissables,
faciles à discerner et à suivre, comme les filons dont
la blondeur veine le jaspe et l'onyx, ou plutôt encore
comme le souple ondoiement de cette chevelure de
clarté dont les crins dépeignés courent, comme de
flexibles rayons, dans les flancs de l'agate mousse.

Les Guermantes – du moins ceux qui étaient dignes
du nom – n'étaient pas seulement d'une qualité de
chair, de cheveu, de transparent regard, exquise,
mais avaient une manière de se tenir, de marcher, de
saluer, de regarder avant de serrer la main, de serrer
la main, par quoi ils étaient aussi différents en tout
cela d'un homme du monde quelconque que celui-ci
d'un fermier en blouse. Et malgré leur amabilité on
se disait : N'ont-ils pas vraiment le droit, quoiqu'ils le
dissimulent, quand ils nous voient marcher, saluer,
sortir, toutes ces choses qui, accomplies par eux,
devenaient aussi gracieuses que le vol de l'hiron-
delle ou l'inclinaison de la rose, de penser : « Ils sont
d'une autre race que nous, et nous sommes, nous, les
princes de la terre » ? Plus tard, je compris que les
Guermantes me croyaient en effet d'une race autre,
mais qui excitait leur envie, parce que je possédais

des mérites que j'ignorais et qu'ils faisaient profession de tenir pour seuls importants. Plus tard encore j'ai senti que cette profession de foi n'était qu'à demi sincère et que chez eux le dédain ou l'étonnement coexistaient avec l'admiration et l'envie. La flexibilité physique essentielle aux Guermantes était double ; grâce à l'une, toujours en action, à tout moment, et si par exemple un Guermantes mâle allait saluer une dame, il obtenait une silhouette de lui-même faite de l'équilibre instable de mouvements asymétriques et nerveusement compensés, une jambe traînant un peu, soit exprès, soit parce qu'ayant été souvent cassée à la chasse elle imprimait au torse, pour rattraper l'autre jambe, une déviation à laquelle la remontée d'une épaule faisait contrepoids, pendant que le monocle s'installait dans l'œil, haussait un sourcil au même moment où le toupet des cheveux s'abaissait pour le salut ; l'autre flexibilité, comme la forme de la vague, du vent ou du sillage que garde à jamais la coquille ou le bateau, s'était pour ainsi dire stylisée en une sorte de mobilité fixée, incurvant le nez busqué qui sous les yeux bleus à fleur de tête, au-dessus des lèvres trop minces, d'où sortait, chez les femmes, une voix rauque, rappelait l'origine fabuleuse assignée au XVIe siècle par le bon vouloir de généalogistes parasites et hellénisants à cette race, ancienne sans doute, mais pas au point qu'ils prétendaient quand ils lui donnaient pour origine la fécondation mythologique d'une nymphe par un divin Oiseau.

Les Guermantes n'étaient pas moins spéciaux au point de vue intellectuel qu'au point de vue physique. Sauf le prince Gilbert (l'époux aux idées surannées de « Marie Gilbert » et qui faisait asseoir sa femme à gauche quand ils se promenaient en voiture, parce qu'elle était de moins bon sang, pourtant royal, que

lui, mais il était une exception et faisait, absent,
l'objet des railleries de la famille et d'anecdotes
toujours nouvelles), les Guermantes, tout en vivant
dans le pur « gratin » de l'aristocratie, affectaient de
ne faire aucun cas de la noblesse. Les théories de
la duchesse de Guermantes, laquelle à vrai dire à
force d'être Guermantes devenait dans une certaine
mesure quelque chose d'autre et de plus agréable,
mettaient tellement au-dessus de tout l'intelligence et
étaient en politique si socialistes qu'on se demandait
où dans son hôtel se cachait le génie chargé d'assurer
le maintien de la vie aristocratique, et qui, toujours
invisible, mais évidemment tapi tantôt dans l'antichambre, tantôt dans le salon, tantôt dans le cabinet
de toilette, rappelait aux domestiques de cette femme
qui ne croyait pas aux titres de lui dire « Madame la
duchesse », à cette personne qui n'aimait que la lecture et n'avait point de respect humain, d'aller dîner
chez sa belle-sœur quand sonnaient huit heures et
de se décolleter pour cela.

Le même génie de la famille présentait à Mme de
Guermantes la situation des duchesses, du moins
des premières d'entre elles et comme elle multi-
millionnaires, le sacrifice à d'ennuyeux thés, dîners
en ville, raouts, d'heures où elle eût pu lire des choses
intéressantes, comme des nécessités désagréables
analogues à la pluie, et que Mme de Guermantes
acceptait en exerçant sur elles sa verve frondeuse,
mais sans aller jusqu'à rechercher les raisons de
son acceptation. Ce curieux effet du hasard que
le maître d'hôtel de Mme de Guermantes dît toujours : « Madame la duchesse » à cette femme qui
ne croyait qu'à l'intelligence, ne paraissait pourtant
pas la choquer. Jamais elle n'avait pensé à le prier de
lui dire « Madame » tout simplement. En poussant
la bonne volonté jusqu'à ses extrêmes limites, on

eût pu croire que, distraite, elle entendait seulement
« Madame » et que l'appendice verbal qui y était
ajouté n'était pas perçu. Seulement, si elle faisait
la sourde, elle n'était pas muette. Or, chaque fois
qu'elle avait une commission à donner à son mari,
elle disait au maître d'hôtel : « Vous rappellerez à
Monsieur le duc... »

Le génie de la famille avait d'ailleurs d'autres occupations, par exemple de faire parler morale. Certes
il y avait des Guermantes plus particulièrement
intelligents, des Guermantes plus particulièrement
moraux, et ce n'étaient pas d'habitude les mêmes.
Mais les premiers – même un Guermantes qui avait
fait des faux et trichait au jeu et était le plus délicieux
de tous, ouvert à toutes les idées neuves et justes –
traitaient encore mieux de la morale que les seconds,
et de la même façon que Mme de Villeparisis, dans
les moments où le génie de la famille s'exprimait
par la bouche de la vieille dame. Dans des moments
identiques on voyait tout d'un coup les Guermantes
prendre un ton presque aussi vieillot, aussi bonhomme, et, à cause de leur charme plus grand, plus
attendrissant que celui de la marquise, pour dire
d'une domestique : « On sent qu'elle a un bon fond,
c'est une fille qui n'est pas commune, elle doit être
la fille de gens bien, elle est certainement restée toujours dans le droit chemin. » À ces moments-là le
génie de la famille se faisait intonation. Mais parfois il était aussi tournure, air de visage, le même
chez la duchesse que chez son grand-père le maréchal, une sorte d'insaisissable convulsion (pareille
à celle du Serpent, génie carthaginois de la famille
Barca[1]), et par quoi j'avais été plusieurs fois saisi
d'un battement de cœur, dans mes promenades
matinales, quand, avant d'avoir reconnu Mme de
Guermantes, je me sentais regardé par elle du fond

d'une petite crémerie. Ce génie était intervenu dans une circonstance qui avait été loin d'être indifférente non seulement aux Guermantes, mais aux Courvoisier, partie adverse de la famille et, quoique d'aussi bon sang que les Guermantes, tout l'opposé d'eux (c'est même par sa grand-mère Courvoisier que les Guermantes expliquaient le parti pris du prince de Guermantes de toujours parler naissance et noblesse comme si c'était la seule chose qui importât). Non seulement les Courvoisier n'assignaient pas à l'intelligence le même rang que les Guermantes, mais ils ne possédaient pas d'elle la même idée. Pour un Guermantes (fût-il bête), être intelligent, c'était avoir la dent dure, être capable de dire des méchancetés, d'emporter le morceau, c'était aussi pouvoir vous tenir tête aussi bien sur la peinture, sur la musique, sur l'architecture, parler anglais. Les Courvoisier se faisaient de l'intelligence une idée moins favorable et, pour peu qu'on ne fût pas de leur monde, être intelligent n'était pas loin de signifier « avoir probablement assassiné père et mère ». Pour eux l'intelligence était l'espèce de « pince-monseigneur » grâce à laquelle des gens qu'on ne connaissait ni d'Ève ni d'Adam forçaient les portes des salons les plus respectés, et on savait chez les Courvoisier qu'il finissait toujours par vous en cuire d'avoir reçu de telles « espèces ». Aux plus insignifiantes assertions des gens intelligents qui n'étaient pas du monde, les Courvoisier opposaient une méfiance systématique. Quelqu'un ayant dit une fois : « Mais Swann est plus jeune que Palamède. — Du moins il vous le dit ; et s'il vous le dit, soyez sûr que c'est qu'il y trouve son intérêt », avait répondu Mme de Gallardon. Bien plus, comme on disait de deux étrangères très élégantes que les Guermantes recevaient, qu'on avait fait passer d'abord celle-ci puisqu'elle était l'aînée :

« Mais est-elle même l'aînée ? » avait demandé Mme de Gallardon, non pas positivement comme si ce genre de personnes n'avaient pas d'âge, mais comme si, vraisemblablement dénuées d'état civil et religieux, de traditions certaines, elles fussent plus ou moins jeunes comme les petites chattes d'une même corbeille entre lesquelles un vétérinaire seul pourrait se reconnaître. Les Courvoisier, mieux que les Guermantes, maintenaient d'ailleurs en un sens l'intégrité de la noblesse à la fois grâce à l'étroitesse de leur esprit et à la méchanceté de leur cœur. De même que les Guermantes (pour qui, au-dessous des familles royales et de quelques autres comme les Ligne, les La Trémoïlle, etc., tout le reste se confondait dans un vague fretin) étaient insolents avec des gens de race ancienne qui habitaient autour de Guermantes, précisément parce qu'ils ne faisaient pas attention à ces mérites de second ordre dont s'occupaient énormément les Courvoisier, le manque de ces mérites leur importait peu. Certaines femmes qui n'avaient pas un rang très élevé dans leur province, mais brillamment mariées, riches, jolies, aimées des duchesses, étaient pour Paris, où l'on est peu au courant des « père et mère », un excellent et élégant article d'importation. Il pouvait arriver, quoique rarement, que de telles femmes fussent, par le canal de la princesse de Parme, ou en vertu de leur agrément propre, reçues chez certaines Guermantes. Mais, à leur égard, l'indignation des Courvoisier ne désarmait jamais. Rencontrer entre cinq et six, chez leur cousine, des gens avec les parents de qui leurs parents n'aimaient pas à frayer dans le Perche, devenait pour eux un motif de rage croissante et un thème d'inépuisables déclamations. Dès le moment, par exemple, où la charmante comtesse G*** entrait chez les Guermantes, le visage de Mme de Villebon prenait exactement l'expression qu'il eût dû prendre si elle avait eu à réciter le vers :

Et s'il n'en reste qu'un, je serai celui-là[1],

vers qui lui était du reste inconnu. Cette Courvoisier avait avalé presque tous les lundis des éclairs chargés de crème à quelques pas de la comtesse G***, mais sans résultat. Et Mme de Villebon confessait en cachette qu'elle ne pouvait concevoir comment sa cousine Guermantes recevait une femme qui n'était même pas de la deuxième société, à Châteaudun. « Ce n'est vraiment pas la peine que ma cousine soit si difficile sur ses relations, c'est à se moquer du monde », concluait Mme de Villebon avec une autre expression de visage, celle-là souriante et narquoise dans le désespoir, sur laquelle un petit jeu de devinettes eût plutôt mis un autre vers, que la comtesse ne connaissait naturellement pas davantage :

Grâce aux dieux ! Mon malheur passe mon espérance[2].

Au reste, anticipons sur les événements en disant que la « persévérance », rime d'« espérance » dans le vers suivant[3], de Mme de Villebon à snober Mme G*** ne fut pas tout à fait inutile. Aux yeux de Mme G*** elle doua Mme de Villebon d'un prestige tel, d'ailleurs purement imaginaire, que, quand la fille de Mme G***, qui était la plus jolie et la plus riche des bals de l'époque, fut à marier, on s'étonna de lui voir refuser tous les ducs. C'est que sa mère, se souvenant des avanies hebdomadaires qu'elle avait essuyées rue de Grenelle en souvenir de Châteaudun, ne souhaitait véritablement qu'un mari pour sa fille : un fils Villebon.

Un seul point sur lequel Guermantes et Courvoisier

se rencontraient était dans l'art, infiniment varié
d'ailleurs, de marquer les distances. Les manières
des Guermantes n'étaient pas entièrement uniformes
chez tous. Mais, par exemple, tous les Guermantes,
de ceux qui l'étaient vraiment, quand on vous présentait à eux, procédaient à une sorte de cérémonie,
à peu près comme si le fait qu'ils vous eussent tendu
la main eût été aussi considérable que s'il s'était agi
de vous sacrer chevalier. Au moment où un Guermantes, n'eût-il que vingt ans, mais marchant déjà
sur les traces de ses aînés, entendait votre nom
prononcé par le présentateur, il laissait tomber sur
vous, comme s'il n'était nullement décidé à vous dire
bonjour, un regard généralement bleu, toujours de
la froideur d'un acier qu'il semblait prêt à vous plonger dans les plus profonds replis du cœur. C'est du
reste ce que les Guermantes croyaient faire en effet,
se jugeant tous des psychologues de premier ordre.
Ils pensaient de plus accroître par cette inspection
l'amabilité du salut qui allait suivre et qui ne vous
serait délivré qu'à bon escient. Tout ceci se passait à
une distance de vous qui, petite s'il se fût agi d'une
passe d'armes, semblait énorme pour une poignée
de main et glaçait dans le deuxième cas comme elle
eût fait dans le premier, de sorte que quand le Guermantes, après une rapide tournée accomplie dans les
dernières cachettes de votre âme et de votre hono-
rabilité, vous avait jugé digne de vous rencontrer
désormais avec lui, sa main, dirigée vers vous au
bout d'un bras tendu dans toute sa longueur, avait
l'air de vous présenter un fleuret pour un combat
singulier, et cette main était en somme placée si
loin du Guermantes à ce moment-là que, quand il
inclinait alors la tête, il était difficile de distinguer si
c'était vous ou sa propre main qu'il saluait. Certains
Guermantes, n'ayant pas le sentiment de la mesure,

ou incapables de ne pas se répéter sans cesse, exagéraient en recommençant cette cérémonie chaque
fois qu'ils vous rencontraient. Étant donné qu'ils
n'avaient plus à procéder à l'enquête psychologique
préalable pour laquelle le « génie de la famille » leur
avait délégué ses pouvoirs et dont ils devaient se rappeler les résultats, l'insistance du regard perforateur
précédant la poignée de main ne pouvait s'expliquer
que par l'automatisme qu'avait acquis leur regard ou
par quelque don de fascination qu'ils pensaient posséder. Les Courvoisier, dont le physique était différent, avaient vainement essayé de s'assimiler ce salut
scrutateur et s'étaient rabattus sur la raideur hautaine ou la négligence rapide. En revanche, c'était
aux Courvoisier que certaines très rares Guermantes
semblaient avoir emprunté le salut des dames. En
effet, au moment où on vous présentait à une de ces
Guermantes-là, elle vous faisait un grand salut dans
lequel elle approchait de vous, à peu près selon un
angle de quarante-cinq degrés, la tête et le buste, le
bas du corps (qu'elle avait fort haut) jusqu'à la ceinture qui faisait pivot, restant immobile. Mais à peine
avait-elle projeté ainsi vers vous la partie supérieure
de sa personne, qu'elle la rejetait en arrière de la
verticale par un brusque retrait d'une longueur à peu
près égale. Le renversement consécutif neutralisait
ce qui vous avait paru être concédé, le terrain que
vous aviez cru gagner ne restait même pas acquis
comme en matière de duel, les positions primitives
étaient gardées. Cette même annulation de l'amabilité par la reprise des distances (qui était d'origine
Courvoisier et destinée à montrer que les avances
faites dans le premier mouvement n'étaient qu'une
feinte d'un instant) se manifestait aussi clairement,
chez les Courvoisier comme chez les Guermantes,
dans les lettres qu'on recevait d'elles, au moins

pendant les premiers temps de leur connaissance. Le « corps » de la lettre pouvait contenir des phrases qu'on n'écrirait, semble-t-il, qu'à un ami, mais c'est en vain que vous eussiez cru pouvoir vous vanter d'être celui de la dame, car la lettre commençait par : « Monsieur » et finissait par : « Croyez, Monsieur, à mes sentiments distingués. » Dès lors, entre ce froid début et cette fin glaciale qui changeaient le sens de tout le reste, pouvaient se succéder (si c'était une réponse à une lettre de condoléance de vous) les plus touchantes peintures du chagrin que la Guermantes avait eu à perdre sa sœur, de l'intimité qui existait entre elles, des beautés du pays où elle villégiaturait, des consolations qu'elle trouvait dans le charme de ses petits-enfants, tout cela n'était plus qu'une lettre comme on en trouve dans des recueils et dont le caractère intime n'entraînait pourtant pas plus d'intimité entre vous et l'épistolière que si celle-ci avait été Pline le Jeune ou Mme de Simiane[1].

Il est vrai que certaines Guermantes vous écrivaient dès les premières fois « mon cher ami », « mon ami » : ce n'étaient pas toujours les plus simples d'entre elles, mais plutôt celles qui, ne vivant qu'au milieu des rois et, d'autre part, étant « légères », prenaient dans leur orgueil la certitude que tout ce qui venait d'elles faisait plaisir et dans leur corruption l'habitude de ne marchander aucune des satisfactions qu'elles pouvaient offrir. Du reste, comme il suffisait qu'on eût eu une trisaïeule commune sous Louis XIII pour qu'un jeune Guermantes dît en parlant de la marquise de Guermantes « la tante Adam », les Guermantes étaient si nombreux que même pour ces simples rites, celui du salut de présentation par exemple, il existait bien des variétés. Chaque sous-groupe un peu raffiné avait le sien, qu'on se transmettait des parents aux enfants comme

une recette de vulnéraire et une manière particulière de préparer les confitures. C'est ainsi qu'on a
vu la poignée de main de Saint-Loup se déclencher
comme malgré lui au moment où il entendait votre
nom, sans participation de regard, sans adjonction
de salut. Tout malheureux roturier qui pour une
raison spéciale – ce qui arrivait du reste assez rarement – était présenté à quelqu'un du sous-groupe
Saint-Loup, se creusait la tête, devant ce minimum
si brusque de bonjour, revêtant volontairement les
apparences de l'inconscience, pour savoir ce que le
ou la Guermantes pouvait avoir contre lui. Et il était
bien étonné d'apprendre qu'il ou elle avait jugé à
propos d'écrire tout spécialement au présentateur
pour lui dire combien vous lui aviez plu et qu'il ou
elle espérait bien vous revoir. Aussi particularisés
que le geste mécanique de Saint-Loup étaient les
entrechats compliqués et rapides (jugés ridicules
par M. de Charlus) du marquis de Fierbois, les pas
graves et mesurés du prince de Guermantes. Mais
il est impossible de décrire ici la richesse de cette
chorégraphie des Guermantes à cause de l'étendue
même du corps de ballet.

Pour en revenir à l'antipathie qui animait les Courvoisier contre la duchesse de Guermantes, les premiers auraient pu avoir la consolation de la plaindre
tant qu'elle fut jeune fille, car elle était alors peu
fortunée. Malheureusement, de tout temps, une sorte
d'émanation fuligineuse et *sui generis* enfouissait,
dérobait aux yeux, la richesse des Courvoisier qui,
si grande qu'elle fût, demeurait obscure. Une Courvoisier fort riche avait beau épouser un gros parti, il
arrivait toujours que le jeune ménage n'avait pas de
domicile personnel à Paris, y « descendait » chez ses
beaux-parents, et pour le reste de l'année vivait en
province au milieu d'une société sans mélange mais

sans éclat. Pendant que Saint-Loup qui n'avait guère
plus que des dettes éblouissait Doncières par ses
attelages, un Courvoisier fort riche n'y prenait jamais
que le tram. Inversement (et d'ailleurs bien des
années auparavant) Mlle de Guermantes (Oriane),
qui n'avait pas grand-chose, faisait plus parler de
ses toilettes que toutes les Courvoisier réunies, des
leurs. Le scandale même de ses propos faisait une
espèce de réclame à sa manière de s'habiller et de se
coiffer. Elle avait osé dire au grand-duc de Russie :
« Hé bien ! Monseigneur, il paraît que vous voulez
faire assassiner Tolstoï ? » dans un dîner auquel on
n'avait point convié les Courvoisier, d'ailleurs peu
renseignés sur Tolstoï. Ils ne l'étaient pas beaucoup
plus sur les auteurs grecs, si l'on en juge par la
duchesse de Gallardon douairière (belle-mère de la
princesse de Gallardon, alors encore jeune fille) qui,
n'ayant pas été en cinq ans honorée d'une seule visite
d'Oriane, répondit à quelqu'un qui lui demandait la
raison de son absence : « Il paraît qu'elle récite de
l'Aristote (elle voulait dire de l'Aristophane) dans le
monde. Je ne tolère pas ça chez moi ! »
   On peut imaginer combien cette « sortie » de
Mlle de Guermantes sur Tolstoï, si elle indignait les
Courvoisier, émerveillait les Guermantes, et, par-
delà, tout ce qui leur tenait non seulement de près,
mais de loin. La comtesse douairière d'Argencourt,
née Seineport, qui recevait un peu tout le monde
parce qu'elle était bas-bleu et quoique son fils fût
un terrible snob, racontait le mot devant des gens de
lettres en disant : « Oriane de Guermantes, qui est
fine comme l'ambre, maligne comme un singe, douée
pour tout, qui fait des aquarelles dignes d'un grand
peintre et des vers comme en font peu de grands
poètes, et vous savez, comme famille, c'est tout ce
qu'il y a de plus haut, sa grand-mère était Mlle de

Montpensier, et elle est la dix-huitième Oriane de Guermantes sans une mésalliance, c'est le sang le plus pur, le plus vieux de France. » Aussi les faux hommes de lettres, les demi-intellectuels que recevait Mme d'Argencourt, se représentant Oriane de Guermantes, qu'ils n'auraient jamais l'occasion de connaître personnellement, comme quelque chose de plus merveilleux et de plus extraordinaire que la princesse Badroul Boudour[1], non seulement se sentaient prêts à mourir pour elle en apprenant qu'une personne si noble glorifiait par-dessus tout Tolstoï, mais sentaient aussi que reprenaient dans leur esprit une nouvelle force leur propre amour de Tolstoï, leur désir de résistance au tsarisme. Ces idées libérales avaient pu s'anémier en eux, ils avaient pu douter de leur prestige, n'osant plus les confesser, quand soudain de Mlle de Guermantes elle-même, c'est-à-dire d'une jeune fille si indiscutablement précieuse et autorisée, portant les cheveux à plat sur le front (ce que jamais une Courvoisier n'eût consenti à faire) leur venait un tel secours. Un certain nombre de réalités bonnes ou mauvaises gagnent ainsi beaucoup à recevoir l'adhésion de personnes qui ont autorité sur nous. Par exemple chez les Courvoisier, les rites de l'amabilité dans la rue se composaient d'un certain salut, fort laid et peu aimable en lui-même, mais dont on savait que c'était la manière distinguée de dire bonjour, de sorte que tout le monde, effaçant de soi le sourire, le bon accueil, s'efforçait d'imiter cette froide gymnastique. Mais les Guermantes, en général, et particulièrement Oriane, tout en connaissant mieux que personne ces rites, n'hésitaient pas, si elles vous apercevaient d'une voiture, à vous faire un gentil bonjour de la main, et dans un salon, laissant les Courvoisier faire leurs saluts empruntés et raides, esquissaient de charmantes révérences, vous tendaient la main comme à un camarade en souriant de leurs yeux bleus, de sorte que tout d'un coup, grâce aux Guermantes, entrait dans la substance du chic, jusque-là un peu creuse et sèche, tout ce que naturellement on eût aimé et qu'on s'était efforcé de proscrire, la bienvenue, l'épanchement d'une amabilité vraie, la spontanéité. C'est de la même manière, mais par une réhabilitation cette fois peu justifiée, que les personnes qui portent le plus en elles le goût instinctif de la mauvaise musique et des mélodies, si banales soient-elles, qui ont quelque chose de caressant et de facile, arrivent, grâce à la culture symphonique, à mortifier en elles ce goût. Mais une fois arrivées à ce point, quand, émerveillées avec raison par l'éblouissant coloris orchestral de Richard Strauss, elles voient ce musicien accueil-lir avec une indulgence digne d'Auber les motifs les plus vulgaires, ce que ces personnes aimaient trouve soudain dans une autorité si haute une justification qui les ravit et elles s'enchantent sans scrupules et avec une double gratitude, en écoutant *Salomé*, de ce qu'il leur était interdit d'aimer dans *Les Diamants de la Couronne*[1].

Authentique ou non, l'apostrophe de Mlle de Guermantes au grand-duc, colportée de maison en maison, était une occasion de raconter avec quelle élégance excessive Oriane était arrangée à ce dîner. Mais si le luxe (ce qui précisément le rendait inac-cessible aux Courvoisier) ne naît pas de la richesse, mais de la prodigalité, encore la seconde dure-t-elle plus longtemps si elle est enfin soutenue par la pre-mière, laquelle lui permet alors de jeter tous ses feux. Or, étant donné les principes affichés ouvertement non seulement par Oriane, mais par Mme de Ville-parisis, à savoir que la noblesse ne compte pas, qu'il est ridicule de se préoccuper du rang, que la fortune

ne fait pas le bonheur, que seuls l'intelligence, le
cœur, le talent ont de l'importance, les Courvoisier
pouvaient espérer qu'en vertu de cette éducation
qu'elle avait reçue de la marquise, Oriane épouserait
quelqu'un qui ne serait pas du monde, un artiste, un
repris de justice, un va-nu-pieds, un libre penseur,
qu'elle entrerait définitivement dans la catégorie de
ce que les Courvoisier appelaient « les dévoyés ». Ils
pouvaient d'autant plus l'espérer que, Mme de Villeparisis traversant en ce moment au point de vue
social une crise difficile (aucune des rares personnes
brillantes que je rencontrai chez elle ne lui était
encore revenue), elle affichait une horreur profonde
à l'égard de la société qui la tenait à l'écart. Même
quand elle parlait de son neveu le prince de Guermantes qu'elle voyait, elle n'avait pas assez de railleries pour lui parce qu'il était féru de sa naissance.
Mais au moment même où il s'était agi de trouver un
mari à Oriane, ce n'étaient plus les principes affichés
par la tante et la nièce qui avaient mené l'affaire ;
ç'avait été le mystérieux « génie de la famille ». Aussi
infailliblement que si Mme de Villeparisis et Oriane
n'eussent jamais parlé que titres de rente et généalogies, au lieu de mérite littéraire et de qualités du
cœur, et comme si la marquise, pour quelques jours
avait été – comme elle serait plus tard – morte et en
bière, dans l'église de Combray, où chaque membre
de la famille n'était plus qu'un Guermantes, avec une
privation d'individualité et de prénoms qu'attestait
sur les grandes tentures noires le seul G de pourpre,
surmonté de la couronne ducale, c'était sur l'homme
le plus riche et le mieux né, sur le plus grand parti
du faubourg Saint-Germain, sur le fils aîné du duc
de Guermantes, le prince des Laumes, que le génie
de la famille avait porté le choix de l'intellectuelle, de
la frondeuse, de l'évangélique Mme de Villeparisis.

Et pendant deux heures, le jour du mariage, Mme de Villeparisis eut chez elle toutes les nobles personnes dont elle se moquait, dont elle se moqua même avec les quelques bourgeois intimes qu'elle avait conviés et auxquels le prince des Laumes mit alors des cartes avant de « couper le câble » dès l'année suivante. Pour mettre le comble au malheur des Courvoisier, les maximes qui font de l'intelligence et du talent les seules supériorités sociales, recommencèrent à se débiter chez la princesse des Laumes, aussitôt après le mariage. Et à cet égard, soit dit en passant, le point de vue que défendait Saint-Loup quand il vivait avec Rachel, fréquentait les amis de Rachel, aurait voulu épouser Rachel, comportait – quelque horreur qu'il inspirât dans la famille – moins de mensonge que celui des demoiselles Guermantes en général, prônant l'intelligence, n'admettant presque pas qu'on mît en doute l'égalité des hommes, alors que tout cela aboutissait à point nommé au même résultat que si elles eussent professé des maximes contraires, c'est-à-dire à épouser un duc richissime. Saint-Loup agissait, au contraire, conformément à ses théories, ce qui faisait dire qu'il était dans une mauvaise voie. Certes, du point de vue moral, Rachel était en effet peu satisfaisante. Mais il n'est pas certain que si une personne ne valait pas mieux, mais eût été duchesse ou eût possédé beaucoup de millions, Mme de Marsantes n'eût pas été favorable au mariage.

Or, pour en revenir à Mme des Laumes (bientôt après duchesse de Guermantes par la mort de son beau-père), ce fut un surcroît de malheur infligé aux Courvoisier que les théories de la jeune princesse, en restant ainsi dans son langage, n'eussent dirigé en rien sa conduite ; car ainsi cette philosophie (si l'on peut ainsi dire) ne nuisit nullement à l'élégance aristocratique du salon Guermantes. Sans doute

614   *Le Côté de Guermantes II*

toutes les personnes que Mme de Guermantes ne
recevait pas se figuraient que c'était parce qu'elles
n'étaient pas assez intelligentes, et telle riche Américaine qui n'avait jamais possédé d'autre livre qu'un
petit exemplaire ancien, et jamais ouvert, des poésies
de Parny[1], posé parce qu'il était « du temps », sur
un meuble de son petit salon, montrait quel cas elle
faisait des qualités de l'esprit par les regards dévo-
rants qu'elle attachait sur la duchesse de Guermantes
quand celle-ci entrait à l'Opéra. Sans doute aussi
Mme de Guermantes était sincère quand elle élisait
une personne à cause de son intelligence. Quand
elle disait d'une femme : il paraît qu'elle est « charmante », ou d'un homme qu'il était tout ce qu'il y a
de plus intelligent, elle ne croyait pas avoir d'autres
raisons de consentir à les recevoir que ce charme
ou cette intelligence, le génie des Guermantes n'intervenant pas à cette dernière minute : plus profond, situé à l'entrée obscure de la région où les
Guermantes jugeaient, ce génie vigilant empêchait
les Guermantes de trouver l'homme intelligent ou
de trouver la femme charmante s'ils n'avaient pas
de valeur mondaine, actuelle ou future. L'homme
était déclaré savant, mais comme un dictionnaire,
ou, au contraire, commun avec un esprit de commis
voyageur, la femme jolie avait un genre terrible, ou
parlait trop. Quant aux gens qui n'avaient pas de
situation, quelle horreur, c'étaient des snobs. M. de
Bréauté, dont le château était tout voisin de Guermantes, ne fréquentait que des altesses. Mais il se
moquait d'elles et ne rêvait que vivre dans les musées.
Aussi Mme de Guermantes était-elle indignée quand
on traitait M. de Bréauté de snob. « Snob, Babal !
Mais vous êtes fou, mon pauvre ami, c'est tout le
contraire, il déteste les gens brillants, on ne peut pas
lui faire faire une connaissance. Même chez moi !

si je l'invite avec quelqu'un de nouveau, il ne vient qu'en gémissant. »

Ce n'est pas que, même en pratique, les Guermantes ne fissent pas de l'intelligence un tout autre cas que les Courvoisier. D'une façon positive, cette différence entre les Guermantes et les Courvoisier donnait déjà d'assez beaux fruits. Ainsi la duchesse de Guermantes, du reste enveloppée d'un mystère devant lequel rêvaient de loin tant de poètes, avait donné cette fête dont nous avons déjà parlé, où le roi d'Angleterre s'était plu mieux que nulle part ailleurs, car elle avait eu l'idée, qui ne serait jamais venue à l'esprit, et la hardiesse, qui eût fait reculer le courage de tous les Courvoisier, d'inviter, en dehors des personnalités que nous avons citées, le musicien Gaston Lemaire et l'auteur dramatique Grandmougin[1]. Mais c'est surtout au point de vue négatif que l'intellectualité se faisait sentir. Si le coefficient nécessaire d'intelligence et de charme allait en s'abaissant au fur et à mesure que s'élevait le rang de la personne qui désirait être invitée chez la duchesse de Guermantes, jusqu'à approcher de zéro quand il s'agissait des principales têtes couronnées, en revanche plus on descendait au-dessous de ce niveau royal, plus le coefficient s'élevait. Par exemple, chez la princesse de Parme, il y avait une quantité de personnes que l'Altesse recevait parce qu'elle les avait connues enfant, ou parce qu'elles étaient alliées à telle duchesse, ou attachées à la personne de tel souverain, ces personnes fussent-elles laides, d'ailleurs, ennuyeuses ou sottes ; or, pour un Courvoisier la raison « aimé de la princesse de Parme », « sœur de mère avec la duchesse d'Arpajon », « passant tous les ans trois mois chez la reine d'Espagne[2] », aurait suffi à leur faire inviter de telles gens, mais Mme de Guermantes, qui recevait poliment leur salut depuis dix ans chez la princesse de Parme, ne leur avait jamais laissé passer son seuil, estimant qu'il en est d'un salon au sens social du mot comme au sens matériel où il suffit de meubles qu'on ne trouve pas jolis, mais qu'on laisse comme remplissage et preuve de richesse, pour le rendre affreux. Un tel salon ressemble à un ouvrage où on ne sait pas s'abstenir des phrases qui démontrent du savoir, du brillant, de la facilité. Comme un livre, comme une maison, la qualité d'un « salon », pensait avec raison Mme de Guermantes, a pour pierre angulaire le sacrifice.

Beaucoup des amies de la princesse de Parme et avec qui la duchesse de Guermantes se contentait depuis des années du même bonjour convenable, ou de leur rendre des cartes, sans jamais les inviter, ni aller à leurs fêtes, s'en plaignaient discrètement à l'Altesse, laquelle, les jours où M. de Guermantes venait seul la voir, lui en touchait un mot. Mais le rusé seigneur, mauvais mari pour la duchesse en tant qu'il avait des maîtresses, mais compère à toute épreuve en ce qui touchait le bon fonctionnement de son salon (et l'esprit d'Oriane, qui en était l'attrait principal), répondait : « Mais est-ce que ma femme la connaît ? Ah ! alors, en effet, elle aurait dû. Mais je vais dire la vérité à Madame : Oriane au fond n'aime pas la conversation des femmes. Elle est entourée d'une cour d'esprits supérieurs – moi, je ne suis pas son mari, je ne suis que son premier valet de chambre. Sauf un tout petit nombre qui sont, elles, très spirituelles, les femmes l'ennuient. Voyons, Madame, Votre Altesse, qui a tant de finesse, ne me dira pas que la marquise de Souvré ait de l'esprit. Oui, je comprends bien, la princesse la reçoit par bonté. Et puis elle la connaît. Vous dites qu'Oriane l'a vue, c'est possible, mais très peu je vous assure. Et puis je vais dire à la princesse, il y a aussi un peu

de ma faute. Ma femme est très fatiguée, et elle aime
tant être aimable que, si je la laissais faire, ce serait
des visites à n'en plus finir. Pas plus tard qu'hier soir,
elle avait de la température, elle avait peur de faire
de la peine à la duchesse de Bourbon en n'allant
pas chez elle. J'ai dû montrer les dents, j'ai défendu
qu'on attelât. Tenez, savez-vous, Madame, j'ai bien
envie de ne pas même dire à Oriane que vous m'avez
parlé de Mme de Souvré. Oriane aime tant Votre
Altesse qu'elle ira aussitôt inviter Mme de Souvré,
ce sera une visite de plus, cela nous forcera à entrer
en relations avec la sœur dont je connais très bien le
mari. Je crois que je ne dirai rien du tout à Oriane, si
la princesse m'y autorise. Nous lui éviterons comme
cela beaucoup de fatigue et d'agitation. Et je vous
assure que cela ne privera pas Mme de Souvré.
Elle va partout, dans les endroits les plus brillants.
Nous, nous ne recevons même pas, de petits dîners
de rien, Mme de Souvré s'ennuierait à périr. » La
princesse de Parme, naïvement persuadée que le duc
de Guermantes ne transmettrait pas sa demande à
la duchesse et désolée de n'avoir pu obtenir l'invitation que désirait Mme de Souvré, était d'autant
plus flattée d'être une des habituées d'un salon si peu
accessible. Sans doute cette satisfaction n'allait pas
sans ennuis. Ainsi chaque fois que la princesse de
Parme invitait Mme de Guermantes, elle avait à se
mettre l'esprit à la torture pour n'avoir personne qui
pût déplaire à la duchesse et l'empêcher de revenir.
   Les jours habituels (après le dîner où elle avait
toujours de très bonne heure, ayant gardé les habitudes anciennes, quelques convives), le salon de la
princesse de Parme[1] était ouvert aux habitués, et
d'une façon générale à toute la grande aristocratie
française et étrangère. La réception consistait en
ceci qu'au sortir de la salle à manger, la princesse

s'asseyait sur un canapé devant une grande table
ronde, causait avec deux des femmes les plus importantes qui avaient dîné, ou bien jetait les yeux sur un
« magazine », jouait aux cartes (ou feignait d'y jouer,
suivant une habitude de cour allemande), soit en
faisant une patience, soit en prenant pour partenaire
vrai ou supposé un personnage marquant. Vers neuf
heures la porte du grand salon ne cessait plus de
s'ouvrir à deux battants, de se refermer, de se rouvrir
de nouveau, pour laisser passage aux visiteurs qui
avaient dîné quatre à quatre (ou, s'ils dînaient en
ville, escamotaient le café en disant qu'ils allaient
revenir, comptant en effet « entrer par une porte
et sortir par l'autre ») pour se plier aux heures de
la princesse. Celle-ci cependant, attentive à son jeu
ou à la causerie, faisait semblant de ne pas voir les
arrivantes, et ce n'est qu'au moment où elles étaient
à deux pas d'elle, qu'elle se levait gracieusement
en souriant avec bonté pour les femmes. Celles-ci
cependant faisaient devant l'Altesse debout une révérence qui allait jusqu'à la génuflexion, de manière à
mettre leurs lèvres à la hauteur de la belle main qui
pendait très bas et à la baiser. Mais à ce moment la
princesse, de même que si elle eût chaque fois été
surprise par un protocole qu'elle connaissait pourtant très bien, relevait l'agenouillée comme de vive
force, avec une grâce et une douceur sans égales,
et l'embrassait sur les joues. Grâce et douceur qui
avaient pour condition, dira-t-on, l'humilité avec
laquelle l'arrivante pliait le genou. Sans doute ; et il
semble que dans une société égalitaire la politesse
disparaîtrait, non, comme on croit, par le défaut de
l'éducation, mais parce que chez les uns disparaîtrait la déférence due au prestige qui doit être imaginaire pour être efficace, et surtout chez les autres
l'amabilité qu'on prodigue et qu'on affine quand on

sent qu'elle a pour celui qui la reçoit un prix infini, lequel dans un monde fondé sur l'égalité tomberait subitement à rien, comme tout ce qui n'avait qu'une valeur fiduciaire. Mais cette disparition de la politesse dans une société nouvelle n'est pas certaine, et nous sommes quelquefois trop disposés à croire que les conditions actuelles d'un état de choses en sont les seules possibles. De très bons esprits ont cru qu'une république ne pourrait avoir de diplomatie et d'alliances[1], et que la classe paysanne ne supporterait pas la séparation de l'Église et de l'État. Après tout, la politesse dans une société égalitaire ne serait pas un miracle plus grand que le succès des chemins de fer et l'utilisation militaire de l'aéroplane. Puis, si même la politesse disparaissait, rien ne prouve que ce serait un malheur. Enfin une société ne serait-elle pas secrètement hiérarchisée au fur et à mesure qu'elle serait en fait plus démocratique ? C'est fort possible. Le pouvoir politique des papes a beaucoup grandi depuis qu'ils n'ont plus ni États, ni armée ; les cathédrales exerçaient un prestige bien moins grand sur un dévot du XVIIe siècle que sur un athée du XXe[2], et si la princesse de Parme avait été souveraine d'un État[3], sans doute eussé-je eu l'idée d'en parler à peu près autant que d'un président de la République, c'est-à-dire pas du tout.

Une fois l'impétrante relevée et embrassée par la princesse, celle-ci se rasseyait, se remettait à sa patience, non sans avoir, si la nouvelle venue était d'importance, causé un moment avec elle en la faisant asseoir sur un fauteuil.

Quand le salon devenait trop plein, la dame d'honneur chargée du service d'ordre donnait de l'espace en guidant les habitués dans un immense hall sur lequel donnait le salon et qui était rempli de portraits, de curiosités relatives à la maison de

Bourbon. Les convives habituels de la princesse jouaient alors volontiers le rôle de cicerone et disaient des choses intéressantes, que n'avaient pas la patience d'écouter les jeunes gens, plus attentifs à regarder les Altesses vivantes (et au besoin à se faire présenter à elles par la dame d'honneur et les filles d'honneur) qu'à considérer les reliques des souveraines mortes. Trop occupés des connaissances qu'ils pourraient faire et des invitations qu'ils pêcheraient peut-être, ils ne savaient absolument rien, même après des années, de ce qu'il y avait dans ce précieux musée des archives de la monarchie, et se rappelaient seulement confusément qu'il était orné de cactus et de palmiers géants qui faisaient ressembler ce centre des élégances au Palmarium du Jardin d'Acclimatation.

Sans doute la duchesse de Guermantes, par mortification, venait parfois faire, ces soirs-là, une visite de digestion à la princesse, qui la gardait tout le temps à côté d'elle, tout en badinant avec le duc. Mais quand la duchesse venait dîner, la princesse se gardait bien d'avoir ses habitués et fermait sa porte en sortant de table, de peur que des visiteurs trop peu choisis déplussent à l'exigeante duchesse. Ces soirs-là, si des fidèles non prévenus se présentaient à la porte de l'Altesse, le concierge répondait : « Son Altesse Royale ne reçoit pas ce soir », et on repartait. D'avance, d'ailleurs, beaucoup d'amis de la princesse savaient que, à cette date-là, ils ne seraient pas invités. C'était une série particulière, une série fermée à tant de ceux qui eussent souhaité d'y être compris. Les exclus pouvaient, avec une quasi-certitude, nommer les élus, et se disaient entre eux d'un ton piqué : « Vous savez bien qu'Oriane de Guermantes ne se déplace jamais sans tout son état-major. » À l'aide de celui-ci, la princesse de Parme cherchait à

entourer la duchesse comme d'une muraille protectrice contre les personnes desquelles le succès auprès
d'elle serait plus douteux. Mais à plusieurs des amis
préférés de la duchesse, à plusieurs membres de ce
brillant « état-major », la princesse de Parme était
gênée de faire des amabilités, vu qu'ils en avaient
fort peu pour elle. Sans doute la princesse de Parme
admettait fort bien qu'on pût se plaire davantage
dans la société de Mme de Guermantes que dans
la sienne propre. Elle était bien obligée de constater qu'on s'écrasait aux « jours » de la duchesse et
qu'elle-même y rencontrait souvent trois ou quatre
Altesses qui se contentaient de mettre leur carte chez
elle. Et elle avait beau retenir les mots d'Oriane, imiter ses robes, servir à ses thés les mêmes tartes aux
fraises, il y avait des fois où elle restait seule toute la
journée avec une dame d'honneur et un conseiller de
légation étranger. Aussi, lorsque (comme ç'avait été
par exemple le cas pour Swann jadis) quelqu'un ne
finissait jamais la journée sans être allé passer deux
heures chez la duchesse et faisait une visite une fois
tous les deux ans à la princesse de Parme, celle-ci
n'avait pas grande envie, même pour amuser Oriane,
de faire à ce Swann quelconque les « avances » de
l'inviter à dîner. Bref, convier la duchesse était pour
la princesse de Parme une occasion de perplexités,
tant elle était rongée par la crainte qu'Oriane trouvât
tout mal. Mais en revanche, et pour la même raison,
quand la princesse de Parme venait dîner chez Mme
de Guermantes, elle était sûre d'avance que tout
serait bien, délicieux, elle n'avait qu'une peur, c'était
de ne pas savoir comprendre, retenir, plaire, de ne
pas savoir assimiler les idées et les gens. À ce titre ma
présence excitait son attention et sa cupidité, aussi
bien que l'eût fait une nouvelle manière de décorer la
table avec des guirlandes de fruits, incertaine qu'elle

était si c'était l'une ou l'autre, la décoration de la
table ou ma présence, qui était plus particulièrement
l'un de ces charmes, secret du succès des réceptions
d'Oriane, et, dans le doute, bien décidée à tenter
d'avoir à son prochain dîner l'un et l'autre. Ce qui
justifiait du reste pleinement la curiosité ravie que
la princesse de Parme apportait chez la duchesse,
c'était cet élément comique, dangereux, excitant, où
la princesse se plongeait avec une sorte de crainte,
de saisissement et de délices (comme, au bord de
la mer, dans un de ces « bains de vagues » dont les
guides baigneurs signalent le péril, tout simplement
parce qu'aucun d'eux ne sait nager), d'où elle sortait
tonifiée, heureuse, rajeunie, et qu'on appelait l'esprit
des Guermantes. L'esprit des Guermantes – entité
aussi inexistante que la quadrature du cercle, selon
la duchesse, qui se jugeait la seule Guermantes à le
posséder – était une réputation comme les rillettes
de Tours ou les biscuits de Reims. Sans doute (une
particularité intellectuelle n'usant pas pour se propager des mêmes modes que la couleur des cheveux
ou du teint) certains intimes de la duchesse, et qui
n'étaient pas de son sang, possédaient pourtant cet
esprit, lequel en revanche n'avait pu envahir certains
Guermantes par trop réfractaires à n'importe quelle
sorte d'esprit. Les détenteurs, non apparentés à la
duchesse, de l'esprit des Guermantes avaient généralement pour caractéristique d'avoir été des hommes
brillants, doués pour une carrière à laquelle, que ce
fût les arts, la diplomatie, l'éloquence parlementaire,
l'armée, ils avaient préféré la vie de coterie. Peut-
être cette préférence aurait-elle pu être expliquée
par un certain manque d'originalité, ou d'initiative,
ou de vouloir, ou de santé, ou de chance, ou par le
snobisme.

Chez certains (il faut d'ailleurs reconnaître que

c'était l'exception), si le salon Guermantes avait
été la pierre d'achoppement de leur carrière, c'était
contre leur gré. Ainsi un médecin, un peintre et un
diplomate de grand avenir n'avaient pu réussir dans
leur carrière, pour laquelle ils étaient pourtant plus
brillamment doués que beaucoup, parce que leur
intimité chez les Guermantes faisait que les deux
premiers passaient pour des gens du monde, et le
troisième pour un réactionnaire, ce qui les avait
empêchés tous trois d'être reconnus par leurs pairs.
L'antique robe et la toque rouge que revêtent et
coiffent encore les collèges électoraux des Facultés n'est pas, ou du moins n'était pas, il n'y a pas
encore si longtemps, que la survivance purement
extérieure d'un passé aux idées étroites, d'un sec-
tarisme fermé. Sous la toque à glands d'or comme
les grands prêtres sous le bonnet conique des Juifs,
les « professeurs » étaient encore, dans les années
qui précédèrent l'affaire Dreyfus, enfermés dans des
idées rigoureusement pharisiennes. Du Boulbon était
au fond un artiste, mais il était sauvé parce qu'il n'aimait pas le monde. Cottard fréquentait les Verdurin,
mais Mme Verdurin était une cliente, puis il était
protégé par sa vulgarité, enfin chez lui il ne recevait que la Faculté, dans des agapes sur lesquelles
flottait une odeur d'acide phénique. Mais dans les
corps fortement constitués, où d'ailleurs la rigueur
des préjugés n'est que la rançon de la plus belle
intégrité, des idées morales les plus élevées, qui flé-
chissent dans des milieux plus tolérants, plus libres
et bien vite dissolus, un professeur, dans sa robe en
satin écarlate doublé d'hermine comme celle d'un
Doge (c'est-à-dire un duc) de Venise enfermé dans
le palais ducal, était aussi vertueux, aussi attaché
à de nobles principes, mais aussi impitoyable pour
tout élément étranger, que cet autre duc, excellent

mais terrible, qu'était M. de Saint-Simon. L'étranger,
c'était le médecin mondain, ayant d'autres manières,
d'autres relations. Pour bien faire, le malheureux
dont nous parlons ici, afin de ne pas être accusé par
ses collègues de les mépriser (quelle idée d'homme
du monde !) s'il leur cachait la duchesse de Guermantes, espérait les désarmer en donnant des dîners
mixtes où l'élément médical était noyé dans l'élément mondain. Il ne savait pas qu'il signait ainsi sa
perte, ou plutôt il l'apprenait quand le conseil des
Dix[1] (un peu plus élevé en nombre) avait à pourvoir
à la vacance d'une chaire, et que c'était toujours le
nom d'un médecin plus normal, fût-il plus médiocre,
qui sortait de l'urne fatale, et que le « veto » retentis-
sait dans l'antique Faculté, aussi solennel, aussi ridicule, aussi terrible que le « juro » sur lequel mourut
Molière[2]. Ainsi encore du peintre à jamais étiqueté
homme du monde, quand des gens du monde qui
faisaient de l'art avaient réussi à se faire étiqueter
artistes ; ainsi pour le diplomate ayant trop d'attaches réactionnaires.

Mais ce cas était le plus rare. Le type des hommes
distingués qui formaient le fond du salon Guermantes était celui de gens ayant renoncé volontairement (ou le croyant du moins) au reste, à tout ce qui
était incompatible avec l'esprit des Guermantes, la
politesse des Guermantes, avec ce charme indéfinis-
sable odieux à tout « corps » tant soit peu centralisé.

Et les gens qui savaient qu'autrefois l'un de ces
habitués du salon de la duchesse avait eu la médaille
d'or au Salon, que l'autre, secrétaire de la Conférence
des avocats, avait fait des débuts retentissants à la
Chambre, qu'un troisième avait habilement servi la
France comme chargé d'affaires, auraient pu considérer comme des ratés les gens qui n'avaient plus
rien fait depuis vingt ans. Mais ces « renseignés »

étaient peu nombreux, et les intéressés eux-mêmes auraient été les derniers à le rappeler, trouvant ces anciens titres de nulle valeur, en vertu même de l'esprit des Guermantes : celui-ci ne faisait-il pas taxer de raseur, de pion, ou bien au contraire de garçon de magasin, tels ministres éminents, l'un un peu solennel, l'autre amateur de calembours, dont les journaux chantaient les louanges, mais à côté de qui Mme de Guermantes bâillait et donnait des signes d'impatience si l'imprudence d'une maîtresse de maison lui avait donné l'un ou l'autre pour voisin ? Puisque être un homme d'État de premier ordre n'était nullement une recommandation auprès de la duchesse, ceux de ses amis qui avaient donné leur démission de la « Carrière » ou de l'armée, qui ne s'étaient pas représentés à la Chambre, jugeaient, en venant tous les jours déjeuner et causer avec leur grande amie, en la retrouvant chez des altesses, d'ailleurs peu appréciées d'eux, du moins le disaient-ils, qu'ils avaient choisi la meilleure part, encore que leur air mélancolique, même au milieu de la gaieté, contredît un peu le bien-fondé de ce jugement.

Encore faut-il reconnaître que la délicatesse de vie sociale, la finesse des conversations chez les Guermantes avaient, si mince cela fût-il, quelque chose de réel. Aucun titre officiel n'y valait l'agrément de certains des préférés de Mme de Guermantes que les ministres les plus puissants n'auraient pu réussir à attirer chez eux. Si dans ce salon tant d'ambitions intellectuelles et même de nobles efforts avaient été enterrés pour jamais, du moins, de leur poussière, la plus rare floraison de mondanité y avait pris naissance. Certes, des hommes d'esprit, comme Swann par exemple, se jugeaient supérieurs à des hommes de valeur, qu'ils dédaignaient, mais c'est que ce que la duchesse plaçait au-dessus de tout, ce n'était pas l'intelligence, c'était – forme supérieure selon elle, plus rare, plus exquise, de l'intelligence élevée jusqu'à une variété verbale de talent – l'esprit. Et autrefois chez les Verdurin, quand Swann jugeait Brichot et Elstir, l'un comme un pédant, l'autre comme un mufle, malgré tout le savoir de l'un et tout le génie de l'autre, c'était l'infiltration de l'esprit Guermantes qui l'avait fait les classer ainsi. Jamais il n'eût osé présenter ni l'un ni l'autre à la duchesse, sentant d'avance de quel air elle eût accueilli les tirades de Brichot, les « calembredaines » d'Elstir, l'esprit des Guermantes rangeant les propos prétentieux et prolongés du genre sérieux ou du genre farceur dans la plus intolérable imbécillité.

Quant aux Guermantes selon la chair, selon le sang, si l'esprit des Guermantes ne les avait pas gagnés aussi complètement qu'il arrive, par exemple, dans les cénacles littéraires où tout le monde a une même manière de prononcer, d'énoncer et, par voie de conséquence, de penser, ce n'est pas certes que l'originalité soit plus forte dans les milieux mondains et y mette obstacle à l'imitation. Mais l'imitation a pour conditions, non pas seulement l'absence d'une originalité irréductible, mais encore une finesse relative d'oreille qui permette de discerner d'abord ce qu'on imite ensuite. Or, il y avait quelques Guermantes auxquels ce sens musical faisait aussi entièrement défaut qu'aux Courvoisier.

Pour prendre comme exemple l'exercice qu'on appelle, dans une autre acception du mot imitation, « faire des imitations » (ce qui se disait chez les Guermantes « faire des charges »), Mme de Guermantes avait beau le réussir à ravir, les Courvoisier étaient aussi incapables de s'en rendre compte que s'ils eussent été une bande de lapins, au lieu d'hommes et de femmes, parce qu'ils n'avaient jamais su remarquer le défaut ou l'accent que la duchesse cherchait à contrefaire. Quand elle « imitait » le duc de Limoges, les Courvoisier protestaient : « Oh ! non, il ne parle tout de même pas comme cela, j'ai encore dîné hier soir avec lui chez Bebeth, il m'a parlé toute la soirée, il ne parlait pas comme cela », tandis que les Guermantes un peu cultivés s'écriaient : « Dieu qu'Oriane est drolatique ! Le plus fort c'est que pendant qu'elle l'imite, elle lui ressemble ! Je crois l'entendre. Oriane, encore un peu Limoges ! » Or, ces Guermantes-là (sans même aller jusqu'à ceux, tout à fait remarquables, qui, lorsque la duchesse imitait le duc de Limoges, disaient avec admiration : « Ah ! on peut dire que vous le *tenez* » ou « que tu le tiens ») avaient beau ne pas avoir d'esprit selon Mme de Guermantes (en quoi elle était dans le vrai), à force d'entendre et de raconter les mots de la duchesse, ils étaient arrivés à imiter tant bien que mal sa manière de s'exprimer, de juger, ce que Swann eût appelé, comme la duchesse elle-même, sa manière de « rédiger », jusqu'à présenter dans leur conversation quelque chose qui pour les Courvoisier paraissait affreusement similaire à l'esprit d'Oriane et était traité par eux d'esprit des Guermantes. Comme ces Guermantes étaient pour elle non seulement des parents mais des admirateurs, Oriane (qui tenait fort le reste de sa famille à l'écart, et vengeait maintenant par ses dédains les méchancetés que celle-ci lui avait faites quand elle était jeune fille) allait les voir quelquefois, et généralement en compagnie du duc, à la belle saison, quand elle sortait avec lui. Ces visites étaient un événement. Le cœur battait un peu plus vite à la princesse d'Épinay qui recevait dans son grand salon du rez-de-chaussée, quand elle apercevait de loin, telles les premières lueurs d'un inoffensif incendie ou les « reconnaissances » d'une invasion non espérée, traversant lentement la cour, d'une démarche oblique, la duchesse coiffée d'un ravissant chapeau et inclinant une ombrelle d'où pleuvait une odeur d'été. « Tiens, Oriane », disait-elle comme un « garde-à-vous » qui cherchait à avertir ses visiteuses avec prudence, et pour qu'on eût le temps de sortir en ordre, qu'on évacuât les salons sans panique. La moitié des personnes présentes n'osait pas rester, se levait. « Mais non, pourquoi ? Rasseyez-vous donc, je suis charmée de vous garder encore un peu », disait la princesse d'un air dégagé et à l'aise (pour faire la grande dame), mais d'une voix devenue factice. « Vous pourriez avoir à vous parler. — Vraiment, vous êtes pressée ? Hé bien, j'irai chez vous », répondait la maîtresse de maison à celles qu'elle aimait autant voir partir. Le duc et la duchesse saluaient fort poliment des gens qu'ils voyaient là depuis des années sans les connaître pour cela davantage, et qui leur disaient à peine bonjour, par discrétion. À peine étaient-ils partis que le duc demandait aimablement des renseignements sur eux, pour avoir l'air de s'intéresser à la qualité intrinsèque des personnes qu'il ne recevait pas par la méchanceté du destin ou à cause de l'état nerveux d'Oriane pour lequel la fréquentation des femmes était mauvaise : « Qu'est-ce que c'était que cette petite dame en chapeau rose ? — Mais, mon cousin, vous l'avez vue souvent, c'est la vicomtesse de Tours, née Lamarzelle. — Mais savez-vous qu'elle est jolie, elle a l'air spirituel ; s'il n'y avait pas un petit défaut dans la lèvre supérieure, elle serait tout bonnement ravissante. S'il y a un vicomte de Tours, il ne doit pas s'embêter. Oriane, savez-vous à qui ses sourcils et la plantation de ses cheveux m'ont fait penser ? À votre cousine Hedwige de Ligne. » La duchesse de Guermantes, qui languissait dès qu'on parlait de la

beauté d'une autre femme qu'elle, laissait tomber la
conversation. Elle avait compté sans le goût qu'avait
son mari pour faire voir qu'il était parfaitement au
fait des gens qu'il ne recevait pas, par quoi il croyait
se montrer plus « sérieux » que sa femme. « Mais,
disait-il tout d'un coup avec force, vous avez prononcé le nom de Lamarzelle. Je me rappelle que,
quand j'étais à la Chambre, un discours tout à fait
remarquable fut prononcé... — C'était l'oncle de la
jeune femme que vous venez de voir[1]. — Ah ! quel
talent !... Non, mon petit », disait-il à la vicomtesse
d'Égremont, que Mme de Guermantes ne pouvait
souffrir mais qui, ne bougeant pas de chez la princesse d'Épinay où elle s'abaissait volontairement à
un rôle de soubrette (quitte à battre la sienne en rentrant), restait, confuse, éplorée, mais restait quand
le couple ducal était là, débarrassait des manteaux,
tâchait de se rendre utile, par discrétion offrait de
passer dans la pièce voisine, « ne faites pas de thé
pour nous, causons tranquillement, nous sommes
des gens simples, à la bonne franquette. Du reste »,
ajoutait-il en se tournant vers Mme d'Épinay (en laissant l'Égremont rougissante, humble, ambitieuse et
zélée), « nous n'avons qu'un quart d'heure à vous
donner. » Ce quart d'heure était occupé tout entier à
une sorte d'exposition des mots que la duchesse avait
eus pendant la semaine et qu'elle-même n'eût certainement pas cités, mais que fort habilement le duc, en
ayant l'air de la gourmander à propos des incidents
qui les avaient provoqués, l'amenait comme involontairement à redire.

La princesse d'Épinay, qui aimait sa cousine et
savait qu'elle avait un faible pour les compliments,
s'extasiait sur son chapeau, son ombrelle, son
esprit. « Parlez-lui de sa toilette tant que vous voudrez », disait le duc du ton bourru qu'il avait adopté

et qu'il tempérait d'un malicieux sourire pour
qu'on ne prît pas son mécontentement au sérieux,
« mais, au nom du ciel, pas de son esprit, je me
passerais fort d'avoir une femme aussi spirituelle.
Vous faites probablement allusion au mauvais
calembour qu'elle a fait sur mon frère Palamède »,
ajoutait-il sachant fort bien que la princesse et le
reste de la famille ignoraient encore ce calembour,
et enchanté de faire valoir sa femme. « D'abord je
trouve indigne d'une personne qui a dit quelquefois, je le reconnais, d'assez jolies choses, de faire
de mauvais calembours, mais surtout sur mon frère
qui est très susceptible et si cela doit avoir pour
résultat de me fâcher avec lui, c'est vraiment bien
la peine !

— Mais nous ne savons pas ! Un calembour
d'Oriane ? Cela doit être délicieux. Oh ! dites-le.

— Mais non, mais non, reprenait le duc encore
bouder quoique plus souriant, je suis ravi que vous
ne l'ayez pas appris. Sérieusement j'aime beaucoup
mon frère.

— Écoutez, Basin », disait la duchesse dont le
moment de donner la réplique à son mari était
venu, « je ne sais pourquoi vous dites que cela peut
fâcher Palamède, vous savez très bien le contraire.
Il est beaucoup trop intelligent pour se froisser de
cette plaisanterie stupide qui n'a quoi que ce soit de
désobligeant. Vous allez faire croire que j'ai dit une
méchanceté, j'ai tout simplement répondu quelque
chose de pas drôle, mais c'est vous qui y donnez
de l'importance par votre indignation. Je ne vous
comprends pas.

— Vous nous intriguez horriblement, de quoi
s'agit-il ?

— Oh ! évidemment de rien de grave ! s'écriait
M. de Guermantes. Vous avez peut-être entendu dire

que mon frère voulait donner Brézé, le château de
sa femme, à sa sœur Marsantes.

— Oui, mais on nous a dit qu'elle ne le désirait
pas, qu'elle n'aimait pas le pays où il est, que le cli-
mat ne lui convenait pas.

— Hé bien, justement quelqu'un disait tout cela
à ma femme et que si mon frère donnait ce château à notre sœur, ce n'était pas pour lui faire plaisir, mais pour la taquiner. C'est qu'il est si taquin,
Charlus, disait cette personne. Or, vous savez que
Brézé, c'est royal, cela peut valoir plusieurs millions, c'est une ancienne terre du roi, il y a là une
des plus belles forêts de France[1]. Il y a beaucoup de
gens qui voudraient qu'on leur fît des taquineries
de ce genre. Aussi en entendant ce mot de "taquin"
appliqué à Charlus parce qu'il donnait un si beau
château, Oriane n'a pu s'empêcher de s'écrier, involontairement, je dois le confesser, elle n'y a pas mis
de méchanceté, car c'est venu vite comme l'éclair :
"Taquin... taquin... Alors c'est Taquin le Superbe[2] !"
Vous comprenez », ajoutait en reprenant son ton
bourru et non sans avoir jeté un regard circulaire
pour juger de l'effet produit par l'esprit de sa femme,
le duc qui était d'ailleurs assez sceptique quant à
la connaissance que Mme d'Épinay avait de l'histoire ancienne, « vous comprenez, c'est à cause de
Tarquin le Superbe, le roi de Rome ; c'est stupide,
c'est un mauvais jeu de mots, indigne d'Oriane. Et
puis moi qui suis plus circonspect que ma femme, si
j'ai moins d'esprit, je pense aux suites, si le malheur
veut qu'on répète cela à mon frère, ce sera toute
une histoire. D'autant plus, ajouta-t-il, que comme
justement Palamède est très hautain et aussi très
pointilleux, très enclin aux commérages, même en
dehors de la question du château, il faut reconnaître
que Taquin le Superbe lui convient assez bien. C'est

ce qui sauve les mots de Madame, c'est que même quand elle veut s'abaisser à de vulgaires à-peu-près, elle reste spirituelle malgré tout et elle peint assez bien les gens. »

Ainsi grâce, une fois à Taquin le Superbe, une autre fois à un autre mot, ces visites du duc et de la duchesse à leur famille renouvelaient la provision des récits, et l'émoi qu'elles avaient causé durait bien longtemps après le départ de la femme d'esprit et de son impresario. On se régalait d'abord, avec les privilégiés qui avaient été de la fête (les personnes qui étaient restées là), des mots qu'Oriane avait dits. « Vous ne connaissiez pas Taquin le Superbe ? demandait la princesse d'Épinay. — Si, répondait en rougissant la marquise de Baveno : la princesse de Sarsina-La Rochefoucauld m'en avait parlé, pas tout à fait dans les mêmes termes. Mais cela a dû être bien plus intéressant de l'entendre raconter ainsi devant ma cousine », ajoutait-elle comme elle aurait dit « de l'entendre accompagner par l'auteur ». « Nous parlions du dernier mot d'Oriane qui était ici tout à l'heure, disait-on à une visiteuse qui allait se trouver désolée de ne pas être venue une heure auparavant.

— Comment, Oriane était ici ?

— Mais oui, vous seriez venue un peu plus tôt... », lui répondait la princesse d'Épinay, sans reproche, mais en laissant comprendre tout ce que la maladroite avait raté. C'était sa faute si elle n'avait pas assisté à la création du monde ou à la dernière représentation de Mme Carvalho[1]. « Qu'est-ce que vous dites du dernier mot d'Oriane ? J'avoue que j'apprécie beaucoup Taquin le Superbe », et le « mot » se mangeait encore froid le lendemain à déjeuner, entre intimes qu'on invitait pour cela, et reparaissait sous diverses sauces pendant la semaine. Même la

princesse faisant cette semaine-là sa visite annuelle
à la princesse de Parme en profitait pour demander
à l'Altesse si elle connaissait le mot et le lui racontait. « Ah ! Taquin le Superbe », disait la princesse
de Parme, les yeux écarquillés par une admiration *a
priori*, mais qui implorait un supplément d'explications auquel ne se refusait pas la princesse d'Épinay.
« J'avoue que Taquin le Superbe me plaît infiniment
comme rédaction », concluait la princesse. En réalité, le mot de « rédaction » ne convenait nullement
pour ce calembour, mais la princesse d'Épinay, qui
avait la prétention d'avoir assimilé l'esprit des Guermantes, avait pris à Oriane les expressions « rédigé,
rédaction » et les employait sans beaucoup de discernement. Or la princesse de Parme, qui n'aimait
pas beaucoup Mme d'Épinay qu'elle trouvait laide,
savait avare et croyait méchante, sur la foi des Courvoisier, reconnut ce mot de « rédaction » qu'elle
avait entendu prononcer par Mme de Guermantes
et qu'elle n'eût pas su appliquer toute seule. Elle
eut l'impression que c'était, en effet, la « rédaction »
qui faisait le charme de Taquin le Superbe, et sans
oublier tout à fait son antipathie pour la dame laide
et avare, elle ne put se défendre d'un tel sentiment
d'admiration pour une femme qui possédait à ce
point l'esprit des Guermantes, qu'elle voulut inviter
la princesse d'Épinay à l'Opéra. Seule la retint la pensée qu'il conviendrait peut-être de consulter d'abord
Mme de Guermantes. Quant à Mme d'Épinay qui,
bien différente des Courvoisier, faisait mille grâces à
Oriane et l'aimait, mais était jalouse de ses relations
et un peu agacée des plaisanteries que la duchesse
lui faisait devant tout le monde sur son avarice, elle
raconta en rentrant chez elle combien la princesse
de Parme avait eu de peine à comprendre Taquin
le Superbe et combien il fallait qu'Oriane fût snob

pour avoir dans son intimité une pareille dinde. « Je
n'aurais jamais pu fréquenter la princesse de Parme
si j'avais voulu, dit-elle aux amis qu'elle avait à dîner,
parce que M. d'Épinay ne me l'aurait jamais permis à cause de son immoralité », faisant allusion à
certains débordements purement imaginaires de la
princesse. « Mais même si j'avais eu un mari moins
sévère, j'avoue que je n'aurais pas pu. Je ne sais pas
comment Oriane fait pour la voir constamment.
Moi, j'y vais une fois par an et j'ai bien de la peine
à arriver au bout de la visite. » Quant à ceux des
Courvoisier qui se trouvaient chez Victurnienne au
moment de la visite de Mme de Guermantes, l'arrivée
de la duchesse les mettait généralement en fuite à
cause de l'exaspération que leur causaient les « sala-
malecs exagérés » qu'on faisait pour Oriane. Un seul
resta le jour de Taquin le Superbe. Il ne comprit pas
complètement la plaisanterie, mais tout de même à
moitié, car il était instruit. Et les Courvoisier allèrent
répétant qu'Oriane avait appelé l'oncle Palamède
« Tarquin le Superbe », ce qui le peignait selon eux
assez bien. « Mais pourquoi faire tant d'histoires
avec Oriane ? ajoutaient-ils. On n'en aurait pas fait
davantage pour une reine. En somme, qu'est-ce
qu'Oriane ? Je ne dis pas que les Guermantes ne
soient pas de vieille souche, mais les Courvoisier
ne le leur cèdent en rien, ni comme illustration, ni
comme ancienneté, ni comme alliances. Il ne faut
pas oublier qu'au Camp du Drap d'or, comme le roi
d'Angleterre demandait à François Ier quel était le
plus noble des seigneurs là présents : "Sire, répondit
le roi de France, c'est Courvoisier." » D'ailleurs tous
les Courvoisier fussent-ils restés, que les mots les
eussent laissés d'autant plus insensibles que les incidents qui les faisaient généralement naître auraient
été considérés par eux d'un point de vue tout à fait

différent. Si, par exemple, une Courvoisier se trouvait manquer de chaises, dans une réception qu'elle
donnait, ou si elle se trompait de nom en parlant à
une visiteuse qu'elle n'avait pas reconnue, ou si un de
ses domestiques lui adressait une phrase ridicule, la
Courvoisier, ennuyée à l'extrême, rougissante, frémissant d'agitation, déplorait un pareil contretemps. Et
quand elle avait un visiteur et qu'Oriane devait venir,
elle disait sur un ton anxieusement et impérieusement interrogatif : « Est-ce que vous la connaissez ? »
craignant, si le visiteur ne la connaissait pas, que sa
présence donnât une mauvaise impression à Oriane.
Mais Mme de Guermantes tirait, au contraire, de tels
incidents, l'occasion de récits qui faisaient rire les
Guermantes aux larmes, de sorte qu'on était obligé
de l'envier d'avoir manqué de chaises, d'avoir fait
ou laissé faire à son domestique une gaffe, d'avoir
eu chez soi quelqu'un que personne ne connaissait,
comme on est obligé de se féliciter que les grands
écrivains aient été tenus à distance par les hommes
et trahis par les femmes quand leurs humiliations
et leurs souffrances ont été, sinon l'aiguillon de leur
génie, du moins la matière de leurs œuvres.

Les Courvoisier n'étaient pas davantage capables
de s'élever jusqu'à l'esprit d'innovation que la
duchesse de Guermantes introduisait dans la vie
mondaine et qui, en l'adaptant selon un sûr instinct
aux nécessités du moment, en faisait quelque chose
d'artistique, là où l'application purement raisonnée
de règles rigides eût donné d'aussi mauvais résultats
qu'à quelqu'un qui, voulant réussir en amour ou dans
la politique, reproduirait à la lettre dans sa propre
vie les exploits de Bussy d'Amboise[1]. Si les Courvoisier donnaient un dîner de famille ou un dîner pour
un prince, l'adjonction d'un homme d'esprit, d'un
ami de leur fils, leur semblait une anomalie capable

de produire le plus mauvais effet. Une Courvoisier
dont le père avait été ministre de l'Empereur, ayant
à donner une matinée en l'honneur de la princesse
Mathilde, déduisit par esprit de géométrie[1] qu'elle
ne pouvait inviter que des bonapartistes. Or elle n'en
connaissait presque pas. Toutes les femmes élégantes
de ses relations, tous les hommes agréables furent
impitoyablement bannis, parce que, d'opinion ou
d'attaches légitimistes, ils auraient, selon la logique
des Courvoisier, pu déplaire à l'Altesse Impériale.
Celle-ci, qui recevait chez elle la fleur du faubourg
Saint-Germain, fut assez étonnée quand elle trouva
seulement chez Mme de Courvoisier une pique-
assiette célèbre, veuve d'un ancien préfet de l'Empire, la veuve du directeur des postes et quelques
personnes connues pour leur fidélité à Napoléon III,
leur bêtise et leur ennui. La princesse Mathilde n'en
répandit pas moins le ruissellement généreux et doux
de sa grâce souveraine sur ces laiderons calamiteux
que la duchesse de Guermantes se garda bien, elle,
de convier, quand ce fut son tour de recevoir la
princesse, et qu'elle remplaça, sans raisonnements
a priori sur le bonapartisme, par le plus riche bouquet de toutes les beautés, de toutes les valeurs, de
toutes les célébrités qu'une sorte de flair, de tact et
de doigté lui faisait sentir devoir être agréables à la
nièce de l'Empereur, même quand elles étaient de la
propre famille du roi. Il n'y manqua même pas le duc
d'Aumale, et quand, en se retirant, la princesse, relevant Mme de Guermantes qui lui faisait la révérence
et voulait lui baiser la main, l'embrassa sur les deux
joues, ce fut du fond du cœur qu'elle put assurer à
la duchesse qu'elle n'avait jamais passé une meilleure journée ni assisté à une fête plus réussie. La
princesse de Parme était Courvoisier par l'incapacité
d'innover en matière sociale, mais, à la différence

des Courvoisier, la surprise que lui causait perpétuellement la duchesse de Guermantes engendrait
non comme chez eux l'antipathie, mais l'émerveillement. Cet étonnement était encore accru du fait de la
culture infiniment arriérée de la princesse[1]. Mme de
Guermantes était elle-même beaucoup moins avancée qu'elle ne le croyait. Mais il suffisait qu'elle le
fût plus que Mme de Parme pour stupéfier celle-ci,
et comme chaque génération de critiques se borne à
prendre le contre-pied des vérités admises par leurs
prédécesseurs, elle n'avait qu'à dire que Flaubert, cet
ennemi des bourgeois, était avant tout un bourgeois,
ou qu'il y avait beaucoup de musique italienne dans
Wagner, pour procurer à la princesse, au prix d'un
surmenage toujours nouveau, comme à quelqu'un
qui nage dans la tempête, des horizons qui lui paraissaient inouïs et lui restaient confus. Stupéfaction
d'ailleurs devant les paradoxes proférés non seulement au sujet des œuvres artistiques, mais même des
personnes de leur connaissance, et aussi des actions
mondaines. Sans doute l'incapacité où était Mme de
Parme de séparer le véritable esprit des Guermantes
des formes rudimentairement apprises de cet esprit
(ce qui la faisait croire à la haute valeur intellectuelle
de certains et surtout de certaines Guermantes dont
ensuite elle était confondue d'entendre la duchesse
lui dire en souriant que c'était de simples cruches),
telle était une des causes de l'étonnement que la
princesse avait toujours à entendre Mme de Guermantes juger les personnes. Mais il y en avait une
autre et que, moi qui connaissais à cette époque plus
de livres que de gens et mieux la littérature que le
monde, je m'expliquai en pensant que la duchesse,
vivant de cette vie mondaine dont le désœuvrement
et la stérilité sont à une activité sociale véritable ce
qu'est en art la critique à la création, étendait aux

personnes de son entourage l'instabilité de points de
vue, la soif malsaine du raisonneur qui pour étancher son esprit trop sec va chercher n'importe quel
paradoxe encore un peu frais et ne se gênera point
de soutenir l'opinion désaltérante que la plus belle
Iphigénie est celle de Piccinni et non celle de Gluck[1],
au besoin la véritable *Phèdre* celle de Pradon[2].

Quand une femme intelligente, instruite, spirituelle, avait épousé un timide butor qu'on voyait
rarement et qu'on n'entendait jamais, Mme de
Guermantes s'inventait un beau jour une volupté
spirituelle non pas seulement en décriant la femme,
mais en « découvrant » le mari. Dans le ménage
Cambremer par exemple, si elle eût vécu alors dans
ce milieu, elle eût décrété que Mme de Cambremer
était stupide, et en revanche, que la personne intéressante, méconnue, délicieuse, vouée au silence
par une femme jacassante, mais la valant mille fois,
était le marquis, et la duchesse eût éprouvé à déclarer cela le même genre de rafraîchissement que le
critique qui, depuis soixante-dix ans qu'on admire
Hernani, confesse lui préférer *Le Lion amoureux*[3].
À cause du même besoin maladif de nouveautés
arbitraires, si depuis sa jeunesse, on plaignait une
femme modèle, une vraie sainte, d'avoir été mariée
à un coquin, un beau jour Mme de Guermantes
affirmait que ce coquin était un homme léger, mais
plein de cœur, que la dureté implacable de sa femme
avait poussé à de vraies inconséquences. Je savais
que ce n'était pas seulement entre les œuvres, dans
la longue série des siècles, mais jusqu'au sein d'une
même œuvre, que la critique joue à replonger dans
l'ombre ce qui depuis trop longtemps était radieux
et à en faire sortir ce qui semblait voué à l'obscurité définitive. Je n'avais pas seulement vu Bellini,
Winterhalter, les architectes jésuites, un ébéniste

de la Restauration, venir prendre la place de génies qu'on avait dits fatigués simplement parce que les oisifs intellectuels s'en étaient fatigués, comme sont toujours fatigués et changeants les neurasthéniques. J'avais vu préférer en Sainte-Beuve tour à tour le critique et le poète[1], Musset renié quant à ses vers, sauf pour de petites pièces fort insignifiantes, et exalté comme conteur[2]. Sans doute certains essayistes ont tort de mettre au-dessus des scènes les plus célèbres du *Cid* ou de *Polyeucte* telle tirade du *Menteur* qui donne, comme un plan ancien, des renseignements sur le Paris de l'époque[3], mais leur prédilection, justifiée sinon par des motifs de beauté, au moins par un intérêt documentaire, est encore trop rationnelle pour la critique folle. Elle donne tout Molière pour un vers de *L'Étourdi*[4], et, même en trouvant le *Tristan* de Wagner assommant, en sauvera une « jolie note de cor », au moment où passe la chasse[5]. Cette dépravation m'aida à comprendre celle dont faisait preuve Mme de Guermantes quand elle décidait qu'un homme de leur monde reconnu pour un brave cœur, mais sot, était un monstre d'égoïsme, plus fin qu'on ne croyait, qu'un autre connu pour sa générosité pouvait symboliser l'avarice, qu'une bonne mère ne tenait pas à ses enfants, et qu'une femme qu'on croyait vicieuse avait les plus nobles sentiments. Comme gâtées par la nullité de la vie mondaine, l'intelligence et la sensibilité de Mme de Guermantes étaient trop vacillantes pour que le dégoût ne succédât pas assez vite chez elle à l'engouement (quitte à se sentir de nouveau attirée vers le genre d'esprit qu'elle avait tour à tour recherché et délaissé) et pour que le charme qu'elle avait trouvé à un homme de cœur ne se changeât pas, s'il la fréquentait trop, cherchait trop en elle des directions qu'elle était incapable de

lui donner, en un agacement qu'elle croyait produit
par son admirateur et qui ne l'était que par l'impuissance où on est de trouver du plaisir quand
on se contente de le chercher. Les variations de
jugement de la duchesse n'épargnaient personne,
excepté son mari. Lui seul ne l'avait jamais aimée ;
en lui elle avait senti toujours un caractère de fer,
indifférent aux caprices qu'elle avait, dédaigneux de
sa beauté, violent, d'une volonté à ne plier jamais et
sous la seule loi de laquelle les nerveux savent trouver le calme. D'autre part M. de Guermantes, poursuivant un même type de beauté féminine, mais le
cherchant dans des maîtresses souvent renouvelées,
n'avait, une fois qu'il les avait quittées, et pour se
moquer d'elles, qu'une associée durable, identique,
qui l'irritait souvent par son bavardage, mais dont
il savait que tout le monde la tenait pour la plus
belle, la plus vertueuse, la plus intelligente, la plus
instruite de l'aristocratie, pour une femme que lui
M. de Guermantes était trop heureux d'avoir trouvée, qui couvrait tous ses désordres, recevait comme
personne, et maintenait à leur salon son rang de
premier salon du faubourg Saint-Germain. Cette
opinion des autres, il la partageait lui-même ; souvent de mauvaise humeur contre sa femme, il était
fier d'elle. Si, aussi avare que fastueux, il lui refusait le plus léger argent pour des charités, pour les
domestiques, il exigeait qu'elle eût les toilettes les
plus magnifiques et les plus beaux attelages. Enfin
il tenait à mettre en valeur l'esprit de sa femme. Or,
chaque fois que Mme de Guermantes venait d'inventer, relativement aux mérites et aux défauts, brusquement intervertis par elle, d'un de leurs amis, un
nouveau et friand paradoxe, elle brûlait d'en faire
l'essai devant des personnes capables de le goûter, d'en faire savourer l'originalité psychologique

et briller la malveillance lapidaire. Sans doute ces opinions nouvelles ne contenaient pas d'habitude plus de vérité que les anciennes, souvent moins ; mais justement ce qu'elles avaient d'arbitraire et d'inattendu leur conférait quelque chose d'intellectuel qui les rendait émouvantes à communiquer. Seulement, le patient sur qui venait de s'exercer la psychologie de la duchesse était généralement un intime dont ceux à qui elle souhaitait de transmettre sa découverte ignoraient entièrement qu'il ne fût plus au comble de la faveur ; aussi la réputation qu'avait Mme de Guermantes d'incomparable amie, sentimentale, douce et dévouée, rendait difficile de commencer l'attaque ; elle pouvait tout au plus intervenir ensuite comme contrainte et forcée, en donnant la réplique pour apaiser, pour contredire en apparence, pour appuyer en fait un partenaire qui avait pris sur lui de la provoquer ; c'était justement le rôle où excellait M. de Guermantes.

Quant aux actions mondaines, c'était encore un autre plaisir arbitrairement théâtral que Mme de Guermantes éprouvait à émettre sur elles de ces jugements imprévus qui fouettaient de surprises incessantes et délicieuses la princesse de Parme. Mais ce plaisir de la duchesse, ce fut moins à l'aide de la critique littéraire que d'après la vie politique et la chronique parlementaire, que j'essayai de comprendre quel il pouvait être. Les édits successifs et contradictoires par lesquels Mme de Guermantes renversait sans cesse l'ordre des valeurs chez les personnes de son milieu ne suffisant plus à la distraire, elle cherchait aussi, dans la manière dont elle dirigeait sa propre conduite sociale, dont elle rendait compte de ses moindres décisions mondaines, à goûter ces émotions artificielles, à obéir à ces devoirs factices qui stimulent la sensibilité

des assemblées et s'imposent à l'esprit des politiciens. On sait que quand un ministre explique à
la Chambre qu'il a cru bien faire en suivant une
ligne de conduite qui semble en effet toute simple
à l'homme de bon sens qui le lendemain dans son
journal lit le compte rendu de la séance, ce lecteur
de bon sens se sent pourtant remué tout d'un coup,
et commence à douter d'avoir eu raison d'approuver
le ministre, en voyant que le discours de celui-ci a
été écouté au milieu d'une vive agitation et ponctué
par des expressions de blâme telles que : « C'est très
grave », prononcées par un député dont le nom et les
titres sont si longs et suivis de mouvements si accen-
tués que, dans l'interruption tout entière, les mots
« c'est très grave ! » tiennent moins de place qu'un
hémistiche dans un alexandrin. Par exemple autrefois, quand M. de Guermantes, prince des Laumes,
siégeait à la Chambre, on lisait quelquefois dans les
journaux de Paris, bien que ce fût surtout destiné
à la circonscription de Méséglise et afin de montrer
aux électeurs qu'ils n'avaient pas porté leurs votes
sur un mandataire inactif ou muet :

« Monsieur de Guermantes-Bouillon, prince des
Laumes : "Ceci est grave !" *(Très bien ! Très bien ! au
centre et sur quelques bancs à droite, vives exclamations à l'extrême gauche.)* »

Le lecteur de bon sens garde encore une lueur de
fidélité au sage ministre, mais son cœur est ébranlé
de nouveaux battements par les premiers mots du
nouvel orateur qui répond au ministre :

« "L'étonnement, la stupeur, ce n'est pas trop dire
(vive sensation dans la partie droite de l'hémicycle),
que m'ont causés les paroles de celui qui est encore,
je suppose, membre du gouvernement..." *(Tonnerre
d'applaudissements ; quelques députés s'empressent
vers le banc des ministres ; M. le sous-secrétaire d'État*

aux Postes et Télégraphes fait de sa place avec la tête un signe affirmatif.) »

Ce « tonnerre d'applaudissements » emporte les dernières résistances du lecteur de bon sens ; il trouve insultante pour la Chambre, monstrueuse, une façon de procéder qui en soi-même est insignifiante ; au besoin, quelque fait normal, par exemple : vouloir faire payer les riches plus que les pauvres, la lumière sur une iniquité, préférer la paix à la guerre, il le trouvera scandaleux et y verra une offense à certains principes auxquels il n'avait pas pensé en effet, qui ne sont pas inscrits dans le cœur de l'homme, mais qui émeuvent fortement à cause des acclamations qu'ils déchaînent et des compactes majorités qu'ils rassemblent.

Il faut d'ailleurs reconnaître que cette subtilité des hommes politiques qui me servit à m'expliquer le milieu Guermantes et plus tard d'autres milieux, n'est que la perversion d'une certaine finesse d'interprétation souvent désignée par la locution « lire entre les lignes ». Si dans les assemblées il y a absurdité par perversion de cette finesse, il y a stupidité par manque de cette finesse dans le public qui prend tout « à la lettre », qui ne soupçonne pas une révocation quand un haut dignitaire est relevé de ses fonctions « sur sa demande » et qui se dit : « Il n'est pas révoqué puisque c'est lui qui l'a demandé », une défaite quand les Russes par un mouvement stratégique se replient devant les Japonais sur des positions plus fortes et préparées à l'avance, un refus quand, une province ayant demandé l'indépendance à l'empereur d'Allemagne, celui-ci lui accorde l'autonomie religieuse. Il est possible d'ailleurs, pour revenir à ces séances de la Chambre, que, quand elles s'ouvrent, les députés eux-mêmes soient pareils à l'homme de bon sens qui en lira le compte rendu.

Apprenant que des ouvriers en grève ont envoyé leurs délégués auprès d'un ministre, peut-être se demandent-ils naïvement : « Ah ! voyons, que se sont-ils dit ? espérons que tout s'est arrangé », au moment où le ministre monte à la tribune dans un profond silence qui déjà met en goût d'émotions artificielles. Les premiers mots du ministre : « Je n'ai pas besoin de dire à la Chambre que j'ai un trop haut sentiment des devoirs du gouvernement pour avoir reçu cette délégation dont l'autorité de ma charge n'avait pas à connaître », sont un coup de théâtre, car c'était la seule hypothèse que le bon sens des députés n'eût pas faite. Mais justement parce que c'est un coup de théâtre, il est accueilli par de tels applaudissements que ce n'est qu'au bout de quelques minutes que peut se faire entendre le ministre, le ministre qui recevra, en retournant à son banc, les félicitations de ses collègues. On est aussi ému que le jour où il a négligé d'inviter à une grande fête officielle le président du Conseil municipal qui lui faisait opposition, et on déclare que dans l'une comme dans l'autre circonstance il a agi en véritable homme d'État.

M. de Guermantes, à cette époque de sa vie, avait, au grand scandale des Courvoisier, fait souvent partie des collègues qui venaient féliciter le ministre. J'ai entendu plus tard raconter que, même à un moment où il joua un assez grand rôle à la Chambre et où on songeait à lui pour un ministère ou une ambassade, il était, quand un ami venait lui demander un service, infiniment plus simple, jouait politiquement beaucoup moins au grand personnage que tout autre qui n'eût pas été le duc de Guermantes. Car s'il disait que la noblesse était peu de chose, qu'il considérait ses collègues comme des égaux, il n'en pensait pas un mot. Il recherchait, feignait d'estimer, mais méprisait les situations politiques, et comme il restait pour lui-même M. de Guermantes, elles ne mettaient pas autour de sa personne cet empesé des grands emplois qui rend d'autres inabordables. Et par-là, son orgueil protégeait contre toute atteinte non pas seulement ses façons d'une familiarité affichée, mais ce qu'il pouvait avoir de simplicité véritable.

Pour en revenir à ses décisions artificielles et émouvantes comme celles des politiciens, Mme de Guermantes ne déconcertait pas moins les Guermantes, les Courvoisier, tout le Faubourg et plus que personne la princesse de Parme, par des décrets inattendus sous lesquels on sentait des principes qui frappaient d'autant plus qu'on s'en était moins avisé. Si le nouveau ministre de Grèce donnait un bal travesti, chacun choisissait un costume, et on se demandait quel serait celui de la duchesse. L'une pensait qu'elle voudrait être en duchesse de Bourgogne, une autre donnait comme probable le travestissement en princesse de Deryabar[1], une troisième en Psyché. Enfin une Courvoisier ayant demandé : « En quoi te mettras-tu, Oriane ? » provoquait la seule réponse à quoi l'on n'eût pas pensé : « Mais en rien du tout ! » et qui faisait beaucoup marcher les langues comme dévoilant l'opinion d'Oriane sur la véritable position mondaine du nouveau ministre de Grèce et sur la conduite à tenir à son égard, c'est-à-dire l'opinion qu'on aurait dû prévoir, à savoir qu'une duchesse « n'avait pas à » se rendre au bal travesti de ce nouveau ministre. « Je ne vois pas qu'il y ait nécessité à aller chez le ministre de Grèce, que je ne connais pas, je ne suis pas grecque, pourquoi irais-je là-bas ? je n'ai rien à y faire », disait la duchesse.

« Mais tout le monde y va, il paraît que ce sera charmant, s'écriait Mme de Gallardon.

— Mais c'est charmant aussi de rester au coin de
son feu », répondait Mme de Guermantes.

Les Courvoisier n'en revenaient pas, mais les Guermantes, sans imiter, approuvaient : « Naturellement
tout le monde n'est pas en position comme Oriane
de rompre avec tous les usages. Mais d'un côté on
ne peut pas dire qu'elle ait tort de vouloir montrer
que nous exagérons en nous mettant à plat ventre
devant ces étrangers dont on ne sait pas toujours
d'où ils viennent. »

Naturellement, sachant les commentaires que ne
manquerait pas de provoquer l'une ou l'autre attitude, Mme de Guermantes avait autant de plaisir à
entrer dans une fête où on n'osait pas compter sur
elle, qu'à rester chez soi ou à passer la soirée avec son
mari au théâtre, le soir d'une fête où « tout le monde
allait », ou bien, quand on pensait qu'elle éclipserait
les plus beaux diamants par un diadème historique,
d'entrer sans un seul bijou et dans une autre tenue
que celle qu'on croyait à tort de rigueur. Bien qu'elle
fût antidreyfusarde (tout en croyant à l'innocence de
Dreyfus, de même qu'elle passait sa vie dans le monde
tout en ne croyant qu'aux idées), elle avait produit
une énorme sensation à une soirée chez la princesse
de Ligne, d'abord en restant assise quand toutes les
dames s'étaient levées à l'entrée du général Mercier[1],
et ensuite en se levant et en demandant ostensible-
ment ses gens quand un orateur nationaliste avait
commencé une conférence, montrant par-là qu'elle
ne trouvait pas que le monde fût fait pour parler
politique ; toutes les têtes s'étaient tournées vers elle
à un concert du Vendredi Saint où, quoique vol-
tairienne, elle n'était pas restée parce qu'elle avait
trouvé indécent qu'on mît en scène le Christ. On sait
ce qu'est, même pour les plus grandes mondaines,
le moment de l'année où les fêtes commencent :

au point que la marquise d'Amoncourt, laquelle, par besoin de parler, manie psychologique, et aussi manque de sensibilité, finissait souvent par dire des sottises, avait pu répondre à quelqu'un qui était venu la condoléancer sur la mort de son père, M. de Montmorency : « C'est peut-être encore plus triste qu'il vous arrive un chagrin pareil au moment où on a à sa glace des centaines de cartes d'invitations. » Hé bien, à ce moment de l'année, quand on invitait à dîner la duchesse de Guermantes, en se pressant pour qu'elle ne fût pas déjà retenue, elle refusait pour la seule raison à laquelle un mondain n'eût jamais pensé : elle allait partir en croisière pour visiter les fjords de la Norvège qui l'intéressaient. Les gens du monde en furent stupéfaits et, sans se soucier d'imiter la duchesse, éprouvèrent pourtant de son action l'espèce de soulagement qu'on a dans Kant quand, après la démonstration la plus rigoureuse du déterminisme, on découvre qu'au-dessus du monde de la nécessité il y a celui de la liberté. Toute invention dont on ne s'était jamais avisé excite l'esprit, même des gens qui ne savent pas en profiter. Celle de la navigation à vapeur était peu de chose auprès d'user de la navigation à vapeur à l'époque sédentaire de la *season*. L'idée qu'on pouvait volontairement renoncer à cent dîners ou déjeuners en ville, au double de « thés », au triple de soirées, aux plus brillants lundis de l'Opéra et mardis des Français pour aller visiter les fjords de la Norvège ne parut pas aux Courvoisier plus explicable que *Vingt mille lieues sous les mers*, mais leur communiqua la même sensation d'indépendance et de charme. Aussi n'y avait-il pas de jour où l'on n'entendît dire, non seulement « Vous connaissez le dernier mot d'Oriane ? », mais « Vous savez la dernière d'Oriane ? ». Et de la « dernière d'Oriane », comme du dernier « mot » d'Oriane, on répétait : « C'est bien d'Oriane », « C'est bien de l'Oriane », « C'est de l'Oriane tout pur ». La dernière d'Oriane, c'était, par exemple, qu'ayant à répondre au nom d'une société patriotique au cardinal X, évêque de Mâcon (que d'habitude M. de Guermantes, quand il parlait de lui, appelait « Monsieur de Mascon », parce que le duc trouvait cela vieille France), comme chacun cherchait à imaginer comment la lettre serait tournée, et trouvait bien les premiers mots : « Éminence » ou « Monseigneur », mais était embarrassé devant le reste, la lettre d'Oriane, à l'étonnement de tous, débutait par « Monsieur le cardinal » à cause d'un vieil usage académique, ou par « Mon cousin », ce terme étant usité entre les princes de l'Église, les Guermantes et les souverains qui demandaient à Dieu d'avoir les uns et les autres « dans sa sainte et digne garde ». Pour qu'on parlât d'une « dernière d'Oriane », il suffisait qu'à une représentation où il y avait tout Paris et où on jouait une fort jolie pièce, comme on cherchait Mme de Guermantes dans la loge de la princesse de Parme, de la princesse de Guermantes, de tant d'autres qui l'avaient invitée, on la trouvât seule, en noir, avec un tout petit chapeau, à un fauteuil où elle était arrivée pour le lever du rideau. « On entend mieux pour une pièce qui en vaut la peine », expliquait-elle, au scandale des Courvoisier et à l'émerveillement des Guermantes et de la princesse de Parme, qui découvraient subitement que le « genre » d'entendre le commencement d'une pièce était plus nouveau, marquait plus d'originalité et d'intelligence (ce qui n'était pas pour étonner de la part d'Oriane) que d'arriver pour le dernier acte après un grand dîner et une apparition dans une soirée. Tels étaient les différents genres d'étonnement auxquels la princesse de Parme savait qu'elle pouvait se préparer si elle posait une question littéraire ou mondaine à Mme de Guermantes, et qui faisaient que, pendant ces dîners chez la duchesse, l'Altesse ne s'aventurait sur le moindre sujet qu'avec la prudence inquiète et ravie de la baigneuse émergeant entre deux « lames ».

Parmi les éléments qui, absents des deux ou trois autres salons à peu près équivalents qui étaient à la tête du faubourg Saint-Germain, différenciaient d'eux le salon de la duchesse de Guermantes, comme Leibniz admet que chaque monade en reflétant tout l'univers y ajoute quelque chose de particulier, un des moins sympathiques était habituellement fourni par une ou deux très belles femmes qui n'avaient de titre à être là que leur beauté, l'usage qu'avait fait d'elle M. de Guermantes, et desquelles la présence révélait aussitôt, comme dans d'autres salons tels tableaux inattendus, que dans celui-ci le mari était un ardent appréciateur des grâces féminines. Elles se ressemblaient toutes un peu ; car le duc avait le goût des femmes grandes, à la fois majestueuses et désinvoltes, d'un genre intermédiaire entre la *Vénus de Milo* et la *Victoire de Samothrace* ; souvent blondes, rarement brunes, quelquefois rousses, comme la plus récente, laquelle était à ce dîner, cette vicomtesse d'Arpajon qu'il avait tant aimée qu'il la força longtemps à lui envoyer jusqu'à dix télégrammes par jour (ce qui agaçait un peu la duchesse), correspondait avec elle par pigeons voyageurs quand il était à Guermantes, et de laquelle enfin il avait été pendant longtemps si incapable de se passer, qu'un hiver qu'il avait dû passer à Parme, il revenait chaque semaine à Paris, faisant deux jours de voyage pour la voir.

D'ordinaire, ces belles figurantes avaient été ses maîtresses mais ne l'étaient plus (c'était le cas pour Mme d'Arpajon) ou étaient sur le point de cesser de l'être. Peut-être cependant le prestige qu'exerçait sur elles la duchesse et l'espoir d'être reçues dans son salon, quoiqu'elles appartinssent elles-mêmes à des milieux fort aristocratiques mais de second plan, les avaient-ils décidées, plus encore que la beauté et la générosité de celui-ci, à céder aux désirs du duc. D'ailleurs la duchesse n'eût pas opposé à ce qu'elles pénétrassent chez elle une résistance absolue ; elle savait qu'en plus d'une, elle avait trouvé une alliée, grâce à laquelle elle avait obtenu mille choses dont elle avait envie et que M. de Guermantes refusait impitoyablement à sa femme tant qu'il n'était pas amoureux d'une autre. Aussi ce qui expliquait qu'elles ne fussent reçues chez la duchesse que quand leur liaison était déjà fort avancée tenait plutôt d'abord à ce que le duc, chaque fois qu'il s'était embarqué dans un grand amour, avait cru seulement à une simple passade en échange de laquelle il estimait que c'était beaucoup que d'être invité chez sa femme. Or, il se trouvait l'offrir pour beaucoup moins, pour un premier baiser, parce que des résistances sur lesquelles il n'avait pas compté se produisaient, ou au contraire qu'il n'y avait pas eu de résistance. En amour, souvent, la gratitude, le désir de faire plaisir, font donner au-delà de ce que l'espérance et l'intérêt avaient promis. Mais alors la réalisation de cette offre était entravée par d'autres circonstances. D'abord toutes les femmes qui avaient répondu à l'amour de M. de Guermantes, et quelquefois même quand elles ne lui avaient pas encore cédé, avaient été tour à tour séquestrées par lui. Il ne leur permettait plus de voir personne, il passait auprès d'elles presque toutes ses heures, il s'occupait de l'éducation de leurs enfants, auxquels quelquefois, si l'on doit en juger plus tard sur de criantes ressemblances, il lui arriva de donner un frère ou une sœur. Puis si, au début de la liaison, la présentation à Mme de Guermantes, nullement

envisagée par le duc, avait joué un rôle dans l'esprit
de la maîtresse, la liaison elle-même avait transformé
les points de vue de cette femme ; le duc n'était
plus seulement pour elle le mari de la plus élégante
femme de Paris, mais un homme que la nouvelle
maîtresse aimait, un homme aussi qui souvent lui
avait donné les moyens et le goût de plus de luxe
et qui avait interverti l'ordre antérieur d'importance
des questions de snobisme et des questions d'intérêt ; enfin quelquefois, une jalousie de tous genres
contre Mme de Guermantes animait les maîtresses
du duc. Mais ce cas était le plus rare ; d'ailleurs,
quand le jour de la présentation arrivait enfin (à un
moment où elle était d'ordinaire déjà assez indifférente au duc, dont les actions, comme celles de
tout le monde, étaient plus souvent commandées
par les actions antérieures dont le mobile premier
n'existait plus), il se trouvait souvent que c'était Mme
de Guermantes qui avait cherché à recevoir la maîtresse en qui elle espérait et avait si grand besoin de
rencontrer, contre son terrible époux, une précieuse
alliée. Ce n'est pas que, sauf à de rares moments,
chez lui, où, quand la duchesse parlait trop, il laissait échapper des paroles et surtout des silences qui
foudroyaient, M. de Guermantes manquât vis-à-vis
de sa femme de ce qu'on appelle « les formes ». Les
gens qui ne les connaissaient pas pouvaient s'y tromper. Quelquefois, à l'automne, entre les courses de
Deauville, les eaux et le départ pour Guermantes et
les chasses, dans les quelques semaines qu'on passe
à Paris, comme la duchesse aimait le café-concert,
le duc allait avec elle y passer une soirée. Le public
remarquait tout de suite, dans une de ces petites
baignoires découvertes où l'on ne tient que deux,
cet Hercule en « smoking » (puisqu'en France on
donne à toute chose plus ou moins britannique le

nom qu'elle ne porte pas en Angleterre[1]), le monocle
à l'œil, dans sa grosse mais belle main, à l'annulaire
de laquelle brillait un saphir, un gros cigare dont
il tirait de temps à autre une bouffée, les regards
habituellement tournés vers la scène, mais, quand il
les laissait tomber sur le parterre où il ne connaissait
d'ailleurs absolument personne, les émoussant d'un
air de douceur, de réserve, de politesse, de considération. Quand un couplet lui semblait drôle et pas
trop indécent, le duc se retournait en souriant vers sa
femme, partageait avec elle, d'un signe d'intelligence
et de bonté, l'innocente gaieté que lui procurait la
chanson nouvelle. Et les spectateurs pouvaient croire
qu'il n'était pas de meilleur mari que lui, ni de personne plus enviable que la duchesse – cette femme
en dehors de laquelle étaient pour le duc tous les
intérêts de la vie, cette femme qu'il n'aimait pas, qu'il
n'avait jamais cessé de tromper ; quand la duchesse
se sentait fatiguée, ils voyaient M. de Guermantes
se lever, lui passer lui-même son manteau en arrangeant ses colliers pour qu'ils ne se prissent pas dans
la doublure, et lui frayer un chemin jusqu'à la sortie avec des soins empressés et respectueux qu'elle
recevait avec la froideur de la mondaine qui ne voit
là que du simple savoir-vivre, et parfois même avec
l'amertume un peu ironique de l'épouse désabusée
qui n'a plus aucune illusion à perdre. Mais malgré
ces dehors, autre partie de cette politesse qui a fait
passer les devoirs des profondeurs à la superficie, à
une certaine époque déjà ancienne, mais qui dure
encore pour ses survivants, la vie de la duchesse était
difficile. M. de Guermantes ne redevenait généreux,
humain que pour une nouvelle maîtresse, qui prenait, comme il arrivait le plus souvent, le parti de
la duchesse ; celle-ci voyait redevenir possibles pour
elle des générosités envers des inférieurs, des charités

pour les pauvres, même pour elle-même, plus tard, une nouvelle et magnifique automobile. Mais de l'irritation qui naissait d'habitude assez vite, pour Mme de Guermantes, des personnes qui lui étaient trop soumises, les maîtresses du duc n'étaient pas exceptées. Bientôt la duchesse se dégoûtait d'elles. Or, à ce moment aussi, la liaison du duc avec Mme d'Arpajon touchait à sa fin. Une autre maîtresse pointait.

Sans doute l'amour que M. de Guermantes avait eu successivement pour toutes recommençait un jour à se faire sentir : d'abord cet amour en mourant les léguait, comme de beaux marbres – des marbres beaux pour le duc, devenu ainsi partiellement artiste, parce qu'il les avait aimés, et était sensible maintenant à des lignes qu'il n'eût pas appréciées sans l'amour – qui juxtaposaient, dans le salon de la duchesse, leurs formes longtemps ennemies, dévorées par les jalousies et les querelles, et enfin réconciliées dans la paix de l'amitié ; puis cette amitié même était un effet de l'amour qui avait fait remarquer à M. de Guermantes, chez celles qui étaient ses maîtresses, des vertus qui existent chez tout être humain mais sont perceptibles à la seule volupté, si bien que l'ex-maîtresse devenue « un excellent camarade » qui ferait n'importe quoi pour nous, est un cliché, comme le médecin ou comme le père qui ne sont pas un médecin ou un père, mais un ami. Mais pendant une première période, la femme que M. de Guermantes commençait à délaisser se plaignait, faisait des scènes, se montrait exigeante, paraissait indiscrète, tracassière. Le duc commençait à la prendre en grippe. Alors Mme de Guermantes avait lieu de mettre en lumière les défauts vrais ou supposés d'une personne qui l'agaçait. Connue pour bonne, Mme de Guermantes recevait les téléphonages, les confidences, les larmes de la délaissée, et ne s'en plaignait pas. Elle en riait avec son mari, puis avec quelques intimes. Et croyant, par cette pitié qu'elle montrait à l'infortunée, avoir le droit d'être taquine avec elle, en sa présence même, quoi que celle-ci dît, pourvu que cela pût rentrer dans le cadre du caractère ridicule que le duc et la duchesse lui avaient récemment fabriqué, Mme de Guermantes ne se gênait pas d'échanger avec son mari des regards d'ironique intelligence.

Cependant, en se mettant à table, la princesse de Parme se rappela qu'elle voulait inviter à l'Opéra Mme d'Heudicourt, et désirant savoir si cela ne serait pas désagréable à Mme de Guermantes, elle chercha à la sonder. À ce moment entra M. de Grouchy, dont le train, à cause d'un déraillement, avait eu une panne d'une heure. Il s'excusa comme il put. Sa femme, si elle avait été Courvoisier, fût morte de honte. Mais Mme de Grouchy n'était pas Guermantes « pour des prunes ». Comme son mari s'excusait du retard :

« Je vois, dit-elle en prenant la parole, que même pour les petites choses, être en retard c'est une tradition dans votre famille.

— Asseyez-vous, Grouchy, et ne vous laissez pas démonter, dit le duc. Tout en marchant avec mon temps, je suis forcé de reconnaître que la bataille de Waterloo[1] a eu du bon puisqu'elle a permis la restauration des Bourbons, et encore mieux, d'une façon qui les a rendus impopulaires. Mais je vois que vous êtes un véritable Nemrod !

— J'ai en effet rapporté quelques belles pièces. Je me permettrai d'envoyer demain à la duchesse une douzaine de faisans. »

Une idée sembla passer dans les yeux de Mme de Guermantes. Elle insista pour que M. de Grouchy ne prît pas la peine d'envoyer les faisans. Et faisant signe au valet de pied fiancé avec qui j'avais causé en quittant la salle des Elstir :

« Poullein, dit-elle, vous irez chercher les faisans de M. le comte et vous les rapporterez de suite, car, n'est-ce pas, Grouchy, vous permettez que je fasse quelques politesses ? Nous ne mangerons pas douze faisans à nous deux, Basin et moi.

— Mais après-demain serait assez tôt, dit M. de Grouchy.

— Non, je préfère demain », insista la duchesse.

Poullein était devenu blanc ; son rendez-vous avec sa fiancée était manqué. Cela suffisait pour la distraction de la duchesse qui tenait à ce que tout gardât un air humain.

« Je sais que c'est votre jour de sortie, dit-elle à Poullein, vous n'aurez qu'à changer avec Georges qui sortira demain et restera après-demain. »

Mais le lendemain la fiancée de Poullein ne serait pas libre. Il lui était bien égal de sortir. Dès que Poullein eut quitté la pièce, chacun complimenta la duchesse de sa bonté avec ses gens.

« Mais je ne fais qu'être avec eux comme je voudrais qu'on fût avec moi.

— Justement ! ils peuvent dire qu'ils ont chez vous une bonne place.

— Pas si extraordinaire que ça. Mais je crois qu'ils m'aiment bien. Celui-là est un peu agaçant parce qu'il est amoureux, il croit devoir prendre des airs mélancoliques. »

À ce moment Poullein rentra.

« En effet, dit M. de Grouchy, il n'a pas l'air d'avoir le sourire. Avec eux il faut être bon, mais pas trop bon.

— Je reconnais que je ne suis pas terrible ; dans toute sa journée il n'aura qu'à aller chercher vos faisans, à rester ici à ne rien faire et à en manger sa part.

— Beaucoup de gens voudraient être à sa place, dit M. de Grouchy, car l'envie est aveugle.

— Oriane, dit la princesse de Parme, j'ai eu l'autre

jour la visite de votre cousine d'Heudicourt ; évidemment c'est une femme d'une intelligence supérieure ; c'est une Guermantes, c'est tout dire, mais on dit qu'elle est médisante... »

Le duc attacha sur sa femme un long regard de stupéfaction voulue. Mme de Guermantes se mit à rire. La princesse finit par s'en apercevoir.

« Mais... est-ce que vous n'êtes pas... de mon avis ?... demanda-t-elle avec inquiétude.

— Mais Madame est trop bonne de s'occuper des mines de Basin. Allons, Basin, n'ayez pas l'air d'insinuer du mal de nos parents.

— Il la trouve trop méchante ? demanda vivement la princesse.

— Oh ! pas du tout, répliqua la duchesse. Je ne sais pas qui a dit à Votre Altesse qu'elle était médisante. C'est au contraire une excellente créature qui n'a jamais dit du mal de personne, ni fait de mal à personne.

— Ah ! dit Mme de Parme soulagée, je ne m'en étais pas aperçue non plus. Mais comme je sais qu'il est souvent difficile de ne pas avoir un peu de malice quand on a beaucoup d'esprit...

— Ah ! cela par exemple elle en a encore moins.

— Moins d'esprit ?... demanda la princesse stupéfaite.

— Voyons, Oriane », interrompit le duc d'un ton plaintif en lançant autour de lui à droite et à gauche des regards amusés, « vous entendez que la princesse vous dit que c'est une femme supérieure.

— Elle ne l'est pas ?

— Elle est au moins supérieurement grosse.

— Ne l'écoutez pas, Madame, il n'est pas sincère. Elle est bête comme un (heun) oie », dit d'une voix forte et enrouée Mme de Guermantes, qui, bien plus vieille France encore que le duc quand il n'y tâchait pas, cherchait souvent à l'être, mais d'une manière opposée au genre jabot de dentelles et déliquescent de son mari et en réalité bien plus fine, par une sorte de prononciation presque paysanne qui avait une âpre et délicieuse saveur terrienne. « Mais c'est la meilleure femme du monde. Et puis je ne sais même pas si à ce degré-là cela peut s'appeler de la bêtise. Je ne crois pas que j'aie jamais connu une créature pareille ; c'est un cas pour un médecin, cela a quelque chose de pathologique, c'est une espèce d'"innocente", de crétine, de "demeurée" comme dans les mélodrames ou comme dans *L'Arlésienne*[1]. Je me demande toujours, quand elle est ici, si le moment n'est pas venu où son intelligence va s'éveiller, ce qui fait toujours un peu peur. » La princesse s'émerveillait de ces expressions, tout en restant stupéfaite du verdict. « Elle m'a cité, ainsi que Mme d'Épinay, votre mot sur Taquin le Superbe. C'est délicieux », répondit-elle.

M. de Guermantes m'expliqua le mot. J'avais envie de lui dire que son frère, qui prétendait ne pas me connaître, m'attendait le soir même à onze heures. Mais je n'avais pas demandé à Robert si je pouvais parler de ce rendez-vous et, comme le fait que M. de Charlus me l'eût presque fixé était en contradiction avec ce qu'il avait dit à la duchesse, je jugeai plus délicat de me taire.

« Taquin le Superbe n'est pas mal, dit M. de Guermantes, mais Mme d'Heudicourt ne vous a probablement pas raconté un bien plus joli mot qu'Oriane lui a dit l'autre jour, en réponse à une invitation à déjeuner ?

— Oh ! non ! dites-le !

— Voyons, Basin, taisez-vous, d'abord ce mot est stupide et va me faire juger par la princesse comme encore inférieure à ma cruche de cousine. Et puis, je ne sais pas pourquoi je dis ma cousine. C'est

une cousine à Basin. Elle est tout de même un peu
parente avec moi.

— Oh ! » s'écria la princesse de Parme à la pensée
qu'elle pourrait trouver Mme de Guermantes bête,
et protestant éperdument que rien ne pouvait faire
déchoir la duchesse du rang qu'elle occupait dans
son admiration.

« Et puis, nous lui avons déjà retiré les qualités de
l'esprit ; comme ce mot tend à lui en dénier certaines
du cœur, il me semble inopportun.

— Dénier ! inopportun ! comme elle s'exprime
bien ! dit le duc avec une ironie feinte et pour faire
admirer la duchesse.

— Allons, Basin, ne vous moquez pas de votre
femme.

— Il faut dire à Votre Altesse Royale, reprit le
duc, que la cousine d'Oriane est supérieure, bonne,
grosse, tout ce qu'on voudra, mais n'est pas précisément, comment dirai-je… prodigue.

— Oui, je sais, elle est très rapiate, interrompit
la princesse.

— Je ne me serais pas permis l'expression, mais
vous avez trouvé le mot juste. Cela se traduit dans
son train de maison et particulièrement dans la cuisine, qui est excellente mais mesurée.

— Cela donne même lieu à des scènes assez
comiques, interrompit M. de Bréauté. Ainsi, mon
cher Basin, j'ai été passer un jour à Heudicourt, où
vous étiez attendus, Oriane et vous. On avait fait
de somptueux préparatifs, quand, dans l'après-midi,
un valet de pied apporta une dépêche que vous ne
viendriez pas.

— Cela ne m'étonne pas ! » dit la duchesse qui non
seulement était difficile à avoir, mais aimait qu'on
le sût.

« Votre cousine lit le télégramme, se désole, puis

aussitôt, sans perdre la carte, et se disant qu'il ne fallait pas de dépenses inutiles envers un seigneur sans importance comme moi, elle rappelle le valet de pied : "Dites au chef de retirer le poulet", lui crie-t-elle. Et le soir je l'ai entendue qui demandait au maître d'hôtel : "Hé bien ? et les restes du bœuf d'hier ? Vous ne les servez pas ?"

— Du reste, il faut reconnaître que la chère y est parfaite » dit le duc, qui croyait en employant cette expression se montrer Ancien Régime. « Je ne connais pas de maison où l'on mange mieux.

— Et moins, interrompit la duchesse.

— C'est très sain et très suffisant pour ce qu'on appelle un vulgaire pedzouille comme moi, reprit le duc ; on reste sur sa faim.

— Ah ! si c'est comme cure, c'est évidemment plus hygiénique que fastueux. D'ailleurs ce n'est pas tellement bon que cela », ajouta Mme de Guermantes, qui n'aimait pas beaucoup qu'on décernât le titre de meilleure table de Paris à une autre qu'à la sienne. « Avec ma cousine, il arrive la même chose qu'avec les auteurs constipés qui pondent tous les quinze ans une pièce en un acte ou un sonnet. C'est ce qu'on appelle des petits chefs-d'œuvre, des riens qui sont des bijoux, en un mot, la chose que j'ai le plus en horreur. La cuisine chez Zénaïde n'est pas mauvaise, mais on la trouverait plus quelconque si elle était moins parcimonieuse. Il y a des choses que son chef fait bien, et puis il y a des choses qu'il rate. J'y ai fait comme partout de très mauvais dîners, seulement ils m'ont fait moins mal qu'ailleurs parce que l'estomac est au fond plus sensible à la quantité qu'à la qualité.

— Enfin, pour finir, conclut le duc, Zénaïde insistait pour qu'Oriane vînt déjeuner, et comme ma femme n'aime pas beaucoup sortir de chez elle, elle résistait, s'informait si, sous prétexte de repas intime, on ne l'embarquait pas déloyalement dans un grand tralala et tâchait vainement de savoir quels convives il y aurait à déjeuner. "Viens, viens, insistait Zénaïde en vantant les bonnes choses qu'il y aurait à déjeuner. Tu mangeras une purée de marrons, je ne te dis que ça, et il y aura sept petites bouchées à la reine. — Sept petites bouchées, s'écria Oriane. Alors c'est que nous serons au moins huit !" »

Au bout de quelques instants, la princesse ayant compris laissa éclater son rire comme un roulement de tonnerre. « Ah ! nous serons donc huit, c'est ravissant ! Comme c'est bien rédigé ! » dit-elle, ayant dans un suprême effort retrouvé l'expression dont s'était servie Mme d'Épinay et qui s'appliquait mieux cette fois.

« Oriane, c'est très joli ce que dit la princesse, elle dit que c'est "bien rédigé".

— Mais, mon ami, vous ne m'apprenez rien, je sais que la princesse est très spirituelle », répondit Mme de Guermantes qui goûtait facilement un mot quand à la fois il était prononcé par une altesse et louangeait son propre esprit. « Je suis très fière que Madame apprécie mes modestes rédactions. D'ailleurs, je ne me rappelle pas avoir dit cela. Et si je l'ai dit, c'était pour flatter ma cousine, car si elle avait sept bouchées, les bouches, si j'ose m'exprimer ainsi, devaient dépasser la douzaine. »

Pendant ce temps la comtesse d'Arpajon qui m'avait, avant le dîner, dit que sa tante aurait été si heureuse de me montrer son château de Normandie, me disait, par-dessus la tête du prince d'Agrigente, qu'où elle voudrait surtout me recevoir, c'était dans la Côte-d'Or, parce que là, à Pont-le-Duc, elle était chez elle.

« Les archives du château vous intéresseraient. Il y a des correspondances excessivement curieuses entre tous les gens les plus marquants des XVIIᵉ, XVIIIᵉ et XIXᵉ siècles. Je passe là des heures merveilleuses, je vis dans le passé », assura la comtesse que M. de Guermantes m'avait prévenu être excessivement forte en littérature.

« Elle possède tous les manuscrits de M. de Bornier[1] », reprit, en parlant de Mme d'Heudicourt, la princesse, qui voulait tâcher de faire valoir les bonnes raisons qu'elle pouvait avoir de se lier avec elle.

« Elle a dû le rêver, je crois qu'elle ne le connaissait même pas, dit la duchesse.

— Ce qui est surtout intéressant, c'est que ces correspondances sont de gens de divers pays », continua la comtesse d'Arpajon qui, alliée aux principales maisons ducales et même souveraines de l'Europe, était heureuse de le rappeler.

« Mais si, Oriane, dit M. de Guermantes non sans intention. Vous vous rappelez bien ce dîner où vous aviez M. de Bornier comme voisin !

— Mais, Basin, interrompit la duchesse, si vous voulez me dire que j'ai connu M. de Bornier, naturellement, il est même venu plusieurs fois pour me voir, mais je n'ai jamais pu me résoudre à l'inviter parce que j'aurais été obligée chaque fois de faire désinfecter au formol. Quant à ce dîner, je ne me le rappelle que trop bien, ce n'était pas du tout chez Zénaïde, qui n'a pas vu Bornier de sa vie et qui doit croire, si on lui parle de *La Fille de Roland*, qu'il s'agit d'une princesse Bonaparte qu'on prétendait fiancée au fils du roi de Grèce[2] ; non, c'était à l'ambassade d'Autriche. Le charmant Hoyos[3] avait cru me faire plaisir en flanquant sur une chaise à côté de moi cet académicien empesté. Je croyais avoir pour voisin un escadron de gendarmes. J'ai été obligée de me boucher le nez comme je pouvais pendant tout le dîner, je n'ai osé respirer qu'au gruyère ! »

M. de Guermantes, qui avait atteint son but secret, examina à la dérobée sur la figure des convives l'impression produite par le mot de la duchesse.

« Je trouve du reste un charme particulier aux correspondances », continua, malgré l'interposition du visage du prince d'Agrigente, la dame forte en littérature qui avait de si curieuses lettres dans son château.

« Avez-vous remarqué que souvent les lettres d'un écrivain sont supérieures au reste de son œuvre[1] ? Comment s'appelle donc cet auteur qui a écrit *Salammbô* ? »

J'aurais bien voulu ne pas répondre pour ne pas prolonger cet entretien, mais je sentis que je désobligerais le prince d'Agrigente, lequel avait fait semblant de savoir à merveille de qui était *Salammbô* et de me laisser par pure politesse le plaisir de le dire mais qui était dans un cruel embarras.

« Flaubert », finis-je par dire, mais le signe d'assentiment que fit la tête du prince, étouffa le son de ma réponse, de sorte que mon interlocutrice ne sut pas exactement si j'avais dit Paul Bert[2] ou Fulbert[3], noms qui ne lui donnèrent pas une entière satisfaction.

« En tout cas, reprit-elle, comme sa correspondance est curieuse et supérieure à ses livres ! Elle l'explique du reste, car on voit par tout ce qu'on dit de la peine qu'il a à faire un livre, que ce n'était pas un véritable écrivain, un homme doué[4].

— Vous parlez de correspondances, je trouve admirable celle de Gambetta[5] », dit la duchesse de Guermantes pour montrer qu'elle ne craignait pas de s'intéresser à un prolétaire et à un radical. M. de Bréauté comprit tout l'esprit de cette audace, regarda autour de lui d'un œil à la fois éméché et attendri, après quoi il essuya son monocle.

« Mon Dieu, c'était bougrement embêtant, *La Fille*

de Roland », dit M. de Guermantes, avec la satisfaction que lui donnait le sentiment de sa supériorité sur une œuvre à laquelle il s'était tant ennuyé,
peut-être aussi par le *suave mari magno*[1] que nous
éprouvons, au milieu d'un bon dîner, à nous souvenir d'aussi terribles soirées. « Mais il y avait quelques
beaux vers, un sentiment patriotique. »

J'insinuai que je n'avais aucune admiration pour
M. de Bornier.

« Ah ! vous avez quelque chose à lui reprocher ? »
me demanda curieusement le duc qui croyait toujours, quand on disait du mal d'un homme, que cela
devait tenir à un ressentiment personnel, et du bien
d'une femme que c'était le commencement d'une
amourette.

« Je vois que vous avez une dent contre lui.
Qu'est-ce qu'il vous a fait ? Racontez-nous ça ! Mais
si, vous devez avoir quelque cadavre entre vous,
puisque vous le dénigrez. C'est long, *La Fille de
Roland*, mais c'est assez senti.

— "Senti" est très juste pour un auteur aussi
odorant, interrompit ironiquement Mme de Guermantes. Si ce pauvre petit s'est jamais trouvé avec
lui, il est assez compréhensible qu'il l'ait dans le nez !

— Je dois du reste avouer à Madame, reprit le duc
en s'adressant à la princesse de Parme, que, *Fille de
Roland* à part, en littérature et même en musique je
suis terriblement vieux jeu, il n'y a pas de si vieux
rossignol qui ne me plaise. Vous ne me croiriez peut-
être pas, mais le soir, si ma femme se met au piano,
il m'arrive de lui demander un vieil air d'Auber, de
Boieldieu, même de Beethoven ! Voilà ce que j'aime.
En revanche, pour Wagner, cela m'endort immédiatement.

— Vous avez tort, dit Mme de Guermantes ; avec
des longueurs insupportables Wagner avait du génie.

Lohengrin est un chef-d'œuvre. Même dans *Tristan* il y a çà et là une page curieuse. Et le Chœur des fileuses du *Vaisseau fantôme* est une pure merveille[1].

— N'est-ce pas, Babal, dit M. de Guermantes en s'adressant à M. de Bréauté, nous préférons :

> *Les rendez-vous de noble compagnie*
> *Se donnent tous en ce charmant séjour*[2].

C'est délicieux. Et *Fra Diavolo*, et *La Flûte enchantée*, et *Le Chalet*, et *Les Noces de Figaro*, et *Les Diamants de la Couronne*, voilà de la musique[3] ! En littérature, c'est la même chose. Ainsi j'adore Balzac, *Le Bal de Sceaux*, *Les Mohicans de Paris*[4].

— Ah ! mon cher, si vous partez en guerre sur Balzac, nous ne sommes pas près d'avoir fini, gardez cela pour un jour où Mémé sera là. Lui, c'est encore mieux, il le sait par cœur. »

Irrité de l'interruption de sa femme, le duc la tint quelques instants sous le feu d'un silence menaçant. Cependant Mme d'Arpajon avait échangé avec la princesse de Parme, sur la poésie tragique et autre, des propos qui ne me parvinrent pas distinctement, quand j'entendis celui-ci prononcé par Mme d'Arpajon : « Oh ! tout ce que Madame voudra, je lui accorde qu'il nous fait voir le monde en laid parce qu'il ne sait pas distinguer entre le laid et le beau, ou plutôt parce que son insupportable vanité lui fait croire que tout ce qu'il dit est beau, je reconnais avec Votre Altesse que, dans la pièce en question, il y a des choses ridicules, inintelligibles, des fautes de goût, que c'est difficile à comprendre, que cela donne à lire autant de peine que si c'était écrit en russe ou en chinois, car évidemment c'est tout excepté du français, mais quand on a pris cette peine, comme on est récompensé, il y a tant d'imagination ! » De ce petit discours je n'avais pas entendu le début. Je finis par comprendre non seulement que le poète incapable de distinguer le beau du laid était Victor Hugo, mais encore que la poésie qui donnait autant de peine à comprendre que du russe ou du chinois était :

> *Lorsque l'enfant paraît, le cercle de famille*
> *Applaudit à grands cris...*

pièce de la première époque du poète et qui est peut-être encore plus près de Mme Deshoulières que du Victor Hugo de *La Légende des siècles*[1]. Loin de trouver Mme d'Arpajon ridicule, je la vis (la première de cette table si réelle, si quelconque, où je m'étais assis avec tant de déception), je la vis, par les yeux de l'esprit, sous ce bonnet de dentelles, d'où s'échappent les boucles rondes de longs repentirs[2], que portèrent Mme de Rémusat, Mme de Broglie, Mme de Saint-Aulaire[3], toutes les femmes si distinguées qui dans leurs ravissantes lettres citent avec tant de savoir et d'à-propos Sophocle, Schiller et l'*Imitation*[4], mais à qui les premières poésies des romantiques causaient cet effroi et cette fatigue inséparables pour ma grand-mère des derniers vers de Stéphane Mallarmé[5].

« Mme d'Arpajon aime beaucoup la poésie », dit à Mme de Guermantes la princesse de Parme, impressionnée par le ton ardent avec lequel le discours avait été prononcé.

« Non, elle n'y comprend absolument rien », répondit à voix basse Mme de Guermantes, qui profita de ce que Mme d'Arpajon, répondant à une objection du général de Beautreillis, était trop occupée de ses propres paroles pour entendre celles que chuchota la duchesse. « Elle devient littéraire depuis qu'elle est abandonnée. Je dirai à Votre Altesse que c'est moi qui porte le poids de tout ça, parce que c'est auprès de moi qu'elle vient gémir chaque fois que Basin n'est pas allé la voir, c'est-à-dire presque tous les jours. Ce n'est tout de même pas ma faute si elle l'ennuie, et je ne peux pas le forcer à aller chez elle, quoique j'aimerais mieux qu'il lui fût un peu plus fidèle, parce que je la verrais un peu moins. Mais elle l'assomme et ce n'est pas extraordinaire. Ce n'est pas une mauvaise personne, mais elle est ennuyeuse à un degré que vous ne pouvez pas imaginer. Elle me donne tous les jours de tels maux de tête que je suis obligée de prendre chaque fois un cachet de pyramidon[1]. Et tout cela parce qu'il a plu à Basin pendant un an de me trompailler avec elle. Et avoir avec cela un valet de pied qui est amoureux d'une petite grue et qui fait des têtes si je ne demande pas à cette jeune personne de quitter un instant son fructueux trottoir pour venir prendre le thé avec moi ! Oh ! la vie est assommante », conclut langoureusement la duchesse. Mme d'Arpajon assommait surtout M. de Guermantes parce qu'il était depuis peu l'amant d'une autre, que j'appris être la marquise de Surgis-le-Duc.

Justement le valet de pied privé de son jour de sortie était en train de servir. Et je pensai que, triste encore, il le faisait avec beaucoup de trouble, car je remarquai qu'en passant les plats à M. de Châtellerault, il s'acquittait si maladroitement de sa tâche que le coude du duc se trouva cogner à plusieurs reprises le coude du servant. Le jeune duc ne se fâcha nullement contre le valet de pied rougissant et le regarda au contraire en riant de son œil bleu clair. La bonne humeur me sembla être, de la part du convive, une preuve de bonté. Mais l'insistance de son rire me fit croire qu'au courant de la déception du domestique il éprouvait peut-être au contraire une joie méchante.

« Mais, ma chère, vous savez que ce n'est pas une découverte que vous faites en nous parlant de Victor Hugo », continua la duchesse en s'adressant cette fois à Mme d'Arpajon qu'elle venait de voir tourner la tête d'un air inquiet. « N'espérez pas lancer ce débutant. Tout le monde sait qu'il a du talent. Ce qui est détestable c'est le Victor Hugo de la fin, *La Légende des siècles*, je ne sais plus les titres. Mais *Les Feuilles d'automne*, *Les Chants du crépuscule*, c'est souvent d'un poète, d'un vrai poète. Même dans *Les Contemplations* », ajouta la duchesse, que ses interlocuteurs n'osèrent pas contredire et pour cause, « il y a encore de jolies choses. Mais j'avoue que j'aime autant ne pas m'aventurer après le *Crépuscule* ! Et puis dans les belles poésies de Victor Hugo, et il y en a, on rencontre souvent une idée, même une idée profonde. »

Et avec un sentiment juste, faisant sortir la triste pensée de toutes les forces de son intonation, la posant au-delà de sa voix, et fixant devant elle un regard rêveur et charmant, la duchesse dit lentement :

« Tenez :

La douleur est un fruit, Dieu ne le fait pas croître
Sur la branche trop faible encor pour le porter[1].

ou bien encore :

Les morts durent bien peu...
Hélas, dans le cercueil ils tombent en poussière.
Moins vite qu'en nos cœurs[2] ! »

Et tandis qu'un sourire désenchanté fronçait d'une gracieuse sinuosité sa bouche douloureuse, la

duchesse fixa sur Mme d'Arpajon le regard rêveur de
ses yeux clairs et charmants. Je commençais à les
connaître, ainsi que sa voix, si lourdement traînante,
si âprement savoureuse. Dans ces yeux et dans cette
voix je retrouvais beaucoup de la nature de Combray.
Certes, dans l'affectation avec laquelle cette voix faisait apparaître par moments une rudesse de terroir,
il y avait bien des choses : l'origine toute provinciale
d'un rameau de la famille de Guermantes, resté plus
longtemps localisé, plus hardi, plus sauvageon, plus
provocant ; puis l'habitude de gens vraiment distingués et de gens d'esprit qui savent que la distinction
n'est pas de parler du bout des lèvres, et aussi de
nobles fraternisant plus volontiers avec leurs paysans qu'avec des bourgeois ; toutes particularités
que la situation de reine de Mme de Guermantes
lui avait permis d'exhiber plus facilement, de faire
sortir toutes voiles dehors. Il paraît que cette même
voix existait chez des sœurs à elle, qu'elle détestait, et
qui, moins intelligentes et presque bourgeoisement
mariées, si on peut se servir de cet adverbe quand il
s'agit d'unions avec des nobles obscurs, terrés dans
leur province ou à Paris, dans un faubourg Saint-
Germain sans éclat, possédaient aussi cette voix mais
l'avaient refrénée, corrigée, adoucie autant qu'elles
pouvaient, de même qu'il est bien rare qu'un d'entre
nous ait le toupet de son originalité et ne mette pas
son application à ressembler aux modèles les plus
vantés. Mais Oriane était tellement plus intelligente,
tellement plus riche, surtout tellement plus à la mode
que ses sœurs, elle avait si bien, comme princesse
des Laumes, fait la pluie et le beau temps auprès du
prince de Galles, qu'elle avait compris que cette voix
discordante c'était un charme, et qu'elle en avait fait,
dans l'ordre du monde, avec l'audace de l'originalité
et du succès, ce que, dans l'ordre du théâtre, une

Réjane, une Jeanne Granier (sans comparaison du reste naturellement entre la valeur et le talent de ces deux artistes[1]) ont fait de la leur, quelque chose d'admirable et de distinctif que peut-être des sœurs Réjane et Granier, que personne n'a jamais connues, essayèrent de masquer comme un défaut.

À tant de raisons de déployer son originalité locale, les écrivains préférés de Mme de Guermantes : Mérimée, Meilhac et Halévy, étaient venus ajouter, avec le respect du « naturel », un désir de prosaïsme par où elle atteignait à la poésie et un esprit purement de société qui ressuscitait devant moi des paysages. D'ailleurs la duchesse était fort capable, ajoutant à ces influences une recherche artiste, d'avoir choisi pour la plupart des mots la prononciation qui lui semblait le plus *Île-de-France*, le plus *champenoise*, puisque, sinon tout à fait au degré de sa belle-sœur Marsantes, elle n'usait guère que du pur vocabulaire dont eût pu se servir un vieil auteur français. Et quand on était fatigué du composite et bigarré langage moderne, c'était, tout en sachant qu'elle exprimait bien moins de choses, un grand repos d'écouter la causerie de Mme de Guermantes, – presque le même, si l'on était seul avec elle et qu'elle restreignît et clarifiât encore son flot, que celui qu'on éprouve à entendre une vieille chanson. Alors en regardant, en écoutant Mme de Guermantes, je voyais, prisonnier dans la perpétuelle et quiète après-midi de ses yeux, un ciel d'Île-de-France ou de Champagne se tendre, bleuâtre, oblique, avec le même angle d'inclinaison qu'il avait chez Saint-Loup.

Ainsi, par ces diverses formations, Mme de Guermantes exprimait à la fois la plus ancienne France aristocratique, puis, beaucoup plus tard, la façon dont la duchesse de Broglie aurait pu goûter et blâmer Victor Hugo sous la monarchie de Juillet,

enfin un vif goût de la littérature issue de Mérimée
et de Meilhac. La première de ces formations me
plaisait mieux que la seconde, m'aidait davantage à
réparer la déception du voyage et de l'arrivée dans
ce faubourg Saint-Germain, si différent de ce que
j'avais cru, mais je préférais encore la seconde à la
troisième. Or, tandis que Mme de Guermantes était
Guermantes presque sans le vouloir, son paillero-
nisme[1], son goût pour Dumas fils étaient réfléchis
et voulus. Comme ce goût était à l'opposé du mien,
elle fournissait à mon esprit de la littérature quand
elle me parlait du faubourg Saint-Germain, et ne
me paraissait jamais si stupidement faubourg Saint-
Germain que quand elle me parlait littérature.

Émue par les derniers vers, Mme d'Arpajon s'écria :

« *Ces reliques du cœur ont aussi leur poussière[2] !*

» Monsieur, il faudra que vous m'écriviez cela sur
mon éventail, dit-elle à M. de Guermantes.

— Pauvre femme, elle me fait de la peine ! dit la
princesse de Parme à Mme de Guermantes.

— Non, que Madame ne s'attendrisse pas, elle n'a
que ce qu'elle mérite.

— Mais... pardon de vous dire cela à vous...
cependant elle l'aime vraiment !

— Mais pas du tout, elle en est incapable, elle
croit qu'elle l'aime comme elle croit en ce moment
qu'elle cite du Victor Hugo parce qu'elle dit un vers
de Musset. Tenez, ajouta la duchesse sur un ton
mélancolique, personne plus que moi ne serait touché par un sentiment vrai. Mais je vais vous donner un exemple. Hier, elle a fait une scène terrible à
Basin, Votre Altesse croit peut-être que c'était parce
qu'il en aime d'autres, parce qu'il ne l'aime plus ;
pas du tout, c'était parce qu'il ne veut pas présenter

ses fils au Jockey ! Madame trouve-t-elle que ce soit
d'une amoureuse ? Non ! Je vous dirai plus, ajouta
Mme de Guermantes avec précision, c'est une personne d'une rare insensibilité. »

Cependant c'est l'œil brillant de satisfaction que
M. de Guermantes avait écouté sa femme parler de
Victor Hugo « à brûle-pourpoint » et en citer ces
quelques vers. La duchesse avait beau l'agacer souvent, dans des moments comme ceux-ci il était fier
d'elle. « Oriane est vraiment extraordinaire. Elle peut
parler de tout, elle a tout lu. Elle ne pouvait pas deviner que la conversation tomberait ce soir sur Victor
Hugo. Sur quelque sujet qu'on l'entreprenne, elle est
prête, elle peut tenir tête aux plus savants. Ce jeune
homme doit être subjugué. »

« Mais changeons de conversation, ajouta Mme
de Guermantes, parce qu'elle est très susceptible.
Vous devez me trouver bien démodée, reprit-elle en
s'adressant à moi, je sais qu'aujourd'hui c'est considéré comme une faiblesse d'aimer les idées en poésie, la poésie où il y a une pensée.

— C'est démodé ? » dit la princesse de Parme avec
le léger saisissement que lui causait cette vague nouvelle à laquelle elle ne s'attendait pas, bien qu'elle sût
que la conversation de la duchesse de Guermantes
lui réservait toujours ces chocs successifs et délicieux, cet essoufflant effroi, cette saine fatigue après
lesquels elle pensait instinctivement à la nécessité
de prendre un bain de pieds dans une cabine et de
marcher vite pour « faire la réaction ».

« Pour ma part, non, Oriane, dit Mme de Brissac,
je n'en veux pas à Victor Hugo d'avoir des idées, bien
au contraire, mais de les chercher dans ce qui est
monstrueux. Au fond c'est lui qui nous a habitués au
laid en littérature. Il y a déjà bien assez de laideurs
dans la vie. Pourquoi au moins ne pas les oublier

pendant que nous lisons ? Un spectacle pénible dont nous nous détournerions dans la vie, voilà ce qui attire Victor Hugo.

— Victor Hugo n'est pas aussi réaliste que Zola, tout de même ? » demanda la princesse de Parme.

Le nom de Zola ne fit pas bouger un muscle dans le visage de M. de Beautreillis. L'antidreyfusisme du général était trop profond pour qu'il cherchât à l'exprimer. Et son silence bienveillant quand on abordait ces sujets touchait les profanes par la même délicatesse qu'un prêtre montre en évitant de vous parler de vos devoirs religieux, un financier en s'appliquant à ne pas recommander les affaires qu'il dirige, un hercule en se montrant doux et en ne vous donnant pas de coups de poing.

« Je sais que vous êtes parent de l'amiral Jurien de La Gravière[1] », me dit d'un air entendu Mme de Varambon, la dame d'honneur de la princesse de Parme, femme excellente mais bornée, procurée à la princesse de Parme jadis par la mère du duc. Elle ne m'avait pas encore adressé la parole et je ne pus jamais dans la suite, malgré les admonestations de la princesse de Parme et mes propres protestations, lui ôter de l'esprit l'idée que j'avais quoi que ce fût à voir avec l'amiral académicien, lequel m'était totalement inconnu. L'obstination de la dame d'honneur de la princesse de Parme à voir en moi un neveu de l'amiral Jurien de La Gravière avait en soi quelque chose de vulgairement risible. Mais l'erreur qu'elle commettait n'était que le type excessif et desséché de tant d'erreurs plus légères, mieux nuancées, involontaires ou voulues, qui accompagnent notre nom dans la « fiche » que le monde établit relativement à nous. Je me souviens qu'un ami des Guermantes, ayant vivement manifesté son désir de me connaître, me donna comme raison que je connaissais très bien sa cousine, Mme de Chaussegros, « elle est charmante, elle vous aime beaucoup ». Je me fis un scrupule, bien vain, d'insister sur le fait qu'il y avait erreur, que je ne connaissais pas Mme de Chaussegros. « Alors c'est sa sœur que vous connaissez, c'est la même chose. Elle vous a rencontré en Écosse. » Je n'étais jamais allé en Écosse et pris la peine inutile d'en avertir par honnêteté mon interlocuteur. C'était Mme de Chaussegros elle-même qui avait dit me connaître, et le croyait sans doute de bonne foi, à la suite d'une confusion première, car elle ne cessa jamais plus de me tendre la main quand elle m'apercevait. Et comme, en somme, le milieu que je fréquentais était exactement celui de Mme de Chaussegros, mon humilité ne rimait à rien. Que je fusse intime avec les Chaussegros était, littéralement, une erreur, mais, au point de vue social, un équivalent de ma situation, si on peut parler de situation pour un aussi jeune homme que j'étais. L'ami des Guermantes eut donc beau ne me dire que des choses fausses sur moi, il ne me rabaissa ni ne me suréleva (au point de vue mondain) dans l'idée qu'il continua à se faire de moi. Et somme toute, pour ceux qui ne jouent pas la comédie, l'ennui de vivre toujours dans le même personnage est dissipé un instant, comme si l'on montait sur les planches, quand une autre personne se fait de vous une idée fausse, croit que nous sommes liés avec une dame que nous ne connaissons pas et que nous sommes notés pour avoir connue au cours d'un charmant voyage que nous n'avons jamais fait. Erreurs multiplicatrices et aimables quand elles n'ont pas l'inflexible rigidité de celle que commettait et commit toute sa vie, malgré mes dénégations, l'imbécile dame d'honneur de Mme de Parme, fixée pour toujours à la croyance que j'étais parent de l'ennuyeux amiral Jurien de La

Gravière. « Elle n'est pas très forte, me dit le duc, et puis il ne lui faut pas trop de libations, je la crois légèrement sous l'influence de Bacchus. » En réalité Mme de Varambon n'avait bu que de l'eau, mais le duc aimait à placer ses locutions favorites.

« Mais Zola n'est pas un réaliste, Madame ! c'est un poète ! » dit Mme de Guermantes, s'inspirant des études critiques qu'elle avait lues dans ces dernières années et les adaptant à son génie personnel. Agréablement bousculée jusqu'ici, au cours du bain d'esprit, un bain agité pour elle, qu'elle prenait ce soir, et qu'elle jugeait devoir lui être particulièrement salutaire, se laissant porter par les paradoxes qui déferlaient l'un après l'autre, devant celui-ci, plus énorme que les autres, la princesse de Parme sauta par peur d'être renversée. Et ce fut d'une voix entrecoupée, comme si elle perdait sa respiration, qu'elle dit :

« Zola, un poète !

— Mais oui », répondit en riant la duchesse, ravie par cet effet de suffocation. « Que Votre Altesse remarque comme il grandit tout ce qu'il touche. Vous me direz qu'il ne touche justement qu'à ce qui... porte bonheur ! Mais il en fait quelque chose d'immense ; il a le fumier épique ! C'est l'Homère de la vidange[1] ! Il n'a pas assez de majuscules pour écrire le mot de Cambronne. »

Malgré l'extrême fatigue qu'elle commençait à éprouver, la princesse était ravie, jamais elle ne s'était sentie mieux. Elle n'aurait pas échangé contre un séjour à Schönbrunn, la seule chose pourtant qui la flattât, ces divins dîners de Mme de Guermantes rendus tonifiants par tant de sel.

« Il l'écrit avec un grand C, s'écria Mme d'Arpajon.

— Plutôt avec un grand M, je pense, ma petite », répondit Mme de Guermantes, non sans avoir échangé avec son mari un regard gai qui voulait

dire : « Est-elle assez idiote ! » « Tenez, justement »,
me dit Mme de Guermantes en attachant sur moi un
regard souriant et doux et parce qu'en maîtresse de
maison accomplie elle voulait, sur l'artiste qui m'intéressait particulièrement, laisser paraître son savoir
et me donner au besoin l'occasion de faire montre
du mien, « tenez », me dit-elle en agitant légèrement
son éventail de plumes tant elle était consciente à
ce moment-là qu'elle exerçait pleinement les devoirs
de l'hospitalité et, pour ne manquer à aucun, faisant
signe aussi qu'on me redonnât des asperges sauce
mousseline, « tenez, je crois justement que Zola
a écrit une étude sur Elstir[1], ce peintre dont vous
avez été regarder quelques tableaux tout à l'heure,
les seuls du reste que j'aime de lui », ajouta-t-elle.
En réalité, elle détestait la peinture d'Elstir, mais
trouvait d'une qualité unique tout ce qui était chez
elle. Je demandai à M. de Guermantes s'il savait
le nom du monsieur qui figurait en chapeau haut
de forme dans le tableau populaire, et que j'avais
reconnu pour le même dont les Guermantes possédaient tout à côté le portrait d'apparat, datant à
peu près de cette même période où la personnalité d'Elstir n'était pas encore complètement dégagée et s'inspirait un peu de Manet. « Mon Dieu, me
répondit-il, je sais que c'est un homme qui n'est pas
un inconnu ni un imbécile dans sa spécialité, mais je
suis brouillé avec les noms. Je l'ai là sur le bout de la
langue, monsieur... monsieur... enfin peu importe,
je ne sais plus. Swann vous dirait cela, c'est lui qui
a fait acheter ces machines à Mme de Guermantes,
qui est toujours trop aimable, qui a toujours trop
peur de contrarier si elle refuse quelque chose ;
entre nous, je crois qu'il nous a collé des croûtes.
Ce que je peux vous dire, c'est que ce monsieur est
pour M. Elstir une espèce de Mécène qui l'a lancé,

et l'a souvent tiré d'embarras en lui commandant des tableaux. Par reconnaissance – si vous appelez cela de la reconnaissance, ça dépend des goûts – il l'a peint dans cet endroit-là où avec son air endimanché il fait un assez drôle d'effet. Ça peut être un pontife très calé, mais il ignore évidemment dans quelles circonstances on met un chapeau haut de forme. Avec le sien, au milieu de toutes ces filles en cheveux, il a l'air d'un petit notaire de province en goguette. Mais, dites donc, vous me semblez tout à fait féru de ces tableaux. Si j'avais su ça, je me serais tuyauté pour vous répondre. Du reste, il n'y a pas lieu de se mettre autant martel en tête pour creuser la peinture de M. Elstir que s'il s'agissait de *La Source* d'Ingres ou des *Enfants d'Édouard* de Paul Delaroche[1]. Ce qu'on apprécie là-dedans, c'est que c'est finement observé, amusant, parisien, et puis on passe. Il n'y a pas besoin d'être un érudit pour regarder ça. Je sais bien que ce sont de simples pochades, mais je ne trouve pas que ce soit assez travaillé. Swann avait le toupet de vouloir nous faire acheter une *Botte d'asperges*[2]. Elles sont même restées ici quelques jours. Il n'y avait que cela dans le tableau, une botte d'asperges précisément semblables à celles que vous êtes en train d'avaler. Mais moi, je me suis refusé à avaler les asperges de M. Elstir. Il en demandait trois cents francs. Trois cents francs, une botte d'asperges ! Un louis, voilà ce que ça vaut, même en primeurs ! Je l'ai trouvée roide. Dès qu'à ces choses-là il ajoute des personnages, cela a un côté canaille, pessimiste, qui me déplaît. Je suis étonné de voir un esprit fin, un cerveau distingué comme vous, aimer cela.

— Mais je ne sais pas pourquoi vous dites cela, Basin », dit la duchesse qui n'aimait pas qu'on dépréciât ce que ses salons contenaient. « Je suis loin de tout admettre sans distinction dans les tableaux d'Elstir. Il y a à prendre et à laisser. Mais ce n'est toujours pas sans talent. Et il faut avouer que ceux que j'ai achetés sont d'une beauté rare.

— Oriane, dans ce genre-là je préfère mille fois la petite étude de M. Vibert[1] que nous avons vue à l'Exposition des aquarellistes. Ce n'est rien si vous voulez, cela tiendrait dans le creux de la main, mais il y a de l'esprit jusqu'au bout des ongles : ce mission-naire décharné, sale, devant ce prélat douillet qui fait jouer son petit chien, c'est tout un petit poème de finesse et même de profondeur.

— Je crois que vous connaissez M. Elstir, me dit la duchesse. L'homme est agréable.

— Il est intelligent, dit le duc, on est étonné, quand on cause avec lui, que sa peinture soit si vulgaire.

— Il est plus qu'intelligent, il est même assez spiri-tuel », dit la duchesse de l'air entendu et dégustateur d'une personne qui s'y connaît.

« Est-ce qu'il n'avait pas commencé un portrait de vous, Oriane ? demanda la princesse de Parme.

— Si, en rouge écrevisse, répondit Mme de Guer-mantes, mais ce n'est pas cela qui fera passer son nom à la postérité. C'est une horreur, Basin voulait le détruire. »

Cette phrase-là, Mme de Guermantes la disait sou-vent. Mais d'autres fois, son appréciation était autre : « Je n'aime pas sa peinture, mais il a fait autrefois un beau portrait de moi. » L'un de ces jugements s'adressait d'habitude aux personnes qui parlaient à la duchesse de son portrait, l'autre à ceux qui ne lui en parlaient pas et à qui elle désirait en apprendre l'existence. Le premier lui était inspiré par la coquet-terie, le second par la vanité.

« Faire une horreur avec un portrait de vous ! Mais alors ce n'est pas un portrait, c'est un mensonge :

moi qui sais à peine tenir un pinceau, il me semble que si je vous peignais, rien qu'en représentant ce que je vois, je ferais un chef-d'œuvre, dit naïvement la princesse de Parme.

— Il me voit probablement comme je me vois, c'est-à-dire dépourvue d'agrément », dit Mme de Guermantes avec le regard à la fois mélancolique, modeste et câlin qui lui parut le plus propre à la faire paraître autre que ne l'avait montrée Elstir.

« Ce portrait ne doit pas déplaire à Mme de Gallardon, dit le duc.

— Parce qu'elle ne s'y connaît pas en peinture ? » demanda la princesse de Parme qui savait que Mme de Guermantes méprisait infiniment sa cousine. « Mais c'est une très bonne femme, n'est-ce pas ? » Le duc prit un air d'étonnement profond.

« Mais voyons, Basin, vous ne voyez pas que la princesse se moque de vous (la princesse n'y songeait pas). Elle sait aussi bien que vous que Gallardonette est une vieille *poison* », reprit Mme de Guermantes, dont le vocabulaire, habituellement limité à toutes ces vieilles expressions, était savoureux comme ces plats possibles à découvrir dans les livres délicieux de Pampille[1], mais dans la réalité devenus si rares, où les gelées, le beurre, le jus, les quenelles sont authentiques, ne comportent aucun alliage, et même où on fait venir le sel des marais salants de Bretagne[2] : à l'accent, au choix des mots on sentait que le fond de conversation de la duchesse venait directement de Guermantes. Par là, la duchesse différait profondément de son neveu Saint-Loup, envahi par tant d'idées et d'expressions nouvelles ; il est difficile, quand on est troublé par les idées de Kant et la nostalgie de Baudelaire, d'écrire le français exquis d'Henri IV, de sorte que la pureté même du langage de la duchesse était un signe de limitation, et qu'en elle l'intelligence et la sensibilité étaient restées fermées à toutes les nouveautés. Là encore l'esprit de Mme de Guermantes me plaisait justement par ce qu'il excluait (et qui composait précisément la matière de ma propre pensée) et tout ce qu'à cause de cela même il avait pu conserver, cette séduisante vigueur des corps souples qu'aucune épuisante réflexion, nul souci moral ou trouble nerveux n'ont altérée. Son esprit d'une formation si antérieure au mien, était pour moi l'équivalent de ce que m'avait offert la démarche des jeunes filles de la petite bande au bord de la mer. Mme de Guermantes m'offrait, domestiquée et soumise par l'amabilité, par le respect envers les valeurs spirituelles, l'énergie et le charme d'une cruelle petite fille de l'aristocratie des environs de Combray, qui, dès son enfance, montait à cheval, cassait les reins aux chats, arrachait l'œil aux lapins et, aussi bien qu'elle était restée une fleur de vertu, aurait pu, tant elle avait les mêmes élégances, pas mal d'années auparavant, être la plus brillante maîtresse du prince de Sagan. Seulement elle était incapable de comprendre ce que j'avais cherché en elle – le charme du nom de Guermantes – et le petit peu que j'y avais trouvé, un reste provincial de Guermantes. Nos relations étaient fondées sur un malentendu qui ne pouvait manquer de se manifester dès que mes hommages, au lieu de s'adresser à la femme relativement supérieure qu'elle croyait être, iraient vers quelque autre femme aussi médiocre et exhalant le même charme involontaire. Malentendu si naturel et qui existera toujours entre un jeune homme rêveur et une femme du monde, mais qui le trouble profondément, tant qu'il n'a pas encore reconnu la nature de ses facultés d'imagination et n'a pas pris son parti des déceptions inévitables qu'il doit éprouver auprès des êtres, comme au théâtre, en voyage et même en amour.

M. de Guermantes ayant déclaré (suite aux asperges d'Elstir et à celles qui venaient d'être servies après le poulet financière) que les asperges vertes, poussées à l'air, et qui comme dit si drôlement l'auteur exquis qui signe É. de Clermont-Tonnerre, « n'ont pas la rigidité impressionnante de leurs sœurs », devraient être mangées avec des œufs[1], « ce qui plaît aux uns déplaît aux autres, et vice versa, répondit M. de Bréauté. Dans la province de Canton, en Chine, on ne peut pas vous offrir un plus fin régal que des œufs d'ortolan complètement pourris. » M. de Bréauté, auteur d'une étude sur les Mormons parue dans la *Revue des Deux Mondes*, ne fréquentait que les milieux les plus aristocratiques, mais parmi eux seulement ceux qui avaient un certain renom d'intelligence. De sorte qu'à sa présence, du moins assidue, chez une femme, on reconnaissait si celle-ci avait un salon. Il prétendait détester le monde et assurait séparément à chaque duchesse que c'était à cause de son esprit et de sa beauté qu'il la recherchait. Toutes en étaient persuadées. Chaque fois que, la mort dans l'âme, il se résignait à aller à une grande soirée chez la princesse de Parme, il les convoquait toutes pour lui donner du courage et ne paraissait ainsi qu'au milieu d'un cercle intime. Pour que sa réputation d'intellectuel survécût à sa mondanité, appliquant certaines maximes de l'esprit des Guermantes, il partait avec des dames élégantes faire de longs voyages scientifiques à l'époque des bals, et quand une personne snob, par conséquent sans situation encore, commençait à aller partout, il mettait une obstination féroce à ne pas vouloir la connaître, à ne pas se laisser présenter. Sa haine des snobs découlait de son snobisme, mais faisait croire aux naïfs, c'est-à-dire à tout le monde, qu'il en était exempt.

« Babal sait toujours tout ! s'écria la duchesse de Guermantes. Je trouve charmant un pays où on veut être sûr que votre crémier vous vende des œufs bien pourris, des œufs de l'année de la comète. Je me vois d'ici y trempant ma mouillette beurrée. Je dois dire que cela arrive chez la tante Madeleine (Mme de Villeparisis) qu'on serve des choses en putréfaction, même des œufs (et comme Mme d'Arpajon se récriait) : Mais voyons, Phili, vous le savez aussi bien que moi. Le poussin est déjà dans l'œuf. Je ne sais même pas comment ils ont la sagesse de s'y tenir. Ce n'est pas une omelette, c'est un poulailler, mais au moins ce n'est pas indiqué sur le menu. Vous avez bien fait de ne pas venir dîner avant-hier, il y avait une barbue à l'acide phénique ! Ça n'avait pas l'air d'un service de table, mais d'un service de contagieux. Vraiment, Norpois pousse la fidélité jusqu'à l'héroïsme : il en a repris !

— Je crois vous avoir vu chez elle le jour où elle a fait cette sortie à ce M. Bloch (M. de Guermantes, peut-être pour donner à un nom israélite l'air plus étranger, ne prononça pas le *ch* de Bloch comme un *k*, mais comme dans *hoch* en allemand) qui avait dit de je ne sais plus quel *poite* (poète) qu'il était sublime. Châtellerault avait beau casser les tibias de M. Bloch, celui-ci ne comprenait pas et croyait les coups de genou de mon neveu destinés à une jeune femme assise tout contre lui (ici M. de Guermantes rougit légèrement). Il ne se rendait pas compte qu'il agaçait notre tante avec ses "sublimes" donnés en veux-tu en voilà. Bref, la tante Madeleine, qui n'a pas sa langue dans sa poche, lui a riposté : "Hé, Monsieur, que garderez-vous alors pour M. de Bossuet ?" (M. de Guermantes croyait que devant un nom célèbre, monsieur et une particule étaient essentiellement Ancien Régime.) C'était à payer sa place.

— Et qu'a répondu ce M. Bloch ? » demanda distraitement Mme de Guermantes, qui, à court d'originalité à ce moment-là, crut devoir copier la prononciation germanique de son mari.

« Ah ! je vous assure que M. Bloch n'a pas demandé son reste, il court encore.

— Mais oui, je me rappelle très bien vous avoir vu ce jour-là », me dit d'un ton marqué Mme de Guermantes, comme si de sa part ce souvenir avait quelque chose qui dût beaucoup me flatter. « C'est toujours très intéressant chez ma tante. À la dernière soirée où je vous ai justement rencontré, je voulais vous demander si ce vieux monsieur qui a passé près de nous n'était pas François Coppée[1]. Vous devez savoir tous les noms », me dit-elle avec une envie sincère pour mes relations poétiques et aussi par amabilité à mon « égard », pour poser davantage aux yeux de ses invités un jeune homme aussi versé dans la littérature. J'assurai à la duchesse que je n'avais vu aucune figure célèbre à la soirée de Mme de Villeparisis. « Comment ! » me dit étourdiment Mme de Guermantes, avouant par là que son respect pour les gens de lettres et son dédain du monde étaient plus superficiels qu'elle ne disait et peut-être même qu'elle ne croyait, « comment ! il n'y avait pas de grands écrivains ! Vous m'étonnez, il y avait pourtant des têtes impossibles ! »

Je me souvenais très bien de ce soir-là, à cause d'un incident absolument insignifiant. Mme de Villeparisis avait présenté Bloch à Mme Alphonse de Rothschild, mais mon camarade n'avait pas entendu le nom et, croyant avoir affaire à une vieille Anglaise un peu folle, n'avait répondu que par monosyllabes

aux prolixes paroles de l'ancienne Beauté, quand
Mme de Villeparisis, la présentant à quelqu'un d'autre,
avait prononcé, très distinctement cette fois : « La
baronne Alphonse de Rothschild. » Alors étaient
entrées subitement dans les artères de Bloch et d'un
seul coup tant d'idées de millions et de prestige,
lesquelles eussent dû être prudemment subdivisées,
qu'il avait eu comme un coup au cœur, un transport
au cerveau et s'était écrié en présence de l'aimable
vieille dame : « Si j'avais su ! », exclamation dont
la stupidité l'avait empêché de dormir pendant huit
jours. Ce mot de Bloch avait peu d'intérêt, mais je
m'en souvenais comme preuve que parfois dans la
vie, sous le coup d'une émotion exceptionnelle, on
dit ce que l'on pense.

« Je crois que Mme de Villeparisis n'est pas absolument... morale », dit la princesse de Parme, qui
savait qu'on n'allait pas chez la tante de la duchesse
et, par ce que celle-ci venait de dire, voyait qu'on
pouvait en parler librement. Mais Mme de Guermantes ayant l'air de ne pas approuver, elle ajouta :
« Mais à ce degré-là, l'intelligence fait tout passer.

— Vous vous faites de ma tante l'idée qu'on s'en
fait généralement, répondit la duchesse, et qui est,
en somme, très fausse. C'est justement ce que me
disait Mémé pas plus tard qu'hier. » Elle rougit, un
souvenir inconnu de moi embua ses yeux. Je fis la
supposition que M. de Charlus lui avait demandé
de me désinviter, comme il m'avait fait prier par
Robert de ne pas aller chez elle. J'eus l'impression
que la rougeur – d'ailleurs incompréhensible pour
moi – qu'avait eue le duc en parlant à un moment
de son frère ne pouvait pas être attribuée à la même
cause. « Ma pauvre tante ! Elle gardera la réputation d'une personne de l'Ancien Régime, d'un esprit
éblouissant et d'un dévergondage effréné ; il n'y a

pas d'intelligence plus bourgeoise, plus sérieuse, plus
terne ; elle passera pour une protectrice des arts, ce
qui veut dire qu'elle a été la maîtresse d'un grand
peintre, mais il n'a jamais pu lui faire comprendre
ce que c'était qu'un tableau ; et quant à sa vie, bien
loin d'être une personne dépravée, elle était tellement
faite pour le mariage, elle était tellement née conju-
gale que, n'ayant pu conserver un époux, qui était
du reste une canaille, elle n'a jamais eu une liaison
qu'elle n'ait prise aussi au sérieux que si c'était une
union légitime, avec les mêmes susceptibilités, les
mêmes colères, la même fidélité[1]. Remarquez que ce
sont quelquefois les plus sincères, il y a en somme
plus d'amants que de maris inconsolables.

— Pourtant, Oriane, regardez justement votre
beau-frère Palamède dont vous êtes en train de parler ; il n'y a pas de maîtresse qui puisse rêver d'être
pleurée comme l'a été cette pauvre Mme de Charlus.

— Ah ! répondit la duchesse, que Votre Altesse
me permette de ne pas être tout à fait de son avis.
Tout le monde n'aime pas être pleuré de la même
manière, chacun a ses préférences.

— Enfin il lui a voué un vrai culte depuis sa mort.
Il est vrai qu'on fait quelquefois pour les morts des
choses qu'on n'aurait pas faites pour les vivants.

— D'abord », répondit Mme de Guermantes sur
un ton rêveur qui contrastait avec son intention
gouailleuse, « on va à leur enterrement, ce qu'on ne
fait jamais pour les vivants ! » M. de Guermantes
regarda d'un air malicieux M. de Bréauté comme
pour le provoquer à rire de l'esprit de la duchesse.
« Mais enfin j'avoue franchement, reprit Mme de
Guermantes, que la manière dont je souhaiterais
d'être pleurée par un homme que j'aimerais, n'est
pas celle de mon beau-frère. »

La figure du duc se rembrunit. Il n'aimait pas que

sa femme portât des jugements à tort et à travers, surtout sur M. de Charlus. « Vous êtes difficile. Son regret a édifié tout le monde », dit-il d'un ton rogue. Mais la duchesse avait avec son mari cette espèce de hardiesse des dompteurs ou des gens qui vivent avec un fou et qui ne craignent pas de l'irriter :

« Hé bien, non, qu'est-ce que vous voulez, c'est édifiant, je ne dis pas, il va tous les jours au cimetière lui raconter combien de personnes il a eues à déjeuner, il la regrette énormément, mais comme une cousine, comme une grand-mère, comme une sœur. Ce n'est pas un deuil de mari. Il est vrai que c'étaient deux saints, ce qui rend le deuil un peu spécial. » M. de Guermantes, agacé du caquetage de sa femme, fixait sur elle avec une immobilité terrible des prunelles toutes chargées. « Ce n'est pas pour dire du mal du pauvre Mémé, qui entre parenthèses, n'était pas libre ce soir, reprit la duchesse, je reconnais qu'il est bon comme personne, il est délicieux, il a une délicatesse, un cœur comme les hommes n'en ont pas généralement. C'est un cœur de femme, Mémé !

— Ce que vous dites est absurde, interrompit vivement M. de Guermantes, Mémé n'a rien d'efféminé, personne n'est plus viril que lui.

— Mais je ne vous dis pas qu'il soit efféminé le moins du monde. Comprenez au moins ce que je dis, reprit la duchesse. Ah ! celui-là, dès qu'il croit qu'on veut toucher à son frère..., ajouta-t-elle en se tournant vers la princesse de Parme.

— C'est très gentil, c'est délicieux à entendre. Il n'y a rien de si beau que deux frères qui s'aiment », dit la princesse de Parme, comme l'auraient fait beaucoup de gens du peuple, car on peut appartenir par le sang, à une famille princière et par l'esprit à une famille fort populaire.

« Puisque nous parlions de votre famille, Oriane,

dit la princesse, j'ai vu hier votre neveu Saint-Loup ; je crois qu'il voudrait vous demander un service. » Le duc de Guermantes fronça son sourcil jupitérien. Quand il n'aimait pas rendre un service, il ne voulait pas que sa femme s'en chargeât, sachant que cela reviendrait au même et que les personnes à qui la duchesse aurait été obligée de le demander l'inscriraient au débit commun du ménage, tout aussi bien que s'il avait été demandé par le mari seul.

« Pourquoi ne me l'a-t-il pas demandé lui-même ? dit la duchesse, il est resté deux heures ici, hier, et Dieu sait ce qu'il a pu être ennuyeux. Il ne serait pas plus stupide qu'un autre s'il avait eu, comme tant de gens du monde, l'intelligence de savoir rester bête. Seulement, c'est ce badigeon de savoir qui est terrible. Il veut avoir une intelligence ouverte... ouverte à toutes les choses qu'il ne comprend pas. Il vous parle du Maroc, c'est affreux.

— Il ne peut pas y retourner, à cause de Rachel, dit le prince de Foix.

— Mais puisqu'ils ont rompu, interrompit M. de Bréauté.

— Ils ont si peu rompu que je l'ai trouvée il y a deux jours dans la garçonnière de Robert ; ils n'avaient pas l'air de gens brouillés, je vous assure », répondit le prince de Foix qui aimait à répandre tous les bruits pouvant faire manquer un mariage à Robert qui d'ailleurs pouvait être trompé par les reprises intermittentes d'une liaison en effet finie.

« Cette Rachel m'a parlé de vous, je la vois comme ça en passant le matin aux Champs-Élysées, c'est une espèce d'évaporée comme vous dites, ce que vous appelez une dégrafée[1], une sorte de "Dame aux camélias", au figuré bien entendu. » Ce discours m'était tenu par le prince Von qui tenait à avoir l'air

au courant de la littérature française et des finesses
parisiennes.

« Justement c'est à propos du Maroc…, s'écria la
princesse saisissant précipitamment ce joint.

— Qu'est-ce qu'il peut vouloir pour le Maroc ?
demanda sévèrement M. de Guermantes ; Oriane
ne peut absolument rien dans cet ordre-là, il le sait
bien.

— Il croit qu'il a inventé la stratégie, poursuivit
Mme de Guermantes, et puis il emploie des mots
impossibles pour les moindres choses, ce qui n'empêche pas qu'il fait des pâtés dans ses lettres. L'autre
jour, il a dit qu'il avait mangé des pommes de terre
sublimes, et qu'il avait trouvé à louer une baignoire
sublime.

— Il parle latin, enchérit le duc.

— Comment, latin ? demanda la princesse.

— Ma parole d'honneur ! que Madame demande
à Oriane si j'exagère.

— Mais comment, Madame, l'autre jour il a dit
dans une seule phrase, d'un seul trait : "Je ne connais
pas d'exemple de *sic transit gloria mundi*[1] plus touchant" ; je dis la phrase à Votre Altesse parce qu'après
vingt questions et en faisant appel à des *linguistes*,
nous sommes arrivés à la reconstituer, mais Robert
a jeté cela sans reprendre haleine, on pouvait à peine
distinguer qu'il y avait du latin là-dedans, il avait l'air
d'un personnage du *Malade imaginaire* ! Et tout ça
s'appliquait à la mort de l'impératrice d'Autriche[2] !

— Pauvre femme ! s'écria la princesse, quelle délicieuse créature c'était !

— Oui, répondit la duchesse, un peu folle, un peu
insensée, mais c'était une très bonne femme, une
gentille folle très aimable, je n'ai seulement jamais
compris pourquoi elle n'avait jamais acheté un râte-
lier qui tînt, le sien se décrochait toujours avant la fin

de ses phrases et elle était obligée de les interrompre pour ne pas l'avaler.

— Cette Rachel m'a parlé de vous, elle m'a dit que le petit Saint-Loup vous adorait, vous préférait même à elle », me dit le prince Von, tout en mangeant comme un ogre, le teint vermeil, et dont le rire perpétuel découvrait toutes les dents.

« Mais alors elle doit être jalouse de moi et me détester, répondis-je.

— Pas du tout, elle m'a dit beaucoup de bien de vous. La maîtresse du prince de Foix serait peut-être jalouse s'il vous préférait à elle. Vous ne comprenez pas ? Revenez avec moi, je vous expliquerai tout cela.

— Je ne peux pas, je vais chez M. de Charlus à onze heures.

— Tiens, il m'a fait demander hier de venir dîner ce soir, mais de ne pas venir après onze heures moins le quart. Mais si vous tenez à aller chez lui, venez au moins avec moi jusqu'au Théâtre-Français, vous serez dans la périphérie », dit le prince qui croyait sans doute que cela signifiait « à proximité » ou peut-être « le centre ».

Mais ses yeux dilatés dans sa grosse et belle figure rouge me firent peur et je refusai en disant qu'un ami devait venir me chercher. Cette réponse ne me semblait pas blessante. Le prince en reçut sans doute une impression différente, car jamais il ne m'adressa plus la parole.

« Il faut justement que j'aille voir la reine de Naples[1], quel chagrin elle doit avoir ! » dit, ou du moins me parut avoir dit, la princesse de Parme. Car ses paroles ne m'étaient arrivées qu'indistinctes à travers celles, plus proches, que m'avait adressées pourtant fort bas le prince Von, qui avait craint sans doute, s'il parlait plus haut, d'être entendu de M. de Foix.

« Ah ! non, répondit la duchesse, ça, je crois qu'elle n'en a aucun.

— Aucun ? vous êtes toujours dans les extrêmes, Oriane », dit M. de Guermantes reprenant son rôle de falaise qui, en s'opposant à la vague, la force à lancer plus haut son panache d'écume.

« Basin sait encore mieux que moi que je dis la vérité, répondit la duchesse, mais il se croit obligé de prendre des airs sévères à cause de votre présence et il a peur que je vous scandalise.

— Oh ! non, je vous en prie », s'écria la princesse de Parme, craignant qu'à cause d'elle on n'altérât en quelque chose ces délicieux mercredis de la duchesse de Guermantes, ce fruit défendu auquel la reine de Suède elle-même n'avait pas encore eu le droit de goûter.

« Mais c'est à lui-même qu'elle a répondu, comme il lui disait, d'un air banalement triste : "Mais la reine est en deuil ; de qui donc ? est-ce un chagrin pour Votre Majesté ? — Non, ce n'est pas un grand deuil, c'est un petit deuil, un tout petit deuil, c'est ma sœur." La vérité c'est qu'elle est enchantée comme cela, Basin le sait très bien, elle nous a invités à une fête le jour même et m'a donné deux perles. Je voudrais qu'elle perdît une sœur tous les jours ! Elle ne pleure pas la mort de sa sœur, elle la rit aux éclats. Elle se dit probablement, comme Robert, que *sic transit*, enfin je ne sais plus », ajouta-t-elle par modestie, quoiqu'elle sût très bien.

D'ailleurs Mme de Guermantes faisait seulement en ceci de l'esprit, et du plus faux, car la reine de Naples, comme la duchesse d'Alençon[1], morte tragiquement aussi, avait un grand cœur et a sincèrement pleuré les siens. Mme de Guermantes connaissait trop les nobles sœurs bavaroises, ses cousines, pour l'ignorer.

« Il aurait voulu ne pas retourner au Maroc », dit la princesse de Parme en saisissant à nouveau ce nom de Robert que lui tendait bien involontairement comme une perche Mme de Guermantes. « Je crois que vous connaissez le général de Monserfeuil.

— Très peu », répondit la duchesse qui était intimement liée avec cet officier. La princesse expliqua ce que désirait Saint-Loup.

« Mon Dieu, si je le vois… Cela peut arriver que je le rencontre », répondit, pour ne pas avoir l'air de refuser, la duchesse dont les relations avec le général de Monserfeuil semblaient s'être rapidement espacées depuis qu'il s'agissait de lui demander quelque chose. Cette incertitude ne suffit pourtant pas au duc, qui, interrompant sa femme :

« Vous savez bien que vous ne le verrez pas, Oriane, dit-il, et puis vous lui avez déjà demandé deux choses qu'il n'a pas faites. Ma femme a la rage d'être aimable », reprit-il de plus en plus furieux pour forcer la princesse à retirer sa demande sans que cela pût faire douter de l'amabilité de la duchesse et pour que Mme de Parme rejetât la chose sur son propre caractère à lui, essentiellement quinteux. « Robert pourrait ce qu'il voudrait sur Monserfeuil. Seulement, comme il ne sait pas ce qu'il veut, il le fait demander par nous, parce qu'il sait qu'il n'y a pas de meilleure manière de faire échouer la chose. Oriane a trop demandé de choses à Monserfeuil. Une demande d'elle maintenant, c'est une raison pour qu'il refuse.

— Ah ! dans ces conditions, il vaut mieux que la duchesse ne fasse rien, dit Mme de Parme.

— Naturellement, conclut le duc.

— Ce pauvre général, il a encore été battu aux élections, dit la princesse de Parme pour changer de conversation.

— Oh ! ce n'est pas grave, ce n'est que la septième fois », dit le duc qui, ayant dû lui-même renoncer à la politique, aimait assez les insuccès électoraux des autres. « Il s'est consolé en voulant faire un nouvel enfant à sa femme.

— Comment ! Cette pauvre Mme de Monserfeuil est encore enceinte, s'écria la princesse.

— Mais parfaitement, répondit la duchesse, c'est le seul *arrondissement* où le pauvre général n'a jamais échoué. »

Je ne devais plus cesser par la suite d'être continuellement invité, fût-ce avec quelques personnes seulement, à ces repas dont je m'étais autrefois figuré les convives comme les Apôtres de la Sainte-Chapelle. Ils se réunissaient là en effet, comme les premiers chrétiens, non pour partager seulement une nourriture matérielle, d'ailleurs exquise, mais dans une sorte de Cène sociale ; de sorte qu'en peu de dîners j'assimilai la connaissance de tous les amis de mes hôtes, amis auxquels ils me présentaient avec une nuance de bienveillance si marquée (comme quelqu'un qu'ils auraient de tout temps paternellement préféré) qu'il n'est pas un d'entre eux qui n'eût cru manquer au duc et à la duchesse s'il avait donné un bal sans me faire figurer sur la liste, et en même temps, tout en buvant un des yquems que recelaient les caves des Guermantes, je savourais des ortolans accommodés selon les différentes recettes que le duc élaborait et modifiait prudemment. Cependant, pour qui s'était déjà assis plus d'une fois à la table mystique, la manducation de ces derniers n'était pas indispensable. De vieux amis de M. et de Mme de Guermantes venaient les voir après dîner, « en cure-dents » aurait dit Mme Swann, sans être attendus, et prenaient l'hiver une tasse de tilleul aux lumières du grand salon, l'été un verre d'orangeade dans la nuit du petit bout de jardin rectangulaire. On n'avait jamais connu, des Guermantes, dans ces après-dîners au jardin, que l'orangeade. Elle avait quelque chose de rituel. Y ajouter d'autres rafraîchissements eût semblé dénaturer la tradition, de même qu'un grand raout dans le faubourg Saint-Germain n'est plus un raout s'il y a une comédie ou de la musique. Il faut qu'on soit censé venir simplement – y eût-il cinq cents personnes – faire une visite à la princesse de Guermantes, par exemple. On admira mon influence parce que je pus à l'orangeade faire ajouter une carafe contenant du jus de cerise cuite, de poire cuite. Je pris en inimitié, à cause de cela, le prince d'Agrigente semblable à tous les gens dépourvus d'imagination, mais non d'avarice, lesquels s'émerveillent de ce que vous buvez et vous demandent la permission d'en prendre un peu. De sorte que chaque fois M. d'Agrigente, en diminuant ma ration, gâtait mon plaisir. Car ce jus de fruit n'est jamais en assez grande quantité pour qu'il désaltère. Rien ne lasse moins que cette transposition en saveur, de la couleur d'un fruit, lequel, cuit, semble rétrograder vers la saison des fleurs. Empourpré comme un verger au printemps, ou bien incolore et frais comme le zéphir sous les arbres fruitiers, le jus se laisse respirer et regarder goutte à goutte, et M. d'Agrigente m'empêchait, régulièrement, de m'en rassasier. Malgré ces compotes, l'orangeade traditionnelle subsista comme le tilleul. Sous ces modestes espèces, la communion sociale n'en avait pas moins lieu. En cela sans doute, les amis de M. et de Mme de Guermantes étaient tout de même, comme je me les étais d'abord figurés, restés plus différents que leur aspect décevant ne m'eût porté à le croire. Maints vieillards venaient recevoir chez la duchesse, en même temps que l'invariable boisson, un accueil souvent assez peu aimable. Or, ce ne pouvait être par snobisme, étant eux-mêmes d'un rang auquel nul autre n'était supérieur ; ni par amour du luxe : ils l'aimaient peut-être, mais dans de moindres conditions sociales eussent pu en connaître un splendide, car ces mêmes soirs la femme charmante d'un richissime financier eût tout fait pour les avoir à des chasses éblouissantes qu'elle donnerait pendant deux jours pour le roi d'Espagne[1]. Ils avaient refusé néanmoins et étaient venus à tout hasard voir si Mme de Guermantes était chez elle. Ils n'étaient même pas certains de trouver là des opinions absolument conformes aux leurs, ou des sentiments spécialement chaleureux ; Mme de Guermantes lançait parfois sur l'affaire Dreyfus, sur la République, sur les lois antireligieuses, ou même, à mi-voix, sur eux-mêmes, sur leurs infirmités, sur le caractère ennuyeux de leur conversation, des réflexions qu'ils devaient faire semblant de ne pas remarquer. Sans doute, s'ils gardaient là leurs habitudes, était-ce par éducation affinée de gourmet mondain, par claire connaissance de la parfaite et première qualité du mets social, au goût familier, rassurant et sapide, sans mélange, non frelaté dont ils savaient l'origine et l'histoire aussi bien que celle qui la leur servait, restés plus « nobles » en cela qu'ils ne le savaient eux-mêmes. Or, parmi ces visiteurs auxquels je fus présenté après dîner, le hasard fit qu'il y eut ce général de Monserfeuil dont avait parlé la princesse de Parme et que Mme de Guermantes, du salon de qui il était un des habitués, ne savait pas devoir venir ce soir-là. Il s'inclina devant moi, en entendant mon nom, comme si j'eusse été président du Conseil supérieur de la guerre. J'avais cru que c'était simplement par quelque inserviabilité foncière, et pour laquelle le duc, comme pour l'esprit, sinon pour l'amour, était le complice de sa femme,

que la duchesse avait presque refusé de recommander son neveu à M. de Monserfeuil. Et je voyais là
une indifférence d'autant plus coupable que j'avais
cru comprendre par quelques mots échappés à la
princesse de Parme que le poste de Robert était dangereux et qu'il était prudent de l'en faire changer.
Mais ce fut par la véritable méchanceté de Mme de
Guermantes que je fus révolté quand, la princesse
de Parme ayant timidement proposé d'en parler elle-
même et pour son compte au général, la duchesse fit
tout ce qu'elle put pour en détourner l'Altesse.

« Mais Madame, s'écria-t-elle, Monserfeuil n'a
aucune espèce de crédit ni de pouvoir avec le nouveau gouvernement. Ce serait un coup d'épée dans
l'eau.

— Je crois qu'il pourrait nous entendre », murmura la princesse en invitant la duchesse à parler
plus bas.

« Que Votre Altesse ne craigne rien, il est sourd
comme un pot », dit sans baisser la voix la duchesse,
que le général entendit parfaitement.

« C'est que je crois que M. de Saint-Loup n'est pas
dans un endroit très rassurant, dit la princesse.

— Que voulez-vous, répondit la duchesse, il est
dans le cas de tout le monde, avec la différence que
c'est lui qui a demandé à y aller. Et puis, non, ce
n'est pas dangereux ; sans cela vous pensez bien que
je m'en occuperais. J'en aurais parlé à Saint-Joseph
pendant le dîner. Il est beaucoup plus influent, et
d'un travailleur ! Vous voyez, il est déjà parti. Du
reste ce serait moins délicat qu'avec celui-ci, qui a
justement trois de ses fils au Maroc et n'a pas voulu
demander leur changement ; il pourrait objecter cela.
Puisque Votre Altesse y tient, j'en parlerai à Saint-
Joseph... si je le vois, ou à Beautreillis. Mais si je ne
les vois pas, ne plaignez pas trop Robert. On nous a

expliqué l'autre jour où c'était. Je crois qu'il ne peut être nulle part mieux que là.

— Quelle jolie fleur, je n'en avais jamais vu de pareille, il n'y a que vous, Oriane, pour avoir de telles merveilles ! » dit la princesse de Parme qui, de peur que le général de Monserfeuil n'eût entendu la duchesse, cherchait à changer de conversation. Je reconnus une plante de l'espèce de celles qu'Elstir avait peintes devant moi.

« Je suis enchantée qu'elle vous plaise ; elles sont ravissantes, regardez leur petit tour de cou de velours mauve ; seulement, comme il peut arriver à des personnes très jolies et très bien habillées, elles ont un vilain nom et elles sentent mauvais[1]. Malgré cela, je les aime beaucoup. Mais ce qui est un peu triste, c'est qu'elles vont mourir.

— Mais elles sont en pot, ce ne sont pas des fleurs coupées, dit la princesse.

— Non, répondit la duchesse en riant, mais ça revient au même, comme ce sont des dames. C'est une espèce de plantes où les dames et les messieurs ne se trouvent pas sur le même pied. Je suis comme les gens qui ont une chienne. Il me faudrait un mari pour mes fleurs. Sans cela je n'aurai pas de petits !

— Comme c'est curieux. Mais alors dans la nature...

— Oui, il y a certains insectes qui se chargent d'effectuer le mariage, comme pour les souverains, par procuration, sans que le fiancé et la fiancée se soient jamais vus. Aussi je vous jure que je recommande à mon domestique de mettre ma plante à la fenêtre le plus qu'il peut, tantôt du côté cour, tantôt du côté jardin, dans l'espoir que viendra l'insecte indispensable. Mais cela exigerait un tel hasard. Pensez, il faudrait qu'il ait justement été voir une personne de la même espèce et d'un autre sexe, et qu'il ait l'idée de venir mettre des cartes dans la maison. Il n'est pas venu jusqu'ici, je crois que ma plante est toujours digne d'être rosière, j'avoue qu'un peu plus de déver-gondage me plairait mieux. Tenez, c'est comme ce bel arbre qui est dans la cour, il mourra sans enfants parce que c'est une espèce très rare dans nos pays. Lui, c'est le vent qui est chargé d'opérer l'union, mais le mur est un peu haut.

— En effet, dit M. de Bréauté, vous auriez dû le faire abattre de quelques centimètres seulement, cela aurait suffi. Ce sont des opérations qu'il faut savoir pratiquer. Le parfum de vanille qu'il y avait dans l'excellente glace que vous nous avez servie tout à l'heure, duchesse, vient d'une plante qui s'appelle le vanillier. Celle-là produit bien des fleurs à la fois masculines et féminines, mais une sorte de paroi dure, placée entre elles, empêche toute communi-cation. Aussi ne pouvait-on jamais avoir de fruits jusqu'au jour où un jeune nègre natif de la Réunion et nommé Albius, ce qui, entre parenthèses, est assez comique pour un Noir puisque cela veut dire blanc, eut l'idée, à l'aide d'une petite pointe, de mettre en rapport les organes séparés[1].

— Babal, vous êtes divin, vous savez tout, s'écria la duchesse.

— Mais vous-même, Oriane, vous m'avez appris des choses dont je ne me doutais pas, dit la prin-cesse.

— Je dirai à Votre Altesse que c'est Swann qui m'a toujours beaucoup parlé de botanique. Quelquefois, quand cela nous embêtait trop d'aller à un thé ou à une matinée, nous partions pour la campagne et il me montrait des mariages extraordinaires de fleurs, ce qui est beaucoup plus amusant que les mariages de gens, et a lieu d'ailleurs sans lunch et sans sacris-tie. On n'avait jamais le temps d'aller bien loin.

Maintenant qu'il y a l'automobile, ce serait charmant. Malheureusement dans l'intervalle il a fait lui-
même un mariage encore beaucoup plus étonnant et
qui rend tout difficile. Ah ! Madame, la vie est une
chose affreuse, on passe son temps à faire des choses
qui vous ennuient, et quand, par hasard, on connaît
quelqu'un avec qui on pourrait aller en voir d'intéressantes, il faut qu'il fasse le mariage de Swann. Placée
entre le renoncement aux promenades botaniques
et l'obligation de fréquenter une personne déshono-
rante, j'ai choisi la première de ces deux calamités.
D'ailleurs, au fond, il n'y aurait pas besoin d'aller si
loin. Il paraît que, rien que dans mon petit bout de
jardin, il se passe en plein jour plus de choses incon-
venantes que la nuit... dans le bois de Boulogne !
Seulement cela ne se remarque pas parce qu'entre
fleurs cela se fait très simplement, on voit une petite
pluie orangée, ou bien une mouche très poussiéreuse
qui vient essuyer ses pieds ou prendre une douche
avant d'entrer dans une fleur. Et tout est consommé !

— La commode sur laquelle la plante est posée
est splendide aussi, c'est Empire, je crois », dit la
princesse qui, n'étant pas familière avec les travaux
de Darwin et de ses successeurs, comprenait mal la
signification des plaisanteries de la duchesse.

« N'est-ce pas, c'est beau. Je suis ravie que Madame
l'aime, répondit la duchesse. C'est une pièce magnifique. Je vous dirai que j'ai toujours adoré le style
Empire, même au temps où cela n'était pas à la
mode. Je me rappelle qu'à Guermantes je m'étais
fait honnir de ma belle-mère parce que j'avais dit
de descendre du grenier tous les splendides meubles
Empire que Basin avait hérités des Montesquiou, et
que j'en avais meublé l'aile que j'habitais[1]. »

M. de Guermantes sourit. Il devait pourtant se rappeler que les choses s'étaient passées d'une façon fort

différente. Mais les plaisanteries de la princesse des Laumes sur le mauvais goût de sa belle-mère ayant été de tradition pendant le peu de temps où le prince avait été épris de sa femme, à son amour pour la seconde avait survécu un certain dédain pour l'infériorité d'esprit de la première, dédain qui s'alliait d'ailleurs à beaucoup d'attachement et de respect.

« Les Iéna ont le même fauteuil avec incrustations de Wedgwood[1], il est beau, mais j'aime mieux le mien », dit la duchesse du même air d'impartialité que si elle n'avait possédé aucun de ces deux meubles ; « je reconnais du reste qu'ils ont des choses merveilleuses que je n'ai pas. »

La princesse de Parme garda le silence.

« Mais c'est vrai, Votre Altesse ne connaît pas leur collection. Oh ! elle devrait absolument y venir une fois avec moi. C'est une des choses les plus magnifiques de Paris, c'est un musée qui serait vivant. »

Et comme cette proposition était une des audaces les plus Guermantes de la duchesse, parce que les Iéna étaient pour la princesse de Parme de purs usurpateurs, leur fils portant, comme le sien, le titre de duc de Guastalla[2], Mme de Guermantes en la lançant ainsi ne se retint pas (tant l'amour qu'elle portait à sa propre originalité l'emportait encore sur sa déférence pour la princesse de Parme) de jeter sur les autres convives des regards amusés et souriants. Eux aussi s'efforçaient de sourire, à la fois effrayés, émerveillés, et surtout ravis de penser qu'ils étaient témoins de la « dernière » d'Oriane et pourraient la raconter « tout chaud ». Ils n'étaient qu'à demi stupéfaits, sachant que la duchesse avait l'art de faire litière de tous les préjugés Courvoisier pour une réussite de vie plus piquante et plus agréable. N'avait-elle pas, au cours de ces dernières années, réuni à la princesse Mathilde le duc d'Aumale qui

avait écrit au propre frère de la princesse la fameuse
lettre : « Dans ma famille tous les hommes sont
braves et toutes les femmes sont chastes[1] » ? Or, les
princes le restant même au moment où ils paraissent
vouloir oublier qu'ils le sont, le duc d'Aumale et
la princesse Mathilde s'étaient tellement plu chez
Mme de Guermantes qu'ils étaient ensuite allés l'un
chez l'autre, avec cette faculté d'oublier le passé que
témoigna Louis XVIII quand il prit pour ministre
Fouché qui avait voté la mort de son frère. Mme
de Guermantes nourrissait le même projet de rapprochement entre la princesse Murat et la reine de
Naples[2]. En attendant, la princesse de Parme paraissait aussi embarrassée qu'auraient pu l'être les héritiers de la couronne des Pays-Bas et de Belgique,
respectivement prince d'Orange et duc de Brabant,
si on avait voulu leur présenter M. de Mailly-Nesle,
prince d'Orange, et M. de Charlus, duc de Brabant[3].
Mais d'abord la duchesse, à qui Swann et M. de
Charlus (bien que ce dernier fût résolu à ignorer les
Iéna) avaient à grand-peine fini par faire aimer le
style Empire, s'écria :

« Madame, sincèrement, je ne peux pas vous dire
à quel point vous trouverez cela beau ! J'avoue que
le style Empire m'a toujours impressionnée. Mais,
chez les Iéna, là, c'est vraiment comme une hallucination. Cette espèce, comment vous dire, de... reflux
de l'expédition d'Égypte, et puis aussi de remontée
jusqu'à nous de l'Antiquité, tout cela qui envahit
nos maisons, les Sphinx qui viennent se mettre aux
pieds des fauteuils, les serpents qui s'enroulent aux
candélabres, une Muse énorme qui vous tend un
petit flambeau pour jouer à la bouillotte ou qui est
tranquillement montée sur votre cheminée et s'ac-
coude à votre pendule, et puis toutes les lampes
pompéiennes, les petits lits en bateau qui ont l'air

d'avoir été trouvés sur le Nil et d'où on s'attend à voir
sortir Moïse, ces quadriges antiques qui galopent le
long des tables de nuit...

— On n'est pas très bien assis dans les meubles
Empire, hasarda la princesse.

— Non », répondit la duchesse, mais, ajouta-t-elle
en insistant avec un sourire, « j'aime être mal assise
sur ces sièges d'acajou recouverts de velours grenat
ou de soie verte. J'aime cet inconfort de guerriers qui
ne comprennent que la chaise curule, et au milieu
du grand salon croisaient les faisceaux, entassaient
les lauriers. Je vous assure que chez les Iéna on ne
pense pas un instant à la manière dont on est assis,
quand on voit devant soi une grande gredine de Victoire peinte à fresque sur le mur. Mon époux va me
trouver bien mauvaise royaliste, mais je suis très
mal pensante, vous savez, je vous assure que chez
ces gens-là on en arrive à aimer tous ces N, toutes
ces abeilles. Mon Dieu, comme sous les rois, depuis
pas mal de temps, on n'a pas été très gâté du côté
gloire, ces guerriers qui rapportaient tant de couronnes qu'ils en mettaient jusque sur les bras des
fauteuils, je trouve que ça a un certain chic ! Votre
Altesse devrait.

— Mon Dieu, si vous croyez, dit la princesse, mais
il me semble que ce ne sera pas facile.

— Mais Madame verra que tout s'arrangera très
bien. Ce sont de très bonnes gens, pas bêtes. Nous y
avons mené Mme de Chevreuse, ajouta la duchesse
sachant la puissance de l'exemple, elle a été ravie.
Le fils est même très agréable... Ce que je vais dire
n'est pas très convenable, ajouta-t-elle, mais il a
une chambre et surtout un lit où on voudrait dormir – sans lui ! Ce qui est encore moins convenable,
c'est que j'ai été le voir une fois pendant qu'il était
malade et couché. À côté de lui, sur le rebord du lit,

il y avait sculptée une longue Sirène allongée, ravissante, avec une queue en nacre, et qui tient dans la main des espèces de lotus. Je vous assure », ajouta Mme de Guermantes, en ralentissant son débit pour mettre encore mieux en relief les mots qu'elle avait l'air de modeler avec la moue de ses belles lèvres, le fuselage de ses longues mains expressives et tout en attachant sur la princesse un regard doux, fixe et profond, « qu'avec les palmettes et la couronne d'or qui était à côté, c'était émouvant, c'était tout à fait l'arrangement du *Jeune Homme et la Mort* de Gustave Moreau[1] (Votre Altesse connaît sûrement ce chef-d'œuvre). »

La princesse de Parme, qui ignorait même le nom du peintre, fit de violents mouvements de tête et sourit avec ardeur afin de manifester son admiration pour ce tableau. Mais l'intensité de sa mimique ne parvint pas à remplacer cette lumière qui reste absente de nos yeux tant que nous ne savons pas de quoi on veut nous parler.

« Il est joli garçon, je crois ? demanda-t-elle.

— Non, car il a l'air d'un tapir. Les yeux sont un peu ceux d'une reine Hortense pour abat-jour. Mais il a probablement pensé qu'il serait un peu ridicule pour un homme de développer cette ressemblance, et cela se perd dans des joues encaustiquées qui lui donnent un air assez mameluk. On sent que le frotteur doit passer tous les matins. Swann », ajouta-t-elle, revenant au lit du jeune duc, « a été frappé de la ressemblance de cette Sirène avec *La Mort* de Gustave Moreau. Mais d'ailleurs », ajouta-t-elle d'un ton plus rapide et pourtant sérieux, afin de faire rire davantage, « il n'y a pas à nous frapper, car c'était un rhume de cerveau, et le jeune homme se porte comme un charme.

— On dit qu'il est snob ? » demanda M. de Bréauté

d'un air malveillant, allumé et en attendant dans la réponse la même précision que s'il avait dit : « On m'a dit qu'il n'avait que quatre doigts à la main droite, est-ce vrai ? »

« M...on Dieu, n...on, répondit Mme de Guermantes avec un sourire de douce indulgence. Peut-être un tout petit peu snob d'apparence, parce qu'il est extrêmement jeune, mais cela m'étonnerait qu'il le fût en réalité, car il est intelligent », ajouta-t-elle, comme s'il y eût eu à son avis incompatibilité absolue entre le snobisme et l'intelligence. « Il est fin, je l'ai vu drôle », dit-elle encore en riant d'un air gourmet et connaisseur, comme si porter le jugement de drôlerie sur quelqu'un exigeait une certaine expression de gaieté, ou comme si les saillies du duc de Guastalla lui revenaient à l'esprit en ce moment. « Du reste, comme il n'est pas reçu, ce snobisme n'aurait pas à s'exercer », reprit-elle sans songer qu'elle n'encourageait pas beaucoup de la sorte la princesse de Parme.

« Je me demande ce que dira le prince de Guermantes, qui l'appelle Mme Iéna, s'il apprend que je suis allée chez elle.

— Mais comment, s'écria avec une extraordinaire vivacité la duchesse, vous savez que c'est nous qui avons cédé à Gilbert (elle s'en repentait amèrement aujourd'hui !) toute une salle de jeu Empire qui nous venait de Quiou-Quiou[1] et qui est une splendeur ! Il n'y avait pas la place ici où pourtant je trouve que ça faisait mieux que chez lui. C'est une chose de toute beauté, moitié étrusque, moitié égyptienne...

— Égyptienne ? demanda la princesse à qui étrusque disait peu de chose.

— Mon Dieu, un peu les deux, Swann nous disait cela, il me l'a expliqué, seulement, vous savez, je suis une pauvre ignorante. Et puis au fond, Madame, ce qu'il faut se dire, c'est que l'Égypte du style Empire n'a aucun rapport avec la vraie Égypte, ni leurs Romains avec les Romains, ni leur Étrurie...

— Vraiment ! dit la princesse.

— Mais non, c'est comme ce qu'on appelait un costume Louis XV sous le second Empire, dans la jeunesse d'Anna de Mouchy ou de la mère du cher Brigode[1]. Tout à l'heure Basin vous parlait de Beethoven. On nous jouait l'autre jour de lui une chose, très belle d'ailleurs, un peu froide, où il y a un thème russe. C'en est touchant de penser qu'il croyait cela russe[2]. Et de même les peintres chinois ont cru copier Bellini[3]. D'ailleurs même dans le même pays, chaque fois que quelqu'un regarde les choses d'une façon un peu nouvelle, les quatre quarts des gens ne voient goutte à ce qu'il leur montre. Il faut au moins quarante ans pour qu'ils arrivent à distinguer.

— Quarante ans ! s'écria la princesse effrayée.

— Mais oui », reprit la duchesse, en ajoutant de plus en plus aux mots (qui étaient presque des mots de moi, car j'avais justement émis devant elle une idée analogue), grâce à sa prononciation, l'équivalent de ce que pour les caractères imprimés on appelle « italique », « c'est comme une espèce de premier individu isolé d'une espèce qui n'existe pas encore et qui pullulera, un individu doué d'une espèce de *sens* que l'espèce humaine à son époque ne possède pas. Je ne peux guère me citer, parce que moi, au contraire, j'ai toujours aimé dès le début toutes les manifestations intéressantes, si nouvelles qu'elles fussent. Mais enfin l'autre jour j'ai été avec la grande-duchesse au Louvre, nous avons passé devant l'*Olympia* de Manet. Maintenant personne ne s'en étonne plus. Ç'a l'air d'une chose d'Ingres ! Et pourtant Dieu sait ce que j'ai eu à rompre de lances pour ce tableau où je n'aime pas tout, mais qui est sûrement de quelqu'un. Sa place n'est peut-être pas tout à fait au Louvre.

— Elle va bien, la grande-duchesse ? » demanda la princesse de Parme à qui la tante du tsar[1] était infiniment plus familière que le modèle de Manet.

« Oui, nous avons parlé de vous. Au fond », reprit la duchesse, qui tenait à son idée, « la vérité c'est que, comme dit mon beau-frère Palamède, l'on a entre soi et chaque personne le mur d'une langue étrangère. Du reste je reconnais que ce n'est exact de personne autant que de Gilbert. Si cela vous amuse d'aller chez les Iéna, vous avez trop d'esprit pour faire dépendre vos actes de ce que peut penser ce pauvre homme qui est une chère créature innocente, mais enfin qui a des idées de l'autre monde. Je me sens plus rapprochée, plus consanguine de mon cocher, de mes chevaux, que de cet homme qui se réfère tout le temps à ce qu'on aurait pensé sous Philippe le Hardi ou sous Louis le Gros. Songez que, quand il se promène dans la campagne, il écarte les paysans d'un air bonasse, avec sa canne, en disant : "Allez, manants !" Je suis au fond aussi étonnée quand il me parle que si je m'entendais adresser la parole par les "gisants" des anciens tombeaux gothiques. Cette pierre vivante a beau être mon cousin, elle me fait peur et je n'ai qu'une idée, c'est de la laisser dans son Moyen Âge. À part ça, je reconnais qu'il n'a jamais assassiné personne.

— Je viens justement de dîner avec lui chez Mme de Villeparisis », dit le général, mais sans sourire ni adhérer aux plaisanteries de la duchesse.

« Est-ce que M. de Norpois était là ? » demanda le prince Von, qui pensait toujours à l'Académie des Sciences morales.

« Oui, dit le général. Il a même parlé de votre empereur.

— Il paraît que l'empereur Guillaume est très intelligent, mais il n'aime pas la peinture d'Elstir. Je ne dis du reste pas cela contre lui, répondit la duchesse, je partage sa manière de voir. Quoique Elstir ait fait un beau portrait de moi. Ah ! vous ne le connaissez pas ? Ce n'est pas ressemblant mais c'est curieux. Il est intéressant pendant les poses. Il m'a fait comme une espèce de vieillarde. Cela imite *Les Régentes de l'hôpital* de Hals[1]. Je pense que vous connaissez ces sublimités, pour prendre une expression chère à mon neveu », dit en se tournant vers moi la duchesse qui faisait battre légèrement son éventail de plumes noires. Plus que droite sur sa chaise, elle rejetait noblement sa tête en arrière, car tout en étant toujours grande dame, elle jouait un petit peu à la grande dame. Je dis que j'étais allé autrefois à Amsterdam et à La Haye, mais que, pour ne pas tout mêler, comme mon temps était limité, j'avais laissé de côté Haarlem.

« Ah ! La Haye, quel musée ! » s'écria M. de Guermantes. Je lui dis qu'il y avait sans doute admiré la *Vue de Delft* de Vermeer[2]. Mais le duc était moins instruit qu'orgueilleux. Aussi se contenta-t-il de me répondre d'un air de suffisance, comme chaque fois qu'on lui parlait d'une œuvre d'un musée, ou bien du Salon, et qu'il ne se rappelait pas : « Si c'est à voir, je l'ai vu ! »

« Comment ! vous avez fait le voyage de Hollande et vous n'êtes pas allé à Haarlem ? s'écria la duchesse. Mais quand même vous n'auriez eu qu'un quart d'heure, c'est une chose extraordinaire à avoir vue que les Hals. Je dirais volontiers que quelqu'un qui ne pourrait les voir que du haut d'une impériale de tramway sans s'arrêter, s'ils étaient exposés dehors, devrait ouvrir les yeux tout grands. » Cette parole me choqua comme méconnaissant la façon dont se forment en nous les impressions artistiques, et parce qu'elle semblait impliquer que notre œil est dans ce cas un simple appareil enregistreur qui prend des instantanés.

M. de Guermantes, heureux qu'elle me parlât avec une telle compétence des sujets qui m'intéressaient, regardait la prestance célèbre de sa femme, écoutait ce qu'elle disait de Frans Hals et pensait : « Elle est ferrée à glace sur tout. Mon jeune invité peut se dire qu'il a devant lui une grande dame d'autrefois dans toute l'acception du mot, et comme il n'y en a pas aujourd'hui une deuxième. » Tels je les voyais tous deux, retirés de ce nom de Guermantes dans lequel, jadis, je les imaginais menant une inconcevable vie, maintenant pareils aux autres hommes et aux autres femmes, retardant seulement un peu sur leurs contemporains, mais inégalement, comme tant de ménages du faubourg Saint-Germain où la femme a eu l'art de s'arrêter à l'âge d'or, l'homme, la mauvaise chance de descendre à l'âge ingrat du passé, l'une restant encore Louis XV quand le mari est pompeusement Louis-Philippe. Que Mme de Guermantes fût pareille aux autres femmes, ç'avait été pour moi d'abord une déception, c'était presque, par réaction, et tant de bons vins aidant, un émerveillement. Un Don Juan d'Autriche[1], une Isabelle d'Este[2], situés pour nous dans le monde des noms, communiquent aussi peu avec la grande histoire que le côté de Méséglise avec le côté de Guermantes. Isabelle d'Este fut sans doute, dans la réalité, une fort petite princesse, semblable à celles qui sous Louis XIV n'obtenaient aucun rang particulier à la cour. Mais, nous semblant d'une essence unique et, par suite, incomparable, nous ne pouvons la concevoir d'une moindre grandeur que lui, de sorte qu'un souper avec Louis XIV nous paraîtrait seulement offrir quelque

intérêt, tandis qu'en Isabelle d'Este nous nous trouverions, par une rencontre surnaturelle, voir de nos
yeux une héroïne de roman. Or, après avoir, en
étudiant Isabelle d'Este, en la transplantant patiem-
ment de ce monde féerique dans celui de l'histoire,
constaté que sa vie, sa pensée, ne contenaient rien
de cette étrangeté mystérieuse que nous avait suggé-
rée son nom, une fois cette déception consommée,
nous savons un gré infini à cette princesse d'avoir
eu, de la peinture de Mantegna, des connaissances
presque égales à celles, jusque-là méprisées par nous
et mises, comme eût dit Françoise, « plus bas que
terre », de M. Lafenestre[1]. Après avoir gravi les hauteurs inaccessibles du nom de Guermantes, en descendant le versant interne de la vie de la duchesse,
j'éprouvais à y trouver les noms, familiers ailleurs,
de Victor Hugo, de Frans Hals et, hélas, de Vibert,
le même étonnement qu'un voyageur, après avoir
tenu compte, pour imaginer la singularité des mœurs
dans un vallon sauvage de l'Amérique centrale ou de
l'Afrique du Nord, de l'éloignement géographique, de
l'étrangeté des dénominations de la flore, éprouve
à découvrir, une fois traversé un rideau d'aloès
géants ou de mancenilliers, des habitants qui (parfois même devant les ruines d'un théâtre romain et
d'une colonne dédiée à Vénus) sont en train de lire
Mérope ou *Alzire*. Et, si loin, si à l'écart, si au-dessus
des bourgeoises instruites que j'avais connues, la
culture similaire par laquelle Mme de Guermantes
s'était efforcée, sans intérêt, sans raison d'ambition,
de descendre au niveau de celles qu'elle ne connaîtrait jamais, avait le caractère méritoire, presque touchant à force d'être inutilisable, d'une érudition en
matière d'antiquités phéniciennes chez un homme
politique ou un médecin.

« J'en aurais pu vous montrer un très beau, me dit

aimablement Mme de Guermantes en me parlant de
Hals, le plus beau, prétendent certaines personnes,
et que j'ai hérité d'un cousin allemand. Malheureusement il s'est trouvé "fieffé" dans le château ; vous
ne connaissiez pas cette expression ? Moi non plus »,
ajouta-t-elle par ce goût qu'elle avait de faire des plaisanteries (par lesquelles elle se croyait moderne) sur
les coutumes anciennes, mais auxquelles elle était
inconsciemment et âprement attachée. « Je suis
contente que vous ayez vu mes Elstir, mais j'avoue
que je l'aurais été encore bien plus, si j'avais pu vous
faire les honneurs de mon Hals, de ce tableau "fieffé".

— Je le connais, dit le prince Von, ç'est celui du
grand-duc de Hesse.

— Justement, son frère avait épousé ma sœur, dit
M. de Guermantes, et d'ailleurs sa mère était cousine
germaine de la mère d'Oriane.

— Mais en ce qui concerne M. Elstir, ajouta le
prince, je me permettrai de dire que, sans avoir
d'opinion sur ses œuvres que je ne connais pas, la
haine dont le poursuit l'empereur ne me paraît pas
devoir être retenue contre lui. L'empereur est d'une
merveilleuse intelligence.

— Oui, j'ai dîné deux fois avec lui, une fois chez
ma tante Sagan, une fois chez ma tante Radziwill[1],
et je dois dire que je l'ai trouvé curieux. Je ne l'ai pas
trouvé simple ! Mais il a quelque chose d'amusant,
d'"obtenu", dit-elle en détachant le mot, comme un
œillet vert[2], c'est-à-dire une chose qui m'étonne et ne
me plaît pas infiniment, une chose qu'il est étonnant
qu'on ait pu faire, mais que je trouve qu'on aurait
fait aussi bien de ne pas pouvoir. J'espère que je ne
vous choque pas ?

— L'empereur est d'une intelligence inouïe, reprit
le prince Von, il aime passionnément les arts ; il a sur
les œuvres d'art un goût en quelque sorte infaillible,

il ne se trompe jamais : si quelque chose est beau, il
le reconnaît tout de suite, il le prend en haine. S'il
déteste quelque chose, il n'y a aucun doute à avoir,
c'est que c'est excellent. » Tout le monde sourit.

« Vous me rassurez, dit la duchesse.

— Je comparerai volontiers l'empereur », reprit le
prince qui ne sachant pas prononcer le mot archéologue (c'est-à-dire comme si c'était écrit kéologue)
ne perdait jamais une occasion de s'en servir, « à un
vieil archéologue (et le prince dit arshéologue) que
nous avons à Berlin. Devant les anciens monuments
assyriens, le vieil arshéologue pleure. Mais si c'est
du moderne truqué, si ce n'est pas vraiment ancien,
il ne pleure pas. Alors, quand on veut savoir si une
pièce arshéologique est vraiment ancienne, on la
porte au vieil arshéologue. S'il pleure, on achète la
pièce pour le musée. Si ses yeux restent secs, on la
renvoie au marchand et on le poursuit pour faux. Hé
bien, chaque fois que je dîne à Potsdam, toutes les
pièces dont l'empereur me dit : "Prince, il faut que
vous voyiez cela, c'est plein de génialité", j'en prends
note pour me garder d'y aller, et quand je l'entends
fulminer contre une exposition, dès que cela m'est
possible j'y cours.

— Est-ce que Norpois n'est pas pour un rapprochement anglo-français ? dit M. de Guermantes.

— À quoi ça vous servirait ? » demanda d'un air
à la fois irrité et finaud le prince Von qui ne pouvait
pas souffrir les Anglais. « Ils sont tellement pêtes.
Je sais bien que ce n'est pas comme militaires qu'ils
vous aideraient. Mais on peut tout de même les juger
sur la stupidité de leurs généraux. Un de mes amis
a causé récemment avec Botha, vous savez, le chef
boer. Il lui disait : "C'est effrayant une armée comme
ça. J'aime, d'ailleurs, plutôt les Anglais, mais enfin
pensez que moi, qui ne suis qu'un payssan, je les

ai rossés dans toutes les batailles. Et à la dernière, comme je succombais sous un nombre d'ennemis vingt fois supérieur, tout en me rendant parce que j'y étais obligé, j'ai encore trouvé le moyen de faire deux mille prisonniers ! Ç'a été bien parce que je n'étais qu'un chef de payssans, mais si jamais ces imbéciles-là avaient à se mesurer avec une vraie armée européenne, on tremble pour eux de penser à ce qui arriverait[1] !" Du reste, vous n'avez qu'à voir que leur roi, que vous connaissez comme moi, passe pour un grand homme en Angleterre. »

J'écoutais à peine ces histoires, du genre de celles que M. de Norpois racontait à mon père ; elles ne fournissaient aucun aliment aux rêveries que j'aimais ; et d'ailleurs, eussent-elles possédé ceux dont elles étaient dépourvues, qu'il les eût fallu d'une qualité bien excitante pour que ma vie intérieure pût se réveiller durant ces heures mondaines où j'habitais mon épiderme, mes cheveux bien coiffés, mon plastron de chemise, c'est-à-dire où je ne pouvais rien éprouver de ce qui était pour moi, dans la vie, le plaisir.

« Ah ! je ne suis pas de votre avis », dit Mme de Guermantes, qui trouvait que le prince allemand manquait de tact, « je trouve le roi Édouard charmant, si simple, et bien plus fin qu'on ne croit. Et la reine est, même encore maintenant, ce que je connais de plus beau au monde.

— Mais, Matame la duchesse, dit le prince irrité et qui ne s'apercevait pas qu'il déplaisait, cependant si le prince de Galles avait été un simple particulier, il n'y a pas un cercle qui ne l'aurait rayé et personne n'aurait consenti à lui serrer la main. La reine est ravissante, excessivement douce et bornée. Mais enfin il y a quelque chose de choquant dans ce couple royal qui est littéralement entretenu par ses sujets, qui se fait payer par les gros financiers juifs toutes les dépenses que lui, devrait faire, et les nomme baronnets en échange. C'est comme le prince de Bulgarie[1]...

— C'est notre cousin, dit la duchesse, il a de l'esprit.

— C'est le mien aussi, dit le prince, mais nous ne pensons pas pour cela que ce soit un prave homme. Non, c'est de nous qu'il faudrait vous rapprocher, c'est le plus grand désir de l'empereur, mais il veut que ça vienne du cœur ; il dit : ce que je veux c'est une poignée de main, ce n'est pas un coup de chapeau ! Ainsi vous seriez invincibles. Ce serait plus pratique que le rapprochement anglo-français que prêche M. de Norpois.

— Vous le connaissez, je sais », me dit la duchesse de Guermantes pour ne pas me laisser en dehors de la conversation. Me rappelant que M. de Norpois avait dit que j'avais eu l'air de vouloir lui baiser la main, pensant qu'il avait sans doute raconté cette histoire à Mme de Guermantes et, en tout cas, n'avait pu lui parler de moi que méchamment, puisque, malgré son amitié avec mon père, il n'avait pas hésité à me rendre si ridicule, je ne fis pas ce qu'eût fait un homme du monde. Il aurait dit qu'il détestait M. de Norpois et le lui avait fait sentir ; il l'aurait dit pour avoir l'air d'être la cause volontaire des médisances de l'ambassadeur, qui n'eussent plus été que des représailles mensongères et intéressées. Je dis, au contraire, qu'à mon grand regret, je croyais que M. de Norpois ne m'aimait pas. « Vous vous trompez bien, me répondit Mme de Guermantes. Il vous aime beaucoup. Vous pouvez demander à Basin ; si on me fait la réputation d'être trop aimable, lui ne l'est pas. Il vous dira que nous n'avons jamais entendu parler Norpois de quelqu'un aussi gentiment que de vous. Et il a dernièrement voulu vous faire donner

au ministère une situation charmante. Comme il a
su que vous étiez souffrant et ne pourriez pas l'accepter, il a eu la délicatesse de ne pas même parler
de sa bonne intention à votre père qu'il apprécie
infiniment. » M. de Norpois était bien la dernière
personne de qui j'eusse attendu un bon office. La
vérité est qu'étant moqueur et même assez malveillant, ceux qui s'étaient laissé prendre comme moi
à ses apparences de saint Louis rendant la justice
sous un chêne, aux sons de voix facilement api-
toyés qui sortaient de sa bouche un peu trop harmonieuse, croyaient à une véritable perfidie quand
ils apprenaient une médisance à leur égard venant
d'un homme qui avait semblé mettre son cœur dans
ses paroles. Ces médisances étaient assez fréquentes
chez lui. Mais cela ne l'empêchait pas d'avoir des
sympathies, de louer ceux qu'il aimait et d'avoir plaisir à se montrer serviable pour eux.

« Cela ne m'étonne du reste pas qu'il vous apprécie, me dit Mme de Guermantes, il est intelligent.
Et je comprends très bien », ajouta-t-elle pour les
autres, et faisant allusion à un projet de mariage
que j'ignorais, « que ma tante, qui ne l'amuse pas
déjà beaucoup comme vieille maîtresse, lui paraisse
inutile comme nouvelle épouse. D'autant plus que je
crois que, même maîtresse, elle ne l'est plus depuis
longtemps. Elle n'a de rapports, si je peux dire,
qu'avec le bon Dieu. Elle est plus bigote que vous
ne croyez et Booz-Norpois peut dire comme dans
les vers de Victor Hugo :

> *Voilà longtemps que celle avec qui j'ai dormi,*
> *Ô Seigneur, a quitté ma couche pour la vôtre[1] !*

Vraiment, ma pauvre tante est comme ces artistes
d'avant-garde qui ont tapé toute leur vie contre

l'Académie et qui, sur le tard, fondent leur petite académie à eux ; ou bien les défroqués qui se refabriquent une religion personnelle. Alors, autant valait garder l'habit, ou ne pas se coller. Et qui sait, ajouta la duchesse d'un air rêveur, c'est peut-être en prévision du veuvage. Il n'y a rien de plus triste que les deuils qu'on ne peut pas porter.

— Ah ! si Mme de Villeparisis devenait Mme de Norpois, je crois que notre cousin Gilbert en ferait une maladie, dit le général de Saint-Joseph.

— Le prince de Guermantes est charmant, mais il est, en effet, très attaché aux questions de naissance et d'étiquette, dit la princesse de Parme. J'ai été passer deux jours chez lui à la campagne pendant que malheureusement la princesse était malade. J'étais accompagnée de Petite (c'était un surnom qu'on donnait à Mme d'Hunolstein parce qu'elle était énorme). Le prince est venu m'attendre au bas du perron, m'a offert le bras et a fait semblant de ne pas voir Petite. Nous sommes montés au premier jusqu'à l'entrée des salons et alors là, en s'écartant pour me laisser passer, il a dit : "Ah ! bonjour, madame d'Hunolstein" (il ne l'appelle jamais que comme cela, depuis sa séparation), en feignant d'apercevoir seulement alors Petite, afin de montrer qu'il n'avait pas à venir la saluer en bas.

— Cela ne m'étonne pas du tout. Je n'ai pas besoin de vous dire », dit le duc qui se croyait extrêmement moderne, contempteur plus que quiconque de la naissance, et même républicain, « que je n'ai pas beaucoup d'idées communes avec mon cousin. Madame peut se douter que nous nous entendons à peu près sur toutes choses comme le jour avec la nuit. Mais je dois dire que si ma tante épousait Norpois, pour une fois je serais de l'avis de Gilbert. Être la fille de Florimond de Guise[1] et faire un tel mariage,

ce serait, comme on dit, à faire rire les poules, que
voulez-vous que je vous dise ? » Ces derniers mots,
que le duc prononçait généralement au milieu d'une
phrase, étaient là tout à fait inutiles. Mais il avait un
besoin perpétuel de les dire, qui les lui faisait rejeter
à la fin d'une période s'ils n'avaient pas trouvé de
place ailleurs. C'était pour lui, entre autres choses,
comme une question de métrique. « Notez, ajouta-
t-il, que les Norpois sont de braves gentilshommes,
de bon lieu, de bonne souche.

— Écoutez, Basin, ce n'est pas la peine de se
moquer de Gilbert pour parler comme lui », dit Mme
de Guermantes pour qui la « bonté » d'une naissance,
non moins que celle d'un vin, consistait exactement,
comme pour le prince et pour le duc de Guermantes,
dans son ancienneté. Mais, moins franche que son
cousin et plus fine que son mari, elle tenait à ne
pas démentir en causant l'esprit des Guermantes et
méprisait le rang dans ses paroles quitte à l'honorer
par ses actions.

« Mais est-ce que vous n'êtes même pas un peu
cousins ? demanda le général de Saint-Joseph. Il me
semble que Norpois avait épousé une La Rochefoucauld.

— Pas du tout de cette manière-là. Elle était de la
branche des ducs de La Rochefoucauld, ma grand-
mère est des ducs de Doudeauville. C'est la propre
grand-mère d'Édouard Coco, l'homme le plus sage
de la famille, répondit le duc qui avait sur la sagesse
des vues un peu superficielles, et les deux rameaux
ne se sont pas réunis depuis Louis XIV ; ce serait
un peu éloigné.

— Tiens, c'est intéressant, je ne le savais pas, dit
le général.

— D'ailleurs, reprit M. de Guermantes, sa mère
était, je crois, la sœur du duc de Montmorency et

avait épousé d'abord un La Tour d'Auvergne. Mais comme ces Montmorency sont à peine Montmorency, et que ces La Tour d'Auvergne ne sont pas La Tour d'Auvergne du tout, je ne vois pas que cela lui donne une grande position. Il dit, ce qui serait plus important, qu'il descend de Saintrailles, et comme nous en descendons en ligne directe... »

Il y avait à Combray une rue de Saintrailles à laquelle je n'avais jamais repensé. Elle conduisait de la rue de la Bretonnerie à la rue de l'Oiseau. Et comme Saintrailles, ce compagnon de Jeanne d'Arc, avait en épousant une Guermantes fait entrer dans cette famille le comté de Combray, ses armes écartelaient celles de Guermantes au bas d'un vitrail de Saint-Hilaire. Je revis des marches de grès noirâtre pendant qu'une modulation ramenait ce nom de Guermantes dans le ton oublié où je l'entendais jadis, si différent de celui où il signifiait les hôtes aimables chez qui je dînais ce soir. Si le nom de duchesse de Guermantes était pour moi un nom collectif, ce n'était pas que dans l'histoire, par l'addition de toutes les femmes qui l'avaient porté, mais aussi au long de ma courte jeunesse qui avait déjà vu, en cette seule duchesse de Guermantes, tant de femmes différentes se superposer, chacune disparaissant quand la suivante avait pris assez de consistance. Les mots ne changent pas tant de signification pendant des siècles que pour nous les noms dans l'espace de quelques années. Notre mémoire et notre cœur ne sont pas assez grands pour pouvoir être fidèles. Nous n'avons pas assez de place, dans notre pensée actuelle, pour y garder les morts à côté des vivants. Nous sommes obligés de construire sur ce qui a précédé et que nous ne retrouvons qu'au hasard d'une fouille, du genre de celle que le nom de Saintrailles venait de pratiquer. Je trouvai inutile d'expliquer

tout cela, et même, un peu auparavant, j'avais implicitement menti en ne répondant pas quand M. de
Guermantes m'avait dit : « Vous ne connaissez pas
notre patelin ? » Peut-être savait-il même que je le
connaissais, et ne fut-ce que par bonne éducation
qu'il n'insista pas. Mme de Guermantes me tira de
ma rêverie.

« Moi, je trouve tout cela assommant. Écoutez, ce
n'est pas toujours aussi ennuyeux chez moi. J'espère
que vous allez vite revenir dîner pour une compensation, sans généalogies cette fois », me dit à mi-voix
la duchesse incapable de comprendre le genre de
charme que je pouvais trouver chez elle et d'avoir
l'humilité de ne me plaire que comme un herbier
plein de plantes démodées.

Ce que Mme de Guermantes croyait décevoir mon
attente était, au contraire, ce qui, sur la fin – car le
duc et le général ne cessèrent plus de parler généalogies – sauvait ma soirée d'une déception complète.
Comment n'en eussé-je pas éprouvé une jusqu'ici ?
Chacun des convives du dîner, affublant le nom mystérieux sous lequel je l'avais seulement connu et rêvé
à distance, d'un corps et d'une intelligence pareils
ou inférieurs à ceux de toutes les personnes que je
connaissais, m'avait donné l'impression de plate vulgarité que peut donner l'entrée dans le port danois
d'Elseneur à tout lecteur enfiévré d'*Hamlet*. Sans
doute ces régions géographiques et ce passé ancien
qui mettaient des futaies et des clochers gothiques
dans leur nom, avaient, dans une certaine mesure,
formé leur visage, leur esprit et leurs préjugés, mais
n'y subsistaient que comme la cause dans l'effet,
c'est-à-dire peut-être possibles à dégager pour l'intelligence, mais nullement sensibles à l'imagination.

Et ces préjugés d'autrefois rendirent tout à coup
aux amis de M. et Mme de Guermantes leur poésie

perdue. Certes, les notions possédées par les nobles et qui font d'eux les lettrés, les étymologistes de la langue, non des mots, mais des noms (et encore seulement relativement à la moyenne ignorante de la bourgeoisie, car si, à médiocrité égale, un dévot sera plus capable de vous répondre sur la liturgie qu'un libre penseur, en revanche un archéologue anticlérical pourra souvent en remontrer à son curé sur tout ce qui concerne même l'église de celui-ci), ces notions, si nous voulons rester dans le vrai, c'est-à-dire dans l'esprit, n'avaient même pas pour ces grands seigneurs le charme qu'elles auraient eu pour un bourgeois. Ils savaient peut-être mieux que moi que la duchesse de Guise était princesse de Clèves, d'Orléans, et de Porcien, etc., mais ils avaient connu, avant même tous ces noms, le visage de la duchesse de Guise que, dès lors, ce nom leur reflétait. J'avais commencé par la fée, dût-elle bientôt périr ; eux, par la femme.

Dans les familles bourgeoises on voit parfois naître des jalousies si la sœur cadette se marie avant l'aînée. Tel le monde aristocratique, des Courvoisier surtout, mais aussi des Guermantes, réduisait sa grandeur nobiliaire à de simples supériorités domestiques, en vertu d'un enfantillage que j'avais connu d'abord (c'était pour moi son seul charme) dans les livres. Tallemant des Réaux n'a-t-il pas l'air de parler des Guermantes au lieu des Rohan, quand il raconte avec une évidente satisfaction que M. de Guéménée criait à son frère : « Tu peux entrer ici, ce n'est pas le Louvre ! » et disait du chevalier de Rohan (parce qu'il était fils naturel du duc de Clermont) : « Lui, du moins, il est prince[1] ! » La seule chose qui me fît de la peine dans cette conversation, c'est de voir que les absurdes histoires touchant le charmant grand-duc héritier de Luxembourg trouvaient créance dans ce salon aussi bien qu'auprès des camarades de Saint-Loup. Décidément c'était une épidémie, qui ne durerait peut-être que deux ans, mais qui s'étendait à tous. On reprit les mêmes faux récits, on en ajouta d'autres. Je compris que la princesse de Luxembourg elle-même, en ayant l'air de défendre son neveu, fournissait des armes pour l'attaquer. « Vous avez tort de le défendre », me dit M. de Guermantes comme avait fait Saint-Loup. « Tenez, laissons même l'opinion de nos parents qui est unanime, parlez de lui à ses domestiques, qui sont au fond les gens qui nous connaissent le mieux. Mme de Luxembourg avait donné son petit nègre à son neveu. Le nègre est revenu en pleurant : "Grand-duc battu moi, moi pas canaille, grand-duc méchant, c'est épatant." Et je peux en parler sciemment, c'est un cousin à Oriane. »

Je ne peux, du reste, pas dire combien de fois pendant cette soirée j'entendis les mots de cousin et cousine. D'une part, M. de Guermantes, presque à chaque nom qu'on prononçait, s'écriait : « Mais c'est un cousin d'Oriane ! » avec la même joie qu'un homme qui, perdu dans une forêt, lit au bout de deux flèches, disposées en sens contraire sur une plaque indicatrice et suivies d'un chiffre fort petit de kilomètres : « Belvédère Casimir-Perier » et « Croix du Grand-Veneur[1] », et comprend par là qu'il est dans le bon chemin. D'autre part, ces mots cousin et cousine étaient employés dans une intention tout autre (qui faisait ici exception) par l'ambassadrice de Turquie, laquelle était venue après le dîner. Dévorée d'ambition mondaine et douée d'une réelle intelligence assimilatrice, elle apprenait avec la même facilité l'histoire de la retraite des Dix mille ou la perversion sexuelle chez les oiseaux. Il aurait été impossible de la prendre en faute sur les plus récents travaux allemands, qu'ils traitassent d'économie politique, des vésanies, des diverses formes de l'onanisme, ou de la philosophie d'Épicure. C'était du reste une femme dangereuse à écouter, car, perpétuellement dans l'erreur, elle vous désignait comme des femmes ultra-légères d'irréprochables vertus, vous mettait en garde contre un monsieur animé des intentions les plus pures, et racontait de ces histoires qui semblent sortir d'un livre, non à cause de leur sérieux, mais de leur invraisemblance.

Elle était, à cette époque, peu reçue. Elle fréquentait quelques semaines des femmes tout à fait brillantes comme la duchesse de Guermantes, mais en général, en était restée, par force, pour les familles très nobles, à des rameaux obscurs que les Guermantes ne fréquentaient plus. Elle espérait avoir l'air tout à fait du monde en citant les plus grands noms de gens peu reçus qui étaient ses amis. Aussitôt M. de Guermantes, croyant qu'il s'agissait de gens qui dînaient souvent chez lui, frémissait joyeusement de se retrouver en pays de connaissance et poussait un cri de ralliement : « Mais c'est un cousin d'Oriane ! Je le connais comme ma poche. Il demeure rue Vaneau. Sa mère était Mlle d'Uzès. »

L'ambassadrice était obligée d'avouer que son exemple était tiré d'animaux plus petits[1]. Elle tâchait de rattacher ses amis à ceux de M. de Guermantes en rattrapant celui-ci de biais : « Je sais très bien qui vous voulez dire. Non, ce n'est pas ceux-là, ce sont des cousins. » Mais cette phrase de reflux jetée par la pauvre ambassadrice expirait bien vite. Car M. de Guermantes, désappointé, répondait : « Ah ! alors, je ne vois pas qui vous voulez dire. » L'ambassadrice ne répliquait rien, car si elle ne connaissait jamais que « les cousins » de ceux qu'il aurait fallu, bien souvent ces cousins n'étaient même pas parents.

Puis, de la part de M. de Guermantes, c'était un flux
nouveau de « Mais c'est une cousine d'Oriane », mots
qui semblaient avoir pour M. de Guermantes, dans
chacune de ses phrases, la même utilité que certaines
épithètes commodes aux poètes latins, parce qu'elles
leur fournissaient pour leurs hexamètres un dactyle
ou un spondée. Du moins l'explosion de « Mais c'est
une cousine d'Oriane » me parut-elle toute naturelle
appliquée à la princesse de Guermantes, laquelle était
en effet fort proche parente de la duchesse. L'ambassadrice n'avait pas l'air d'aimer cette princesse. Elle
me dit tout bas : « Elle est stupide. Mais non, elle
n'est pas si belle. C'est une réputation usurpée. Du
reste, ajouta-t-elle d'un air à la fois réfléchi, répulsif
et décidé, elle m'est fortement antipathique. » Mais
souvent le cousinage s'étendait beaucoup plus loin,
Mme de Guermantes se faisant un devoir de dire
« ma tante » à des personnes avec qui on ne lui eût
pas trouvé un ancêtre commun sans remonter au
moins jusqu'à Louis XV, tout aussi bien que, chaque
fois que le malheur des temps faisait qu'une milliardaire épousait quelque prince dont le trisaïeul
avait épousé, comme celui de Mme de Guermantes,
une fille de Louvois, une des joies de l'Américaine
était de pouvoir, dès une première visite à l'hôtel de
Guermantes, où elle était d'ailleurs plus ou moins
mal reçue et plus ou moins bien épluchée, dire « ma
tante » à Mme de Guermantes, qui la laissait faire
avec un sourire maternel. Mais peu m'importait ce
qu'était la « naissance » pour M. de Guermantes et
M. de Beauserfeuil ; dans les conversations qu'ils
avaient à ce sujet, je ne cherchais qu'un plaisir poétique. Sans le connaître eux-mêmes, ils me le pro-
curaient comme eussent fait des laboureurs ou des
matelots parlant de culture et de marées, réalités
trop peu détachées d'eux-mêmes pour qu'ils puissent

y goûter la beauté que personnellement je me char-
geais d'en extraire.

Parfois, plus que d'une race, c'était d'un fait particulier, d'une date, que faisait souvenir un nom. En
entendant M. de Guermantes rappeler que la mère
de M. de Bréauté était Choiseul et sa grand-mère
Lucinge, je crus voir sous la chemise banale aux
simples boutons de perle saigner dans deux globes
de cristal ces augustes reliques : le cœur de Mme
de Praslin et du duc de Berri[1] ; d'autres étaient plus
voluptueuses, les fins et longs cheveux de Mme Tallien ou de Mme de Sabran[2].

Quelquefois ce n'était pas une simple relique que
je voyais. Plus instruit que sa femme de ce qu'avaient
été leurs ancêtres, M. de Guermantes se trouvait posséder des souvenirs qui donnaient à sa conversation
un bel air d'ancienne demeure dépourvue de chefs-
d'œuvre véritables, mais pleine de tableaux authentiques, médiocres et majestueux dont l'ensemble
a grand air. Le prince d'Agrigente ayant demandé
pourquoi le prince Von avait dit, en parlant du duc
d'Aumale, « mon oncle », M. de Guermantes répondit : « Parce que le frère de sa mère, le duc de Wurtemberg, avait épousé une fille de Louis-Philippe[3]. »
Alors je contemplai toute une châsse, pareille à celles
que peignaient Carpaccio ou Memling[4], depuis le
premier compartiment où la princesse, aux fêtes
des noces de son frère le duc d'Orléans, apparaissait habillée d'une simple robe de jardin pour témoigner de sa mauvaise humeur d'avoir vu repousser
ses ambassadeurs qui étaient allés demander pour
elle la main du prince de Syracuse[5], jusqu'au dernier où elle vient d'accoucher d'un garçon, le duc de
Wurtemberg[6] (le propre oncle du prince avec lequel
je venais de dîner[7]), dans ce château de Fantaisie,
un de ces lieux aussi aristocratiques que certaines

familles[1]. Eux aussi, durant au-delà d'une génération, voient se rattacher à eux plus d'une personnalité historique ; dans celui-là notamment vivent côte
à côte les souvenirs de la margrave de Bayreuth[2], de
cette autre princesse un peu fantasque (la sœur du
duc d'Orléans) à qui on disait que le nom du château
de son époux plaisait, du roi de Bavière[3], et enfin
du prince Von dont il était précisément l'adresse, à
laquelle il venait de demander au duc de Guermantes
de lui écrire, car il en avait hérité et ne le louait que
pendant les représentations de Wagner, au prince
de Polignac, autre « fantaisiste » délicieux[4]. Quand
M. de Guermantes, pour expliquer comment il était
parent de Mme d'Arpajon, était obligé, si loin et si
simplement, de remonter, par la chaîne et les mains
unies de trois ou de cinq aïeules, à Marie-Louise ou à
Colbert, c'était encore la même chose : dans tous ces
cas, un grand événement historique n'apparaissait
au passage que masqué, dénaturé, restreint, dans le
nom d'une propriété, dans les prénoms d'une femme
choisis tels parce qu'elle est la petite-fille de Louis-
Philippe et de Marie-Amélie considérés non plus
comme roi et reine de France, mais seulement dans
la mesure où, en tant que grands-parents, ils laissèrent un héritage. (On voit, pour d'autres raisons,
dans un dictionnaire de l'œuvre de Balzac où les
personnages les plus illustres ne figurent que selon
leurs rapports avec *La Comédie humaine*, Napoléon
tenir une place bien moindre que Rastignac, et la
tenir seulement parce qu'il a parlé aux demoiselles
de Cinq-Cygne[5].) Telle l'aristocratie en sa construction lourde, percée de rares fenêtres, laissant entrer
peu de jour, montrant le même manque d'envolée,
mais aussi la même puissance massive et aveuglée
que l'architecture romane, enferme toute l'histoire,
l'emmure, la renfrogne.

Ainsi les espaces de ma mémoire se couvraient peu à peu de noms qui, en s'ordonnant, en se composant les uns relativement aux autres, en nouant entre eux des rapports de plus en plus nombreux, imitaient ces œuvres d'art achevées où il n'y a pas une seule touche qui soit isolée, où chaque partie tour à tour reçoit des autres sa raison d'être comme elle leur impose la sienne.

Le nom de M. de Luxembourg étant revenu sur le tapis, l'ambassadrice de Turquie raconta que le grand-père de la jeune femme (celui qui avait cette immense fortune venue des farines et des pâtes) ayant invité M. de Luxembourg à déjeuner, celui-ci avait refusé en faisant mettre sur l'enveloppe : « M. de ***, meunier », à quoi le grand-père avait répondu : « Je suis d'autant plus désolé que vous n'ayez pas pu venir, mon cher ami, que j'aurais pu jouir de vous dans l'intimité, car nous étions en petit comité et il n'y aurait eu au repas que le meunier, son fils et vous. » Cette histoire était non seulement odieuse pour moi, qui savais l'impossibilité morale que mon cher M. de Nassau écrivît au grand-père de sa femme (duquel du reste il savait devoir hériter) en le qualifiant de « meunier » ; mais encore la stupidité éclatait dès les premiers mots, l'appellation de meunier étant trop évidemment placée pour amener le titre de la fable de La Fontaine[1]. Mais il y a dans le faubourg Saint-Germain une niaiserie telle, quand la malveillance l'aggrave, que chacun trouva que c'était envoyé et que le grand-père, dont tout le monde déclara aussitôt de confiance que c'était un homme remarquable, avait montré plus d'esprit que son petit-gendre. Le duc de Châtellerault voulut profiter de cette histoire pour raconter celle que j'avais entendue au café : « Tout le monde se couchait », mais dès les premiers mots et quand il eut

dit la prétention de M. de Luxembourg que, devant
sa femme, M. de Guermantes se levât, la duchesse
l'arrêta et protesta : « Non, il est bien ridicule, mais
tout de même pas à ce point. » J'étais intimement
persuadé que toutes les histoires relatives à M. de
Luxembourg étaient pareillement fausses et que,
chaque fois que je me trouverais en présence d'un
des acteurs ou des témoins, j'entendrais le même
démenti. Je me demandai cependant si celui de
Mme de Guermantes était dû au souci de la vérité
ou à l'amour-propre. En tout cas, ce dernier céda
devant la malveillance, car elle ajouta en riant : « Du
reste, j'ai eu ma petite avanie aussi, car il m'a invitée à goûter, désirant me faire connaître la grande-
duchesse de Luxembourg ; c'est ainsi qu'il a le bon
goût d'appeler sa femme, en écrivant à sa tante. Je
lui ai répondu mes regrets et j'ai ajouté : "Quant à
'la grande-duchesse de Luxembourg', entre guillemets, dis-lui que si elle vient me voir je suis chez
moi après 5 heures tous les jeudis." J'ai même eu
une seconde avanie. Étant à Luxembourg je lui ai
téléphoné de venir me parler à l'appareil. Son Altesse
allait déjeuner, venait de déjeuner, deux heures se
passèrent sans résultat et j'ai usé alors d'un autre
moyen : "Voulez-vous dire au comte de Nassau
de venir me parler ?" Piqué au vif, il accourut à la
minute même. » Tout le monde rit du récit de la
duchesse et d'autres analogues, c'est-à-dire, j'en suis
convaincu, de mensonges, car d'homme plus intelligent, meilleur, plus fin, tranchons le mot, plus exquis
que ce Luxembourg-Nassau, je n'en ai jamais rencontré. La suite montrera que c'était moi qui avais
raison[1]. Je dois reconnaître qu'au milieu de toutes
ses « rosseries », Mme de Guermantes eut pourtant
une phrase gentille.

« Il n'a pas toujours été comme cela, dit-elle. Avant

de perdre la raison, d'être, comme dans les livres,
l'homme qui se croit devenu roi, il n'était pas bête,
et même, dans les premiers temps de ses fiançailles,
il en parlait d'une façon assez sympathique comme
d'un bonheur inespéré : "C'est un vrai conte de fées,
il faudra que je fasse mon entrée au Luxembourg
dans un carrosse de féerie", disait-il à son oncle
d'Ornessan qui lui répondit, car, vous savez, c'est
pas grand le Luxembourg : "Un carrosse de féerie,
je crains que tu ne puisses pas entrer. Je te conseille
plutôt la voiture aux chèvres." Non seulement cela
ne fâcha pas Nassau, mais il fut le premier à nous
raconter le mot et à en rire.

— Ornessan est plein d'esprit, il a de qui tenir, sa
mère est Montjeu. Il va bien mal, le pauvre Ornessan. »

Ce nom eut la vertu d'interrompre les fades
méchancetés qui se seraient déroulées à l'infini. En
effet, M. de Guermantes expliqua que l'arrière-grand-
mère de M. d'Ornessan était la sœur de Marie de
Castille Montjeu, femme de Timoléon de Lorraine,
et par conséquent tante d'Oriane. De sorte que la
conversation retourna aux généalogies, cependant
que l'imbécile ambassadrice de Turquie me soufflait
à l'oreille : « Vous avez l'air d'être très bien dans les
papiers du duc de Guermantes, prenez garde », et
comme je demandais l'explication : « Je veux dire,
vous comprendrez à demi-mot, que c'est un homme
à qui on pourrait confier sans danger sa fille, mais
non son fils. » Or, si jamais homme au contraire
aima passionnément et exclusivement les femmes,
ce fut bien le duc de Guermantes. Mais l'erreur, la
contre-vérité naïvement crue étaient pour l'ambassadrice comme un milieu vital hors duquel elle ne
pouvait se mouvoir. « Son frère Mémé, qui m'est,
du reste, pour d'autres raisons (il ne la saluait pas),

foncièrement antipathique, a un vrai chagrin des
mœurs du duc. De même leur tante Villeparisis. Ah !
je l'adore. Voilà une sainte femme, le vrai type des
grandes dames d'autrefois. Ce n'est pas seulement la
vertu même, mais la réserve. Elle dit encore : "Monsieur" à l'ambassadeur Norpois qu'elle voit tous les
jours et qui, entre parenthèses, a laissé un excellent
souvenir en Turquie. »

Je ne répondis même pas à l'ambassadrice afin
d'entendre les généalogies. Elles n'étaient pas toutes
importantes. Il arriva même, au cours de la conversation, qu'une des alliances inattendues que m'apprit
M. de Guermantes, était une mésalliance, mais non
sans charme, car, unissant, sous la monarchie de
Juillet, le duc de Guermantes et le duc de Fezensac
aux deux ravissantes filles d'un illustre navigateur,
elle donnait ainsi aux deux duchesses le piquant
imprévu d'une grâce exotiquement bourgeoise, louis-
philippement indienne. Ou bien, sous Louis XIV, un
Norpois avait épousé la fille du duc de Mortemart,
dont le titre illustre frappait, dans le lointain de
cette époque, le nom que je trouvais terne et pouvais
croire récent de Norpois, y ciselait profondément la
beauté d'une médaille. Et dans ces cas-là d'ailleurs,
ce n'était pas seulement le nom moins connu qui
bénéficiait du rapprochement : l'autre, devenu banal
à force d'éclat, me frappait davantage sous cet aspect
nouveau et plus obscur, comme, parmi les portraits
d'un éblouissant coloriste, le plus saisissant est parfois un portrait tout en noir. La mobilité nouvelle
dont me semblaient doués tous ces noms, venant
se placer à côté d'autres dont je les aurais crus si
loin, ne tenait pas seulement à mon ignorance ; ces
chassés-croisés qu'ils faisaient dans mon esprit, ils
ne les avaient pas effectués moins aisément dans
ces époques où un titre, étant toujours attaché à

une terre, la suivait d'une famille dans une autre, si bien que, par exemple, dans la belle construction féodale qu'est le titre de duc de Nemours ou de duc de Chevreuse, je pouvais découvrir successivement, blottis, comme dans la demeure hospitalière d'un bernard-l'ermite, un Guise, un prince de Savoie, un Orléans, un Luynes. Parfois plusieurs restaient en compétition pour une même coquille : pour la principauté d'Orange, la famille royale des Pays-Bas et MM. de Mailly-Nesle ; pour le duché de Brabant, le baron de Charlus et la famille royale de Belgique ; tant d'autres pour les titres de prince de Naples, de duc de Parme, de duc de Reggio[1]. Quelquefois c'était le contraire, la coquille était depuis si longtemps inhabitée par les propriétaires morts depuis longtemps que je ne m'étais jamais avisé que tel nom de château eût pu être, à une époque en somme très peu reculée, un nom de famille. Ainsi, comme M. de Guermantes répondait à une question de M. de Monserfeuil : « Non, ma cousine était une royaliste enragée, c'était la fille du marquis de Féterne, qui joua un certain rôle dans la guerre des Chouans », à voir ce nom de Féterne, qui depuis mon séjour à Balbec était pour moi un nom de château, devenir ce que je n'avais jamais songé qu'il eût pu être, un nom de famille, j'eus le même étonnement que dans une féerie où des tourelles et un perron s'animent et deviennent des personnes. Dans cette acception-là, on peut dire que l'histoire, même simplement généalogique, rend la vie aux vieilles pierres. Il y eut dans la société parisienne des hommes qui y jouèrent un rôle aussi considérable, qui y furent plus recherchés pour leur élégance ou pour leur esprit, et eux-mêmes d'une aussi haute naissance que le duc de Guermantes ou le duc de La Trémoïlle. Ils sont aujourd'hui tombés dans l'oubli, parce que,

comme ils n'ont pas eu de descendants, leur nom
qu'on n'entend plus jamais, résonne comme un nom
inconnu ; tout au plus un nom de chose, sous lequel
nous ne songeons pas à découvrir le nom d'hommes,
survit-il en quelque château, quelque village lointain. Un jour prochain le voyageur qui, au fond
de la Bourgogne, s'arrêtera dans le petit village de
Charlus[1] pour visiter son église, s'il n'est pas assez
studieux ou se trouve trop pressé pour en examiner
les pierres tombales, ignorera que ce nom de Charlus
fut celui d'un homme qui allait de pair avec les plus
grands. Cette réflexion me rappela qu'il fallait partir
et que, tandis que j'écoutais M. de Guermantes parler généalogies, l'heure approchait où j'avais rendez-
vous avec son frère. Qui sait, continuais-je à penser,
si un jour Guermantes lui-même paraîtra autre chose
qu'un nom de lieu, sauf aux archéologues arrêtés par
hasard à Combray, et qui devant le vitrail de Gilbert
le Mauvais auront la patience d'écouter les discours
du successeur de Théodore ou de lire le guide du
curé. Mais tant qu'un grand nom n'est pas éteint, il
maintient en pleine lumière ceux qui le portèrent ; et
c'est sans doute, pour une part, l'intérêt qu'offrait à
mes yeux l'illustration de ces familles, qu'on peut, en
partant d'aujourd'hui, les suivre en remontant degré
par degré jusque bien au-delà du XIVe siècle et retrouver les Mémoires et les correspondances de tous les
ascendants de M. de Charlus, du prince d'Agrigente,
de la princesse de Parme, dans un passé où une nuit
impénétrable couvrirait les origines d'une famille
bourgeoise, et où nous distinguons, sous la projection lumineuse et rétrospective d'un nom, l'origine
et la persistance de certaines caractéristiques nerveuses, de certains vices, des désordres de tels ou
tels Guermantes. Presque pathologiquement pareils
à ceux d'aujourd'hui, ils excitent de siècle en siècle

l'intérêt alarmé de leurs correspondants, qu'ils soient antérieurs à la princesse Palatine et à Mme de Motteville[1], ou postérieurs au prince de Ligne[2].

D'ailleurs, ma curiosité historique était faible en comparaison du plaisir esthétique. Les noms cités avaient pour effet de désincarner les invités de la duchesse, lesquels avaient beau s'appeler le prince d'Agrigente ou de Cystria, que leur masque de chair et d'inintelligence ou d'intelligence communes avait changés en hommes quelconques, si bien qu'en somme j'avais atterri au paillasson du vestibule, non pas comme au seuil, ainsi que je l'avais cru, mais au terme du monde enchanté des noms. Le prince d'Agrigente lui-même, dès que j'eus entendu que sa mère était Damas[3], petite-fille du duc de Modène[4], fut délivré, comme d'un compagnon chimique instable, de la figure et des paroles qui empêchaient de le reconnaître, et alla former avec Damas et Modène, qui eux n'étaient que des titres, une combinaison infiniment plus séduisante. Chaque nom déplacé par l'attirance d'un autre avec lequel je ne lui avais soupçonné aucune affinité, quittait la place immuable qu'il occupait dans mon cerveau, où l'habitude l'avait terni, et, allant rejoindre les Mortemarts, les Stuarts ou les Bourbons, dessinait avec eux des rameaux du plus gracieux effet et d'un coloris changeant. Le nom même de Guermantes recevait de tous les beaux noms éteints et d'autant plus ardemment rallumés auxquels j'apprenais seulement qu'il était attaché, une détermination nouvelle, purement poétique. Tout au plus, à l'extrémité de chaque renflement de la tige altière, pouvais-je la voir s'épanouir en quelque figure de sage roi ou d'illustre princesse, comme le père d'Henri IV[5] ou la duchesse de Longueville[6]. Mais comme ces faces, différentes en cela de celles des convives, n'étaient empâtées pour moi

d'aucun résidu d'expérience matérielle et de médiocrité mondaine, elles restaient, en leur beau dessin
et leurs changeants reflets, homogènes à ces noms,
qui, à intervalles réguliers, chacun d'une couleur
différente, se détachaient de l'arbre généalogique
de Guermantes, et ne troublaient d'aucune matière
étrangère et opaque les bourgeons translucides,
alternants et multicolores, qui, tels qu'aux antiques
vitraux de Jessé les ancêtres de Jésus, fleurissaient
de l'un et l'autre côté de l'arbre de verre[1].

À plusieurs reprises déjà j'avais voulu me retirer,
et, plus que pour toute autre raison, à cause de l'insignifiance que ma présence imposait à cette réunion,
l'une pourtant de celles que j'avais longtemps imaginées si belles, et qui sans doute l'eût été si elle n'avait
pas eu de témoin gênant. Du moins mon départ allait
permettre aux invités, une fois que le profane ne
serait plus là, de se constituer enfin en comité secret.
Ils allaient pouvoir célébrer les mystères pour la célébration desquels ils s'étaient réunis, car ce n'était
pas évidemment pour parler de Frans Hals ou de
l'avarice et pour en parler de la même façon que font
les gens de la bourgeoisie. On ne disait que des riens,
sans doute parce que j'étais là, et j'avais des remords,
en voyant toutes ces jolies femmes séparées, de les
empêcher, par ma présence, de mener, dans le plus
précieux de ses salons, la vie mystérieuse du faubourg Saint-Germain. Mais ce départ que je voulais
à tout instant effectuer, M. et Mme de Guermantes
poussaient l'esprit de sacrifice jusqu'à le reculer en
me retenant. Chose plus curieuse encore, plusieurs
des dames qui étaient venues, empressées, ravies,
parées, constellées de pierreries, pour n'assister,
par ma faute, qu'à une fête qui ne différait pas plus
essentiellement de celles qui se donnent ailleurs que
dans le faubourg Saint-Germain, qu'on ne se sent à

Balbec dans une ville qui diffère de ce que nos yeux ont coutume de voir – plusieurs de ces dames se retirèrent, non pas déçues, comme elles auraient dû l'être, mais remerciant avec effusion Mme de Guermantes de la délicieuse soirée qu'elles avaient passée, comme si, les autres jours, ceux où je n'étais pas là, il ne se passait pas autre chose.

Était-ce vraiment à cause de dîners tels que celui-ci que toutes ces personnes faisaient toilette et refusaient de laisser pénétrer des bourgeoises dans leurs salons si fermés ? Pour des dîners tels que celui-ci ? pareils si j'avais été absent ? J'en eus un instant le soupçon, mais il était trop absurde. Le simple bon sens me permettait de l'écarter. Et puis, si je l'avais accueilli, que serait-il resté du nom de Guermantes, déjà si dégradé depuis Combray ?

Au reste ces filles-fleurs étaient à un degré étrange, faciles à être contentées par une autre personne, ou désireuses de la contenter, car plus d'une à laquelle je n'avais tenu pendant toute la soirée que deux ou trois propos dont la stupidité m'avait fait rougir, tint, avant de quitter le salon, à venir me dire, en fixant sur moi ses beaux yeux caressants, tout en redressant la guirlande d'orchidées qui contournait sa poitrine, quel plaisir intense elle avait eu à me connaître, et me parler – allusion voilée à une invitation à dîner – de son désir « d'arranger quelque chose », après qu'elle aurait « pris jour » avec Mme de Guermantes. Aucune de ces dames fleurs ne partit avant la princesse de Parme. La présence de celle-ci – on ne doit pas s'en aller avant une Altesse – était une des deux raisons, non devinées par moi, pour lesquelles la duchesse avait mis tant d'insistance à ce que je restasse. Dès que Mme de Parme fut levée, ce fut comme une délivrance. Toutes les dames ayant fait une génuflexion devant

la princesse qui les releva, reçurent d'elle dans un
baiser, et comme une bénédiction qu'elles eussent
demandée à genoux, la permission de demander leur
manteau et leurs gens. De sorte que ce fut, devant la
porte, comme une récitation criée de grands noms
de l'histoire de France. La princesse de Parme avait
défendu à Mme de Guermantes de descendre l'accompagner jusqu'au vestibule de peur qu'elle ne
prît froid, et le duc avait ajouté : « Voyons, Oriane,
puisque Madame le permet, rappelez-vous ce que
vous a dit le docteur. »

« Je crois que la princesse de Parme a été *très
contente* de dîner avec vous. » Je connaissais la formule. Le duc avait traversé tout le salon pour venir la
prononcer devant moi, d'un air obligeant et pénétré,
comme s'il me remettait un diplôme ou m'offrait des
petits fours. Et je sentis au plaisir qu'il paraissait
éprouver à ce moment-là et qui donnait une expression momentanément si douce à son visage, que le
genre de soins que cela représentait pour lui était de
ceux dont il s'acquitterait jusqu'à la fin extrême de sa
vie, comme de ces fonctions honorifiques et aisées
que, même gâteux, on conserve encore.

Au moment où j'allais partir, la dame d'honneur
de la princesse rentra dans le salon, ayant oublié
d'emporter de merveilleux œillets, venus de Guermantes, que la duchesse avait donnés à Mme de
Parme. La dame d'honneur était assez rouge, on
sentait qu'elle avait été bousculée, car la princesse,
si bonne envers tout le monde, ne pouvait retenir son
impatience devant la niaiserie de sa suivante. Aussi
celle-ci courait-elle vite en emportant les œillets,
mais, pour garder son air à l'aise et mutin, elle jeta
en passant devant moi : « La princesse trouve que je
suis en retard, elle voudrait que nous fussions parties
et avoir les œillets tout de même. Dame ! je ne suis

pas un petit oiseau, je ne peux pas être à plusieurs endroits à la fois. »

Hélas ! la raison de ne pas se lever avant une Altesse n'était pas la seule. Je ne pus pas partir immédiatement, car il y en avait une autre : c'était que ce fameux luxe, inconnu aux Courvoisier, dont les Guermantes, opulents ou à demi ruinés, excellaient à faire jouir leurs amis, n'était pas qu'un luxe matériel mais, comme je l'avais expérimenté souvent avec Robert de Saint-Loup, était aussi un luxe de paroles charmantes, d'actions gentilles, toute une élégance verbale, alimentée par une véritable richesse intérieure. Mais comme celle-ci, dans l'oisiveté mondaine, reste sans emploi, elle s'épanchait parfois, cherchait un dérivatif en une sorte d'effusion fugitive, d'autant plus anxieuse, et qui aurait pu, de la part de Mme de Guermantes, faire croire à de l'affection. Elle l'éprouvait d'ailleurs au moment où elle la laissait déborder, car elle trouvait alors, dans la société de l'ami ou de l'amie avec qui elle se trouvait, une sorte d'ivresse, nullement sensuelle, analogue à celle que la musique donne à certaines personnes ; il lui arrivait de détacher une fleur de son corsage, un médaillon, et de les donner à quelqu'un avec qui elle eût souhaité de faire durer la soirée, tout en sentant avec mélancolie qu'un tel prolongement n'aurait pu mener à autre chose qu'à de vaines causeries où rien n'aurait passé du plaisir nerveux, de l'émotion passagère, semblables aux premières chaleurs du printemps par l'impression qu'elles laissent de lassitude et de tristesse. Quant à l'ami, il ne fallait pas qu'il fût trop dupe des promesses, plus grisantes qu'aucune qu'il eût jamais entendue, proférées par ces femmes, qui, parce qu'elles ressentent avec tant de force la douceur d'un moment, font de lui, avec une délicatesse, une noblesse ignorées des créatures

normales, un chef-d'œuvre attendrissant de grâce et
de bonté, et n'ont plus rien à donner d'elles-mêmes
après qu'un autre moment est venu. Leur affection
ne survit pas à l'exaltation qui la dicte ; et la finesse
d'esprit qui les avait amenées alors à deviner toutes
les choses que vous désiriez entendre et à vous les
dire, leur permettra tout aussi bien, quelques jours
plus tard, de saisir vos ridicules et d'en amuser un
autre de leurs visiteurs avec lequel elles seront en
train de goûter un de ces « moments musicaux » qui
sont si brefs[1].

Dans le vestibule où je demandai à un valet de
pied mes snow-boots que j'avais pris par précaution
contre la neige, dont il était tombé quelques flocons
vite changés en boue, ne me rendant pas compte que
c'était peu élégant, j'éprouvai, du sourire dédaigneux
de tous, une honte qui atteignit son plus haut degré
quand je vis que Mme de Parme n'était pas partie et
me voyait chaussant mes caoutchoucs américains. La
princesse revint vers moi. « Oh ! quelle bonne idée,
s'écria-t-elle, comme c'est pratique ! voilà un homme
intelligent. Madame, il faudra que nous achetions
cela », dit-elle à sa dame d'honneur, tandis que l'ironie des valets se changeait en respect et que les invités s'empressaient autour de moi pour s'enquérir où
j'avais pu trouver ces merveilles. « Grâce à cela, vous
n'aurez rien à craindre, même s'il reneige et si vous
allez loin ; il n'y a plus de saison, me dit la princesse.

— Oh ! à ce point de vue, Votre Altesse Royale
peut se rassurer, interrompit la dame d'honneur d'un
air fin, il ne reneigera pas.

— Qu'en savez-vous, Madame ? » demanda aigre-
ment l'excellente princesse de Parme, que seule réussissait à agacer la bêtise de sa dame d'honneur.

« Je peux l'affirmer à Votre Altesse Royale, il ne
peut pas reneiger, c'est matériellement impossible.

— Mais pourquoi ?

— Il ne peut plus neiger, on a fait le nécessaire pour cela : on a jeté du sel[1] ! »

La naïve dame ne s'aperçut pas de la colère de la princesse et de la gaieté des autres personnes, car, au lieu de se taire, elle me dit avec un sourire amène, sans tenir compte de mes dénégations au sujet de l'amiral Jurien de La Gravière : « D'ailleurs qu'importe ? Monsieur doit avoir le pied marin. Bon sang ne peut mentir. »

Et ayant reconduit la princesse de Parme, M. de Guermantes me dit en prenant mon pardessus : « Je vais vous aider à entrer votre pelure. » Il ne souriait même plus en employant cette expression, car celles qui sont le plus vulgaires étaient, par cela même, à cause de l'affectation de simplicité des Guermantes, devenues aristocratiques.

Une exaltation n'aboutissant qu'à la mélancolie, parce qu'elle était artificielle, ce fut aussi, quoique tout autrement que Mme de Guermantes, ce que je ressentis une fois sorti enfin de chez elle, dans la voiture qui allait me conduire à l'hôtel de M. de Charlus. Nous pouvons à notre choix nous livrer à l'une ou l'autre de deux forces, l'une s'élève de nous-même, émane de nos impressions profondes, l'autre nous vient du dehors. La première porte naturellement avec elle une joie, celle que dégage la vie des créateurs. L'autre courant, celui qui essaye d'introduire en nous le mouvement dont sont agitées des personnes extérieures, n'est pas accompagné de plaisir ; mais nous pouvons lui en ajouter un, par choc en retour, en une ivresse si factice qu'elle tourne vite à l'ennui, à la tristesse ; d'où le visage morne de tant de mondains, et chez eux tant d'états nerveux qui peuvent aller jusqu'au suicide. Or, dans la voiture qui me menait chez M. de Charlus, j'étais en proie à cette seconde sorte d'exaltation, bien différente de celle qui nous est donnée par une impression personnelle, comme celle que j'avais eue dans d'autres voitures : une fois à Combray, dans la carriole du Dr Percepied, d'où j'avais vu se peindre sur le couchant les clochers de Martinville ; un jour, à Balbec, dans la calèche de Mme de Villeparisis, en cherchant à démêler la réminiscence que m'offrait une allée d'arbres. Mais dans cette troisième voiture, ce que j'avais devant les yeux de l'esprit, c'étaient ces conversations qui m'avaient paru si ennuyeuses au, dîner de Mme de Guermantes, par exemple les récits du prince Von sur l'empereur d'Allemagne, sur le général Botha et l'armée anglaise Je venais de les glisser dans le stéréoscope intérieur à travers lequel, dès que nous ne sommes plus nous-mêmes, dès que, doués d'une âme mondaine, nous ne voulons plus recevoir notre vie que des autres, nous donnons du relief à ce qu'ils ont dit, à ce qu'ils ont fait. Comme un homme ivre plein de tendres dispositions pour le garçon de café qui l'a servi, je m'émerveillais de mon bonheur, non ressenti par moi, il est vrai, au moment même, d'avoir dîné avec quelqu'un qui connaissait si bien Guillaume II et avait raconté sur lui des anecdotes, ma foi, fort spirituelles. Et en me rappelant, avec l'accent allemand du prince, l'histoire du général Botha, je riais tout haut, comme si ce rire, pareil à certains applaudissements qui augmentent l'admiration intérieure, était nécessaire à ce récit pour en corroborer le comique. Derrière les verres grossissants, même ceux des jugements de Mme de Guermantes qui m'avaient paru bêtes (par exemple sur Frans Hals qu'il aurait fallu voir d'un tramway) prenaient une vie, une profondeur extraordinaires. Et je dois dire que, si cette exaltation tomba vite, elle n'était pas absolument insensée. De même que nous

pouvons un beau jour être heureux de connaître la
personne que nous dédaignions le plus, parce qu'elle
se trouve être liée avec une jeune fille que nous
aimons, à qui elle peut nous présenter, et nous offre
ainsi de l'utilité et de l'agrément, choses dont nous
l'aurions crue à jamais dénuée, il n'y a pas de propos,
pas plus que de relations, dont on puisse être certain
qu'on ne tirera pas un jour quelque chose. Ce que
m'avait dit Mme de Guermantes sur les tableaux qui
seraient intéressants à voir, même d'un tramway,
était faux, mais contenait une part de vérité qui me
fut précieuse dans la suite.

De même les vers de Victor Hugo qu'elle m'avait
cités étaient, il faut l'avouer, d'une époque antérieure
à celle où il est devenu plus qu'un homme nouveau,
où il a fait apparaître dans l'évolution une espèce littéraire encore inconnue, douée d'organes plus complexes. Dans ces premiers poèmes, Victor Hugo pense
encore, au lieu de se contenter, comme la nature,
de donner à penser. Des « pensées », il en exprimait
alors sous la forme la plus directe, presque dans le
sens où le duc prenait le mot, quand, trouvant vieux
jeu et encombrant que les invités de ses grandes
fêtes, à Guermantes, fissent, sur l'album du château,
suivre leur signature d'une réflexion philosophico-
poétique, il avertissait les nouveaux venus d'un ton
suppliant : « Votre nom, mon cher, mais pas de pensée[1] ! » Or, c'étaient ces « pensées » de Victor Hugo
(presque aussi absentes de *La Légende des siècles*
que les « airs », les « mélodies » dans la deuxième
manière wagnérienne) que Mme de Guermantes
aimait dans le premier Hugo. Mais pas absolument
à tort. Elles étaient touchantes et déjà autour d'elles,
sans que la forme eût encore de profondeur où elle
ne devait parvenir que plus tard, le déferlement des
mots nombreux et des rimes richement articulées

les rendait inassimilables à ces vers qu'on peut
découvrir dans un Corneille, par exemple, et où un
romantisme intermittent, contenu, et qui nous émeut
d'autant plus, n'a point pourtant pénétré jusqu'aux
sources physiques de la vie, modifié l'organisme
inconscient et généralisable où s'abrite l'idée. Aussi
avais-je eu tort de me confiner jusqu'ici dans les derniers recueils d'Hugo. Des premiers, certes, c'était
seulement d'une part infime que s'ornait la conversation de Mme de Guermantes. Mais justement, en
citant ainsi un vers isolé on décuple sa puissance
attractive. Ceux qui étaient entrés ou rentrés dans
ma mémoire, au cours de ce dîner, aimantaient à
leur tour, appelaient à eux avec une telle force les
pièces au milieu desquelles ils avaient l'habitude
d'être enclavés, que mes mains électrisées ne purent
pas résister plus de quarante-huit heures à la force
qui les conduisait vers le volume où étaient reliés *Les
Orientales* et *Les Chants du crépuscule*. Je maudis le
valet de pied de Françoise d'avoir fait don à son pays
natal de mon exemplaire des *Feuilles d'automne*, et
je l'envoyai sans perdre un instant en acheter un
autre. Je relus ces volumes d'un bout à l'autre, et ne
retrouvai la paix que quand j'aperçus tout d'un coup,
m'attendant dans la lumière où elle les avait baignés,
les vers que m'avait cités Mme de Guermantes. Pour
toutes ces raisons, les causeries avec la duchesse
ressemblaient à ces connaissances qu'on puise dans
une bibliothèque de château, surannée, incomplète,
incapable de former une intelligence, dépourvue de
presque tout ce que nous aimons, mais nous offrant
parfois quelque renseignement curieux, voire la citation d'une belle page que nous ne connaissions pas,
et dont nous sommes heureux dans la suite de nous
rappeler que nous en devons la connaissance à une
magnifique demeure seigneuriale. Nous sommes

alors, pour avoir trouvé la préface de Balzac à *La Chartreuse* ou des lettres inédites de Joubert, tentés de nous exagérer le prix de la vie que nous y avons menée et dont nous oublions, pour cette aubaine d'un soir, la frivolité stérile[1].

À ce point de vue, si ce monde n'avait pu au premier moment répondre à ce qu'attendait mon imagination, et devait par conséquent me frapper d'abord par ce qu'il avait de commun avec tous les mondes plutôt que par ce qu'il en avait de différent, pourtant il se révéla à moi peu à peu comme bien distinct. Les grands seigneurs sont presque les seules gens de qui on apprenne autant que des paysans ; leur conversation s'orne de tout ce qui concerne la terre, les demeures telles qu'elles étaient habitées autrefois, les anciens usages, tout ce que le monde de l'argent ignore profondément. À supposer que l'aristocrate le plus modéré par ses aspirations ait fini par rattraper l'époque où il vit, sa mère, ses oncles, ses grand-tantes le mettent en rapport, quand il se rappelle son enfance, avec ce que pouvait être une vie presque inconnue aujourd'hui. Dans la chambre mortuaire d'un mort d'aujourd'hui, Mme de Guermantes n'eût pas fait remarquer, mais eût saisi immédiatement tous les manquements faits aux usages. Elle était choquée de voir, à un enterrement, des femmes mêlées aux hommes, alors qu'il y a une cérémonie particulière qui doit être célébrée pour les femmes. Quant au poêle dont Bloch eût cru sans doute que l'usage était réservé aux enterrements, à cause des cordons du poêle dont on parle dans les comptes rendus d'obsèques, M. de Guermantes pouvait se rappeler le temps où, encore enfant, il l'avait vu tenir au mariage de M. de Mailly-Nesle. Tandis que Saint-Loup avait vendu son précieux « Arbre généalogique », d'anciens portraits des Bouillon, des lettres de Louis XIII, pour acheter des Carrière[1] et des meubles modern style, M. et Mme de Guermantes, mus par un sentiment où l'amour ardent de l'art jouait peut-être un moindre rôle et qui les laissait eux-mêmes plus médiocres, avaient gardé leurs merveilleux meubles de Boulle, qui offraient un ensemble autrement séduisant pour un artiste. Un littérateur eût de même été enchanté de leur conversation, qui eût été pour lui – car l'affamé n'a pas besoin d'un autre affamé – un dictionnaire vivant de toutes ces expressions qui chaque jour s'oublient davantage : des cravates à la Saint-Joseph[2], des enfants voués au bleu[3], etc., et qu'on ne trouve plus que chez ceux qui se font les aimables et bénévoles conservateurs du passé. Le plaisir que ressent parmi eux, beaucoup plus que parmi d'autres écrivains, un écrivain, ce plaisir n'est pas sans danger, car il risque de croire que les choses du passé ont un charme par elles-mêmes, de les transporter telles quelles dans son œuvre, mort-née dans ce cas, dégageant un ennui dont il se console en se disant : « C'est joli parce que c'est vrai, cela se dit ainsi. » Ces conversations aristocratiques avaient du reste, chez Mme de Guermantes, le charme de se tenir dans un excellent français. À cause de cela elles rendaient légitime, de la part de la duchesse, son hilarité devant les mots « vatique[4] », « cosmique », « pythique », « suréminent », qu'employait Saint-Loup, – de même que devant ses meubles de chez Bing[5].

Malgré tout, bien différentes en cela de ce que j'avais pu ressentir devant des aubépines ou en goûtant à une madeleine, les histoires que j'avais entendues chez la duchesse m'étaient étrangères. Entrées un instant en moi, qui n'en étais que physiquement possédé, on aurait dit que (de nature sociale et non individuelle) elles étaient impatientes d'en sortir. Je m'agitais dans la voiture, comme une pythonisse. J'attendais un nouveau dîner où je pusse devenir moi-même une sorte de prince X, de Mme de Guermantes, et les raconter. En attendant, elles faisaient trépider mes lèvres qui les balbutiaient et j'essayais en vain de ramener à moi mon esprit vertigineusement emporté par une force centrifuge. Aussi est-ce avec une fiévreuse impatience de ne pas porter plus longtemps leur poids tout seul dans une voiture où d'ailleurs je trompais le manque de conversation en parlant tout haut, que je sonnai à la porte de M. de Charlus, et ce fut en longs monologues avec moi-même où je me répétais tout ce que j'allais lui narrer et ne pensais plus guère à ce qu'il pouvait avoir à me dire, que je passai tout le temps que je restai dans un salon où un valet de pied me fit entrer, et que j'étais d'ailleurs trop agité pour regarder. J'avais un tel besoin que M. de Charlus écoutât les récits que je brûlais de lui faire, que je fus cruellement déçu en pensant que le maître de la maison dormait peut-être et qu'il me faudrait rentrer cuver chez moi mon ivresse de paroles. Je venais en effet de m'apercevoir qu'il y avait vingt-cinq minutes que j'étais, qu'on m'avait peut-être oublié, dans ce salon, dont, malgré cette longue attente, j'aurais tout au plus pu dire qu'il était immense, verdâtre, avec quelques portraits. Le besoin de parler n'empêche pas seulement d'écouter, mais de voir, et dans ce cas l'absence de toute description du milieu extérieur est déjà une description d'un état interne. J'allais sortir du salon pour tâcher d'appeler quelqu'un et, si je ne trouvais personne, de retrouver mon chemin jusqu'aux antichambres et me faire ouvrir, quand, au moment même où je venais de me lever et de faire quelques pas sur le parquet mosaïqué, un valet de chambre entra, l'air préoccupé : « M. le baron a eu des rendez-vous jusqu'à maintenant, me dit-il. Il y a encore plusieurs personnes qui l'attendent. Je vais faire tout mon possible pour qu'il reçoive monsieur, j'ai déjà fait téléphoner deux fois au secrétaire.

— Non, ne vous dérangez pas, j'avais rendez-vous avec M. le baron, mais il est déjà bien tard, et, du moment qu'il est occupé ce soir, je reviendrai un autre jour.

— Oh ! non, que monsieur ne s'en aille pas, s'écria le valet de chambre. M. le baron pourrait être mécontent. Je vais de nouveau essayer. »

Je me rappelai ce que j'avais entendu raconter des domestiques de M. de Charlus et de leur dévouement à leur maître. On ne pouvait pas tout à fait dire de lui comme du prince de Conti qu'il cherchait à plaire aussi bien au valet qu'au ministre[1], mais il avait si bien su faire des moindres choses qu'il demandait une espèce de faveur, que, le soir, quand, ses valets assemblés autour de lui à distance respectueuse, après les avoir parcourus du regard, il disait : « Coignet, le bougeoir ! » ou : « Ducret, la chemise ! », c'est en ronchonnant d'envie que les autres se retiraient, envieux de celui qui venait d'être distingué par le maître. Deux, même, lesquels s'exécraient, essayaient chacun de ravir la faveur à l'autre, en allant, sous le plus absurde prétexte, faire une commission au baron, s'il était monté plus tôt, dans l'espoir d'être investis pour ce soir-là de la charge du bougeoir ou de la chemise. S'il adressait directement la parole à l'un d'eux pour quelque chose qui ne fût pas du service, bien plus, si, l'hiver, au jardin, sachant un de ses cochers enrhumé, il lui disait au bout de dix minutes : « Couvrez-vous », les autres ne reparlaient pas de quinze jours au malade, par jalousie, à cause de la grâce qui lui avait été faite.

J'attendis encore dix minutes et, après m'avoir

demandé de ne pas rester trop longtemps, parce
que M. le baron fatigué avait dû faire éconduire plusieurs personnes des plus importantes, qui avaient
pris rendez-vous depuis de longs jours, on m'introduisit auprès de lui. Cette mise en scène autour de
M. de Charlus me paraissait empreinte de beaucoup
moins de grandeur que la simplicité de son frère
Guermantes, mais déjà la porte s'était ouverte, je
venais d'apercevoir le baron, en robe de chambre
chinoise, le cou nu, étendu sur un canapé. Je fus
frappé au même instant par la vue d'un chapeau
haut de forme « huit reflets » sur une chaise avec
une pelisse, comme si le baron venait de rentrer.
Le valet de chambre se retira. Je croyais que M. de
Charlus allait venir à moi. Sans faire un seul mouvement, il fixa sur moi des yeux implacables. Je m'approchai de lui, lui dis bonjour, il ne me tendit pas
la main, ne me répondit pas, ne me demanda pas
de prendre une chaise. Au bout d'un instant je lui
demandai, comme on ferait à un médecin mal élevé,
s'il était nécessaire que je restasse debout. Je le fis
sans méchante intention, mais l'air de colère froide
qu'avait M. de Charlus sembla s'aggraver encore.
J'ignorais du reste que chez lui à la campagne, au
château de Charlus, il avait l'habitude après dîner,
tant il aimait à jouer au roi, de s'étaler dans un fauteuil au fumoir, en laissant ses invités debout autour
de lui. Il demandait à l'un du feu, offrait à l'autre
un cigare, puis au bout de quelques instants disait :
« Mais, Argencourt, asseyez-vous donc, prenez une
chaise, mon cher, etc. », ayant tenu à prolonger leur
station debout, seulement pour leur montrer que
c'était de lui que leur venait la permission de s'asseoir. « Mettez-vous dans le siège Louis XIV », me
répondit-il d'un air impérieux et plutôt pour me forcer à m'éloigner de lui que pour m'inviter à m'asseoir.

Je pris un fauteuil qui n'était pas loin. « Ah ! voilà
ce que vous appelez un siège Louis XIV ! je vois que
vous êtes un jeune homme instruit », s'écria-t-il avec
dérision. J'étais tellement stupéfait que je ne bougeai
pas, ni pour m'en aller comme je l'aurais dû, ni pour
changer de siège comme il le voulait. « Monsieur »,
me dit-il, en pesant tous les termes, dont il faisait
précéder les plus impertinents d'une double paire de
consonnes, « l'entretien que j'ai condescendu à vous
accorder, à la prière d'une personne qui désire que
je ne la nomme pas, marquera pour nos relations
le point final. Je ne vous cacherai pas que j'avais
espéré mieux ; je forcerais peut-être un peu le sens
des mots, ce qu'on ne doit pas faire, même avec qui
ignore leur valeur, et par simple respect pour soi-
même, en vous disant que j'avais eu pour vous de
la sympathie. Je crois pourtant que "bienveillance",
dans son sens le plus efficacement protecteur, n'ex-
céderait ni ce que je ressentais, ni ce que je me pro-
posais de manifester. Je vous avais, dès mon retour
à Paris, fait savoir à Balbec même que vous pouviez
compter sur moi. » Moi qui me rappelais sur quelle
incartade M. de Charlus s'était séparé de moi à Balbec, j'esquissai un geste de dénégation. « Comment ?
s'écria-t-il avec colère (et en effet son visage convulsé
et blanc différait autant de son visage ordinaire que
la mer quand, un matin de tempête, on aperçoit, au
lieu de la souriante surface habituelle, mille serpents
d'écume et de bave), vous prétendez que vous n'avez
pas reçu mon message – presque une déclaration –
d'avoir à vous souvenir de moi ? Qu'y avait-il comme
décoration autour du livre que je vous fis parvenir ?

— De très jolis entrelacs historiés, lui dis-je.

— Ah ! répondit-il d'un air méprisant, les jeunes
Français connaissent peu les chefs-d'œuvre de notre
pays. Que dirait-on d'un jeune Berlinois qui ne

connaîtrait pas *La Walkyrie* ? Il faut d'ailleurs que vous ayez des yeux pour ne pas voir, puisque ce chef-d'œuvre-là, vous m'avez dit que vous aviez passé deux heures devant. Je vois que vous ne vous y connaissez pas mieux en fleurs qu'en styles ; ne protestez pas pour les styles, cria-t-il d'un ton de rage suraigu, vous ne savez même pas sur quoi vous vous asseyez, vous offrez à votre derrière une chauffeuse Directoire pour une bergère Louis XIV. Un de ces jours vous prendrez les genoux de Mme de Villeparisis pour le lavabo, et on ne sait pas ce que vous y ferez. Pareillement, vous n'avez même pas reconnu dans la reliure du livre de Bergotte le linteau de *myosotis* de l'église de Balbec. Y avait-il une manière plus limpide de vous dire : "Ne m'oubliez pas" ? »

Je regardais M. de Charlus. Certes sa tête magnifique, et qui répugnait, l'emportait pourtant sur celle de tous les siens ; on eût dit Apollon vieilli ; mais un jus olivâtre, hépatique, semblait prêt à sortir de sa bouche mauvaise. Pour l'intelligence, on ne pouvait nier que la sienne, par un vaste écart de compas, avait vue sur beaucoup de choses qui resteraient toujours inconnues au duc de Guermantes. Mais de quelques belles paroles qu'il colorât toutes ses haines, on sentait que, même s'il y avait sous son discours tantôt de l'orgueil offensé, tantôt un amour déçu, ou une rancune, du sadisme, une taquinerie, une idée fixe, cet homme était capable d'assassiner et de prouver à force de logique et de beau langage qu'il avait eu raison de le faire et n'en était pas moins supérieur de cent coudées à son frère, sa belle-sœur, etc., etc.

« Comme dans *Les Lances* de Vélasquez[1], continuat-il, le vainqueur s'avance vers celui qui est le plus humble, et comme le doit tout être noble, puisque j'étais tout et que vous n'étiez rien, c'est moi qui ai fait les premiers pas vers vous. Vous avez sottement

répondu à ce que ce n'est pas à moi à appeler de
la grandeur. Mais je ne me suis pas laissé découra-
ger. Notre religion prêche la patience. Celle que j'ai
eue envers vous me sera comptée, je l'espère, et de
n'avoir fait que sourire de ce qui pourrait être taxé
d'impertinence, s'il était à votre portée d'en avoir
envers qui vous dépasse de tant de coudées, mais
enfin, monsieur, de tout cela il n'est plus question.
Je vous ai soumis à l'épreuve que le seul homme
éminent de notre monde appelle avec esprit l'épreuve
de la trop grande amabilité et qu'il déclare à bon
droit la plus terrible de toutes, la seule qui puisse
séparer le bon grain de l'ivraie[1]. Je vous reprocherais
à peine de l'avoir subie sans succès, car ceux qui
en triomphent sont bien rares. Mais du moins, et
c'est la conclusion que je prétends tirer des dernières
paroles que nous échangerons sur terre, j'entends
être à l'abri de vos intentions calomniatrices. »

Je n'avais pas songé jusqu'ici que la colère de M. de
Charlus pût être causée par un propos désobligeant
qu'on lui eût répété ; j'interrogeai ma mémoire ; je
n'avais parlé de lui à personne. Quelque méchant
l'avait fabriqué de toutes pièces. Je protestai à M. de
Charlus que je n'avais absolument rien dit de lui.
« Je ne pense pas que j'aie pu vous fâcher en disant
à Mme de Guermantes que j'étais lié avec vous. » Il
sourit avec dédain, fit monter sa voix jusqu'aux plus
extrêmes registres, et là, attaquant avec douceur la
note la plus aiguë et la plus insolente :

« Oh ! Monsieur », dit-il en revenant avec une
extrême lenteur à une intonation naturelle, et
comme s'enchantant, au passage, des bizarreries de
cette gamme descendante, « je pense que vous vous
faites tort à vous-même en vous accusant d'avoir
dit que nous étions "liés". Je n'attends pas une très
grande exactitude verbale de quelqu'un qui prendrait

facilement un meuble de Chippendale pour une chaire rococo, mais enfin je ne pense pas », ajouta-t-il avec des caresses vocales de plus en plus narquoises et qui faisaient flotter sur ses lèvres jusqu'à un charmant sourire, « je ne pense pas que vous ayez dit, ni cru, que nous étions *liés* ! Quant à vous être vanté de m'avoir été *présenté*, d'avoir *causé avec moi*, de me *connaître* un peu, d'avoir obtenu, presque sans sollicitation, de pouvoir être un jour mon *protégé*, je trouve au contraire fort naturel et intelligent que vous l'ayez fait. L'extrême différence d'âge qu'il y a entre nous me permet de reconnaître sans ridicule que cette *présentation*, ces *causeries*, cette vague amorce de *relations* étaient pour vous, ce n'est pas à moi de dire un honneur, mais enfin à tout le moins un avantage dont je trouve que votre sottise fut non point de l'avoir divulgué, mais de n'avoir pas su le conserver. J'ajouterai même », dit-il, en passant brusquement et pour un instant de la colère hautaine à une douceur tellement empreinte de tristesse que je croyais qu'il allait se mettre à pleurer, « que, quand vous avez laissé sans réponse la proposition que je vous ai faite à Paris, cela m'a paru tellement inouï de votre part à vous, qui m'aviez semblé bien élevé et d'une bonne famille *bourgeoise* (sur cet adjectif seul sa voix eut un petit sifflement d'impertinence), que j'eus la naïveté de croire à toutes les blagues qui n'arrivent jamais, aux lettres perdues, aux erreurs d'adresses. Je reconnais que c'était de ma part une grande naïveté, mais saint Bonaventure préférait croire qu'un bœuf pût voler plutôt que son frère mentir[1]. Enfin tout cela est terminé, la chose ne vous a pas plu, il n'en est plus question. Il me semble seulement que vous auriez pu (et il y avait vraiment des pleurs dans sa voix), ne fût-ce que par considération pour mon âge, m'écrire. J'avais conçu pour vous des

choses infiniment séduisantes que je m'étais bien
gardé de vous dire. Vous avez préféré refuser sans
savoir, c'est votre affaire. Mais, comme je vous le dis,
on peut toujours *écrire*. Moi à votre place, et même
dans la mienne, je l'aurais fait. J'aime mieux à cause
de cela la mienne que la vôtre, je dis à cause de cela,
parce que je crois que toutes les places sont égales, et
j'ai plus de sympathie pour un intelligent ouvrier que
pour bien des ducs. Mais je peux dire que je préfère
ma place, parce que ce que vous avez fait, dans ma
vie tout entière qui commence à être assez longue,
je sais que je ne l'ai jamais fait. (Sa tête était tournée dans l'ombre, je ne pouvais pas voir si ses yeux
laissaient tomber des larmes comme sa voix donnait
à le croire.) Je vous disais que j'ai fait cent pas au-
devant de vous, cela a eu pour effet de vous en faire
faire deux cents en arrière. Maintenant c'est à moi de
m'éloigner et nous ne nous connaîtrons plus. Je ne
retiendrai pas votre nom, mais votre cas, afin que, les
jours où je serais tenté de croire que les hommes ont
du cœur, de la politesse, ou seulement l'intelligence
de ne pas laisser échapper une chance sans seconde,
je me rappelle que c'est les situer trop haut. Non, que
vous ayez dit que vous me connaissiez quand c'était
vrai – car maintenant cela va cesser de l'être – je ne
puis trouver cela que naturel et je le tiens pour un
hommage, c'est-à-dire pour agréable. Malheureusement, ailleurs et en d'autres circonstances, vous avez
tenu des propos fort différents.

— Monsieur, je vous jure que je n'ai rien dit qui
pût vous offenser.

— Et qui vous dit que j'en suis offensé ? » s'écria-
t-il avec fureur en se redressant violemment sur la
chaise longue où il était resté jusque-là immobile,
cependant que, tandis que se crispaient les blêmes
serpents écumeux de sa face, sa voix devenait tour

à tour aiguë et grave comme une tempête assourdis-
sante et déchaînée. (La force avec laquelle il parlait
d'habitude, et qui faisait se retourner les inconnus
dehors, était centuplée, comme l'est un *forte*, si, au
lieu d'être joué au piano, il l'est à l'orchestre, et de
plus se change en un *fortissimo*. M. de Charlus hur-
lait.) « Pensez-vous qu'il soit à votre portée de m'offenser ? Vous ne savez donc pas à qui vous parlez ?
Croyez-vous que la salive envenimée de cinq cents
petits bonshommes de vos amis, juchés les uns sur
les autres, arriverait à baver seulement jusqu'à mes
augustes orteils ? »

Depuis un moment, au désir de persuader M. de
Charlus que je n'avais jamais dit ni entendu dire de
mal de lui, avait succédé une rage folle, causée par
les paroles que lui dictait uniquement, selon moi,
son immense orgueil. Peut-être étaient-elles du reste
l'effet, pour une partie du moins, de cet orgueil.
Presque tout le reste venait d'un sentiment que
j'ignorais encore et auquel je ne fus donc pas coupable de ne pas faire sa part. J'aurais pu au moins, à
défaut du sentiment inconnu, mêler à l'orgueil, si je
m'étais souvenu des paroles de Mme de Guermantes,
un peu de folie. Mais à ce moment-là l'idée de folie
ne me vint même pas à l'esprit. Il n'y avait en lui,
selon moi, que de l'orgueil, en moi il n'y avait que
de la fureur. Celle-ci (au moment où M. de Charlus
cessait de hurler pour parler de ses augustes orteils,
avec une majesté qu'accompagnaient une moue,
un vomissement de dégoût à l'égard de ses obscurs
blasphémateurs), cette fureur ne se contint plus.
D'un mouvement impulsif je voulus frapper quelque
chose, et un reste de discernement me faisant respecter un homme tellement plus âgé que moi, et même,
à cause de leur dignité artistique, les porcelaines allemandes placées autour de lui, je me précipitai sur

le chapeau haut de forme neuf du baron, je le jetai par terre, je le piétinai, je m'acharnai à le disloquer entièrement, j'arrachai la coiffe, déchirai en deux la couronne[1], sans écouter les vociférations de M. de Charlus qui continuaient et, traversant la pièce pour m'en aller, j'ouvris la porte. Des deux côtés d'elle, à ma grande stupéfaction, se tenaient deux valets de pied qui s'éloignèrent lentement pour avoir l'air de s'être trouvés là seulement en passant pour leur service. (J'ai su depuis leurs noms, l'un s'appelait Burnier et l'autre Charmel.) Je ne fus pas dupe un instant de cette explication que leur démarche non-chalante semblait me proposer. Elle était invrai-semblable ; trois autres me le semblèrent moins : l'une que le baron recevait quelquefois des hôtes contre lesquels pouvant avoir besoin d'aide (mais pourquoi ?) il jugeait nécessaire d'avoir un poste de secours voisin ; l'autre, qu'attirés par la curiosité, ils s'étaient mis aux écoutes, ne pensant pas que je sortirais si vite ; la troisième, que toute la scène que m'avait faite M. de Charlus étant préparée et jouée, il leur avait lui-même demandé d'écouter, par amour du spectacle joint peut-être à un *nunc erudimini*[2] dont chacun ferait son profit.

Ma colère n'avait pas calmé celle du baron, ma sor-tie de la chambre parut lui causer une vive douleur, il me rappela, me fit rappeler, et enfin, oubliant qu'un instant auparavant, en parlant de « ses augustes orteils », il avait cru me faire le témoin de sa propre déification, il courut à toutes jambes, me rattrapa dans le vestibule et me barra la porte. « Allons, me dit-il, ne faites pas l'enfant, rentrez une minute ; qui aime bien châtie bien, et si je vous ai bien châtié, c'est que je vous aime bien. » Ma colère était pas-sée, je laissai passer le mot « châtier » et suivis le baron qui, appelant un valet de pied, fit sans aucun amour-propre emporter les miettes du chapeau détruit qu'on remplaça par un autre.

« Si vous voulez me dire, monsieur, qui m'a perfidement calomnié, dis-je à M. de Charlus, je reste pour l'apprendre et confondre l'imposteur.

— Qui ? ne le savez-vous pas ? Ne gardez-vous pas le souvenir de ce que vous dites ? Pensez-vous que les personnes qui me rendent le service de m'avertir de ces choses ne commencent pas par me demander le secret ? Et croyez-vous que je vais manquer à celui que j'ai promis ?

— Monsieur, c'est impossible que vous me le disiez ? » demandai-je en cherchant une dernière fois dans ma tête (où je ne trouvais personne) à qui j'avais pu parler de M. de Charlus.

« Vous n'avez pas entendu que j'ai promis le secret à mon indicateur, me dit-il d'une voix claquante. Je vois qu'au goût des propos abjects vous joignez celui des insistances vaines. Vous devriez avoir au moins l'intelligence de profiter d'un dernier entretien et de parler pour dire quelque chose qui ne soit pas exactement rien.

— Monsieur, répondis-je en m'éloignant, vous m'insultez, je suis désarmé puisque vous avez plusieurs fois mon âge, la partie n'est pas égale ; d'autre part je ne peux pas vous convaincre, je vous ai juré que je n'avais rien dit.

— Alors je mens ! » s'écria-t-il d'un ton terrible, et en faisant un tel bond qu'il se trouva debout à deux pas de moi.

« On vous a trompé. »

Alors d'une voix douce, affectueuse, mélancolique, comme dans ces symphonies qu'on joue sans interruption entre les divers morceaux, et où un gracieux *scherzo* aimable, idyllique, succède aux coups de foudre du premier morceau : « C'est très possible,

me dit-il. En principe, un propos répété est rarement vrai[1]. C'est votre faute si, n'ayant pas profité
des occasions de me voir que je vous avais offertes,
vous ne m'avez pas fourni, par ces paroles ouvertes
et quotidiennes qui créent la confiance, le préserva-
tif unique et souverain contre une parole qui vous
représentait comme un traître. En tout cas, vrai ou
faux, le propos a fait son œuvre. Je ne peux plus me
dégager de l'impression qu'il m'a produite. Je ne peux
même pas dire que qui aime bien châtie bien, car
je vous ai bien châtié, mais je ne vous aime plus. »
Tout en disant ces mots, il m'avait forcé à me rasseoir et avait sonné. Un nouveau valet de pied entra.
« Apportez à boire, et dites d'atteler le coupé. » Je
dis que je n'avais pas soif, qu'il était bien tard et que
d'ailleurs j'avais une voiture. « On l'a probablement
payée et renvoyée, me dit-il, ne vous en occupez pas.
Je fais atteler pour qu'on vous ramène… Si vous crai-
gnez qu'il ne soit trop tard… j'aurais pu vous donner une chambre ici… » Je dis que ma mère serait
inquiète. « Ah ! oui, vrai ou faux, le propos a fait
son œuvre. Ma sympathie un peu prématurée avait
fleuri trop tôt ; et comme ces pommiers dont vous
parliez poétiquement à Balbec, elle n'a pu résister à
une première gelée. » Si la sympathie de M. de Charlus n'avait pas été détruite, il n'aurait pourtant pas
pu agir autrement, puisque, tout en me disant que
nous étions brouillés, il me faisait rester, boire, me
demandait de coucher et allait me faire reconduire.
Il avait même l'air de redouter l'instant de me quitter
et de se retrouver seul, cette espèce de crainte un peu
anxieuse que sa belle-sœur et cousine Guermantes
m'avait paru éprouver, il y avait une heure, quand
elle avait voulu me forcer à rester encore un peu,
avec une espèce de même goût passager pour moi,
de même effort pour faire prolonger une minute.

« Malheureusement, reprit-il, je n'ai pas le don de faire refleurir ce qui a été une fois détruit. Ma sympathie pour vous est bien morte. Rien ne peut la ressusciter. Je crois qu'il n'est pas indigne de moi de confesser que je le regrette. Je me sens toujours un peu comme le Booz de Victor Hugo : *Je suis veuf, je suis seul, et sur moi le soir tombe*[1]. »

Je retraversai avec lui le grand salon verdâtre. Je lui dis, tout à fait au hasard, combien je le trouvais beau. « N'est-ce pas ? me répondit-il. Il faut bien aimer quelque chose. Les boiseries sont de Bagard[2]. Ce qui est assez gentil, voyez-vous, c'est qu'elles ont été faites pour les sièges de Beauvais et pour les consoles. Vous remarquez, elles répètent le même motif décoratif qu'eux. Il n'existait plus que deux demeures où cela soit ainsi, le Louvre et la maison de M. d'Hinnisdal[3]. Mais naturellement, dès que j'ai voulu venir habiter dans cette rue, il s'est trouvé un vieil hôtel Chimay[4] que personne n'avait jamais vu puisqu'il n'est venu ici que pour *moi*. En somme, c'est bien. Ça pourrait peut-être être mieux, mais enfin ce n'est pas mal. N'est-ce pas, il y a de jolies choses, le portrait de mes oncles, le roi de Pologne et le roi d'Angleterre, par Mignard. Mais qu'est-ce que je vous dis, vous le savez aussi bien que moi, puisque vous avez attendu dans ce salon. Non ? Ah ! C'est qu'on vous aura mis dans le salon bleu », dit-il d'un air soit d'impertinence à l'endroit de mon incuriosité, soit de supériorité personnelle et de n'avoir pas demandé où on m'avait fait attendre. « Tenez, dans ce cabinet, il y a tous les chapeaux portés par Madame Élisabeth, la princesse de Lamballe, et par la Reine. Cela ne vous intéresse pas, on dirait que vous ne voyez pas. Peut-être êtes-vous atteint d'une affection du nerf optique. Si vous aimez davantage ce genre de beauté, voici un arc-en-ciel de Turner

qui commence à briller entre ces deux Rembrandt,
en signe de notre réconciliation. Vous entendez :
Beethoven se joint à lui. » Et en effet on distinguait les premiers accords de la troisième partie de
La Symphonie pastorale, « La Joie après l'orage[1] »,
exécutés non loin de nous, au premier étage sans
doute, par des musiciens. Je demandai naïvement
par quel hasard on jouait cela et qui étaient les musiciens. « Hé bien ! on ne sait pas. On ne sait jamais.
Ce sont des musiques invisibles. C'est joli, n'est-ce
pas », me dit-il d'un ton légèrement impertinent et
qui pourtant rappelait un peu l'influence et l'accent
de Swann. « Mais vous vous en fichez comme un
poisson d'une pomme. Vous voulez rentrer, quitte
à manquer de respect à Beethoven et à moi. Vous
portez contre vous-même jugement et condamnation », ajouta-t-il d'un air affectueux et triste, quand
le moment fut venu que je m'en allasse. « Vous m'ex-
cuserez de ne pas vous reconduire comme les bonnes
façons m'obligeraient à le faire, me dit-il. Désireux
de ne plus vous revoir, il m'importe peu de passer
cinq minutes de plus avec vous. Mais je suis fatigué
et j'ai fort à faire. » Cependant, remarquant que le
temps était beau : « Hé bien ! si, je vais monter en
voiture. Il fait un clair de lune superbe, que j'irai
regarder au Bois après vous avoir reconduit. Comment ! vous ne savez pas vous raser, même un soir
où vous dînez en ville vous gardez quelques poils »,
me dit-il en me prenant le menton entre deux doigts
pour ainsi dire magnétisés, qui, après avoir résisté
un instant, remontèrent jusqu'à mes oreilles comme
les doigts d'un coiffeur. « Ah ! ce serait agréable
de regarder ce "clair de lune bleu[2]" au Bois avec
quelqu'un comme vous », me dit-il avec une douceur
subite et comme involontaire, puis, l'air triste : « Car
vous êtes gentil tout de même, vous pourriez l'être

plus que personne, ajouta-t-il me touchant paternellement l'épaule. Autrefois, je dois dire que je vous
trouvais bien insignifiant. » J'aurais dû penser qu'il
me trouvait tel encore. Je n'avais qu'à me rappeler
la rage avec laquelle il m'avait parlé, il y avait à
peine une demi-heure. Malgré cela j'avais l'impression qu'il était, en ce moment, sincère, que son bon
cœur l'emportait sur ce que je considérais comme un
état presque délirant de susceptibilité et d'orgueil. La
voiture était devant nous et il prolongeait encore la
conversation. « Allons, dit-il brusquement, montez ;
dans cinq minutes nous allons être chez vous. Et
je vous dirai un bonsoir qui coupera court et pour
jamais à nos relations. C'est mieux, puisque nous
devons nous quitter pour toujours, que nous le fas-
sions comme en musique, sur un accord parfait. »
Malgré ces affirmations solennelles que nous ne nous
reverrions jamais, j'aurais juré que M. de Charlus,
ennuyé de s'être oublié tout à l'heure et craignant
de m'avoir fait de la peine, n'eût pas été fâché de me
revoir encore une fois. Je ne me trompais pas, car
au bout d'un moment : « Allons bon ! dit-il, voilà que
j'ai oublié le principal. En souvenir de madame votre
grand-mère, j'avais fait relier pour vous une édition
curieuse de Mme de Sévigné. Voilà qui va empêcher
cette entrevue d'être la dernière. Il faut s'en consoler
en se disant qu'on liquide rarement en un jour des
affaires compliquées. Regardez combien de temps a
duré le Congrès de Vienne.

— Mais je pourrais la faire chercher sans vous
déranger, dis-je obligeamment.

— Voulez-vous vous taire, petit sot, répondit-il
avec colère, et ne pas avoir l'air grotesque de considérer comme peu de chose l'honneur d'être probablement (je ne dis pas certainement, car c'est peut-être
un valet de chambre qui vous remettra les volumes)

reçu par moi. » Il se ressaisit : « Je ne veux pas vous quitter sur ces mots. Pas de dissonance ; avant le silence éternel, accord de dominante ! » C'est pour ses propres nerfs qu'il semblait redouter son retour immédiatement après d'âcres paroles de brouille. « Vous ne voulez pas venir jusqu'au Bois », me dit-il d'un ton non pas interrogatif mais affirmatif, et, à ce qu'il me sembla, non pas parce qu'il ne voulait pas me l'offrir, mais parce qu'il craignait que son amour-propre n'essuyât un refus. « Hé bien voilà, me dit-il en traînant encore, c'est le moment où, comme dit Whistler, les bourgeois rentrent (peut-être voulait-il me prendre par l'amour-propre) et où il convient de commencer à regarder[1]. Mais vous ne savez même pas qui est Whistler. » Je changeai de conversation et lui demandai si la princesse d'Iéna était une personne intelligente. M. de Charlus m'arrêta, et prenant le ton le plus méprisant que je lui connusse :

« Ah ! Monsieur, vous faites allusion ici à un ordre de nomenclature où je n'ai rien à voir. Il y a peut-être une aristocratie chez les Tahitiens, mais j'avoue que je ne la connais pas. Le nom que vous venez de prononcer, c'est étrange, a cependant résonné, il y a quelques jours, à mes oreilles. On me demandait si je condescendrais à ce que me fût présenté le jeune duc de Guastalla. La demande m'étonna, car le duc de Guastalla n'a nul besoin de se faire présenter à moi, pour la raison qu'il est mon cousin et me connaît de tout temps ; c'est le fils de la princesse de Parme, et en jeune parent bien élevé, il ne manque jamais de venir me rendre ses devoirs le jour de l'An. Mais, informations prises, il ne s'agissait pas de mon parent, mais d'un fils de la personne qui vous intéresse. Comme il n'existe pas de princesse de ce nom, j'ai supposé qu'il s'agissait d'une pauvresse couchant sous le pont d'Iéna et qui avait pris pittoresquement le titre de princesse d'Iéna, comme on dit la Panthère des Batignolles[1] ou le Roi de l'Acier. Mais non, il s'agissait d'une personne riche dont j'avais admiré à une exposition des meubles fort beaux et qui ont sur le nom du propriétaire la supériorité de ne pas être faux. Quant au prétendu duc de Guastalla, ce devait être l'agent de change de mon secrétaire, l'argent procure tant de choses[2]. Mais non ; c'est l'Empereur, paraît-il, qui s'est amusé à donner à ces gens un titre précisément indisponible. C'est peut-être une preuve de puissance, ou d'ignorance, ou de malice, je trouve surtout que c'est un fort mauvais tour qu'il a joué ainsi à ces usurpateurs malgré eux. Mais enfin je ne puis vous donner d'éclaircissements sur tout cela, ma compétence s'arrête au faubourg Saint-Germain où, entre tous les Courvoisier et Gallardon, vous trouverez, si vous parvenez à découvrir un introducteur, de vieilles gales tirées tout exprès de Balzac et qui vous amuseront. Naturellement tout cela n'a rien à voir avec le prestige de la princesse de Guermantes, mais, sans moi et mon Sésame, la demeure de celle-ci est inaccessible.

— C'est vraiment très beau, monsieur, l'hôtel de la princesse de Guermantes.

— Oh ! ce n'est pas très beau. C'est ce qu'il y a de plus beau ; après la princesse toutefois.

— La princesse de Guermantes est supérieure à la duchesse de Guermantes ?

— Oh ! cela n'a pas de rapport. (Il est à remarquer que, dès que les gens du monde ont un peu d'imagination, ils couronnent ou détrônent au gré de leurs sympathies ou de leurs brouilles ceux dont la situation paraissait la plus solide et la mieux fixée.) La duchesse de Guermantes (peut-être en ne l'appelant pas Oriane voulait-il mettre plus de distance entre elle et moi) est délicieuse, très supérieure à ce que vous avez pu deviner. Mais enfin, elle est incommensurable avec sa cousine. Celle-ci est exactement ce que les personnes des Halles peuvent s'imaginer qu'était la princesse de Metternich. Mais la Metternich croyait avoir lancé Wagner parce qu'elle connaissait Victor Maurel[1]. La princesse de Guermantes, ou plutôt sa mère, a connu le vrai. Ce qui est un prestige, sans parler de l'incroyable beauté de cette femme. Et rien que les jardins d'Esther[2] !

— On ne peut pas les visiter ?

— Mais non, il faudrait être invité, mais on n'invite jamais *personne* à moins que j'intervienne. » Mais aussitôt, retirant, après l'avoir jeté, l'appât de cette offre, il me tendit la main, car nous étions arrivés chez moi. « Mon rôle est terminé, monsieur ; j'y ajoute simplement ces quelques paroles. Un autre vous offrira peut-être un jour sa sympathie comme j'ai fait. Que l'exemple actuel vous serve d'enseignement. Ne le négligez pas. Une sympathie est toujours précieuse. Ce qu'on ne peut pas faire seul dans la vie, parce qu'il y a des choses qu'on ne peut demander, ni faire, ni vouloir, ni apprendre par soi-même, on le peut à plusieurs, et sans avoir besoin d'être treize comme dans le roman de Balzac[3], ni quatre comme dans *Les Trois Mousquetaires*. Adieu. »

Il devait être fatigué et avoir renoncé à l'idée d'aller voir le clair de lune car il me demanda de dire au cocher de rentrer. Aussitôt il fit un brusque mouvement comme s'il voulait se reprendre. Mais j'avais déjà transmis l'ordre et, pour ne pas me retarder davantage, j'allai sonner à ma porte, sans avoir plus pensé que j'avais à faire à M. de Charlus, relativement à l'empereur d'Allemagne, au général Botha, des récits tout à l'heure si obsédants, mais que son accueil inattendu et foudroyant avait fait s'envoler bien loin de moi.

En rentrant, je vis sur mon bureau une lettre que le jeune valet de pied de Françoise avait écrite à un de ses amis et qu'il y avait oubliée. Depuis que ma mère était absente, il ne reculait devant aucun sans-gêne ; je fus plus coupable d'avoir celui de lire la lettre sans enveloppe, largement étalée et qui, c'était ma seule excuse, avait l'air de s'offrir à moi.

Cher ami et cousin,

J'espère que la santé va toujours bien et qu'il en est de même pour toute la petite famille particulièrement pour mon jeune filleul Joseph dont je n'ai pas encore le plaisir de connaître mais dont je preffère à vous tous comme étant mon filleul, ces relique du cœur on aussi leur poussière, sur leurs restes sacrés ne portons pas les mains[1]. D'ailleurs cher ami et cousin qui te dit que demain toi et ta chère femme ma cousine Marie, vous ne serez pas précipités tous deux jusqu'au fond de la mer comme le matelot attaché en aut du grand mât[2], car cette vie nest quune vallée obscure[3]. Cher ami il faut te dire que ma principale occupation de ton étonnement jen suis certain, est maintenant la poésie que j'aime avec délices, car il faut bien passé le temps. Aussi cher ami ne sois pas trop surpris si je ne suis pas encore répondu à ta dernière lettre, à défaut du pardon laisse venir l'oubli[4]. Comme tu le sais, la mère de Madame a trépassé dans des souffrances inexprimables qui l'ont assez fatiguée car elle a vu jusqu'à trois médecins. Le jour de ses obsèques fut un beau jour car toutes les relations de Monsieur étaient venues en foule ainsique plusieurs ministres. On a mis plus de deux heures pour aller au cimetière ce qui vous fera tous ouvrir de grands yeux dans votre village car on nan feras certainement pas autant pour la mère Michu. Aussi ma vie ne sera plus qu'un long sanglot. Je m'amuse énormément à la motocyclette dont j'ai appris dernière-ment. Que diriez-vous mes chers amis si j'arrivais ainsi à toute vitesse aux Écorres. Mais là-dessus je ne me tairai pas plus[5] car je sens que l'ivresse du malheur emporte sa raison[1]. Je fréquente la duchesse de Guermantes, des personnes que tu as jamais entendu même le nom dans nos ignorants pays. Aussi c'est avec plaisir que jenverrai les livres de Racine, de Victor Hugo, de Pages choisies de Chenedollé[2], d'Alfred de Musset, car je voudrais guérir le pays qui ma donner le jour[3] de l'ignorance qui mène fatalement jusquau crime. Je ne vois plus rien a te dire et tanvoye comme le pelican lassé dun long voyage[4] mes bonnes salutation ainsi qu'à ta feme à mon filleul et à ta sœur Rose. Puisse-t-on ne pas dire d'elle : Et rose elle n'a vécu que ce que vivent les roses[5], comme l'a dit Victor Hugo, le sonnet d'Arvers[6], Alfred de Musset tous ces grands génies qu'on a fait à cause de cela mourir sur les flames du bûcher comme Jeanne d'Arc. À bientôt ta prochaine missive, reçois mes baisers comme ceux d'un frère Périgot Joseph.

Nous sommes attirés par toute vie qui nous représente quelque chose d'inconnu, par une dernière illusion à détruire. Malgré cela les mystérieuses paroles, grâce auxquelles M. de Charlus m'avait amené à imaginer la princesse de Guermantes comme un être extraordinaire et différent de ce que je connaissais, ne suffisent pas à expliquer la stupéfaction où je fus, bientôt suivie de la crainte d'être victime d'une mauvaise farce machinée par quelqu'un qui eût voulu me faire jeter à la porte d'une demeure où j'irais sans être invité, quand, environ deux mois après mon dîner chez la duchesse et tandis que celle-ci était à Cannes, ayant ouvert une enveloppe dont l'apparence ne m'avait averti de rien d'extraordinaire, je lus ces mots imprimés sur une carte : « La princesse de Guermantes, née duchesse en Bavière, sera chez elle le ***[7]. » Sans doute, être invité chez la princesse de Guermantes n'était peut-être pas, au point de vue mondain, quelque chose de plus difficile que dîner chez la duchesse, et mes faibles connaissances héraldiques m'avaient appris que le titre de prince n'est pas supérieur à celui de duc. Puis je me disais que l'intelligence d'une femme du monde ne peut pas être d'une essence aussi hétérogène à celle de ses congénères que le prétendait M. de Charlus, et d'une essence aussi hétérogène à celle d'une autre femme. Mais mon imagination, semblable à Elstir en train de rendre un effet de perspective sans tenir compte des notions de physique qu'il pouvait par ailleurs posséder, me peignait non ce que je savais, mais ce qu'elle voyait ; ce qu'elle voyait, c'est-à-dire ce que lui montrait le nom. Or, même quand je ne connaissais pas la duchesse, le nom de Guermantes précédé du titre de princesse, comme une note ou une couleur ou une quantité profondément modifiée par des valeurs environnantes, par le « signe » mathématique ou esthétique qui l'affecte, m'avait toujours évoqué quelque chose de tout différent. Avec ce titre on le trouve surtout dans les Mémoires du temps de Louis XIII et de Louis XIV, de la cour d'Angleterre, de la reine d'Écosse, de la duchesse d'Aumale[1] ; et je me figurais l'hôtel de la princesse de Guermantes comme plus ou moins fréquenté par la duchesse de Longueville et par le grand Condé, desquels la présence rendait bien peu vraisemblable que j'y pénétrasse jamais.

Beaucoup de choses que M. de Charlus m'avait dites avaient donné un vigoureux coup de fouet à mon imagination et, faisant oublier à celle-ci combien la réalité l'avait déçue chez la duchesse de Guermantes (il en est des noms des personnes comme des noms des pays), l'avaient aiguillée vers la cousine d'Oriane. Au reste, M. de Charlus ne me trompa quelque temps sur la valeur et la variété imaginaires des gens du monde, que parce qu'il s'y trompait lui-même. Et cela peut-être parce qu'il ne faisait rien,

n'écrivait pas, ne peignait pas, ne lisait même rien
d'une manière sérieuse et approfondie. Mais, supérieur aux gens du monde de plusieurs degrés, si
c'est d'eux et de leur spectacle qu'il tirait la matière
de sa conversation, il n'était pas pour cela compris
par eux. Parlant en artiste, il pouvait tout au plus
dégager le charme fallacieux des gens du monde.
Mais le dégager pour les artistes seulement, à l'égard
desquels il eût pu jouer le rôle du renne envers les
Esquimaux ; ce précieux animal arrache pour eux,
sur des roches désertiques, des lichens, des mousses
qu'ils ne sauraient ni découvrir, ni utiliser, mais qui,
une fois digérés par le renne, deviennent pour les
habitants de l'extrême Nord un aliment assimilable.

À quoi j'ajouterai que ces tableaux que M. de Charlus faisait du monde étaient animés de beaucoup
de vie par le mélange de ses haines féroces et de
ses dévotes sympathies. Les haines dirigées surtout
contre les jeunes gens, l'adoration excitée principalement par certaines femmes.

Si parmi celles-ci, la princesse de Guermantes était
placée par M. de Charlus sur le trône le plus élevé,
ses mystérieuses paroles sur « l'inaccessible palais
d'Aladin » qu'habitait sa cousine, ne suffirent pas à
expliquer ma stupéfaction.

Malgré ce qui tient aux divers points de vue sub-
jectifs dans les grossissements artificiels dont j'aurai
à parler, il n'en reste pas moins qu'il y a quelque réalité objective dans tous ces êtres et par conséquent
différence entre eux.

Comment d'ailleurs en serait-il autrement ? L'humanité que nous fréquentons et qui ressemble si
peu à nos rêves est pourtant la même que, dans les
Mémoires, dans les lettres de gens remarquables,
nous avons vue décrite et que nous avons souhaité
de connaître. Le vieillard le plus insignifiant avec qui

nous dînons est celui dont, dans un livre sur la guerre de 70, nous avons lu avec émotion la fière lettre au prince Frédéric-Charles[1]. On s'ennuie à dîner parce que l'imagination est absente, et, parce qu'elle nous y tient compagnie, on s'amuse avec un livre. Mais c'est des mêmes personnes qu'il est question. Nous aimerions avoir connu Mme de Pompadour qui protégea si bien les arts, et nous nous serions autant ennuyés auprès d'elle qu'auprès des modernes Égéries, chez qui nous ne pouvons nous décider à retourner tant elles sont médiocres. Il n'en reste pas moins que ces différences subsistent. Les gens ne sont jamais tout à fait pareils les uns aux autres, leur manière de se comporter à notre égard, on pourrait même dire à amitié égale, trahit des différences qui, en fin de compte, font compensation. Quand je connus Mme de Montmorency, elle aima à me dire des choses désagréables, mais si j'avais besoin d'un service, elle jetait pour l'obtenir avec efficacité tout ce qu'elle possédait de crédit, sans rien ménager. Tandis que telle autre, comme Mme de Guermantes, n'eût jamais voulu me faire de peine, ne disait de moi que ce qui pouvait me faire plaisir, me comblait de toutes les amabilités qui formaient le riche train de vie moral des Guermantes, mais si je lui avais demandé un rien en dehors de cela n'eût pas fait un pas pour me le procurer, comme en ces châteaux où on a à sa disposition une automobile, un valet de chambre, mais où il est impossible d'obtenir un verre de cidre non prévu dans l'ordonnance des fêtes. Laquelle était pour moi la véritable amie, de Mme de Montmorency, si heureuse de me froisser et toujours prête à me servir, ou de Mme de Guermantes, souffrant du moindre déplaisir qu'on m'eût causé et incapable du moindre effort pour m'être utile ? D'autre part, on disait que la duchesse de Guermantes parlait

seulement de frivolités, et sa cousine, avec l'esprit
le plus médiocre, de choses toujours intéressantes.
Les formes d'esprit sont si variées, si opposées, non
seulement dans la littérature, mais dans le monde,
qu'il n'y a pas que Baudelaire et Mérimée qui ont
le droit de se mépriser réciproquement[1]. Ces particularités forment, chez toutes les personnes, un
système de regards, de discours, d'actions, si cohérent, si despotique, que quand nous sommes en leur
présence il nous semble supérieur au reste. Chez
Mme de Guermantes, ses paroles, déduites comme
un théorème de son genre d'esprit, me paraissaient
les seules qu'on aurait dû dire. Et j'étais, au fond, de
son avis, quand elle me disait que Mme de Montmorency était stupide et avait l'esprit ouvert à toutes les
choses qu'elle ne comprenait pas, ou quand, apprenant une méchanceté d'elle, la duchesse me disait :
« C'est cela que vous appelez une bonne femme, c'est
ce que j'appelle un monstre. » Mais cette tyrannie
de la réalité qui est devant nous, cette évidence de
la lumière de la lampe qui fait pâlir l'aurore déjà
lointaine comme un simple souvenir, disparaissaient
quand j'étais loin de Mme de Guermantes, et qu'une
dame différente me disait, en se mettant de plain-
pied avec moi et jugeant la duchesse placée fort au-
dessous de nous : « Oriane ne s'intéresse au fond à
rien, ni à personne », et même (ce qui en présence de
Mme de Guermantes eût semblé impossible à croire
tant elle-même proclamait le contraire) : « Oriane est
snob. » Aucune mathématique ne nous permettant
de convertir Mme d'Arpajon et Mme de Montpensier
en quantités homogènes, il m'eût été impossible de
répondre si on me demandait laquelle me semblait
supérieure à l'autre.

Or, parmi les traits particuliers au salon de la princesse de Guermantes, le plus habituellement cité était

un exclusivisme dû en partie à la naissance royale de la princesse, et surtout le rigorisme presque fossile des préjugés aristocratiques du prince, préjugés que d'ailleurs le duc et la duchesse ne s'étaient pas fait faute de railler devant moi, et qui, naturellement, devait me faire considérer comme plus invraisemblable encore que m'eût invité cet homme qui ne comptait que les altesses et les ducs et à chaque dîner faisait une scène parce qu'il n'avait pas eu à table la place à laquelle il aurait eu droit sous Louis XIV, place que, grâce à son extrême érudition en matière d'histoire et de généalogie, il était seul à connaître. À cause de cela, beaucoup de gens du monde tranchaient en faveur du duc et de la duchesse les différences qui les séparaient de leurs cousins. « Le duc et la duchesse sont beaucoup plus modernes, beaucoup plus intelligents, ils ne s'occupent pas, comme les autres, que du nombre de quartiers, leur salon est de trois cents ans en avance sur celui de leur cousin » étaient des phrases usuelles dont le souvenir me faisait maintenant frémir en regardant la carte d'invitation à laquelle ils donnaient beaucoup plus de chances de m'avoir été envoyée par un mystificateur.

Si encore le duc et la duchesse de Guermantes n'avaient pas été à Cannes, j'aurais pu tâcher de savoir par eux si l'invitation que j'avais reçue était véritable. Ce doute où j'étais n'est pas même du tout, comme je m'en étais un moment flatté, un sentiment qu'un homme du monde n'éprouverait pas et qu'en conséquence un écrivain, appartînt-il en dehors de cela à la caste des gens du monde, devrait reproduire afin d'être bien « objectif » et de peindre chaque classe différemment. J'ai, en effet, trouvé dernièrement, dans un charmant volume de Mémoires, la notation d'incertitudes analogues à celles par lesquelles me faisait passer la carte d'invitation de la

princesse. « Georges et moi (ou Hély et moi, je n'ai
pas le livre sous la main pour vérifier), nous grillions
si fort d'être admis dans le salon de Mme Delessert,
qu'ayant reçu d'elle une invitation, nous crûmes prudent, chacun de notre côté, de nous assurer que nous
n'étions pas les dupes de quelque poisson d'avril. »
Or, le narrateur n'est autre que le comte d'Haussonville (celui qui épousa la fille du duc de Broglie),
et l'autre jeune homme qui « de son côté » va s'assurer s'il n'est pas le jouet d'une mystification est,
selon qu'il s'appelle Georges ou Hély, l'un ou l'autre
des deux inséparables amis de M. d'Haussonville,
M. d'Harcourt ou le prince de Chalais[1].

Le jour où devait avoir lieu la soirée chez la
princesse de Guermantes, j'appris que le duc et la
duchesse étaient revenus à Paris depuis la veille. Le
bal de la princesse ne les eût pas fait revenir, mais
un de leurs cousins était fort malade, et puis le duc
tenait beaucoup à une redoute qui avait lieu cette
nuit-là et où lui-même devait paraître en Louis XI
et sa femme en Isabeau de Bavière. Et je résolus
d'aller la voir le matin. Mais, sortis de bonne heure,
ils n'étaient pas encore rentrés ; je guettai d'abord,
d'une petite pièce que je croyais un bon poste de
vigie, l'arrivée de la voiture. En réalité j'avais fort
mal choisi mon observatoire, d'où je distinguai à
peine notre cour, mais j'en aperçus plusieurs autres
ce qui, sans utilité pour moi, me divertit un moment.
Ce n'est pas à Venise seulement qu'on a de ces points
de vue sur plusieurs maisons à la fois qui ont tenté
les peintres, mais à Paris tout aussi bien. Je ne dis
pas Venise au hasard. C'est à ses quartiers pauvres
que font penser certains quartiers pauvres de Paris,
le matin, avec leurs hautes cheminées évasées auxquelles le soleil donne les roses les plus vifs, les
rouges les plus clairs ; c'est tout un jardin qui fleurit

au-dessus des maisons, et qui fleurit en nuances si variées qu'on dirait, planté sur la ville, le jardin d'un amateur de tulipes de Delft ou de Haarlem. D'ailleurs l'extrême proximité des maisons aux fenêtres opposées sur une même cour y fait de chaque croisée le cadre où une cuisinière rêvasse en regardant à terre, où plus loin une jeune fille se laisse peigner les cheveux par une vieille à figure, à peine distincte dans l'ombre, de sorcière ; ainsi chaque cour fait pour le voisin de la maison, en supprimant le bruit par son intervalle, en laissant voir les gestes silencieux dans un rectangle placé sous verre par la clôture des fenêtres, une exposition de cent tableaux hollandais juxtaposés. Certes, de l'hôtel de Guermantes on n'avait pas le même genre de vues, mais de curieuses aussi, surtout de l'étrange point trigonométrique où je m'étais placé et où le regard n'était arrêté par rien jusqu'aux hauteurs lointaines que formait, les terrains relativement vagues qui précédaient étant fort en pente, l'hôtel de la princesse de Silistrie et de la marquise de Plassac, cousines très nobles de M. de Guermantes, et que je ne connaissais pas. Jusqu'à cet hôtel (qui était celui de leur père, M. de Bréquigny), rien que des corps de bâtiments peu élevés, orientés des façons les plus diverses et qui, sans arrêter la vue, prolongeaient la distance, de leurs plans obliques. La tourelle en tuiles rouges de la remise où le marquis de Frécourt garait ses voitures, se terminait bien par une aiguille plus haute, mais si mince qu'elle ne cachait rien, et faisait penser à ces jolies constructions anciennes de la Suisse qui s'élancent, isolées, au pied d'une montagne. Tous ces points, vagues et divergents où se reposaient les yeux, faisaient paraître plus éloigné que s'il avait été séparé de nous par plusieurs rues ou de nombreux contreforts l'hôtel de Mme de Plassac, en réalité

assez voisin mais chimériquement éloigné comme
un paysage alpestre. Quand ses larges fenêtres car-
rées, éblouies de soleil comme des feuilles de cristal
de roche, étaient ouvertes pour faire le ménage, on
avait, à suivre aux différents étages les valets de pied
impossibles à bien distinguer, mais qui battaient des
tapis ou promenaient des plumeaux, le même plaisir
qu'à voir, dans un paysage de Turner ou d'Elstir,
un voyageur en diligence, ou un guide, à différents
degrés d'altitude du Saint-Gothard[1]. Mais de ce
« point de vue » où je m'étais placé j'aurais risqué
de ne pas voir rentrer M. ou Mme de Guermantes,
de sorte que, lorsque dans l'après-midi je fus libre
de reprendre mon guet, je me mis simplement sur
l'escalier, d'où l'ouverture de la porte cochère ne
pouvait passer inaperçue pour moi, et ce fut dans
l'escalier que je me postai, bien que n'y apparussent
pas, si éblouissantes avec leurs valets de pied rendus minuscules par l'éloignement et en train de nettoyer, les beautés alpestres de l'hôtel de Bréquigny
et Tresmes. Or cette attente sur l'escalier devait avoir
pour moi des conséquences si considérables et me
découvrir un paysage non plus turnérien mais moral
si important, qu'il est préférable d'en retarder le récit
de quelques instants, en le faisant précéder d'abord
par celui de la visite que je fis aux Guermantes dès
que j'appris qu'ils étaient rentrés Ce fut le duc seul
qui me reçut dans sa bibliothèque. Au moment où
j'y entrais, sortit un petit homme aux cheveux tout
blancs, l'air pauvre, avec une petite cravate noire
comme en avaient le notaire de Combray et plusieurs amis de mon grand-père, mais d'un aspect
plus timide et qui, m'adressant de grands saluts, ne
voulut jamais descendre avant que je fusse passé. Le
duc lui cria de la bibliothèque quelque chose que je
ne compris pas, et l'autre répondit avec de nouveaux

saluts adressés à la muraille, car le duc ne pouvait le voir, mais répétés tout de même sans fin, comme ces inutiles sourires des gens qui causent avec vous par le téléphone ; il avait une voix de fausset, et me resalua avec une humilité d'homme d'affaires. Et ce pouvait d'ailleurs être un homme d'affaires de Combray, tant il avait le genre provincial, suranné et doux des petites gens, des vieillards modestes de là-bas.

« Vous verrez Oriane tout à l'heure, me dit le duc quand je fus entré. Comme Swann doit venir tout à l'heure lui apporter les épreuves de son étude sur les monnaies de l'Ordre de Malte[1], et, ce qui est pis, une photographie immense où il a fait reproduire les deux faces de ces monnaies, Oriane a préféré s'habiller d'abord, pour pouvoir rester avec lui jusqu'au moment d'aller dîner. Nous sommes déjà encombrés d'affaires à ne pas savoir où les mettre et je me demande où nous allons fourrer cette photographie. Mais j'ai une femme trop aimable, qui aime trop à faire plaisir. Elle a cru que c'était gentil de demander à Swann de pouvoir regarder les uns à côté des autres tous ces grands maîtres de l'Ordre dont il a trouvé les médailles à Rhodes. Car je vous disais Malte, c'est Rhodes, mais c'est le même Ordre de Saint-Jean-de-Jérusalem[2]. Dans le fond elle ne s'intéresse à cela que parce que Swann s'en occupe. Notre famille est très mêlée à toute cette histoire ; même encore aujourd'hui, mon frère que vous connaissez est un des plus hauts dignitaires de l'Ordre de Malte[3]. Mais j'aurais parlé de tout cela à Oriane, elle ne m'aurait seulement pas écouté. En revanche, il a suffi que les recherches de Swann sur les Templiers (car c'est inouï la rage des gens d'une religion à étudier celle des autres) l'aient conduit à l'histoire des Chevaliers de Rhodes, héritiers des Templiers[4],

pour qu'aussitôt Oriane veuille voir les têtes de ces
chevaliers. Ils étaient de fort petits garçons à côté
des Lusignan, rois de Chypre, dont nous descendons
en ligne directe[1]. Mais jusqu'ici Swann ne s'est pas
occupé d'eux, aussi Oriane ne veut rien savoir sur les
Lusignan. » Je ne pus pas tout de suite dire au duc
pourquoi j'étais venu. En effet, quelques parents ou
amies, comme Mme de Silistrie et la duchesse de
Montrose, vinrent pour faire une visite à la duchesse
qui recevait souvent avant le dîner, et ne la trouvant
pas restèrent un moment avec le duc. La première
de ces dames (la princesse de Silistrie), habillée avec
simplicité, sèche mais l'air aimable, tenait à la main
une canne. Je craignis d'abord qu'elle ne fût blessée
ou infirme. Elle était au contraire fort alerte. Elle
parla avec tristesse au duc d'un cousin germain à lui
– pas du côté Guermantes, mais plus brillant encore
s'il était possible – dont l'état de santé, très atteint
depuis quelque temps, s'était subitement aggravé.
Mais il était visible que le duc, tout en compatissant au sort de son cousin et en répétant : « Pauvre
Mama ! c'est un si bon garçon », portait un diagnostic favorable. En effet le dîner auquel devait assister
le duc l'amusait, la grande soirée chez la princesse
de Guermantes ne l'ennuyait pas, mais surtout il
devait aller à une heure du matin, avec sa femme,
à un grand souper et bal costumé en vue duquel
un costume de Louis XI pour lui et d'Isabeau de
Bavière pour la duchesse étaient tout prêts[2]. Et le
duc entendait ne pas être troublé dans ces divertissements multiples par la souffrance du bon Amanien d'Osmond[3]. Deux autres dames porteuses de
canne, Mme de Plassac et Mme de Tresmes, toutes
deux filles du comte de Bréquigny, vinrent ensuite
faire visite à Basin et déclarèrent que l'état du cousin
Mama ne laissait plus d'espoir. Après avoir haussé

les épaules, et pour changer de conversation, le duc
leur demanda si elles allaient le soir chez Marie-
Gilbert. Elles répondirent que non, à cause de l'état
d'Amanien qui était à toute extrémité, et même elles
s'étaient décommandées du dîner où allait le duc, et
duquel elles lui énumérèrent les convives, le frère
du roi Théodose, l'infante Marie-Conception, etc.
Comme le marquis d'Osmond était leur parent à
un degré moins proche qu'il n'était de Basin, leur
« défection » parut au duc une espèce de blâme
indirect de sa conduite et il se montra peu aimable.
Aussi, bien que descendues des hauteurs de l'hôtel
de Bréquigny pour voir la duchesse (ou plutôt pour
lui annoncer le caractère alarmant, et incompatible
pour les parents avec les réunions mondaines, de
la maladie de leur cousin), ne restèrent-elles pas
longtemps, et, munies de leur bâton d'alpiniste,
Walpurge et Dorothée (tels étaient les prénoms des
deux sœurs) reprirent la route escarpée de leur faîte.
Je n'ai jamais pensé à demander aux Guermantes
à quoi correspondaient ces cannes, si fréquentes
dans un certain faubourg Saint-Germain. Peut-être,
considérant toute la paroisse comme leur domaine
et n'aimant pas prendre de fiacres, faisaient-elles de
longues courses, pour lesquelles quelque ancienne
fracture, due à l'usage immodéré de la chasse et aux
chutes de cheval qu'il comporte souvent, ou simplement des rhumatismes provenant de l'humidité de
la rive gauche et des vieux châteaux, leur rendaient
la canne nécessaire. Peut-être n'étaient-elles pas
parties, dans le quartier, en expédition si lointaine,
et, seulement descendues dans leur jardin (peu éloigné de celui de la duchesse) pour faire la cueillette
des fruits nécessaires aux compotes, venaient-elles,
avant de rentrer chez elles, dire bonsoir à Mme de
Guermantes, chez laquelle elles n'allaient pourtant

pas jusqu'à apporter un sécateur ou un arrosoir. Le
duc parut touché que je fusse venu chez eux le jour
même de son retour. Mais sa figure se rembrunit
quand je lui eus dit que je venais demander à sa
femme de s'informer si sa cousine m'avait réellement invité. Je venais d'effleurer une de ces sortes de
services que M. et Mme de Guermantes n'aimaient
pas rendre. Le duc me dit qu'il était trop tard, que
si la princesse ne m'avait pas envoyé d'invitation, il
aurait l'air d'en demander une, que déjà ses cousins
lui en avaient refusé une, une fois, et qu'il ne voulait
plus, ni de près, ni de loin, avoir l'air de se mêler de
leurs listes, « de s'immiscer », enfin qu'il ne savait
même pas si lui et sa femme, qui dînaient en ville,
ne rentreraient pas aussitôt après chez eux, que dans
ce cas leur meilleure excuse de n'être pas allés à la
soirée de la princesse était de lui cacher leur retour
à Paris, que certainement, sans cela, ils se seraient
au contraire empressés de lui faire connaître en lui
envoyant un mot ou un coup de téléphone à mon
sujet, et certainement trop tard, car en toute hypothèse les listes de la princesse étaient certainement
closes. « Vous n'êtes pas mal avec elle », me dit-il d'un
air soupçonneux, les Guermantes craignant toujours
de ne pas être au courant des dernières brouilles et
qu'on ne cherchât à se raccommoder sur leur dos.
Enfin comme le duc avait l'habitude de prendre sur
lui toutes les décisions qui pouvaient sembler peu
aimables : « Tenez, mon petit », me dit-il tout à coup,
comme si l'idée lui en venait brusquement à l'esprit,
« j'ai même envie de ne pas dire du tout à Oriane que
vous m'avez parlé de cela. Vous savez comme elle
est aimable, de plus elle vous aime énormément, elle
voudrait envoyer chez sa cousine, malgré tout ce que
je pourrais lui dire, et si elle est fatiguée après dîner,
il n'y aura plus d'excuse, elle sera forcée d'aller à la

soirée. Non, décidément, je ne lui en dirai rien. Du reste vous allez la voir tout à l'heure. Pas un mot de cela, je vous prie. Si vous vous décidez à aller chez mes cousins, je n'ai pas besoin de vous dire quelle joie nous aurons de passer la soirée avec vous. » Les motifs d'humanité sont trop sacrés pour que celui devant qui on les invoque ne s'incline pas devant eux, qu'il les croie sincères ou non ; je ne voulus pas avoir l'air de mettre un instant en balance mon invitation et la fatigue possible de Mme de Guermantes, et je promis de ne pas lui parler du but de ma visite, exactement comme si j'avais été dupe de la petite comédie que m'avait jouée M. de Guermantes. Je demandai au duc s'il croyait que j'avais chance de voir chez la princesse Mme de Stermaria.

« Mais non, me dit-il d'un air de connaisseur ; je sais le nom que vous dites pour le voir dans les annuaires des clubs, ce n'est pas du tout le genre de monde qui va chez Gilbert. Vous ne verrez là que des gens excessivement comme il faut et très ennuyeux, des duchesses portant des titres qu'on croyait éteints et qu'on a ressortis pour la circonstance, tous les ambassadeurs, beaucoup de Cobourg, d'Altesses étrangères, mais n'espérez pas l'ombre de Stermaria, Gilbert serait malade, même de votre supposition. Tenez, vous qui aimez la peinture, il faut que je vous montre un superbe tableau que j'ai acheté à mon cousin, en partie en échange des Elstir, que décidément nous n'aimions pas. On me l'a vendu pour un Philippe de Champagne, mais moi je crois que c'est encore plus grand. Voulez-vous ma pensée ? Je crois que c'est un Vélasquez et de la plus belle époque », me dit le duc en me regardant dans les yeux, soit pour connaître mon impression, soit pour l'accroître. Un valet de pied entra.

« Madame la duchesse fait demander à Monsieur le

duc si Monsieur le duc veut bien recevoir M. Swann, parce que Madame la duchesse n'est pas encore prête.

— Faites entrer M. Swann », dit le duc après avoir regardé sa montre et vu qu'il avait lui-même quelques minutes encore avant d'aller s'habiller. « Naturellement ma femme, qui lui a dit de venir, n'est pas prête. Inutile de parler devant Swann de la soirée de Marie-Gilbert, me dit le duc. Je ne sais pas s'il est invité. Gilbert l'aime beaucoup, parce qu'il le croit petit-fils naturel du duc de Berri, c'est toute une histoire. (Sans ça, vous pensez ! mon cousin qui tombe en attaque quand il voit un juif à cent mètres.) Mais enfin maintenant ça s'aggrave de l'affaire Dreyfus, Swann aurait dû comprendre qu'il devait, plus que tout autre, couper tout câble avec ces gens-là ; or, tout au contraire, il tient des propos fâcheux. »

Le duc rappela le valet de pied pour savoir si celui qu'il avait envoyé chez le cousin d'Osmond était revenu. En effet le plan du duc était le suivant : comme il croyait avec raison son cousin mourant, il tenait à faire prendre des nouvelles avant la mort, c'est-à-dire avant le deuil forcé. Une fois couvert par la certitude officielle qu'Amanien était encore vivant, il ficherait le camp à son dîner, à la soirée du prince, à la redoute où il serait en Louis XI et où il avait le plus piquant rendez-vous avec une nouvelle maîtresse, et ne ferait plus prendre de nouvelles avant le lendemain, quand les plaisirs seraient finis. Alors on prendrait le deuil, s'il avait trépassé dans la soirée. « Non, monsieur le duc, il n'est pas encore revenu. — Cré nom de Dieu ! on ne fait jamais ici les choses qu'à la dernière heure », dit le duc à la pensée qu'Amanien avait eu le temps de « claquer » pour un journal du soir et de lui faire rater sa redoute. Il fit demander *Le Temps* où il n'y avait rien.

Je n'avais pas vu Swann depuis très longtemps, je me demandai un instant si autrefois il coupait sa moustache, ou n'avait pas les cheveux en brosse, car je lui trouvais quelque chose de changé ; c'était seulement qu'il était en effet très « changé », parce qu'il était très souffrant, et la maladie produit dans le visage des modifications aussi profondes que se mettre à porter la barbe ou changer sa raie de place. (La maladie de Swann était celle qui avait emporté sa mère et dont elle avait été atteinte précisément à l'âge qu'il avait. Nos existences sont en réalité, par l'hérédité, aussi pleines de chiffres cabalistiques, de sorts jetés, que s'il y avait vraiment des sorcières. Et comme il y a une certaine durée de la vie pour l'humanité en général, il y en a une pour les familles en particulier, c'est-à-dire, dans les familles, pour les membres qui se ressemblent.) Swann était habillé avec une élégance qui, comme celle de sa femme, associait à ce qu'il était ce qu'il avait été. Serré dans une redingote gris perle, qui faisait valoir sa haute taille, svelte, ganté de gants blancs rayés de noir, il portait un tube gris d'une forme évasée que Delion[1] ne faisait plus que pour lui, pour le prince de Sagan, pour M. de Charlus, pour le marquis de Modène[2], pour M. Charles Haas[3] et pour le comte Louis de Turenne[4]. Je fus surpris du charmant sourire et de l'affectueuse poignée de main avec lesquels il répondit à mon salut, car je croyais qu'après si longtemps il ne m'aurait pas reconnu tout de suite ; je lui dis mon étonnement ; il l'accueillit avec des éclats de rire, un peu d'indignation, et une nouvelle pression de la main, comme si c'était mettre en doute l'intégrité de son cerveau ou la sincérité de son affection que supposer qu'il ne me reconnaissait pas. Et c'est pourtant ce qui était ; il ne m'identifia, je l'ai su longtemps après, que quelques minutes plus tard, en entendant rappeler mon nom. Mais nul changement dans son visage, dans ses paroles, dans les choses qu'il me dit, ne trahit la découverte qu'une parole de M. de Guermantes lui fit faire, tant il avait de maîtrise et de sûreté dans le jeu de la vie mondaine. Il y apportait d'ailleurs cette spontanéité dans les manières et ces initiatives personnelles, même en matière d'habillement, qui caractérisaient le genre des Guermantes. C'est ainsi que le salut que m'avait fait, sans me reconnaître, le vieux clubman n'était pas le salut froid et raide de l'homme du monde purement formaliste, mais un salut tout rempli d'une amabilité réelle, d'une grâce véritable, comme en avait la duchesse de Guermantes par exemple (allant jusqu'à vous sourire la première avant que vous l'eus-siez saluée si elle vous rencontrait), par opposition aux saluts plus mécaniques, habituels aux dames du faubourg Saint-Germain. C'est ainsi encore que son chapeau, que, selon une habitude qui tendait à dis-paraître, il posa par terre à côté de lui, était doublé de cuir vert, ce qui ne se faisait pas d'habitude mais parce que c'était (à ce qu'il disait) beaucoup moins salissant, en réalité parce que c'était fort seyant.

« Tenez, Charles, vous qui êtes un grand connais-seur, venez voir quelque chose ; après ça, mes petits, je vais vous demander la permission de vous laisser ensemble un instant pendant que je vais passer un habit ; du reste je pense qu'Oriane ne va pas tarder. » Et il montra son « Vélasquez » à Swann. « Mais il me semble que je connais ça », fit Swann avec la grimace des gens souffrants pour qui parler est déjà une fatigue.

« Oui », dit le duc rendu sérieux par le retard que mettait le connaisseur à exprimer son admiration. « Vous l'avez probablement vu chez Gilbert.

— Ah ! en effet, je me rappelle.

— Qu'est-ce que vous croyez que c'est ?

— Eh bien, si c'était chez Gilbert, c'est probablement un de vos *ancêtres* », dit Swann avec un mélange d'ironie et de déférence envers une grandeur qu'il eût trouvé impoli et ridicule de méconnaître, mais dont il ne voulait, par bon goût, parler qu'en « se jouant ».

« Mais bien sûr, dit rudement le duc. C'est Boson, je ne sais plus quel numéro de Guermantes. Mais ça, je m'en fous. Vous savez que je ne suis pas aussi féodal que mon cousin. J'ai entendu prononcer le nom de Rigaud, de Mignard, même de Vélasquez ! » dit le duc en attachant sur Swann un regard et d'inquisiteur et de tortionnaire, pour tâcher à la fois de lire dans sa pensée et d'influencer sa réponse. « Enfin, conclut-il (car, quand on l'amenait à provoquer artificiellement une opinion qu'il désirait, il avait la faculté, au bout de quelques instants, de croire qu'elle avait été spontanément émise), voyons, pas de flatterie. Croyez-vous que ce soit d'un des grands pontifes que je viens de dire ?

— Nnnnon, dit Swann.

— Mais alors, enfin moi je n'y connais rien, ce n'est pas à moi de décider de qui est ce croûton-là. Mais vous, un dilettante, un maître en la matière, à qui l'attribuez-vous ? »

Swann hésita un instant devant cette toile que visiblement il trouvait affreuse : « À la malveillance[1] ! » répondit-il en riant au duc, lequel ne put laisser échapper un mouvement de rage. Quand elle fut calmée : « Vous êtes bien gentils tous les deux, attendez Oriane un instant, je vais mettre ma queue de morue et je reviens. Je vais faire dire à ma bourgeoise que vous l'attendez tous les deux. »

Je causai un instant avec Swann de l'affaire Dreyfus et je lui demandai comment il se faisait que tous les

Guermantes fussent antidreyfusards. « D'abord parce qu'au fond tous ces gens-là sont antisémites », répondit Swann qui savait bien pourtant par expérience que certains ne l'étaient pas mais qui, comme tous les gens qui ont une opinion ardente, aimait mieux, pour expliquer que certaines personnes ne la partageassent pas, leur supposer une raison préconçue, un préjugé contre lequel il n'y avait rien à faire, plutôt que des raisons qui se laisseraient discuter. D'ailleurs, arrivé au terme prématuré de sa vie, comme une bête fatiguée qu'on harcèle, il exécrait ces persécutions et rentrait au bercail religieux de ses pères.

« Pour le prince de Guermantes, dis-je, il est vrai, on m'avait dit qu'il était antisémite.

— Oh ! celui-là, je n'en parle même pas. C'est au point que, quand il était officier, ayant une rage de dents épouvantable, il a préféré rester à souffrir plutôt que de consulter le seul dentiste de la région qui était juif, et que plus tard il a laissé brûler une aile de son château où le feu avait pris, parce qu'il aurait fallu demander des pompes au château voisin qui est aux Rothschild.

— Est-ce que vous allez par hasard ce soir chez lui ?

— Oui, me répondit-il, quoique je me trouve bien fatigué. Mais il m'a envoyé un pneumatique pour me prévenir qu'il avait quelque chose à me dire. Je sens que je serai trop souffrant ces jours-ci pour y aller ou pour le recevoir, cela m'agitera, j'aime mieux être débarrassé tout de suite de cela.

— Mais le duc de Guermantes n'est pas antisémite.

— Vous voyez bien que si, puisqu'il est antidreyfusard », me répondit Swann, sans s'apercevoir qu'il faisait une pétition de principe. « Cela n'empêche pas que je suis peiné d'avoir déçu cet homme – que dis-je ! ce duc – en n'admirant pas son prétendu Mignard, je ne sais quoi.

— Mais enfin, repris-je en revenant à l'affaire Dreyfus, la duchesse, elle, est intelligente.

— Oui, elle est charmante. À mon avis, du reste, elle l'a été encore davantage quand elle s'appelait encore la princesse des Laumes. Son esprit a pris quelque chose de plus anguleux, tout cela était plus tendre dans la grande dame juvénile. Mais enfin, plus ou moins jeunes, hommes ou femmes, qu'est-ce que vous voulez, tous ces gens-là sont d'une autre race, on n'a pas impunément mille ans de féodalité dans le sang. Naturellement ils croient que cela n'est pour rien dans leur opinion.

— Mais Robert de Saint-Loup pourtant est dreyfusard ?

— Ah ! tant mieux, d'autant plus que vous savez que sa mère est très contre. On m'avait dit qu'il l'était, mais je n'en étais pas sûr. Cela me fait grand plaisir. Cela ne m'étonne pas, il est très intelligent. C'est beaucoup, cela. »

Le dreyfusisme avait rendu Swann d'une naïveté extraordinaire et donné à sa façon de voir une impulsion, un déraillement plus notables encore que n'avait fait autrefois son mariage avec Odette ; ce nouveau déclassement eût été mieux appelé reclassement et n'était qu'honorable pour lui, puisqu'il le faisait rentrer dans la voie par laquelle étaient venus les siens et d'où l'avaient dévié ses fréquentations aristocratiques. Mais Swann, précisément au moment même où, si lucide, il lui était donné, grâce aux données héritées de son ascendance, de voir une vérité encore cachée aux gens du monde, se montrait pourtant d'un aveuglement comique. Il remettait toutes ses admirations et tous ses dédains à l'épreuve d'un critérium nouveau, le dreyfusisme. Que l'antidreyfusisme de Mme Bontemps la lui fît trouver bête n'était pas plus étonnant que, quand il s'était marié, il l'eût trouvée intelligente. Il n'était pas bien grave non plus que la vague nouvelle atteignît aussi en lui les jugements politiques et lui fît perdre le souvenir d'avoir traité d'homme d'argent, d'espion de l'Angleterre (c'était une absurdité du milieu Guermantes) Clemenceau[1], qu'il déclarait maintenant avoir tenu toujours pour une conscience, un homme de fer, comme Cornély[2]. « Non, je ne vous ai jamais dit autrement. Vous confondez. » Mais, dépassant les jugements politiques, la vague renversait chez Swann les jugements littéraires et jusqu'à la façon de les exprimer. Barrès avait perdu tout talent, et même ses ouvrages de jeunesse étaient faiblards, pouvaient à peine se relire[3]. « Essayez, vous ne pourrez pas aller jusqu'au bout. Quelle différence avec Clemenceau ! Personnellement je ne suis pas anticlérical, mais comme, à côté de lui, on se rend compte que Barrès n'a pas d'os ! C'est un très grand bonhomme que le père Clemenceau. Comme il sait sa langue ! » D'ailleurs les antidreyfusards n'auraient pas été en droit de critiquer ces folies. Ils expliquaient qu'on fût dreyfusiste parce qu'on était d'origine juive. Si un catholique pratiquant comme Saniette tenait aussi pour la révision, c'était qu'il était chambré par Mme Verdurin, laquelle agissait en farouche radicale. Elle était avant tout contre les « calotins ». Saniette était plus bête que méchant et ne savait pas le tort que la Patronne lui faisait. Que si l'on objectait que Brichot était tout aussi ami de Mme Verdurin et était membre de la « Patrie française[4] », c'est qu'il était plus intelligent.

« Vous le voyez quelquefois ? dis-je à Swann en parlant de Saint-Loup.

— Non, jamais. Il m'a écrit l'autre jour pour que je demande au duc de Mouchy[5] et à quelques autres de voter pour lui au Jockey, où il a du reste passé comme une lettre à la poste.

« — Malgré l'Affaire !

— On n'a pas soulevé la question. Du reste je vous dirai que, depuis tout ça, je ne mets plus les pieds dans cet endroit. »

M. de Guermantes rentra, et bientôt sa femme, toute prête, haute et superbe dans une robe de satin rouge dont la jupe était bordée de paillettes. Elle avait dans les cheveux une grande plume d'autruche teinte de pourpre et sur les épaules une écharpe de tulle du même rouge. « Comme c'est bien de faire doubler son chapeau de vert, dit la duchesse à qui rien n'échappait. D'ailleurs, en vous, Charles, tout est joli, aussi bien ce que vous portez que ce que vous dites, ce que vous lisez et ce que vous faites. » Swann, cependant, sans avoir l'air d'entendre, considérait la duchesse comme il eût fait d'une toile de maître et chercha ensuite son regard en faisant avec la bouche la moue qui veut dire : « Bigre ! » Mme de Guermantes éclata de rire. « Ma toilette vous plaît, je suis ravie. Mais je dois dire qu'elle ne me plaît pas beaucoup, continua-t-elle d'un air maussade. Mon Dieu, que c'est ennuyeux de s'habiller, de sortir quand on aimerait tant rester chez soi !

— Quels magnifiques rubis !

— Ah ! mon petit Charles, au moins on voit que vous vous y connaissez, vous n'êtes pas comme cette brute de Monserfeuil qui me demandait s'ils étaient vrais. Je dois dire que je n'en ai jamais vu d'aussi beaux. C'est un cadeau de la grande-duchesse. Pour mon goût ils sont un peu gros, un peu verre à bordeaux plein jusqu'aux bords, mais je les ai mis parce que nous verrons ce soir la grande-duchesse chez Marie-Gilbert », ajouta Mme de Guermantes sans se douter que cette affirmation détruisait celles du duc.

« Qu'est-ce qu'il y a chez la princesse ? demanda Swann.

— Presque rien », se hâta de répondre le duc à qui la question de Swann avait fait croire qu'il n'était pas invité.

« Mais comment, Basin ? C'est-à-dire que tout le ban et l'arrière-ban sont convoqués. Ce sera une tuerie, à s'assommer. Ce qui sera joli, ajouta-t-elle en regardant Swann d'un air délicat, si l'orage qu'il y a dans l'air n'éclate pas, ce sont ces merveilleux jardins. Vous les connaissez. J'ai été là-bas, il y a un mois, au moment où les lilas étaient en fleur, on ne peut pas se faire une idée de ce que ça pouvait être beau. Et puis le jet d'eau, enfin, c'est vraiment Versailles dans Paris.

— Quel genre de femme est la princesse ? demandai-je.

— Mais vous savez déjà, puisque vous l'avez vue ici, qu'elle est belle comme le jour, qu'elle est aussi un peu idiote, très gentille malgré toute sa hauteur germanique, pleine de cœur et de gaffes. »

Swann était trop fin pour ne pas voir que Mme de Guermantes cherchait en ce moment à « faire de l'esprit Guermantes » et sans grands frais, car elle ne faisait que resservir sous une forme moins parfaite d'anciens mots d'elle. Néanmoins, pour prouver à la duchesse qu'il comprenait son intention d'être drôle et comme si elle l'avait réellement été, il sourit d'un air un peu forcé, me causant, par ce genre particulier d'insincérité, la même gêne que j'avais autrefois à entendre mes parents parler avec M. Vinteuil de la corruption de certains milieux (alors qu'ils savaient très bien qu'était plus grande celle qui régnait à Montjouvain) ou Legrandin nuancer son débit pour des sots, choisir des épithètes délicates qu'il savait parfaitement ne pouvoir être comprises d'un public riche ou chic, mais illettré.

« Voyons Oriane, qu'est-ce que vous dites, dit

M. de Guermantes. Marie bête ? Elle a tout lu, elle
est musicienne comme le violon.

— Mais, mon pauvre petit Basin, vous êtes un
enfant qui vient de naître. Comme si on ne pouvait pas être tout ça et un peu idiote ! Idiote est du
reste exagéré, non elle est nébuleuse, elle est Hesse-
Darmstadt, Saint-Empire et gnan-gnan. Rien que sa
prononciation m'énerve. Mais je reconnais, du reste,
que c'est une charmante loufoque. D'abord cette
seule idée d'être descendue de son trône allemand
pour venir épouser bien bourgeoisement un simple
particulier. Il est vrai qu'elle l'a choisi ! Ah ! mais
c'est vrai, dit-elle en se tournant vers moi, vous ne
connaissez pas Gilbert ! Je vais vous en donner une
idée : il a autrefois pris le lit parce que j'avais mis une
carte à Mme Carnot[1]... Mais, mon petit Charles », dit
la duchesse pour changer de conversation, voyant
que l'histoire de sa carte à Mme Carnot paraissait
courroucer M. de Guermantes, « vous savez que vous
n'avez pas envoyé la photographie de nos chevaliers
de Rhodes, que j'aime par vous et avec qui j'ai si
envie de faire connaissance. »

Le duc, cependant, n'avait pas cessé de regarder
sa femme fixement : « Oriane, il faudrait au moins
raconter la vérité et ne pas en manger la moitié. Il
faut dire, rectifia-t-il en s'adressant à Swann, que
l'ambassadrice d'Angleterre de ce moment-là[2], qui
était une très bonne femme, mais qui vivait un peu
dans la lune et qui était coutumière de ce genre
d'impairs, avait eu l'idée assez baroque de nous inviter avec le président et sa femme. Nous avons été,
même Oriane, assez surpris, d'autant plus que l'ambassadrice connaissait assez les mêmes personnes
que nous pour ne pas nous inviter justement à une
réunion aussi étrange. Il y avait un ministre qui a
volé, enfin je passe l'éponge, nous n'avions pas été

prévenus, nous étions pris au piège, et il faut du reste reconnaître que tous ces gens ont été fort polis. Seulement c'était déjà bien comme ça. Mme de Guermantes, qui ne me fait pas souvent l'honneur de me consulter, a cru devoir aller mettre une carte dans la semaine à l'Élysée. Gilbert a peut-être été un peu loin en voyant là comme une tache sur notre nom. Mais il ne faut pas oublier que, politique mise à part, M. Carnot, qui tenait du reste très convenablement sa place, était le petit-fils d'un membre du tribunal révolutionnaire qui a fait périr en un jour onze des nôtres[1].

— Alors, Basin, pourquoi alliez-vous dîner toutes les semaines à Chantilly ? Le duc d'Aumale n'était pas moins petit-fils d'un membre du tribunal révolutionnaire, avec cette différence que Carnot était un brave homme et Philippe-Égalité une affreuse canaille.

— Je m'excuse d'interrompre pour vous dire que j'ai envoyé la photographie, dit Swann. Je ne comprends pas qu'on ne vous l'ait pas donnée.

— Ça ne m'étonne qu'à moitié, dit la duchesse. Mes domestiques ne me disent que ce qu'ils jugent à propos. Ils n'aiment probablement pas l'Ordre de Saint-Jean. » Et elle sonna.

« Vous savez, Oriane, que quand j'allais dîner à Chantilly, c'était sans enthousiasme.

— Sans enthousiasme, mais avec chemise de nuit pour si le prince vous demandait de rester à coucher, ce qu'il faisait d'ailleurs rarement, en parfait mufle qu'il était, comme tous les Orléans. Savez-vous avec qui nous dînons chez Mme de Saint-Euverte ? demanda Mme de Guermantes à son mari.

— En dehors des convives que vous savez, il y aura, invité de la dernière heure, le frère du roi Théodose. »

À cette nouvelle les traits de la duchesse respi-
rèrent le contentement et ses paroles l'ennui. « Ah !
mon Dieu, encore des princes.

— Mais celui-là est gentil et intelligent, dit Swann.

— Mais tout de même pas complètement », répondit la duchesse en ayant l'air de chercher ses mots
pour donner plus de nouveauté à sa pensée. « Avez-
vous remarqué, parmi les princes, que les plus gentils
ne le sont pas tout à fait ? Mais si, je vous assure ! Il
faut toujours qu'ils aient une opinion sur tout. Alors
comme ils n'en ont aucune, ils passent la première
partie de leur vie à nous demander les nôtres, et la
seconde à nous les resservir. Il faut absolument qu'ils
disent que ceci a été bien joué, que cela a été moins
bien joué. Il n'y a aucune différence. Tenez, ce petit
Théodose Cadet (je ne me rappelle pas son nom)
m'a demandé comment ça s'appelait, un motif d'orchestre. Je lui ai répondu, dit la duchesse les yeux
brillants et en éclatant de rire de ses belles lèvres
rouges : "Ça s'appelle un motif d'orchestre." Hé bien !
dans le fond, il n'était pas content. Ah ! mon petit
Charles, reprit Mme de Guermantes d'un air languissant, ce que ça peut être ennuyeux de dîner en
ville ! Il y a des soirs où on aimerait mieux mourir !
Il est vrai que de mourir c'est peut-être tout aussi
ennuyeux, puisqu'on ne sait pas ce que c'est. »

Un laquais parut. C'était le jeune fiancé qui avait
eu des raisons avec le concierge, jusqu'à ce que la
duchesse, dans sa bonté, eût mis entre eux une paix
apparente.

« Est-ce que je devrai prendre ce soir des nouvelles
de M. le marquis d'Osmond ? demanda-t-il.

— Mais jamais de la vie, rien avant demain matin !
Je ne veux même pas que vous restiez ici ce soir.
Son valet de pied, que vous connaissez, n'aurait qu'à
venir vous donner des nouvelles et vous dire d'aller

nous chercher. Sortez, allez où vous voudrez, faites
la noce, découchez, mais je ne veux pas de vous ici
avant demain matin. »

Une joie immense déborda du visage du valet de
pied. Il allait enfin pouvoir passer de longues heures
avec sa promise qu'il ne pouvait quasiment plus voir
depuis qu'à la suite d'une nouvelle scène avec le
concierge, la duchesse lui avait gentiment expliqué
qu'il valait mieux ne plus sortir pour éviter de nouveaux conflits. Il nageait, à la pensée d'avoir enfin sa
soirée libre, dans un bonheur que la duchesse remar-
qua et comprit. Elle éprouva comme un serrement
de cœur et une démangeaison de tous les membres
à la vue de ce bonheur qu'on prenait à son insu, en
se cachant d'elle, duquel elle était irritée et jalouse.
« Non, Basin, qu'il reste ici, qu'il ne bouge pas de la
maison, au contraire.

— Mais, Oriane, c'est absurde, tout votre monde
est là, vous aurez en plus à minuit l'habilleuse et le
costumier pour notre redoute. Il ne peut servir à
rien du tout, et comme seul il est ami avec le valet
de pied de Mama, j'aime mille fois mieux l'expédier
loin d'ici.

— Écoutez, Basin, laissez-moi, j'aurai justement
quelque chose à lui faire dire dans la soirée, je ne
sais au juste à quelle heure. Ne bougez surtout pas
d'ici d'une minute », dit-elle au valet de pied désespéré.

S'il y avait tout le temps des querelles et si on restait peu chez la duchesse, la personne à qui il fallait
attribuer cette guerre constante était bien inamovible,
mais ce n'était pas le concierge. Sans doute pour le
gros ouvrage, pour les martyres plus fatigants à infli-
ger, pour les querelles qui finissent par les coups,
la duchesse lui en confiait les lourds instruments ;
d'ailleurs jouait-il son rôle sans soupçonner qu'on le

lui eût confié. Comme les domestiques, il admirait la bonté de la duchesse ; et les valets de pied peu clairvoyants venaient, après leur départ, revoir souvent Françoise en disant que la maison du duc aurait été la meilleure place de Paris s'il n'y avait pas eu la loge. La duchesse jouait de la loge comme on joua longtemps du cléricalisme, de la franc-maçonnerie, du péril juif, etc. Un valet de pied entra.

« Pourquoi ne m'a-t-on pas monté le paquet que M. Swann a fait porter ? Mais à ce propos (vous savez que Mama est très malade, Charles), Jules, qui était allé prendre des nouvelles de M. le marquis d'Osmond, est-il revenu ?

— Il arrive à l'instant, Monsieur le duc. On s'attend d'un moment à l'autre à ce que M. le marquis ne passe.

— Ah ! il est vivant, s'écria le duc avec un soupir de soulagement. On s'attend, on s'attend ! Satan vous-même.

Tant qu'il y a de la vie il y a de l'espoir, nous dit le duc d'un air joyeux. On me le peignait déjà comme mort et enterré. Dans huit jours il sera plus gaillard que moi.

— Ce sont les médecins qui ont dit qu'il ne passerait pas la soirée. L'un voulait revenir dans la nuit. Leur chef a dit que c'était inutile. M. le marquis devrait être mort ; il n'a survécu que grâce à des lavements d'huile camphrée.

— Taisez-vous, espèce d'idiot, cria le duc au comble de la colère. Qu'est-ce qui vous demande tout ça ? Vous n'avez rien compris à ce qu'on vous a dit.

— Ce n'est pas à moi, c'est à Jules.

— Allez-vous vous taire ? hurla le duc, et se tournant vers Swann : Quel bonheur qu'il soit vivant ! Il va reprendre des forces peu à peu. Il est vivant après une crise pareille. C'est déjà une excellente chose. On ne peut pas tout demander à la fois. Ça ne doit pas être désagréable, un petit lavement d'huile camphrée, dit le duc, se frottant les mains. Il est vivant, qu'est-ce qu'on veut de plus ? Après avoir passé par où il a passé, c'est déjà bien beau. Il est même à envier d'avoir un tempérament pareil. Ah ! les malades, on a pour eux des petits soins qu'on ne prend pas pour nous. Il y a ce matin un bougre de cuisinier qui m'a fait un gigot à la sauce béarnaise, réussie à merveille, je le reconnais, mais justement à cause de cela, j'en ai tant pris que je l'ai encore sur l'estomac. Cela n'empêche qu'on ne viendra pas prendre de mes nouvelles comme de mon cher Amanien. On en prend même trop. Cela le fatigue. Il faut le laisser souffler. On le tue, cet homme, en envoyant tout le temps chez lui.

— Hé bien ! dit la duchesse au valet de pied qui se retirait, j'avais demandé qu'on montât la photographie enveloppée que m'a envoyée M. Swann.

— Madame la duchesse, c'est si grand que je ne savais pas si ça passerait dans la porte. Nous l'avons laissé dans le vestibule. Est-ce que Madame la duchesse veut que je le monte ?

— Hé bien ! non, on aurait dû me le dire, mais si c'est si grand, je le verrai tout à l'heure en descendant.

— J'ai aussi oublié de dire à Madame la duchesse que Mme la comtesse Molé avait laissé ce matin une carte pour Madame la duchesse.

— Comment, ce matin ? » dit la duchesse d'un air mécontent et trouvant qu'une si jeune femme ne pouvait pas se permettre de laisser des cartes le matin.

« Vers dix heures, Madame la duchesse.

— Montrez-moi ces cartes.

— En tout cas, Oriane, quand vous dites que Marie a eu une drôle d'idée d'épouser Gilbert, reprit

le duc qui revenait à sa conversation première, c'est
vous qui avez une singulière façon d'écrire l'histoire.
Si quelqu'un a été bête dans ce mariage, c'est Gilbert
d'avoir justement épousé une si proche parente du
roi des Belges, qui a usurpé le nom de Brabant qui
est à nous. En un mot, nous sommes du même sang
que les Hesse, et de la branche aînée. C'est toujours
stupide de parler de soi, dit-il en s'adressant à moi,
mais enfin quand nous sommes allés non seulement
à Darmstadt, mais même à Cassel et dans toute la
Hesse électorale, les landgraves ont toujours tous
aimablement affecté de nous céder le pas et la première place, comme étant de la branche aînée.

— Mais enfin, Basin, vous ne me raconterez pas
que cette personne qui était major de tous les régi-
ments de son pays, qu'on fiançait au roi de Suède…

— Oh ! Oriane, c'est trop fort, on dirait que vous
ne savez pas que le grand-père du roi de Suède cultivait la terre à Pau, quand depuis neuf cents ans nous
tenions le haut du pavé dans toute l'Europe[1].

— Ça n'empêche pas que si on disait dans la rue :
"Tiens, voilà le roi de Suède", tout le monde courrait
pour le voir jusque sur la place de la Concorde, et
si on dit : "Voilà M. de Guermantes", personne ne
sait qui c'est.

— En voilà une raison !

— Du reste, je ne peux pas comprendre comment,
du moment que le titre de duc de Brabant est passé
dans la famille royale de Belgique, vous pouvez y
prétendre. »

Le valet de pied rentra avec la carte de la comtesse
Molé, ou plutôt avec ce qu'elle avait laissé comme
carte. Alléguant qu'elle n'en avait pas sur elle, elle
avait tiré de sa poche une lettre qu'elle avait reçue,
et, gardant le contenu, avait corné l'enveloppe qui
portait le nom : « La comtesse Molé. » Comme

l'enveloppe était assez grande, selon le format du papier à lettres qui était à la mode cette année-là, cette « carte », écrite à la main, se trouvait avoir presque deux fois la dimension d'une carte de visite ordinaire.

« C'est ce qu'on appelle la simplicité de Mme Molé, dit la duchesse avec ironie. Elle veut nous faire croire qu'elle n'avait pas de cartes et montrer son originalité. Mais nous connaissons tout ça, n'est-ce pas, mon petit Charles, nous sommes un peu trop vieux et assez originaux nous-mêmes pour apprendre l'esprit d'une petite dame qui sort depuis quatre ans. Elle est charmante, mais elle ne me semble pas avoir tout de même un volume suffisant pour s'imaginer qu'elle peut étonner le monde à si peu de frais que de laisser une enveloppe comme carte et de la laisser à dix heures du matin. Sa vieille mère souris lui montrera qu'elle en sait autant qu'elle sur ce chapitre-là. »

Swann ne put s'empêcher de rire en pensant que la duchesse, qui était du reste un peu jalouse du succès de Mme Molé, trouverait bien dans « l'esprit des Guermantes » quelque réponse impertinente à l'égard de la visiteuse.

« Pour ce qui est du titre de duc de Brabant, je vous ai dit cent fois, Oriane... », reprit le duc, à qui la duchesse coupa la parole, sans écouter.

« Mais mon petit Charles, je m'ennuie après votre photographie.

— Ah ! *extinctor draconis latrator Anubis*[1], dit Swann.

— Oui, c'est si joli ce que vous m'avez dit là-dessus en comparaison du Saint-Georges de Venise. Mais je ne comprends pas pourquoi *Anubis*.

— Comment est celui qui est ancêtre de Babal ? demanda M. de Guermantes.

— Vous voudriez voir sa baballe », dit Mme de

Guermantes d'un air sec pour montrer qu'elle méprisait elle-même ce calembour. « Je voudrais les voir
tous, ajouta-t-elle.

— Écoutez, Charles, descendons en attendant que
la voiture soit avancée, dit le duc, vous nous ferez
votre visite dans le vestibule, parce que ma femme
ne nous fichera pas la paix tant qu'elle n'aura pas
vu votre photographie. Je suis moins impatient à
vrai dire, ajouta-t-il d'un air de satisfaction. Je suis
un homme calme, moi, mais elle nous ferait plutôt
mourir.

— Je suis tout à fait de votre avis, Basin, dit la
duchesse, allons dans le vestibule, nous savons au
moins pourquoi nous descendons de votre cabinet,
tandis que nous ne saurons jamais pourquoi nous
descendons des comtes de Brabant.

— Je vous ai répété cent fois comment le titre était
entré dans la maison de Hesse, dit le duc (pendant
que nous allions voir la photographie et que je pensais à celles que Swann me rapportait à Combray),
par le mariage d'un Brabant, en 1241, avec la fille du
dernier landgrave de Thuringe et de Hesse, de sorte
que c'est même plutôt le titre de prince de Hesse qui
est entré dans la maison de Brabant, que celui de
duc de Brabant dans la maison de Hesse[1]. Vous vous
rappelez du reste que notre cri de guerre était celui
des ducs de Brabant : "Limbourg à qui l'a conquis[2]"
jusqu'à ce que nous ayons échangé les armes des
Brabant contre celles des Guermantes, en quoi je
trouve du reste que nous avons eu tort, et l'exemple
des Gramont n'est pas pour me faire changer d'avis[3].

— Mais, répondit Mme de Guermantes, comme
c'est le roi des Belges qui l'a conquis... Du reste,
l'héritier de Belgique s'appelle le duc de Brabant.

— Mais, mon petit, ce que vous dites ne tient pas
debout et pèche par la base. Vous savez aussi bien

que moi qu'il y a des titres de prétention qui subsistent parfaitement si le territoire est occupé par un
usurpateur. Par exemple, le roi d'Espagne se qualifie
précisément de duc de Brabant, invoquant par-là
une possession moins ancienne que la nôtre, mais
plus ancienne que celle du roi des Belges. Il se dit
aussi duc de Bourgogne, roi des Indes occidentales
et orientales, duc de Milan. Or, il ne possède pas
plus la Bourgogne, les Indes, ni le Brabant, que je ne
possède moi-même ce dernier, ni que ne le possède
le prince de Hesse. Le roi d'Espagne ne se proclame
pas moins roi de Jérusalem, l'empereur d'Autriche
également, et ils ne possèdent Jérusalem ni l'un ni
l'autre. »

Il s'arrêta un instant, gêné que le nom de Jérusalem ait pu embarrasser Swann, à cause des « affaires
en cours », mais n'en continua que plus vite :

« Ce que vous dites là, vous pouvez le dire de tout.
Nous avons été ducs d'Aumale, duché qui a passé
aussi régulièrement dans la maison de France que
Joinville et que Chevreuse dans la maison d'Albert.
Nous n'élevons pas plus de revendications sur ces
titres que sur celui de marquis de Noirmoutiers,
qui fut nôtre et qui devint fort régulièrement l'apanage de la maison de La Trémoïlle, mais de ce que
certaines cessions sont valables, il ne s'ensuit pas
qu'elles le soient toutes. Par exemple, dit-il en se
tournant vers moi, le fils de ma belle-sœur porte le
titre de prince d'Agrigente, qui nous vient de Jeanne
la Folle, comme aux La Trémoïlle celui de prince de
Tarente[1]. Or, Napoléon a donné ce titre de Tarente
à un soldat qui pouvait d'ailleurs être un fort bon
troupier[2], mais en cela l'Empereur a disposé de ce
qui lui appartenait encore moins que Napoléon III
en faisant un duc de Montmorency, puisque Périgord
avait au moins pour mère une Montmorency[3], tandis

que le Tarente de Napoléon Ier n'avait de Tarente que la volonté de Napoléon qu'il le fût. Cela n'a pas empêché Chaix d'Est-Ange[1], faisant allusion à votre oncle Condé, de demander au procureur impérial s'il avait été ramasser le titre de duc de Montmorency dans les fossés de Vincennes[2].

— Écoutez, Basin, je ne demande pas mieux que de vous suivre dans les fossés de Vincennes, et même à Tarente. Et à ce propos, mon petit Charles, c'est justement ce que je voulais vous dire pendant que vous me parliez de votre Saint-Georges de Venise, c'est que nous avons l'intention, Basin et moi, de passer le printemps prochain en Italie et en Sicile. Si vous veniez avec nous, pensez ce que ce serait différent ! Je ne parle pas seulement de la joie de vous voir, mais imaginez-vous, avec tout ce que vous m'avez souvent raconté sur les souvenirs de la conquête normande et les souvenirs antiques, imaginez-vous ce qu'un voyage comme ça deviendrait, fait avec vous ! C'est-à-dire que même Basin, que dis-je, Gilbert ! en profiteraient, parce que je sens que jusqu'aux prétentions à la couronne de Naples et toutes ces machines-là m'intéresseraient, si c'était expliqué par vous dans de vieilles églises romanes ou dans des petits villages perchés comme dans les tableaux de primitifs. Mais nous allons regarder votre photographie. Défaites l'enveloppe, dit la duchesse à un valet de pied.

— Mais, Oriane, pas ce soir ! vous regarderez cela demain », implora le duc qui m'avait déjà adressé des signes d'épouvante en voyant l'immensité de la photographie.

« Mais ça m'amuse de voir cela avec Charles », dit la duchesse avec un sourire à la fois facticement concupiscent et finement psychologique, car, dans son désir d'être aimable pour Swann, elle parlait du plaisir qu'elle aurait à regarder cette photographie comme de celui qu'un malade sent qu'il aurait à manger une orange, ou comme si elle avait à la fois combiné une escapade avec des amis et renseigné un biographe sur des goûts flatteurs pour elle.

« Hé bien, il viendra vous voir exprès, déclara le duc, à qui sa femme dut céder. Vous passerez trois heures ensemble devant, si ça vous amuse, dit-il ironiquement. Mais où allez-vous mettre un joujou de cette dimension-là ?

— Mais dans ma chambre, je veux l'avoir sous les yeux.

— Ah ! tant que vous voudrez, si elle est dans votre chambre, j'ai chance de ne la voir jamais », dit le duc, sans penser à la révélation qu'il faisait aussi étourdiment sur le caractère négatif de ses rapports conjugaux.

« Hé bien, vous déferez cela bien soigneusement, ordonna Mme de Guermantes au domestique (elle multipliait les recommandations par amabilité pour Swann). Vous n'abîmerez pas non plus l'enveloppe !

— Il faut même que nous respections l'enveloppe ! me dit le duc à l'oreille en levant les bras au ciel. Mais, Swann, ajouta-t-il, moi qui ne suis qu'un pauvre mari bien prosaïque, ce que j'admire là-dedans c'est que vous ayez pu trouver une enveloppe d'une dimension pareille. Où avez-vous déniché cela ?

— C'est la maison de photogravures qui fait souvent ce genre d'expéditions. Mais c'est un mufle, car je vois qu'il a écrit dessus : "La duchesse de Guermantes" sans "Madame".

— Je lui pardonne », dit distraitement la duchesse, qui, tout d'un coup paraissant frappée d'une idée qui l'égaya, réprima un léger sourire, mais revenant vite à Swann : « Hé bien ! vous ne dites pas si vous viendrez en Italie avec nous ?

— Madame, je crois bien que ce ne sera pas possible.

— Hé bien, Mme de Montmorency a plus de chance. Vous avez été avec elle à Venise et à Vicence. Elle m'a dit qu'avec vous on voyait des choses qu'on ne verrait jamais sans ça, dont personne n'a jamais parlé, que vous lui avez montré des choses inouïes, et, même dans les choses connues, qu'elle a pu comprendre des détails devant qui, sans vous, elle aurait passé vingt fois sans jamais les remarquer. Décidément elle a été plus favorisée que nous… Vous prendrez l'immense enveloppe des photographies de M. Swann, dit-elle au domestique, et vous irez la déposer, cornée de ma part, ce soir à dix heures et demie, chez Mme la comtesse Molé. »

Swann éclata de rire.

« Je voudrais tout de même savoir, lui demanda Mme de Guermantes, comment, dix mois d'avance, vous pouvez savoir que ce sera impossible.

— Ma chère duchesse, je vous le dirai si vous y tenez, mais d'abord vous voyez que je suis très souffrant.

— Oui, mon petit Charles, je trouve que vous n'avez pas bonne mine du tout, je ne suis pas contente de votre teint, mais je ne vous demande pas cela pour dans huit jours, je vous demande cela pour dans dix mois. En dix mois on a le temps de se soigner, vous savez. »

À ce moment un valet de pied vint annoncer que la voiture était avancée. « Allons, Oriane, à cheval », dit le duc qui piaffait déjà d'impatience depuis un moment, comme s'il avait été lui-même un des chevaux qui attendaient.

« Hé bien, en un mot la raison qui vous empêchera

de venir en Italie ? » questionna la duchesse en se levant pour prendre congé de nous.

« Mais, ma chère amie, c'est que je serai mort depuis plusieurs mois. D'après les médecins, que j'ai consultés, à la fin de l'année le mal que j'ai, et qui peut du reste m'emporter tout de suite, ne me laissera pas en tous les cas plus de trois ou quatre mois à vivre, et encore c'est un grand maximum », répondit Swann en souriant, tandis que le valet de pied ouvrait la porte vitrée du vestibule pour laisser passer la duchesse.

« Qu'est-ce que vous me dites là ? » s'écria la duchesse en s'arrêtant une seconde dans sa marche vers la voiture et en levant ses beaux yeux bleus et mélancoliques, mais pleins d'incertitude. Placée pour la première fois de sa vie entre deux devoirs aussi différents que monter dans sa voiture pour aller dîner en ville, et témoigner de la pitié à un homme qui va mourir, elle ne voyait rien dans le code des convenances qui lui indiquât la jurisprudence à suivre et, ne sachant auquel donner la préférence, elle crut devoir faire semblant de ne pas croire que la seconde alternative eût à se poser, de façon à obéir à la première qui demandait en ce moment moins d'efforts, et pensa que la meilleure manière de résoudre le conflit était de le nier. « Vous voulez plaisanter ? » dit-elle à Swann.

« Ce serait une plaisanterie d'un goût charmant, répondit ironiquement Swann. Je ne sais pas pourquoi je vous dis cela, je ne vous avais pas parlé de ma maladie jusqu'ici. Mais comme vous me l'avez demandé et que maintenant je peux mourir d'un jour à l'autre... Mais surtout je ne veux pas que vous vous retardiez, vous dînez en ville », ajouta-t-il parce qu'il savait que, pour les autres, leurs propres obligations mondaines primaient la mort d'un ami, et qu'il se mettait à leur place, grâce à sa politesse. Mais celle de la duchesse lui permettait aussi d'apercevoir confusément que le dîner où elle allait devait moins compter pour Swann que sa propre mort. Aussi, tout en continuant son chemin vers la voiture, baissa-t-elle les épaules en disant : « Ne vous occupez pas de ce dîner. Il n'a aucune importance ! » Mais ces mots mirent de mauvaise humeur le duc qui s'écria : « Voyons, Oriane, ne restez pas à bavarder comme cela et à échanger vos jérémiades avec Swann, vous savez bien pourtant que Mme de Saint-Euverte tient à ce qu'on se mette à table à huit heures tapant. Il faut savoir ce que vous voulez, voilà bien cinq minutes que vos chevaux attendent. Je vous demande pardon, Charles, dit-il en se tournant vers Swann, mais il est huit heures moins dix. Oriane est toujours en retard, il nous faut plus de cinq minutes pour aller chez la mère Saint-Euverte. »

Mme de Guermantes s'avança décidément vers la voiture et redit un dernier adieu à Swann. « Vous savez, nous reparlerons de cela, je ne crois pas un mot de ce que vous dites, mais il faut en parler ensemble. On vous aura bêtement effrayé, venez déjeuner, le jour que vous voudrez (pour Mme de Guermantes tout se résolvait toujours en déjeuners), vous me direz votre jour et votre heure », et relevant sa jupe rouge elle posa son pied sur le marchepied. Elle allait entrer en voiture, quand, voyant ce pied, le duc s'écria d'une voix terrible : « Oriane, qu'est-ce que vous alliez faire, malheureuse. Vous avez gardé vos souliers noirs ! Avec une toilette rouge ! Remontez vite mettre vos souliers rouges, ou bien, dit-il au valet de pied, dites tout de suite à la femme de chambre de Mme la duchesse de descendre des souliers rouges[1].

— Mais, mon ami », répondit doucement la duchesse, gênée de voir que Swann, qui sortait avec moi mais avait voulu laisser passer la voiture devant nous, avait entendu, « puisque nous sommes en retard...

— Mais non, nous avons tout le temps. Il n'est que moins dix, nous ne mettrons pas dix minutes pour aller au parc Monceau. Et puis enfin, qu'est-ce que vous voulez, il serait huit heures et demie, ils patienteront, vous ne pouvez pourtant pas aller avec une robe rouge et des souliers noirs. D'ailleurs nous ne serons pas les derniers, allez, il y a les Sassenage, vous savez qu'ils n'arrivent jamais avant neuf heures moins vingt. »

La duchesse remonta dans sa chambre.

« Hein, nous dit M. de Guermantes, les pauvres maris, on se moque bien d'eux, mais ils ont du bon tout de même. Sans moi, Oriane allait dîner en souliers noirs.

— Ce n'est pas laid, dit Swann, et j'avais remarqué les souliers noirs qui ne m'avaient nullement choqué.

— Je ne vous dis pas, répondit le duc, mais c'est plus élégant qu'ils soient de la même couleur que la robe. Et puis, soyez tranquille, elle n'aurait pas été plus tôt arrivée qu'elle s'en serait aperçue et c'est moi qui aurais été obligé de venir chercher les souliers. J'aurais dîné à neuf heures. Adieu, mes petits enfants, dit-il en nous repoussant doucement, allez-vous-en avant qu'Oriane ne redescende. Ce n'est pas qu'elle n'aime vous voir tous les deux. Au contraire, c'est qu'elle aime trop vous voir. Si elle vous trouve encore là, elle va se remettre à parler, elle est déjà très fatiguée, elle arrivera au dîner morte. Et puis je vous avouerai franchement que moi je meurs de faim. J'ai très mal déjeuné ce matin en descendant de train. Il y avait bien une sacrée sauce béarnaise, mais malgré cela, je ne serai pas fâché du tout, mais du tout, de me mettre à table. Huit heures moins cinq !

Ah ! les femmes ! Elle va nous faire mal à l'estomac à tous les deux. Elle est bien moins solide qu'on ne croit. »

Le duc n'était nullement gêné de parler des malaises de sa femme et des siens à un mourant, car les premiers, l'intéressant davantage, lui apparaissaient plus importants. Aussi fut-ce seulement par bonne éducation et gaillardise, qu'après nous avoir éconduits gentiment, il cria à la cantonade et d'une voix de stentor, de la porte, à Swann qui était déjà dans la cour :

« Et puis vous, ne vous laissez pas frapper par ces bêtises des médecins, que diable ! Ce sont des ânes. Vous vous portez comme le Pont-Neuf. Vous nous enterrerez tous ! »

DOSSIER

DOCUMENTS

1. TABLEAUX DE GENRE DU SOUVENIR

Dès Les Plaisirs et les Jours, *en 1896, Proust a évoqué le bonheur qu'il connut lors de son service militaire effectué à Orléans, en 1889-1890. Cette page nostalgique, dix-huitième fragment des « Regrets, rêveries couleur du temps », est la première exposition du thème qui sera repris et développé dans l'épisode de* Guermantes I *situé à Doncières. Proust y décrira avec détail ces « tableaux de genre » évoquant la peinture flamande (p. 162).*

Nous avons certains souvenirs qui sont comme la peinture hollandaise de notre mémoire, tableaux de genre où les personnages sont souvent de condition médiocre, pris à un moment bien simple de leur existence, sans événements solennels, parfois sans événements du tout, dans un cadre nullement extraordinaire et sans grandeur. Le naturel des caractères et l'innocence de la scène en font l'agrément, l'éloignement met entre elle et nous une lumière douce qui la baigne de beauté.

Ma vie de régiment est pleine de scènes de ce genre que je vécus naturellement, sans joie bien vive et sans grand chagrin, et dont je me souviens avec beaucoup de douceur. Le caractère agreste des lieux, la simplicité de quelques-uns de mes camarades paysans, dont le corps était resté plus beau, plus agile, l'esprit plus original, le cœur plus spontané, le caractère plus naturel que chez les jeunes gens que j'avais fréquentés auparavant et que je fréquentai dans la suite, le calme d'une vie où les occupations sont plus réglées et l'imagination moins asservie que dans toute autre, où le plaisir nous accompagne d'autant plus continuellement que nous n'avons jamais le temps de le fuir en courant à sa recherche, tout concourt à faire aujourd'hui de cette époque de ma vie comme une suite, coupée de lacunes, il est vrai, de petits tableaux pleins de vérité heureuse et de charme sur lesquels le temps a répandu sa tristesse douce et sa poésie.

2. ESQUISSE : UN CÉLÈBRE ET GÉNIAL DANSEUR

Lors d'une visite avec Saint-Loup et Rachel dans les coulisses d'un théâtre, le narrateur admire un jeune homme qui répète un pas de ballet au milieu des décors (p. 263-268). Le texte définitif est ici en retrait par rapport à l'esquisse du Cahier 39, datant de 1910. Dans ce document (où Saint-Loup se nomme Montargis), la description du danseur, de son costume, de ses mouvements, les commentaires sur la nouveauté que constituent les spectacles donnés par la troupe à laquelle il appartient et sur la réaction enthousiaste du public, tout montre que Proust pensait aux Ballets russes de Diaghilev, et que le modèle du « jeune fou au visage pastellisé » n'est autre que Nijinski. Proust assista à deux représentations des Ballets russes, en juin 1910. Mais le ballet auquel il songe ici est vraisemblablement Le Pavillon d'Armide[1], *créé à Saint-Pétersbourg en 1907 et repris à Paris le 18 mai 1909. Nijinski y portait un costume semblable à celui du danseur du Cahier 39, comprenant une toque et une jupe.*

1. Livret et décors d'Alexandre Benois, chorégraphie de Fokine, musique de Tcherepnine.

Et je cherchais ainsi, en trouvant des raisons nouvelles de m'intéresser au théâtre, à ne pas m'attrister d'avoir changé, de ne plus trouver de prix, à ce que j'avais tant aimé, et à me persuader que la minute actuelle n'était pas une minute qui elle non plus ne reviendrait pas mais que j'avais de bonnes et sages raisons, de la faire souvent revenir dans ma vie, de revenir souvent parmi ces décors dont j'eusse souffert de penser que si je m'y plaisais en ce moment je ne les reverrais jamais. Des arroseurs jetaient de l'eau sur le plancher, faisant reculer les divers messieurs en veston ou en redingote, amis des actrices, habitués du théâtre, auteurs, journalistes qui se promenaient sur le plateau. Au milieu de ces hommes du monde corrects qui se saluaient, s'arrêtaient un moment à causer comme à la ville, s'élança un jeune homme portant une toque de velours noir, une jupe cerise, et les bras levés au ciel dans des manches de soie bleue. Sa figure était couverte d'une sorte de poudre de pastel rose comme certains dessins de Watteau ou certains papillons. Il courait légèrement sur les pointes esquissant un pas, les yeux extasiés et mélancoliques, la bouche souriante, et tout en se balançant de droite et de gauche esquissait une pantomime avec la paume de ses mains puis bondissait légèrement jusqu'aux frises.

C'était un célèbre et génial danseur d'une troupe étrangère qui avait en ce moment un si grand succès à Paris qu'on adjoignait souvent un acte de ballet à des spectacles différents, et répétant pour la centième fois avant d'entrer en scène le pas de ballet sur lequel le rideau allait se lever tout à l'heure, que ce jeune fou au visage pastellisé, aux regards en extase, qui légèrement, de son vol bleu et rose, poursuivait son rêve au milieu de ces hommes raisonnables et vêtus de noir à la façon de penser, de vivre, de se comporter, à la civilisation et à l'humanité desquels était si entièrement étrangère l'inconstante expression de ses ébats fardés et rapides, que, pour tout ce qu'il manifestait d'une forme différente de vie, et comme d'un autre règne de la nature, je restais ébloui – ainsi que je l'aurais fait devant un papillon égaré au milieu d'une foule – à suivre des yeux dans l'air les arabesques qu'y traçait sa grâce naturelle, ailée, capricieuse et multicolore. La saison de ballets qu'il donnait en ce moment à Paris avec ses camarades était d'actualité, au sens véritable du mot. Comme les dreyfusards quelques années auparavant[1], étendant par la lecture des journaux qui leur apportaient quelque nouvelle d'un intérêt scientifique pour leur cause, par les conversations entre adeptes, la représentation qu'ils avaient vue l'après-midi au palais de justice, vivant dans une atmosphère passionnante où la vie, la presse, tout continuait et commentait leur rêve, les amateurs d'art se retrouvaient tous les soirs à ces ballets. Les décors des ballets et les costumes des danseurs, chefs-d'œuvre d'un grand peintre[2], après le spectacle les poussaient à des discussions esthétiques infinies qu'ils allaient le spectacle fini poursuivre en prenant des glaces dans un café où *[un mot illisible]* on reconnaissait et se montrait les peintres et danseurs de la troupe venant eux aussi à d'autres tables prendre des *[un mot illisible]*. On brûlait du plaisir de les admirer dans le ballet du lendemain et on avait le plaisir de se sentir vivre presque littérairement la vie de Milan au moment de *La Chartreuse de Parme* Vigano (Gautier)[3].

1. Par cette indication anachronique, Proust trahit la date à laquelle il écrit son roman. À ce moment du récit, l'affaire Dreyfus est en effet entrée dans sa phase la plus spectaculaire – le procès Zola. Pour l'auteur, en revanche, et pour l'amateur de Ballets russes, elle appartient déjà au passé. C'est sans doute cet anachronisme qui a conduit Proust à renoncer à l'allusion aux Ballets russes dans le texte définitif.

2. Le « grand peintre » est sans doute Léon Bakst, l'un des plus brillants décorateurs des Ballets russes. Les effets d'éclairage dont il est question dans le texte définitif (p. 263) ont déjà été évoqués dans *À l'ombre des jeunes filles en fleurs* (p. 717), où Proust cite Bakst nommément.

3. Stendhal fut ébloui par le danseur italien Salvatore Viganò, maître de ballet à la Scala de Milan, et il parle souvent de lui, notamment dans *La Chartreuse de Parme*. Mais le rapprochement avec Gautier qu'établit Proust dans cette « note de régie » ne peut être éclairci que par un article de Jean-Louis Vaudoyer, « Variations sur les Ballets russes », paru dans la *Revue de Paris*

« Bravo ! Bravo ! Oh ! ces petites mains qui dansent ainsi, lui cria la maîtresse de Montargis. C'est pire qu'une femme, moi qui suis femme je ne pourrais pas faire cela. » Le danseur tourna la tête vers elle et sa personne humaine apparaissait sous le sylphe qu'il s'exerçait à être, la gelée étroite et bleue de ses yeux sourit entre le vernis noir qui allongeait et frisait ses cils comme des antennes, et sa bouche s'entrouvrit au milieu de sa face rose comme une fleur de zinnia, puis en riant, pour l'amuser il se mit à répéter le mouvement de ses mains, avec la complaisance d'un artiste qui fredonne pour vous faire plaisir l'air où vous lui dites l'avoir admiré, et à le contrefaire avec la gaieté d'un enfant qu'il y aurait en celui qui comprendrait ce que peut avoir d'amusant pour les autres ce que fait avec tant de sérieux le sylphe qu'il est à la fois en une même personne, en cette personne d'artiste qui s'égaye ainsi d'isoler, de reconnaître, de faire remarquer aux autres le mouvement qu'il connaît si bien pour y avoir mis tant de son effort, de sa recherche originale – et lui dit-on avec une particulière réussite qui comptera dans sa carrière. « Oh ! non, c'est trop gentil ce coup de se chiner comme ça soi-même ! oui, c'est bien ça ! Au moins en voilà un qui ne se gobe pas. Et est-ce qu'elles font ça aussi avec les femmes vos petites mains ? » lui dit-elle d'une voix artificiellement cristalline et innocente, car elle jouait les ingénues. « Et encore bien d'autres choses, répondit-il d'un air mystérieux. — Oh ! tais-toi, tu me rends folle, s'écria l'amie de Montargis, je ne sais pas ce qu'il ne ferait pas de moi avec ses petites manières. Regardez-moi un peu son poignet qui se retourne. — Je t'en prie ne dis pas de choses comme cela devant toutes

---

du 15 juillet 1910. Proust l'avait lu et avait félicité son auteur. Vaudoyer décrivait d'abord Nijinski. Puis il évoquait le public d'une première dans un théâtre imaginaire : la comtesse Mosca, accompagnée par Henri Beyle, « Paul de Musset, que la comtesse avait reçu à Vignano », Théophile Gautier, etc. Vignano est le palais où la comtesse Mosca tient sa cour dans *La Chartreuse de Parme*. Proust a-t-il pensé Vignano et écrit Vigano ? Les deux leçons sont pertinentes dans le contexte.

les crapules qui sont ici », lui dit Montargis à mi-voix,
en l'emmenant, « ce misérable se paiera ta tête quand tu
auras le dos tourné. — À bientôt joli danseur » lui cria
l'actrice pour se venger des paroles de Montargis. « Au
moins te rappelleras-tu tes gestes de mains. Sans cela il
n'y a rien de fait. »

(N. a. fr. 16679.)

3. ESQUISSE DU *CÔTÉ DE GUERMANTES II*

*En 1910, Proust rédige une première version suivie de ce
qui ne s'intitule pas encore* Le Côté de Guermantes *mais
comprend déjà tout le récit de l'initiation mondaine du
héros. Cette esquisse a sa propre cohérence, qui n'est pas
toujours celle du texte définitif. Ainsi, Albertine n'y paraît
pas. Certains personnages n'ont pas encore reçu de nom ;
d'autres n'ont pas leur nom définitif : M. de Charlus se
nomme ici M. de Gurcy ; Oriane de Guermantes se prénomme Rosemonde, et Basin se prénomme Astolphe. Le
long extrait que nous publions, commencé sur le Cahier 41,
se poursuit sur les Cahiers 42 et 43. Les portes du faubourg
Saint-Germain s'ouvrent enfin devant le héros : Mme de
Guermantes va le recevoir. Il pourra comparer le rêve à
la réalité, la divinité idéalisée à la femme « semblable à
toutes les autres ».*

*Les crochets aigus indiquent les mots absents du
manuscrit que nous restituons ; les étoiles encadrent les
indications de montage, les « notes de régie », les aide-
mémoire, qui ne font pas partie du récit ; les blancs
marquent les endroits où nous ne suivons pas la continuité du manuscrit.*

Peut-être dans ces sociétés fermées et pleines d'espace
libre comme un beau jardin, les femmes n'ont pas autant
que les femmes des milieux élégants de second ordre, si
envahis, l'habitude de défendre leur porte, d'écarter la

plupart des nouveaux venus qu'on leur présente[1]. Ici il faut un événement pour qu'un étranger se présente à la porte du jardin, il faut qu'il soit l'ami d'une parente, ou qu'une raison intéressante l'amène. Dégagées de l'hypnotisme du snobisme, les femmes l'y jugent sur ses qualités réelles, on le reçoit avec grâce, on lui fait place à goûter sous les arbres.

Contrairement aux dieux anciens qui avaient double visage, double corps, il semble que sous la silhouette de la femme que nous voyons passer il y ait deux femmes. Une divinité hostile dont le regard froid nous indiquait la pensée méprisante, que nous prolongions en une vie qu'elle tenait bien haut en dehors de nos atteintes. Et au moment où elle passe dans le salon et s'arrête, c'est une déesse bienveillante qui a pris sa place, qui s'avance vers nous, souriante, la pensée comme les mains pleines de dons et nous ouvrant sa vie en nous demandant d'y entrer. Jamais nous ne saurons ce qui a changé la divinité hostile en déesse bienveillante, ce qui a fait que la vie dont nous étions indigne d'approcher nous est tout d'un coup offerte sous sa forme la plus belle, comme la seule où elle ne soit pas trop indigne d'être acceptée par nous. De sorte que ce n'est pas seulement deux femmes que nous voyons sous la femme changée, mais deux moi différents que nous révélons à nos propres yeux, l'un méprisable et réprouvé, l'autre supérieur, objet de convoitises qui nous avaient été cachées jusqu'ici. Nous ne saurons d'ailleurs jamais au juste quelle est la cause du revirement, s'il ne change qu'une attitude et si l'opinion de nous que manifeste la seconde était déjà plus ancienne, s'il manifeste un changement d'impression sur nous-même, d'information par les autres, de point de vue dans la vie, changeant l'échelle des valeurs.

Elle a pu se dire : « Il est agréable le petit X, il faut que je lui dise de venir chez moi », et n'ayant pas eu l'occasion de le dire, rien ne l'a laissé supposer au jeune homme qui – ne sachant pas quel travail dynamique a préparé ce crochet imprévu – est stupéfait de la voir, passant dans un salon, obliquer, le retraversant tout entier, pour

venir s'asseoir amicalement à côté de lui. Quoi qu'il en
soit, ces quelques pas que fit Mme de Guermantes pour
venir à moi, ne furent que <le> déclenchement de tout
le jeu de son amabilité avec ses divers usages, dîners,
parties de théâtre etc., ce jeu hermétiquement fermé à
moi jusqu'ici, dont je n'avais aperçu que l'envers et qui en
une seconde, comme ces jeux qu'on retourne tout entier,
en secouant la boucle qu'on a dans la main, fut mis à
ma disposition, dans sa plénitude et sa complexité, et
ainsi il était à peine assez bon pour qu'on osât espérer
que je consente à m'en distraire. Si j'avais jamais espéré
que Mme de Guermantes m'eût demandé d'aller la voir,
j'aurais cru tout au plus apercevoir en visite de ces gens
qui dînaient chez elle, mais à qui cette faveur était exclusivement réservée. Pour moi, je ne pensais pas qu'elle
m'inviterait jamais à dîner chez elle, ou qu'après un long
stage, et en tout cas croyant me faire déjà trop de plaisir en me faisant dîner chez elle, m'inviterait seul, ou à
des dîners où elle faisait des politesses à des personnes
de second ordre, en me faisant croire que c'était une
plus grande faveur, comme les gens qui disent : « Venez
donc, nous serons *absolument* seuls », transformant en
une faveur qu'ils vous font valoir, le désir qu'ils ont de
ne pas vous montrer. Or sur cette chaise qu'elle avait
approchée de moi après m'avoir reproché de ne jamais
aller la voir, Mme de Guermantes ajouta : « Vous n'aimez
pas les petits dîners, vous ne voudriez pas dîner chez
moi ? Vous ne connaissez pas la princesse de Parme (je
savais que les dîners qu'elle donnait pour la princesse
de Parme étaient des dîners élégants entre tous, où elle
n'invitait pour la princesse fort difficile que les gens
les plus agréables), elle est charmante. Elle vient dîner
le samedi en huit à la maison. Venez donc, ce sera un
dîner gentil, sans cela je ne vous le demanderais pas, il
y aura le prince de Wurtzburg Meningen, le duc d'Albon (vous connaissez bien d'Albon), je crois que vous
vous amuserez. » C'était, en m'invitant avec <ce> qu'elle
avait de mieux, à un de ces dîners si enviés, me montrer
qu'elle ne croyait rien d'assez bien pour moi et c'était

du rang d'homme si au-dessous de sa vie que je croyais
occuper me faire passer d'emblée, comme si ce fût ma
place originelle et de tout temps, à convive désigné, de
ce qu'elle avait de mieux comme réunion, à qui on est
presque intimidé de ne pouvoir offrir davantage. Mme
de Villeparisis passa, je me levai. « Mais non, mais non,
ne vous dérangez pas, dit Mme de Villeparisis[1]. Puisque
vous êtes bien à causer avec ma nièce », et elle ajouta :
« Vous ne voulez pas venir dîner jeudi avec elle », comme
si de l'amabilité de Mme de Guermantes avec moi elle
avait conclu que j'étais probablement un de ses grands
amis, plus lié peut-être avec Mme de Guermantes qu'elle
sa tante, et qu'elle serait contente de retrouver. Beaucoup
de personnes étaient déjà parties. Mme de Guermantes,
regardant l'heure, se leva et partit avec elle après m'avoir
demandé de venir la voir le lendemain. On n'était plus
nombreux. M. de Guermantes, retenu par une élection
au Jockey, venait d'arriver.

J'allai le lendemain voir Mme de Guermantes, je péné-
trai dans ces lieux qui n'étaient pas pour moi que le cadre
abstrait de cette vie mystérieuse mais qui avaient eux-
mêmes absorbé son mystère, je m'avançai, dans cette
atmosphère particulière, vers Mme de Guermantes habillée de la même robe dans laquelle je l'avais rencontrée
un matin où elle allait chez la princesse de Parme et qui
entre ses deux valves nacrées de satin rose contenait la
vie du faubourg Saint-Germain. Venant elle-même rapidement au-devant de moi, elle me fit asseoir à côté d'elle,
son visage illuminé d'une lumière rose, ce visage rempli des opinions du faubourg Saint-Germain accordait
à ma personne, pour des raisons inexplicables, un prix
élevé, et entre les bandes roses qui s'étendaient sur ses
joues comme sur un ciel au couchant, ses deux yeux d'un
bleu céleste brillaient en m'écoutant d'une curiosité, d'un
intérêt presque déférents. Car j'étais obligé de parler, de
répondre à ses questions, et déjà la conversation tissait
sa trame d'idées générales, de mots communs, d'attention habituelle à ce qu'on va dire, du désir de plaire,

refaisait de moi la même personne que j'eusse été avec
n'importe qui, n'importe où et avait déjà mis fin pour moi
à la possibilité d'éprouver de ce lieu si convoité aucune
impression particulière. Plusieurs de ces amis de Mme
de Guermantes dont j'avais entendu dire les noms par
Françoise ou que j'avais rencontrés dans sa cour, et un
peu à cause desquels je pensais qu'elle me repoussait, ne
pensant pas que je pouvais frayer avec eux comme toute
personne du milieu Guermantes, vinrent la voir. Elle me
les présentait comme des petits fours, et <voyant> qu'ils
ne semblaient exciter en moi aucune envie, elle les laissait dans leur coin et se remettait à parler avec moi avec
animation. Si d'ailleurs ils avaient en eux *a priori* une
hostilité méprisante pour les jeunes gens obscurs comme
j'étais, ces dieux ennemis s'étaient changés comme Mme
de Guermantes elle-même en amis bienveillants qui
de tous temps avaient entendu parler de moi comme
d'un être extraordinaire, et qui m'aimaient avant de me
connaître. Quelques-uns fort en vue vinrent à la fin de la
journée, elle leur disait mon nom obscur, puis me disait
leur nom célèbre, comme si c'eussent été deux quantités
égales et interchangeables. En entendant mon nom, ils
avaient l'air d'accueillir la bonne fortune de me connaître
chacun à sa façon, les uns avec une joie marquée, les
autres avec une déférence plus grave. Quand Mme de
Guermantes me nomma, le visage du prince de X s'il-
lumina, et pour compliquer son salut et sa poignée de
main du maximum d'efforts musculaires qui pouvaient
en prolonger et compléter l'amabilité, il commença par
assurer malicieusement son monocle dans le coin de son
œil où s'allumait déjà un sourire, écarta un pied, y joignit
l'autre, me prit la main, l'approcha de lui, me dit la joie
et l'honneur qu'il avait à me connaître. Je sentais que
je pourrais compter sur son amitié et qu'en faisant plus
tard appel à son obligeance, c'était plutôt lui, à cause de
la haute considération qu'il avait pour moi, que j'oblige-
rais, que je flatterais. Il s'assit et se tut pour me laisser
causer avec Mme de Guermantes, mais le monocle écar-
quillé d'attention et luisant de bienveillance et d'intérêt ne

cessa de m'écouter, se montra aussi curieux de moi que si j'eusse été une nouvelle de la guerre de Mandchourie[1] ou un moyen de guérir le cancer.

M. de Bréauté entra et voyant un monsieur qu'il ne connaissait pas, qui ne faisait pas partie de la société, il mit son monocle dans l'espoir que celui-ci l'aiderait plus encore qu'à me voir, à discerner quelle espèce d'homme j'étais. Il savait que la duchesse de Guermantes, ce qui faisait partie de ses attributs de femme supérieure, avait « un salon », c'est-à-dire ajoutait parfois aux gens de son monde quelque notabilité qui venait de mettre en vue une découverte ou un chef-d'œuvre. Néanmoins il pensa que j'étais peut-être simplement le nouvel attaché d'ambassade suédois dont on lui avait parlé ; mais quand la duchesse m'eut présenté, il se mit à manifester une satisfaction intense en multipliant les révérences et des sourires que filtrait son monocle, comme s'il s'était trouvé devant des « naturels » d'une terre transocéanique à qui il voulait faire, tout en les observant curieusement, des démonstrations d'amitié. C'est qu'ayant entendu mon nom qui n'était pas celui de l'attaché suédois, et qui d'autre part lui était entièrement inconnu, il avait alors pensé que j'étais évidemment quelque célébrité. Il se léchait déjà les babines de pouvoir à six heures raconter chez la princesse de Parme que la réunion était très intéressante chez Oriane, ne doutant pas que j'eusse au moins trouvé un remède contre le cancer ou écrit la pièce qu'on répétait au Théâtre-Français. Et dans l'idée fausse qu'un jeune homme de valeur l'estimerait davantage s'il parvenait à lui inculquer l'illusion que pour lui, marquis de Bréauté, les privilèges de la pensée valaient ceux de la naissance, il ne cessait pas de s'incliner et de sourire d'un air engageant.

Le salut du général marquis de X[2] fut plus grave, mais plus cérémonieux, et tel que je n'aurais pu le faire plus profond à un membre du Conseil supérieur de la guerre. D'ailleurs pour moi qui à la maison étais encore traité un peu en enfant par les « grandes personnes » qui y venaient, si on me laissait dîner à table avec elles, sans

aller jusqu'à appliquer à la présentation le mot de Balzac sur les titres de noblesse, dont se moquait Mme de
Villeparisis : « Une de ces grandes choses » etc.[1], je goû-
tais puissamment dans ce rite, qui met face à face et de
plain-pied le nom d'un glorieux général et d'un enfant
inconnu et les force à se rendre l'un à l'autre un salut
égal, une vertu au moins aussi émancipatrice qu'égali-
sante. Mais je me rendis compte que cette égalité que la
présentation symbolisait existait réellement aux yeux de
Mme de Guermantes entre moi et ses amis. Elle avait
l'air de considérer que c'était par un pur effet du hasard
que je ne les connaissais pas de tout temps, et ne faisait
entre nous aucune différence.

En venant dîner chez elle le samedi suivant[2], j'avais
peur qu'elle n'eût pas prévenu M. de Guermantes et qu'il
ne fût étonné de me voir entrer, mais j'avais à peine
sonné que M. de Guermantes, descendant les marches
de l'escalier intérieur, apparaissait entre les domestiques,
m'aidait à ôter mon pardessus, me prenait par la main en
me remerciant de venir. Je lui dis que j'avais appris qu'il
possédait une peinture d'Elstir et que je serais curieux
de la voir, il me demanda si je désirais la voir tout de
suite avant d'aller au salon, sur ma réponse affirmative
aussitôt il donna l'ordre qu'on éclairât la pièce, fit ouvrir
des bouches de chaleur pour que je n'aie pas froid ; il
me conduisit, s'effaçant gracieusement devant chaque
porte et s'excusant quand par hasard pour me montrer
il était obligé de passer devant ; je reconnaissais cette
même grâce que j'avais éprouvée chez Saint-Loup ; et
lui ayant dit que je désirais prendre quelques notes pour
me rappeler le tableau, il se retira aussitôt en me disant
de ne pas me presser. Je me souvenais de cet ancêtre
des Guermantes dont Saint-Simon nous dit qu'il lui fit
visiter sa maison et je me disais qu'il n'y avait peut-être
pas en ceci grande différence entre la façon dont m'avait
conduit M. de Guermantes et dont avait dû se comporter
son ancêtre, comme s'il y avait là un devoir – un des rares
devoirs – de la vie de gentilhomme, une scène noble et
gracieuse qui, toujours la même, s'était déplacée depuis le

XVIIᵉ siècle, s'incarnant en des acteurs successifs, comme
s'il fallait en effet faire remonter la politesse banale et
contemporaine en apparence des grands seigneurs de
notre temps à cette réserve, à ces espaces secrets de politesse que nous trouvons avec étonnement (nous qui ne
croyons pas qu'on doive prêter aucune intention, aucune
pensée au-delà de la stricte expression qu'ils emploient à
toute personne un peu éloignée de nous, et qui nous éton-
nons autant qu'il puisse y avoir des dessous, des intentions, une vie inexprimée chez un personnage du temps
de Louis XIV que quand nous trouvons dans Homère
des sentiments ou des usages analogues à certains des
nôtres), impliqués par telles lettres de grands seigneurs
de ce temps qui écrivent à des personnages de rang inférieur au leur et qui ne peuvent en rien leur être utiles,
leur témoignent un empressement, une courtoisie, et
usent avec eux de bons procédés qui décèlent tout un
espace libre et vaste où gît, inexprimée, la croyance qui
leur a été enseignée qu'il faut par politesse feindre certains sentiments, qu'on doit exercer certaines fonctions
d'amabilité[1], obligations dont ils ne parlent jamais mais
auxquelles ils se croient tenus et dont décèle la place
qu'elle tient silencieusement dans leur pensée – que par
politesse même ils se gardent bien d'exprimer, puisque
les choses aimables qu'on dit ne le seraient plus si on
comprenait qu'on les dit par amabilité – l'exacte obser-
vance qu'ils en font dans toutes les pages de leur correspondance, et les curiosités minimes de leur vie.

Je restai assez longtemps devant le tableau d'Elstir,
cependant que les coups de sonnette qui d'abord n'avaient
<pas> arrêté avaient cessé depuis quelque temps de se
faire entendre[2]. Et en tirant ma montre je m'aperçus avec
effroi qu'on devait être à table. Un domestique qui m'attendait à la porte me dit qu'on n'était pas encore à table,
mais que tout le monde était là en effet depuis assez
longtemps. Je sentis qu'on m'attendait pour servir, et
j'entrai au salon craignant que M. de Guermantes ne fût
de mauvaise humeur. Mais il n'en était rien. En m'apercevant et tandis que je saluais Mme de Guermantes qui

était en grande robe décolletée de satin noir, un éventail
d'écaille et de plumes à la main, et qu'elle me nommait
aux différentes personnes, il réprima un « Ah ! très bien »
d'un air naturel, nullement mécontent et légèrement intimidé, fit signe au maître d'hôtel de servir tout de suite. Il
était visible que dans certains cas, quand il voulait faire
plaisir à quelqu'un[1], il avait l'art de tout effacer devant
lui, d'en faire le personnage principal devant qui rien ne
tenait. J'eusse été curieux de voir les modalités diverses
que selon la circonstance et l'endroit revêtaient ces « distinctions » et ces « grâces ». Nul doute que si ce jour-là
j'avais passé la journée à Guermantes il n'eût quitté tous
ses amis pour m'amener faire un tour avec lui en voiture. Il me pria d'offrir le bras à la duchesse. Aussitôt,
comme si toute la maison eût été un théâtre de pupazzi[2]
habilement machiné, <un petit signe> fit dans un énorme
déclenchement giratoire multiple et simultané ouvrir à
deux battants les portes de la salle à manger, surgir sur le
seuil un maître d'hôtel qui s'inclina en disant : « Madame
la duchesse est servie », et glisser deux à deux les femmes
décolletées au bras des hommes en habit vers la salle à
manger où les valets de pied leur poussaient leur chaise
vers la table, et commencer à tourner les plats fumants.
Comme si toute la maison eût été un théâtre de pupazzi
habilement machiné qui s'était mis en mouvement sur
un signe de l'imprésario grand seigneur et que je trouvai
grand seigneur surtout de n'avoir pas pris des façons
conventionnelles, de ne s'être pas impatienté que je misse
en retard la mise en scène de son dîner, de ne pas m'avoir
fait chercher, d'avoir subordonné à la commodité de son
hôte, toute cette machinerie à effet dont l'effet seul eût
été plus grand s'il n'avait pas paru dépendre de mon arrivée peu représentative, et s'il n'eût pas mis cette sorte
de timidité et d'incertitude dans l'ordre qu'il donna de
servir et qui provenaient de la crainte qu'il avait de me
laisser voir qu'on m'avait attendu pour dîner. Je n'eus
même pas à me demander si je ne serais pas intimidé
de donner le bras à la duchesse. Elle pivota avec tant
de grâce et de majesté autour de moi que je trouvai son

bras sur le mien et que je me trouvai entraîné dans un système de mouvements simples et nobles qui me furent parfaitement aisés.

Sur Mme de Guermantes qui alors n'aimait pas Elstir.
Quand on parlait d'Elstir elle disait parfois[1] : « Il a fait un affreux portrait de moi que M. de Guermantes voulait détruire », parce qu'elle avait de la coquetterie, mais comme elle avait encore davantage de vanité elle disait plus souvent : « Je n'aime pas sa peinture et pourtant il a fait une fois un beau portrait de moi. »
Ne pas oublier plus tard quand elle admire Elstir.
« Le visage n'est pas très ressemblant mais est-ce bien, cette robe rouge violacé. Swann disait que cela donnait soif et faim de manger des framboises. »

Il y avait aussi chez la duchesse de Guermantes deux Elstir devenus depuis fameux et acquis depuis par le Luxembourg. L'un est un intérieur élégant. C'est un couple qui attend peut-être du monde ou dont les invités viennent de partir. Chez le mari – un grand homme barbu – l'opposition entre les blancs bouillons de sa chemise et les nobles sinuosités du frac donnait une élégance sévère, digne de Vélasquez, à notre habit de soirée d'où on n'eût pas cru qu'on pût extraire tant de beauté. Il est debout derrière sa femme assise dans une robe de velours noir, dont la traîne qui a par terre la croupe foncée et grondante d'une magnifique vague, se borde d'une écume jaillissante et soulevée de dentelles. De petits enfants sont autour du couple, en tendres couleurs presque végétales assorties aux délicates nuances des tapis, des tentures, des fleurs dans des vases. Peut-être jamais depuis les maîtres du XVIᵉ siècle la poésie du luxe n'a été dégagée comme elle l'est dans ce salon. Il m'en coûtait de quitter pour aller dîner cet homme, cette femme, ces enfants, qui avaient charmé le regard, exercé les pinceaux d'Elstir. Il m'en coûtait surtout de ne pas les connaître davantage, tant leur vie affleurant à la toile était tentatrice et invitait à y pénétrer. Ah ! si au lieu d'aller dîner dans la pièce à côté avec la duchesse de Guermantes j'avais pu dîner avec eux ! Dans la suite cela m'eût particulièrement intéressé de les connaître, pour une raison qui fera paraître bien légitime ma curiosité. Dans l'autre tableau qui est un tableau de réjouissance populaire, assez morose et lassée, d'une observation cruelle, au milieu des filles en cheveux, l'air très triste, et des hommes en casquette qui ont l'air de s'ennuyer terriblement, il y a un seul monsieur en chapeau haute forme qui regarde d'un air indulgent[1]. Il est aisé de reconnaître en lui l'élégant maître de maison de l'autre tableau. Ce n'était donc pas un simple modèle d'Elstir mais un ami particulièrement cher, qu'il avait fait évidemment figurer pour s'amuser, ou pour lui faire plaisir, dans cette scène où il n'avait que faire, comme souvent les peintres se sont mis eux-mêmes en contemplateurs dans un coin d'un tableau préféré. Aussi me promis-je de demander là-dessus des éclaircissements à M. de Guermantes.

Et dans la conversation après dîner, je dirai. Je demandai à M. de Guermantes le nom du monsieur en chapeau haute forme dans le tableau populaire que j'avais reconnu pour être celui dont le portrait d'apparat était à côté. « Mon Dieu, me répondit-il, c'est un homme qui n'est pas tout à fait un inconnu ni un imbécile dans sa spécialité, j'ai le nom sur le bout de la langue mais je ne peux pas me le rappeler. » Peut-être l'avait-il en effet oublié momentanément, peut-être se le rappelait-il et voulait-il affecter comme il le disait d'être brouillé avec les noms. « Ce qui a du bon, c'est que j'ai vu ce monsieur. Monsieur, monsieur, je ne peux pas me souvenir. Swann vous dirait ça. C'est lui qui m'a fait acheter ces deux machins-là et entre nous je crois qu'il m'a collé deux croûtes. Ce que je peux vous dire c'est que ce monsieur est pour ce M. Elstir une espèce de protecteur qui l'a souvent tiré d'embarras en lui commandant des peintures. Et par reconnaissance, si vous trouvez cela de la reconnaissance, il l'a peint dans cet endroit où il fait un assez drôle d'effet. Ce peut être un homme très comme il faut mais il ne sait évidemment pas quand on

doit se mettre en chapeau haute forme. Il a l'air d'un
petit notaire de province. Mais dites donc, vous me semblez bien féru de ces tableaux-là. Si j'avais su ça je me
serais documenté pour vous répondre. Je vous dirai que
jamais personne ne me pose ces questions-là », ajouta-t-il
d'un air avantageux, avantageux surtout pour ses invités,
comme si c'était de leur part une supériorité sur moi de
ne pas être intéressés par l'histoire du tableau d'Elstir.
« Ce qu'on regarde là-dedans, me dit-il, d'un air de m'enseigner, c'est que c'est bien observé, amusant, parisien.
Et puis on passe. Ce n'est pas *La Source* d'Ingres ou *Les
Enfants d'Édouard* de Paul Delaroche[1]. Il n'y a pas à se
mettre martel en tête pour ce tableau-là ou à écrire des
in-folio dessus. C'est amusant, c'est une pochade, il n'y
a pas besoin d'être un érudit pour regarder ça. Mme de
Guermantes dira qu'ils sont d'une beauté rare, jusqu'au
jour où elle les cédera à la princesse de Guermantes
laquelle les vendra au Luxembourg. Personnellement je
trouve ça affreux. Je ne trouve pas que l'art soit fait pour
nous montrer la vie en laid. Elle est déjà assez laide
comme ça. Mais que voulez-vous, Swann est entiché de
cette école réaliste, il en a collé quelques bons numéros à la duchesse qui est faible et s'est laissé faire pour
être aimable. Dans le fond elle trouve ça aussi laid que
moi. Ce que je dis n'est pas pour vous en dégoûter. J'ai
été charmé que vous preniez plaisir à les voir. Mais ça
m'étonne qu'un esprit fin comme vous, un cerveau distingué, vous aimiez cela. Tenez, nous avons été voir tantôt
avec la duchesse aux aquarellistes un petit tableautin de
Vibert, *Le Retour du missionnaire*[2]. Ce n'est rien du tout
évidemment, cela tiendrait dans le creux de la main.
Mais il y a de l'esprit jusqu'au bout des ongles. Ce pauvre
missionnaire maigre qui fait peine, et il y a un évêque en
train de prendre des liqueurs et de faire jouer son petit
chien, qui l'écoute dans le fond de son fauteuil. Voilà de
l'observation ! »

Malheureusement dès que M. de Guermantes n'offrait simplement à mon attention que des manières où

mon imagination pouvait extraire ce qu'elles avaient de
conforme à son nom en tant qu'il était la continuité d'une
famille dont l'histoire m'avait appris la grandeur dès le
Moyen Âge et ensuite les hautes charges à la cour de
François Ier et de Louis XIV, dès qu'il parlait, l'écart entre
lui et les pensées que je mettais dans son nom devenait
énorme. « Est-ce que vous étiez encore là l'autre soir chez
ma tante Villeparisis, me dit-il à peine fut-on à table,
quand on l'a fait monter sur Balzac[1] ? C'était à payer sa
place. Ah ! dame, c'est une fine peste que ma tante Villeparisis, elle n'a pas sa langue dans sa poche. Il n'y en a
pas comme elle pour emporter le morceau, c'est toujours
avec tant d'esprit. — Mais je ne l'ai pas entendue parler de
Balzac », interrompit d'un accent volontairement enfan-
tin et d'un air rêveur Mme de Guermantes, à la beauté
de qui une robe de satin blanc donnait plus de douceur,
faisant au-dessous de ses cheveux plus pâles comme un
[un mot illisible] de douce soie chastement divisé, faisant
nager comme sur une huile vivante la lumière de son
regard, et <donnant> quelque chose d'angélique à son
visage où l'accentuation énergique du nez était atténuée
de face. « Mais non ma chère, vous étiez partie. Mais je
vous ai regrettée, si vous aviez entendu, il y a ce M...
Bloch, je crois (M. de Guermantes prononçait ce nom
étranger en faisant sonner l'*h* rude comme s'il avait dit en
allemand *hoch*) qui lui avait dit que Balzac était superbe,
merveilleux, enfin je ne sais plus quel terme il avait pris,
ma tante n'a fait ni une ni deux – et en le regardant bien
en face, elle lui a lâché à bout portant, de sa petite voix
que vous connaissez en faisant rouler les *r* : "Mais si
vous trouvez M. de Balzac merveilleux, lui dit-elle, que
laisserez-vous pour M. de Bossuet ?" (M. de Guermantes
croyait donner un air ancien et aristocratique aux histoires en faisant précéder tous les noms du mot Monsieur, et d'autre part il pensait que tous les écrivains du
siècle de Louis XIV étaient nobles.) Si vous aviez vu la
tête de M. Bloch, je vous réponds qu'il n'a pas demandé
son reste et il court encore. — Dame, mon ami, dit Mme
de Guermantes, qu'est-ce que vous voulez, tout le monde

n'est pas ferré sur Balzac comme vous qui le lisez tous
les jours depuis vingt-cinq ans. — Astolphe connaît bien
Balzac ? demanda la princesse de Parme. — Astolphe ?,
répondit Mme de Guermantes indignée de l'ignorance
de la princesse, mais vous pouvez lui demander ce qu'on
trouve à n'importe quelle page de n'importe quel volume,
il pourra je ne dis pas vous le réciter, mais vous reproduire l'essentiel. »

   J'étais placé à côté du prince d'Agrigente[1] que Françoise m'avait cité souvent comme un des convives de
Mme de Guermantes, et qui m'apparaissait alors comme
le souverain effectif – de passage seulement à Paris –
d'un petit État sicilien que j'apercevais dans le nom de
ce grand seigneur, comme dans une transparente verrerie
étagée au-dessus de la mer bleue, ses maisons roses frap-
pées horizontalement d'un soleil d'or. Mais hélas dès que
je vis le prince d'Agrigente je m'aperçus qu'il y avait séparation absolue entre lui et son nom. Mon voisin que je
devais souvent revoir dans le monde où il pirouettait sans
cesse, le bras tendu devant lui en faisant prendre sa main
aux hommes qu'il connaissait d'un air qu'il croyait sans
doute désinvolte et élégant, était évidemment le prince
d'Agrigente, en ce sens qu'il était le seul homme qui eût
le droit d'écrire ce nom en bas d'un acte ou d'une lettre,
mais si pour être prince d'Agrigente il eût fallu, si peu que
ce fût, prendre possession par l'intelligence de ce qu'il y a
de beauté et de luminosité contenue dans ce nom, il n'y
avait probablement <pas> dans la terre entière beaucoup
d'hommes qui le fussent moins que lui. Il n'y avait pas
plus en lui de la poésie d'Agrigente qu'il n'y a de la poésie
de Venise dans l'ancien coupe-gorge parisien qui porte
le nom de rue de Venise. Comme si le nom avait attiré
hors de lui et concentré en soi tout ce qu'il peut y avoir
de noble, de délicat, de lumineux épars dans un homme
quelconque, il ne restait plus un atome de tout cela dans
la personne du prince. Son nom était entièrement distinct
de lui, posé hors de ses atteintes comme ces plans en
relief d'une île qu'on voit souvent dans les musées, isolés
dans un cube de verre. Il n'avait jamais dû lever les yeux

sur lui, ses gros yeux d'étourneau, et apercevoir ce qu'il renfermait, ni en approcher pour le casser sa grosse main que dans les salons il tenait droite, tout en pirouettant, au bout de son bras tendu pour que pussent la serrer les gens qu'il connaissait.

À droite de M. de Guermantes était la princesse de Parme[1]. Ce beau nom compact, verni, trop doux de Parme, qui a bu en ses surfaces lisses comme certaines substances grasses le parfum des fleurs, la couleur des violettes de Parme, ce nom où ne circule pas d'air et qui fait étouffer comme un soir de juillet entre la foule trop parfumée d'une rue d'une grande ville en Italie, je lui avais fait absorber aussi cette douceur particulière qu'il y a dans le livre de Stendhal, tous les rêves que j'avais formés autour du comte Mosca, de Fabrice del Dongo, de Ranuce-Ernest IV. Il n'y avait pas un palais de Parme, pas une rue de Parme, pas un seigneur de Parme que je ne me représentasse, non d'après les palais, les rues, les seigneurs d'Italie en général, mais en tirant du nom de Parme la douceur compacte, la nuance mauve, les larges surfaces polies, les rêves stendhaliens d'après lesquels je les imaginais. L'imagination tend tellement à connaître ses rêves par l'expérience des sens, quelque déception qu'elle en doive éprouver, que quand j'avais appris que Mme de Guermantes connaissait une princesse de la maison de Parme qui avait encore un palais à Parme, j'aurais été aussi heureux de la connaître que si on avait pu me présenter à l'original d'Anna Karénine ou me mener dans le jardin du Pont aux belles. Cette Parme inconnue, sa société stendhalienne, ses palais, dont j'avais tant rêvé, que je savais réels, connaître une de celles qui l'habitaient, qui sur ses douces places violettes, à sa cour minuscule, ont succédé à la duchesse de Sanseverina et à Clélia Conti, c'eût été, comme un calculateur cherchant une équation à une inconnue, substituer à ce que je me figurais, ce qui s'y trouvait effectivement, mettre à la place d'une Parmesane de rêve, pour le même volume, pour la même hauteur, le même volume d'une Parmesane vraie. Mais de même qu'il n'y avait pas un palais, pas

une rue, pas un seigneur de Parme que je ne m'imaginais non d'après ce que je pouvais savoir des palais, rues
et seigneurs italiens, mais que je taillais d'un seul bloc
dans la matière spéciale du nom de Parme, colorée par
les violettes et par Stendhal, mon imagination, si avertie
qu'elle pût être qu'une ville, une femme ressemblent à
d'autres villes, à d'autres femmes et ne peuvent pas avoir
cette irréductible originalité d'un rêve différent de tout
autre, ne pouvait s'empêcher de donner à la princesse
de Parme, avant que je ne me trouvasse avec cette petite
personne laide, intelligente et brune, qui ne s'occupait
qu'à placer des fauteuils pour son abonnement, et à avoir
de l'argent pour ses œuvres, cette douceur compacte, ces
nuances mauves, ces larges surfaces polies, ce charme
stendhalien qui étaient dans son nom et dont elle était
si essentiellement dépourvue.

Mais la plus grande déception me fut donnée par le
prince allemand[1], Altesse Sérénissime « Durchlaucht[2] »
qui était à côté de la princesse de Parme. M. de Guermantes, après m'avoir présenté, m'avait dit tout bas son
nom, composé de trois noms dont chacun était lui-même
composé de plusieurs radicaux. Il gardait dans la rude
attaque de sa première syllabe la franchise, et dans la
répétition bégayante de la seconde, la naïveté maniérée,
couleur de dragées, les lourdes « délicatesses » du peuple
issu du Rhin et des montagnes des géants. Cependant
qu'à la fin du deuxième vocable un *heim* d'émail bleu
déploie sur tout le titre la mysticité translucide et sombre
d'un vitrail d'église rhénane où apparaissent emprisonnés
les rudes branchages agités, verdâtres des syllabes du
commencement. Enfin le troisième nom se revêtait avec
un *meinigen* des dorures pâles et finement brodées du
XVIIIe siècle allemand. Mais à peine M. de Guermantes
me l'avait-il prononcé, que le second de ces noms, à peine
entendu, sembla diminuer, trouver assez grande pour lui
une petite place où venir s'attacher dans ma mémoire et
où, devenu tout pénétré d'humanité, assimilé clairement
par moi-même, il semblait terre à terre, familier, pittoresque, autorisé, et prochain comme un but de petite

promenade à pied qu'on peut faire sans se fatiguer à cinq heures une fois le traitement fini, ou comme le nom d'un cru voisin dont le vin servi à la table de l'hôtel n'est pas considéré par le médecin comme contraire au régime et contredisant les effets de la cure. Ma mémoire hésita un instant puis reconnut le nom d'une petite montagne de la ville d'eaux allemande où j'étais allé avec ma mère l'année d'avant Querqueville[1], je montais souvent au soleil couchant voir jouer les enfants sur les pentes et relire la description que Goethe a donnée des gorges où se resserre et bouillonne entre des forêts le fleuve qui coule à ses pieds. Cependant tout ce nom fort guttural et fort long, M. de Guermantes riait de la tâche compliquée que c'était de le prononcer, et en prenant prétexte, comme pour s'amuser à le compliquer encore, mais en réalité pour me montrer l'importance de son convive (que pour plus de clarté il avait commencé par souligner en me disant : « C'est le frère au duc de Saxe »), il m'énuméra les autres titres qu'il portait et qui me montrèrent que c'était bien la station thermale où j'avais passé deux mois que le nom de tout à l'heure désignait, et dont je reconnus aussi l'un pour le nom d'un village situé presque sur la rivière et où j'allais quelquefois en barque, par les jours chauds ; un autre comme le but d'une excursion lointaine que j'avais espéré faire, la cure finie, mais qui était trop éloignée, et d'où on <ne> pouvait, si tôt qu'on partait, revenir, le même jour, chacun confirmant que les autres noms désignaient bien ces lieux que j'avais connus et n'étaient pas de simples homonymes, car il est compréhensible que la suzeraineté d'un seigneur s'étendît sur tous les pays circonvoisins et la coïncidence eût été trop invraisemblable qui eût mis à côté les uns des autres dans ces titres les mêmes noms qui <dans> une carte de cette région désignaient le village, la grande ville ou la forêt. Je n'osais pas, tandis que M. de Guermantes me disait ces noms et me faisait ressortir la bizarrerie des titres, regarder celui qui les portait pour qu'il ne s'aperçût pas que c'était de lui que nous parlions. Mais combien cela m'intéressait de me trouver avec lui !

3. *Esquisse du* Côté de Guermantes II   825

Souvent devant ces titres de la noblesse allemande,
burgraves, margraves, écuyers franconiens ou teuto-
niques, je souhaitais savoir ce qu'il y avait au fond d'eux,
ce qu'il y avait au fond des noms, de ceux qui en étaient
investis et quels pouvaient être ces lieux dont ils les faisaient souverains. Or voici que la réalité vivante dont
était fait l'un de ces rhingraviats était connue de moi,
familière, aimée, à peine redevenue mystérieuse par
l'éloignement ; que le corps vivant, les membres de ce
fief, c'était cette forêt, ces villages, cette rivière remplie
de joncs, qui avaient passé à travers ma vie, avaient été
assimilés par elle et qui étaient pour toujours imprégnés
des sensations, leurs noms, si souvent prononcés le soir
à dîner par ma mère et par moi, dans la salle à manger
de l'Oranienhof[1], c'était eux qui, mis bout à bout, composaient le titre du prince, sonore, plein de choses et
rythmé comme un quatrain de Goethe ; sous la visière de
quelques-uns de ces beaux titres chevaleresques c'étaient
de vieux amis que je retrouvais, sur le visage desquels
était arrêté à jamais le rayon fugitif et poudreux du soleil
de cinq heures. Et d'autre part, moi qui dans ce pays me
désolais de ne pas trouver sous l'apparence composite,
disparate, que mes yeux voyaient, quelque essence où se
reflétât un peu de ce qu'il y avait de particulier dans leur
nom, voici que l'assemblage des choses facilement vulgaires que sont le Kurhaus, le jardin municipal, les chemins boisés qui menaient à la Restauration, la rivière et
le lac où l'on canotait, analogues à ceux dont m'avait tant
parlé l'histoire de l'Allemagne depuis le Moyen Âge, ce
rhingraviat dont ils faisaient partie leur donnait comme
une unité nouvelle, timbrait leur banalité du cercle
immense de la couronne du Saint-Empire germanique
qu'il imposait, invisible mais réelle, dans l'air, entre les
branches des sapins, au-dessus des vignes et des eaux.
« C'est un homme charmant, fort intelligent », me dit
M. de Guermantes. Je ne doutais pas de son intelligence
mais je l'imaginais moins semblable à ce qu'on appelle
dans le monde intelligence qu'à l'étrange génie qui a pu
faire écrire à Victor Hugo *Les Burgraves* ou à Leconte de

Lisle « Le Lévrier de Magnus[1] ». Il me semblait devoir
contenir la poésie dont les poètes n'avaient pu que s'approprier des parcelles. Effectivement, n'était-il pas un
de ces princes médiatisés, seigneurs de Franconie ou de
Souabe dont le nom, apparenté à la vallée peuplée de
gnomes ou <à> la montagne enchantée où s'éleva d'abord
leur vieux burg, reste le portrait le plus émouvant que
nous ayons gardé des paysages de l'Allemagne pendant
ce crépuscule du Moyen Âge indéfiniment prolongé là-bas
sur ses possessions féodales jusqu'à ce qu'il s'épanouît
au début du XIXᵉ siècle en jaillissement lumineux de
littérature, de philosophie et de musique ? Il avait été
landgrave, électeur palatin, prince du Saint-Empire. Son
adresse quand on voulait lui écrire en Allemagne était
faite du nom d'une terre chantée par Hoffmann, Schiller et Wagner, gardant les traces du passage de Char-
lemagne, de Louis le Germanique et de Luther. Mais
les revenus qu'il tirait du bois et du fleuve qu'on n'ose
plus traverser à minuit à cause des farces qu'y font les
lutins et du sort qu'y jettent les ondines, je compris, par
ce que me dit de lui M. de Guermantes, et par ce qu'il
me dit lui-même dès qu'il me parla, qu'il les employait
à acheter beaucoup d'automobiles Panhard et Renault[2],
à avoir un appartement à Paris, à Londres et à Monte-
Carlo, une loge aux Français et à l'Opéra. Je ne cessais
de le <regarder> pendant tout le dîner, pour peser avec
plus de force son nom, et pour tâcher de l'identifier avec
le gros homme rouge au gilet d'habit boutonné par de
grosses perles, aux cheveux collés par le cosmétique, qui
était semblable à tout homme de sa fortune et de son
âge, ayant la culture moyenne d'un Parisien qui lit les
articles de tête du *Figaro*. Mais était-il simplement pareil
à ces hommes quelconques d'aujourd'hui (au lieu d'être
ce que je me disais quand je pensais son nom : prince de
Saxe, rhingrave, le plus grand d'entre les seigneurs germaniques), était-il seulement l'un de ces hommes quelconques d'aujourd'hui, était-il l'un d'eux ? Lui-même, non
par un aveu explicite, mais par ce qu'impliquait sa vie,
sa manière de penser, ses discours, semblait le croire,

car il se proposait le même idéal d'esprit, de culture, de philosophie, de luxe. Il était certainement heureux de son rang à cause des avantages qu'il lui conférait, comme il eût été heureux d'avoir de bonnes valeurs, ou une bonne santé, mais intellectuellement il en jugeait à la façon démocratique d'aujourd'hui : « Et dame, les princes aujourd'hui, ça ne signifie pas grand-chose », dit-il, je ne compris pas à propos de quoi, en allant à table. Ce qu'il avait de plus allemand était son accent mais là encore, où je ne pensais même pas à un accent proprement dit, mais à une voix mystérieuse, j'entendis cette manière de prononcer les *b* comme des *p*, et les *d* comme des *t*, ne différenciant pas ce prince du Saint-Empire de n'importe quel caporal alsacien, juif allemand ou professeur prussien, tels que les acteurs les imitent traditionnellement sur notre théâtre. Ce fut même cet accent, si laid et commun à tous, la seule impression poétique qu'il me donna, comme si à ce moment-là j'avais senti se réfracter dans sa voix l'originalité même de l'Allemagne, perçue d'une façon d'autant plus saisissante qu'elle était plus matérielle et plus inattendue.

, *Quand Mme de Guermantes me dit dans une phrase : Palamède[1].*

Cette façon familière de désigner M. de Gurcy par son prénom avait dans la bouche de Mme de Guermantes beaucoup de douceur, parce qu'elle était pleine de la simplicité involontaire avec laquelle elle parlait d'un homme qui, si brillant qu'il pût être, n'était pour elle que le parent avec qui elle avait été élevée, dépouillé pour elle qui le connaissait à fond de toute solennité et à qui elle ne cherchait pas à en donner à mes yeux, d'une grande distinction aussi, puisque ce qui lui était moins que tout le reste et si familier était précisément un homme de si haute race et enfin mystérieux parce que ce nom était comme une partie mise en lumière de *[interrompu]*

« Vous n'étiez pas encore parti n'est-ce pas, l'autre jour, de chez ma tante Villeparisis, me dit dès le commencement du dîner M. de Guermantes pour me mêler à la conversation, quand elle est montée sur ses grands chevaux à propos de Balzac, c'était à payer sa place. — Est-ce que c'était le jour où il y avait ces musiques sur Alfred de Musset dont on m'a parlé[1] ? » dit la princesse de Parme qui avait entendu il y a un an dire « des musiques » et qui trouvait cela raffiné mais qui malgré ces délicatesses ajoutées ne voyait *[quelques mots illisibles]* exactement que ces autres gens <du> monde les images qu'il y a dans les mots et qui pensait qu'on peut voir une audition. « Je regrette de ne pas avoir vu cette audition, car il me semble qu'on aurait pu la représenter avec succès à un de mes mercredis. — Oui, je crois que cela aurait beaucoup intéressé Madame, dit M. de Guermantes. D'ailleurs le public était aussi intéressant que ce qu'on jouait, ajouta-t-il, il y avait notamment M. de Borrelli[2]. — Ah ! vraiment, dit la princesse de Parme. J'aurais été heureuse de serrer la main de cet esprit si distingué. J'aimerais qu'il esquissât quelques rimes en l'honneur de mes pauvres. » M. de Guermantes lança un regard à sa femme, pour tâcher de voir si elle pensait qu'on pût faire une démarche auprès de M. de Borrelli, mais qu'ayant reçu d'elle aucun encouragement, il se contenta de paroles vagues. « Il serait certainement très honoré par Votre Altesse, il trouverait sûrement quelque chose qui serait tout à fait dans la note », et il se hâta de détourner la conversation vers son point de départ, « mais ce qui était impayable c'était ma tante lancée sur Balzac. — Je sais que c'est une fine mouche que Matame de Filleparisis, interrompit le rhingrave. Je l'ai entendue une fois dauber sur le tiers et le quart et je me suis fait une pinte de bon sang que je n'oublierai pas, comme dit notre oncle Sarcey[3].

— Mais savez-vous qu'elle ne doit plus être jeune, dit le prince d'Agrigente.

— Ça n'empêche pas qu'il n'y en a pas une autre quand elle n'aime pas quelqu'un pour enlever le morceau comme elle, dit Mme de Guermantes. Mais elle l'enlève si joliment, avec tant d'esprit, qu'on ne peut pas lui en vouloir. Mais quand donc a-t-elle parlé de Balzac l'autre jour ? J'étais pourtant là.

— Mais Rosemonde, je vous dis que c'est quand vous étiez partie, dit M. de Guermantes d'une voix plaintive. C'est venu à propos d'un jeune monsieur Bloch (M. de Guermantes prononçait le *ch* aspiré de ce nom étranger, comme s'il le lisait pour la première fois dans une grammaire allemande).

— Que disait ce M. Bloch ? dit Mme de Guermantes qui manquant d'originalité à ce moment crut devoir répéter exactement la prononciation de son mari.

— Il venait de dire que Balzac était superbe, merveilleux, enfin je ne sais plus l'expression au juste, mais évidemment quelque chose qui jurait un peu, qui n'était pas du tout dans la note. Alors ma tante n'a fait ni une ni deux, et le regardant bien en face elle lui a lâché en plein visage de sa petite voix mi huile mi vinaigre que vous connaissez : "Mais monsieur, si vous trouvez M. de Balzac merveilleux, qu'auriez-vous dit de M. de Bossuet ?" (M. de Guermantes trouvait que cela avait l'air ancien de faire précéder les noms propres du mot Monsieur, et d'autre part il était persuadé que tous les écrivains du siècle de Louis XIV portaient la particule, M. de Fénelon, M. de la Rochefoucauld, M. de Pascal, M. de Bossuet.) Non, si vous aviez vu la tête qu'a fait M. Bloch ! Je vous réponds qu'il n'a pas demandé son reste et il court encore.

— Dame, mon ami, dit Mme de Guermantes, ce monsieur n'est pas forcé d'être aussi ferré sur Balzac que vous. Il ne <le> lit peut-être pas tous les jours depuis vingt-cinq ans. — Astolphe est un fanatique de Balzac ? demanda la princesse de Parme. — Comment, Madame ne le savait pas ? s'écria la duchesse de Guermantes. Mais vous pouvez l'interroger sur n'importe quelle page que vous prendrez au hasard, il vous répondra les yeux fermés. — Mais est-ce compréhensible ? demanda la princesse. J'avoue que je suis très vieux jeu, j'aime comprendre ce que je lis, dit-elle avec complaisance. Est-ce que vous comprenez tout dans la nouvelle école ? Je ne suis peut-être pas à la hauteur, ajouta-t-elle en souriant.

— Ah ! Ah ! j'aime beaucoup la princesse qui dit qu'elle n'est pas à la hauteur, s'écria en riant Mme de Guermantes. — Mais madame, il n'y a pas à comprendre dans Balzac, dit M. de Guermantes. Comment, Votre Altesse ne connaît pas *Le Bal de Sceaux*, *Eugénie Grandet*, *Le Marquis de Létorière*, *Les Mohicans de Paris*[1], c'est charmant. Ah ! si mon frère était là ! — Tiens mais oui, où est donc M. de Gurcy ? Voilà plus d'un an que je ne l'ai vu. — Comment, Madame ne sait pas qu'il est allé passer un an en Égypte et aux Indes ? — Quelle blague, dit le prince d'Agrigente. — Il n'y a aucune blague là-dedans, dit M. de Guermantes, froissé. Sa dernière lettre est du Caire. Il revient dans quinze jours. — Après tout, je ne sais pas pourquoi j'ai dit cela, dit le prince d'Agrigente. Il paraît qu'on peut très bien s'amuser au Caire. Il y a un golf. — C'est un voyage qui me tente beaucoup, dit sérieusement la princesse. Avec les moyens de communication actuels, tout est si près. Le Caire, mais c'est presque pas plus loin que Marseille. — Vous exagérez, princesse, dit le prince d'Agrigente. — J'attendrai que ma fille soit assez grande pour bien profiter de ce voyage, dit la princesse, et je le ferai avec elle, elle en jouira beaucoup. — Je crois que la jeune princesse a des goûts très sérieux, dit M. de Guermantes. — Oh ! Dieu merci, dit la princesse d'un air grave, elle n'aime ni le monde, ni le bal, elle n'a qu'une passion, la lecture. — Si elle n'en a jamais d'autre, dit le prince d'Agrigente. — Elle adore aussi la peinture, elle me dit tous les jours : "Maman, quand me mèneras-tu à Rome ?" — Je vois, dit le rhingrave, qu'elle ne sera pas comme cette jeune Américaine à qui on demandait si elle avait été à Rome. "Rome ? Rome ? je ne me rappelle pas... Ah ! si, c'est là que j'ai acheté mon chapeau bleu." » La princesse sourit et d'une voix mélancolique et chantante : « Mon Dieu, merci, en fait de chapeaux, elle ne s'occupe que de ceux qu'elle fait pour nos petits pauvres... Comment faites-vous pour avoir une argenterie si bien tenue, Rosemonde ? » dit la princesse de Parme qui trouvait qu'il était de son rang de ne pas *[interrompu]*

La princesse de Parme ayant dit qu'elle avait reçu le matin une lettre de l'empereur d'Autriche, le rhingrave traça un portrait intéressant de ce souverain. Il raconta certaines conversations qu'il avait eues avec lui et montra comment François-Joseph savait se servir de la sévérité même de l'étiquette qu'il imposait à sa cour pour donner, quand par hasard il s'en relâchait vis-à-vis d'une personne, une extrême impression d'amabilité. La princesse de Parme jugeait de même et raconta que quand elle était allée dîner avec lui, un quart d'heure avant le moment d'aller au palais, il était venu la chercher à son hôtel, avait monté lui-même les deux étages, et l'avait attendue derrière la porte de sa chambre, et le soir après le dîner, quoique souffrant d'une bronchite, l'avait ramenée à son hôtel, avait remonté les deux étages et ne l'avait quittée qu'à la porte de sa chambre. Je vis que sur des personnages connus, l'opinion habituellement accréditée dans le public ne correspondait pas à la réalité. Je les étonnai en demandant si tel souverain dont les vertus étaient vantées dans les journaux était un brave homme. Son manque absolu de probité, à ce que je vis, était une chose parfaitement connue et incontestée d'eux tous.

« Mais est-ce que Claire de Joyeuse ne devait pas dîner ? demanda la princesse de Parme.

— Mais Madame ne sait pas ce qu'il lui est arrivé ? demanda M. de Guermantes. Hé bien, imaginez-vous qu'hier soir, vous savez le temps qu'il faisait, gras et glissant, Mme de Joyeuse a conduit à la matinée des Français la duchesse d'Orléans. À la sortie, dans le sens où les voitures arrivaient, la place la plus près du trottoir était la droite ; il aurait donc fallu, la princesse montant la première, que Mme de Joyeuse la laissât se mettre à gauche, ce qui n'aurait peut-être pas été possible, dit-il en riant beaucoup, ou qu'elle laissât la princesse se mettre à droite et passât devant elle en montant – ce qui ne me semble pas très protocolaire non plus, ajouta-t-il en riant encore plus, comme d'une hypothèse invraisemblable. Alors, bravement, Claire a fait ce que nous aurions tous fait à sa place, puisqu'il n'y avait pas moyen de faire autrement, elle a couru à la tête des chevaux, pour faire le tour de la voiture et arriver à la portière de gauche de façon à prendre la gauche sans passer devant la princesse ; seulement vous savez qu'elle a eu un épanchement de synovie qui lui donne la démarche encore peu assurée, elle voulait se dépêcher pour être montée en même temps que la princesse sans la faire attendre, il venait des voitures en tous sens, les têtes des chevaux la touchaient, elle a fait un faux pas, elle est tombée, c'est un miracle qu'elle n'ait pas été écrasée mais enfin elle a la jambe brisée et elle est couchée pour six semaines.

— Pauvre Claire, dit la princesse de Parme. Je ne savais pas, je ferai prendre de ses nouvelles, j'irai même demain.

— Madame est toujours si bonne.

— Mais non, j'aime beaucoup Claire. Il me semble vraiment que venant d'être malade, avec un pavé si glissant et l'encombrement que je peux facilement me figurer à la sortie des Français, on aurait peut-être pu trouver une combinaison sans la faire courir entre les voitures.

— Eh bien, reprit M. de Guermantes. C'est ce que la duchesse d'Orléans, paraît-il, a dit. Elle qui est pourtant si "haute", si "grande", qui sait si bien se faire rendre ce qu'on lui doit, il paraît qu'elle a dit : "Mais elle aurait dû passer devant moi, ou je me serais mise à gauche. Voyons, en pareille circonstance. Je n'ai pas eu le temps de voir. Je ne l'aurais pas laissé faire." On a dit cela à Mme de Joyeuse qui a été très touchée de la bonté de la duchesse d'Orléans. Mais vous savez comme sont les princes, ils disent ça après, si l'autre lui avait frotté les genoux, reste à savoir ce qu'elle aurait pensé. Et puis que voulez-vous que je vous dise, moi, je trouve que Claire a bien fait. C'est très embêtant évidemment de se casser la cheville, mais que voulez-vous, il y a des choses qui ne se font pas, on ne passe pas devant la duchesse d'Orléans. Sapristi, c'est tout de même quelque chose, la duchesse d'Orléans. Je sais que je vais contre les convictions de Madame.

— Mais non, mais non, le comte de Chambord[1] s'est désisté.

— Qu'est-ce que voulez, pour moi, quoi que je pense, ce ne sont pas des rois. Mais enfin ce sont tout de même les femmes du sang des petits-fils d'Henri IV et j'ai la prétention de savoir très bien ce qu'on me doit et cela n'empêche pas que je trouverais tout naturel qu'on ne me donne pas le pas sur la duchesse d'Orléans. »

Cette naïve superstition de M. de Guermantes et de ses hôtes pour la grandeur royale, cette préoccupation au fond exclusive du rang, de la naissance, mêlée à la politesse la plus exagérée pour ceux qui n'en avaient pas, à la faveur de tout cela, je voyais de nouveau, à leur place, de petits personnages du XVIIᵉ siècle dont ils avaient par éducation et atavisme recueilli la mentalité qu'ils ne comprenaient plus et que je pouvais dégager de leurs plus vulgaires paroles comme un chercheur qui, dans les propos grossiers d'un paysan breton, retrouve telle image du Moyen Âge ou même de l'Antiquité qu'il ne comprend plus. Dans ce respect, cette révérence à la dignité des Bourbons et en général pour les chefs d'armes de leurs maisons je reconnaissais la révérence profonde que faisait le duc d'Orléans au petit Louis XV de sept ans quand il le quittait et les expressions qu'il employait en lui parlant : « le respect que je dois au roi, etc.[1] » *(mettre cette phrase dans la précédente)*.

À mettre à la fin des conversations de ce dîner.

Si chacun des convives du dîner[2], en affublant son nom d'un corps et d'un esprit qui me paraissaient pareils ou inférieurs à ceux de toutes les personnes que je connaissais, m'avait déçu comme l'homme ou la femme quelconques qui tout à l'heure étaient Titania et Hamlet[3] et dont nous faisons la connaissance à la ville, du moins j'attendais encore que recommencent à se célébrer les mystères de leur vie. Ils ne s'étaient pas réunis pour se dire seulement les paroles que j'avais entendues. À vrai dire, si le titre de Mme de Guermantes l'enfermait pour moi comme dans une tourelle gothique où se succédaient les occupations mystérieuses pour lesquelles les jeunes filles de la bourgeoisie qui épousent un grand seigneur délaissent leurs anciennes amies, je ne l'avais jamais aperçue jusqu'ici qu'en train de se livrer aux mêmes occupations que toutes les femmes, mais j'avais pensé que c'était sous cet aspect seul qu'elle avait voulu que je la visse, flânant un instant sur le seuil du château, au bord de son nom. Mais à ces moments-là, elle n'était pas elle-même et devait bien vite rentrer pour redevenir la duchesse de Guermantes. J'étais plus étonné ce soir qu'au cours de ce dîner où se trouvaient en somme les mêmes personnes qu'elle recevait d'habitude et qui faisaient aussi partie du faubourg Saint-Germain, ma seule présence eût suffi depuis déjà deux heures à ajourner la célébration des mystères. On ne disait que des riens sans doute parce qu'on ne voulait rien dire devant moi. J'avais presque de la gêne pour toutes ces personnes du vide de leur causerie, et j'en éprouvais surtout des remords car je sentais que ma présence était cause qu'elles se contentaient, tant que j'étais là, de dire des choses insignifiantes et d'ajourner le plaisir qu'elles s'étaient proposé. Toutes étaient venues, empressées, ravies, remerciant Mme de Guermantes de son invitation, toutes armées sans doute pour leurs jeux favoris. Et voilà que cela ne commençait toujours pas, qu'elles parlaient comme pour tuer le temps, et parfois même laissaient tomber la conversation. Aussi, dès que je l'osai, je voulus me retirer et fus bien étonné de voir M. et Mme de Guermantes mettre une grande insistance à me retenir, à me demander de rester après les autres convives. Je fus encore plus étonné d'entendre chacun de ceux-ci en se retirant remercier avec effusion Mme de Guermantes de cette soirée « délicieuse », disaient-ils, et lui donner rendez-vous à un prochain dîner chez la princesse de Guermantes comme à une fête du même genre. Je commençais à être traversé par le soupçon qu'il n'y avait peut-être pas derrière l'apparence humaine de M. et Mme de Guermantes, derrière l'apparence de leur maison, de leurs amis, de leur vie cet au-delà mystérieux que j'avais supposé. Je restai le dernier.

Les invités se retirèrent de bonne heure, mais M. et Mme de Guermantes me retinrent encore un peu. Mme de Guermantes me parla de sujets de littérature auxquels elle savait que je m'intéressais particulièrement. Droite sur sa chaise, remuant légèrement son éventail, elle voulait montrer de l'auteur dont je m'occupais alors une connaissance superficielle et peut-être acquise le jour même, mais enfin assez rare chez une femme, citant à propos le nom de ses ouvrages, me posant des questions qui pussent me permettre de mettre en valeur ce que j'avais étudié, tout en faisant signe qu'on rapporte un peu d'orangeade, et comme si sa culture, les raffinements intellectuels de son amabilité, n'étaient qu'une partie de ses devoirs de grande maîtresse de maison. Elle se dit heureuse que le tableau d'Elstir m'ait intéressé, et aurait voulu pouvoir m'en montrer un plus important qu'elle avait hérité d'une parente allemande mais qui s'était trouvé « fieffé[1] » dans son château et qu'on ne pouvait en faire sortir. « Vous ne connaissiez pas cela, une peinture fieffée », dit-elle en riant et elle me parla de certains tableaux de Hollande assez peu connus qui montraient qu'elle en avait intelligemment visité les musées et que ce tableau d'Elstir lui rappelait. M. de Guermantes l'écoutait avec admiration[2], de quelle science elle faisait preuve, avec quel tact elle avait l'air seulement de recevoir de moi des connaissances qu'elle avait déjà, cependant qu'il admirait sa prestance célèbre, la façon dont elle veillait à tout le confort de sa réception, causait longuement avec le cuisinier des plats qu'il ferait. Il écoutait avec émerveillement les noms de ces tableaux hollandais qu'elle connaissait et citait à propos, toujours droite dans sa chaise, aimable avec moi, me réoffrant de l'orangeade, faisant battre son éventail. Il se disait qu'il n'y avait pas dans tout le faubourg Saint-Germain une seconde femme sachant recevoir comme elle, capable de tenir tête à n'importe quel intellectuel et ayant gardé les grandes traditions de l'hospitalité d'autrefois.

Je ne sais pas au juste à quel endroit j'ai décrit le duc en admiration devant le savoir d'Oriane comme le marquis de Castellane devant sa femme[1]. J'ajouterai (capital) : il est vrai qu'à d'autres moments, quand le duc parlait avec la suffisance d'un homme habitué à ne pas être interrompu, si la duchesse hasardait quelque réflexion inopportune, il lui lançait un regard de ses petits yeux jaunes, qui maintenant n'avaient plus l'air de deux monocles mais de deux balles et, se taisant, immobile, la tenant pendant quelques minutes sous leur feu braqué, il nous donnait la sensation que quelquefois quand les invités n'étaient pas là le ménage ne devait pas marcher tout seul.

Et moi, cependant, je les regardais aussi tous deux, qui jadis, portés sur les eaux de leur nom, de leur vie, flottaient, réalité inimaginable, toujours au-dessus de ce que mon imagination se forgeait. Maintenant ils étaient là devant moi. Quand il disait : « Et vous, Rosemonde, vous ne prenez pas d'orangeade ? », c'était bien à cette fameuse Rosemonde de Guermantes dont on m'avait parlé comme d'une femme que je ne pourrais pas connaître, qui ne voyait que la crème du faubourg Saint-Germain qu'il s'adressait. C'était un de leurs mystérieux entretiens. Ils étaient là devant moi, comme retirés de leur nom, du nom détruit aussi, de leurs amis, n'étaient plus qu'un homme à longues moustaches comme j'en avais vu porter à beaucoup de banquiers, appartenant à une couleur, un type de figure que je connaissais bien ; elle, une femme, une femme en chair et que le petit signe qu'elle avait au coin du nez mettait plus impérieusement encore dans la catégorie de la chair. Eux-mêmes, quand ils pensaient à eux, ne voyaient pas autour d'eux leur nom, ils étaient simplement et pour eux-mêmes un monsieur et une dame, qui commencent à désirer que leur invité s'en aille car il est onze heures et qu'ils vont à la messe de bonne heure le lendemain.

À peine je les eus quittés, et faisant quelques pas dans la rue avant de monter me coucher, que je commençai,

en faisant tourbillonner ma canne, à m'écrier moi-même :
« Quels gens intelligents, bons, charmants, instruits. »
Ces paroles n'exprimaient pas tout à fait ma pensée.

Il semble que nous puissions à notre choix livrer notre
vie à l'une ou l'autre de deux forces, à l'un ou l'autre
de deux courants, l'un qui vient de nous-même, de nos
impressions profondes, l'autre qui nous vient de dehors.
Le premier porte naturellement avec lui le plaisir (d'où la
joie des créateurs, cette joie que j'avais eue sur la route
de Guermantes en cherchant à comprendre l'impression
éveillée en moi par les deux clochers). Le second n'est pas
accompagné de plaisir ; nous y en ajoutons à la réflexion,
mais qui est factice, d'où chez les mondains un incurable
ennui, une tristesse qui va quelquefois jusqu'au suicide.
En revenant de chez la duchesse de Guermantes mon
impression en somme était double[1]. Il arrivait souvent que
j'avais dîné avec quelque personnage intéressant, quelque
ambassadeur étranger, qui nous avait fait quelque récit
curieux, émouvant, sur un point d'histoire contemporaine, qu'il avait bien connu. Au moment même de ce
récit, les réflexions de l'homme important ne m'avaient
causé aucun plaisir mais une fois seul je me les redisais.
Je me répétais tel récit, glissais ces ternes images de ma
soirée dans une sorte de stéréoscope intérieur où elles
m'apparaissaient énormes, vivantes, telle anecdote sur
l'empereur d'Allemagne, qui m'était absolument étrangère, telle conversation qu'un prince allemand parent
des Guermantes avait eue avec le général Botha[2] sur la
manière de faire la guerre des Anglais, tous propos qui
ne pouvaient en rien éveiller ma pensée personnelle et le
courant de l'intérieur à l'extérieur qui était ma vie ; mais
le besoin de ne pas avoir perdu ma soirée, l'activité de
l'homme du monde que chacun porte en soi et qui est
toujours prêt à prendre la place du poète, le plaisir factice
que dans la solitude on trouve à se rappeler, avec une
passivité continuée mais exaltée, ce qu'on a appris dans
la société, me faisait grandir démesurément l'importance
de ce que j'avais entendu ; et si petits et plats pendant

le dîner, maintenant introduits par moi dans une sorte
de stéréoscope intérieur, prenaient un relief, une vie, une
couleur, que leur prêtait seulement en moi quelque chose
qui était trop peu sincère, trop peu profond pour que je
pusse éprouver un plaisir véritable. Celui que me donnaient les images du général Botha dans le stéréoscope
mental était si incomplet et restait si mondain que
j'éprouvais aussitôt un immense besoin de l'achever
en allant refaire le récit, grandi, coloré, rendu vivant
à quelque Mme Swann ou Mme de Villeparisis qui ne
l'avait pas entendu. Il était trop tard. J'étais forcé de rester chez moi, tout seul, et je le déplorais. Que pouvais-je
faire en effet de la solitude, à un moment où je n'étais
pas moi-même, mais un homme social, un montreur de
vues prises par d'autres ?

Pour les trouver vraiment intelligents il eût fallu que
j'eusse oublié leur manière de parler, les réflexions ridicules qu'ils avaient faites sur Balzac, tout ce qui, si je
l'avais entendu dire à quelque ami de mes parents, m'eût
fait sourire de pitié. Pour les trouver instruits, il fallait
que je me cache volontairement à moi-même ce qu'avait
de factice le sourire de Mme de Guermantes, que je ne
sente pas, par sa manière souvent inexacte d'employer
les mots, combien peu profondément les connaissances
littéraires avaient pénétré en elle, avaient mis peu de
clarté dans son esprit et de précision dans son langage.
J'étais obligé pour m'extasier sur la bonté de la princesse
de Parme de fermer les yeux sur ce que j'y avais senti de
mondain. Et si elle et le rhingrave avaient dit des choses
fort sensées et qui m'avaient surpris dans leur bouche sur
l'éducation, sur la frivolité des bals, sur l'utilité des lectures et des voyages sérieux pour une jeune fille, et les
éducations sérieuses, je les avais cent fois entendu répéter par mes parents sans les trouver autres que poncives
et ennuyeuses, tandis que la frivolité des bals me paraissait quelque chose de plus délicieux, <ces choses>
m'avaient charmé dans la bouche de ces personnes frivoles qui, parce qu'elles honoraient la lecture et l'amour

du foyer, en faisaient tout d'un coup à mes yeux des choses encore plus délicieuses que le bal et le plaisir. Mais même après que j'avais vu combien ils différaient de leur nom, ce nom continuait à agir sur moi, à donner un prix à leur amabilité, à me la rendre délicieuse, à m'animer de plaisir et mon admiration n'était en réalité que le contreseing que notre intelligence est bien obligée de donner à nos émotions, fût-ce en s'abaissant quand ces émotions sont basses. Quand un plaisir causé par l'amabilité de personnes brillantes mais médiocres, ou même la cordialité, l'affection touchante d'amis aimés, mais médiocres, nous cause, quand nous les avons quittés, une sorte d'exaltation, notre intelligence est obligée de nous déclarer à nos propres yeux tels que l'amabilité des uns, l'affection des autres puissent nous faire plaisir, et d'appeler qualité ou mérites chez eux ce <qui>, si aucune émotion humaine ne venait s'y mêler, si nous jugions sincèrement, par exemple, si ce qu'ils nous ont dit nous l'avions lu dans un livre, nous ferait hausser les épaules. D'ailleurs ne nous est-il jamais arrivé, étant encore adolescents, quand nous lisions les articles d'un critique coté « bel artiste », « éminent esthète », d'avoir lu avec respect tel article où pourtant dans chaque phrase il nous semblait y avoir de ces incohérences d'image qui sembleraient le signe d'une pensée peu forte ? Mais on nous avait répété qu'il était le premier des critiques d'art contemporains. Il employait certains mots, donnait leur forme grecque aux noms des dieux, l'emploi desquels nous semblait révéler une supériorité incontestable, indépendamment de la beauté des phrases où on les introduisait, en sorte que tous ceux qui disaient « Zeus assembleur de nuées » nous paraissaient appartenir à une catégorie d'esprits supérieurs à ceux qui, si bien qu'ils écrivissent, disaient « Jupiter ». La fâcheuse manière d'employer certaines images de la princesse de Parme ou de Mme de Guermantes, n'était-elle pas comme les manies du critique, devais-je m'arrêter à eux quand je savais que Mme de Guermantes était une femme supérieure, que la princesse de Parme était une des lumières

de l'Europe ? Ma croyance en leur valeur intrinsèque ne
devait-elle pas balayer ces petites critiques ? Pour ce
qu'ils disaient comme pour ce que lui écrivait la signature
était tout. Ces propos, quels qu'ils fussent, c'étaient les
propos de la duchesse de Guermantes, de la princesse de
Parme, c'est-à-dire quelque chose d'émanant de personnes inestimables, et plus précieux en sa banalité que
ce qu'aurait pu dire de mieux tout inconnu. Peut-être
même cette manière de parler si inexacte qui m'avait
tellement frappé chez eux tous était-elle particulière aux
gens du monde, comme de bien savoir comment on doit
s'adresser à une altesse et à quel moment on doit passer
le château-yquem ? Volontiers je me fusse exercé à tâcher
de parler de même et je n'étais pas éloigné d'essayer sur
mes amis de dire de temps en temps comme M. de Guermantes : « quelque chose qui n'est pas dans la note ». Le
plaisir que j'avais à sentir la charmante gentillesse pour
moi de ces illustres personnes ajoutait à ces moments
que j'avais passés chez eux un coefficient tel, quoique
indépendant de la valeur réelle de ces instants, qu'ils
dominaient tout l'horizon de ma pensée, où avant d'aller
chez eux ils m'avaient paru un plaisir peu important.
Quant à l'impression causée par le feu[1], et qui alors me
semblait si importante que je trouvais mal d'aller chez
Mme de Guermantes, non seulement je ne la voyais plus
en moi, mais l'importance qu'elle avait pu avoir avait
disparu. D'ailleurs me parlant à moi-même comme à un
étranger, c'est-à-dire pas en pensée, et reportant sur des
êtres qui au fond étaient sans intérêt véritable pour ma
pensée le trop-plein du plaisir qui était en moi, je n'aurais
pas pu écrire, c'est-à-dire me résoudre à congédier, à faire
sortir de moi-même, l'interlocuteur avec qui je causais,
comme on cause, sans exprimer sa pensée, à fuir la
société, que j'avais suscitée en moi pour ne pas laisser
sans compagnie l'être sociable que j'étais en rentrant de
ce dîner, et la conversation intérieure qui pour ne pas
<être> parlée à haute voix est aussi frivole que l'autre, et
à rechercher la solitude avec moi-même. Pourtant j'avais
l'impression amère que je devais toujours avoir dans le

monde que je n'avais eu aucun plaisir et que j'avais perdu mon temps. Mais comme tous les raisonnements qui essayent de pallier l'absence d'un sentiment instinctif, par exemple les raisonnements par lesquels on essaie de se prouver qu'on a bien agi quand on n'a pas la joie de conscience qu'une bonne action apporte avec elle – ou par lesquels, quand on se sent malade et qu'on devrait se priver d'un plaisir, on se persuade par des raisonnements chimico-physiologiques qu'il pourra en résulter un abaissement de température – ou par lesquels, quand on n'est pas content d'un livre qu'on a fait, qu'il est intéressant d'avoir pu écrire tant de pages neuves sur un sujet si difficile et qui n'avait jamais été traité, à défaut du plaisir que je n'avais eu, et du sentiment de temps bien employé que je n'avais pas, je récapitulais toutes les choses intéressantes que j'avais faites, connaissance de personnes qui m'avaient raconté sur l'empereur d'Autriche des choses que j'eusse en vain trouvées dans un livre d'histoire, etc. En somme pourquoi avais-je du remords d'avoir passé une soirée à rien faire ? Puisque j'avais entendu dire ces choses que je n'eusse pas trouvées dans un livre d'histoire, c'est comme si j'avais travaillé. Quand quelques jours après je passai toute une journée avec M. de Guermantes au lieu de travailler, je me dis qu'en somme j'avais pu faire sur lui des remarques psychologiques, et que je n'avais pas perdu ma journée. Pourtant je rentrais triste tandis que quand j'avais produit quelque chose ou même quand j'étais resté à rien faire mais pour le plaisir d'être seul avec moi-même, de jouir de l'instant présent, je chantais comme une poule qui vient de pondre un œuf, ou comme un oiseau immobile sur une branche[1]. Quand j'avais passé une journée à faire des visites, je substituais, pour m'en consoler, au vide de ma journée, les sept, huit formalités utiles que j'avais remplies. Je n'avais rien fait de ma journée, mais j'avais casé dans ma journée des visites utiles dont il eût bien fallu un jour ou l'autre me débarrasser, et si je n'avais pas vécu, j'avais supprimé quelques-uns des obstacles qui m'empêchaient de vivre. Quand j'avais eu du plaisir, que ce fût par la

paresse ou la fainéance, je ne comptais plus les choses
que j'avais faites, car elles n'étaient pas des ennemis sans
cesse renaissants d'ailleurs dont je m'étais débarrassé, je
n'avais rien à démontrer, dégageant les parties encore
virtuelles de ma pensée par le travail, ou en vivant avec
moi-même par la fainéance et la rêverie, j'avais accédé à
la vie et, ma plume posée ou immobile à ma fenêtre,
comme une poule qui vient de pondre un œuf – ou
comme un oiseau sur la branche – je chantais. Mais pour
me faire à moi-même ce mensonge de les trouver intelligents, supérieurs, exquis, je trouvai <une> complice dans
ma grand-mère qui, sans doute heureuse que j'allasse
dans un milieu qu'on jugeait distrayant, utile, destiné à
développer en moi des points de vue qui s'opposaient à
la nervosité et à la bohème, non seulement rit de l'histoire : « Rome, j'ai acheté un chapeau, etc. », approuva les
principes de la princesse de Parme, apprécia que Mme de
Guermantes se rappelât les musées de Hollande mais
disait : « En somme c'est un milieu bien intelligent, ce
doit être une femme bien distinguée. Elle doit être charmante, jolie, bonne, aimable, instruite en littérature, en
peinture » comme si elle avait voulu que je cultive un
milieu que je ne pouvais cultiver que par snobisme, mais
que pour ne pas mentir à ses principes, et ne pas me
démoraliser, en me laissant faire quelque chose que je
faisais par snobisme, elle voulût me faire croire qu'en
faisant cela, je ne faisais que céder à un goût bien légitime pour l'intelligence, la vertu, la bonté et l'histoire de
la peinture flamande.

Je me félicitais d'avoir été admis à entendre ces conversations curieuses, exalté de reconnaissance pour les Guermantes, je me répétais les paroles de l'ambassadeur dans
le silence de la nuit, j'aurais voulu pouvoir les raconter à
quelqu'un, lui faire partager mon plaisir. Mais par cela
même je comprenais que ce plaisir de société que j'avais
eu ne pouvait avoir que des suites sociales ; il ne me faisait pas entrer plus profondément en moi-même, il me
changeait en une espèce d'acteur qui répétait les choses

qu'il avait entendu dire ; certes j'étais embrasé, j'éprouvais un vif sentiment de chaleur, d'électricité intérieure, mais que je ne songeais à transformer qu'en mouvement, non en lumière. Or je sentais que c'était aller à contresens de ma véritable nature. Plus je voyais des gens, plus ma pensée, comme il arrive dans nos rêves, était pleine des figures que j'avais vues. Mais tout cela n'était pas tiré de moi-même, n'augmentait pas ma valeur intérieure. Je pourrais tous les jours passer des soirées pareilles, en revenir aussi exalté, je ne gagnerais pas plus en valeur que si je m'étais grisé tous les soirs, peut-être moins, car si je m'étais grisé je serais peut-être resté seul. Et je sentais que ce plaisir social n'était pas du plaisir, que le plaisir c'était ce que, sans comprendre pourquoi cela me rendait si heureux, ce que j'avais éprouvé à Combray quand j'étais arrivé à démêler l'image des deux clochers peints sur le ciel[1], analogue à ce que je devais éprouver plus tard à chercher ce que me rappelait le goût de la madeleine trempée dans la tasse de thé. Malgré cela ce que je recherchais c'était les soirées où je rencontrais des gens que je me persuadais être agréables, et dont je me répétais les conversations avec un plaisir probablement incomplet et où cependant ma pensée n'était pas intéressée puisque je brûlais de les réciter à d'autres, mais en attendant ne pouvais que me les répéter tout haut, sentais bien que je ne pouvais en rien les approfondir dans la solitude et les <transformer>, car on ne peut travailler en soi-même que sur une impression absolument vraie et que celles-là, si agréables qu'elles fussent, étaient malgré tout un peu factices.

Il vaudrait mieux mettre la conversation de M. de Vedel, je me la répète, je m'aperçois que je ne fais que la répéter en pleurant presque, mais que je ne cherche pas à la transformer et que je cherche des gens à qui la redire. À ce moment je pourrai peut-être avoir une impression poétique vraie (comme les arbres avec Mme de Villeparisis) ; je sens la différence du bonheur et du faux plaisir. Mais je continue à rechercher le second. Ce pourrait être même Mme de Villeparisis qui me dit ces choses intéressantes. Je descends de voiture pour me sentir seul et je vais contempler les trois arbres.

Aussi acceptai-je presque chaque semaine d'aller dîner chez M. et Mme de Guermantes[1] dont le grand plaisir était d'avoir presque chaque soir où ils ne dînaient pas en ville fût-ce un ou deux amis à dîner, et avec qui ils m'invitaient toujours, à moins que ce ne fussent des gens si ennuyeux que Mme de Guermantes disait à son mari : « Non, ne l'invitez pas ce jour-là, sans cela il ne viendra plus. » Ces dîners auxquels ils m'invitaient, si peu nombreux qu'on fût, étaient une sorte de célébration rituelle en ce sens que, n'eussent-ils que deux invités, le menu était toujours aussi raffiné, donnait du plus vieux château-yquem et des plus rares ortolans à des intimes, que M. de Guermantes et Mme de Guermantes s'habillaient comme s'il y avait eu vingt personnes et que même avec les intimes leurs rapports étaient empreints d'une grande politesse et d'une grande cérémonie, avec étalage des titres de « mon cher prince » et de « ma chère duchesse » entre gens qui se connaissaient depuis vingt ans.

Ces gens si bien habillés et si polis étaient aussi très simples. Débarrassée de cet apprêt de paroles factices que les bourgeoises, quand elles dînent en ville (en même temps qu'elles mettent une aigrette de cailloux du Rhin[2] dans leurs cheveux et prennent un manteau comme on fait cette année), croient devoir épingler sur leurs préoccupations naïves, et qui s'orne de tout ce qu'elles s'imaginent chic (avoir été invité à une première, à un vernissage, être allé à la Chambre, être abonné au téléphone, aller au mois d'août à Cabourg, avoir une amie qui a une loge à l'Opéra), la conversation des convives de Mme de Guermantes laissait au contraire à *[un mot illisible]* les sujets les plus simples de la vie, dont ils s'entretenaient d'autant plus familièrement que M. et Mme de Guermantes étaient aussi très simples. Comme M. et Mme de Guermantes me présentaient à eux dans les termes les plus chaleureux, comme un ami qu'ils aimaient tout particulièrement, ils tenaient à montrer ce que cela signifiait pour eux en me traitant comme les amis qu'ils avaient toujours connus, en ajoutant cette pointe de sympathie bienveillante et de curiosité qu'on éprouve pour un être qui vous est ainsi désigné, qui vous est ainsi recommandé, quand de plus il est inconnu et tout jeune. De sorte que les dîners délicieux où j'étais invité à venir manger des perdreaux cuits suivant une recette particulière à M. de Guermantes, de la purée de marrons cuite d'une manière que je ne connaissais pas, consistaient en même temps, comme les repas des premiers chrétiens, en une sorte de communion mystique où j'assimilais en même temps que l'aile de perdreau et les pointes d'asperges, la connaissance des différents amis de M. et Mme de Guermantes et des personnes aussi qu'ils voyaient moins souvent, du duc d'Aumale, pour qui ils donnaient un dîner, de leur nièce allemande de passage. Après le dîner venaient habituellement des hommes qui venaient plusieurs fois par semaine passer leur soirée chez M. et Mme de Guermantes, et qui venaient passer là une heure, soit dans la sombre galerie où on restait causer, soit, quand le printemps fut venu, dans le jardin obscur. Il y avait parmi eux des <gens> intelligents, d'anciens officiers qui parlaient bien des choses de leur vie. Pour tous, du reste, l'éducation avait été une sorte de gymnastique de l'esprit de finesse qui l'avait développée et lui avait donné l'habitude de se mettre avec agilité à la place des différents amours-propres.

Cette sorte de manducation mystique du même genre qui, pour les plus vieux habitués de Mme de Guermantes n'avait pas besoin d'être accompagnée du symbole matériel du repas, était probablement pour eux leur manière d'appréhender, dans ce nom, dans ces noms, qui avaient apporté tant d'images, une substance toute différente, une sorte d'aliment social. C'était quelques hommes, quelques-uns seulement gens du monde, d'autres anciens officiers ou anciens diplomates, dont on était toujours sûr de voir l'un ou l'autre venir en visite après le dîner, causer une heure, prendre un verre d'orangeade, alors que tant

de femmes de grands financiers, tant de femmes nobles,
plus riches que Mme de Guermantes mais d'une situation moindre, auraient tant souhaité les avoir pendant
ce temps-là dans leur loge à l'Opéra, ou à leurs somptueux dîners après lesquels on applaudissait les plus
grands chanteurs. Plusieurs d'entre eux étaient des gens
vraiment intelligents, et parlaient très bien des choses de
leur ancien métier. Si on parlait de la politique actuelle ils
gardaient le silence[1], mais ne disaient jamais un mot qui
pût blesser, même des absents eût-on pu dire, puisqu'ils
étaient tous à peu près de même opinion. Mais la violence
de cette opinion ne s'exprimait que par la profondeur de
leur mutisme. Leurs propos avec moi semblaient toujours
impliquer (alors qu'ils savaient que c'était faux) que chacun
devait souhaiter de me connaître. Si je disais que j'avais
dîné avec la princesse de Parme, là où un petit bourgeois
eût dit : « Vous avez dû être content » ou « Cela devait
être assommant », eux, se mettant à ma place, comme
des psychologues qui sont détachés de leur propre amour-
propre et savent venir se placer au milieu du vôtre, me
répondaient avec un sourire pénétré : « Ah ! elle a dû être
bien contente. Du reste elle est très intelligente. Je la vois
demain, certainement elle va m'en parler, et je vais pouvoir
me faire valoir, dire que moi aussi je vous connais, qu'il n'y
a pas qu'elle. » Et si je disais que j'irais la voir : « Ah ! elle a
de la chance la princesse de Parme. Sérieusement, je suis
sûr que vous lui ferez très plaisir, elle sera certainement
ravie. » Si ces hommes dans leur personne et dans leur
conversation ne possédaient rien du charme de leur nom
et ne le ressentaient probablement pas, ils s'attachaient
cependant avec beaucoup de force à une autre face en
quelque sorte des noms, laquelle n'est pas perceptible à
l'imagination ou à l'intelligence, mais à un sens particulier
que je ne possédais pas, permettant à leur instinct mondain de trouver une nourriture à sa convenance.

Ces quelques maîtresses de maison célèbres à qui il[2]
avait toujours refusé plus obstinément qu'aucun de se
laisser jamais présenter auraient, s'il avait voulu aller

chez elles, offert des plaisirs qui lui eussent été particulièrement sensibles. Ce grand chasseur aurait trouvé
là à certains jours des battues qui eussent donné à son
spectacle favori une ampleur qu'il ne pouvait certes pas
retrouver ailleurs et moins que partout aux maigres
chasses de Guermantes, et qui lui auraient donné la
même joie qu'à un artiste de voir représenter avec un
orchestre un opéra qu'il n'a jamais entendu qu'au piano.
Dernièrement à l'occasion de la venue du roi d'Espagne,
la femme d'un de ces grands financiers qui devait recevoir
Alphonse XIII pendant deux jours à une de ses chasses
avait prié l'ambassadeur d'Espagne de tâcher d'obtenir
que le duc d'Étampes vînt chez elle, mais ç'avait été peine
perdue. Il avait refusé aussi bien la chasse que l'Opéra,
les dîners, les soirées magnifiques. Deux ou trois fois par
semaine en revanche il venait après le dîner chez Mme de
Guermantes qui l'accueillait avec beaucoup moins de joie
que n'eût fait la femme du grand financier, et il restait
une heure ou deux à causer, dans la galerie ou dans le
petit jardin obscur, non par snobisme certes – aucune
situation mondaine n'était plus grande que celle de ce
premier duc de France – mais parce que le nom des Guermantes, comme celui des autres amis qu'il fréquentait, lui
présentait des notions anciennes, cet ensemble qui n'était
même pas pour lui une garantie rationnelle qu'il pouvait
aller chez eux sans descendre mais qui, quand il était fatigué d'être seul, avait pour son appétit de société le goût
familier, sapide, rassurant et sain d'un mets de bonne
qualité qui fait notre ordinaire succulent et mangeable.
Il regardait au contraire de loin les fêtes des gens qui
n'étaient pas de ce milieu comme une table où la nourriture sociale eût été fastueuse mais frelatée. Le dégoût
qu'il en avait était d'ailleurs trop sincère pour qu'il en fît
montre et qu'il se permît même un mot de critique pour
eux. Quand on lui demandait : « Allez-vous ce soir chez la
baronne X qui a pour le roi d'Angleterre comédie, ballet,
bal, chasse et feu d'artifice ? » il faisait simplement de
sa tête blanche que non, et ne disait pas qu'il avait été
fort sollicité par des intermédiaires de s'y rendre et avait

préféré venir chez les Guermantes qui ne lui offriraient qu'un verre d'orangeade.

Ces hommes savaient si parfaitement l'histoire de ces noms dont leur imagination ne connaissait pas la beauté que chacun résumait pour eux, avec la clarté de la précision d'une formule algébrique, toutes les alliances, illustrations, hauts faits, grandes charges dont il était l'équivalence. Par là M. de Guermantes et ses amis étaient en quelque sorte, sans faire montre de leur science le moins du monde, comme les lettrés, les grammairiens, les érudits des noms et leur esprit était, comme certains marbres ou certains papiers anciens, quadrillé et chiné de mille dessins qui n'existent pas à la surface du nôtre et qui, joints à toute leur science des manières, des égards, de l'étiquette, mettaient sous le personnage insignifiant qu'ils montraient un autre personnage complexe et rempli de notions. Ces notions, ils n'en possédaient d'ailleurs que la partie matérielle, et n'en éprouvaient que l'intérêt pratique, ne pensant pas que cela eût aucun rapport avec l'intelligence et la littérature, se jugeaient intelligents ou littéraires dans la mesure où ils en étaient affranchis mais en réalité me plaisaient par là en parlant le langage de réalités poétiques pour moi et non pour eux, plus que des gens intelligents, comme la conversation des matelots nous évoque la poésie de la mer qu'ils ne sentent pas, en nous parlant des vagues, des poissons, du brouillard et de la lune. Comme le prix de leurs noms était pour eux un avantage purement pratique et qu'ils en causaient comme d'intérêts de famille, ce genre de conversation leur paraissait terre à terre et presque d'aussi mauvais goût que de parler de leur fortune. Et, sauf M. de Guermantes qui semblait trouver quelque chose de si amusant à ce qu'une personne – même s'il ne la fréquentait pas, ne la connaissait pas, ne voulait pas faire sa connaissance – fût sa parente, qu'il ne pouvait, si on la nommait, le laisser un seul instant ignorer, c'était au contraire évasivement, du bout des lèvres, du ton le plus détaché, comme il convient pour un renseignement purement pratique et sans intérêt que le duc de Limoges, par exemple à

propos de la mort ou du mariage de *[un blanc]* demandait qu'on lui rappelât qui avait épousé les filles de la
défunte, de qui venait au fiancé son titre de prince ou
ses grands biens. Parlait-on d'une femme quelconque, la
voix de M. de Guermantes bondissait dans le petit jardin
obscur et s'écriait, comme s'il eût craint de retarder d'une
minute cette grande nouvelle : « Mais parbleu ! c'est une
nièce ! » Quelquefois un des invités, le duc de Limoges
par exemple, disait avec politesse[1] : « Mais, pardon, comment est-elle donc votre nièce ? Je sais bien qu'elle est
parente avec Rosemonde, mais avec vous je ne vois pas
comment... — Comment ? disait M. de Guermantes. Vous
me demandez conseil ? Mais c'est bien simple, elle est
même plus parente avec moi qu'avec Rosemonde. — Ah !
oui, interrompit le duc, c'est vrai, sa mère était une Bouillon de la branche allemande. — Mais c'est pas du tout
par là, disait M. de Guermantes, les deux branches ne se
sont pas alliées ensemble depuis Louis XIII, c'est bien
plus près, c'est par la mère de son père, une Noailles,
dont la mère était Montansier comme mon arrière-grand-
père. » J'aurais voulu connaître ainsi toute la généalogie
de tous les gens que je voyais là, comme j'aurais voulu
connaître l'histoire et les habitants d'une ville où j'avais
passé. Car la réalité mystérieuse de ces gens était pour
moi leur nom, je pénétrais plus avant dans cette réalité
en connaissant son histoire.

« C'est tout à fait intéressant ce que vous racontez là,
Adolphe, disait ironiquement Mme de Guermantes. Mais
savez-vous que vous êtes tous très ennuyeux, ce soir, et ce
jeune homme, ajoutait-elle en me désignant, ne reviendra
plus si vous parlez de choses aussi bêtes. J'aime beaucoup Agrigente mais m'intéresse aussi peu que ce soit
aux différents mariages de son arrière-grand-mère ! » Je
n'osais pas dire à Mme de Guermantes que c'était au
contraire, de tous les propos qu'échangeaient ses amis,
les seuls qui m'intéressaient, les seuls où reposait leur
puissance, maintenant qu'on les prononçait, maintenant
qu'on les citait et qu'ils n'étaient plus incarnés dans des

personnes quelconques dans le salon de Mme de Guermantes. Au fur et à mesure que je prenais contact avec
ceux qui les portaient, les noms <n'> adressaient plus
qu'à mon imagination ces créatures qui n'avaient plus de
rapports – dans la mention qu'on faisait d'une alliance,
des alliances, c'était forcément ce à quoi aboutit toute
question de parenté, de filiation, de généalogie – qu'avec
d'autres noms. C'était assez pour que devant ma pensée,
tandis qu'ils parlaient, défilassent des noms désincarnés,
qui n'étaient plus que des noms et qui, rapprochés quand
on indiquait une filiation, une alliance de noms avec lesquels je ne savais pas qu'ils eussent de la connexité, changeaient en quelque sorte de place dans mon esprit où ils
étaient déjà pétrifiés, sclérosés, et où ils reprenaient leur
vie et leur élasticité.

Le nom du prince d'Agrigente se trouvait offusqué
pour moi d'être celui du gros homme avec qui j'avais
dîné, mais il s'enfermait précieusement dans une gaine
de rêve quand il s'enveloppait d'un nom qui n'était pas
qu'un nom : Damas[1]. Et ces noms des habitués de l'hôtel
de Guermantes, assez vagues généralement pour moi,
matière inconnue et que je prolongeais toujours la même
dans le passé, recevaient de ces alliances qu'on citait dans
le courant de la conversation des déterminantes variées
et imprévues. Dans toute famille historique du reste dont
je connaissais le nom, même si je n'avais jamais vu les
membres, dont j'apprenais à l'hôtel de Guermantes une
alliance qu'elle avait faite à une époque quelconque,
le rapprochement qu'elle faisait entre deux noms qui
jusque-là étaient sans connexité dans mon esprit, les
forçait à se déplacer, à venir l'un près de l'autre, rendait
à la partie de mon esprit où ils étaient fichés loin l'un de
l'autre depuis longtemps, une élasticité qui valait celle des
autres, entre lesquels il se plaçait tout naturellement et
où il prenait d'autant plus de beauté que son éclat était
comme velouté d'ombre.

À un autre point de vue capitalissime et très intéressant tout cela fait que tandis que la parenté d'un bourgeois s'enfonce dans la nuit, les recueils de Mémoires,
de correspondances du XIXe, XVIIIe, XVIIe, XVIe siècle me
permirent de retrouver aisément tous les ascendants de
M. ou de Mme de Guermantes comme des gens visibles,
vivants, dont leurs amis en leur écrivant faisaient le portrait (Mme de Castel., mère de Beaul., grand-mère du
marquis de C.[1]) dans les lettres de la duchesse de Broglie[2]. Et cela me permettait par exemple de suivre les origines de telle tare nerveuse (nervosité de Mme de Castel.)
et l'alternance des mères vertueuses et filles vicieuses et
l'amusant des recueils moraux écrits pour les secondes
par les premières.

Je voyais par lui[3] s'unir une fois de plus les Guermantes
et les Montargis, cependant que par d'autres noms qu'on
prononçait devant moi, d'autres liens de parenté se croisaient et s'entrecroisaient, liant ensemble dans mon
esprit des maisons qui y étaient jusque-là restées loin
les unes des autres sans connexité et qui maintenant s'y
composaient, se fondaient, ne laissant plus de vide et
de lacune comme dans un tableau bien fait où chaque
partie tient aux autres, est en relation avec elles, échange
avec elles, leur donne et reçoit d'elles une raison d'être
et un reflet[4]. M. de Guermantes avait ainsi très présentes
à l'esprit ces alliances et les grandes charges de familles
dont le nom est aujourd'hui rarement prononcé, et dont
le plus souvent il ne connaissait pas personnellement
les descendants vivants. Comme Mme de Guermantes
parlait du mariage de la nièce de M. de Norpois avec un
M. de Beaucerfeuil, en s'étonnant de ce choix en disant
que c'était un nom qu'elle entendait pour la première fois
et alors qu'elle avait été demandée par M. de X, M. de
Guermantes hocha la tête comme s'il équilibrait intérieu-
rement une balance en mettant des poids dans chaque
plateau : « Mais non, ma chère amie, c'est une erreur.
Beaucerfeuil était maréchal de camp sous Louis XIV et
chevalier de l'Ordre. Il avait épousé je ne sais plus si c'est

une Lauzun ou une Montmorency, je ne me souviens plus, c'est très bien. Je comprends très bien Norpois. » Un nom qui ne nous disait rien lui faisait voir à lui un maréchal de camp, la poitrine étoilée de la croix de Saint-Louis, son bâton de maréchal à la main devant Neerwinden[1], une de ces nombreuses peintures du temps dont son esprit était plein et qui me le faisait aimer comme une de ces vieilles maisons où il reste encore aux murs des portraits du XVIIe siècle authentiques, cérémonieux et médiocres en leur laque noire et rouge, assombrie et craquelée. Parfois même ce n'était pas seulement un nom de noblesse relativement peu connue, mais un nom tout à fait bourgeois qu'il se trouvait tirer de telle femme quand il voulait dire le nom de sa famille. Comme le nom d'un grand navigateur[2] par exemple, dont il nous dit : « Ma grand-mère était sa petite-fille. Les deux demoiselles X avaient épousé l'une mon grand-père, l'autre le duc de Montmorency. » C'était alors une autre forme que revêtait le nom de Guermantes, rehaussé d'une façon toute concrète dans un moment particulier de sa durée, cependant qu'il indiquait par la place inattendue qu'il prenait près de lui, le rang élevé qu'occupait le nom bourgeois du navigateur au temps de *[plusieurs mots illisibles]*. Perdant sa beauté exclusivement princière et ancienne il devenait le nom d'hommes du monde admirablement posés du temps de Louis-Philippe sans qu'une démarcation trop absolue apparût entre le nom aristocratique et le nom bourgeois, absorbés tous deux dans deux personnages en chair et en os, à favoris et en pantalons gris, tous deux fort bien enveloppés de leur nom considérable qui servait seulement à les désigner, sans qu'on remarquât presque le feston plus historié que faisait autour de l'un d'eux son nom féodal qui dans le monde signifiait seulement, comme celui du navigateur : gens de premier rang, tenant le haut du pavé. Je voyais le nom bourgeois se diviser en deux comme certaines graines, dans chacune desquelles se dessinait bientôt à mes yeux la forme d'une jeune fille, les deux futures duchesses, qui en robe d'organdi, en *[un blanc]*, jouaient de l'éventail aux grands bals de l'époque,

courtisées pour leur beauté et leur grande fortune par
deux danseurs en pantalons gris dont je voyais l'un sortir
de ce nom princier de Guermantes, purifié aujourd'hui
de toute relation avec les classes bourgeoises, et son inséparable <ami> qu'il avait amené avec lui au bal pour
lui montrer les deux jolies héritières, le jeune duc de
Montmorency.

Je n'osais pas dire à Mme de Guermantes que ces propos étaient de tous ceux qu'on tenait chez elle les seuls
qui m'intéressaient, les seuls où reprenaient vie les êtres
imaginaires qui s'étaient évanouis au contact des êtres
réels qui les portaient – les noms retrouvaient leur beauté
maintenant qu'ils n'étaient plus que des noms, maintenant que, désincarnés, ils n'avaient plus de rapports, dans
la mention qu'on faisait d'une alliance – car c'est toujours
à des alliances qu'aboutissaient les questions de parenté
et de filiation –. qu'avec d'autres noms. La poésie que
mes relations avec M. et Mme de Guermantes lui avaient
fait perdre, leur nom la retrouvait quand, au cours de
ces conversations, il se variait et s'ornait tout le long de
son arbre généalogique d'autres noms qui s'y greffaient
et qui – Chevreuse, Joinville, Joyeuse, Charente, Aumale,
Ligne – n'étaient pour moi que des noms dont aucun
résidu d'expérience mondaine, aucune matière ne venait
troubler la pureté et altérer les couleurs, dépliant des
bourgeons alternatifs, teintés et translucides, comme
ceux qui, dans un vitrail de Jessé, font fleurir les ancêtres
de Jésus sur l'un et l'autre côté de l'arbre de verre[1].

Certes ces alliances que j'entendais citer pour la première fois étaient surtout intéressantes pour moi à
connaître quand elles concernaient M. et Mme de Guermantes. Car à la nature vague, inconnue qu'était pour
moi le nom de leur maison et que je prolongeais telle
quelle, toujours identique dans le passé, les noms des
autres familles auxquelles elle s'était alliée apportaient
des déterminations variées, souvent imprévues, qui le
bornaient de-ci, de-là, l'orientaient d'un côté déjà connu
de moi, lui donnaient une forme, et me décrivaient ses
alentours, me permettant de le situer plus exactement.

Ainsi aimerait-on pouvoir par la lecture rapprocher de
son histoire une ville où on a passé. Mais même quand les
deux noms qu'elles réunissaient, jusque-là sans connexité
dans mon esprit, étaient ceux de familles dont je n'avais
pas vu les descendants, j'avais encore plaisir à apprendre
de ces alliances. Comme jadis quand un camarade de
classe, m'envoyant sur un papier la liste des acteurs des
Français par ordre de mérite, mettait Thiron au rang
où d'habitude je voyais toujours Febvre[1], en sentant un
nom fiché depuis longtemps dans un coin de mon cerveau, qu'il avait sclérosé, solitaire, ne répondant à rien,
Damas, par exemple, qui se mettait en branle, se déplaçait et venait se ranger à côté de celui *[interrompu]* Mon
cerveau immobilisé, sclérosé par les noms qui s'étaient
fichés en lui, loin les uns des autres, isolés, morts, pétrifiés, à jamais semblables à eux-mêmes – on sentait l'un de
ces noms se mettre en branle dans son coin, se déplacer,
venir se ranger à côté d'un autre –, retrouvant son élasticité, sa souplesse, le sang recommençait à y circuler. Un
des noms, effacé, introduisait dans l'autre, un peu vide,
une substance nouvelle, une signification inattendue.

Parfois l'un de ces noms qui venait ainsi au XVIIe siècle
s'accoler au nom de Guermantes ou de La Trémoïlle était
celui de tel ami des Guermantes ou de telle personnalité
littéraire ou militaire d'aujourd'hui mais que je croyais,
comme nom, fort obscur et récent et qui se gonflait
pour moi de contenir cette union avec une La Trémoïlle
qui avait marqué dans l'histoire. Il recevait, des grands
emplois où j'apprenais qu'il avait figuré sous Louis XIV
et de la place et du rang qu'il occupe dans les Mémoires
de Saint-Simon et les lettres de Mme de Sévigné et de
ces noms de Guermantes ou de La Trémoïlle, une effigie
qui ciselait sa terne surface et de métal sans valeur, en
faisant pour moi <une> médaille ancienne. Ces alliances,
en unissant un nom <illustre> à un nom relativement
obscur, restituaient à ce second la noblesse, qui était
d'ailleurs en lui souvent aussi ancienne que celle du premier mais moins connue et que j'en avais crue absente, et
qui maintenant m'y frappait davantage, sous ce vêtement

nouveau et sombre où je n'avais l'habitude de la voir que dans les syllabes éclatantes avec lesquelles elle s'était si bien confondue qu'on n'y prenait plus garde à elle. Et l'autre nom lui-même, l'illustre, prenait par rapport à celui qu'il ennoblissait un prix qu'il n'avait pas jusqu'ici. J'étais un peu blasé sur le nom de ces Guermantes que je pouvais voir tous les soirs si je voulais, mais il redevenait tout d'un coup précieux comme nom de jeune fille de telle femme qui portait un nom peu connu, mais qui, parce qu'elle était née Guermantes, me paraissait une créature extraordinaire, comme les personnes qu'on est habitué à rencontrer et qui dans un milieu nouveau prennent tout d'un coup un relief différent, comme ces deux ou trois arbres et ce petit bout de ciel dont on paye la jouissance faubourg Saint-Honoré ou avenue Montaigne plus de mille fois le prix dont on dédaigne de l'acheter à la campagne. M. de Guermantes avait l'histoire des noms très présente à la mémoire, même pour ceux dont il ne connaissait pas personnellement les descendants. Comme sa femme s'étonnait du mariage que M. de Norpois faisait faire à sa nièce : « Mais où est-il allé dénicher ce Beauche-vreuil, Beaucerfeil, je ne sais plus ? Quand il avait tant de partis riches, tant d'hommes distingués et d'avenir qui n'auraient demandé qu'à épouser cette petite qui est charmante, il a fallu qu'il lui amène quelqu'un dont personne n'a jamais entendu parler. — Mais ma chère vous vous trompez complètement, disait M. de Guermantes, les Beaucerfeuil sont d'excellente souche, Beaucerfeuil était capitaine des gardes et chevalier de l'Ordre sous Louis XIII où leur terre a été érigée en marquisat des plus authentiques. M. de Beaucerfeuil était général de camp sous Louis XIV et s'est distingué à Maëstricht et à Neerwinden et avait épousé je ne sais plus si c'est une Laigle ou une Durfort. C'est au contraire très bien et je comprends parfaitement Norpois. » Là où Mme de Guermantes avait entendu un nom qui ne lui disait rien, M. de Guermantes avait vu un général de camp à cheval, son bâton à la main, devant Neerwinden. Son esprit, que j'aimais à cause de cela, possédait, comme ces maisons du XVIIe siècle, bien rares aujourd'hui, qui sont restées intactes, possédait beaucoup de vieilles peintures de ce genre, sans valeur mais non sans charme, et qu'il cotait à un prix qui prouvait en somme un certain désintéressement de collectionneur, presque un certain idéalisme, puisqu'il n'hésitait pas à <faire> figurer parmi les avantages d'un parti – capables de compenser l'insuffisance de la dot – quelques vieux portraits Louis XIV emperruqués, authentiques, cérémonieux et médiocres qui suspendaient aux parois de sa mémoire leur tonalité rouge et noire sous leur laque assombrie et craquelée. Et ainsi peu à peu les noms des moindres gentilshommes m'apparaissaient aussi anciens, aussi bien tissés de métaux précieux que des noms plus célèbres, comme les fils argentés d'une même tapisserie qui s'étaient souvent entrecroisés au cours de l'histoire. Des espaces entiers de ma mémoire se couvraient peu à peu de noms qui ne cessaient de s'ordonner, se composer les uns à côté des autres, sans laisser de lacune entre eux, s'unissant par des rapports de plus en plus nombreux comme dans une œuvre d'art bien faite où il n'y a pas une seule touche qui soit isolée, où chaque partie reçoit des autres et leur impose sa raison d'être et ses reflets[1]. Cette mobilité et cette vie qui naissait de leurs allées et venues n'était pas d'ailleurs uniquement dans mon cerveau, qui les sentait se détacher de la paroi où ils y étaient restés longtemps incrustés pour changer de place avec d'autres. Elle avait existé aussi autrefois dans la réalité de leur vie, comme le prouvait l'histoire de leurs alliances, et les noms tels qu'ils étaient fixés aujourd'hui n'étaient que la combinaison, ayant enfin trouvé un état stable, de parties interchangeables et vagabondes qui avaient eu jadis une existence séparée, comme ces radicaux distincts, ces métaphores aujourd'hui effacées qui sont maintenant indissolubles, confondues, difficiles à apercevoir sinon en soumettant le corps composé à l'analyse, dans la plupart des mots que nous employons.

Des noms qui forment aujourd'hui un tout indivisible comme Luynes, duc de Chevreuse, comme Rohan-Chabot

vécurent autrefois séparés. Au commencement du
XVIIᵉ siècle, le titre de duc de Chevreuse était fort éloigné
du nom de Luynes et appartenait au prince de Joinville,
jusqu'à ce que la veuve du connétable de Luynes, Anne de
Rohan, ayant épousé le prince de Joinville en deuxièmes
noces obtînt qu'il laissât à un fils Luynes du premier lit
le titre de Chevreuse, tandis que, suivant un autre sort,
le titre de Joinville a passé dans la maison de France.
On connaît les longues pages qui dans Saint-Simon sont
consacrées à l'alliance de la maison de Rohan avec les
Chabot[1].

Tous les titres de la maison d'Albert de Luynes, de La
Trémoïlle, de Rohan, qui semblent dessiner sur une seule
surface un seul interminable nom, ne sont en réalité que
la projection sur un plan de volumes de solides <dont> il
faut replacer et réordonner les révolutions dans l'espace
et dans le temps si on veut comprendre la signification
de leur agencement linéaire. C'est que les éléments inté-
grants des noms furent d'abord, comme les éléments inté-
grants des mots, des choses, terres et châteaux, et le nom
suivait la terre et le château d'une personne à l'autre, et
signifiait ainsi successivement des familles différentes,
comme les images incluses dans les mots s'appliquèrent
successivement, au cours de l'histoire du langage, à des
sens fort différents. Dans ce grand quadrille où les seigneurs de l'Ancien Régime se mêlaient les uns aux autres,
portant chacun dans la main son château, sa terre, et
son titre, l'un échangeait souvent avec l'autre les noms
de Mettancourt et de Vaulincourt, de Forbin des Issarts,
de Luynes et de Chevreuse, de Gramont et de Guiche,
de Talleyrand et de Sagan, de Rohan et de Chabot, etc.,
qui sont aujourd'hui agglutinés en un seul nom, un nom
<qui> est d'autre part un tout séparé de tous les autres.
Mais au XVIIᵉ siècle, comme ces bernard-l'ermite qui
viennent se loger dans la tourelle crénelée d'un autre mol-
lusque, les seigneurs se revêtaient du château d'un autre,
dont le nom les recouvre à demi et les masque comme ces
personnages de féerie dont la tête est cachée dans l'attribut qu'ils représentent. Alors un Gramont est affublé du

titre encore portatif, et qui ira bientôt rejoindre à jamais
une famille toute différente, quand il ne sera plus qu'un
nom et n'aura plus de réalité territoriale, de comte de
Toulongeon, un Haussonville comte de Vaubecourt, un
Uzès prince de Sagan, un Maillé marquis de Kerouan.
   D'autres fois ce n'était pas l'alliance de deux noms
nobles que rappelait M. de Guermantes mais l'alliance
– les conditions où elle se présentait empêchaient de
dire la mésalliance – d'un nom noble et d'un nom roturier, comme le jour où, parlant d'un navigateur qui fut
fameux au commencement du règne de Louis-Philippe,
il dit : « Mon arrière-grand-mère était sa fille. Il avait
deux filles, très jolies, très riches, qui avaient épousé l'une
mon arrière-grand-père, l'autre le duc de Montmorency. »
C'était alors un autre genre de détermination, plus étroite
et précise, que ce nom bourgeois, récent, dont l'éclat ne
datait pas et avait commencé à une date, apportait au
nom de Guermantes, soudain réalisé d'une façon toute
concrète, dans un moment de son histoire, et replacé au
milieu et dans la solidarité de l'histoire de ce temps-là,
incarné dans un homme de sa lignée, qui était aussi un
des hommes d'une certaine génération. Ce navigateur
de famille huguenote colossalement riche et bien posée,
devait occuper une grande situation dans le monde pour
avoir pu penser à marier sa fille avec le fils de M. de Guermantes, lequel ne nous apparaît non plus que comme un
gros personnage de l'époque, richement accoutré dans
son nom qui ne sert plus qu'à l'identifier, à le désigner,
comme une sorte d'enveloppe sociale (perdant l'image de
son histoire isolée, enfermée, déroulée le long du temps
sans se mêler à rien autour de lui dans l'étendue), un
nom fort en vue et où il est aussi bien confortable de se
draper, comme celui du navigateur, à peine un peu plus
festonné sinon par le titre, qu'on prononce peu, que par
la particule et la poétique sonorité finale. Je voyais le nom
bourgeois se séparer en deux parties comme une graine,
sur la face de chacune desquelles apparaissaient les deux
jolies demoiselles – les deux futures duchesses – se rendant en robe d'organdi à un des beaux bals de l'époque,

où un jeune homme sorti en pantalon gris et en chapeau
[un blanc], du nom de Guermantes, était venu pour les
courtiser, accompagné de son inséparable, M. de Montmorency.

Et d'autres fois, enfin, ce n'était pas seulement une
certaine époque qu'isolait telle alliance que j'entendais
mentionner dans le salon de Guermantes, pour retrouver
une parenté, la provenance d'une terre, ou la place qu'on
donnait, ou qu'on aurait dû donner à table à un convive
qui venait de partir. Là ce n'était pas seulement un noble
de la Restauration, de la Régence, de la monarchie de
Juillet, qu'elle évoquait, non, la précision qu'elle apportait était plus grande, ce n'était pas un seigneur, une
grande dame quelconque, c'était un individu célèbre et
unique qui, avec son prénom, sa biographie particulière,
tragique ou romanesque, tiendrait des deux noms que
le mariage rappelé avait unis. Il y avait eu par exemple
à dîner chez Mme de Guermantes M. de Choiseul ou
M. de Lucinge, dans les noms de qui, comme dans des
précieuses sphères de cristal et d'or, je n'aurais pas su
deviner les sanglantes reliques qui y étaient enfermées
si, après leur départ, une question de l'un des convives
n'avait fait apparaître dans la transparence des précieuses
sphères de cristal et d'or qu'étaient les noms des deux
convives qui venaient de sortir, deux autres noms bien
significatifs. Sans le rappel d'alliances que fit M. de Guermantes après le départ de ses convives, je n'aurais pas
su les sanglantes reliques qu'enfermaient leurs noms précieux et que désigna à ma vénération l'autre nom que
M. de Guermantes fit apparaître dans la transparence de
chacune des deux sphères de cristal et d'or. M. de Choiseul en s'en allant avait donné son adresse à la campagne
à M. de Limoges qui devait lui faire parvenir un ouvrage.
« Mais je ne vois pas en ce moment d'où lui vient cette
terre, dit M. de Limoges après son départ. — Mais vous
savez bien, répondit M. de Guermantes, que sa mère était
Mlle Sebastiani. — Ah ! mon Dieu c'est vrai, dit M. de
Limoges. — Mais Astolphe, dit Mme de Guermantes, je
ne comprends pas ce que vous voulez dire par origine

à demi-royale, pour avoir fait passer Lucinge avant les
autres. — Mais ce n'est pas pour cela, mais c'est bien à
demi-royal, en effet. — Pourquoi ? — Mais vous savez
bien que son père avait épousé Mlle d'Issoudun. » Je
compris que les deux hommes avec qui je venais de dîner
et qui sous la chemise ornée de perles m'avaient paru si
pareils à tous les autres étaient les fils, l'un de la malheureuse duchesse de Praslin, née Sebastiani, qui mourut
étranglée par son mari, l'autre de cette fille naturelle du
duc de Berri, que le prince frappé à mort dans l'attentat de
la rue * ?* recommanda à sa femme qui la maria plus tard
à M. de Lucinge sous le nom de Mlle d'Issoudun[1]. Parfois
la relique enfermée <dans> le nom était plus voluptueuse,
c'était quelques cheveux d'une tête charmante. M. de
Limoges ayant demandé comment était née la mère d'un
M. de Chimay avec qui il avait dîné la veille, M. de Guermantes de faire chercher dans le Gotha où il trouva :
« du mariage du deuxième prince avec Marie-Thérèse de
Cabarrus ». C'était la fille de Mme Tallien[2]. Ou bien les
Guermantes avaient à dîner le duc de Wurtemberg, et
le prince d'Agrigente ayant demandé pourquoi le prince
avait dit « mon oncle » en parlant du duc d'Aumale,
M. de Guermantes lui répondit que c'était son propre
oncle en effet, le père du duc actuel ayant épousé une
fille de Louis-Philippe[3]. Aussitôt le nom du prince devint
pour moi plus qu'un simple reliquaire, un autel portatif,
une véritable châsse que ma mémoire peignit d'autant de
scènes que faisaient [un blanc] Carpaccio ou Memling
quand les confréries saintes de [un blanc], de Bruges ou
de Venise leur demandaient de peindre la vie de sainte
Ursule[4] ou de [un blanc]. Je voyais dans la première
scène la princesse assistant en robe de jardin aux fêtes du
mariage de son frère le duc d'Orléans, pour témoigner sa
mauvaise humeur d'avoir vu repousser ses ambassadeurs
qui étaient allés demander pour elle la main du prince
de Syracuse. Le compartiment suivant me montrait un
beau jeune homme, le duc de Wurtemberg, qui vient la
demander en mariage, elle est si heureuse de partir avec
lui qu'elle embrasse en souriant ses parents en larmes, ce

que jugent sévèrement les domestiques immobiles dans
le fond. Puis elle accouche d'un garçon, précisément ce
duc de Wurtemberg avec qui je venais de dîner et tombe
malade sans avoir vu l'unique château de son époux, Fantaisie, Fantaisie, le château qui porte le même nom que le
château de Louis de Bavière, que le château où peu avant
sa mort vint habiter un génial fantaisiste aussi, le prince
de Polignac. Mais non, ce n'est pas un château portant
le même nom, c'est le même château. Et en effet la reine
de France n'écrit-elle pas : « Marie aura un château dont
le nom lui convient bien : Fantaisie près Bayreuth[1]. »
   Quand il disait ses alliances je voyais la formidable
histoire, tout le règne de Louis XIV glisser, s'approcher,
séparé d'eux seulement par deux ou trois femmes, une
mère, une grand-mère, une arrière-grand-mère qui se
tenaient l'une l'autre par la main, longeaient tout l'espace
du temps qui remonte de nous au XVIIe siècle, nous faisant paraître si court le passé, qui à d'autres heures nous
semble sans fond, qu'en ajoutant à la chaîne de leurs
bras quarante autres femmes nous arriverions au premier siècle de l'ère chrétienne. « Du mariage du bisaïeul
avec... Le Tellier de Louvois. » Mais l'Histoire n'était pas
seulement plus rapprochée d'eux, entrée sous un visage
individuel à leur service privé – la même que nous appre-
nions au collège et que les grands écrivains ont chantée –
c'était elle, en faisant servir, à ces fins domestiques et
particulières, les événements les plus célèbres, qui nous
indiquait leur adresse à la campagne et la place qu'il
fallait leur donner à table... du mariage du deuxième
prince avec Claire *(vérifier d'Issoudun, ajouter Marie-
Louise, etc.)*... Wurtemberg... du mariage du bisaïeul
avec Letellier de Louvois. Nous disons Louvois, la trahison, Marie-Louise, la fille de Louis-Philippe, mais nous
n'avons reconnu le nom du grand homme que sous l'af-
fublement des prénoms qui le déguisaient en grand-père,
en grand-oncle, de ce monsieur qui vient de partir, et
le grand événement dans toute sa généralité nous était
caché sous l'apparence toute privée, presque secrète,
sous l'incognito d'une affaire de famille, ouverture de

successions ou prise de son titre par le convive, en qui
l'Histoire abstraite s'est en quelque sorte individualisée,
incarnée, insanguinisée, et de qui, maintenant qu'il n'était
plus là, s'échappant de cet habit orné de grosses perles,
sous lequel il m'avait paru pareil à tous les hommes et
où je savais maintenant la relique sanglante et glorieuse
qui y était cachée – je voyais irradier des lignes écarlates,
comme de la poitrine des martyrs ; ou des lignes d'or,
comme de la poitrine des bienheureux.

   À placer quelque part là.
   Une de ces dames, la marquise de Viriville, était née
Arcangues, nom que je ne croyais pas appartenir aux
humains mais seulement au château que j'apercevais
dans mes promenades autour de Combray[1]. Et en effet ce
n'est plus que par lui qu'était porté ce nom d'une famille
éteinte en ses descendants mâles et qui me faisait l'effet
d'un nom changé en pierre, nom de naissance devenu lieu
de naissance, dont le nom de Mme de Viriville entourait
de son pourtour vivant le double donjon démantelé, la
façade percée.

   En écoutant ces généalogies, je me plaisais surtout aux
noms que je n'avais presque jamais entendus, à ces noms
infréquents, locaux, obscurs, ardus, inégaux comme des
ruelles et que leurs filles toujours bien mariées font
déboucher dans les grandes voies planes des Noailles et
des La Rochefoucauld.
   *Ici mettre peut-être ce qui vient à la dernière ligne de
cette page. Parfois en remontant le cours de ces généalogies (Grandin de l'Épervier).*
   Parfois en remontant le cours d'une généalogie je
m'apercevais que deux personnes de ce monde avaient
en commun dans leur parenté, comme une œuvre d'art
indivise, un de ces vieux noms charmants et biscornus,
où subsiste une orthographe perdue, une étymologie
oubliée, une coutume féodale, un peu d'une vie ancienne
et locale qu'ils dépeignent en une enseigne unique, en une
estampe introuvable. Mais, combien ces femmes si elles

étaient fières de posséder un peu de ce nom pour leur quote-part, combien, ce nom, étaient-elles incapables de le goûter et le comprendre ! Il suffisait pour le savoir d'entendre les mots qu'elles employaient, toujours choisis à contresens, toujours vulgaires par la signification la plus banale et la plus sotte, pour voir combien peu elles pouvaient être amateurs d'une pareille œuvre d'art, il suffisait de s'informer, en peinture, en littérature, en musique, à quelles œuvres d'art ou prétendues telles elles trouvaient du plaisir. Vulgaires, sottes et ridicules, elles ne connaissaient pas plus leur nom que l'employé de chemin de fer qui crie : « Beaumont-l'Évêque » ou « Bailleau-le-Pin[1] ».

Un voyageur qui ne peut pas retrouver dans une ville la particularité de son nom, peut ensuite y faire cependant des études intéressantes et finit par dégager, sans grand plaisir, par l'observation et avec l'intelligence, des traits uniques, des traits que le raisonnement lui fait tenir pour particuliers à elle, si bien que plus tard il pourra en parler comme d'une cité différente des autres, unique, et en énumérant ses caractéristiques aux hommes d'imagination qui ne l'ont pas vue, leur donner, en leur laissant croire malgré lui que ces particularités s'imposeraient instinctivement à leur imagination la soif de joies qu'il n'a pas ressenties. Il en avait été de même pour M. et Mme de Guermantes. Le charme spécial de leur nom, je n'avais pu <le trouver> en eux, ni dans leur esprit ni dans leur corps. Et comment l'aurais-je pu ? Leurs joues, leur nez, leur poitrine étaient engendrés sur un modèle humain et faisaient penser à d'autres nez, à d'autres poitrines, non à des rêves suggérés par la forme d'une lettre et la sonorité de deux syllabes. Quant à la grande intelligence qu'on m'avait dit qu'avait la duchesse de Guermantes, j'avais supposé que c'était un sortilège mystérieux et mélancolique, comme celui que devaient posséder les mystérieuses princesses de Burne-Jones[2], à cette intelligence aussi je donnais un titre de duchesse et une couleur jaunie. Or, eût-elle été vaste, profonde, qu'elle eût été humaine, c'est-à-dire de même famille que

l'intelligence des hommes qui l'ont vaste et profonde et
non pas de même famille que les rêves suggérés par la
forme d'une lettre et la sonorité de deux syllabes *(changer)*. À plus forte raison si elle était médiocre. Tandis
que l'esprit des Guermantes, étant médiocre, va chercher
ses idées dans les plus médiocres des idées courantes, et
ne les extrayant nullement de son nom, qu'il ne connaît
même pas, elles n'en sauraient avoir la couleur. Mais
en revanche le privilège de ces constatations logiques,
de toutes ces caractéristiques et différences que, arrivé
en présence d'un lieu ou d'un être, nous recevons de la
nature, comme ces actions de jouissance que les compa-
gnies nous donnent en échange de celles de leurs actions
dont le numéro est sorti, poussées très haut par la spéculation, à peine eussé-je fait la connaissance de M. et
Mme de Guermantes que j'entrai en pleine possession
de lui. Si mon imagination ne pouvait plus retrouver,
en présence d'une réalité toute matérielle, les rêves
d'essence différente qu'elle avait formés, en revanche,
des observations que je fis avec mes sens, et par conséquent sans plaisir, sur M. et Mme de Guermantes, je
pus ensuite dégager avec l'intelligence de ces constatations qui, simplement constatées et dégagées sans plaisir, s'exprimaient à peu près de la même manière que
l'indicible rêverie que nous formions, de sorte que la
personne qui ne connaîtrait pas les Guermantes et à qui
nous parlerions d'eux pourrait croire que nous avions en
effet trouvé en eux ce que nous en avions rêvé, qu'eux le
trouveraient aussi, qu'ils sont des créatures pleines d'un
charme imaginé. C'est ainsi que, même pour étendre
d'abord à tout ce qui était né Guermantes, aux parents
mêmes de M. et de Mme de Guermantes les constatations que j'avais faites sur eux, je devais pouvoir dire un
jour avec vérité, bien que ce fût une vérité qui n'avait
aucun rapport avec mon rêve et qui ne pouvait faire
rêver que ceux qui ne les connaissaient pas, que les Guermantes étaient en effet des êtres particuliers, qui avaient
quelque chose de différent de toute autre personne, et à
qui me demandait alors : « Mais telle personne peut-elle

m'en donner une idée ? » répondre : « Non, ils étaient différents. »

Et de combien des anciens compagnons de notre vie ne pouvons-nous en dire autant ? Même dans le monde et dans un certain monde, où il semble en apparence qu'il y ait unité de manières et de façons de se comporter, chaque coterie, bien plus chaque famille, bien plus chaque foyer, chaque personne a ses manières, son amabilité particulière. Telle, à la première présentation, vous tend la main et vous dit « vous », sans « monsieur », mais ne croit pas avoir à vous inviter si elle a du monde, telle du moment que vous lui avez été présenté ne croit pas pouvoir avoir un bal sans vous inviter mais continue à vous appeler froidement « monsieur », telle vous invite à dîner dans son petit hôtel clair, telle à déjeuner dans un grand appartement sombre. Aucune amabilité, aucune façon de recevoir n'est la même ; sans parler des mille subdivisions de la société même dans le même monde et même d'une même coterie qui a chacune ses traditions, différentes de la coterie voisine, le physique, le caractère de chaque maîtresse de maison donne une couleur spéciale à sa façon de recevoir ; et la particularité de ses rapports antérieurs avec vous y ajoutera aussi une nuance particulière. La familiarité, pour vous grande, avec laquelle elle vous a tendu la main, vous parlera, sa facilité plus ou moins grande à vous inviter, à vous parler des siens, tiendra non seulement à ce que c'est la manière de faire dans cette petite société différente des autres, qu'on appelle une famille, mais aussi à son tour d'esprit, à sa façon d'envisager la vie, au désir plus ou moins grand qu'elle a de vous être agréable. Cette façon d'être particulière à chaque intérieur, on la subit d'autant plus puissamment que, tandis qu'on parle avec les gens chez qui on se trouve, le reste du monde devient un simple objet inférieur d'observation relativement à ceux qui vous en parlent et tous les autres – tous ces autres qui un autre jour peindront à leur tour ceux qui vous parlent en ce moment comme une des parties de ce monde qu'ils jugent et qui leur est inférieur – et d'autre part relativement à vous, à qui, si peu liés qu'ils soient avec vous, ils parlent comme s'ils vous préféraient à tous ceux qu'ils critiquent par cela seul qu'ils ont l'air de vous soumettre leurs défauts. Les autres ne sont plus que la substance des paroles de la maîtresse de maison. Ils ont pris la fraîcheur de sa bouche, le son de sa voix, la forme de ses phrases ; ils sont investis, dominés par son esprit. Seul, par le fait qu'elle s'adresse à vous, vous êtes exempté de ce monde qui n'existe que dans ses phrases, vous êtes la seule réalité qu'elle reconnaît. Ainsi non seulement chaque milieu est en réalité différent, mais tandis qu'on y est il est le seul. L'état particulier que nous y apportons nous-même achève de donner à ces instants un caractère unique. Et plus tard, quand ceux qui étaient particuliers sont morts, quand le changement qui s'accomplit si vite dans les mœurs, dans les façons d'être, rend plus improbables, au moins pour quelque temps, les êtres qui leur ressembleraient, quand nous rappelant telle qualité qu'ils avaient, telle façon de se comporter dans quelle circonstance, nous songeons, quand on nous demande : « Ressemblaient-ils à tel ou tel ? », que cet autre n'a pas telle qualité qu'il avait, n'a pas son visage, n'a pas avec nous tel soir offert de rester à nous tenir compagnie la nuit, n'a pas connu comme lui telles personnes dans les maisons de jeu, n'a pas les mêmes sévérités sur telle chose, ni la même amabilité avec tels gens, c'est de bonne foi que nous répondons : « Oh ! non, c'était quelqu'un de particulier, je ne vois aucun équivalent que je pourrais vous montrer. Tout cela n'existe plus[1]. » Si ce qui était particulier est de plus éphémère, il devient un jour quelque chose d'unique.

Il en avait été de même pour Mme de Guermantes. Son être physique s'était manifesté à mes yeux par un nez, des joues, une taille, son intelligence par des mots et des phrases qui m'avaient fait penser à d'autres joues, d'autres nez, d'autres mots, d'autres phrases que je reconnaissais, c'est-à-dire à d'autres personnes, et qui en revanche n'avaient rien de la forme ni de la couleur du nom de Guermantes. Et cette intelligence de Mme de

Guermantes que j'avais imaginée différente de toute intelligence que je connusse, comme la tristesse d'une princesse de Burne-Jones, médiocre, elle était apparentée à toutes les intelligences médiocres du temps, elle s'était naturellement assimilé beaucoup de leurs idées et de leurs expressions, mais profonde et vaste elle ne m'eût pas donné une moindre déception car alors elle eût été de même famille que certaines grandes intelligences de philosophes ou d'artistes, c'eût été une intelligence humaine et non pas une intelligence inconcevable, engendrée par son nom, taillée dans sa matière, teinte de ses jaunes couleurs. Mais en compensation du déboire de mon imagination, je commençai, dès que j'eus fait leur connaissance, à prendre conscience de ce qu'il y a tout de même de particulier dans chaque être humain par ces froides constatations de l'expérience, les abstractions purement logiques de la raison que la nature nous donne en présence des êtres et des lieux connus et déflorés, pour remplacer le rêve que nous avions formé d'eux, comme ces actions de jouissance que les sociétés financières nous allouent en échange d'une action, poussée à des cours élevés par la spéculation et qui venant d'être tirée, nous est brusquement remboursée au pair.

Le visage tout en n'étant qu'un visage humain, a ses traits distinctifs, l'intelligence aussi, et le caractère. Les manières elles-mêmes, et même dans une société en apparence aussi unifiée que la haute aristocratie, diffèrent légèrement de coterie à coterie, de famille à famille, de salon à salon, de personne à personne, sans compter qu'elles sont encore différenciées par les rapports antérieurs et particuliers de la personne avec nous. Or cette manière de recevoir, de parler, de juger, quand nous sommes chez une personne, nous apparaît comme la seule qui existe, parce que la conversation fait de ceux qui sont dans un salon ou autour d'une table comme des dieux qui n'aperçoivent que de loin le reste du monde. Pendant que nous causons avec cette maîtresse de maison, toutes les autres personnes, par le fait qu'elle en parle avec nous, qu'elle nous dit son opinion sur elles, qu'elle les juge et nous les

fait juger, <elle> les fait apparaître comme inférieures
à elle, comme contenues, unifiées dans sa voix dont la
sonorité est leur atmosphère et leur balance commune,
comme dominées par son esprit qui, s'il descend jusqu'à
elles, en fait aisément le tour – et d'autre part, parce que
tout ce qu'elle dit des autres, c'est à nous qu'elle le dit,
nous fait apparaître à nous-même comme de plain-pied
avec elle, comme supérieur aux absents, comme mesure
de leurs mérites et confident de leurs travers. Pendant les
courts instants que dure cette fiction de la conversation
qui supprime tout intermédiaire entre elle et nous et nous
laisse seul avec elle sur une cime désertée, cet ensemble
de proportions parfait qu'a une personne harmonieuse,
la forme de sa bouche avec les jugements qu'elle porte, sa
bienveillance et son regard, nous paraissent d'autant plus
un ensemble d'agréments supérieurs à tous les autres que
nous sommes sous la suggestion de sa réalité, qu'il n'y
a que lui pour nous, et que ce n'est que par le souvenir
de raisonnements antérieurs que nous pouvons lui en
égaler ou superposer d'autres, qu'il est un système vivant
de jugements et d'inclinations harmonisées, mais encore,
même loin d'elle, il reste un tout unique, parce que tout
être l'est en effet. Même dans sa conduite avec nous,
aucun n'est comparable aux autres. Tel nous a rendu un
service d'argent, qui n'a pas compati comme cet autre à
un chagrin que nous avions eu, nous avons senti chez
celui-là un amour-propre resté hostile au soin de l'amitié,
mais aussi un appui courageux que tel autre qui nous
admire uniquement ne manquerait pas de refuser. Même
les traits sociaux les plus frivoles qui recouvrent les relations sont différents. Telle maîtresse de maison qui nous
dit « monsieur » nous invite à l'Opéra, telle qui nous
appelle par notre nom reçoit sans nous inviter jamais.
Ce que celui-ci comprend est inintelligible à celui-ci, tels
tours de langage, telles expressions familières à celui-là,
tel autre n'aurait pas pu les dire, ils n'avaient pas connu
les mêmes personnes, c'est un passé différent que nous
avons en commun avec chacun d'eux. Celui-ci eût adhéré
aux opinions de notre ami d'aujourd'hui mais eût refusé

de prendre part à son divertissement favori, qui eût rallié au contraire l'approbation de cet autre devant qui il eût été impossible de soutenir les mêmes théories. Certes rien n'est plus différent d'une essence particulière rêvée en un être par l'imagination que cette notion acquise et conservée sans plaisir par la raison, d'une particularité qui est faite d'un arrangement, d'une combinaison particulière d'éléments rationnels et communs à tous les êtres.

Et ces différences, souvent exprimées à l'aide des ressemblances avec d'autres choses qui ont le même genre de particularité : (« Tenez, dans certaines phrases de Villiers de l'Isle-Adam, par exemple, quand il dit *(voir dans "La Gloire¹")*, il y a de l'accent du prince de Polignac et de Montesquiou »), nous les disons aux autres comme une chose précieuse mais nous les disons sans éprouver de plaisir. Car elles sont une constatation de notre intelligence se référant à l'expérience, aux êtres que nous avons connus, comme si cela avait un prix quelconque, alors que nous savons bien qu'il n'y a de prix que dans les créations de notre imagination, comme le prouvent les livres, plus réels que les traits qu'on reconnaissait d'une personne et l'insignifiance des chapitres de Sainte-Beuve sur tel salon.

Et toutes ces particularités d'un être, quand nous y repensons, nous les incarnons dans le souvenir de son visage, de ce visage, qui, s'il nous paraissait de même nature que les autres, comparé à un fantôme imaginaire, en revanche, quand nous le comparons aux autres visages humains, est comme tout visage, mais absolument différent des autres et particulier. Et le jour où ce visage-là, tout ce qui vivait en lui de notre pensée est détruit, ce même particulier, pour avoir été éphémère, est devenu quelque chose d'unique, d'autant plus que le temps d'une génération l'aspect de chaque classe de la société a déjà changé, et que nous n'avons plus chance de retrouver un être du genre de celui que nous avons connu, un médecin qui ait les façons de ceux de notre jeunesse, un domestique du genre de celui qui nous a élevé, une jeune fille, une mère de famille, une cocotte, un républicain, un prêtre analogues à ceux de la génération précédente. Alors quand nous nous reportons à la large fleur, à jamais fauchée, de ce visage humain qui ne ressemblait à aucune autre, à tous les doux baumes qu'elle nous distilla au temps de notre jeunesse dans des heures qui restèrent comme un secret entre lui et nous, et qui n'ont plus qu'un seul possesseur maintenant qu'il n'est plus, et dont le sourire avait vu tant d'heures de notre vie que personne ne verra plus, nous ne sommes pas éloignés de croire qu'elle était la fleur délicieuse et irretrouvable comme notre jeunesse elle-même – d'une terre qui a déjà changé d'aspect et n'en produira plus de semblables. Mais comme cette particularité s'exprime à peu près de la même manière que l'autre, quand quelqu'un plus tard nous parle ainsi que de telle cité, de telles personnes, des Guermantes par exemple, et nous dit : « Tâchez de nous en donner une idée ; ressemblaient-ils à tels ou tels, avaient-ils quelque chose de Legrandin ? — Oh ! non pas du tout. — Des Chemisey ? — Oh ! pas davantage. — De Swann ? — Peut-être un peu plus, mais c'était très différent tout de même. — De votre grand-mère, de Bloch ? — Oh ! en rien. Non, vraiment, je ne vois personne des gens que vous connaissez à qui ils ressemblent, et qui puissent vous en donner une idée. C'étaient des gens très particuliers », c'est sans mentir dans les termes, que – éveillant mensongèrement en eux qui ne les ont pas connus l'idée d'une essence particulière et d'ordre imaginatif qu'ils nous envient d'avoir perçue – nous leur répondons simplement : « Ah ! non, les Guermantes, c'était autre chose, c'étaient des gens très particuliers, je ne crois <pas> vraiment que vous puissiez trouver dans les personnes que vous connaissez le moindre équivalent. »

Sans doute cela est vrai de tout le monde mais peut-être cela l'était-il tout de même des Guermantes plus que de tout le monde. Une ville comme Venise, comme Bruges, un village comme Volendam[1] ou les Baux peuvent décevoir, n'étant que de la matière qui tombe sous les sens, celui en qui le plaisir n'est produit que par l'imagination.

Cela n'empêche pas que la raison reconnaît qu'entre les villes et les villages, elles ont quelque chose de particulier.

Mon imagination n'avait pas trouvé en eux la spécialité de leur nom ; à elle ils étaient apparus comme un homme et une femme quelconques ; mais mon intelligence travaillant aussitôt sur mes mornes observations ne tarda pas à découvrir qu'ils étaient malgré cela assez particuliers[1]. Et d'abord, au nom Guermantes même, c'est-à-dire dans le domaine de l'observation, à tous ceux qui le portaient, elle restitua sous une forme, rationnelle, une partie de la particularité imaginative qui s'était évanouie. Non pas seulement parce que, au contraire de tant de nobles que je connus plus tard, qui ne furent jamais pour moi que la grosse dame qui voulait que je dîne chez elle, ou le monsieur myope qui voulait me marier, et dont le nom ne me montra jamais que l'apparence charnelle, comme à un homme du monde que j'étais devenu, le nom de Guermantes était entré en moi à une époque où les noms signifiaient encore des êtres différents de tous les autres, parfois un rayon échappé de ce temps-là venait encore éclairer sur le visage des Guermantes quand ils ne furent plus devenus pour moi, eux aussi, que des gens au monde, la mystérieuse image d'autrefois – mais aussi parce qu'en effet il y avait chez eux un certain air de famille, une certaine couleur de la chair, des cheveux, des yeux, un certain tour du caractère et de l'esprit, une certaine qualité sociale plus précieuse, plus fine et d'autant plus reconnue qu'elle était promulguée par eux ; les Guermantes restaient toujours reconnaissables, faciles à discerner et à suivre dans la pierre rare de la société aristocratique où on les apercevait engainés çà et là, comme ces filons d'une matière plus blonde, plus douce qui veinent un morceau de jaspe ou comme le souple ondoiement de cette chevelure de lumière dont les crins d'or dépeignés couvent dans les flancs de l'agate mousse. Et d'abord la pâte de leur visage était plus tendre et rose, leurs cheveux plus soyeux et dorés que ceux des autres humains, leurs yeux bleus d'une nature plus précieuse, si bien que quand on voyait

passer un jeune homme pétri de cette matière fine et colorée et laissant de son chapeau passer ses cheveux dorés
on disait : « Tiens ce doit être un Guermantes, on dirait
un Guermantes. » En ce sens-là, l'expression de Saxe que
m'avait dit Montargis était juste et même pour lui-même,
joli garde français aux vives et douces couleurs d'une figu-
rine de porcelaine. Leur nez busqué et trop long au-dessus
de leur lèvre trop mince d'où sortait le son rauque de leur
voix délinéait dans leur visage comme une allusion à un
profil d'oiseau dont les amours avec une déesse auraient
été l'origine mystérieuse de leur race.

Leurs cheveux dorés, la beauté matérielle de leurs yeux,
leur teint d'un rose vif qui tournait vite à la couperose,
qui chez beaucoup tournait au mauve, et allait jusqu'au
violet chez certains *(arranger cela comme style avec la
version d'en face, je n'indique que le mouvement)*, leur
nez busqué qui faisait du moindre jeune Guermantes
débutant dans le monde comme une sorte d'être mythologique, d'une race quasi divine, issue des amours d'une
déesse et d'un oiseau, leur distinction particulière, qui
leur faisait toujours chercher une sorte de silhouette
(voir), un choix plus exclusif dans leurs relations, une
sorte de raffinement mondain, de goût qui ne choisit que
ce qui lui plaît, tout en ne le choisissant que dans la haute
aristocratie, et qui faisait qu'on attachait à les connaître
un prix plus grand que celui qui était matériellement
contenu dans leur noblesse effective, qui était de premier
ordre mais enfin avait quelques égales ; un raffinement de
culture intellectuelle qui dans le faubourg Saint-Germain
passait pour extraordinaire ; et sur tout cela pour moi la
coloration particulière distinguant des êtres qui avaient
<été> longtemps des noms pour moi, de tous ceux que je
devais connaître plus tard et qui de prime abord furent
des hommes et des femmes, la grosse duchesse qui donnait des soirées amusantes ou la jeune marquise qui
voulait me marier, tout cela faisait des Guermantes au
sein de la matière sociale où ils étaient engainés comme
(mettre la comparaison de l'agate mousse[1]).

Il y avait chez les hommes grands et toujours construits

d'une façon asymétrique qu'augmentait encore l'état de leurs membres qui avaient souvent été cassés un certain nombre de fois à la chasse ou au polo, une espèce de nerveuse recherche d'une silhouette instable, qu'ils créaient à tout moment comme un violoniste fabrique ses notes, après laquelle courait une de leurs jambes traînante, un de leurs yeux qui clignait sous son monocle, et dont s'écartait la tempe correspondante et la mèche blonde qui la couvrait, une épaule remontée pour compléter l'arabesque inclinée de leur port de tête. Le rose si vif de leur teint, déjà proverbial au XVIIe siècle, et susceptible parfois de se changer dès un âge encore peu avancé <en> couperose, tournait chez certains membres de la famille au mauve, et chez le duc de Guermantes il s'était assombri et foncé jusqu'au violet. Sans cesse occupé à tourner nerveusement son cou, à l'étirer, à le rentrer en pointant de son bec crochu, proéminent entre ses pommettes d'améthyste et ses joues de grenat, il avait l'air d'un beau cygne, majestueusement empanaché de plumes empourprées qui s'acharnait après des touffes d'iris et d'héliotrope. Les yeux des Guermantes étaient scrutateurs et quand ils vous regardaient surtout pour la première fois ils vous faisaient subir pendant un instant la pointe inflexible de leur saphir pour vous faire admirer leur beauté ; en même temps ils vous montraient combien ils étaient perspicaces et décidés à ne se laisser arrêter par rien pour pénétrer jusqu'au fond de votre personnalité. De sorte que les yeux des Guermantes les plus niais ou les plus timides avaient l'air de lire dans les cœurs, de se faire un jeu des plus complexes psychologies et de dominer la situation.

Quand on leur présentait quelqu'un, ils abaissaient sur vous un regard de maître, et leurs pupilles se contractaient devant votre visage comme devant un problème de trigonométrie des plus compliqués et qui n'était d'ailleurs qu'un jeu pour eux, bien qu'ils posassent leur cigarette pour que rien ne troublât leur attention ; puis la solution vous ayant été favorable, leur visage se détendait, un sourire adoucissait la prunelle, et ils vous tendaient la main avec une bienveillance qui vous touchait d'autant plus qu'elle semblait exempte de faveur, et ne vous avoir été accordée qu'en pleine connaissance de cause, après un examen rapide mais infaillible de vos mérites ; et d'autre part un Guermantes avait-il été frappé comme un chien ou condamné à la prison, il lui restait la revanche du regard qui battait son vainqueur et la suprématie de la prunelle qui jugeait ses juges, car les yeux des Guermantes les plus niais et les plus timides avaient toujours l'air de lire dans les cœurs et de dominer la situation.

Certains Guermantes étaient intelligents, certains Guermantes étaient intellectuels et moraux mais ce n'étaient généralement pas les mêmes ; le seul qui eût un esprit et une sensibilité vraiment délicieuse passait pour tricher au jeu et avait été condamné pour chantage et pour escroquerie. Il n'était plus guère reçu que dans la famille et les jours où il n'y avait pas grand monde ; mais sa présence suffisait à rendre ces jours-là charmants car on ne pouvait se lasser de le voir et on ne pouvait le voir sans l'aimer. Sur toutes choses il avait non seulement le mot juste, mais le sentiment juste, ce qui était rare chez les Guermantes. Plein de cœur et de tact, personne ne savait comme lui compatir à ma peine. Un même génie de la famille était épars entre les divers Guermantes et apparaissait par moments dans certaines formes plus profondes de leur pensée. Quand ils jugeaient les gens les Guermantes disaient : « C'est une bonne nature, on sait qu'il a de bons instincts, que c'est une nature droite, que c'est un garçon qui restera toujours dans le droit chemin. » Celui qui disait cela de la façon la plus persuasive était le Guermantes condamnable et charmant. Quand il vous disait cela de quelqu'un on se sentait d'accord avec lui, on admirait son sens moral, et entré de plain-pied dans son cœur qu'il vous ouvrait tout entier, on n'attachait plus aucune importance aux radiations de club et aux poursuites en correctionnelle. Les Guermantes intellectuels et moraux croyaient que la moralité consiste à professer certaines opinions et l'intelligence à posséder beaucoup de connaissances.

Un livre qui avait pour objet des choses qu'ils connaissaient déjà leur paraissait inutile à lire, insignifiant.
Ils ne perdaient pas leur temps à lire *L'Orme du Mail*[1]
puisqu'il parle de la vie de province qu'ils avaient vécue,
mais étaient friands des études sur le lac Tchad et sur le
Japon. Ils avaient appris les devoirs de la morale, *[lacune]*
catéchisme avec la pratique du culte et ne pensaient
pas que cela différait. La vie leur semblait trop courte
pour qu'on pût gaspiller une heure à lire des romans,
exception faite pour ceux d'aujourd'hui car, persuadés
qu'ils étaient toujours à clefs ils s'en faisaient un régal
s'ils avaient pu trouver pour les « initier » quelqu'un qui
savait « le dessous des cartes ». La piété leur paraissait la
même chose que la bonté, sauf chez les israélites conver-
tis dont on discutait souvent chez les Guermantes s'ils
n'étaient pas encore plus mauvais que les autres. Publiquement, les Guermantes faisaient profession de tenir la
vie mondaine en général et les questions nobiliaires en
particulier comme une chose méprisable, sans importance, et dégageant d'ailleurs un insupportable ennui.
Mais secrètement ils estimaient que la noblesse n'avait de
plaisir que dans le monde, et même quand par exemple
ils semblaient le quitter pour autre chose – que ce fût
l'intelligence, l'art, la charité –, c'était en réalité le monde
encore qu'ils désignaient sous ces noms immérités. Ils
étaient persuadés qu'ils donnaient la preuve de leur horreur du monde en se plaisant aux dîners intelligents de la
duchesse de Guermantes, et en souscrivant une loge pour
l'abonnement de la princesse de Parme, au bénéfice des
ouvriers des faubourgs, d'une indifférence au rang et à
l'élégance, qui malheureusement n'était pas aussi reconnue qu'il eût fallu <pour> combattre les campagnes des
« mauvais journaux ». La définition que les Guermantes
eussent donnée de l'intelligence eût varié selon qu'ils
l'eussent considérée dans leur société ou en dehors. Les
signes auxquels ils la reconnaissaient étaient l'étalage de
connaissances qu'ils n'avaient pas, une certaine vivacité
à tenir tête à des personnes qu'on flattait d'habitude et
à leur dire leurs quatre vérités. Le type de la personne

intelligente était une personne qui était capable de « vous répondre aussi bien en russe, en espagnol, en ce que vous voudrez » et qui n'avait pas « sa langue dans sa poche ». Mais si l'intelligence se rencontrait chez une personne qui n'était pas de leur société – et les Guermantes confessaient que c'était là malheureusement, chez de telles personnes, qu'elle se rencontrait le plus souvent – elle était pour les Guermantes synonyme non plus de médisance, mais d'habileté machiavélique à réussir. Quand les Guermantes disaient de quelqu'un qu'ils ne voyaient que chez des étrangers : « Il a oublié d'être bête », cela revenait à dire non seulement qu'il était souverainement antipathique, mais encore : « Il a dû assassiner père et mère, on ne sait pas d'où ça sort, il arrivera à ce qu'il voudra, je vous conseille pour votre gouverne de vous tenir sur vos gardes. »

Tous ceux dont on disait : « Ce sont de vrais Guermantes » passaient pour doués d'une exceptionnelle intelligence – cette intelligence à laquelle je donnais, quand je ne les connaissais pas, le charme particulier du nom de Guermantes. Cette intelligence était simplement une certaine aptitude à s'assimiler des idées moyennes, comme pouvait en avoir autrefois un élève médiocre des jésuites. Mais ils avaient tant de grâce dans leurs personnes, de douceur dans leur amabilité, de séduction dans leur façon de recevoir, ils plaisantaient si gaiement les prétentions des nobles, les préjugés du faubourg Saint-Germain, ils prenaient avec tant de chaleur la défense du travail et de la vertu que, chez eux, enserré dans le réseau de ce point de vue particulier où se place chaque individu, chaque famille, chaque coterie qui vous fait voir l'univers à travers elle et comme au-dessous d'elle, tandis qu'on causait avec eux, on trouvait que tout le monde leur était inférieur ou les aimait. Dans ces moments où le fond qu'on reconnaissait immanent en eux tous apparaissait, leur principal point de vue intellectuel était *[interrompu]*

Pour le point de vue intellectuel, un seul faisait exception, un Guermantes que personne ne voyait plus parce qu'il avait été poursuivi, etc., et qui lui, délicieusement

intelligent, comprenait tout, aimait la littérature comme
un littérateur, etc. Mais pour le point de vue moral il parlait sans cesse *(voir la forme suivie)* de bonne nature.
Du reste il avait une sensibilité charmante, etc.

Guermantes, la duchesse de Guermantes l'était au plus
haut point, et comme disait un homme de grand talent
qui est l'homme le plus spirituel d'aujourd'hui, Robert
de Montesquiou[1], « elle était Guermantes dans la bonne
acception du mot ». Plus qu'aucun elle raillait la noblesse,
la vie mondaine, elle ne prisait que l'esprit, l'art et la
charité. Sa vie à vrai dire était en contradiction flagrante
avec ces théories. Mais elle semblait la considérer non
comme une production de sa volonté et un sujet de ses
goûts, mais comme une sorte d'organisme défectueux
mais avec lequel nous naissons et dont nous ne pouvons
pas sortir, de milieu vital dans lequel on est bien obligé
de vivre comme on peut. Elle écoutait le valet de pied lui
dire : « madame la duchesse » comme elle eût constaté
qu'il pleuvait ou qu'il faisait froid et comme si c'était un
[lacune] cosmique dont elle était bien obligée de s'arranger. Elle voyait que l'après-midi était très chargée,
qu'il y avait la matinée de la princesse de Parme, que
c'était le jour de la duchesse de Guermantes, le dernier
five o'clock de la duchesse d'Autun, comme elle eût vu
qu'il y avait des nuages au ciel et qu'il y avait quelques
gouttes. Elle soupirait mélancoliquement et disait d'une
voix enfantine et triste : « C'est tout de même assommant de ne pas avoir une heure à soi et d'aller s'ennuyer
chez Ottilie, chez Edwige », mais personne n'eût songé
à supposer que si elle s'y rendait, c'est qu'elle s'y amusait. D'ailleurs Mme de Villeparisis elle-même, qui l'avait
élevée dans l'idée que l'intelligence est tout, passant son
temps à plaisanter devant ses amis bourgeois et les autres
sur la manie des rites, avait l'air de trouver que cela ne
signifie rien. De sorte que ses amis s'étaient demandé à
quel homme de lettres elle trouverait assez de talent, quel
esprit fort elle jugerait assez libéré de tous préjugés pour
lui faire épouser sa nièce. Or, quand Mlle de Guermantes
fut en âge d'être mariée, Mme de Villeparisis choisit, en

s'occupant aussi de la fortune, l'alliance qui était héral-
diquement la plus grande et pouvant lui assurer un titre
de duchesse, et elle lui fit épouser son cousin. Mme de
Guermantes resta très aimable – chez sa tante car elle
ne les recevait pas – avec les gens non mondains qu'elle
avait connus chez sa tante. S'ils perdaient quelque parent
et lui en faisaient part, elle leur écrivait une longue lettre
de sympathie. Mais elle se gardait de se faire inscrire à
leur enterrement de sorte qu'on ne voyait jamais son nom
dans ces enterrements obscurs, tandis que pour n'importe quel duc qu'elle connaissait à peine mourant, elle
disait : « Astolphe, pensez à nous inscrire. »

La distinction des Guermantes hommes se marquait
dans leur tenue. Quand ils s'habillaient en sombre, leurs
pardessus ou leurs vestons les plus foncés avaient çà et
là dans leur tissu une parcelle de vert, ou de violet qui
suffisait à les distinguer de tous les autres pardessus foncés. Quant à des costumes clairs, ils n'en portaient généralement que quand la mode en était absolument passée,
que personne n'en portait plus ; on voyait quelquefois un
Guermantes avec un pardessus clair, un chapeau gris
et tout cela ayant un charme de suranné, d'élégance de
dix ans avant, par un propos délibéré de montrer qu'il y
avait des choses oubliées qui avaient leur charme, comme
quand une chanteuse de talent chante une vieille chanson
du temps de notre enfance, et ce qui en même temps
voulait promulguer une vérité d'élégance : par exemple
qu'on peut porter un paletot clair ou un chapeau rond en
octobre parce qu'on n'est à Paris que de passage, venant
de Guermantes ou d'ailleurs. Et leur silhouette contour-
née et nerveuse, la coloration générale de leur personne,
cheveux, visage et habits, était si spéciale et si distinguée, que comme ils affectionnaient avec un dédain de
grands seigneurs millionnaires et intelligents les modes
de locomotion dont n'usent pas les bourgeois millionnaires et bêtes, l'omnibus et plus tard le métropolitain,
si un passant levait les yeux sur un omnibus passant au
grand trot de ses percherons, il reconnaissait tout de suite

que le monsieur qui était sur la plate-forme, immobile et droit, et voilant dans une attitude d'être un monsieur quelconque le feu perçant d'un regard dominateur, ce monsieur au pantalon vaguement violet, ou au paletot vaguement vert et d'un tissu de plaid plutôt que de pardessus, était « quelqu'un ». Habituellement le sobre et original cachet d'art des Guermantes diminuait chez beaucoup d'entre eux au fur et à mesure qu'on s'élevait du corps et des habits vers la pensée. Il est plus facile d'avoir de la distinction dans ses vêtements que dans son esprit. Cependant même chez les Guermantes bêtes et non affectés d'originalité au point de vue intellectuel la voix et l'écriture, la voix si voisine pourtant de la pensée qu'elle contient, étaient encore spéciales, curieuses. Les caractères d'un manuscrit du XIIIᵉ siècle n'eussent pas plus étrangement fleuri que ceux de telle lettre signée Guermantes pour emprunter de l'argent à leur homme d'affaires. Quant à leur voix, dirigée obliquement au fil d'une intonation curieuse, aigrelette et nuancée, ils semblaient, le menton nerveusement abaissé pendant qu'ils parlaient, comme s'ils avaient appuyé contre lui un stradivarius, en faire eux-mêmes à tous moments le son, en serrant plus ou moins les cordes vocales, comme si c'eût été au lieu d'une vulgaire voix humaine, un précieux son de violon qui restait tout le temps, comme certains airs de Fauré, dans les harmonies étranges, fausses en apparence, de la gamme chinoise.

Dès leur enfance sans doute, les Guermantes les plus incapables de travail intellectuel s'exerçaient à fleurir amoureusement leurs *f* et leurs *p*, à tarabiscoter en forme de pagodes leurs *d* et leurs *a*, à adopter certaines manières un peu désuètes et presque paysannes de parler, mêlées à quelques vieilles expressions qu'ils croyaient ancien régime : « Je croyais qu'il était *de* vos amis », « Est-ce *une* homme *aimable* » (pour dire « agréable »), etc., à dire « je l'ai rencontré *su* le pont des Saints-Pères », « c'est un cousin à Philibert », et au lieu de dire « il est bête comme une oie », « il est bête comme *eu noi* », à prononcer les noms propres d'une façon aussi différente de leur orthographe

que certains noms français quand ils sont proférés par
les Anglais qui prononcent « Beauchamp » *Bitel*, mais
eux au contraire francisant à l'excès, comme feraient des
paysans, des noms d'apparence anglo-saxonne, appelant
Mrs Bohnstone Mme Bonston et les duchesses de Rohan
et d'Uzès « Mme de Rouen, Mme d'Usai », mais surtout
pour tous les mots de la conversation, altérant chaque
voyelle, serrant la bouche et plissant les lèvres de manière
à filer d'un seul son, au besoin avec un peu de salive les
mots que le vulgaire sépare habituellement, morcelant
au contraire ceux qui semblent indivisibles, faisant des
liaisons rares et choisies, et évitant celles qu'on fait d'habitude, disant « Comman (sans *t*) allez-vous », tout cela
sur une sonorité grêle, même filée avec une virtuosité
qui ne se peut rendre, et qui faisait que même ceux qui
ne savaient faire entendre dans la conversation que les
plus banales rengaines, tous les vieux ponts-neufs de l'esprit de province ou du boulevard, se servaient pour cela,
avec un art consommé, d'un instrument de famille que
personne d'autre ne possédait et dont le son savamment
obtenu était rare et savoureux.

Aux yeux de la plupart des gens du monde, les Guermantes et la duchesse de Guermantes en particulier
passaient pour remarquablement intelligents, le mot
intelligent ayant aux yeux de ces personnes deux signi-
fications absolument distinctes. Aux yeux d'un homme
comme le prince d'Agrigente par exemple, et sa manière
de voir était partagée par toute la bonne société et notamment par toute une famille Courvoisier[1], l'intelligence,
quand on lui apprenait qu'elle se rencontrait chez une
personne de la société, chez la duchesse de Guermantes
par exemple – car, ne connaissant pas l'intelligence par
lui-même, il s'en rapportait à l'avis des autres –, signifiait
que cette personne était méchante comme la gale, savait
tenir tête à des personnes qu'on flattait d'habitude et leur
dire leurs quatre vérités, capable de répondre aussi bien
en anglais qu'en allemand, et de tenir tête à n'importe
qui, qu'elle n'avait pas sa langue dans sa poche et avait

une tendance prétentieuse de parler. En un mot chez une personne de leur société, l'intelligence inspirait à M. d'Agrigente, aux Courvoisier et à beaucoup d'autres, une crainte qui n'excluait pas une certaine estime.

M d'Agrigente ou les Courvoisier auraient dit d'un tel individu : « Oh ! il a oublié d'être bête », autant dire qu'il avait dû assassiner père et mère, qu'il leur était souverainement antipathique, qu'il savait parfaitement « se bien faufiler partout » et faire son chemin, et flattait ceux qui pouvaient lui être utiles, que personne ne savait d'où ça sort, que tout cela finirait mal et que les honnêtes gens n'avaient qu'à se tenir sur leurs gardes. Quelque peu flatteur que fût le nom d'un homme intelligent, les Courvoisier se défiaient que ce ne fût pas son véritable nom. Ils avaient des doutes sur sa nationalité, sur son âge, rien n'était clair. Pendant longtemps Swann représenta aux yeux des Courvoisier l'intelligence de la seconde catégorie. Si quelqu'un assurait : « Swann qui a trente ans », Mme de Courvoisier ripostait : « Du moins il vous le dit » ; en revanche la duchesse de Guermantes, et les Guermantes en général, symbolisaient l'intelligence de la première. L'esprit des Guermantes était une réputation comme les biscuits de Reims. Et parmi ceux qui n'avaient pas d'esprit et qui étaient jugés comme tels par Mme de Guermantes, par Swann, par M. de Gurcy, ceux qui n'étaient pas trop stupides s'étaient assimilé le tour d'esprit, la manière d'envisager les choses, de juger les gens, de recevoir, des Guermantes plus intelligents, si bien qu'aux yeux des Courvoisier, ils passaient pour aussi spirituels que les autres et en conséquence pour aussi méchants. Et à vrai dire, c'étaient peut-être les Courvoisier qui avaient raison contre Mme de Guermantes en attribuant à l'esprit des Guermantes une si grande extension. Si nous soumettions les propos de personnes qui fréquentent un même groupe, propos qui nous semblent absolument différents les uns des autres parce que nous les rattachons aux personnages non ressemblants entre eux qui les prononcent, à cette même analyse qui, dans des phrases prises des différents romans d'un même auteur, nous permet de reconnaître une même manière de placer l'adjectif, un même rythme, un même procédé, une même vision des choses, nous trouverions que les propos du monsieur à moustaches blondes sur un petit four comme de la dame aux cheveux blancs sur la guerre russo-japonaise, dérivent d'un même esprit, usent d'une même syntaxe, sont en quelque sorte d'un même écrivain. Sans doute dans les coteries mondaines l'intelligence quand elle apparaît reste si amorphe que cet esprit d'un salon, d'une coterie, immanent en tous ses membres, était presque impossible à saisir. Mais il n'en est pas de même dans les salons dits littéraires, bien mieux dans les groupes littéraires, dans les écoles. Là, cette forme typique de la pensée, de l'expression, de la phrase, de la voix, a une grande netteté, et peut être isolée des propos divers, des sons de voix différents, des visages opposés. De plus elle a une bien plus grande extension. Les milieux mondains sont à tous ces points de vue-là plus morcelés, plus individualistes, non pas certes que l'originalité individuelle qui s'oppose à l'imitation y soit plus grande, ni même à beaucoup près aussi grande, mais parce que la plupart du temps il y a très faible possibilité d'imitation parce qu'il y a perception infiniment faible, et qui reste indifférente, de la forme d'esprit, du son particulier de la voix, de la manière de penser et de parler des autres. Pour retenir un air et le reproduire, il faut encore avoir l'oreille assez musicienne. C'est par exemple ce qui avait empêché les Courvoisier d'être annexés par l'esprit des Guermantes, car les diverses formules de cet esprit ne leur causaient aucun plaisir, n'étaient pas discernées par eux. Ils se rendaient si peu compte de la façon de parler de chacun que par exemple, si Mme de Guermantes qui avait le talent de faire ce qu'on appelle des imitations[1], s'amusait à parler comme la princesse de Parme ou comme le duc de Limoges, des Guermantes inférieurs, mais sensibles à l'esprit des Guermantes, disaient l'un : « Elle est vraiment drolatique », et l'autre : « Le plus fort c'est qu'elle leur ressemble pendant qu'elle les imite » et

tous réclamaient : « Encore un peu Limoges », tandis que
les Courvoisier, n'ayant jamais su distinguer ce qu'il y
avait de particulier dans la manière de parler de la princesse de Parme et du duc de Limoges, disaient : « Oh !
voyons, ils ne parlent pas tout de même comme cela. Je
les ai encore vus hier, ils ne parlaient pas comme cela. »
Le genre de disposition qui fait au contraire un amateur
de littérature, un littérateur, rendait au contraire infiniment sensible à ces formes particulières de la pensée
et du langage où un littérateur formule avec charme ou
esprit, ou injustice, ses théories. Les nouveaux adeptes
de sa pensée adoptent ses mots favoris, son débit, jusqu'à
son accent et de proche en proche ces types de pensée
et de public prennent une telle extension qu'à une même
époque il n'y en a peut-être pas plus de trois ou quatre
dans un même pays. Si d'ailleurs la sensibilité particulière qui fait inventer à un ou deux écrivains, imiter
avec variété à sept ou huit, et reproduire uniformément
à des milliers, ce genre de procédé, de cliché verbal, est
apparentée aux qualités littéraires, de création originale
et d'imitation, ils en sont des tics, comme le talent de
conversation, qui peut coïncider avec lui, peut cependant rester distinct du talent véritable[1]. C'est ainsi que
j'ai connu des écrivains qui, si on allait au fond de leur
manière de parler, de ce qu'il y avait de plus intime et
de plus essentiel dans leur syntaxe verbale, dans l'émission même de leur voix, le geste de leur main, le jeu
de leur regard, la tenaient comme beaucoup d'autres
d'un écrivain de second ordre, de la famille de qui ils
semblaient un des membres les moins inventifs et qui
comme écrivains étaient devenus des écrivains absolument originaux, infiniment plus grands que le créateur
d'une manière nouvelle de juger, de parler, de prononcer,
de rythmer son débit, de regarder en parlant et de gesti-
culer, qui lui en revanche, comme écrivain, reste toujours
un écrivain de deuxième ordre. Sans vouloir ici essayer
le moins du monde de définir et de délimiter ces diverses
zones de la conversation, je crois par exemple que trois
grands écrivains vraiment géniaux, dont les œuvres sont

originales, dérivent comme conversation du regretté
Robert de Bonnières[1], qui était un homme intelligent, et
un lettré, mais dont l'œuvre est sans originalité auprès
des leurs. Chose troublante même quand, en entendant
parler un homme, vous vous dites : « C'est du déjà connu,
c'est du langage de X. Il n'a pas eu assez d'originalité
pour préserver sa voix, sa pensée, de son influence. Je
sens l'être que c'est, la personne qu'au fond il est, mais
ce n'est même pas un être, une personne, c'est du X. » Et
cet homme est un écrivain original, plus original que cet
X qu'il imite. Comme si l'originalité du causeur, même en
ce qu'il a de plus humain, de plus essentiel, de plus vital
tenait encore trop à *l'homme*, à l'homme qui, quoi qu'on
en ait dit, n'est rien dans l'écrivain, et comme si cette
dépendance déférente de la voix, du débit, des formules
d'un homme de génie pour celles d'un moindre écrivain
n'était qu'un symbole, qu'une forme inconsciente de cette
déférence où le génie, quand il se place au point de vue
humain, c'est-à-dire à un point de vue qui ne s'applique
plus à lui, pour un écrivain moindre que lui mais qui a
une plus grande situation, qui peut le célébrer dans ses
critiques, le faire nommer à l'Académie, etc.

Certes, à côté de ces quelques formes d'esprit si arrê-
tées auxquelles venaient s'agglutiner selon les affluents
les deux ou trois grandes factions de la gent littéraire, un
esprit comme l'esprit des Guermantes était bien peu distinct et peu formé. Mais si on avait eu l'idée de rapprocher les phrases prononcées de temps en temps par un
gros homme rouge à barbe grise et à voix chevrotante
comme le marquis des Pruns et par une femme à voix
grave comme Mme de Guermantes, on <se> serait rendu
compte qu'une même intonation les rythmait, qu'elles
étaient distribuées, équilibrées de la même manière, que
la même intention d'esprit – fort courte – la même
recherche d'élégance et asymétrie – fort niaises – y pré-
sidaient. Et beaucoup de Guermantes sans esprit parlaient de même, avec plus de continuité même que la
duchesse de Guermantes ou que Swann, parce que moins
intelligents, et en plats imitateurs, ils cherchaient à

appliquer à tout leurs formules. Sans doute la duchesse
de Guermantes ou Swann qui les savaient bêtes leur refusaient l'esprit des Guermantes. Mais ils pouvaient faire
illusion aux Courvoisier, et en réalité c'était bien l'esprit
des Guermantes, le génie de la famille[1], qui était au cœur
de leurs voix diverses, dans le fil de leur intonation, et
qui sous la diversité de leurs jugements apparaissait par
moments à moi, comme une même manière de juger. Les
Courvoisier ne voyaient pas si loin. Que même tous les
jugements intellectuels des Guermantes se résumassent
en *(voir plus haut)* et tous les jugements moraux *(voir
plus haut)*, ils ne s'en apercevaient pas. Ils voyaient seulement que les Guermantes bêtes comme les intelligents
ne parlaient pas comme eux, faisaient de l'esprit sur des
« pointes d'aiguille », et faisaient par orgueil des choses
qu'eux ne faisaient point. C'était assez pour y retrouver
l'esprit des Guermantes. Si par exemple une Courvoisier
à son jour avait plus de monde qu'elle n'avait pensé ou
manquait de chaises, ou si son domestique faisait quelque
chose qui ne doit pas se faire, la pauvre Courvoisier rou-
gissait, s'excusait, ou au contraire prenait <un air> grave
et sévère, pour montrer qu'elle n'était pas atteinte par ce
coup du sort. Mais si pareille mésaventure arrivait à une
Guermantes, par un détestable esprit d'orgueil, elle s'imaginait que rien chez elle ne pouvait être mal, et que le
fait que ses invités eussent manqué de chaises ou se
fussent attiré du domestique une réponse ridicule, ne
pouvait être qu'amusant. Elle faisait ressortir le manque
de chaises ou la réponse du domestique, faisait là-dessus
mille plaisanteries, qui paraissaient déplacées aux Courvoisier mais qui faisaient rire aux larmes les autres Guermantes, qui s'en allaient les uns chez les autres en se
disant : « Vous savez la dernière de Rosemonde ; vous
savez le dernier mot de Félibien. » Tous les premiers mercredis[2], le duc et la duchesse de Guermantes qui n'invitaient jamais leur famille (sauf deux ou trois membres
très élégants) à leurs fêtes, recevaient leurs parents. Sauf
les Courvoisier, tous étaient avides d'apprendre les divers
histoires et mots de Rosemonde de façon à en faire des

greffes chez eux, dans leurs salons de la rue de la Chaise, pour leurs petits-cousins étonnés. Mme de Guermantes n'eût peut-être pas d'elle-même raconté ces histoires. Mais M. de Guermantes, d'un air de blâmer ce qui y avait donné lieu, de critiquer qu'elle eût manqué de chaises ou qu'elle eût des domestiques si mal dressés, l'amenait habilement à protester contre les reproches de son mari, à s'animer, à faire ressortir avec verve l'aspect « drola-tique » de la scène, à refaire tout un amusant récit que les Courvoisier écoutaient sans donner de leur sentiment des marques d'aucune sorte, mais qui ravissait tout ce qui se rattachait de plus ou moins loin aux Guermantes, et qui pour la plupart ne connaissaient pas encore l'his-toire. « Vous ne la connaissez pas encore », disaient-ils avec satisfaction à quelque cousine qui éprouvait pour lui le plus profond et craintif respect, comme à un homme d'une situation supérieure et d'un caractère orgueilleux. Parfois la cousine troublée répondait en rou-gissant : « Si, on me l'avait déjà racontée chez mes cou-sins de Patelan. Mais c'est tout autre chose de l'entendre raconter ainsi par ma cousine. Maintenant je vais pouvoir me faire valoir en disant que je l'ai entendu raconter par ma cousine même », ajoutait-elle pour flatter une parente riche, spirituelle, à la mode et duchesse, et qui ne la rece-vait qu'aux petits jours. Les Courvoisier aussi donnaient des dîners de famille où ils se gardaient d'ailleurs d'invi-ter le duc et la duchesse de Guermantes car ils savaient bien qu'ils ne viendraient pas, mais ils auraient cru impossible d'inviter à ces dîners une seule personne qui ne fût pas de la famille. Le petit Courvoisier eût-il supplié ses parents pendant huit jours de laisser venir exception-nellement un de ses camarades à un dîner de famille, que les Courvoisier eussent pensé en le lui accordant com-mettre une action scandaleuse et qui serait jugée sévère-ment par toute la famille. On voyait d'ici la tête que ferait la grand-maman Courvoisier qui arrivait d'avance avec son ouvrage si elle voyait entrer quelqu'un qui n'était pas de la famille. Des Guermantes de second ordre ayant affirmé qu'ils avaient dîné une fois avec moi au dîner de famille du duc et de la duchesse de Guermantes, le fait, bien qu'il fallût s'attendre à tout avec Rosemonde, resta douteux pour les Courvoisier. Une des originalités des Guermantes était qu'ils prétendaient voir les gens qu'ils recevaient et chez qui ils allaient non pas parce qu'ils étaient bien apparentés, de leur milieu, amis de leur famille, mais parce qu'ils les trouvaient agréables, agréables c'est-à-dire spirituels, jolis, séduisants. En réalité ils ne trouvaient cet agrément que dans des personnes du plus haut rang social – et si une reine était laide Mme de Guermantes disait : « Je reconnais qu'elle n'est pas jolie mais elle a tant d'esprit », ou bien : « Elle a tant de séduction à force d'être bonne » –, d'un plus haut rang même que celles que fréquentaient les Courvoisier, mais ils ne faisaient jamais intervenir cette question de noblesse dans les raisons qu'ils donnaient de leur fréquentation, pas plus que les Courvoisier n'auraient fait intervenir la question d'agrément. Il y avait dans les familles apparentées aux Guermantes et aux Courvoisier un grand nombre de personnes de la meilleure souche et peu agréables que Mme de Guermantes, M. de Gurcy, la marquise de Montargis[1], etc. n'avaient jamais voulu connaître. La foule de gens qu'on reçoit parce qu'ils connaissent les Guermantes, parce qu'on les voit chez la princesse de Parme, parce qu'ils sont alliés aux Orléans, Mme de Guermantes pouvait les rencontrer depuis dix ans, elle ne les laissait pas franchir son seuil, elle s'en tenait aux personnes qui les justifiaient et les expliquaient, à la princesse de Parme, aux Orléans, aux Guermantes ; elle avait comme simples relations dans son salon toutes les personnes dont une seule suffit généralement pour trôner sur une société. Les comparses[2] n'existaient pas. Aussi celles des relations de Mme de Guermantes qui n'obéissaient pas dans la composition de leur salon à la notion d'« agrément » tremblaient-elles quand elles invitaient Mme de Guermantes qu'elle ne trouvât pas agréables les gens avec qui on la faisait dîner. Si le mari proposait à sa femme des gens qui n'étaient pas de la première noblesse, la femme sentait

obscurément que cela ne plairait pas à Mme de Guermantes et disait : « Oh ! non, ce n'est pas le milieu de
Rosemonde, elle est capable de leur faire faire quelque
chose d'impoli », mais s'il proposait des gens de la plus
haute noblesse elle disait : « Tu sais, la noblesse c'est tout
à fait égal à Rosemonde. J'ai peur qu'elle ne les trouve
assommants et qu'elle ne soit pas polie avec eux. » Même
aux jours[1] quand par une fenêtre on la voyait descendre
de voiture et s'avancer lentement, son ombrelle à la main,
ses yeux bleus ennuyés de faire une visite sous un joli
chapeau, et ayant dans sa démarche lente l'importance
involontaire d'une femme qui ne prenait pas la visite
qu'elle allait faire du point de vue de ceux chez qui elle
allait, elle qui en somme en recevait toute la journée
d'aussi considérables que la sienne, mais au point de vue
de sa vie et de sa journée de femme ennuyée, difficile,
qui faisait à ces gens la grâce de s'être dérangée pour eux,
chacun sentait l'importance de ce qui allait se passer,
avait déjà remarqué quel joli corsage elle avait, quel joli
chapeau, était prêt à tâcher de lui faire oublier sous les
compliments les gens au milieu de qui elle allait se trouver et trouver sans doute ennuyeux ; elle entrait, tout ce
qu'il y avait d'agréable dans le salon quittait ceux auprès
de qui ils étaient et venaient faire cour auprès d'elle, tandis qu'elle disait poliment bonjour aux personnes qu'elle
connaissait depuis vingt ans mais avec qui elle ne voulait
pas être en relation, dont elle trouvait la foule dans
chaque visite qu'elle faisait, dans chaque soirée où elle
allait, mais aussi intangible que si elle avait été revêtue
d'une armure de fer qui les empêchait de rester auprès
d'elle, et pour qui l'hôtel de Guermantes était un château
enchanté où ils ne pouvaient pas entrer, et qui continuaient à la saluer, sans espérer que cela changeât
jamais. Les femmes du milieu Courvoisier en rentrant le
soir disaient à leur mari : « Hé bien, mon cher, j'étais
chez la duchesse de Laon, qui est-ce qui est arrivé, Rosemonde. — Non ! Mais les Laon devaient être ravis. — Hé
bien naturellement, répondait l'épouse irritée, on sait
bien que quand Rosemonde est quelque part il n'y en a

que pour elle. Tout le monde faisait un chichi comme si ç'avait été une reine. J'aurais voulu les battre et je suis partie parce que cela me *[un mot illisible]*. Ce n'est pas que cela me fasse rien qu'on soit aimable pour Rose-monde, ajoutait-elle, au contraire, mais tant mieux, mais tant mieux puisque ça peut lui faire plaisir à cette femme. Qu'elle en profite tant que ça dure, ça pourrait bien chan-ger un jour quand elle sera vieille, elle nous dira alors si on est toujours à ses pieds[1]. Seulement j'aime autant que ça se passe sans moi, moi je n'aime pas les manifestations ridicules et je ne sais pas pourquoi j'irais faire des sala-malecs à Rosemonde quand nos grand-mères étaient sœurs, et que les Courvoisier n'ont rien à envier aux Guermantes, je pense, ni pour l'ancienneté ni pour l'il-lustration. »

Les gens les plus nobles comme la princesse de Parme[2] n'eussent pas osé inviter Mme de Guermantes ou M. de Gurcy avec beaucoup de leurs amis, même les plus brillants, car ils croyaient que la noblesse leur était absolument indifférente et qu'ils n'étaient sensibles qu'à l'intelligence. Et en effet à combien de princesses ennuyeuses et laides M. de Gurcy faisait-il depuis bien des années chez la princesse de Parme le même salut profond sans avoir jamais voulu mettre sa carte chez elles, et répondre à leurs invités de venir retrouver chez elles la princesse de Parme ! Cet agrément que les Guer-mantes étaient censés rechercher principalement dans la composition de leur société consistait en un certain tour de conversation et d'esprit, d'où semblait ressortir que la noblesse ne signifie rien, que toutes les questions de naissance sont absolument ridicules, que rien n'est plus assommant que d'aller dans le monde, que l'intelligence et l'esprit sont tout, mais une intelligence exempte de pédantisme, de grandes phrases, d'affectation de sensi-bilité, et un esprit dédaigneux des calembours, des plai-santeries faciles et vulgaires, qui était plutôt une manière recherchée d'exprimer une remarque fine, que les Guer-mantes plaçaient plus haut que l'intelligence, comme s'il en était la fleur, l'originalité, le talent, la réalisation et la

formule. De quelqu'un qui eût, dans un salon où elle se
trouvait en visite, fait étalage de sentiments romantiques,
Mme de Guermantes eût dit à son voisin : « Quelle est
cette personne si bête ? », aussi bien que si elle l'avait
entendu faire « de l'esprit » ou dire qu'il fréquentait ou
ne fréquentait pas quelqu'un « parce qu'il était bien né ».
À vrai dire, si les Guermantes détestaient le monde, ils
ne faisaient absolument rien au monde que d'y aller et
même une fois par hasard ils enlevaient une soirée
en faveur de l'intelligence ou de la charité, le monde n'y
perdait rien, car la forme la plus sévère de l'intelligence
consistait à dîner chez une duchesse avec des gens du
monde affectant un peu moins que les autres de croire
que le monde est tout, entre lesquels était précisément
mélangé, à doses infinitésimales, un aliment dit artistique ou littéraire sous la forme d'un prétendu artiste
qui, persuadé lui au contraire, que le monde était tout,
trouvait dans un dîner la consécration d'une carrière où
il n'avait d'ailleurs jamais produit que des œuvres essentiellement mondaines. Si en se rendant à un tel dîner les
Guermantes prouvaient leur horreur du monde, ils prouvaient leur propre indifférence à toutes les distinctions
sociales en allant à une fête de charité dont le produit
était versé à des gens du peuple mais dans le comité de
patronage de laquelle il n'y avait que des duchesses. Mais
la réputation d'amour désintéressé des choses de l'esprit
des Guermantes ne s'était pas moins répandue au loin[1].
Et des dames d'un rang social inférieur aux Guermantes,
femmes de la petite noblesse ou de la haute banque,
qui par ailleurs n'avaient jamais manifesté leur goût de
l'intelligence qu'en dînant en ville tous les soirs, en passant leur journée chez la couturière ou aux courses, ne
possédaient qu'un seul livre, un petit volume de Parny[2]
qui servait sur la table XVIIIe siècle de leur petit salon à
ajouter à la couleur des tapis et qu'elles n'avaient d'ailleurs jamais ouvert, trouvaient en Mme de Guermantes
l'intelligence et la culture une chose admirable, et en se
désespérant de penser qu'elles ne pourraient jamais arriver à la connaître, s'imaginaient de bonne foi que la cause

de la tristesse qu'elles en éprouvaient venait seulement
de ce que Mme de Guermantes était, disait-on, si intelligente, si lettrée, comme si ces qualités ne pouvaient pas
se rencontrer chez d'autres personnes, moins difficiles à
approcher, et peut-être tout près d'elles, chez la maîtresse
de piano de leurs filles.

De même que Leibniz[1] admet que chaque monade en
reflétant le même univers y ajoute un petit élément de
différenciation, les différents salons d'un même monde
ont pourtant chacun tel élément qui ne se retrouve pas
dans les autres. Il y avait dans le salon de Mme de Guermantes trois ou quatre femmes, belles ou qui l'avaient
été, qui avaient été successivement les maîtresses de
M. de Guermantes. Elles ne l'étaient plus, sauf la dernière
en date, qui était sur le point de ne plus l'être. Par là, en
un sens, il eût été inutile à M. de Guermantes, puisqu'il
n'attendait plus rien d'elles, <de> les faire recevoir chez
lui. Mais nos relations solides, nos amitiés fixes, sont
comme les montagnes, les terrains volcaniques. À l'œil
de l'observateur elles racontent aujourd'hui des bouleversements parfois déjà anciens. Dans le grand creuset
de la passion, mille sentiments d'amitié, de prévenance,
de bonté, de la sensibilité à la beauté de ce qu'on aime,
du plaisir de se voir, de serviabilité, d'appréciation pour
les qualités de cœur, sont précipités, et tout cela, avec les
formes solides que cela a revêtues, subsiste quand la passion a disparu. Ce n'est pas tant au moment où on voudrait avoir une femme qu'on fait beaucoup pour elle, que
quand on ne l'a plus, mais que l'estime qu'on a eue pour
elle au cours de relations amoureuses fait qu'ensuite on
ne voudrait pas manquer à l'idée qu'on souhaite qu'elle
ait de notre délicatesse. Or comme le prestige de Mme de
Guermantes n'avait été pour aucune étranger aux raisons
qu'elles avaient eues de céder à l'amour du mari, qui
d'ailleurs avait été fort beau, être reçue par sa femme
avait été la promesse qu'il avait fini par être amené à leur
faire, quelquefois, dans la folie de l'amour, en échange
d'un simple baiser, quand en commençant l'aventure il
avait cru s'en tirer à meilleur compte pour la possession

complète, et sans avoir à les mener chez lui. Mais il fallait une occasion pour les présenter à sa femme, et souvent la femme avait succombé, leur liaison avait duré, était finie, quand Mme de Guermantes invitait pour la première fois à dîner la femme, dont elle savait d'ailleurs la bonne influence qu'elle avait sur son mari, car toutes admiraient Mme de Guermantes et cherchaient à se faire bien voir d'elle. Ainsi ces corps, dont chacun avait été pour M. de Guermantes l'objet d'une passion folle, le but et le tourment de sa vie pendant plusieurs années, qu'il avait couverts de ses baisers et de ses larmes, pour qui des instants, sur un soupçon, sur un mot il était revenu à toute vitesse de Guermantes ou de plus loin, aujourd'hui, à côté les uns des autres, réconciliés dans la paix des relations mondaines, deux rivales qui avaient voulu se tuer alors, aidaient ensemble Mme de Guermantes à servir le thé, sachant que maintenant il en aimait une troisième *[un mot illisible]* seulement dans cette demeure.

Assises à côté les unes des autres dans le salon de sa femme, elles semblaient contenir chacune en elle plusieurs années de sa vie.

Ayant chacune été pendant bien longtemps toute la pensée, toutes les tristesses, toutes les actions de sa vie, beaucoup d'années auxquelles lui-même ne pensait jamais plus semblaient avoir été concentrées, absorbées, intériorisées en chacune d'elles, comme tous les rêves d'un sculpteur se sont intériorisés en une statue. Maintenant, liées ensemble dans cette réconciliation du présent, où quand les chagrins sont effacés, les ambitions déçues, les révoltes épuisées, la déchéance consentie, vivent rapprochées et de concert les périodes diverses et discordantes de notre vie, elles se trouvaient souvent assises l'une à côté de l'autre aux jours de réception de sa femme, mais n'étaient en quelque sorte que la projection de cette juxtaposition dans un salon d'années très différentes, bien douloureuses et bien passionnées et auxquelles il ne *[interrompu]*

Mais tandis que, à ce goût persistant pour la beauté de ses anciennes maîtresses, M. de Guermantes joignait souvent, par périodes, de l'irritation contre l'indiscrétion de l'une, de l'ennui des susceptibilités d'une autre et de l'ironie pour les ridicules d'une troisième, tandis que la dernière en date même, qui l'était encore un peu, une femme d'une admirable beauté, mais d'un caractère tracassier, qui le forçait à continuer à venir chez elle tous les jours mais n'en obtenait plus tout ce qu'elle voulait et n'avait pas encore réussi cette année à faire présenter par lui au Jockey ses deux fils, héritiers de sa beauté et qui, grâce à l'appui de M. de Guermantes, étaient invités dans plus d'un salon où on ne voulait pas recevoir leur mère, il y avait une personne avec qui il les jugeait toutes, avec qui il jugeait tout le monde, mais qu'il ne jugeait pas, et qui ne le jugeait pas, il y avait en un mot une personne qu'il préférait à toutes les autres et qui le préférait aussi, c'était Mme de Guermantes. Pendant des années il s'était rendu compte qu'on le jugeait plus heureux qu'il ne méritait d'avoir une femme non pas seulement si belle, mais si bonne, si intelligente, si instruite, si supérieure, si vertueuse, si discrète, qui couvrait tous ses désordres et maintenait le premier rang à son salon (car dans le monde c'est le résultat suprême) et cette opinion des autres sur sa femme, dont il s'était si souvent moqué, maintenant que son sang se refroidissait à l'égard des autres, voici qu'elle lui arrivait à lui, qu'il l'adoptait avec enthousiasme, qu'il la regardait avec attendrissement être tellement trop remarquable et trop bonne pour l'homme qu'il avait été et qu'il n'était plus guère capable d'être. Quant à Mme de Guermantes son mari était le seul être à qui elle pensait comme à un être supérieur à elle, parce qu'elle l'avait aimé sans qu'il la payât de retour, que son intelligence, sa beauté, sa volonté n'avaient trouvé que lui à qui elles fussent restées indifférentes, et qu'elle le jugeait supérieur aux autres à cause de cela, non pas avec son intelligence qui sans doute en déclarait d'autres plus lettrés, non pas avec son cœur qui en discernait d'autres plus sensibles, mais avec sa volonté qui avait rencontré un être plus fort et s'en sentait maîtrisée.

Or, le respect de la volonté pour une volonté plus forte était en Mme de Guermantes la seule base assez fixe à un attachement pour qu'il ne subît aucune variation. Son intelligence était trop incertaine et trop frivole pour ne pas se dégoûter assez vite, quitte à s'y replaire ensuite, quand elle l'aurait un peu oublié, du genre d'esprit de quelqu'un dont elle s'était engouée la veille et qu'elle dénigrait le lendemain. Sa sensibilité était trop superficielle pour que le charme qu'elle avait trouvé à un homme de cœur ne se changeât pas en ennui, bientôt en agacement et en dérision, surtout si par l'ascendant qu'elle avait sur lui, elle sentait sa profonde volonté plus faible que la sienne. La vie mondaine par sa nullité, par son ennui, donne un besoin perpétuel de changement, et les mondains, comme les neurasthéniques, ne subissent la loi que des volontés indifférentes à leurs caprices et qui ne se laissent pas plier. Par là M. de Guermantes devait être le seul associé inamovible de Mme de Guermantes dans les petits jeux où elle se livrait vis-à-vis de ses amis et du monde. Son intelligence oisive ayant besoin de nouveautés, elle le faisait consister à prendre sur une personne le contre-pied de l'opinion admise jusque-là, comme fait la critique qui de temps en temps découvre que Zola n'était pas un naturaliste mais un lyrique, que Flaubert n'était pas un artiste mais un bourgeois, que ce qu'il y a de grand chez Musset ce n'est pas le poète mais le prosateur, et chez Sainte-Beuve pas le prosateur mais le poète, que Wagner ne fut pas le premier des grands musiciens modernes, mais le dernier des Italiens, que le vrai Wagner fut Liszt et le vrai Manet Corot, etc.[1]. Avaient-ils un ami inintelligent et bon, un beau jour Mme de Guermantes décidait, et son mari se rangeait aussitôt à son opinion, qu'il était beaucoup moins bon qu'on ne croyait, mais aussi beaucoup plus fin. Un de leurs parents était-il connu pour sa générosité, Mme de Guermantes lançait pour tout l'hiver comme une mode qu'il était fastueux mais au fond avare. Dans un couple, le mari était-il un scélérat et la femme une sainte, on décidait tacitement un beau soir qu'il serait convenu maintenant de plaindre le mari léger mais sensible d'avoir eu une femme austère certes, mais sans cœur et terrible et qu'il était trop excusable d'avoir tant trompée. Un de leurs amis avait-il une réputation d'esprit, ils le déclaraient un beau jour ennuyeux comme la pluie, et dissimulaient difficilement les signes d'impatience chaque fois qu'il ouvrait la bouche. Seul M. de Guermantes, éternel partenaire de Mme de Guermantes dans ces jeux, avait échappé aux variations de jugement de sa femme. Dès que Mme de Guermantes avait inventé une opinion de ce genre sur un de ses intimes, cela devenait une distraction pour elle d'en essayer sur tous les autres l'originalité, d'en faire étinceler le paradoxe, et partager la malveillance. Elle y était puissamment aidée par M. de Guermantes qui, seule personne qui n'eût jamais eu à subir l'inconstance des jugements de sa femme, se trouvait le partenaire unique, désigné, invariable de ce jeu de société. Un tiers, un spectateur, un membre de la famille à qui on brûlait d'apprendre les défauts de l'intime sur lequel s'exerçait en ce moment la psychologie et la malveillance des Guermantes, était-il à cent lieues de se douter que l'intime ne fût plus au comble de la faveur, il était difficile à Mme de Guermantes qui avait à soutenir sa réputation de sensibilité, de douceur, d'incomparable amie, de commencer elle-même l'attaque. M. de Guermantes, connu pour bourru bienfaisant n'avait pas tant de précautions à prendre. Il produisait le premier l'opinion nouvelle généralement sous une forme incomplète, énigmatique, qui forçait Mme de Guermantes, laquelle n'attendait que cela, à expliquer au visiteur ce que son mari voulait dire et en même temps à le rectifier[1]. Sans doute ces opinions nouvelles n'avaient pas plus de vérité que les anciennes, généralement moins. Mais justement ce qu'elles avaient d'arbitraire, de faux, leur donnait quelque chose de théâtral qui les rendait émouvantes à communiquer. Et ce n'était pas qu'à ses jugements sur les personnes que Mme de Guermantes demandait ces émotions factices qui lui tromperaient l'ennui de la vie.

C'était aussi à sa manière de faire, d'agir, à sa conduite sociale, à ses moindres décisions mondaines. Elle vivait de ces devoirs et de ces émotions artificielles.

Mais ces édits successifs et contradictoires[1], proclamant ou niant, ou intervertissant les qualités des différentes personnes qu'elle connaissait, ne suffisaient pas à distraire Mme de Guermantes. Elle vivait aussi de ces émotions, de ces principes arbitraires qui remplissent la sensibilité et le cerveau des politiques, des assemblées parlementaires. Si à la Chambre un ministre interpellé explique sa conduite en disant qu'il a cru bien faire de, etc., qu'il a pensé qu'il serait plus simple de... choses qui pour une personne de bon sens les entendant paraîtraient fort raisonnables, <elles> sont accueillies par une longue agitation : « C'est très grave, c'est très inquiétant » et que si l'orateur qui réplique commence en ponctuant les mots : « La stupeur, ce n'est pas trop dire, que m'ont causée les paroles de M. le ministre », il est accueilli par une triple salve d'applaudissements, mouvements divers qui révèlent dans l'esprit des parlementaires assemblés une idée du devoir absolument factice que les explications du ministre ont exaspérée tandis qu'elles eussent convaincu une conscience simplement humaine, et un besoin d'émotion théâtrale qui se déchaîne en dehors de tout motif d'émotion humaine. Si des délégués grévistes se sont présentés auprès d'un ministre et que chaque député se demande, au commencement de la séance « que leur a dit le ministre ; a-t-il promis d'intervenir, leur a-t-il <parlé> sévèrement, a-t-il pris parti pour eux ? », ces diverses questions – étant en somme humaines – n'excitent pas une grande fièvre. Mais que le ministre interrogé réponde avec hauteur : « Je n'ai naturellement pas reçu une délégation dont l'autorité de ma fonction n'avait pas à connaître », l'enthousiasme délirant de la Chambre prouve qu'elle a reconnu dans l'action imprévue et négative du ministre une conception arbitraire d'un devoir factice et en descendant de la tribune il reçoit les félicitations d'un grand nombre de ses collègues. Mme de Guermantes avait ainsi

de ce qu'elle devait faire et de ce qu'elle ne devait pas
faire une conception dont les manifestations charmaient
d'autant plus la société qui avait les yeux fixés sur elle,
qu'étant arbitraires, elles étaient inattendues. Quand tout
le monde se demandait quel costume on mettrait pour
aller au bal costumé du ministre de Grèce, si Mme de
Courvoisier ayant demandé à Mme de Guermantes :
« Et toi, Oriane, en quoi te mettras-tu au bal costumé
du ministre de Grèce », Mme de Guermantes répondait
« Mais en rien... », chacun comprenait que, tandis que
chacun cherchait un costume, Mme de Guermantes
avait décidé de ne pas aller chez le ministre de Grèce,
ce qui signifiait qu'elle « ne savait pas ce qu'elle irait
faire là-bas », que « ce n'était pas sa place » et que cela
révélait du monde mystérieux et souverain de Mme de
Guermantes un article sur la situation mondaine du
ministre de Grèce qui n'était pas piqué des vers. Ces
manifestations imprévues et autocratiques avaient toujours un grand retentissement : « D'un côté vous savez
Oriane n'a pas absolument tort. Je reconnais que tout le
monde n'est pas en position de faire comme elle et de
rompre avec tous les usages. Mais entre nous, il est certain qu'on peut se demander pourquoi notre faubourg se
met à plat ventre devant des étrangers qui ne valent pas
souvent la corde pour les pendre quand nous sommes si
peu accueillants pour tant de Français, même pour des
parents de province que nous aurions plus de peine à
faire recevoir au Club que le ministre du Guatemala. »
Ainsi, comme un ministre qui varie en toutes choses se
tient ferme comme roc au refus d'inviter le président
d'un conseil municipal nationaliste ou de recevoir une
délégation, Mme de Guermantes qui détestait une année
ceux qu'elle avait aimés l'autre, qui était indulgente chez
les uns aux mêmes vices qu'elle avait flétris chez les
autres, qui n'aimait que l'intelligence et n'allait que dans
le monde, qui croyait Dreyfus innocent et ne voulait pas
recevoir de dreyfusards, Mme de Guermantes n'était fixe
qu'en une chose, c'était à une de ces actions qui témoignaient de la puissance et de l'originalité de ses décisions

mondaines. Toute la famille du ministre de Grèce aurait
pu venir en larmes devant sa porte qu'elle ne fût pas allée
pour cela à son bal si elle avait décrété qu'elle « n'avait
rien à y faire ». Car c'étaient bien des décrets à ses yeux.
Et l'importance et la signification qu'elle savait que chacun attachait à son absence ou à sa présence dans une
fête, lui faisait éprouver autant de plaisir en faisant à
l'entrée d'un bal une apparition qu'elle savait une consécration, ou en faisant au contraire ce soir-là au coin de
son feu une partie de cartes qui avait la valeur d'une
abstention voulue. Elle savait se grandir par une humilité
qui ne manquerait pas d'être commentée, quand dans
une cérémonie où des femmes qui ne la valaient pas se
rendaient en tenue de ville, elle avait cru devoir mettre
ses plus beaux bijoux, ou au contraire si à une représentation où chacune avait cherché à aller dans les loges
les plus en vue, elle qui était invitée dans les plus brillantes, elle avait voulu pour bien goûter la pièce, aller à
un simple fauteuil d'orchestre, près de la scène où sa présence frappait plus encore et montrait toute l'originalité
de sa vie intérieure, son non-conformisme aux habitudes,
son goût sincère des choses de l'esprit. « Vous savez la
dernière d'Oriane ? — Non ? — Comment, on ne vous a
pas dit, hier aux Français ? — Non, elle était avec la princesse de Parme ? — Non. — Avec la grande-duchesse ?
— Non ! — Où ça ? — À un fauteuil d'orchestre où elle
était arrivée avant que le rideau se lève, tout en noir, avec
un tout petit chapeau. On ne regardait qu'elle. — Mais
au fond, voulez-vous que je vous dise, moi je ne trouve
pas qu'elle ait tort. Évidemment tout le monde ne peut
pas faire cela. Mais enfin avec ce genre d'arriver tard,
de prendre le théâtre seulement comme un plaisir mondain, on n'entend plus aucune pièce. Vous savez, Oriane
est très intelligente. Il paraît qu'elle discute avec tous
ces auteurs comme une personne de leur métier. Au
fond, le monde l'assomme, elle n'aime que la littérature,
elle le dit assez. Hé bien, elle a voulu le marquer, elle a
toujours naturellement sa manière à elle mais qui n'est
déjà pas si mauvaise puisque tout le monde en parle.

Vous savez ce qu'elle a dit au grand-duc à propos de Tolstoï ? "Monseigneur, quand faites-vous assassiner Tolstoï ?" Je trouve cela délicieux. Ah ! ma chère, M. de Vendôme y était, il m'a dit que le grand-duc a fait une tête. Il n'y a tout de même qu'Oriane pour avoir de ces toupets-là. »

Mme de Villeparisis passait dans le monde pour une femme de beaucoup de cœur pour ceux qu'elle aimait, et d'une rare intelligence. Aussi M. et Mme de Guermantes éprouvèrent-ils une joie intellectuelle très grande durant les jours où ils mirent à nu cette opinion qu'elle avait une espèce de brio tout superficiel, était fort peu intelligente et d'une insensibilité absolue[1]. Il y eut là, quelques après-déjeuners, quand on développait cette idée nouvelle entre intimes plus intelligents que les autres qui y avaient tout de suite adhéré, des heures de brillante activité spirituelle où on ne connaît pas l'ennui. La malignité même était à ces premières heures éblouissantes de la création absente de la joie de Mme de Guermantes ; c'était une joie désintéressée, la joie de l'artiste qui voit lui apparaître une beauté nouvelle. Elle éprouvait à faire confidence de sa découverte au marquis de Gurcy, à Swann, au vicomte de Bedon, la joie qu'elle avait eue à leur montrer le nouveau tableau qu'elle venait d'acheter. Le marquis de Sponde était resté cette année-là plus tard à la campagne, elle se desséchait d'impatience de l'impression que lui ferait le nouveau chef-d'œuvre de son esprit. Bientôt ce fut une vérité admise dans le petit milieu des Guermantes, et qui perdit de sa nouveauté. Alors la malignité s'en mêla. Et Mme de Guermantes souffrait quand un de ses amis semblait ignorer le nouvel évangile. Au nom de Mme de Villeparisis je dis : « Je l'aime beaucoup, elle a tant de cœur. » M. de Guermantes me regarda d'un air que je ne compris pas car il ressemblait à un air d'étonnement, or il ne pouvait pas en éprouver à entendre parler du nom de sa bonne tante. Comme je ne fis aucune réponse à une expression de visage que je n'avais pas comprise, Mme de Guermantes jugea qu'il n'avait pas été assez explicite et crut devoir la préciser. Et d'un air d'excuser son mari : « Astolphe vous regarde d'un air ahuri <parce que vous> avez parlé du cœur de ma tante, mais remarquez qu'il est le premier à bien l'aimer tout de même, car elle a malgré tout de grandes qualités, et en somme elle nous aime dans la mesure où elle peut aimer quelqu'un. — Mais je n'ai eu aucun air ahuri, reprit avec politesse M. de Guermantes. Je n'ai voulu dire aucun mal de ma tante. Je n'ai même pas été surpris de vous entendre parler du bon cœur de ma tante mais vous dites cela par politesse. » Je me récriai que je ne l'avais nullement dit par politesse. « Ne vous défendez pas, dit Mme de Guermantes, nous vous croyons trop intelligent et trop fin pour avoir pu croire jamais de cœur à une femme qui n'est pas d'ailleurs une méchante femme et qui a de la bonne grâce quand on fait bien dans son salon, mais qui à part cela est le plus insensible rocher que j'aie jamais connu, une égoïste de comédie. » Je ne voulais ni abandonner Mme de Villeparisis ni avoir l'air de manquer de perspicacité, mais je sentais combien j'en avais manqué. « Vous croyez, dis-je, que chez elle l'intelligence a fini par remplacer le cœur ? » M. de Guermantes me regarda de nouveau d'un air étonné. « Voyons Astolphe, dit Mme de Guermantes en riant, vous allez faire peur à ce garçon si vous lui faites tout le temps les gros yeux. Je vous assure qu'elle n'est pas si intelligente que cela, ma tante, reprit-elle avec douceur en se tournant vers moi. Oh ! elle est très amusante ! ça c'est vrai. Elle a beaucoup de mouvement dans l'esprit. Remarquez que je ne m'ennuie jamais chez elle. Quand elle prend le dé de la conversation, qu'elle fonce sur quelqu'un, elle est étonnante pour son âge. Mais cet esprit-là, cette verve, allez, sont bien peu profonds, bien inintelligents. Je ne dis pas qu'elle n'a pas certains bonheurs d'expression et souvent des audaces qui reviennent ensuite un peu trop souvent pour nous qui les connaissons, comme ses souvenirs et anecdotes d'ailleurs généralement inventés de toutes pièces mais qui sont amusants. Mais c'est une femme qui n'a jamais réfléchi à rien, jamais senti, jamais souffert, ajouta-t-elle après un silence et avec une petite modulation dans la voix. C'est un étourneau, un perroquet, tout ce que vous voudrez. Mais causez un peu à fond avec elle, vous verrez qu'elle n'est pas intelligente.

— Je ne crois pas que M. de Gurcy soit de votre avis, dis-je.

— Ah ! répondit Mme de Guermantes d'un air contra-rié, mon beau-frère est un être délicieux mais qui s'ima-gine que du moment qu'il fait à une personne l'honneur de l'aimer elle ne peut plus avoir de défauts. C'est comme la faveur du roi ! Elle couvre tout. Qu'est-ce que vous voulez, Adalbert ne pourra pas se trouver dans un même salon avec des gens charmants que nous connaissons tous, mais si quelqu'un qu'il aime épouse une Gothon, il la traitera en princesse du sang. On ne peut tout de même pas citer les jugements d'un être aussi partial. Remar-quez, ajouta-t-elle au bout d'un moment, qu'il sait aussi bien que nous que notre tante a un cœur de pierre, et qu'elle comprend très peu de choses. Seulement il n'aime pas se l'avouer à lui-même. »

À mettre çà ou là quand je vais chez eux.

Sans doute depuis bien longtemps la duchesse de Guer-mantes de mes premiers rêves, luisant de l'or mourant de son nom, n'existait plus pour moi. Même il me fal-lait faire des fouilles profondes dans mes plus anciens souvenirs, et pour qu'elles réussissent qu'une excitation passagère – par exemple celle due à un excès de bière – mît devant eux son verre stéréoscopique, leur rendît leur vivacité, tous les traits et comme en relief, les impressions attachées à eux dont je recommençais à revivre le tron-çon qui leur était adhérent, pour que ce personnage de Mme de Guermantes je pus même l'imaginer. Cela ne m'empêchait certes pas de prononcer ce nom de Mme de Guermantes. Mais pour le prononcer sans émoi, pour le prononcer comme Mme de Villeparisis seulement comme celui de la personne que j'allais voir tout à l'heure, plus ne m'était besoin de cette affectation que je jouais autre-fois quand au temps de la première visite que je fis à Mme de Villeparisis je parlais de Mme de Guermantes sans laisser sentir qu'à ce moment des arpents de bois

jaunissant passaient sur mes lèvres. À tout moment de
notre vie ne charrions-nous pas ainsi dans notre langage,
ayant perdu leur forme première, retournés à la vie inaccessible, les cadavres des vivants que nous avons le plus
chéris et dont nous pouvons à peine retrouver le souvenir ? Il n'y a pas une seule phrase que nous prononcions
qui n'atteste comme autant de tombeaux les parjures
de nos affections, le renoncement à nos désirs, l'aveu
de la déception formidable qu'un monde qui n'est pas
fait pour elle, qui ne contient pas d'individu, a imposé
à notre imagination, et dont nous ne nous sommes
consolés qu'en cessant d'être individuels, en adoptant le
langage et les plaisirs des autres. Mais si cette duchesse
de Guermantes, impalpable comme un reflet, n'existait
plus pour moi, pourtant de même qu'à Balbec quand
j'avais su que l'église blottie dans la transparence de son
nom persan n'existait plus, j'avais rebondi en me disant
d'après Elstir que cette église était le plus beau cantique
d'amour que le Moyen Âge eût composé à l'honneur de la
Vierge, de même lisant des Mémoires du XVIIe siècle où
la duchesse de Guermantes était appelée ma cousine par
Louis XIV[1] et passait avant les Guise, me rappelant que
cette situation n'était pas abolie car aujourd'hui encore la
reine d'Angleterre, la reine d'Espagne traitaient Mme de
Guermantes en amie de la plus haute naissance, j'avais
fait de cette sorte de grandeur, à laquelle les souverains
d'autrefois et d'aujourd'hui rendaient hommage, comme
une sorte de contenu de la personne de Mme de Guermantes qui la faisait différente des autres personnes.

Si le nom de duc et duchesse de Guermantes ne signifiait plus pour moi qu'un homme et une femme de même
nature que tous les autres, qui pouvaient avoir plus envie
de me voir un jour que l'autre selon qu'ils avaient plus
ou moins à faire, mais enfin avec qui j'avais des relations
purement humaines, je veux dire que des mille petits pro-
blèmes psychologiques que la vie sociale nous pose dans
nos relations avec les autres, j'avais éliminé cette inconnue, leur nom, qui me les avait rendus longtemps plus

séduisants, plus mystérieux et moins accessibles. Mais comme un mot, heureusement placé par un poète auprès d'un autre, semble un mot neuf, se remplit d'impressions inconnues, prend un prix particulier, de même ce nom de Guermantes avait gardé pour moi de sa force dans la personne du prince et de la princesse de Guermantes. Souvent mon père, qui dans le trajet habituel de son bureau à la maison passait devant l'hôtel de Bavière, nous disait : « Je suis encore passé devant l'hôtel de Bavière. C'est princier. La porte cochère était entrouverte. Quelles merveilleuses statues on aperçoit de chaque côté du perron. Du reste ce n'est pas extraordinaire, on me disait qu'après deux milliardaires américains c'est la troisième plus grande fortune du monde. C'est un vrai palais de conte de fées. C'est malheureux que ce ne soit pas plutôt ceux-là que tu connaisses », me disait-il car quoique n'aimant pas que j'aille dans le monde, il était presque piqué contre les gens qui ne m'invitaient pas. Mais moi, étant encore à l'âge où l'imagination met derrière des choses analogues des individualités distinctes, je pensais qu'il devait y avoir dans un palais de conte de fées quelque chose de différent des demeures que je connaissais et qui m'empêchait d'y pénétrer. N'ayant encore jamais été chez une maîtresse de maison portant le titre de princesse, je me disais, bien que je susse fort bien que ce titre était inférieur à celui de duc, que peut-être les princesses, surtout celles qui ont une fortune colossale, ne recevaient-elles pas comme font les duchesses, des jeunes gens qui ne sont pas nés, et que c'était peut-être chez elles que se réfugiait cette vie spéciale que je n'avais pas trouvée chez la duchesse de Guermantes, qui semblait cesser quand j'entrais dans son salon. La duchesse de Guermantes et ses amies ne célébraient sans doute plus les fêtes mystérieuses, aussi avaient-elles pu me laisser pénétrer chez elles sans danger. Mais j'avais bien vu au salut que la princesse de Guermantes m'avait fait devant la cour de sa cousine que je ne pénétrerais jamais dans sa demeure que comme ces livres dont nous gardons un souvenir où ce que l'auteur a mis effectivement tient moins de

place que telle coloration, telle rêverie due à un mot mal
compris, à une phrase qui nous a exagérément frappés,
je me représentais à la fois comme le palais d'une fée
défendu par des génies, et comme l'hôtel de Bavière dont
parle Saint-Simon, où je voyais autour du prince et de
la princesse de Guermantes actuels, non pas des gens
du monde d'aujourd'hui, mais tous les personnages de
Saint-Simon, Mme de Chevreuse, Mme de La Fayette, et
à côté d'elles Marie-Antoinette, la princesse de Lamballe,
et Madame Élisabeth.

Ainsi quand, pendant le séjour de Mme de Guermantes
à Cannes[1], un jour en décachetant mon courrier je trouvai une carte où étaient imprimés ces mots :

> La princesse de Guermantes
> née archiduchesse de Bavière
> sera chez elle le 2 avril

ce fut comme un plaisir de pure imagination, un plaisir
encore intact de toute dégradation humaine, de toute
ressemblance avec ce que je connaissais, que m'offrait
la carte que je venais de recevoir, un véritable palais de
conte de fées, dont elle m'ouvrait la porte mystérieuse.
« Sera chez elle » était comme les trois coups qui annonçaient le lever du rideau devant une salle pleine mais
où ne figuraient que les personnes comprises dans le
royaume du nom « la princesse de Guermantes » et auxquelles, je ne savais pourquoi, je me trouvais agrégé ;
mais le caprice de la princesse de Guermantes pouvait-il
faire que je devinsse l'un de ceux pour qui ces fêtes se
célébraient ? C'était un nom, un nom plein d'images que
l'expérience n'avait pas effacées, un nom familier de
toutes les grandeurs du XVIIe siècle, un nom antique et
glorieux qui semblait, puisque l'enveloppe qui le contenait m'était adressée, me connaître, me rechercher, me
prier de venir me mêler dans l'hôtel princier aux fantômes de l'Ancien Régime et aux fées, de la société desquels je me sentais si indigne que le geste du *[lacune]*
invraisemblable et que je craignais tout d'un coup d'être
victime de la farce de quelqu'un qui se serait procuré une

de ces cartes imprimées, et qui l'aurait mise dans une
enveloppe à mon nom. Mais comment le savoir ? Mme de
Guermantes était absente. Mme de Villeparisis ne voyait
presque jamais la princesse de Guermantes. D'ailleurs ma
grand-mère trouvait ridicule d'aller lui demander si cette
invitation était une farce. Dans son dédain du monde, elle
ne trouvait à cette invitation rien d'extraordinaire et par
conséquent d'invraisemblable. « Vas-y chez ces personnes
si cela t'amuse, n'y va pas si cela ne t'amuse pas. Cela n'a
aucune importance. — Mais même s'ils m'ont vraiment
invité, cela les ennuiera peut-être que j'y aille, je leur
témoignerais peut-être mieux ma reconnaissance en n'y
allant pas. — Mais mon pauvre petit, tu es idiot. S'ils
n'avaient pas envie que tu y ailles, ils ne t'auraient pas
invité. Maintenant si tu n'y vas pas, sois sûr qu'ils n'en
feront pas une maladie. Tu n'as pas besoin de t'agiter.
Tu verras bien le jour même comment tu seras disposé.
Si tu veux travailler tu feras mieux de rester chez toi,
si tu as besoin de te changer les idées, tu iras y faire
un tour. Crois-moi, cela ne vaut pas la peine d'y penser
d'avance comme à un événement. » Car depuis que j'étais
souffrant, ma grand-mère elle-même venait de faire flé-
chir ses principes d'air et on n'aimait pas que je sorte le
soir, en revanche le printemps et l'air doux venus, on me
laissait libre de rester beaucoup dehors et *[un mot illi-
sible]*, ce qui m'encourageait à sortir. J'en profitais pour
donner rendez-vous à cette bonne de Querqueville ou à
d'autres femmes, de sorte que dès le printemps, au lieu
d'être concentré en moi-même et à la maison le monde
m'apparaissait comme un tiède grenier d'abondances où
à toute heure même de la soirée des verdures qui ne
s'en allaient ni la nuit ni les jours de mauvais temps, des
conversations mondaines dans les salons ouverts chaque
soir, et la possibilité de rendez-vous amoureux m'attendaient et me faisaient penser au lendemain avec plaisir, à
quelque chose d'excitant pour ma jeunesse, aussi étais-je
sorti tous les jours ce printemps-là et maintenant, car la
saison mondaine finissait plus tôt à ce moment-là, c'était
une des dernières soirées de l'année.

Le jour de la soirée venue, j'appris par Françoise que
la duchesse était rentrée de la veille au soir. J'allai la
voir avant dîner, sans avouer à ma grand-mère le but de
la visite que j'allais faire ; elle n'était pas encore rentrée
mais on me dit que le duc était là et que sûrement il serait
content de me voir, et je montai dans sa bibliothèque où
il lisait la fenêtre ouverte tandis que la pluie tombait sur
les arbres de son jardin et des jardins voisins[1]. « Ah !
ça c'est gentil le jour de notre retour. La duchesse n'est
pas encore rentrée. Je ne sais pas ce qu'elle peut faire
dehors d'un temps pareil, mais elle ne tardera pas car
nous dînons en ville et il est déjà sept heures. » Je lui
demandai s'ils iraient chez la princesse de Guermantes.
Il me répondit que ce n'était pas certain, car sa femme
était un peu fatiguée du voyage, que cela dépendait d'elle,
comment elle se trouverait après dîner. « Mais comment
savez-vous qu'il y a une soirée chez la princesse de Guermantes ? » Je lui dis que j'avais reçu une invitation et que
j'aurais même été très heureux s'il avait pu envoyer chez
sa cousine savoir si c'était vrai. Sa figure se rembrunit.
J'avais sans le vouloir effleuré le genre de services que
M. et Mme de Guermantes n'aimaient pas rendre. Il me
dit d'ailleurs assez justement qu'il était trop tard, que si
par hasard je n'étais pas invité j'aurais l'air de demander une invitation, qu'il avait déjà eu des ennuis avec sa
cousine pour une invitation qu'elle lui avait refusée et
qu'il ne voulait plus de près ni de loin avoir l'air de se
mêler de ses listes, que cela l'étonnait qu'elle m'invitât,
mais qu'après tout il n'y avait pas de raison pour qu'on
m'eût joué une farce ; sa grande raison de ne pas s'en
mêler est qu'il révélerait ainsi son retour à ses cousins,
et qu'il aimait mieux ne pas annoncer ce retour à son de
trompe pour ménager plus facilement à sa femme si
elle se trouvait fatiguée après dîner, la possibilité de ne
pas y aller. Il me demanda même de ne pas lui en parler, craignant qu'elle ne fît par amabilité pour moi une
démarche qu'il désapprouvait, ou voulant laisser intacte
sa réputation d'amabilité en lui évitant ainsi d'avoir à me
refuser. « Mais allez-y donc, qui voulez-vous qui vous ait

fait cette farce ? Je vous dis cela du reste égoïstement, car si nous y allons nous serons ravis de passer la soirée avec vous. » Mme de Guermantes en rentrant vint causer un moment avec nous, puis alla s'habiller. Un domestique vint dire : « Mme la duchesse fait demander si M. le duc veut recevoir M. Swann pendant que Mme la duchesse finit de s'habiller. » M. de Guermantes fit entrer Swann, nous amena dans son cabinet de toilette et s'habilla devant nous. Puis la duchesse entra toute prête, haute et superbe dans une longue robe de soie d'un rouge sombre. Elle avait dans les cheveux une plume d'autruche teinte en pourpre, et sur les épaules une écharpe en tulle du même rouge. Elle s'excusa auprès de Swann ; comme M. de Guermantes était prêt et attendait l'heure de partir, nous descendîmes causer en bas dans le vestibule. Swann parla du voyage en Hollande qu'il venait de faire avec M. de Gurcy. « Savez-vous, dit Mme de Guermantes, vous devriez le refaire l'année prochaine avec Astolphe. — Mais Madame, je ne crois pas que ce sera possible. — Comment, un an d'avance vous savez cela ? dit en riant Mme de Guermantes. — Oui, duchesse, répondit Swann, en riant aussi. — Peut-on savoir ce grave empêchement ? — Si vous y tenez, madame. » À ce moment un valet de pied parut à la porte. La voiture de la duchesse était avancée. « Hé bien ? dit la duchesse en se levant. — C'est que, hélas ! d'après tous les médecins que j'ai consultés, le mal que j'ai depuis l'année dernière ne peut pas me laisser vivre au-delà de quelques mois au plus », répondit Swann tandis que le valet de pied ouvrait la porte vitrée pour faire passer la duchesse. « Qu'est-ce que vous dites là », dit la duchesse, en levant sur lui sa belle tête rouge, et en fixant sur lui d'un air embarrassé ses beaux yeux bleus mélancoliques et incertains, car c'était la première fois qu'elle se trouvait avoir à choisir entre deux devoirs aussi différents, monter dans sa voiture ou montrer de la pitié à quelqu'un qui va bientôt mourir. Le code des convenances mondaines ne lui indiquait pas la solution à adopter dans un conflit de ce genre, elle tenta de croire qu'il n'existait pas et dit : « Vous voulez plaisanter. — Ce

serait une plaisanterie d'un goût charmant, répondit ironiquement Swann, mais je vous en prie, ne vous retardez
pas, je ne sais pas pourquoi je vous dis cela, je ne vous
avais pas parlé de ma maladie jusqu'ici. Mais maintenant que je peux mourir d'un jour à l'autre... — Voyons
Oriane, ne restez pas à bavarder comme cela, s'écria M. de
Guermantes avec mauvaise humeur, vous savez pourtant
bien que Sponde tient à ce qu'on se mette à table à huit
heures précises ; et vous laissez vos chevaux immobiles
sous l'eau par un temps pareil. Je vous demande pardon
Charley, dit-il en se tournant vers Swann, mais il est huit
heures moins dix, Oriane est toujours en retard, nous
mettrons bien cinq minutes pour aller chez Sponde. »
Mme de Guermantes s'avança vers la voiture et redit
encore un dernier adieu à Swann. « Vous savez, nous
reparlerons de cela, je ne vous crois pas, venez déjeuner que nous en parlions », et relevant sa jupe rouge elle
entrait dans la voiture, quand M. de Guermantes qui la
suivait pour monter à côté d'elle s'écria d'une voix de
stentor : « Oriane ! qu'est-ce que vous alliez faire, vous
avez gardé vos souliers noirs. Avec une toilette rouge !
Remontez vite mettre des souliers rouges. — Mais mon
ami, puisque nous serons en retard, répondit doucement
Mme de Guermantes, voyant que Swann était encore là.
— Mais non, nous avons le temps, il n'est que moins
dix, il ne faut pas dix minutes pour aller chez Sponde.
Et puis enfin il serait huit heures et demie, qu'est-ce que
vous voulez, ils patienteront, vous ne pouvez pas aller
avec une robe rouge et des souliers noirs. Nous ne serons
pas les derniers, allez, il y a les Vilcoloires, vous savez
qu'ils ne viennent jamais avant neuf heures moins vingt. »
Mme de Guermantes remonta chez elle. « Croyez-vous
tout de même, dit M. de Guermantes, les pauvres maris,
on se moque bien d'eux, mais ils ont du bon tout de
même. Sans moi Rosemonde allait dîner en souliers noirs
avec une robe rouge. — Remarquez que cela n'est pas
laid, dit Swann. — Je ne vous dis pas, dit le duc. Mais
pour une femme élégante comme ma femme, ajouta-t-il
en riant, avouez que c'est plus élégant d'avoir des souliers

rouges puisqu'elle est en rouge. Et puis soyez tranquille, elle m'aurait plutôt fait revenir une fois arrivé si elle s'en était aperçue. Adieu mes petits, allez-vous-en, dit-il en nous repoussant Swann et moi. Si vous êtes encore là quand Oriane redescend, elle va recommencer à causer avec vous, et Dieu sait à quelle heure nous arriverons dîner. Je vous avoue franchement que je meurs de faim, j'ai très mal déjeuné ce matin, et je ne serais pas fâché de me mettre à table. Ah ! les femmes ! »

(N. a. fr. 16681, 16682 et 16683.)

4. LOUIS MARTIN-CHAUFFIER : « *LE CÔTÉ DE GUERMANTES* ». *LA NOUVELLE REVUE FRANÇAISE*

Publié dans la NRF *du 1ᵉʳ février 1921, l'article de Louis Martin-Chauffier a été en partie dicté par Proust (voir notre préface, p. 23). Il témoigne ainsi de la manière dont l'auteur de* Guermantes *souhaitait que son livre soit perçu par le lecteur. Louis Martin-Chauffier, critique, romancier, collaborateur occasionnel de la* NRF, *est également l'auteur de* Correspondances apocryphes *(Plon, 1923), volume de pastiches parmi lesquels figure une lettre de Marcel Proust au marquis de Saint-Loup.*

M. Marcel Proust passe pour un écrivain diffus. Ainsi se forment les légendes. Il est le plus concis des écrivains. Qu'on lise la première partie du *Côté de Guermantes*. Cette lecture faite, qu'on imagine le thème de ce roman proposé à Mérimée, par exemple : cet auteur sec et précis serait bien empêché d'en composer une nouvelle de dix pages. Mais, qu'on eût offert, au contraire, à Balzac, la matière abondante de ces 279 pages – je dis la matière, plus exactement la profusion de vues : il en eût sorti quinze volumes (parce qu'il est mort jeune).

Ainsi M. Proust enferme un monde dans un thème qui, pour tout autre, n'en serait pas même un : et voilà une

conception concise, servie par une inspiration riche. Ce
monde, M. Proust l'analyse avec une telle minutie que
quiconque voudrait en grignoter les restes s'en retournerait le ventre vide : et il lui suffit pour cela, de 279 pages ;
et voilà une inspiration riche, servie par une expression
concise.

Mais voyons d'abord l'expression. Ce qui égare, c'est
la richesse étonnante des nuances. Parce que M. Proust
emploie volontiers quatre ou cinq pages, ou même dix,
à suivre une même idée ; parce que le lien qui unit différents aspects de cette idée lui semble si fragile, et cependant si nécessaire à conserver, qu'un point terminant
une phrase suffirait à en rompre la continuité délicate
– à quoi il se refuse ; on lui reproche de trop s'étendre
et de se plaire aux phrases interminables. C'est ignorer
les ressources de la syntaxe, et ne pas soupçonner la joie
qu'on goûte à l'enchaînement des propositions. Et c'est
aussi laisser entendre que Saint-Simon est ennuyeux !
Un point est, en quelque façon, un aveu d'impuissance,
une manière détournée, et point très brave, de suggérer :
« Voyez, je suis à bout de souffle. » Il faut être Pascal,
ou La Rochefoucauld, pour concentrer, en une phrase
brève, une grande richesse de vues (ce n'est point une
comparaison que j'établis entre des auteurs, mais deux
tours d'esprit dont je marque la différence). Ce procédé
est poli, mais un peu téméraire, même, surtout, chez
de si grands esprits. Car ils renferment et condensent,
dans une maxime, une ample matière, qui prête un fondement solide, et ouvre un vaste champ à des réflexions
profondes : ce qui suppose un lecteur réfléchi, et capable
de profondeur. J'ai dit que c'était poli, mais téméraire. Et
pour dégager d'une formule tout ce que le grand esprit
qui l'a ciselée y a inclus, il y faudrait un esprit de même
taille. Voyez plutôt l'Évangile : tout l'effort des docteurs,
depuis 1 900 ans, s'applique à en rendre explicites les
leçons implicites ; et je ne compte pas les hérésiarques,
ni le risque qu'on court à extraire d'une formule ce qu'on
suppose qu'elle renferme, ni le danger des paraphrases,
ni l'audace des commentaires.

M. Proust n'est pas moins poli, ni moins téméraire ;
seulement, c'est d'autre façon. Il nous fait la grâce de
penser que nous sommes bons marcheurs, et pourvus de
bons yeux. Il ne se contente pas de montrer au lecteur
de vastes perspectives, où le laisser s'aventurer. Une infi-
nité de petits sentiers s'enchevêtrent, dans ce paysage,
qui n'est pas une toile de fond, mais un décor réel, et
plein d'animation. Il s'y engage, les suit tous, jusqu'au
bout, revient sur ses pas, sans se perdre jamais, en nous
tirant par la manche. On n'a qu'à le suivre. Ce n'est déjà
pas si commode, et beaucoup restent en chemin. Ce qui,
d'abord, semble un peu irritant, c'est la tutelle où il nous
tient : il ne laisse rien à découvrir à notre imagination,
ou à notre curiosité : chez lui, l'une est si vive, l'autre si
attentive, que nous n'avons qu'à rester cois. Mais ce n'est
qu'une illusion. Montesquieu écrit quelque part : « Il ne
faut pas toujours tellement épuiser un sujet qu'on ne
laisse rien à faire au lecteur. » Le conseil paraît juste ; il
est au fond bien vain. On n'épuise jamais un sujet. Il peut
arriver quelquefois qu'on en extraie tout le suc, toutes les
leçons : le lecteur se rattrape sur les applications, et en
découvre d'autant plus que les vues qu'on lui ouvre sont
plus claires et plus nombreuses. Ainsi fait M. Proust. Il
nous laisse la liberté de recommencer cette excursion,
non plus à sa suite, et en novices ignorants et soumis,
mais cette fois, sans lui, ce que nous n'eussions pas pu
faire, n'eût été sa direction préalable et complaisante,
avec autant de fruit, ni sans risquer de nous égarer. Il
nous apprend à voyager dans le domaine de la vie intérieure.

La particularité de M. Proust, c'est que, tout en étant
minutieux comme on ne l'a, je crois, jamais été, il n'est
pas méticuleux. Sa pénétration extrême ne lui ôte ni le
sens des ensembles, ni celui des relations. C'est proprement, si l'on y songe, une qualité extraordinaire. À propos
d'une impression particulière, très intense, et très fouil-
lée, il jette une vue générale, qui éclaire d'une lumière
nouvelle un recoin jusqu'alors ignoré, non point de sa
sensibilité personnelle, mais de l'âme. Il se promène

avec assurance dans ces régions semi-obscures, dont
d'autres avant lui avaient rendu sensibles, mais non
intelligibles, les mouvements. Il est par là, un créateur
– au sens inexact, modéré, humain et non divin du mot –
qui donne l'existence à ce qui végétait, plus proprement
un révélateur, qui lance un éclair dans la nuit, et sait
en diriger la flamme. Un esprit fortement nourri, une
mémoire prodigieuse (et la plus rare, celle des sentiments, des sensations, et de toutes leurs nuances, évoqués, non point à l'état isolé, mais dans le cadre même et
les conditions qui ont provoqué leur naissance et permis
leur épanouissement, mieux que par l'association fortuite
de circonstances accessoires passées et présentes, par
l'analogie ou l'opposition naturelle que présentent avec
un tel sentiment, telle sensation nouvelle, celui ou celle
de jadis, et qui les ramènent à l'esprit, toutes vivantes, et
non, par un jeu du hasard, désagrégées), une intelligence
attentive permettent seuls de tels jeux. On pourrait assez
justement le comparer à un botaniste, dont la curiosité
d'esprit passe de beaucoup la botanique, mais qui s'attache à cette science et utilise à son propos toutes les
connaissances qu'il a. Étudiant une branche de fleurs, il
n'en fait pas voir seulement l'enchevêtrement des fibres,
le tissu du bois, les voiles des pétales et des feuilles ; il ne
s'arrête pas au développement actuel de cette branche ;
mais, par des moyens enchanteurs, il nous la montre,
telle qu'elle était, encore enclose dans le bourgeon près
d'éclater, et telle qu'elle sera, demain, presque flétrie ; et
non seulement cela, mais telle qu'elle eût été, si, floraison d'automne, quelque miracle l'eût fait s'épanouir au
printemps ; et encore sous l'aspect qu'elle aurait revêtu,
si, au lieu qu'elle soit, par exemple, une fleur de chrysanthème, elle eût été dahlia, glaïeul, ou violette ; ou bien
telle qu'on l'aurait vue, non pas détachée de l'arbuste
nourricier, mais, somptueuse, dans un beau jardin, au
milieu de ses sœurs, ou dans sa dernière splendeur, et
près de mourir, dans un vase, solitaire. Il évoque, com-
pare, suit les progrès, et, d'un coup d'ailes, nous transporte dans un lieu mystérieux et dominant, d'où nous

pouvons apercevoir, non seulement le vaste ensemble qu'il a disposé avec un art appliqué et précis, mais cet ensemble sous toutes ses faces. Et cette perspective qu'il nous montre, et qui semble, parce qu'il nous y a d'abord promenés, être moins un paysage qu'un lieu d'excursion, nous la comprenons mieux, pour en avoir pénétré les détails, de même qu'un homme dégagera, avec plus de lucidité, le sens d'un décor qui s'étale devant ses yeux, s'il en a visité auparavant tous les replis. Mais j'entends bien que c'est un art difficile que de voir, dans ses grandes lignes ce qu'on connaît dans son détail, et que, pour beaucoup, la minutie d'esprit écarte la portée d'esprit. Et un grand nombre reprochent à M. Proust que son ouvrage ne soit pas composé, dont le dessein leur échappe. Qu'on se rappelle son livre précédent. Il y opposait, à la poésie du nom de lieu Balbec, la banalité du pays de Balbec, ou, si l'on veut, à l'impression produite par ces deux syllabes, préalablement à toute rencontre, et par le seul jeu de l'imagination, l'impression produite par la vue du pays, qui, ne répondant pas du tout à son image fictive, semble d'autant plus banal qu'il a été imaginé plus poétique. De même le nom de Guermantes, source et prétexte d'abord de fantaisies agréables et belles, quand, au lieu d'emprunter son charme en quelque sorte à la phonétique, à la légende, et au château qu'il désigne, c'est-à-dire à tout ce qu'il permet d'évoquer, il s'applique à une personne, d'abord rencontrée à peu près comme une vision, dépourvue de toute individualité, plaisante en ceci seulement qu'elle prête une apparence à la fiction, et ornée de parures brodées par un esprit ingénieux autour du nom qu'elle porte, change de sens en se fixant. Et à mesure que la duchesse de Guermantes, peu à peu descendue de l'empyrée où elle règne, d'abord comme un pur esprit, puis comme une nymphe au milieu de ses compagnes et de ses compagnons, se fait plus réelle, revêt une personnalité, et avec elle tout le milieu où elle vit, ce nom de Guermantes est absorbé par elle, et devient au lieu du mot magique qui ouvrait un royaume féerique, le terme qui désigne dans le monde une certaine femme et puis une certaine famille. Et après avoir contribué à embellir cette dame, il perd sa vertu ancienne, et, de talisman devient épithète.

Ainsi, l'on pourrait dire, non seulement du *Côté de Guermantes*, mais de tous les livres parus de la série, qu'ils signifient le passage de la fiction à la réalité (à la réalité non point sèche, mais encore enveloppée de tous les voiles gracieux de la fiction évanouie, de même que le souvenir d'une belle statue demeure dans l'esprit de celui qui la vit, superbe et dressée sur son socle, après qu'elle a été brisée et remplacée, par une mauvaise copie, augmenté encore par un regret mélancolique, et cependant gêné dans son évocation par la présence d'une image malencontreuse), ou plus exactement et plus précisément, qu'ils racontent la transformation des mots, selon que ceux-ci évoquent ou qualifient, dans un esprit porté à la fois à imaginer abondamment et à observer lucidement.

Ceci dit, tout reste à dire ; et, entre ce dessein général, et la façon particulière dont il se développe, il y aurait matière à épiloguer sans fin. Je ne m'y lancerai pas. Cependant, il faut bien signaler le lien qui unit les diverses parties de cette œuvre considérable, qui est la personnalité du narrateur. Il faut le signaler, mais non s'y arrêter : la conclusion serait prématurée, avant le terme de l'ouvrage, et malséante ou indiscrète : car ou bien je ferais mine de tirer de mon propre fond ce que je ne connais que par ouï-dire, ou bien je dirais tout crûment ma source, et j'abuserais d'une amitié dont je veux bien goûter l'agrément et l'honneur, mais non tirer profit.

Louis Martin-Chauffier

BIBLIOGRAPHIE SÉLECTIVE

ÉDITIONS

Le Côté de Guermantes I, Éditions de la Nouvelle Revue française, 1920.

Le Côté de Guermantes II, Sodome et Gomorrhe I, Éditions de la Nouvelle Revue Française, 1921.

À la recherche du temps perdu, Gallimard, 1929-1936, collection « À la Gerbe ». *Le Côté de Guermantes* figure dans le tome III.

À la recherche du temps perdu, édition de Pierre Clarac et André Ferré, préface d'André Maurois, Gallimard, 1954, « Bibliothèque de la Pléiade », 3 volumes. *Le Côté de Guermantes* figure dans le tome II.

À la recherche du temps perdu, édition publiée sous la direction de Jean-Yves Tadié, Gallimard, 1987-1989, « Bibliothèque de la Pléiade », 4 volumes. *Le Côté de Guermantes* figure dans le tome II ; texte établi, présenté et annoté par Thierry Laget, avec une transcription des esquisses du roman par Dharntipaya Kaotipaya et Thierry Laget pour *Le Côté de Guermantes I* ; texte établi, présenté et annoté par Thierry Laget et Brian G. Rogers pour *Le Côté de Guermantes II*.

Le Côté de Guermantes, édition du texte, introduction et bibliographie par Elyane Dezon-Jones, « GF »

Flammarion, 1987. Fait partie de l'édition d'*À la recherche du temps perdu* réalisée sous la direction de Jean Milly.

À la recherche du temps perdu, « Bouquins », Laffont, 1987, 3 volumes. Le texte du *Côté de Guermantes*, dans le tome II, est établi par Jo Yoshida, annoté par André Alain Morello et Martine Reid, avec une préface de Bernard Raffalli.

À la recherche du temps perdu, édition publiée sous la direction de Jean-Yves Tadié, Gallimard, « Quarto », 1999 ; [sous étui illustré, en 2019].

AUTRES ŒUVRES DE PROUST (CHOIX)

Correspondance, éd. Philip Kolb, Plon, 1970-1993, 21 vol.
Jean Santeuil, éd. Pierre Clarac et Yves Sandre, « Bibliothèque de la Pléiade », 1971.
Contre Sainte-Beuve, précédé de *Pastiches et mélanges* et suivi d'*Essais et articles*, éd. Pierre Clarac et Yves Sandre, « Bibliothèque de la Pléiade », 1971.

ÉTUDES CRITIQUES CONCERNANT
PLUS PARTICULIÈREMENT
LE CÔTÉ DE GUERMANTES

ARAHARA, Kunihiro, « La critique d'art dans *Le Côté de Guermantes* : conversation mondaine sur Manet et sa nouvelle source », *Bulletin d'informations proustiennes*, n° 39, 2009, p. 57-70.

BARDÈCHE, Maurice, *Marcel Proust romancier*, « Les Sept Couleurs », 1971, tome II, chapitres III et IV.

BERTHIER, Philippe, *Charlus*, Éditions de Fallois, 2017.

—, *Saint-Loup*, Éditions de Fallois, 2015.

CERMAN, Jérémie, « Perception et pouvoir d'évocation d'un produit décoratif : autour du papier peint dans

Le Côté de Guermantes », dans *Marcel Proust et les Arts décoratifs. Poétique, matérialité, histoire*, Classiques Garnier, Bibliothèque proustienne 7, 2013, p. 67-79.

DEZON-JONES, Elyane, « L'édition du *Côté de Guermantes I* », Gallimard, *Cahiers Marcel Proust*, n° 14, 1987, p. 138-148.

FRAISSE, Luc, *Proust et la stratégie militaire*, Hermann, 2018.

GANTREL, Martine, « Jeu de pistes autour d'un nom : Guermantes », *Revue d'histoire littéraire de la France*, vol. 104, n° 4, 2004, p. 919-934.

GOUJON, Francine, « Le nom de Leroy-Beaulieu dans le salon Villeparisis : de l'alliance franco-russe à l'affaire Dreyfus », *Bulletin d'informations proustiennes*, n° 45, 2015, p. 49-60.

—, « Les larmes de Nijinski. Un récit crypté dans *À la recherche du temps perdu* », *Bulletin d'informations proustiennes*, n° 47, 2017, p. 89-102.

—, « *Guermantes I* 1910-1912 : la visite au théâtre avec Saint-Loup », *Bulletin de la société des amis de Marcel Proust*, n° 67, 2017, p. 155-167.

GUTWIRTH, Marcel, « Le Narrateur et son double », *Revue d'histoire littéraire de la France*, septembre-décembre 1971, p. 921-935.

HACHEZ, Willy, « Histoire et généalogie des Guermantes », *Bulletin de la société des amis de Marcel Proust*, n° 12, 1962, p. 491-502 (voir aussi, du même auteur, dans le n° 34 de ce bulletin, « Les Bouillons », p. 192-198).

HERSCHBERG PIERROT, Anne, « Notes sur la mort de la grand-mère », *Bulletin d'informations proustiennes*, n° 36, 2006, p. 87-100.

LYNGAAS, Scott W., « Le bruit de l'affaire Dreyfus dans *Le Côté de Guermantes* de Marcel Proust », Halifax, Nouvelle-Écosse, Canada, *Dalhousie French studies*, n° 92, 2010, p. 59-64.

MARANTZ, Enid G., « L'infini, l'inachevé et la clôture dans l'écriture proustienne : le cas de Mlle de Stermaria », *Études françaises*, 30 (1), 1994, p. 41-58.

MIGUET-OLLAGNIER, Marie, « Lecture intertextuelle de l'allégorie du sommeil dans *Le Côté de Guermantes I* », *Bulletin de la société des amis de Marcel Proust*, n° 45, 1995, p. 117-128.

—, « Le séjour à Doncières dans *Le Côté de Guermantes* : avant-textes et texte », *Semen*, n° 11, 1999, p. 27-50.

RAIMOND, Michel, « Note sur la structure du *Côté de Guermantes* », *Revue d'histoire littéraire de la France*, septembre-décembre 1971, p. 854-874.

—, *Proust romancier*, SEDES, 1984, chapitre XIII.

ROGERS, Brian G., « Deux sources littéraires d'*À la recherche du temps perdu* : l'évolution d'un personnage », Gallimard, *Cahiers Marcel Proust*, n° 12, 1984, p. 53-68 (sur Mme de Villeparisis).

ROUDAUT, Jean, « Une nuit à Doncières », dans « *Les Trois Anges :* essai sur quelques citations d'*À la recherche du temps perdu* », Honoré Champion, Recherches proustiennes 13, 2008, p. 33-45.

TADIÉ, Jean-Yves, « Proust et le "nouvel écrivain" », *Revue d'histoire littéraire de la France*, janvier-mars 1967, p. 79-81 ; repris dans : *De Proust à Dumas*, Gallimard, collection « Blanche », 2006, p. 327-331.

—, « La plume et l'épée », *Nouvelle Revue française*, novembre 1971, p. 26-34 ; repris dans : *De Proust à Dumas*, Gallimard, collection « Blanche », 2006, p. 332-341.

TEYSSANDIER, Laurence, *De Guercy à Charlus. Transformation d'un personnage d'*À la recherche du temps perdu, Honoré Champion, Recherches proustiennes 26, 2013.

VAGO, Davide, « Proust, impossible Persée ? Le regard antique dans l'épisode de la mort de la grand-mère », *Bulletin de la société des amis de Marcel Proust*, n° 57, 2007, p. 63-79.

WILLEMART, Philippe, *L'Éducation sentimentale chez Proust. Lecture du* Côté de Guermantes *suivie d'un essai sur les divers inconscients qui circulent dans le texte*, L'Harmattan, 2003.

On consultera également le *Bulletin de la société des amis de Marcel Proust* (n° 32, 1982, « spécial *Guermantes* », et n° 33, 1983, « spécial Orléans-Doncières ») et le *Bulletin d'informations proustiennes* (Éditions rue d'Ulm) dont les n°s 20, 21 et 22 (1989-1991) recueillent un riche dossier sur la « Genèse de *Guermantes* ».

CHOIX D'OUVRAGES CRITIQUES

Pour la bibliographie qui concerne Marcel Proust et l'ensemble d'*À la recherche du temps perdu*, nous renvoyons à *Du côté de chez Swann*, Gallimard, « Folio classique », 2011 (première édition : 1988).

BASTIANELLI, Jérôme, *Dictionnaire Proust-Ruskin*, Garnier, 2017.

CARASSUS, Émilien, *Le Snobisme et les Lettres françaises de Paul Bourget à Marcel Proust. 1884-1914*, Armand Colin, 1966.

COLLECTIF : *Proust et ses amis*, édition publiée sous la direction de Jean-Yves Tadié, avec la collaboration d'Anne Borrel, Pierre Brunel, Antoine Compagnon, Adrien Goetz, Roger Grenier, Thierry Laget, Mike Le Bas, Nathalie Mauriac, Mireille Naturel, Jean-Michel Nectoux, Mihaï Sturdza et Kazuyoshi Yoshikawa, *Les Cahiers de la NRF*, Gallimard, 2010.

LAGET, Thierry, *Proust, prix Goncourt. Une émeute littéraire*, Gallimard, « Blanche », 2019.

TADIÉ, Jean-Yves, *Proust et le Roman*, Gallimard, 1971 ; rééd. revue et corrigée, « Tel », 1986.

—, *Marcel Proust*, Gallimard, « NRF biographies », 1996 ; « Folio », 2 vol., 1999.

—, *Le Lac inconnu. Entre Proust et Freud*, Gallimard, « Connaissance de l'inconscient », 2012.

—, *Marcel Proust. Croquis d'une épopée*, Gallimard, « Blanche », 2019.

—, [sous la direction de], *Proust*, Cahier de L'Herne, 2021.

WINTON, Alison, *Proust's Additions : The Making of « À la recherche du temps perdu »*, Cambridge University Press, 1977.

ADAPTATION

En 2020, la Comédie-Française (provisoirement installée dans la salle du théâtre Marigny) présente *Le Côté de Guermantes, d'après Marcel Proust,* dans une adaptation de Christophe Honoré, avec Stéphane Varupenne (Marcel), Elsa Lepoivre (la Duchesse Oriane de Guermantes), Laurent Lafitte (le Duc Basin de Guermantes), Dominique Blanc (la Marquise de Villeparisis), Julie Sicard (Françoise et la Comtesse d'Arpajon), Florence Viala (la Princesse de Parme), Anne Kessler (la Comtesse de Marsantes), Loïc Corbery (Charles Swann), Sébastien Pouderoux (Robert de Saint-Loup), Serge Bagdassarian (le Baron de Charlus)...

NOTES

Abréviations

Corr.   *Correspondance*, éd. Philip Kolb.
CSB   *Contre Sainte-Beuve*, précédé de *Pastiches et mélanges* et suivi de *Essais et articles*, éd. Pierre Clarac et Yves Sandre.

Les ouvrages suivants nous ont été utiles :

Nathan (Jacques), *Citations, références et allusions de Marcel Proust dans « À la recherche du temps perdu »* (1953), Nizet, 1969.

Proust (Marcel), *Alla ricerca del tempo perduto*, édition de Luciano De Maria, traduction de Giovanni Raboni, annotation d'Alberto Beretta Anguissola, Milan, Mondadori, 1986, t. II.

Vogely (Maxine Arnold), *A Proust Dictionary*, Troy, New York, The Whitston Publishing Company, 1981.

LE CÔTÉ DE GUERMANTES

Le Côté de Guermantes I

Page 45.

1. Cette dédicace est destinée à remercier Léon Daudet, membre de l'Académie Goncourt, des efforts qu'il

avait déployés, en 1919, pour faire couronner *À l'ombre des jeunes filles en fleurs*.

Page 50.

1. En réalité, Mélusine est la fondatrice de la maison des Lusignan, famille qui figure parmi les ancêtres fictifs des Guermantes (voir p. 770).

Page 51.

1. Voir *Du côté de chez Swann*, « Folio classique », p. 261-262.

Page 53.

1. La légende des bœufs de Laon a été rapportée par Ruskin, par Émile Mâle, et Proust l'avait déjà évoquée en 1904 dans son article sur « La Mort des cathédrales ». Reprenant ce même texte en 1919 dans *Pastiches et mélanges*, Proust introduit le motif de l'arche de Noé échouée sur le mont Ararat (Genèse, VII-VIII) : « Les bœufs de Laon eux-mêmes ayant chrétiennement monté jusque sur la colline où s'élève la cathédrale les matériaux qui servirent à la construire, l'architecte les en récompensa en dressant leurs statues au pied des tours, d'où vous pouvez les voir encore aujourd'hui [...]. Hélas, s'ils ne sont pas détruits, que n'ont-ils pas vu dans ces campagnes où chaque printemps ne vient plus fleurir que des tombes ? Pour des bêtes, c'est tout ce qu'on pouvait faire, les placer ainsi au-dehors, sortant comme d'une arche de Noé gigantesque qui se serait arrêtée sur ce mont Ararat, au milieu du déluge de sang. Aux hommes on accordait davantage » (*CSB*, p. 148-149).

Page 54.

1. Childebert Ier (vers 495-558) est le fils de Clovis. Dans certaines esquisses, le curé de Combray affirme que ce roi possédait une « maison de campagne » à Pinsonville et qu'il avait fondé la « primitive église » du village.

2. Dans les romans de chevalerie, la Dame du Lac est Viviane qui, après avoir aimé Merlin, élève Lancelot.

3. Le modèle du château de Guermantes est ici le château de Balleroy, près de Bayeux, construit par Mansart entre 1626 et 1636. Proust le visita en 1907 et y admira les tapisseries de François Boucher (1703-1770), qu'un guide lui affirma être de « Leboucher », et, « dans le salon de nombreuses peintures cynégétiques par M. le comte, père de M. le marquis propriétaire actuel » qui n'étaient pas « l'ornement le moins divertissant de cette demeure ». « Malheureusement M. le marquis semble avoir hérité du goût de M. le comte et s'il ne fait pas de scènes de chasse il a encadré les tapisseries de Leboucher de damas rouge qui donnent à penser qu'il est trop modeste et qu'il pourrait s'essayer dans la peinture cynégétique avec le même succès que M. le comte » (*Corr.*, t. VII, p. 264).

Page 60.

1. Le mot *sabraque* est, semble-t-il, une déformation du mot *chabraque* (parfois écrit *schabraque*) qui désigne la couverture destinée à recouvrir la selle du cavalier. Pierre Larousse note cependant, à l'article *chabraque* de son *Grand dictionnaire universel du XIXe siècle*, que le terme qualifie en patois une « fille ou une femme qui vit dans le désordre ». L'expression de Françoise pourrait s'appliquer à la calèche – le sens du mot *sabraque* glissant, comme il arrive, de la couverture de selle au cheval, puis du cheval à la voiture.

Page 61.

1. Au XVIIe siècle, le mot « ennui » désignait un violent désespoir.

Page 64.

1. « Eh ! allez donc, c'est pas mon père » est une célèbre réplique de la pièce de Georges Feydeau, *La Dame de chez Maxim*, créée en 1899.

Page 65.

1. Pour Pascal, les « Preuves de la religion » sont les suivantes : « Morale, Doctrine, Miracles, Prophéties,

Figures » (*Pensées*, éd. Le Guern, « Folio classique »,
fragment n° 381). Mais Proust cite Pascal à travers le
Port-Royal de Sainte-Beuve qu'il interprète peut-être mal :
« Image d'un homme qui s'est lassé de chercher Dieu par
le seul raisonnement, et qui commence à lire l'Écriture »
(*Port-Royal*, « Bibliothèque de la Pléiade », t. II, p. 396).

Page 66.

1. Ainsi dans une lettre à Mme de Grignan du
27 mars 1671 : « J'ai trouvé ici un gros paquet de vos
lettres. Je ferai réponse aux hommes [...]. Je ferai réponse
à votre jolie lettre » (*Correspondance*, « Bibliothèque de
la Pléiade », t. I, p. 201 et 203).

Page 68.

1. Les cloches des églises sonnent « pour les biens de
la terre » à l'occasion des Rogations, afin d'attirer la bénédiction du ciel sur les récoltes.

Page 69.

1. Par exemple dans la phrase : « Il ne lui manque
aucune de ces curieuses bagatelles que l'on porte sur soi
autant pour la vanité que pour l'usage, et il ne se plaint
non plus toute sorte de parure qu'un jeune homme qui
a épousé une riche vieille » (La Bruyère, *Les Caractères*,
« Du mérite personnel », 27).

Page 72.

1. *Sauvoir :* bassin aménagé pour l'élevage des poissons.

2. *Harmonie bleu et argent*, tableau de Whistler représentant Courbet à Trouville (1865 ; Boston, Isabella
stewart Gardner Museum).

Page 75.

1. « Dans le sanctuaire de la Sainte-Chapelle, les
sculpteurs adossèrent à douze colonnes douze statues
d'apôtres portant à la main des croix de consécration.
Les liturgistes nous enseignent, en effet, que, lorsque

l'évêque consacre une église, il doit marquer de douze croix douze colonnes de la nef ou du chœur. Il veut faire entendre par là que les douze apôtres sont les vrais piliers du temple » (Émile Mâle, *L'Art religieux du XIIIᵉ siècle en France*, A. Colin, 1958, p. 20).

Page 77.

1. Fondée en 1894, la Schola cantorum fut, à partir de 1896 et sous la direction de Vincent d'Indy, un conservatoire officieux, établi rue Saint-Jacques, à Paris. On y dispensait un enseignement de haut niveau, trop formaliste selon certains, mais que suivirent des élèves nommés Georges Auric, Arthur Honegger, Roland-Manuel, Erik Satie ou Edgar Varèse.

Page 79.

1. Le duc d'Aumale, quatrième fils de Louis-Philippe, était propriétaire du château de Chantilly. Vers 1890, les déjeuners dominicaux de Chantilly étaient célèbres.

Page 83.

1. Gaston Maspero rapporte qu'en Égypte, « dès l'époque thinite, on pensait que [...] l'intégrité du corps était indispensable à la persistance de l'âme et, par conséquent, à la survie de l'individu ». L'âme était considérée comme un *double* de l'être humain, qui naissait, vivait et mourait en même temps que lui. « Toutefois les destinées de ces deux êtres jumeaux étaient liées si intimement qu'à laisser le cadavre se décomposer, le double se serait décomposé avec lui. » Aussi embaumait-on les corps. Mais, le double continuant à vivre, il fallait lui apporter « les aliments et les objets de toute espèce dont il avait envie ou besoin » afin d'éviter que, « exaspéré par la faim », il n'aille se glisser dans les corps des vivants « pour les consumer par la maladie jusqu'à ce qu'ils périssent à leur tour » (*Guide du visiteur au musée du Caire*, Le Caire, Imprimerie de l'Institut français d'archéologie orientale, 1915, p. 9-11).

Page 85.

1. Ainsi Athéna et Achille.

Page 86.

1. Exode, XIV.

Page 90.

1. Whistler signa certains de ses tableaux d'un papillon.

2. Proust a entendu cette question en 1895, lors d'un concert au Conservatoire. L'orchestre jouait l'andante de la *Symphonie en ut mineur* de Beethoven : « À ce moment, j'entendis tout près de moi une dame qui disait à une autre : "Voulez-vous des bonbons ?" La souffrance que j'éprouvai était pleine de pitié, de mauvaise humeur, d'étonnement surtout que dans ces circonstances héroïques où tous les intérêts d'un esprit magnanime sont engagés, on se sentît encore un estomac gourmand, un corps oisif » (*CSB*, p. 71).

Page 91.

1. *Le Mari de la débutante*, comédie de Henri Meilhac et Ludovic Halévy, créée au Palais-Royal le 5 février 1879.

Page 92.

1. Personnages de la tragédie de Voltaire, *Zaïre*, créée en 1732. Orosmane, sultan de Jérusalem, s'est épris de sa prisonnière, Zaïre. Dans une crise de jalousie, il la poignarde, puis se tue. Sarah Bernhardt a joué le rôle de Zaïre en 1873.

Page 93.

1. *Phèdre*, II, 5, où la femme de Thésée dévoile son amour à Hippolyte.

Page 96.

1. L'Urbaine était une importante compagnie parisienne de louage de fiacres, petites voitures et voitures de place.

Page 111.

1. « Quand chaque matin j'allais avenue Marigny voir passer Mme de Chevigné je prenais toujours cette rue La Ville-l'Évêque, la place des Voitures [...] », écrivait Proust à Reynaldo Hahn, en mai 1895 (*Corr.*, t. I, p. 384). Le modèle de la duchesse de Guermantes est donc ici la comtesse Adhéaume de Chevigné, née Laure de Sade.

Page 131.

1. Le nom de Doncières n'apparaît pas avant 1917 et ne figure ni sur le manuscrit ni sur la dactylographie du *Côté de Guermantes*.

Page 147.

1. Proust prenait régulièrement des barbituriques. Dans une lettre à Montesquiou, il affirme être obligé de prendre de l'opium pour ne pas entendre les bruits occasionnés par des travaux dans son immeuble (*Corr.*, t. X, p. 51), et dans la composition de la poudre antiasthmatique Legras dont il faisait des fumigations entrent la belladone et le datura.

2. Proust, quand il évoque le sommeil, s'inspire souvent du chant XI de l'*Odyssée* où Ulysse pénètre dans le royaume de morts, et du livre VI de l'*Énéide* où Énée descend aux Enfers. La réminiscence est ici virgilienne. Il pourrait même s'agir d'une discrète citation du livre IV de l'*Énéide* : « Les ouvrages délaissés restent suspendus, murs qui dressaient leurs puissantes menaces et tout un appareil élevé jusqu'aux cieux » (v. 88-89, traduction Jacques Perret, « Folio classique », p. 134).

Page 148.

1. Siegfried, le héros de *L'Anneau des Nibelungen* de Wagner, brise plusieurs épées sur une enclume avant de forger lui-même, en ressoudant les fragments de l'arme de son père, l'épée qui lui permettra de tuer le dragon Fafner et de s'emparer de l'anneau magique des Nibelungen.

Page 149.

1. Une légende rapporte qu'Héraclès, après sa naissance, têta le sein d'Héra, sa pire ennemie, mais il ne
semble pas que le héros ait jamais été nourri par des
nymphes. Peut-être Proust pensait-il à Dionysos, lui aussi
fils de Zeus, lui aussi victime de la jalousie d'Héra, et
qui fut, d'après la tradition, élevé par les nymphes du
mont Nysa.

Page 154.

1. C'est au XVIIᵉ siècle que la France découvre et apprécie les « romans », qui sont souvent des poèmes épiques,
que l'Italie et l'Espagne ont produits depuis le Moyen
Âge : *Amadis de Gaule* de Montalvo, *Roland furieux* de
l'Arioste, *La Jérusalem délivrée* du Tasse, etc. Un bon
témoignage de cet engouement est le nombre de citations
que Mme de Sévigné fait de ces auteurs et de leurs imitateurs français, au premier rang desquels figure Honoré
d'Urfé. S'il est douteux que Proust ait eu un contact direct
avec ces œuvres, il avait lu Mme de Sévigné.

Page 155.

1. Le Café de la Paix, 12 boulevard des Capucines.
2. Jacques de Crussol, duc d'Uzès (1868-1893).
3. Henri d'Orléans était le fils du duc de Chartres et
l'arrière-petit-fils de Louis-Philippe.

Page 156.

1. *Époilant :* très étonnant (argot).

Page 162.

1. Vers 1908, Proust, dînant à l'Hostellerie de Guillaume le Conquérant, près de Cabourg, s'émerveillait de
trouver au menu des « Demoiselles de Cherbourg au feu
éternel » (Marcel Plantevignes, *Avec Marcel Proust*, Nizet,
1966, p. 336).
2. Le thème du *Dénombrement de Bethléem* a été traité
par de nombreux peintres flamands, en particulier dans

un tableau de Breughel l'Ancien conservé au musée de Bruxelles.

Page 167.

1. Écho du « Mémorial » de Pascal, un morceau de parchemin qu'il avait couvert d'exclamations destinées à commémorer la nuit du 23 novembre 1654 où il avait été touché par la grâce divine. Le texte exact en est : « Joie, joie, joie, pleurs de joie » (*Œuvres de Blaise Pascal*, Hachette, 1925, t. XII, p. 5).

Page 169.

1. Mme Blandais est la femme d'un notaire du Mans dans *À l'ombre des Jeunes filles en fleurs*, « Folio classique », p. 399-400.

Page 170.

1. La théorie du phlogistique a été développée par Georg Ernst Stahl, médecin et chimiste allemand (1660-1734), qui considérait le feu comme un principe entrant dans la composition des corps. Le phlogistique était un fluide, susceptible de s'enflammer.

Page 171.

1. L'affaire Dreyfus – que pendant des années on désignera simplement comme « l'Affaire » – est la plus importante crise politique de la Troisième République. Tout commence à la fin de septembre 1894. La femme de ménage de l'ambassade d'Allemagne, appointée par le service de renseignements français, découvre dans la corbeille à papier de l'attaché militaire un « bordereau » annonçant la livraison de divers documents secrets relatifs à l'armement français et à l'organisation des troupes. Le ministère de la Guerre accuse aussitôt un officier juif, Alfred Dreyfus (1859-1935), d'en être l'auteur. Une simple comparaison d'écriture suffit à le faire arrêter. Il est jugé par un Conseil de guerre en décembre 1894, puis condamné à la dégradation militaire et à la déportation perpétuelle. Sa culpabilité ne fait alors aucun doute. Mais

Dreyfus s'affirme innocent et, peu à peu, des « intellectuels » prennent sa défense et réclament la révision de son
procès. Ce sont les « dreyfusards » Bernard Lazare, Zola,
Anatole France, Clemenceau, Jaurès. Proust est avec eux :
« Je crois bien avoir été le premier dreyfusard », écrira-
t-il en 1919 (*Corr.*, t. XVIII, p. 535-536). De leur côté,
les adversaires de la révision – les « antidreyfusards » –
lancent une campagne antisémite et xénophobe. Soute-
nus par l'armée, par l'Église, par le gouvernement, leurs
chefs se nomment Drumont, Barrès, Léon Daudet, etc.

2. Alfred Dreyfus lui-même avait commis l'erreur de
croire que le général de Boisdeffre, chef d'état-major
général de l'armée de 1893 à 1898, lui accorderait la
réhabilitation.

3. Le général Saussier, gouverneur militaire de Paris
de 1884 à janvier 1898, avait déconseillé au ministre de la
Guerre de poursuivre Dreyfus. Il fut cependant contraint,
le 3 décembre 1894, de donner l'ordre d'ouvrir une information.

4. En mars 1896, le commandant Georges Picquart,
chef de la section de statistique – le service de renseignements – depuis 1895, découvrit que la trahison dont
on accusait Dreyfus avait probablement été le fait du
commandant Esterhazy. L'état-major tenta en vain
d'étouffer cette révélation. Le 17 novembre 1897, Saussier demandait l'ouverture d'une enquête qui se trans-
forma, le 4 décembre, en instruction judiciaire. Les 10 et
11 janvier 1898 se déroula le procès d'Esterhazy devant le
Conseil de guerre qui prononça l'acquittement.

Page 174.

1. Cette « princesse d'Orient » est la comtesse Anna
de Noailles (1876-1933), née Brancovan et d'origine
roumaine. Elle est l'auteur de plusieurs recueils de
poèmes : *Le Cœur innombrable* (1901), *Les Éblouis-
sements* (1907), etc. Proust l'admirait beaucoup (il lui
consacra un article dans *Le Figaro* en 1907, voir *CSB*,
p. 533) et la plaçait au-dessus de Victor Hugo ou de Chateaubriand. Vos livres, lui écrivait-il, « sont toute notre

poésie, notre beauté, notre joie », nous les « égalons à la *Légende des Siècles*, aux *Contemplations*, aux *Méditations*, aux poésies de Vigny, à Baudelaire, à Racine, à tout ce que nous connaissons de plus beau au monde » (*Corr.*, t. VI, p. 157). Il aimait également la comparer à un jeune « poète persan » ou à une « déesse carthaginoise ».

Page 175.

1. Georges Picquart avait été désavoué par ses chefs et éloigné par le général Billot, ministre de la Guerre, qui, en 1896, l'envoya dans l'Est d'abord, puis en Tunisie.

Page 176.

1. La longue exposition des théories militaires qui commence ici est un ajout datant de 1917. Proust entend établir un parallèle entre les prévisions faites par Saint-Loup et la réalité d'un conflit à l'échelle mondiale qui les démentira ou les vérifiera. Il prépare ainsi les pages qui seront consacrées à la guerre dans *Le Temps retrouvé*. Avant de faire parler Saint-Loup, Proust s'est documenté, lisant notamment les articles publiés pendant la guerre par Henry Bidou dans *Le Journal des Débats*, comme en témoigne une note figurant sur les placards Grasset de *Guermantes I* : « l'Exemple que je mettrai en regard de cela dans la guerre de 1916 sera la manœuvre de Falkenhayn sur Craïova, voir Bidou, *Débats* du 23 et 24 novembre 1916 à relire entièrement. [...] L'enfoncement par le centre à Rivoli, c'est ce qu'a essayé Kluck à la bataille de la Marne, voir dans les *Débats* du 1er ou 2 février 1917 la conférence de Bidou [...]. » Bidou est d'ailleurs nommément cité dans *Le Temps retrouvé*.

Page 178.

1. Voir l'article d'Henry Bidou dans *Le Journal des Débats* du 26 juin 1916 : « On se demande, comme il est juste, la raison de l'obstination allemande à attaquer Verdun. Il y a deux explications plausibles. L'une est que les Allemands, comme l'indique une note française, essayent par ce moyen d'entraver la liberté de nos propres

mouvements ; l'autre est qu'ils masquent par cette offensive les prélèvements qu'ils font sur le front français au
bénéfice du front russe. »

Page 180.

1. Le 20 octobre 1805, à Ulm, dans le Bade-
Wurtemberg, le général autrichien Mack, encerclé par
les troupes de Napoléon, capitula. La bataille de Lodi, en
Lombardie, se déroula le 10 mai 1796 et vit la victoire des
troupes françaises. La bataille de Leipzig, en Saxe (16-19
octobre 1813), fut une défaite pour l'armée française.

2. En 216 av. J.-C., Hannibal remporta près de Cannes,
en Italie méridionale, une éclatante victoire face aux
Romains en dissimulant le gros de son armée derrière
une ligne de troupes légères et en engageant sa cavalerie
dans la mêlée au moment critique.

3. Rossbach est un village de Saxe où, le 5 novembre 1757, pendant la guerre de Sept Ans, Frédéric II
défit les troupes françaises commandées par le prince
de Soubise.

4. Le comte von Schlieffen (1833-1913), chef du grand
état-major de l'armée allemande, avait élaboré un plan
de guerre qui devait assurer une victoire rapide de l'Allemagne sur la France et qui, légèrement modifié, fut mis
en œuvre en 1914 par le général Moltke.

5. Le général von Falkenhausen fut, pendant la Première Guerre mondiale, commandant du 6e corps d'armée, puis gouverneur de la Belgique. Il est l'auteur de
plusieurs ouvrages consacrés à la stratégie.

6. Le général von Bernhardi, théoricien militaire du
pangermanisme, auteur de *La Guerre d'aujourd'hui* (traduit en France en 1913), prenait volontiers pour modèle
le roi de Prusse, Frédéric II (1712-1786), qu'il appelait
« Frédéric l'Unique » (*L'Allemagne et la prochaine guerre*,
Payot, 1916, p. 176).

7. *L'ordre oblique* est « l'ordre de bataille dans lequel on
présente à l'ennemi une aile en refusant l'autre » (Littré).

8. Frédéric le Grand battit les Autrichiens à Leuthen,
en Silésie, le 5 décembre 1757.

9. Le passage qui va de « Quelques-uns ne se gênent pas » à « plutôt que Cannes. » est une addition postérieure au 1er avril 1920, date de parution d'un article du général Mangin dont Proust utilise certains éléments : « Une étude du Feld-Maréchal von Schlieffen sur la bataille de Cannes avait transporté dans le domaine de la haute stratégie la tactique d'Hannibal : fixer l'adversaire sur tout son front et l'entourer en l'attaquant par les deux ailes. Le général baron de Falkenhausen en avait déduit un plan d'opérations qui déployait 44 corps d'armée allemands entre la Suisse et la mer du Nord avec avance par les deux ailes, mais surtout par la droite en Belgique avec rabattement à travers le Nord de la France où les places Lille-Maubeuge, puis La Fère-Laon-Reims, restées inachevées, n'offraient pas d'obstacles sérieux. [...] Dans son ouvrage *La Guerre d'aujourd'hui*, le général von Bernhardi avait objecté que ce plan faisait état de formations de réserve employées en première ligne dès le commencement des opérations et jugeait cet emploi imprudent et d'ailleurs inutile. [...] Il proposait hardiment de concentrer les forces allemandes entre la Lorraine et le Limbourg hollandais, en laissant le champ libre à l'armée française au sud de Metz : plus elle s'avancerait vers l'est, plus sa situation serait critique, car les armées allemandes, pivotant autour de sa gauche, marcheraient sur Paris découvert et prendraient l'armée française à revers : la concentration française se faisant N.-S. face à l'Est, la concentration allemande se ferait N.O.-S.E. ; c'était l'ordre oblique du Grand Frédéric ressuscité, et non pas Cannes, mais Leuthen » (général Mangin, « Comment finit la guerre – I », *Revue des Deux Mondes*, 1er avril 1920, p. 483).

10. Peut-être Proust se souvient-il d'un article d'Henry Bidou consacré à la « bataille défensive ». Le critique du *Journal des Débats* décrit la bataille d'Austerlitz : « En arrière de la Littawa s'élevait un plateau ondulé, le Pratzen, avec d'excellentes positions défensives : c'est là que n'importe quel général aurait placé sa principale ligne de défense. Napoléon l'abandonne, et va se cacher au pied de la contre-pente Ouest. » L'aile droite

de l'armée française est alors violemment attaquée sans que Napoléon réagisse : « Depuis huit heures du matin, les deux divisions de Soult [...] attendaient au pied du Pratzen. Mais le génie de l'Empereur attendait son heure, cette heure de la contre-attaque, que l'art du chef est de choisir. À neuf heures, le moment était venu. [...] Les Français tombèrent en avalanche sur l'ennemi » (*Le Journal des Débats*, 7 avril 1916, p. 1).

11. Proust utilise ici une conférence d'Henry Bidou sur la bataille de la Marne. *Le Journal des Débats* du lendemain en donne ce compte rendu : « Sur tout le front, la grande bataille s'engage, à la suite de l'ordre désormais historique du général Joffre : se faire tuer sur place plutôt que de reculer. [...] Déconcertés d'abord, les Allemands se reprennent quand se dessine la manœuvre qui les menace ; ils y opposent la riposte classique, l'effort violent, pour crever le centre de l'assaillant. À la tactique de Cannes, ils répondent par la parade de Rivoli » (*Le Journal des Débats*, 2 février 1917, p. 2).

12. Le général Mangin fut placé à la tête de la 6ᵉ armée en 1916 et dirigea l'offensive d'avril 1917. Il commanda ensuite la 9ᵉ, puis la 10ᵉ armée, et repoussa les Allemands au-delà de la Marne et de l'Oise en juillet et août 1918. Proust avait lu ses « remarquables articles [...] sur la guerre » parus en six livraisons dans la *Revue des Deux Mondes* (1ᵉʳ avril-1ᵉʳ juillet 1920) et avait même songé à en rendre compte dans la *NRF* (*Corr.*, t. XIX, p. 370).

13. Dans son article du 1ᵉʳ avril 1920, Mangin cite la maxime : « Faire la guerre, c'est attaquer. » Puis il ajoute : « À toutes les époques il est arrivé que, sur certaines parties du champ de bataille, l'assaillant lui-même soit amené à prendre une attitude défensive, tout au moins provisoirement, et à y attendre le résultat de sa manœuvre. Presque toujours d'ailleurs, la défense s'accompagne de contre-attaques prévues dont peut résulter une avance du défenseur, soit limitée dans son but, soit commencement d'une véritable attaque qui se terminera par une grande victoire, comme à Austerlitz, par exemple. Renoncer à toute offensive, c'est renoncer à

toute manœuvre et se condamner à une attaque frontale, toujours la même, proie facile pour les manœuvres de l'ennemi prévenu. Plus le champ de bataille s'étend, plus il contiendra de zones défensives : *Où ? Quand ? Comment attaquer ? C'est là toute la guerre* » (général Mangin, « Comment finit la guerre – I », *Revue des Deux Mondes*, 1ᵉʳ avril 1920, p. 488).

Page 182.

1. Le maréchal Lannes participa à la bataille d'Iéna le 14 octobre 1806. Le 12 octobre, Napoléon lui écrivait : « L'art est aujourd'hui d'attaquer tout ce qu'on rencontre, afin de battre l'ennemi en détail et pendant qu'il se réunit. Quand je dis qu'il faut attaquer tout ce qu'on rencontre, je veux dire qu'il faut attaquer tout ce qui est en marche et non dans une position qui le rend trop supérieur » (*Correspondance de Napoléon Iᵉʳ*, Plon-Dumaine, t. XIII, 1863, p. 337).

2. Voir un autre article d'Henry Bidou : « Nous avons vu que la bataille défensive, après la première lutte d'usure sur les avant-lignes et le choc des lignes principales, avait sa péripétie au moment où, les rôles se transformant, le défenseur attaquait à son tour. Le choix de ce moment est la partie la plus délicate, la plus artistique pour ainsi dire du rôle du chef, celle où son tempérament et son génie décident. À Austerlitz, la contre-attaque devait être faite par le centre français, tombant sur les colonnes russes et autrichiennes au moment où, essayant de tourner notre droite, elles présentaient le flanc. Nous avons vu Napoléon retarder cette contre-attaque d'une heure. On se rendra mieux compte encore de l'importance d'un choix exact dans le moment de la contre-attaque en considérant un Austerlitz raté, je veux dire la bataille de Woerth en 1870 » (*Le Journal des Débats*, 9 avril 1916, p. 1).

3. Proust consulta la chiromancienne Mme A. de Thèbes (1865-1916) en 1894 (*Corr.*, t. I, p. 348). Dans *Jean Santeuil* (« Bibliothèque de la Pléiade », p. 215-216), le héros rend visite à cette devineresse.

Page 183.

1. Ce livre est *La Monadologie* (1714) de Leibniz. Dans une lettre à Mme Schiff d'août 1919, Proust écrit : « Le monde des Possibles est plus étendu que celui du réel, dit Leibniz. Pardonnez-moi de citer un philosophe allemand malgré la Guerre, mais je n'ai aucunement l'idée qu'elle ait ôté de sa valeur à la *Monadologie*, à la *Tétralogie* et même à beaucoup de choses qui ne sont pas en ogie » (*Corr.*, t. XVIII, p. 364).

Page 184.

1. Proust s'inspire ici d'un article d'Henry Bidou paru en 1916. Le critique indiquait que, au moment où avait commencé « l'offensive Falkenhayn contre la Roumanie [...] ce général avait le choix entre trois manœuvres » qui « pouvaient et sans doute devaient se conjuguer deux à deux » (« La Manœuvre sur Craïova », *Le Journal des Débats*, 23 novembre 1916, p. 1).

2. Nouvel emprunt à un article de Bidou qui, à propos de la bataille de Craïova, écrivait : « L'entrée à Craïova des Allemands [...] donne sa forme au troisième plan de campagne de Falkenhayn. À n'en pas douter, nous sommes en présence d'un essai de grand enveloppement par l'aile, comme celui qui a commencé la première guerre balkanique, comme celui qui a commencé la guerre de France en 1914. C'est toujours la manœuvre d'Ulm. Falkenhayn, après avoir fixé l'attention des Roumains au nord de Bucarest, apparaît tout à coup avec sa principale force dans l'Ouest, où on ne l'attendait pas. Les Roumains, après avoir attendu la principale menace sur leur centre, reçoivent tout à coup le choc sur leur aile gauche. C'est ainsi que Mack, en 1805, après avoir regardé obstinément devant lui face à l'Ouest, se trouva tout à coup débordé du côté du Nord, où il n'avait rien vu, et sans savoir comment. À vrai dire, ces manœuvres d'école dans la guerre actuelle sont plus impressionnantes que réellement dangereuses. [...] L'attaque du centre austro-allemand dans la zone de la Prahova a bien l'air d'avoir eu pour objet la fixation de l'adversaire » (« La Perte de Craïova », *Le Journal des Débats*, 24 novembre 1916, p. 1).

Page 185.

1. Henri Poincaré, s'il a développé l'idée du relativisme scientifique, n'a jamais prétendu que les mathématiques ne fussent pas « rigoureusement exactes », mais, au contraire, a souligné leur importance comme seul langage véritablement scientifique.

2. Le *Décret du 28 mai 1895 portant règlement sur le service des armées en campagne* fut modifié plusieurs fois avant la Grande Guerre. Son édition de 1910 précisait : la cavalerie « est l'arme par excellence de la surprise et, par suite, pourra souvent amener les plus grands résultats en intervenant brusquement soit sur une aile, soit sur les derrières de l'adversaire » (cité par Gareth H. Steel, *Chronology and Time in « À la recherche du temps perdu »*, Genève, Droz, 1979, p. 153).

Page 186.

1. Le 18 août 1870, à Saint-Privat-la-Montagne, dans la Moselle, les Ire et IIe armées prussiennes battirent les troupes françaises commandées par le maréchal Bazaine. Un monument y fut par la suite érigé à la mémoire des membres de la garde prussienne qui trouvèrent la mort ce jour-là.

2. Les *turcos* étaient les tirailleurs algériens qui participèrent à la guerre de 1870 et, particulièrement, aux deux batailles à l'issue desquelles l'Alsace tomba aux mains des Prussiens. Le 4 août, à Wissembourg (Bas-Rhin), la division du général Douay fut écrasée par les forces dix fois supérieures des Prussiens. À trois reprises, les turcos firent preuve d'une exceptionnelle bravoure en repoussant à la baïonnette des assauts de l'infanterie bavaroise. Le lendemain, près d'une localité voisine, Frœschwiller, s'engagea un combat entre les troupes de Mac-Mahon venues en renfort et celles, trois fois supérieures en nombre, du prince royal de Prusse. L'armée française fut forcée de se replier sur Reichshoffen.

Page 196.

1. Le pèlerinage de Rachel le jour des morts à Bruges

rappelle *Bruges-la-Morte* (1892) de Rodenbach dont, sur le manuscrit, elle conseillait la lecture à Montargis-Saint-Loup.

2. Saint-Loup forme ce néologisme sur le latin *vates* qui signifie à la fois poète et prophète.

Page 199.

1. L'eau de Portugal est une eau de toilette, parfumée à la bergamote et employée au nettoyage des cheveux et du cuir chevelu. L'eau des Souverains était fabriquée par la maison Legrand, 121, rue du Faubourg-Saint-Honoré.

Page 200.

1. Le général de Galliffet, qui fut ministre de la Guerre dans le cabinet Waldeck-Rousseau de 1899 à 1900, est surtout connu pour la sauvagerie avec laquelle il réprima la Commune de Paris en 1871.

2. Le général de Négrier participa à la guerre de 1870, avant de se distinguer en Algérie puis au Tonkin.

3. Le général Pau fit partie en 1909 du Conseil supérieur de la guerre, puis commanda l'armée d'Alsace en 1914.

4. Le général Geslin de Bourgogne est l'auteur d'un ouvrage plusieurs fois réédité, *Instruction progressive du régiment de cavalerie dans ses exercices et manœuvres de guerre* (1885).

5. Joseph Thiron (1830-1891) était spécialisé dans les rôles de financiers et de vieillards.

6. Frédéric Febvre (1835-1916), sociétaire de la Comédie-Française.

Page 201.

1. Ernest-Félix Socquet, dit Amaury (1849-1910), faisait partie de la troupe du théâtre de l'Odéon entre 1880 et 1900.

2. Le modèle du prince de Borodino est le comte Walewski, petit-fils de Napoléon Ier, qui fut l'un des supérieurs de Proust lors de son volontariat. Comme la mère de Borodino, la mère de Walewski fut la maîtresse de Napoléon III.

Page 202.

1. Après Sedan, Napoléon III fut interné au château de Wilhelmshôhe, près de Kassel.

Page 204.

1. Achille Fould était, à l'origine, un banquier qui se fit élire député en 1842. En 1849, Louis Napoléon Bonaparte le nomma ministre des Finances, poste qu'il occupa jusqu'en 1852. Puis il fut tour à tour sénateur, ministre d'État (1852-1860), membre du Conseil privé et, de nouveau, ministre des Finances de 1861 à sa mort.

2. Eugène Rouher était, lui aussi, issu de la bourgeoisie. Il commença sa carrière comme avocat, fut député en 1848 et plusieurs fois ministre de la Justice entre 1849 et 1851. Sous le Second Empire, il fut conseiller d'État (1852-1855), puis ministre du Commerce, de l'Agriculture et des Travaux publics (1855-1863), ministre d'État (1863), président du Sénat (1870).

Page 205.

1. Napoléon III joua un rôle déterminant dans la réalisation des unités allemande et italienne. Il soutint Bismarck et Cavour, et exerça des pressions diplomatiques et militaires.

Page 206.

1. La comtesse Edmond de Pourtalès, née Mélanie de Bussière, avait été dame d'honneur de l'impératrice Eugénie.

2. Proust connaissait la princesse Lucien Murat, née Marie de Rohan-Chabot : elle fut toujours « gentille » pour lui. Mais sans doute songe-t-il ici à ces « autres Murat » chez qui il n'alla « qu'à des soirées de deux mille personnes » (*Corr.*, t. XVII, p. 402).

Page 208.

1. En octobre 1896, Proust s'installe à Fontainebleau pour travailler à *Jean Santeuil*. Il téléphone souvent à sa mère restée à Paris. « Tu n'as pas été la même hier au

téléphone, lui écrit-il. "Ce n'est plus ta voix" » (*Corr.*, t. II,
p. 144). Six ans plus tard, il évoque cet épisode dans une
lettre à Antoine Bibesco : « Je me rappelle que quand
Maman a perdu ses parents [...], une fois que j'étais allé à
Fontainebleau je lui ai téléphoné. Et dans le téléphone tout
d'un coup m'est arrivée sa pauvre voix brisée, meurtrie,
à jamais une autre que celle que j'avais toujours connue,
pleine de fêlures et de fissures ; et c'est en en recueillant
dans le récepteur les morceaux saignants et brisés que j'ai
eu pour la première fois la sensation atroce de ce qui s'était
à jamais brisé en elle » (*Corr.*, t. III, p. 182). Ce souvenir
apparaît dans *Jean Santeuil* (« Bibliothèque de la Pléiade »,
p. 361) et dans « Journées de lecture », article consacré aux
Mémoires de la comtesse de Boigne (*Le Figaro*, 20 mars
1907, voir ci-dessus préface p. 14). Dans ce dernier texte,
les opératrices sont transformées en Vierges Vigilantes,
en Danaïdes, en Furies. C'est un extrait de cet article qu'il
recopie presque textuellement dans *Guermantes*.

Page 211.

1. Allusion à l'errance d'Orphée de par le monde, après
qu'il eut perdu Eurydice pour la seconde fois, alors que
les dieux des Enfers la lui avaient rendue. Virgile rapporte (*Géorgiques*, livre IV, v. 425-526) qu'à sa mort,
la tête d'Orphée arrachée de son corps répétait encore
« Eurydice ! ».

2. Gutenberg et Wagram sont ici des indicatifs télé-
phoniques correspondant aux deux plus importants cen-
traux de Paris. Le central de Wagram fut mis en service
en 1892 ; celui de la rue Gutenberg en 1893. Cependant,
Proust se plaît à rappeler que ces noms sont d'abord ceux
de personnes réelles : Alexandre Berthier, quatrième et
dernier prince de Wagram, né en 1883, « tué à l'ennemi »
en octobre 1918, célèbre pour sa passion de l'automobile
et sa collection de peinture moderne.

Page 220.

1. Ce paragraphe sur Florence a paru, avec quelques
variantes, dans « Vacances de Pâques » (*Le Figaro*, 25 mars

1913), article qui n'était lui-même qu'un montage de textes extraits des dactylographies du roman de Proust (Marcel Proust, *Chroniques*, Gallimard, 1927, p. 106-113). – Cité des Fleurs est une des appellations courantes de Florence vers 1900 (voir *Le Lys rouge* d'Anatole France), et la cathédrale se nomme Sainte-Marie-de-la-Fleur.

Page 225.

1. Du 21 février 1895 au 9 juin 1899, Alfred Dreyfus fut déporté à l'île du Diable, au nord de Cayenne.

2. Abréviation de *L'Intransigeant*, quotidien fondé en 1880 par Henri Rochefort. Ce journal avait fait campagne pour le général Boulanger, puis prit parti contre Dreyfus (voir p. 347, n. 2).

Page 227.

1. Cette page sur Fiesole et Florence était la conclusion de « Vacances de Pâques ».

Page 229.

1. Le père du Narrateur souhaite se présenter à l'Académie des sciences morales et politiques qui, à la fin du XIXᵉ siècle, se composait de quarante membres titulaires, dix membres libres, cinq membres non résidants, huit associés étrangers et soixante correspondants.

2. Anatole Leroy-Beaulieu (1842-1912) et son frère Paul (1843-1916) ont tous deux été membres de l'Académie des sciences morales et politiques. Le premier avait été le professeur de Proust à l'École libre des sciences politiques. Cependant, il doit s'agir ici du second : voir p. 325, n. 3.

Page 231.

1. Jules Méline, républicain modéré, fut président du Conseil d'avril 1896 à juin 1898. C'est lui qui, le 4 décembre 1897, prononça la phrase célèbre : « Il n'y a pas d'affaire Dreyfus. »

2. C'est ici le seul passage de toute la *Recherche* où le Narrateur prend position en faveur de Dreyfus. En

1920, Proust demande à Sydney Schiff : « Est-ce que vous avez été dreyfusard jadis ? je l'ai été passionnément. Or, comme dans mon livre je suis absolument objectif, il se trouve que *Le Côté de Guermantes* a l'air anti-dreyfusard. Mais *Sodome et Gomorrhe II* sera entièrement dreyfusard et rectificatif » (*Corr.*, t. XIX, p. 435).

Page 233.

1. Proust emprunte ici un veston et une réflexion à Georges de Porto-Riche : « Porto-Riche dit en parlant des nobles : il faudra couper le cou à tous ces gens-là. Et il passe un veston pour aller chez Mme d'Haussonville » (*Corr.*, t. II, p. 466).

Page 234.

1. Évangile selon Luc, X, 28. Dans son interprétation des statues de la cathédrale d'Amiens, Ruskin écrit : « Retournez-vous maintenant vers la statue centrale du Christ, écoutez son message et comprenez-le. Il tient le Livre de la Loi Éternelle dans Sa main gauche ; avec la droite Il bénit, mais bénit sous condition : "Fais ceci et tu vivras", ou plutôt dans un sens plus strict et plus rigoureux : "*Sois* ceci, et tu vivras", montrer de la pitié n'est rien, être pur en action n'est rien, tu dois être pur aussi dans ton cœur » (*La Bible d'Amiens*, p. 332-333).

Page 235.

1. De grands palais furent exhumés en Crète au début du XXe siècle (Cnossos ou Phaistos), mais aucun ne porte le nom de « Palais du Soleil ». Minos, le roi semi-légendaire de la Crète antique, avait épousé Pasiphaé, la fille du Soleil. Cette parenté peut expliquer la méprise de Proust.

Page 237.

1. Boucheron : joaillerie fondée en 1858 et située 26, place Vendôme.

Page 238.

1. « Rachel quand du Seigneur » : voir *À l'ombre des Jeunes filles en fleurs*, « Folio classique », p. 235.

Page 242.

1. Dans *Sésame et les Lys*, Ruskin écrit : « Avez-vous jamais entendu parler [...] d'une Madeleine, qui, descendant à son jardin, à l'aurore, trouva quelqu'un qui attendait sur la porte, quelqu'un qu'elle supposa être le jardinier ? » Et une note du traducteur, Marcel Proust, précise : « Saint Jean, XX, 15. Ruskin a fait des mêmes versets un bel usage dans *Fors Clavigera* : "Rappelez-vous seulement des *[sic]* jours où le Sauveur des hommes apparut aux yeux humains, se levant du tombeau pour rendre manifeste son immortalité. Vous pensiez sans doute qu'il était apparu dans sa gloire, d'une surnaturelle et inconcevable beauté ? Il apparut si simple dans son aspect, dans ses vêtements, que celle qui, de toute la terre, pouvait le mieux le reconnaître, l'apercevant à travers ses larmes, ne le reconnut pas. Elle le prit pour le 'jardinier'" » (*Sésame et les Lys*, p. 222-223).

Page 243.

1. Le mot « skating » désigne aussi bien le patinage avec des patins à roulettes que la piste sur laquelle on pratique ce sport. La mode en apparut en France vers 1875 (voir le chapitre XV de *Numa Roumestan* d'Alphonse Daudet, 1881).

2. Calicot : « Populairement et par dénigrement, commis chez les marchands de drap, de bonneterie, de nouveautés ; dénomination venue de ce que ces commis, dans les premières années de la Restauration, laissant croître leur barbe et affectant des airs militaires, furent tournés en ridicule dans une comédie jouée aux Variétés » (Littré).

Page 246.

1. La taverne de l'Olympia était située, comme la salle de spectacle de l'Olympia ouverte en 1893, au 28, boulevard des Capucines.

2. Il s'agirait plutôt de la place Clichy, qui fut un des motifs favoris des impressionnistes et de leurs cadets (en particulier Bonnard). Tous d'ailleurs ont plus ou moins habité le quartier et l'on peut penser aussi bien à un tableau de Renoir peint en 1880, aujourd'hui à l'Institut Courtauld à Londres, qu'à une place Clichy de Bonnard peinte en 1912 et que Georges Besson offrit au Louvre en 1965.

Page 249.

1. Lorsqu'on parle du « prince Eugène », on pense généralement à Eugène de Savoie-Carignan (1663-1736). Alberto Beretta Anguissola signale toutefois qu'il existe à Illiers, dans la « maison de tante Léonie », une gravure intitulée « Le prince Eugène au tombeau de sa mère ». Il s'agit en l'occurrence du prince Eugène de Beauharnais (1781-1824), fils d'Alexandre de Beauharnais et de Joséphine (voir l'édition Mondadori, t. II, p. 1005). Dans sa préface à *Sésame et les lys* (1906), Proust explique ce qu'est cette gravure : « Quant à la photographie par Brown du *Printemps* de Botticelli ou au moulage de la *Femme inconnue* du musée de Lille, [...] je dois avouer qu'ils étaient remplacés dans ma chambre par une sorte de gravure représentant le prince Eugène, terrible et beau dans son dolman, et que je fus très étonné d'apercevoir une nuit, dans un grand fracas de locomotives et de grêle, toujours terrible et beau, à la porte d'un buffet de gare, où il servait de réclame à une spécialité de biscuits. Je soupçonne aujourd'hui mon grand-père de l'avoir autrefois reçu, comme prime, de la munificence d'un fabricant, avant de l'installer à jamais dans ma chambre. Mais alors je ne me souciais pas de son origine, qui me paraissait historique et mystérieuse, et je ne m'imaginais pas qu'il pût y avoir plusieurs exemplaires de ce que je considérais comme une personne, comme un habitant permanent de la chambre que je ne faisais que partager avec lui et où je le retrouvais tous les ans, toujours pareil à lui-même. Il y a maintenant bien longtemps que je ne l'ai vu, et je suppose que je ne le reverrai jamais. Mais si une telle fortune

m'advenait, je crois qu'il aurait bien plus de choses à me dire que le *Printemps* de Botticelli » *(CSB*, p. 166-167).

Page 256.

1. De 1881 à 1896, le Jardin de Paris, situé entre le palais de l'Industrie et la Seine, dans l'angle formé de nos jours par l'avenue Franklin-Roosevelt et le Cours-la-Reine, fut un concert de plein air. En 1896, il fut transféré à l'angle de l'avenue des Champs-Élysées et de la place de la Concorde. Seul son nom a subsisté.

Page 263.

1. La première partie de *Wilhelm Meister*, les « Années d'apprentissage », est presque entièrement consacrée à la « vocation théâtrale de Wilhelm Meister ». Goethe y décrit longuement la vie des comédiens. Dans le livre I, chapitre XV, il évoque la passion qu'éprouve son héros pour les décors et les coulisses d'un théâtre : « [...] il se sentait, parmi cet enchevêtrement de poutres et de lattes, éperdu de bonheur, emporté dans la félicité d'un paradis » (Goethe, *Les Années d'apprentissage de Wilhelm Meister*, « Folio classique », p. 93).

Page 264.

1. Le modèle du danseur est probablement Nijinski et « le grand peintre » de la page précédente Léon Bakst. Voir l'esquisse de ce passage p. 804.

Page 266.

1. Sous la rubrique « Noms latinisés sur une fausse étymologie », Jules Quicherat note : « Des clercs ayant à consigner dans les chartes ou dans les chroniques latines des lieux dont ils ignoraient le nom latin composaient le nom sur la forme française », en s'inspirant des analogies phonétiques. Quicherat donne l'exemple suivant : « *Mater Semita*, Mère-Sente, ou *Amara Semita*, Mar-Sente, approximatif du nom de Marsantes (Eure-et-Loir) » (*De la formation française des anciens noms de lieux*, Librairie A. Franck, 1867, p. 78 ; voir *Du côté de chez Swann*, « Folio classique »,

p. 174, n. 2). Jacques Nathan remarque que « même si cette étymologie était exacte, le nom signifierait "allée principale" et non "mère israélite" » (*Citations, références et allusions de Marcel Proust*, p. 107).

2. Le nom de cette famille s'orthographie habituellement Lévis-Mirepoix (voir p. 343, n. 1).

Page 272.

1. Les réflexions que le Narrateur va maintenant présenter sur la déchéance mondaine de Mme de Villeparisis, sur l'importance réelle de son salon et sur ses Mémoires posthumes s'inspirent largement d'un long texte rédigé par Proust en 1907 et destiné à son article « Journées de lecture » consacré aux *Mémoires* de la comtesse de Boigne (*Le Figaro* du 20 mars 1907) mais que la rédaction du quotidien coupa et qui ne parut pas du vivant de son auteur (voir *CSB*, p. 924-929, et ci-dessus préface p. 14). La comtesse de Boigne avait son Norpois en la personne du chancelier Pasquier. Elle eut aussi son Thirion (voir ci-dessous, p. 413) en la personne du général de Boigne qui n'était qu'un vulgaire Leborgne revenu en France et anobli après fortune faite aux Indes. – Pour d'autres modèles de Mme de Villeparisis voir p. 295, n. 5.

Page 277.

1. Marie-Amélie de Bourbon (1782-1866), fille de Ferdinand IV, roi des Deux-Siciles, était la femme de Louis-Philippe.

Page 279.

1. Louise-Marie d'Orléans, reine des Belges par son mariage avec Léopold Ier, et François d'Orléans, prince de Joinville, étaient deux des huit enfants de Louis-Philippe et de Marie-Amélie.

2. Élisabeth de Wittelsbach (1837-1898), fille aînée du duc Maximilien-Joseph de Bavière, avait épousé en 1854 l'empereur d'Autriche François-Joseph.

3. Marie-Félice Orsini, dite des Ursins (1601-1666), femme d'Henri II, duc de Montmorency, décapité à

Toulouse en 1632. Après la mort de son époux, elle se retira dans le couvent de visitandines qu'elle avait fondé à Moulins (et non dans l'Est comme on le lira p. 291). Elle prit le voile en 1657 et devint supérieure du couvent où elle « mourut en odeur de sainteté » (*Mémoires* de Saint-Simon, Hachette, « Grands écrivains de la France », t. V, n. 1, p. 100).

Page 280.

1. *Salam* : salut, en arabe.

2. Alexandre Decamps, peintre orientaliste (1803-1860), qui a représenté la plupart des types ethniques du Levant (les Juifs en particulier) ainsi que la vie quotidienne et les coutumes des populations alors soumises au pouvoir des sultans.

Page 281.

1. Darius Ier (522-486 av. J.-C.), roi de Perse, a fait bâtir les villes de Suse et de Persépolis. À Suse, la grande frise du palais, en briques émaillées, représente des archers vêtus de longues robes jaunes ou vertes (musée du Louvre). Ce ne sont pas des Assyriens, dont l'empire était détruit depuis plus d'un siècle au moment de la construction du palais de Suse, mais des guerriers achéménides.

2. « La jeune dame grecque » est la princesse Soutzo, née Hélène Chrisoveloni (1879-1975) : « Un personnage de légende en soi cette fille de grands banquiers grecs établis un peu partout dans les Balkans, fort riche, belle, élevée entre la Roumanie où elle était née, Trieste, plaque tournante de l'argent au début du siècle, et Paris » (Ginette Guitard-Auviste, *Paul Morand*, Hachette, 1981, p. 77). Proust avait fait sa connaissance en 1917 – par l'intermédiaire de Paul Morand qu'elle devait épouser, en secondes noces, en 1927 – et l'admirait beaucoup. Ayant reçu une photographie la représentant, il lui écrivit : « Vous êtes la Bittô de Mme de Noailles dans cette charmante photographie. Le petit pied que je vois plus souvent dépasser de la jupe quand vous êtes allongée, est posé selon un rythme de danse. Au reste, la cadence de votre cou et de

votre bras ne sont qu'à vous » (Paul Morand, *Le Visiteur
du soir suivi de quarante-cinq lettres inédites de Marcel
Proust*, Genève, La Palatine, 1949, p. 76).

Page 282.

1. Élie Decazes, pour lequel Louis XVIII éprouvait
une affection paternelle et passionnée, essaya, comme
ministre de la Police générale et pratiquement chef du
gouvernement, de faire, après Richelieu, une politique
libérale. Haï par les ultras qui le rendirent indirectement
responsable de l'assassinat du duc de Berry, il dut démissionner, au grand désespoir de Louis XVIII qui le fit, à
titre de compensation, duc Decazes et de Glücksberg.
– Veuve du prince assassiné, la duchesse de Berry était
une Bourbon-Sicile.
2. Armand de Castries (1756-1842) fut fait pair de
France et duc héréditaire en 1814.

Page 283.

1. Voir *À l'ombre des Jeunes filles en fleurs*, « Folio classique », p. 427 et n. 1.

Page 284.

1. Dans *L'Homme invisible* de H. G. Wells (paru en
Grande-Bretagne en 1897 et traduit en français en 1901),
Griffin, le héros, endosse une redingote pour se mêler
aux autres hommes.
2. La princesse Sophie de Nassau (1836-1913) avait
épousé en 1857 Oscar de Suède, qui devint roi de Suède
et de Norvège en 1872 sous le nom d'Oscar II (1829-1907).

Page 285.

1. Montalembert (1810-1870) fut le représentant d'un
catholicisme relativement libéral et le duc de Broglie fut,
lui aussi, de la grande famille libérale de l'aristocratie
du siècle dernier. Au contraire, Mgr Dupanloup, évêque
d'Orléans, quoique libéral, représenta le catholicisme
monarchique le plus intransigeant et l'on sait qu'il démis-
sionna de l'Académie lorsque Littré y fut élu.

Page 286.

1. Dans une première version de son article sur les *Mémoires* de Mme de Boigne, Proust écrit que la postérité « est infiniment plus raisonnable et même en fait de frivolités veut des plats plus résistants. Au fond sur "les dons glorieux des immortels qu'il n'est permis à aucun homme d'accepter ni de refuser" (Homère) et sur la naissance en particulier elle en est restée aux idées d'Homère et de Pindare » (BN, ms. N.a.fr. 16634, f° 97).

2. Au commencement du XXᵉ siècle, la « question d'Orient » se posait en ces termes : l'Europe doit-elle préserver l'intégrité de l'Empire ottoman, ou doit-elle le laisser se désagréger ? Plusieurs conflits armés tentèrent d'apporter une réponse. La guerre de 1914-1918 lui fit perdre toute pertinence.

3. Proust cite ce mot en 1893, dans une lettre à Robert de Billy : « Est-ce Mme de Lareinty ou Mme de La Trémoïlle à qui Caro demanda ce qu'elle pensait de l'amour – et qui répondit brusquement : "Je le fais souvent mais je n'en parle jamais !" » (*Corr.*, t. I, p. 201).

Page 287.

1. « C'est une question que je me suis souvent posée. Pourquoi des dames de Blocqueville née Ecmuhl, de Beaulaincourt née Castellane, de Janzé née Choiseul, de Chaponay née Courval, et bien d'autres n'ont-elles pu jamais recevoir le même "gratin" que s'offrent si facilement des personnes qui n'ont pas le même point de départ, et qui ne leur sont pas assez inférieures pour expliquer le phénomène » (lettre à Montesquiou, 21 mars 1912, *Corr.*, t. XI, p. 62). Voir p. 291, n. 1 et p. 295, n. 5.

Page 289.

1. La « rose d'or » est un bijou en forme de rose que le pape bénit au quatrième dimanche de carême, le Laetare (*Dominica rosarum*), qu'il porte à la procession et qu'il offre ensuite à une princesse souveraine.

Page 290.

1. Adélaïde Ristori (1822-1906), tragédienne italienne, vint en France en 1855, à l'occasion de l'Exposition universelle, donner des représentations à la Comédie-Française. Elle remporta un triomphe l'année suivante dans *Médée* de Legouvé. Dès lors, elle se produisit régulièrement à Paris jusqu'en 1866. Elle fit ses adieux en 1885 et se retira à Rome, remontant sur scène en de rares occasions, comme en 1898, à Turin, où elle déclama le chant V de l'*Enfer* de Dante.

2. Auteur du tombeau de Mazarin, des premiers chevaux de Marly, de plusieurs effigies du roi, Antoine Coysevox (1640-1720) fut le plus grand sculpteur du règne de Louis XIV. Il exécuta également une statue de la duchesse de Bourgogne en Diane et Proust s'est évidemment rappelé le passage de Saint-Simon où celui-ci déclare de la duchesse qu'elle avait « une marche de déesse sur les nuées ».

Page 291.

1. Proust connaissait la vicomtesse Frédéric de Janzé, née Alix de Choiseul-Gouffier (1835-191?), qui épousa en secondes noces le prince Charles de Faucigny-Lucinge et Coligny. Même s'il s'est défendu de l'avoir fait paraître dans le salon de Mme de Villeparisis (voir lettre à Montesquiou, 1921, *Bulletin de la Société des amis de Marcel Proust*, n° 29, 1979, p. 9), il est probable qu'il lui emprunte plus que son prénom et son nom de jeune fille. Mme de Janzé était en effet l'auteur d'un ouvrage intitulé *Études et récits sur Alfred de Musset* (Plon et Nourrit, 1891). Or, la « dame à la coiffure blanche de Marie-Antoinette » pourrait bien être celle qui a « écrit sur la jeunesse de Lamartine » (p. 289).

2. Les Médicis étaient des banquiers enrichis qui, depuis Cosme l'Ancien, gouvernèrent Florence de manière à peu près absolue, mais sans aucune sorte d'onction monarchique. Alliés aux grandes familles florentines, ils n'entrèrent dans le concert princier européen que lors du mariage du premier duc, Alexandre (celui de

Lorenzaccio), avec une fille illégitime de Charles Quint. Catherine était la demi-sœur d'Alexandre et c'est elle qui, par son mariage avec le futur Henri II, fit la première diminuer les quartiers de la maison de France.

Page 292.

1. La princesse polonaise Carolyne de Sayn-Wittgenstein, née Iwanowska (1819-1887), fut le « second amour » de Franz Liszt qui pensa l'épouser en 1861 : elle était déjà mariée et le pape ne voulut point rompre cette première union. Elle se retira alors à Rome où elle se consacra à la rédaction d'ouvrages de théologie. Le premier amour de Liszt fut Marie de Flavigny, comtesse d'Agoult (1805-1876). Elle tenait un salon littéraire et était surnommée « la Corinne du quai Malaquais ». Elle faisait partie, avec Delphine Gay et la duchesse de Gramont, du « trio des Trois Grâces Blondes ». Proust se souvient sans doute de ces détails à propos d'Alix, qu'il appelle « la Marie-Antoinette du quai Malaquais », qui a connu Liszt, et qui est une des « trois Parques à cheveux blancs, bleus ou roses ».

Page 294.

1. Prénom de la princesse de Poix.

Page 295.

1. « Bien choisis, les mots sont des abrégés de phrases. L'habile écrivain s'attache à ceux qui sont amis de la mémoire et rejette ceux qui ne le sont pas » (Joseph Joubert, *Pensées, essais et maximes*, Charles Gosselin, 1842, t. II, titre XXIX, « Du style », p. 63).

2. Marie de Rohan-Montbazon, duchesse de Chevreuse (1600-1679), joua un rôle important pendant la Fronde.

3. Yolande de La Rochefoucauld (1849-1905) devint duchesse de Luynes et de Chevreuse en 1867 par son mariage avec Charles d'Albert (1845-1870).

4. Carmen Sylva : nom de plume d'Élisabeth de Wied (1843-1916), reine de Roumanie, qui écrivit, en allemand, des poèmes, des contes, et publia en Français *Pensées d'une reine* (1882).

5. La comtesse de Beaulaincourt-Marles, née Sophie de Castellane (1818-1904), et la marquise de Chaponay-Morancé, née Alexandra du Bois de Courval (1824-1897), sont deux de ces femmes qui n'ont pas le salon brillant que leur naissance aurait dû leur permettre de constituer. Elles ont, d'autre part, inspiré certains aspects du personnage de Mme de Villeparisis, comme Proust le confia à Montesquiou en 1921 : « Quant aux Blocqueville, Janzé, etc., je ne les ai connues que de nom, et ma Mme de Villeparisis est plutôt Mme de Beaulaincourt (avec un rien de Mme de Chaponay-Courval). J'ai même dit qu'elle peignait des fleurs pour ne pas dire qu'elle en fabriquait. Car Mme de Beaulaincourt en faisait d'artificielles et c'eût été trop ressemblant » (*Corr.*, t. XX, p. 194).

6. Hélène de France, princesse d'Orléans (1871-1951), épousa, en 1895, Emanuele, duc d'Aoste (1869-1931), petit-fils de Victor-Emmanuel II.

Page 301.

1. À propos de la princesse de Sagan, voir p. 348, n. 5.

Page 309.

1. Dans *Les Usages et le Savoir-vivre en toutes les circonstances de la vie* (1896), Autran note : « On ne laisse son chapeau dans l'antichambre que pour un bal ou pour une soirée » (cité par Gareth H. Steel, *Chronology and Time...*, p. 127). De son côté, la baronne Staffe précise : « Pendant toute la durée de la visite qu'il fait dans un salon, un homme tient son chapeau à la main, sans l'abandonner une minute. Il ne le dépose jamais, pas plus que sa canne, sur une table, sur un meuble. Il s'arrange pour ne jamais présenter à la vue des autres, que l'extérieur de ce couvre-chef. En montrer la coiffe est ridicule » (*Règles du savoir-vivre dans la société moderne*, Victor-Havard, 1896, p. 89).

Page 310.

1. L'historien de la Fronde cite Molière en confondant les noms et les scènes. Dans *Le Mariage forcé*, le philosophe

Pancrace s'interroge face à Sganarelle : « Je soutiens qu'il faut dire la figure d'un chapeau, et non pas la forme ; d'autant qu'il y a cette différence entre la forme et la figure, que la forme est la disposition extérieure des corps qui sont animés, et la figure, la disposition extérieure des corps qui sont inanimés ; et puisque le chapeau est un corps inanimé, il faut dire la figure d'un chapeau et non pas la forme. Oui, ignorant que vous êtes, c'est comme il faut parler ; et ce sont les termes exprès d'Aristote dans le chapitre *De la Qualité* » (sc. IV). Dans *Le Médecin malgré lui* le faux médecin Sganarelle, « *avec un chapeau des plus pointus* », s'adresse à Géronte : « Hippocrate dit... que nous nous couvrions tous deux. / Géronte : Hippocrate dit cela ? [...] Dans quel chapitre, s'il vous plaît ? / Sganarelle : Dans son chapitre des chapeaux. / Géronte : Puisque Hippocrate le dit, il le faut faire » (II, II).

2. Borrelli : voir p. 347, n. 1.

3. Proust a laissé un portrait peu flatteur de Gustave Schlumberger (1844-1929). Cet historien, spécialiste de l'archéologie de Byzance et des croisades, avait fréquenté le salon de Mme Straus avant de le déserter au début de l'affaire Dreyfus. Proust n'a pas de mots assez forts pour le qualifier : une « crapule », un « buffle des époques préhistoriques », un « complet *imbécile* » (voir *Corr.*, t. VIII et IX).

4. Georges, vicomte d'Avenel (1855-1939), historien et économiste français, est notamment l'auteur d'une *Histoire économique de la propriété et des salaires, des denrées et de tous les prix en général depuis l'an 1200 jusqu'en 1800* (1894-1898).

5. Le jeune Marcel Proust considérait Pierre Loti comme un de ses prosateurs favoris (*CSB*, p. 337). Quant à Edmond Rostand, il offrit en 1912 son appui à Proust qui cherchait un éditeur.

6. Sosthène, duc de Doudeauville (1825-1908), et sa femme, Marie, princesse de Ligne (1843-1898). Le duc fut président du Jockey-Club pendant vingt-quatre ans, et ambassadeur de France en Grande-Bretagne.

7. Paul Deschanel est l'auteur d'un ouvrage sur *La Question du Tonkin* (1883).

8. C'est Robert de Montesquiou qui a attiré l'attention de Proust sur le *Portrait d'une princesse de la maison d'Este* en décrivant le tableau dans *Professionnelles beautés*. Rendant compte de cet ouvrage en 1905, Proust écrit : « Vous allez au Louvre et devant un Pisanello M. de Montesquiou vous montre, dans le fond du portrait, des fleurs que vous n'eussiez peut-être pas remarquées. Que dis-je des fleurs ? C'est là une généralité dont nos perceptions confuses sont bien obligées de se contenter, M. de Montesquiou vous a déjà nommé l'ancolie et fait remarquer avec quelle vérité elle est peinte » (« Un professeur de beauté », *CSB*, p. 515).

9. Jan Van Huysum (1682-1749), peintre de fleurs et de fruits de l'école hollandaise.

Page 312.

1. Ce proverbe est cité par Anicet Bourgeois et Adolphe d'Ennery dans leur drame *La Fille du paysan*, créé au théâtre de la Gaîté en 1862 : « Pour une année où il y a des pommes, il n'y a pas de pommes ; mais pour une année où il n'y a pas de pommes, il y a des pommes » (II, v).

Page 317.

1. Anténor est un sage vieillard troyen qui, dans l'*Iliade*, conseille à ses compatriotes de rendre Hélène aux Grecs (chant VII, v. 345-354). Cependant, Bloch commet une erreur : le fils du « large fleuve Alphée, qui s'écoule à travers le pays de Pylos », est Ortiloque (chant V, v 546).

Page 318.

1. À propos de la « guerre russo-japonaise », voir *À l'ombre des Jeunes filles en fleurs*, « Folio classique », p. 448 et n. 2.

Page 320.

1. Paul Morand rapporte l'anecdote suivante que lui a racontée Proust en 1917 : « Anatole France avait ses

rendez-vous d'amour avec Mme Arman de Caillavet, chez lui, le matin. Ils revenaient ensemble à pied, puis se séparaient à cent mètres avant l'hôtel de Mme de Caillavet, laquelle entrait la première avenue Hoche. Deux minutes après, France arrivait à son tour. Ce manège ne trompait personne, mais l'étiquette le voulait ainsi. Après déjeuner, Mme de C. disait : "Monsieur France, il faut travailler" et elle le faisait monter dans le bureau de son mari. Au thé, Mme de Caillavet recevait une nombreuse assemblée à qui elle ne manquait jamais de laisser entendre que l'illustre écrivain travaillait à l'étage supérieur. Ce qui donnait l'air fort ridicule à M. France, lorsqu'il redescendait avec sa canne et son chapeau et entrait en disant : "Eh, bonjour chère amie, voilà plus d'une semaine que je n'ai eu le plaisir de vous voir !" » (Paul Morand, *Journal d'un attaché d'ambassade 1916-1917*, Gallimard, 1963, p. 205-206).

Page 322.

1. Victor Cherbuliez (1829-1899), romancier d'origine suisse, a décrit dans ses livres une société cosmopolite (*L'Aventure de Ladislas Bolski*, 1870) et s'est fait une spécialité des grandes fresques romanesques mêlant l'histoire et l'aventure (*À propos d'un cheval*, *Le Prince Vitale*, etc.).

2. Ernest Hébert (1817-1908) fut deux fois directeur de la Villa Médicis à Rome. Il peignit surtout des scènes de la vie populaire italienne, mais il est aussi l'auteur de tableaux religieux dont *La Vierge de la délivrance*, aujourd'hui à l'église de La Tronche, près de Grenoble. Un musée lui est consacré depuis quelques années dans un hôtel ancien de la rue du Cherche-Midi. – Pascal Dagnan-Bouveret (1852-1929) peignit des scènes évoquant la vie religieuse des paysans (des *Bretonnes au pardon*). Il fut également un portraitiste apprécié et laissa de nombreux tableaux inspirés du Nouveau Testament, ainsi une *Vierge*, qui fut très bien accueillie au Salon de 1885.

Page 323.

1. *Le Roi d'Yvetot* : célèbre chanson de Béranger, écrite en mai 1813, alors que la France, lassée de la sanglante épopée napoléonienne, aspirait à la paix : « Il n'avait de goût onéreux / Qu'une soif un peu vive » (*Œuvres complètes*, Perrotin, 1834, t. I, p. 1-4).

Page 325.

1. Academus (ou Academos) est un héros mythique de l'Attique dont le tombeau, situé près d'Athènes, était entouré d'un bois sacré fréquenté par des philosophes. Platon y installa son école, l'Académie.

2. *L'Italia farà da sé* (« L'Italie se fera par elle-même ») fut au XIXᵉ siècle la devise des nationalistes italiens, qui proclamaient ainsi leur désir de voir l'unité de leur pays se réaliser sans intervention étrangère.

3. Paul Leroy-Beaulieu, professeur au Collège de France, économiste, était administrateur de la Société houillère et métallurgique de Pennaroya (voir p. 229, n. 2 et *Corr.*, t. V, n. 15, p. 286-287).

4. Bismarck parla des « impondérables de la politique » (« Imponderabilien des Politik ») devant le Landtag de Prusse, le 1ᵉʳ février 1868. Comme le note Philip Kolb, Proust avait sans doute eu connaissance de l'expression dans un des articles publiés dans *Le Figaro* par Joseph Reinach qui la cita souvent pendant la guerre (voir *Corr.*, t. XV, p. 127-129).

Page 326.

1. Premiers mots d'un distique d'Ovide : « *Principiis obsta : sero medicina paratur. / Cum mala per longas conualuere moras* » (« Combats le mal dès le principe ; il est trop tard pour y porter remède, lorsqu'un trop long espace de temps l'a fortifié », *Remedia amoris*, vers 91-92, traduction Henri Bornecque, « Folio classique », p. 133).

2. Mots latins empruntés à Virgile et signifiant : « Arcadiens tous deux. » Thyrsis et Corydon sont deux bergers qui se livrent à un concours de vers alternés : « *Ambo florentes aetatibus. Arcades ambo, / et cantare pares et*

respondere parati » (« Tous deux dans la fleur de l'âge, Arcadiens tous les deux, chanteurs d'égale force et prêts à la réplique », *Bucoliques*, VII, 4-5, traduction E. de Saint-Denis, Les Belles-Lettres, 1970, p. 79).

Page 329.

1. Le golf de la Boulie, situe près de Versailles, existe encore aujourd'hui.

Page 330.

1. Ce vers n'est pas d'Émile Augier mais de Musset, et figure dans la dédicace de *La Coupe et les lèvres*. Proust confond sans doute avec le vers d'Émile Augier : « Poudreux est le flacon, mais vive est la liqueur », qui se trouve dans *L'Aventurière* (I, 1), pièce créée en 1848.

2. *Les Sept Princesses*, pièce en un acte de Maeterlinck. Dans les indications liminaires, l'auteur met le décor en place : « Une vaste salle de marbre, avec des lauriers, des lavandes et des lys en des vases de porcelaine. Un escalier aux sept marches de marbre blanc divise longitudinalement toute la salle, et sept princesses, en robes blanches et les bras nus, sont endormies sur ces marches garnies de coussins de soie pâle » (Bruxelles, P. Lacomblez, 1891, p. 6). Un vieux roi, une vieille reine et un prince observent les princesses ; cette « intrigue » ne peut guère séduire Mme de Guermantes. Ses souvenirs la trahissent d'ailleurs, car la maîtresse de Saint-Loup qui est censée jouer l'une des sept princesses a un rôle muet. Les jeunes filles ne se réveillent qu'à la page 59 (le livre en compte soixante-quatre) et ne prononcent pas un seul mot. Qui plus est, Ursule, la princesse « qu'on ne voit pas bien » et dont le prince (Marcellus) semble amoureux, « demeure étendue à la renverse », morte d'avoir trop attendu.

3. Le Sâr Peladan : Joseph Péladan (1858-1918), auteur de romans, d'essais, de drames occultistes *(La Décadence latine, Sémiramis,* etc.), est le type du littérateur décadent. En compagnie des « Sept », il avait fondé la secte de la Rose-Croix esthétique. Il avait changé son prénom

en Joséphin et affirmait que le titre de « Sâr » lui avait
été donné par d'anciens mages de Chaldée.

Page 336.

1. À la fin de l'acte I de *Lohengrin* de Wagner, le héros
apparaît, debout dans une barque tirée par un cygne.
Il porte une armure étincelante, et son heaume et son
bouclier sont ornés d'un cygne d'argent.

2. Procès en diffamation intenté à Zola devant les
Assises de la Seine par le ministre de la Guerre, suite à la
publication dans *L'Aurore* du 13 janvier 1898 de la lettre
au président de la République intitulée « J'accuse ! ».
Zola proclamait l'innocence de Dreyfus et s'en prenait à
la hiérarchie militaire et politique qu'il accusait d'avoir
menti, falsifié des documents et « violé le droit ». Les
audiences se déroulèrent au Palais de Justice de Paris
du 7 au 23 février 1898.

Page 337.

1. Proust avait assisté aux audiences du procès Zola et
en fit le récit dans *Jean Santeuil* (p. 619-659).

2. Le général de Miribel avait été chef d'état-major de
l'armée française.

3. En 1875, le général de Miribel choisissait comme
officier d'ordonnance le lieutenant-colonel Henry.
Celui-ci, nommé plus tard agent de la section de statistique, se révéla un antidreyfusard acharné. Mais son zèle
l'emporta trop loin et il fut désavoué par ses supérieurs
(voir p. 346, n. 2).

4. La Moire était, en Grèce, l'équivalent de la Parque
romaine. Bloch parle ici le jargon inspiré par Leconte
de Lisle.

Page 340.

1. La Ligue de la patrie française ne fut fondée qu'après
le procès Zola, en décembre 1898, par des hommes de
lettres antidreyfusards. Elle regroupa très vite plus de
quarante mille adhérents, mais disparut en 1902.

2. Les antisémites français imaginaient que le pays

était victime d'une conspiration menée par un puissant et occulte « Syndicat des Juifs ».

Page 341.

1. Le Cercle artistique et littéraire, 7, rue de Volney, dans le deuxième arrondissement, fut fondé en 1874.

2. Émile Ollivier (1825-1913) est ce ministre qui, en 1870, avait fait voter la déclaration de guerre « d'un cœur léger ». Émigré en Italie, il ne revint en France qu'en 1873 et dut renoncer à toute carrière politique.

3. Le Cercle de l'Union, 11, boulevard de la Madeleine, était, comme le Jockey, un club très fermé.

Page 342.

1. Victurnienne est le prénom de la princesse d'Épinay (voir p. 634).

2. Citation du discours prononcé par Talleyrand à la Chambre des pairs, le 24 juillet 1821, et défendant la liberté de la presse : « Il y a quelqu'un qui a plus d'esprit que Voltaire, [...] c'est tout le monde » (*Le Journal des Débats*, 25 juillet 1821 p. 3).

Page 343.

1. Dans la Bible, Lévi est le troisième fils de Jacob et les membres de sa tribu, ses descendants, remplissent la fonction sacerdotale. Mais la famille Lévis, qui a formé plusieurs branches – la plus importante étant celle de Mirepoix –, n'a bien sûr aucun rapport de filiation avec le patriarche hébreu. Elle est originaire de Lévis-Saint-Nom, près de Chevreuse, et connue seulement depuis le XIIe siècle.

2. L'expression « Cela fera du bruit dans Landerneau » doit son origine à la pièce d'Alexandre Duval, *Le Naufrage ou les Héritiers* (1796), dont l'action se déroule dans cette ville du Finistère.

3. Les lettres de Dreyfus furent publiées en 1898 (*Lettres d'un innocent*, Stock). D'Esterhazy, on connaît la lettre « du Uhlan », adressée à son ancienne maîtresse, Mme de Boulancy, qu'il avait escroquée, et qu'elle publia

par vengeance dans *Le Figaro* du 28 novembre 1897. On y lit : « Si ce soir on venait me dire que je serai tué demain comme capitaine de Uhlans en sabrant des Français, je serais parfaitement heureux... »

4. Dans une lettre de juillet 1907, Proust rappelle à Mme Straus quelques-uns des mots qu'elle a faits et qu'il aime à citer : « Si nous pouvions changer d'innocent » est l'un d'eux (*Corr.*, t. VII, p. 215). Dreyfus a beaucoup déçu ses défenseurs : il affirmait lui-même n'être pas dreyfusard.

Page 344.

1. Joseph Prudhomme est un personnage inventé par Henry Monnier (1799-1877) : *Grandeur et décadence de Joseph Prudhomme*, 1852 ; *Mémoires de Monsieur Joseph Prudhomme*, 1857. Il est le type du petit-bourgeois romantique, fat et sentencieux. Voir Henry Monnier, *Scènes populaires. Les Bas-fonds de la société*, éd. Anne-Marie Meininger, « Folio classique », 1984.

Page 345.

1. Archiviste de la section de statistique, Félix Gribelin fut témoin à charge contre Dreyfus et comparut au procès Zola.

Page 346.

1. Le marquis du Paty de Clam était commandant du troisième bureau de l'état-major en 1894 quand lui fut confiée la première enquête sur Dreyfus. Il témoigna ensuite au procès Zola.

2. Henry affirmait avoir découvert une lettre (adressée par l'attaché militaire italien Panizzardi à son homologue allemand) qui prouvait la trahison de Dreyfus. Le général de Pellieux parla de cette pièce lors du procès Zola, et le ministre de la Guerre la lut à la tribune de la Chambre. Le 30 août 1898, Henry reconnut qu'il s'agissait d'un faux ; il fut emprisonné au Mont-Valérien et se suicida le lendemain.

3. Le 13 août 1898, le capitaine Louis Cuignet, attaché

au cabinet du ministre de la Guerre, s'aperçut que la lettre de Panizzardi était un collage de plusieurs documents. Il en informa Godefroy Cavaignac (1853-1905), ministre de la Guerre depuis le 29 juin. Celui-ci avait épousé la cause antirévisionniste. Il interrogea Henry, obtint ses aveux, mais continua à croire Dreyfus coupable et à refuser toute révision du procès, s'opposant sur ce point au président du Conseil, Brisson. Il dut démissionner le 4 septembre. Pour sa part, Cuignet ne fut point troublé dans son antidreyfusisme et accusa du Paty de Clam d'avoir poussé Henry à tenir le rôle du faussaire.

Page 347.

1. Joseph Reinach, député à l'époque de l'affaire Dreyfus, était l'un des plus ardents défenseurs de la révision. Il est l'auteur d'une monumentale *Histoire de l'affaire Dreyfus* en sept volumes (1901-1911).

2. En novembre 1897, Henri Rochefort, directeur de *L'Intransigeant*, avait attaqué dans son journal le général de Boisdeffre et le général Billot, respectivement chef d'état-major (voir p. 171, n. 2) et ministre de la Guerre (voir p. 417, n. 2). Pour faire cesser cette campagne, le commandant Pauffin de Saint-Morel, chef de cabinet de Boisdeffre, rendit visite à Rochefort, lui confia que l'état-major avait la preuve de la culpabilité de Dreyfus, et fit état de pièces décisives qui n'avaient pas encore été portées à la connaissance des juges : le bordereau annoté et certaines lettres de l'empereur d'Allemagne. Rochefort parla de cette visite dans *L'Intransigeant* du 13 décembre 1897. Joseph Reinach affirme que Boisdeffre reconnut plus tard avoir envoyé son chef de cabinet chez Rochefort (*Histoire de l'affaire Dreyfus*, La Revue Blanche, t. III, 1903, p. 2-3).

3. Expression latine : « au milieu des coupes ». S'exprimer *inter pocula*, c'est se confier à un cercle d'amis.

4. Le 18 février 1898, au cours du procès Zola, comparut Esterhazy (qui avait été acquitté le mois précédent par le Conseil de guerre, voir p. 171, n. 4), véritable auteur du bordereau qui avait fait condamner Dreyfus.

Il fut acclamé par la foule et le prince Henri d'Orléans (voir p. 155, n. 3) vint le féliciter. Rapportant l'incident *L'Aurore* parla d'« accolade ». Le prince d'Orléans démentit avoir embrassé Esterhazy. Il avait seulement voulu « saluer l'uniforme français et le jugement de l'armée » (Joseph Reinach, *Histoire de l'affaire Dreyfus*, éd. citée, t. III, p. 462-463).

Page 348.

1. Près de deux cents témoins comparurent lors du procès Zola. Les avocats ayant trouvé sept cas de nullité, l'arrêt condamnant Zola à un an de prison fut cassé le 2 avril 1898.

2. Clémentine d'Orléans (1817-1907), fille de Louis-Philippe, princesse de Saxe-Cobourg-Gotha par son mariage, était la mère de Ferdinand de Bulgarie.

3. Ferdinand Ier, prince de Saxe-Cobourg-Gotha (1861-1948), prince de Bulgarie depuis 1887, prit le titre de tsar des Bulgares en 1908 et abdiqua en 1918. L'allusion à l'homosexualité du prince est transparente : il en sera encore plusieurs fois question dans *Le Temps retrouvé*.

4. La princesse de Sagan, née Jeanne-Marguerite Seillière (1839-1905), était la fille d'un baron du Second Empire. Ses bals furent, en effet, de « grandes assises mondaines » (voir George D. Painter, *Marcel Proust*, t. I, p. 210, et *Du côté de chez Swann*, p. 280, n. 1).

Page 349.

1. Nous ne trouvons pas l'expression « doctes Sœurs » chez Lamartine. En revanche, elle figure dans l'« Ode à M. le comte du Luc » de Jean-Baptiste Rousseau (1671-1741) : « Je n'ai point l'heureux don de ces esprits faciles, / Pour qui les doctes Sœurs, caressantes, dociles, / Ouvrent tous leurs trésors […] » (*Œuvres*, Genève, Slatkine, 1972, t. I, p. 168).

Page 350.

1. Alfred-Léon Gérault-Richard (1860-1911), député de Paris, rédacteur en chef du journal socialiste *La Petite*

République. En réalité, les socialistes se désintéressèrent longtemps de l'affaire Dreyfus et ce n'est qu'à la fin de 1898 qu'ils se lancèrent dans la mêlée, conduits par Jaurès.

Page 351.

1. La Sprée est la rivière qui arrose Berlin.

2. Allusion au conte de François Andrieux (1759-1833), *Le Meunier Sans-Souci* : le roi de Prusse Frédéric II voulait détruire un moulin qui gâtait les perspectives de son palais de Sans-Souci, à Potsdam. Le meunier protesta et soumit l'affaire à un tribunal de Berlin qui donna tort au roi. C'est ainsi que les mots « il y a des juges à Berlin » s'emploient quand la force tente de l'emporter sur le droit.

Page 352.

1. *Ultima ratio regum* : « le dernier argument des rois » ; devise que Richelieu avait fait graver sur les canons de la marine royale.

2. Émile Driant (1855-1916), officier et écrivain militaire sous le pseudonyme de « Capitaine Danrit », était le gendre du général Boulanger.

3. En janvier 1898, Georges Clemenceau publia « J'accuse ! » dans *L'Aurore* et fut autorisé à plaider lors du procès Zola aux côtés de son frère Albert et de Labori.

Page 354.

1. Les Japhétiques sont les descendants de Japhet, troisième fils de Noé et père de la race blanche.

Page 355.

1. *Le Petit Journal*, quotidien fondé en 1863, avait un tirage d'un million d'exemplaires à l'époque de l'affaire Dreyfus. Ernest Judet (1851-1943) lui avait donné une ligne nationaliste avant de devenir rédacteur en chef de *L'Éclair*.

Page 357.

1. Le vicomte Raymond de Borrelli (1837-1906) est

l'auteur d'une pièce en « vers héroïques », *Alain Chartier* (1889), inspirée d'un épisode de la vie de l'écrivain
français (v.1385-v.1433). Marguerite d'Écosse, première
femme du Dauphin (le futur Louis XI), ayant vu Chartier
endormi sur une chaise, lui donna un baiser. La princesse
expliqua ainsi son geste : ce n'était pas l'homme qu'elle
avait embrassé, mais le poète. Dans la pièce de Borrelli,
Marguerite a commandé à Chartier des vers en l'honneur du Dauphin. Mais le poète s'est contenté d'envoyer
un sonnet intitulé « Sous les lis », commençant par ces
vers : « Sous les lis, les grands lis, par l'arrêt du destin,
/ La Princesse dormait son long sommeil magique »
(*Alain Chartier*, Lemerre, 1889, p. 6). Il affirme qu'il a
perdu l'inspiration et que seul un baiser de la future reine
la lui rendra. Marguerite hésite, puis, apercevant le poète
endormi sur un banc, s'exécute. En réalité, Chartier feignait de sommeiller. On voit que Mme de Guermantes
a l'esprit d'à-propos. Condamnant une pièce où les princesses entourées de lis dorment sur des marches d'escalier, elle en applaudit une autre où un poète, qui écrit
des sonnets parlant d'une princesse endormie sous les
lis, s'est assoupi sur un banc...

2. Ferdinand Brunetière (1849-1906), maître de
conférences à l'École normale supérieure, professeur à
la Sorbonne, directeur de la *Revue des Deux Mondes*,
avait appliqué les théories évolutionnistes aux genres
littéraires. Il se convertit au catholicisme en 1900. Ses
conférences à l'Odéon, d'un nationalisme intransigeant,
étaient assidûment suivies par un public mondain. En
apprenant sa mort, Proust écrivit à Georges Goyau, ami
et admirateur du critique : « À la peine que j'éprouve à
voir disparaître un homme dont je ne connaissais que la
pensée (mais sa pensée étant cœur et action, jamais on
n'a tant connu quelqu'un en le lisant et en l'écoutant) je
comprends que vous devez avoir beaucoup de chagrin.
[...] Maman l'admirait comme moi, et aurait été triste
comme moi. Et je sens que cette lumière qui s'éteint,
jamais la France n'en avait un pareil besoin » (*Corr.*, t. VI,
p. 314).

Page 359.

1. Dans le Saint-Empire romain germanique, les « princes médiats » dépendaient d'un suzerain, lui-même « prince immédiat » et vassal direct de l'empereur. Au début du XIXe siècle, plusieurs États immédiats furent « médiatisés », mais leurs souverains conservèrent un certain nombre de privilèges, comme la pairie héréditaire.

Page 365.

1. Charlotte de Saxe-Cobourg (1840-1927) avait épousé l'archiduc Maximilien. En 1863, Napoléon III offrit à son mari la couronne impériale du Mexique, mais Maximilien ne put imposer son pouvoir face à Juárez : il fut capturé, puis fusillé en 1867. L'impératrice, qui avait regagné l'Europe pour tenter de trouver des appuis, perdit la raison peu après la mort de son époux.

2. *Heim* : le foyer, en allemand.

3. En juillet 1895 et en août 1897, Marcel Proust et sa mère se rendirent dans une ville d'eaux allemande, Bad Kreuznach (Rhénanie-Palatinat). Ils descendirent au Kurhaus-Hotel. Proust a évoqué ces séjours dans *Jean Santeuil* (p. 386-392).

4. Sur les pentes de cette montagne, le Kauzenberg ou Schlossberg, au nord-ouest de Kreuznach, s'étagent des vignobles.

Page 366.

1. La Franconie est une région de la Bavière entre le Main et le Danube. La ville principale en est Wurtzbourg, célèbre par sa magnifique Résidence.

2. Louis II le Germanique (vers 804/805-876), roi de Germanie.

3. Automobiles Charron, S.A.R.L., firme fondée en 1901 et installée à Puteaux.

Page 368.

1. L'ordre de Saint-André, créé en 1698 par Pierre le Grand, était le plus élevé des anciens ordres de chevalerie

russes. (Dans les esquisses et le manuscrit, le prince était russe. Proust oublie ce changement de nationalité.)

Page 370.

1. *Kurgarten* : jardins d'un établissement thermal.

Page 371.

1. Le Livre jaune est le recueil de documents sous couverture jaune que le gouvernement français soumet au Parlement pour lui faire connaître sa politique extérieure.

Page 372.

1. La reine d'Angleterre est ici Alexandra de Danemark, qui fut l'épouse d'Édouard VII.

Page 374.

1. Samuel Bernard (1651-1739), financier français.

Page 377.

1. Dans *Du côté de chez Swann* (« Folio classique », p. 143), on a vu l'oncle Adolphe mettre l'obscur Vaulabelle sur le même plan que Hugo.

Page 382.

1. Saint-Loup cite l'épître de Paul à Tite (I, 15).

Page 388.

1. Ami de Voltaire, l'abbé de Voisenon (1708-1775) mena une vie assez dissipée et publia des contes libertins, des poésies galantes, des comédies.

2. Crébillon fils (1707-1777) a écrit, entre autres, des romans licencieux qui lui valurent d'être emprisonné pendant quelques jours.

3. Fantin-Latour, auteur de portraits individuels, familiaux et surtout collectifs (en particulier du célèbre *Atelier des Batignolles*, où l'on voit Manet peindre entouré de ses amis, Monet, Renoir, Zola, etc.), était connu du grand public par ses admirables tableaux de fleurs. Voir à ce

propos le catalogue de l'exposition qui lui a été consacrée au Grand Palais en 1982-1983.

Page 389.

1. Poète, commentateur et traducteur allemand, August Wilhelm von Schlegel (1767-1845) fut un des promoteurs du romantisme et le précepteur des enfants de Mme de Staël.

2. Le château de Broglie, dans l'Eure, est la propriété des ducs de Broglie depuis 1716.

3. Cordelia Greffulhe (1796-1847), épouse du comte Boniface de Castellane (1788-1862), mère de Mme de Beaulaincourt (l'un des modèles de Mme de Villeparisis, voir p. 295, n. 5), ne fut pas maréchale : son mari ne reçut ce titre qu'en 1852. En 1823, elle avait inspiré une passion brûlante à Chateaubriand.

4. Lebrun et Salvandy : voir *À l'ombre des jeunes filles en fleurs*, « Folio classique », p. 411, n. 1.

5. Doudan : voir *À l'ombre des jeunes filles en fleurs*, « Folio classique », p. 433, n. 1. Ximénès Doudan était le secrétaire du duc de Broglie.

6. L'ancienne abbaye du Val Richer est située à Saint-Ouen-le-Pin, entre Lisieux et Cambremer (Calvados). Guizot possédait des terres au Val Richer. Il y résida longtemps et y mourut en 1874.

7. La femme du duc de Broglie était Albertine de Staël-Holstein (1797-1838), fille de Mme de Staël. Elle est l'auteur de plusieurs livres de piété. Ses lettres n'ont pas été publiées par Césarine d'Houdetot, baronne de Barante (1794-1877), mais par son propre fils, le duc de Broglie (*Lettres de la duchesse de Broglie, 1814-1838*, Calmann-Lévy, 1896).

Page 393.

1. Présenté à un homme qu'il croit être le duc de Brissac, Proust « voit bien que le monsieur, en s'en allant, prend un chapeau initialé T. P., mais n'y prête pas autrement attention ; ils sortent ensemble ; Proust fait une remarque désobligeante sur Mme de Talleyrand ; alors

celui que Proust avait pris pour le duc de Brissac, très vexé, réplique : "Vous êtes exquis, je le dirai à ma femme. — En quoi cette histoire peut-elle intéresser Mme de Brissac ?" fait Proust, qui, en réalité, s'adressait à M. de Talleyrand lui-même » (Paul Morand, *Journal d'un attaché d'ambassade*, p. 150-151).

2. En 1895, Proust lisait les œuvres du philosophe américain Emerson (1803-1882) « avec ivresse » *(Corr.*, t. I, p. 363). Les *Essais* d'Emerson ont fourni plusieurs épigraphes aux pièces des *Plaisirs et les jours*.

3. Emerson, Ibsen et Tolstoï sont les représentants d'une intransigeante philosophie morale dont les racines sont religieuses et mystiques. Proust les considérait, avec Nietzsche et Ruskin, comme des « directeurs de conscience » (*CSB*, p. 439).

Page 401.

1. Cette statue de Zeus était en fait en or et en ivoire. Elle fut exécutée par Phidias pour le temple d'Olympie vers 460 av. J.-C.

Page 403.

1. Une légende rapporte que le philosophe grec Diogène vivait dans un tonneau par mépris de la richesse. Une autre anecdote est également fameuse : Diogène se promenait en plein jour dans les rues d'Athènes, une lanterne allumée à la main. À ceux qui demandaient la raison de cette bizarrerie, il répondait : « Je cherche un homme. »

Page 404.

1. Cette citation est évidemment un pastiche de Michelet. Rappelons que Proust, en 1908, a publié un pastiche de Michelet dans *Le Figaro* (*CSB*, p. 27-28).

Page 405.

1. Henri de Bourbon, duc de Bordeaux, comte de Chambord, fut le dernier prétendant légitimiste au trône de France après l'abdication de Charles X. En 1873, des pourparlers s'engagèrent entre orléanistes et légitimistes.

Les premiers étaient prêts à reconnaître le comte de Chambord et à accomplir une restauration à son profit, mais le descendant des Bourbons refusa de renoncer au drapeau blanc de la royauté « légitimiste », et le projet échoua. Le comte de Chambord, qui vivait depuis 1830 exilé, mourut en Autriche sans postérité.

Page 407.

1. Comme Proust le dit plus loin, ce mot est emprunté à Molière. Une carogne est une femme hargneuse (« Tu ne m'entends que trop, Madame la carogne » *Sganarelle*, sc. VI, v. 190).

2. Émile Mâle explique que « les deux grandes figures de la Synagogue, aux yeux voilés, et de l'Église, qu'on voyait à la façade de Notre-Dame de Paris, disaient très haut aux Juifs que la Bible n'avait plus de sens pour la Synagogue, aux chrétiens qu'elle n'avait plus de mystère pour l'Église » (*L'Art religieux du XIIIᵉ siècle en France*, éd. citée, p. 195).

Page 408.

1. Auteur du pamphlet *La France juive* (1886), qui connut un succès considérable, Édouard Drumont (1844-1917) contribua à répandre les idées xénophobes parmi les couches moyennes de la population française. Le quotidien qu'il fonda en 1892, *La Libre Parole*, s'affirmait « antisémite et indépendant » ; sa devise était : « La France aux Français. » Député en 1898, il publia en 1899 *Les Juifs et l'affaire Dreyfus* et mena campagne contre Dreyfus en employant les arguments les plus vils.

2. Dans *Sodome et Gomorrhe*, le narrateur apprendra que Nissim Bernard entretient un commis du Grand-Hôtel de Balbec.

Page 409.

1. Proust pense ici à l'affaire Eulenburg – un prince allemand accusé d'homosexualité en 1907 –, à la suite de laquelle Guillaume II ne fut plus entouré que de conseillers militaristes et pangermanistes.

2. Ce même conte est évoqué dans *La Prisonnière* et Proust le citait déjà en 1893 dans le roman épistolaire qu'il écrivait avec Fernand Gregh, Daniel Halévy et Louis de La Salle (« Un inédit de Marcel Proust », *Le Monde*, 26 juillet 1985, p. 14). La source en est une lettre de Mérimée à Mrs Senior, datée du 29 juillet 1855 : « Il y avait une fois un fou qui croyait avoir la reine de Chine (vous n'ignorez pas que c'est la plus belle princesse du monde) enfermée dans une bouteille. Il était très heureux de la posséder et il se donnait beaucoup de mouvement pour que cette bouteille et son contenu n'eussent pas à se plaindre de lui. Un jour il cassa la bouteille, et, comme on ne trouve pas deux fois une princesse de la Chine, de fou qu'il était il devint bête » (Mérimée, *Correspondance générale*, éd. Parturier, Toulouse, Privat, 1953, t. VII, p. 511). Proust a pu lire cette lettre dans l'ouvrage d'O. d'Haussonville, *Prosper Mérimée, Hugh Elliot*, où elle fut publiée pour la première fois en 1885 (Calmann-Lévy, p. 77 ; nous remercions M. Alan Raitt, qui nous a signalé ce document).

Page 413.

1. Villeparisis est une commune de Seine-et-Marne. Proust emprunte à Balzac le nom de Thirion : dans *Le Cabinet des Antiques*, Mme Camusot de Marville, femme d'un juge d'instruction, est née Cécile-Amélie Thirion. – Voir p. 272, n. 1.

Page 414.

1. Mme Alphonse (de) Rothschild était la femme d'un régent de la Banque de France. Charlus trouve indécent que des juifs donnent de l'argent à l'Église, ce que « la prétendue comtesse de M*** », elle aussi juive, a le bon goût de ne pas faire.

Page 415.

1. *Truqueur* : jeune homme qui se prostitue à des hommes.

Page 416.

1. L'apologue d'*Héraclès au carrefour* est conté par Prodicos de Ceos, sophiste grec du Vᵉ siècle av. J.-C. : Héraclès, se trouvant à l'embranchement de deux chemins, l'un, escarpé, montant vers une colline, l'autre descendant en pente douce vers la plaine, choisit le premier. C'est, évidemment, celui de la vertu. Xénophon a développé ce thème dans *Les Mémorables*, livre II, chap. I.

Page 417.

1. La Ligue des droits de l'homme fut fondée en février 1898 par le sénateur Ludovic Trarieux. Elle regroupait des intellectuels dreyfusards. (Sur la Ligue de la patrie française, voir p. 340, n. 1.)

2. Le général Billot fut ministre de la Guerre de 1896 à 1898.

3. Clemenceau fut ministre de l'Intérieur dans le gouvernement Sarrien, du 14 mars au 25 octobre 1906, puis président du Conseil jusqu'en 1909. L'affaire Dreyfus lui avait permis de revenir sur le devant de la scène politique.

4. Georges Picquart, qui avait été mis aux arrêts le 13 janvier 1898, fut libéré le 9 juin 1899. Promu général de brigade en 1903, il occupa ensuite le poste de ministre de la Guerre dans le cabinet Clemenceau.

Page 419.

1. En 1903, Fernand Widal (1862-1929), médecin et bactériologiste, mit en évidence l'influence néfaste du sel sur l'organisme des malades atteints de néphrites et conseilla le régime déchloruré.

Page 421.

1. Le serpent Python fut tué par Apollon venu fonder un sanctuaire au pied du Parnasse, près de Delphes. Fils de la terre, l'animal fabuleux rendait des oracles.

Page 422.

1. Jean-Martin Charcot (1825-1893) est le fondateur

de la neurologie moderne. Pour décrire du Boulbon, Proust s'est « inspiré un peu » du docteur Édouard Brissaud (1852-1909) (voir Francis Jammes, Arthur Fontaine, *Correspondance 1898-1930*, Gallimard, 1959, p. 287). Ce médecin, spécialiste de neurologie, était l'auteur d'un ouvrage intitulé *L'Hygiène des asthmatiques* (1896), que Proust avait lu. Dans une lettre à Mme de Noailles datant d'août 1905, Brissaud est décrit comme « notre cher "Médecin malgré lui", celui qu'il faut presque battre pour le faire parler médecine [...], plus beau et plus charmant que jamais » (*Corr.*, t. V, p. 318).

Page 423.

1. Dans une lettre à la comtesse de Guitaut (3 juin 1693), Mme de Sévigné évoque la mort de Mme de La Fayette, survenue le 25 mai : « Je la défendais toujours, car on disait qu'elle était folle de ne vouloir point sortir. Elle avait une tristesse mortelle : quelle folie encore ! n'est-elle pas la plus heureuse femme du monde ? Elle en convenait aussi, mais je disais à ces personnes, si précipitées dans leurs jugements : "Mme de La Fayette n'est pas folle", et je m'en tenais là. Hélas ! Madame, la pauvre femme n'est présentement que trop justifiée ; il a fallu qu'elle soit morte pour faire voir qu'elle avait raison et de ne point sortir et d'être triste » (*Correspondance*, « Bibliothèque de la Pléiade », t. III, p. 1006-1007).

Page 427.

1. *Vésanie* : aliénation, maladie mentale. Ce mot, tombé en désuétude, désignait différents types de psychoses de longue durée dues à des troubles purement mentaux. On parlait de « démences vésaniques », par opposition aux « démences organiques ».

Page 430.

1. Proust a relevé ce mot en 1909, dans une lettre à Reynaldo Hahn : « Quel joli mot de Talleyrand : "Il faudrait être un bien-portant imaginaire" » (*Corr.*, t. IX, p. 172).

Page 433.

1. La « marquise » a raison d'être fière de ce que l'on appelait alors des « chalets de nécessité », « chalet » renvoyant à leur apparence rustique, montagnarde. Conçus par d'excellents architectes sous le Second Empire, ils furent disposés dans les jardins, au bois de Boulogne, dans les plus élégantes promenades parisiennes afin d'améliorer l'hygiène des « édicules Rambuteau » et aussi, à l'instar des « fabriques » de l'Ancien Régime, d'introduire une note de pittoresque dans le paysage urbain.

Page 436

1. Réplique de Philinte dans *Le Misanthrope*, à propos du sonnet d'Oronte : « Ah ! qu'en termes galants ces choses-là sont mises ! » (I, ii, v. 325).

2. Dans une lettre du 21 juin 1680 à Mme de Grignan, Mme de Sévigné se plaint d'une visite ennuyeuse que lui fait Mme de La Hamelinière : « Il y a trois jours que cette femme est plantée ici. Je commence à m'y accoutumer, car comme elle n'est pas assez habile pour être charmée de la liberté que je prends de faire tout ce qu'il me plaît, de la quitter, d'aller voir mes ouvriers, d'écrire, j'espère qu'elle s'en trouvera offensée. Ainsi je me ménage les délices d'un adieu charmant qu'il est impossible d'avoir quand on a une bonne compagnie » (*Correspondance*, éd. citée, t. II, p. 984).

Le Côté de Guermantes II

Page 439.

1. Avant d'aboutir à la division actuelle du *Côté de Guermantes*, Proust a dû résoudre une longue série de difficultés qui mettaient en péril la structure du roman.

L'admiration du héros pour la duchesse de Guermantes « naît » en 1908-1909, dans le Cahier 5, où le prestige historique des Guermantes s'incarne dans une femme du présent – elle n'est encore que comtesse –, se développe en 1910, dans le Cahier 66, où Proust rassemble des fragments dispersés et des idées concernant l'univers des Guermantes, puis, en 1910, dans la série des Cahiers 39 à 43, première version suivie du *Côté de Guermantes*[1]. L'ascension sociale du héros correspond aux étapes de son amour pour Oriane de Guermantes. Plus il la fréquente, moins il l'apprécie et plus il est invité dans le monde. Au début de *Guermantes II*, il a cessé d'aimer la duchesse. Cette situation a permis à Proust, après la mort de son secrétaire Agostinelli, en 1914, de réintroduire Albertine dans le roman. Le moment est particulièrement bien choisi : le cœur du héros est libre, un nouvel amour peut s'y insinuer. Mais le retour d'Albertine devait être progressif, pour ne pas briser la structure du roman des Guermantes (lequel s'étend bien au-delà du *Côté de Guermantes*), organisée autour de trois grandes scènes mondaines : la matinée chez Mme de Villeparisis dans *Guermantes I*, le dîner chez la duchesse dans *Guermantes II*, la soirée chez la princesse dans *Sodome*.

D'après le sommaire qui figure dans l'édition originale de *Du côté de chez Swann*, en 1913, Albertine n'apparaît que mêlée aux jeunes filles dans le troisième volume prévu, *Le Temps retrouvé*[2]. Mais, en réalité, dans les esquisses contemporaines de ce sommaire, elle s'appelle encore Maria. Un aide-mémoire noté sur le folio 28 recto du Cahier 13 témoigne des premiers remaniements envisagés par l'auteur. Le prénom de Maria, biffé, est remplacé par celui d'Albertine. Nous sommes déjà loin du sommaire publié avec *Du côté de chez Swann* quelques mois plus tôt :

> 2e année à Balbec. Les filles. Je fais leur connaissance par le peintre. Je m'amourache d'Albertine. Est-ce que je pourrai vous voir à Paris ? Difficile. Gentillesse d'Andrée. Jeux de furet. Espoir. Déception. Scène du lit. Déception définitive. Désirs disponibles se retournent vers Andrée. Profite peut-être de sa gentillesse pour avoir prestige pour Albertine. Renoncement à Andrée. Paris. Mme de

1. Voir ci-dessus p. 808-909.
2. Voir *Du côté de chez Swann*, « Folio classique », document VI. p. 611.

Guermantes. Visite chez Mme de Villeparisis. Monsieur
ne sait pas qui est venu ? Mlle Albertine. Mort de ma
grand-mère. Montargis et Mlle de Silaria. Visite d'Albertine où elle me chatouille. L'île du bois. Soirée chez
Mme de Villeparisis. Milieu Guermantes. Vie maladive.
Invitation chez la princesse de Guermantes. Je me pro-
mets de faire signe à Albertine ce soir-là.

On le voit, la réapparition d'Albertine sera liée à un
projet de soirée avec Mlle de Silaria (Stermaria dans le
texte définitif). Proust songe donc à mêler les nouvelles
amours du narrateur aux fantasmes érotiques que celui-ci
a conçus autour de Mlle de Stermaria, personnage un peu
effacé, survivance du projet de 1908 où il devait tenir une
place beaucoup plus importante. On retrouve ce schéma,
épuré, au folio 1 recto du Cahier 46 :

1er chapitre. Douleur de la mort de ma grand-mère. Les
Filles. Désir de vivre avec Albertine. Elle veut sonner, je
ne pense plus à elle.
2e chapitre, retour à Paris. Soirée chez Mme de Villeparisis. Mme de Guermantes. Retour de cette soirée :
première réapparition d'Albertine […]. Visite chez les
Guermantes. Visite d'Albertine après une assez longue
absence d'elle. Reste très longtemps. Caresses. Regard
méfiant de Françoise. Promenade à Saint-Cloud. Soirée
chez la princesse de Guermantes, retour, attente d'Albertine, mieux vaut tard que jamais.

Le problème structural semble ici résolu : chacune des
trois grandes scènes mondaines est suivie d'une visite
d'Albertine. Mais ce strict parallélisme était peut-être trop
artificiel pour subsister, et, avant d'entreprendre en 1916
la mise au point du manuscrit de *Guermantes II*, Proust
imagina encore d'autres scénarios.

Guermantes II est en effet la première section de la
Recherche pour laquelle nous disposons d'un manuscrit
conventionnel, de la main de Proust, consigné dans trois
cahiers rédigés en 1915 et 1916, corrigés et augmentés
jusqu'en 1919, et correspondant au second chapitre du
roman. Alors que celui des *Jeunes filles* a été dispersé dans
des exemplaires de luxe, alors que celui de *Guermantes I*

est un véritable puzzle que l'on peut reconstituer en remettant dans l'ordre numérique indiqué par l'auteur des pages réparties dans quatre cahiers, le manuscrit de *Guermantes II* se présente sous la forme d'un texte suivi. Il est la refonte et le montage de la version des Cahiers 41, 42 et 43 (1910) et des développements fragmentaires de 1913 et 1914 contenus dans les Cahiers 48 et 46.

Le premier de ces trois cahiers s'ouvre sur une note de Proust :

> N.B. Après la fin de Balbec (c'est-à-dire ce qui vient de finir, très transformé) vient le deuxième Cahier d'épreuves commençant par À l'âge où les noms..., comprenant le séjour à Paris, la soirée à l'Opéra-Comique, la fugue à Doncières, la visite chez Mme de Villeparisis, puis les feuilles copiées à la machine sur la mort de ma grand-mère. Après la fin de la mort de ma grand-mère le livre continue par ce qui [suit] de ce cahier-ci.

Ainsi, le manuscrit a servi de copie à l'imprimeur et il n'a jamais existé de dactylographie complète de *Guermantes II*.

Les « feuilles copiées à la machine sur la mort de ma grand-mère » sont la seule dactylographie dont nous disposons pour *Guermantes II*. Elle ne concerne que le premier chapitre, qui a été développé et rédigé indépendamment du reste de l'œuvre, tel un roman dans le roman, un peu comme « Un amour de Swann ».

Dans une lettre de juin 1921 à Robert de Montesquiou, Proust affirme que son livre a « été "tiré" directement sur de vieux brouillons[1] » et, dans une lettre à Sydney Schiff, datée du 16 juillet 1921, il précise : « Le livre en question, je n'ai pas été en état d'en corriger une seule épreuve, et ce sont les directeurs de la Revue qui gentiment ont chez eux corrigé mon brouillon et donné directement le bon à tirer sans que je m'en mêle[2]. » Si la formule est plus qu'exagérée, il n'en est pas moins vrai que les imprimeurs du *Côté de Guermantes II* ont composé le texte

1. *Corr.*, t. XX, p. 327.
2. *Corr.*, t. XX, p. 401.

des premières épreuves à partir d'une dactylographie très chaotique pour le premier chapitre, et d'un manuscrit plus ou moins cohérent pour le second.

De nombreux ajouts furent rédigés entre 1917 et 1920 avant d'être incorporés au manuscrit ou aux épreuves. Ils figurent dans les Cahiers 59, 60, 61 et 62. Ils illustrent bien la méthode de composition de Proust, qui « nourrit » un texte déjà riche d'ajouts « capitalissimes ». Ce ne sont parfois que de simples expressions ou notations poétiques, comme dans le Cahier 62 (fᵒ 21 rᵒ) où Proust consigne les mots « dégrafée » et « évaporée » qui seront repris dans le texte définitif et appliqués à Rachel[1]. Au même folio, il écrit :

> Quand je m'attriste sur les tapis défaits avant l'arrivée de Saint-Loup (après le télégramme de Mlle de Stermaria) et que je dis que ce sera bientôt l'hiver et un hiver qui semblait devoir être particulièrement rigoureux : L'hiver ! Au coin de la fenêtre, comme sur un verre de Gallé, une veine de neige durcie. Et même aux Champs-Élysées, au lieu des jeunes filles qu'on attend en vain, tout seuls, des moineaux.

Ce paragraphe figure, dans le texte définitif, p. 541. Mais Proust peut aussi introduire de la sorte un motif essentiel : ainsi, le passage sur le dreyfusisme de Swann[2] fut ébauché sur le Cahier 61 avant d'être ajouté aux épreuves.

Le Côté de Guermantes II fut achevé d'imprimer le 30 avril 1921. Le volume comptait 282 pages, mais les 28 dernières étaient occupées par *Sodome et Gomorrhe I*. Ainsi, Proust indiquait au lecteur que les subdivisions de son œuvre avaient peu d'importance, que son livre constituait un tout, qu'aucune partie n'était indépendante, et qu'il convenait de le lire dans un seul élan, du début à la fin, sans se soucier des apparentes ruptures : la structure du roman, aussi complexe soit-elle, ne fut pas conçue pour fragmenter, mais pour réunir. L'étude de sa genèse ne démontre rien d'autre.

1. Ci-dessus p. 686.
2. Ci-dessus p. 777-781.

Page 444.

1. Voir *Essais et articles* (« Bibliothèque de la Pléiade », p. 606), où figure une image semblable.

Page 445.

1. Le 30 janvier 1883, au cours d'une intervention à la Chambre des députés et alors qu'il était en butte aux attaques de la droite, Armand Fallières, qui avait été nommé président du Conseil la veille, déclara qu'il était « très fatigué », demanda une suspension de séance et s'évanouit. Il resta alité une semaine et, quelques jours après son rétablissement, présenta la démission de son gouvernement. Fallières devint président du Sénat en 1899, et président de la République en 1906.

2. C'est aussi d'une crise d'urémie que mourut la mère de Proust en 1905. Voir notre préface, p. 37.

Page 446.

1. Il n'existait guère de vases peints à Pompéi. Parmi les auteurs que Proust a pu lire sur ce sujet, Pierre Gusman affirme que « les débris de poteries ne dénotent que quelques vases étrusco-campaniens à vernis noir brillant » et que l'on a retrouvé un bas-relief en terre cuite représentant un char (*Pompéi*, Société d'édition d'art, s. d. [1898 ?], p. 444-445). Le *Dictionnaire des Antiquités grecques et romaines* de Daremberg et Saglio publie des planches reproduisant des chars funèbres d'après des œuvres d'art d'origine grecque, étrusque et romaine (Hachette, 1896, t. II, p. 1375-1376).

Page 450.

1. Le « sou du franc » est la remise de cinq centimes par franc d'achat qu'un commerçant consent parfois à un domestique qui se fournit chez lui.

Page 457.

1. Ce « nouvel écrivain » est inspiré de Giraudoux qui, dans « Nuit à Châteauroux » (repris en 1920 dans *Adorable Clio*), écrivait : « De Melun je filai sur Provins. Dans

le périmètre du Grand Quartier Général, il n'y a pas de troupes ni de convois étrangers. Les routes qui partent en éventail de Foch ou de Pétain sont pures, pendant quarante kilomètres, de toute autre race que la française. [...] Les balayeuses à jupon vert sous leur chapeau à queue de chamois arrosaient déjà le macadam. [...] Quand la sentinelle du duc Carl Théodor avait le pantalon noir des Prussiens, nous criions : Vive la Bavière ! et nous nous sauvions, enjambant les tuyaux d'arrosage en soulevant nos manteaux et nos traînes, comme des dames » (*NRF*, 1ᵉʳ juillet 1919, p. 226, 249 et 250 ; voir *Essais et articles*, p. 615 ; et Jean-Yves Tadié « Proust et le "nouvel écrivain" », *RHLF*, janvier-mars 1967, p. 79-81). Quant aux noms de Briand et de Claudel par lesquels Proust remplace ceux de Foch et de Pétain, ils désignent deux personnages qu'admirait Giraudoux et qui eurent quelque influence sur sa carrière diplomatique.

2. Proust n'appréciait guère la peinture de Fromentin, et lui reprochait de n'avoir pas nommé, dans *Les Maîtres d'autrefois*, « écrits pourtant plusieurs siècles après la mort de ces peintres hollandais, le plus grand d'entre eux, Vermeer de Delft » (*Essais et articles* p. 580).

Page 460.

1. Avec d'autres « formules nobles » et quelques « expressions que l'on croit *pittoresques* et qui ne le sont plus depuis longtemps », les mots « "ma camériste" (pour "ma femme de chambre") » avaient le don de déclencher le fou rire de Proust (Lucien Daudet, *Autour de soixante lettres de Marcel Proust*, Gallimard, 1929, p. 30).

2. Proust écrit : « On verra plus tard », mais le texte sur l'infidélité de Cottard ne devait pas figurer dans la *Recherche*. Voir *Le Temps retrouvé*, « Folio classique », p. 357.

3. Sur la princesse de Luxembourg, voir *À l'ombre des jeunes filles* « Folio classique », p. 395, et ci-dessus p. 723 ; sur le grand-duc héritier, voir ci-dessous p. 563, n. 1.

Page 461.

1. Voir *Du côté de chez Swann*, « Folio classique »,
p. 70.

Page 462.

1. La guerre russo-japonaise eut lieu en 1904-1905.

Page 470.

1. Georges Dieulafoy (1839-1911), professeur de pathologie interne à la faculté de médecine de Paris, fut l'un
des grands médecins de son époque. Élu à l'Académie de
médecine en 1890, il est l'auteur de travaux sur le mal de
Bright, la tuberculose, l'appendicite, etc.

2. C'est dans les *Mémoires* de Saint-Simon que Proust
a découvert ce nom de Mortemart. Déçu de voir que
Saint-Simon parlait de « l'esprit des Mortemart » mais
n'en donnait aucun exemple, il fit « la gageure d'inventer
"l'esprit des Guermantes" » (*Corr.*, t. XX, p. 259).

3. Poiré Blanche, ou « À la dame blanche », était un glacier et pâtissier, établi au 196, boulevard Saint-Germain.
Rebattet, le pâtissier et confiseur, se trouvait sur la rive
droite, au 12, rue du Faubourg-Saint-Honoré.

Page 475.

1. *Pétrousse*, pour *pétrousquin* (badaud paysan).

Page 477.

1. Dans *Le Malade imaginaire*, un médecin s'appelle
Monsieur Diafoirus et un notaire Monsieur Bonnefoy.

Page 478.

1. Voir p. 455, et une lettre à Sydney Schiff de novembre 1920, où Proust est plus explicite : « les sœurs de ma
grand-mère [...] ne viennent pas la voir parce qu'elles ont
découvert un musicien qui jouait si bien du Beethoven »
(*Corr.*, t. XIX, p. 602).

Page 481.

1. La *Cinquième Symphonie* op. 67 de Beethoven (voir *Essais et articles*, p. 367-372).

Page 485.

1. « La jalousie... » : voir *Du côté de chez Swann*, « Folio classique » p. 522-532, et ci-dessus, p. 226-227.

Page 490.

1. « [...] du jour où elle avait mis tant d'ardeur à imposer son idée de faire écrire par Sophocle : "Mon cher Racine", elle fut la première à rire de bon cœur » : voir *À l'ombre des jeunes filles en fleurs*, « Folio classique », p. 671-676.

Page 492.

1. Genèse, II, 21-22.

Page 493.

1. Le 6 février 1897, Proust se battit en duel contre Jean Lorrain. Ses témoins étaient Gustave de Borda, « merveilleux duelliste », « légendaire sous le surnom de "Borda coup d'épée" », et « le grand peintre » Jean Béraud (*Essais et articles*, p. 549).

Page 494.

1. Voir p. 627, où la même phrase est placée dans la bouche de « Guermantes un peu cultivés ».

Page 495.

1. Après avoir ouvert une parenthèse, Proust oublie de la refermer et d'achever sa phrase. Le texte du manuscrit et celui biffé sur épreuves (placards I) permettent de reconstituer le premier état d'un texte que les corrections ont rendu incompréhensible : « et il me semblait qu'il y avait un monde entre les expressions actuelles et le vocabulaire de l'Albertine que j'avais connue ».

Page 496.

1. C'est Loti qui introduisit ce mot en France : « *Mousmé* est un mot qui signifie jeune fille ou très jeune femme. C'est un des plus jolis de la langue nipponne ; il semble qu'il y ait, dans ce mot, de la *moue* (de la petite moue gentille et drôle comme elles en font) et surtout de la *fri-mousse* (de la frimousse chiffonnée comme est la leur). Je l'emploierai souvent, n'en connaissant aucun en français qui le vaille » *(Madame Chrysanthème*, 1887, chap. XI).

Page 498.

1. Peut-être Proust songe-t-il aux diverses idées expo-sées dans *Le Banquet* de Platon, où figure le discours d'Aristophane sur les êtres humains doubles et sur les androgynes que Zeus coupa en deux pour les châtier d'avoir voulu escalader le ciel, et où le même convive fait l'éloge de l'homosexualité.

2. Sur le manuscrit, Proust indique le nom de Fabre.

Page 500.

1. Sir Henry Irving (1838-1905) fut, en Angleterre, le comédien le plus célèbre de son époque et s'illustra dans le répertoire shakespearien.

2. Frédérick Lemaître (1800-1876) interpréta les grands drames romantiques (*Lucrèce Borgia*, *Ruy Blas*, etc.) et fut étroitement mêlé aux projets de théâtre de Balzac (*Vautrin*).

3. *La Justice éclairant le Crime* : ce titre est à rappro-cher de celui du tableau de Prud'hon, *La Justice et la Vengeance divine poursuivant le Crime* (1808). Proust, qui avait vu cette œuvre au Louvre, substitue « éclairant » à « poursuivant ». À côté de la Justice, portant un glaive et une balance, la Vengeance, ailée, est en effet représentée tenant un flambeau à la main.

Page 506.

1. À Venise, la Piazzetta, bordée d'un côté par le palais des Doges et, de l'autre, par la Libreria Marciana, relie la place Saint-Marc à la lagune. Sur le quai sont érigées

deux colonnes, portant les statues de saint Théodore et du lion de Saint-Marc. L'église Santa Maria della Salute, sur la rive droite du Grand Canal, est peu distante, en effet, de la Piazzetta.

Page 514.

1. Un état antérieur du texte précise : « tu as vraiment des choses plus sérieuses à faire ».

2. Ce lied est de l'Allemand August Heinrich von Wey-rauch (1788-?), mais il fut longtemps attribué à Schubert : « Adieu ! des voix étranges / T'appellent dans les airs ; / Charmante sœur des anges, / Leurs bras te sont ouverts ; / Parmi le chœur céleste / Vas-tu prier un peu / Pour le banni qui reste / Et qui te dit adieu ? » *(Quarante mélodies choisies, avec accompagnement de piano, par F. Schubert*, trad. Émile Deschamps, Brandus et Cie, 1851, p. 1-3).

Page 516.

1. Il s'agit de la princesse d'Orvillers. Voir *Sodome et Gomorrhe*, « Folio classique », p. 119.

Page 522.

1. Dans le livre d'Esther (VI, I-II), Mardochée découvre un complot dirigé contre Xerxès (Assuérus), roi de Perse. Le souverain, se faisant lire le « livre des mémoires » où sont consignés les faits importants de son règne, apprend que Mardochée, cousin de sa femme Esther, n'a pas été remercié de son geste. Il s'empresse de le récompenser. Dans la tragédie de Racine, Mardochée est l'oncle d'Esther. Juif, et donc indésirable au palais du roi, qui a ordonné l'extermination des Hébreux, Mardochée finit par y être accueilli et honoré, et son peuple est sauvé grâce à l'intervention d'Esther. Rappelons que, dans *Du côté de chez Swann*, « Folio classique », p. 60, la duchesse de Guermantes était déjà rapprochée du personnage d'Esther figurant sur les tapisseries de l'église de Combray.

Page 523.

1. Proust cite les vers par lesquels Assuérus déplore de n'avoir pas récompensé Mardochée : « Ô d'un si grand service oubli trop condamnable ! / Des embarras du trône effet inévitable ! / De soins tumultueux un prince envi-ronné / Vers de nouveaux objets est sans cesse entraîné » (*Esther*, II, III, v. 541-544).

2. Dans le livre d'Esther, Mardochée est désigné comme « le Juif qui est assis à la porte royale » (VI, 10). Voir Racine, *Esther*, II, III : Assuérus demande si le « mor-tel qui montra tant de zèle » pour lui vit encore ; Asaph, officier du roi, répond : « Assis le plus souvent aux portes du palais, / Sans se plaindre de vous, ni de sa destinée, / Il y traîne, seigneur, sa vie infortunée » (v. 560-562).

Page 525.

1. Fernand Labori (1860-1917) plaida dans des procès restés fameux. Il défendit ainsi Lemoine, Zola, Picquart, Dreyfus, Thérèse Humbert, Mme Caillaux, etc.

Page 527.

1. Rappelons qu'en 1921, *Sodome I* était publié dans le même volume que *Guermantes II*.

Page 531.

1. Le peintre Van der Meulen (1632-1690) accompa-gna Louis XIV dans ses campagnes et se spécialisa dans les scènes d'histoire militaire. La ville de Nimègue, aux Pays-Bas, fut prise par Turenne en 1672 ; la bataille de Fleurus, en Belgique, eut lieu en 1690.

Page 534.

1. Le boulevard des Capucines doit son nom au cou-vent des Filles-de-la-Passion (ou Capucines), installé en 1687 et dont il longeait les jardins. La rue du Bac suit le tracé d'un chemin qui conduisait au bac établi en 1550 pour transporter les pierres destinées au chantier des Tuileries.

Page 542.

1. Les anciens Juifs, en signe de deuil, déchiraient leurs vêtements, se revêtaient d'un sac ou répandaient de la cendre sur leur tête (voir *Esther*, I, III, v. 159-160).

Page 543.

1. « J'ai dit [...] ce que je pense de l'amitié » : voir *À l'ombre des jeunes filles en fleurs*, « Folio classique », p. 666.

2. Après avoir adressé à son ami Wagner des louanges mêlées de réserves dans la quatrième des *Considérations inactuelles*, Nietzsche s'en prit violemment au compositeur dans *Le Cas Wagner*, lui reprochant son pangermanisme et une grandiloquence de la forme destinée à masquer une indigence du fond. Les réflexions de Proust sur ce sujet sont liées, semble-t-il, à un article que publia son ami Daniel Halévy, biographe de Nietzsche, dans *Le Journal des Débats*. Nietzsche, écrivait Halévy, « avait rompu avec maint camarade : l'amitié virile sans l'accord spirituel, jugeait-il, est indigne » (*Le Journal des Débats*, 18 août 1909, p. 3) ; Halévy publia également en 1909 *La Vie de Frédéric Nietzsche* chez Calmann-Lévy. Une lettre de Nietzsche à Mlle de Meysenbug, qui l'accusait d'avoir commis un « acte indélicat » en publiant *Le Cas Wagner*, était citée : « Vous n'avez jamais compris ni une de mes pensées ni un de mes désirs... Wagner est un génie, mais un génie de *mensonge* ; et j'ai l'honneur d'être le contraire : un génie de *vérité*... » Dans le Carnet I, Proust a noté ces réflexions : « On sait ce que je pense de l'amitié ; je la crois si nulle que je ne suis même pas exigeant intellectuellement pour elle, et quand Nietzsche dit (*Journal des Débats* du 17 [*sic*] août 1909) qu'il n'admet pas une amitié où il n'y ait pas estime intellectuelle cela me semble bien mensonger pour ce détracteur de Wagner "génie du mensonge" (même journal). D'ailleurs sa visite à... sur la destruction du Louvre est bien menteuse aussi. Que peut nous faire ce qui n'est pas en nous » (BN, n.a.fr. 16637, f° 38 v°). Quant à l'attitude de Nietzsche apprenant « la fausse nouvelle de l'incendie du

Louvre », elle illustre bien le reproche que Proust adresse au philosophe. Le 23 mai 1871, « une rumeur erronée se répandit à Bâle : le Louvre était en flammes. Nietzsche fut suffoqué d'émotion. Il courut chez Jacob Burckhardt, qui déjà aussi le cherchait. Ils se rejoignirent enfin, et ne purent que se serrer la main, les yeux remplis de pleurs » (Charles Andler, *Nietzsche, sa vie et sa pensée*, Gallimard, 1958, t. I, p. 345-346). Le 21 juin 1871, Nietzsche écrit à Gersdorff : « Lorsque j'ai entendu parler de l'incendie de Paris, j'ai été anéanti pendant quelques jours, effondré dans le doute et les larmes : toute l'existence scientifique, philosophique et artistique m'est apparue comme une absurdité dès lors qu'un unique jour pouvait abolir les chefs-d'œuvre les plus magnifiques et même des périodes entières de l'art » (Nietzsche, *Œuvres philosophiques complètes*, t. I, Gallimard, 1977, p. 503).

Page 550.

1. Exode, XIII, 21.

Page 551.

1. L'oiseau Rock apparaît dans *Les Mille et Une Nuits*. C'était « un oiseau de grosseur extraordinaire [...], qui se trouvait dans une île fort éloignée, et qui pouvait soulever un éléphant » (trad. Mardrus, Fasquelle, t. III, p. 208).

2. Sur la comtesse de Pourtalès, voir p. 206, n. 1. La marquise de Galliffet, morte en 1901, femme du général, vécut presque toujours séparée de son mari. Proust a décrit une des toilettes de la première en 1894 : « La comtesse de Pourtalès, taffetas gris perle, parsemé de fleurs foncées, les parements clairs, le chapeau surmonté d'une aigrette jaune » (*Essais et articles*, p. 360). En 1919, il fait allusion à l'« élégance aujourd'hui à peu près indescriptible » de la marquise de Galliffet et de la princesse de Sagan, « anciennes belles de l'Empire » (*ibid.*, p. 572).

Page 552.

1. « Il est digne d'entrer », en latin macaronique. La formule est de Molière, dans *Le Malade imaginaire*. Elle

est prononcée lors de la cérémonie finale au cours de laquelle Argan se voit remettre son diplôme de médecin.

Page 555.

1. Mlle d'Ambresac était le parti qu'on prêtait à Saint-Loup dans *À l'ombre des jeunes filles en fleurs*, « Folio classique », p. 637.

Page 557.

1. La suite de la *Recherche* montrera au contraire l'homosexualité de Saint-Loup.

Page 558.

1. Depuis 1905 et la visite de Guillaume II à Tanger, l'Allemagne cherchait à contrer la prépondérance croissante que la France prenait au Maroc. Malgré la conférence d'Algésiras, réunie en 1906, et l'accord franco-allemand de 1907, cette position dominante ne cessait de se renforcer, grâce, notamment, à l'appui de la Grande-Bretagne, tandis que la situation internationale de l'Allemagne s'affaiblissait, à la suite de l'accord anglo-russe d'août 1907. Après l'entrée de troupes françaises à Fès (4 mai 1911), le gouvernement allemand décida de réagir par l'envoi de la canonnière *Panther*, qui, le 1er juillet 1911, mouilla devant le port d'Agadir. Des négociations s'ouvrirent. La France dut céder à l'Allemagne une portion du Congo ; en contrepartie, l'Allemagne permit à la France d'étendre son autorité sur le Maroc.

2. Cette expression revient en effet souvent sous la plume du Dr Mardrus, traducteur des *Mille et Une Nuits*, dès la première page : « Et ils furent tous deux à la limite de la dilatation et de l'épanouissement » (« Histoire du roi Schahriar et de son frère, le roi Schahzaman », *Les Mille et Une Nuits*, Fasquelle, t. I, p. 3).

Page 560.

1. Cravate haute, nouée, engonçante, faisant plusieurs fois le tour du cou.

Page 562.

1. « Les Allemands se sont imaginé longtemps qu'ils avaient inventé l'art gothique. [...] Dès 1845, M. de Verneille proclama que l'art gothique était né en France. Quelques années après, les premiers volumes de Viollet-le-Duc mettaient cette vérité hors de doute [...]. Il fallut que la science allemande s'inclinât [...]. Kraus, dans son Manuel, croit bon d'ajouter quelques arguments à ceux de ses prédécesseurs : "L'art gothique, dit-il, a été appelé en Allemagne, au Moyen Âge, l'art français, *opus francigenum*. Mais la France d'alors, c'est le pays des Francs." [...] Deux hommes [...] ont enfin tenté de dire la vérité à leurs compatriotes. Ils leur ont avoué que l'art allemand du XIIᵉ siècle n'était pas autre chose qu'une imitation de l'art français » (Émile Mâle, *L'Art allemand et l'Art français du Moyen Âge*, Armand Colin, 1917, p. 109-114).

Page 563.

1. George Painter pense que le grand-duc héritier de Luxembourg a été inspiré par Pierre de Polignac qui, le 29 mars 1920, avait épousé Charlotte Grimaldi, duchesse de Valentinois, petite-fille légitimée du prince Albert de Monaco et princesse héritière (*Marcel Proust*, t. II, p. 377-378). Proust s'était brouillé avec lui peu après ce mariage, et il écrivait à Sydney Schiff : « J'ai rompu avec lui (tout en gardant la grande estime de son intelligence et grande gratitude de ses gentillesses). Tout ce qu'on dit de lui (qu'il se croit devenu un petit Roi, etc.) est idiot, et malheureusement tout le monde le dit et invente les histoires les plus ridicules » (*Corr*, t. XIX, p. 602).

Page 565.

1. « Il n'y a aucune clé pour Saint-Loup, mais, dans un passage non encore publié du livre [...], je me suis souvenu d'une promenade sur les banquettes d'un café, promenade exécutée par mon pauvre ami Bertrand de Fénelon, qui a été tué en 1914 » (lettre d'avril 1921 à Robert de Montesquiou, *Corr*, t. XX, p. 194). L'exploit

sportif semble avoir été répété plus tard par Cocteau chez Larue.

Page 566.

1. On note ici un anachronisme. La soirée au restaurant avec Saint-Loup se déroule en décembre 1898. Or, le Maroc ne devint un sujet de dissension entre la France et l'Allemagne qu'après la visite de Guillaume II à Tanger, le 31 mars 1905. C'est peu après (le 6 juin 1905) que, comme le dit Proust dans *La Prisonnière*, « diverses personnes, parmi lesquelles le prince de Monaco, ayant suggéré au gouvernement français l'idée que, s'il ne se séparait pas de M. Delcassé, l'Allemagne menaçante ferait effectivement la guerre, le ministre des Affaires étrangères avait été prié de démissionner ».

2. *Le Déluge*, oratorio de Camille Saint-Saëns, fut composé en 1875 sur un « poème biblique » de Louis Gallet et joué pour la première fois aux concerts du Châtelet en mars 1876.

3. *Le Crépuscule des dieux* de Wagner.

Page 568.

1. Comme le montre une note de Proust sur un cahier d'esquisses, l'auteur pense ici aux frises du Parthénon représentant la procession des Panathénées (voir *Le Côté de Guermantes II*, « Bibliothèque de la Pléiade », esquisse XXX, variante *a*, p. 1226).

Page 570.

1. Mme Geoffrin (1699-1777), femme d'un riche bourgeois, tint, rue Saint-Honoré, un brillant salon que fréquentaient Joseph Vernet, Boucher, La Tour, Marivaux, d'Alembert, etc. Sainte-Beuve l'a évoquée dans un article paru le 22 juillet 1850 : « Ce qui la caractérise en propre et lui mérite le souvenir de la postérité, c'est d'avoir eu le salon le plus complet, le mieux organisé et, si je puis dire, le mieux *administré* de son temps, le salon le mieux établi qu'il y ait eu en France depuis la fondation des salons, c'est-à-dire l'hôtel Rambouillet. Le salon de

Mme Geoffrin a été l'une des institutions du XVIII⁰ siècle. [...] La Mme Geoffrin de nos jours, Mme Récamier, eut de plus que l'autre la jeunesse, la beauté, la poésie, les grâces, l'étoile au front, ajoutons, une bonté non pas plus ingénieuse, mais plus angélique. Ce que Mme Geoffrin eut de plus dans son gouvernement de salon bien autrement étendu et considérable, ce fut une raison plus ferme et plus à domicile en quelque sorte, qui faisait moins de frais et d'avances, moins de sacrifices au goût des autres » (« Madame Geoffrin », *Causeries du lundi*, Garnier, 1858, p. 309, 329). Sainte-Beuve a également parlé de Mme Récamier, l'amie de Benjamin Constant, de Mme de Staël et de Chateaubriand, et de son célèbre salon de l'Abbaye-aux-Bois (rue de Sèvres) : « Au mois de mai dernier a disparu une figure unique entre les femmes qui ont régné par leur beauté et par leur grâce ; un salon s'est fermé, qui avait réuni longtemps, sous une influence charmante, les personnages les plus illustres et les plus divers, où les plus obscurs même, un jour ou l'autre, avaient eu chance de passer. [...] Le salon de Mme Récamier était [...] un centre et un foyer littéraire. [...]. Il y eut bien des salons distingués au XVIII⁰ siècle, ceux de Mme Geoffrin, de Mme d'Houdetot, de Mme Suard [...] » (« Madame Récamier », 26 novembre 1849, *Causeries du lundi*, Garnier, 1857, t. I, p. 121, 123). Sur Mme de Boigne, Sainte-Beuve a écrit un article nécrologique dans *Le Constitutionnel* du 18 mai 1866 : « Son salon fut des plus brillants, des mieux informés toujours. [...] Elle se plaisait à réunir les hommes d'État les plus distingués » (*Nouveaux Lundis*, M. Lévy frères, 1868, t. X, p. 458).

Page 572.

1. Hannibal : voir p. 180, n. 2.

Page 575.

1. Proust aimait la peinture de Chardin, en qui il voyait l'un de ces artistes qui font aimer une réalité en apparence insignifiante par la seule puissance de leur génie (*Essais et articles*, p. 372-382). Jean-Baptiste Perronneau

(1715-1783), moins connu que Chardin ou La Tour, auxquels on le compara souvent, fut le peintre de la bourgeoisie, portraitiste doué, plus soucieux du traitement esthétique de la réalité que de la fidélité à son modèle.

2. L'*Olympia* (1863) de Manet scandalisa les visiteurs du Salon de 1865 où elle fut visible pour la première fois. Une nouvelle controverse s'éleva en 1890, lorsque le tableau fut donné au Louvre, si bien qu'il fut en premier lieu exposé au Luxembourg et n'entra au Louvre qu'en 1907. Il fut alors accroché dans la salle des États, près de la *Grande Odalisque* d'Ingres (voir *Manet*, Réunion des Musées nationaux, 1983, p. 176). Proust, qui admirait ce tableau de Manet, l'a cité plusieurs fois comme l'exemple d'une œuvre que le temps a rendue familière à un public d'abord hostile. Ainsi, en 1922, il affirmait que les écoles « ne sont qu'un symbole matériel du temps qu'il faut à un grand artiste pour être compris et situé entre ses pairs, pour que l'*Olympia* honnie repose auprès des Ingres, pour que Baudelaire, son procès révisé, fraternise avec Racine » (*Essais et articles*, p. 641 ; voir aussi p. 555 et 617).

Page 576.

1. Ces deux tableaux « plus réalistes » semblent inspirés par Renoir, bien que le narrateur évoque Manet à leur propos plus loin, lors du dîner (p. 675). Le « monsieur » dont la présence intrigue dans les toiles d'Elstir pourrait être un sosie de Charles Ephrussi (1849-1905), collectionneur, historien d'art, éditeur de *La Gazette des Beaux-Arts* et banquier, qui fut l'un des modèles de Swann. Il a posé, en jaquette et vêtu d'un chapeau haut de forme, pour *Le Déjeuner des canotiers* (1880-1881), œuvre qui correspond bien au second tableau décrit par Proust, ici comme dans l'esquisse (ci-dessus p. 817). Quant à l'homme « en frac dans son salon », on a pensé à l'éditeur Charpentier, qui a bien été l'« ami », le « protecteur » de Renoir, rapprochement d'autant plus naturel que Proust décrira explicitement le portrait de *Mme Charpentier et ses enfants* (1878) dans *Le Temps retrouvé*. Toutefois si, dans l'esquisse, on peut en effet reconnaître la traîne de Mme Charpentier

telle que l'a peinte Renoir, bordée « d'une écume jaillissante et soulevée de dentelles » (p. 817), plus rien dans
le texte définitif, où le « monsieur » semble seul dans son
salon, ne rappelle l'œuvre de Renoir, où Mme Charpentier apparaît au contraire sans son mari. Autre modèle
possible : d'après George Painter, Jacques-Émile Blanche
aurait identifié ces deux tableaux comme étant peints par
Paul Helleu.

2. Carpaccio a représenté des membres de la famille
Loredan ou de la compagnie de la Calza dans certains
tableaux de *La Légende de sainte Ursule* ou dans *Le
Miracle des reliques de la Croix*.

3. Le *Trio pour piano, violon et violoncelle* op. 97,
dit « L'Archiduc » (1811), fut dédié par Beethoven à
Rodolphe, prince-évêque d'Olmütz, fils de Léopold II
d'Allemagne. Le compositeur dédia aussi à son élève et
ami, en dehors du *Trio*, deux *Concertos pour piano*, deux
Sonates pour piano, et la *Missa solemnis*.

Page 577.

1. Ces « aquarelles à sujets mythologiques » sont inspirées des tableaux de Gustave Moreau, sur lequel Proust
laissa plusieurs pages (*Essais et articles*, p. 667-674). Le
manuscrit donne quelques précisions sur les œuvres auxquelles pense Proust : *Hercule et l'Hydre de Lerne* (1876)
ou *La Jeune Fille thrace portant la tête d'Orphée* (1865 ;
Moreau représenta dix fois ce sujet), *Le Retour des Argo-
nautes* (1897). Mais le tableau décrit dans le texte définitif est sans aucun doute *Les Muses quittant Apollon leur
père pour aller éclairer le monde* que Proust avait pu voir
au musée Gustave Moreau et qu'il cite en 1900 dans un
article sur Ruskin (*Pastiches et mélanges*, p. 105).

2. Allusion à deux autres œuvres de Gustave Moreau :
Hésiode et la Muse et *Poète mort porté par un centaure*.

Page 578.

1. Dans *Le Barbier de Séville*, le comte Almaviva,
déguisé en maître de musique, se présente sous le nom
de Lindor et adresse un chant d'amour à Rosine, devant

Bartholo qui s'assoupit. Le chant s'arrête : « L'absence de bruit qui avait endormi Bartholo le réveille » (III, IV).

Page 579.

1. Dans *Parsifal*, à l'acte II, Klingsor, le magicien, détruit d'un geste un château pour le remplacer par un jardin plein de fleurs merveilleuses.

Page 580.

1. « Les ministres avaient su persuader au roi l'abaissement de tout ce qui était élevé, et que leur refuser ce traitement, c'était mépriser son autorité et son service dont ils étaient les organes parce que d'ailleurs et par eux-mêmes ils n'étaient rien. Le roi, séduit par ce reflet prétendu de grandeur sur lui-même, s'expliqua si durement à cet égard, qu'il ne fut plus question que de ployer sous ce nouveau style, ou de quitter le service, et tomber en même temps, ceux qui quittaient, et ceux qui ne servaient pas même, dans la disgrâce marquée du roi, et sous la persécution des ministres, dont les occasions se rencontraient à tous moments » (Saint-Simon, *Mémoires*, « Bibliothèque de la Pléiade », t. V, p. 482).

Page 582.

1. « [...] quand nous avions fait la connaissance de la princesse de Luxembourg » : voir *À l'ombre des jeunes filles en fleurs*, « Folio classique », p. 395.

2. L'invraisemblance historique des personnages dans les pièces de Sardou – dont les reines Cléopâtre, Théodora et Fédora – était telle, qu'on s'amusait à les parodier dans les salons de la Belle Époque.

Page 583.

1. La ville de Giorgione : Venise.

Page 587.

1. Le « génie » d'Édouard Detaille (1848-1912), membre de l'Académie des beaux-arts, se manifesta surtout dans des tableaux à sujets historiques ou militaires, tels *Sortie*

*de la garnison de Huningue, Bonaparte en Égypte, Le
Rêve*, etc. Le 5 février 1907, Reynaldo Hahn fut convié à
un dîner donné par un conseiller de l'ambassade d'Angleterre en l'honneur des souverains britanniques en visite
à Paris. Dans une lettre qui ne nous est pas parvenue,
Hahn fit à Proust le récit de cette réception : parmi les
invités figurait Detaille (*Corr.*, t. VII, p. 73). De même, en
1910, Mme Greffulhe – l'un des modèles de la duchesse
de Guermantes – reçut Édouard VII et la reine Alexandra, qui avaient demandé qu'elle invitât Detaille (Painter,
Marcel Proust, t. I, p. 204-205). (Pour un autre modèle
de la duchesse de Guermantes, Mme de Chevigné, voir
ci-dessus, p. 111, n. 1.)

2. Alexandre Ribot fut ministre des Affaires étrangères
de 1890 à 1893.

Page 588.

1. Suzanne, baronne de Bourgoing, née Reichenberg
(1853-1924), fit ses débuts dans *L'École des femmes* et,
jusqu'à son mariage en 1898, tint l'emploi d'ingénue à la
Comédie-Française. Proust l'évoque en 1894, « toute gracieuse, habillée de rose pâle et coiffée d'un large chapeau
blanc que couvrent de grandes plumes roses » (*Essais et
articles*, p. 362-363).

2. Charles Widor (1844-1937) fut titulaire des orgues
de Saint-Sulpice, et professeur d'orgue et de composition
au Conservatoire.

Page 590.

1. Plus loin (p. 713), c'est à Mme d'Hunolstein qu'est
donné le surnom de « Petite », également par antiphrase.

Page 592.

1. Ces noms d'actions boursières évoquent le roman de
Walter Scott, et une pièce de Flers et Caillavet (*Primerose*,
1911). En 1909, Proust se montra intéressé par celles de
la mine Ivanhoé (*Corr.*, t. IX, p. 86). Dans les rubriques
boursières des quotidiens de l'époque, on trouve mention des mines Primerose, cotées sur le marché à terme,

et des actions de la société Premier Diamond, valeurs sud-africaines.

Page 593.

1. Citation de l'oraison funèbre d'Henriette d'Angleterre, duchesse d'Orléans : « Ô nuit désastreuse ! ô nuit effroyable ! où retentit tout à coup, comme un éclat de tonnerre, cette étonnante nouvelle : Madame se meurt ! Madame est morte ! » (Bossuet, *Œuvres*, « Bibliothèque de la Pléiade », p. 91).

2. *Pupazzi* : en italien, marionnettes.

3. Sur la « mécanique », voir *Du côté de chez Swann*, « Folio classique », p. 192, n. 1.

Page 595.

1. « Quelque prévenu qu'il fût, quelque mécontentement qu'il crût avoir lieu de sentir, [Louis XIV] écoutait avec patience, avec bonté, avec envie de s'éclaircir et de s'instruire ; il n'interrompait que pour y parvenir [...]. Là, tout se pouvait dire, pourvu encore une fois que ce fût avec cet air de respect, de soumission, de dépendance, sans lequel on se serait encore plus perdu que devant » (Saint-Simon, *Mémoires*, « Bibliothèque de la Pléiade », t. V. p. 485).

2. Louis XIV « demeura tellement ignorant que les choses le plus connues d'histoire, d'événements, de fortunes, de conduites, de naissance, de lois, il n'en sut jamais un mot » et « tomba, par ce défaut et quelquefois en public, dans les absurdités les plus grossières ». Quand le roi apprit que Saint-Hérem appartenait à la maison de Montmorin, il fallut « expliquer quelles étaient ces maisons, que leur nom ne lui apprenait pas » (*Mémoires*, t. V, p. 478-479). Quant à l'expression « un fort petit roi », elle figure dans le récit de la venue à Paris, en 1709, de l'Électeur de Bavière, Maximilien. L'Électeur était habituellement nommé « Monsieur l'Électeur ». « *Monsieur l'Électeur* fut une façon de parler vieillie et abolie, et, sans aucune réflexion, *l'Électeur* tout court s'introduisit : tellement que, depuis, on ne dit plus que *l'électeur*

de Bavière, l'électeur de Saxe, l'électeur de Mayence, ainsi
des autres, comme on dit simplement *le roi d'Angleterre,
le roi de Suède,* et des autres rois. Ainsi tout passe, tout
s'élève, tout s'avilit, tout se détruit, tout devient chaos, et
il se peut dire et prouver, qui voudrait descendre dans le
détail, que le roi, dans la plus grande prospérité de ses
affaires, et plus encore depuis leur décadence, n'a été,
pour le rang et la supériorité pratique et reconnue de
tous les autres rois et de tous les souverains non rois,
qu'un fort petit roi en comparaison de ce qu'ont été à
leur égard à tous, et sans difficulté aucune, nos rois Philippe de Valois, Jean, Charles V, Charles VI, que je choisis
parmi les autres comme ayant régné dans les temps les
plus malheureux et les plus affaiblis de la monarchie.»
(ibid., t. III, p. 619).

3. « Laisser la main », c'est « donner la droite à quelqu'un [...], soit en s'asseyant soit en marchant auprès de
lui » (Littré).

4. Lors de son séjour en France de 1709, l'Électeur de
Bavière fut invité à Meudon par le grand Dauphin, Louis :
« Monseigneur, étant allé de Marly à Meudon, y voulut
donner à dîner à l'Électeur ; mais la surprise fut grande
de la prétention qu'il forma d'y avoir la main. Elle était
en tout sens également nouvelle et insoutenable : jamais
électeur n'en avait imaginé une semblable sur l'héritier de
la couronne [...] ; il y eut des pourparlers, qui aboutirent à
quelque chose de fort ridicule. [...] Monseigneur le reçut
en dehors ; ils n'entrèrent point dans la maison, à cause de
la main ; il se trouva une calèche, dans laquelle ils montèrent tous deux en même temps, par chacun un côté ;
ils se promenèrent beaucoup ; au sortir de la calèche,
l'Électeur prit congé et s'en alla à Paris, et de manière
que Monseigneur ne le vit, ni en arrivant, ni en partant,
descendre ni monter en carrosse. De cette façon, quoique
Monseigneur fût à droit dans la calèche, la main fut couverte par monter en même temps par différent côté, et par
cette affectation de n'entrer pas dans la maison et ne la
voir que par les dehors » (*Mémoires,* t. III, p. 618).

5. L'électeur palatin, Charles-Louis Ier de Bavière,

recevait le duc de Chevreuse, à Heidelberg. Saint-Simon rapporte que « l'électeur palatin se tint au lit, se prétextant malade, apparemment pour éviter la main, mais il donna à dîner dans son lit au duc de Chevreuse » (*Mémoires*, t. II, p. 766).

6. Rendre le service : être préposé au service de la chambre (qui comprend la présentation de la chemise) du roi, des princes et princesses du sang.

7. Louis III de Bourbon-Condé, Monsieur le Duc, était le cousin de Louis XIV et de son frère Philippe Ier duc d'Orléans, Monsieur. Saint-Simon raconte que Monsieur le Duc refusait de rendre le service à Monsieur qui, sur le conseil du roi, imagina un stratagème pour obtenir satisfaction. Au moment de son lever, à Marly, il « vit par sa fenêtre Monsieur le Duc dans le jardin ; il l'ouvre vite et l'appelle. Monsieur le Duc vient ; Monsieur se recule, lui demande où il va, l'oblige, toujours reculant, d'entrer et d'avancer pour lui répondre, et, de propos en propos, dont l'un n'attendait pas l'autre, tire sa robe de chambre. À l'instant, le premier valet de chambre présente la chemise à Monsieur le Duc, à qui le premier gentilhomme de la chambre de Monsieur fit signe de le faire, Monsieur cependant défaisant la sienne ; et Monsieur le Duc, pris ainsi au trébuchet, n'osa faire la moindre difficulté de la donner à Monsieur » (*Mémoires*, t. II, p. 16).

Page 596.

1. La duchesse de Bourgogne était la petite-fille de Monsieur. Le jour de la mort de Monsieur, le roi « pleura beaucoup ». Mais, dès le lendemain, « des dames du palais entrant chez Mme de Maintenon, où était le roi avec elle et Mme la duchesse de Bourgogne, sur le midi, elles l'entendirent, de la pièce où elles se tenaient joignant la sienne, chantant des prologues d'opéra. Un peu après, le roi, voyant Mme la duchesse de Bourgogne fort triste en un coin de la chambre, demanda avec surprise à Mme de Maintenon ce qu'elle avait pour être si mélancolique et se mit à la réveiller, puis à jouer avec elle et quelques dames du palais qu'il fit entrer pour les amuser

tous deux. Ce ne fut pas tout que ce particulier. Au sortir du dîner ordinaire, c'est-à-dire un peu après deux heures, et vingt-six heures après la mort de Monsieur, Mgr le duc de Bourgogne demanda au duc de Montfort s'il voulait jouer au brelan. "Au brelan ! s'écria Montfort dans un étonnement extrême, vous n'y songez donc pas ! Monsieur est encore tout chaud. — Pardonnez-moi, répondit le Prince, j'y songe fort bien ; mais le roi ne veut pas qu'on s'ennuie à Marly, m'a ordonné de faire jouer tout le monde, et, de peur que personne ne l'osât faire le premier, d'en donner, moi, l'exemple." De sorte qu'ils se mirent à faire un brelan et que le salon fut bientôt rempli de tables de jeu » (*Mémoires*, t. II, p. 11).

Page 598.

1. « L'esprit des Mortemart » : voir p. 470, n. 2. À propos de Mme de Montespan, l'une des trois filles de Gabriel de Rochechouart, duc de Mortemart, Saint-Simon écrit : « Il n'était pas possible d'avoir plus d'esprit, de fine politesse, des expressions singulières, une éloquence, une justesse naturelle qui lui formait comme un langage particulier, mais qui était délicieux, et qu'elle communiquait si bien par l'habitude, que ses nièces et les personnes assidues auprès d'elle, ses femmes, celles que, sans l'avoir été, elle avait élevées chez elle, le prenaient toutes, et qu'on le sent et on le reconnaît encore aujourd'hui dans le peu de personnes qui en restent : c'était le langage naturel de la famille, de son frère et de ses sœurs » (*Mémoires*, t. II, p. 972). Mme de Castries, nièce de Mme de Montespan, « savait tout : histoire, philosophie, mathématiques, langues savantes, et jamais il ne paraissait qu'elle sût mieux que parler français ; mais son parler avait une justesse, une énergie, une éloquence, une grâce jusque dans les choses les plus communes, avec ce tour unique qui n'est propre qu'aux Mortemart » (*ibid.*, t. I, p. 353).

Page 601.

1. Voir le chapitre X de *Salammbô*, intitulé « Le Serpent ». L'expression « génie de la famille » figure dans

la réponse de Flaubert aux articles de Sainte-Beuve sur *Salammbô* : « Il n'y a ni *vice malicieux* ni *bagatelle* dans mon serpent. [...] Salammbô, avant de quitter sa maison, s'enlace au génie de sa famille, à la religion même de sa patrie en son symbole le plus antique » (« Folio classique », p. 491). La famille Barca est celle d'Hamilcar et de sa fille, Salammbô.

Page 604.

1. Dernier vers d'« *Ultima verba* » (*Les Châtiments*) de Victor Hugo.

2. Racine, *Andromaque*, V, v, v. 1613.

3. « Oui, je te loue, ô Ciel ! de ta persévérance. »

Page 607.

1. Les lettres de Mme de Simiane furent publiées en 1773 dans le recueil des *Lettres nouvelles ou nouvellement recouvrées de la marquise de Sévigné et de la marquise de Simiane*. Fille de Mme de Grignan, la marquise de Simiane était la petite-fille de Mme de Sévigné.

Page 610.

1. Badroul Boudour, personnage des *Mille et Une Nuits* dont s'éprend Aladin.

Page 611.

1. Le 15 juillet 1910, dans *Fémina*, à propos de *Salomé*, opéra de Richard Strauss (1905), Reynaldo Hahn écrivait : « On peut détester la musique de *Salomé*, on ne peut point ne pas la subir, et c'est, je pense, le plus grand éloge qu'on en puisse faire si, comme je le crois, le dessein de M. Richard Strauss a été de dompter l'auditeur par la force, de le subjuguer par une formidable dépense de magnétisme, de le soumettre à l'impitoyable ascendant de sa volonté » (p. 381). Dans une lettre à R. Hahn, Proust considéra que ce jugement était empreint de « méchanceté » (*Corr.*, t. X, p. 148). – *Les Diamants de la Couronne* (1841) est un opéra-comique d'Auber, sur un livret de Scribe et de Vernoy de Saint-Georges.

Page 614.

1. Parny (1753-1814) chanta la grâce féminine et l'isolement préromantique. Sa poésie délicate annonce Lamartine.

Page 615.

1. Gaston Lemaire (1854-1928) a surtout composé de la musique légère, dont plusieurs opérettes : *Les Maris de Juanita, Le Rêve de Manette*, etc. – Charles Grandmougin (1850-1930), poète patriotique et auteur dramatique français, jouissait d'une solide réputation mondaine (*Prométhée*, 1878, *Jeanne d'Arc*, 1911, etc.).

2. Marie-Christine de Habsbourg-Lorraine (1858-1929), avait épousé Alphonse XII en 1879. À la mort de celui-ci, en 1885, elle se vit confier la régence du pays, jusqu'en 1902.

Page 617.

1. Le salon de la princesse de Parme rappelle celui de la princesse Mathilde tel que Proust le décrivit en 1903 dans *Le Figaro* (*Essais et articles*, p. 445).

Page 619.

1. Voir *Le Mannequin d'osier* (1897) d'Anatole France. Au cours d'une conversation sur les alliances de la France, le préfet Worms-Clavelin déclare à son ami Frémont : « Tu sais bien [...] que nous n'en avons pas, de politique extérieure, et que nous ne pouvons pas en avoir » (*Œuvres*, « Bibliothèque de la Pléiade », t. II, p. 944).

2. Un argument semblable figure dans un ouvrage de Léon Brunschvicg que Proust cite dans une note de *La Bible d'Amiens*. Ruskin avait écrit : « Les formes architecturales [d'une cathédrale] ne pourront jamais vraiment nous ravir, si nous ne sommes pas en sympathie avec la conception spirituelle d'où elles sont sorties » (p. 253-254). Voici la « note du traducteur » : « Cf. l'idée contraire dans le beau livre de Léon Brunschvicg *Introduction à la vie de l'esprit*, chap. III : "Pour éprouver la joie esthétique, pour apprécier l'édifice, non plus comme

bien construit mais comme vraiment beau, il faut... le sentir en harmonie, non plus avec quelque fin extérieure, mais avec l'état intime de la conscience actuelle. [...] *Une cathédrale est une œuvre d'art quand on ne voit plus en elle l'instrument du salut, le centre de la vie sociale dans une cité ;* pour le croyant qui la voit autrement, elle est autre chose" (page 97) » (*ibid.*). D'autre part, Émile Mâle écrit : « Dès la seconde moitié du XVIe siècle, l'art du Moyen Âge devint une énigme. [...] Au XVIIe et au XVIIIe siècle, les Bénédictins de Saint-Maur, quand ils parlent de nos vieilles églises, font preuve d'une ignorance choquante chez de si grands erudits » (*L'Art religieux du XIIIe siècle en France*, éd. citée, p. vu)

3. La maison de Bourbon-Parme a cessé de régner en 1859

Page 624.

1. Le conseil des Dix : le conseil secret de Venise.
2. *Le Malade imaginaire*, troisième intermède.

Page 629.

1. Gustave de Lamarzelle (1852-1929), député catholique du Morbihan de 1883 à 1893, devint sénateur à partir de 1894.

Page 631.

1. Le château de Brézé, près de Saumur, fut bâti au XVIe siècle.
2. Fernand Gregh donne la source de ce mot : « C'est à Trouville que j'ai connu les Finaly qui venaient d'acheter les beaux Frémonts aux Arthur Baignères. L'intermédiaire avait été Marcel Proust à qui M. Landau, l'oncle de Mme Finaly, pour le remercier de son entremise, avait fait cadeau d'une canne somptueuse [...]. La rumeur disait que M. Landau avait donné les Frémonts à sa nièce pour la taquiner à la suite de je ne sais quel pari, et Arthur Baignères s'était écrié : "C'est Taquin le Superbe" [...] » (*L'Âge d'or*, Grasset, 1947, p. 163-164).

Page 632.

1. La cantatrice Marie-Caroline Miolan-Carvalho (1827-1895) débuta à l'Opéra-Comique en 1850. Elle créa, entre autres, plusieurs opéras de Gounod : *Faust, Mireille* et *Roméo et Juliette*. Elle fit ses adieux en 1885.

Page 635.

1. Les duels et les conquêtes amoureuses de Bussy d'Amboise (1549-1579), gouverneur de l'Anjou, lui valurent une réputation d'aventurier. Il fut tué, près de Saumur, par le comte de Montsoreau, dont il avait séduit la femme. Alexandre Dumas père s'est inspiré de sa vie pour son roman *La Dame de Monsoreau* (1846). « Je suis au milieu du second volume de la *Dame de Montsoreau [sic]* », écrivait Proust à Reynaldo Hahn en août 1896. « Si j'avais des peines, elles seraient effacées par le plaisir qu'a pour le moment Bussy. Et plaisirs ou peines ne me paraîtraient pas beaucoup plus réels que celles du livre, dont je prends mon parti » (*Corr.*, t. II, p. 105-106).

Page 636.

1. Pour Pascal, il y a « deux sortes d'esprit : l'une, de pénétrer vivement et profondément les conséquences des principes, et c'est là l'esprit de justesse ; l'autre, de comprendre un grand nombre de principes sans les confondre, et c'est là l'esprit de géométrie » (*Pensées*, éd. Michel Le Guern, « Folio classique », fragment n° 465).

Page 637.

1. C'est à la duchesse de Guermantes, et non à la princesse de Parme, que Proust prête les goûts littéraires de la princesse Mathilde, qui comptait Flaubert, Mérimée et les Goncourt parmi les habitués de son salon.

Page 638.

1. En moins de trois années furent créés à Paris deux opéras portant le même titre : *Iphigénie en Tauride*. L'œuvre de Gluck fut représentée en 1779 ; celle

de Niccolo Piccinni en 1781. Le second opéra avait, en réalité, été composé pour éclipser le premier et faire triompher, face aux « gluckistes », les conceptions des « piccinnistes ». Les partisans des deux rivaux, représentants respectifs des musiques française et italienne, s'affrontaient avec violence, n'hésitant pas à verser le sang. La version de Gluck remporta un grand succès, celle de Piccinni fut un échec.

2. La *Phèdre* de Racine fut créée le 1er janvier 1677 à l'hôtel de Bourgogne ; deux jours plus tard, Nicolas Pradon fit représenter sa propre *Phèdre et Hippolyte* par la troupe du théâtre Guénégaud. Le but des puissants amis de Pradon semble avoir été de « faire tomber » la pièce de Racine. Mais le triomphe de Pradon, qui faillit en effet entraîner la chute du chef-d'œuvre de Racine, fut de courte durée.

3. Troisième exemple d'une célèbre querelle littéraire : grâce en partie au triomphe de *Lucrèce* (1843) et à l'échec, la même année, des *Burgraves* de Victor Hugo, François Ponsard devint le chef de file de la réaction antiromantique et antihugolienne. Sa position sembla confirmée par le succès, en 1866, de sa pièce *Le Lion amoureux*.

Page 639.

1. Proust écrivait lui-même en 1908 : « Je me demande par moments si ce qu'il y a encore de mieux dans l'œuvre de Sainte-Beuve, ce ne sont pas ses vers. [...] Il y a plus de sentiment direct dans *Les Rayons jaunes*, dans *Les Larmes de Racine*, dans tous ses vers, que dans toute sa prose » (*CSB*, p. 231-232).

2. « J'ai entendu [...] quand j'étais enfant les plus grands Parnassiens dire qu'il n'y avait que deux vers dans Musset [...]. J'avoue que si cela me révolte ce n'est pas que j'aime le moins du monde Musset, mais à cause du manque de conscience des Parnassiens qui insoucieux de ce que Musset a cherché à faire (et qui n'est pas fameux) se sont ingéniés à découvrir chez lui juste le contraire de ce à quoi il visait. Le jeu a changé mais n'est pas meilleur. Musset maintenant est le plus grand poète du XIXe siècle pour

Mme de Noailles (Cocteau), Mme de Régnier et Régnier
qui ont entendu leur père et beau-père répéter que c'en
était le plus mauvais. Mais ce qu'ils aiment chez Musset
est tellement peu Musset (par exemple / *Plus ennuyeux
que Milan / Où du moins deux ou trois fois l'an Cerrito
danse*) que l'engouement ne représente pas un effort vers
la justice » (lettre à J. Rivière, janvier 1920, *Corr.*, t. XIX,
p. 99-100.) Cf. les *Jeunes filles en fleurs*, p. 487.

    3. Voir *Le Menteur*, II, v.

    4. À Jacques-Émile Blanche, Proust écrivait en 1918 :
« En principe, je trouve, et par raison de doctrine, absurde
de préférer une première version, une esquisse, etc.
Sainte-Beuve prétendait toujours "ne pas retrouver dans
les éditions suivantes, la flamme, etc.". C'est vraiment
trop nier tout le travail organique selon lequel un auteur
se développe et fructifie. Je trouverais donc idiot de déclarer vos secondes versions inférieures. Je me ferais l'effet
des gens qui aiment dans Molière, non *Le Misanthrope*
mais *L'Étourdi*, dans Musset, non les *Nuits* mais la *Bal-
lade à la Lune*, c'est-à-dire tout ce que Molière et Musset
ont tâché d'abandonner pour des formes plus hautes »
(*Corr.*, t. XVII, p. 69).

    5. Au début de l'acte II de *Tristan et Isolde*, Brangaine
et Isolde entendent des cors jouant dans le lointain : c'est
Marke qui a décidé une chasse nocturne.

Page 645.

    1. La princesse de Deryabar, héroïne des *Mille et Une
Nuits*, apparaît dans l'« Histoire de Codadad » et dans
l'« Histoire de la princesse de Deryabar » (trad. Galland).

Page 646.

    1. Le général Mercier, ministre de la Guerre de 1893
à 1895, fit traduire Dreyfus devant un Conseil de guerre
en 1894.

Page 652.

    1. Les Anglais parlent de *dinner jacket*. Le *smoking
jacket* n'est qu'une veste d'intérieur.

Page 654.

1. Sur le retard de Grouchy, voir ci-dessus, p. 592.

Page 657.

1. Le drame d'Alphonse Daudet, tiré d'un des contes des *Lettres de mon moulin*, fut créé, avec une musique de scène de Bizet, en 1872. Le frère du héros, un simple d'esprit, est surnommé « l'Innocent ». En septembre 1918, dans une lettre à Lucien Daudet, Proust parle de *L'Arlésienne*, une œuvre dont il ne s'est « jamais consolé » : « Le mortel chagrin qu'elle inocule est la cause de presque toutes les folies que j'ai faites dans la vie et de celles que j'ai encore à faire. Au lieu que mon petit garçon, dans mon livre, soit halluciné par l'exemple de *Swann* c'est *L'Artésienne* que j'aurais dû dire. *L'Artésienne* et *Sapho*, connais-tu d'autres œuvres qui causent d'aussi inguérissables blessures ? » (*Corr.*, t. XVII, p. 356).

Page 661.

1. Henri, vicomte de Bornier (1825-1901), est l'auteur de *La Fille de Roland*, drame historique en vers créé au Théâtre-Français en 1875. Cette œuvre met en scène des personnages de *La Chanson de Roland*.

2. Marie Bonaparte, fille du prince Roland Bonaparte (petit-fils de Lucien Bonaparte), épousa Georges de Grèce, second fils du roi Georges Ier, en 1907.

3. Le comte Hoyos-Sprinzenstein fut ambassadeur d'Autriche à Paris de 1883 à 1894.

Page 662.

1. « Que de femmes, déplorant les œuvres d'un écrivain de leurs amis, ajoutent : "Et si vous saviez quels ravissants billets il écrit quand il se laisse aller ! Ses lettres sont infiniment supérieures à ses livres" » (« À propos du "style" de Flaubert », janvier 1920, *Essais et articles*, p. 592).

2. Gabriel de La Rochefoucauld raconte l'anecdote suivante : « [Proust] avait dîné avec une femme du monde qui, au cours du repas, s'était tournée vers lui, et lui avait

dit : "Vous avez entendu parler d'un livre qui s'appelle *Salammbô* ?" Proust la regarda avec ses yeux enfantins et étonnés, et ne répondit pas. Elle reprit brusquement : "Vous devez le connaître, puisque vous vous occupez de littérature." Timidement il risqua à mi-voix : "Je crois bien que c'est de Flaubert." Évidemment la dame n'entendit pas distinctement le nom, car elle s'écria : "Enfin cela n'a pas d'importance, que ce soit de Paul Bert ou d'un autre, cela n'empêche pas que le livre m'ait plu" » (*NRF*, 1er janvier 1923, p. 70).

3. L'histoire a retenu le nom de deux Fulbert. Le premier (vers 960-1028) fut évêque de Chartres et auteur de *Lettres* sur la société féodale (cf. *Du côté de chez Swann*, p. 176, n. 1). Le second, chanoine parisien du XIe siècle, oncle et tuteur d'Héloïse, fut responsable de l'émasculation d'Abélard.

4. Proust s'est souvent élevé contre cette idée qu'il a pu lire chez Sainte-Beuve, Lemaitre ou Thibaudet. En 1908, il reproche au premier de n'avoir pas compris « ce qu'il y a de particulier dans l'inspiration et le travail littéraire ». « En aucun temps de sa vie Sainte-Beuve ne semble avoir conçu la littérature d'une façon vraiment profonde. Il la met sur le même plan que la conversation » (*CSB*, p. 224-225). Dans *Chateaubriand et son groupe littéraire*, Sainte-Beuve considérait en effet que le « *galant homme* littéraire » est celui qui sait « donner plus à l'intimité qu'au public », « qui ne laisse pas trop le métier et la besogne empiéter sur l'essentiel de son âme et de ses pensées » (cité par P. Clarac, *ibid.*, n. 2, p. 224). « En réalité, répond Proust, ce qu'on donne au public, c'est ce qu'on a écrit seul, pour soi-même, c'est bien l'œuvre de soi... Ce qu'on donne à l'intimité, c'est-à-dire à la conversation [...] et à ces productions destinées à l'intimité, c'est-à-dire rapetissées au goût de quelques personnes et qui ne sont guère que de la conversation écrite, c'est l'œuvre d'un soi bien plus extérieur [...] » (*ibid.*, p. 224). Le 24 janvier 1913, Jules Lemaitre avait prononcé une conférence qui parut dans *La Revue hebdomadaire* du 1er février. Le critique ne comprenait pas que Flaubert « puisse réellement mettre huit jours

et huit nuits à écrire cinquante ou soixante lignes » et il le jugeait « très flâneur, peut-être très paresseux » (cité par Philip Kolb, *Corr.*, t. XII, n. 8, p. 282). En octobre 1913, Proust confiait à André Beaunier : « Aujourd'hui tout le monde est injuste pour [Flaubert]. Lemaitre en a parlé comme d'un imbécile. Qui aurait su dire comme vous que l'art fut pour lui le dernier stratagème d'une sensibilité en peine de renoncements » (*ibid.*, p. 280). Et, en avril 1920, à propos d'une phrase de Montesquieu qu'admirait Flaubert, il écrivait à Léon Daudet : « C'est [...] pour arriver à des réussites de ce genre qu'il se donnait une peine à laquelle Jules Lemaitre ne voulait pas croire. "Non, a-t-il écrit (beaucoup mieux) il devait passer une partie du temps à ne rien faire, il exagérait. Tout de même, une page cela n'est pas tellement long que cela à écrire, n'est-ce pas, tout de même ?" [...] La grande patience de Flaubert devrait défendre de laisser imprimer ce qui n'est même pas digne d'être écrit sur du papier à lettres, ce qu'on pourrait tout au plus dire en bavardant, "téléphoner" » (*Corr.*, t. XIX, p. 149). Enfin, dans « À propos du "style" de Flaubert », Proust, qui répond en janvier 1920 à un article de Thibaudet paru en novembre 1919 dans la *NRF*, précise : « Tout grand artiste qui volontairement laisse la réalité s'épanouir dans ses livres se prive de laisser paraître en eux une intelligence, un jugement critique qu'il tient pour inférieurs à son génie. Mais tout cela qui n'est pas dans son œuvre, déborde dans sa conversation, dans ses lettres. Celles de Flaubert n'en font rien paraître. Il nous est impossible d'y reconnaître, avec M. Thibaudet, les "idées d'un cerveau de premier ordre" » (*Essais et articles*, p. 592-593).

5. Un choix des lettres de Léon Gambetta parut en 1909.

Page 663.

1. *Suave, mari magno turbantibus aequora venus, / e terra magnum alterius spectare laborem* (« Il est doux, quand la vaste mer est soulevée par les vents, / d'assister du rivage à la détresse d'autrui », Lucrèce, *De natura rerum*, II, 1-2).

Page 664.

1. Au début de l'acte II. Voir *Albertine disparue*, « Folio classique », p. 261.

2. Ainsi commence le duo chanté par Girot et Nicette au premier acte du *Pré-aux-Clercs* (1832), opéra-comique d'Hérold.

3. Le duc cite et prise indifféremment des chefs-d'œuvre de Mozart et des partitions qui, pour estimables et admirées qu'elles aient été, ne sauraient être placées sur le même plan : les opéras-comiques d'Auber (*Fra Diavolo*, 1830, et *Les Diamants de la Couronne*), et d'Adolphe Adam, *Le Chalet* (1834).

4. Si *Le Bal de Sceaux* est une nouvelle de Balzac, *Les Mohicans de Paris* sont d'Alexandre Dumas père (voir *CSB*, p. 282).

Page 665.

1. Ce poème, dont Proust cite les premiers vers, est le dix-neuvième des *Feuilles d'automne*. Victor Hugo l'a daté du 18 mai 1830 : il avait alors vingt-huit ans et était plus proche du ton lyrique et idyllique de Mme Deshoulières que du génie épique et visionnaire qui devait s'exprimer dans *La Légende des siècles*. Mme Deshoulières (1638-1694) est l'auteur de *Poésies* publiées en 1688 et fut à la tête de la cabale qui fit tomber la *Phèdre* de Racine.

2. Repentirs : « Cheveux roulés en hélice ou en tire-bouchons que quelques femmes laissent pendre des deux côtés du visage » (Littré).

3. La comtesse de Rémusat (1780-1821), dame d'honneur de l'impératrice Joséphine, écrivit deux romans et un *Essai sur l'éducation des femmes*. On a publié ses *Mémoires* en 1879 et ses *Lettres* en 1881. – Sur Mme de Broglie, voir p. 369, et ci-dessous p. 766, n. 1. – La comtesse de Sainte-Aulaire, dont les *Souvenirs* parurent en 1875, était la femme de l'ambassadeur de Louis-Philippe à Rome, Vienne, puis Londres ; l'une de ses filles épousa le duc Decazes.

4. Il s'agit, bien entendu, de l'*Imitation de Jésus-Christ*.

5. En 1896, Proust reprochait leur hermétisme aux disciples de Mallarmé : « En prétendant négliger les "accidents de temps et d'espace" pour ne nous montrer que des vérités éternelles, [le symbolisme] méconnaît une autre loi de la vie qui est de réaliser l'universel ou éternel, mais seulement dans des individus » (*Essais et articles*, p. 394). Mais, en 1893, il prend la défense du poète face à Mme Straus (« c'est de la poésie pure et rien ne peut adoucir votre ennui si elle vous en fait éprouver » ; *Corr.*, t. IV, p. 411-412) ; et, en 1895, il écrit à Reynaldo Hahn : « Daudet est délicieux [...] mais trop simpliste d'intelligence. Il croit que Mallarmé mystifie. Il faut toujours supposer que les pactes sont faits entre l'intelligence du poète et sa sensibilité et qu'il les ignore lui-même, qu'il en est le jouet » (*Corr.*, t. I, p. 444).

Page 666.

1. Pyramidon : analgésique, succédané de l'antipyrine.

Page 667.

1. Derniers vers de « L'Enfance » (*Les Contemplations*, livre I, poème XXXIII).

2. « Les morts durent bien peu. Laissons-les sous la pierre ! / Hélas ! dans le cercueil ils tombent en poussière / Moins vite qu'en nos cœurs ! » (« À un voyageur », *Les Feuilles d'automne*, v. 76-78).

Page 669.

1. Rappelons que Réjane est l'un des modèles de la Berma et qu'elle hébergea Proust quelques mois en 1919. – Jeanne Granier (1852-1939) fut chanteuse d'opérettes avant d'aborder la comédie.

Page 670.

1. Ce substantif est formé sur le nom d'Édouard Pailleron (1834-1899), auteur de comédies spirituelles (*L'Étincelle*, *Le Monde où l'on s'ennuie*) et membre de l'Académie française.

2. Musset, « La Nuit d'octobre », v. 208.

Page 672.

1. Jean-Edmond Jurien de La Gravière (1812-1892),
amiral français, écrivit des ouvrages sur l'histoire de la
marine. Il fut élu à l'Académie française en 1888.

Page 674.

1. Mme de Guermantes partage l'opinion de Barbey
d'Aurevilly qui, à propos de *L'Assommoir*, écrit : « M. Zola
a voulu travailler exclusivement dans le Dégoûtant...
Nous avons su par lui qu'on pouvait tailler largement
dans l'excrément humain, et qu'un livre fait de cela seul
avait la prétention d'être beau ! » Le critique appelle
Zola « cet Hercule souillé qui remue le fumier d'Augias
et qui y ajoute ». « M. Émile Zola croit qu'on peut être
un grand artiste en fange, comme on est un grand artiste
en marbre. Sa spécialité, à lui, c'est la fange. Il croit qu'il
peut y avoir très bien un Michel-Ange de la crotte » (*Le
Roman contemporain*, Lemerre, 1902, p. 231-232).

Page 675.

1. Zola publia une étude sur *Édouard Manet* en 1867.

Page 676.

1. Ingres peignit *La Source* en 1856. Paul Delaroche
(1797-1856), peintre académique, spécialiste de sujets
historiques, exposa son tableau *Les Enfants d'Édouard*
au Salon de 1831.
2. C'est le titre d'un tableau de Manet qui peignit également, en 1880, *L'Asperge*. « On connaît la charmante
histoire de ce tableau : Manet avait vendu à Charles
Ephrussi *Une botte d'asperges* pour 800 francs. Ephrussi
lui en envoie mille, et Manet, qui n'était pas en reste d'élégance et d'esprit, peignit cette asperge et la lui envoya
avec ce petit mot : "Il en manquait une à votre botte" »
(Françoise Cachin, in *Manet*, Réunion des Musées nationaux, 1983, p. 450-451).

Page 677.

1. Jehan Vibert (1840-1902) fut l'un des fondateurs de

la Société des aquarellistes français. Sa série de tableaux représentant des prêtres ou des moines fut très appréciée. L'œuvre que décrit Proust est *Le Récit du missionnaire* (1883), dont le titre est incorrectement cité dans l'esquisse, ci-dessus p. 819.

Page 678.

1. *Pampille* : nom de plume de Marthe Allard, cousine de Léon Daudet, qui l'épousa en secondes noces en 1903. Elle donna des articles sur la gastronomie, la mode, etc., dans *L'Action française*, et publia des contes et *Les Bons Plats de France : cuisine régionale*. En 1916, Proust disait à Lucien Daudet qu'elle « écrit des livres charmants » (*Corr.*, t. XV, p. 150).

2. Voir Pampille, *Les Bons Plats de France* (Fayard, s. d. [1913 ?]), p. 28-29 : « Le meilleur sel est le sel de marais salants et l'on a grand avantage à s'en faire expédier [...] soit de Piriac, soit du Bourg-de-Batz, soit de Guérande, ou de toute autre région où il y a des marais salants. »

Page 680.

1. Dans l'*Almanach des bonnes choses de France*, Élisabeth de Gramont, duchesse de Clermont-Tonnerre, amie de Proust, écrit : « Les asperges vertes poussées à l'air, minces et complètement vertes, et qui n'ont pas la rigidité impressionnante de leurs sœurs, rentrent dans la norme du légume, qui est d'être vert avec un goût d'herbe. Elles accompagnent merveilleusement les œufs » (Georges Crès et Cie 1920, p. 49).

Page 682.

1. Proust appréciait peu l'œuvre de François Coppée, qu'il avait rencontré chez les Daudet en 1895. En 1904, dans une lettre à Lucien Daudet, il jugeait qu'il avait toujours gardé une « figure *intacte* » (*Corr.*, t. IV, p. 290). Mais, en 1905, il écrivait : un seul poème de Baudelaire (« Le Vin des chiffonniers ») « est d'une fraternité démocratique délicieuse et si ce n'était pas admirable comme forme on se rendrait compte qu'il y a là autant de vraie

tendresse pour les humbles que dans tout François Coppée » (*ibid.*, t. V, p. 127).

Page 684.

1. Les propos de la duchesse de Guermantes sur Mme de Villeparisis étaient plus développés dans l'esquisse, ci-dessus p. 900.

Page 686.

1. Une « dégrafée » est une femme galante. Voir p. 439, n. 1.

Page 687.

1. « Ainsi passe la gloire du monde » ; « conclusion morale, tirée de *l'Imitation de Jésus-Christ*, pour tenir lieu d'oraison funèbre sur une disgrâce, l'oubli succédant à la gloire, etc. » (*Larousse universel*, 1923).

2. Élisabeth de Wittelsbach fut assassinée à Genève, le 10 septembre 1898, par un anarchiste italien.

Page 688.

1. Marie de Wittelsbach (1841-1925), sœur de l'impératrice d'Autriche, avait épousé, en 1859, François II, roi des Deux-Siciles. Après avoir quitté leurs États en 1861, ils vécurent à Rome et à Paris.

Page 689.

1. Sophie de Wittelsbach, née en 1847, sœur de l'impératrice d'Autriche, épousa le duc d'Alençon, petit-fils de Louis-Philippe, en 1868. Elle trouva la mort le 4 mai 1897, dans l'incendie du Bazar de la Charité.

Page 693.

1. Alphonse XIII (1886-1941), roi d'Espagne de 1886 à 1931, régna d'abord sous la tutelle de sa mère (voir p. 615, n. 2).

Page 695.

1. Le développement sur la sexualité des orchidées

annonce celui de *Sodome et Gomorrhe*. Proust utilise un livre de Maeterlinck, *L'Intelligence des fleurs* (Charpentier, 1907), où est décrite une variété d'orchidées que « Darwin n'a pas étudiée », le « Loroglosse à odeur de bouc ». « Figurez-vous un thyrse, dans le genre de celui de la Jacinthe, mais un peu plus haut. Il est symétriquement garni de fleurs hargneuses, à trois cornes, d'un blanc verdâtre pointillé de violet pâle. Le pétale inférieur orné à sa naissance de caroncules bronzées, de moustaches mérovingiennes, et de bubons lilas de mauvais augure, s'allonge interminablement, follement, invraisemblablement, en forme de ruban tirebouchonné, de la couleur que prennent les noyés après un mois de séjour dans la rivière. De l'ensemble, qui évoque l'idée des pires maladies et paraît s'épanouir dans on ne sait quel pays de cauchemars ironiques et de maléfices, se dégage une affreuse et puissante odeur de bouc empoisonné qui se répand au loin et décèle la présence du monstre » (p. 66-67).

Page 696.

1. Le vanillier appartient à la famille des orchidées. « Les organes sexuels de la fleur sont séparés par le rostellum qui s'oppose à la pollinisation directe. Dans la nature, la pollinisation est opérée par des insectes et des oiseaux-mouches qui visitent les fleurs » (Gilbert Bouriquet, *Le Vanillier et la vanille dans le monde*, Lechevalier, 1954, p. 446). C'est en 1841, sur l'île de La Réunion (ancienne île Bourbon), qu'un esclave noir, Edmond Albius, imagina un moyen de féconder la vanille : « Il consiste à soulever, au moyen d'un stylet en bambou, la membrane séparatrice et à la faire glisser, sous l'anthère, de manière à ce que celle-ci se trouve en contact direct avec le stigmate » (A. Delteil, *La Vanille, sa culture et sa préparation*, A. Challamel, 1897 p. 13-14).

Page 697.

1. Dans *Du côté de chez Swann*, « Folio classique », (p. 464), Oriane dénonce l'« horrible style » des meubles Empire qu'elle laisse dans les greniers des Guermantes.

Page 698.

1. Josiah Wedgwood (1730-1795), céramiste anglais, inventa une faïence couleur crème dite « pâte de la reine », découvrit le secret de la peinture mate sur porcelaine et réalisa diverses copies de l'Antique : camées, statuettes, etc.

2. En 1806, après l'annexion du duché de Parme et de Plaisance, Napoléon donna le titre de duchesse de Guastalla à sa sœur Pauline. En 1814, Parme fut offerte, avec Guastalla, à l'ex-impératrice des Français, Marie-Louise, puis, à sa mort, revint dans la famille des Bourbon-Parme.

Page 699.

1. Dans un article sur la princesse Mathilde (1903), Proust évoque les rapports entre les Bonaparte et la famille de Louis-Philippe. « Admirablement traitée par la famille royale en 1841, quand [la princesse Mathilde] revint en France, elle n'avait jamais oublié ce qu'elle lui devait, et ne permit jamais, en aucun temps, qu'on dit devant elle quoi que ce fût qui pût être blessant pour les Orléans. [...] Plus tard, à la suite d'un discours prononcé par le prince Napoléon, on se souvient de la lettre effroyable, admirable, que lui écrivit le duc d'Aumale » (*Essais et articles*, p. 451). En effet, le 1er mars 1861, à la tribune du Sénat, le prince Jérôme, frère de la princesse Mathilde, avait vivement critiqué les Bourbons et les Orléans. Le duc d'Aumale riposta par une *Lettre sur l'Histoire de France* signée Henri d'Orléans et datée du 15 mars 1861. La phrase que Proust lui attribue ne figure toutefois pas dans ce texte. « Il semblait, après cela, que la princesse ne dût jamais revoir le duc d'Aumale », écrit Proust. « Ils vécurent, en effet, loin l'un de l'autre pendant de longues années. Puis, le temps effaça le ressentiment sans diminuer la reconnaissance et aussi comme une certaine admiration réciproque [...]. » Quelques amis tentèrent un rapprochement. « Puis enfin, un jour, ménagée par Alexandre Dumas fils, l'entrevue eut lieu dans l'atelier de Bonnat. [...] Une véritable intimité s'ensuivit, qui dura jusqu'à la mort du prince » (*Essais et articles*, p. 452).

2. La princesse Murat revendiquait également le titre

de reine de Naples. Napoléon avait en effet donné le royaume de Naples à Joachim Murat en 1808.

3. Pour rédiger ce passage, Proust a consulté l'*Almanach de Gotha* qui explique que la ligne cadette de la maison de Nassau, régnante aux Pays-Bas, a acquis par héritage la principauté d'Orange (Vaucluse), « avec trente-deux seigneuries en Bourgogne, par suite du mariage du comte Henri (né 1483, † 1538) avec Claude de Châlons († 1521), sœur et héritière du dernier prince d'Orange de la maison de Châlons, 3 août 1530 ». La principauté fut réacquise par héritage le 19 mars 1702, puis cédée à la France le 11 avril 1713, mais « le titre de prince d'Orange confirmé par un traité conclu avec la Prusse » le 16 juin 1732 (édition de 1898, p. 74). – Le prince Léopold, fils aîné d'Albert Ier, roi des Belges, fut duc de Brabant jusqu'à son accession au trône en 1934.

Page 701.

1. Proust appréciait particulièrement *Le Jeune Homme et la Mort* (1865) (voir *Essais et articles*, p. 135 et 418).

Page 702.

1. Quiou-Quiou : voir *Du côté de chez Swann*, « Folio classique », p. 465, n. 1.

Page 703.

1. Anna Murat (1841-1924), petite-fille de Joachim Murat, avait épousé Antoine de Noailles, duc de Mouchy et prince de Poix. – Gaston de Brigode, né en 1850, était l'oncle par alliance d'Armand de Guiche.

2. Il s'agit de l'un des trois quatuors à cordes de l'opus 59, dédiés au comte de Razoumovski, ambassadeur de Russie à Vienne, et sans doute le n° 2, dans lequel intervient un thème russe qui sera repris par Rimsky-Korsakov et par Moussorgsky.

3. « Vers 1830, un peintre de Canton nommé *Lankoua*, ayant reçu quelques leçons d'un artiste anglais, [...] ouvrit un atelier et chercha à appliquer les procédés de dessin et de peinture de l'Europe. Il s'efforça de donner

à ses personnages des formes modelées et vivantes, de reproduire les effets de la lumière et des ombres, de respecter dans l'indication des plans de ses compositions les lois de la perspective linéaire et celles du clair-obscur. Ce fut, malgré toute l'application de l'artiste et en dépit d'une certaine facilité d'assimilation, une tentative bâtarde où l'art chinois n'acquit aucune qualité nouvelle et eût fini par perdre toute originalité » (Maurice Paléologue, *L'Art chinois*, Quantin, 1887, p. 293-294).

Page 704.

1. Marie Pavlovna de Mecklembourg, épouse du grand-duc Wladimir Alexandrovitch, oncle de Nicolas II.

Page 705.

1. Sur ce tableau de Hals, voir *Du côté de chez Swann*, « Folio classique », p. 361. n. 1.

2. « Le tableau que j'ai le plus aimé en Hollande, c'est la *Vue de Delft* de Van Meer, au musée de La Haye » (*Corr*, t. VII, p. 184-185). À Jean-Louis Vaudoyer, Proust confiait en 1921 : « Depuis que j'ai vu au musée de La Haye la *Vue de Delft*, j'ai su que j'avais vu le plus beau tableau du monde » (*Corr.*, t. XX, p. 226). Il revit le tableau à Paris en mai 1921, lors de l'exposition hollandaise du Jeu de Paume. On sait le parti qu'il tira de cette visite pour décrire la mort de Bergotte dans *La Prisonnière*.

Page 706.

1. Don Juan d'Autriche (1547-1578), fils naturel de Charles Quint et d'une bourgeoise de Ratisbonne, fut le vainqueur de Lépante et gouverneur des Pays-Bas.

2. Isabelle d'Este (1474-1539), épouse de François de Gonzague, marquis de Mantoue, est une figure importante de la Renaissance italienne. Elle pratiqua un mécénat éclairé en appelant auprès d'elle des poètes, des philosophes, des architectes. À partir de 1491, elle commanda à plusieurs peintres (Mantegna, le Pérugin, le Corrège, etc.) des tableaux pour orner son *studiolo*.

Page 707.

1. Georges Lafenestre (1837-1919), poète et critique d'art de la *Revue des Deux Mondes*, était également conservateur des peintures au musée du Louvre. Il est l'auteur d'un catalogue illustré des peintures de ce musée, et a publié des études sur *La Peinture italienne* et sur *Les Primitifs à Bruges et à Paris*.

Page 708.

1. Sur la princesse de Sagan, voir p. 348, n. 4. – Radziwill : maison de Lituanie dont la filiation remonte à 1412. Proust avait pour ami le prince Léon Radziwill.

2. Comme le note Alberto Beretta Anguissola (*Alla ricerca del tempo perduto*, t. II, p. 1113), *The Green Carnation* (*L'Œillet vert*) est le titre d'un récit satirique de Robert S. Hichens, où Oscar Wilde apparaît sous le nom d'Esme Amarinth. Cet ouvrage fut publié en Angleterre en 1894, un an avant que Wilde, accusé d'homosexualité, soit condamné à deux ans de travaux forcés. – Sur l'homosexualité de l'entourage de Guillaume II, voir ci-dessus, p. 409, n. 1, et *Sodome et Gomorrhe*.

Page 710.

1. Au début de la guerre des Boers, Guillaume II soutenait Kruger contre Cecil Rhodes et le gouvernement britannique. Il retira son soutien aux insurgés après des négociations avec le ministre anglais des colonies, Joseph Chamberlain. Le général Botha (1862-1919) commanda les forces boers à partir de 1900 et jusqu'à la signature du traité de paix.

Page 711.

1. Sur le prince de Bulgarie, voir p. 348, n. 3.

Page 712.

1. Hugo, « Booz endormi », *La Légende des siècles*, v. 45-46.

Page 713.

1. En réalité, Mme de Villeparisis est la fille de Cyrus de Bouillon. Florimond est le prénom de son grand-père (voir p. 282).

Page 717.

1. Le premier mot cité par Proust est attribué par Tallemant des Réaux à Louis VII de Rohan, prince de Guéménée et duc de Montbazon : « Luy et d'Avaugour se raillent tousjours sur leur principauté. Il y a trois ans que d'Avaugour prétendit entrer en carrosse au Louvre : il ne put l'obtenir. Le prince de Guimené disoit : "Ah ! du moins a-t-il droit d'y entrer par la cour des cuisines." Une fois le cocher d'Avaugour mit ses chevaux sous les porches de la maison de Guimené, durant un grand soleil. "Entre, entre", luy cria Guimené, "ce n'est pas le Louvre" » (*Historiettes*, « Bibliothèque de la Pléiade », t. II, p. 227). La seconde anecdote concerne l'un des fils du prince de Guéménée : « En monstrant le chevalier de Rohan, il disoit : "Pour celuy-là on ne dira pas qu'il n'est pas prince." C'est qu'on trouva un billet de Mme de Guimené à Monsieur le Comte où il y avoit : "Je vous meneray votre filz" ; et c'est cetuy-là » (*ibid.*). Le véritable père du chevalier de Rohan était en effet Louis de Bourbon, comte de Soissons, et non, comme le dit Proust, le duc de Clermont.

Page 718.

1. Croix du Grand-Veneur et route Casimir-Perier se trouvent dans la forêt de Fontainebleau, où Proust séjourna en 1896.

Page 719.

1. Allusion au vers servant de transition entre les fables XI (« Le Lion et le Rat ») et XII (« La Colombe et la Fourmi ») du livre II des *Fables*, qui illustrent toutes deux la même « vérité » : « L'autre exemple est tiré d'animaux plus petits. »

Page 721.

1. Proust évoque deux meurtres dont parle Mme de
Boigne dans ses *Mémoires*. Fanny Sebastiani (1807-1847)
était l'épouse de Charles de Choiseul, duc de Praslin. Le
18 août 1847, elle fut assassinée par son mari, qui s'em-
poisonna et mourut le 24 (Mercure de France, 1971, t. II,
p. 450-451). Mme de Villeparisis a déjà évoqué ce drame
dans *À l'ombre des jeunes filles en fleurs*, p. 430-431.
Proust connaissait le comte Horace de Choiseul, fils
du duc de Praslin (voir *Corr.*, t. II, p. 355). Le second
drame se déroula le 13 février 1820, quand le duc de
Berry fut poignardé par un ouvrier. Avant de mourir, le
duc « recommanda à sa femme deux jeunes filles qu'il
avait eues en Angleterre d'une Mme Brown et dont il
avait toujours été fort occupé. On les envoya chercher.
Ces pauvres enfants arrivèrent dans l'état qu'on peut
imaginer ; Mme la duchesse de Berry les serra sur son
cœur. / Elle a été fidèle à cet engagement pris au lit de
mort, les a élevées, dotées, mariées, placées près d'elle et
leur a montré une affection qui ne s'est jamais démentie.
Nous les avons vues paraître à la Cour, d'abord comme
Mlles d'Issoudun et de Vierzon, puis comme princesse
de Lucinge et comtesse de Charette » (*ibid.*, p. 29). Par
la suite, « la duchesse de Berry fit élever à Rosny un
tombeau renfermant le cœur de son malheureux époux
sur lequel elle fit inscrire : "Tombé sous les coups des
factieux." Cela choqua le pays qui avait pris une part si
généreuse à sa douleur » (*ibid.*, p. 37-38).

2. Mme Tallien (1773-1835) fut, dit-on, l'inspiratrice
de la journée du 9 Thermidor. On la surnomma alors
« Notre-Dame de Thermidor ». Par son esprit et son élégance, elle régna sur le monde du Directoire. En 1802,
elle divorça de Tallien et se remaria trois ans plus tard
avec le comte de Caraman, futur prince de Chimay. Le
nom de Mme Tallien a-t-il été suggéré à Proust par le personnage de la princesse Alexandre de Caraman-Chimay
(sœur d'Anna de Noailles), à qui il dédia la préface de
Sésame et les lys ? – La comtesse de Sabran (1693-1768)
fut la maîtresse du Régent.

3. Marie d'Orléans (1813-1839), seconde fille de Louis-Philippe, avait épousé le duc Alexandre de Wurtemberg (1804-1881) en 1837. Les lignes qui suivent ont été esquissées par Proust en 1908 : voir *Contre Sainte-Beuve*, éd. Fallois, chap. XIV.

4. Carpaccio a peint *La Légende de sainte Ursule* (en une suite de neuf toiles, et non sur une châsse comme le suggère le texte) entre 1490 et 1496 (Accademia de Venise), et Memling la *Châsse de sainte Ursule* en 1489 (hôpital Saint-Jean de Bruges). Proust a pu voir les deux œuvres, la première en 1900, à l'occasion de ses deux séjours à Venise, la seconde au cours de son voyage hollandais de 1902.

5. Les trois premiers tableaux de *La Légende de sainte Ursule* représentent *L'Arrivée des ambassadeurs anglais chez le roi de Bretagne, Le Départ des ambassadeurs et Le Retour des ambassadeurs en Angleterre*. Ils illustrent le récit de Voragine dans *La Légende dorée*. L'ambassade a été envoyée par le fils du roi d'Angleterre qui souhaite demander au roi de Bretagne la main de sa fille Ursule. Celle-ci répond qu'elle ne renoncera à sa virginité que si le prince païen se fait baptiser et consent à l'accompagner dans un pèlerinage de trois ans. Les ambassadeurs retournent dans leur pays pour transmettre ces conditions au fils de leur souverain, qui les accepte. Proust adapte cette trame à une histoire mettant en scène de nouveaux personnages, sortis, une fois de plus, des *Mémoires* de Mme de Boigne : en 1834, « le prince Léopold de Naples [comte de Syracuse, 1813-1860] se querella [...] avec le roi son frère. Il vint chercher un abri à la cour de France [...]. Le prince Léopold témoigna bientôt un vif désir de contracter avec la princesse Marie une alliance dont il avait déjà été question. La reine douairière de Naples le souhaitait extrêmement, le roi ne s'y opposait pas formellement, mais se refusait à tous les arrangements nécessaires à l'accomplissement de cette union [...]. L'amiral de Rigny fut envoyé à Naples pour forcer le roi à s'expliquer catégoriquement. Une conversation de dix minutes entre l'ambassadeur extraordinaire et Sa Majesté

Napolitaine amena une rupture ouverte » (éd. citée, t. II, p. 382). Trois ans plus tard, en mai 1837, eut lieu, à Fontainebleau, le mariage du frère de la princesse Marie, Ferdinand, duc d'Orléans, avec la princesse Hélène de Mecklembourg-Schwerin. La cérémonie fut somptueuse et les fêtes durèrent plusieurs jours. Au milieu de ces réjouissances, Mme de Boigne fut « frappée » de la tristesse de la princesse Marie. « Son attitude de mécontentement s'étendait jusqu'au choix de sa toilette. Tandis que nous étions toutes couvertes de broderies, de dentelles, de plumes, elle seule avait adopté un costume d'une simplicité qui faisait un étrange contraste. [...] Regrettait-elle le premier rang que cette gracieuse étrangère venait lui ravir, ou bien ces noces renouvelaient-elles le chagrin qu'elle commençait à ressentir de n'être point encore mariée ? » (*ibid.*, p. 347-348).

6. Le sixième tableau de *La Légende de sainte Ursule*, intitulé *Le Songe de sainte Ursule*, représente la jeune fille endormie dans un lit au pied duquel se tient l'ange qui vient lui annoncer son prochain martyre. Après le mariage du duc d'Orléans, la reine Marie-Amélie chercha un époux pour la princesse Marie. « Le roi des Belges proposa le duc Alexandre de Wurtemberg, sixième cadet de cadet, mais appartenant à la maison royale. » Le mariage fut célébré en 1837, et la duchesse de Wurtemberg fut bientôt enceinte. « Quoique la fin de sa grossesse fût pénible, elle accoucha très heureusement, le 30 juillet 1838, d'un enfant si énorme qu'on attribua ses souffrances précédentes à cette cause, et, pendant quelques semaines, son état ne donna nulle inquiétude ; mais, loin de se rétablir, elle s'affaiblissait de plus en plus et son dépérissement augmentait » (Mme de Boigne, *Mémoires*, éd. citée, t. II, p. 384 et 389). Elle devait mourir le 2 janvier 1839. Dans *Contre Sainte-Beuve* (éd. Fallois, chap. XIV), l'histoire de la princesse Marie n'est pas peinte sur une châsse mais se présente sous la forme d'un vitrail imaginaire. Avant la scène de l'accouchement, Proust y décrit un tableau supplémentaire, qui correspond à la quatrième partie du cycle de Carpaccio (*La Rencontre des fiancés et le Départ*

en pèlerinage) et qui n'apparaît plus dans *Le Côté de Guer-mantes* : « Puis voici un beau jeune homme, le duc de Wurtemberg, qui vient demander sa main et elle est si heureuse de partir avec lui qu'elle embrasse en souriant sur le seuil ses parents en larmes, ce que jugent sévère-ment les domestiques immobiles dans le fond. »

7. Si le duc de Wurtemberg est le frère de la mère du prince Von, comme M. de Guermantes le dit plus haut, le fils de la princesse Marie n'est pas l'oncle de ce prince, comme Proust l'écrit ici, mais son cousin.

Page 722.

1. Mme de Boigne affirme que la princesse Marie « exprimait volontiers sa joie » que son mari « ne possé-dât pour tout état qu'une maison de campagne en Saxe, portant le singulier nom de *Fantaisie* » (*Mémoires*, t. II, p. 386). La jeune femme mourut sans avoir vu le château, situé près de Bayreuth, et où furent par la suite recueillis des tableaux qu'elle avait peints.

2. Sophie-Wilhelmine (1709-1758), sœur de Frédéric le Grand, épousa en 1731 l'héritier du margraviat de Bayreuth. Elle laissa des *Mémoires* en français.

3. Louis II de Bavière. En 1908, Proust évoquait le château de Fantaisie dans lequel un prince, « fantaisiste lui aussi », devait « mourir jeune », après d'« étranges amours, Louis II de Bavière » (*CSB*, éd. Fallois, chap. XIV). En vérité, Louis II mourut noyé dans le lac de Starnberg, près du château de Berg.

4. Le prince de Polignac (1834-1901) était « un grand esprit et un puissant musicien. Sa musique religieuse et ses mélodies sont aujourd'hui consacrées de l'admiration des plus raffinés. [...] Cet homme dont la vie était perpé-tuellement tendue vers les buts les plus hauts et l'on peut dire les plus religieux, avait ses heures de détente pour ainsi dire enfantine et folle, et les délicats, "qui sont mal-heureux", trouveraient bien grossiers les divertissements où condescendait ce grand délicat » (*Essais et articles*, p. 464-466).

5. Proust utilise ici un article d'Anatole France sur

Balzac, paru dans *Le Temps* du 29 mai 1887 : « C'est ainsi que l'homme qui domine le siècle, Napoléon, ne figure que six fois dans toute *La Comédie humaine*, et de loin, dans des circonstances tout à fait accessoires (Voyez le livre de MM. Cerfberr et Christophe, p. 47) » (*Œuvres complètes*, Calmann-Lévy, 1928, t. VI, p. 141). En effet, dans *Une ténébreuse affaire*, à la veille de la bataille d'Iéna, Laurence de Cinq-Cygne, jeune femme aux opinions royalistes, va demander la grâce des conjurés à l'Empereur, « objet de sa haine et de son mépris » (« Folio classique », p. 220-224). – Proust a souvent consulté le *Répertoire de la « Comédie humaine » de H. de Balzac* par Anatole Cerfberr et Jules Christophe (Calmann-Lévy, 1887). En 1921, Georges de Traz lui proposa de composer un tel dictionnaire consacré à son œuvre. Proust fut séduit par cette idée, tout en émettant des réserves (voir *Corr.* t. XX, p. 254 et n. 3).

Page 723.

1. *Fables*, III, I. Ce mot fut prononcé, à l'occasion de la visite en France du roi d'Angleterre, en 1907, par Camille Groult, un collectionneur de tableaux dont la fortune reposait sur le commerce de la farine et des pâtes alimentaires. « On avait demandé au marquis de Breteuil [...] d'organiser chez M. Groult, pour le roi, un déjeuner suivi de la visite de ses collections. Pour être sûr qu'on n'inviterait personne d'indésirable, M. de Breteuil réclama une liste complète des invités. M. Groult répondit [...] : "Ne vous inquiétez pas, nous déjeunerons en petit comité, il n'y aura que le meunier, son fils et vous" » (G. Painter, *Marcel Proust*, t. I, p. 254).

Page 724.

1. Proust n'a pas tenu, dans la suite de son roman, cette promesse.

Page 727.

1. Le duché de Reggio, qui appartenait depuis 1290 à la famille d'Este, fut donné par Napoléon au maréchal

Oudinot après la bataille de Wagram. – Ce passage fait double emploi avec celui de la p. 699.

Page 728.

1. En réalité on trouve un village de Charlus non pas en Bourgogne, mais en Auvergne, près de Bassignac ; et Guermantes est situé près de Lagny-sur-Marne.

Page 729.

1. Mme de Motteville (1621-1689) fut femme de chambre de la reine Anne d'Autriche. Elle est l'auteur de Mémoires publiés en 1723.

2. Le prince de Ligne (1735-1814), diplomate et littérateur belge, fit de nombreux voyages dans toute l'Europe et fréquenta les personnalités les plus marquantes de son temps : Frédéric II de Prusse, Catherine de Russie, Voltaire, Rousseau, Goethe, etc. Ses écrits ont été réunis sous le titre de *Mélanges militaires, littéraires et sentimentaires*.

3. La famille de Damas est originaire de Bourgogne et connue depuis le XIᵉ siècle.

4. Le duché de Modène fut constitué en 1452 au profit de la maison d'Este. Le dernier duc de Modène régna jusqu'à l'annexion du duché au royaume d'Italie, en 1859.

5. Antoine de Bourbon (1518-1562), duc de Vendôme, devint roi de Navarre en 1555 par son mariage avec Jeanne d'Albret.

6. La duchesse de Longueville (1619-1679), sœur du grand Condé, tint un célèbre salon littéraire, fut la maîtresse de La Rochefoucauld, et participa à la Fronde.

Page 730.

1. L'« arbre de Jessé » est l'arbre généalogique du Christ, dont Jessé, père de David, constitue le premier « rejeton ». Dans *L'Art religieux du XIIIᵉ siècle en France*, Émile Mâle a consacré deux pages à ce sujet : « De toutes les prophéties, il n'en est, à vrai dire, qu'une seule qui ait inspiré l'art d'une façon durable, c'est celle d'Isaïe sur le rejeton de Jessé : "Il sortira un rejeton de la tige de

Jessé, et une fleur s'épanouira au sommet de la tige, et sur elle reposera l'esprit du Seigneur, l'esprit de Sagesse et d'Intelligence, l'esprit de Conseil et l'esprit de Force, l'esprit de Science et l'esprit de Piété, et l'esprit de Crainte du Seigneur le remplira... En ce temps-là le rejeton de Jessé sera exposé devant tous les peuples comme un étendard" [Isaïe, XI, 1-2, 10], [...] Les artistes du Moyen Âge ne se laissèrent pas effrayer par un motif si abstrait. Ils trouvèrent pour rendre le texte d'Isaïe quelque chose de naïf et de magnifique. [...] Combinant les versets d'Isaïe avec la généalogie de Jésus-Christ, telle qu'elle est rapportée dans l'Évangile de saint Matthieu [I, 1-17] [...], ils représentèrent un grand arbre sortant du ventre de Jessé endormi. le long de la tige ils étagèrent les rois de Juda ; au-dessus des rois ils placèrent la Vierge et au-dessus d'elle Jésus-Christ ; enfin, ils firent à Jésus une auréole de sept colombes, pour rappeler que sur lui étaient reposés les sept dons du Saint-Esprit. C'était vraiment là l'arbre héraldique du Christ : sa noblesse devenait ainsi manifeste aux yeux. Mais, pour donner à la composition tout son sens, ils mirent, à côté des ancêtres selon la chair, les ancêtres selon l'esprit. Aux vitraux de Saint-Denis, de Chartres et de la Sainte-Chapelle, on voit, auprès des rois de Juda, les prophètes, le doigt levé, annonçant le Messie qui doit venir. L'art ici a égalé, sinon surpassé, la poésie du texte » (éd. citée, p. 166-167). L'image de l'arbre de Jessé est employée par Proust, en 1912, dans une lettre à Mme Straus, à qui il révèle ses projets littéraires. « Ce désir d'écrire sur ce Sainte-Beuve, c'est-à-dire à la fois sur votre famille considérée comme un Arbre de Jessé dont vous êtes la fleur – et aussi sur Sainte-Beuve est ancien » (*Corr.*, t. XI, p. 240).

Page 734.

1. En 1828, Schubert a composé six brèves pièces pour piano intitulées *Moments musicaux* (op. 94).

Page 735.

1. Proust a entendu cette phrase chez la princesse Mathilde (voir *Essais et articles*, p. 447).

Page 737.

1. En juillet 1904, Proust fut invité à Vallières, château du duc de Gramont. « Quand je fus arrivé le duc de Gramont m'a demandé de signer sur le registre où il avait fait signer les autres invités de ce soir-là et j'allais apposer ma signature au-dessous d'un tout petit Gutmann suivi d'un énorme Fitz-James et d'un immense Cholet suivi d'un tout petit Chevreau et d'un Mailly Nesle-La Roche-foucauld d'égale grandeur, quand le duc de Gramont, que mon attitude humble et confuse (jointe à ce qu'il savait que j'écrivais) remplissait d'inquiétude, m'adressa d'un ton à la fois suppliant et énergique ces paroles lapidaires : "Votre nom, Monsieur Proust, mais… *pas de pensée* !" Le désir d'avoir le nom et la crainte d'avoir la "pensée" eussent été plus justifiés si c'était moi qui l'avais eu à dîner et lui avais demandé de signer : "Votre nom, Monsieur le Duc, mais pas de pensée" » (*Corr.*, t. IV, p. 198).

Page 739.

1. La préface de Balzac à *La Chartreuse de Parme* (il s'agit en réalité d'un article que Balzac publia six mois après la sortie du roman, mais qui est souvent repro-duit en préface ; cette étude a déjà été évoquée par Mme de Villeparisis dans *À l'ombre des jeunes filles en fleurs*, p. 411) et les lettres de Joubert déprécient la lit-térature au profit d'activités secondaires, pense Proust qui, toutefois, fait une confusion en ce qui concerne Balzac. Sur le Cahier 61, Proust a écrit ces mots : « À propos de la citation sur la Préface de *La Chartreuse de Parme* : – conception d'ailleurs que je blâme, car elle fait de la littérature (voir mon annotation dans mon exem-plaire). » Or, l'exemplaire du roman de Stendhal ayant appartenu à Proust comporte cette note manuscrite : « Ainsi la littérature n'est qu'un équivalent d'une bonne

soirée où le zambajon est délicieux » (voir Jacques Suffel, *Marcel Proust en son temps*, catalogue de l'exposition du musée Jacquemart-André, 1971, p. 58). Néanmoins, cette remarque de Proust ne concerne pas la préface de Balzac mais l'« Avertissement » de Stendhal. Proust l'a développée dans sa préface à *Tendres Stocks* : « [Beyle] plaçait la littérature non seulement au-dessous de la vie, dont elle est au contraire l'aboutissement, mais des plus fades distractions. J'avoue que, si elle était sincère, rien ne me scandaliserait autant que cette phrase de Stendhal : "Quelques personnes survinrent et l'on ne se sépara que fort tard. Le neveu fit venir du café Pedroti un excellent zambajon. Dans le pays où je vais, dis-je à mes amis, je ne trouverai guère de maison comme celle-ci, et pour passer les longues heures du soir, je ferai une nouvelle de votre aimable duchesse Sanseverina." *La Chartreuse de Parme* écrite faute de maisons où l'on cause agréablement et où l'on serve du zambajon, voilà qui est tout à l'opposé de ce poème ou même de cet alexandrin unique vers lequel tendent, selon Mallarmé, les diverses et vaines activités de la vie universelle » (*Essais et articles*, p. 612). Quant à Joubert, Proust lui reprochait de chercher à « plaire dans sa correspondance » : « Il y a chez Joubert une rareté qui exprime à sa manière la solitude (l'inspiration, le moment où l'esprit prend contact avec soi-même, où la parole intérieure n'a plus rien de la conversation et nie l'homme en tant qu'être causeur et discuteur) et malgré cela quelque chose de perpétuellement social, tout aux lettres, aux conversations, aux retours sur sa propre personne à lui Joubert, sur la vie conçue comme faite pour la société (ce qui est aussi le faible de Stendhal, combien différent, d'ailleurs) » (*Essais et articles*, p. 650).

Page 740.

1. Sur Eugène Carrière, voir *À l'ombre des jeunes filles en fleurs*, p. 469, n. 1.

2. Des cravates à la Saint-Joseph : nous n'avons pu retrouver la signification de cette expression, qui était déjà une curiosité pour Proust.

3. Ce sont les enfants consacrés à la Vierge, dont le bleu est la couleur symbolique.

4. Vatique : voir p. 196, n. 2.

5. Bing (1838-1905), marchand d'objets d'art et collectionneur français, publia de 1888 à 1891 la revue *Le Japon artistique*. Comme les Goncourt, il favorisa le goût japonais et chinois.

Page 742.

1. Saint-Simon rapporte que le prince de Conti, « galant avec toutes les femmes, amoureux de plusieurs, bien traité de beaucoup, [...] était encore coquet avec tous les hommes : il prenait à tâche de plaire au cordonnier, au laquais, au porteur de chaise, comme au ministre d'État, au grand seigneur, au général d'armée, et si naturellement, que le succès en était certain » (*Mémoires*, « Bibliothèque de la Pléiade », t. III, p. 368).

Page 745.

1. Vélasquez peignit *La Reddition de Breda*, ou *Les Lances* (Prado, Madrid), en 1635. Spinola, le général génois commandant l'armée espagnole, reçoit les clefs de la ville des mains de Justin de Nassau, après le long siège de 1625.

Page 746.

1. Proust écrivait en 1895 à Montesquiou : « Même sur des points d'expérience, une théorie comme celle de l'"épreuve de la très grande amabilité" est un de ces clous d'or par lesquels toute pensée indécise, toute conversation vacillante de nous autres qui sommes encore si peu fermes et sûrs de nous, est éblouie et fixée » (*Corr.*, t. I, p. 410). Après la parution de *Guermantes II*, Montesquiou s'étant reconnu dans Charlus, Proust tenta de l'apaiser. Ainsi, en 1921, il lui confiait : « L'éloge que vous dites que je vous adresse est, sans doute, "ce que le seul homme supérieur de notre monde nomme l'épreuve de la trop grande amabilité". Vous me faites injure en croyant que je laisserai d'autres se targuer du titre et du mot, et si cela

vous plaît ainsi je ferai suivre les mots : "le seul homme
supérieur de notre monde" de votre nom imprimé, si
l'on fait un nouveau tirage » (*Corr.*, t. XX, p. 327). Dans
l'esquisse reproduite ci-dessus (p. 635), Montesquiou
était d'ailleurs nommément cité : « Un homme de grand
talent qui est l'homme le plus spirituel d'aujourd'hui,
Robert de Montesquiou ». Mais Proust n'a pas hésité à
laisser d'autres « se targuer [...] du mot ». Élisabeth de
Clermont-Tonnerre cite une lettre de Proust à un correspondant qui n'est pas nommé : « Vous êtes de ceux dont
le cher prince de Polignac disait qu'ils se montrent incapables de supporter la redoutable et décisive épreuve de
l'excessive amabilité » (*Robert de Montesquiou et Marcel
Proust*, p. 236).

Page 747.

1. L'anecdote citée par Charlus ne concerne pas saint
Bonaventure, « le Docteur séraphique », mais « le Docteur angélique » saint Thomas d'Aquin, et il ne s'agit
pas d'un bœuf, mais d'un âne. Alors que Thomas était
encore novice, un de ses camarades prétendit voir un
âne voler parmi les nuages. Thomas leva les yeux vers le
ciel, ce qui provoqua l'hilarité de l'assistance. Il répondit qu'il aurait plus volontiers pensé qu'un âne pouvait
voler plutôt qu'un religieux mentir, même pour plaisanter
(voir Mme Desmousseaux de Givré, *Vie de saint Thomas
d'Aquin*, Retaux-Bray, 1888, p. 80-81).

Page 750.

1. Ainsi, en 1902, Proust, en colère, piétina le chapeau
de son ami Fénelon (*Corr.*, t. III, p. 190).

2. Citation du texte de la Vulgate : « *Et nunc, reges,
intelligite : erudimini, qui judicatis terram* » (Psaumes, II,
10 : « Et maintenant, rois, comprenez ; instruisez-vous,
vous qui décidez du sort de la terre »). Cette phrase est
employée pour rappeler que l'expérience d'autrui est utile
à tous. Proust, quant à lui, l'utilise dans les circonstances
les plus variées, à propos d'un porte-cigarette qu'il voulait offrir à Calmette (*Corr.*, t. XII, p. 27) ou à l'occasion

d'une querelle avec Montesquiou : « Du haut de la chaire
où je reconnais que vous êtes sans rival, vous me dites
Et nunc erudimini. Mais *intelligere* est utile pour cela »
(Corr., t. XVI, p. 252).

Page 752.

1. « J'invoque votre axiome : "un mot répété n'est
jamais vrai" » (à Montesquiou, 1895, *Corr.*, t. I, p. 452).

Page 753.

1. Hugo, *La Légende des siècles*, « Booz endormi »,
v. 54.

2. Sur Bagard, *À l'ombre des jeunes filles en fleurs*,
« Folio classique », p. 430 et n. 1.

3. L'hôtel Hinnisdal, situé 60, rue de Varenne, fut
construit en 1728 pour Charlotte de Bourgoin, veuve de
Bernard du Prat. Lucien Daudet y séjourna en 1917.

4. L'hôtel Chimay, 15-17, quai Malaquais, est l'ancien
hôtel de la Bazinière ou de Bouillon, construit en 1640
par Mansart, et embelli par Charles Le Brun et Le Nôtre.
En 1884, le prince de Caraman-Chimay le vendit à l'État.

Page 754.

1. Dans la *Symphonie pastorale n° 6* op. 68 de Beethoven, ce mouvement – en fait, le cinquième et dernier –
succède aux coups de foudre de l'orage. En mars 1913,
Proust vantait à Mme Straus les mérites du « théâtro-
phone » auquel il s'était abonné : « Je peux dans mon lit
être visité par le ruisseau et les oiseaux de la *Symphonie pastorale* dont le pauvre Beethoven ne jouissait pas
plus directement que moi puisqu'il était complètement
sourd. Il se consolait en tâchant de reproduire le chant
des oiseaux qu'il n'entendait plus. À la distance du génie
à l'absence de talent, ce sont aussi des symphonies pas-
torales que je fais à ma manière en peignant ce que je ne
peux plus voir » *(Corr.*, t. XII, p. 110).

2. « Le clair de lune bleu qui baignait l'horizon », dernier vers de « La Fête chez Thérèse » (*Les Contemplations*) de Hugo.

Page 756.

1. « Le soleil resplendit, le vent souffle d'est, le ciel est vide de nuages, et, au-dehors, tout est de fer. Les vitres du Palais de Cristal s'aperçoivent de tous les points de Londres. Le promeneur du dimanche se réjouit d'une journée glorieuse et le peintre se détourne pour fermer les yeux. / Combien peu l'on perçoit cela, et avec quelle obéissance le quelconque dans la nature s'accepte pour du sublime, on le peut conclure de l'admiration illimitée produite quotidiennement par le plus niais coucher de soleil. [...] Et quand la brume du soir vêt de poésie un bord de rivière, ainsi que d'un voile et que les pauvres constructions se perdent dans le firmament sombre, et que les cheminées hautes se font campaniles, et que les magasins sont, dans la nuit, des palais, et que la cité entière est comme suspendue aux cieux – et qu'une contrée féerique gît devant nous – le passant se hâte vers le logis, travailleur et celui qui pense ; le sage et l'homme de plaisir cessent de comprendre comme ils ont cessé de voir, et la nature qui, pour une fois, a chanté juste, chante un chant exquis pour le seul artiste, son fils et son maître – son fils en ce qu'il aime, son maître en cela qu'il la connaît » (« Le "ten o'clock" de M. Whistler », traduit par Stéphane Mallarmé, *Œuvres complètes*, « Bibliothèque de la Pléiade », p. 574).

Page 757.

1. La Panthère des Batignolles est le nom d'un club anarchiste qui, vers 1880, se réunissait rue de Lévis, dans le quartier des Batignolles.

2. En 1908 et 1910, Proust eut recours aux services d'un agent de change nommé Gustave Guastalla (*Corr.*, t. X, p. 218).

Page 758.

1. Victor Maurel (1848-1923), illustre baryton français, a chanté Wagner à Londres, mais non à Paris. Lors du séjour que Wagner fit à Paris en 1860-1861, Pauline de Metternich (1836-1921), épouse de l'ambassadeur

d'Autriche en France, fut l'un de ses fervents défenseurs auprès de la cour de Napoléon III.

2. Voir *Esther*, III, I, v. 826 : « C'est donc ici d'Esther le superbe jardin. » L'allusion ne s'explique guère que par le texte, sacrifié par Proust, du manuscrit, où il est question d'Esther de Mecklembourg.

3. Dans *L'Histoire des Treize*, les Treize, recrutés parmi les hommes d'élite, devaient former un « monde à part dans le monde, hostile au monde, n'admettant aucune des idées du monde, n'en reconnaissant aucune loi, ne se soumettant qu'à la conscience de sa nécessité, n'obéissant qu'à un dévouement, agissant tout entier pour un seul des associés quand l'un d'eux réclamerait l'assistance de tous » ; « cette religion de plaisir et d'égoïsme fanatisa treize hommes qui recommencèrent la Société de Jésus au profit du diable » (*La Duchesse de Langeais*, Folio, p. 371).

Page 759.

1. Musset, « La Nuit d'octobre ». Voir p. 670.

2. Hugo, « Écrit en 1827 » (*Les Chansons des rues et des bois*), v. 93-96 : « L'insecte est au bout du brin d'herbe / Comme un matelot au grand mât. »

3. La « vallée obscure » est un lieu commun de la poésie romantique. Citons « Le Vallon » (*Méditations poétiques*) de Lamartine : « Voici l'étroit sentier de l'obscure vallée » (v. 5), ou « La Nuit de mai » (*Poésies nouvelles*) de Musset : « Comme il fait noir dans la vallée » (v. 7).

4. Musset, « La Nuit d'octobre », v. 205 : « À défaut du pardon, laisse venir l'oubli. »

5. Est-ce une allusion à « La Nuit de mai », v 124 : « Prends ton luth ! je ne peux plus me taire » ?

Page 760.

1. Musset, « Lettre à M. de Lamartine » (*Poésies nouvelles*), v. 126 : « L'ivresse du malheur emporte sa raison. »

2. Chênedollé (1769-1833) fut un disciple de Chateaubriand. Sa poésie annonce le romantisme.

3. Refrain de « Ma Normandie », chanson de Bérat : « J'irai revoir ma Normandie, / C'est le pays qui m'a donné le jour. »

4. Musset, « La Nuit de mai », v. 153.

5. Malherbe, « Consolation à M. du Périer, gentilhomme d'Aix-en-Provence, sur la mort de sa fille ».

6. La postérité n'a retenu le nom de Félix Arvers que pour un seul sonnet mélancolique, extrait du recueil *Mes Heures perdues* (1833).

7. Dans l'esquisse reproduite ci-dessus (p. 904), Proust citait la date du 2 avril.

Page 761.

1. Il serait vain de chercher tous ces Mémoires dans les bibliothèques : leur présence dans le texte de *Guermantes* ne s'explique que par des corrections négligentes de Proust sur les épreuves. Dans le manuscrit, on lit : « En effet on ne le voit précédé de ce titre que dans les Mémoires du temps de Louis XIV, et de Louis XVI. Les noms alliés de la reine d'Angleterre, de la reine d'Écosse, de la duchesse d'Aumale, de la duchesse de Nemours, de Madame Élisabeth, empêchent de songer au côté féodal, voilent presque tout ce qu'il y a dans le nom de Guermantes, c'est un autre nom. »

Page 763.

1. Le prince Frédéric-Charles de Prusse se signala, pendant ta guerre de 1870, par la brutalité avec laquelle il traita les vaincus.

Page 764.

1. Baudelaire admirait au contraire Mérimée, auquel il comparait Delacroix : « C'était la même froideur apparente, légèrement affectée, le même manteau de glace recouvrant une pudique sensibilité et une ardente passion pour le bien et pour le beau ; c'était, sous la même hypocrisie d'égoïsme, le même dévouement aux amis secrets et aux idées de prédilection » (Baudelaire, *Œuvres complètes*, « Bibliothèque de la Pléiade », t. II, p. 757-758). En

1866, plusieurs hommes de lettres rédigèrent une pétition en faveur de Baudelaire qui venait d'être victime d'une attaque de paralysie et l'adressèrent au ministère de l'Instruction publique. Mérimée la signa et joignit ce mot : « Je n'ai pas besoin d'exprimer ici toute l'estime que j'ai pour ses œuvres et son talent littéraire. Je puis ajouter que j'ai toujours aimé la bonté et la candeur de son caractère » (Mérimée, *Correspondance générale*, éd. Maurice Parturier, t. VII, p. 190-191). Mais, en 1869, dans une lettre à Jenny Dacquin, Mérimée écrivait : « Baudelaire était fou ! Il est mort à l'hôpital après avoir fait des vers qui lui ont valu l'estime de Victor Hugo, et qui n'avaient d'autre mérite que d'être contraires aux mœurs » (*ibid.*, t. VIII, p. 531).

Page 766.

1. Le comte d'Haussonville (1809-1884) est l'auteur de Mémoires intitulés *Ma jeunesse (1814-1830)*, dans lesquels on lit : « Le salon de Mme Delessert, qui demeurait alors avec ses parents et ses sœurs dans la rue d'Artois, plus tard la rue Laffitte, était le centre d'un cercle de gens aimables, au sein duquel Georges [d'Harcourt] et moi grillions si fort d'être admis, que, ayant, dans cette année 1830, reçu d'elle une invitation à dîner datée du 1er avril, nous crûmes prudent de nous assurer, chacun de notre côté, que nous n'étions pas les dupes de quelque poisson d'avril » (Calmann-Lévy, 1885, p. 301). – Valentine de Laborde (1806-1894) épousa en 1824 Gabriel Delessert, préfet de police de Paris. Elle fut la maîtresse de Mérimée, de Maxime du Camp et de Charles de Rémusat. Flaubert a fait son portrait, sous les traits de Mme Dambreuse, dans *L'Éducation sentimentale*. – En 1836, le comte d'Haussonville avait épousé Albertine de Broglie, princesse du Saint-Empire, fille du duc de Broglie et petite-fille de Mme de Staël. Elle a écrit des ouvrages d'érudition sous le nom de Robert Emmet. Ingres fit son portrait. Elle était la mère du comte Othenin d'Haussonville, que connaissait Proust. – Dans ses souvenirs, le comte d'Haussonville écrit : « Ayant brusquement passé,

en 1828, des bancs du collège Louis-le-Grand dans les
rangs du corps diplomatique à l'étranger, je n'avais
de camarades parmi la génération du faubourg Saint-
Germain, à laquelle j'appartenais, que mes amis Georges
d'Harcourt et Hely de Chalais » (*Ma jeunesse*, p. 228). Ces
« deux inséparables amis » sont Georges, marquis d'Harcourt (1808-1883), diplomate et membre de la chambre
des Pairs, dont la fille épousa le fils du comte d'Haussonville, et Élie de Talleyrand-Périgord (1809-1889), prince
de Chalais, puis duc de Périgord à la mort de son père.

Page 768.

1. En 1802, Turner tint un carnet de croquis sur les
St. Gothard and Mont Blanc. Un dessin de 1819 (encre
et lavis), intitulé *Devil's Bridge, St. Gothard* (British
Museum), représente des personnages sur le pont du
Diable.

Page 769.

1. Le modèle de Swann s'adonnant à la numismatique est Gustave Schlumberger, qui fut directeur de la
Revue numismatique et publia en 1878 *Numismatique
de l'Orient latin* (voir p. 790, n. 1). Proust le considérait
comme un « complet *imbécile* » (voir p. 310, n. 3 ; sur le
modèle principal de Swann, voir ci-dessous p. 775, n. 3).

2. L'ordre des Hospitaliers de Saint-Jean-de-Jérusalem
fut fondé en 1113 pour défendre le royaume latin de Jérusalem constitué à l'issue de la première croisade, et pour
accueillir les pèlerins en Terre Sainte. Chassés de Pales-
tine en 1291, les Hospitaliers se réfugièrent d'abord à
Chypre, à Rhodes où ils prirent le titre de « chevaliers de
Rhodes » (1309), puis à Malte où ils devinrent les « chevaliers de Malte » (1530).

3. Après la prise de Malte par Bonaparte en 1798 et la
conquête de l'île par les Anglais en 1800, les chevaliers de
Malte s'installèrent à Rome. Pie VII modifia les statuts
de l'Ordre, et Léon XIII, en 1880, lui concéda le prieuré
du mont Aventin.

4. L'ordre des Chevaliers de la milice du Temple fut

fondé en 1119. Sa grande richesse et son indépendance suscitèrent la convoitise et la malveillance : accusés d'avidité et d'immoralité, les Templiers furent persécutés par Philippe le Bel, et leur ordre fut supprimé en 1311. Les Hospitaliers héritèrent de ses possessions.

Page 770.

1. La famille de Lusignan régna sur Chypre de 1192 à 1489.

2. Ce passage fait double emploi avec celui de la p. 766.

3. Proust connaissait un marquis d'Osmond, petit-neveu de la comtesse de Boigne, elle-même née Adélaïde d'Osmond.

Page 775.

1. Delion : chapelier, au 24, boulevard des Capucines.

2. Gabriel Astruc, créateur du théâtre des Champs-Élysées et ami de Proust, a connu ce marquis de Modène (sans lien avec le duc de Modène de la p. 729) et décrit « ses longs favoris flottants et son allure de lévrier vanné » (*Le Pavillon des fantômes*, Grasset, 1929, p. 155). Comme Charles Haas, il faisait partie de la société élégante dont le prince de Galles était le symbole à la fin du siècle.

3. Charles Haas (1832-1902), fils d'un agent de change, était un ami de Mme Straus, mais Proust le fréquenta peu. Il est cependant le principal modèle de Swann. Voir *Du côté de chez Swann*, « Folio classique », p. 282, n. 1.

4. Sur le comte Louis de Turenne, voir *Du côté de chez Swann*, « Folio classique », p. 451, n. 1.

Page 777.

1. Le mot apparaît dans la comédie de Georges de Porto-Riche, *Le Passé*, « peut-être la plus belle pièce de théâtre en France depuis *Andromaque* » (*Corr.*, t. IX, p. 29). Créée en cinq actes à l'Odéon (1897), la pièce fut réduite à quatre actes pour la reprise du Théâtre-Français en 1902. C'est dans cette seconde version que figure la réplique. L'héroïne a acheté des bibelots et un « petit

tableau » qui n'est pas signé. « À qui pourrait-on l'attribuer ? » demande-t-elle à un ami, qui répond : « Moi, je
l'attribuerais... à la malveillance » (*Le Passé*, Ollendorff,
1903, I, III, p. 11). Mais peut-être le véritable auteur de
ce mot est-il Charles Haas. En effet, Reynaldo Hahn
rapporte l'anecdote suivante : « Saint-Maurice qui vient
d'acheter un affreux tableau italien noirâtre, embu et cra-
quelé, demande à Charles Haas : "À qui l'attribuez-vous ?"
Haas lui répond : "À la malveillance" » (*Notes. Journal
d'un musicien*, Plon, 1933, p. 189).

Page 780.

1. Le 20 décembre 1892, Déroulède accusa Clemenceau, alors député du Var et directeur du journal *La Justice*, d'avoir reçu de Cornelius Herz, l'un des financiers
du canal de Panama, des sommes destinées à lancer une
campagne de presse favorable au projet. Herz s'étant
réfugié en Grande-Bretagne, Clemenceau fut accusé
d'être un agent de l'Angleterre.

2. Jules Cornély (1845-1907) était fondateur et directeur d'un journal royaliste, *Le Clairon*, qui fusionna avec
Le Gaulois. En 1897, après avoir publié un article en
faveur de Dreyfus et contre le général Mercier, il fut
contraint de démissionner et entra au *Figaro*. Il y resta
jusqu'en 1901 et finit sa carrière dans divers journaux
radicaux. Il est l'auteur de *Notes sur l'affaire Dreyfus*.

3. Proust, ayant « longtemps eu avec une immense
admiration pour le talent de Barrès, une profonde antipathie pour ce [qu'il croyait] son mauvais cœur » (*Corr.*,
t. IX, p. 196), lui reprochait d'avoir « délaissé la littérature au profit de la politique » (René de Chantal, *Marcel
Proust critique littéraire*, Presses de l'Université de Mon-
tréal, 1967, t. I, p. 189).

4. Sur la Ligue de la Patrie française, antidreyfusarde,
voir p. 340, n. 1.

5. Antoine de Noailles (1841-1909) était duc de Mouchy (voir p. 703, n. 1).

Page 783.

1. Marie Dupont-White (1843-1898), fille d'un célèbre économiste, épousa Sadi Carnot, qui devait devenir président de la République. Elle inaugura la tradition des réceptions mondaines du palais de l'Élysée.

2. Durant la présidence de Sadi Carnot, il y eut deux ambassadeurs de Grande-Bretagne à Paris. Le comte Lytton fut nommé en 1887. Le marquis de Dufferin et Ava, accrédité en 1892, « avait épousé en 1862 une femme remarquable par son esprit et son savoir », lady Georgina de Killybeagh Castlebown, laquelle publia un livre sur l'Inde traduit en France en 1890 (*Nouveau Larousse illustré*, Supplément, 1907, p. 191). Dans son pastiche de Saint-Simon, Proust parle de « cet air de grandeur et de rêverie qui frappait tant chez B. Lytton » et du « singulier visage et qui ne se pouvait oublier de milord Dufferin » (*Pastiches et mélanges*, p. 55).

Page 784.

1. Lazare Carnot (1753-1823), surnommé le « Grand Carnot ».

Page 789.

1. Le grand-père d'Oscar II était Bernadotte (1763-1844). Né à Pau, ce simple soldat se distingua lors des guerres de la Révolution et de l'Empire, et devint maréchal de France. Adopté par le roi de Suède, il lui succéda en 1818.

Page 790.

1. Sans doute la médaille dont Swann a apporté une reproduction photographique représente-t-elle Déodat (ou Dieudonné) de Gozon, grand maître de l'Ordre de 1346 à 1353. A. Beretta Anguissola (*Alla ricerca del tempo perduto*, t. II, p. 1146) signale que, dans *Numismatique de l'Orient latin*, Gustave Schlumberger rapporte sa légende : « Issu d'une vieille famille du Languedoc, [Dieudonné de Gozon] s'était fait connaître dans toute la chrétienté, par un combat singulier avec un monstre ou dragon de taille énorme,

un crocodile suivant toute apparence, amené d'Afrique par quelque jongleur, et qui, pendant de longues années, avait été la terreur de Rhodes. [...] Lorsque Dieudonné mourut, on mit sur son tombeau, dans l'église de Saint-Étienne, cette inscription : *Ci-gist le vainqueur du dragon* » (Ernest Leroux, 1878, p. 225). Schlumberger ajoute : « Dieudonné de Gozon paraît avoir été le premier grand maître qui ait fait frapper monnaie d'or, n'imitant encore que la face principale du sequin de Venise, mais ses ducats ne nous sont malheureusement connus que par la gravure qu'en donnent les historiens de l'Ordre » (*ibid.*, p. 240). Les mots latins *extinctor draconis* signifient « tueur du dragon ». – Quant à l'expression *latrator Anubis* (« Anubis aboyant »), elle est employée par Virgile pour décrire l'une des scènes gravées par Vulcain sur le bouclier d'Énée : « *Omnigenumque deum monstra et latrator Anubis / Contra Neptunum et Venerem contraque Mineruam / Tela tenent* (*Énéide*, VIII, 698-700 : « Des dieux monstrueux mêlés de toutes natures, l'aboyeur Anubis, pointent leurs traits contre Neptune et Vénus et contre Minerve » ; trad. Jacques Perret, Folio, p. 265). Anubis, dieu des morts égyptien, est en effet représenté avec un corps d'homme et une tête de chacal. Le rapprochement qu'établit Proust entre Dieudonné de Gozon et le texte de Virgile peut être expliqué par le chapitre II du *Repos de Saint-Marc*, intitulé « *Latrator Anubis* » et consacré aux « colonnes sœurs » de la Piazzetta de Venise. Ruskin y décrit la statue de saint Théodore, « protecteur et porte-étendard » de Venise : il « représente la force de l'Esprit de Dieu se manifestant dans toute vie animale noble et utile, pour triompher de ce qui est mauvais, inutile ou corrompu. Il diffère de saint Georges par sa lutte contre le mal matériel, au lieu de la passion coupable. Le crocodile qu'il foule aux pieds est le Dragon de l'ancienne Égypte, jadis né du limon adoré comme un dieu dans sa force malfaisante » (trad. Johnston, Hachette, 1908, p. 21). Ruskin étudie ensuite les origines du mythe du dragon, « symbole vivant qui, depuis plus de trois mille ans, personnifie la force du dieu reptile de l'Égypte [...]. Lui et ses compagnons issus du sol, à tête bestiale, n'ayant pour toute voix que des cris d'animaux : / *Omni genumque Deum monstra et Latrator Anubis.* / *Contra Neptunum et Venerem, contraque Minervam.* / [...] La grande victoire de saint Théodore est d'avoir fait de la terre son piédestal et non son ennemi ; en lui est la force de la vie noble et sensée l'emportant sur les folles créatures et les forces stupides de ce monde. / Le « latrator Anubis », gardien de l'enfer à la fois le plus cruel et le plus insensé, devenant, grâce à la pitié humaine, le plus fidèle ami de l'homme parmi les animaux » (*ibid.*, p. 24-25).

Page 791.

1. Sous la rubrique « Hesse (Maison de Brabant) », l'*Almanach de Gotha* donne la notice suivante : « Duc de Brabant et margrave d'Anvers 1128-1139 et depuis 1141 (1190) ; Landgrave, seigneur de Hesse [...] par suite du mariage, conclu [en] 1241, de Henri II duc de Brabant († 1248) avec Sophie, fille de Louis IV landgrave de Thuringe et de Hesse, à la mort du dernier landgrave de Thuringe, Henri Raspe, qui ne laissa pas d'enfants, 1247 » (édition de 1898, p. 45).

2. « Limbourg à celui qui l'a conquis ! (*Cri.*) – Jean, le Victorieux, comte de Louvain, après s'être emparé de Limbourg, en 1288 » (H. Tausin, *Supplément au dictionnaire des devises historiques et héraldiques*, Lechevalier, 895, t. I, p. 294).

3. La maison de Gramont a retenu les armes des vicomtes d'Aster, auxquels elle s'est alliée en 1534.

Page 792.

1. L'*Almanach de Gotha* de 1862 donne la notice suivante : « François de La Trémoïlle, prince de Talmond, se maria en 1521 à Anne de Laval, fille du comte Gui XVI de Laval et de Charlotte d'Aragon princesse de Tarente ; d'après les droits de succession existant alors à Naples, les descendants de cette dernière fille du dernier roi de Naples de la famille aragonaise, Frédéric d'Aragon qui fut dépouillé de la couronne en 1501 par Ferdinand le Catholique auraient dû succéder au trône de ce royaume, et la

maison de Trémoïlle ayant plusieurs fois vainement tâché de faire valoir ses réclamations, elle protesta formellement pour conserver ses droits. – Depuis cette époque, le fils aîné de cette maison, laquelle s'estime égale aux maisons souveraines, porte le titre de prince de Tarente » (p. 150-151).

2. Issu d'une famille écossaise installée en France au début du XVIIIᵉ siècle, Macdonald (1765-1840), après Wagram où son intervention décida du succès des troupes impériales, fut nommé maréchal de France sur le champ de bataille et, en 1810, à son retour à Paris, Napoléon lui donna le titre de duc de Tarente.

3. Le titre de duc de Montmorency, recueilli par héritage en 1862 par Adalbert de Talleyrand-Périgord, fut confirmé par décret impérial du 14 mai 1864. Adalbert était le deuxième fils d'Alix de Montmorency-Fosseux, sœur de Raoul, dernier duc de Montmorency (1790-1862).

Page 793.

1. Louis Adolphe Chaix d'Est-Ange (1800-1876) plaida dans quelques-uns des procès les plus marquants de son temps. Son fils, Gustave (1832-1887), avocat lui aussi, défendit Baudelaire lors du procès des *Fleurs du Mal*.

2. Soupçonné d'avoir comploté contre Bonaparte, le duc d'Enghien, fils unique du « dernier des Condé », fut fusillé le 21 mars 1804 dans les fossés du château de Vincennes. Après la mort, en 1632, de Henri II, quatrième duc de Montmorency, le duché-pairie était entré dans la maison de Condé dont le chef, Henri II de Bourbon, avait épousé Charlotte de Montmorency.

Page 797.

1. Proust a ainsi dédicacé un exemplaire du *Côté de Guermantes II* : « À Monsieur et Madame Émile Straus, en les priant de lire l'épisode des souliers rouges que j'allai un soir chercher, et de ne pas oublier, non plus, le respectueux attachement de leur reconnaissant ami » (*Corr.*, t. XX, p. 285).

Esquisse du Côté de Guermantes II

Page 809.

   1. Voir p. 518-520.

Page 811.

   1. Voir p. 517.

Page 813.

   1. Ce portrait du prince de X se retrouvera dans celui de M. de Bréauté (voir p. 587). La guerre de Mandchourie opposa les Russes aux Japonais en 1904-1905.
   2. Le général marquis de X deviendra le général de Monserfeuil (voir p. 693).

Page 814.

   1. Allusion aux *Secrets de la princesse de Cadignan* (« Folio classique », p. 239).
   2. Voir p. 570.

Page 815.

   1. Voir p. 572.
   2. Voir p. 578.

Page 816.

   1. Voir p. 594.
   2. Voir p. 593, n. 2.

Page 817.

   1. Voir p. 677 et 705.

Page 818.

   1. Voir p. 576, n. 1.

Page 819.

   1. Voir p. 676, n. 1.
   2. Voir p. 677, n. 1.

Page 820.

1. Voir p. 681-682.

Page 821.

1. Voir p. 591-592.

Page 822.

1. Voir p. 582-584. Proust n'a pas encore fait de la princesse l'invité d'honneur, dont la présence structurera l'épisode du dîner. Elle figure ici comme un convive parmi d'autres.

Page 823.

1. Voir p. 590 et p. 365-367.
2. *Durchlaucht* : « Monseigneur » en allemand.

Page 824.

1. Querqueville deviendra Balbec, forme qu'on trouve plus loin dans un passage ajouté tardivement (p. 902). L'esquisse nomme également Cabourg (p. 844), rare allusion au modèle de Balbec (voir *Du côté de chez Swann*, « Folio classique », p. 491).

Page 825.

1. Oranienhof : nom d'un hôtel de Kreuznach (voir p. 365, n. 3) dont l'une des sources s'appelle l'Oranienquelle. Proust séjourna dans cet établissement en 1897.

Page 826.

1. « Le Lévrier de Magnus », trentième pièce des *Poèmes tragiques* de Leconte de Lisle, évoque les coteaux du Rhin.
2. La société Panhard et Levassor fut fondée en 1886 ; celle des frères Renault en 1899. Dans le texte définitif, il s'agit d'automobiles Charron (p. 366).

Page 827.

1. Voir p. 523-527.

Page 828.

1. Parmi les compositeurs français qui ont mis en musique des vers de Musset, citons Gounod (*Venise*).

2. M. de Borrelli : voir *Du côté de chez Swann*, « Folio classisque », p. 344, n. 2.

3. Francisque Sarcey (1827-1899), critique dramatique, avait reçu le sobriquet de « l'Oncle ». Proust a souvent raillé la lourdeur de son style (voir *Essais et articles*, p. 341).

Page 830.

1. Voir p. 664. *Le Marquis de Létorière* est un roman d'Eugène Sue paru en 1839.

Page 832.

1. Voir p. 405, n. 1.

Page 833.

1. D'après Saint-Simon, le Régent n'approchait jamais de Louis XV « en public et en quelque particulier qu'ils fussent, qu'avec le même air de respect qu'il se présentait devant le feu Roi. Jamais la moindre liberté, bien moins de familiarité, mais avec grâce, sans rien d'imposant par l'âge et la place, conversation à sa portée, et à lui et devant lui, avec quelque gaieté, mais très mesurée, et qui ne faisait que bannir les rides du sérieux et doucement apprivoiser l'enfant ». En 1719, le duc d'Orléans disait au jeune monarque qui avait alors neuf ans : « Mais n'êtes-vous pas le maître ? Je ne suis ici que pour vous rendre compte, vous proposer, recevoir vos ordres et les exécuter » (*Mémoires*, t. VII, p. 563).

2. Voir p. 716-717.

3. Voir p. 527.

Page 835.

1. Voir p. 708.

2. Voir p. 706.

Page 836.

1. Boni de Castellane avait épousé Anna Gould en 1895 (voir *À l'ombre des jeunes filles en fleurs*, « Folio classique », p. 319, n. 1). Dans un article de 1903, Proust le décrit ainsi : « Plein d'égards pour sa jeune femme, il s'inquiète du courant d'air froid que pourrait lui envoyer la porte du jardin » (*Essais et articles*, p. 460).

Page 837.

1. Voir p. 735.
2. Voir p. 710, n. 1.

Page 840.

1. Voir p. 843 : « j'étais embrasé, j'éprouvais un vif sentiment de chaleur ».

Page 841.

1. Voir *Du côté de chez Swann*, « Folio classique », p. 271-272, la fin de l'épisode des clochers de Martinville.

Page 843.

1. Voir p. 736.

Page 844.

1. Voir p. 691.
2. Cailloux du Rhin : pierres ayant l'apparence du cristal.

Page 846.

1. Voir la réaction du général de Beautreillis au nom de Zola, p. 672.
2. Une variante, confirmée par la suite du texte, indique qu'il s'agit du duc d'Étampes.

Page 849.

1. Voir p. 714.

Page 850.

1. Voir p. 729.

Page 851.

1. Proust abrège les noms de Mme de Castellane, née Cordelia Greffulhe, et de Mme de Beaulaincourt (voir p. 389, n. 3, et p. 295, n. 5). Mme de Castellane était la mère de Mme de Beaulaincourt, laquelle était la grand-tante de Boni de Castellane.

2. Sur les lettres de Mme de Broglie, voir p. 265, n. 8.

3. C'est-à-dire par le rapprochement des noms évoqué dans l'avant-dernier alinéa (le dernier alinéa constituant un ajout tardif).

4. Voir p. 723.

Page 852.

1. Dans le récit que Saint-Simon fait de la bataille de Neerwinden, il est question du comte de Montchevreuil, « lieutenant général, gouverneur d'Arras et lieutenant général d'Artois », « frère du chevalier de l'Ordre », qui fut tué lors du combat (*Mémoires*, t. I, p. 98).

2. Voir p. 726.

Page 853.

1. Voir p. 730.

Page 854.

1. Voir p. 200, n. 5 et 6.

Page 856.

1. Voir p. 723.

Page 857.

1. Voir p. 791-793. Sur les « grandes alliances » de la maison de Rohan, voir les *Mémoires* de Saint-Simon, t. I, p. 498-516.

Page 860.

1. Voir p. 721, n. 1.
2. *Ibid.*, n. 2.
3. *Ibid.*, n. 3.
4. *Ibid.*, n. 4.

Page 861.

1. Voir p. 721, n. 5 et n. 6, et p. 722, n. 1.

Page 862.

1. Il deviendra le château de Féterne, p. 727.

Page 863.

1. Voir *Sodome et Gomorrhe*, « Folio classique », p. 125.

2. Dans une lettre à Reynaldo Hahn, Proust évoquait en 1907 des « figures qui paraissent trop conventionnelles dans l'art pour être "crues" par qui les regarde dans Burne-Jones ou dans Gustave Moreau, mais que la nature réalise une fois pour montrer qu'une beauté si "artistique" peut être vraie » (*Corr.*, t. VII, p. 239).

Page 866.

1. On retrouvera ces réflexions au sein d'un dialogue entre Bloch et le narrateur dans *Le Temps retrouvé*.

Page 869.

1. Villiers de l'Isle-Adam, « La Machine à Gloire S.G.D.G. », *Contes cruels*, « Folio classique », p. 99-118.

Page 870.

1. Lors de son voyage en Hollande en 1902, Proust se rendit en coche d'eau à Volendam, « endroit fort curieux et peu visité » (*Corr.*, t. III, p. 163).

Page 871.

1. Ici commence le développement sur la spécificité des Guermantes, présenté comme une illustration des mornes constatations de l'intelligence. En établissant le manuscrit de *Guermantes II*, Proust transformera l'argument, le détachera de la comparaison avec la ville, et le présentera comme l'une des raisons qui expliquent l'admiration que la princesse de Parme témoigne à Oriane. Voir p. 585.

Page 872.

1. Voir p. 598.

Page 875.

1. *L'Orme du Mail* est la première partie de l'*Histoire contemporaine* d'Anatole France, publiée en 1897. Le héros, Bergeret, est professeur dans une ville du centre de la France.

Page 877.

1. Voir p. 746, n. 1.

Page 880.

1. Voir p. 601-602.

Page 882.

1. Voir p. 626.

Page 883.

1. Phrase boiteuse, que l'auteur n'a pas corrigée dans le manuscrit.

Page 884.

1. Robert de Bonnières (1850-1905), journaliste et romancier, collaborateur du *Figaro*, puis du *Gaulois*, auteur du *Baiser de Maïna* (1886), a réuni ses chroniques dans *Mémoires d'aujourd'hui* (1883-1888).

Page 885.

1. Sur l'expression « génie de la famille », voir p. 601-606.
2. Voir p. 627-629.

Page 887.

1. Il s'agit sans doute du personnage qui deviendra Mme de Marsantes.
2. Voir p. 616-617.

Page 888.

1. Voir p. 627-628.

Page 889.

1. Annonce du *Temps retrouvé*, où on assistera au déclin mondain de la duchesse de Guermantes.
2. Voir p. 619-620.

Page 890.

1. Voir p. 614.
2. Voir p. 614, n. 1.

Page 891.

1. Voir p. 649 et p. 183, n. 1.

Page 894.

1. Voir p. 674 et 637-639. Il est intéressant de noter l'absence de Victor Hugo : les allusions au poète n'apparaissent que sur le manuscrit du texte définitif (p. 665).

Page 895.

1. Analyse qui sera traduite en termes dramatiques, dans l'épisode de Taquin le Superbe ; voir p. 631.

Page 896.

1. Voir p. 641.

Page 899.

1. Ce développement est conçu comme le pendant de l'épisode des souliers rouges, avec lequel s'achèvent les esquisses du Cahier 43 consacrées au duc et à la duchesse, de même que le texte définitif du *Côté de Guermantes*. On y trouve aussi des analogies avec l'analyse de Charlus, artiste manqué (p. 761). Proust a éliminé la scène, peut-être afin de souligner le caractère dramatique de la conclusion, mais on en voit des traces encore dans la conversation de la duchesse à propos de Mme de Villeparisis (p. 683).

Page 902.

1. Dans une lettre inédite, adressée peut-être à Émile Mâle en 1912-1913, Proust demande à son correspondant s'il peut dire « que sous Louis XIV les duchesses de Guermantes avaient rang de *cousines* du roi » (catalogue de vente Ader, Drouot, 22 novembre 1985).

Page 904.

1. Voir p. 760.

Page 906.

1. Emprunt au *Contre Sainte-Beuve*, où la pluie qui tombe inspire un morceau sur « la substance fragile et précieuse » de *La Pluie* de Chopin (*CSB*, p. 281).

RÉSUMÉ

I

L'Âge des Noms : *la duchesse de Guermantes*. À Paris. Installation dans un nouvel appartement dépendant de l'hôtel de Guermantes. Tristesse de Françoise ; joie de son jeune valet de pied (47). Françoise s'habitue cependant au nouvel immeuble dans lequel nous sommes venus habiter à cause de la santé de ma grand-mère (49).

La poésie des noms s'attache aussi bien aux lieux qu'aux personnes (49). Les rêves dont l'imagination emplissait le nom de Guermantes en sont chassés l'un après l'autre par l'usage (50). On peut retrouver leur charme en revenant sur le passé (51) : évocation du mariage de Mlle Perce-pied, évocation du maréchal de Guermantes. Images successives du nom : le château médiéval (52), l'hôtel (55), les fêtes (55). Françoise observe les Guermantes (56). Le déjeuner des domestiques (57). Plaintes de Françoise, nostalgique de Combray (58). Son nouvel ami Jupien (59) ; ses idées sur la richesse et la vertu (63), son intérêt pour la famille Guermantes (64). Douceur de la vie à Combray (67) comparée à celle que l'on mène à Paris (69). Fin du déjeuner (71).

Mme de Guermantes a « la plus grande situation dans le faubourg Saint-Germain » (72). Elle n'est pourtant qu'une femme semblable aux autres (73). Le paillasson

du vestibule de son hôtel est le seuil d'un monde mystérieux (75). Le duc de Guermantes considère les habitants
de l'immeuble comme des manants (76). Les occupations
de Mme de Guermantes : l'Opéra, les villégiatures (80).

Une soirée d'abonnement de la princesse de Parme. La
Berma doit jouer un acte de *Phèdre* à l'Opéra. Son art ne
m'intéresse plus (82). Je vais cependant à la soirée pour
tenter d'apercevoir Mme de Guermantes. Au contrôle,
un homme ressemble au prince de Saxe (83). Description des spectateurs de l'orchestre : snobs, curieux (85),
un étudiant génial (86). Description des loges et des baignoires : dans l'obscurité, les aristocrates apparaissent
comme des déités vivant au fond de la mer (86). La
princesse de Guermantes (88). Début de la représentation (92). La vieille dame jalouse de la Berma (95). Le
talent de la Berma ne fait qu'un avec son rôle (96). Je
comprends enfin son génie, qui est de créer en interpré-
tant (98). Début d'une seconde pièce (101). Arrivée de la
duchesse de Guermantes (103). Élégances différentes de
la princesse et de la duchesse (105). Mme de Cambremer rêve d'être reçue chez la duchesse (106). Le sourire
de la duchesse (110).

Je guette le passage de Mme de Guermantes dans ses
promenades matinales (111). Apparitions successives de
son visage (114). Altération du caractère de Françoise : sa
gentillesse est-elle sincère ? (117). Mon manège quotidien
déplaît à Mme de Guermantes (123). Pour tenter de me
rapprocher d'elle, je décide d'aller voir Saint-Loup dans
sa garnison (123).

Doncières. Accueil de Saint-Loup « préoccupé de me
voir passer seul cette première nuit » (127). Impression
de sérénité dans sa chambre (131). Différentes qualités du
bruit et du silence (132). Le capitaine m'autorise à dormir
près de Saint-Loup (136). La photographie de Mme de
Guermantes (138). Paysage de Doncières, le matin (139).

L'hôtel de Flandre (141), un « féerique domaine » (144).
Les divers sommeils et le rêve (145). Réveils (149). Le
service en campagne : je suis les manœuvres « pendant
plusieurs jours » (152). Le quartier de cavalerie (154).

Saint-Loup est très aimé des jeunes engagés (155). Promenade dans la ville nocturne (158).

Dîner avec Saint-Loup et ses amis (162). Je lui demande de m'introduire auprès de Mme de Guermantes et de me donner la photographie de celle-ci (164). L'amitié admirative de Saint-Loup qui veut me faire briller devant ses camarades (168). Il dément le bruit de ses fiançailles avec Mlle d'Ambresac (170). Le sous-officier dreyfusard (171). Le commandant Duroc (172). L'affaire Dreyfus et l'armée (175). Discussions sur la stratégie : une bataille est l'expression d'une idée (176). Ces théories « me rendaient heureux » (180). Y a-t-il une esthétique, un art militaires ? (181). Prévisions sur une future guerre (185). La découverte du général sous le particulier (186). « Le plaisir d'être là », l'oubli des préoccupations extérieures (187).

Le souvenir de Mme de Guermantes est parfois oppressant (189). Brouille entre Saint-Loup sa maîtresse (191). La force cruelle du silence et les souffrances liées à l'incertitude (192). Un rêve de Saint-Loup (194). La rupture est évitée (195). Un prétexte pour rendre visite à Mme de Guermantes : désir de voir ses tableaux d'Elstir (196). Le prince de Borodino et son coiffeur (199). Les divers mérites des officiers (200). Le prince de Borodino et Saint-Loup deux noblesses qui s'affrontent (203).

Appel téléphonique de ma grand-mère (206). Les demoiselles du téléphone (207). Le miracle de la voix entendue à travers la distance (208). « Un besoin anxieux et fou de revenir » auprès de ma grand-mère (210). Étrange salut de Saint-Loup (213). Discussion avec un groupe de soldats du rang (214). Le départ du régiment (215).

Retour à Paris. Je découvre combien la maladie a changé ma grand-mère (216). Pressentiment de la mort (217). Mme de Guermantes ne m'invite pas à voir les tableaux d'Elstir (218). L'hiver finit (219). Promenades matinales qui croisent le chemin de la duchesse (220). « La rue est à tout le monde » (222). Rêve et sommeil de l'après-midi (222). Brève visite de Saint-Loup (224). Corruption du parler de Françoise (225). Souvenir d'un projet de voyage en Italie (226). Mon père se résigne à me

voir devenir écrivain (227). La page blanche inéluctable
(228). Mon père change d'avis sur M. de Guermantes
et me conseille de fréquenter le salon de Mme de Villeparisis (228). Son étrange rencontre avec Mme Sazerat,
devenue dreyfusarde (230).

À Paris, avec Saint-Loup. Saint-Loup vient en permission à Paris (232). Rencontre de Legrandin qui professe
le mépris du monde et des salons (233). Le printemps
commence (234). Un village des environs de Paris, où
habite la maîtresse de Saint-Loup (235). Saint-Loup
est prêt à tout sacrifier pour elle (236). Il veut lui offrir
un collier de Boucheron (237). Les cerisiers et les poiriers en fleurs (237). La maîtresse de Saint-Loup n'est
autre que « Rachel quand du Seigneur » (238). Elle est
interpellée par deux « poules » (243). Peut-être Saint-
Loup a-t-il alors la révélation de la vraie personnalité
de la femme qu'il aime (243). Rachel émue par le sort
de Dreyfus (246). Au restaurant, jalousie de Saint-Loup
(247). Aimé, maître d'hôtel de Balbec (248). Conversation
littéraire avec Rachel (250). Sa malveillance (251). M. de
Charlus cherche son neveu (253). Dispute entre Rachel et
Saint-Loup (253). Celui-ci va se réfugier dans un cabinet
particulier où il nous fait appeler (255). La querelle est
oubliée (255). Joie de l'ivresse (256).

Au théâtre (257). Les « individualités éphémères et
vivaces que sont les personnages d'une pièce » (257).
L'acharnement de Rachel contre une débutante (258).
Sur la scène, Rachel se métamorphose (259). Dans les
coulisses (260). Explication de l'étrange salut de Doncières (262). Le danseur poursuivant son rêve au milieu
de la foule éveille de nouveau la jalousie de Saint-Loup
qui menace de garder le collier de Boucheron (263).
Cruauté de Rachel (266). Robert gifle un journaliste
(268), puis corrige un « promeneur passionné » qui lui a
fait des propositions (270).

Le salon de Mme de Villeparisis. Sa déchéance mondaine due à son intelligence d'artiste (271). La grâce
de sa conversation et de ses Mémoires (273). Son désir
de reconstituer un salon brillant (274) et d'y attirer

Mme Leroi (275). Elle reste étrangère à l'affaire Dreyfus. Bloch et « l'admirable puissance de la race » (280). Souvenirs de Mme de Villeparisis sur Decazes et Molé (283). La « plaisanterie stupide » du duc de Guermantes : fausse visite de la reine de Suède (284). L'illusion que donnent des Mémoires sur l'importance réelle d'un salon (285). La dame à coiffure blanche de Marie-Antoinette (287). Les trois Parques du faubourg Saint-Germain (288). Le portrait de la duchesse de Montmorency (291). Entrée de la duchesse de Guermantes (292). Les flagorneries de Legrandin (293). Relations de Mme de Guermantes et de Mme de Cambremer (296). Faux-fuyants de Legrandin (297). Je ne retrouve pas dans le visage de Mme de Guermantes le mystère de son nom (298). Elle invite des « hommes d'élite » à déjeuner et évite d'aborder avec eux des sujets intellectuels (300). Son influence sur les écrivains (304). Sa conversation semble futile (304). Elle connaît Bergotte et le trouve « spirituel » (307). Mme de Villeparisis peint des fleurs (310). Maladresse et insolence de Bloch qui renverse le vase (312). Désinvolture de Mme de Villeparisis dans ses rapports avec ses parents princiers (313). Sir Rufus Israëls (316). Langage homérique et mauvaise éducation de Bloch (317). Entrée de M. de Norpois (320). Ses goûts littéraires et picturaux (321). Entrée de M. de Guermantes (323). Je demande à M. de Norpois d'appuyer la candidature de mon père à l'Académie des sciences morales et politiques (324). Mme de Guermantes philosophe sur le mystère de l'amour (328). Son jugement sur *Les Sept Princesses* de Maeterlinck, sur Rachel (330-334) et sur Mme de Cambremer (333). M. de Norpois et Bloch parlent de l'affaire Dreyfus (335). Les lois de l'imagination et du langage (338). Le dreyfusisme de Saint-Loup choque le faubourg Saint-Germain (338). Le duc de Guermantes humilie l'historien de la Fronde (341). Suite de la conversation entre Bloch et Norpois sur l'Affaire (343). Le bal de Mme de Sagan (349). Péroraison de Norpois sur l'Affaire (350). Insolence de M. d'Argencourt (353) L'archiviste prend Bloch pour un espion dreyfusard (354). Mme de

Villeparisis met Bloch à la porte de son salon en feignant de s'être assoupie (355). Nouvelles réflexions ironiques sur *Les Sept Princesses* (356). Entrée de Mme de Marsantes, mère de Saint-Loup, sainte du faubourg Saint-Germain (357). Mme Swann et l'affaire Dreyfus (360). Entrée de Saint-Loup et joie de sa mère (362). Mme de Guermantes me parle (363). Le prince de Faffenheim-Munsterburg-Weinigen (364). Son nom m'évoque une petite ville d'eaux allemande (365). Les démarches qu'il a entreprises auprès de M de Norpois pour se faire élire à l'Institut (366). Entrée de Mme Swann et départ précipité de Mme de Guermantes qui ne souhaite pas la rencontrer (375). Entrée de Charlus (375). Évocation d'une visite de Morel, fils du valet de chambre de mon oncle ; les photographies d'actrices : la « dame en rose » était Odette (375). L'admiration de Charlus pour Mme Swann (379). Le mandat télégraphique de Mme de Villeparisis ; les brouilles intermittentes (380). Je vais saluer M. de Charlus (382). Révélations de Mme Swann sur Norpois (384). Le « dédain affecté » de Mme de Villeparisis pour Mme Leroi (388) Évocation de M. de Schlegel (389). J'apprends que Charlus est le frère du duc de Guermantes (393). Saint-Loup a des remords à propos du collier de Boucheron refusé à Rachel ; il décide d'aller la rejoindre pour se faire pardonner (393). Chagrin de Mme de Marsantes (395). Mme de Villeparisis me déconseille de partir avec Charlus (400).

Charlus s'offre à diriger ma vie (402). Il tient des propos « affreux et presque fous » sur la famille de Bloch et sur les Juifs (405), puis me propose à nouveau de me confier son héritage spirituel (409). Il semble contrarié par la rencontre de M. d'Argencourt (411). Il me demande de ne plus aller dans le monde (412). La famille Villeparisis et M. Thirion (413). Mise en garde contre les jeunes gens (415). Étrange choix d'un fiacre (416).

Discussion sur l'affaire Dreyfus entre le maître d'hôtel des Guermantes et le nôtre (417).

Maladie de ma grand-mère. Cottard à son chevet (419). « Croire à la médecine serait la suprême folie, si n'y pas

croire n'en était pas une plus grande » (419). Le thermomètre (420). Le docteur du Boulbon prétend que
cette maladie est purement nerveuse (423). Le neurasthénique grand poète (427). Les nerveux forment une
« famille magnifique et lamentable qui est le sel de la
terre » (428). Du Boulbon nous a rassurés (431). Dans
une lettre, Saint-Loup m'accuse de perfidie (431). Promenade aux Champs-Élysées avec ma grand-mère (431). La
« marquise » du petit pavillon et le garde forestier (433).
Démarche saccadée de ma grand-mère ; elle vient d'avoir
une « petite attaque » (436).

II
CHAPITRE PREMIER

Maladie de ma grand-mère (439). Avenue Gabriel, rencontre du professeur E***. Bien que pressé, il accepte
d'examiner ma grand-mère (440). L'approche silencieuse
et discrète de la mort ; son apparition soudaine (441).
Comment on s'habitue à sa présence (443). Devant ma
grand-mère, le professeur est rassurant (444). Il déclare
ensuite qu'elle est perdue. « Chaque personne est bien
seule » (445). De retour à la maison, le désespoir muet
de ma mère (446) ; le regard indiscret de Françoise
(447). Premiers faux serments faits à la malade (448).
Le dévouement de Françoise (449). Cottard prescrit de
la morphine (451). Ma grand-mère dissimule ses souffrances (452). Le travail de statuaire de la maladie (453).
Pour le spécialiste X, toute affection est une « maladie
du nez mal comprise » (453). Réactions de diverses personnes. Les sœurs de ma grand-mère retenues à Combray
par un musicien qu'elles ont découvert (454). Visites quotidiennes de Bergotte, malade (455) : ses œuvres s'ache-
minent vers la renommée ; je l'admire moins qu'avant,
car j'ai découvert un « nouvel écrivain » (456). Il faut du
temps pour qu'un artiste original, comme Renoir, soit
reconnu (457). Les progrès de la littérature et ceux de la

science. Bergotte me dégoûte du « nouvel écrivain » (458).
Visite de Mme Cottard. Les attentions du grand-duc héritier de Luxembourg (459). Particularités du code de politesse de Françoise (461). Ses idées sur les cures luxueuses
(462). Ma grand-mère souffre de troubles de la vue, puis
de l'ouïe (463). Elle tente de se suicider (464). Françoise
veut la coiffer (465). La congestion du cerveau augmente
(466). Les sangsues (466). Ma mère me réveille au milieu
de la nuit (467). Une bête semble avoir pris la place de
ma grand-mère (468). Le duc de Guermantes vient présenter des condoléances anticipées (469). Ma mère ne
répond pas à son salut (471). Visite de Saint-Loup (471).
Un religieux prie au chevet de ma grand-mère et m'épie
(473). Le souffle de la malade dégagé par l'action de la
morphine et de l'oxygène (473). Manifestations du chagrin de Françoise (474). Un de nos cousins assidu auprès
des mourants (475). Le docteur Dieulafoy appelé « non
pour soigner mais pour constater » (476). Déclin de ma
grand-mère. L'agonie (478). Sa mort (480) lui redonne
sa jeunesse (481).

CHAPITRE DEUXIÈME

Visite d'Albertine. Réveil, un dimanche d'automne : « je
venais de renaître » (481). La brume : souvenirs de Doncières (481). Mes parents sont à Combray ; projets de
divertissement pour la soirée (482). J'ai fait porter une
lettre à Mme de Stermaria (483). Saint-Loup a rompu
avec Rachel (483). Il m'a écrit du Maroc pour m'encourager à inviter Mme de Stermaria, qui a divorcé (486).
Françoise introduit Albertine dans ma chambre (487).
Le désir de Balbec ou le désir d'Albertine (489). Sacrifier sa vie aux femmes (489). La jeune fille a mûri (490).
Je ne l'aime pas, mais elle peut m'apporter du plaisir
(492). Les nouveautés que je découvre dans son vocabulaire sont encourageantes : « sélection » (493), « à mon
sens » (494), « mousmé » (496). Chatouillements sur le

lit (497). Françoise, une lampe à la main, entre dans la chambre (497). Sa « connaissance instinctive et presque divinatoire » de mes actes et de mes pensées (497). Les paroles, les silences, les signes par lesquels elle manifeste sa désapprobation (499). Françoise sortie, Albertine me fait comprendre que je peux l'embrasser (500). « Confrontation d'images empreintes de beauté » : la jeune fille imaginaire et désirée à Balbec, la jeune fille réelle et refusant le baiser, la jeune fille réelle, désirée et « facile », de Paris (501). Les « bons pour un baiser » (503). La saveur décevante du baiser : les lèvres, organes imparfaits, et la joue (504). Changements de perspective lorsque mon visage s'approche de celui d'Albertine (505). Pourquoi elle m'accorde à Paris ce qu'elle m'a refusé à Balbec (507). Le plaisir matériel ; Albertine, comme Françoise, est « une des incarnations de la petite paysanne française » de Saint-André-des-Champs (508). Ses notions sociales : Robert Forestier et Suzanne Delage (510). Après le départ d'Albertine, Françoise m'apporte une lettre de Mme de Stermaria qui accepte à dîner pour mercredi (513).

Soirée chez Mme de Villeparisis. Dès mon arrivée, je vois Mme de Guermantes, mais ma mère m'a guéri de mon amour pour elle (513). Mes pérégrinations matinales ont changé de but : je cherche une nouvelle boutique pour Jupien (514). Diverses rencontres lors de mes promenades : Norpois qui reste distant, une grande femme qui me sourit (516). Mme de Guermantes vient s'asseoir à côté de moi (517) et m'invite à dîner « en petit comité » pour vendredi (519). Les raisons de sa curiosité : l'amitié que me témoigne sa famille (520), ma qualité d'« étranger » (521). Quand je lui dis que je connais le baron de Charlus (523), elle répond qu'il ne lui a jamais parlé de moi et qu'il est « un peu fou » (525). Départ de Mme de Guermantes (526). La faculté qu'elle a d'oublier ses griefs (526). Charlus refuse de saluer Bloch (527).

Mme de Stermaria. L'attente du plaisir (529). Évocation d'une ancienne promenade au Bois (530). Mme de Stermaria associée aux brumes de la Bretagne (532). Le mardi, Albertine me rend visite ; je lui demande de

m'accompagner au Bois où je vais retenir un cabinet
pour le dîner du lendemain (533). Albertine pourrait
venir à la fin de la soirée si Mme de Stermaria ne se
donne pas (534), mais cette précaution est inutile (536).
« Notre vie sociale est, comme un atelier d'artiste, remplie des ébauches délaissées où nous avions cru un
moment pouvoir fixer notre besoin d'un grand amour »
(537). Le lendemain est un jour de brume (537). Je me
prépare pour le dîner (538). Mme de Stermaria écrit
qu'elle ne pourra venir (540). « Ma déception, ma colère,
mon désir désespéré de ressaisir celle qui venait de se
refuser » (541). Je sanglote sur les tapis enroulés de la
salle à manger (542).

Le soir de l'amitié. Arrivée de Saint-Loup qui m'invite
au restaurant (543). Critique de l'amitié (543). Souvenirs
des dîners de Doncières (545). Nous sortons. Enthousiasme suscité par le brouillard. L'amitié me détourne
de « la vocation invisible dont cet ouvrage est l'histoire »
(546). En voiture, Saint-Loup m'apprend qu'il a dit
à Bloch que je ne l'aimais « pas du tout tant que ça »
(549). Nous arrivons au restaurant dont la clientèle est
composée de deux coteries : les intellectuels dreyfusards
et les jeunes nobles (551). Je franchis, seul, la porte tambour ; le patron me chasse de la salle réservée à l'aristocratie (552). Chaque arrivant raconte comment il s'est
perdu et retrouvé dans le brouillard (553). L'insolence du
prince de Foix (553). Perspective d'un riche mariage pour
quelques amis de Saint-Loup (555). Certains princes ruinés passent avant tel duc milliardaire (556). Saint-Loup
et trois de ses amis sont appelés « les quatre gigolos »
(557). La mentalité du patron de café (558) qui, après
l'entrée de Robert, me témoigne davantage de respect
(560). La grâce intellectuelle et physique de mon ami est
exclusivement française (560). Il me présente au prince
de Foix (562). Médisances sur le grand-duc héritier de
Luxembourg (563). Saint-Loup m'apporte un manteau en
accomplissant un exercice de voltige sur les banquettes
(564). Conversations sur le Maroc et l'Allemagne (565).
En Robert, j'admire la nature qu'il a héritée de sa race

(566). Plaisir d'amitié et plaisir d'art (567). Distinction physique et distinction d'esprit (569).

Dîner chez les Guermantes. Le lendemain, M. de Guermantes me reçoit sur le seuil de l'antichambre (570). Son langage et sa politesse sont des survivances du passé (571) qui « n'est pas si fugace » (572). Avant d'aller au salon, je demande à admirer les Elstir du duc (573). Certains tableaux recréent des illusions d'optique « par retour à la racine même de l'impression » (574). Dans deux œuvres plus réalistes, il a peint l'un de ses amis (575). Des aquarelles à sujets mythologiques représentent une troisième manière, appartenant en réalité à sa première période (577). Je quitte le cabinet des Elstir ; un domestique ressemblant à un ministre espagnol me conduit au salon (578). Le duc et la duchesse me présentent aux invités (579). Une dame assez petite (580) est la princesse de Parme (582). J'expulse de son nom « tout parfum stendhalien » (583). La princesse est aimable avec moi par « snobisme évangélique » (584). Une autre dame possède un château non loin de Balbec (585). M. de Bréauté cherche à savoir si je suis une notabilité (587). Le « prince Von » ; la manie des surnoms (590). Le prince d'Agrigente, « vulgaire hanneton », ne correspond pas aux rêves que j'ai formés autour de son nom (591). M. de Grouchy est absent (592). L'ordre de servir étant donné, une « fastueuse horlogerie mécanique et humaine » se déclenche : nous passons à table (593). Les façons de M. de Guermantes et celles décrites par Saint-Simon (595). La princesse de Parme est persuadée de la supériorité de tout ce qu'elle voit chez les Guermantes (596). Ceux-ci sont plus précieux et plus rares que le reste de la société (597). Traits physiques communs aux membres de la famille (597) ; leur flexibilité (599). Caractéristiques morales : l'intelligence et le talent comptent plus que la naissance (599). Le « génie de la famille » (600). Comparaison des Guermantes et des Courvoisier (602). Mme de Villebon snobe la comtesse de G*** (603). Les Guermantes et les Courvoisier se rencontrent dans l'art de marquer les distances (604). Variétés dans la cérémonie

du salut (605). La parcimonie des Courvoisier et l'art du
paraître des Guermantes. La scandaleuse « sortie »
d'Oriane sur Tolstoï (609). Les Courvoisier espéraient
qu'elle ferait un mauvais mariage (611), mais ses théories
sur l'intelligence et le talent, seules supériorités sociales,
ne l'empêchèrent pas d'épouser l'homme le plus riche et
le mieux né (612). Les Guermantes ne reconnaissent que
l'intelligence de ceux qui ont une valeur mondaine (614).
Le duc de Guermantes aide son épouse à défendre la
porte de son salon (616). La princesse de Parme, elle,
reçoit de nombreuses personnes (617). La révérence des
femmes devant l'Altesse (618). Le hall de son hôtel,
« musée des archives de la monarchie » (619). Quand la
duchesse de Guermantes vient dîner, la princesse choisit
ses invités, moins nombreux que d'habitude (620). Certains intimes de la duchesse sont devenus Guermantes
par l'esprit (622). La fréquentation de son salon a nui à
la carrière de quelques-uns d'entre eux (623). D'autres
ont renoncé à toute activité qui ne soit pas mondaine
(624). Les « imitations » de Mme de Guermantes (626).
Sa présence chez la princesse d'Épinay intimide les
autres visiteurs (628). M. de Guermantes se renseigne sur
la vicomtesse de Tours, née Lamarzelle (628). L'exposition des mots de la duchesse (629) : « Taquin le Superbe »
(631) est répété pendant une semaine (632). Son esprit
laisse les Courvoisier insensibles (634). Ils sont incapables d'innover en matière sociale (635). Relations avec
la noblesse d'empire (636). Les goûts artistiques de la
duchesse de Guermantes (637). Son besoin maladif de
nouveautés (638). La « critique folle » condamne les
chefs-d'œuvre d'un artiste pour louer ses productions les
plus insignifiantes (639). M. de Guermantes met en valeur
l'esprit de sa femme (640). Je comprends le plaisir qu'elle
éprouve à émettre des jugements imprévus, en observant
la vie politique (641). Les surprises des séances de la
Chambre (643). Le duc, lorsqu'il était député, était plus
simple que tous ses collègues (644). Oriane n'ira pas au
bal travesti du nouveau ministre de Grèce (645). Elle
rompt avec les usages par plaisir de surprendre et de

provoquer des commentaires (646). La « dernière d'Oriane » (647). Les maîtresses de M. de Guermantes, « belles figurantes » du salon de la duchesse (649), qui recherche souvent en elles des alliées « contre son terrible époux » (651). M. de Guermantes ne l'aime pas et n'a jamais cessé de la tromper (652). Elle console et reçoit les femmes qu'il a abandonnées (653). Arrivée tardive de M. de Grouchy (654). Cruauté de Mme de Guermantes envers le valet de pied fiancé (655). Elle médit de Mme d'Heudicourt, « supérieurement grosse », bête (656) et « rapiate » (658) ; un mot « bien rédigé » à propos de son avarice (660). M. de Bornier, « académicien empesté » (661). Les Guermantes jugent que « souvent les lettres d'un écrivain sont supérieures au reste de son œuvre » (662) : Flaubert, confondu avec Paul Bert et Fulbert, et Gambetta (662). Les goûts du duc de Guermantes, qui reconnaît être « vieux jeu » : en littérature, *La Fille de Roland* de Bornier (662) et Balzac ; en musique, Auber, Beethoven, Mozart, etc., mais Wagner, que défend la duchesse, l'endort (663). Propos sur la poésie : l'ennuyeuse Mme d'Arpajon, ancienne maîtresse de M. de Guermantes, aime Victor Hugo (665). Les yeux et la voix de la duchesse citant des vers (667). Le « désir de prosaïsme » qui lui fait apprécier Mérimée, Meilhac et Halévy (669). Mme d'Arpajon cite à son tour un vers de Musset qu'elle attribue à Hugo (670). La duchesse aime les idées en poésie (671). La dame d'honneur de la princesse de Parme me prend pour un parent de l'amiral Jurien de La Gravière (672). Un ami des Guermantes est persuadé que je suis intime avec les Chaussegros (672). Nouveau paradoxe de la duchesse : « Zola n'est pas un réaliste, [...] c'est un poète » (674). Les Guermantes détestent la peinture d'Elstir (675) qui a fait un portrait de la duchesse (677). La pureté du langage de Mme de Guermantes est le signe que son esprit est resté fermé aux nouveautés (678). Le snobisme de M. de Bréauté, qui ne fréquente que des salons aristocratiques mais prétend rechercher l'intelligence (680). Une réplique de Mme de Villeparisis à propos d'un poète que louait Bloch (681). Mme de Guermantes,

qui se souvient de m'avoir vu chez sa tante (682), trace
d'elle un portrait peu complaisant (683). Le chagrin de
M. de Charlus après la mort de sa femme (684). Saint-
Loup est venu demander un service à Mme de Guermantes (686), que le langage de son neveu exaspère (687).
Le deuil de la reine de Naples (688). Saint-Loup ne veut
pas retourner au Maroc (690). La cérémonie rituelle de
l'orangeade après le dîner (691). La duchesse refuse de
recommander Robert au général de Monserfeuil (694).
La fécondation des orchidées (695). Mariages de gens et
mariages de fleurs : Swann (696). Le goût de Mme de
Guermantes pour le style Empire (697). Rapprochements
avec la noblesse d'Empire : le duc d'Aumale et la princesse Mathilde, la reine de Naples et la princesse Murat
(699). Chez les Iéna (699). Le duc de Guastalla (702).
« Chaque fois que quelqu'un regarde les choses d'une
façon un peu nouvelle, les quatre quarts des gens ne
voient goutte à ce qu'il leur montre » (703). La duchesse
prétend aimer « dès le début » tout ce qui est nouveau
(703). Propos sur la peinture hollandaise Hals et Vermeer
(705). Les Guermantes sont retirés de leur nom (706). Le
Hals du grand-duc de Hesse (707). L'intelligence de l'empereur Guillaume (708) ; la simplicité du roi Édouard
(710). J'apprends avec surprise que M. de Norpois m'aime
beaucoup (711). Si Mme de Villeparisis l'épouse, ce sera
une mésalliance (713). Les généalogies du duc de Guermantes : le nom de Saintrailles me rappelle une rue de
Combray (714). Les « préjugés d'autrefois » rendent aux
amis des Guermantes leur poésie perdue (715). À chaque
nom cité, le duc dit : « C'est un cousin d'Oriane » (718).
L'ambassadrice de Turquie (718). Les noms évoquent des
faits particuliers : l'assassinat de Mme de Praslin, celui
du duc de Berri (721) ; une châsse représentant l'histoire
de Marie d'Orléans (721). La malveillance du faubourg
Saint-Germain, à propos de M. de Luxembourg (723)
Invraisemblables insinuations de l'ambassadrice de Turquie sur les mœurs du duc de Guermantes (725). La
mobilité des noms qui passent d'une famille à l'autre
(726). Ceux qui sont éteints et oubliés survivent dans de

vieilles pierres (727). Les noms cités désincarnent les invités (729) Après mon départ, ils pourront célébrer leurs rites mystérieux (730). Le départ des « dames fleurs » (731). Le luxe des Guermantes n'est pas seulement matériel, c'est un luxe de « paroles charmantes » (733). Fin de la soirée. « Il ne peut plus neiger [...] : on a jeté du sel » (734). Dans la voiture qui me mène chez M. de Charlus après le dîner chez les Guermantes : exaltation et mélancolie (735). Ma pensée donne du relief aux scènes que je viens de vivre (736). L'évolution littéraire de Victor Hugo (737). On apprend autant des grands seigneurs que des paysans (739).

M. de Charlus continue de me déconcerter. Un valet de pied m'introduit dans un salon où j'attends vingt-cinq minutes (741). M. de Charlus et ses domestiques (742). Il me reçoit en robe de chambre et avec hauteur (742). La reliure du livre de Bergotte (744). Il m'a soumis à « l'épreuve de la trop grande amabilité » (746) et me reproche divers torts que j'aurais à son égard (747). Dans un mouvement de colère, je piétine son chapeau haut de forme (749). Il refuse de me dire qui m'a calomnié (751), se radoucit et décide de me faire reconduire en voiture (752). Description de son « grand salon verdâtre » (753). Il prétend que nous ne nous reverrons jamais, puis trouve un prétexte pour ménager une dernière entrevue (755). Son mépris pour les Iéna (756) et son admiration pour la princesse de Guermantes (757). En rentrant, je trouve sur mon bureau une lettre du valet de pied de Françoise à son cousin (759).

Deux mois après, je reçois une invitation de la princesse de Guermantes (760). « La valeur et la variété imaginaires des gens du monde » (761). Nous désirons connaître les personnes dont nous parlent les Mémoires alors qu'elles devaient être aussi ennuyeuses que celles que nous fréquentons (762). La « tyrannie de la réalité » nous empêche de décider si telle femme est supérieure à telle autre (764). L'exclusivisme du salon de la princesse de Guermantes (764). Je vais voir le duc et la duchesse de Guermantes pour savoir si l'invitation est véritable

(766). En guettant leur arrivée, j'observe notre cour et les hôtels voisins (766). Swann doit venir apporter une photographie d'une monnaie de l'Ordre de Rhodes (769). La maladie du cousin Amanien d'Osmond (770). Le duc devient méfiant quand je lui demande si la princesse m'a réellement invité (772). Swann entre, très changé : il est malade (775). Le « Vélasquez » du duc, que Swann attribue « à la malveillance » (777). Le dreyfusisme aveugle de Swann influence tous ses jugements (778). La toilette de la duchesse de Guermantes (781). Son opinion sur la princesse et le prince de Guermantes (782) qui « a pris le lit » parce qu'elle avait mis une carte à Mme Carnot (783). Le frère du roi Théodose (785). Nouvelle cruauté de la duchesse envers son laquais fiancé (786). Le duc refuse de croire que le marquis d'Osmond agonise, ce qui l'empêcherait de se rendre à une redoute (787). Le titre de Brabant et la famille royale de Belgique. La carte de la comtesse Molé (789). Les titres et les prétentions de certains souverains (791). La photographie et l'enveloppe démesurées apportées par Swann (794). Celui-ci affirme qu'il n'a plus que « trois ou quatre mois à vivre » (796). Incrédulité de Mme de Guermantes (797). Les souliers rouges de la duchesse (797).

LE CÔTÉ DE GUERMANTES

DOSSIER

DU MÊME AUTEUR

Dans la même collection

COLLECTION
FOLIO CLASSIQUE

Éditions révisées

1151 E.T.A. HOFFMANN : *Le Magnétiseur et autres contes*. Traduction de l'allemand d'Olivier Bournac, Henri Egmont, André Espiau de La Maëstre, Alzir Hella et Madeleine Laval. Édition d'Albert Béguin. Préface de Claude Roy.

1024 HONORÉ DE BALZAC : *La Vieille Fille*. Édition de Robert Kopp. Nouvelle mise en page.

1437 ÉMILE ZOLA : *L'Œuvre*. Édition d'Henri Mitterand. Préface de Bruno Foucart. Nouvelle mise en page.

2658 MARCEL PROUST : *Le Côté de Guermantes*. Édition de Thierry Laget et Brian G. Rogers. Nouvelle mise en page.

693   JEAN DE LA BRUYÈRE : *Les Caractères*. Nouvelle préface de Pascal Quignard. Édition d'Antoine Adam.

728   FRANÇOIS DE LA ROCHEFOUCAULD : *Maximes et Réflexions diverses*. Édition de Jean Lafond.

1356 SÉBASTIEN-ROCH-NICOLAS CHAMFORT : *Maximes et pensées*. Caractères et anecdotes. Préface d'Albert Camus. Édition de Geneviève Renaux.

2736 ÉMILE ZOLA : *Lourdes*. Édition de Jacques Noiray.

3296 ÉMILE ZOLA : *Rome*. Édition de Jacques Noiray.

3735 ÉMILE ZOLA : *Paris*. Édition de Jacques Noiray.

3319 CHARLES BAUDELAIRE : *Les Fleurs du mal*. Édition collector illustrée. Photographies de Mathieu Trautmann.

3512 GUSTAVE FLAUBERT : *Madame Bovary*. Édition collector. Préface d'Elena Ferrante.

2599 HANS CHRISTIAN ANDERSEN. *La Petite Sirène et autres contes*. Édition et traduction de Régis Boyer.

2047   MARCEL PROUST : *Sodome et Gomorrhe*. Édition révisée et augmentée par Antoine Compagnon. Nouvelle mise en page.

380   HONORÉ DE BALZAC : *Le Cousin Pons*. Nouvelle édition annotée par Isabelle Mimouni. Nouvelle préface d'Adrien Goetz. Postface d'André Lorant.

Dernières parutions

5130   *Nouvelles du Moyen Âge*. Traduction nouvelle de l'ancien français et édition de Nelly Labère.

5157   CERVANTÈS : *Don Quichotte, tome I*. Traduction de l'espagnol de Claude Allaigre, Jean Canavaggio et Michel Moner. Édition publiée sous la direction de Jean Canavaggio.

5158   CERVANTÈS : *Don Quichotte, tome II*. Traduction de l'espagnol de Claude Allaigre, Jean Canavaggio et Michel Moner. Édition publiée sous la direction de Jean Canavaggio.

5159   BALTASAR GRACIAN : *L'Homme de cour*. Précédé d'un essai de Marc Fumaroli. Traduction de l'espagnol d'Amelot de La Houssaie. Édition de Sylvia Roubaud.

5183   STENDHAL : *Aux âmes sensibles. Lettres choisies (1800-1842)*. Choix d'Emmanuel Boudot-Lamotte. Édition de Mariella Di Maio.

5213   MIKHAÏL BOULGAKOV : *Le Maître et Marguerite*. Traduction du russe et édition de Françoise Flamant.

5214   JANE AUSTEN : *Persuasion*. Traduction de l'anglais et édition de Pierre Goubert. Préface de Christine Jordis.

5229   ALPHONSE DE LAMARTINE : *Raphaël*. Édition d'Aurélie Loiseleur.

5230   ALPHONSE DE LAMARTINE : *Voyage en Orient (1832-1833)*. Édition de Sophie Basch.

5269   THÉOPHILE GAUTIER : *Histoire du Romantisme* suivi de *Quarante portraits romantiques*. Édition d'Adrien Goetz, avec la collaboration d'Itaï Kovács.

5700 ÉMILE ZOLA : *Contes à Ninon* suivi de *Nouveaux Contes à Ninon*. Édition de Jacques Noiray.

5724 JULES VERNE : *Voyage au centre de la terre*. Édition de William Butcher. Illustrations de Riou.

5729 VICTOR HUGO : *Le Livre des Tables. Les séances spirites de Jersey*. Édition de Patrice Boivin.

5752 GUY DE MAUPASSANT : *Boule de suif*. Édition de Louis Forestier.

5753 GUY DE MAUPASSANT : *Le Horla*. Édition d'André Fermigier.

5754 GUY DE MAUPASSANT : *La Maison Tellier*. Édition de Louis Forestier.

5755 GUY DE MAUPASSANT : *Le Rosier de Madame Husson*. Édition de Louis Forestier.

5756 GUY DE MAUPASSANT : *La Petite Roque*. Édition d'André Fermigier.

5757 GUY DE MAUPASSANT : *Yvette*. Édition de Louis Forestier.

5763 *La Grande Guerre des écrivains. D'Apollinaire à Zweig*. Édition d'Antoine Compagnon, avec la collaboration de Yuji Murakami.

5779 JANE AUSTEN : *Mansfield Park*. Traduction de l'anglais et édition de Pierre Goubert. Préface de Christine Jordis.

5799 D.A.F. DE SADE : *Contes étranges*. Édition de Michel Delon.

5810 *Vies imaginaires. De Plutarque à Michon*. Édition d'Alexandre Gefen.

5840 MONTESQUIEU : *Mes pensées*. Édition de Catherine Volpilhac-Auger.

5857 STENDHAL : *Mémoires d'un touriste*. Édition de Victor Del Litto. Préface de Dominique Fernandez.

5876 GUY DE MAUPASSANT : *Au soleil* suivi de *La Vie errante et autres voyages*. Édition de Marie-Claire Bancquart.

5877 GUSTAVE FLAUBERT : *Un cœur simple*. Édition de Samuel Sylvestre de Sacy. Préface d'Albert Thibaudet.

COLLECTION FOLIO

*Tous les papiers utilisés pour les ouvrages
des collections Folio sont certifiés
et proviennent de forêts gérées durablement.*

*Impression Maury Imprimeur
45330 Malesherbes
le 18 octobre 2022
Dépôt légal : octobre 2022
1ᵉʳ dépôt légal dans la collection : décembre 2020
Numéro d'imprimeur : 266193*

ISBN 978-2-07-291462-1 / Imprimé en France.

559597